Opere di
Gabriele d'Annunzio

Edizione con il patrocinio
della Fondazione
"Il Vittoriale degli Italiani"

**Dello stesso autore
nella collezione Oscar**

*La città morta
Contemplazione della morte
Le faville del maglio
Fedra
La fiaccola sotto il moggio
La figlia di Iorio
Forse che sì forse che no
Il fuoco
Giovanni Episcopo
L'Innocente
L'Isottèo – La Chimera
Lettere d'amore
Il libro delle vergini
Libro segreto
Maia
Notturno
Le novelle della Pescara
Il Piacere
Poema paradisiaco
Terra vergine
Trionfo della morte
Le vergini delle rocce
La vita di Cola di Rienzo*

Gabriele d'Annunzio
ALCYONE

a cura di
Federico Roncoroni

OSCAR MONDADORI

© 1995 Arnoldo Mondadori Editore S.p.A., Milano

I edizione Oscar Opere di Gabriele d'Annunzio aprile 1995

ISBN 88-04-50000-X

Questo volume è stato stampato
presso Mondadori Printing S.p.A.
Stabilimento NSM - Cles (TN)
Stampato in Italia - Printed in Italy

Ristampe:

5   6   7   8   9   10   11   12

2003   2004   2005   2006

www.mondadori.com/libri

Introduzione

di Federico Roncoroni

Nota del curatore

Tanto nelle note all'Introduzione quanto nei cappelli introduttivi e nelle note alle singole liriche, le citazioni delle opere dannunziane sono condotte, salvo diversa indicazione, sulle edizioni Mondadori di *Tutte le opere* (Milano, 1939-1951). I riferimenti alle liriche delle varie raccolte poetiche, invece, sono fatti citando semplicemente il titolo della raccolta, il titolo del componimento e il numero del verso o dei versi in oggetto: rinvii specifici sono fatti soltanto nel caso che riguardino edizioni speciali o prime edizioni. Quanto ai Taccuini, con l'indicazione *Taccuino* seguita da numero romano e dalla precisazione I, si fa riferimento al primo blocco dei *Taccuini*, pubblicato a cura di Enrica Bianchetti e di Roberto Forcella (Milano, Mondadori, 1965). Con l'indicazione *Taccuino* n. seguita dal numero arabo e dalla precisazione II, si fa invece riferimento agli *Altri taccuini*, pubblicati a cura di Enrica Bianchetti (Milano, Mondadori, 1976). Le lettere di D'Annunzio a Georges Hérelle, il traduttore delle sue opere in francese, sono citate sulla base del microfilm degli autografi conservato negli Archivi del Vittoriale. Per tutte le altre abbreviazioni citate nei cappelli introduttivi o nelle note ai singoli componimenti di *Alcyone*, si veda alle pp. 752 ss. la *Bibliografia* su *Alcyone*.

Tutto il materiale dannunziano autografo pubblicato in fac-simile o citato nelle note ai singoli testi è, naturalmente, conservato negli Archivi del Vittoriale. Ringrazio sentitamente Giuseppe Longo, presidente della Fondazione, di averlo messo a mia disposizione.

Ringrazio anche l'editore Garzanti per aver permesso di ripubblicare le introduzioni e le note già apparse in G. d'Annunzio, *Poesie*, a cura di F. Roncoroni, Milano, Garzanti, 1978.

Alcyone, il terzo Libro delle *Laudi del cielo del mare della terra e degli eroi*, è un libro organico e non solo una raccolta di momenti lirici isolati. Le 88 liriche che lo costituiscono, infatti, sono distribuite secondo una *ratio* ben precisa che dà luogo a una struttura estremamente sorvegliata e ricca di simmetrie, di corrispondenze e di richiami interni e, inoltre, sono anche organizzate in modo tale da narrare una vicenda, fruibile, data la sua complessità, su diversi piani. La stesura della maggior parte di queste liriche appare chiaramente anteriore alla delineazione della struttura in cui sono state poi inserite e solo poche paiono quelle nate appositamente per dare consistenza e organicità al Libro. Tuttavia, appare altrettanto chiaro che, al di là di inevitabili oscillazioni, l'impianto generale dell'opera risale ad una intuizione ben precisa e abbastanza antica e che la composizione delle varie liriche e il montaggio delle medesime nell'ambito del Libro sono, almeno a partire da un certo punto, proceduti di pari passo. Ricostruire la cronologia delle singole liriche e ricostruire, sulla base delle carte manoscritte cui D'Annunzio ha, di volta in volta, affidato i suoi progetti, le varie fasi dell'organizzazione del Libro, vuol dire dunque, narrare la lunga e complessa storia della genesi e del farsi di *Alcyone* come Libro e, nel contempo, narrare anche la storia di tutto il ciclo delle *Laudi*, di cui *Alcyone* rappresenta il testo più significativo.

1. La storia di *Alcyone* e, più in generale, delle *Laudi* inizia nel giugno 1899, a Settignano. Ai primi di quel mese, Gabriele d'Annunzio aveva fatto ritorno alla Capponcina da dove mancava dalla fine dell'anno prima. Tra il dicembre del 1898 e il marzo del 1899, infatti, era stato in Egitto e in Grecia, con Eleonora Duse. Nella primavera del 1899, dopo un breve sog-

giorno a Roma, si era trasferito a Messina, per assistere alle prove della *Gioconda* e della *Gloria*, le sue due nuove tragedie che la compagnia Zacconi-Duse si accingeva a mettere in scena. Il 15 aprile, a Palermo, aveva assistito al tiepido successo della prima della *Gioconda*. Quindi era passato con l'intera compagnia a Napoli, dove, il 27 aprile, vide cadere miseramente, in una tempesta di ostilità, *La Gloria* Tolta dal cartellone *La Gloria*, la compagnia Zacconi-Duse aveva continuato la *tournée*, portando in giro per l'Italia, oltre al consueto repertorio, la sola *Gioconda*. D'Annunzio aveva seguito la compagnia per tutto il mese di maggio, a Roma, a Bologna, a Venezia e a Torino, non occupandosi d'altro che delle faccende inerenti alle rappresentazioni e della stampa della *Gioconda* e e della *Gloria*. In quei mesi, in effetti, non sembra aver lavorato. Con la stesura della *Gioconda* (1898) e della *Gloria* (febbraio-marzo 1899) aveva testé concluso, su squillanti note superomistiche, la sua fatica di vate drammatico in prosa, iniziata nel 1896 con *La città morta* e proseguita, con esiti impari alle sue speranze, con il *Sogno d'un mattino di primavera* (aprile 1897) e il *Sogno d'un tramonto d'autunno* (1898). Qualcosa, invero, avrebbe avuto da fare, sempre nel campo della prosa – essendo la poesia rimasta lettera morta in quegli anni. In quell'epoca, infatti, a tacere dei romanzi promessi l'indomani della pubblicazione delle *Vergini delle rocce* (1896),[1] D'Annunzio aveva tra le mani un romanzo, *Il fuoco*, tante volte annunciato e promesso all'editore Treves. Ma non pare che, in quella prima parte del 1899, egli vi abbia dedicato molto tempo. Il romanzo, iniziato ben quattro anni prima, nel 1896, doveva, per altro, essere allora già steso, se non tutto, almeno in gran parte. Forse, anzi, ne esisteva già un'intera versione, ma giaceva inutilizzata, in attesa, con tutta probabilità, di un rifacimento volto a eliminare gli aspetti più privati e più dolorosi, per Eleonora Duse, della vicenda narrata. Di fatto, a impedire a D'An-

---

[1] A completare la trilogia dei *Romanzi del Giglio* inaugurata dalle *Vergini delle rocce*, D'Annunzio aveva preannunciato che avrebbe composto *La Grazia* e *L'Annunciazione*. Oltre a questi due romanzi, il primo dei quali è spesse volte dato, nelle lettere scritte tra il 1896 e il 1899, per iniziato, nelle lettere a Emilio e Giuseppe Treves, come nelle lettere a Enrico Nencioni e a Georges Hérelle, il poeta esprime il proposito di comporre anche una tragedia francescana intitolata *Frate Sole*, due nuovi *Sogni* e una tragedia intitolata *La Tragedia della Folla*.

nunzio di licenziare il romanzo, più che eventuali difficoltà di ordine tecnico, erano motivi di ordine personale. Il romanzo, come ormai tutti sapevano, era incentrato sulla trasposizione letteraria degli amori tra il poeta e la Duse e in quella prima stesura D'Annunzio doveva aver descritto la sua relazione con l'attrice e, soprattutto, la precedente vita sentimentale della donna, con eccessiva crudezza. Di qui, dunque, sarebbero venute le giuste rimostranze della Duse o, meglio, di quanti, amici e estimatori dell'attrice, avevano avuto modo di conoscere la trama del romanzo, e, di conseguenza, tutta una serie di scrupoli e di perplessità che avevano indotto lo stesso autore a tenere fermo *Il fuoco* nonostante le pressanti sollecitazioni del suo editore. Del resto, forse proprio a causa dei dissapori suscitati dall'uso fatto dal poeta dei particolari della vita dell'attrice nel romanzo, oltre che per i motivi di sempre, il rapporto tra D'Annunzio e la Duse non attraversava in quel tempo un momento felice. Di tale stato di cose si lamentava lo stesso D'Annunzio con l'amico Angelo Conti, in una lettera da Venezia del 24 maggio 1899:

"Anche qui a Venezia *La Gioconda* ebbe ieri sera ascoltatori attenti che si lasciarono trascinare a un insolito entusiasmo. – Per me, per l'amica, nessuna gioia. Dopo la rappresentazione ho passato alcune ore delle più tristi e tragiche della mia vita. Ella è presa da una specie di demone cattivo che non le dà tregua. La più profonda tenerezza, la più pura devozione non valgono! Ella vede da per tutto, intorno a sé, la menzogna e l'insidia. – La dolce creatura diventa ingiusta e crudele contro sé e contro me, senza rimedio. Che farò? – Stamani mi sveglio attonito e ottuso, come dopo una immensa sventura".[2]

Problemi con la Duse a parte, appare chiaro che l'indomani del suo ritorno dal viaggio in Egitto e in Grecia, D'Annunzio si è concesso, dopo il lungo sforzo creativo dedicato al teatro, un periodo, non sappiamo se volontario o forzato, di riposo dall'attività letteraria. Proprio tra l'aprile e il maggio, anzi, aveva addirittura rinunciato a scrivere la prefazione alla sua ultima e sfortunata creatura teatrale, *La Gloria*, e si era limitato a premetterle, in occasione della stampa, "una piccola de-

---

[2] *Lettere ad Angelo Conti*, a cura di Ermindo Campana, in «Nuova Antologia», a. LXXIV, fasc. 1603 (1 gennaio 1939) pp. 10-32, loc. cit. alle pp. 27-28.

dica silenziosa",³ "Ai cipressi di Mamalus", in ricordo della località dell'isola di Corfù dove l'aveva composta e in polemica con tutti coloro che non avevano saputo apprezzarla.

Con le tappe di Venezia, Milano e Torino, nel maggio 1899, la compagnia Zacconi-Duse aveva terminato la *tournée* e si era sciolta. Così, ai primi di giugno, D'Annunzio e Eleonora Duse, apparentemente in buona armonia, si erano ritirati a Settignano.

2. La quiete della Capponcina, dopo tanti mesi di vagabondaggio, non sembra, in un primo tempo, aver giovato all'umore del poeta. La "malinconia della Capponcina", anzi, accentua, a suo dire, il "malessere" fisico di cui da qualche tempo soffre ed egli è, o vuole sembrare, piuttosto abbattuto:

"Sono stato poco bene in questi giorni – scrive, intorno al 10 giugno 1899, a Giuseppe Treves – per una ripresa di quelle febbri che mi estenuarono nel mese di aprile. La malinconia della Capponcina ha accresciuto il malessere. Anch'io, come il Riccardo shakespeariano, grido: 'Il mio regno per un cavallo!'. Oggi sto molto meglio".⁴

Naturalmente deve lavorare e, come dichiara a Giuseppe Treves nella medesima lettera, intende farlo subito:

"Riprendo il lavoro, e spero di trarlo a compimento con abbondanza di vena".⁵

Tutto indurrebbe a credere che D'Annunzio intendesse riprendere a lavorare al *Fuoco*, quale che fosse lo stato di composizione del romanzo e proprio al romanzo egli si riferiva quando annunciava a Giuseppe Treves che "riprendeva il lavoro". Invece si dedicò alla poesia e, in un ritorno di interesse per un genere che non praticava più dall'epoca del rifacimento di *Canto novo* (aprile-maggio 1896), stese in breve un buon numero di liriche e concepì addirittura un nuovo ciclo di versi.

3. La cosa ha del sorprendente, ma a determinarla non può essere stato solo il disamore per il romanzo e il senso di an-

---

³ Da una lettera a Giuseppe Treves non datata ma sicuramente attribuibile all'aprile-maggio 1899: cfr. *Altre lettere inedite di Gabriele d'Annunzio*, a cura di E. Maccagnolo, in "Convivium" XXVII, fasc. 6 (novembre-dicembre 1959) pp. 699-717, loc. cit. alle pp. 703-705. Per la dedica "Ai cipressi di Mamalus" apposta a tutte le edizioni a stampa, cfr. ora *La Gloria*, in *Tragedie* I, p. 441.
⁴ *Altre lettere* cit., p. 704.
⁵ *Ibidem*.

goscia che, come dirà, lo prendeva quando si accingeva a lavorarvi. Poco importa, del resto, stabilire *perché* D'Annunzio si sia messo, proprio ora, a fare poesia. La questione, oltre tutto, non ha fondamento scientifico né potrebbe portare a conseguire risultanze valide e soddisfacenti. Comunque, quale ne sia stata la causa, questo ritorno alla poesia avveniva, per così dire, nella pienezza dei tempi. D'Annunzio vi perveniva, dopo tanta prosa, forte di non trascurabili esperienze teoriche e pratiche maturate proprio negli anni che vanno dal 1891-1893, data di composizione delle liriche della sua ultima raccolta poetica – il *Poema paradisiaco* –, a questo 1899. In proposito, anzi, si può dire che tutta la produzione letteraria che inizia con *Le vergini delle rocce* e culmina nel *Fuoco*, praticamente già realizzato anche se non ancora compiuto, ha costituito, nell'ambito dell'attività dannunziana, un momento risolutivo dalle conseguenze necessariamente innovative. Con *Le vergini delle rocce*, con le opere teatrali, con *Il fuoco* e, anche, con le parallele esperienze sentimentali e politiche, D'Annunzio rivela di aver finalmente e decisamente individuato nel mito del superuomo e, per quel che riguarda il fatto essenziale e importantissimo dell'espressione e dello "stile", nella poetica che esso sottende, quel criterio di interpretazione della realtà che aveva a lungo cercato nel suo vario e proficuo tirocinio sperimentale. Ora, al di là del valore delle stesse opere narrative e drammatiche che da quella scoperta sono nate, l'ideologia superumana, coronando e inverando tendenze analoghe presenti da sempre nella vita e nell'opera dannunziana, ha riassorbito il vario sperimentalismo che aveva fatto passare D'Annunzio "dal giovanile carduccianesimo ai naturalisti, dai parnassiani ai decadentisti francesi e inglesi agli scrittori russi",[6] ponendosi come il nucleo centrale di tutte le esperienze future. Da questo punto in avanti – *grosso modo* proprio l'indomani della liquidazione della prima fase dell'attività teatrale e della realizzazione del *Fuoco* – la lezione superomistica, ormai assimilata con gli inevitabili adattamenti e le inevitabili deformazioni, avrebbe svolto, come presenza attiva e come forza reattiva, un ruolo fondamentale e determinante nell'attività letteraria dannunziana, in entrambe le direzioni che essa, dal punto di vista ideologico

---

[6] C. Salinari, *Miti e coscienza del decadentismo italiano*, Milano, Feltrinelli, 1975, p. 92.

e dal punto di vista espressivo, potenzialmente comportava. Tale presenza, in effetti, si sarebbe manifestata, come c'era da aspettarsi, prima di tutto in direzione di una inevitabile accentuazione delle velleità di potenza e del compiacimento retorico che la stessa ideologia superumana suggeriva, con conseguenze che vanno molto oltre il campo letterario. Inoltre, e non con minori risultati, essa si sarebbe fatta esplicitamente sentire anche nella direzione di una attenuazione dei suoi stessi aspetti più enfatici e rumorosi. Questa attenuazione, senza essere la conseguenza di una drammatica e frustrante sconfitta del Superuomo o, addirittura, di una tragica rinunzia ai suoi miti di potenza, avrebbe portato alla decantazione di ciò che in quei miti c'era di esterno e di più fastidioso, trascegliendo temi e motivi che erano quelli di sempre ma che, filtrati attraverso le nuove esperienze, agevolati dalle letture di nuovi autori, mediati dalla memoria, evocati musicalmente e riproposti in simboli e in miti, avrebbero dato nuovi suoni.[7]

4. Tale, dunque, è la situazione intellettuale di D'Annunzio quando, nel giugno 1899, dopo il sostanziale fallimento della sua attività teatrale e nella grave *impasse* in cui si trova la sua attività di narratore, egli si mette a far versi. E sia che il ritorno alla poesia si collochi al vertice della lunga esperienza ideologica e stilistica maturata, sia che, invece, esso si trovi soltanto allo sbocco cronologico di essa, è chiaro che D'Annunzio tornando alla poesia ci torna diverso da quello che era stato in occasione della sua ultima esperienza poetica. Ora, oltre che forte delle nuove esperienze e ricco delle nuove letture fatte, con la consueta onnivora curiosità, su testi di autori che si riveleranno determinanti ai fini della nuova opera, è animato da una consapevolezza delle proprie capacità creative ed espressive più fiduciosa e più salda di quella che lo aveva portato ad arenarsi, fatto salvo il valore storico e poetico della raccolta, nelle secche e nei languori del *Poema paradisiaco*. Già nel 1896 il rifacimento del vecchio e pur tanto significativo *Canto novo* aveva lasciato intuire quali sarebbero stati, in campo poetico, l'ambito di applicazione delle recenti conquiste ideologiche ed espressive e le linee direttive del rinnovamento, ma solo una

---

[7] Circa le conseguenze dell'incontro tra D'Annunzio e Nietzsche sugli sviluppi dell'opera dannunziana, cfr. F. Roncoroni, *Gabriele d'Annunzio: Profilo storico-critico*, in *D'Annunzio, Poesie*, Milano, Garzanti, 1978, p. CVI ss.

nuova opera avrebbe permesso al poeta di applicare coerentemente i frutti delle intercorse esperienze.[8]

5. In quel giugno, di questa nuova opera di versi destinata a tenerlo occupato per più di quattro anni, il primo testo a vedere la luce fu *L'Annunzio*. Esso, che sarà poi posto a far da preludio al primo Libro delle *Laudi*, *Maia*, subito dopo la dedica *Alle Pleiadi e ai Fati*, reca, nel manoscritto autografo, la data dell'11 giugno 1899.[9] La sua caratteristica di primizia del futuro ciclo non è casuale. Una volta tanto, la priorità cronologica di un testo coincide con una sorta di priorità ideologica. *L'Annunzio*, di fatto, è, per molti aspetti, un testo programmatico. In esso, il poeta, dopo aver proclamato ai "figli della terra" e ai "figli del mare" che "il gran Pan", simbolo della natura vivente e immortale, "non è morto", si fa dare dallo stesso Pan l'incarico di cantare le sue "laudi eterne", cioè, fuor di metafora, di cantare, come il poeta stesso afferma, la divina varietà della vita della natura, tra aneliti panici, autoesaltazioni e celebrazioni di "eroi": in pratica, come suggeriva già Angelo Conti recensendo il componimento al suo primo apparire in rivista nel novembre 1899,[10] il contenuto stesso delle *Laudi del cielo del mare della terra e degli eroi*:

> Tutto era silenzio, luce, forza, desìo.
> L'attesa del prodigio gonfiava questo mio
> cuore come il cuor del mondo.
> Era questa carne mortale impaziente
> di risplendere, come se d'un sangue fulgente
> l'astro ne rigasse il pondo.
> La sostanza del Sole era la mia sostanza.
> Erano in me i cieli infiniti, l'abondanza
> dei piani, il Mar profondo.
> /.../
> ...E il dio mi disse: "O tu che canti,

[8] Cfr. A. Noferi, *Per una storia dello stile dannunziano (da "Canto novo" ad "Alcyone")*, in "Quaderni dannunziani", fasc. VIII-IX (1958) pp. 25-40; E. Travi, *Significato della storia interna di "Canto Novo"*, in AA.VV., *L'arte di Gabriele d'Annunzio*, Milano, Mondadori, 1968, pp. 195-221.
[9] La data si legge nella copia cianografica di una prima stesura autografa del componimento conservata nell'Archivio Personale della Biblioteca del Vittoriale (n. 17232; LXXIV, 3) e citata al n. 1191b dell'*Inventario dei manoscritti di D'Annunzio al Vittoriale*, in "Quaderni dannunziani" XXXVI-XXXVII (1967-1968).
[10] Angelo Conti, *Nota per le "Laudi"*, in «Il Marzocco», a. IV, n. 44 (3 dicembre 1899).

io son l'Eterna Fonte.
Canta le mie laudi eterne". Parvemi ch'io morissi
e ch'io rinascessi. O Morte, o Vita, o Eternità! E dissi:
"Canterò, Signore".
Dissi: "Canterò i tuoi mille nomi e le tue membra
innumerevoli /.../
Canterò la grandezza dei mari e degli eroi
/.../
perocché i cuori umani, come per un lungo esiglio,
hanno obliato queste tue glorie, Signore, e che il giglio
dei campi è un gaudio eterno". E il dio mi disse:
"O figlio,
canta anche il tuo alloro".[11]

Insomma, con i motivi orfici di cui è imbevuto, con le sue implicazioni nietzschiane,[12] con il tono profetico e messianico che lo anima e, soprattutto, con l'individuazione esplicita di un nuovo sentimento della natura in cui confluiscono istanze filosofiche, religiose e letterarie e con l'attribuzione a sé, da parte del poeta, del diritto di trarre da quel sentimento una nuova possibilità di canto, L'Annunzio pare veramente contenere, a grandi linee, il progetto concettuale di una nuova opera, volta a cantare le "laudi eterne" della natura. Ed è un fatto che proprio l'indomani della stesura dell'*Annunzio*, il poeta comincia a parlare di un'opera nuova, le *Laudi*, appunto, come vedremo. Per intanto, a pochi giorni di distanza dalla composizione del primo, risale la stesura del secondo testo della futura raccolta, questa volta un testo di quello che sarà il Libro di *Alcyone*. La prima data sicura delle liriche di quel Libro che ci è pervenuta è, infatti, quella del 17 giugno 1899: essa è apposta – nella forma "La Capponcina, Settignano di Desiderio, ai dì 17 di giugno 1899, verso sera, dopo la pioggia" –, in calce al manoscritto della *Sera fiesolana*,[13] un testo capitale di *Alcyone*. Con questa lirica, a dare pratica attuazione all'invito contenuto nell'*Annunzio*, il poeta ha composto la prima *laude* vera e propria: la lode del suggestivo spettacolo di una sera

---

[11] *Maia, L'Annunzio*, vv. 106-114; 132-138; 146; 152-156.
[12] Tanto per i motivi orfici quanto per le implicazioni nietzscniane, cfr. le note al componimento in G. d'Annunzio, *Maia*, con interpretazione e commento di E. Palmieri, Bologna, Zanichelli, 1949.
[13] Vedi p. 145.

tra primaverile e estiva, attesa e goduta sui colli di Fiesole, in compagnia di una silenziosa creatura femminile. Per comporla, ha posto mano ai suoi *Taccuini* e, applicando una tecnica compositiva che non gli era nuova e che in seguito avrebbe sfruttato fino alle estreme conseguenze,[14] ha coniugato l'incanto dell'ora con le osservazioni e gli stati d'animo che, in una circostanza identica, aveva provvidamente appuntato nel settembre 1897 e nel giugno 1898, a Settignano e ad Assisi[15] patria, non a caso, del Santo che cantò le lodi del creato.

Due giorni dopo, il 19 giugno 1899, come si legge nel manoscritto autografo,[16] nasceva la seconda *laude*, volta a celebrare *Il silenzio di Ravenna* e destinata a entrare nel secondo Libro delle *Laudi*, *Elettra*, terzo componimento del trittico di apertura delle *Città del Silenzio*.

6. Il ritorno di D'Annunzio alla poesia e, quindi, la stessa nuova opera poetica, hanno dunque una data precisa: l'11, il 17 e il 19 giugno 1899. Anteriore a queste tre date del giugno 1899 non c'è altra data sicura nell'ambito del ciclo delle *Laudi*. A ciclo concluso, il testo più antico apparirà la lirica iniziale di *Elettra*, *Alle montagne*, che fu pubblicata per la prima volta nel 1896,[17] ma proprio la sua remota origine induce

---

[14] Sullo sfruttamento dei Taccuini nel processo di elaborazione dei testi dannunziani, cfr., in primo luogo, l'"Indice delle corrispondenze fra i Taccuini e le opere di Gabriele d'Annunzio individuati nelle Note" approntato da Enrica Bianchetti e inserito alle pp. 515-522 del volume Gabriele d'Annunzio, *Altri taccuini*, a cura di E. Bianchetti, Milano, Mondadori, 1976. Sui modi in cui tale sfruttamento avviene, cfr. poi anche S. Costa, *Il fuoco invisibile, Saggio sui "Taccuini" dannunziani*, Firenze, Nuovedizioni Enrico Vallecchi, 1975, che però si limita ad analizzare le corrispondenze con i Taccuini dannunziani noti a quell'epoca. Per il caso specifico del lavoro sui Taccuini svolto nell'ambito della composizione di *Alcyone*, cfr. poi G. Luti, *Strutture e simmetrie alcioniche*, in *La cenere dei sogni, Studi dannunziani*, Pisa, Nistri-Lischi, 1973, pp. 87-92; G. d'Annunzio, *Dal taccuino inedito dell'Alcyone*, con una *Nota* di D. Isella, in "Strumenti critici", n. 18 (giugno 1972) pp. 163-173 e E. De Michelis, *Sul Taccuino della "Pioggia nel pineto"*, in "Atti del convegno su D'Annunzio e il simbolismo europeo", Milano, Il Saggiatore, 1976, pp. 369-382. Infine, si vedano, ovviamente, i cappelli introduttivi e le note apposte ai singoli componimenti alcionii.
[15] Vedi pp. 146 ss.
[16] Benigno Palmerio, *Con D'Annunzio alla Capponcina 1898-1910*, Firenze, Vallecchi, 1938, p. 81.
[17] L'ode *Alle montagne* apparve la prima volta, con il titolo *Ode a colui che deve venire*, nel febbraio 1896 in un fascicolo di "Versi e disegni offerti dalla Baronessa Blanc nella festa di beneficenza per i feriti d'Africa", pubblicato a Roma dall'"Editore Adolfo De Bosis" e fu poi ristampata in "Il Convito", libro VII (luglio 1895-marzo 1896) pp. 445-447.

a pensare che essa sia nata al di fuori del progetto ciclico.[18]
E poco più che un'ipotesi di lavoro pare essere la stesura di
alcuni versi relativi all'incontro con Ulisse, nucleo della futura
Laus vitae, annunziata da D'Annunzio al suo traduttore francese Georges Hérelle nel febbraio 1896, l'indomani stesso della
crociera in Grecia che avrebbe dato materia al poema di *Maia*.[19]
Comunque sia, come dicevamo, è un fatto che solo nel giugno
1899 il poeta parli per la prima volta delle *Laudi*. Anzi è la
composizione stessa dell'*Annunzio*, della *Sera fiesolana* e del
Silenzio di Ravenna che viene da lui collegata con la stesura
di un nuovo – parrebbe – volume di versi intitolato *Laudi*.
Infatti, verisimilmente pochi giorni dopo aver composto *L'Annunzio*, lo stesso D'Annunzio scrive all'amico Angelo Conti:

"Io terminai tre giorni fa la prima *Laude*. Oggi ho terminato mentalmente la seconda. Te la leggerò domani".[20]

Poi, il 21 giugno 1899, quattro giorni dopo la stesura della
Sera fiesolana e due giorni dopo la stesura del *Silenzio di Ravenna*, scrivendo a Georges Hérelle gli annuncia di essere finalmente ritornato alle poesie e fa per la prima volta il nome
dell'intero ciclo delle *Laudi*:

"Inoltre, in questi giorni, mi sono riaccostato alla Poesia. Ho scritto
alcune delle 'Laudi del Cielo, del Mare, della Terra e degli Eroi' ".[21]

7 Quando e come il poeta abbia inventato il lungo nesso
Laudi del cielo della terra del mare e degli eroi che farà poi

---

[18] Di nessuna attendibilità, come quasi tutte le notizie citate da Palmerio
senza il supporto di materiale autografo, è la notizia citata in B. Palmerio,
Con D'Annunzio cit., p. 97 secondo cui in "un giorno del novembre 1898
D'Annunzio stava meditando sulla prima cartella delle 'Laudi' ".
[19] Cfr. la lettera di D'Annunzio a G. Hérelle del febbraio 1896: "Sapete la
gran novella? In questi giorni, tra una cura e l'altra – per il bisogno di
essere *altrove* – ho composto alcuni versi sulla nostra navigazione, e precisamente su l'ora mattutina in cui apparve per la prima volta ai nostri occhi
la terra ellenica: il profilo di Leucade. Ve ne ricordate? – Pubblicherò questi
esametri in un giornale, e ve li manderò. Se vorrete, potrete metterli nel
libro di bordo. Poi, quando verrete a Francavilla, io vi regalerò il piccolo
libro in cui scrissi il *giornale* della prima settimana marittima. Come mi
pento di averlo interrotto! Rileggendo quelle pagine frettolose e fresche, ho
provato una viva commozione".
[20] *Lettere ad Angelo Conti* cit., p. 23.
[21] Lettera a G. Hérelle del 21 giugno 1899.

da titolo all'intero ciclo,[22] è difficile dire. Esso, che per il momento è relativo a un unico volume e non a un ciclo poetico, ha già, in questa fase aurorale della raccolta, un significato preciso e a suo modo programmatico. Definisce e anticipa, infatti, l'ambito delle liriche, individuandolo nella celebrazione della bellezza delle cose della natura e dei valori superumani. In particolare, "la parola *Laudi* è riportabile al gusto preraffaellita dell'*Isaotta Guttadàuro*, insinuandovi però qualcosa fra il sospiro di adorazione estatica, come nel *Cantico delle Creature* di San Francesco, e l'eccitazione dionisiaca, come nel brano delle *Vergini delle rocce* in cui il Cantelmo effuse la lode della 'molteplice bellezza del mondo' ".[23] La medesima bellezza del Mondo è poi più direttamente allusa "nel triplice genitivo 'del cielo del mare della terra' che dà in atto lo struggente abbandono a una sensualità per ovunque diffusa, tema dei temi al D'Annunzio; non senza elevare un po' il tono, forse nell'eco di un verso del Carducci in *Rime e ritmi* ('O terra, o ciel, o mar, Pan è risorto'; nel sonetto IV per Nicola Pisano; che fra l'altro contiene anche il tema di Pan) /.../ Infine l'ultimo genitivo, 'e degli eroi', riporta nel titolo il tema superumano, di prammatica in tutto il nuovo D'Annunzio".[24] Oltre tutto, oltre che programmaticamente allusivo al contenuto del ciclo poetico quale verrà sviluppandosi e quale, quindi, il poeta ha già in mente, il titolo appare perfettamente in linea con quelli che sono i testi fino a questo momento composti: la *laude* della Sera, contenuta nella *Sera fiesolana* ("Laudata sii...": vv. 15, 32 e 49), la *laude* di Ravenna, contenuta nel *Silenzio di Ravenna* (vv 10-12: "Ti loderò /.../ Ti loderò...") e, verisimilmente, le *laudi* di Ferrara e di Pisa contenute rispettivamente nel *Silenzio di Ferrara* e nel *Silenzio di Pisa*, due liriche che sono dello stesso tenore del *Silenzio di Ravenna* e che insieme al *Silenzio di Ra-*

---

[22] Nell'edizione "per l'Oleandro" di tutte le *Laudi* in un unico volume, nel 1934, il titolo avrà la forma *Laudi del cielo del mare della terra degli eroi*, ma nelle successive ristampe tornerà alla forma primitiva.
[23] E. De Michelis, *Tutto D'Annunzio*, Milano, Feltrinelli, 1960, p. 203.
[24] *Ibidem*, pp. 203-204. E. De Michelis avanza anche l'ipotesi che la sequenza "cielo-mare-terra" possa essere venuta a D'Annunzio dall'"eco di una vecchia lettura, il Whitman": il quale anche, nella lirica *Dall'oceano ondoso la folla* (nel gruppo *Figli di Adamo*) salutava "l'aria l'oceano la terra / ogni giorno al tramonto per amor tuo, mio amore". Non è per altro da escludere che D'Annunzio debba la sequenza alla lettura del X *Inno orfico*, dove Pan – il protagonista dell'*Annunzio* – è invocato "sostanza del Cosmo. del Cielo, del Mare, della Terra".

venna, *La sera fiesolana* e altri componimenti saranno pubblicati nel novembre 1899 sotto il comune titolo di *Laudi del cielo della terra del mare e degli eroi*.[25] Non meno omogeneo che a queste liriche, poi, il titolo è anche all'altra lirica sicuramente già composta, *L'Annunzio*. Giusta l'ipotesi di E. De Michelis, infatti, il lungo titolo potrebbe essere venuto al poeta proprio dal recupero del passo carducciano da cui ha mutuato, per *L'Annunzio*, il concetto, basilare per la lirica introduttiva di tutte le *Laudi*, del ritorno di Pan.

8. Nell'estate che seguì al giugno dell'esordio delle *Laudi*, D'Annunzio continuò a fare versi. Verso la fine di giugno, la Duse, come di consueto, si recò a trascorrere le vacanze al mare, a Bocca d'Arno, dove aveva affittato il Casone dell'antica Dogana. D'Annunzio, che quell'anno non voleva o non poteva fare vacanze, non affittò per sé né ville né appartamenti e si limitò, nel luglio e nell'agosto, a recarsi a far visita all'amica di tanto in tanto, intrattenendosi con lei per periodi piuttosto lunghi ma sempre circoscritti e trascorrendo il resto del tempo alla Capponcina. Ai primi di luglio, ad esempio, era al mare, immerso nei luoghi che avrebbero costituito lo sfondo paesaggistico di molte liriche alcionie. Il 2 luglio, come poi il 5, il 7 e l'8 riempie il *Taccuino* n. 10,[26] il "*taccuino* dell'*Alcyone*",[27] di appunti presi a Marina di Pisa, a Bocca d'Arno, sulle Lame di Fuori, al Gombo, nella pineta litoranea, lungo le calme acque della foce, appunti che contengono, più che gli spunti, la tessitura di immagini, di sensazioni e di emozioni di tanti componimenti alcionii. Poi "ai dì 5 di luglio 1899" alla "Marina di Pisa",[28] egli recuperava senz'altro il recente ricordo di una gita in barca nella foce dell'Arno e sfruttando subito alcuni degli appunti presi in quei giorni stendeva *La tenzone*, una lirica di *Alcyone*. Benigno Palmerio, il veterinario che a quell'epoca svolgeva le mansioni di segretario del poeta, racconta come nacquero i primi versi del componimento:

"A proposito de *La tenzone* – scrive –, mi ricordo d'una mattina, era appunto quel luglio del 1899, a Marina di Pisa, in cui Gabriele,

[25] Vedi pp. 29 s.
[26] *Taccuino* n. 10, II, pp. 104-113.
[27] Cfr. G. d'Annunzio, *Dal taccuino inedito dell'Alcyone*, con una *Nota* di D. Isella, cit., pp. 163-173.
[28] Vedi p. 225.

sdraiato su la breve spiaggia, mi chiamò e mi chiese una matita. Più tardi, rientrato lui in casa e andato io a passeggiare in quel punto stesso, vidi sul legno del casotto questi due versi della bella poesia che in quell'ozio di sole gli era nata in mente:
'Come l'estate porta l'oro in bocca,
l'Arno porta il silenzio alla sua foce' ".[29]

La notizia del buon Palmerio ha certamente il valore che può avere un aneddoto, ma contiene una implicita conferma di quella sorta di "gestazione mentale"[30] che sta alla base del processo compositivo dannunziano e cui il poeta stesso ha fatto cenno nella lettera ad Angelo Conti del giugno, quando diceva all'amico di aver terminato "mentalmente" la seconda *laude*.

Il giorno successivo, "ai dì 6 di luglio 1899", sempre a "Marina di Pisa",[31] D'Annunzio, recuperando anche qui spunti annotati nel *Taccuino* n. 10 e riutilizzando letture vecchie (A.C. Swinburne) e nuove (H. de Régnier),[32] compose un'altra lirica di *Alcyone*, *Bocca d'Arno*. Quindi, l'indomani, 7 luglio 1899, da Marina di Pisa, scrivendo a Giuseppe Treves per scusarsi del fatto che ancora una volta aveva lasciato da parte *Il fuoco*, gli annunciava che, in quei giorni, aveva composto "alcune *Laudi*" e gli diceva che, se non avesse dovuto rimettersi a lavorare al romanzo, in un mese o due avrebbe composto "d'un fiato" tutto il volume:

"Ho passato questi giorni in una quiete profonda, disteso in una barca al sole. Tu non conosci questi luoghi: sono divini. La foce dell'Arno ha una soavità così pura che non so paragonarle nessuna bocca di donna amata. Avevo bisogno di questo riposo, e di questo bagno nel silenzio delle cose naturali. Ora sto molto meglio; e fra due o tre giorni tornerò a Settignano e mi rimetterò al lavoro, rinfrancato. Perdonami questo ritardo involontario. Non ne ho colpa. Riguadagnerò il tempo perduto. – Non so se alla Capponcina mi attenda qualche tua lettera. Non so più nulla di nulla. Nessuno sa che io son

---

[29] B. Palmerio cit., p. 83.
[30] P. Gibellini, *La storia di "Alcyone"*, in "Quaderni del Vittoriale", 5-6 (ottobre-dicembre 1977) p. 80.
[31] Vedi p. 231.
[32] Vedi p. 233. In particolare, sui rapporti tra D'Annunzio e H. de Régnier cfr. M. Praz, *La carne, la morte e il diavolo nella letteratura romantica*, Firenze, Sansoni, 1943, pp. 249-434 e, per un esame puntuale delle varie reminiscenze e imitazioni, V. De Maldé-G. Pinotti, *D'Annunzio e i "Jeux" di Henri de Régnier*, in "Quaderni del Vittoriale", 20 (marzo-aprile 1980) pp. 31-89.

qui, fortunatamente, ed ho evitato di avere la corrispondenza cotidiana e i giornali. Ho scambiato qualche parola con un marinaio ingenuo, che è la sola persona umana cui io mi sia accostato. – Come si può vivere dunque per tanto tempo nelle città immonde – io mi chiedo – e dimenticare queste consolazioni? Credo che finirò eremita. su un promontorio. Penso all'ora in cui dovrò riprendere il treno, con un rammarico indicibile. Vorrei rimanere qui, e *cantare*. Ho una volontà di cantare così veemente che i versi nascono spontanei dalla mia anima come le schiume dalle onde. In questi giorni, in fondo alla mia barca, ho composto alcune *Laudi* che sembrano veramente figlie delle acque e dei raggi, tutte penetrate di aria e di salsedine. Sento che in un mese o due potrei, d'un fiato, comporre tutto il volume. Ma bisognerà purtroppo che mi rimetta alla mola della prosa, e per un'opera che partorirà tante pene! Libertà, Libertà, quando mi coronerai tu per sempre? Le allodole su le prata di San Rossore cantano ebbre di gioia /.../. Bada che per le *Laudi* voglio un'edizione speciale, e degna della poesia. Verrò io stesso a Milano per curarla. Ho pensato una innovazione graziosa /.../ Se tu potessi immaginare le bellezze di questa marina!

> Fa un suo gioco divino
> l'Ora sul mare,
> mutevole e gioconda
> come la gola d'una colomba
> alzata per cantare".[13]

La lettera è piena di echi delle liriche composte nei due giorni precedenti. L'accenno alla foce dell'Arno ("La foce dell'Arno ha una soavità così pura che non so paragonarle nessuna bocca di donna amata") ricorda l'inizio di *Bocca d'Arno*: "Bocca di donna mai mi fu di tanta / soavità nell'amorosa via...". "Le allodole" che, nella descrizione contenuta nella lettera, "cantano ebbre di gioia" "su le prata di San Rossore", sono le medesime "lodolette" che "cantan su le pratora / di San Rossore" ai vv. 3-4 e 41-42 della *Tenzone* e sono sorelle di quella "lodoletta" che dantescamente "in aere si spazia", ai vv. 31-32 di *Bocca d'Arno*. E, infine, sulla citazione diretta di cinque versi di *Bocca d'Arno*, la lettera si chiude.

9. Come aveva preannunciato a Giuseppe Treves, dopo il 10 luglio D'Annunzio fece ritorno a Settignano. Cosa abbia fatto alla Capponcina non sappiamo. È molto probabile, comunque, che non abbia atteso al *Fuoco*. Già il 19, del resto, lasciava Set-

---

[13] *Altre lettere* cit., pp. 704-705.

tignano per recarsi a Carrara, su invito di un compagno di collegio, Giovanni Cucchiara, a visitare le cave di marmo. Là, tra i *"bianchi marmi"*, avrebbe voluto leggere le sue *Laudi* ad Angelo Conti, al cui giudizio, in quegli anni, teneva molto, perché con lui molto aveva discusso proprio intorno alla poesia e, più in generale, alla poetica. Ma Angelo Conti non poté accompagnarlo, e la lettura dei primi componimenti delle *Laudi* dovette essere rinviata. Scriveva D'Annunzio all'amico, il 17 o il 18 luglio 1899, il giorno prima di partire per Carrara:

"Mi duole moltissimo che tu rinunzii al mio fraterno invito. Avrei portato meco le *Laudi* per leggertele tra i *bianchi marmi*. Poi saremmo discesi al mare e, di pineta in pineta, saremmo giunti a Bocca d'Arno, per salutare l'amica nella Casa delle Rondini. Andrò solo; tornerò sabato o domenica. Ti avviserò. Tu verrai alla Capponcina".[34]

A Carrara, il 20 e il 21 luglio 1899, il poeta visitò dunque le cave di marmo. Gli appunti che registrò nel *Taccuino XXVIII*[35] e nel *Taccuino XXIX*,[36] sotto la data del 21 luglio, testimoniano l'attenzione con cui osservò il gigantesco spettacolo naturale delle Apuane, destinate a tornare tante volte a far da sfondo alle sue liriche alcionie. Tra l'altro alcune immagini paesaggistiche affidate a quei Taccuini sarebbero state a suo tempo recuperate per la stesura del secondo e del terzo dei tre sonetti dedicati a Carrara nelle *Città del silenzio* di *Elettra*.

Il 23 luglio 1899, di ritorno da Carrara, D'Annunzio è già a Marina di Pisa, nella "Casa delle Rondini" della Duse.[37] Quindi, il 25 luglio 1899, fa ritorno a Settignano. Di là, quel giorno, scrive a Giovanni Cucchiara per ringraziarlo, per dirgli della commozione che ha provato davanti alle Apuane, "le divine montagne che *loderà* finché *vivrà*" e per annunciargli che è ritornato alla Capponcina per rimettersi a lavorare:

"Ho ricevuto il magnifico esemplare del 'Lucrezio' e i numerosi libri di storia regionale. Del dono fraterno ti sono infinitamente grato: rileggerò il poema antico nei tipi bolognesi del platonico De Benedictis. Gli altri libri ti rimanderò dopo che li avrò consultati. Ancora

---

[34] *Lettere ad Angelo Conti* cit., p. 27.
[35] Cfr. *Taccuino XXVII*, I, pp. 315-326.
[36] Cfr. *Taccuino XXIX*, I, pp. 327-330.
[37] Cfr. *Taccuino XXIX, Ibidem*, pp. 331-332.

ho gli occhi pieni del gran fulgore marmoreo. Pur ieri contemplavo dalla foce dell'Arno le divine montagne che loderò finché io viva. Nessuna commozione eguaglia, nella mia memoria, quella che provai salendo i bianchi cavernati: fuorché, forse, l'orrore sacro onde fui preso in Grecia dinanzi alle Fedriadi. – Son tornato alla Capponcina per rimettermi al lavoro".[38]

10. Di fatto, dalla Capponcina D'Annunzio non si mosse per il resto del mese di luglio e, pare, per buona parte di agosto. Quanto a lavorare, però, è molto improbabile che si sia veramente restituito al romanzo, come aveva preannunciato al Treves. Il pensiero del *Fuoco*, anzi, lo amareggia talmente che a un certo punto pensa addirittura di lasciarlo perdere ancora per qualche tempo e di "riprendere *La Grazia*", il secondo dei *Romanzi del Giglio*, da tempo promesso e, in realtà, mai avviato. Così stando le cose, è molto più probabile che tra la fine di luglio e i primi di agosto, D'Annunzio abbia continuato a scrivere testi delle *Laudi*. Forse, a quei giorni, risale la stesura del *Canto augurale per la nazione eletta* che, prima di entrare in *Elettra*, sarebbe stato pubblicato nel novembre di quell'anno sulla «Nuova Antologia» insieme all'*Annunzio*, alla *Sera fiesolana*, ai tre *Silenzi* e a *Bocca d'Arno*[39] e di cui non conosciamo la data di composizione. O forse, in quei giorni, furono composti anche dei versi di *Laus vitae*: ad esempio quelli, in altro modo di impossibile datazione, che sarebbero apparsi su «Il Giorno» di Roma l'11 marzo 1900[40] e quelli che nel *Fuoco* sono attribuiti a Stelio Effrena e citati come noti e quindi già esistenti.[41] Di fatto, il 7 agosto 1899, scrivendo a Giuseppe Treves da Settignano per informarlo, con tutta probabilità mentendo, che si è rimesso a lavorare al *Fuoco*, gli an-

---

[38] G. d'Annunzio, *Lettere ad un amico di collegio*, in «Nuova Antologia», a. LXXXIV, fasc. 1777 (gennaio 1949) pp. 3-12, loc. cit. a p. 11. D'Annunzio tornerà sul fascino che le "vette sublimi" dell'Alpe esercitano su di lui anche in una lettera all'amico dell'anno successivo: "Viareggio, Villa del Secco Motrone, 20 luglio 1920 /.../ Io non mi stanco di adorare la divina Alpe. Non ti so dire quanti insegnamenti mi vengono ogni giorno dallo spettacolo delle vette sublimi" (*ibidem*, p. 12).
[39] Vedi pp. 29 s.
[40] Si tratta di *Laus vitae*, vv. 358-420 (*La notte d'estate*).
[41] Cfr. *Il fuoco*, in *Prose di romanzi*, II, pp. 760-761; "Che era ella dunque per lui se non un aspetto di quella 'Vita dai mille e mille volti' verso di cui il desiderio, secondo un'imagine della sua poesia, scoteva di continuo 'tutti i suoi tirsi' " e cfr. *Maia, Laus vitae*, vv. 35-42: "Ah, tutti i suoi tirsi / il mio desiderio scosse / verso di te, o Vita / dai mille e mille volti, /.../ tutti i suoi tirsi!".

nuncia di aver già composto "un migliaio di versi" delle *Laudi* e gli espone anche quello che sarà il piano dell'opera:

"...Alla Marina di Pisa /.../ – mentre mi rafforzavo al buon soffio del mare – mi abbandonai al fiume della poesia cui avevo resistito per tanto tempo. Scrissi le prime *Laudi*: circa un migliaio di versi; ciò è quasi un terzo del primo volume. (Le *Laudi* si compongono di sette libri, i quali saranno pubblicati in tre volumi: I, tre libri; II, due libri; III, gli altri due.) Spero di aver pronto il primo volume per il febbraio del 1900. Tornato a Settignano, presi il mio coraggio a due mani e affrontai di nuovo *Il Fuoco*. Per le ragioni che ti accennai (e alle quali tu non puoi, ripeto, dare il giusto valore), non mi è possibile pubblicare questo romanzo nella forma primitiva. .Alcune modificazioni sono necessarie; e in parte è necessario un completo rimaneggiamento! La difficoltà *artistica* di queste modificazioni e di questo rimaneggiamento è tanta, che, al primo sforzo, mi sono scoraggiato. Ora ho più fede nella riuscita, e lavoro senza interruzioni. Certo preferirei di comporre un romanzo nuovo, e ti confesso che, nello scoramento, pensai di riprendere *La Grazia* e di lasciar perdere *Il Fuoco* ancora per qualche tempo. Ma le tue furie mi hanno spaventato; ed eccomi alla tortura cotidiana /.../ Sii sicuro, intanto, che non perdo il mio tempo. Sono molto contento delle *Laudi*. Ho trovato con una facilità incredibile certe cose che per tanto tempo avevo ricercato invano".[42]

Niente, naturalmente, è possibile dire circa il numero dei versi delle *Laudi* che D'Annunzio ha effettivamente composto e che possono ben essere stati davvero, tra versi dei futuri libri di *Maia*, di *Elettra* e di *Alcyone*, un migliaio. Particolare rilievo merita invece il piano dell'opera che il poeta annuncia a Giuseppe Treves. Da esso appare chiaro che D'Annunzio ha progettato un vero e proprio ciclo di opere in versi, paragonabile ai tanti cicli che ha progettato e avviato per i suoi romanzi. Le *Laudi*, dunque, sono previste in sette libri distribuiti in tre volumi: tre libri nel primo, due nel secondo e due nel terzo. Il numero dei libri, che per il momento non hanno titolo, e che soltanto a partire da una data per noi imprecisabile avranno ciascuno il nome di una delle sette Pleiadi,[43] rimarrà inva-

---

[42] *Altre lettere* cit., p. 705.
[43] I titoli definitivi dei sette libri delle *Laudi*, mutuati dai nomi di sette fra le più splendenti costellazioni delle Pleiadi, sono *Maia*, *Elettra*, *Alcione* [per la grafia, vedi nota 240], *Merope*, *Taigete*, *Asterope*, *Celeno*. La sequenza, già fissata in una cornice xilografica a p. (2) dell'edizione 1903 di *Maia*,

riato anche nei progetti successivi. Varierà, invece, la distribuzione dei libri stessi in volume, ma per quello che riguarda il primo volume il numero fissato – tre libri – rimarrà in vigore a lungo, fino alla vigilia dell'apparizione di *Maia*. Ovviamente, questo primo volume, anche se già nella lettera del 7 luglio D'Annunzio diceva di sentire che avrebbe potuto comporlo "d'un fiato", "in un mese o due" non sarebbe stato certo pronto "per il febbraio del 1900", come, secondo un vezzo che gli è tipico, ha annunciato a Giuseppe Treves.

11. Quindi, pochi giorni dopo aver scritto all'editore, D'Annunzio deve aver preso "il coraggio a due mani" e messe da parte le *Laudi* deve essersi veramente dedicato alla stesura, o alla rielaborazione, del *Fuoco*. Lo comunica anche all'amico Annibale Tenneroni. Scrivendogli da Settignano il 10 agosto per invitarlo a recarsi a fargli visita alla Capponcina dove è "solo", gli comunica che "lavora penosamente",⁴⁴ espressione che, in quel tempo, usa, in tutto l'epistolario, per alludere alla composizione del *Fuoco*.

12. Ai primi di settembre, però, il romanzo subisce una nuova interruzione. Il poeta, infatti, verso il 2 o il 3 settembre, lascia Settignano e si reca a Zurigo, per incontrarsi con la Duse, che si trova in Svizzera da qualche giorno per un giro di rappresentazioni. A Zurigo, nell'albergo dove alloggia con l'attrice

---

è ufficialmente sancita nell'"Elenco delle Opere "redatto dal poeta in occasione della costituzione dell'Istituto nazionale per l'edizione di tutte le sue opere. Non mancano, però, nei primi tempi, tracce di una diversa distribuzione dei titoli. Così, in una lettera ad Angelo Conti, datata tradizionalmente 13 agosto 1900, ma in realtà di incerta collocazione, D'Annunzio scrive: "Molte laudi ho composto, imitando le acque e le foglie. Pubblicherò in autunno i primi tre libri *Merope, Maia, Alcjone* [sic]" (*Lettere ad Angelo Conti* cit., lettera XLI, p. 29). *Maia* (Libro primo), *Elettra* (Libro secondo) e *Alcyone* (Libro terzo) uscirono, come vedremo, nel 1903. Il Libro quarto, *Merope*, uscì nel 1912 con *Le canzoni delle Gesta d'oltremare*. Nel 1933, dopo molte incertezze, D'Annunzio rinunciò al progetto di intitolare ad *Asterope*, facendone il Libro quinto delle *Laudi*, i *Canti della guerra latina* (1914-1918), riuniti in volume per l'Edizione nazionale. Comunque, nell'"Elenco delle Opere" sopra citato, D'Annunzio, nella prima sezione, intitolata *Versi d'amore e di gloria*, sotto il titolo delle *Laudi* registra, dopo *Maia, Elettra, Alcione* e *Merope*, anche gli altri tre libri: *Asterope*: Gli inni sacri della guerra giusta (1914-1918); *Taigete*: Il sogno dell'uomo prode (1921): *Celeno: Laus mortis* (1927).

⁴⁴ G. Fatini, *Confidenze dannunziane al "candido fratello" (dal carteggio inedito con Annibale Tenneroni*, in "Quaderni dannunziani", fasc. XXII-XXIII (1962) pp. 1029-1087 e fasc. XXIV-XXV (1963) pp. 1260-1330, loc cit. a p. 1260.

incontra Romain Rolland con la moglie.⁴⁵ Di quell'incontro Romain Rolland ci lascia una cronaca dettagliata che contiene una importante testimonianza su D'Annunzio, uomo e poeta, in quei mesi cruciali della sua attività. Per quello che riguarda l'uomo, Rolland non è tenero. Nel suo *Journal*, sotto la data del 5 settembre 1899, scrive di averlo ritrovato, a poco più di un anno di distanza dall'ultimo incontro, ancora piuttosto giovanile nei modi, ma come segnato dagli eccessi di lavoro e dalla *"débauche"*, nonché stanco e amareggiato, travagliato dall'idea del suicidio, sdegnoso dell'opinione dei più e nello stesso tempo divorato dall'orgoglio e dalla vanità:

"Il fait – scrive Romain Rolland – le dédaigneux et feint de mépriser l'opinion. Mais à peine renifle-t-il de loin l'odeur de la louange, il s'en grise comme un enfant; et il s'ouvre tout entier, à la façon d'un méridional, avec une admiration de soi attendrie et épanouie".⁴⁶

Lo giudica sensuale e cinico e nello stesso tempo affettuoso. Lo trova affetto da una sorta di sensibilità morbosa per la musica e si stupisce vedendolo commosso quando gli suona le *Variazioni* di Beethoven su tema di Diabelli e addirittura sconvolto quando attacca la *XX Variazione*. Lo accusa, infine, di aver fatto della Duse una vittima del suo egoismo estetizzante e lo ritiene l'unico responsabile della grave crisi che i suoi rapporti con l'attrice attraversano.⁴⁷ Quanto, invece, all'intellettuale e allo scrittore, il giudizio di Rolland è meno drastico. Egli riconosce infatti a D'Annunzio una intelligenza vivace e lo dice sempre a caccia di particolari tecnici di cui prende nota con cura in un suo libretto e che fa subito suoi, incapace, per altro, di discernere la vera bellezza delle arti diverse dalla sua e ipnotizzato dagli specialisti, come qualsiasi artista che abbia una educazione più brillante che profonda.⁴⁸ Passando poi a descrivere l'attività propriamente letteraria del poeta, Romain Rolland ci testimonia che, in quei mesi, D'Annunzio era, come sempre, pieno di lavoro e di progetti e che *Il fuoco* non esau-

---

⁴⁵ Sull'incontro tra D'Annunzio e Rolland cfr. G. Tosi, *D'Annunzio visto da Romain Rolland*, in "Il ponte" marzo 1963, a. XIX, pp. 339-362, in particolare le pp. 348-350.
⁴⁶ R. Rolland, *Journal intime*, Fol. 274, 5 settembre 1899, inedito, citato in G. Tosi, *D'Annunzio visto da Romain Rolland* cit., p. 349, nota 35.
⁴⁷ *Ibidem*, p. 349.
⁴⁸ R. Rolland, *Journal intime*, 5 settembre 1899, Fol. 274, inedito, citato in G. Tosi, *D'Annunzio visto da Romain Rolland* cit., p. 349, nota 37.

riva certo il suo impegno letterario: in particolare, Rolland ci informa che a quella data D'Annunzio aveva ormai terminato il romanzo, che lavorava anche alle *Laudi* e che già pensava alla *Figlia di Iorio*, alla *Francesca da Rimini* e alla continuazione delle *Vergini delle rocce*.[49] Probabilmente, alludendo al fatto che in quel tempo D'Annunzio lavorava anche alle *Laudi*, Rolland intende riferirsi ai testi già composti e non a testi nati in quei giorni a Zurigo. D'altra parte, non risulta che in quei giorni D'Annunzio abbia scritto versi.

13. Il 10 settembre 1899, mentre la Duse continua la sua *tournée*, il poeta fa ritorno alla Capponcina. In quei giorni, almeno a credere a quanto scrive a Georges Hérelle il 12 settembre, è tutto preso dal *Fuoco*, la cui uscita, afferma, è prevista entro la fine dell'anno.[50] Il 13 settembre, anzi, scrivendo a Giuseppe Treves per lamentarsi del fatto che la Casa Treves gli ha minacciato un sequestro a causa di una cambiale scaduta, traccia un quadro drammatico della sua fatica di romanziere, fatica che l'ha visto impegnato a riscrivere quasi tutto il romanzo e che lo costringe a lavorare dall'alba al tramonto:

"Ho dovuto fare quasi da cima a fondo il *Fuoco*, con uno sforzo improbo; e soltanto per mantenere i miei impegni verso di te, perché era preferibile rinunciare a quell'opera e intraprenderne un'altra. Iersera rinviai le nuove bozze, e il copista lavora per il resto; e io mi levo all'alba per mettermi all'atroce fatica, se bene la mia salute sia compromessa".[51]

Risolta, con un ennesimo compromesso, la questione con la Casa Treves, D'Annunzio deve aver continuato, per quanto senza entusiasmo, a lavorare al romanzo. Ma poco dopo la metà di settembre, passò senz'altro alla poesia. Infatti, tra la fine di settembre e i primi di ottobre, compose la *Laude di Dante*, che nel manoscritto autografo reca la data del 29 settembre 1899 [52] e l'ode *Per la morte di Segantini*, che sarebbero state pubblicate rispettivamente sulla « Nuova Antologia » del 16 gennaio 1900 e su « Il Marzocco » dell'8 ottobre 1899 e che poi sa-

---

[49] *Ibidem*, Fol. 272, inedito, citato in G. Tosi, *D'Annunzio* cit., p. 349, nota 40.
[50] Lettera a Georges Hérelle del 12 settembre 1899.
[51] *Altre lettere* cit., p. 706.
[52] Cfr. *Inventario dei manoscritti di D'Annunzio al Vittoriale*, in "Quaderni dannunziani" XXXVI-XXXVII (1968) p. 42, n. 366.

rebbero confluite in *Elettra* con i titoli *A Dante* e *Per la morte di Giovanni Segantini*.

14. Ai primi di ottobre, tuttavia, D'Annunzio interruppe ancora il lavoro e corse a raggiungere la Duse a Vienna. A Vienna si trattenne dal 7 al 10 ottobre.[53] Poi, per la via di Venezia, dove si fermò e dove prese appunti che avrebbe utilizzato nella parte finale del *Fuoco*,[54] fece ritorno a Settignano e si rimise al romanzo. Alla Capponcina non gli mancavano le preoccupazioni di sempre. Scriveva il 18 ottobre 1899 a Annibale Tenneroni:

"Da che tu sei partito, anche la pace è partita dalla Capponcina /.../ Il mio lavoro non è più protetto. Ogni momento qualcuno bussa alla mia porta e lacera brutalmente l'illusione della poesia. Gli eventi precipitano. /.../ I fastidi si accumulano, venendo da ogni parte. La ferocia dei consanguinei, coscienti o incoscienti, è veramente spaventosa. Bisogna che io trovi il mezzo per uscire da queste inquietudini che turbano e compromettono il mio lavoro".[55]

Fatta la debita tara all'enfasi dannunziana, bisogna riconoscere che la situazione di cui il poeta si lamentava era davvero grave. A parte i problemi personali, inerenti alla sua condizione di esteta raffinato ed elegante e perciò sempre bisognoso di denaro e, di conseguenza, sempre assillato dai creditori, c'erano, a *turbare* se non a *compromettere* il suo lavoro, anche i problemi per così dire familiari. C'era la "ferocia dei consanguinei", cioè, forse, gli strascichi delle liti e delle contestazioni seguite al tracollo finanziario della sua famiglia, a Pescara, o, forse, le preoccupazioni nate dal comportamento libertino e per molti aspetti delinquenziale del fratello Antonio; c'era il figlio Mario che, anche quell'anno, era stato costretto a sostenere gli esami nella sessione autunnale; c'era la Gravina che gli impediva di vedere la figlia Renata e lo ricattava chiedendogli sempre soldi e così via. Naturalmente, si trattava, in generale, di problemi che avrebbe potuto almeno in parte risolvere se avesse potuto disporre di una forte somma di denaro, ma, al solito, era proprio la mancanza di denaro il problema più grave che lo assillava.

15. Così, nell'ottobre, mentre, a suo dire, "prosegue con una

---

[53] Cfr. *Taccuino* XXX, I, pp. 338-341.
[54] Cfr. *Taccuino* XXX, I, pp. 341-344 e *Taccuino* XXX, I, pp. 349-351.
[55] G. Fatini, *Confidenze* cit., p. 1263.

ostinazione fierissima" la "terribile fatica" del *Fuoco*,[56] spinto proprio dalle difficoltà in cui si dibatte, ed esaurite tutte le altre fonti di finanziamento, si rivolge ancora una volta al buon Tenneroni perché lo aiuti a trovare qualcuno disposto a prestargli cinque o seimila lire: da parte sua, è pronto a dare "una garanzia facendo una cessione dei *mobili*, condizionata alla restituzione della somma": anzi, arriva al punto di offrire, a chiunque sia disposto ad accettarla, nientemeno che la proprietà delle *Laudi*, ma solo nel caso che non ci sia un'altra soluzione possibile, "perché – scrive – certo darei un gran dispiacere ai miei editori".[57]

La cosa non ebbe seguito, ma, lo stesso, per mettere insieme un po' di soldi, nonostante precisi contratti editoriali glielo vietassero, non esitò a cedere un gruppo di *Laudi* alla «Nuova Antologia». Le liriche che invia alla rivista, per altro, non costituiscono tutto ciò che delle *Laudi* ha composto fino a quel momento. Infatti, pochi giorni dopo averle spedite, verso la fine del mese, scrive ad Annibale Tenneroni, che a Roma cura i suoi interessi, per dirgli che ha ancora "nel cassetto, inediti", "circa 500 versi (*Laudi*)" e lo prega di offrirli, quando si recherà alla redazione della rivista per sollecitare le bozze delle *Laudi* che dovranno uscire sul numero del 15 novembre, al direttore.[58] Il direttore della rivista, però, non accettò la nuova offerta e D'Annunzio dovette accontentarsi dei soldi che aveva ricevuto. Resta il fatto che in quell'ottobre del 1899 nel suo cassetto c'erano almeno 500 versi inediti delle *Laudi*. E siccome non è il caso di mettere in dubbio che la cosa sia vera, bisogna pensare che, tra il giugno dell'esordio delle *Laudi* e questo mese di ottobre, egli abbia scritto altri versi, oltre a quelli di cui conosciamo la data di composizione o di cui, con la loro pubblicazione in rivista, conosceremo presto l'esistenza. È vero che, tra le liriche inviate alla «Nuova Antologia» non ci sono due testi già sicuramente composti, come *La tenzone* (vv. 44) e la *Laude a Dante* (vv. 121), ma anche a tener conto di esse sono sempre almeno 330 i versi delle *Laudi* che non conosciamo e che già esistevano. Forse non si sbaglierà a pensare che si trattasse di versi della futura *Laus vitae*.

---

[56] *Ibidem*.
[57] *Ibidem*, pp. 1263-1264.
[58] *Ibidem*, p. 1264.

16. Tra ottobre e novembre, D'Annunzio lavorò "con ardore" al *Fuoco*, o per lo meno così scriveva a Georges Hérelle il 31 ottobre 1899.[59] Ai primi di novembre provvide anche a correggere le bozze delle *Laudi* che sarebbero dovute apparire sulla «Nuova Antologia». Il 6 o il 7 novembre, le spediva al Tenneroni con la preghiera di vigilare affinché "le correzioni e le indicazioni in merito in principio d'ogni laude" fossero scrupolosamente eseguite e con l'invito a ritirare e a fargli avere il manoscritto "quando non *fosse* più utile al tipografo".[60]

17. Così il 16 novembre 1899, il primo nucleo delle *Laudi* vedeva la luce sulla «Nuova Antologia». Si trattava di sette componimenti: quello che sarà poi *L'Annunzio* premesso a *Maia* e che per il momento è anepigrafo e reca titolature parziali a margine; quello che sarà il *Canto augurale per la nazione eletta*, che chiuderà *Elettra*, anch'esso anepigrafo e fornito di titolature parziali a margine; *Il silenzio di Ferrara, Il silenzio di Pisa* e *Il silenzio di Ravenna* che in *Elettra* apriranno il gruppo delle *Città del silenzio* e che ora sono raccolte insieme, senza titolo comune; e infine, anepigrafe e con titolature parziali a margine, *Bocca d'Arno* e *La sera fiesolana* del futuro libro di *Alcyone*. Le liriche erano riunite sotto il titolo comune *Laudi del cielo del mare della terra e degli eroi*, senza alcuna distinzione in libri e con un ulteriore titoletto marginale che ribadiva l'ambito laudistico della primizia: "Incipiunt laudes creaturarum". Erano precedute da un ritratto del poeta ed erano pubblicate l'una di seguito all'altra, contro il desiderio dell'autore, che le avrebbe volute "ciascuna" con "la sua pagina a capo".[61] Erano, inoltre, numerate progressivamente da I a V – i tre *Silenzii* erano raggruppati sotto il III – e a lato recavano un altro numero progressivo posto tra parentesi quadra (I al I, LII al II, LXVIII al III, LXX al IV, LXIX al V) "ad indicare l'esistenza di un unico, già ampio e ordinato disegno complessivo".[62] Dunque, nonostante fin dall'agosto il poeta avesse annunciato a Pepi Treves che voleva distri-

---

[59] "Ho lavorato ardentemente al *Fuoco*. Il libro sarà certo pubblicato in Italia nei primi giorni del gennaio prossimo /.../ Riceverete fra alcuni giorni altre prove".
[60] G. Fatini, *Confidenze* cit., p. 1264.
[61] *Ibidem*.
[62] P. Gibellini, *Per la cronologia di "Alcyone"*, in "Studi di Filologia italiana" XXXIII (1975) pp. 393-424, loc. cit., a p. 393, nota 3.

buire in tre libri il materiale poetico del primo volume della sua nuova fatica letteraria, le *Laudi*, per il momento, a giudicare dal manipolo anticipato sulla rivista, appaiono ancora concepite come un blocco indistinto. Ci sono però già evidenti segni di quella che sarà la struttura finale dei primi tre libri: infatti, all'*Annunzio*, che oltre tutto è il primo testo composto, è già assegnata la funzione preliminare e introduttiva che gli resterà anche nell'edizione a stampa del ciclo e, inoltre, la distribuzione stessa delle liriche anticipa già, con la successione dei vari testi, la successione secondo cui i primi tre libri delle *Laudi* saranno organizzati: *Maia* (*L'Annunzio*), *Elettra* (il *Canto augurale* e i tre *Silenzii*) e *Alcyone* (*Bocca d'Arno* e *La sera fiesolana*).

18. La casa editrice Treves protestò, come c'era da aspettarsi, per il "tradimento" compiuto dal poeta cedendo a una rivista il testo delle liriche. D'Annunzio mise subito a tacere l'amico Pepi Treves chiarendogli che non si concedeva tale "tradimento" "se non per necessità" e chiedendogli "di nuovo con la più viva premura" di fargli un prestito di cinquemila lire. Di tali soldi ha bisogno, a suo dire, per terminare il "terribile libro che *gli* divora il cervello". In cambio del favore, promette all'amico anche il primo volume delle *Laudi*, di cui, afferma, ha già composto "duemila versi" e che, dice, sarà pronto per aprile:

"Il primo volume delle *Laudi* – scrive all'amico editore il 27 novembre 1899 – sarà pronto per aprile. Ho già scritto circa duemila versi".[63]

In realtà, D'Annunzio è tutto preso dalla stesura del *Fuoco* e, come appare dal contesto della lettera, quanto dichiara a Giuseppe Treves circa la consistenza già assunta dal volume delle *Laudi* ha il solo scopo di facilitare la concessione da parte dell'editore di un nuovo anticipo.

19. La stesura del *Fuoco*, la cui consegna slittò progressivamente di mese in mese, con buona pace dell'editore, si protrasse per tutto il dicembre 1899, il gennaio e parte del febbraio 1900. Naturalmente, in quei mesi, *Il fuoco* non fu l'u-

---

[63] Cfr. *Ventidue lettere inedite di Gabriele d'Annunzio*, a cura di E. Maccagnolo, in "Convivium" XXVI, fasc. 6 (novembre-dicembre 1958) pp. 727-740, loc. cit. a p. 731.

nico pensiero del poeta. Oltre che lavorare al romanzo, D'Annunzio visse la sua vita di sempre, preso dalle consuete occupazioni più o meno "pure". Così, a parte i soliti intrallazzi con usurai, banche e giornali per raggranellare qualche soldo, a parte le solite questioni con la Duse e, da lontano, con Maria Gravina e a parte, anche, una violenta polemica che lo portò a rompere momentaneamente la non facile amicizia con Giovanni Pascoli,[64] egli lavorò anche ad altri testi. Nel dicembre, mentre progettava con Georges Hérelle la pubblicazione in francese del *Fuoco*, della *Gioconda* e della *Gloria*,[65] mise insieme il testo del discorso che, dietro invito del Comitato dantesco di Firenze, pronunciò il 15 gennaio 1900 in Orsammichele per l'inaugurazione del ciclo delle *Lecturae Dantis*.[66] Inoltre, tra il dicembre e il gennaio rivide il *Ragionamento* che avrebbe fatto da prefazione a *La beata riva* di Angelo Conti, il volume che era nato dalle conversazioni tra lui e l'amico e che tanto conteneva della poetica delle *Laudi*.[67]

Finalmente, verso la metà di febbraio – il 13 febbraio 1900 – D'Annunzio terminò la stesura del *Fuoco*. Scriveva a Emilio Treves qualche giorno prima, il 24 o il 25 gennaio 1900:

"*Il Fuoco* è la prima parte di una trilogia che si intitolerà al Melograno. La seconda parte uscirà – spero – verso il maggio e si chiamerà *La Vittoria*. La terza si chiamerà *Il Trionfo della Vita* e chiuderà le tre trilogie trionfalmente. Il volume di prossima pubblicazione sarà completo come *Le Vergini delle rocce* a cui faranno seguito *La Grazia* e *L'Annunciazione*. Così anche l'economia del monumento (*aere perennius*) non sarà turbata /.../ Come interiorità di rappresentazione e come sforzo di sintesi, credo *Il Fuoco* superiore ad ogni altro mio libro. E il contrasto fra la prima e la seconda parte, tra *L'Epifania del Fuoco* e *L'Impero del Silenzio*, mi sembra felice. – Sono curioso della tua impressione schietta /.../ Io ho poca voglia di

---

[64] Cfr. M. Biagini, *D'Annunzio e Pascoli: consensi e dissensi di vita e di arte*, in "Quaderni dannunziani" fasc. XXXIV-XXXV (1966) pp. 566-598, specialmente, per il caso in questione, pp. 573-578.
[65] Cfr. la lettera a G. Hérelle del 18 dicembre 1899.
[66] L'abbozzo di un passo del discorso è contenuto nel *Taccuino XXXIII*, I, p. 365. Il testo del discorso apparve su « Il Giorno » di Roma del 14 gennaio 1900 e fu poi ampiamente svolto nella prosa *Per la dedicazione dell'antica Loggia fiorentina del grano al novo culto di Dante*, ora in *Prose di ricerca*, III, pp. 312 ss.
[67] Cfr. A. Conti, *La beata riva*, Milano, Treves, 1900 e, per i rapporti di poetica tra A. Conti e G. d'Annunzio, cfr. A. Noferi, *L'Alcyone nella storia della poesia dannunziana*, Firenze, Vallecchi, s. d. ma 1946, pp. 210-214.

concedere un capitolo all'*Antologia* tanto più che sono furioso contro Maggiorino perché ha messo la mia *Laude di Dante* fra i Dividendi e fra gli Zuccheri. Gli ho scritto appunto che non avevo voglia di mandargli altro. Non so se mi passerà il malumore. Te ne riscriverò. Ma come effetto, mi sembra preferibile lanciare intero il gran blocco su le dure cervici del pubblico".[68]

Le reazioni dei lettori alla pubblicazione del romanzo, di fatto, furono vivaci e, anzi, non mancarono rumorose polemiche, specialmente all'estero, sulla indelicatezza di cui D'Annunzio aveva dato prova nel trattare un argomento tanto intimo e riservato come quello della sua relazione con la Duse. Ma, al di là di questi fatti, che del resto lasciarono per lo più indifferenti tanto D'Annunzio quanto la Duse, quello che qui importa sottolineare è che la conclusione del romanzo segnava un momento importante nella storia dell'attività dannunziana. Infatti, in quel febbraio 1900, ponendo la parola fine in calce al manoscritto e rinviando *sine die* il completamento della progettata trilogia, il poeta sigillava con il definitivo ripudio dei modi naturalistici, del moralismo fittizio e dello psicologismo di maniera e soprattutto con la totale liricizzazione del tessuto prosastico, tutte conquiste legate, come si è visto, alla esperienza nietzschiana, il lungo processo avviato con *Le vergini delle rocce*. Ora D'Annunzio era davvero pronto, almeno tecnicamente, a imprimere alla sua scelta di tornare alla poesia una direzione ancora più netta e precisa di quanto aveva fatto nelle liriche composte nei mesi immediatamente precedenti. Ma, prima che, raccogliendo il filo preso a dipanare tra il giugno e il settembre 1899, potesse ritornare a scrivere versi, dovevano passare ancora alcuni mesi.

20. Nel marzo, nel pieno delle polemiche suscitate dalla pubblicazione del *Fuoco*, D'Annunzio si trovò al centro della curiosità generale anche per effetto di un suo gesto "politico". Il 24 marzo 1900, mentre il Parlamento era paralizzato dall'ostruzionismo con cui la Sinistra intendeva impedire l'approvazione delle leggi speciali del reazionario ministero Pelloux, il poeta, che, dopo la sua elezione a deputato nell'estate del 1897, ben raramente si era fatto vedere a Montecitorio, si en-

---

[68] Gli autografi delle lettere ad Emilio Treves sono conservati alla Biblioteca Nazionale di Roma. La Biblioteca del Vittoriale ne possiede una copia dattilografica: da essa dipendono le citazioni.

tusiasmò per l'attivismo di cui gli uomini della Sinistra davano prova e passò dai banchi della Destra a quelli dell'Estrema, affermando che, "come uomo d'intelletto", andava "verso la vita". La cosa, in verità, rivelava soltanto come alla base del suo interesse per la politica ci fosse stato e ci fosse solo la volontà, tutta letteraria ed estetizzante, di compiere un gesto teatrale, ma ebbe vasta eco nel paese. D'Annunzio scrisse in proposito un paio di articoli, che furono pubblicati su «Il Giorno» di Roma, per giustificare il suo comportamento. Poi, ai primi di aprile, lasciò addirittura l'Italia e andò a raggiungere la Duse a Vienna. Verso la metà del mese era di nuovo alla Capponcina. Tutto il suo lavoro di quei giorni pare sia consistito nella revisione della traduzione francese del *Fuoco* che Georges Hérelle gli veniva faticosamente approntando e che non lo trovava mai soddisfatto. Poi, il 29 aprile 1900, lasciò ancora una volta l'Italia, per raggiungere la Duse, che questa volta era in Germania. Quindi, fra il maggio e il giugno, si trovò impegnato in una nuova avventura elettorale. Il 30 giugno, però, il voto degli elettori sancì la definitiva fine del suo "impegno parlamentare".

21. Ai primi di luglio, D'Annunzio si recò con la Duse a passare l'estate in Versilia. Si sistemò dalle parti di Viareggio, in una villetta in riva al mare, tra il Motrone e il Fosso del Cignale, in una località detta "il Secco Motrone" e, finalmente, tornò a dedicarsi alla poesia. Tra il luglio e l'agosto di quell'anno, infatti, compose molti versi. Con uno sguardo agli appunti registrati nel *Taccuino* n. 10 ai primi di luglio dell'anno precedente e con uno sguardo alle pagine dei *Jeux rustiques et divins* di Henri de Régnier, sua recente lettura,[69] stese il *Ditirambo III* (20 luglio), *L'Oleandro* (2 agosto) e, importantissimi per la soluzione metrica adottata, *Le Ore marine* (13 agosto) e *Il novilunio* (31 agosto), che sarebbero poi entrati nel Libro di *Alcyone*.[70] Contemporaneamente, con un occhio, questa volta, all'attualità politica e quasi con l'intento di meritarsi il titolo di poeta civile, stese l'*Ode al Re* (7 agosto) e l'*Ode alla memoria di Narciso e Pilade Bronzetti* (19 agosto)[71]

---

[69] Sui rapporti tra D'Annunzio e H. de Régnier vedi la nota 32 e, naturalmente, le note ai singoli componimenti.
[70] Per la datazione dei vari componimenti citati, come per tutto il resto, si vedano i cappelli introduttivi ai singoli componimenti.
[71] Cfr. *Inventario* cit., p. 42, rispettivamente n. 367 e n. 368.

che, dopo essere apparse su « Il Giorno » di Roma del 12 e
del 22 agosto, sarebbero entrate nel Libro di *Elettra* con i titoli *Al re giovine* e *Alla memoria di Narciso e Pilade Bronzetti*.
Il 13 agosto 1900, nel pieno dell'attività compositiva e dell'entusiasmo per il successo dell'ode *Al re giovine*, il poeta scriveva a Giuseppe Treves e, tra le altre cose, gli annunciava che
intendeva pubblicare il primo tomo delle *Laudi* nell'autunno:

"Sono inchiodato al lavoro – come per consueto. Hai veduto la mia
Ode al Re? È passata per l'Italia come un fremito. Da ogni parte ri-
cevo plausi e saluti /.../ Nell'autunno deve essere pubblicato il primo tomo delle *Laudi*. Ho bisogno di parlartene a voce. Quest'anno
veramente verrò a Pallanza, per terminare alcune laudi e per curare l'edizione /.../ Ah se per le *Laudi* tu ti risolvessi a fare una delle
edizioni con qualche ornamento disegnato dal Sartorio, sul tipo dei
libri inglesi decorati d'incisioni in legno! Bisogna che ci mettiamo
d'accordo".[72]

Lo stesso giorno, 13 agosto, D'Annunzio scriveva anche a
Angelo Conti. Anche a lui, dopo avergli confidato, in termini
altamente "imaginifici", di aver composte "molte" liriche,
annunciava per l'autunno l'uscita dei primi tre libri delle *Laudi*
e gliene anticipava addirittura i titoli:

"M'hanno agitato – gli diceva – i soffii della poesia e i venti del mare, in questi giorni. Molte laudi ho composto, imitando le acque e
le foglie. Pubblicherò in autunno i primi tre libri – *Merope*, *Maia*,
Alcjone [sic]".[73]

I titoli sono, ovviamente, provvisori. Di essi, solo *Alcjone*
resterà, per quanto con grafia diversa,[74] in testa al terzo Libro
delle *Laudi*, cioè nella stessa posizione in cui è collocato nella
lettera al Conti. *Maia*, poi, rimarrà sì come titolo a uno dei
primi tre libri delle *Laudi*, ma passerà al primo posto. *Merope*,
invece, uscirà dalla terna: andrà, nel 1911-1912, a far da titolo
al quarto Libro[75] e sarà sostituito da *Elettra*, che però farà da
titolo al secondo e non al primo Libro. Comunque, questa è la

---

[2] *Altre lettere* cit., pp. 707-708.
[73] *Lettere ad Angelo Conti* cit., p. 29.
[74] Vedi nota 240. La grafia *Alcjone*, per altro, pare poco dannunziana e potrebbe essere attribuita a un errore dell'editore della lettera, di cui non ci
è pervenuto l'autografo, o, anche, ad un errore del proto
[75] Vedi nota 43.

prima volta che i libri delle *Laudi* appaiono forniti di titoli, e bisognerà aspettare almeno un paio di anni prima che questi titoli, debitamente corretti, tornino di nuovo a galla.

Continuando le sue confidenze, a Angelo Conti, nella medesima lettera, il poeta comunica anche di aver "parlato con le Sirene" e di essersi "trasfuso nel mito di Glauco":

"Tu che fai? Conversi con Santa Chiara? Io veramente ho parlato con le Sirene e mi sono trasfuso nel mito di Glauco".

Ma, per quanto preciso, l'accenno a Glauco, il mitico pescatore in cui il poeta dice di essersi "trasfuso" non implica di necessità che il *Ditirambo* di Glauco – il futuro *Ditirambo II* – sia nato in quell'agosto. Di fatto, con tutta probabilità esso fu composto solo due anni dopo, nell'estate del 1902, e l'accenno contenuto nella lettera, dovuto forse a suggestioni derivate dalla lettura dei versi di Henri de Régnier,[76] testimonia solo quanto antica sia la prima intuizione del motivo dell'ansia del divino che porterà D'Annunzio a immedesimarsi in Glauco.[77]

Anche in tanta alacrità e in tanto fervore compositivo e ideativo, per altro, D'Annunzio non dimenticò il suo interesse e, conciliando con la consueta abilità lavoro creativo e spirito pratico, provvide a cercare sbocchi economicamente produttivi al frutto della sua attività di poeta. Così, nonostante le belle parole e le tante dichiarazioni in contrario fatte ai Treves, egli, spinto dalle solite "necessità" finanziarie, non aspettò l'autunno annunciato a Pepi Treves e a Angelo Conti per pubblicare qualcuno dei testi che era venuto componendo. A parte le odi come *Al re giovine* e *Alla memoria di N. e P. Bronzetti*, la cui attualità rendeva necessaria l'immediata pubblicazione, già il 1° luglio 1900 aveva fatto pubblicare su « Il Giorno » di Roma, con il titolo *La tregua*, la lirica *La tenzone*, che aveva composto nell'agosto dell'anno prima e che poi sarebbe entrata nel Libro di *Alcyone*. Ora, verso la fine di agosto, si trovò ad offrire, per il tramite del solito Tenneroni, i 500 versi dell'*Oleandro* a M. Ferraris, direttore della « Nuova Antologia », in cambio di 500 lire. Scriveva, in proposito, al Tenneroni·

---

[76] Per la precisa eco da H. de Régnier che la lettera contiene ("Molte laudi ho composto, *imitando le acque e le foglie*"), vedi *Il fanciullo*, vv. 275-277 e nota relativa. Più in generale, vedi la nota 32.
[77] Vedi alle pp. 351 ss. il cappello introduttivo al *Ditirambo II*

"Scrivo oggi a Maggiorino Ferraris per dirgli che ho versi da pubblicare e che non posso – per ragioni di convenienza – indugiare più oltre. Se egli vuole e può pubblicarli nel numero del 1° settembre, bene; se non può, mi ritengo libero di pubblicarli altrove. Gli darò più tardi qualche altra cosa. Questi versi sono circa 500: compongono un'ecloga marina intitolata l'*Oleandro* (endecasillabi) variamente armonizzati. Li ricopio e te li mando. Se l'« Antologia » rinuncia, puoi – secondo il tuo desiderio – darli alla « Rivista d'Italia ». Mi rimetto a te per il prezzo che però non deve essere minore di 500 lire, mentre, come sai, l'« Antologia » ne ha pagate mille. Ma desidero che questa Ecloga sia pubblicata subito: è poesia da estate. Va dunque in cerca dell'On. Maggiorino e ottieni una risposta sollecita".[78]

Le trattative con la « Nuova Antologia » furono laboriose.[79] Alla fine, però, D'Annunzio la spuntò e *L'oleandro* fu pubblicato sul fascicolo del 16 novembre 1900. Prima di esso, tuttavia, il 5 ottobre 1900, sulla rivista « Flegrea » di Napoli vide la luce, con il titolo *Novilunio di Settembre*, un'altra eccezionale primizia del futuro libro di *Alcyone*, *Il novilunio*.

22. Nel settembre, intanto, il poeta continuò a produrre nuove *Laudi*. Privilegiò, però, più il versante politico e intellettuale della sua ispirazione che quello lirico e panico. Così, sollecitato da avvenimenti di attualità, in meno di un mese mise sulla carta più di ottocento versi: tra il 25 agosto, data della morte di F. Nietzsche, e il 9 settembre, quando l'ode apparve su « Il Giorno », compose i 441 versi dell'ode *Per la morte di un distruttore*, intessuti di immagini e di sentenze tratte dalle opere del pensatore tedesco e volti a esaltare l'annunciatore del Superuomo; il 9 settembre finì di comporre i 162 versi dell'ode *Per i marinai d'Italia morti in Cina*,[80] che apparve il 14 settembre su « Il Giorno », e, infine, il 16 settembre terminò i 240 versi dell'ode *A Roma*, che apparve il 20 settembre sul medesimo quotidiano: tutti testi che sarebbero confluiti in *Elettra*. Tanto fervore compositivo e, forse più, l'abitudine di promettere libri all'editore, fecero sì che il 13 settembre, egli annunciasse di nuovo a Giuseppe Treves il volume delle *Laudi* per il prossimo ottobre·

---

[78] Scartabello, *Gabriele d'Annunzio e la "Nuova Antologia"*, in « Nuova Antologia » a. LXXIII, fasc. 1584 (16 marzo 1938) pp. 179-186, loc. cit. a p 182.
[79] Vedi pp. 366 s.
[80] Cfr. *Inventario* cit., p. 42, rispettivamente n. 369 e n. 370

"Lavoro molto – scriveva da Viareggio all'editore. – Il volume delle *Laudi* sarà pronto per ottobre; ma è necessario che ci intendiamo intorno alla forma tipografica del libro. Ne parleremo a voce".[81]

23. Verso la fine di settembre, D'Annunzio lasciò la villa sul mare e, dopo un breve soggiorno a Settignano, partì alla volta della Germania, per incontrarsi con la Duse. Il viaggio interruppe il lavoro e perciò alla metà di ottobre il volume delle *Laudi*, diversamente da quello che D'Annunzio aveva preannunciato a Giuseppe Treves, non era ancora pronto. Tuttavia il poeta non disperava di terminarlo entro i primi di novembre. Scriveva, il 13 ottobre 1900, a Giuseppe Treves, da Wiesbaden, dove si trovava con la Duse:

"Il volume delle *Laudi* non è ancor pronto, ma potrà esser pronto per San Martino. Però sarebbe molto utile che fin d'ora noi c'intendiamo intorno alla forma del libro. Questa volta bisognerà che tu non mi stampi con gli stessi caratteri che s'adoperano per la Cabala del Lotto. Caratteri nuovi, di forma pura, e carta a mano, leggera, giallognola. Se /.../ potrò fermarmi qualche ora a Milano, ti telegraferò pregandoti di farti trovare nel tuo ufficio. Così, se ci intenderemo, tu potrai nel frattempo preparare i materiali tipografici. Il volume sarà molto nutrito: composto di circa cinquemila versi".[82]

24. Pochi giorni dopo, il 21 ottobre 1900, appena di ritorno a Settignano, a Georges Hérelle scriveva addirittura di essere stato costretto a rinunciare a un viaggio in Spagna, evidentemente al seguito della Duse, perché doveva finire il libro delle *Laudi* in vista della sua imminente pubblicazione:

"Bisogna che prepari il mio libro delle *Laudi*, e avrò qualche settimana di lavoro febbrile necessariamente".[83]

Ma tra la fine di ottobre e l'inizio di dicembre, D'Annunzio non pare aver lavorato ad alcunché, tranne che, forse, alla revisione della traduzione francese della *Gioconda*, da tempo promessa all'Hérelle. In novembre, in particolare, fu quasi sempre in giro, tra Pallanza, ospite di Giuseppe Treves, e Milano. Inoltre, a impedirgli di lavorare per finire il volume delle *Laudi* ci furono, in quei giorni, anche molte "miserie vili", cioè le solite

---

[81] *Altre lettere* cit., p. 708.
[82] *Ventidue lettere* cit., p. 732.
[83] Lettera a G. Hérelle del 21 ottobre 1900.

beghe legate ai figli legittimi e illegittimi e al consueto bisogno di procurarsi il denaro necessario per vivere e per accontentare parenti e creditori. Nel dicembre, comunque, in seguito alle impressioni provate, nel novembre, nel corso di una visita a Santa Maria delle Grazie a Milano, di fronte alla "cena" di Leonardo, compose l'ode *Per la morte di un capolavoro*. L'ode, finita il 19 dicembre,[84] fu inviata a Giuseppe Treves per essere pubblicata su « L'Illustrazione Italiana », dove apparve il 1° gennaio 1901. Per altro, il progetto di pubblicare a breve scadenza il volume delle *Laudi* non è, in questo mese di dicembre, ancora del tutto caduto. Scrivendo il 16 o il 17 dicembre a Giuseppe Treves, dalla Capponcina, per informarlo sia delle sue "miserie" sia della composizione dell'ode leonardesca, acclude alla lettera alcune *Laudi* che vorrebbe veder composte "per prova":

"Ho passato alcuni giorni di pena in uno stato di furore e di disgusto contro le miserie vili che mi opprimono /.../ Nel tempo medesimo ho avuto molte amarezze, di parte *legittima* e *di parte illegittima*. Tu sai già con qual durezza quasi brutale tutti i pesi sieno stati gettati sopra di me. In questi ultimi tempi, circostanze singolari hanno aggravato la mia condizione di forzato *alimentatore*. Eccomi ridotto veramente a girar la macina senza voglia e senza utilità! – Non v'è nel lontano oceano qualche isola ignota dove io possa emigrare? – Speravo di avere un beneficio immediato dall'impresa teatrale tedesca – della quale ti parlai. Ma bisognerà che io aspetti sino a maggio. Intanto questa fine d'anno si presenta irta di fastidii innumerevoli, e non so ancora in che modo uscirne. Ma la Capponcina è pur sempre silenziosa e calma, inutilmente; e, negli intervalli della tortura, sento scorrere dentro di me torrenti di poesia che si perdono in confuso. Ore irrevocabili! Ma non voglio affliggerti, mio caro amico /.../ Ti accludo /.../ anche alcune *Laudi*, che tu conosci. La prima è quella che contiene i versi più lunghi. Potresti farle comporre, per prova. Ho scritto, in questi giorni, dolorosamente, una *Ode per la morte di un capolavoro*. È un'ode funebre per la perdita ormai irreparabile del Cenacolo vinciano...".[85]

L'editore provvide a stampare le "prove" delle *Laudi* – D'Annunzio, il 24 dicembre, scriveva a Giuseppe Treves: "Non ho ancora ricevuto le prove delle *Laudi* che mi annunci",[86] –

---

[84] Cfr. *Inventario* cit., p. 43, n. 378.
[85] *Ventidue lettere* cit., p. 732.
[86] *Altre lettere* cit., p. 708.

ma ormai né l'editore né il poeta parlano più di una prossima pubblicazione del volume. Qualche giorno dopo, verso la fine del mese, tuttavia, scrivendo ad Angelo Conti, il poeta dà ancora per prossima la pubblicazione dei primi "tre libri delle *Laudi*" al cui completamento dice di attendere. Infatti, dopo aver annunciato all'amico che ha composto un'ode "per la ruina del *Cenacolo vinciano*" e che al momento attende alla stesura di un canto dedicato all' "Eroe" "che riposa a Caprera nella tomba scolpita dall'arte del mare", gli dice:

"Lavoro a compiere i primi tre libri delle *Laudi* che verranno in luce prossimamente".[87]

L'indeterminatezza dell'allusione è di per sé significativa circa le reali possibilità di una apparizione in tempi brevi del volume. Comunque, con la fine di dicembre, D'Annunzio riprese a lavorare intensamente. Tra il dicembre del 1900 e il gennaio 1901, attende alla preparazione dell'edizione definitiva delle sue novelle, per la cui cessione per cinque anni l'editore gli ha offerto 3.000 lire,[88] e compone *La notte di Caprera*. Annuncia, il 30 dicembre 1900, a Emilio Treves:

"Scrivo in questi giorni la *Laude* di Garibaldi. Te ne parlai a Pallanza. Ho intenzione di pubblicarla in un volumetto a parte, nei primi giorni di Gennaio. Ne scriverò a Giuseppe".

E a Giuseppe Treves scrive, il 2 gennaio 1901:

"Sto componendo l'Ode per Garibaldi. E desidero pubblicarla a parte. Quando l'avrò finita te la porterò io stesso a Milano."

E aggiunge:

"Pensa alla veste delle *Laudi*!".[89]

Tra l'altro, proprio allo scopo di indurlo a dare alle *Laudi*

---

[87] *Lettere ad Angelo Conti* cit., p. 24.
[88] Cfr. la lettera a Giuseppe Treves del 24 dicembre 1900: "Con molto rammarico, non verrò per Santo Stefano. Le molte noie mi trattengono qui, dove resto anche per lavorare. Ogni ora di tempo perduta è irrecuperabile. Ti spedisco il volume di novelle /.../ Accetto la tua offerta di Lire 3.000 per cinque anni, giacché ho estremo bisogno di denaro /.../ Bisogna che tu mi faccia mandare le bozze con *larghi margini* perché desidero di limare la forma e di fare qua e là aggiunte o tagli" (*Altre lettere* cit., pp. 708-709).
[89] *Ventidue lettere* cit., pp. 733-734.

una veste degna, provvede a inviare al Treves, insieme alla lettera, un'edizione dei *Sonetti* di Shakespeare come modello

"Ti spedisco anche i *Sonetti* di W. Shakespeare, come *tipo* di volume poetico. Questo è il formato definitivo. Bisogna allungare quello già stabilito, affinché il margine inferiore sia più largo, come vedrai in questo bel libretto. Ah se tu riuscissi ad avere questi caratteri! La carta si può ordinare a Fabriano, e non costerà molto. È leggera"

25. Diversamente da quanto aveva preannunciato il 30 dicembre 1900 a Emilio Treves, ai primi giorni di gennaio del 1901, l'ode per Garibaldi non era pronta. La stesura, infatti andò per le lunghe. A ritardarla c'erano, certo, le solite seccature. A Giuseppe Treves aveva scritto, nella lettera del 2 gennaio

"Sono molto seccato. Il lavoro è duro in queste condizioni, e bisogna caricare di continuo il cervello con nuovo calore che di continuo si disperde".

Ma, soprattutto, a rendere lunghi i tempi di composizione dell'ode contribuirono anche le ampie letture dei testi garibaldini su cui il poeta si veniva, come sempre, documentando, e la stessa novità del metro adottato, che era quello del "verso eroico" delle antiche canzoni di gesta francesi.[90] Comunque, il "22 gennaio 1901" alle "ore 6 di sera",[91] il lungo (1004 versi) "poema epico", unica sezione composta di una più ampia *Canzone di Garibaldi* vagheggiata in sette parti, era finito. La Casa Treves, secondo la volontà del poeta, provvide a pubblicarlo in un fascicoletto, in 4°, di pp. 8 n.n. + 61 + 3 n.n. e a metterlo in vendita al prezzo di L. 1,50 sotto il titolo *La canzone di Garibaldi*. Da parte sua, il 25 gennaio 1901, il poeta declamava pubblicamente la sua opera al Teatro Regio di Torino, prima tappa di una lunga *tournée* che l'avrebbe portato, nei mesi successivi, in varie città d'Italia. A Torino, il 27 gennaio D'Annunzio seppe della morte di Giuseppe Verdi e avviò un'ode sull'argomento. Da Torino, tra la fine di gennaio e l'inizio di febbraio, passò a Nizza, dove si incontrò con la Duse, reduce da una *tournée* in Spagna e Portogallo. Il 10 febbraio era già di ritorno alla Capponcina, dove compose l'ode

---

[90] Cfr. D'Annunzio, *Poesie*, a cura di F. Roncoroni, Milano, Garzanti, 1978, pp. 291-292.
[91] Cfr. T. Rosina, *D'Annunzio e la poesia di Garibaldi*, Genova, Emiliano Degli Orfini, 1934, p. 46.

In morte di Giuseppe Verdi, che terminò il 25 del mese. Anche questa ode, che sarebbe poi entrata in *Elettra* con il titolo *Per la morte di Giuseppe Verdi*, fu prima declamata, con uno strepitoso successo, a Firenze e poi pubblicata, oltre che su « La Tribuna » del 28 febbraio 1901, in un fascicoletto, in 4°, di pp 28, dalla Casa Treves.

L'ode verdiana fu l'ultimo testo delle *Laudi* della feconda stagione – la seconda – iniziata nel luglio del 1900. Ancora il 3 febbraio 1901, scrivendo a Georges Hérelle da Nizza, il poeta affermava che le *Laudi* sarebbero uscite in aprile,[92] ma la notizia è solo una delle tante che è solito regalare all'Hérelle. Di fatto, per la restante parte del 1901, D'Annunzio non si dedicò più alle *Laudi*. Anzi, sembrerebbe quasi che non vi abbia neanche più pensato, giacché, nelle lettere che scrive tra il febbraio e il novembre del 1901, l'argomento non è mai affrontato. Di certo, per quel che ci è dato sapere, in quel periodo di tempo non nacquero nuove liriche.

26. Nei primi mesi del 1901, a parte le solite preoccupazioni "impure" – i debiti, i figli Gabriellino e Mario che non vogliono saperne di studiare, il legame ora sereno ora tempestoso con la Duse, lo scandalo in cui rimase implicato suo fratello Antonio –, D'Annunzio fu per lo più impegnato a recitare nei teatri di varie città d'Italia la sua canzone garibaldina, da solo o al seguito della ricostituita compagnia Zucconi-Duse. Così, ai primi di marzo era a Milano e ai primi di aprile a Genova. Quindi, sempre in aprile, era a Bologna, dove si incontrò con Giosuè Carducci. Tra l'aprile e il maggio fu anche a Venezia e a Padova. A Padova, in particolare, il 20 maggio 1902 registrò nel *Taccuino XL*[93] alcuni appunti che avrebbe riutilizzato di lì a un anno nel sonetto patavino delle *Città del silenzio* di *Elettra*. Alla Capponcina, insomma, poté fermarsi poco tempo. All'inizio dell'estate, di fatto, si trovò, stanco fisicamente e depresso moralmente ad anelare solo alla pace per rimettersi al lavoro:

"Io vanamente cerco la pace – scriveva da Settignano, nel giugno 1902, a Annibale Tenneroni – e non ho trovato ancora la forza di riprendere il lavoro"[94]

---

[92] Lettera a G. Hérelle del 3 febbraio 1901.
[93] Cfr. *Taccuino XL*, I, p. 424.
[94] G. Fatini, *Confidenze dannunziane* cit., p. 1271.

27. Il lavoro cui intendeva dedicarsi era la stesura di una nuova tragedia per la Duse, la *Francesca da Rimini*. Nel giugno, riprendendo forse ricerche avviate nei mesi precedenti, svolse infatti seri studi preparatori su testi che aveva provveduto per tempo a chiedere all'amico Tenneroni. Quindi, con l'inizio dell'estate, la stagione così felice per le *Laudi*, specialmente per quelle di *Alcyone*, si recò di nuovo "al Secco Motrone", in Versilia, con la Duse e là, sommerso tra opere storiche, testi duecenteschi e trecenteschi, manuali di antiquaria e dizionari, attese alla stesura della *Francesca da Rimini*. La tragedia nasceva, tra l'altro in versi, proprio nel bel mezzo della stagione delle *Laudi* e, quindi, non poteva non risentire, sul piano delle tendenze metriche e sul piano ideologico, delle esperienze di quegli anni in cui il lirismo congenito ai recenti volumi in prosa si liberava apertamente in versi. Ma, quanto a risultati, la *Francesca* rimane sostanzialmente lontana dalle *Laudi*. Se infatti con talune di esse ha in comune le ricerche metriche e, anche, l'alternanza tra slanci superomistici e languidi abbandoni, nulla a che fare con le *Laudi* hanno la sua elaborata e decorativa compostezza formale e le sue ricostruzioni, stucchevoli nel loro realismo espressivo, dei costrutti dell'italiano antico e il suo non meno stucchevole lirismo. La composizione della tragedia tenne occupato il poeta fino al 4 settembre 1901. Molti anni dopo, nel *Secondo amante di Lucrezia Buti*, racconterà egli stesso, accentuandone il significato e la portata, gli spasimi che il lavoro di stesura dell'opera gli procurò e, insieme, il conforto, rassicurante e pacificatore, che gli venne dalla silenziosa presenza della Duse.[95]

In quell'estate, dunque, preso come era dai fantasmi della tragedia che, alla fine, oltre tutto, sarebbe risultata di più di 12.000 versi, non deve aver scritto alcun verso delle *Laudi*. Nel *Secondo amante di Lucrezia Buti* affermerà poi di aver avuto, durante un incidente occorsogli proprio "quando lavorava alla *Francesca da Rimini*", la prima idea di *Undulna*, la sua "grande ode alcionia".[96] Ma le carte alcionie dimostrano chiaramente che *Undulna* fu composta il 3 novembre 1903 e, d'altra parte, a ben vedere, nel racconto del *Secondo amante di*

---

[95] Cfr. *Le faville del maglio, Il secondo amante di Lucrezia Buti*, in *Prose di ricerca*, II, pp. 177 ss.
[96] *Ibidem*, p. 392. Vedi anche p. 637.

Lucrezia Buti, D'Annunzio non dice di aver composto l'ode in quell'estate del 1901: dice soltanto che allora gliene "balzò subitanea l'invenzione". L'unica prova tangibile dell'esistenza delle *Laudi* in quell'estate appare dunque essere stata l'apparizione, su «Il Marzocco» del 16 giugno 1901, con l'indicazione *Laudi del cielo del mare della terra e degli eroi* e il titolo *L'estate*, del futuro *Ditirambo III* di *Alcyone*, una delle liriche composte nell'estate precedente.

28. Neanche dopo la conclusione della tragedia, il poeta sembra aver avuto molto tempo da dedicare alle *Laudi*. I preparativi per l'allestimento dell'opera, cui si dedicò con uno zelo quasi maniacale e, insieme, le solite "sciagure familiari" che, del resto, non gli erano mancate neppure durante l'estate, lo tennero impegnato anche per tutto l'autunno. Solo il 21 novembre 1901, dopo lunghi mesi di oblio, in una lettera a Giuseppe Treves rispunta, finalmente, un accenno alle *Laudi*. L'accenno, in verità, è, più che vago, pretestuoso. Nella lettera, infatti, D'Annunzio pare avere solo lo scopo di illustrare a Giuseppe Treves tutti i guai che, negli ultimi tempi, gli hanno impedito di far fronte agli impegni assunti con la Casa Treves e, di conseguenza, di dimostrare l'iniquità del gesto con cui la Casa ha provveduto a incamerare i suoi diritti d'autore, per recuperare in qualche modo tutto il denaro che gli ha versato a titolo di anticipo:

"Mio caro Giuseppe, – scrive il poeta – ho attraversato con coraggio indomabile uno dei più tristi periodi di mia vita. E ho potuto lavorare nella tempesta! – Quella orribile sciagura di mio fratello s'è ancor più inasprita; e le conseguenze durano tuttavia, *amarissime* per me e per i miei. – Quel povero Umberto, il mio domestico, è diventato tuberculoso, ed è andato in sanatorium! La mia casa è devastata dal fuoco e dall'acido fenico, come dopo la peste! – Tre mesi di fatiche con Mariano Fortuny sono riusciti vani. All'ultimo momento egli è venuto meno, per difficoltà insuperabili. Allora, *solo*, ho dovuto ricominciare l'opera facendo il pittore, il falegname, il sarto, l'armaiolo, il diavolo, ogni mestiere, con una terribile tensione di spirito, per evitare la ruina, lavorando giorno e notte, senza tregua, combattendo contro l'ignoranza, la stupidità, la testardaggine. E innumerevoli altri mali mi hanno assediato. – Nondimeno le forze e la volontà mi si sono moltiplicate davanti ai pericoli; e credo fermamente che vincerò. Ho ricevuto la tua lettera. Tu ti lagni. Hai ragione per le *Novelle*, ma quel lavoro di correzione minuta mi era *intollerabile* nella febbre violenta ond'ardeva il mio spirito. Tu sempre cerchi di richiamarmi all'osservanza delle leggi piccole e inutili! Bisogna lasciare la più ampia libertà a un lavoratore ardente e costante, quale io sono. Ma tu non vuoi comprendere questa verità sacra, e cerchi di opprimermi /.../ Tu sei indotto dalle ragioni del tuo commercio ad opprimermi. Questi tuoi atti odiosi contro di me, che vivo di lavoro durissimo, fanno un contrasto troppo crudele con le tue dimostrazioni affettuose. Vedo nelle note che mi mandi, soppresso il reddito dei miei quattro romanzi. *In ogni caso*, bisognava farmi consapevole di ciò che tu percepisci a mio danno. Quando l'ultima volta parlammo della cosa, io ti dimostrai tutta l'ingiustizia e l'odiosità di una tal condizione. Tu m'hai prestato alcune migliaia di lire, e su tal prestito percepisci il reddito dei quattro miei romanzi: ciò è *un interesse* che farebbe arrossire il più avido dei prestatori di denaro /.../ So bene che nessun argomento vale a persuadere chi non vuole e non può intendere. Perciò mi rassegno /.../ Ma – *con sincero dolore* /.../ –, non posso più considerarti come un amico, da oggi. Su certe cose – che stimo fondamentali – siamo troppo discordi. Io – con tutto il mio disordine – ho un altro concetto della *Probità*. Addio, dunque".[97]

Ed è a questo punto, dopo la bella sfuriata, che il poeta, con chiaro fine ricattatorio, lascia cadere l'allusione alle *Laudi*:

"Torniamo alle relazioni d'affari, nelle quali tu sei il più forte e *non hai nulla da perdere*. Se puoi accordarmi qualche altra settimana, correggerò le *Novelle*. Se non puoi, rinuncerò a questo scrupolo di scrittore malcontento /.../ Intanto spingerò avanti le *Laudi*. Lavorerò, come sempre. E la Casa Treves non ha nulla da perdere con me; e tu lo sai bene. Addio, dunque. Sono stracco come un giumento, e muoio di malinconia. Vivo sempre in mezzo a tante dure cose. Né questa, certo, è l'ultima".

La lettera sortì lo scopo che si prefiggeva. Giuseppe Treves, preoccupato di perdere non tanto l'amicizia del poeta quanto i suoi libri, tra cui le *Laudi*, cedette ancora una volta e venne a più miti consigli, facendo restituire all'interessato il maltolto e riducendosi ad aspettare pazientemente i volumi promessi. L'accenno alle *Laudi*, per quanto vago e pretestuoso, non era, in quei giorni, casuale. Di fatto, proprio a questo scorcio di novembre, risale la stesura dell'*Ode a Bellini* che, finita il 25 novembre 1901,[98] apparve il 30 novembre su « La Tribuna » ed entrò poi, con il titolo *Nel primo centenario della nascita*

---

[97] *Altre lettere*, pp. 709-710.
[98] Cfr. *Inventario* cit., p. 42, n. 374.

di Vincenzo Bellini, nel libro di *Elettra*. I mesi dell'inverno 1901-1902, comunque, non videro la composizione di altre liriche.

Il 9 dicembre, intanto, al Costanzi di Roma, ci fu l'attesa prima della *Francesca da Rimini*. La serata fu tumultuosa e il successo della tragedia piuttosto scarso, vuoi in conseguenza di alcuni inconvenienti scenografici, vuoi a causa dell'atteggiamento ostile del pubblico, vuoi per una reale difficoltà del testo teatrale. Umilmente, l'autore provvide a snellire, con drastici tagli, l'azione, e la tragedia poté affrontare con migliori risultati le successive rappresentazioni.

29. Con il nuovo anno, chiusa la parentesi della *Francesca da Rimini* e ripresi in mano i testi e le bozze delle *Novelle della Pescara* che attendevano da mesi di essere corrette,[99] D'Annunzio si sentì pronto anche per rimettersi a lavorare alle *Laudi*. Scriveva il 13 febbraio 1902 a Giuseppe Treves:

"Appena avrò finito le novelle, mi metterò alle *Laudi* con voluttà. La poesia mi circola nelle vene".[100]

Il 1902, in effetti, sarebbe stato l'anno d'oro delle *Laudi*, specialmente per *Alcyone*. Il poeta cominciò a lavorare in quello stesso mese di febbraio. Tra il 13 e il 22 febbraio, compose l'ode *Nel primo centenario della nascita di Vittore Hugo*, che fu pubblicata dalla Casa Treves in un fascicoletto, in 8°, di pp. 19 + 1 n.n. e poi entrò nel Libro di *Elettra*. Ma, ben presto, le solite "noie" familiari e editoriali, la fatica della correzione delle bozze della *Francesca* e delle *Novelle* e la necessità di presenziare, nelle varie città italiane, alle prime rappresentazioni della tragedia, gli impedirono di dedicarsi alla poesia. Tra marzo e aprile fu quasi sempre a Milano, dove veniva rappresentata la *Francesca da Rimini*. Verso la metà di aprile era di ritorno alla Capponcina. Era solo, perché la Duse era partita per una *tournée* in Austria e in Germania. Si sentiva stanco e svogliato e non lavorò a nulla:

---

[99] Cfr. la lettera a Giuseppe Treves del 13 febbraio 1902: "Con un respiro di sollievo ti annuncio che oggi ho spedito le bozze definitivamente corrette delle due più lunghe novelle (la *Vergine Orsola* e la *Vergine Anna*). Manderò le altre domani, ché ho poco da correggere in queste; ma ti avverto che ne mancano molte e che bisogna tu solleciti gli stampatori, se vuoi ch'io possa licenziare l'intero volume. Di diciannove novelle io ne ho soltanto otto!" (*Altre lettere* cit., p. 710).
[100] *Altre lettere* cit., p. 711.

"Da due giorni – scriveva a Giuseppe Treves, il 17 aprile 1902 – sono immerso nel torpore primaverile /.../ Volevo ricominciare subito a lavorare, ma sono soffocato dall'abbondanza, e la scelta e la disciplina diventano sempre più difficili. Ah, perché non mi è dato animare *col soffio* le mie visioni? Perché bisogna travagliare penosamente su la carta e stancar la fronte e la mano? /.../ Passa un temporale che sembra d'agosto. Grosse gocce cadono, rare. Monto a cavallo, e vado a bagnarmi un poco, tutto fogliuto di pensieri nuovi che respirano la freschezza".[101]

E il giorno stesso, o quello successivo, a Emilio Treves scriveva di essere così "gravido" che non riusciva a lavorare:

"Qui la primavera è agitante, percossa da temporali fragorosi. Io sono così gravido che non riesco a lavorare".

L'unico testo delle *Laudi* nato in quell'epoca fu il *Canto di festa per calendimaggio*, che apparve su «Il Secolo XX» di Milano del giugno 1902 e che quindi, con tutta probabilità, fu composto tra l'aprile e il maggio.

Ai primi di maggio, il poeta partì per l'Istria, dove raggiunse la Duse, e vi si trattenne per quasi tutto il mese, in mezzo all'entusiasmo dei patrioti locali. Ai primi di giugno, dopo una breve sosta a Settignano, era di nuovo a Milano. Lì, una sera, il 10 o l'11 giugno, tra le altre cose, lesse a Romain Rolland e a Emilio Treves alcuni passi della *Laus vitae*. Ce lo testimonia lo stesso Romain Rolland,[102] ma nulla di preciso ci è dato di sapere né circa i passi letti in quell'occasione né circa la consistenza raggiunta da quello che sarebbe stato, di lì a quasi un anno, il lungo poema inserito in *Maia*.

30. Poi, verso la metà di giugno, D'Annunzio tornò in Toscana e avviò la terza stagione delle *Laudi* alcionie, la più ricca. A Settignano, prima del viaggio a Milano, aveva già composto *L'asfodelo*, che nel manoscritto autografo reca la data del 4 giugno 1902.[103] Ora, tra Settignano e il "Secco Motrone", in Versilia, dove trascorse, in compagnia della Duse, la seconda metà di giugno, compose almeno tre testi. Prima del 21 giugno, stese il poemetto *L'otre*, che sarebbe apparso sulla «Nuova An-

---

[101] *Ventidue lettere* cit., p. 734.
[102] Cfr. R. Rolland, *G. D'Annunzio et la Duse*, Paris, Les Oeuvres Libres, 1947, n. 20, pp. 33 e *Chère Sofia*, I, p. 70, lettera del 12 giugno 1902, citati in G. Tosi, *D'Annunzio visto da Romain Rolland* cit., p. 358.
[103] Vedi p. 506.

tologia» del 1° agosto 1902, dedicato "A Edmondo De Amicis".[104] Nel *Libro segreto*, molti anni dopo, scriverà di averlo composto "nella Capponcina"[105] e non c'è motivo di mettere in dubbio la cosa. Oltre tutto, zeppo com'è di espressioni tecniche cavate da dizionari e manuali, il poemetto appare più un'opera nata a tavolino, con lessici e vocabolari, suoi consueti strumenti di lavoro,[106] a portata di mano, che non altrove. Poi, il poeta compose *Versilia*, che nel manoscritto autografo reca la data del "21 giugno 1902 – San Luigi" e che sarebbe apparsa su «Il Marzocco» del 13 luglio 1902.[107] Infine, riaprendo il *Taccuino XVII* e riutilizzando gli appunti presi a Settignano una sera di marzo del 1898 e *"Su l'Affrico*, in un pomeriggio piovoso" del maggio 1898, tra il 21 e il 30 giugno, a Settignano, compose *Lungo l'Affrico nella sera di giugno dopo la pioggia*.[108] Sul suo lavoro di poeta, in quei giorni, vegliava, e non solo idealmente, Eleonora Duse, pronta, come sempre e più di sempre, a tutto comprendere e a tutto perdonare "al *suo* figlio" in nome di quella "nuova arte" che si illudeva di aver contribuito a far nascere in lui con il proprio amore. D'Annunzio, del resto, aveva tutto l'interesse a lasciarla fare e a lasciarle credere che ciò che pensava era vero. A lei, di fatto, aveva provveduto a dedicare, trascrivendole di pugno su alcuni grandi fogli, le prime nate fra le laudi alcionie.[109] Lei stessa, poi, si era o si sarebbe tro-

---

[104] Vedi p. 652.
[105] Cfr. *Libro segreto*, in *Prose di ricerca*, II, p. 707 e vedi p. 652.
[106] Per l'importanza dei dizionari (*in primis* il Tommaseo-Bellini), dei lessici, dei manuali tecnici, dei testi di lingua e simili nell'elaborazione dei testi dannunziani, e segnatamente in quelli alcionii, cfr. M. Praz, *La carne* cit., pp. 159 ss. e, soprattutto, D. Martinelli-C. Montagnani, *Vocabolari e lessici speciali nell'elaborazione di "Alcione"*, in "Quaderni del Vittoriale" n. 13 (gennaio-febbraio 1979) pp. 5-59 che contiene un dettagliato elenco di passi alcionii in qualche modo connessi con siffatti testi.
[107] Vedi p. 476.
[108] Per la datazione vedi pp. 138. Per la genesi settignanese cfr. quanto afferma lo stesso poeta nel *Proemio* alla *Vita di Cola di Rienzo*, in *Prose di ricerca*, III, p. 107 e vedi anche pp. 138 s.
[109] "Prima che queste [sc. le *Laudi*] fossero pubblicate, Gabriele, con la sua chiara larga calligrafia, ne mise alcune in bella copia di propria mano ricordando in ciascuna il giorno e il luogo della loro composizione: 'La sera fiesolana: la Capponcina, Settignano di Desiderio, ai dì 17 di giugno 1899, verso sera, dopo la pioggia'; 'Il silenzio di Ravenna: la Capponcina ai dì 19 di giugno 1899'; 'La tenzone: Marina di Pisa: ai dì 5 di luglio del '99'; 'Bocca d'Arno: Marina di Pisa; ai dì 6 di luglio del '99'; 'Ditirambo III: nella Versilia, al Secco Motrone, ai dì 20 di luglio 1900'; e 'Lungo l'Affrico, in una sera di giugno, dopo la pioggia, MCMII' /.../ Le belle pagine furono così dedicate ad Eleonora Duse: 'Incipiunt Laudes / creaturarum quas

vata presente di persona in non poche liriche, nella figura della tacita presenza femminile che stimola e raccoglie le esperienze e le sensazioni del poeta o gli fa da privilegiata interlocutrice. Inoltre, in particolare, lei stessa doveva ben sapere che il nome Ermione, con cui quella presenza femminile era invocata o evocata in molti componimenti,[110] altro non era che una lieve mascheratura del suo nome.[111] Certo, i rapporti tra il poeta e l'attrice non erano facili. Tutta la storia delle *Laudi*, anzi, è punteggiata dalle violente crisi che li contrapposero l'uno all'altra. Comunque, per il momento le crisi sono passeggere e, in questa fase dell'attività dannunziana, la Duse assolve a un ruolo molto importante, come sacra vestale e alta tutrice del "Lavoro" del poeta. Proprio in quel mese di giugno 1902, ad esempio, la Duse era arrivata a dare una prova di quello che era l'alto concetto che aveva, oltre che del "Lavoro" del *suo* figlio", anche della sua missione. Aveva, infatti, pazientemente perdonato a D'Annunzio l'ennesimo tradimento, tanto più grave per lei in quanto consumato a favore di un'attrice del varietà, la bella e giovane Liane de Pougy, che il poeta aveva conosciuto probabilmente in Istria e che aveva poi rivisto spesse volte a Milano. In un primo tempo, invero, la Duse, offesa da un simile comportamento, era arrivata al punto di lasciare la Capponcina – "la cara casa" – per sfuggire "ogni ricordo di dolci ore attese invece altre volte, nel Lavoro di lui", ma poi aveva fatto precipitosamente ritorno accanto al suo poeta e non gli aveva nemmeno detto una parola su quello che le era successo, per non turbarlo e non distrarlo. Sfogandosi, in una lettera, con Annibale Tenneroni nel momento più grave della sua crisi, quando aveva avuto la prova incontrovertibile del tradimento, si era lasciata andare ad ammettere che aveva sperato di dare all' "amico" una "nuova forma di vita, di pensiero", premessa indispensabile, a suo giudizio, della "nuova forma d'arte":

fecit / Gabriel Nuncius ad / laudem et honorem di / vinae Heleonorae / cum esset beatus / ad Septinianum / A.D. M.D.C. CC. XC.IX". (B. Palmieri, *Con d'Annunzio* cit., pp. 78 ss., dove è riportato in facsimile tutto quanto è citato nel testo). Queste "belle pagine", dedicate a Eleonora Duse nel 1899 ma contenenti anche testi del 1900 e del 1902, furono poi legate in un codicetto che, ancora nel 1976, faceva parte del fondo Borletti.
[110] Vedi p. 266.
[111] Il nome di Ermione, con la variante intermedia "Hermione", appare per la prima volta, in luogo del troppo scoperto Eleonora, nella lirica *Le ore marine*: cfr. P. Gibellini, *Per la cronologia di "Alcione"* cit., p. 407.

"Il profondo affetto – scrive – s'illuse in questo: che io credetti nel fondo della sua anima che tutta l'evoluzione del genio di lui fosse, e *dovesse essere*, collegata – innestata anche al *rinnovamento* di tutto il suo essere. – La mia cecità fu, che mi parve, che vana sarebbe stata la nuova *forma d'arte* senza una *nuova forma di vita*, di pensieri, senza una assoluta *verità* del suo essere! Mi parve, mi illusi che le antiche cose, per lui, sarebbero divenute vane, vane, inaccessibili *allo spirito di lui*, per il *rinnovato spirito suo*. Ah! non so come dire, non so come dire /.../! *Non per me* non per me mi pareva egli dovesse non cedere più (*non ai sensi ma alla memoria*) ma per la *grande forma d'arte* che ora *progredisce* dentro di lui, e mi pareva che la più lieve *menzogna* profanasse tutto, mentre *riconosco* che una *impetuosità di sensi gli è necessaria*".[112]

Già con queste sue parole, la donna ammetteva il suo fallimento. Poi, una volta che ebbe deciso di perdonare senza dir nulla all'interessato, aveva definitivamente sposato il partito di isolare le ragioni superiori dell'arte – il "Lavoro"! – dalle sue ragioni di donna innamorata e aveva imboccato la strada del sacrificio, teorizzando il principio che nessuno, e tanto meno lei, aveva il diritto di impedire a D'Annunzio di godersi la vita libero da qualsiasi condizionamento, tanto più che tale libertà era strettamente legata al suo genio artistico. Scriveva in proposito, sempre ad Annibale Tenneroni, qualche giorno dopo la fase parossistica della crisi:

"L'amico che Ella ama – che amiamo – ha ragione assoluta in se stesso, di estrarre dalla vita sua e da quella degli esseri che incontra, tutto ciò che ogni essere, che ogni singola cosa e vita può dare e per certo egli ha ragione, anche (in sé) di esperimentare ed esigere – per sé – una legge di vita che la pienezza delle sue forze, di tutte le sue forze, e la formazione speciale a sua volta del suo essere, esige da lui stesso /.../".[113]

Così, come se nulla fosse successo, la Duse riprendeva il suo posto accanto al genio, il cui compito era soltanto quello di *lavorare*. L'episodio del quale era stata solitaria protagonista è, forse, poco diverso dai tanti episodi analoghi in cui lei e le altri amanti di D'Annunzio si erano trovate o si sarebbero trovate. Ma l'interpretazione che essa stessa ne dà, ol-

---

[112] Cfr. G. Fatini, *Confidenze dannunziane* cit., pp. 1062-1063 e, più in generale, pp. 1061-1065, dove è riassunta tutta la vicenda.
[113] *Ibidem*, p. 1064.

tre che essere in linea con gli ideali etici e estetici di D'Annunzio, serve, molto più di una pagina programmatica di pugno dello stesso D'Annunzio, a delineare l'atmosfera sentimentale e spirituale in cui si colloca la composizione delle *Laudi* e, in questa estate del 1902, delle liriche di *Alcyone*.

Così, ignaro di tutto, ai primi di luglio D'Annunzio lasciò Settignano e il "Secco Motrone" e si trasferì a Romena, nel Casentino, ospite a Villa Goretti. Oltre che ignaro di tutto e, certo, del tutto tranquillo quanto a scrupoli di coscienza, è pronto a lavorare. Con lui, naturalmente, c'è anche la Duse. Il 10 luglio, scrivendo ancora al Tenneroni, è proprio lei ad annunciare che il poeta *lavora*:

"Il Lavoro – scrive – ha ripreso l'amico suo – e le giornate volano!".[114]

31. Di fatto, a Romena, dopo qualche giorno di riposo, D'Annunzio prese a lavorare sodo. "I giornali del tempo si sbizzarrirono a descrivere la grande tenda rotonda del poeta nella spianata del Castello, e le cavalcate che faceva per le valli o ai santuari del Casentino".[115] In realtà, più che andare a cavallo, il poeta lavorò e nel corso di un'attività che lo vide impegnato non solo a comporre materialmente i testi ma anche a sbrigare tutta la fase preparatoria alla composizione vera e propria, come la individuazione dei temi, la consultazione degli appunti segnati nei *Taccuini*, la consultazione di lessici e dizionari, la lettura di testi di lingua o di volumi di altri poeti e, come vedremo, anche la pianificazione dei singoli componimenti in una struttura organica, compose un gran numero di liriche. Tra luglio e agosto nacquero così *La tregua* (10 luglio), *Il fanciullo* (13-19 luglio), *L'aedo senza lira* (16 luglio), *L'ulivo* (20 luglio), *La spica* (25 luglio), *Beatitudine* (28 luglio), il *Ditirambo I* (1 agosto), *Il Gombo* (13 agosto), *Anniversario orfico* (15 agosto), *I tributarii* (16 agosto), *I camelli* (18 agosto), *Il cervo* (20 agosto), *L'ippocampo* (21 agosto), *L'onda* (22 agosto), *La morte del cervo* (24 agosto) [116] e poi, sempre tra luglio e agosto, ma in giorni che non è possibile precisare con esattezza, anche *L'opere e i giorni, Furit aestus, Pace, Intra du'*

---

[114] *Ibidem*, p. 1065.
[115] G. Gatti, *Vita di Gabriele d'Annunzio*, Firenze, Sansoni, 1956, p. 190.
[116] Per i riscontri cronologici si vedano i cappelli introduttivi ai singoli componimenti.

Arni, La pioggia nel pineto, Le stirpi canore, Il nome, Meriggio, Le madri, L'Alpe sublime, Albasia, Terra, vale!, il *Ditirambo II* e *Bocca di Serchio*.[117] In pratica, come si vede, in quei due mesi, D'Annunzio stese una buona metà del Libro di *Alcyone*: un totale di più di 3.000 versi, con una ricchezza di temi che spazia da quelli programmatici (*La tregua* e *Il fanciullo*) a quelli panici, da quelli superomistici a quelli evocativi, da quelli descrittivi a quelli mitici e metamorfici, con una varietà di soluzioni stilistiche che vanno dalle costruzioni a tavolino sui modelli letterari delle origini o sui lessici e i dizionari alla elaborazione di testi di plastica evidenza espressiva, dalle trascrizioni mimetiche alle ricerche fonosimboliche e, infine, con una straordinaria varietà di forme metriche che sperimentano tutte le possibili soluzioni, dal metro chiuso al verso libero. Fiero di tanta fecondità poetica, il 24 luglio scriveva a Emilio Treves, da Pratovecchio nel Casentino:

"Io sono a Romena, in vista della Verna, del 'crudo sasso', e sospiro verso il mare, come fa l'ulivo che non lo vede e pur gli sorride. Ho due buoni cavalli, e mi arrischio per le rupi più scoscese, seguito dal nasuto cavalcante che con la sua presenza appaga il mio cuore sospiroso della patria, perché egli par foggiato in un arido macigno della Maiella. 'Li ruscelletti' danteschi son tutti dissecati. E nella tranquilla sera le carbonaie ardono sui monti. Io sono, per contro, converso in mille ruscelli di poesia. Compio il terzo libro delle *Laudi*, imitando le auree e le canne e le spiche col suono d'una semplice canna, 'tenui avena'. Vedrai nel fascicolo prossimo dell'*Antologia* una mia ecloga, l''Otre'; che mi pare – in fatto di lingua – la mia più saporita cosa. L'ho dedicata a Edmondo per dimostrargli la mia riconoscenza. E spero che certe strofe – per la loro chiara e concisa espressione latina – gli daranno gioia".

E il 10 agosto, ad Angelo Conti:

"Lavoro con una abbondanza, con una forza, con una felicità così grande che ogni sera – quando mi riposo davanti alle Montagne placate – rivolgo alla natura un atto di riconoscenza infinita. Lavoro

---

[117] Per i riscontri cronologici si vedano i cappelli introduttivi ai singoli componimenti e attraverso le indicazioni ivi contenute si risalga a P. Gibellini, *Per la cronologia* cit., pp. 397 ss. e *La storia di "Alcyone"* cit., pp. 96-97.

al mio libro di poesia; e mi pare che tutto il mio sangue sia divenuto un fiume lirico inesauribile. Tu solo potrai comprendere il significato di questa mia opera pura".[118]

Come si vede, il poeta è entusiasta e felice del suo lavoro di quei mesi. Non per niente, quando il Libro di *Alcyone* sarà stampato, dedicandone una copia a Goretto Goretti, suo ospite a Romena, affermerà che *Alcyone*, "imaginato sul mare etrusco", era stato composto "nella solitudine di Romena".[119] E più tardi, nel *Secondo amante di Lucrezia Buti*, ripensando a quei giorni di intenso fervore poetico, scriverà, non senza fare confusione di titoli e di date, che quello di Romena fu "il tempo dell'ebrietà di Alcione" e di "quelle metamorfosi immortali":

"Era il tempo dell'ebrietà di Alcione. Era il tempo di quelle metamorfosi immortali. Ogni giorno mettevo la sella a un cavallo balzano da tre non alato; e me n'andavo a passar l'Arno: o me n'andavo verso la Giogana, verso 'il gran giogo' a bevermi un sorso della Fonte Fredda, a tentare un galoppo alpestre sul Prato del Soglio. E ogni giorno mi trasfiguravo nell'estro d'una laude eterea come una lodola o muscolosa come una lonza...".[120]

32. Intanto, e non casualmente, proprio in quei mesi di intensa attività compositiva, a mano a mano che le liriche di *Alcyone* aumentavano di numero, veniva prendendo corpo anche la struttura del Libro in cui esse dovevano essere raccolte e organizzate. D'Annunzio, infatti, fermo restando, per il momento, il suo proposito di far coesistere in un unico volume i primi tre libri delle *Laudi*, cominciò a mettere per iscritto i titoli, provvisori o definitivi, delle liriche composte e vagheggiate di comporre, di quello che sarebbe stato il terzo Libro, distribuendole secondo un ordine che lascia intravedere le linee di un programma preciso anche se in continuo divenire. Le

---

[118] *Lettere ad Angelo Conti* cit., p. 30.
[119] Cfr. G. Gatti, *Vita* cit., p. 191.
[120] Cfr. *Le faville del maglio, Il secondo amante* cit., pp. 162-177, loc. cit. a p. 163, dove però si legge *Alcyone* anziché Alcione. Per la datazione del *Ditirambo* di Icaro che, a p. 171 della *favilla*, il poeta colloca in questa estate del 1902, subito alle spalle della stesura della *Morte del cervo* ("In quel medesimo eremo di Romena, dopo l'imbestiamento sanguinario, composi il Ditirambo d'Icaro /.../"), vedi il cappello introduttivo al *Ditirambo IV* alle pp. 586 s.

successive fasi attraverso cui questa vera e propria opera di montaggio venne compiuta ci è resa nota da una serie di carte autografe conservate negli Archivi del Vittoriale.[121] Il primo progetto alcionio [122] che ci è pervenuto risale alla fine di giugno del 1902.[123] È affidato a un foglietto (ms. 405) [124] in cui, sotto il titolo *Libro terzo*, è registrato l'elenco di titoli [125] che appare a p. 54.

L'elenco, pur nella brevità delle sue indicazioni, risulta significativo. Accanto a titoli di liriche già compiute, citati magari in forma diversa da quella definitiva e comunque segnalati come titoli di liriche già compiute da un tratto marginale di

---

[121] Cfr. P. Gibellini, *Per la cronologia* cit., pp. 397-420; F. Gavazzeni, *Le sinopie di "Alcione"*, Milano-Napoli, Ricciardi, 1980, pp. 54-143.
[122] Invece, "il più antico progetto conservato delle *Laudi*" (P. Gibellini, *Per la cronologia* cit., pp. 410-411) è offerto dal ms. 418 (*Inventario* cit., p. 5) che è, quanto a redazione, successivo al 16 maggio 1902 (F. Gavazzeni, *Le sinopie* cit., p. 60 e note 28-29). In esso, sotto l'indicazione "Alle Pleiadi" che ha tutta l'aria di essere il titolo dedicatorio della raccolta, riassuntivo dei nomi delle singole Pleiadi e non il titolo di un componimento specifico (ad esempio l'abbozzo del titolo *Alle Pleiadi e ai Fati* che aprirà programmaticamente il primo libro delle *Laudi* nell'edizione a stampa) i componimenti vengono distribuiti in tre gruppi: nel primo gruppo, che sarà poi intitolato a *Maia*, è registrato il titolo "*Laus vitae*"; nel secondo gruppo, che sarà poi intitolato a *Elettra*, sono registrati i titoli: "Per la morte dell'agricoltore Lazaro di Roio (Canzone) / Per la morte del fabro Andrea da Settignano / *Canti della ricordanza e dell'aspettazione* / Pisa - Ravenna - Ferrara - Perugia - Spello - Gubbio [aggiunto in un secondo tempo] - Arezzo - Cortona / alla vergine romana [aggiunto in un secondo tempo] / Sirventese (In silentio Fortitudo) / Pel vessillo italiano (canzone) [aggiunto in un secondo tempo] / Atleti liguri / Al poeta Riccardo Pitteri di Trieste [aggiunto in un secondo tempo]"; nel terzo gruppo, che sarà poi intitolato ad *Alcyone*, sono registrati i titoli: "Valdicastello / Ditirambo di Glauco [ricalcato su un originario: Epitala(mio)] / Ditirambo d'Icaro".
[123] Cfr. P. Gibellini, *Per la cronologia* cit., pp. 398-400.
[124] Salvo indicazione contraria, tutti i manoscritti relativi alle *Laudi* e, in particolare, i manoscritti di note e di elenchi-progetti di *Alcyone* (mss. n.ri 396-437), conservati negli Archivi del Vittoriale, nella cassetta IX, 1 dentro una cartelletta che reca l'indicazione "Note diverse per l'*Alcione*. Appunti generali" e che è registrata al n. 50 dell'*Inventario* cit., p. 5, sono citati col numero di inventario che essi hanno nell'Archivio Personale del Vittoriale.
[125] I titoli sono scritti a penna e "sino al numero 18 sono incolonnati sul lato sinistro del foglio, dal numero 19 in poi sul lato destro" (P. Gibellini, *Per la cronologia* cit., p. 399, nota 3).

Libro terzo.

- Proemio - (all'ombra, Dopo le pioggie -)
  risposta (rispondo)
2 Le cavalline di l'Affrico (l'Affrico)   19. Nenzone
3 Fuggite mie parole. La sera fiesolana   20. Il centauro
4 Tramonto degli olivi -
5 Le stoppie - al mare rhabillé   21. L'ondo delle Ore -
6 Sha'marina di Pisa - (la Versilia)
7 Bocca d'Arno - (Bocca d'Arno)   22. Settembre -
   della vorace Damiani e tarmi   Alle Pleiadi
8 L'Estate
9 Glauco -   sotto come nel flutto
                                           sotto nelle della terra
10 L'Oleandro
    Il Cembro   Boschi di Lentischi
11 Versilia
    L'oleandro
12 L'asfodelo
13 L'Otre
14 L'Apuana
15 Icaro
16 Il Lentischio
17 Il falasco
18 Il cavallo

pastello blu,[126] vi figurano, con titoli provvisori o senza titoli, progetti di componimenti che saranno stesi soltanto più tardi [127] e anche progetti non realizzati.[128] Il Libro si viene formando. L'insieme ha una fisionomia ancora piuttosto incerta, ma già si intravede la presenza di un piano compositivo. La linea di sviluppo appare abbastanza chiaramente costituita dall'intenzione di narrare una vicenda stagionale e geografica, presentata come un momento di pausa "all'ombra, dopo la pugna", snodantesi da giugno ("Le rondini su l'Affrico", "Dolci le mie parole") a settembre ("Settembre") e da Fiesole ("Le rondini su l'Affrico", "Dolci le mie parole") alla Versilia ("al mare Thalatta!", "Oh marina di Pisa" etc.) e interrotta da escursioni nel mito e nella metamorfosi ("Glauco", "Versilia", "L'Oleandro", "L'Otre", "Icaro").

Una fase ulteriore dell'operazione di montaggio del Libro è documentata dal ms. 421 e dal ms. 432 v., che sono l'uno la continuazione dell'altro e che dovrebbero risalire alla metà di luglio del 1902.[129]

---

[126] È il caso dei titoli: "3. Dolci le mie parole. La sera fiesolana"; "6. Oh marina di Pisa (La tenzone)"; "7. Bocca di donna (Bocca d'Arno)"; "8. L'Estate", in cui sarà da vedere il futuro *Ditirambo III*; "10. Versilia"; "11. L'Oleandro"; "12. L'asfodelo"; "13. L'Otre"; "21. Quale delle Ore", in cui è facile vedere *Le Ore marine*; "22. Settembre", in cui è facile vedere *Il novilunio*, già *Novilunio di settembre* nell'edizione in rivista del 5 ottobre 1900.

[127] È il caso dei titoli: "Preludio" con tutto quello che segue, che vi è stato aggiunto e che vi è stato soprascritto, in cui sarà da vedere *La tregua*; "Le rondini su l'Affrico (l'Affrico)", che di lì a pochi giorni dalla data di redazione dell'elenco sarebbe diventato *Lungo l'Affrico*; "Tramonto su gli olivi", in cui sarà da vedere *L'ulivo*; "Le messi", in cui sarà forse da vedere più che *La spica* il futuro *Ditirambo I*; "che ha nome – Ermione –", in cui sarà da vedere *La pioggia nel pineto*; "Glauco" in cui sarà da vedere il *Ditirambo II*, se già non è stato composto; "Il Serchio Bocca di Serchio", in cui sarà da vedere *Bocca di Serchio*; "Icaro", in cui sarà da vedere il *Ditirambo IV* piuttosto che *L'ala sul mare* o il componimento preditirambico *Altius egit iter*; "Il centauro", in cui sarà da vedere *La morte del cervo* più che *Il Tessalo* e, infine, "*sette canne del flauto / sette canne della lira*", in cui sarà forse da vedere *Il fanciullo*.

[128] È il caso dei titoli: "Le Apuane" (a meno che in esso non si debba vedere una anticipazione de *L'Alpe sublime*); "Il falasco" (l'argomento e il materiale raccolto per questo componimento, nel novembre 1903, confluiranno ne *Il commiato*, vv. 45-53); "Il cavallo" (a meno che in esso non sia da vedere una anticipazione de *L'ippocampo*) e "Tenzone". Fuori dal novero resta il titolo "Alle Pleiadi" che è, questa volta, da riferire al componimento *Alle Pleiadi e ai Fati*, il componimento che aprirà *Maia* (vedi nota 137).

[129] Cfr. P. Gibellini, *Per la cronologia* cit., pp. 400-404.

I.

- La tregua
  ~~Versi d'anima~~
  ~~Tenui amoris~~   Ogni vespro
- Lungo l'Affrico   un Ditirambo
- La sera fiesolana
5. Gli Olivi (nascente) I pastori
   L'oplita – e i giorni
   Ditirambo I.

   Pace – Il bove
- Per ai campi
- Bocca d'Arno

   Cruschetta – ...
- Ditirambo II.
   Il cavallo –
   Bovi di Sardis

15. ~~Nessuno~~ I cervi –
    Ditirambo III. (Pluvio)

- L'oleandro
  Il naufragio (la polena e il timone)
  Cristo Apollo (ayamme)

II.

20. Il rogo d'Illice.

21. Icaro (Il gregge... le nuvole —
           (nebbia sospesa sul
             cipresseto)

22. Ditirambo IV Virgilio (la notte, un mucchio di
    L'ospedale   Andiamo! Andiamo! paese —
                            (Victor Hugo – I Due)

23. L'Oleo

   Commiato dell'autunno —   La Sardegna (Sardinia)
                                  Bocca di Magra —
   Il lavacro —   (Guido e il Cavalcanti)

   — Quel che O —
   — Hortensia —

   Ditirambo V. (Senza — l'odorare —
                  le uve cariche —

                  Quell'olivo comincia ad aver ombra.
                       (novembre)

432

Dal punto di vista dei singoli componimenti, l'elenco appare più che mai la testimonianza di un progetto *in fieri*. Lo dimostra il fatto che le uniche liriche nuove, sicuramente già compiute, che registra rispetto all'elenco precedente, paiono essere *La tregua* e *Lungo l'Affrico*, le quali vanno ad aggiungersi alle altre liriche già composte, contrassegnate, questa volta, da un tratto di matita rossa: "La sera fiesolana", "La tenzone", "Bocca d'Arno", "Ditirambo II" (il futuro *Ditirambo III*), "L'oleandro", "Il rogo d'Ulisse" (il futuro *Alle Pleiadi e ai Fati* di *Maia*), "L'asfodelo", "Versilia", "L'Otre", "Quale delle ore" (le future *Ore marine*) e "Novilunio". Per il resto, l'elenco registra soltanto titoli, per lo più provvisori, di liriche che sarebbero state composte solo in seguito [130] o titoli di liriche, spesso in forma di appunti riassuntivi, che non sarebbero mai state composte.[131] Dal punto di vista, poi, della distribuzione dei componimenti, il confronto di questo elenco-progetto con l'indice dell'edizione definitiva di *Alcyone* dimo-

---

[130] È il caso dei titoli: "Poesia al sufolatore" con tutto ciò che vi è soprascritto ("tenui avena") e sottoscritto ("Nexus amoris"), in cui sono da vedere le future ballate del *Fanciullo* che saranno terminate pochi giorni dopo la stesura dell'elenco (vedi p. 50 e nota 127); "Gli olivi (tramonto)", nel quale è da vedere *L'ulivo*, che sarà composto il 20 luglio; "I papaveri", nel quale è da vedere *La spica*, che sarà composta il 25 luglio; "L'opere e i giorni"; "L'aedo senza lira", che sarà composto il 16 luglio; "Ditirambo I"; "Pace"; "Ermione", nella quale è da vedere *La pioggia nel pineto*; "Bocca di Serchio"; "Ditirambo III (Glauco)", il futuro *Ditirambo II*; "Icaro" nel quale, ora, è forse da vedere il componimento preditirambico *Altius egit iter*; "Ditirambo IV". Il titolo "Prossimità dell'Autunno", poi, sembra anticipare *Gli indizii* o, almeno tematicamente, i *Madrigali dell'estate*. Infine, la coppia imperativa *Andiamo! Andiamo!* pare anticipare il motivo dei *Sogni di terre lontane*.

[131] È il caso dei titoli: "Il cavallo" (ma vedi nota 128); "I cervi – in alto mare – marina" (un appunto registrato nel ms. 489 [n. 58 dell'*Inventario* cit.] ci informa su quello che avrebbe dovuto essere l'argomento della lirica: "I *cervi* che traversano il Serchio sono trascinati talvolta nella corrente del mare. I marinai vedono le corna ramose dell'animale natante, e lo *pescano vivo!* Così accade anche dei cignali": cfr. P. Gibellini, *Per la cronologia* cit., p. 406 e, per le successive modifiche del titolo, vedi anche le note 150 e 192); "Il naufragio (la polena e il Timone)", per il quale cfr. P. Gibellini, *ibidem*, p. 402; "Cristo Apollo (apuane)" (ma vedi nota 128); "Il falasco" (ma vedi nota 128); "Ditirambo V (Le uve – l'abbondanza – le vigne cariche)" (vedi più sotto, p. 59); "La Gentucca (Serchio)"; "Bocca di Magra"; "(Sarzana e il Cavalcanti)". Per il significato da attribuire all'appunto " 'e l'uliva comincia ad esser *vaia*' (novembre) " vedi più sotto p. 59 e nota 136. L'appunto "Il galoppo sulle nuvole / sabbia bagnata che si specchia" sembra da riferire al futuro *Ditirambo* di Icaro, accanto al cui nome è stato scritto. L'appunto "La bellezza semplice del paese" sembra anticipare un motivo che sarà sviluppato nella lirica *I tributarii*. Infine, di dubbia interpretazione risulta l'appunto "(Victor Hugo - l'idra)"

stra che l'organizzazione generale del libro è ancora piuttosto incerta. Se, infatti, i primi tredici componimenti, ove si tenga conto dell'inevitabile difformità di alcuni titoli,[132] "riflettono pari pari l'indice definitivo /.../ con la sola omissione di *Beatitudine*", con i titoli successivi "l'elenco si fa approssimativo sì nella corrispondenza con la stampa come nella chiarezza delle intenzioni".[133] In tanta incertezza, appare però già abbastanza preciso, e indubbiamente più chiaro che nell'elenco precedente, il progetto d'insieme, volto a dare una struttura poematica alla raccolta delle singole liriche. Dai due manoscritti appare, infatti, evidente che il poeta mira a costruire una struttura organica. Un appunto registrato in basso a destra nel ms. 421, prevede, in proposito, una simmetria interna piuttosto rigida, fondata su "un ditirambo" "ogni cinque" componimenti.[134] Nell'elenco-progetto tale partitura, in verità piuttosto meccanica ed esterna, è perseguita scrupolosamente, anche mediante aggiunte successive di titoli volte ad equilibrare le varie sezioni.[135] Anche il piano compositivo si è ulteriormente assestato e precisato, rispetto al progetto precedente. La vicenda stagionale e geografica, incentrata sulla cronaca quasi diaristica della parabola estiva vissuta tra le colline fiesolane e le spiagge della Versilia, almeno a livello progettuale, appare arricchita di motivazioni e situazioni. Anzi prevede addirittura un'espansione che testimonia nel poeta l'intenzione di dilatare la cronaca lirica dell'intera vicenda fino al mese di novembre, ben oltre il limite temporale previsto nell'elenco precedente. Lo dimostra, oltre che la presenza di un "Ditirambo V" che avrebbe dovuto essere dedicato alla vendemmia ("Le uve – l'abondanza – le vigne cariche"), l'ultimo appunto segnato nel ms. 432 v., che suona: " 'e l'uliva comincia ad esser *vaia*' (novembre)".[136] Inoltre, come nell'elenco-progetto della fi-

---

[132] Vedi nota 130.
[133] P. Gibellini, *Per la cronologia* cit., p. 402.
[134] "Ogni cinque un ditirambo".
[135] E, ad esempio, il caso, estremamente significativo, dell'indicazione "un'altra" [sc. lirica], aggiunta in un secondo tempo tra "Ermione" e "Ditirambo IV". Nel caso, invece, de "L'asfodelo" e "Versilia", aggiunti in un secondo tempo, in conseguenza di esigenze tematiche, tra "Ditirambo IV" e "L'Otre", l'inserimento viene a rompere il ritmo quinario.
[136] L'appunto deriva dalla consultazione del Tommaseo-Bellini dove, tanto alla voce *uliva* quanto alla voce *vajo*, D'Annunzio trovava citato Crescenzio, 5, 19, 12: "Cogliesi l'uliva nel mese di novembre, allora che comincerà ad esser vaja...". Caduto il progetto di estendere la stagione alcionia fino al

ne di giugno, la sequela di componimenti volta a tracciare la cronaca stagionale è interrotta da componimenti – composti o da comporre – di carattere mitico e metamorfico. Per il momento questi componimenti non sembrano organizzarsi in senso narrativo, ma la loro dislocazione non pare neppure casuale. Essi cominciano a delineare una nuova vicenda di carattere mitico incentrata sull'ansia del divino perseguito e conquistato mediante il mito e la metamorfosi ("Bocca di Serchio", "Versilia", il "Ditirambo" di Glauco e "L'oleandro") e poi irrimediabilmente perduto nel doppio scacco di Ulisse ("Il rogo di Ulisse") [137] e di Icaro ("Icaro" o, meglio, il "Ditirambo IV"). Infine, a rivelare operante nel poeta, oltre che una decisa volontà costruttiva, una precisa consapevolezza delle novità e del significato della sua operazione sul piano della poetica, c'è nell'elenco anche l'annuncio di quella che sarà la lirica programmatica e teorica dell'intero Libro, *Il fanciullo*. In essa, quando sarà composta – di lì a pochi giorni dalla data di redazione dell'elenco stesso –,[138] *Alcyone* troverà qualcosa in più del suo vero e degno proemio, dopo quello pretestuoso costituito dalla *Tregua* e volto a giustificare i nuovi modi poetici rispetto a quelli dei due libri precedenti: essa si porrà, infatti, all'inizio stesso del Libro, come l'ideale punto di convergenza delle sue sparse intuizioni ideologiche e delle sue varie soluzioni espressive.[139]

33. Le linee di sviluppo del montaggio del materiale lirico sono dunque ormai chiare. Ad esse, da quel momento in avanti, D'Annunzio si atterrà con sostanziale fedeltà. I suoi interventi su quello che ormai è un corpo vivo, saranno diretti più che altro a ampliare e, per certi aspetti, snellire la struttura impostata, con un lavoro paziente volto a delineare meglio le vi-

---

novembre, l'appunto fu recuperato nella stesura di uno dei *Madrigali dell'estate*, *L'uva greca*: vedi pp. 537 ss. e nota 4 vedi *Gli indizii*, pp. 673 ss. e nota 17.
[137] "Il rogo d'Ulisse", come si è visto a p. 58, altro non è che il titolo provvisorio del componimento *Alle Pleiadi e ai Fati* che sarà posto a fare da proemio al Libro di *Maia* e quindi a tutto il ciclo delle *Laudi*. Tra l'altro, come ha precisato P. Gibellini, *Per la cronologia* cit., p. 402, il titolo *Il rogo d'Odisseo* si legge nella copia cianografica di una prima stesura autografa del componimento conservata negli Archivi del Vittoriale (n. 1191a dell'*Inventario* cit.).
[138] Tra il 13 e il 19 luglio, come si è visto a p. 50.
[139] Vedi i cappelli introduttivi a *La tregua*, pp. 101 ss. e a *Il fanciullo*, pp. 113 ss.

cende centrali del Libro, ad evitare eccessivi schematismi e, persino, a creare blocchi omogenei e a loro modo conseguenziali anche dal punto di vista stilistico, espressivo e metrico onde fare "della storia alcionia anche parabola e emblema di una storia di stile e di linguaggio".[140]

In un primo tempo, almeno a giudicare dalle carte che ci sono pervenute, questo lavoro di sistemazione sembra aver riguardato la prima parte del Libro, quella compresa tra *La tregua* e il *Ditirambo II*. Infatti, tutti i testi che il poeta ha composto dopo la metà di luglio,[141] cioè dopo la probabile data di stesura dell'elenco-progetto contenuto nel ms. 421 e nel ms. 432 v., vanno a collocarsi proprio nella prima sezione del Libro. Inoltre, è proprio della prima sezione del Libro che, quasi a registrare e sistemare il frutto dell'attività poetica svolta nei giorni compresi tra la metà di luglio e la metà di agosto, traccia un consuntivo un nuovo elenco-progetto: il ms. 422, che dovrebbe risalire appunto alla metà di agosto:[142]

---

[140] P. Gibellini, *La storia di "Alcyone"* cit., p. 71.
[141] Vedi pp. 50-51.
[142] Cfr. P. Gibellini, *Per la cronologia* cit., pp. 405-407.

Libro terzo

La tregua.
Il fanciullo
I — VII.
Lungo l'Affrico.
La sera fiesolana.
L'ulivo.
La spica.
L'opere e i giorni.
L'aedo senza lira.
Beatitudine.
Gurit aestus.

Ditirambo I

~~Terra didima~~
La temporale   ~~quattro~~
Bocca d'Arno   ~~pioggia~~
Intra due Arni
La pioggia nel pineto.
Le stirpi canore
~~Refugi~~ ~~Il novilunio~~

La ~~sera~~
~~Albano~~
~~I tributari~~
~~Terzi dei cavalli~~

— Il Gombo
— La madre ~~fanciulla~~
— Maggio ~~degli astri~~
(Neptunia pubula)

Ditirambo II

~~Ruria di Sardis~~
L'oleandro
L'asfodelo
~~Il carro~~
Il cavallo
I versi naufraghi.
La gioconda
Le vele rosse.

L'elenco è chiaramente parziale, "poiché non menziona testi sicuramente composti, ma previsti per la sezione finale, quali *Le ore marine*, *L'otre*, *Il novilunio*".[143] Tuttavia per la parte del Libro cui si riferisce, è preciso e rivela come l'intera prima sezione sia ormai saldamente organizzata secondo il piano compositivo che già conosciamo. I primi diciotto titoli, da "La tregua" a "Il nome", coincidono, anche quanto a successione, con i titoli dell'edizione definitiva. I diciassette centrali, da "Le orme" a "Il cervo", tra titoli registrati fin dalla prima stesura dell'elenco[144] e titoli aggiunti in un secondo tempo in quanto relativi a testi composti nella seconda quindicina di agosto,[145] denunciano – con qualche assenza,[146] un paio di titoli destinati a occupare poi posti più bassi,[147] qualche titolo provvisorio[148] e una successione ancora abbastanza lontana da quella definitiva – [149] l'incertezza non del piano compositivo ma soltanto della distribuzione delle singole liriche all'interno di esso. Infine, gli ultimi tre titoli ("I cervi naufraghi", "La Gentucca", "Le vele rosse"), due dei quali relativi a progetti già annun-

---

[143] *Ibidem*, p. 406.
[144] È il caso, oltre ai titoli di liriche già composte da tempo e già date come tali negli elenchi precedenti (vedi nota 126 e p. 58), dei seguenti titoli, relativi a liriche composte tra la metà di luglio e il 13 agosto, data de *Il Gombo*, che è l'ultimo, cronologicamente, dei testi inseriti nella prima stesura dell'elenco: "Il fanciullo" (13-19 luglio), "L'aedo senza lira" (16 luglio), "L'ulivo" (20 luglio), "La spica" (25 luglio), "Beatitudine" (28 luglio), "Ditirambo I" (1 agosto), "Il Gombo" (13 agosto) e, tra i titoli di liriche di cui non conosciamo la data di stesura ma che devono essere state composte in questo arco di tempo perché nell'elenco appaiono come già composte, "L'opere e i giorni", "Furit aestus", "Pace", "Intra du' Arni" "La pioggia nel pineto", "Le stirpi canore", "Il nome", "Meriggio", "Le orme", in cui è da vedere con tutta probabilità il titolo provvisorio di *Innanzi l'alba*, "Albasia", "Le madri", "La cuora", in cui, come nel titolo che sostituisce, "(Neptunia pabula)", è da vedere il titolo provvisorio del componimento preditirambico *Terra, vale!*, "Ditirambo II".
[145] È il caso dei titoli: "Anniversario orfico" (15 agosto), che è il primo dei titoli aggiunti in un secondo tempo, "I tributarii" (16 agosto), "I camelli" (18 agosto), "Il cervo" (20 agosto) e, tra i titoli di liriche non datate ma necessariamente composte in quel mese, "Bocca di Serchio".
[146] Se, come è probabile, nel titolo "Le orme" è da vedere il titolo provvisorio della lirica *Innanzi l'alba* che quindi a quest'altezza dovrebbe già essere composta, nell'elenco, rispetto all'indice definitivo di *Alcyone*, è assente il titolo di *Vergilia anceps*.
[147] È il caso di "Versilia" e "L'asfodelo" che nell'edizione definitiva saranno posti dopo il *Ditirambo III*.
[148] Come si è visto, sono provvisori i titoli "Le orme" (per *Innanzi l'alba*?), "(Neptunia pabula) - La cuora" (per *Terra, vale!*) e "Il cavallo", se è il titolo provvisorio del componimento che sarà intitolato *L'ippocampo*.
[149] Si veda alle pp. 767 ss., l'indice dell'edizione definitiva di *Alcyone*.

ciati,¹⁵⁰ segnano, con la loro stessa mancata realizzazione, presente e futura, in testi compiuti, il perdersi, per il momento, del disegno d'insieme e lo smarrirsi, dietro divagazioni difficilmente riconducibili a una o l'altra delle vicende centrali del Libro, del filo del discorso alcionio. Evidentemente il poeta ha incontrato qualche difficoltà. E, in effetti, non è strano che ciò sia successo proprio alle spalle del *Ditirambo II*, che introduce decisamente il tema mitico-metamorfico. Forse proprio per questo, cioè per le incertezze che devono aver colto il poeta nel punto cruciale segnato dal *Ditirambo* di Glauco, l'elenco si arresta all'improvviso, benché il foglio che lo contiene presenti altro spazio. Tra l'altro, il poeta, che pure ha provveduto ad aggiornarlo inserendovi, evidentemente prima del 21 agosto, i titoli dei testi composti prima della sua stesura (*Anniversario orfico*, *I tributarii*, *I camelli*, *Il cervo* e *Bocca di Serchio*)¹⁵¹ non provvide a registrare i testi composti subito dopo, che sono *L'ippocampo* (21 agosto), *L'onda* (22 agosto) e *La morte del cervo* (24 agosto). Forse questi ultimi testi erano nati quando ormai l'elenco del ms. 422 era stato accantonato oppure erano sentiti come appartenenti a una sezione successiva del Libro.

Proprio alla sezione successiva del Libro, però, ci porta un nuovo elenco di titoli, che è registrato nel ms. 417 e che ha tutta l'aria di essere una continuazione del ms. 422.¹⁵²

---

¹⁵⁰ "I cervi naufraghi", che riprende chiaramente il titolo "I cervi - in alto mare - marina", aggiunto a suo tempo nei mss. 412-432 v. (vedi nota 131) e "La Gentucca", che era già presente nei medesimi manoscritti. Per il titolo "Le vele rosse", cfr. P. Gibellini, *Per la cronologia* cit., pp. 413-414.
¹⁵¹ Vedi nota 145.
¹⁵² Cfr. P. Gibellini, *Per la cronologia* cit., pp. 411 s.

Bocca di Serchio
Migliarino (Salviati)
Il Cervo –
L'Ippocampo
L'Onda
L'asfodelo

Sete e sti – p° faro –
Sine sete – p° faro
(Voluttà estive –
Sera del podere)
Ardi – (triste)

Le tre donne –
(tre sonetti?)
Il cervo naufrago.
La Pentucca.

Entra...
Intra...

L'elenco che, per quanto di difficile datazione, appartiene molto probabilmente all'ultimo scorcio dell'agosto 1902, contiene materiale molto vario. Accanto a testi sicuramente già composti da tempo e come tali già presenti anche nel ms. 422, come "Bocca di Serchio", "L'asfodelo" e "Il cervo", registra anche testi di composizione recente che, proprio perché composti troppo tardi, erano rimasti esclusi dal ms. 422, come "L'ippocampo" (21 agosto) e "L'onda" (22 agosto). Contiene poi titoli già noti, ma destinati a rimanere senza seguito, come "Il cervo naufrago"[153] e "La Gentucca". Contiene quindi un titolo indecifrabile, "Migliarino" (Salviati) e, infine, alcuni appunti che paiono nuclei nei quali è forse possibile leggere il preannuncio dei componimenti che da essi si sarebbero sviluppati: così da "Ardi (triste)" potrebbe essersi sviluppato il componimento *Il prigioniero*,[154] da "Le tre donne (Tre sonetti?)" i tre componimenti della futura *Corona di Glauco* che sono appunto dedicati a tre donne.[155] Incomprensibili, e apparentemente privi di sviluppi futuri, paiono gli appunti "Disse Ardi – lo farò Disse Derbe – lo farò (Vanità estive - Gara del godere"),[156] "Carme – Io chiudo i rivi: assai bevvero i prati"[157] e "Entra... Entra", nel quale ultimo, tuttavia si potrebbe vedere un preannuncio di *Feria d'agosto*.[158]

Nel complesso, nella sua confusione di titoli e di appunti tematici e, soprattutto, con la mancata registrazione di titoli di liriche che pure erano già state composte e che nell'edizione definitiva di *Alcyone* sarebbero state dislocate tra quelle segnate nell'elenco, il ms. 417 denuncia, per la sezione cui si riferisce, una situazione assolutamente provvisoria, piuttosto confusa e, per

---

[153] Vedi nota 131 e nota 150.
[154] Cfr. P. Gibellini, *Per la cronologia* cit., p. 412 e vedi pp. 566 s.
[155] *Ibidem*.
[156] P. Gibellini, *ibidem*, vi vede l'embrione del titolo "La gara" che apparirà nell'annuncio Treves (vedi pp. 76 ss.), ma che non sarà mai realizzato.
[157] Cfr. P. Gibellini, *ibidem*.
[158] Come ha segnalato P. Gibellini, *ibidem*, l'esortazione ad entrare è presente anche in un appunto del ms. 434 che suona: "Espero. La lampada arde in olio di Lucca. La soglia è cosparsa di rose disfogliate. Il flauto - Entra", e che, come si vede, contiene l'intero nucleo tematico di *Feria d'agosto*, e in un altro elenco di titoli e di appunti, il ms. 426, che suona: "Naumachia – (battaglia navale di nubi – galee) Il Tritone *accosciato* su la duna [vedi p. 554] La casa tra i pini (Entra) Le vele rosse". L'esortazione ad entrare potrebbe essersi materializzata nel componimento che nell'annuncio Treves del gennaio 1903 sarà intitolato "L'invito" e poi, alla fine, *Feria d'agosto*.

certi aspetti, critica. Purtroppo, a rendere più difficile, per noi, la postuma decifrazione del lavoro sistematorio del poeta concorre anche il fatto che dopo quella della *Morte del cervo*, componimento il cui titolo per altro è assente nel ms. 417, non ci soccorre più alcuna data sicura.

34. Di fatto, *La morte del cervo*, del 24 agosto, è per noi l'ultimo componimento datato di quella eccezionale estate che vide il poeta tanto impegnato e tanto produttivo. Tra l'altro, quasi a dare pubblica notizia del suo lavoro, tra il luglio e l'agosto egli aveva anche provveduto a render noti un paio dei componimenti nati nel corso di tanta laboriosità. Così, dopo *Versilia* e *L'otre* che, come si è visto, erano apparse rispettivamente il 13 luglio e il 1° agosto, il 3 agosto, «La Settimana» di Napoli usciva con *La spica*, che veniva ufficialmente presentata come un'anticipazione "Dal terzo libro delle *Laudi*", prima apparizione pubblica della ormai acquisita distribuzione del materiale poetico delle *Laudi* in libri. Poi, il 17 agosto, sempre su «La Settimana» vedeva la luce la lirica sorella della *Spica*, *L'ulivo*, che sarebbe poi stata ripresa, nel novembre, da «Il Secolo XX» di Milano. Infine, nel numero del 1° settembre, «La Rassegna Internazionale» di Roma pubblicava con il titolo *Ditirambo* e, in calce, la data "Kal. Iul. Ann. MCMII", il futuro *Ditirambo I* e, poco dopo, l'albo annuale «Novissima» di Milano pubblicava anche, con il titolo *Le ore* e, in calce, l'indicazione "Nella Versilia, ferragosto 1900", *Le Ore marine*, un testo risalente all'estate del 1900. Altre due liriche, nate nell'estate del 1902, invece, avrebbero visto la luce qualche mese più tardi: il 14 gennaio 1903, sulla rivista «Leonardo» di Firenze sarebbe uscito, con la lunga titolatura "Dai canti della Marina di Pisa. Anniversario orfico P. B. S. VII luglio MDCCCXXII", *Anniversario orfico* e, il 31 maggio 1903, sul fiorentino «Marzocco» sarebbe apparsa *La morte del cervo*.

Il 31 agosto 1902, D'Annunzio lasciava Romena e faceva ritorno a Settignano. Quel giorno stesso, nell'annunciare a Georges Hérelle il suo rientro alla Capponcina, non poteva fare a meno di manifestare anche a lui la sua soddisfazione per l'intenso lavoro svolto a Romena:

"Scendo oggi – gli scrive – a Settignano /.../ Ho molto lavorato qui".[159]

---

[159] Lettera a G. Hérelle del 31 agosto 1902.

35. Alla Capponcina, sull'onda dello slancio creativo che aveva improntato il giugno, il luglio e l'agosto, il poeta continuò a lavorare alle *Laudi*. L' "eccesso di fatica" lo lasciò, a suo dire, spossato e non gli mancarono, al solito, "molte seccature". Tuttavia, verso la metà di settembre si trovò ad aver composto l'intero blocco centrale delle future *Città del silenzio* di *Elettra*: qualcosa come "cinquanta sonetti in gloria di 25 città italiane", a credere a quanto scriveva a Giuseppe Treves in una lettera del 15 o del 16 settembre. Tra l'altro, da quella stessa lettera si apprende anche che in quei giorni di settembre, nell'ambito di una attività letteraria che appare strenua e che lo vede impegnato "a ricevere bozze e a mandar manoscritti", egli tornò a pensare alla edizione delle *Laudi*. Scrive, infatti, il 15 o il 16 settembre, a Giuseppe Treves:

"Io sto poco bene per eccesso di fatica. Avevo cominciato a sentire qualche dolore di capo, di qualità singolare; ma, come l'ideazione e tutte le facoltà dell'intelligenza mi parevano accresciute piuttosto che indebolite, non ci feci caso. Ora il prof. Grocco mi costringe a qualche giorno di riposo. Concorre al malessere il caldo torrido di questo settembre inferocito. – Inoltre ho molte seccature. 'Coraggio, o mio duro cuore; ben altre n'hai vedute!' diceva il vecchio Ulisse nei momenti difficili. – Seguito a ricevere bozze e a mandar manoscritti. Ho finito cinquanta sonetti in gloria di 25 città italiane. Di' a Cordelia che fra le 25 città è anche la sua Vicenza. – Di' ad Arnaldo che il formato delle *Laudi* è *identico* a quello della *Francesca*. E non trascurare di ordinare in tempo la pergamenoide".[160]

36. Lo slancio creativo durò anche nei giorni successivi nonostante le "molte seccature" dovute questa volta soprattutto a un ennesimo deteriorarsi dei suoi rapporti con la Duse. Romain Rolland, che fu suo ospite alla Capponcina dal 16 al 21 settembre 1902, trovò il poeta infognato in una serie di beghe con l'attrice, ma anche "interamente grondante di poesia".[161] Il ritratto che Rolland traccia di D'Annunzio in occasione di questo nuovo incontro è non meno impietoso di quello di due anni prima.[162] Tuttavia, anche questa volta fotografa perfettamente il carattere del poeta e aggiunge una tessera in più al

---

[160] *Altre lettere* cit., p. 712.
[161] R. Rolland, *D'Annunzio et la Duse* cit., p. 33.
[162] Lo si veda in R. Rolland, *D'Annunzio et la Duse* cit., pp. 30-42.

completamento della sua fisionomia interiore nel momento culminante della sua attività letteraria:

"Je vois – scrive Rolland – un troisième homme: après le jeune et brûlant petit italien, après le froid dandy de lettres, au regard d'acier, voici le petit homme gras, aux traits boursouflés, le viveur à l'expression inquiétant".[163]

Eppure, Rolland che, tra l'altro, parteggia apertamente per la Duse, è il primo a stupirsi che quest'uomo, per il quale "tous les autres êtres /.../ étaient pâture" e per il quale "la loi morale était /.../ son propre développement",[164] si lasci sconvolgere dalla musica e lavori così sodo.

Forse, agli sgoccioli di questa intensa stagione di lavoro, o forse anche all'intero arco di tempo che va dalla fine di agosto alla fine del settembre 1902, risalgono alcuni componimenti alcionii che sono di datazione altrimenti ignota e che pure paiono nati in quei mesi o per lo meno in una data compresa tra l'agosto 1902 e il gennaio 1903, come *Vergilia anceps*, *Stabat nuda Aestas*, *Gli indizii*, *Feria d'agosto*, *Il tritone*, *Il policefalo* e *Il vulture del sole*. Essi, infatti, non sono registrati, nemmeno come progetti, nel ms. 422 della metà di agosto del 1902 e sono invece presenti nel sommario-annuncio di *Alcyone* diffuso nel gennaio 1903 dalla Casa Treves:[165] quindi, poiché tutto porta a pensare che all'altezza del sommario-annuncio esistessero già e poiché non risulta che il poeta abbia avuto il tempo di comporli in altri momenti, bisogna pensare che siano stati composti o nell'ultimo scorcio di agosto o nel corso di questo settembre 1902 o, al massimo, nell'ottobre-novembre.[166]

37. Il 21 settembre, D'Annunzio si recò in Versilia nei luoghi alcionii e a Val di Castello, nei luoghi carducciani, in compagnia dei Rolland e della Duse.[167] Quel giorno, tanto in Versilia quanto a Val di Castello, il poeta affidò al proprio taccuino[168] parecchie note paesaggistiche che avrebbe sfruttato tanto

---

[163] R. Rolland, *Journal intime*, 21 settembre 1902, fol. 393, inedito, citato in G. Tosi, *D'Annunzio visto da Romain Rolland* cit., p. 361.
[164] R. Rolland, *D'Annunzio et la Duse* cit., pp. 46-47.
[165] Vedi più sotto pp. 76 ss.
[166] Per maggiori particolari circa le ipotesi di datazione dei singoli componimenti, si vedano i relativi cappelli introduttivi.
[167] Cfr. R. Rolland, *D'Annunzio et la Duse* cit., pp. 42-43, dove, in particolare, lo scrittore francese descrive il paesaggio di Bocca d'Arno.
[168] Cfr. *Taccuino XLIV*, I, pp. 448-454.

nel *Saluto al Maestro* di *Laus vitae*[169] quanto nel *Commiato* di *Alcyone*.[170] Forse, inoltre, proprio la visita ai luoghi carducciani gli fece tornare alla mente il progetto, già affidato da tempo alle sue carte,[171] di comporre una lirica in onore di G. Carducci. Di fatto, qualche giorno più tardi, a Bologna, parla al Maestro della sua visita a Val di Castello e gli annuncia senz'altro che da quel pellegrinaggio ha tratto "ispirazione per dei versi che vedranno presto la luce! ".[172] L' "ispirazione", però, tarderà a materializzarsi in versi e il progetto subirà, prima di essere realizzato, non pochi cambiamenti: previsto in un primo tempo per il Libro terzo delle *Laudi*,[173] l'omaggio al Carducci entrerà, invece, sotto forma di *Saluto al Maestro* nella penultima sezione di *Laus vitae*[174] e vedrà la luce solo nel maggio del 1903.[175] Ormai, del resto, la feconda parentesi estiva di lavoro del poeta sembra essersi definitivamente chiusa. Il 29 settembre 1902, « L'Illustrazione Italiana » reca addirittura la notizia che D'Annunzio è stanco per il troppo lavoro e che i medici gli hanno imposto un periodo di riposo. Di essere stanco, dopo tanto lavoro, il poeta avrebbe tutti i diritti. Ma, al solito, la notizia, che tra l'altro è seguita dalla precisazione che il poeta spera di poter presto mettersi a scrivere, per celebrare l'Istria e gli Irredenti, è chiaramente ispirata dallo stesso interessato e rientra nel novero delle notizie che egli distribuisce per tener vivo l'interesse del pubblico.[176] Comunque, nell'ottobre e nel novembre, D'Annunzio non sembra aver lavorato molto alle *Laudi*. Ai primi di ottobre, appena di ritorno da Bologna, dopo una breve sosta alla Capponcina, andò a Milano, per accompagnare la Duse che era in partenza per

---

[169] Cfr. *Maia, Laus vitae*, vv. 8023 ss.
[170] Vedi pp. 725 ss.
[171] Vedi nota 122.
[172] « Il Resto del Carlino », 1-2 ottobre 1902.
[173] Vedi nota 122.
[174] Vedi nota 169.
[175] Vedi p. 84.
[176] Cfr. « L'Illustrazione Italiana », 29 settembre 1902: "Gabriele d'Annunzio scrive da Settignano ad un amico di aver incominciato a comporre una canzone dedicata 'all'antica e nova gloria dell'Istria'... Stanco per altre opere avviate e un po' indebolito nella salute, il poeta ha dovuto per ordine del medico sospendere il lavoro: ma egli confida di poter presto riprendere la penna, e pagare questo suo debito alla terra istriana: alla quale dedicherà pure un intero libro delle sue *Laudi*".

una *tournée* in America. Scriveva, in proposito, il poeta a Giuseppe Treves, verso l'8 o il 9 ottobre:

"La tua lettera mi raggiunge a Milano dove sono per poche ore. Accompagno la signora Duse che parte stasera per Parigi-Cherbourg. Ella va ad imbarcarsi per l'America. E la vedo partire con molta tristezza. È incredibile la forza morale che regge questa delicata creatura. E qualunque parola di ammirazione e di devozione è sempre inferiore alla sua incomparabile nobiltà. Io ripartirò stasera per Settignano, e di là verrò a Pallanza, quando tu mi inviterai".[177]

38. Partita la Duse, D'Annunzio fece ritorno alla Capponcina, dove rimase pochi giorni. Verso la metà del mese era già a Pallanza, ospite di Giuseppe Treves. Lì, tra le altre cose, andò spesso a caccia in brughiera e visitò la zona. Il 26 ottobre, ad esempio, era sul Ticino, presso Sesto Calende e registrò nel *Taccuino* n. 14 [178] alcune notazioni che avrebbe sfruttato a suo tempo per la composizione della lirica *La muta*, uno dei *Sogni di terre lontane* di *Alcyone*.[179] Però, uno dei motivi per cui è andato a Pallanza è quello di lavorare in tutta tranquillità [180] e, anche, di discutere con l'editore la pubblicazione delle *Laudi*. Di fatto, il 10 novembre 1902, scrivendo da Pallanza ad Annibale Tenneroni per annunciargli che in America la Duse e le sue tragedie ottengono un "altissimo trionfo" e per chiedergli il suo parere circa le garanzie che suo figlio Mario, respinto anche agli esami di riparazione di seconda liceo, può dare nel caso gli sia permesso di studiare privatamente per recuperare l'anno perduto, gli invia 42 sonetti delle *Città del silenzio* da pubblicare sulla « Nuova Antologia » e gli annuncia che attende "a dare l'ultima mano" al primo volume delle *Laudi*.[181]

---

[177] *Altre lettere* cit., pp. 712-713.
[178] Cfr. *Taccuino* n. 14, II, pp. 149-150.
[179] Vedi pp. 700 ss.
[180] Già nella lettera del 3 luglio 1902, scritta prima di partire per Romena e pervenutaci frammentaria (vedi E. Maccagnolo, *Altre lettere* cit., pp. 711-712), il poeta annunciava a Giuseppe Treves: "Verrò a lavorare, in vece [sc. invece di fare un viaggio in America di tre mesi per la cui organizzazione era in trattativa e che lo spaventava], nelle mie stanze di Villa Cordelia [la villa Treves a Pallanza]".
[181] G. Fatini, *Confidenze dannunziane* cit., p. 1273. I 42 sonetti delle *Città del silenzio* usciranno sulla « Nuova Antologia » del 1° dicembre 1902 (a. XXXVII, fasc. 743, pp. 395-406) con il titolo: "Dal secondo Libro delle Laudi. Le città del Silenzio. Perugia. Assisi. Spoleto. Orvieto. Gubbio. Spel-

L'affermazione è, ancora una volta, generica e sostanzialmente falsa, giacché, in verità, il volume è ben lontano dal necessitare soltanto delle ultime cure. Qualche giorno dopo, scrivendo sempre al Tenneroni per rinviargli le bozze corrette dei sonetti e per dargli minute disposizioni circa la loro pubblicazione, afferma di essere occupato a lavorare "sempre".[182] A che cosa lavori, però, non dice.

39. A Pallanza, D'Annunzio rimane fino alla fine di novembre. Poi, ai primi di dicembre dovrebbe essersi recato a Roma, a far visita alla figliola, Cicciuzza, che era malata. Il 9 dicembre, comunque, era a Milano. Quel giorno, infatti, a Milano rilasciò a Mos. un'intervista che apparve due giorni dopo, l'11 dicembre 1902, su «La Tribuna».[183] In essa il volume delle *Laudi* cui, stando alle ultime lettere inviate al Tenneroni, il poeta stava dando l'ultima mano, è dato addirittura per compiuto. Anzi, a credere a quanto si legge nell'articolo, il poeta si troverebbe a Milano proprio per seguirne la stampa:

"Gabriele D'Annunzio – scrive «La Tribuna» – trovasi da alcune settimane a Milano, occupato a vigilare, con le sue cure minuziose e infallibili, la stampa del suo nuovo volume di poesie: *Le Laudi*".

Quindi, il giornale passa a dare notizie più dettagliate sul volume, che, si legge, il poeta ha potuto "compiere" approfittando di una "singolare attività cerebrale" e che, nei tre libri che lo costituiscono, "non contiene meno di novemila versi".

"*Le Laudi del Cielo, della Terra, del Mare e degli Eroi* – continua l'articolo – si comporranno di sette libri e di ventunmila versi; ma ora se ne pubblicheranno i primi tre, e poiché ciascun libro è dedicato ad una Pleiade, questi tre sono intitolati a *Maia*, *Elettra* e *Alcione*. Il primo Libro contiene un poema, *Laus vitae*, il secondo Libro è di carattere eroico e contiene le *Odi civili* e le *Laudi delle Città*; il terzo è idillico e ditirambico e contiene le *Laudi dell'Estate* e i *Ditirambi*. Il poema *Laus vitae* è in verso logaedico /.../ Esso è una vasta e solenne rievocazione del mondo ellenico e sorse nella mente del poeta fin da quando egli compì un suo viaggio in Grecia. Pas-

lo. Montefalco. Narni. Todi. Pistoia. Prato. Arezzo. Orvieto. Cortona". Altri quattro sonetti – *Rimini*, *Urbino*, *Padova* e *Lucca* – sarebbero usciti su «Il Marzocco» di Firenze del 28 dicembre 1902, con il titolo "Le città del silenzio. Rimini. Urbino. Padova. Lucca".
[182] *Ibidem*.
[183] Mos., *Le Laudi di G. d'Annunzio - Il terzo peccato*, di A. Colautti, in «La Tribuna», 11 dicembre 1902.

sano in questo poema i soffî degli aèdi mitici e i fragori delle guerre nell'epoca storica. Quanti conoscono la magnificenza pittorica del verbo d'annunziano possono supporre quale nobile ricostruzione abbia nel suo poema la terra sacra dai limpidi orizzonti, dai templi ritmati come strofe, dalle città coronate di violette e di vergini dalla fronte d'oro; ma più appariranno originali molti episodî e scene e personaggi violentemente immaginati e resi con una vigorosa crudezza di linguaggio, di espressione e di pensiero, come, ad esempio: la divina Elena, la bellissima Argiva, ridotta in triste e laida vecchiezza dopo che il suo corpo fu premuto dai più vili uomini della gleba e del remo; il ritorno di Ulisse e l'agonia di Penelope; i dialoghi tra vinti e vincitori nelle guerre contro gli stranieri e nelle fiere lotte fratricide. Negli ultimi periodi strofici (ciascun periodo è di 21 versi) il poeta ricongiunge quelle sue larghe visioni classiche con i suoi pensieri personali e moderni di speranze, di dominio e di gloria. Le *Laudi delle Città*, nel secondo Libro, sono espresse in sonetti racchiudenti il carattere della vita municipale antica o recente di molte città italiane, o alcuni sono fatti di invettive fierissime; nel terzo Libro v'ha, fra le altre, una lunga poesia in terzine dedicate a Giosuè Carducci. Da alcuni anni il D'Annunzio aveva in animo di rivolgere un suo canto di saluto e di omaggio al Maestro glorioso, e già aveva cominciata un'ode; ma preferì compiere questa lirica in terzine, dopo una visita fatta a Val di Castello, il paese natale del Carducci. Glorifica egli quella casa solitaria e il paese dove si nutrì e crebbe la ferrea giovinezza del poeta delle *Odi barbare*, esalta quella solenne arte italica e chiede al Maestro che gl'indulga s'egli è stato costretto a essergli infedele, dovendo seguire il solco segnato dalla sua volontà e dal suo destino.

Anche nel terzo Libro, v'è una poesia in quarta rima intitolata *La morte del Cervo*, in tutte le sue parti bellissima /.../ Freschissime sono, nel medesimo libro, sette ballate nei modi di Cino, intitolate: *Il fanciullo*.

Mi arresto qui nelle indiscrezioni: ho accennato appena ad alcune cose che più colpirono nel libro straordinario; aggiungerò tuttavia che esso recherà sette deliziosi disegni di Giuseppe Cellini, il finissimo artista romano, e che la Casa Treves ne farà una pubblicazione splendida con gli stessi caratteri usati per la *Francesca da Rimini*, di cui avrà lo stesso formato, alquanto più voluminoso e con eleganza maggiore di copertina.

Il D'Annunzio è lietissimo di questo suo nuovo libro. La sua gioia è serena e schietta come di chi è sicuro della vittoria".

L'intervista, con tutti i particolari di cui è ricca, rivela che D'Annunzio ha ormai fissato le linee generali dei tre libri che dovranno costituire il primo volume delle *Laudi*. Ma in essa molti indizi rivelano anche che, a quella data, il volume ben lungi dall'essere compiuto, è ancora in fase di elaborazione: ad esempio – e uno valga per tutti – nel corso dell'intervista l'intero volume è detto contenere "non meno di novemila versi", quando a cose fatte il solo libro di *Maia* ne conterrà quasi novemila. Così, se qualcosa di vero è dato trovare nell'articolo della «Tribuna», questo non è certo da vedere nella notizia dell'avvenuta conclusione del volume. Semmai, conta segnalare, accanto all'acquisita distribuzione del materiale lirico nei tre libri, per altro in gran parte già nota, gli ampi particolari relativi al contenuto di *Laus vitae*. Essi, infatti, pur comprendendo cenni ad episodi poi non sviluppati, rivelano che il poeta aveva già concepito il piano dell'intero poema e che, forse proprio in quel mese di dicembre, l'aveva ripreso in mano e aveva aggiunto nuove sezioni di versi a quelle già composte.

Anche al Tenneroni, verso la fine di dicembre, il poeta dà a intendere che il primo volume delle *Laudi* è in fase di stampa. Il 29 o il 30 dicembre, scrivendo all'amico da Settignano, dove è tornato intorno al 12 dicembre, per ringraziarlo dell'invio degli estratti della «Nuova Antologia» con le sue quarantadue *Città del silenzio*,[184] gli confida di aver dovuto rinunciare a recarsi in Abruzzo a rivedere la madre perché costretto a vigilare la stampa delle *Laudi*, che è ormai in tipografia, e conclude:

"Non si finisce mai, ahimé! Io lavoro sempre. Questo Libro lirico è come un enorme masso granitico lanciato a schiacciare la gracidante turba degli sciocchi. C'è tutta la tradizione e tutta la novità, tutto il Passato e tutto l'Avvenire".[185]

40. Di fatto, nella seconda metà di dicembre, e poi, nei primi giorni di gennaio del 1903, D'Annunzio sembra aver lavorato intensamente. Certo non è occupato, come dice un po' a tutti, a seguire la stampa del suo volume di poesie, ma qualcosa deve pur aver fatto e si sbaglierà di poco pensando che attendesse, più che alla stesura di qualche lirica di *Alcyone*, alla stesura di *Laus vitae*. Tuttavia, nonostante il libro non sia affatto finito, ai primi di gennaio del 1903, a Georges Hérelle comunica senz'altro che l'uscita del suo nuovo volume di poesia che, dice, conterrà all'incirca diecimila versi, è prevista per

---

[184] Vedi nota 181.
[185] G. Fatini, *Confidenze dannunziane* cit., pp. 1273-1274.

la fine di gennaio. Scrive all'Hérelle, da Milano, l'8 gennaio 1903:

"Io resterò a Milano sino alla fine di gennaio, cioè sino alla pubblicazione del mio nuovo libro. Il quale sarà tipograficamente meraviglioso, assai più bello della *Francesca*. Si compone di circa diecimila versi. Nel primo poema – *Laus Vitae* – è narrato il nostro viaggio in Grecia. Ho rivissuto intensamente quei giorni di felicità. E credo che proverete molta gioia a questa trasfigurazione ideale".[186]

41. Per tutto il mese di gennaio, D'Annunzio restò a Milano. Lo scopo dichiarato di questo suo lungo soggiorno era quello che aveva detto all'Hérelle, ma, visto che il libro non era ancora compiuto, è verisimile che altri fossero i motivi che lo trattenevano in città. Allo stesso Hérelle, scrivendogli nel febbraio, racconterà di essere stato costretto a passare il gennaio a Milano perché si era ammalato, ma la cosa non trova conferma né nelle cronache mondane né nelle lettere del poeta di quei giorni. Comunque sia, l'11 gennaio 1903, quasi a confermare le generiche notizie diffuse in proposito dal poeta, « L'Illustrazione Italiana » reca, nelle pagine dedicate alla pubblicità, l'annuncio della "prossima pubblicazione" del primo volume delle *Laudi*: "*Laudi del Cielo della Terra del Mare degli Eroi* di Gabriele d'Annunzio - Volume primo: *Alle Pleiadi e ai Fati - L'Annunzio*. Libro primo: *Maia*. - Libro secondo: *Elettra*. - Libro terzo: *Alcione*". E la settimana successiva, sul numero del 18 gennaio 1903, la rivista della Casa Treves, sotto l'annuncio della "prossima pubblicazione" del volume, riporta l'indice dettagliato di tutti e tre i libri di cui il volume sarebbe stato composto. La stesura di questo indice deve aver richiesto a D'Annunzio una mole di lavoro notevole, non fosse altro per vagliare carte e abbozzi e soprattutto "montare" i tre libri. Forse proprio a questa determinante fase del suo lavoro, il poeta attendeva nel mese di dicembre, quando andava dicendo di dare "l'ultima mano" al volume e di seguirne la stampa. Il risultato dell'operazione, certo, è importante ai fini della storia del farsi delle *Laudi* e, in particolare, del libro di *Alcyone*.

42. Il confronto tra questi indici e quelli delle edizioni de-

---

[186] Lettera a G. Hérelle dell'8 gennaio 1903.

finitive dei tre libri delle *Laudi* rivela che, pur nelle discordanze, nelle omissioni e nella introduzione di materiale spurio, il piano generale dei primi tre libri è ormai acquisito. Il sommario di *Elettra* concorda quasi completamente con quello finale del Libro: tre soltanto risultano le divergenze: in primo luogo, l'annuncio presenta, inserito tra il titolo *Per la morte di Giuseppe Verdi* e il titolo *Nel primo centenario della nascita di Vincenzo Bellini*, il titolo *Per la morte dell'agricoltore Lazaro di Roio*,[187] cui non corrisponderà alcun testo nel Libro compiuto; inoltre, nell'annuncio manca, tra *Le città del silenzio*, il titolo del sonetto a Ravenna che, nell'edizione definitiva, chiuderà la serie; infine, l'annuncio inserisce tra *Le città del silenzio* e il *Canto di festa per calendimaggio*, il titolo *Amor fati* cui pure non corrisponderà alcun testo nell'edizione definitiva. Il sommario di *Maia*, poi, coincide con quello dell'edizione in volume per la parte iniziale, da *La Sirena del Mondo* a *La valle sacra*: un totale di circa 1750 versi, probabilmente già composti alla data dell'annuncio pubblicitario, pari a un quinto della futura *Laus vitae*. Nella restante parte, i due sommari prendono a divergere, in quanto il sommario dell'annuncio prevede, accanto a titolature che ricompariranno nel sommario definitivo, titolature non più comprese o modificate nel sommario definitivo.[188] Comunque, l'impianto del poema è già chiaramente fissato e poco si discosta, nelle linee essenziali, da quello definitivo. Il sommario di *Alcyone*, infine, rivela, nelle sue coincidenze con l'indice definitivo, nei titoli mancanti rispetto a quell'indice e nei titoli preannuncianti liriche poi non composte, l'ultimo, in ordine di tempo, progetto organico del Libro:[189]

---

[187] Il titolo "Per la morte dell'agricoltore Lazaro di Roio (Canzone)" era già segnato nel ms. 418: vedi, in proposito, la nota 122.
[188] Si veda il confronto puntuale tra i due sommari in G. De Medici, *Bibliografia di Gabriele d'Annunzio*, Roma, Edizioni del Centauro, 1928, p. 126.
[189] Cfr. il ms. 19282 (LXXVI, 5, n. 1482 dell'*Inventario* cit.) che è un

LIBRO TERZO: ALCIONE.

La tregua - Il fanciullo - Lungo l'Affrico - La sera fiesolana - L'ulivo - La spica - Le opere e i giorni - L'aedo senza lira - Beatitudine - FURIT ÆSTUS - DITIRAMBO I - Pace - La tenzone - Bocca d'Arno - Intra du' Arni - La pioggia nel pineto - Le stirpi canore - Il nome - Innanzi l'alba - VERGILIA ANCEPS - I tributarii - I cammelli - Meriggio - Le madri - Albàsia - L'Alpe sublime - Il Gombo - Anniversario orfico - TERRA, VALE! - DITIRAMBO II - L'oleandro - Bocca di Serchio - Il cervo - L'ippocampo - L'onda - Il naufrago - L'asfodelo - Le nubi marine - I sandali - L'Acerba - La sete - La gara - L'invito - STABAT NUDA ÆSTAS - DITIRAMBO III - Versilia - La morte del cervo - ~~Le vele di porpora~~ - ~~La resa~~ - ~~La tristezza di Ardi~~ - Il nembo - La casa del Maestro - ~~La lizza~~ - ~~L'astrò~~ - ICARE, UBI ES? - DITIRAMBO IV - Canto delle Sirene sul corpo d'Icaro - ~~Il sonno breve~~ - ~~I pini~~ - ~~Il Tritone~~ - L'Otre - ~~La boscina~~ - Il falasco - Le ore marine - ~~Il popolo~~ - Le farfalle - Novilunio di settembre - ALTIUS EGIT ITER - DITIRAMBO ULTIMO.

Oltre che organico, il progetto è anche rigidamente organizzato, scandito come è da quattro *Ditirambi* e sigillato da un perentorio *Ditirambo ultimo*. A livello narrativo, poi, il Libro ha subito un ulteriore assestamento. La vicenda stagionale, impostata fin dal primo elenco-progetto di titoli, trova nei componimenti successivi al *Ditirambo IV* una più precisa connotazione della sua parabola discendente che, tra l'altro, vede fissarsi la sua conclusione ultima al novilunio di settembre. La vicenda mitico-metamorfica che, nei progetti anteriori aveva ancora uno sviluppo approssimativo, si delinea in modo più chiaro e soprattutto più ampio. In primo luogo, infatti, il tema mitico-metamorfico è decisamente anticipato nel tempo e nello spazio, rispetto ai vecchi piani, grazie allo spostamento del *Ditirambo II*, il ditirambo di Glauco, dal terzo al secondo posto della serie ditirambica. In secondo luogo, proprio per effetto di questa anticipazione, il motivo mitico-metamorfico si inserisce più efficacemente nell'economia narrativa del Libro. Ora, collocandosi subito alle spalle di componimenti come *La pioggia nel pineto* e *Meriggio*, che registrano il tentativo di conseguire l'immortalità e la divinità attraverso la metamorfica panica, la perdita della propria identità e l'annullamento della propria umanità nel ritmo della natura, più chiaramente individua e avvia un nuovo tentativo, pur esso de-

esemplare, evidentemente ritagliato *ad hoc* dal poeta, dell'annuncio in questione: nella parte relativa ad *Alcyone* che è qui riprodotta, D'Annunzio ha provveduto a cassare con un tratto di lapis blu "Il naufrago" e con un tratto di penna "Le vele di porpora" (cui ha poi soprascritto "L'asfodelo", titolo che, comunque, è già registrato più sopra nell'elenco), "La rissa", "La tristezza di Ardi", "Il nembo", "La casa del Maestro", "La lizza", "L'estro", "Il giorno breve", "I pini", "Il Tritone", "La bùccina", "Il peplo". Riesce impossibile stabilire la *ratio* che presiede a queste cassature. Escluse tutte le altre possibilità, rimane solo da ipotizzare che D'Annunzio abbia inteso cancellare i titoli dei componimenti cui, al momento della cancellatura, non intendeva dare attuazione: si spiegherebbe così perché, insieme a titoli che non avrebbero avuto sviluppi in componimenti futuri ("Le vele di porpora", "Il naufrago", "La rissa", "Il nembo", "La casa del Maestro", "La lizza", "L'estro", "I pini", e "La bùccina"), cancella anche titoli definitivi cui corrisponderà nell'edizione a stampa del Libro un componimento ("Il Tritone"), e titoli provvisori di futuri componimenti ("Il peplo" cui corrisponderà il componimento *Il peplo rupestre*, "La tristezza di Ardi" se è il titolo provvisorio de *Il prigioniero* e "Il giorno breve", se è il titolo provvisorio di quella che sarà *La sabbia del tempo*) e perché non cancella invece titoli cui non corrisponderanno componimenti o titoli provvisori come "Le nubi marine", "Canto delle Sirene sul corpo di Icaro", "Il falasco", "Le farfalle" etc. o altri titoli provvisori come "Icare, ubi es?", "Novilunio di settembre" etc.

stinato al fallimento, di dare una risposta all'ansia del divino che agita l'uomo-poeta. Anche la vicenda linguistico-espressiva, indagata sui testi cui i titoli del sommario-annuncio rimandano, risulta meglio puntualizzata nelle sue linee essenziali con il suo alternarsi di registri che vanno dal romanzo al classico, dai testi delle Origini e del Trecento-Quattrocento ai testi latini e greci, dai poeti italiani dell'ultimo Ottocento ai Parnassiani e ai Simbolisti francesi.[190] Tuttavia, nonostante l'indubbio incremento subito dall'impianto del Libro, il progetto registrato dall'annuncio Treves denuncia ancora incertezze ideative e deficienze strutturali. Lo dimostrano proprio le divergenze nei titoli e le sfasature nella loro distribuzione rispetto all'indice definitivo. Al di là della mancanza di taluni titoli [191] e della presenza di altri cui non corrisponderà alcun componimento nell'edizione definitiva [192] e al di là anche del fatto che non tutti

---

[190] Vedi nota 140.
[191] Rispetto all'edizione definitiva, nel sommario dell'annuncio mancano i titoli: "Il policefalo", "L'arca romana", "L'alloro oceanico", "Il prigioniero" (forse sostituito dal titolo provvisorio "La tristezza di Ardi": vedi p. 66), "La vittoria navale", "L'ala sul mare", "Tristezza" (è difficile che quel titolo sia da vedere nel titolo provvisorio "La tristezza di Ardi"; vedi più sopra e vedi p. 66), "Litorea dea", "Undulna", "Il Tessalo", "Gli indizii", "Sogni di terre lontane", "Il commiato". Manca anche "La corona di Glauco", ma è già presente il titolo di un suo componimento *L'acerba* (difficile dire se i titoli "I sandali", "La sete" e "La gara" che stanno intorno al titolo *L'acerba* siano i titoli provvisori di altre liriche del gruppo: vedi, per altro, le pp. 442 s.). Mancano anche i *Madrigali dell'Estate*, anche se il titolo "Il giorno breve" dovrebbe rinviare esplicitamente a uno di essi, *La sabbia del tempo* (vedi p. 517). Quanto al componimento *Feria d'agosto*, esso è da vedere con tutta probabilità nel titolo "L'invito" (vedi nota 158). Così il componimento *Il peplo rupestre* è da vedere nel titolo "Il peplo" (vedi p. 574). Infine, il componimento che precede il *Ditirambo IV*, *Altius egit iter* è con tutta probabilità da vedere nel titolo "Icare, ubi es?" posto nel sommario davanti al *Ditirambo IV* e non nel titolo "Altius egit iter" che precede il "Ditirambo ultimo".
[192] A parte i titoli "I sandali", "La sete", "La gara", e i titoli "La tristezza di Ardi", "Icare, ubi es?", "Il giorno breve" e "Il peplo", per i quali si vedano la nota precedente e i rimandi in essa contenuti, non troveranno corrispondenze in liriche effettivamente contenute nell'edizione definitiva di *Alcyone* i titoli "Il naufrago" (con tutta probabilità da ricondurre alla serie di titoli "I cervi - in alto mare - marina" → "I cervi naufragi" → "Il cervo naufrago" dei mss. 421, 432 v., 422 e 417 [vedi note 131 e 150] che non al titolo "Il naufragio (la polena e il Timone) dei mss. 421 e 432 v. [vedi nota 131], "Le vele di porpora" (nuova forma del titolo "Le vele rosse" presente nel ms. 422 per il quale vedi p. 63 e nota 150), "La rissa", "Il nembo", "La casa del Maestro" (l'argomento che il titolo presuppone sarà sviluppato nel *Saluto al Maestro* di *Laus vitae*: vedi p. 70 e p. 84), "La lizza" (un'idea dell'argomento cui il titolo rimanda ci è data dall'appunto del ms. 413: "La lizza - L'opera della lizza - la morte -

i titoli presenti rimandano a liriche necessariamente già composte,[193] i limiti del sommario-progetto sono evidenti. Così la vicenda stagionale precipita un po' troppo velocemente e un po' troppo esteriormente verso l'autunno: si sente, forte, la mancanza di una maggiore gradualità e, in particolare, si nota la mancanza di una mediazione psicologico-sentimentale, quella che sarà poi offerta dalla *Corona di Glauco* e dai *Sogni di terre lontane*. Inoltre, la stessa vicenda mitico-metamorfica rimane rigidamente bloccata tra ricerca e perdita della dimensione mitica, senza le sfumature malinconiche che la inframezzeranno e soprattutto la completeranno nella versione definitiva. Del resto, il diretto confronto tra i titoli dell'annuncio Treves e quelli dell'edizione in volume segnala con assoluta precisione quali sono i punti del Libro che ancora abbisognano dell'intervento del poeta. La prima sezione, dall'inizio del Libro a *L'onda*, è perfetta e funzionante: non per niente i due indici coincidono. La seconda sezione, da *L'onda* in avanti, invece, presenta una trama incerta e poco funzionale, come dimostra la crescente divergenza tra indice e indice. Sarà proprio su questa seconda parte del Libro che D'Annunzio interverrà e lavorerà.

43. Prima, però, chiuderà la partita con *Laus vitae*. Il poema che occuperà, secondo il piano ormai noto, quasi tutto il Libro di *Maia* è, infatti, la prima cosa cui D'Annunzio si dedica. Il lavoro di stesura del blocco iniziale e, forse, di qualche sezione successiva, ripreso, con tutta probabilità, tra il novembre

---

il pericolo" e dagli appunti affidati, nel 1899, al *Taccuino XXVIII*, I, pp. 317 ss.: cfr. P. Gibellini, *Per la cronologia* cit., p. 414), "L'estro" (un'idea dell'argomento cui il titolo rimanda ci è data da un appunto del ms. 416: "Il centauro punto dall'estro - che si precipita dalla rupe - furibondo - nel mare": cfr. P. Gibellini, *ibidem*), "Canto delle Sirene sul corpo di Icaro", "I pini", "La bùccina", "Il falasco" (vedi nota 128), "Le farfalle" (vedi nota 221), "Altius egit iter" (che come titolo del componimento introduttivo al "Ditirambo ultimo" cadrà anche se sopravviverà come titolo del quarto componimento preditirambico scalzando "Icare, ubi es?"), "Ditirambo ultimo".

[193] Tra i titoli cui corrisponderanno delle liriche nell'edizione definitiva non è certamente ancora stato composto il *Ditirambo IV*, il ditirambo di Icaro, la cui stesura risale all'ottobre del 1903 (vedi p. 95 e p. 582). Forse non esiste ancora neanche il componimento preditirambico *Altius egit iter*, citato nell'annuncio con il titolo provvisorio "Icare, ubi es?". Qualche dubbio permane anche circa l'esistenza del componimento *Il Tritone*. Quasi sicuramente, invece, non esistono le liriche corrispondenti ai titoli di cui non ci sarà traccia nell'edizione definitiva.

e il dicembre del 1902, era rimasto sostanzialmente sospeso per tutto il gennaio 1903. Ora, a febbraio già iniziato, appena tornato alla Capponcina, il poeta lo riprende e vi si dedica con zelo insospettabile. I motivi di distrazione e di disturbo non gli mancano: la Duse, proprio ai primi di febbraio, è tornata, stanca e ammalata, dalla *tournée* americana; il figlio Mario, cui ha concesso di tentare di recuperare l'anno perduto studiando privatamente, si comporta in modo non solo "vergognoso", ma anche "mostruoso";[194] la figlia Cicciuzza è malata e sua madre, Maria Gravina, non recede dai suoi meschini tentativi di ricatto sentimentale; i creditori, come sempre, lo incalzano con le loro richieste. Tuttavia, per tutto il mese, D'Annunzio lavora indefessamente. Il 1° marzo 1903 scrive in proposito a Emilio Treves:

"Perdonami se ho indugiato a risponderti. Ho una di quelle Furie laboriose che meritano veramente la Maiuscola, perché mi afferrano, mi agitano per sette e sette ore, poi mi lasciano quasi morto, boccheggiante. – Cumuli di lettere non aperte, giornali vergini (ecco un epiteto accoppiato a un nome per la prima volta da che il piombo tipografico è in onore!) ingombrano il mio tappeto. E non v'è altro rumore nel mondo se non quello delle mie penne d'oca, e non altra bianchezza della carta di Fabriano. Qui i mandorli fioriscono e subitamente sfioriscono, soffocati dal troppo calore. La campagna comincia a soffrire di siccità. I bottoni scoppiano come verdi bombarde, e i sogni lascivi recano le polluzioni notturne. La primavera è già furente come una Menade lymphata. Le gambe del mio tavolino si coprono di fronde! La Riviera è l'ultima Thule. – Verrò a Milano fra dieci giorni. Ahimé! Le cacce nella brughiera cominciano martedì, e io non sarò a cavallo. – A rivederci. Altre dimande attendono risposta? Io dirò per ora come la Sirenetta alla mutilata: 'Non dimandare!'".

E anche a Georges Hérelle, il 3 marzo, scrive che è sprofondato nel lavoro per recuperare il tempo che ha perduto a Milano, nel mese di gennaio, a causa, dice, della lunga malattia che lo ha trattenuto nella città lombarda:

"Perdonatemi l'indugio nel rispondere. Sono in una febbre di lavoro, per riguadagnare il tempo perduto nella lunga malattia".[195]

---

[194] Da una lettera di D'Annunzio ad Annibale Tenneroni del febbraio 1903 parzialmente riportata in G. Fatini, *Confidenze dannunziane* cit., pp. 1080-1081.
[195] Dalla lettera a G. Hérelle del 3 marzo 1903.

In verità, in queste lettere, D'Annunzio non dice espressamente che l'oggetto della sua "Furia laboriosa" e della sua "febbre di lavoro" sia la stesura di *Laus vitae*. Anzi, nella lettera all'Hérelle del 3 marzo e poi in una di qualche giorno dopo,[196] si diffonde a parlare di altre opere, ad esempio della *Francesca da Rimini*, della *Gloria* e della *Gioconda*, esprimendo motivate opinioni circa le traduzioni francesi approntate dall'Hérelle e proponendo per esse appropriate correzioni. Ma è indubbiamente alla *Laus vitae* che attende. Lo dimostrano, se non altro, le lettere successive.

Anche in marzo, il poeta lavora intensamente. Il 19 marzo è così preso dal lavoro che non si reca neppure a Milano a festeggiare l'onomastico di Pepi Treves. Il 18 marzo, infatti, scrive all'amico editore per scusarsi della cosa e gli spiega che non potrà recarsi da lui a Milano perché "ha ancora da lavorare per alcuni giorni" e anche perché, proprio l'indomani, la "signora Duse" dovrà partire per una nuova *tournée* in Austria e in Russia e lui non vuole "mancare nell'ora della partenza penosa":

"Caro Pepi, ahimé, non sarò teco domani per la festa del Nome! Ho ancora da lavorare per alcuni giorni, ma certo sarei partito stasera e mi sarei trattenuto a Milano fino alla mattina di venerdì, se appunto domani la signora Duse non dovesse rimettersi in viaggio per la sua nuova *tournée*. Non m'è possibile mancare nell'ora della partenza penosa".[197]

La Duse, in verità, partiva tutt'altro che volentieri e tutt'altro che tranquilla, per motivi di "dura necessità":[198] partiva per mettere insieme i soldi necessari per "l'opera d'arte"[199] del suo amico, cioè a dire per poter mantenere D'Annunzio.

Partita la Duse, il poeta si sprofonda nel lavoro. Ben presto si rende conto che l'opera poetica cui sta attendendo gli si è venuta talmente ampliando tra le mani che, ormai, eccede di gran lunga il numero di versi previsti e può perciò occupare da sola un intero volume delle *Laudi*. Lo annuncia egli stesso a Emilio Treves verso la fine del mese, il 28 marzo

---

[196] Lettera a G. Hérelle del [7 o 8] marzo 1903.
[197] *Altre lettere* cit., p. 713.
[198] Da una lettera di Eleonora Duse ad Annibale Tenneroni riportata in G Fatini, *Confidenze dannunziane* cit., p. 1066.
[199] *Ibidem*.

"Mio caro Emilio, il tuo suggerimento primitivo è divenuto buono perché la *Laus* si è sviluppata al di là della misura stabilita. Da sola può dunque riempire un volume di mole conveniente (circa 250 pagine, se non erro)".

Da quel momento, dunque, il Libro di *Maia* comincia ad avere, tipograficamente, vita indipendente dagli altri due Libri, *Elettra* e *Alcyone*.

Nei giorni successivi, a cavallo tra marzo e aprile, e poi per tutta la prima metà di aprile, D'Annunzio continuò a comporre versi per *Laus vitae*. In breve si trovò a superare di gran lunga anche le 250 pagine previste, nella lettera a Emilio Treves, per il volume, il quale, di fatto, nell'edizione definitiva, ne conterrà ben 314. E finalmente, in cospicuo ritardo su tutte le scadenze che si era proposto e che aveva, di lettera in lettera, annunciato alla Casa Treves, il 18 aprile 1903 – "Mezzogiorno! Sabato, il 18 aprile a Settignano", come si legge nell'ultima cartella manoscritta segnata con il numero 587 –[200] il poeta scriveva l'ultimo verso di *Laus vitae*. Quello stesso giorno, dava la notizia, tra gli altri, anche a Georges Hérelle:

"Mio caro, vi scrivo in un'ora di gioia e di stanchezza, dopo aver terminato un poema che è il più duro sforzo da me compiuto fino a oggi: *Laus Vitae*. È un poema moderno – forse il 'primo' poema moderno che raccoglie in sé la materia incandescente della vita nova e le memorie del Passato augusto. Io spero che vi sarà caro perché una parte importante del poema è consacrata al viaggio in Grecia in cui mi foste dolce compagno. Ora mi metterò in un aspro bagno di prosa. I due primi volumi delle *Laudi* – che stanno per uscire – contengono 20.000 versi! Parto per Milano".[201]

E a Giuseppe Treves, quello stesso giorno, scriveva, in toni più drammatici:

"A mezzogiorno ho finito. In quest'ultima settimana ero come una corda dolorosa che sia per spezzarsi. Oggi la stanchezza, vinta dalla volontà eroica nel lavoro, mi pesa addosso d'un tratto /.../ Questo sforzo è stato forse il mio più duro, nella mia vita laboriosa; e l'ho compiuto fra pene e avversità di ogni genere, onde tu sai ricchi i miei giorni comuni – Lunedí partirò per Rapallo dove la signora

---

[200] Cfr. la copia cianografica di una prima stesura autografa di *Laus vitae* conservata negli Archivi del Vittoriale, LXXIV, 3, n. 17232, registrata al n. 1191c dell'*Inventario* cit.
[201] Lettera a G. Hérelle del 18 aprile 1903.

Duse è ammalata, costretta ad interrompere la *tournée* con pregiudizio suo grande. Di là, giovedì o venerdì, verrò finalmente a Milano. – Intanto ti prego di sollecitare il lavoro tipografico, affinché il volume sia pronto per i primi di maggio".[202]

Il 3 maggio 1903, « L'Illustrazione Italiana » annunciava per il 10 del mese il primo dei quattro volumi delle *Laudi* contenente "il poema intitolato: *Laus vitae* preceduto dalla dedica *Alle Pleiadi e ai Fati* e dall'*Annunzio*". Poi, il 10 maggio, sempre « L'Illustrazione Italiana » annunciava l'uscita del volume per l'indomani, 11 maggio e, di fatto, non l'11, ma il 13 o il 14 maggio, il Libro di *Maia* fu messo in vendita. Il 12 maggio, intanto, il « Giornale d'Italia » aveva pubblicato, in anteprima assoluta, il penultimo canto del poema, intitolato *Saluto al Maestro* e contenente quell'omaggio a G. Carducci che nell'intervista rilasciata dal poeta a « La Tribuna » l'11 dicembre 1902[203] e ancora nell'annuncio-sommario pubblicato su « L'Illustrazione Italiana » dell'11 gennaio 1903[204] era previsto nel Libro di *Alcyone*.

44. Pubblicato *Maia*, rimaneva da pubblicare il secondo volume delle *Laudi*, quello che avrebbe contenuto il Libro secondo e il Libro terzo e che nella lettera a G. Hérelle del 18 aprile era annunciato come prossimo ad uscire. Di fatto, il Libro secondo, *Elettra*, doveva essere pronto da tempo o, comunque per approntarlo, sarebbe bastato al poeta stendere, ammesso che già non l'avesse fatto, pochi versi: forse i versi del componimento *A uno dei Mille*, dei *Canti della morte e della gloria* e dei *Canti della ricordanza e della aspettazione*, che non sono altrimenti databili e che, per il loro valore introduttivo a singole sezioni del Libro, sembrano essere nati all'ultimo momento, per dare omogeneità alla struttura generale, e forse anche alcune *Città del silenzio*. Il terzo Libro, *Alcyone*, invece, non era ancora finito o, per lo meno, a tener conto della data di composizione di alcune liriche che sarebbero entrate a far parte di esso,[205] non aveva ancora raggiunto la sua forma definitiva. In particolare, alcune liriche preannunciate nell'elen-

---

[202] *Ventidue lettere* cit., pp. 737-738, dove la lettera è erroneamente datata "18 settembre 1903".
[203] Vedi pp. 72-73.
[204] Vedi nota 192.
[205] Vedi pp. 94-96.

co-sommario pubblicato da « L'Illustrazione Italiana » nel mese
di gennaio del 1903 non erano ancora state composte [206] e, inoltre, tutta la seconda parte del Libro presentava ancora una fisionomia incerta e provvisoria. Il lavoro da fare, insomma, riguardava, con tutta probabilità, solo *Alcyone*. Tra aprile e maggio, tuttavia, D'Annunzio non ebbe tempo di dedicarsi al completamento del Libro. La necessità di seguire la stampa e il lancio di *Maia*, da una parte e, dall'altra, "varie noie" di carattere privato, lo tennero altrimenti occupato. Nel maggio, comunque, il poeta invitò la Casa Treves a provvedere ad una nuova impaginazione e alla stampa del materiale che aveva già consegnato e che avrebbe costituito il secondo Libro delle *Laudi*. In proposito, il 28 maggio 1903, da Settignano, il poeta scriveva a Giuseppe Treves, alludendo anche alla sua attuale inattività e, naturalmente, alla sua voglia di riprendere il lavoro:

"Tornato qua per varie noie, debbo rimanervi ancora alcuni giorni.
Intanto cerco un rifugio pel mio lavoro estivo, ma non lo trovo ancora. E oscillo tra il mare e la montagna /.../ Mi rimetterò al lavoro
nella settimana prossima. Sono pieno della malinconia che precede
costantemente in me il periodo di creazione. Passo ore di solitudine
infinita /.../ Ti prego di dire al Brunetti che attendo la impaginazione
definitiva del secondo Libro perché quella che ho è imperfetta. Penso che sia utile incominciare la stampa dei fogli senza indugio. - Hai sentore dell'immenso abbaiamento clericale contro le 'bestemmie'
della *Laus*? I vescovi hanno ordinato messe e tridui per placare la
divinità offesa!!! Che pietà e che riso!".[207]

Neanche nel giugno, nonostante lo avesse preannunciato al
Treves, e nonostante si sentisse pieno di "malinconia" sintomo,
a suo dire, dell'incipiente "periodo di creazione", D'Annunzio
poté lavorare. Le "noie" e le "pene", quelle di sempre, glielo
impedirono. Eppure, a credere a quanto afferma, non aspettava
che di potersi rimettere a scrivere:

"Appena mi sarò liberato dalle noie e dalle pene – scriveva verso
la metà del mese a Giuseppe Treves –, mi rimetterò al lavoro ardentissimamente".[208]

---

[206] Come si è visto (nota 193) non era ancora stato composto il *Ditirambo IV*. Forse (vedi sempre nota 193) non esistevano ancora né i' componimento preditirambico *Altius egit iter* né *Il Tritone*.
[207] *Altre lettere* cit., p. 714.
[208] *Ventidue lettere* cit., p. 735

Da parte sua, invece, la Casa Treves accolse l'invito del suo illustre autore e iniziò a preparare l'impaginatura del secondo volume e a stampare qualche foglio. Di fatto, il 21 giugno 1903, il poeta era già in grado di rispedire all'editore parte delle bozze del secondo volume delle *Laudi*:

"Spedisco – scriveva a Giuseppe Treves da Settignano – una parte delle bozze del secondo volume di *Laudi*. Sarebbe prudente che io vedessi i primi due fogli, per dare la norma definitiva della tiratura Poi si potrà proseguire senza interruzione".[209]

Poi, ai primi di luglio, mentre verisimilmente la stampa del materiale di *Elettra* e di *Alcyone* continuava, D'Annunzio lasciò la Capponcina e si trasferì, con la Duse, a Nettuno, presso Anzio, dove, fin da maggio, aveva affittato un appartamento "nell'immensa Villa Borghese". Là intendeva fare "l'esperimento della pace" e, come annunciava a Giuseppe Treves, sperava che "la Natura" gli avrebbe concesso "la stessa felice abondanza mentale onde *lo* rallegrò nell'estate precedente", perché "nulla è paragonabile all'ebrezza del lavoro".

"Ho preso un appartamento nell'immensa Villa Borghese, a Nettuno – scriveva a Giuseppe Treves nella lettera del 21 giugno –. E farò l'esperimento della pace /.../, pronto al lavoro. Come Ulisse, molte cose conobbi e patii e godetti, e, in verità, nulla è paragonabile al l'ebrezza del lavoro. Il resto è fango e fumo. Prego la Natura che mi dia la stessa felice abondanza mentale onde mi rallegrò nell'estate scorsa".[210]

E, sempre a Giuseppe Treves, poco prima di lasciare Settignano per il Lazio, scriveva, verso il 30 giugno:

"Il cervello /.../ bolle; e ho tanti disegni che il difficile m'è risolvermi a scegliere quelli da eseguire immediatamente".[211]

Infine, il 5 luglio, sempre a Giuseppe Treves, da Roma, dove si trovava in attesa di trasferirsi a Nettuno, scriveva:

"Anelo alla pace e al lavoro. Sono più 'incinto' della mia levriera Crissa che fra due settimane partorirà una mezza dozzina di cuccioletti".[212]

---

[209] *Altre lettere* cit., p. 715.
[210] *Ibidem*.
[211] *Ventidue lettere* cit., p. 735
[212] *Ibidem*, p. 736

45. Di fatto, a Nettuno, tra il luglio e l'agosto 1903, attese alla stesura della *Figlia di Iorio*. Accanto a lui, oltre alla Duse, c'è anche la piccola Cicciuzza, che la madre, Maria Gravina, gli ha concesso di tenere con sé per le vacanze. L'atmosfera non è delle migliori. La Duse, che ha capito che la sua funzione di musa-amante è finita e intuisce prossima la sua sostituzione, si trova in una posizione strana, tra l'offesa e la disponibile. Maria Gravina, poi, non manca di intromettersi, rivendicando il suo buon diritto a riavere la figlia. Tuttavia, la stesura della tragedia, che aveva alle spalle una lunga gestazione e un non meno lungo lavoro preparatorio, fu celere. Il primo atto fu iniziato il 1° luglio 1903 e fu terminato il 31 luglio. Il 1° agosto, D'Annunzio scriveva a Giuseppe Treves:

"Io lavoro e, per ora, sono contento dei risultati. Da tempo non rinfrescavo le mie radici abruzzesi. A contatto di questo soggetto rurale, d'una semplicità e d'una potenza antiche, sento le forze moltiplicarsi. Vedrai una forma *impreveduta* di tragedia pastorale: una forma nuova e straordinariamente efficace (in verità)".[213]

Il secondo atto fu composto tra il 3 e il 16 agosto. Il terzo atto fu iniziato il 22 agosto e il "29 di agosto – alle 7 di sera –", come si legge nel manoscritto autografo,[214] *La figlia di Iorio* era finita. Due giorni dopo, il 31 agosto 1903, scrivendo a Francesco Paolo Michetti, per annunciargli la nascita della nuova opera e per invitarlo a collaborare al suo allestimento, parlava in termini entusiastici del suo lavoro:

"Queste settimane d'estate – scriveva – resteranno memorabili per me. Non avevo mai lavorato con tanta violenza e non avevo mai sentito il mio spirito in comunione così forte con la terra. Quest'opera viveva dentro di me, da anni, oscura. Non ti ricordi? La tua *Figlia di Iorio* fece la prima apparizione or è più di vent'anni, con il capo sotto un *dramma di nubi*. Poi, d'improvviso, si mostrò compiuta e possente nella gran tela, con una perfezione definitiva che ha qualche analogia con la cristallizzazione dei minerali nel ventre delle montagne. Tutta quella vita è circoscritta da linee geometriche invisibili. – Un processo non dissimile s'è svolto in me. Ho sentito vivere le mie

---

[213] *Ibidem*, p. 737.
[214] Cfr. *La figlia di Iorio*, tragedia pastorale di Gabriele d'Annunzio, riprodotta integralmente per mandato di Giovanni Treccani, Milano, E. Bestetti Editore d'arte, 1937.

radici nella terra natale, e n'ho avuto una felicità indicibile. Tutto
è nuovo in questa tragedia e tutto è semplice; tutto è violento e tutto
è pacato nel tempo medesimo. L'uomo primitivo, nella natura immutabile, parla il linguaggio delle passioni elementari...".[215]

Il 3 settembre annunciava la fine della tragedia anche a
Giovanni Pascoli con cui, proprio nel corso di quell'estate,
aveva riallacciato i rapporti, e gli chiedeva il permesso di dedicargliela:

"Mio caro Giovanni, la mia tragedia pastorale è terminata. Immagina
una grande canzone popolare in forma drammatica. L'argomento è
abruzzese. E questa volta ho sentito salire la poesia dalle radici profonde. Mi consenti di dedicartela in testimonianza d'amore?".[216]

46. A quel punto, finita la tragedia, al poeta non rimaneva
che restituirsi alle *Laudi*. Il 3 settembre, infatti, scrivendo a
Benigno Palmerio, dopo aver comunicato anche a lui che aveva
terminato *La figlia di Iorio*, annunciava addirittura di aver già
"ripreso il lavoro per condurre a termine le poche cose che
mancano al secondo volume delle *Laudi*":

"Sabato scorso, al tramonto, terminai la *Figlia di Iorio* che mi sembra
la mia più alta opera composta fin qui, profonda e semplice. Ho
sentito, scrivendola, le mie radici nella terra natale. Ora ho ripreso il
lavoro per condurre a termine le poche cose che mancano al secondo
volume delle *Laudi*; poi, subito metterò mano a una commedia. Così
avrò provveduto all'inverno, cantando come la cicala ingiustamente
accusata dalla formica...".[217]

47. *Alcyone*, dunque, ricevette l'ultimo tocco tra il settembre
e il novembre 1903. Il lavoro più importante riguardò l'ultima
parte del Libro, quella in cui, come si è visto, le linee del
discorso interno avviato fin dall'inizio erano andate progressivamente perdendo la loro nettezza sino a smarrirsi e perdersi,
tra vaghi progetti e varie incertezze strutturali. Gli interventi
del poeta, furono, quindi, rivolti a dare equilibrio e ordine alla
struttura del Libro da *L'onda* alla fine. In pratica, a valutare
la situazione testimoniata dall'annuncio Treves del gennaio,

---

[215] T. Sillani, *F. P. Michetti*, Milano, Treves, Treccani e Tuminelli, 1937, p. 72.
[216] M. Biagini, *D'Annunzio e Pascoli* cit., p. 583. Per la mancata dedica della tragedia a G. Pascoli vedi anche pp. 731 s.
[217] B. Palmerio, *Con D'Annunzio* cit., p. 149.

D'Annunzio doveva, per conseguire il suo scopo, risolvere l'impaccio esistente tra il *Ditirambo II* e il *Ditirambo III*, ristrutturare l'intera serie di componimenti compresi tra il *Ditirambo III* e il *Ditirambo IV* e, infine, avviare verso la fine l'intero discorso in modo più lineare, disciplinandone meglio le fasi successive. Quanto al primo problema, la soluzione fu agevolmente individuata nel compattamento di un gruppo di componimenti di tema affine nell'ambito di una corona poetica, *La corona di Glauco*[218] e espellendo dal contesto *L'asfodelo*, che, con la sua allusione al prossimo fiorire del colchico, inseriva nella sezione una nota stonata, perché troppo in anticipo sui temi del discorso stagionale. Il secondo problema, invece, di gran lunga più complesso, fu avviato a soluzione attraverso una serie di interventi di ampia portata, volti gli uni a preparare il tema della fine dell'estate e gli altri a preparare il tema dell'impresa icaria. Così, per quello che riguarda la preparazione del motivo della dissoluzione dell'estate, il poeta provvide a collocare a breve distanza dal *Ditirambo III*, il *Ditirambo* dell'Estate, il testé recuperato *Asfodelo* e a chiosare quest'ultimo con la serie dei *Madrigali dell'Estate*. Poi, per quello che riguarda il *Ditirambo* di Icaro, il tema eroico, che nel vecchio schema-progetto esplodeva un po' troppo gratuitamente, fu adeguatamente preparato da una serie di componimenti che, tra loro collegati in sequenza anche se slegati l'uno dall'altro, avevano la precisa funzione di creare l'atmosfera adatta all'apparizione di Icaro.[219] Naturalmente questi interventi implicarono l'eliminazione di alcuni titoli che erano presenti nell'annuncio Treves ma che, se sviluppati in vere e proprie li-

---

[218] Difficile dire quanti e quali dei componimenti previsti sotto forma di titoli nell'annuncio Treves tra *L'onda* e *Stabat nuda aestas* siano stati riciclati nella *Corona di Glauco*; a parte il titolo "L'invito" che dovrebbe essere il titolo provvisorio di *Feria d'agosto* (vedi nota 158) e che quindi è al di fuori della serie, l'unico titolo che riporti sicuramente a un componimento della *Corona* è "L'acerba": tutti gli altri titoli ("Il naufrago", "Le nubi marine", "I sandali", "La sete" e "La gara") sembrano essere caduti senza lasciare traccia. Ma vedi le pp. 442 s.

[219] Si tratta dei componimenti da *Il prigioniero* a *Altius egit iter* che hanno appunto la funzione di preparare il *Ditirambo IV*: in essi, infatti, il poeta canta i motivi dell'eroica insofferenza nei confronti della vita (*Il prigioniero*), della consapevolezza della propria eccezionalità (*La vittoria navale* e *Il peplo rupestre*) e dell'inesauribile sete di gloria (*Il vulture del Sole*) e poi senz'altro il suo desiderio di rinnovare il gesto eroico di Icaro (*L'ala sul mare* e *Altius egit iter*).

riche, avrebbero inserito nel contesto delle note stonate.[220] Infine, il terzo problema, quello relativo alla sezione finale, dal *Ditirambo IV* alla fine del Libro, fu risolto nell'unico modo in cui poteva essere risolto perché l'intera sezione risultasse veramente conclusiva e non apparisse una stanca appendice. Perciò D'Annunzio la strutturò in modo tale da accentuare la carica suggestiva del motivo della "fine" dei due temi centrali e fondamentali del Libro, accomunando in una medesima malinconia tanto la tristezza per la inevitabile fine dell'estate quanto l'angoscia nata dalla definitiva perdita della dimensione mitica dopo la caduta di Icaro. Così, eliminati alcuni titoli previsti per questo blocco di liriche nell'annuncio Treves,[221] il poeta provvide a comporre e a dislocare accanto a testi già esistenti da tempo come *Le Ore marine*, *L'otre* e *Il novilunio*, nuovi testi funzionali al suo discorso, come *Tristezza*, *Litorea dea*, *Il Tessalo*, *Gli indizii* e, soprattutto, i *Sogni di terre lontane*. Quindi, alla vigilia della consegna alle stampe del volume, compose, e pose nello stesso giro di liriche, anche *Undulna* la quale, oltre a ricordare una volta di più l'ormai prossimo arrivo dell'autunno, veniva anche a riassumere gli sparsi fili del discorso di poetica più o meno copertamente intessuto di lirica in lirica.[222] E, infine, con una felice intuizione, collocò un degno epilogo, *Il commiato*, a sigillare il Libro, in sostituzione di quel *Ditirambo V* che nell'annuncio Treves pareva soltanto "duplicare il quarto nel nome di Icaro, come induce a credere il titolo latino del testo che lo precede".[223] Diviso in due parti, descrittivo-evocativa l'una, meditativa l'altra, *Il commiato*, costituisce,

---

[220] A parte "La casa del Maestro", che ormai si è da tempo materializzata nel *Saluto al Maestro* inserito in *Laus vitae* e a parte "La tristezza di Ardi" che dovrebbe essere il titolo provvisorio del componimento *Il prigioniero* come testimonia anche il titolo "Ardi - (triste)" registrato in un altro manoscritto, il ms. 417 (cfr. P. Gibellini, *Per la cronologia* cit., pp. 411-412), non verranno sviluppati in componimenti, come si visto, i titoli "Le vele di porpora", "La rissa", "Il nembo", "La lizza" e "L'estro".
[221] Cadono, come si è visto, i titoli "Canto delle sirene sul corpo di Icaro", "I pini", "La bùccina", "Il falasco" (ma vedi nota 128 e pp. 728) e "Le farfalle" (qualcosa del materiale predisposto per il componimento di questo titolo finirà in *Undulna* vv. 121-128: vedi le note relative a p. 648). Quanto a "Il giorno breve" e "Il peplo" si veda la nota 189.
[222] Cfr. P. Gibellini, *Per la cronologia* cit., p. 420; *La storia di Alcyone* cit., p. 71 e p. 78.
[223] P. Gibellini, *Per la cronologia* cit., p. 411.

infatti, il congedo ideale del Libro: saluta per sempre i luoghi dell'estate alcionia e l'estate stessa, liquida ogni residua illusione mitica, esalta, nell'omaggio finale a Giovanni Pascoli, il valore occulto dell'opera dell'artista e, riallacciandosi alla *Tregua*, afferma e conferma il carattere poematico della raccolta.

48. Tutto questo lavoro, che implicò sia la composizione di nuove liriche, sia una notevole operazione di montaggio, fu indubbiamente complesso. Alcuni fogli manoscritti di appunti preparatori e, soprattutto, alcuni elenchi di titoli ci testimoniano con la loro registrazione di motivi abbozzati e poi lasciati perdere, di titoli di componimenti previsti e quindi cassati e di progetti di nuovi ordinamenti, le difficoltà successivamente incontrate dal poeta per uscire dalle secche in cui si era arenato.[224] Invece, alcune carte manoscritte, databili a quei mesi e contenenti titoli di componimenti delle due ultime sezioni, ci offrono il quadro, ormai quasi compiuto, dei risultati dell'intenso lavoro svolto dal poeta. Così, il ms. 396 ci informa dell'avvenuta sistemazione della sezione compresa tra il *Ditirambo III* e il *Ditirambo IV*:[225]

---

[224] Cfr., tra i manoscritti delle carte alcionie conservati negli Archivi del Vittoriale (*Inventario* cit., n. 50) i mss. 396, 408, 412, 413, 416, 417, 419, 424, 426, 428, 430, 431, 434 e 436.
[225] Cfr. P. Gibellini, *Per la cronologia* cit., pp. 416-417.

Implorazione
La sabbia del tempo
L'orma
All'alba
A meriggio
Su sul vespero
L'incanto circeo
Il vento scrive
Le lampade marine
Nella belletta
L'uva greca
Feria d'agosto
Il policefalo
Il vitone
L'arca romana
L'alloro oceanico
Il prigioniero

La vittoria navale
Il peplo alpestre
Il vulture del sole
L'ala sul mare
Alcyone Iubilaeus?
Ditirambo IV.

E il ms. 410, pur nella sua approssimazione, ci illumina sul fatto che ormai anche i problemi relativi all'ultima sezione del Libro sono avviati a soluzione.[226] Qualche titolo dovrà cadere,[227] qualche altro dovrà assumere una forma diversa[228] e qualche altro ancora dovrà mutare di posto,[229] ma nel complesso il quadro è quello definitivo:

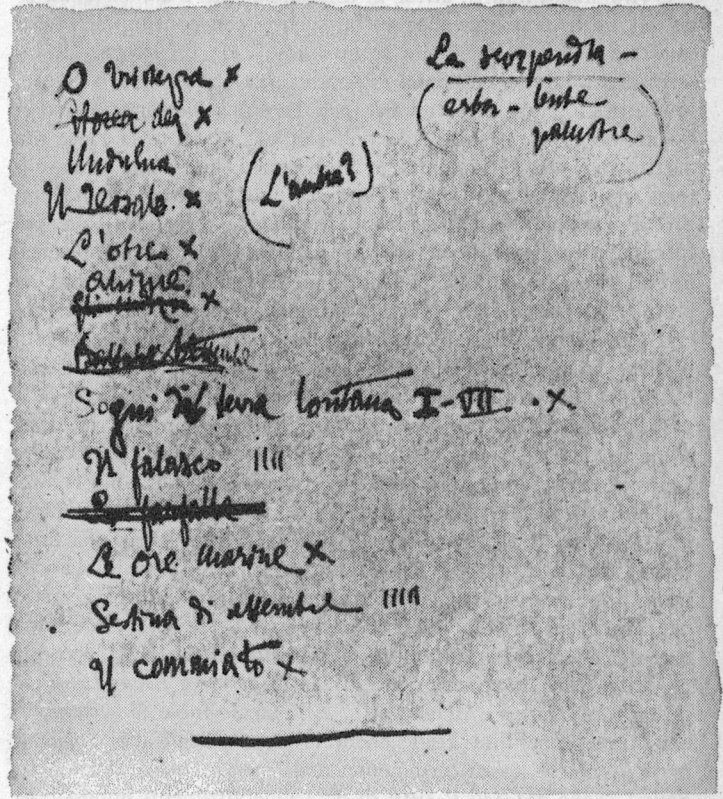

[226] *Ibidem*, pp. 417-418.
[227] Cadranno i titoli "Il falasco" e "Le farfalle", per i quali si veda la nota 221. Cadrà anche uno dei due titoli "Ballata di Settembre" e "Sestina di settembre", in uno solo dei quali, e probabilmente nel primo (vedi pp. 708 s.) è da vedere il titolo della lirica *Il novilunio*.
[228] "O Tristezza" diventerà *Tristezza*, "Ahimé" tornerà ad essere definitivamente *Gli indizii* e "Sogni di terra lontana" diventerà *Sogni di terre lontane* e vedrà i sette componimenti di cui è costituito assumere singoli titoli parziali. Infine, "Ballata di Settembre" e/o "Sestina di settembre" (vedi n. 227) diventeranno il titolo della lirica *Il novilunio*.
[229] La sequenza definitiva sarà, con spostamenti minimi: *Tristezza, Le Ore*

49. Infine, alcune date, insieme ad alcune ipotesi abbastanza fondate, ci permettono anche di stabilire i tempi, per lo meno relativi, di stesura di buona parte di questi ultimi componimenti e, di conseguenza, gli stessi tempi di lavoro del poeta in quest'ultima e decisiva fase della sua fatica.

D'Annunzio, infatti, attese al completamento e alla sistemazione del Libro con impegno, anche se non con continuità, preso, questa volta, più che dalle solite "noie", da un ritorno di interesse per la vita mondana e, soprattutto, da un nuovo amore. Per tutto il mese di settembre egli lavorò a Nettuno. Verso il 6 settembre, era rimasto solo nella Villa, in quanto la Duse era partita per una serie di recite in Svizzera, Germania e Inghilterra che l'avrebbero tenuta lontana fino alla metà di novembre. Poco dopo la Duse, era partita anche Cicciuzza, che era tornata a Roma dalla madre, in attesa di trasferirsi a Firenze in collegio. L'assenza della Duse e della figlia, naturalmente, se permise al poeta di lavorare più tranquillamente, gli diede anche una grande libertà di movimento. Non c'è quindi da stupirsi se in quel settembre il suo nome prese ad apparire con notevole frequenza nelle cronache delle battute di caccia alla volpe nella campagna romana. Tra l'altro, è proprio in occasione di una di queste battute che il poeta conosce Alessandra Carlotti di Rudinì, la donna che presto succederà alla Duse. Ed è forse con lei che, nel corso di una delle sue numerose gite a Roma, il 15 settembre 1903 si reca come aveva già fatto nel 1897,[230] a visitare il Museo Ludovisi e le Terme di Diocleziano. Questa visita ci è testimoniata dagli appunti che registrò nel *Taccuino XLV* e nel *Taccuino XLVI*[231] e che ci servono per datare a quel settembre e, verisimilmente, alla seconda metà del mese, la stesura delle liriche *Le terme* e *Lacus Iuturnae* in cui sono ripresi e rielaborati.[232] Allo stesso mese di settembre, con tutta probabilità, risale anche la stesura degli altri *Sogni di terre lontane* e, quasi certamente, della maggior parte dei sonetti della *Corona di Glauco*, tutti di datazione altrimenti impossibile, tranne forse il sonetto *L'acerba*, il cui titolo, come si è visto, era già citato nell'annuncio Treves del gennaio 1903. In par-

---

marine, Litorea dea, Undulna, Il Tessalo, L'otre, Gli indizii, Sogni di terre lontane, Il novilunio, Il commiato.
[230] Cfr. *Taccuino XI*, I, pp. 141-145.
[231] Cfr. *Taccuino XLV*, I, pp. 459-460 e *Taccuino XLVI*, I, pp. 463-464.
[232] Vedi il cappello introduttivo alle due liriche alle pp. 683 s. e 692 s.

ticolare, di due sonetti della *Corona*, *Nicarete* e *A Nicarete* si può fissare il termine *ante quem* della stesura al 27 settembre 1903, giorno in cui essi apparvero sul « Giornale d'Italia » di Roma con il titolo *Sonetti di Gabriele d'Annunzio*.[233]

Poi, ai primi di ottobre, D'Annunzio si trasferì a Roma e prese alloggio al Grand Hôtel: là, infatti, per tutto l'ottobre gli invia le sue lettere Eleonora Duse. A trattenerlo nella capitale, invece di lasciarlo tornare alla Capponcina, non dovrebbe essere stato niente altro che la necessità di corteggiare da vicino Alessandra di Rudinì, che è ormai entrata nell'occhio del ciclone della sua opera di seduttore. Tra Nettuno e Roma, quindi, tra il settembre e l'ottobre, deve essere stato composto il lunghissimo *Ditirambo IV*, che nel manoscritto autografo reca la data del 13 del mese,[234] e, forse, alcuni *Madrigali dell'Estate* e altre liriche non altrimenti databili ma riconducibili, in quanto liriche di raccordo o di transizione, alla fase finale della costruzione della struttura della raccolta, come *L'arca romana*, *L'alloro oceanico*, *Il prigioniero*, *La Vittoria navale*, *Il peplo rupestre*, *Il vulture del Sole*, *L'ala sul mare* e *Altius egit iter*.

50. Come si vede, la "Natura", invocata nella lettera a Giuseppe Treves del 21 giugno 1903, era stata ancora una volta favorevole al poeta e gli aveva concesso una larga messe di versi. Così, quando verso la fine di ottobre fece ritorno in Toscana, D'Annunzio recava con sé molto materiale. Il lavoro, però, non era finito. Con tutta probabilità, infatti, l'organizzazione definitiva del Libro avvenne a Settignano. Fu là che, tra ottobre e novembre, oltre che occuparsi dell'allestimento della *Figlia di Iorio*, della sistemazione della figlia Renata in collegio e della seduzione di Alessandra di Rudinì, D'Annunzio ritoccò ulteriormente e definitivamente *Alcyone*. Il 4 novembre, tanto per cominciare, terminava, come appare dal manoscritto autografo,[235] la stesura di *Undulna*. Fin dall'ottobre, intanto, la Casa Treves aveva iniziato, probabilmente su suggerimento dello stesso poeta, un'intensa campagna pubblicitaria in vista della prossima uscita del nuovo volume delle *Laudi*. Il primo annuncio apparve su « L'Illustrazione Italiana » l'11

---

[233] Per la cronologia dei sonetti della *Corona di Glauco*, vedi le pp. 442 s.
[234] Vedi p. 586.
[235] Vedi p. 637.

ottobre e poi gli annunci si succedettero a scadenza settimanale.[236] Ormai, evidentemente, l'editore aveva in mano, con la maggior parte del materiale da pubblicare, la sicurezza della prossima uscita del volume. Nella prima metà di novembre, il poeta dovrebbe avere steso – se la sua stesura non avvenne tra l'ottobre e il novembre – *Il commiato*, il componimento che chiude *Alcyone* e che tutto lascia credere sia stato l'ultimo nato del volume. Il 15 novembre, per altro, *Il commiato* apparve su « Il Marzocco » di Firenze. Il 1° novembre, sulla « Nuova Antologia » erano apparsi un ultimo gruppo di *Città del silenzio*[237] e *La tregua*, il prologo di *Alcyone*.

Intorno al 15 novembre, il lavoro propriamente creativo era finito. Ormai per il poeta si trattava solo di seguire le ultime fasi del lavoro editoriale. A quella data, in effetti, egli comincia a far la spola tra Settignano e Milano. Ufficialmente, anche per tener tranquilla la Duse che nel frattempo era tornata dalla sua *tournée*, lo scopo dei suoi viaggi a Milano, come scrive, ad esempio, al Tenneroni,[238] è quello di correggere le ultime bozze del volume delle *Laudi*. In verità, oltre che per quello, a Milano ci va per incontrarsi con Alessandra di Rudinì, che ha stretto d'assedio proprio nei giorni cruciali per il decollo di *Alcyone*, tra settembre, ottobre e novembre, e che è riuscito a possedere per la prima volta proprio il 13 novembre 1903, quasi a celebrare con la nuova "magnifica preda" la fine del lungo lavoro.[239] La correzione delle ultime bozze del volume, comunque, non deve averlo occupato molto. La stampa del testo, in generale, deve essere stata celere, in quanto il materiale doveva essere in gran parte già impaginato. Il 13 dicembre, « L'Illustrazione Italiana » annunciava per quella settimana l'uscita del secondo volume delle *Laudi*. Il numero del 20 dicem-

---

[236] In « L'Illustrazione Italiana » dell'11 ottobre 1903, l'avviso pubblicitario suona: "Gabriele d'Annunzio - Laudi del cielo del mare della terra e degli eroi - D'imminente pubblicazione il Secondo Volume: *Elettra - Alcione* [per la grafia vedi, più sotto, la nota 240]. - Un volume in -8° stampato in rosso e in nero su carta a mano con caratteri appositamente incisi sul tipo del XV secolo, con iniziali, testate finali e grandi disegni allegorici di Giuseppe Cellini".
[237] Si tratta delle liriche *Bergamo I-III*, *Carrara I-III*, *Volterra*, *Vicenza*, *Brescia* e *Ravenna*.
[238] G. Fatini, *Confidenze dannunziane* cit., p. 1075.
[239] Su tutta la fase iniziale della relazione tra D'Annunzio e Alessandra di Rudinì, cfr. G. Gatti, *Alessandra di Rudinì e Gabriele d'Annunzio*, Pescara, Edizioni "Attraverso l'Abruzzo", 1955.

bre, poi, recava l'annuncio che il volume "è uscito". Di fatto, a quella data, il secondo volume delle *Laudi* contenente il Libro di *Elettra* e quello di *Alcyone*,[240] era nelle librerie, con la data editoriale del 1904.

Federico Roncoroni

---

[240] Il volume era in 8°, di pp. 10 n.n. + 437 + 3 n.n., rilegato in pergamena flessibile con nastrini di chiusura. Su carta a mano, con barbe, aveva le pagine stampate in nero e in rosso ed era adorno di due disegni a piena pagina di Giuseppe Cellini: il primo precedeva *Elettra*, il secondo *Alcyone*. Di Giuseppe Cellini erano anche i frontespizi, le testate e i finali. Rilegato in vera e in finta pergamena, il volume recava sul piatto anteriore della legatura un'impressione con il motto *Remis/velis-/que*. Il dorso era liscio con titoli in oro a grandi caratteri.. Il prezzo del volume era di L. 14 per gli esemplari legati in vera pergamena e di L. 10 per quelli in finta pergamena. Il Libro di *Elettra* occupava le pp. 1-181 e il Libro di *Alcyone*, o meglio *Alcione*, secondo la grafia adottata allora dal poeta, occupava le pp. 183-429. La grafia *Alcyone* in luogo di *Alcione* fu usata per la prima volta da D'Annunzio nel 1918, in un passo della *Beffa di Buccari*: cfr. *La beffa di Buccari*, Milano 1918, p. 16 e ora *Per la più grande Italia, La beffa di Buccari*, in *Prose di ricerca*, I, p. 77. Però, ancora nel 1927, nell'Edizione Nazionale "Opera omnia", di cui il Libro terzo delle *Laudi* fu il primo ad apparire, D'Annunzio adottò la forma originaria *Alcione*. Solo nel 1931, facendo ristampare il volume per le Edizioni de "L'oleandro", scelse la grafia *Alcyone*, che usò poi anche citando l'opera nel *Libro segreto* e che, pertanto, deve essere considerata definitiva. A partire dall'Edizione Nazionale, il Libro reca l'indicazione cronologica 1903.

Alcyone

Alcyone

La tregua

Sul manoscritto autografo (Collezione Bellora) la lirica reca la data "Romena: 10 luglio 1902". Nel *Libro segreto*, in *Prose di ricerca*, II, p. 842, il poeta la dirà, con leggera approssimazione, "scritta a quaranta [anni]": "Ho la volontà vigile d'esser giovine ancora, come nell'epigrafe di quel 'Canto novo' scritto a diciannove anni, come in quella 'Tregua' scritta a quaranta. – '*O Dèspota, ei sarà giovine ancóra*!'" [vedi v. 10 e nota 8]. Il nucleo concettuale della lirica – una richiesta di "ozii" dopo tanta fatica al "Despota" – è registrato nel ms. 438 (Archivio Personale del Vittoriale, IX, 1, n. 51 dell'*Inventario* cit.): "Despota, facemmo questo e questo e questo – Questi ozii sono meritati". Nel ms. 405, che è databile verso la fine di giugno del 1902 (vedi Introduzione, pp. 53 ss.), al primo posto di un elenco di titoli, in parte provvisori e in parte definitivi, di liriche alcionie, si legge un chiaro preannuncio di quella che di lì a pochi giorni sarebbe stata *La tregua*: "Preludio (all'ombra, dopo la pugna)": e, nell'interlinea tra questa sorta di titolo e il titolo successivo – "Le rondini su l'Affrico (l'Affrico)" – si legge: "Despota (risposta)", e soprascritto: "Tu". Prima di essere pubblicato in volume, il componimento apparve sulla « Nuova Antologia » del 1° novembre 1903 con l'indicazione "Dal terzo libro delle Laudi. La tregua".

Il poeta si rivolge al suo Despota, al suo Genio imperioso, e invoca da lui una tregua. Per lungo tempo è stato fedele ai suoi ordini e si è impegnato al limite delle forze. Ora vorrebbe riposare e rituffarsi nella natura, tra ruscelli, boschi, prati, monti e cieli, per sentirsi di nuovo giovane. Il Despota sa bene che egli merita una ricompensa. Per ubbidire ai suoi ordini, egli ha fatto di tutto. Non ha neppure esitato a mescolarsi alla folla bruta nel tentativo di illuminarla rivelandole gli ideali più nobili. La fatica, purtroppo è stata vana, ma egli ha perseverato nel suo impegno, convinto che quanto di buono c'è anche nella turba ignorante avrebbe finito per venire alla luce. Non gli sono certo mancate né le incomprensioni né le ingiurie. Di fronte a tutto, comunque, ha reagito con un riso di scherno. Così, fiero della sua missione, ha rintuzzato gli attacchi di quanti lo criticavano nei vari campi in cui si cimentava: da coloro che lo ingiuriavano per il suo impegno politico volto a risvegliare nel popolo ideali di rigenerazione e di riscatto, ai suoi detrattori in campo letterario, ai moralisti ipocriti. Tutto ha fatto, come il Despota ha voluto, e tutto ha sopportato. Ora vorrebbe allentare la tensione e abbandonarsi alle gioie della natura. Dopo tanta fatica, vorrebbe godersi in piena tranquillità lo spettacolo della natura nel colmo dell'estate.

La tregua, che è stata composta quando ormai alcuni testi capitali di *Alcyone* (*La sera fiesolana*, *La tenzone*, *Bocca d'Arno*, *Ditirambo III*, *L'oleandro*, *Le Ore marine*, *Il novilunio*, *L'asfodelo*, *L'otre*, *Versilia* e *Lungo l'Affrico*) erano già sulla carta e la stessa struttura dell'opera era qualcosa di più di un progetto, ha lo scopo di far da prologo al terzo Libro delle *Laudi*. Come tale, cioè come prologo, essa più che suggerire e anticipare quelli che saranno i temi e i modi del Libro, compito al quale meglio assolverà quel vero e proprio testo di poetica che sarà *Il fanciullo*, non per niente iniziato e compiuto l'indomani stesso della stesura de *La tregua*, si limita a presentare, anzi a giustificare il mutato registro del nuovo Libro rispetto ai due precedenti. Di fatto, in essa, il poeta, di contro all'impegno superomistico di cui si è fatto carico e merito fino a quel momento, afferma il suo buon diritto a godere una pausa di quiete. Per questo, per essere "giovine ancora", chiede al proprio demone – il "Despota" –, una "tregua": messa da parte la tensione eroica e l'impegno politico-intellettuale, vuole immergersi di nuovo, come al tempo del giovanile *Canto novo* – cui la ripresa dell'epigrafe keatsiana del v. 10 chiaramente allude e rimanda –, nella natura e godere lo spettacolo dell'Estate che trionfa tra cielo, terra e mare. Naturalmente la svalutazione dell'impegno e della tensione di ieri che un tale discorso implica è puramente pretestuosa. Essa è funzionale allo scopo che il componimento è chiamato ad assolvere e che è appunto quello di avallare, a livello di poetica o meglio di programmazione poetica, il passaggio, nell'ambito dei primi tre Libri delle *Laudi*, dalla fase eroica (*Laus vitae*) e dalla fase civile-politico-nazionale (*Elettra*) alla fase idillica e panica (*Alcyone*). Quanto poi un simile programma sia stato attuato nel Libro di *Alcyone* e quanto l'invocata "tregua" abbia fruttificato nella direzione per la quale era stata invocata, ben sa chi conosce la continuità e l'organicità del superomismo dannunziano e la sua inevitabile e pur necessaria persistenza e presenza anche nel corpo di *Alcyone*.

L'importanza del componimento sta tutta nel suo contenuto e si risolve tutta nella funzione che esso è chiamato ad assolvere. Anche in questo senso, per altro, il componimento è tutto rivolto all'esterno di *Alcyone* e, anzi, all'indietro. Sul piano ideologico, infatti, si rifà, anche là dove auspica una pausa dall'impegno e promette una nuova forma di vita, ai motivi superumani e va a recuperarli non solo nelle prossime Odi di *Elettra*, ma addirittura ne *Le vergini delle rocce*. Dalle pagine del romanzo del 1895, ad esempio, viene la figura stessa del Dèspota (vedi nota 1) e dalle parole di Claudio Cantelmo vengono non pochi motivi: tra gli altri, quello della solitudine orgogliosa e superba (vedi la nota 43) e quello del disprezzo per la folla bruta (vedi vv. 26 ss.), che sarebbe riapparso anche, più puntualmente, ne *Il fuoco*. Evidenti sono anche gli echi dalle Odi di *Elettra*, soprattutto in ordine ai grandi temi dell'impegno civile e politico. E poco importa, ovviamente, osservare che ne *La tregua* il motivo superumano è chiamato in causa, come si diceva, per essere rinnegato o, per lo meno, svalutato. La sua presenza, di fatto, è quanto mai determinante nell'economia del componimento, non meno che nei versi dell'ode *Per la morte di un distruttore* o del *Canto di festa per Calendimaggio*. Sempre su di un livello contenutistico, c'è poi da osservare che l'ideologia ne *La tregua* non si presenta allo stato puro, come forse ci si sarebbe potuti aspettare, ma è contaminata da implicazioni personali. Infatti, la linearità del discorso teorico è fortemente condizionata dalla polemica spicciola cui il poeta scende in più punti del componimento e che fa del componimento un testo ancora più rivolto "all'esterno" di quanto già non sia. Quasi parrebbe che del suo componimento programmatico D'Annunzio abbia inteso servirsi non solo per rispondere a quanti avrebbero potuto rimproverargli l'abbandono delle sue posizioni di intellettuale impegnato per tornare a farsi "poeta mero", ma anche per rintuzzare le malignità di tutti coloro che potevano a ragione ironizzare sui molteplici insuccessi cui era andato incontro negli ultimi anni, affrontando l'avventura parlamentare, dedicandosi all'attività teatrale e atteggiandosi a educatore delle masse. Così è fin troppo facile individuare sotto le parole con cui dichiara il suo disprezzo per la folla l'eco dell'effettiva nausea che l'aristocratico poeta ebbe a provare quando subì il contatto con la folla – se così si possono chiamare i suoi "elettori" –, all'epoca delle sue esperienze di candidato alle elezioni politiche del 1897 e del 1900: lo prova, senza ombra di dubbio, la coincidenza tra un testo scritto nel 1897, nel pieno della campagna elettorale e alcuni versi de *La tregua*: "Torno ora – scriveva a Emilio Treves, il 14 agosto 1897 – da un giro elettorale; e ho ancora piene le nari d'un acre odore umano": e ai vv. 26-29 de *La tregua* scrive: «... greve era l'umano lezzo ed era / vile /.../ e la turba faceva una Chimera / opaca e obesa che putiva forte". Sfogo personale è anche l'allusione all'incomprensione della folla di fronte ai grandi ideali di cui egli si è sempre fatto divulgatore, ad esempio attraverso la sua recente attività di scrittore per il teatro, mentre, forse, l'allusione al "fremito gagliardo" (v. 39) che avrebbe scosso la plebe di fronte a certe sue parole rimanda all'esperienza che egli ebbe a compiere quando lesse davanti al popolo nei teatri *La notte di Caprera*. Passando poi dal piano politico e civile a quello letterario, D'Annunzio continua a muoversi nell'ambito della polemica personale anche là dove prende la distanza dai suoi detrattori letterari. L'allusione è qui alla questione dei plagi rinnovata da E. Thovez e non ancora sopita. Non per niente, anche qui, un'intera immagine (v. 53) è ripresa alla lettera da uno scritto polemico di quegli anni: vedi la nota 38. Infine, scendendo addirittura sul piano della vita privata, polemica spicciola è quella che, ai

vv. 55-57, induce il poeta a scagliarsi, con la solita mancanza di ironia, contro gli ipocriti moralisti che censuravano il suo tenore di vita. Certo, in proposito, non è casuale che *La tregua* richeggi per molti aspetti un testo che D'Annunzio ebbe a scrivere per sé e non per un suo personaggio – se la distinzione ha un senso –: l'articolo *Della mia legislatura*, pubblicato sul «Giorno» del 29 marzo 1900.

Veramente, l'aspetto contenutistico, nelle sue implicazioni ideologiche e nei suoi sfoghi polemici, esaurisce la portata del componimento, che si risolve tutta sul piano teorico. Di fatto, l'assunto programmatico e didascalico, garantito dall'adozione delle terzine dantesche come già nel *Preludio* dell'*Intermezzo* del 1893 e come nel primo prologo di *Maia*, *Alle Pleiadi e ai Fati*, influenza anche le scelte espressive. Così, anche da questo punto di vista, *La tregua* appare più legata al passato, del resto tutt'altro che lontano, che si propone di superare, o che per lo meno svaluta, di quanto non lo sia alla nuova maniera che tiene a battesimo o, meglio, alla realtà dei componimenti alcionii già esistenti. Gli autentici motivi di *Alcyone* restano isolati nelle rare pause in cui il tono oratorio e l'impegno polemico cedono al fascino del paesaggio (l'erba dei prati, i boschi, i rivi, i monti, i cieli, i venti) o di certe figurazioni mitiche (il Centauro, i Fauni, la stessa Estate "ignuda"). Per il resto, il componimento si muove per lo più nell'ambito dei modi "apertamente eloquenti" (A. Noferi) di quelle che sono le sue fonti sul piano ideologico: come si è visto, *Le vergini delle rocce*, *Il fuoco* e le Odi di *Elettra*, cioè a dire la lezione nietzschiana. In proposito, sul piano delle scelte strettamente formali prima ancora che stilistiche, è possibile ipotizzare, come suggeriva già A. Noferi, che proprio a causa del comune denominatore costituito da Nietzsche, *La tregua* possa essere stata influenzata dal "contemporaneo gusto del naturismo francese". Allora il nome che viene subito alla mente è quello di Henri de Régnier che, a cavallo tra i due secoli, fu il rappresentante più noto di una certa atmosfera poetica, in quanto assommò in sé "gli echi di un nuovo neoclassicismo e delle esperienze parnassiane e simboliche" (A. Noferi). Si spiegherebbe così come mai D'Annunzio, fresco lettore de *Les médailles d'argile* e dei *Jeux rustiques et divins*, chiuda il suo prologo al Libro di *Alcyone* alludendo bensì all'"Estate ignuda" che *arde* "a mezzo il cielo" ma anche ai "Fauni" che *ridono* "tra i mirti". Per questa via *La tregua*, se non di altri, potrebbe risultare alla fin fine almeno il preludio di certi componimenti alcionii costruiti su allegorie e miti che potrebbero essere ricondotti al modello offerto da Henri de Régnier. Non per niente, liriche come *Versilia* e *L'otre*, così vicine al mondo poetico del poeta francese, si situano, cronologicamente, proprio alle spalle de *La tregua*, mentre *Il novilunio*, così intriso di reminiscenze da de Régnier, è pure, all'altezza de *La tregua*, tra le liriche già composte.

Oratoria nell'assunto e negli sviluppi, dunque, *La tregua* non lo è meno dal punto di vista espressivo. D'Annunzio vi impiega tutta la strumentazione retorica di cui è solito servirsi in siffatti componimenti programmatici. In primo luogo, come già nel *Preludio* dell'*Intermezzo* e come in *Alle Pleiadi e ai Fati*, provvede ad allegorizzare la situazione trasferendo tutto sul piano simbolico, dando vita alle figure del "Despota", della "Chimera", del "buon combattitore", dei "Fauni", dell'"Estate ignuda", dello "schiavo abietto", dell'"obliquo lenone", della "vesta / nova", del "dardo tutto d'oro" e così via. In secondo luogo, intesse i suoi versi di reminiscenze dantesche, a nobilitare il suo sfogo polemico e a creare quel sovratono didascalico che è funzionale al suo discorso. Infine, affida all'artificio del colloquio tra se stesso, sempre indicato, con falsa oggettività, con la terza persona singolare, e il Despota, il compito di dare al discorso una sostenutezza che, oltre tutto, risulta in contrasto con la *tregua* richiesta e perseguita. Alla stessa funzione di accentuazione dell'enfasi generale e della dominante eloquenza, contribuiscono l'apostrofe al Despota che apre il componimento e che dal primo verso si dilata, continuamente ripresa e rilanciata, spesso in forma variata ("O Trionfale", "O Maestro", "O Imperatore") di strofa in strofa, le anafore ad effetto (anche a distanza: vv. 6-9: "ch'ei senza /.../, ch'ei consacri /.../ e /.../ ei conosca"; vv. 10-12: "ei sarà giovine ancora! /.../ ed ei sarà giovine ancora!"; vv. 19-25: "Tu 'l sai /.../, tu 'l sai"), l'introduzione frequente dell'allocuzione diretta e il ricorso altrettanto frequente della congiunzione *e* per rilanciare di continuo il discorso. Le terzine

dantesche sono ricche di *enjambements* e i versi, spesso sonori, sono incisi da frequenti interpunzioni.
Metro: terzine dantesche.

Dèspota,[1] andammo e combattemmo, sempre
fedeli al tuo comandamento.[2] Vedi
che l'armi e i polsi eran di buone tempre.

O magnanimo Dèspota, concedi
al buon combattitor l'ombra del lauro,[3]   5
ch'ei senta l'erba sotto i nudi piedi,

ch'ei consacri il suo bel cavallo sauro [4]
alla forza dei Fiumi [5] e in su l'aurora [6]
ei conosca la gioia del Centauro.[7]

O Dèspota, ei sarà giovine ancóra! [8]   10
Dàgli le rive i boschi i prati i monti
cieli, ed ei sarà giovine ancóra!

Dèspota: il padrone assoluto, la cui volontà deve essere sempre seguita. In D'Annunzio, in particolare, il Dèspota si identifica con quello che Claudio Cantelmo, nel romanzo *Le vergini delle rocce* dove il termine fa la sua prima apparizione, chiama il "demonico", come Socrate: il Genio stesso del poeta, l'imperativo interiore che guida, consiglia e comanda. Cfr. *Le vergini delle rocce*, in *Prose di romanzi*, II, pp. 498 ss. e *Maia, Laus vitae*, vv. 8390 ss., per cui vedi la nota seguente.
[2] *al tuo comandamento*: ai tuoi ordini, invitanti all'azione e all'impegno. Cfr., anche se si tratta di un testo con tutta probabilità posteriore di qualche mese, *Maia, Laus vitae*, vv. 8390 ss.: "...la voce / del dèspota ch'io ben conosco, / che udii tante volte, la maschia / voce nel mio cor solitario / griderà: 'Su, svegliati! È l'ora. / Sorgi. Assai dormisti. L'amico / divenuto sei alla terra? / Odi il vento. Su! Sciogli! Allarga! / Riprendi il timone e la scotta; / ché necessario è navigare, vivere non è necessario' ".
[3] *lauro*: l'alloro e ciò di cui l'alloro è simbolo: la poesia.
sauro: dal mantello biondo-rossiccio.
[5] *forza dei Fiumi*: le correnti impetuose.
[6] *in su l'aurora*: verso l'aurora. Vedi *Versilia*, v. 51: "...in su l'aurora" e nota relativa.
[7] *la gioia del Centauro*: il piacere di compiere lunghe cavalcate, fino a sentirsi tutt'uno con il proprio cavallo, quasi a formare con esso una sola creatura simile al mitico centauro.
[8] *ei... ancóra*: cfr. J. Keats, *Endimion*, III, v. 237: "I shall be young again, be young!". Le medesime parole D'Annunzio aveva posto a far da epigrafe alla prima parte del *Canto novo* nel 1882.

Deterso d'ogni umano lezzo in fonti
gelidi, ei chiederà per la sua festa
sol l'anello degli ultimi orizzonti.[9]   15

I vènti e i raggi tesseran la vesta
nova,[10] e la carne scevra d'ogni male
éntrovi[11] balzerà leggera e presta.[12]

Tu 'l sai:[13] per t'obbedire, o Trionfale,[14]
sì lungamente fummo a oste,[15] franchi   20
e duri; né il cor disse mai « Che vale? »

disperato di vincere; né stanchi
mai apparimmo, né mai tristi o incerti,
ché il tuo volere ci fasciava i fianchi.[16]

O Maestro,[17] tu 'l sai: fu per piacerti.[18]   25
Ma greve era l'umano lezzo ed era
vile talor come di mandre inerti;[19]

---

[9] *l'anello... orizzonti*: lo spazio di cielo e di terra delimitato dal giro dell'orizzonte. Per il sintagma "ultimi orizzonti", cfr. G. Leopardi, *Canti, L'infinito*, vv. 2 ss: "...da tanta parte / dell'ultimo orizzonte...".
[10] *I vènti... nova*: cfr. P. B. Shelley, *The Cloud*, vv. 79 s.: "and the winds and sunbeams with their convex gleams / build up the blue dome of air" (Praz-Gerra).
[11] *éntrovi*: ivi entro, come spiega il Tommaseo-Bellini (N. Tommaseo-B. Bellini, *Dizionario della lingua italiana*, Torino, Società L'Unione Tipografica-Editrice, 1861-1879) alla voce "entro", precisando: "Talora vi si affisse la particella *Vi*, e se ne formò *Entrovi*, che vale 'Ivi dentro'. Cresc. 4, 48: 'Ed il vaso si ponga al sole per quattro dì entrovi il vino, ed un poco di sale'".
[12] *leggera e presta*: agile e veloce. Cfr. Dante, *Inferno*, I, v. 32: "una lonza leggiera e presta molto".
[13] *Tu 'l sai*: cfr. Dante, *Paradiso*, I, v. 75: "tu 'l sai...".
[14] *Trionfale*: il Dèspota, in quanto abituato a vincere sempre.
[15] *fummo a oste*: stemmo in campo contro il nemico, guerreggiammo.
[16] *ci fasciava i fianchi*: ci serviva da corazza.
[17] *Maestro*: il Dèspota; in quanto insegna e guida.
[18] *per piacerti*: per ottenere la tua approvazione. È clausola dantesca: cfr. *Paradiso*, VIII, vv. 38 s.: "e sem sì pien d'amor, che, per piacerti, / non fia men dolce un poco di quiete".
[19] *inerti*: pigre. Il virgiliano "greggia inerte" nel senso di debole, fiacco, imbelle è citato dal Tommaseo-Bellini alla voce "inerte" e di fatto, in prima stesura, come rivela il manoscritto, D'Annunzio aveva scritto "greggi inerti" anziché "mandre inerti".

e la turba faceva una Chimera [20]
opaca [21] e obesa che putiva [22] forte
sì che stretta era all'afa [23] la gorgiera. [24]   30

Gli aspetti della Vita e della Morte [25]
invano balenavan sul carname
folto, e gli enimmi dell'oscura sorte.

Non era pane a quella bassa fame
la bellezza terribile, [26] onde il tardo [27]   35
bruto mugghiava [28] irato sul suo strame.

Pur, lieta maraviglia, se alcun dardo
tutt'oro [29] gli giungea diritto insino

---

[20] *Chimera*: la mostruosa creatura mitica dal muso di leone, il corpo di capra e la coda di drago e vomitante fiamma. Già in *Il fuoco*, *Prose di romanzi*, II, p. 601, la folla delle persone riunite ad ascoltare il discorso di Stelio Effrena si presenta "a imagine d'una smisurata chimera occhiuta dal busto coperto di scaglie splendide, che s'allungava nereggiando". E più sotto (p. 602): "Splendidissimo era quel busto chimerico /.../ Stranamente maculato il resto del corpo difforme stendevasi indietro, quasi con un prolungamento caudale /.../ E la vasta vita animale, cieca di pensiero innanzi a colui che solo in quell'ora doveva pensare, dotata di quel fascino inerte che è negli idoli enigmatici, coperta dal suo proprio silenzio /.../, aspettava il primo fremito dalla parola dominatrice". Cfr. poi anche *Maia*, *Laus vitae*, vv. 7582 ss.: "Certo, una inattesa bellezza / balenar talora mi parve / nella chimerosa figura / del popolo unanime intenta; / e l'ingluvie sua flatulenta / e il vociar suo forsennato /.../ e la sua furia e la sua doglia / e la sua miseria infinita /.../ mi diedero fremiti avversi".
[21] *opaca*: priva di qualsiasi luce di intelligenza.
[22] *putiva*: mandava cattivo odore: cfr. Dante, *Inferno*, VI, v. 12: "pute la terra che suoper riceve". E cfr. già *Elettra*, *La notte di Caprera*, v. 385: "L'acqua putiva..." [gennaio 1901].
[23] *afa*: "l'aria grave di fetore" (E. Palmieri): a meno che "afa" non abbia qui il senso traslato di "nausea", "fastidio", come spesso nel Carducci e nel Pascoli.
[24] *la gorgiera*: il colletto. Francesismo già dantesco (nel senso di "collo"): *Inferno*, XXXII, vv. 119 s.: "tu hai da lato quel di Beccheria / di cui segò Fiorenza la gorgiera" (in rima con "...era").
[25] *Gli... Morte*: i valori e gli ideali di cui l'artista è interprete e divulgatore.
[26] *la bellezza terribile*: la bellezza degli ideali.
[27] *tardo*: ottuso, negato alla vita dello spirito.
[28] *mugghiava*: cfr. Dante, *Inferno*, XXVII, vv. 7 ss.: "Come 'l bue ciciliano che mugghiò pria /.../, mugghiava con la voce dell'afflitto".
[29] *alcun dardo / tutt'oro*: un ideale o un'immagine o un'espressione particolarmente efficace. Cfr. lo "strale / d'oro" di G. Carducci, *Rime nuove*, *Congedo*, vv. 68 s. e cfr. anche il "dardo, come fil di sole / lucido e retto" di G. Pascoli, *Myricae*, *Le pene del poeta*, *Il cacciatore*, IV. 4 s., che sarà da tener presente per l'intero contesto.

ai precordii, oh il suo fremito gagliardo!

E tu dicevi in noi: « Quel ch'è divino 40
si sveglierà nel faticoso[30] mostro.
Bàttigli[31] in fronte il novo suo destino ».

E noi perseverammo, col cuor nostro
ardente, per piacerti, o Imperatore;[32]
e su noi non poté ugna né rostro.[33] 45

Ma ne sorse[34] per mezzo al chiuso ardore
la vena inestinguibile e gioconda
del riso, che sonò come clangore.[35]

E ad ogni ingiuria della bestia immonda
scaturiva più vivido e più schietto 50
tal cristallo[36] dall'anima profonda.

Erma[37] allegrezza! Fin lo schiavo abietto,
sfamato con le miche[38] del convito,
lungi rauco latrava il suo dispetto;

e l'obliquo[39] lenone, imputridito 55
nel vizio suo,[40] dal lubrico angiporto[41]
con abominio ci segnava a dito.

---

[30] *faticoso*: lento a scuotersi e, anche, difficile da scuotere.
[31] *Bàttigli*: imprimigli.
[32] *Imperatore*: il Despota, in quanto è colui che comanda.
[33] *ugna né rostro*: nessuna forma di opposizione, per quanto violenta.
[34] *ne sorse*: da parte mia, in risposta all'odio e alla violenza della mostruosa Chimera, sorse.
[35] *clangore*: squillo di una tromba di guerra. Latinismo.
[36] *cristallo*: riso limpido e sonoro come un cristallo percosso.
[37] *Erma*: solitaria.
[38] *miche*: briciole di pane. Per la metafora e per tutta la polemica che investe ora i suoi detrattori in campo artistico, cfr. quanto D'Annunzio ebbe a scrivere in una lettera indirizzata al « Figaro » nel febbraio 1896: "En voulez-vous des phrases et des images, mes amis qui vivez quotidiennement des miettes tombées de ma table?"
[39] *obliquo*: bieco, disonesto.
[40] *imputridito... suo*: cfr. D. Bartoli, *Stor. It.* [*Istoria della Compagnia di Gesù: L'Italia descritta*], I, 15: "Peccatori imputriditi ne' vizi e di laidissima vita", citato nel Tommaseo-Bellini alla voce "imputridito".
[41] *lubrico angiporto*: vicolo reso sdrucciolevole dalla sporcizia e quindi sconcio, immondo.

O Dèspota, tu dài questo conforto
al cuor possente, cui l'oltraggio è lode
e assillo di virtù [42] ricever torto.   60

Ei nella solitudine [43] si gode [44]
sentendo sé come inesausto fonte.
Dedica l'opre al Tempo; [45] e ciò non ode. [46]

Ammonisti l'alunno: «Se hai man pronte,
non isceglere i vermini nel fimo   65
ma strozza i serpi di Laocoonte». [47]

Ed ei seguì l'ammonimento primo;
restò fedele ai tuoi comandamenti;

---

[42] *assillo di virtù*: stimolo a operare ancor più valorosamente.
[43] *nella solitudine...*: per l'esaltazione della solitudine, cfr. *Le vergini delle rocce*, in *Prose di romanzi*, II, p. 405: "'E se tu sarai solo, tu sarai tutto tuo' [da Leonardo da Vinci]"; p. 414: "Solo /.../, padrone assoluto di me e del mio bene, io aveva allora profondissimo in quella solitudine il sentimento della mia progressiva e volontaria individuazione /.../"; p. 423: "...nella mia solitudine laboriosa"; p. 431: "Ma è meglio per te attendere e rimaner solo"; p. 538: "È in ogni Cantelmo una tendenza originale a far parte da sé solo, a separarsi".
[44] *si gode*: gode, è felice. Per l'uso del medio-riflessivo, cfr. Dante, *Inferno*, VII, v. 96: "...beata si gode" e *Paradiso*, XVIII, v. 19: "Già si godea sola del suo verbo / quello specchio beato...".
[45] *Dedica... Tempo*: "Al Tempo e alla Speranza", è dedicato il romanzo *Il fuoco*. Cfr. anche *Della mia legislatura*, in «Il Giorno» di Roma del 29 marzo 1900 (ora in A. Castelli, *Pagine disperse, Cronache mondane - Letteratura - Arte di Gabriele d'Annunzio*, Roma, Lux, 1913, p. 599): "Io posso dedicare la mia opera al Tempo e alla Speranza". Il motivo è classico e, in particolare, eschileo.
[46] *e ciò non ode*: cfr. Dante, *Inferno*, VII, v. 94: "ma ella s'è beata e ciò non ode": anche in Dante "ode" è in rima con "si gode" (vedi nota 44) e con "lode". Cfr. anche (M. Biagini, *D'Annunzio e Pascoli: consensi e dissensi di vita e di arte*, in "Quaderni dannunziani" XXXIV-XXXV [1966] p. 574) quanto D'Annunzio scriveva a G. Pascoli il 31 gennaio 1900: "[...] Tu anche sai che io non mi curo della muta rognosa che di continuo mi latra alle calcagna. Mi scrivesti un giorno, quando i latrati eran più furibondi: 'Tu sei divino, Gabriele, e ciò non odi'".
[47] *non... Laocoonte*: non perdere tempo con i nemici di poco conto ("vermini nel fimo", vermi nel letame), ma affronta e sconfiggi quelli più importanti ("i serpi di Laocoonte", con allusione ai due giganteschi serpenti venuti dal mare che, davanti a Troia, avvinsero e soffocarono il sacerdote Laocoonte e i suoi figli: cfr. Virgilio, *Aen.*, II, vv. 41 ss.). "Vermini" è un arcaismo rimasto vivo nel linguaggio popolare. "Fimo" è un latinismo usato anche da G. Pascoli. Cfr. già *Poema paradisiaco*, *O rus!* v. 61: "...nel recente fimo".

— Imo: nella parte più bassa

fiso fu ne' tuoi segni [48] a sommo e ad imo.[49]

Dèspota, or tu concedigli che allenti   70
il nervo [50] ed abbandoni gli ebri spirti
alle voraci melodìe dei vènti!

Assai si travagliò [51] per obbedirti.
Scorse gli Eroi [52] su i prati d'asfodelo.[53]
Or ode i Fauni [54] ridere tra i mirti,[55]   75

l'Estate ignuda ardendo a mezzo il cielo.[56]

---

[48] *ne' tuoi segni*: ai segnali che gli venivano da te.
[49] *a... imo*: di qualunque tipo fossero, sia che lo proiettassero verso le cose più grandi sia che lo invitassero a scendere tra le cose più basse.
[50] *allenti / il nervo*: allenti la corda del suo arco: lasci riposare il suo animo che per tanto tempo ha conosciuto la tensione dell'impegno e della lotta.
[51] *si travagliò*: si diede da fare. "Allusione alla *Laus vitae* dal triplice viaggio allegorico alla ricerca di sé e della interiore libertà" (E. Palmieri).
[52] *gli Eroi*: i grandi uomini del passato celebrati in *Elettra*, che il poeta immagina tutti insieme nell'Ade, come in Omero (vedi la nota seguente).
[53] *su... d'asfodelo*: sui prati fioriti d'asfodelo dell'Eliso. Cfr. *Elegie romane*, *Ave Roma*, v. 15: "...asfodeli /.../ illustrano i clivi dell'Ade" e vedi *Le stirpi canore*, vv. 31 s.: "funebre come gli asfodeli dell'Ade".
[54] *Fauni*: antiche divinità boscherecce italiche, simbolo di una libera e gioiosa sensualità naturale.
[55] *mirti*: il mirto, la pianta cespugliosa della macchia mediterranea, dalle foglie aromatiche, dai fiori bianchi e dalle bacche rossicce, azzurrognole o biancastre, era sacro a Venere e ha qui una precisa funzione allusiva.
[56] *l'Estate... cielo*: "La nudità dell'estate indica il colmo della stagione, tutta messi bionde, tutto ardore di sole nel cielo e in terra. Fruttificando, fa visibili le sue bellezze segrete" (E. Palmieri). Cfr. *Elettra*, *Per la morte di un distruttore*, vv. 61 ss.: "Avido nelle acque canore / s'abbeverò il mio cuore / ove arde la mia grande estate" [agosto-settembre 1900], che deriva da F. Nietzsche, *Così parlò Zaratustra*, a cura di G. Colli e M. Montinari, Milano, Adelphi, 1968, p. 117: "Il mio cuore, sul quale arde la mia estate...". Vedi anche *Stabat nuda Aestas*, v. 24: "Immensa apparve, immensa nudità".

Il fanciullo

Nel *Proemio* alla *Vita di Cola di Rienzo* D'Annunzio scriverà di aver composto "le sette ballate del *Fanciullo*" a Settignano: "E là [sc. alla Capponcina], con mano sì lesta [composi] le sette ballate del *Fanciullo*" (*Prose di ricerca*, III, p. 107). In realtà, come risulta dal manoscritto autografo (Biblioteca Nazionale "Vittorio Emanuele" di Roma, "Dannunziana" ARC I/A, 17), *Il fanciullo*, fu composto a Romena, tra il 13 e il 19 luglio 1902. Nel manoscritto, tre delle sette ballate che costituiscono il componimento recano in calce l'indicazione dei tempi di stesura. Così, in calce alla I ballata si legge: " + Romena: 13 luglio 1902 – + domenica sera –"; in calce alla II: "✳ Romena: 15 luglio 1902: sul tramonto"; infine, in calce all'ultima (VII): "✳ Romena: 19 luglio 1902, a vespro". La composizione del *Fanciullo* fu quindi interrotta dalla stesura dell'*Aedo senza lira*, che nel manoscritto autografo reca la data del 16 luglio 1902. Nelle carte preparatorie delle liriche di *Alcyone* conservate negli Archivi del Vittoriale, il primo cenno al *Fanciullo* è contenuto nel ms. 436 (vedi nota 1) dove si legge un appunto che anticipa il v. 1 e giustapponendo "Cicala" a "Olivo" imposta il nucleo tematico, basilare nel componimento, delle coppie natura/arte e poesia libera e spontanea/tecnica poetica: "Nati della Terra – Figli della cicala e dell'olivo". Più preciso, poi, risulta il cenno al *Fanciullo* contenuto nell'elenco di titoli alcionii registrato nel ms. 421. In esso, che è databile con buona approssimazione intorno alla metà di luglio 1902 (vedi Introduzione, pp. 55 ss.) subito dopo il titolo "La tregua" si legge, scritto sotto a "tenui avena" che a sua volta è soprascritto a un cassato "Poesia al sufolatore", il titolo "Nexus amoris": facile vedere in tutti e tre i titoli altrettante varianti del titolo definitivo, tanto più che il titolo in apparenza più oscuro, "Nexus amoris", allusivo alla intima relazione che esiste, grazie al fanciullo, tra le cose del creato celebrata nella II ballata, era stato in un primo tempo posto dal poeta in testa, quale titolo provvisorio, alla II ballata del componimento, come si legge sotto una cassatura del manoscritto autografo. Il titolo definitivo appare invece, l'indomani della stesura della lirica, nel ms. 422, che è databile al 13-14 agosto 1902 (vedi Introduzione, pp. 61 ss).

Il fanciullo auleta, felice connubio di grazia spontanea e di culta sapienza, suona un flauto costruito con le canne colte in un giardino della Toscana, là dove un tempo fiorì il Rinascimento. Certo è a lui che si sono ispirati gli artisti fiorentini del Quattrocento ed è la sua divina melodia che essi hanno trasposto nei loro marmi. Ora, con il suo flauto, come guidava lo scalpello degli artisti, egli incanta tutte le creature. E come esse si accordano tutte a lui e vivono secondo che egli modula la sua melodia, così la sua melodia sembra assommare in sé tutti i molteplici aspetti della natura, in una perfetta armonia cosmica (I). La melodia che sgorga dal flauto del fanciullo avvolge in un dolce incanto tutte le cose in un alterno gioco di luci e di ombre che sembra fluire dalle canne del flauto stesso. Prese da questo prodigio, le cose sembrano congiungersi l'una all'altra come per fondersi l'una nell'altra in un abbraccio universale (II). Il poeta si assopisce e sogna. In sogno vede il fanciullo gettare via il flauto e quindi lo vede intento a costruirsi un arco (III). Poi lo vede mentre, con piglio deciso, pone fine alla discordia che regna in un alveare uccidendo uno dei due re (IV). Ora il fanciullo sembra dissolversi nelle forme stesse della natura. I suoi occhi sono limpida acqua sorgiva e i suoi capelli cespi di capelvenere. Tutto in lui è umidore e freschezza. Il suono del suo flauto incanta i serpenti. Erbe, piante, fiori e linfe sono le sue membra e le sue membra sono erbe, piante, fiori e linfe (V). E come vive disciolto nelle creature naturali, così egli è presente anche nelle opere d'arte. Natura e arte, infatti, altro non sono che due manifestazioni della medesima essenza che ispira il canto del fanciullo. Nell'antica Grecia l'unione e la continuità tra Natura e Arte era perfetta e proprio in Grecia vorrebbe ritornare il poeta e ritrovare nei templi e nei monumenti antichi la bellezza dell'arte e la gioia che ne deriva all'uomo. Là, verso il tramonto, il fanciullo sotto gli occhi del poeta, si siederà sui gradini di un tempio e modulerà i suoni del suo flauto toscano. La loro beatitudine allora sarà totale e assoluta (VI). Ma ecco che il poeta si rende conto che il fanciullo si sta allontanando, e se ne dispera. Lo chiama e lo prega di fermarsi: con lui e con la sua melodia che risuona sempre più lontana fugge via tutto quello che di divino aveva provato in sé, quasi un senso di recuperata innocenza infantile. Ma il fanciullo non si ferma che per un attimo: gli sorride e poi riprende la sua fuga. Il poeta lo chiama ancora. Se vorrà, gli dice, potrà ancora imitare con il suo flauto i suoni e i silenzi della natura. Ma il fanciullo si allontana sempre più. All'improvviso, nella luce fiammeggiante del tramonto, appaiono le rovine di un tempio. Gli antichi dei non ci sono più. Le statue sono crollate a pezzi. La vegetazione le avvolge in un intrico di profumi. Il poeta vorrebbe che il fanciullo si fermasse almeno in quel luogo santo. Se si fermerà, egli rialzerà le colonne, rimetterà in piedi l'altare e lo adorerà, unico dio. Il fanciullo, però, continua la sua fuga. Forse è stato assunto tra gli astri o forse si è trasformato in un labile sogno. Perciò il poeta lo cercherà dappertutto e certo lo rivedrà: lo rivedrà diverso, perché, gettato il flauto, sarà intento a costruirsi un arco (VII).

Alle soglie stesse di *Alcyone*, dopo il prologo giustificativo costituito da *La tregua*, le sette ballate de *Il fanciullo* delineano mediante una favola o, se si preferisce, un mito o un'allegoria, un discorso sulla poesia di *Alcyone*. La favola è quella del fanciullo, del suo modulare col flauto suoni che incantano tutte le creature, del suo aderire ai molteplici aspetti della natura fino a trasfigurarsi in essi così come si trasfonde nelle forme perfette dell'arte e, infine, del suo improvviso fuggire lontano e sparire, nonostante gli accorati inviti del poeta a fermarsi. Il discorso sotteso alla favola è, invece, quello volto ad affermare la consapevolezza dei valori nuovi e delle nuove soluzioni che stanno alla base del Libro. Il discorso metapoetico, in effetti, percorre tutto il componimento e le implicazioni teoriche integrano, senza appesantirlo, il significato letterale. Premesso dunque che il fanciullo è cifra trasparente di qualcosa che potrebbe essere chiamato anche poesia e che tutto quello che è detto su di lui è volto a definire il concetto che D'Annunzio ha della poesia, dalla favola di cui è protagonista si enucleano alcuni punti essenziali: 1) l'affermazione che la poesia è insieme istinto e tecnica, spontaneità di canto e fatto culturale: insomma, intima e armoniosa fusione di Natura e Arte (vv. 1 e 168-173); 2) il concetto che la poesia è la voce dell'universo in cui si ritrova ogni voce dell'universo (vv. 55-57 e 71-74); 3) il principio che la poesia è, nel contempo, costruttrice di miti e mito essa stessa, ignoranza assoluta e perfetta interprete di ogni verità (vv. 58-62); 4) la scoperta che la poesia è sì contemplazione pura e disinteressata ed evasione nel bello, ma anche azione (vv. 110-115 e 318-321); 5) la teorizzazione della poesia come poesia imitativa e metamorfica (vv. 275-281); 6) l'individuazione della Grecia antica come culla della poesia e, quindi, la teorizzazione della necessità di un recupero della grecità quale si può ottenere trasferendo i valori dell'Ellade in Italia, come è già stato fatto nell'età del Rinascimento e l'affermazione della legittimità del binomio Grecia-Toscana (vv. 5-24, 174-227, 291-310); 7) la concezione della poesia come qualcosa di fuggevole che continuamente si sottrae al controllo dell'uomo (vv. 229-317) e tende a porsi come un momento irripetibile di purezza e di innocenza (vv. 258-261). I precedenti storici e le fonti di questa ampia dichiarazione di poetica sono naturalmente individuabili in una lunga tradizione critico-letteraria che ha in Novalis, Keats, Baudelaire e anche Pascoli le sue tappe fondamentali. Ma il precedente teorico più sicuro e attendibile è da ricercare nella stessa vicenda speculativa dannunziana quale si è venuta sviluppando, pur nella povertà di risorse teoretiche del poeta, nei colloqui tra il poeta stesso e Angelo Conti, e quale è stata da quest'ultimo affidata al volume *La beata riva* che vide la luce, contemporaneamente alla nascita delle prime *Laudi*, nel 1900. Le conseguenze pratiche della teorizzazione, invece, sono ancora più facilmente individuabili nelle *Laudi* stesse, nella loro poesia mimetica, metamorfica e panica, nella loro sintesi di natura e arte, nella loro identificazione di mondo greco e mondo toscano e, sul piano espressivo, nelle soluzioni tecnico-formali di cui la stessa lirica *Il fanciullo*, vera somma di teoria e prassi, costituisce un elegante e costruito *specimen*.

Così, grazie a una precisa scelta, nella ballata de *Il fanciullo*, il programma di *Alcyone*, prima che sul piano teorico, si esprime in una realizzazione poetica. La favola del fanciullo suonatore di flauto sopporta egregiamente il peso dell'allegoria e le varie implicazioni teoriche ad essa connesse. "Quel che rende possibile tanta apertura tematica nella tessitura per accenni e accordi di musica, è la ricchezza del sentimento in proprio del poeta che vi si effonde; cioè il sospiro ineffabile, che meglio si precisa nell'ultima ballata ma che circola ovunque, con cui il poeta punteggia l'allontanarsi del fanciullo, e più lo chiama, più fugge, e l'adorazione si ombra di malinconia, ma non senza che la malinconia continui a essere un modo dell'adorazione" (E. De Michelis). D'altra parte, è ancora la ricchezza emotiva e sentimentale che anima il componimento a risolvere in accordi nostalgici le posizioni teoriche, ad alleggerire taluni passi pesantemente letterari e ad assottigliare al massimo, trasferendolo in una "distanza prospettica nuova" (A. Noferi) il tema, sempre pericolosamente accostato da D'Annunzio, della grecità classica.

La lirica, data l'importanza che riveste a livello programmatico come veicolo di tutta la poetica alcionia, è un componimento di alto impegno anche a livello stilistico-espressivo e anche da questo punto di vista sembra compendiare, nel rigore delle sue linee e nella varietà delle sue soluzioni, i modi dell'intera raccolta. Articolata in sette ballate di varia misura, la lirica si sviluppa per ben 321 versi affidandosi, per strutturarsi in unità, a una libera anche se rigorosa architettura espressiva la quale a sua volta procede, con variazioni e richiami, su un tema centrale costante: o meglio, essendo la traccia di racconto pressoché inesistente, su una serie di misure musicali, con variazioni successive che spuntano l'una dall'altra senza sviluppi altro che ritmici e armonici. La lezione messa a frutto è, ancora una volta, quella di H. de Régnier ai cui *Premiers poèmes* e ai cui *Jeux rustiques et divins*, insieme a singole immagini di compassato *décor* neoclassico e a singoli stilemi (vedi note 43, 44, 125, 155 e 162) sono da riportare i richiami interni tra strofa e strofa e tra ballata e ballata, nonché l'insistenza su certe note di contrappunto o certe sottili variazioni, come, nella ballata V, il sintagma "capelvenere" che chiude ogni strofa e la lieve variazione dei vv. 142-143 e 162-163 e, nella ballata VII, i sintagmi "s'allontana" e "lontana" che sigillano tutte le strofe tranne l'ultima. Non mancano, naturalmente, sequenze inerti o condizionate da un linguaggio ancora scarsamente scorrevole e fluido, favorite o prodotte per lo più dall'impianto allegorico del componimento. Così, nella ballata I, la lunga serie enumerativa dei vv. 45-54 e, nella ballata II, la ancora più lunga sequela di comparazioni dei vv. 86-99, – frutto l'uno e l'altra del particolare gusto delle combinazioni predeterminate che trionferà in certi componimenti alcionii e in *Laus vitae* – rompono, con i loro eccessi verbali, il movimento libero e agile del contesto. Di un certo peso sono anche talune elevazioni di tono chiaramente eloquenti e oratorie e certe tendenze espressive di carattere troppo scopertamente descrittivo o addirittura figurativo, anziché, come sarebbe stato nello spirito della poetica di cui la lirica si fa banditrice, di qualità mimetica o, per lo meno, di tenore suggestivo-rievocativo.

Metro: sette ballate, ora di una sola strofa (III e IV) ora di due (II) ora di tre (V), ora di sei (VI) ora di sette (I) ora di nove (VII).

I

Figlio della Cicala [1] e dell'Olivo,[2]

---

[1] *Cicala*: in quanto canta liberamente ed è sacra ad Apollo, dio della poesia, è forse il simbolo del canto libero e istintivo e della "voce della Natura ispiratrice" (E. Palmieri): "figlia della terra, amica del canto", infatti, la definisce l'anacreontica XXXIV, 16 (ed. Teubner, Leipzig 1912) e "interprete delle Muse" la dice Socrate in Platone, *Phaedr.*, 262 d. In un foglietto di note preparatorie relative a componimenti alcionii (ms. 436; IX, 1; num. 50 dell'*Inventario* cit.) si legge l'appunto, evidentemente riferibile a questi versi: "Nati della Terra - Figli della cicala e dell'olivo".
[2] *Olivo*: in quanto sacro a Pallade-Atena, dea della sapienza, può essere simbolo della cultura e della "tecnica sapiente dell'arte" (E. Palmieri). Vedi anche l'appunto citato alla nota 1 e per l'accostamento cicala/olivo, Apol-

nell'orto di qual Fauno ³
tu cogliesti la canna pel tuo flauto,
pel tuo sufolo doppio ⁴ a sette fóri?

In quel che ha il nume agresto ⁵ entro un'antica   5
villa di Camerata ⁶
deserta per la morte di Pampìnea? ⁷
O forse lungo l'Affrico ⁸ che riga ⁹
la pallida ¹⁰ contrada
ove i campi il cipresso han per confine? ¹¹   10
Più presso, nella Mensola che ride
sotto il ponte selvaggia? ¹²
Più lungi, ove l'Ombron segue la traccia
d'Ambra e Lorenzo canta i vani ardori? ¹³

lo/Atena, cfr. già *Elettra, Nel primo centenario della nascita di Vittore Hugo*, vv. 90-92: "e la Provenza serena / ove canta la cicala / d'Apolline all'olivo d'Atena" [febbraio 1902].
³ *Fauno*: vedi *La tregua*, v. 75 e nota 54.
⁴ *pel... doppio*: per costruire il tuo zufolo fatto di due canne.
⁵ *nume agresto*: la divinità protettrice dei campi.
⁶ *Camerata*: collina tra Firenze e Fiesole, situata in mezzo all'Affrico e al Mugnone. In una villa di Camerata G. Boccaccio fece riparare i dieci giovani novellatori del *Decamerone*.
⁷ *Pampìnea*: una delle sette giovani donne della brigata che si rifugiò nella villa di Camerata, "quella che di più età era".
⁸ *Affrico*: affluente dell'Arno che scorre tra Fiesole e Firenze. Vedi anche *Lungo l'Affrico*, nota 1.
⁹ *riga*: solca. Cfr. Dante, *Purgatorio*, XVI, v. 115: "In quel paese ch'Adice e Po riga"; *Paradiso*, VIII, v. 65: "...quella terra, che 'l Danubio riga"; XII, vv. 103 s.: "Di lui si fecer poi diversi rivi, / onde l'orto cattolico si riga". Vedi *Ditirambo I*, v. 105.
¹⁰ *pallida*: perché piantata ad ulivi. Cfr. *La Chimera, Via sacra*, vv. 9 s.: "Oh per il colle olivi in rare file / sopiti, in un pallor dubbio d'argento" e vedi *La sera fiesolana*, vv. 29 ss.: "...gli olivi /.../ che fan di santità pallidi i clivi / e sorridenti" e *L'ulivo*, vv. 11-12: "...un nume ineffabile risplende / nel suo [dell'ulivo] pallore".
¹¹ *ove... confine*: dove il confine tra campo e campo è segnato da filari di cipressi. Cfr. *Taccuino VII*, I, p. 93: "I cipressi che indicano i confini dei campi" [aprile 1896] e *Le faville del maglio, Il venturiero senza ventura, La cicala vespertina*, in *Prose di ricerca*, II, p. 16: "I cipressi che limitano il cammino son già taciturni" [17 luglio 1898].
¹² *nella... selvaggia*; nella Mensola – un affluente dell'Arno – che gorgoglia fluendo fresca e veloce ("selvaggia") sotto il Ponte a Mensola, sulla strada tra Firenze e Settignano. Ma l'intero sintagma "che ride... selvaggia" gioca sull'ambiguità implicita nel nome Mensola, che ricorda la ninfa che, secondo il *Ninfale fiesolano* di G. Boccaccio ha dato il nome al torrente.
¹³ *l'Ombron... ardori*: l'Ombrone, un altro affluente dell'Arno, insegue la ninfa Ambra e Lorenzo il Magnifico canta l'inutile passione del fiume. Allusione al poemetto *Ambra* di Lorenzo de' Medici, in cui si narra dell'amore

Ma il mio pensier mi finge [14] che tu colta
l'abbia tra quelle mura
che Arno parte,[15] negli Orti Oricellari,[16]
ove dalla barbarie [17] fu sepolta,
ahi sì trista, la Musa
Fiorenza [18] che cantò ne' dì lontani
ai lauri insigni, ai chiari
fonti, all'eco dell'inclite caverne,
quando di Grecia le Sirene eterne
venner con Plato alla Città dei Fiori.[19]

15

20

che Ombrone, divinità eponima del fiume, concepì per la ninfa Ambra. Gli "ardori" di Ombrone sono definiti "vani" perché, quando egli stava per raggiungere Ambra che fuggiva, questa gli fu sottratta da Diana che la trasformò in sasso.
[14] *mi finge*: mi fa immaginare. Per il nesso "il mio pensier mi finge", cfr. G. Leopardi, *Canti*, *L'infinito*, v. 7: "io nel pensier mi fingo...". Cfr. anche *Elegie romane*, *Il vespro*, v. 22: "e il desio mi finse quivi superbi amori" [giugno 1888]; *Intermezzo*, *Il peccato di maggio*, vv. 93 ss.: "...gli incanti lunari / mi fingeano a la vista lunghi ordini lontani / di cupole..." [rifacimento del 1893].
[15] *parte*: divide.
[16] *Orti Oricellari*: i giardini del palazzo Rucellai, a Firenze, famoso centro di vita culturale dove, tra la fine del Quattrocento e l'inizio del Cinquecento si radunavano letterati e poeti.
[17] *barbarie*: la barbarie dei moderni speculatori edili che, per far soldi, non esitano a distruggere anche i luoghi più ricchi di valore storico, culturale e artistico. Cfr. quanto D'Annunzio scriveva nel Proemio al "Convito" di A. De Bosis nel 1895 (ora in *Il libro ascetico della Giovane Italia*, in *Prose di ricerca*, I, pp. 453 ss. con il titolo *La parola di Farsaglia*): "Sembra, in verità, che ricorrano per l'Italia i tempi oscuri in cui vennero da contrade remotissime i Barbari /.../ e nella corsa ruinosa abbatterono tutti i simulacri della Bellezza e cancellarono tutti i vestigi del Pensiero. Ma la presente barbarie è, secondo noi, peggiore o almeno più vile...". Ma soprattutto cfr. il discorso che D'Annunzio tenne a Firenze in occasione della campagna elettorale del 1900 per il collegio di San Giovanni e che fu pubblicato sul «Giorno» di Roma del 1° giugno 1900 con il titolo *San Giovanni e la pulce* (lo si veda ora in A. Castelli, *op. cit.*, pp. 607 ss.): "Un qualunque sterratore venuto di Perugia, carico del suo oro accumulato in anni di cottimo, assume aspetto di padrone e fabbrica le sue scuderie in questi Orti Oricellari dove Niccolò Machiavelli andò leggendo i Discorsi su le Deche di Tito Livio, in mezzo a una corona di giovani attenti".
[18] *La Musa / Fiorenza*: il genio poetico di Firenze, la poesia stessa e i poeti di Firenze.
[19] *quando... Fiori*: nei giorni lontani (vedi v. 20: "...ne' dì lontani") del Rinascimento quando, nel 1438 in occasione del Concilio di Firenze e dopo il 1453, l'indomani della caduta di Costantinopoli in mano ai Turchi, molti letterati greci ("le Sirene eterne", quasi immortali Sirene che seducono con le loro opere i lettori) vennero a Firenze e vi portarono i testi della cultura classica, primi tra tutti quelli di Platone. Quanto a "Città dei Fiori" per

Te certo vide Luca della Robbia,[20] 25
ti mirò Donatello,[21]
operando le belle cantorìe.[22]
Tutte le frutta della Cornucopia
per forza di scalpello
fecero onuste le ghirlande pie.[23] 30
E tu danzavi [24] le tue melodìe,
nudo fanciul pagano,
àlacre [25] nel divin marmo apuano
come nell'aria, conducendo i cori.[26]

Figlio della Cicala e dell'Olivo, 35
or col tuo sufoletto
incanti la lucertola verdognola
a cui sopra la selce il fianco vivo
palpita pel diletto
in misura [27] seguendo il dolce suono. 40
Non tu conosci il sogno
forse della silente creatura?
Ver lei ti pieghi: in lei non è paura:
tu moduli [28] secondo i suoi colori.

Tu moduli secondo l'aura e l'ombra 45

Firenze, cfr. il Tommaseo-Bellini alla voce "fiore": "Città del Fiore, Fiorenza, Firenze, che ha per arme il giglio, oltre alla sua etimologia. [A.] Pucc[i], Cent[iloquio], 69, 50: 'Tornò con molta gioia / vittorioso alla città del fiore'."
[20] *Luca della Robbia*: scultore fiorentino (1400-1482).
[21] *Donatello*: scultore fiorentino (1386-1466).
[22] *operando... cantorìe*: quando misero in opera le due cantorìe marmoree di Santa Maria del Fiore (ora nel Museo dell'Opera del Duomo), ai cui rilievi attesero tanto Luca della Robbia quanto Donatello. Vedi anche *Bocca d'Arno*, vv. 20 s. e note relative.
[23] *le ghirlande pie*: le ghirlande, sacre ("pie") in quanto esposte in luoghi sacri come offerte votive, di frutta, di fiori e di spighe che costituiscono un motivo ornamentale tipico delle sculture del Rinascimento e che adornano le cantorie.
[24] *E tu danzavi...*: nella serie di putti che danzano tenendosi per mano nelle sculture delle cantorìe sembra che danzi, al suono delle sue melodìe, lo stesso fanciullo.
[25] *àlacre*: "gioiosamente vivo" (E. Palmieri).
[26] *conducendo i cori*: guidando le danze (cfr. il latino *ducere choros*) dei putti scolpiti.
[27] *in misura*: a ritmo.
[28] *moduli*: intoni la tua musica.

e l'acqua e il ramoscello
e la spica e la man dell'uom che falcia,
secondo il bianco vol della colomba,²⁹
la grazia del torello
che di repente pavido s'inarca,³⁰   50
la nuvola che varca
il colle qual pensier che seren volto
muti,³¹ l'amore della vite all'olmo,³²
l'arte dell'ape, il flutto degli odori.

Ogni voce in tuo suono si ritrova   55
e in ogni voce sei
sparso, quando apri e chiudi i fóri alterni.³³
Par quasi che tu sol le cose muova
mentre solo ti bei³⁴
nell'obbedire ai movimenti eterni.   60
Tutto ignori, e discerni
tutte le verità³⁵ che l'ombra asconde.
Se interroghi la terra, il ciel risponde;
se favelli con l'acque, odono i fiori.³⁶

---

²⁹ *il bianco... colomba*: il volo della bianca colomba (ipallage).
³⁰ *s'inarca*: si sposta bruscamente incurvando la schiena.
³¹ *qual... muti*: la nuvola, valicando il colle, lo copre per un breve spazio di tempo, con la sua ombra, allo stesso modo che un improvviso pensiero altera, stendendovi sopra un velo di preoccupazione o di mestizia, i lineamenti di un volto fino a quel momento sereno.
³² *l'amore... olmo*: la tenerezza quasi amorosa con cui la vite appoggia i suoi tralci all'olmo. L'immagine delle nozze tra l'olmo e la vite è un luogo comune della tradizione letteraria. Per D'Annunzio, cfr. già *Taccuino XVI*, I, p. 189: "*Nei campi* le olmi portano le viti. Ovunque sono sparsi questi verdi *maritaggi*, non meno pii del connubio antico tra il Santo e la Povertà" [datato da Spello, 14 settembre 1897]; *Taccuino XXXIV*, I, p. 372: "...olmi /.../ a cui si allacciano le viti" [datato da Settignano, febbraio 1900]. Vedi anche *La sera fiesolana*, v. 22 e cfr., con D. Martinelli e C. Montagnani, il Tommaseo-Bellini alla voce "olmo": "La vite e l'olmo simbolo del consorzio coniugale".
³³ *apri... alterni*: apri e chiudi alternativamente con le dita i fori del tuo zufolo.
³⁴ *ti bei*: godi, sei felice. Vedi *Beatitudine*, vv. 13 s.: "...e par si bei / ciascuna...".
³⁵ *Tutto... verità*: il fanciullo ignora tutto, "in quanto cieco potere, indistinto e misterioso" e penetra tutte le verità, "in quanto, diffuso com'è per le forme e le cose create, ne afferra l'essenza secreta" (E. Palmieri).
³⁶ *Se interroghi... fiori*: "Unica essendo la sostanza del mondo nella diversità degli elementi, unica sembra essere la natura come la intuisce il Poeta

O fiore innumerevole di tutta
la vita bella,³⁷ umano
fiore della divina arte innocente,³⁸
preghiamo che la nostra anima nuda
si miri in te, preghiamo
che assempri ³⁹ te maravigliosamente!
L'immensa plenitudine vivente ⁴⁰
trema nel lieve suono
creato dal virgineo tuo soffio,
e l'uom co' suoi fervori e i suoi dolori.

II

Or la tua melodia
tutta la valle come un bel pensiere ⁴¹

---

col panteistico simbolo del fanciullo. Così la terra il cielo e l'acque e i fiori sono percorsi da un medesimo brivido vitale; sono aspetti dell'infinito, parti di un tutto, ma partecipi della misteriosa armonia cosmica che si rivela intera in ognuna di esse, e che esse rivelano o attuano in pienezza. Perciò se interroghi la terra, risponde il cielo, e se parli con l'acqua odono i fiori, essendoci unità nella loro diversità" (E. Palmieri).

³⁷ *fiore... bella*: il fanciullo, in quanto immagine della diversa bellezza del cosmo, cioè in quanto in lui senza fine fioriscono tutti i diversi aspetti della vita.

³⁸ *umano... innocente*: il fanciullo, in quanto è il tramite attraverso il quale praticamente si realizza il puro messaggio dell'arte che è un dono divino.

³⁹ *assempri*: imiti, riproduca. "Assemprare" nel senso di "riprodurre", "copiare", è un dantismo (cfr. *Vita nuova*, I: "...le parole le quali è mio intendimento d'assemprare in questo libretto" e *Inferno*, XXIV, vv. 4 s.: "quando la brina su la terra assempra / l'immagine di una sorella bianca") caro a D'Annunzio: vedi, in *Alcyone*, *La corona di Glauco*, *A Nicarete*, v. 14: "...di disco lunare assempra le tue spalle ignude" e *Undulna*, vv. 121 ss.: "...farfalle di neve /.../ nella luce assemprano lieve / spuma..." e cfr. *Maia*, *Laus vitae*, v. 3141: "...la deità che l'assempra"; vv. 3175 ss.: "il monte Castalio /... assemprava / ai nostri occhi /.../ l'apparizione diurna / del dio musagète"; vv. 4332 s.: "...le Cicladi assemprano un coro / d'auletridi..."; vv. 7851 s.: "E tu m'assempri l'iddia / parrasia...".

⁴⁰ *L'immensa... vivente*: l'insieme delle innumerevoli creature viventi. Cfr. Dante, *Paradiso*, XXXI, v. 20: "...tanta plenitudine volante", secondo la lezione del Vandelli e del Casella e secondo la lezione riportata dal Tommaseo-Bellini alla voce "plenitudine". Diverso il senso di "plenitudine" in *Elettra*, *Canto di festa per Calendimaggio*, v. 146: "Sol nella plenitudine è la Vita", per cui cfr. A. Gide, *Les nourritures terrestres*, ed N.R.F., Paris 1921, p. 28: "Le sentiment d'une plenitude de vie".

⁴¹ *pensiere*: pensiero. Arcaismo dell'uso letterario.

di pace crea, le due canne leggiere
versando una la luce ed una l'ombra.⁴²

La spiga che s'inclina ⁴³
per offerirsi all'uomo   80
e il monte che gli dà pietre del grembo,
se ben l'una vicina
e l'altro sia rimoto
: l'una esigua e l'altro ingente,⁴⁴ sembra
si giungano per l'aere sereno   85
come i tuoi labbri e le tue dolci ⁴⁵ canne,
come su letto d'erbe amato e amante,
come i tuoi diti snelli e i sette fóri,⁴⁶

come il mare e le foci,
come nell'ala chiare e negre penne,   90
come il fior del leandro ⁴⁷ e le tue tempie,
come il pampino e l'uva,
come la fonte e l'urna,
come la gronda e il nido della rondine,
come l'argilla e il pollice,⁴⁸   95
come ne' fiari ⁴⁹ tuoi ⁵⁰ la cera e il miele,

---

⁴² *ie... ombra*: "Modo ineffabile di rappresentare l'alterno accordo d'ombra
 di luce, ombra e luce fluenti dal duplice flauto a somiglianza dei suoni
modulati" (E. Palmieri).
⁴³ *s'inclina*: si piega sotto il peso dei suoi chicchi ma anche in un istintivo
atto di offerta. Per l'immagine, cfr. Henri de Régnier, *Les jeux rustiques
et divins*, *Odelette V*, vv. 17-18: "un épi se courbe..."; *Odelette X*, v. 20:
"les blés sont hauts de paille et lourds d'épis qui tremblent" (V. De Maldé-
C. Pinotti).
⁴⁴ *l'una vicina... ingente*: per simili soluzioni, cfr. Henri de Régnier, *Les
jeux rustiques et divins*, *Odelette X*, vv. 22-25: "Deux cloches / de l'est
à l'ouest, sonnent ensemble, / l'une lointaine, l'autre proche, / et l'une est
grave et l'autre est claire" (M. Praz, *La carne* cit., pp. 465 s.). Cfr. anche
V. De Maldé-G. Pinotti, *art. cit.*, pp. 85-86.
⁴⁵ *dolci*: perché producono una dolce melodia.
⁴⁶ *i sette fóri*: i sette fori dello zufolo.
⁴⁷ *leandro*: oleandro.
⁴⁸ *il pollice*: il pollice dell'artista che plasma l'argilla.
⁴⁹ *fiari*: favi: accogliamo qui la correzione proposta da P. Gibellini, sulla
base dell'esame dei manoscritti, in luogo della lezione "fiori" di tutte le
edizioni a stampa. Cfr. P. Gibellini, *Fiori o favi per l'ape dell'"Alcyone"?*
in "Quaderni del Vittoriale", 15 (maggio-giugno 1979) pp. 45-48.
⁵⁰ *tuoi*: in quanto il fanciullo alleva api: vedi vv. 101 ss.

come il fuoco e la stipula stridente,⁵¹
come il sentiere e l'orma,
come la luce ovunque tocca l'ombra.

III

Sopor mi colse presso la fontana.   100
Lo sciame era discorde:
avea due re; pendea come due poppe ⁵²
fulve.⁵³ E il rame ⁵⁴ s'udìa come campana.

Ti vidi nel mio sogno, o lene aulete.⁵⁵
Lottato avevi ignudo   105
contro il torrente folle di rapina.⁵⁶
Raccolto avevi piuma di sparviere
che a sommo del ciel muto
in sue rote ⁵⁷ ferìa l'aer di strida.⁵⁸
Ahi, lungi dalle tue musiche dita ⁵⁹   110

---

⁵¹ *la stipula stridente*: la stoppia che bruciando scoppietta (allitterazione).
⁵² *Lo sciame... poppe*: cfr. Palladio, *Volgarizzamento del Trattato dell'Agricoltura*, VII, 7, Verona, Ramanzini, 1810, p. 209: "...quando lo sciame esce, e pende in alcuna fronda così in sé rappacificato, se egli pende a modo d'una poppa, sappi che tra loro è solamente un re; ma se pendendo si divide quasi in due poppe, o in più, tanti re, e signori hanno, quante poppe fanno: e sono in discordia" (M. Praz, *La carne* cit., p. 513).
⁵³ *fulve*: biondo-rossastra, come sono le singole api.
⁵⁴ *il rame*: il rumore di un vaso di rame percosso. Infatti, per richiamare lo sciame nell'arnia veniva percosso un vaso di bronzo. Cfr. Palladio, *loc. cit.*: "movendo l'aer con suon di bùccina o d'altro vaso" (D. Martinelli-C. Montagnani).
⁵⁵ *lene aulete*: flautista gentile, soave.
⁵⁶ *folle di rapina*: "più che impetuoso nella sua furia travolgente" (E. Palmieri).
⁵⁷ *in sue rote*: roteando, descrivendo i suoi larghi giri.
⁵⁸ *ferìa... strida*: cfr. A. Caro, *Eneide*, II, v. 374: "E d'orribili strida il cielo feria", citato nel Tommaseo-Bellini alla voce "ferire". Cfr. *ibidem*: "E d'altissime strida il ciel feria", citato *ibidem* alla voce "strido" (D. Martinelli-C. Montagnani). Vedi anche *Furit aestus*, vv. 1 s.: "Un falco stride nel color di perla: / tutto il cielo si squarcia come un velo".
⁵⁹ *musiche dita*: dita abilissime nel trarre musiche dal flauto. Cfr. P. Bembo, *Asolan.*, 2.131: "tocco dalle loro delicate e musiche mani", citato nel Tommaseo-Bellini alla voce "musico". Cfr. anche *Intermezzo, Sed non satiatus*, II, vv. 22 s.: "reni feline pe' cui solchi ascendo / in ritmo con le mie musiche dita" [rifacimento della fine del 1893]; *Poema paradisiaco, Pamphila*, vv. 38-42: "bacerò le sue mani /.../ tra le cui musiche dita / forse in antico risonò pe' venti lesbìaci una lira..." [gennaio 1893].

gittato avevi i calami forati.⁶⁰
Chino con sopraccigli corrugati
eri, fanciul pugnace,⁶¹
intento a farti archi da saettare
col legno della flèssile avellana.⁶²   115

IV

Eleggere sapesti il re splendente
nello sciame diviso,
ridere d'un tuo bel selvaggio riso
spegnendo il fuco sterile e sonoro.⁶³

Con la man⁶⁴ tinta in mele di sosillo⁶⁵   120
traesti fuor la troppa
signoria.⁶⁶ Cauto e fermo la calcavi.⁶⁷
Sporgeva a modo d'uvero di poppa

---

⁶⁰ *calami forati*: lo zufolo di canne in cui sono stati aperti sette fori.
⁶¹ *pugnace*: infiammato dal desiderio di combattere.
⁶² *a... avellana*: a farti archi da frecce con il legno flessibile ("flèssile", lat. *fléxilis*) dell'avellano o nocciolo (propriamente l'"avellana" è il frutto dell'avellano): per il tutto cfr. Crescenzio (P. de' Crescenzii, *Volgarizzamento del Trattato dell'Agricultura*, Verona, Vicentini e Franchini, 1851-52), V, 3: "dal legno dell'avellana si fanno archi da saettare assai buoni" (M. Praz, *La carne* cit., pp. 513 s.).
⁶³ *Eleggere... sonoro*: sapesti scegliere, individuandolo nei due sciami in cui le api si erano divise, il re più bello. Cfr. Palladio, *op. cit.*, VII, 7, ed. cit., p. 209: "Ma havvi altri, che sono di color più fusco, e oscuro /.../ grandi come quelli o più, i quali al tutto si vogliono spegnere [vedi v. 119: "spegnendo il fuco sterile e sonoro"]. E così facendo ve ne lassa solamente uno, il più bello e 'l più risplendente" (M. Praz, *La carne* cit., p. 513). Vedi anche *L'opere e i giorni*, vv. 43 ss.: "Di questo mese /.../ vòto l'arnia, il condottiero / eleggo nel gomitolo delle api".
⁶⁴ *Con la man...*: cfr. Palladio, *op. cit.*, VII, 7, ed. cit., p. 209: "Allora colla mano tinta in mele di sosillo /.../ cerca là ove vedi il gomitolo dell'api più grosso, e tranne fuori quelle che vi sono troppe" (M. Praz, *La carne* cit., p. 513).
⁶⁵ *mele di sosillo*: così l'ignoto volgarizzatore di Palladio ha reso il latino [*uncta manu succo*] *melissophylli* o, secondo altri codici, *mellis sosilli*: propriamente si tratta del *melisphyllum tritum* di Virgilio, *Georg.*, IV, v. 63, cioè la melissa o foglia di miele, un'erba labiata odorosa, nota anche come apiastro.
⁶⁶ *la... signoria*: il re che era di troppo. Per il termine "signoria", cfr. Palladio, *op. cit.*, VII, 7, ed. cit., pp. 208 s.: "E raccordansi [l'api] facilmente, e fanno pace, perocché da natura hanno dolce autoritade, e signoria a pacificarsi" (M. Praz, *La carne* cit., p. 513).
⁶⁷ *calcavi*: schiacciavi.

il buon sire tranquillo [68]
che fu re delle artefici soavi.[69]
Poi franco te n'andavi
sonando per le prata [70] di trifoglio,
incoronato d'ellera [71] e d'orgoglio,
entro la nube delle pecchie [72] d'oro.

V

L'acqua sorgiva fra i tuoi neri cigli
fecesi occhio [73] che vede e che sorride;
fecesi chioma su la tua cervice
il crespo capelvenere.[74]

Fatto sei di segreto e di freschezza.[75]
Fatte sono di làtice
fluido [76] e d'umide fibre [77] le tue membra.
Il tuo spirto, dal fonte come il salice
ma senza l'amarezza [78]
nato, le amiche naiadi [79] rimembra;

---

[68] *Sporgeva... tranquillo*: il bravo re delle api aveva la forma di un capezzolo ("uvero di poppa"): cfr. Palladio, *op. cit.*, VII, 7, ed. cit., p. 210: "il qual [re] vedrai più lungo, e più in fuori, a modo d'uvero di poppa, che non son gli altri" (M. Praz, *La carne* cit., p. 513).
[69] *artefici soavi*: le api, in quanto produttrici di dolce miele. Vedi *La corona di Glauco*, *Mèlitta*, v. 10: "...l'ape artefice".
[70] *le prata*: la forma è attestata dal Tommaseo-Bellini alla voce "prato", con l'indicazione: "Vive nelle montagne Pistoiesi".
[71] *ellera*: edera. Arcaismo dell'uso letterario, nobilitato da Dante (*Inferno*, XXV, v. 58) e da A. Poliziano (*Stanze per la giostra*, I, 83, v. 8).
[72] *pecchie*: api. Vedi *L'opere e i giorni*, v. 30 e nota relativa.
[73] *L'acqua... occhio*: i tuoi occhi sono limpidi come acqua di fonte che sgorga tra le tue nere ciglia.
[74] *il crespo capelvenere*: la pianticella della famiglia delle felci dai gambi neri e filiformi che cresce nei luoghi umidi e ombrosi. Per il sintagma "crespo capelvenere", cfr. N. Forteguerri, *Ricciardetto*, XXVI, 62: "Un verde, molle e crespo capelvenere / tutto copriva il fondo della grotta", citato dal Tommaseo-Bellini alla voce "capelvenere" (E. Palmieri).
[75] *Fatto... freschezza*: cfr. *Maia, Laus vitae*, vv. 7876 s.: "Di cose fugaci e segrete / sei fatta [sc. la Felicità...]".
[76] *làtice / fluido*: acqua di fonte che scorre. Làtice è un latinismo (lat. *latex*) non registrato nel Tommaseo-Bellini.
[77] *d'umide fibre*: di fibre arboree umide di linfa.
[78] *senza l'amarezza*: senza il sapore amaro che hanno la corteccia e le foglie del salice. Cfr. Virgilio, *Buc.*, I, v. 78: "...salices... amaras".
[79] *naiadi*: le ninfe delle sorgenti: qui le sorgenti stesse.

tutte le polle[80] sembra   140
trarre per le invisibili sue stirpi.[81]
E se gli occhi tuoi cesii[82] han neri cigli,
ha neri gambi il verde capelvenere.[83]

Converse le tue canne sono in chiari
vetri,[84] onde lenti i suoni   145
stillano come gocce da clessidre.[85]
S'appressano i colùbri maculosi,[86]
gli aspidi i cencri[87] gli angui[88]
e le ceraste[89] e le verdissime idre.[90]
Taciti, senza spire,   150
eretti i serpi bevono l'incanto.
Sol le bìfide lingue a quando a quando[91]
tremano come trema il capelvenere.

Sino ai ginocchi immerso nella cupa
linfa,[92] alla venenata   155
greggia[93] tu moduli il tuo lento carme.
Par che da' piedi tuoi torta[94] sia nata
radice e di natura
erbida[95] par ti sien fatte le gambe.
Ma il fior della tua carne   160

---

[80] *polle*: vene d'acqua sorgiva.
[81] *stirpi*: radici.
[82] *cesii*: azzurrini.
[83] *ha... capelvenere*: cfr. il Tommaseo-Bellini alla voce "capelvenere": "Le sue foglie hanno i *gambi neri* e filiformi" e cfr. sotto la medesima voce il passo del *Ricciardetto* già citato alla nota 74: "Un *verde*, molle e crespo capelvenere" (D. Martinelli-C. Montagnani).
[84] *in chiari / vetri*: in canne di vetro trasparente.
[85] *clessidre*: gli antichi orologi ad acqua e a sabbia.
[86] *colùbri maculosi*: le serpi maculate, dalla pelle chiazzata di macchie.
[87] *cencri*: cfr. Dante, *Inferno*, XXIV, vv. 85 ss.: "Più non si vanti Libia con sua rena; / ché se chelidri, iaculi e faree / produce, e cencri con anfisbena".
[88] *angui*: cfr. Dante, *Inferno*, VII, v. 84: "...occulto come in erba l'angue".
[89] *ceraste*: cfr. Dante, *Inferno*, IX, v. 41: "serpentelli e ceraste avean per crine".
[90] *le verdissime idre*: cfr. Dante, *Inferno*, IX, v. 40: "e con verdissime idre eran cinte".
[91] *a... quando*: sintagma di tipo distributivo, già dantesco (cfr. *Purgatorio*, XXV, v. 126) molto caro a D'Annunzio, specialmente in fine di verso: cfr. già *L'Isottèo*, *Il dolce grappolo*, v. 9: "...a quando a quando".
[92] *cupa / linfa*: acqua scura perché profonda.
[93] *venenata / greggia*: l'insieme dei rettili velenosi.
[94] *torta*: contorta.
[95] *erbida*: erbosa (lat. *hèrbidus*).

suso come il nenùfaro⁹⁶ s'ingiglia.⁹⁷
E se gli occhi tuoi cesii han nere ciglia,
neri ha gli steli il verde capelvenere.

VI

Se t'è l'acqua visibile negli occhi
e se il làtice nudre le tue carni,⁹⁸   165
viver puoi anco ne' perfetti marmi
e la colonna dorica⁹⁹ abitare

Natura ed Arte sono un dio bifronte
che conduce il tuo passo armonioso¹⁰⁰
per tutti i campi della Terra pura.   170
Tu non distingui l'un dall'altro volto¹⁰¹
ma pulsare odi il cuor che si nasconde
unico nella duplice figura.
O ignuda creatura,
teco salir la rupe veneranda¹⁰²   175
voglio, teco offerire una ghirlanda
del nostro¹⁰³ ulivo a quell'eterno altare.¹⁰⁴

Torna con me nell'Ellade scolpita¹⁰⁵

---

⁹⁶ *il nenùfaro*: pianta acquatica delle Ninfacee, con ampie foglie cuoriformi e grossi fiori gialli: è detta anche ninfea gialla. Cfr. *Canto novo* ed. 1882, *Preludio*, v. 17: "i nenufàri schiudono i nivei calici aulenti" (*Versi*, I, p. 824); IV, 6, vv. 7 s.: "...e' [= i versi] sono emersi / come da l'acque nenufari in fiori" (*ibidem*, p. 868).
⁹⁷ *s'ingiglia*: si eleva come un giglio. È un dantismo: cfr. *Paradiso*, XVIII, v. 113.
⁹⁸ *Se... carni*: vedi vv. 130 s. e vv. 135 s.
⁹⁹ *la... dorica*: la più sobria delle colonne classiche: priva di base, con larghe scanalature a spigolo vivo e capitello assai semplice.
¹⁰⁰ *un... armonioso*: due aspetti diversi di una sola realtà che ("che", soggetto) guidano il tuo passo armonioso, che ispirano le tue melodie.
¹⁰¹ *l'un... volto*: il volto della Natura da quello dell'Arte.
¹⁰² *la rupe veneranda*: l'Acropoli di Atene, detta veneranda perché sacra al culto di Pallade-Atena.
¹⁰³ *nostro*: del Fanciullo, in quanto egli ne è figlio (vedi v. 1), e del poeta, in quanto (vedi *L'ulivo*, pp. 158 ss.) lo onora.
¹⁰⁴ *quell'eterno altare*: sempre l'Acropoli che, proprio perché tutta sacra a Pallade-Atena, è tutta un altare.
¹⁰⁵ *Ellade scolpita*: la Grecia che è tale, nella sua forza e nella sua perfezione, da sembrare opera di uno scultore. Cfr. *Orazione agli Ateniesi*, in *Prose di ricerca*, III, p. 308: "...alla santità della Madre Ellade che un bel dio scolpì nella roccia smisurata obbedendo a quel medesimo ritmo cui ob-

ove la pietra è figlia della luce
e sostanza dell'aere è il pensiere.   180
Navigando nell'alta notte illune,[106]
noi vedremo rilucere la riva
del diurno fulgor ch'ella ritiene.
Stamperai nelle arene
del Fàlero [107] orme ardenti. Ospiti soli   185
presso Colòno udremo gli usignuoli
di Sofocle ad Antigone cantare.[108]

Vedremo nei Propílei [109] le porte
del Giorno aperte, nell'intercolunnio
tutto il cielo dell'Attica gioire; [110]   190
nel tempio d'Erettèo, coro notturno
dai negricanti pepli le sopposte
vergini stare come urne votive; [111]
la potenza sublime [112]
della Città,[113] transfusa in ogni vena   195
del vital marmo ov'è presente Atena,

---

bediscono alzando i templi e foggiando le statue gli artefici umani" [9 febbraio 1899]. Cfr. anche *Maia*, *Laus vitae*, vv. 624 ss.: "... l'Ellade sculta / dal dio nella luce / sublime e nel mare profondo / qual simulacro / che fa visibili all'uomo / le leggi della Forza / perfetta...".
[106] *notte illune*: notte senza luna. Cfr. *Intermezzo*, *Preludio*, v. 13: "...ne la notte illune" [1893].
[107] *Fàlero*: uno dei porti di Atene.
[108] *presso... cantare*: nei pressi di Colono, alle porte di Atene, il poeta e il fanciullo sentiranno cantare gli usignoli che, secondo Sofocle, cantarono per Antigone, la figlia di Edipo. Cfr. Sofocle, *Oed. col.*, vv. 16 ss.
[109] *Propilei*: il monumentale ingresso dell'Acropoli. La forma sdrucciola ricalca quella dell'originale greco.
[110] *le porte... gioire*: cfr. *Taccuino XXVI*, I, p. 308: "Le grandi porte *cerule* dell'Acropoli (Gli intercolonnii e le porte sono pieni d'*azzurro*, dell'azzurro del cielo) –" ["Atene – 28 gennaio –" 1899].
[111] *nel... votive*: nell'Erettèo, il tempio dell'Acropoli sacro ad Atena e a Poseidone, cupa schiera ("coro notturno") di donne avvolte in pepli ormai scuriti dal buio o dal tempo, le Cariatidi, le sei statue di fanciulle che sostengono la trabeazione della loggetta ("le supposte / vergini") stanno immobili, simili, nella loro ieratica compostezza, a urne votive.
[112] *la... sublime*: complemento oggetto di "Vedremo" del v. 188 e soggetto di "regnar" del v. 197.
[113] *Città*: l'Acropoli. Cfr. Pausania, *Perieg.*, I, 26, 6: "...l'attuale Acropoli, che un tempo però si chiamava Città" (E. Palmieri).

regnar [114] col ritmo [115] il ciel la terra il mare.

Alcun arbore mai non t'avrà dato
gioia sì come la colonna intatta
che serba i raggi ne' suoi solchi eguali.[116]   200
All'ora quando l'ombra sua trapassa
i gradi,[117] tu t'assiderai sul grado
più alto, co' tuoi calami toscani.[118]
La Vittoria senz'ali [119]
forse t'udrà, spoglia d'avorio e d'oro; [120]   205
e quella alata che raffrena il toro;
e quella che dislaccia il suo calzare.[121]

Taci! La cima della gioia è attinta.
Guarda il Parnete [122] al ciel, come leggiero![123]
Guarda l'Imetto roscido di miele! [124]   210

---

[114] *regnar*: usato transitivamente: dominare. Cfr. U. Foscolo, *All'amica risanata*, vv. 79 ss.: "regina fu, Citera / e Cipro /.../ regnò beata, e l'isole". Vedi anche *Meriggio*, v. 26: "regnano il regno amaro".
[115] *col ritmo*: con l'armonia delle sue forme perfette. Cfr. *Orazione agli Ateniesi*, loc. cit., p. 310: "...un fiume immenso di armonia si diffonde generato da ogni segno, e s'odono cantare in una infinita lontananza le fonti della Vita".
[116] *la... eguali*: la colonna ancora integra che trattiene il "diurno fulgor" (vedi v. 183) nelle scanalature e parallele del suo fusto.
[117] *All'ora... gradi*: al tramonto, quando l'ombra della colonna investita dal sole supera ("trapassa") i gradini di marmo che portano al tempio.
[118] *calami toscani*: le canne dello zufolo che il fanciullo ha colto nei giardini della Rinascenza toscana (vedi vv. 15-24).
[119] *La Vittoria senz'ali*: la Vittoria cui gli Ateniesi mozzarono le ali affinché non abbandonasse mai la città. A lei era dedicato un tempietto a destra dei Propilei.
[120] *spoglia... oro*: spoglia del suo rivestimento d'avorio e d'oro.
[121] *e quella... calzare*: e per queste due Vittorie, effigiate, insieme ad altre, in un altorilievo che ornava la balaustrata su cui sorgeva il tempietto di Atena-Nike e colte l'una mentre conduce un toro al sacrificio e l'altra mentre si allaccia un sandalo, cfr. *Taccuino* n. 1, II, pp. 12 s.: "Museo dell'Acropoli. – Bassorilievi della balaustrata del tempio della Nike Apteros. – Vittorie alate che conducono al sacrificio un toro – Un'altra dislaccia i suoi sandali /.../ La sua gamba destra è sollevata, e la mano destra dislaccia il calzare /.../ Le due vittorie che portano il toro sacro. Le pieghe sono più folte e più mosse, nell'atto violento poiché il toro balza..." [agosto 1895]. Per "quella che dislaccia il suo calzare", cfr. anche *La città morta*, in *Tragedie*, I, p. 110: "Ho udito un giorno Alessandra dirti che somigliavi alla Vittoria che si dislaccia i sandali" [1896].
[122] *Parnete*: monte tra l'Attica e la Beozia.
[123] *leggero*: "per la forma slanciata, aerea" (E. Palmieri).
[124] *l'Imetto... miele*: l'Imetto, un altro monte dell'Attica, ricco ("roscido" vale rugiadoso) di miele.

Flessibile [125] m'appar come l'efebo,
vestito della clamide succinta,[126]
che cavalcò nelle Panatenee.[127]
Sorse dall'acque egee
il bel monte dell'api [128] e fu vivente.   215
Or tuttavia nella sua forma ei sente
la vita delle belle acque ondeggiare.[129]

Seno d'Egina! [130] Oh isola nutrice
di colombe e d'eroi! [131] Pallida via
d'Eleusi [132] coi vestigi di Demetra! [133]   220
Splendore della duplice ferita
nel fianco del Pentelico! [134] Armonie
del glauco [135] olivo e della bianca pietra! [136]
Ogni golfo è una cetra.
Tu taci, aulete, e ascolti. Per l'Imetto   225

---

[125] *Flessibile*: snello, agile per via del suo profilo ondulato. Cfr. Henri de Régnier, *Les médailles d'argile*, *Voeu*, vv. 6 ss.: "...des collines / aux belles lignes / flexibles et lentes [vedi *La corona di Glauco*, *A Nicarete*, v. 2: "...i colli sono lenti"] et vaporeuses / et qui sembleraient fondre en la douceur de l'air" (M. Praz, *La carne* cit., pp. 472 s.).
[126] *clamide succinta*: mantello fermato con una cintura in vita, in modo da consentire libertà di movimenti.
[127] *Panatenee*: feste e giochi in onore di Atena.
[128] *il... api*: l'Imetto: vedi v. 210 e nota 124.
[129] *Or... ondeggiare*: ancora e sempre, nella sua mole ("forma") sente fluire le vene d'acqua sorgiva.
[130] *Seno d'Egina*: il golfo Saronico, in cui si trova l'isola di Egina.
[131] *Oh... eroi!*: l'isola di Salamina, "isola nutrice di colombe", secondo Eschilo, *Pers.*, v. 309 e il suo scoliaste, nonché patria di Aiace Telamonio e quindi "possente a nutrire un prode guerriero", come la definisce Pindaro, *Nem.*, II, v. 13; oppure l'isola di Egina stessa, dove sorgeva un tempio di Afrodite (cfr. Pausania, *Perieg.*, II, 29, 6 ss.), la dea cui erano sacre le colombe e donde vennero molti soldati ad Atene, tanto più che in *Madrigali dell'Estate*, *L'uva greca*, v. 6, si legge: "...nella bianca di colombe Egina".
[132] *Pallida... Eleusi*: la via sacra che da Atene conduce ad Eleusi, bianca di ghiaia e di polvere.
[133] *vestigi di Demetra*: tracce del culto di Demetra.
[134] *duplice... Pentelico*: gli squarci fatti nei fianchi del Pentelico, monte dell'Attica, per cavarne marmo. Cfr. *Taccuino* n. 1, II, p. 15: "Da lungi il Pentelico, roseo, con le sue due grandi ferite bianche" [agosto 1895]; *Taccuino XXXVI*, I, p. 308: "Le bianche ferite del Pentelico - Tutta l'Acropoli è uscita dai suoi fianchi, e nondimeno la linea del monte è immutabile" ["Atene - 28 gennaio" 1899].
[135] *glauco*: celeste tendente al verdastro.
[136] *bianca pietra*: il marmo bianco del Pentelico. Per il paesaggio, cfr. *Taccuino* n. 1, II, p. 10: "Piani aridi, coperti di magrissimi olivi o di pietre bianche"

l'ombra si spande. Il monte violetto [137]
mormora e odora come un alveare. [138]

VII

L'odo fuggir tra gli arcipressi foschi, [139]
e l'ansia [140] il cor mi punge.
Ei mi chiama di lunge   230
solo negli alti boschi, e s'allontana.

Mutato è il suon delle sue dolci canne
Trèmane il cor che l'ode,
balza se sotto il piè strida l'arbusto; [141]
pavido è fatto al rombo del suo sangue   235
ed altro più non ode
il cor presàgo di remoto lutto.
Prego: « O fanciul venusto, [142]
non esser sì veloce
ch'io non ti giunga! » È vana la mia voce   240
Melodiosamente ei s'allontana.

Elci nereggian [143] dopo gli arcipressi,

---

[137] *Il monte violetto*: cfr. *Taccuino III*, I, p. 59: "Il Golfo [di Salona] è pieno di piccoli seni misteriosi, e cinto da montagne che nel tramonto assumono una delicata e ricca tinta di rose e di violette" [4 agosto 1895]; *Taccuino V*, I, p. 71: "Le belle linee delle montagne dell'Attica – armoniose – d'un colore indefinibile tra il fulvo, il roseo, il violetto. Violette tutte – quelle che sono più lontane..." [agosto 1895].
[138] *mormora... alveare*: "mormora" per il ronzio delle api e "odora" del profumo dei fiori da cui le api hanno tratto il miele.
[139] *arcipressi foschi*: cipressi scuri, per via del colore del fogliame. Vedi v. 263: "...negro cipresso".
[140] *l'ansia*: la preoccupazione di perderlo e il desiderio di raggiungerlo
[141] *l'arbusto*: calpestato dal fanciullo in fuga.
[142] *venusto*: bello, grazioso.
[143] *Elci nereggian*: un gruppo di lecci si leva creando una macchia nera con il suo cupo fogliame. Ma cfr. *Taccuino XLII*, I, p. 434: "Un bosco di lecci nereggiante" [febbraio 1902]. Cfr. anche G. Carducci, *Odi barbare, Alle fonti del Clitumno*, vv. 33 s.: "Qui pugni a' verni /.../ ilice nera", che forse è la fonte diretta, anche se tanto il nome letterario di "elce" per "leccio" quanto l'immagine sono già in F. Petrarca, *Rime*, CXCII, v. 10: "quel'elce antiqua e negra". Cfr., inoltre, G. Pascoli, *Myricae*, *Il maniero*, v. 14: "qualch'elce nera lo ripete ai venti"; *Campane a sera*, vv. 26-27: "...l'Appennino / opaco d'elci...".

antiqui arbori cavi.¹⁴⁴
Pascono ¹⁴⁵ suso in ciel nuvole bianche.
A quando a quando tra gli intrichi spessi 245
le nuvole soavi
son come prede tra selvagge branche.¹⁴⁶
E sempre odo le canne
gemere d'ombra in ombra
roche quasi richiamo di colomba 250
che va di ramo in ramo e s'allontana.

« O fanciullo fuggevole, t'arresta!
Tu non sai com'io t'ami,
intimo fiore dell'anima mia.
Una sol volta almen volgi la testa, 255
se te la inghirlandai,
bel figlio della mia melancolìa! ¹⁴⁷
Con la tua melodia
fugge quel che divino
era venuto in me, quasi improvviso 260
ritorno dell'infanzia piu lontana.

Fa che l'ultima volta io t'incoroni,
pur di negro cipresso,¹⁴⁸
e teco io sia nella dolente sera! » ¹⁴⁹
Ei nell'onda volubile dei suoni ¹⁵⁰ 265

---

¹⁴⁴ *cavi*: dal tronco corroso.
¹⁴⁵ *Pascono*: sono sparse qua e là, come se fossero giovenche lasciate libere a pascolare.
¹⁴⁶ *gli... branche*: tra i rami degli alberi fittamente intrecciati ("tra gli intrichi spessi") le nuvole, delicate nella loro forma inconsistente ("soavi"), sembrano prede catturate da artigli di animali mostruosi. Per l'immagine delle nubi che, viste dalla boscaglia, sembrano afferrate da branche mostruose che sono i rami degli alberi, cfr. *Elegie romane, Villa Chigi*, vv. 51 ss.: "Alberi strani, intorno, balzavan da terra a ghermire / con mostruose braccia la delicata nube. / Snella fuggìa la nube l'abbraccio terribile, dando / al ghermitor selvaggio labili velli d'oro".
¹⁴⁷ *melancolìa*: malinconia. Vedi *L'oleandro*, v. 425 e nota 227.
¹⁴⁸ *pur... cipresso*: sia pure con una corona fatta con le fronde scure del cipresso.
¹⁴⁹ *nella... sera*: "nella mesta ora della sera; o, piuttosto, nel doloroso crepuscolo della vita? Allusione ambigua" (E. Palmieri).
¹⁵⁰ *onda... suoni*: la melodia del suono del flauto che ora tace e che ora si fa sentire più o meno forte.

con un gentil suo gesto,
simile a un spirto della primavera,[151]
volgesi; alla preghiera
sorride, e non l'esaude.
L'ansia mia vana odo sol tra le pause,[152]   270
mentre che d'ombra in ombra ei s'allontana

Ad un fonte m'abbatto[153] che s'accoglie
entro conca profonda
per aver pace,[154] e un elce gli fa notte.
« O figlio, sosta! Imiterai le foglie   275
e l'acque anche una volta
e i silenzii del dì con le tue note.[155]
Sediamo in su le prode.[156]
Fa ch'io veda l'imagine
puerile[157] di te presso l'imagine   280
di me nel cupo speglio! »[158] Ei s'allontana.

S'allontana melodiosamente
né più mi volge il viso,
emulo di Favonio ei nel suo volo.[159]

---

[151] *un... primavera*: il soffio di una brezza primaverile.
[152] *le pause*: le pause della melodia.
[153] *Ad... m'abbatto*: capito per caso presso una fonte.
[154] *per aver pace*: per non muoversi più: ma cfr. Dante, *Inferno*, V, vv. 98 s.: "... la marina dove 'l Po discende / per aver pace co' seguaci suoi".
[155] *le tue note*: i suoni modulati dal tuo zufolo. Per tutto il passo "Imiterai le foglie /.../ con le tue note" (vv. 275-277) cfr. H. de Régnier, *Les jeux rustiques et divins*, *Le repos*, vv. 1-5: "J'ai longtemps animé *avec mes flûtes justes* / un paysage de ruisseaux et d'arbustes, / et mon souffle soumis à mes doigts inégaux / a longtemps imité les feuilles et les eaux / et le vent qui parlait à l'oreille des brises" (V. De Maldé-G. Pinotti). Cfr. poi anche il passo di una lettera che D'Annunzio inviò a Emilio Treves pochi giorni dopo la stesura del *Fanciullo*, il 24 luglio 1902, da Pratovecchio nel Casentino: "Io sono /.../ converso in innumerevoli ruscelli di poesia. Compio il terzo libro delle *Laudi*, imitando le auree e le acque, e le spiche col suono d'una semplice canna - 'tenui avena'".
[156] *prode*: le rive della "conca profonda".
[157] *puerile*: di fanciullo.
[158] *nel cupo speglio*: nelle acque scure della "conca profonda" che riflettono le immagini.
[159] *emulo... volo*: leggero, nella sua corsa, come il Favonio, il vento di ponente che annuncia la primavera.

Sol calando,[160] la plaga d'occidente [161]   285
s'infiamma;[162] e d'improvviso
tutta la selva è fatta un vasto rogo.
Le nuvole di foco [163]
ardono gli elci forti,
aerie vergini al disìo dei mostri.[164]   290
Giunge clangor di bùccina [165] lontana.

E un tempio ecco apparire, alte ruine
cui [166] scindon [167] le radici
errabonde.[168] Gli antichi iddii son vinti.
Giaccion tronche le statue divine   295
cadute dai fastigi; [169]
dormono in bruni pepli di corimbi.[170]

---

[160] *Sol calando*: mentre il sole tramonta. Gerundio assoluto modellato sull'ablativo assoluto latino: cfr. già Dante, *Purgatorio*, V, v. 39: "...sol calando...", e cfr. anche *Elettra*, *Canto di festa di Calendimaggio*, v. 106: "...sol calando..." [maggio-giugno 1902].
[161] *la... occidente*: la parte occidentale del cielo. Cfr. G. Boccaccio, *Ninf. d'Amet.*, 55: "...di tal fama tutta l'occidentale plaga sonava" e *Volgarizzamento della Bibbia*, Ezech., 47: "...misurerete la plaga d'oriente e la plaga australe meriggiana", citati nel Tommaseo-Bellini alla voce "plaga".
[162] *s'infiamma*: sembra prender fuoco, per effetto dei bagliori rossastri accesi nel cielo dal sole al tramonto. Per l'immagine cfr. H. de Régnier, *Les jeux rustiques et divins*, *Le repos*, v. 19: "Un occident qui meurt est une ville en flamme" (V. De Maldé-G. Pinotti). Ma cfr. già anche *Elegie romane*, *Il vespro*, vv. 7-8: "...l'ignea zona che il vespro d'autunno per cieli / umidi, tra nuvole vaste accendea su Roma" [1888], nonché la lettera di D'Annunzio a Barbara Leoni del 5 agosto 1887: "Il tramonto /.../ doveva essere di fiamma /.../ le vaste vetrate del palazzo Barberini lampeggiavano e rosseggiavano come per un incendio" (G. D'Annunzio, *Lettere a Barbara Leoni*, Firenze, Sansoni, 1954, pp. 20-21).
[163] *Le nuvole di foco*: le nuvole arrossate dai bagliori del sole al tramonto. Cfr. *Elegie romane*, *Il vespro*, v. 13: "Tutte le nubi ardeano immote...".
[164] *aerie... mostri*: simili a fanciulle sospese nel cielo che si offrono alla brama delle mostruose creature – gli alberi – che dalla terra protendono verso di esse le loro "selvagge branche": vedi già i vv. 245-247 e la nota 146.
[165] *clangor di bùccina*: squillo di tromba. Vedi *La tregua*, v. 48: "...sonò come clangore".
[166] *cui*: che, complemento oggetto: è forma dell'uso letterario.
[167] *scindon*: spaccano.
[168] *errabonde*: che si insinuano dappertutto. Cfr. Virgilio, *Buc.*, IV, v. 19: "errantis hederas passim...", citato – "l'Ellere erranti di Virg." – nel Tommaseo-Bellini alla voce "errante".
[169] *fastigi*: i frontoni del tempio.
[170] *in... corimbi*: avvolti dalle inflorescenze a grappolo dell'edera ("corimbi") come da brune vesti.

Lentischi e terebinti [171]
l'odor dei timiami [172]
fan loro intorno. « O figlio, se tu m'ami,   300
sosta nel luogo santo! » Ei s'allontana.

« Rialzerò le candide colonne,
rialzerò l'altare
e tu l'abiterai unico dio.
M'odi: te l'ornerò con arti nuove.   305
E non avrà l'eguale.
Maraviglioso artefice son io.
T'adorerò nel mio
petto e nel tempio. M'odi,
figlio! Che immortalmente io t'incoroni! » [173]   310
Nel gran fuoco del vespro ei s'allontana.

Si dilegua ne' fiammei [174] orizzonti.
Forse è fratel degli astri.
O forse nel mio sogno s'è converso?
« Ti cercherò, ti cercherò ne' monti,   315
ti cercherò per gli aspri
torrenti dove ti sarai deterso.
E ti vedrò diverso!
Gittato avrai le canne,
intento a farti archi da saettare   320
col legno della flèssile avellana. » [175]

---

[171] *Lentischi e terebinti*: piante resinose e aromatiche. Cfr. Palladio, *op. cit.*, I, 39, ed. cit., p. 24. "Fiori d'alberi salvatichi non s'osi tenere loro a vicino, che sono nocivi, cioè cerro, tiglio, lentischio e terebinto, e simiglianti", citato nel Tommaseo-Bellini alla voce "lentischio" e alla voce "terebinto". Cfr. anche, sempre citato nel Tommaseo-Bellini alla voce "terebinto", Crescenzio, IX, 98 1: "I frutti sieno /.../ roveri, bossi, terebinti, lentrischio, cederni, tigli /.../".
[172] *timiami*: sostanza aromatica che profuma bruciando.
[173] *immortalmente io t'incoroni*: ti coroni di una ghirlanda immortale.
[174] *fiammei*: fiammeggianti per il tramonto.
[175] *intento... avellana*: vedi vv. 114 s.

Lungo l'Affrico [1]
nella sera di giugno dopo la pioggia

La data di composizione è ignota. Si sa però che il "giugno" cui fa riferimento il titolo è il giugno del 1902. Lo testimonia B. Palmerio, secondo il quale nel codicetto in cui D'Annunzio trascrisse alcune liriche di *Alcyone* per Eleonora Duse, il componimento recava il titolo: "Lungo l'Affrico, in una sera di giugno, dopo la pioggia, MCMII" (B. Palmerio, *op. cit.*, p. 81). Con tutta probabilità, inoltre, la "sera di giugno" in cui il componimento fu steso è da collocare verso la fine del mese, forse negli ultimi dieci giorni se non addirittura negli ultimi due o tre. Di fatto, nel ms. 405 che contiene un elenco di titoli, in parte definitivi e in parte provvisori, di *Alcyone* e che è databile alla fine di giugno (vedi Introduzione, pp. 53 ss.) il componimento appare registrato al secondo posto della serie con il titolo provvisorio "Le rondini su l'Affrico (l'Affrico)" e non sembra essere tra i componimenti già realizzati. Invece, nel successivo elenco di titoli (ms. 421), che è databile verso la metà di luglio del 1902 (vedi Introduzione, pp. 55 ss.) il componimento occupa già il terzo posto della serie e reca il titolo definitivo nella forma accorciata "Lungo l'Affrico", con cui sarà citato anche negli elenchi successivi.

Quanto al luogo di composizione, invece, la lirica, secondo quanto afferma lo stesso poeta nel *Proemio* alla

---

[1] L'Affrico è un affluente dell'Arno che scorre tra Fiesole e Firenze. Era già stato letterariamente celebrato dal Boccaccio nelle ottave del *Ninfale fiesolano*.

Vita di Cola di Rienzo, fu stesa alla Capponcina. "E là [= alla Capponcina] – scriverà il poeta in *Prose di ricerca*, III, p. 107 – composi l'ode *Lungo l'Affrico*...". E diversamente che in altri casi non c'è motivo di credere che D'Annunzio abbia, di sua volontà o per sbaglio, alterato la localizzazione della stesura della lirica, anche perché risulta che, di fatto, egli, nel giugno 1902, si trovava alla Capponcina.

Da poco ha smesso di piovere. Il cielo è terso e limpido, quasi purificato dalla pioggia, e sembra specchiare la sua fresca immagine nelle pozze d'acqua che sono rimaste per terra. È uno spettacolo soave e rasserenante: un momento di grazia breve che parla all'anima dell'uomo come una musica dolce e lo riempie di una gioia tranquilla. Lassù, nel cielo vespertino, già si disegna il profilo sottile della luna al primo quarto, tanto sottile che se lo si perde di vista si fatica a ritrovarlo. Il fiume scorre silenzioso e di tra le erbe delle sue rive occhieggia alla luna, sorridendole. Intanto, tutt'intorno, nella sera che ormai cede alla notte, le rondini sfrecciano veloci, ebbre di voli, disegnando ghirlande d'aria e confondendosi con l'azzurro del cielo. I loro brevi gridi, nel silenzio sospeso e vibrante, suonano come altrettante promesse di un bene ignoto ma atteso, che fa trasalire l'anima dell'uomo. La terra aspetta di essere posseduta e plasmata da un'opera d'amore.

La trama delle immagini, in parte già trasformate in sensazioni, che stanno alla base della lirica, è registrata negli appunti di un *Taccuino* risalente a quattro anni prima. Si legge, infatti, nel *Taccuino XVII*, I, pp. 227-228; 234: "*Settignano: Marzo 1898*. 23 marzo – sera /.../ La luna è nel primo quarto, sottilissima, tanto sottile che, se lo sguardo la smarrisce, pena a trovarla. Un ramo secco basta a nasconderla [vv. 11-16] /.../ La valle, dopo le piogge assidue, è pregna di acque. La luna vi crea magici specchi. + APRILE. = D'un tratto giù dall'altura di Fiesole si spande un'immensa nuvola azzurrognola, gravida di pioggia. Improvvisa la pioggia scroscia. Tutta la campagna risuona sotto le miriadi di sferze argentine. E piove, e piove, e piove. La terra è inondata. I rivoli corrono per i solchi. I campi e i prati s'allagano. 1°) Il cielo può mirare

nella terra la sua imagine riflessa da innumerevoli specchi
[vv. 1-4]. 2°) La grazia del cielo si mira nella terra abbeverata [vv. 1-2]. 3°) Il cielo vede riflessi dalla terra i suoi
mille volti /.../ 16 maggio 1898 /.../ *Su l'Affrico*, in un
pomeriggio piovoso. Tutto è umido, pregno d'acqua. Il
cielo è basso, gravido di acqua d'un color plumbeo tendente al ceruleo. Innumerevoli rondini volano basse [v.
24] radendo l'erba [vv. 24-25] su gli argini verdi, con voli
brevi e tardi [vv. 35-36]".

Infine, un appunto autografo registrato in un manoscritto – il ms. 436 (LX, 1, n. 50 dell'*Inventario* cit.) –
che contiene alcune note preparatorie di liriche alcionie
ci testimonia che, originariamente, al momento della sua
prima ideazione, il componimento doveva essere incentrato su altri motivi oltre a quelli dell'Affrico, della pioggia
e delle rondini: "L'Affrico – le acque – le rondini – le
pecore – i cavalli –".

L'occasione realistica – i fenomeni, le figure e il paesaggio di una "sera di giugno", "dopo la pioggia", "lungo
l'Affrico" – è totalmente riscattata in sentimento e in musica attraverso le immagini. D'Annunzio rinuncia ad ogni
volontà di enunciazione e riduce al minimo le proprie po-
tenzialità espressive. Abolisce quindi le notazioni di semplice colorismo impressionistico e sposta tutta la sua attenzione sugli accordi interiori che, anziché descrivere le cose
oggettivamente, tendono a suggerirle e ne fanno qualcosa di
fantastico e di spirituale. Gli sparsi brandelli della realtà,
colti con una piena e obliosa adesione sensibile allo spettacolo della natura, trapassano, per effetto di un continuo e
progressivo spostamento delle immagini e delle metafore,
dalla sfera sensibile a quella spirituale. Ogni cosa "sfuma in
un accordo dell'anima e si realizza in un accordo di musica" (A. Noferi). Fulcro e termine mediante di questo
vero e proprio processo di trasformazione è, secondo una
tecnica che D'Annunzio sfrutterà in tutto il libro di *Alcyone*, l'equivalenza analogica, la quale, lavorando ora sul dato
paesistico e reale ora sul dato psichico, ha appunto "la
funzione di spostare dal suo contesto pertinente" (E. Scarano Lugnani) uno dei due dati, per inserirlo, con un significato nuovo, in un contesto diverso e funzionale agli
scopi del poeta. Nel caso di *Lungo l'Affrico*, questo pro-

cesso è volto alla trasposizione del dato paesistico "dalla sua realtà specifica entro un ambito di realtà essenzialmente psichica" (E. Scarano Lugnani). Naturalmente, però, siffatto processo metamorfico non è sempre lieve e immediato e non va esente da pecche. Qualche volta, infatti, la pertinenza dei due dati tra i quali avviene lo scambio è puramente esteriore e il passaggio avviene in modo meccanico. Altre volte, invece, il risultato del trapasso di piani è un'immagine estetizzante, come nel caso della "voluttà" che "nasce dal pianto" (v. 6), o barocca, come nel caso dei "mille e mille specchi" in cui si riflette la "grazia del ciel" (vv. 4-5). Altre volte, infine, il passaggio si attua solo mediante il ricorso a ripetizioni e amplificazioni che snaturano lo stesso processo analogico. Comunque, il più delle volte, almeno in *Lungo l'Affrico*, l'operazione si attua con estrema leggerezza e approda a risultati estremamente suggestivi.

Di fatto, costruita su immagini a un tempo caste e voluttuose (si veda, ad esempio, l'immagine della luna "in cielo esigua come / il sopracciglio de la giovinetta", vv. 11-12), incentrata su una formidabile unità sia fantastica che melodica, animata con tipico gusto simbolista, da una potenza di suggestione che assorbe e cancella, per dirla con G. Contini, ogni "razionalità semantica" (si veda, ad esempio, il "volo... azzurro" del v. 26), la lirica è veramente, come scrive E. Palmieri, "una pura melodia variata per quattro strofe uguali e come snodantesi da un gruppo d'interiore tenerezza, per cui il Poeta par distemperare le parole in suono, le sensazioni in immagini, la realtà in labile sogno" e attingere, vagheggiando nel "vespero che muore / un'alba certa" (vv. 39-40), un'intima serenità.

Anche dal punto di vista espressivo, la lirica è priva di eccessi. In ogni strofa, sulla spinta dell'invocazione iniziale ("Grazia del cielo", "Nascente luna", "O nere e bianche rondini"), i periodi si aggregano l'uno all'altro, sviluppandosi in una partitura di nessi appositivi che agevolano e spesso suggeriscono i trapassi analogici. Il lessico, spoglio e lineare, è privo di qualsiasi decorativismo. Solo nell'ultima strofa, dove le immagini cedono a un facile simbolismo, il linguaggio si fa allusivo e quindi piuttosto pesante. La struttura metrica si muove al di fuori degli schemi tradizionali e rinuncia a qualsiasi tipo di appoggio ritmico per svilupparsi per scansioni interne, in un libero gioco di aperture in larghi movimenti, di variate pause verbali e di riprese marcate dalla stessa serie di determinazioni appositive che caratterizzano le varie strofe. Ne deriva alla lirica un tono da recitativo, ampio e sostenuto, che rimane ben lungi dal decadere nella cantabilità troppo facile.

Metro: quattro strofe di dieci versi. Ogni strofa "s'ispira certo all'antica stanza di canzone, divisa com'è in due piedi identici (ABC, tutti endecasillabi) più una sirma connessa da una rima chiave (cDDx, con c settenario e x quinario): la differenza fondamentale sta nel fatto che le rime possono essere, secondo la consuetudine della tecnica dannunziana, sostituite da assonanze e che l'ultimo verso non ha alcuna corrispondenza (ma versi irrelati, detti in provenzale *estramp*, si trovano anche nella versificazione medievale). Mentre l'alternanza di endecasillabi e settenari è fatto banale, non così la giustapposizione d'un quinario finale a un endecasillabo: quest'effetto si riscontra nella canzone *Morte, perché* di Giacomino Pugliese, per esempio nella chiusa 'La Sua [di Dio] vertute sia, bella, conteco, / e la Sua pace' (*pace* si trova in rima anche nel finale della prima strofa dannunziana)" (G. Contini).

Grazia del ciel,[2] come soavemente [3]
ti miri ne la terra abbeverata,[4]

---

[2] *Grazia del ciel*: "fresca e pura imagine del cielo, omai sgombro di nuvole" (E. Palmieri) dopo la recente pioggia. Per tutto il motivo sviluppato nei vv. 1-5, oltre che la seconda parte del brano del *Taccuino* citato nella nota introduttiva (p. 139), cfr. *Il fuoco*, in *Prose di romanzi*, II, p. 781: "Ovunque brillavano pozze solinghe; si vedevano piccoli canali argentei riscintillare in una lontananza indefinita tra le file di salci reclinati. La terra pareva perdere a ora a ora la sua saldezza e liquefarsi; il cielo poteva mirarvi la sua malinconia riflessa da innumerevoli specchi quieti". Cfr. anche la lettera a Barbara Leoni del 17 luglio 1888: "Gli stagni qua e là riflettevano il cielo, come specchi pallidi..." (inedita).
[3] *soavemente*: dolcemente. "L'avverbio vale prima di tutto per la sua suggestione fonica. Quanto al senso è intransitivo e transitivo, significando il modo soave con cui il cielo si specchia nella pioggia caduta sulla terra, e la soavità che quello spettacolo infonde nel poeta" (D. Andreucci).
[4] *ne... abbeverata*: nei rivoli e nelle pozzanghere che sono rimasti dopo la

anima fatta bella dal suo pianto!⁵
O in mille e mille specchi⁶ sorridente
grazia, che da la nuvola sei nata⁷
come la voluttà nasce dal pianto,⁸
musica⁹ nel mio canto
ora t'effondi, che¹⁰ non è fugace,
per me trasfigurata in alta pace
a chi l'ascolti.

Nascente Luna,¹¹ in cielo esigua come
il sopracciglio de la giovinetta
e la midolla de la nova canna,
sì che il più lieve ramo ti nasconde
e l'occhio mio, se ti smarrisce, a pena
ti ritrova, pel sogno che l'appanna,
Luna, il rio¹² che s'avvalla¹³
senza parola erboso¹⁴ anche ti vide;
e per ogni fil d'erba ti sorride,
solo a te sola.¹⁵

O nere e bianche¹⁶ rondini, tra notte

---

pioggia sulla terra che ha voluttuosamente *bevuto* la pioggia quasi a dissetarsene.
⁵ *anima... pianto*: il cielo, fatto terso e limpido dalla pioggia, è come un'anima che il pianto ha purificato e fatto "bello". "La 'grazia' è del cielo dopo la pioggia come la 'bellezza' è dell'anima dopo il pianto" (E. Palmieri).
⁶ *specchi*: le pozzanghere, "i veli d'acqua non ancora assorbiti, nei quali il cielo 'specchia' la sua 'sorridente grazia' " (Bàrberi Squarotti-Jacomuzzi). Vedi i passi dannunziani citati alla nota 2.
⁷ *che... nata*: la "grazia del ciel", cioè la sua chiara e serena trasparenza, è una conseguenza della pioggia, cioè è "nata" dalla nuvola che si è disciolta in pioggia.
⁸ *come... pianto*: come dal pianto in cui si scioglie un dolore nasce una languida e struggente voluttà.
⁹ *musica*: trasformata in musica. Il poeta per mezzo dei suoi versi trasforma in armonia musicale la grazia tenerissima ma purtroppo fugace del cielo dopo la pioggia e anche la struggente dolcezza che prova, contemplando siffatto spettacolo.
¹⁰ *che*: si riferisce a "canto".
¹¹ *Nascente Luna*: la luna al primo quarto.
¹² *il rio*: l'Affrico.
¹³ *s'avvalla*: scende a valle, dalla collina di Fiesole. Cfr. Dante, *Inferno*, XXXIV, v. 45: "vegnon di là onde 'l Nilo s'avvalla".
¹⁴ *erboso*: scorrendo tra le rive erbose.
¹⁵ *solo a te sola*: *solus ad solam*, secondo una formula tipicamente dannunziana che tornerà nel titolo del diario, *Solus ad solam*, scritto nel 1908.
¹⁶ *nere e bianche*: "nere" nelle penne del dorso, "bianche" nel petto.

e [17] alba, tra vespro e notte, o bianche e nere
ospiti lungo l'Affrico notturno!
Volan elle sì basso che la molle [18]
erba sfioran coi petti, e dal piacere   25
il loro volo sembra fatto azzurro.
Sopra non ha susurro [19]
l'arbore [20] grande, se ben trema sempre.
Non tesse il volo intorno a le mie tempie
fresche ghirlande?   30

E non promette ogni lor breve grido
un ben che forse il cuore ignora e forse
indovina se udendo ne trasale?
S'attardan quasi immemori del nido,
e sul margine dove son trascorse   35
par si prolunghi il fremito dell'ale. [21]
Tutta la terra pare
argilla offerta all'opera d'amore, [22]
un nunzio il grido, e il vespero che muore
un'alba [23] certa.   40

---

[17] *notte / e*: "si noti la sinalefe" (G. Contini).
[18] *molle*: perché bagnata dalla pioggia. Ma lo stilema "molle erba" è molto usuale anche in senso generico.
[19] *Sopra... susurro*: nella cima frondosa non stormisce, perché non c'è vento. Già in *Canto novo*, *Canto del sole*, III, vv. 53 ss., gli alberi lungo l'Affrico sono "senza un susurro": "Chiara e silente l'acqua de l'Affrico / tra l'erba nova scorrea: le vetrici / sottili su gli argini verdi / senza un susurro tremule, in fila".
[20] *l'arbore*: albero (arcaismo latineggiante).
[21] *sul... ale*: lungo gli argini del ruscello su cui sono sfrecciate in volo pare che si conservi ancora il fremito delle ali. "Ale" è arcaismo letterario usato, tra gli altri, da Dante, Petrarca, Foscolo e Pascoli.
[22] *argilla... amore*: argilla che attende di essere plasmata, pronta per l'opera di nidificazione delle rondini o, più genericamente, per l'incessante fatica della creazione che è pur sempre un'opera d'amore.
[23] *il vespero... un'alba*: cfr. G. de Maupassant, *Des vers*, *Au bord de l'eau*, v. 60: "Et la nuit qui tombait me semblait une aurore!". Cfr. anche *La Chimera*, *Athenais medica*, vv. 7-8: "...E il sol moriva. / Ma quel tramonto a noi parve un'aurora" e la lettera a Barbara Leoni del 29 settembre 1887: "Mentre ti scrivo il tramonto rosseggia come un'aurora" (inedita).

La sera fiesolana

Alla luce delle conoscenze attuali, *La sera fiesolana* risulta la prima nata delle liriche di *Alcyone*. Fu composta, infatti, il "17 giugno 99. pomeriggio", come si legge in calce al manoscritto autografo conservato al Vittoriale (mss. 439-443, IX, 1, num. 52 dell'*Inventario* cit.), e, più propriamente, a "la Capponcina, Settignano di Desiderio, ai dì 17 di giugno 1899, verso sera, dopo la pioggia", come si legge, secondo che attesta il Palmerio, *op. cit.*, p. 81, su una bella copia pure manoscritta. Apparve per la prima volta senza titolo, ma con l'indicazione ordinale [LXXIX] e tre sottotitoli parziali a fianco di ciascuna strofa (*La natività della luna*, *La pioggia di giugno*, *Le colline*) sulla « Nuova Antologia » del 16 novembre 1899. Apparve poi, con il titolo *La sera fiesolana*, anche su « Il Secolo XX » di Milano del novembre 1903 (a. II, n. 11). Il titolo "La sera fiesolana", del resto, appare già, preceduto dall'*incipit* provvisorio della lirica "Dolci le mie parole", nel ms. 405, che risale alla fine di giugno del 1902 e poi, senza alcuna precisazione, in tutti gli elenchi di titoli alcionii successivi. Nel ms. 405, il titolo occupa il terzo posto dell'elenco, dopo "Preludio (all'ombra dopo la pugna)" e "Le rondini su l'Affrico". Nei manoscritti successivi, inserito ormai "Il fanciullo" tra "La tregua" e "Lungo l'Affrico", "La sera fiesolana" occupa il posto che le resterà definitivo: il quarto.

È una sera di giugno, alle soglie dell'estate. Nel silenzio sospeso del crepuscolo, il poeta ammira lo spettacolo dell'ora insieme alla donna amata che gli è accanto. Solo un uomo si attarda a sfrascare un gelso, in cima a una scala, e il fruscio delle foglie nella sua mano è l'unico rumore che si sente. La luna è prossima a sorgere e già si annuncia all'orizzonte con un diffuso albore, svegliando nei cuori sogni senza tempo e soffondendo il paesaggio di un dolce senso di frescura. Il cielo si è fatto color di perla ed è ancora umido di pioggia. Vorrebbe, nell'incanto dell'ora, il poeta parlare alla donna amata e vorrebbe che le sue parole, oltre che fresche come la sensazione di freschezza che dava il fruscio delle foglie di gelso nelle mani del coglitore, fossero dolci come la pioggia che sullo scorcio del giorno è caduta lieve sui gelsi, sulle viti, sui pini, sul grano, sul fieno e sugli ulivi, quasi fosse il commiato lacrimoso della primavera che si accinge a lasciare il passo all'estate. Nell'aria si esalano mille profumi e mille odori, i profumi e gli odori della sera. Parlerà il poeta, ormai. Racconterà di regni favolosi verso i quali lo chiama, insieme alla sua donna, la corrente dell'Arno, e dirà che cosa renda così belle e così ricche di conforto le colline che con il loro molle profilo si stagliano sullo sfondo dell'orizzonte, simili a labbra desiderose di dire ma per sempre impedite di farlo. Intanto si è fatto buio. La sera si è spenta nella notte e in cielo palpitano le prime stelle.

Lo spunto primo della lirica – come ha ben visto F. Gavazzeni – è da ricercare nelle impressioni e nelle suggestioni mistico-francescane provate da D'Annunzio e da Eleonora Duse durante un pellegrinaggio ad Assisi compiuto nel settembre 1897 e affidato agli appunti del *Taccuino XIV*, I, pp. 178-192. In quell'occasione, infatti, il poeta, sollecitato da un particolare interesse per l'età del preraffaellitismo e, più in generale, per il primitivismo letterario e religioso e stimolato dalla piena disponibilità di una Duse in vena di sentimentalismi religiosi, sembra aver ad un tempo concepito il motivo, tipicamente francescano, della *lauda*, che è alla base dell'intero ciclo delle *Laudi del cielo della terra del mare e degli eroi*, la dimensione panica che sarà di *Alcyone* e lo stesso progetto di celebrare le lodi della *Sera*. Di fatto, negli appunti del *Taccuino XIV* ci è dato ritrovare, sparsi e inframezzati da annotazioni diverse, le linee generali del paesaggio della *Sera*, lo stato d'animo di sospeso incanto che anima i due protagonisti e gli stessi antropomorfismi di cui la lirica è ricca: "Assisi - 13 sett. 1897 /.../ *Visita a Santa Maria degli Angeli, di sera.* È il crepuscolo. Si scende ad Assisi per una via che corre tra i campi fertili, rinfrescati dalla pioggia che continua a cadere pianamente, mollemente, con un crepitìo lieve. L'odore della terra e della verdura è sparso nella sera /.../ Di nuovo, su la strada, l'odore fresco della campagna irrigata. Incomincia il flauto roco e soave dei grilli, mentre su la collina di Assisi un albore vago annunzia la natività della luna [si ricordi che nella prima edizione a stampa, la prima strofa della lirica recava il titolo marginale: *La natività della luna*]. La valle si addormenta in una calma perfetta; il cielo si sgombra, lavato dalla pioggia recente. Ancora biancheggia il letto del *Tescio*, tortuoso, imagine di un desiderio e di una sete violenti, a contrasto con le linee tranquille e consolatrici della campagna francescana /.../ E questo fiume è quanto *di più umano e di più vicino a me* io trovi in tutto il paesaggio. *Isa* diceva dianzi che in nessun paese del mondo la Natura è *tanto vicina a noi* quanto è nella *campagna francescana*. V'è sparso per il paese verde quasi un sentimento di familiarità dolce e affettuosa. L'orizzonte *ci guarda*; ha la bontà consapevole di una pupilla azzurra. E non soltanto l'orizzonte *guarda* e *vede*, ma una specie di *veggenza* è in tutte le cose naturali. – Questo diceva dianzi Isa, appoggiata al davanzale, guardando la valle fresca di pioggia e soffusa d'un umido vapore azzurrognolo, a traverso il cui velo labile brillavano qua e là zone di terra verdissima, smeraldina /.../ Le colline in certe ore si colorano d'un azzurro intenso e profondo /.../ 14 *settembre 1897* + *Dal portico esteriore del Convento, a picco su la valle*, verso sera. Il fiume tortuoso biancheggia nell'ombra e si perde. Un sentimento di *ascensione* è nelle cose. Gli olivi sembra che tendano all'alto come le fiamme. Le colline sono cupe, sotto una corona di nuvole; di là dalle quali si dilata pel cielo un rossore vago che sembra il riflesso di un incendio lontano. Una solennità ineffabile si leva nel crepuscolo della campagna serafica /.../ Il sommo del cielo è sgombro; e le stelle vi tremolano pallide e pie. L'anima china su l'abisso, vertiginosa, attende il rapimento /.../ L'anima del Padre Serafico si diffonde per tutta la valle. *Presso San Damiano* – al termine della via che vi discende tra gli olivi – è *un oliveto* dai tronchi snelli, dai rami leggeri

/.../ La valle è nell'ombra gettata dalle nuvole pluviose /.../ Ma uno sprazzo di sole tocca le cime degli olivi e le inargenta. *Argentei* gli olivi ondeggiano su tutto quell'umido e profondo *azzurro* /.../ + *La prima visione di Assisi* poco innanzi l'alba /.../ un vapore latteo si levava dall'altura verso il sommo del cielo, nella pallidità lunare. Straordinario era in tutte le cose il presentimento dell'Alba. Tutte le cose *albeggiavano*; /.../ tutte le piante si tendevano a raccogliere la prima rugiada mattutina /.../ = Nei campi gli olmi portano le viti. Ovunque sono sparsi questi amplessi vegetali, questi verdi *maritaggi*, non meno pii del connubio antico tra il Santo e la Povertà /.../ Tutte le alture intorno sono coperte di olivi, sono tutte glauche e pacate /.../ Rimasto è nella valle umbra quel sentimento d'intimità familiare e dolce, di cui parlava Isa sul davanzale. Il quieto sogno francescano è finito. Ecco la vita crudele e la lotta implacabile". Poi, meno di due anni dopo, nel giugno 1899, per le esigenze spaziali e temporali di cui le *Laudi* del futuro Libro di *Alcyone* già nascevano cariche, la localizzazione geografica mutò dall'Umbria alla Toscana, la determinazione cronologica passò dal settembre al giugno e la *Sera* anziché assisiate fu *fiesolana*: ma il paesaggio, e le sensazioni, le suggestioni e gli antropomorfismi che vi erano legati, rimasero per molti aspetti quelli del *Taccuino* di Assisi

"Puro sviluppo musicale di uno stato d'animo interiore" (A. Gianni), la lirica si articola, ampia e solenne, in tre tempi, coincidenti con le strofe e corrispondenti alle tre titolature originarie, senza un vero e proprio centro narrativo, stemperando nel ritmo semplice e limpido dei versi la profonda suggestione che l'incanto di una sera di giugno suscita nel poeta. Così il magico momento della sera, "quella breve e interminabile ora che sta tra il cadere del giorno e l'apparire delle prime stelle" (A. Gianni) ed è fatto di silenzi, di colori, di profumi, di brusii e di attese, non è solo contemplato e "lodato" dal poeta, ma intimamente vissuto, con una intensa partecipazione affettiva e sentimentale. Il miracolo della sera, di fatto, è colto in un fluire continuo di immagini che affiorano, più evocate ed estaticamente contemplate che descritte, da un tenue pretesto realistico e, in virtù della tecnica dell'equivalenza analogica che attua continui scambi tra i dati psichici e quelli naturali e tra quelli fisici e quelli antropomorfi, trascolorano in una vaga indeterminatezza e in un presentimento di pace e di voluttà prima di perdersi nel consolante e quasi religioso mistero di "reami" favolosi e di segreti ineffabili. Nella vaghezza della situazione sfuma anche la donna cui il poeta si rivolge – la donna amata che sarà tacita compagna del poeta durante tutta l'estate alcionia. La sua presenza, in effetti, è appena suggerita da alcuni discreti accenni ("ti sien", v. 2; "il nostro sogno", v. 10; "ti sien", v. 19; "ti dirò", vv. 35 e 39; "ci chiami", v. 36), ed essa stessa è così indefinita nella sua lievità da parere niente più di un pretesto ad un più facile e aperto espandersi dell'intima gioia del cuore e da arrivare quasi a identificarsi e a confondersi con la figura della Sera. Non per niente, proprio in coincidenza con l'annullamento della presenza umana, giacché anche il poeta è ridotto a semplice tensione espressiva e anche il contadino che raccoglie le frasche di gelso è poco più di un gesto e di un fruscio, una maggior realtà e umanità sembra avere, nella sua immaterialità, la figura della Sera, personificata, nelle *laudi* che seguono ogni strofa, in una creatura terrena che vive languida con il suo "viso di perla", i suoi "grandi umidi occhi", le sue "vesti aulenti" e il suo "cinto" e che languidamente muore in un palpitare di stelle. E una nota di umanità è data, in virtù di un analogo processo antropomorfistico, a tutti gli aspetti della natura evocati: alla Luna, personificata dalla maiuscola, alla campagna che aspetta e in anticipo assapora la pace e il fresco lunare, alla primavera che si accomiata piangendo dal mondo, ai pini che giocano con il vento, al fieno che ha sofferto il dolore della mietitura, alle fronde degli alberi che parlano nel mistero dei monti e alle colline che vorrebbero parlare...

Le tre strofe in cui il componimento è diviso corrispondono, come si diceva, a tre momenti ben precisi nell'economia della lirica e sono sintatticamente, concettualmente e musicalmente, in sé compiute. Nonostante ciò, la lirica costituisce una unità organica inscindibile. Infatti, i tre momenti di cui essa consta sono strettamente e armoniosamente unificati sia dal tempo interiore della lirica che è scandito dai tre modi di essere della sera quali sono descritti nelle tre *laudi*, sia, soprattutto, dalla "volontà di dire", che, annunciata nella prima strofa ("Fresche le mie parole ne la sera ti sien...") e nella seconda strofa ("Dolci le mie parole ne la sera ti sien..."), si estende irrisolta sino alla terza strofa ("Ti dirò... e ti dirò..."), dove si salda con la analoga e anch'essa inattuabile "volontà di dire" delle colline, creando quel presentimento di colloquio e, contemporaneamente, quello stato di sospensione e di attesa di chissà quale miracolo che sono tipici dell'ora vespertina e che caratterizzano il componimento.

Il ritmo della lirica, come tale senso di sospensione e di attesa comporta, è ampio e solenne. Tutte e tre le strofe hanno un giro sintattico estremamente aperto e esteso che arriva a sostenere l'intero impianto strofico appoggiandosi a una linea di sviluppo fatta di continue espansioni successive e a una totale risoluzione del contesto in accordi musicali. In primo luogo, in effetti, ogni strofa, come sarà tipico delle lunghe lasse della *Laus vitae*, è caratterizzata dalla totale coincidenza tra periodo metrico e periodo logico-sintattico. Così, nella prima e nella seconda strofa il discorso poetico fluisce liberamente senza pause di sorta (solo al v. 7 di ciascuna strofa si colloca una lieve battuta d'arresto) e senza alcuna punteggiatura rilevante (la prima strofa, per altro, non è segnata neppure da una virgola). Nella terza strofa, invece, una pausa abbastanza forte si colloca dopo il v. 38, ma essa è minimizzata dalla ripresa, nel verso successivo, del medesimo nesso di apertura della strofa ("Io ti dirò /.../ e ti dirò") e il periodo rimane estremamente sciolto e leggero. In secondo luogo, in tutte e tre le strofe, ogni periodo si struttura in una unità di tipo musicale più che logico e sintattico. Infatti, la catena di immagini che si succedono nelle tre strofe nasce, sulla spinta di liberi accostamenti di dati reali e naturali o anche fantastici e emotivi, con la mediazione di nessi comparativi ("come"), di rapidi scarti analogicizzanti, di lunghe serie enumerative e di espansioni relative o temporali e, anche, per aggregazioni spontanee di parole scelte più in rapporto al loro valore fonico-evocativo che al loro preciso significato, dalle parole tematiche iniziali: "Fresche le mie parole ne la sera / ti sien..." (vv. 1-2); "Dolci le mie parole ne la sera / ti sien..." (vv. 18-19); "Io ti dirò /.../; e ti dirò..." (vv. 35 e 39). Simili soluzioni espressive sono indubbiamente di origine intellettualistica, come arbitrarie possono apparire certe connessioni analogiche o certi accostamenti, e di ordine piuttosto artificioso sono anche i giochi di rispondenze interne che segnano il ritorno di particolari cadenze foniche e verbali. Ma *La sera fiesolana* non è e non vuole essere una lirica realistico-descrittiva. Perciò in essa, a cogliere l'ineffabilità di un momento in divenire come lo spettacolo della sera e a segmentarne in senso relativo la durata assoluta, il poeta, anziché limitarsi a osservare e a descrivere, ha fatto ricorso alle tecniche analogiche che, si sa, hanno una loro logica e una loro sintassi. Del resto, la fluida e ampia partitura di accordi musicali che deriva all'insieme del componimento da siffatte soluzioni, risulta funzionale sia al processo metamorfico che investe, nel corso di tutta la lirica, le persone e le cose per effetto del flusso vitale in cui persone e cose sono immerse, sia al determinarsi di quella superiore armonia che per il poeta si identifica nella pace sospesa nella sera e che egli persegue non solo attraverso l'accorta modulazione di suoni e di silenzi, ma anche attraverso la fusione di immagini, di sensazioni visive, uditive e olfattive e di suggestivi passaggi di piano.

In tanta leggerezza di immagini e di suoni, permangono alcuni residui dell'estetismo misticizzante dannunziano. In proposito, di un certo peso, più che l'avvio di ciascuna *lauda* ("Laudata sii..."), che, del resto è ancora una volta svolta più sul piano della suggestione delle parole che su quello tematico, risulta, ai vv. 29-30, l'accenno agli ulivi francescanamente chiamati "fratelli". Sul medesimo piano di letterarie eleganze, invece, suonano meno fastidiosi e meno stridenti, nella lievità del contesto, gli echi danteschi o più genericamente stilnovistici, come il "viso di perla" della sera, la "volontà di dire" delle colline e il tema stesso dell'ineffabilità che domina in tutta la lirica. Infine, l'eccessiva cantabilità di taluni versi, come nel caso della ripresa "sugli ulivi, sui fratelli ulivi" al v. 29 o della ripresa "Ti dirò... e ti dirò..." ai vv. 35 e 39, sembra un relitto di soluzioni espressive piuttosto scontate (vedi nota 32). Per le "tangenze tematiche e formali" che *La sera fiesolana* presenterebbe con il componimento *Frisson de soir* dei *Premiers Poèmes* (Paris, Mercure de France, 1899) di H. de Régnier, vedi la nota 18 e cfr. V. De Maldé-G. Pinotti, *art. cit.*, pp. 33 ss.

Metro: tre strofe di quattordici versi, vari per misura (endecasillabi, enneasillabi, settenari, quinari, ipermetri) e legati in modo vario da rime e assonanze, anche interne (vv. 2-3: "fan... man..."). Ogni strofa è seguita, a mo' di *sequentia* o di *antifona*, da una *lauda* alla sera di tre versi, ciascuno dei quali trova una rima negli ultimi versi della strofa precedente. Secondo F. Gavazzeni, "nell'organizzazione strofica della *Sera fiesolana* /.../ D'Annunzio può essere partito dalla larvata imitazione della quartina di alessandrini rimati secondo lo schema ABBA, irrelati e rispondentisi per rima o assonanza di strofe in strofe, del *Frisson de soir* dei *Premiers Poèmes* di H. de Régnier" (V. De Maldé-G. Pinotti, *art. cit.*, p. 35). Ecco, comunque, quale è riportato da V. De Maldé-G. Pinotti, *ibidem*, nota 15, lo schema proposto da F. Gavazzeni per il componimento (tra parentesi tonda sono segnate le assonanze): ABBA(A) a(a) bBCdECD (e); EDC; FGgFHHILiMl (H) (H) n (dove M assuona con D della stanza precedente; n con suona con (A); F è in rima identica con A dell'*incipit*); NMl; OPOPqPQRsrStTu; UTs.

Fresche[1] le mie parole ne la sera
ti sien[2] come il fruscìo che fan le foglie
del gelso ne la man di chi le coglie[3]
silenzioso e ancor s'attarda a l'opra lenta[4]
su l'alta scala che s'annera   5
contro il fusto che s'inargenta[5]

---

[1] *Fresche...*: le mie parole ti procurino quella sensazione di freschezza che danno le foglie fruscianti del gelso. Ma si noti, nel testo dannunziano, il valore sinestetico dell'immagine: infatti "il fruscio che fan le foglie" è oggetto di una sensazione acustica ma il poeta connota la sensazione che vorrebbe che il "fruscio" producesse come "fresca", implicando così un'altra sfera sensoriale. Si notino anche il prezioso gioco imitativo dell'allitterazione (FReSChe... SERa... SIEn... FRuSCio... Fan... Foglie) e la rima interna "fan/man" tra il v. 2 e il v. 3.
[2] *ti sien*: il poeta si rivolge alla donna che gli è accanto. Ma vedi la nota introduttiva al componimento.
[3] *chi le coglie*: il contadino che, ritto sulla scala, sfrasca i gelsi.
[4] *ancor... lenta*: si intrattiene ancora, benché sia ormai tardi, a compiere un lavoro che procede lentamente e richiede pazienza.
[5] *l'alta... inargenta*: "La lunga scala, appoggiata al gelso, per la legge dei contrasti appare sempre più scura a mano a mano che il tronco grigiastro

con le sue rame⁶ spoglie
mentre la Luna è prossima a le soglie
cerule⁷ e par che innanzi a sé distenda un velo⁸
ove il nostro sogno⁹ si giace¹⁰   10
e par che la campagna già si senta
da lei sommersa nel notturno gelo¹¹
e da lei beva la sperata pace¹²
senza vederla.

Laudata sii¹³ per tuo viso di perla,¹⁴   15

---

dell'albero, investito dal riverbero della luna che sta per spuntare, si veste a poco a poco d'un colore argenteo" (Petrocchi-Jacomuzzi-Reggio). Cfr. Tommaseo-Bellini, alla voce "inargentare": "La luna de' suoi raggi inargenta le selve".

⁶ *rame*: toscanismo.

⁷ *a le soglie / cerule*: alle soglie del cielo: al limite estremo dell'orizzonte che si è fatto di un color azzurro-pallido.

⁸ *un velo*: il diffuso e crescente chiarore che illumina il punto dell'orizzonte in cui sorgerà la luna. Cfr. *Taccuino XIV*, I, p. 182: "su la collina d'Assisi un albore vago annunzia la natività della luna" [settembre 1897]. Cfr. anche P. B. Shelley, *The Cloud*, vv. 45 ss.: "That orbèd maiden /.../ whom mortals call the Moon, / glides glimmering o' er my fleece-like floor, / by the midnight breezes strewn". E per tutta l'immagine del sorgere della luna, cfr. *Trionfo della morte*, in *Prose di romanzi*, I, p. 858: "La luna saliva lenta nel silenzio del cielo, preceduta da un'onda luminosa che bagnava a grado a grado l'azzurro. Tutte le voci della campagna si acquetavano sotto il chiarore pacifico".

⁹ *il nostro sogno*: l'amore tra l'uomo e la donna, inteso come sogno e illusione.

¹⁰ *si giace*: si abbandona e si placa. Per l'uso della forma medio-riflessiva, cfr. Dante, *Paradiso*, XXIX, v. 19: "Né prima quasi torpente si giacque"; F. Petrarca, *Rime*, XXVIII, vv. 46 s.: "Una parte del mondo è che si giace / mai sempre in ghiaccio...".

¹¹ *nel notturno gelo*: nell'aria fresca della notte. Per la clausola "notturno gelo", cfr. Dante, *Inf.*, II, v. 127: "Quali i fioretti, dal notturno gelo"; ma per la suggestione dell'imminenza della luna e per la frescura che l'astro diffonde sulle campagne, cfr. G. Carducci, *Rime nuove*, *Virgilio*, vv. 1 s. "Come, quando su' campi arsi la pia / luna imminente il gelo estivo infonde...".

¹² *la sperata pace*: il refrigerio tanto atteso dopo l'arsura del dì. Cfr. *Il libro delle vergini*, *Nell'assenza di Lanciotto*, Roma, Sommaruga, 1884, pp. 154 s.: "...nell'immensità della notte calava la luce della luna, la pace della luna, dove tutte le cose sommerse davano come la visione indistinta di un mondo sottomarino..."; *Poema paradisiaco*, *Suspiria de profundis*, v. 74: "quest'aria ov'ella beve la sua pace".

¹³ *Laudata sii*: cfr. San Francesco, *Il cantico di frate Sole*, v. 5: "Laudato si'...".

¹⁴ *viso di perla*: la sera, personificata in una languida figura femminile tra stilnovismo e preraffaellitismo, ha, nel viso, quel color pallido e ricco di riflessi iridescenti che è tipico delle perle e che è proprio del cielo quando

o Sera, e pe' tuoi grandi umidi occhi [15] ove si tace [16]
l'acqua del cielo!

Dolci le mie parole ne la sera
ti sien come [17] la pioggia che bruiva [18]
tepida e fuggitiva,[19]
commiato lacrimoso de la primavera, [20]   20
su i gelsi e su gli olmi e su le viti [21]
e su i pini dai novelli rosei diti [22]

non è più giorno e non è ancora notte. Cfr. già *Primo vere, Vespro d'agosto*, vv. 9 ss.: "Ne 'l ciel di perla le rondini brune / ricaman voli..."; *Canto novo, Canto del sole*, III, vv. 58 s.: "i pioppi al cielo di perla ergeano / i rami..."; *Elegie romane, Sera su i colli d'Alba*, v. 14: "cielo di perla effuso...". Cfr. anche G. Pascoli, *Myricae, L'ultima passeggiata*, VI: *La via ferrata*, vv. 4 ss.: "e nel cielo di perla /.../ digradano /.../ i pali".
[15] *grandi umidi occhi*: l'umidità vespertina se non addirittura i veli d'acqua che sono rimasti per terra dopo la pioggia e in cui il cielo si riflette. Vedi *Lungo l'Affrico*, vv. 1 ss.
[16] *si tace*: si raccoglie immobile e silenziosa. Per l'uso del medio-riflessivo, cfr. Dante, *Inferno*, XIII, v. 79: "...'Da ch'el si tace' "; *Paradiso*, XXIV, v. 150: "...tosto ch'el si tace"; etc.
[17] *Dolci... come*: in parallelo con i due versi iniziali della prima strofa, con l'unica variante della parola tematica d'apertura che, per altro, recupera proprio il "Dolce" che, come appare nel manoscritto autografo, nel primo getto era stato posto al v. 1 in luogo di "Fresche": né, in proposito, sarà soltanto fonica l'eco petrarchesca: "Chiare, fresche et dolci...".
[18] *bruiva*: crepitava leggermente, sussurrava. La genesi dell'insolito uso del verbo *bruire* non può attribuirsi "all'*hapax* pascoliano (*Myricae, Lo stornello*, v. 6, detto dei pioppi; più spesso 'brusio' e 'brusire') e nemmeno all'autorità del Tommaseo-Bellini, che registra veramente l'accezione, ripresa da D'Annunzio, di sottile rumore, ma porta esempi solo a proposito, come osserva E. Palmieri, 'di un altro e non armonioso rumore' [il gorgogliare dello stomaco]: quel bruire nascerà piuttosto da una libera eco di un Verlaine [*Romances sans paroles, Ariettes oubliées*, III, v. 5] troppo memorabile: 'O bruit doux de la pluie', che parrebbe referto troppo bizzarro se la somma di tre elementi (*bruit/doux/pluie*) non inducesse alla riflessione" (P. Gibellini). Cfr. però anche H. de Régnier, *Premiers Poèmes, Frisson de soir*, v. 15: "Bruit de l'eau qui s'égoutte" (V. De Maldé-G. Pinotti). Cfr. infine l'appunto datato 5 luglio 1899 e contenuto nel *Taccuino* n. 10, II, p. 112: "È coperta di cannucce che bruiscono".
[19] *fuggitiva*: di breve durata.
[20] *commiato... primavera*: la pioggia di giugno è come il pianto leggero cui la primavera, fatta anch'essa creatura vivente, si abbandona nel momento di andarsene per cedere il passo alla gloria solare dell'estate.
[21] *olmi... viti*: per l'accostamento, tipico della tradizione letteraria, tra l'olmo e la vite, cfr., nel caso specifico, gli appunti registrati a Spello nel settembre 1897, nel *Taccuino XIV*, p. 189: "*Nei campi* gli olmi portano le viti. Ovunque sono sparsi questi amplessi vegetali, questi verdi *maritaggi*, non meno pii del connubio antico tra il Santo e la Povertà".
[22] *novelli rosei diti*: i nuovi germogli dei pini, sottili e rosati, a forma di aghi, sembrano rosee dita. Cfr. *Le vergini delle rocce*, in *Prose di romanzi*,

che giocano con l'aura che si perde,[23]
e su 'l grano che non è biondo ancóra   25
e non è verde,[24]
e su 'l fieno che già patì la falce [25]
e trascolora,[26]
e su gli olivi, su i fratelli olivi [27]
che fan di santità pallidi i clivi [28]   30
e sorridenti.[29]

---

[1]I, p. 507: "Considerate /.../ le piccole dita bionde che si alzano in cima ai rami dei pini" [1895] e *Taccuino XIII*, I, pp. 169 s.: "I fusti si diradano, nelle radure si scorgono allora le cime degli alberi, verdi, fiorite, con le innumerevoli piccole dita tra bionde e rosee che oscillano in cima /.../ Quando si va dalla torre verso la pineta per entrare, si vede sul cielo azzurro la linea bassa degli alberi verdi sormontati dalle dita pendenti nel roseo: apparenza deliziosa" [Torre Astura, 1897].

[23] *giocano... si perde*: oscillano, come se giocassero, alla leggera brezza che passa e dilegua lontano.

[24] *non è biondo... verde*: cfr. già *Trionfo della morte*, in *Prose di romanzi*, I, p. 846: "Di là dalle siepi ondeggiarono le spighe inclinate su lo stelo, tra verdi e gialle, qual più qual meno prossima a convertirsi in oro"

[25] *patì la falce*: sentì, quasi con umana sofferenza, il taglio della falce.

[26] *trascolora*: cambia colore, impallidisce, giacché disseccando ingiallisce. Cfr *L'Isottèo, il dolce grappolo*, v. 4: "le rose /.../ morian trascolorando". Cfr. anche Dante, *Paradiso*, XXVII, vv. 19-21: "...'Se io mi trascoloro, / non ti maravigliar; ché, dicend'io, / vedrai trascolorar tutti costoro"; G. Pascoli, *Myricae, Ultimo canto*, v. 3: "e il solicello vi si trascolora"; *Rammarico*, v. 4: "Il cielo s'alza e tutto trascolora".

[27] *fratelli olivi*: altra ripresa di motivi del *Cantico di frate Sole*, in cui San Francesco chiama fratelli tutti gli aspetti del creato.

[28] *fan... i clivi*: con il loro colore verde-argenteo gli ulivi danno ai colli una tinta pallida, "simile al pallore di chi si emacia nella penitenza, misticamente. Ma 'santità' annette anche il ricordo che l'ulivo fu pianta sacra a Pallade" (E. Palmieri). Cfr. *La Chimera, Agli olivi*, v. 1: "Olivi, alberi sacri"; vv. 5 s.: "olivi, alberi sacri, udite, udite / la preghiera dell'uomo! O voi, *palladia / munera*, o voi più sacri de la vite, / più sacri de la messe..."; *Via sacra*, vv. 9 s.: "Oh per il colle olivi in rare file / sopiti, in un pallor dubbio di argento...". Per l'atmosfera mistico-sacrale-francescana del paesaggio, cfr. gli appunti assisiati del *Taccuino XIV* cit., p. 184: "Un sentimento di *ascensione* è nelle cose. Gli olivi sembra che tendano all'alto come le fiamme. Le colline sono cupe, sotto una corona di nuvole; di là dalle quali si dilata pel cielo un rossore vago che sembra il riflesso di un incendio lontano. Una solennità ineffabile si leva nel crepuscolo della campagna serafica /.../ Il sommo del cielo è sgombro; e le stelle vi tremolano pallide e pie. L'anima china su l'abisso, vertiginosa, attende il rapimento" ("14 settembre 1897").

[29] *sorridenti*: quando il vento fa vibrare i rami, le foglioline dell'ulivo, che sono sopra di un verde cupo e sotto di un verde molto chiaro, tremolano come in un sorriso.

Laudata sii per le tue vesti aulenti,[30]
o Sera, e pel cinto che ti cinge come il salce
il fien che odora![31]

Io ti dirò[32] verso quali reami 35
d'amor ci chiami il fiume,[33] le cui fonti
eterne[34] a l'ombra de gli antichi rami[35]
parlano nel mistero sacro dei monti;[36]
e ti dirò per qual segreto[37]
le colline su i limpidi orizzonti 40
s'incùrvino come labbra che un divieto
chiuda,[38] e perché la volontà di dire[39]

---

[30] *aulenti*: che emanano profumo, profumate. Le "vesti aulenti" della sera sono i profumi e gli odori che si sprigionano dalla terra umida, dai pini, dal fieno falciato, dai fiori o, forse, la stessa vegetazione odorosa, i pini, il fieno, il grano e i fiori.

[31] *pel cinto... òdora*: per la cintura che ti cinge in vita come il ramo di salice cinge i fasci di fieno odoroso. Questo "cinto" è forse l'orizzonte che, ancora luminoso verso occidente e già illuminato dalla luce della luna verso oriente, circonda il cielo vespertino, o, forse, è l'aria impregnata di profumi che circola tutt'intorno. Si noti l'annominazione *cinto... cinge*.

[32] *Io ti dirò*: ecco le parole "fresche" e "dolci" preannunciate nelle due strofe precedenti. Il nesso "Io ti dirò", ripreso al v. 39 ("e ti dirò"), ricorda l'analogo nesso di *Poema paradisiaco*, *Consolazione*, v. 7: "Ti dirò come sia dolce il mistero...", anch'esso tra l'altro ripreso a breve distanza: "Ti dirò come sia dolce il sorriso..." (v. 13).

[33] *il fiume*: l'Arno, che scorre ai piedi dell'altura di Fiesole, dove il poeta e la sua donna si trovano, anche se, originariamente, stando agli appunti assisiati del settembre 1897 che sono alla base del paesaggio e delle sensazioni-emozioni della *Sera fiesolana*, il fiume era il Tescio, che bagna Assisi: cfr. *Taccuino XIV* cit., p. 164: "14 settembre 1897 + *Dal portico esteriore del Convento, a picco su la valle*, verso sera. Il fiume tortuoso biancheggia nell'ombra e si perde. Un sentimento di *ascensione* è nelle cose /.../". Vedi la nota 28 e l'introduzione alla lirica.

[34] *eterne*: perenni, oppure anche immortali, giacché gli antichi vedevano nelle sorgenti dei fiumi una sorta di divinità.

[35] *antichi rami*: piante secolari.

[36] *parlano... monti*: nel silenzio misterioso e sacro dei monti, il sommesso gorgoglìo delle sorgenti dei fiumi sembra un "favellar leggero" di cose non meno misteriose. Cfr. *Elettra*, *Alle montagne*, vv. 25-27: "O Montagne immortali, non parla nel sacro silenzio / delle cose ignorate / il vostro Spirto?" [1896]. Cfr. anche *Poema paradisiaco*. *Hortus conclusus*, v. 28: "i fonti occulti parlano sommessi"; v. 34: "ne l'ombra i fonti parlano segreti" [1893].

[37] *per qual segreto*: per serbare quale misterioso segreto.

[38] *le colline... chiuda*: le colline che si stagliano, mosse e sinuose nei loro profili curvi ("s'incurvano"), contro il cielo limpido sembrano delle labbra umane in procinto di svelare un segreto, ma per sempre sigillate da un misterioso divieto. "L'immagine è fisica e spirituale a un tempo, ed esprime efficacemente il fascino della sera, quando all'animo commosso e ansioso le

> le faccia belle
> oltre ogni uman desire
> e nel silenzio lor sempre novelle
> consolatrici,[40] sì che pare   45
> che ogni sera l'anima le possa amare
> d'amor più forte.
>
> Laudata sii per la tua pura morte,[41]
> o Sera, e per l'attesa che in te fa palpitare   50
> le prime stelle! [42]

cose sembrano sul punto di svelarsi come simboli di misteri solenni, ma non si svelano, ed è come se un divieto fatale o una malia le chiudesse in quel silenzio" (D. Andreucci).

[39] *la volontà di dire*: l'intima ansia di svelare quel loro segreto. Per l'espressione "volontà di dire" cfr. Dante, *Vita nuova*, XVI, 2: "mi mosse una volontade di dire anche parole..."; e anche XIX, 3; XXI, 2; XXVII, 12 (P. Gibellini).

[40] *sempre... consolatrici*: apportatrici di sempre nuovo conforto e di sempre nuova gioia: perché sono belle e perché la loro "volontà di dire" e di svelare chissà quali segreti le rende creature care all'ansia di mistero che l'uomo prova nella sera.

[41] *la tua pura morte*: il tuo lento e silenzioso svanire nella notte. Secondo F. Flora l'idea della morte della sera è ancora una volta suggerita al poeta dal ricordo del *Cantico di frate Sole* che culmina nella lode a Dio "per sora nostra morte corporale".

[42] *l'attesa... stelle*: il lungo e brevissimo attimo di sospensione e di magica attesa di cui è fatta la sera e in cui, mentre la notte è ormai prossima, si accendono le prime stelle. Vedi *Taccuino XIV*, cit., p. 184: "Il sommo del cielo è sgombro; e le stelle vi tremolano pallide e pie" ["*14 settembre 1897 /.../* verso sera" Assisi]. Per l'intera immagine, cfr. *L'Isottèo, Cantata di calen d'Aprile*, v. 335: "Ecco le stelle prime!"; vv. 369 ss.: "Le stelle ad una ad una / ridon pe 'l cielo /.../ e a' palpiti risponde / il seno de la Luna"; *Poema paradisiaco, Suspiria de profundis*, vv. 86 s.: "Come, nel suo morir lento, la notte / palpita...".

L'ulivo

La lirica, come risulta dal manoscritto autografo (cfr. P. Gibellini, *Per la cronologia* cit., p. 397), fu composta il 20 luglio 1902, a Romena. Bisogna quindi considerare un errore di memoria (o, forse, una voluta alterazione?) la datazione della stesura del componimento alla "Capponcina", che il poeta farà nel *Proemio* alla *Vita di Cola di Rienzo*, in *Prose di ricerca*, III, p. 107, dove appunto si legge: "E là [alla "Capponcina"] io composi /.../ quel trasparente *Ulivo*...". Il progetto di composizione de *L'ulivo*, comunque, risale a parecchio tempo prima della effettiva stesura. Anzi, le carte alcionie testimoniano che in un primo tempo D'Annunzio pensava a un componimento incentrato sì sugli ulivi ma di argomento del tutto diverso. Infatti, nel ms. 405, che contiene un elenco di titoli, in parte definitivi e in parte provvisori, di liriche di *Alcyone* e che è databile alla fine di giugno 1902 (vedi Introduzione, pp. 53 ss.) subito dopo il titolo "La sera fiesolana" è registrato il titolo "Tramonto *su gli olivi*". Questo titolo, secondo F. Gavazzeni, *Le sinopie* cit., pp. 61-62, nascerebbe da un appunto registrato nel *Taccuino XIV* e sarebbe relativo a un componimento volto a celebrare gli "olivi", originariamente assisiati ma ormai toscanizzati per effetto della stessa metamorfosi che ha investito il paesaggio de *La sera fiesolana*, che si levano verso il cielo al tramonto carichi di mistici messaggi. Si legge, infatti, nel *Taccuino XIV*, I, p. 179 e p. 184: "Torcesi la riviera sitibonda / che è bianca del furor del suo sitire. / Come fiamme anelanti di salire, / sorgon gli olivi da la torta sponda" – 12 sett. 97 [cfr. *Elettra, Le città del silenzio, Assisi*, vv. 5-8] /.../ Il fiume tortuoso biancheggia nell'ombra e si perde. Un sentimento di *ascensione* è nelle cose. Gli olivi sembra che tendano all'alto come le fiamme. Le colline sono cupe, sotto una corona di nuvole; di là dalle quali si dilata pel cielo un rossore vago che sembra il riflesso di un incendio lontano. Una solennità ineffabile si leva nel crepuscolo della campagna serafica..." ["14 settembre 1897"]. Poi, passato il componimento di argomento assisiate, abbozzato nelle quartine registrate nel *Taccuino*, nell'ambito dei sonetti de *Le città del silenzio* di *Elettra*, il componimento previsto sotto il titolo "Tramonto *su gli olivi*" avrebbe cambiato contenuto e ideologia. Infatti, nel ms. 422, che è databile intorno alla metà di luglio 1902 (vedi Introduzione, pp. 61 ss.), sempre dopo *La sera fiesolana* si legge invece: "Gli olivi (tramonto)": a questo punto, l'accento, come rivela il fatto che "tramonto" è collocato tra parentesi come una semplice precisazione mnemonica, è ormai stato "spostato dal tramonto agli ulivi" e il componimento nel giro di pochi giorni sarebbe stato realizzato nella forma attuale (cfr. P. Gibellini, *ibidem*, pp. 403 ss.). Prima di entrare nel volume di *Alcyone*, la lirica apparve su « La Settimana » di Napoli del 17 agosto 1902 (a. I, n. 17) e, con un fregio di R. Griffi, su « Il Secolo XX » di Milano del novembre 1902 (a. I, n. 6).

L'ulivo è uno di quegli aspetti della natura di fronte alla cui bellezza sensibile e alla cui mistica suggestione, il D'Annunzio di *Alcyone* si piega, quasi senza saperne il motivo ("E perché l'imo cor la sua bellezza / ci tocchi, tu non sai, noi non sappiamo...", vv. 7-8), in commossa e quasi pagana adorazione. Ad esso, visto come simbolo, nella sua umile e misteriosa bellezza, della castità, il poeta leva il suo elogio votivo, circonfondendo tutto di una atmosfera francescana ("Laudato sia...", v. 1; "imperocché la castitate sia / prelata di quell'arbore palladio", vv. 17-18) e fingendo di celebrare, insieme a una donna rifattasi per l'occasione casta nel sonno, un rito mattutino durante il quale invocherà anche la Luce purificatrice e animatrice.

Lo spunto primo del componimento, come ha segnalato F. Gavazzeni, *Le sinopie* cit., pp. 61-62, è sicuramente assisiate ed è da ricondurre ancora una volta al *Taccuino XIV* del settembre 1897 dalle cui note (vedi più sopra) dipendono il titolo con cui il componimento appare negli elenchi alcionii e l'intera atmosfera mistico-sacrale che avvolge l'ulivo. Individuato il nucleo tematico, sfruttando anche quanto già degli ulivi aveva detto ne *La sera fiesolana*, vv. 29-31 ("...su gli olivi, su i fratelli olivi / che fan di santità pallidi i clivi / e sorridenti"), il poeta ha proceduto alla stesura della lirica seguendo una tecnica ben precisa e abbastanza collaudata. Infatti, "il consueto scrupolo documentario, relativo alle pertinenze lessicali dell'oggetto-tema e l'altrettanto immancabile compulsazione del Tommaseo-Bellini (ne è spia anche il rinvio nel dizionario della forma 'olivo' a quella 'ulivo', dell'autografo e poi della stampa) favorirono la scoperta e il conseguente diretto sfruttamento tematico, stilistico e linguistico del volgarizzamento trecentesco di anonimo toscano del trattato di agricoltura del Palladio, che meglio non avrebbe potuto corrispondere, da un lato alle esigenze di purismo arcaicizzanti accentuatesi durante gli anni della Capponcina, dall'altro alle preoccupazioni di castità linguistica, al cui soddisfacimento ben si prestava la tecnicità di una lingua, a suo modo speciale, al riparo dalla vischiosa elasticità autorizzata dai *poetae regulares* e in tanto autentica in quanto affrancata da illustri parentele, oltre che omogenea al primitivismo metrico dell'assonanza, e conveniente alla patina di semplicità francescana e stilnovistica che avrebbe dovuto garantire l'amalgama dei testi della prima sezione di *Alcione*" (F. Gavazzeni, *Le sinopie* cit., pp. 37-38).

Così stando le cose, è chiaro che lo spunto realistico offerto dalle piante dell'ulivo e già affidato, nel 1895, a un appunto del *Taccuino V* (I, p. 71: "I *piccoli* olivi, dal fusto esile e contorto. Tutto è fine, individuale, elegante, *stilistico*": vedi i vv. 9-10) è meno di un pretesto. Alla letterarietà dell'insieme, oltre che la scelta del linguaggio arcaicizzante e prezioso che permette l'inserzione della parafrasi di un intero passo cavato dal *Volgarizzamento del Trattato dell'Agricoltura* di Palladio (vedi vv. 13-20 e nota 11), è da ricondurre anche l'adozione di un metro chiuso come la strofa saffica. L'allegorismo che caratterizza tutta la lirica, invece, discende direttamente dalle intuizioni mistico-antropomorfiche del *Taccuino XIV*. Infine, il recupero, da *La sera fiesolana*, del motivo francescano della *lauda*, oltre che in linea con l'origine assisiate dell'argomento, è funzionale con le esigenze strutturali del poeta che veniva organizzando la prima sezione del Libro anche su una serie di liriche volte a lodare vari aspetti della realtà sensibile in diversi momenti del dì: vedi, in proposito, la nota introduttiva a *La spica* alle pp. 164 ss.

Metro: dodici strofe saffiche, costituite ciascuna da tre endecasillabi saffici e da un adonio.

Laudato sia [1] l'ulivo nel mattino! [2]
Una ghirlanda semplice, una bianca
tunica, una preghiera armoniosa [3]
a noi son festa.

Chiaro [4] leggero [5] è l'arbore nell'aria.   5
E perché l'imo cor [6] la sua bellezza
ci tocchi, tu non sai, noi non sappiamo,
non sa l'ulivo.

Esili foglie, magri rami, cavo
tronco, [7] distorte barbe, [8] piccol frutto,   10
ecco, e un nume ineffabile risplende
nel suo pallore! [9]

O sorella, [10] comandano gli Ellèni [11]

---

[1] *Laudato sia*: vedi *La sera fiesolana*, v. 15: "Laudata sii..." e nota 13.
[2] *nel mattino*: il mattino è tempo di purezza e di semplicità e quindi è adatto a celebrare il semplice e casto albero dell'ulivo.
[3] *armoniosa*: ricca di armonia, di ritmo e di musicalità, come è una preghiera in versi o in versetti.
[4] *Chiaro*: argenteo, per il colore delle sue fronde.
[5] *leggero*: esile, quasi aereo.
[6] *l'imo cor*: il profondo del cuore.
[7] *cavo / tronco*: vedi *Il fanciullo*, v. 243: "antichi arbori cavi".
[8] *distorte barbe*: radici contorte.
[9] *un... pallore*: un senso ineffabile di sacralità splende nel tenue colore verde-argenteo del suo tronco e dei suoi rami. Vedi anche *La sera fiesolana*, vv. 29-30: "...i fratelli olivi / che fan di santità pallidi i clivi" e nota relativa.
[10] *O sorella*: casto e francescano appellativo della donna presente.
[11] *comandano gli Ellèni...*: cfr. Palladio, *op. cit.*, I, 6, ed. cit., p. 16: "Comandano i Greci, quando si vuol piantare l'ulivo, o cogliere, che 'l facciano i fanciulli vergini e mondi, imperocché la castitade è prelata di quello arbore" (M. Praz, *La carne* cit., p. 514).

quando piantar vuolsi l'ulivo, o côrre
che 'l facciano i fanciulli della terra [12]   15
vergini e mondi,

imperocché la castitate sia
prelata [13] di quell'arbore palladio [14]
e assai gli noccia mano impura e tristo
alito il perda.[15]   20

Tu nel tuo sonno hai valicato l'acque
lustrali,[16] inceduto hai su l'asfodelo
senza piegarlo;[17] e degna al casto ulivo
ora t'appressi.

Biancovestita come la Vittoria,[18]   25
alto raccolta intorno al capo il crine,[19]
premendo con piede àlacre la gleba,
a lui t'appressi.

L'aura move la tunica fluente
che numerosa [20] ferve,[21] come schiume   30

---

[12] *della terra*: figli della terra, nati sul posto, in campagna.
[13] *sia / prelata*: sia preposta. Il "prelata", che il D'Annunzio trascrive letteralmente, insieme a tutto il passo (vedi nota 11), dal volgarizzamento di Palladio, traduce l'originale latino "esse praesulem" ("credo recordari arbori huic esse praesulem Castitatem"), "presiedere".
[14] *arbore palladio*: pianta sacra a Pallade-Atena. Cfr. il Tommaseo-Bellini alla voce "ulivo": G. Boccaccio, *Ninfale d'Ameto*: "Sopra l'altro canto il pallido [vedi v. 12: "nel suo pallor"] ulivo, caro a Pallade molto, di rami pieno si vedea e di frondi". Cfr. anche *La Chimera*, *Agli olivi*, vv. 6-7: "...O voi, *palladia / munera*...".
[15] *tristo... perda*: il fiato di una persona indegna lo faccia avvizzire.
[16] *lustrali*: purificatrici.
[17] *inceduto... piegarlo*: hai camminato sui prati d'asfodeli, i pallidi fiori dell'Ade (vedi *La tregua*, v. 74: "Scorse gli eroi su i prati d'asfodelo" e nota relativa) senza neanche piegarli. Cfr. *Il fuoco*, in *Prose di romanzi*, II, p. 584: "...quel sentimento della morte mi rendeva così leggero che avrei potuto camminare senza lasciare orme su la prateria d'asfodelo".
[18] *Biancovestita... Vittoria*: avvolta in un bianco peplo come la Vittoria nelle statue che la raffigurano.
[19] *alto... il crine*: con i capelli raccolti in alto, intorno alla testa: *il crine* è accusativo di relazione.
[20] *numerosa*: con le sue molte pieghe.
[21] *ferve*: fluttua.

su la marina cui l'ulivo arride
senza vederla.²²

Nuda le braccia²³ come la Vittoria,
sul flessibile sandalo²⁴ ti levi
a giugnere²⁵ il men folto ramoscello
per la ghirlanda.

5

Tenue serto a noi, di poca fronda,
è bastevole:²⁶ tal che d'alcun peso
non gravi i bei pensieri mattutini
e d'alcuna ombra.

40

O dolce Luce,²⁷ gioventù dell'aria,²⁸
giustizia incorruttibile,²⁹ divina
nudità delle cose,³⁰ o Animatrice,³¹
in noi discendi!

Tocca l'anima nostra come tocchi
il casto ulivo in tutte le sue foglie;
e non sia parte in lei che tu non veda,
Onniveggente!

45

---

²² *come... vederla*: come onde spumeggianti sulla superficie del mare verso il quale l'ulivo sorride, in quanto la brezza fa vibrare le sue foglie bicolori (vedi *La sera fiesolana*, vv. 29-31: "...gli olivi /.../ che fan /.../ i clivi /.../ sorridenti"), senza per altro vederlo (vedi *La sera fiesolana*, v. 14: "senza vederla"). Per tutto il nesso "su la marina cui l'ulivo arride / senza vederla", vedi anche la lettera del poeta a Emilio Treves del 24 luglio 1902 (*L'ulivo* fu terminato quattro giorni prima, il 20 luglio), citata a p. 51: "Io sono a Romena /.../ e sospiro al mare, come fa l'ulivo che non lo vede e pur gli sorride".
²³ *le braccia*: accusativo di relazione.
²⁴ *sul... sandalo*: il singolare per il plurale. sui sandali che si piegano assecondando il movimento dei piedi.
²⁵ *ti... giugnere*: ti sollevi fino a raggiungere.
²⁶ *Tenue... bastevole*: per il motivo cfr. Orazio, *Carmina*, I, 38, vv. 5 s.. "simplici myrto nihil allabores / curo...".
²⁷ *dolce Luce*: cfr. *Elegie romane*, *Nella certosa di San Martino in Napoli*, v. 42: "...bere la dolce luce". L'uso delle maiuscole in "Luce" ubbidisce alla tendenza del D'Annunzio a personificare le cose.
²⁸ *gioventù dell'aria*: in quanto purifica e rinfresca il mondo.
²⁹ *giustizia incorruttibile*: in quanto mette a nudo la verità, fugando le tenebre.
³⁰ *nudità delle cose*: in quanto permette di vedere le cose come sono veramente.
³¹ *Animatrice*: datrice di vita, 'n quanto dà vita, anima le cose, i colori e simili.

La spica

La lirica fu composta a "Romena" il "25 luglio 1902", come si indovina nel manoscritto autografo (Collezione Bellora), sotto la vistosa cancellatura con cui D'Annunzio ha tentato di occultare la datazione. Il progetto di composizione, però, risale almeno a un mese prima della stesura. Si riferiscono infatti con tutta probabilità a quella che sarebbe poi stata la presente lirica, il titolo "Le Messi" (a meno che in questo titolo, che è accompagnato dalla precisazione "al mare Thalatta", non sia da vedere il preannuncio del *Ditirambo I* che canterà appunto la falciatura delle messi mature), registrato nel ms. 405 (fine di giugno 1902) subito dopo il titolo "Il tramonto su gli olivi" e il titolo "I papaveri", registrato nel ms. 422 (metà di luglio 1902) accanto a "Gli olivi (tramonto)". Prima di essere pubblicata in volume, la lirica apparve su « La Settimana » di Napoli del 3 agosto dello stesso anno di stesura (a. I, n. 15) con il titolo "Dal terzo libro delle Laudi. La spica".

Dopo aver lodato "nel mattino" l'ulivo, nell'ora solare e panica del meriggio il poeta loda la spiga che ancora verdeggia nei campi sotto il sole e che presto si farà tutta d'oro e cadrà sotto il filo della falce. Ma insieme alla spiga, che darà il pane, il poeta loda con riconoscenza anche le inutili erbe che con lei sono cresciute e con lei cadranno, perché anch'esse, per quanto inutili, sono belle e buone al cospetto del sole, e se non danno il pane all'uomo, danno però la loro innocente bellezza. Con la lode della spiga e delle erbe sue sorelle si completa un doppio dittico di apertura delle

Laudi alcionie. "*Lungo l'Affrico* è infatti lode del tramonto, come celebrazione della bellezza del cielo dopo la pioggia, della luna nascente, del volo delle rondini, mentre *La sera fiesolana* è lode della sera, *L'ulivo* lo è del mattino, *La spica* del meriggio, rispettivamente simboleggiati dall'ulivo e dalla spica, e tutti e quattro i pezzi fanno poi insieme una corona in lode del giorno (tramonto, sera, mattino, meriggio), cui s'aggiungono *L'opere e i giorni,* lode delle opere agresti del tempo di giugno per bocca del 'veglio', e *L'aedo senza lira,* variazione sul tema della saggezza georgica del 'veglio'. *Beatitudine* è ancora lode della sera che scende in forma di Beatrice /.../ in accordo con l'ora serotina segnata dal dittico *Lungo l'Affrico - La sera fiesolana.* Nel suo complesso, la prima sezione contempla una sorta di rito battesimale della riconsacrazione della verginità dei sensi atta, sul far dell'estate, a predisporre il successivo realizzarsi, durante il luglio-agosto versiliesi, del mito vitalistico della conoscenza sensibile" (F. Gavazzeni, *Le sinopie* cit., pp. 6 s.).

Meno convenzionale della precedente, di cui replica l'assunto e l'avvio celebrativi ma rifiuta il metro "barbaro", la lirica svolge, senza pesantezza alcuna e, anzi, con la consueta disponibilità a fruire di tutti gli aspetti della vita della natura, un tema che può avere un suo significato simbolico (vedi nota 46), ma che si lascia godere a pieno anche nella sua immediatezza. L'amore per la parola tecnica precisa e per il particolare minutamente descrittivo, che sembra riecheggiare motivi pascoliani, non è certo frutto di una volontà realistica. Se mai, come nel caso de *L'ulivo* e degli altri componimenti della sezione, il componimento è omogeneo a un preciso disegno stilistico e può essere considerato una preziosa esercitazione tesa a conseguire purezza di linguaggio e trasparenza di immagini. Anche le continue reminiscenze da testi toscani trecenteschi, cavate per lo più non dagli originali ma dalle voci del *Dizionario* del Tommaseo-Bellini e inserite quasi letteralmente nel corpo vivo del discorso poetico, hanno lo scopo di accentuare, con la loro cadenza schietta e semplice, la limpidità delle immagini.

Metro: sette strofe di dieci versi ciascuna: endecasillabi i primi sei e l'ultimo, settenari gli altri. La rima è presente soltanto tra il sesto e il decimo verso, mentre vaghe assonanze e sottili rispondenze interne di vario tipo (parallelismi, simmetrie, *enjambements*, isomorfismi e simili) legano liberamente gli altri versi.

> Laudata sia la spica nel meriggio!
> Ella s'inclina [1] al Sole che la cuoce,
> verso la terra onde umida erba [2] nacque;
> s'inclina e più s'inclinerà domane [3]
> verso la terra ove sarà colcata [4]   5
> col gioglio [5] ch'è il malvagio [6] suo fratello,[7]
> con la vena selvaggia [8]
> col cìano cilestro [9]
> col papavero ardente,[10]
> cui [11] l'uom non seminò, in un mannello.[12]   10
>
> È di tal purità che pare immune,[13]

[1] *s'inclina*: si piega, sotto il peso dei suoi chicchi e quasi estenuata dalla calura. "Ma non so che dolce umiltà è in questo atto dell'inclinarsi al sole che la matura" (E. Palmieri). Vedi *Il fanciullo*, v. 79: "La spiga che s'inclina" e nota relativa.
[2] *umida erba*: tenera pianticina dal fusto esile e verde, come un filo d'erba.
[3] *domane*: domani, il giorno della mietitura. "Domane" è arcaismo della tradizione letteraria.
[4] *colcata*: distesa, dalla falce.
[5] *gioglio*: loglio, genere di pianta delle graminacee e, in particolare, il cosiddetto "gioglio malefico" (*Lolium temulentum*). Vedi la nota seguente.
[6] *malvagio*: nocivo, anzi "malefico", "per le qualità malefiche stupefacenti virose che comunica alla farina e al pane, allorché trovasi mescolato al frumento in troppa quantità", come D'Annunzio leggeva sul Tommaseo-Bellini alla voce "loglio".
[7] *fratello*: perché cresce insieme alla spiga, ma con in più la consueta sfumatura francescana.
[8] *la vena selvaggia*: l'avena selvatica: cfr. Crescenzio, III, 3, I (citato dal Tommaseo-Bellini alla voce "vena"): "La vena è di due maniere: salvatica e domestica; la salvatica nasce tra il grano... La dimestica è bianca e non pilosa, e seminasi quando il grano" (M. Praz, *La carne* cit., p. 512).
[9] *cìano cilestro*: il fiordaliso azzurro. D'Annunzio trovava l'aggettivo "cilestro" sul Tommaseo-Bellini alla voce "ciano", dove leggeva: "Specie di Centaurea assai frequente nelle messi e notevole per la tinta cilestre bellissima de' suoi fiori".
[10] *ardente*: rosso fiamma.
[11] *cui*: che, complemento oggetto.
[12] *in... mannello*: in un unico fastello: va collegato con il v. 5: "ove sarà colcata".
[13] *immune*: al riparo da ogni contaminazione.

sol nata perché l'occhio uman la miri;
di sì bella ordinanza che par forte.[14]
Le sue granella [15] sono ripartite
con la bella ordinanza che c'insegna   15
il velo della nostra madre Vesta.[16]
Tre son per banda alterne;
minore è il granel medio; [17]
ciascuno ha la sua pula; [18]
d'una squammetta nasce la sua resta.[19]   20

Matura anco non è. Verde è la resta
dove ha il suo nascimento dalla squamma,
però tutt'oro ha la pungente cima.[20]
E verdi lembi ha la già secca spoglia
ove il granello a poco a poco indura   25
ed assume il color della focaia.[21]
E verdeggia il fistuco
di pallido verdore [22]

---

[14] *di sì bella... forte*: con una distribuzione così armonica dei chicchi da suggerire l'idea della forza. Cfr. D. Bartoli, *Prose scelte*, I, 97: "*Granella* [vedi v. 14] della spiga *ripartite* [vedi v. 14] fra sé *a così bella ordinanza* [vedi anche v. 15]", citato nel Tommaseo-Bellini alla voce "spiga" (M. Praz, *La carne* cit., p. 512).
[15] *granella*: chicchi. Ma vedi il passo di D. Bartoli citato nella nota precedente.
[16] *il velo... Vesta*: la "bella ordinanza" dei chicchi della spiga riproduce la foggia del velo a pieghe uguali di Vesta ("nostra madre Vesta": cfr. Virgilio, *Georg.*, I, v. 498: "...Vestaque mater"). Secondo altri, poiché Vesta, la dea protettrice del focolare domestico, fu poi confusa con la *Magna Mater* cioè con la Terra, il velo di Vesta sarebbe la terra e allora la "bella ordinanza" dei chicchi riprodurrebbe la superficie della terra arata, a solchi paralleli e uguali.
[17] *Tre... medio*: ci sono tre chicchi per parte, disposti alternativamente, e il chicco che sta in mezzo è il più piccolo.
[18] *pula*: la squama che avvolge il chicco. Ma vedi la nota seguente.
[19] *d'una... resta*: il filo rigido di cui è provvisto il chicco ("la... resta") nasce da una piccola squama. Per la serie di termini botanici "pula", "squammetta" e "resta" D. Martinelli e C. Montagnani (*art. cit.*, pp. 39-40) segnalano che nel Tommaseo-Bellini alla voce "spiga" D'Annunzio trovava la "resta", alla voce "resta" la "pula" e alla voce "pula" la "squammetta".
[20] *Verde... pungente cima*: cfr. L. Alamanni, *La coltivazione*, II 37: "Che tutte ancide / la sottil paglia e le *pungenti reste* / che 'n sulle *verdi* fronde il vento spinge", citato nel Tommaseo-Bellini alla voce "resta" (D. Martinelli-C. Montagnani).
[21] *focaia*: la selce, la pietra di colore giallo scuro che sfregata dà scintille.
[22] *il... verdore*: il gambo ("il fistuco") ha un colore verde gialliccio. Vedi *Meriggio*, v. 2: "pallido verdicante"; vv. 34 s.: "...il bronzo sepolcrale / pallido verdica...".

ma la stìpula [23] è bionda.
S'odon le bestie rassodare l'aia.[24]   30

Dice il veglio: [25] « Ne' luoghi maremmani [26]
già gli uomini cominciano segare.[27]
E in alcuna contrada hanno abbicato.[28]
Tu non comincerai, se tu non veda
tutto il popolo eguale della messe [29]   35
egualmente risplender di rossore ».
E la spica s'arrossa.
Brilla il fil [30] nella falce,
negreggia il rimanente,[31]
di stoppia incenerita è il suo colore.   40

E prima la sudata mano e poi
il ferro sentirà nel suo fistuco
la spica; [32] e in lei saran le sue granella,
in lei sarà la candida farina
che la pasta farà molto tegnente   45
e farà pane che molto ricresce.[33]

---

[23] *la stìpula*: la parte del gambo che diventerà paglia.
[24] *S'odon... l'aia*: cfr. Palladio, *op. cit.*, VII, 1, ed. cit., p. 203: "Alcuni mondate l'*aie*, sì vi spargono su l'acqua e poi vi metton su le bestie e co' piedi lor la fanno mazzarangare e *rassodare*" (M. Praz, *La carne* cit., p. 510).
[25] *il veglio*: il saggio ed esperto contadino che sarà il protagonista della lirica seguente, *L'opere e i giorni*.
[26] *Ne' luoghi maremmani...*: cfr. Palladio, *op. cit.*, VII, 2, ed. cit., p. 204: "E di questo medesimo mese [giugno] *ne' luoghi maremmani* e luoghi caldi e secchi *comincia a segare il grano*; il qual conoscerai maturo, se vedrai *egualmente tutto 'l popolo delle spighe risplender di rossore*"; Trinci, *Agricoltura*, I, 23: "[In giugno] *si cominciano segare, abbicare* o abbarcare i grani..." (M. Praz, *La carne* cit., p. 511). "Maremmani" sono detti i campi che si trovano lungo la costa del mare.
[27] *segare*: falciare. Ma vedi la nota precedente.
[28] *abbicato*: ammucchiato i covoni di grano a formare le biche. Ma vedi la nota 26.
[29] *tutto... messe*: tutto il campo di grano, simile a un popolo di spighe della medesima altezza. Ma vedi la nota 26.
[30] *il fil*: la parte affilata della lama.
[31] *negreggia... rimanente*: la parte della lama della falce lontana da quella affilata è di colore grigio-cenere.
[32] *E prima... la spica*: e la spiga sentirà, sul suo gambo, prima la mano sudata del mietitore e poi la falce ("il ferro").
[33] *che... ricresce*: che renderà la pasta molto tenace nell'impasto e produrrà pane che aumenta molto di volume nella cottura. Per il tutto, cfr. Crescen-

Ma la vena selvaggia
ma il cìano cilestro
ma il papavero ardente
con lei cadranno, ahi, vani su le secce.[34]   50

E la vena pilosa,[35] or quasi bianca,
è tutta lume e levità di grazia; [36]
e il cìano rassembra santamente
gli occhi cesii di Palla madre nostra; [37]
e il papavero è come il giovenile   55
sangue che per ispada spiccia forte; [38]
e tutti sono belli,
belli sono e felici
e nel giorno [39] innocenti;
e l'uom non si dorrà di loro sorte.[40]   60

E saranno calpesti [41] e della dolce
suora,[42] che tanto amarono vicina,
che sonar per le reste quasi esigua
cìtara al vento udirono,[43] disgiunti; [44]
e sparsi moriran senza compianto [45]   65
perché non dànno il pane che nutrica.

---

zio, II, 7, 2, citato nel Tommaseo-Bellini alla voce "ricrescere": "La pasta
che se ne fa, non è così *tegnente*, né *il suo pane ricresce in alto*" (M. Praz,
La carne cit., p. 512).
[34] *secce*: stoppie. Cfr. Crescenzio, II, 13, 25: "...nelle stoppie, ovvero secce
due volte arate", citato nel Tommaseo-Bellini alla voce "stoppia" (D. Martinelli-C. Montagnani).
[35] *vena pilosa*: vedi nota 8.
[36] *è... grazia*: è lucente e ha una sua delicata eleganza.
[37] *il... nostra*: il cìano riproduce sacralmente, cioè ha lo stesso colore degli
occhi azzurri ("cesii") di Pallade Atena, madre e protettrice di tutte le
arti e quindi anche delle attività agricole.
[38] *per... forte*: per effetto di un colpo di spada zampilla con impeto. Cfr.
Dante, *Inferno*, XIV, vv. 76 s.: "...venimmo là 've spiccia / fuor della selva un picciol fiumicello".
[39] *nel giorno*: alla luce del sole.
[40] *di loro sorte*: della misera fine che faranno.
[41] *calpesti*: calpestati.
[42] *dolce / suora*: la spiga, insieme con la quale sono cresciuti.
[43] *che... udirono*: che sentirono suonare come una piccola cetra quando il
vento faceva vibrare le sue reste, cioè i lunghi fili di cui sono provvisti i
suoi chicchi.
[44] *disgiunti*: "saranno" (v. 61) separati.
[45] *sparsi... compianto*: gettati via, e non conservati come le spighe, moriranno senza che nessuno pianga e si commuova di fronte alla loro triste fine.

Ma la vena selvaggia
e il cìano cilestro
e il papavero ardente
laudati sien da noi come la spica!⁴⁶

[46] *Ma... come la spica*: tutto celebra e loda il poeta: loda ciò che è utile, come la spiga che dà il pane, e ciò che utile non è ma è bello e dà gioia ai sensi, come la vena, il cìano e il papavero. C'è forse, in questa affermazione di D'Annunzio, un senso allegorico, quasi un rovesciamento della parabola evangelica che minaccia la separazione del loglio dal grano, dopo che essi sono liberamente cresciuti insieme, e la sua distruzione. Ma, forse, non è il caso di caricare la lirica di significati troppo pesanti. Se mai, vale la pena di osservare, con E. Palmieri, che la lirica testimonia per immagini, una volta di più, la piena disponibilità del poeta a fare oggetto della sua arte e a cantare tutte le creature: naturalmente non in senso mistico e francescano, per quanto a tale senso riporti il tema della *lauda*, ma in senso panico ed estetico.

L'opere e i giorni

La data di composizione è ignota. Il titolo "L'opere e i giorni", ampliamento di un primitivo "Le opere", appare per la prima volta, dopo i titoli "Gli olivi (tramonto)", "I papaveri", nel ms. 421 che è databile intorno alla metà di luglio del 1902. Molto probabilmente la stesura della lirica avvenne pochi giorni dopo la redazione dell'elenco, contestualmente alla stesura di liriche di carattere pressoché identico come *L'aedo senza lira* (16 luglio 1902), *L'ulivo* (20 luglio 1902) e *La spica* (25 luglio 1902) e forse anche prima di esse.

Dalla bocca di un vecchio venerando che chiama "sposo della Terra" per l'amore che le portò e per la dimestichezza che ebbe con lei, il poeta si fa dire quali siano le opere da compiere nei campi e quali siano i giorni più appropriati per ciascuna di esse.

La lirica, come bene ha visto F. Gavazzeni, *Le sinopie* cit., p. 43, nasce dal desiderio del poeta di completare la lode delle realtà sensibili del paesaggio e della natura nelle diverse ore del giorno attuato con i quattro componimenti precedenti (vedi la nota introduttiva a *La spica*, alle pp. 164 s.) con una lode generale alle attività agresti del dì estivo. Inevitabile conseguenza di questa genesi del tutto esteriore del nucleo ideativo è lo sfruttamento inerziale, per lo sviluppo della lirica, della medesima fonte libresca di cui si sono valsi, per darsi un contenuto e una certa patina arcaicizzante, i due componimenti precedenti e quello seguente, cioè il volgarizzamento trecentesco di Palladio, nei pochi spazi rimasti ancora vergini dopo un'intensa utilizzazione che, in quegli stessi giorni del luglio 1902, coinvolse anche

Il fanciullo (vv. 35-38). In proposito, per la composizione de *L'opere e i giorni*, "D'Annunzio compie un curioso 'smontaggio' del testo palladiano: fra il v. 18 e il v. 46, cioè tra il I e il II capitolo del VII libro del *Volgarizzamento* vediamo inserirsi il IV (vv. 32-37), il III (vv. 38-42), il V (vv. 43-44), il VII (vv. 44-45); è necessario tener presente, a spiegare questa sorta di mescidazione, che i capitoli III, IV, V sono sinotticamente leggibili alle pp. 204-205 del testo del *Volgarizzamento*" (D. Martinelli-C. Montagnani, *art. cit.*, p. 12).

Ancora una volta, dunque, il realismo di cui il poeta fa sfoggio è di maniera. La pretestuosità e l'origine del tutto letteraria del componimento sono evidenti anche nell'adozione del titolo esiodeo, nello sfruttamento del tono didascalico e del metro che gli compete e nel recupero di una figura – quella del "veglio" – legata alla stagione della "bontà" rurale e agricola del *Poema paradisiaco* e, più in particolare, a certi personaggi de *L'innocente*, come appunto, il "veglio della gleba". Tuttavia, le numerose reminiscenze dal volgarizzamento trecentesco di Palladio che filigranano, riprodotte quasi letteralmente, tutta la lirica, sono prive di peso libresco. Anzi, con le loro stesse parole precise e preziose e con la loro patina "d'arcaica e pur fresca favella", esse alonano "d'un'aura di mito la semplice e robusta umanità dell'annoso agricoltore" (E. Palmieri) che nei versi finali (vv. 58 ss.) sembra confondersi con lo stesso Pan, l'arcaico dio delle selve e dei boschi.

Metro: endecasillabi sciolti.

O sposo della Terra venerando,[1]
è bello a sera noverare[2] l'opre
della dimane[3] e misurar[4] nel cuore
meditabondo la durabil[5] forza.

---

[1] *O sposo... venerando*: il vecchio agricoltore, fedele alla sua terra come alla sua donna, venerando per l'età e per la saggezza.
[2] *noverare*: passare in rassegna.
[3] *l'opre / della dimane*: i lavori dell'indomani mattina. Per l'arcaismo "dimane" cfr. già Dante, *Inferno*, XXXIII, v. 37: "...innanzi la dimane".
[4] *misurar*: valutare.
[5] *durabil*: resistente alle fatiche.

Veglio,[6] la tua parola su me piove [7]
candida [8] come il fior del melo allora
che già comincia ad allegare il frutto.[9]
Parlami, e dimmi quali sieno l'opre.
« Di questo mese [10] m'apparecchio l'aia.
La mondo [11] e sarchiellata [12] lievemente
la concio [13] con la pula [14] e con la morchia [15]
sicché difenda la biada da topi
e da formiche e d'altra gente infesta.[16]
E poi la piano con la pietra tonda,[17]
o con legno; o pur suvvi [18] spargo l'acqua
e suvvi metto le mie bestie, e bene
co' piedi lor la faccio rassodare;
e poi si secca al sole » il veglio dice.
E sta su la sua soglia rinnovata [19]
di quella pietra ch'è detta serena [20]

---

[6] *Veglio*: aulico e nobilitante per vecchio: cfr. Dante, *Purgatorio*, I, vv. 31 ss.: "vidi presso di me un veglio solo, / degno di tanta reverenza..."; cfr. anche *Inferno*, XIV, v. 103. Per la figura e la funzione del "veglio", cfr. già *Poema paradisiaco*, *L'esempio*, vv. 1 s.: "Il veglio mi guidò tra gli arboscelli...".
[7] *piove*: scende.
[8] *candida*: pura e semplice, se è riferito metaforicamente a "parola"; bianca, se è riferito al fiore del melo.
[9] *già... frutto*: il frutto già comincia a svilupparsi, rimanendo attaccato alla pianta dopo che il fiore è caduto: cfr. il Tommaseo-Bellini alla voce "allegare": *Ricettario fiorentino* (Giunti, Firenze 1567, p. 8): "E il tempo di corle è quando elle sono fiorite, e che di *già cominciano ad allegare il frutto*".
[10] *Di questo mese...*: il passo che va dal v. 9 al v. 18 altro non è che una riduzione in versi di Palladio, *op. cit.*, VII, 1, ed. cit., p. 203: "Di questo mese s'apparecchi l'aia, e poi sarchiellata lievemente si conci con pula e con morchia, sicché difenda la biada da' topi e da formiche. E poi si piani o con pietra tonda o con legno, sicché si piani; e poi al sole si lasci seccare. E alcuni, mondate l'aie, sì vi spargono su l'acqua; e poi vi metton su le bestie e co' piedi lor la fanno... rassodare; e poi si secca al sole" (M. Praz, *La carne* cit., pp. 509 s.).
[11] *mondo*: ripulisco.
[12] *sarchiellata*: dopo averla zappettata col sarchiello per liberarla dall'erba.
[13] *la concio*: l'acconcio.
[14] *pula*: la squama che avvolgeva i chicchi, dai quali è stata separata con la battitura.
[15] *morchia*: feccia dell'olio.
[16] *gente infesta*: genìa di animali nocivi.
[17] *tonda*: a forma cilindrica.
[18] *suvvi*: sopra l'aia.
[19] *rinnovata*: rifatta.
[20] *pietra... serena*: una pietra di colore azzurrino o grigio. D'Annunzio trovava il nome nel Tommaseo-Bellini alla voce "pietra", dove, al lemma "pietra serena", leggeva: "la Pietra serena /.../ è una Pietra *che pende in*

(nasce del Monte Céceri [21] in gran copia)
schietta [22] pietra, pendente nell'azzurro
alquanto,[23] di color d'acqua piovana
ove cotta la foglia sia del glastro.[24]
E dietro la sua faccia, che la grande   25
etade [25] arò [26] con invisibil vomere
sì che raggia di curvi e retti solchi [27]
qual iugero già pronto alla sementa,[28]
sale su per lo stipite di pietra
il bianco gelsomin grato alle pecchie,[29]   30
eguale di candore al crin canuto.
« Di questo mese [30] nel solstizio, quando
il Sol non puote più salire,[31] semino
le brasche; [32] le qua' poi di mezzo agosto
trapiantar mi bisogna in luogo irriguo.   35

---

azzurrigno [vedi v. 22: "pendente in azzurro"] o bigio. Cavasi in Arezzo, Cortona, Volterra e ne' monti di Fiesole, e per tutti gli Apennini. Trovasene *in grandissimi pezzi* [vedi v. 21: "in gran copia"]" (D. Martinelli-C. Montagnani). Cfr. anche alla voce "sereno".
[21] *Monte Céceri*: collina che sorge tra Fiesole e Settignano. "La precisazione geografica relativa al monte Céceri è mediata dalla voce 'Fiesole' in E. Repetti, *Dizionario geografico, fisico, storico della Toscana*, Firenze, 1833-1846: 'Già fu avvisato che il poggio più preminente è tutto formato di grossi strati di pietra serena, al pari dell'altra prominenza denominata monte Céceri' " (D. Martinelli-C. Montagnani).
[22] *schietta*: pura, in quanto priva di vene e di incrinature.
[23] *pendente... alquanto*: di un colore che tende all'azzurro. Ma vedi la nota 20.
[24] *di color... glastro*: cfr. il Tommaseo-Bellini alla voce "glastro": "Cuoci le foglie tenere del glastro nell'acqua piovana". Il glastro o guado, la *Isatis tinctoria* di Linneo, è una pianticella della crocifere, dalla macerazione delle cui foglie si ricava un succo che serviva a tingere i panni di un colore turchino scuro.
[25] *la grande / etade*: la vecchiaia.
[26] *arò*: "segnò di rughe profonde come solchi" (E. Palmieri).
[27] *raggia... solchi*: è segnata di solchi curvi e retti disposti come raggi in una raggiera.
[28] *iugero... sementa*: un'estensione di terreno arato già pronto per la semina.
[29] *pecchie*: api. "Pecchia" per "ape" è forma frequente nei volgarizzatori cari a D'Annunzio.
[30] *Di questo mese...*: cfr. Palladio, *op. cit.*, VII, 4, ed. cit., p. 205: "Di questo mese nel solstizio, cioè quando il sol non puote più salire, semineremo le brasche: le qua' poi d'agosto trapianteremo in luogo irriguo d'acque. L'appio e la bietola e 'l coriandro, e la lattuga semineremo, se noi (*sic*) le innacqueremo" (M. Praz, *La carne* cit., p. 510).
[31] *nel solstizio... salire*: il 21 giugno, quando il sole raggiunge il punto più alto sull'orizzonte.
[32] *brasche*: piccole piante di cavolo da trapiantare.

E la bietola e l'appio ³³ e il coriandro ³⁴
e la lattuga semino, ed innacquo.
Colgo ³⁵ la veccia,³⁶ e sego per pastura
il fien greco.³⁷ La fava anzi la luce ³⁸
vello,³⁹ scemante la luna; ⁴⁰ la fava,   40
anzi che compia lo scemar la luna,
batto; e refrigerata ⁴¹ la ripongo.
Di questo mese ⁴² inocchio ⁴³ il pesco, impiastro ⁴⁴
il fico, vòto l'arnia,⁴⁵ il condottiero
eleggo nel gomitolo dell'api.⁴⁶   45
E prossima ⁴⁷ si fa la mietitura
dell'orzo, la qual compiere mi giova ⁴⁸
anzi che mi comincino a cascare
le spighe,⁴⁹ imperocché non son vestite
sue granella di foglie, come il grano.   50

---

³³ *appio*: sedano.
³⁴ *coriandro*: coriandolo, pianticella aromatica.
³⁵ *Colgo...*: cfr. Palladio, *op. cit.*, VII, 3, ed. cit., p. 205: "Coglieremo la veccia; e 'l fien greco segheremo per pastura... Agual la fava, scemante la luna; si vella anzi la luce; e anzi che la luna compia lo scemare si batta, e refrigerata si ripognia" (M. Praz, *La carne* cit., p. 510).
³⁶ *veccia*: erba prativa usata come biada.
³⁷ *fien greco*: altra erba di prato, pur essa usata come biada.
³⁸ *anzi la luce*: prima di giorno.
³⁹ *vello*: colgo.
⁴⁰ *scemante la luna*: ablativo assoluto: mentre la luna è in fase calante.
⁴¹ *refrigerata*: dopo averla ventilata.
⁴² *Di questo mese...*: cfr. Palladio, *op. cit.*, VII, 5, ed. cit., p. 206: "Inocchiasi il pesco... Di questo mese, e di luglio, si fa la 'mpiastrazione, cioè innestar tra buccia e stipite. Ma vuolsi solamente fare a quelli arbori, i quali abbondano in sugo nella cortteccia, siccome a fico e ad ulivo" (M. Praz, *La carne* cit., p. 510).
⁴³ *inocchio*: innesto a occhio.
⁴⁴ *impiastro*: innesto applicando e legando nel punto dell'innesto l'apposito impasto molliccio.
⁴⁵ *vòto l'arnia*: vuoto l'alveare del miele. Cfr. Palladio, *op. cit.*, VII, 7, ed. cit., p. 209: "Castreremole [le arnie], cioè voterelle" (M. Praz, *La carne* cit., p. 511).
⁴⁶ *il condottiero... dell'api*: scelgo, individuandolo nello sciame che gli si è addensato intorno ("nel gomitolo"), il re delle api. Cfr. Palladio, *op. cit.*, VII, 7, ed. cit., p. 209: "Cerca là ove vedi il gomitolo dell'api più grosso...".
⁴⁷ *E prossima...*: cfr. Palladio, *op. cit.*, VII, 2, ed. cit., p. 204: "Agual comincia la mietitura dell'orzo, la qual si vuol compiere anzi che le spighe comincino a cascare, imperocché non son vestite le sue granella di foglie, come il grano".
⁴⁸ *mi giova*: è bene per me (lat.: *me iuvat*).
⁴⁹ *a cascare / le spighe*: a uscir fuori i chicchi.

Da giovine [50] sei moggia [51] il dì potei
segarne! » [52] sorridendo il veglio dice.
Ancóra armata [53] è la genciva, salda
nel suo sorriso e nella sua favella.
E non pur gli vacillano i ginocchi,   55
se ben la falce nell'oprare [54] gli abbia
a simiglianza del suo ferro istesso
curve le gambe. E sopra il santo petto [55]
il lin rude,[56] che l'indaco [57] fe' quasi
celeste, crea misteriosamente   60
l'imagine di Pan [58] duce degli astri,[59]
cui nel torace si rispecchia il Cielo.

---

[50] *Da giovine...*: cfr. Palladio, *op. cit.*, VII, 2, ed. cit., p. 204: "Puotene segare un mietitore esperto e buono sei moggia il dì".
[51] *moggia*: il moggio è una misura di capacità per i cereali: esso indica anche la quantità della cosa misurata e varia a seconda dei luoghi: il moggio fiorentino corrisponde a 24 staia, cioè a 585 litri.
[52] *segarne*: mietere.
[53] *armata*: fornita di denti.
[54] *nell'oprare*: durante il lavoro.
[55] *santo petto*: cfr. Dante, *Purgatorio*, I, v. 80: "o santo petto" (Catone).
[56] *il lin rude*: la rozza casacca di lino.
[57] *indaco*: sostanza colorante che si ricava da varie specie di piante dell'India.
[58] *l'imagine di Pan*: la figura del dio Pan, simbolo della Natura, di cui il vecchio è fedele servitore.
[59] *duce degli astri*: cfr. *Inni orfici*, XI, v. 5: ἀστροδίαιτος.

L'aedo senza lira

In calce al manoscritto autografo (Collezione Bellora) si leggono il luogo e la data di composizione: "✻ Romena: 16 luglio 1902. pomeriggio". Dal manoscritto appare anche che in un primo tempo il componimento era intitolato *Il canto senza lira*. Negli elenchi alcionii, il titolo "L'aedo senza lira" appare per la prima volta nel ms. 421: in esso risulta aggiunto, in un secondo tempo, nell'interlinea tra "L'opere e i giorni" e "Ditirambo I" (vedi Introduzione, pp. 55 ss.).

Il veglio, che già ne *L'opere e i giorni* parlava al poeta del lavoro dei campi, parla ora di altri piccoli segreti della vita campestre. La sua voce è come una musica e il suo parlare nobilita anche le cose più semplici e ha la dolcezza di un canto ispirato dalle Muse. Mentre parla, senza mai perdere di vista i particolari anche minimi della realtà circostante, il veglio intreccia la paglia tra due legni, come un antico cantore tende le corde tra i bracci della sua lira. Al poeta che lo ascolta e lo osserva sembra appunto un "aedo senza lira", un antico cantore che non ha neppure bisogno del suo strumento per affascinare l'animo di chi lo ascolta.

L'aedo senza lira è contiguo, per data di composizione, per contenuto, per fonti letterarie e per modi espressivi a *La spica* e a *L'opere e i giorni*. Come in questi componimenti, anche in *L'aedo senza lira* D'Annunzio, sulla falsariga di un intendimento didascalico e sul remoto modello georgico di Esiodo e di Virgilio, traccia un quadretto di vita semplice e idilliaca. Il protagonista è sempre "il veglio", là "sposo venerando" qui "bianco testimonio" della "Terra", e là come qui introdotto a parlare di cose agresti con la saggezza e la competenza di un vecchio contadino e con la ricercatezza linguistica di un cruscante. Gli è che qui come là il poeta pesca il suo forbito parlare nel *Volgarizzamento* trecentesco del *Trattato* del Palladio. Anche ne *L'aedo senza lira*, comunque, le parole preziose e nel contempo precise del "veglio" e quelle non meno ricercate del poeta che lo descrive non hanno eccessivo peso libresco. Infuse nel contesto della lingua dannunziana, così ricca di registri diversi, esse finiscono con il diventare parte integrante della "sinuosa e sonora voluttà" (F. Flora) linguistica o, che è lo stesso, dell' "amor sensuale della parola" (M. Praz) di cui si compiace D'Annunzio, più che mai in vena di sperimentazioni stilistiche. Infatti, *L'aedo senza lira*, come anche i componimenti che lo precedono, sta nel posto che sta per lo "stile" in cui è stato scritto. Anzi, in proposito si può dire che, non solo l'adozione di un impasto linguistico arcaico, ma anche la tenuità concettuale dell'insieme, con la sua celebrazione di un mondo semplice e "naturale", è programmatica e omogenea agli scopi della sezione che ospita i quattro componimenti. Di fatti, la artificiosità della lingua adottata fa tutt'uno con il realismo di maniera di cui pure si compiace il poeta e, sul piano ideologico, con il rigurgito di spiritualità "buona" di cui il componimento è caratterizzato. Tale disposizione "buona" è noto, è, nella sua fittizietà, di origine "paradisiaca", anche se appare qui, come negli altri componimenti del gruppo, meno meccanica e meno convenzionale di quanto non sia in certe pagine agresti de *L'innocente* e in certi versi del *Poema paradisiaco*. Proprio al *Poema paradisiaco*, in senso deteriore, e alla sua tematica riconduce la zeppa più evidente della lirica: i vv. 24-26: "Il soffio del suo petto / paterno è come la bontà dell'aria / che fa buona ogni cosa".

Costruita su periodi brevi, la lirica è lineare e piana, quasi trasparente, anche dal punto di vista sintattico. I periodi sono per lo più costituiti soltanto dalla forma verbale o dalla forma verbale e dal soggetto con un numero ridottissimo di espansioni e spesso coincidono ciascuno con un solo verso. La melodicità del tutto è garantita dal libero gioco delle rime, le quali, pressoché assenti o ridotte a semplici assonanze nella prima parte del componimento, si infittiscono a partire dal v. 26 intrecciando una fitta rete di richiami anche lontani e, oltre tutto, ripetuti in modo inconsueto: la rima difficile *-aglia*, ad esempio, appare ben cinque volte, ai vv. 28, 31, 39, 44, 48, mentre la rima in *-elli* appare quattro volte: ai vv. 33, 37, 45, 47. La rima al mezzo rovesciata dei vv. 5-6 ("...dolcezza..."/"...asprezza"), anticipata al v. 4 da "...mezzana...", è già nel testo prosastico del Palladio parafrasato dal poeta (vedi la nota 3).

Metro: un'unica strofa di 53 versi, endecasillabi e settenari variamente distribuiti e variamente legati da rime, ora baciate, ora lontane, ora ripetute e ora al mezzo, e da assonanze.

Meco ragiona [1] il veglio [2]
d'una spezie di pomi.
E dice: « Nasce [3] in arbore
di mezzana statura, e fior bianchetto.
La dolcezza del frutto   5
è mista con asprezza.
Non ricusa qualunque [4] terra. I luoghi
allegri [5] ama bensì, dolce temperie.
Dilettasi [6] del mare.
Il vento e il gelo teme   10
Innestar non si puote.
Piccola etade dura.
Serbansi i pomi in orci unti di pece.
Anco serbansi in cave [7]

---

[1] *ragiona*: parla. Nel senso di "dire, parlare, discorrere", "ragionare" è già dantesco: cfr. *Inferno*, II, v. 115: "Poscia che m'ebbe ragionato questo"; etc.
[2] *il veglio*: vedi *L'opere e i giorni*, v. 5: "Veglio, la tua parola su me piove" e nota 6.
[3] *Nasce...*: il passo che va dal v. 3 al v. 16 altro non è che la riduzione in versi di Palladio, *op. cit.*, XIII, 4, ed. cit., p. 254: "L'ipomelidi son *pomi* secondo che dice Marziale, somiglianti a sorbe. *Nascono in arbore di mezzana statura, e fior bianchetto. E la dolcezza di questo frutto è mescolata con asprezza /.../ Non ricusa qualunque terra. Ama luoghi allegri, temperati, e marittimi /.../ teme lo stato freddo. Innestar non si puote. Piccola etade dura. Serbansi i suoi pomi in orci impeciati; ovvero in cave dell'oppio arbore, ovvero in pentole tra la vinaccia*" (M. Praz, *La carne* cit., p. 512)
[4] *qualunque*: alcuna.
[5] *allegri*: "allegro" riferito a "terreno" o a "terra" è frequente nel *Volgarizzamento* di Palladio nel senso del latino *laetus*: grasso, concimato, fertile
[6] *Dilettasi*: assente nel passo citato (nota 3) è però di uso molto frequente nel *Volgarizzamento* di Palladio.
[7] *cave*: truccioli. L'originale latino da cui dipende il sintagma "in cave dell'oppio arbore" di Palladio suona "in scobe populi", cioè "in mezzo alle segature del legno di pioppo".

dell'oppio arbore;[8] ovver tra la vinaccia[9] 15
in pentole, assai bene e lungamente ».
Così ragiona il veglio; ed in sue lente
parole il cor si spazia[10]
come in un canto aonio.[11]
Risplende un'antichissima virtude, 20
come nel prisco aedo
che canta un fato illustre,[12]
o Terra, nel tuo bianco testimonio.[13]
Il soffio del suo petto
paterno è come la bontà dell'aria 25
che fa buona ogni cosa.
La vita fruttuosa
dell'arbore s'agguaglia[14]
alle sorti magnifiche[15] dei regni
Ei parla, e tra due legni 30
tesse la chiara paglia
come l'aedo tende le sue corde,
create co' minugi[16] degli agnelli,

---

[8] *oppio arbore*: pioppo. Cfr. oltre al passo citato alla nota 3, anche Palladio, II, 17, ed. cit., p. 286: "L'arbore popolo, cioè oppio, ovver pioppo gattice e tiglio sono utili a far lavorii intagliati".

[9] *vinaccia*: residuo – graspi, bucce e semi – della spremitura dell'uva.

[10] *si spazia*: si distende come ad occupare spazi più ampi e liberi, si sublima. Sintagma dantesco (cfr. *Purgatorio*, XIV, v. 16; XXVI, v. 63; XXVIII, v. 158; etc.) già usato, ma non in senso traslato, in *Bocca d'Arno*, vv. 31 s.: "...quella lodoletta / che in aere si spazia".

[11] *aonio*: ispirato dalle Muse, chiamate Aonie, come aonio è chiamato tutto ciò che si riferisce alle Muse, ad Apollo, alla poesia e ai simboli apollinei, perché l'Elicona, il monte su cui le Muse vivevano, sorge nella parte della Beozia abitata un tempo dagli aonii e quindi detta Aonia.

[12] *prisco... un fato illustre*: un antico poeta che canta il destino, e quindi la vita e le imprese, di un uomo famoso.

[13] *testimonio*: il Veglio è il fedele e appassionato conoscitore della terra e dei suoi segreti e quindi l'unico che può legittimamente parlarne. In senso pressoché identico, in *L'opere e i giorni*, v. 1, il Veglio è detto "sposo della Terra veneranda": vedi nota *ad loc*.

[14] *s'agguaglia*: diventa identica, nelle parole del Veglio.

[15] *sorti magnifiche*: le grandiose vicende. Cfr. G. Leopardi, *Canti, La ginestra*, vv. 50 s.: "...dell'umana gente / *le magnifiche sorti e progressive*", che a sua volta riecheggia Terenzio Mamiani, il quale, nella *Dedica* premessa alla edizione del 1832 dei suoi *Inni sacri* aveva nominato "le sorti magnifiche e progressive dell'umanità".

[16] *minugi*: budelli. "Il Tommaseo-Bellini alla voce 'corda' fornisce un particolare significato: 'Filo di minugia o di metallo per uso di suonare'. Consultando la voce 'minugia', D'Annunzio rinviene una forma 'minugio', sulla quale si fermerà la sua scelta. Una successiva glossa alla voce 'minugia' pre

tra i bracci della lira.
Vento asolando,[17] spira 5
odor di meliloto[18] il miel dall'ombra,
colato[19] nei mondissimi vaselli
ove la man spremette i fiali[20] pregni.
Ei ragiona e travaglia;
e il flavescente culmo[21] non si spezza. 40
A quando a quando mira
come chi attenda segni.
Ode sciame che romba.[22]
Ei parla di battaglia

cisa che 'con minugie si intendono le corde degli strumenti da suono perché si fanno per lo più di budella di agnello' " (D. Martinelli-G. Montagnani). Di fatto, come testimonia il manoscritto autografo, in un primo tempo D'Annunzio aveva scritto: "fatte con le minuge" e poi ha corretto, ampliando il settenario in un endecasillabo: "create co' minugi degli agnelli" Cfr. già *Le vergini delle rocce*, in *Prose di romanzi*, II, p. 556: "...un piccolo popolo industre attende /.../ a far corde di minugia per gli strumenti di suono" e poi *Maia*, *Laus vitae*, v. 1724: "...tendesti minune / di agnelli bene attorte".

[17] *Vento asolando*: forma di ablativo assoluto: quando alita il vento. Cfr. *L'innocente*, in *Prose di romanzi*, I, p. 535: "Il vento asolava".

[18] *meliloto*: il trifoglio officinale, dai fiorellini gialli a grappolo molto profumati. Il poeta trovava il nome in Palladio, *op. cit.*, I, 38, ed. cit., p. 21: "Origano, timo, serpillo, *meliloto*...", oppure direttamente nel Tommaseo-Bellini dove, *sub voce*, poteva leggere, oltre al passo di Palladio, citazioni tratte dal *Volgarizzamento del Trattato dell'Agricoltura* di Crescenzio e dal *Ricettario Fiorentino*. Tra l'altro, il manoscritto autografo del componimento, rivela che l'inserzione del prezioso e raro "meliloto" è successivo alla stesura del componimento: infatti nel manoscritto autografo si legge: "Vento asolando [correzione di un originario: "Nell'ombra agreste"] spira [aggiunto in un secondo tempo, dopo che l'"odora" che segue fu corretto in "odore"] / odore [in un primo tempo aveva scritto "odora"] il miele novo / colato nei mondissimi vaselli".

[19] *colato...*: parafrasi da Palladio, *op. cit.*, VII, 7, ed. cit., p. 208: "...si scola 'l mele in vasi mondissimi. Ma prima che si premano i fiari con mano..." (M. Praz, *La carne* cit., p. 515).

[20] *fiali*: favi. Da "fiare", che D'Annunzio trovava in Palladio (vedi nota precedente) [e che di fatto in un primo tempo aveva adottato nel verso, come si legge nel manoscritto autografo] il Tommaseo-Bellini "rimanda a 'fiale', ove si legge [con rinvio a *Ricett. Fior.* 128]: 'Spremi il miele da' fiali' " (D. Martinelli-C. Montagnani).

[21] *culmo*: il filo di paglia di color gialliccio ("flavescente"), già gambo del frumento, che il Veglio viene intrecciando.

[22] *Ode,. romba*: cfr. Palladio, *op. cit.*, VII, 7, ed. cit., p. 208: "Per due o tre dì dinanzi [le api] cominciano fortemente a *rombare* /.../ E convene che allor il buon guardiano ne stia sollicito /.../ Lo qual mormorio non fanno solamente per volere uscire, ma quando insieme tal volta *combattono* [vedi vv. 44-45]" (M. Praz, *La carne* cit., p. 513).

che han l'api in loro ostelli²³
per signorie lor nuove.²⁴
Gli luce nella barba e ne' capelli
alcun filo di paglia
che il suo parlar commuove.²⁵
Al sole oro non è che tanto luca.²⁶
Appesa alla sua bocca che s'immézza,²⁷
presso l'aroma della sua saggezza,
l'anima nostra è come la festuca.²⁸

---

²³ *ostelli*: le dimore delle api, gli alveari.
²⁴ *per... nuove*: per darsi nuovi re: vedi *Il fanciullo*, vv. 116 ss.
²⁵ *commuove*: muove, fa tremare.
²⁶ *luca*: dantismo, sempre usato in clausola: cfr. Dante, *Inferno*, IV, v. 151: "e vegno in parte ove non è che luca"; etc. Cfr. già anche *Elettra, Per i marinai d'Italia morti in Cina*, v. 130: "nell'ombra intorno altro non v'è che luca" [settembre 1900].
²⁷ *s'immézza*: diventa mézza, molle, come la frutta troppo matura: cioè diviene languida. L'espansione relativa "che s'immézza" è stata aggiunta in un secondo tempo: nel manoscritto autografo si legge infatti soltanto: "Appesa alle sue labbra", che a sua volta è correzione di una stesura originaria di cui si intravede sotto una vigorosa cancellatura solo la parte conclusiva: "...la sua bocca". L'intera immagine "bocca che s'immézza" ricorda H. de Régnier, *Les jeux rustiques et divins, Apostrophe funeraire*, v. 14: "Le fruit qui rassemblait à la bûche murie" (V. De Maldé-G. Pinotti).
²⁸ *la festuca*: il filo di paglia di cui al v. 40 ("il flavescente culmo").

Beatitudine

La lirica fu composta a Romena, il "+ *28 luglio .902*", come si legge in calce al manoscritto autografo (Biblioteca Nazionale "Vittorio Emanuele" di Roma, "Dannunziana" ARC I/A, 17). Nelle carte alcionie, il titolo "Beatitudine" appare per la prima volta nel ms. 422: in esso, che risale alla metà di agosto del 1902, "Beatitudine" occupa già il posto che occuperà nell'indice definitivo.

La sera scende dal cielo che si è fatto di un azzurro più pallido. L'umidore diffuso pervade le spighe, facendole trascolorare. Il silenzio smorza ogni rumore e attenua persino i moti interiori dell'uomo. L'Arno assume il colore del cielo. Firenze, lontana e quasi invisibile, è una dolce presenza con le sue torri e le sue cupole sospese nel color di perla. Cielo e terra si confondono nel crepuscolo e nel silenzio. Tutto è soffuso di malinconica dolcezza. Tale è l'incanto dell'ora che al poeta sembra che "in figura / della rorida Sera" sulla terra sia scesa Beatrice e che sia stata lei, con la sua toccante grazia, a trasformare il creato beatificandolo e instillando in ogni cosa un'intima tenerezza.

Dopo la parentesi costituita da *L'ulivo*, da *La spica* e dai due componimenti esiodei, *Beatitudine* riannoda i fili del discorso alcionio: riprende e rimodula, a livello culturale e a livello stilistico, gli spunti e i modi stilnovistici e, nell'economia dei tempi di *Alcyone*, recupera l'ora ideale della "sera". Così, mentre si riallaccia a *Lungo l'Affrico* e soprattutto a *La sera fiesolana*, cui tutto la lega, dalla personificazione della Sera alla diffusa temperie stilnovistica, da molti e cospicui echi (il "viso" della Sera bagnato "di pianto d'amore", "il lacrimar degli occhi" della Sera, il *cangiare* del "colore" delle spighe, il "martirio" delle spighe, l'"aerea chiostra / dei poggi", l' "Arno") a un preciso e programmatico stilema come "color di perla", *Beatitudine* sigilla anche l'intera prima sezione del Libro: si accommiata sia dal clima culturale e stilistico che l'ha caratterizzata, sia dai luoghi geografici – le colline intorno a Fiesole –, in cui era ambientata, sia dalla dimensione temporale, costituita dall'ora senza tempo della sera, in cui era localizzata, sia dalla determinazione stagionale – il giugno, tra la fine della primavera e l'inizio dell'estate – che era la sua, sia, infine, da certe movenze ideologiche che pure l'avevano caratterizzata. Dopo *Beatitudine*, infatti, il componimento preditirambico *Furit aestus* che pure, a segnare la continuità nel mutamento, riprende allusivamente l'*incipit* di *Beatitudine* ("*Color di perla* quasi informa, quale" e "Un falco stride nel *color di perla*"), "prepara l'inversione di rotta verso l'epifania dell'estate, e la furia naturale del *Ditirambo*" (P. Gibellini).

La lirica nasce dall'incontro tra la consueta disponibilità di D'Annunzio a cogliere gli aspetti più suggestivi del paesaggio naturale e la non meno usuale sua tendenza a sfruttare i dati della tradizione letteraria. In *Beatitudine*, alla confluenza di queste due spinte, che sono, in un poeta come D'Annunzio più convergenti di quanto si possa immaginare, sta, ovviamente, la figurazione allegorica o, meglio, la trasfigurazione emotiva del dato reale in immagini mistiche, spirituali e simboliche: nel caso specifico, non tanto Beatrice, apparsa "in figura / della rorida sera" e quindi personificazione della "sera", come si è per lo più inteso, quanto la carica beatificante della donna Beatrice quale appare dai testi danteschi, che è, essa sì, cifra e simbolo del momento di incanto e di mistica beatitudine che la sera reca alle cose del mondo e all'uomo. Il massimo di letterarietà che i recuperi danteschi determinano – la ballata si apre e si chiude su due passi della canzone "Donne ch'avete intelletto d'amore" – è minimizzato dal fatto stesso che il poeta, coerentemente con i suoi scopi, non ha neanche inteso mascherare la fonte che ha stimolato in lui quel processo di trasfigurazione e l'ha citata direttamente. D'altra parte, a costituire un peso nel componimento non è la stilizzazione letteraria che la citazione dantesca avvia e facilita.

Questo, infatti, è sempre e soltanto il vecchio inconveniente che D'Annunzio si trascina dietro fin dai tempi di *Isaotta Guttadàuro*. Ciò che è di peso al componimento è, ancora una volta, il di più di spiritualità "buona", con tutti i suoi tremolii, i suoi sentimentalismi e i suoi incongrui simbolismi, che deriva dalla stagione "paradisiaca" e che banalizza in dolciastra svenevolezza la suggestione malinconica nata dell'avvio letterario e di per sé orientata a superarlo. L'inconveniente aduggiava già *La sera fiesolana*, in situazioni come quella del fieno "che già patì la falce" o quella dei "fratelli ulivi" che facevan "di santità pallidi i clivi". Ora, in *Beatitudine*, la cosa supera il livello di guardia e intacca la credibilità della lirica. Ciò, senza dubbio, è dovuto al fatto che le notazioni realistiche e impressionistiche, così frequenti ne *La sera fiesolana*, sono qui ridotte al minimo e di conseguenza non arginano più il processo di simbolizzazione del concreto e di trasfigurazione del reale che ha così la possibilità di affermarsi con esiti se non mistificanti per lo meno stucchevoli. Ne nascono immagini come quella delle spighe che stanno davanti alla Sera-Beatrice come "persone inginocchiate /.../ a capo chino, umili..." (vv. 11-13) e come quella delle medesime spighe che si beano del "martirio" che le attende (vv. 13-14), dove, e non casualmente, è ripresa, amplificata e esasperata la notazione umanizzante solo accennata ne *La sera fiesolana* del fieno che "già patì la falce". Alla medesima atmosfera "paradisiaca" sono da riportare anche le immagini dei vv. 25-26: "e il cielo tanto è vicino / che ogni pensier vi nasce come un'ala" e dei vv. 27-28: "La terra sciolta s'è nell'infinito / sorriso che la sazia". Mistificazioni e banalizzazioni a parte, questa dolcezza "paradisiaca" fa tutt'uno con i modi stilnovistici e con il tocco apertamente preraffaellita, con cui ai vv. 22-24, per mezzo di un'altra reminiscenza culturale, vien data concretezza alla figura di Dante. Ma il tutto, come si sa, è funzionale agli scopi che il componimento è chiamato ad assolvere nella compagine del Libro di *Alcyone*.

Il tessuto linguistico è piano e semplice, in linea con l'atmosfera del componimento e anch'esso in rapporto con le esigenze strutturali del Libro. La musicalità leggera che ne deriva all'insieme e che accentua non tanto la dolcedine del componimento quanto la sua sospirosa e pensosa suggestione, assorbe anche il peso delle due interrogative dei vv. 3-4 e dei vv. 5-7, nonché l'anafora che le collega ai vv. 3 e 5: "Non è /.../ Non è non è...". Per quello che riguarda la lezione dei due passi danteschi citati all'inizio e alla fine del componimento, si vedano le note 1, 2 e 30 e si tenga conto che la scelta dannunziana era obbligata. Infatti, l'edizione critica della *Vita nuova* procurata da M. Barbi è posteriore alla data di composizione di *Beatitudine*.

Metro: Ballata grande "con ripresa di quattro endecasillabi: ZYYX, di tre stanze di dieci versi, pure endecasillabi, con inserimento di settenari in seconda, quinta e settima sede, secondo gli schemi seguenti: $A^a b C^{a\,r}$, $B^a C^{a\,r}$, $C^a D D X$; $A^a b C^a$, $B a C^{a\,r}$, $c^{a\,r} D D X$; $A b^a C^a$, $B^a a C^a$, $C^a D D X$ (le stesse lettere per rime e assonanze diverse; gli esponenti indicano: *a* assonanza, *c* consonanza, *ar* assonanza e rima allo stesso tempo)" (F. Gavazzeni).

« Color [1] di perla quasi informa,[2] quale
conviene a donna aver, non fuor misura. »
Non è, Dante, tua donna [3] che in figura [4]
della rorida [5] Sera a noi discende?

Non è non è dal cielo Beatrice   5

---

[1] *Color...*: si tratta dei vv. 47-48 della canzone di Dante *Donne ch'avete intelletto d'amore* (*Vita nuova*, cap. XIX) citati secondo la lezione tradizionale anziché nella lezione critica, ignota a D'Annunzio e comunque meno "tentante" (E. Palmieri): "Color di perla ha quasi, in forma quale / convene a donna aver, non for misura".
[2] *informa*: ha in sé, possiede. Ma vedi la nota precedente.
[3] *tua donna*: Beatrice, che Dante chiama spessissimo "la mia donna": cfr. *Vita nuova*, cap. XIX, *Donne ch'avete intelletto d'amore*, v. 2: "i' vo con voi de la mia donna dire"; *Purgatorio*, XXXII, v. 122; *Paradiso*, V, v. 94; VII, v. 11; VIII, v. 15; etc.
[4] *in figura*: sotto la forma. Cfr. G. Cavalcanti, *Rime*, Era in penser d'amor, v. 22: "...in figura d'amore"; Dante, *Purgatorio*, IX, v. 5: "poste [le stelle] in figura del freddo animale".
[5] *rorida*: rugiadosa, umida. In un primo tempo, come si rileva dal manoscritto autografo, la "Sera" era "pallida".

discesa in terra⁶ a noi
bagnata il viso⁷ di pianto d'amore?⁸
Ella col lacrimar degli occhi suoi⁹
tocca tutte le spiche
a una a una e cangia¹⁰ lor colore.   10
Stanno come persone
inginocchiate elle dinanzi a lei,
a capo chino, umìli;¹¹ e par sì bei
ciascuna del martiro che l'attende.¹²

Vince il silenzio i movimenti umani.¹³   15
Nell'aerea¹⁴ chiostra
dei poggi¹⁵ l'Arno pallido s'inciela.¹⁶
Ascosa la Città¹⁷ di sé non mostra
se non due steli¹⁸ alzati,

---

⁶ *dal cielo... in terra*: cfr. Dante, *Vita nuova*, cap. XXVI, son. *Tanto gentile e tanto onesta pare*, vv. 7 s.: "e par che sia una cosa venuta / da cielo in terra...".
⁷ *bagnata il viso*: accusativo di relazione: con il viso bagnato. Per il "viso" della "Sera", vedi *La sera fiesolana*, vv. 15 ss. e note relative.
⁸ *pianto d'amore*: la rugiada serale.
⁹ *lacrimar... suoi*: sempre la rugiada che scende dal cielo.
¹⁰ *cangia*: muta.
¹¹ *Stanno... umìli*: cfr. Dante, *Vita nuova*, cap. XXVI, son. *Vede perfettamente onne salute*, v. 9: "La vista sua fa onne cosa umile".
¹² *martiro che l'attende*: l'imminente mietitura.
¹³ *Vince... umani*: il silenzio diffuso ha la meglio non solo sulle voci e sui rumori degli uomini, ma anche sui loro moti interiori e sulle loro passioni, che ne rimangono placati. Ma cfr. Dante, *Paradiso*, XXXIII, v. 57: "Vinca tua guardia i movimenti umani".
¹⁴ *aerea*: "non in senso d'altezza; ma in senso più vago: per l'ombra che cala, i poggi s'avvolgono come d'una veste d'aria, dell'evanescente colore del crepuscolo, e paiono spetrarsi" (E. Palmieri).
¹⁵ *chiostra / dei poggi*: la cerchia dei monti. Sintagma petrarchesco – cfr. F. Petrarca, *Rime*, CXCII, v. 8: "per questa di bei colli ombrosa chiostra" –, già ripreso dal Carducci.
¹⁶ *pallido s'inciela*. assume il colore, pallido, del cielo che riflette. Per il sintagma "s'inciela", cfr. Dante, *Paradiso*, III, vv. 97 s.: "Perfetta vita a alto merto inciela / donne più su...".
¹⁷ *la Città*: Firenze.
¹⁸ *steli*: stelo per colonna o torre è già, almeno come termine di paragone, in *La Chimera*, *Romanza* [*Dolcemente muor Febbraio*], vv. 9 s.: "L'obelisco pur fiorito / pare, quale un roseo stelo" [1886]; cfr. anche *Il piacere*, I, p. 299: "Un fiato di primavera passava nell'aria. La colonna della Concezione saliva agile al sole, come uno stelo...".

> torre d'imperio [19] e torre di preghiera, [20]
> a noi dolce com'era
> al cittadin suo [21] prima dell'esiglio
> quand'ei tenendo nella mano un giglio
> chinava il viso tra le rosse bende. [22]
>
> Color di perla per ovunque spazia [23]
> e il ciel tanto è vicino
> che ogni pensier vi nasce come un'ala. [24]
> La terra sciolta s'è nell'infinito
> sorriso [25] che la sazia, [26]
> e da noi lentamente s'allontana [27]
> mentre l'Angelo chiama
> e dice: [28] « Sire, nel mondo si vede
> meraviglia nell'atto, che procede
> da un'anima, che fin quassù risplende ». [29]

20

25

30

---

[19] *torre d'imperio*: la torre del Palazzo della Signoria. Il manoscritto autografo testimonia che la lezione originaria era "torre di forza".
[20] *torre di preghiera*: il campanile del Duomo.
[21] *cittadin suo*: Dante. Per l'intera immagine, cfr. la perorazione finale del discorso tenuto da D'Annunzio agli elettori di Firenze, già in sunto ne « Il Giorno » di Roma del 3 giugno 1900 e poi in *Il libro ascetico della Giovane Italia*, *Il sasso contro l'eroe*, in *Prose di ricerca*, I, p. 453: "...sotto l'arco del tuo cielo sereno come il ciel di Dante prima dell'esilio...".
[22] *quand'ei... bende*: come è raffigurato – giovane, di profilo, in lucco rosso, con le bende rosse del cappuccio intorno al viso, con un libro nella mano sinistra e un ramo di gigli nella destra – in un affresco del Bargello, attribuito a Giotto e anche nel quadro *Salutatio Beatricis in terra* di Dante Gabriele Rossetti.
[23] *spazia*: si diffonde, in cielo come in terra. Vedi *L'aedo senza lira*, v. 18 e nota 10 e cfr. poi Dante, *Paradiso*, XX, vv. 73 ss. dove "si spazia" rima già con "sazia": vedi più sotto il v. 29 e la nota 26.
[24] *come un'ala*: leggero e libero, come un uccello che vola.
[25] *infinito / sorriso*: la luminosità senza fine del cielo.
[26] *che la sazia*: clausola dantesca: cfr. *Paradiso*, XX vv. 73 ss.: "Quale allodetta che 'n aere si spazia / prima cantando, e poi tace contenta / de l'ultima dolcezza che la sazia".
[27] *s'allontana*: soggetto "la terra" e non il "sorriso", come vorrebbe E. Palmieri: la terra, a mano a mano che avanza l'ombra del crepuscolo, sembra sparire, quasi fatta immateriale.
[28] *l'Angelo... dice*: cfr. Dante, *Vita nuova*, XIX, canz. *Donne ch'avete intelletto d'amore*, vv. 15 s.: "Angelo clama in divino intelletto / e dice...". "Chiama" vale "invoca".
[29] *"Sire... risplende*: cfr. Dante, *ibidem*, vv. 16 ss.: " 'Sire, nel mondo si vede / maraviglia nell'atto, che procede / d'un'anima che 'nfin qua su risplende' ".

Furit aestus [1]

La data di composizione è ignota. La lirica appare però come verisimilmente già composta in un elenco-progetto (ms. 422) di liriche di *Alcyone* steso il 13 o il 14 agosto 1902, mentre non è citata, neppure come progetto, nell'elenco precedente (mss. 421-432 v.), che risale alla metà di luglio del 1902.

Mentre l'*estate infuria* dal cielo e sul mare e in terra e sotto la luce tutto sembra avvolto in un immenso silenzio e sospeso in uno stupore senza fine, il poeta sente intorno a sé e dentro di sé i brividi misteriosi che animano quella specie di incanto meridiano. In quel silenzio diffuso, infatti, vibra l'attesa di un prodigio imminente e il poeta, che ne ha come il presentimento ("l'Ignoto viene a me", v. 12), si protende verso il mistero ("l'Ignoto attendo!", v. 12), trascende ciò che gli sta vicino e ciò che è reale ("Quel che mi fu da presso, ecco è lontano. / Quel che vivo mi parve, ecco, ora è spento", vv. 13-14), si inebria di arsura bruciante ("Mia dira sete, tu mi sei più cara...", vv. 17-18), si lascia pervadere i sensi dal delirio del meriggio e scopre che la pace che gli pareva di aver attinto non è abbandono, ma attesa selvaggia di fare e indeterminata volontà di agire, proprio come la pace della Natura sotto

---

[1] *Furit aestus*: da intendersi nel senso di "L'estate infuria", in quanto *aestus* che propriamente vale "ribollimento, vampa, afa", già in Ovidio, *Tristia*, IV, I, v. 57 significa "calore estivo" e quindi "estate". *Furit aestus*, comunque, è stilema virgiliano: in *Aen.*, I, v. 107, è riferito a una tempesta ("...furit aestus harenis") e in *Aen.*, II, v. 759 a un incendio ("...furit aestus ad auras").

la vampa del sole è, in realtà, tutto un brulicare di forze e di istinti.

La lirica precede, nella sorvegliata architettura dell'*Alcyone*, il *Ditirambo I* e segna l'annunzio squillante della grande estate che esploderà nei componimenti successivi. Significativamente il primo verso riprende l'*incipit* del componimento precedente, *Beatitudine*, a segnare la continuità nel cambiamento. Altrettanto significativamente l'ultimo verso allude alla terribile "maturità" della "Messe" che è pronta per la falciatura e che di fatto sarà falciata nel *Ditirambo I*. La struttura del componimento tornerà identica, con il suo titolo latino d'autore e con le sue tre strofe di otto endecasillabi ciascuna, anche negli altri componimenti preditirambici che saranno tutti accomunati anche dalla presenza della clausola tronca all'ultimo verso. Quindi *Furit aestus*, che dovrebbe essere la prima composta delle liriche preditirambiche, ha la funzione di modello per le altre tre. Pressoché analoghe, o comunque convergenti, saranno anche le soluzioni stilistiche ed espressive. Carattere principale e costitutivo della lirica è quello di essere quasi completamente risolta in immagini e in sensazioni di intensa suggestione panica. Metafore ardite ("nel color di perla", v. 1; "il cielo si squarcia", v. 2), rapide sinestesie ("mari taciturni", v. 3; "abissi di silenzio", v. 9), ossimori ("selvaggia pace", v. 19), astratti in luogo di concreti ("inerzia", v. 8), frasi nominali in forma esclamativa (vv. 3-5), reduplicazioni all'interno dello stesso verso (vv. 12, 22) o in versi successivi (vv. 13-14) e versi che tendono a diventare unità sintattiche a sé stanti bruciano ogni rigore logico e razionale, fino ad arrivare, negli ultimi versi, all'identificazione metaforica della volontà di agire del poeta con la Messe ormai matura e pronta ad affrontare il suo destino. Un esame puntuale di siffatti espedienti tecnico-espressivi e una analisi della portata semantica dei sintagmi che costituiscono i vari versi rivelano che la lirica è costruita su una sorta di conflittualità tra sintagmi e immagini che sottolineano la "immobilità" delle cose e sintagmi e immagini che registrano il movimento di forze scatenate: e ciò a significare una tensione latente prossima a esplodere.

Con gli "spericolati azzardi" (L. Baldacci) stilistico-espressivi di cui è contesta, la lirica costituisce un momento particolare nella storia della poesia dannunziana e offre notevoli spunti e suggestioni ai modi espressivi della poesia italiana del Novecento.

Metro: tre stanze di otto endecasillabi ciascuna, con assonanze irregolari. "Molti versi tendono a diventare unità sintattiche (come nelle sticomitie della tragedia greca)" (G. Contini). La medesima struttura metrica, come si è detto, tornerà negli altri tre componimenti preditirambici del Libro (*Terra, vale!*, *Stabat nuda Aestas*, *Altius egit iter*), con i quali *Furit aestus* ha in comune anche la clausola tronca dell'ultimo verso.

Un falco stride[2] nel color di perla:[3]
tutto il cielo si squarcia come un velo.[4]
O brivido su i mari taciturni,
o soffio, indizio del sùbito nembo![5]
O sangue mio come i mari d'estate!   5
La forza[6] annoda tutte le radici:
sotto la terra sta, nascosta e immensa.
La pietra brilla più d'ogni altra inerzia.[7]

La luce copre abissi di silenzio,
simile ad occhio immobile che celi   10
moltitudini folli di desiri.
L'Ignoto[8] viene a me, l'Ignoto attendo!
Quel che mi fu da presso, ecco, è lontano.
Quel che vivo mi parve, ecco, ora è spento.[9]
T'amo, o tagliente pietra che su l'erta[10]   15
brilli pronta a ferire il nudo piede.

---

[2] *Un... stride*: vedi *Il fanciullo*, vv. 107-109: "...sparviere / che... ferìa l'aer di strida" e nota relativa.
[3] *nel color di perla*: nel cielo color di perla. Vedi *La sera fiesolana*, v. 15: "...viso di perla" e nota relativa.
[4] *tutto il cielo... come un velo*: "Il cielo si squarcia per quello stridore del falco che lo ferisce... L'immagine è acutissima, e dice la purezza e la levità dell'aria, un limpido velo di color di perla" (F. Flora).
[5] *indizio... nembo*: annunzio dell'improvviso scoppio di un temporale.
[6] *La forza*: l'energia vitale.
[7] *più... inerzia*: più di ogni altra cosa inerte.
[8] *Ignoto*: personificato mediante il ricorso all'iniziale maiuscola.
[9] *spento*: morto, immobile.
[10] *erta*: salita scoscesa.

Mia dira sete,[11] tu mi sei più cara
che tutte le dolci acque dei ruscelli.
Abita nella mia selvaggia pace
la febbre come dentro le paludi.   20
Pieno di grida è il riposato petto.
L'ora è giunta, o mia Mèsse, l'ora è giunta!
Terribile nel cuore del meriggio
pesa, o Mèsse, la tua maturità.

---

[11] *dira sete*: latinismo lessicale ricalcato su Ovidio, *Metam*. XI, v. 371: "...diram /.../ famem...". Cfr. anche G. Pascoli, *Carmina, Iug.*, v. 121: "dira sitis" (A. Traina) e cfr. *Maia, Laus vitae*, v. 17: "sete crudele".

Ditirambo I

Il manoscritto autografo conservato negli Archivi del Vittoriale (mss. 445-476; IX, 1; num. 54 dell'*Inventario* cit.) fissa il luogo e la data di composizione a "Romena" al "calen d'agosto MCMII, a vespro" e gli appunti registrati nel *Taccuino XLII*, I, pp. 433-435 che contengono alcuni spunti sviluppati poi nel componimento segnano al febbraio 1902 e a una gita compiuta sul litorale del Lazio il termine *post quem* dell'inizio della stesura. Difficile dire quale dei titoli provvisori registrati nei vari elenchi di titoli contenuti nelle carte alcionie prefiguri o preannunci il *Ditirambo I*. Nel ms. 405 (fine di giugno del 1902) si legge, al quarto posto, tra il titolo "Tramonto su gli olivi" e il titolo "Oh Marina di Pisa (La Tenzone)", il titolo "Le Messi", cui in un secondo tempo è stata aggiunta la precisazione "al mare Thalatta!". Secondo P. Gibellini, *Per la cronologia* cit., p. 399, il titolo "Le Messi" preannuncia *La spica* (vedi p. 164), ma può anche darsi che in esso sia da vedere una anticipazione del *Ditirambo I*, che canta appunto le messi mature. La precisazione "al mare Thalatta!" che porta accanto al titolo e che nell'elenco successivo (ms. 421) sarà aggiunta al titolo "Pace" (vedi p. 220), sarà invece da considerare un appunto volto a segnalare che a partire dal componimento provvisoriamente intitolato "Le Messi" la scena alcionia si trasferirà sulla riva del mare. Il titolo "Ditirambo I" si legge per la prima volta nel ms. 421 (metà di luglio del 1902) ma a quella data il componimento doveva essere solo abbozzato. Nel ms. 422 che è databile al 13-14 agosto 1902, infine, il titolo "Ditirambo I" occupa già il posto che poi gli resterà definitivo tra i titoli "Furit aestus" e "Pace". Prima di entrare nel Libro di *Alcyone*, il 1° settembre 1902, il componimento apparve su « La Rassegna Internazionale » di Roma (a. III, vol. X, f. V): recava il titolo *Ditirambo* e, in calce, la data "Kal. Iul. Ann. MCMII", data che si riferisce, evidentemente, alla cronologia ideale del componimento e che è da mettere in relazione con l'avvenimento in esso descritto.

È il tempo della mietitura e in tutta l'Italia si miete. Il poeta, però, non ama la "scarsa mèsse" di aie anguste. Egli vuole battere le sue messi là dove sono urli, canti e balli, dove è presente il nume di Dioniso con il suo riso e il suo furore: nelle maremme dell'Agro Romano. Tutto il Lazio, in verità, vorrebbe veder trasformato "in un mar di frumento" Dolce, infatti, gli pare la Toscana e bella è Firenze, ma niente gli è caro come Roma e le sue campagne, lontano dalle quali si sente come in esilio. La sua anima visionaria anela di continuo ai luoghi del Lazio lungo il Tirreno, così ricchi di miti e di storia, e soprattutto ai luoghi intorno al Circeo, dove un giorno approdò Ulisse e dove Circe rinnovava senza fine le sue magie, in cospetto della palude e del mare. Là, dunque, il poeta mieterà le sue messi. Ecco, infatti, che in quei luoghi bruciati dal sole e resi deserti dalla malaria si compie il miracolo: nell'ora del meriggio, in una aia vasta come un campo di battaglia si celebra il rito antichissimo della trebbiatura. Nel tripudio eccitato dei presenti, tra suoni di crotali e di cimbali, vengono recati i manipoli di spighe. Il suolo ne è tutto coperto. Il vento solleva vortici di polvere. L'aia è tutta un aureo monte di spighe. I cavalli del carro del Sole, scalpitando senza tregua, vanno all'assalto dei mucchi e, in preda anch'essi, come gli uomini, a una furia implacabile, compiono l'epica fatica della trebbiatura. Poi, verso il tramonto, quando l'oro delle spighe trebbiate si fa color porpora come il cielo, sulle zolle delle terre intorno al Circeo ormai tornate alla vita, i cavalli del Sole, giunti al culmine del loro sforzo, spiegano all'aria le loro ali titanie rivelandosi per quelli che veramente sono. Il poeta allora innalza il suo canto di gioia e di gratitudine ad Apollo e chiama la Forza, l'Abondanza, la Vittoria e il Genio eterno di Roma a testimoni della sua visione carica di presagi: i cavalli del Sole calpestano "il rinato frumento di Roma".

L'estate è ormai esplosa in tutta la sua magnificenza. Le

messi sono mature. Come il poeta ha programmaticamente annunciato nella chiusa di *Furit aestus*, "l'ora è giunta". Il poeta finora si è indugiato a cogliere gli ultimi segni della primavera, lungo l'Affrico e sui colli di Fiesole, gustando l'ultima pioggia di giugno e il fresco della sera. Adesso è pronto a dare sfogo alla "febbre", che, come ha detto in *Furit aestus*, si agita dentro la sua "selvaggia pace". Così, nell'ora del meriggio, mentre la canicola infuria, egli intona il ditirambo dell'Estate.

Anticipato, a mo' di preludio, dal nervoso *Furit aestus*, in cui l'entusiasmo panico era ancora trattenuto e compresso, il *Ditirambo I* esplode con un impeto lirico che si tiene, per quasi tutti i 470 versi che lo costituiscono, su toni di furioso parossismo verbale e ritmico. L'assunto potenzialmente georgico – la mietitura, la trebbiatura –, infatti, viene fin dall'inizio soffocato e cancellato dall'esaltazione dionisiaca che sfocia in una sorta di profezia visionaria orientata a chiari scopi celebrativi. Così tutto il componimento risulta costruito soltanto su un presagio – quello del risanamento dell'Agro Pontino, dal Circeo al Tevere – e su una visione fantastica – lo spettacolo di una montagna di grano mietuto nei campi di Roma –. In proposito ha quindi ragione A. Noferi quando, tenendo anche conto dell'enfasi roboante con cui tutto ciò è cantato, osserva che il *Ditirambo I* è nato "per una specie di furia verbale sopra un'iperbole vacua". Giustamente la stessa Noferi suggerisce poi anche che il componimento si muove, quale suo frutto estremo, nell'ambito "dell'esperienza oratoria che aveva determinato il formarsi, tra il 1900 e il 1902, di quasi tutte le Odi di *Elettra*". Di *Elettra*, in effetti, il *Ditirambo I* riproduce più di un motivo e, quel che più conta, ripropone i medesimi spunti celebrativi del genio romano e dei magnifici destini della *Saturnia tellus*. Gli spunti, come già segnalava A. Noferi, riguardano soprattutto il tema del Lazio e dell'Agro e vengono, sotto forma anche di immagini e sintagmi precisi, dall'ode *A Roma* (vedi le note 22, 69, 123, 149 e 163), dalla *Notte di Caprera* (vedi le note 106, 128 e 147) e, per li rami, anche dalle tirate di Cantelmo nelle *Vergini delle rocce*.

Per altro, per quanto legato a motivi e a ideologie che potrebbero parere lontani dall'atmosfera alcionia, il *Diti-*

rambo I ha una grande importanza nell'economia del Libro. In primo luogo, fa da cerniera tra la prima e la seconda sezione della raccolta, tra la sezione incentrata sul motivo del presentimento dell'estate e quella dell'estate trionfante con tutte le implicazioni tematiche che ciò comporta. In secondo luogo, si impone all'attenzione perché presenta per la prima volta, nel contesto alcionio, un nuovo linguaggio e una nuova metrica. Dal punto di vista linguistico-espressivo, la novità, se così si può chiamare, è offerta dalla comparsa di una enfasi retorica chiaramente mutuata, come si è visto, dalle Odi di *Elettra*. Sconosciuta alle liriche della sezione precedente, questa enfasi è ora imposta dallo scopo celebrativo e si manifesta nella sequela di interrogative – ben 8 consecutive nei primi 30 versi –, di esclamative e di vocativi nell'abuso delle iterazioni, nella tendenza alle dilatazioni semantiche e nell'accumulo degli aggettivi e degli epiteti esornativi. Tra l'altro, per un di più di peso, la dilatazione semantica e l'inflazione degli epiteti sono operate mediante il saccheggio sistematico delle voci dell'*Onomasticon* del Forcellini (E. Forcellini, *Onomasticon Totius Latinitatis*, Prati, 1859) e del Tommaseo-Bellini, come hanno dimostrato D. Martinelli e C. Montagnani. Imprestiti eruditi o mitici provengono in gran numero anche da Virgilio e da altri autori latini, non si sa se consultati direttamente o cavati da repertori e simili. Presenti, come fonti, sono anche il Foscolo dei *Sepolcri* (vedi le note 14, 51, 57, 70), il Carducci di *Traversando la Maremma Toscana* (vedi le note 60 e 64) e il De Régnier de *Les médailles d'argile* (per le possibili derivazioni di alcuni versi da componimenti come *Le fils*, *J'ai feint que les Dieux m'aient parlé*, *Voyages*, II, *Pegase e L'echange*, cfr. V. De Maldé-G. Pinotti, *art. cit.*, p. 52, nota 26). Le sfumature orfiche o pseudoorfiche che infiorano la parte finale del componimento sono ottenute mediante l'inserimento di stilemi provenienti dagli *Inni orfici*, neanche riletti per l'occasione, dal momento che si tratta dei medesimi stilemi già sfruttati tre anni addietro per *L'Annunzio* di *Maia* (vedi le note 218-222). Infine, i modi pindarici, per non parlare del falso pindarismo della macrostruttura, sono riprodotti, in soldoni, mediante l'impiego di parole composte: "rapido-ardente" (v. 151), "cavi-sonori" (v. 269), "scalze-succinte" (v.

272", "possa-di-tori" (v. 273). L'unico pindarismo genuino è costituito dalle ipotiposi dei vv. 390 e 465 ("O Forza, o Abondanza, o Vittoria"), ma è anch'esso d'accatto, perché era già stato sfruttato nell'autunno dell'anno precedente (1901) per l'ode dedicata a V. Bellini (vedi nota 188). Qualche volta, la generale tendenza all'*amplificatio* delle immagini mediante perifrasi mitico-storiche è senza dubbio in armonia con la volontà del poeta "di vitalizzare miticamente una natura sentita per la prima volta, col vigore dionisiaco" (P. Gibellini). L'impressione ultima, tuttavia, è quella di una eloquenza libresca, e pretestuosamente visionaria, sostenuta da una iperbolica volontà di declamazione solo in parte attenuata da rari spunti nostalgici (ad esempio, nei vv. 100-120). Né sarà da tacere, in proposito, che, come osserva P. Gibellini, siffatta tendenza alle dilatazioni espressive è evidente nel gioco delle varianti e delle aggiunte successive.

Dal punto di vista metrico, invece, la novità del *Ditirambo I* è costituita dall'adozione, per la prima volta nella compagine del Libro fatto anche se non nel tempo, di una trama metrica che sarà quella della *Laus vitae*. *Hic et nunc*, però, il verso libero è sconvolto dai toni celebrativi e oratori dei nessi interrogativi ed è tenuto quasi costantemente su livelli troppo recitativi. Lo stesso ritmo fortemente proparossitono dei versi, perseguito, secondo quanto afferma P. Gibellini, anche con ritocchi correttori nel corso delle successive redazioni, dà all'insieme quell'agitazione che travolge le parole svuotandole di significato e distruggendole sotto l'incalzare degli accenti.

Metro: versi liberi, distribuiti in 9 strofe di differente lunghezza e di differente struttura ritmica. Il verso finale di ogni strofa rima con il verso iniziale della strofa successiva, salvo che nelle ultime due strofe.

ROMAE FRVGIFERAE DIC.[1]

Ove sono i cavalli del Sole[2]
criniti di furia e di fiamma?[3]
le code prolisse
annodate con liste[4]
di porpora, l'ugne 5
adorne di lampi[5]
su l'aride ariste?[6]
Ove l'aie come circhi,
le trebbie come pugne,
come atleti la rustica prole?[7] 10
Ove sono i cavalli del Sole
disgiunti dal carro celeste?
Ove le sferze sonanti,
le rèdine[8] lunghe[9] sbandite,[10]
il tinnir dei metalli,[11] 15
il brillar delle madide groppe?
Ove gli urli, ove i canti, ove i balli?
Ove la femmina bella
coperta di loppe[12] e di reste[13]

---

[1] *Romae frugiferae dic.*: "Dedicato a Roma ferace".
[2] *i cavalli del Sole*: i quattro corsieri che tirano il mitico carro del Sole. Cfr. Ovidio. *Met.*, II, vv. 153 s. e vedi *Ditirambo IV*, vv. 625 ss.
[3] *criniti... fiamma*: la cui criniera è sconvolta dall'impeto della corsa e infuocata dalla vampa dei raggi solari. Cfr. L. Ariosto, *Orl. fur.*, XXXII, str. XVII, v. 6: "Furie crinite di serpenti", citato in Tommaseo-Bellini alla voce "crinito".
[4] *liste*: nastri.
[5] *lampi*: le scintille che scoccano sotto gli zoccoli ("ugne") dei cavalli al galoppo.
[6] *aride ariste*: secche spighe. Per il sintagma allitterante "l'aride ariste" cfr. poi anche *Maia, Laus vitae*, v. 140: "stridere l'aride ariste".
[7] *la rustica prole*: i contadini.
[8] *rèdine*: secondo il Tommaseo-Bellini alla voce "rèdina", si tratta della forma più usuale di plurale, invece di "redini".
[9] *lunghe*: cfr. Santap., *M.Cav.*, 1, 5: "le redini s'hanno da tenere in mano lunghissime", citato dal Tommaseo-Bellini alla voce "redina" (D. Martinelli-C. Montagnani).
[10] *sbandite*: allentate, abbandonate: cfr. G. Boccaccio, *Teseida*, I, 15: "Indi montando / sopra cava' ch'ha redine sbandite / le lor lasciate donne si fuggieno / or qua or là così come potieno", citato *ibidem* (E. Palmieri).
[11] *il... metalli*: il tintinnare delle parti metalliche dei finimenti e delle bardature. "Tinnire" è verbo onomatopeico molto frequente in G. Pascoli.
[12] *loppe*: gli involucri dei granelli di cereali, pula.
[13] *reste*: le punte terminali, lunghe e filiformi, delle glume di molte graminacee. Vedi *La spica*, v. 20 e nota relativa.

come d'ori e di gemme?
Ove gli scherni, le risse,
le nude coltella,
il sangue che fuma e che bolle,
il giovine ucciso che cade
nelle sue biade
asperse del suo ricco sangue
e del vin suo vermiglio?
Ove il tuo nume,[14] o Dionìso,
e il tuo riso e il tuo furore
e il tuo periglio?
Qui scarsa mèsse
per piccole vite,[15]
aia angusta, fatica molle,[16]
mani prudenti,[17] fievoli [18] gole.
O Maremme, o Maremme,[19]
bellezza immite [20]
nata dalla Febbre e dal Sole,
o regni diurni di Dite,[21]
voi l'anima mia sogna!
O Roma, o Roma, la prima
davanti alla faccia del Sole,[22]
incombustibile forza,
semenza di gloria,
unica nata dal solco

---

[14] *il tuo nume*: il tuo potere divino. Cfr. U. Foscolo, *Dei Sepolcri*, vv. 62 s.: "...Non sento / spirar l'ambrosia, indizio del tuo Nume".
[15] *piccole vite*: uomini modesti.
[16] *molle*: che richiede scarso impegno.
[17] *prudenti*: e quindi non pronte ad afferrare "le nude coltella" (v. 22).
[18] *fievoli*: deboli, e quindi incapaci di prorompere in "urli" e in "canti" (v. 17).
[19] *Maremme*: le campagne che si estendono lungo la costa del mare, tra la Toscana e il Lazio. Vedi *La spica*, v. 31: "...Ne' luoghi maremmani" e nota relativa.
[20] *immite*: spietata, crudele, dannosa. Cfr. poi *Maia, Laus vitae*, v. 286: "...sotto un cielo immite".
[21] *regni... di Dite*: inferni all'aria aperta, per la malaria e il clima.
[22] *O Roma... Sole*: cfr. Orazio, *Carm. saecul.*, vv. 10 ss.: "Alme Sol,... possis nihil urbe Roma / visere maius". Cfr. anche *Eletṭra, A Roma*, vv. 1-4: "Alma Roma, sia testimone /.../ la faccia / del Sole che mai cosa più grande / di te visitò..." [settembre 1900].

del violento [23]
ardua spica opima, [24]   45
te l'anima mia sogna ed agogna
in un mar di frumento,
dal Cimino [25] solitario
ai vitiferi colli dei Volsci, [26]
fino a Minturno [27] ov'erra   50
nel limo l'ombra di Mario, [28]
fino a Sinuessa [29]
ebra di Massico [30] forte,
fino alle auree porte
della Campania promessa, [31]   55
in un mar di frumento
innumerevole
come le trionfate stirpi
dalla tua guerra! [32]   60

---

[23] *violento*: Romolo, che, dopo aver tracciato il solco che delimitava l'area della nuova città, uccise, in un accesso d'ira, il fratello Remo, colpevole di aver varcato con un salto quel solco.

[24] *ardua... opima*: spiga che si leva diritta, ricca di chicchi.

[25] *Cimino*: monte dell'Antiappennino laziale a sud-est di Viterbo.

[26] *Volsci*: l'antica popolazione italica stanziata nel Lazio nord-orientale, intorno a Velletri.

[27] *Minturno*: città del Lazio in provincia di Latina.

[28] *ov'erra... Mario*: nei pressi di Minturno, nelle paludi formate dal Liri, C. Mario si nascose per sottrarsi alle ricerche dei soldati di Silla. La digressione erudita nasce in margine alla ricerca della voce "Minturnae" sul Forcellini, dove D'Annunzio leggeva: "urbs /.../ divisa inter Formiam et Sinuessam [vedi v. 53]. In paludibus propinquis C. Marius delituit" (D. Martinelli-C. Montagnani). Cfr. però già *Elettra, La notte di Caprera*, vv. 222 s.: "...ove raccese / Mario la febbre di Minturno..." [gennaio 1901].

[29] *Sinuessa*: antica cittadina laziale, ai confini della Campania, nei pressi dell'odierna Rocca di Mondragone. D'Annunzio deve averne trovato il nome nella glossa della voce "Minturnae" sul Forcellini: vedi la nota precedente.

[30] *Massico*: vino molto celebrato dai poeti antichi, che prendeva nome dal Massico, il monte ricco di vigneti che sorge tra il Lazio e la Campania. Secondo D. Martinelli e C. Montagnani, D'Annunzio, dopo aver trovato nel Forcellini sotto la voce "Minturnae" l'accenno a Sinuessa (vedi note 28 e 29) avrebbe esteso la sua ricerca alla voce "Sinuessa" ove avrebbe rinvenuto: "Sinuessanus: ad Sinuessam pertinens ubi Massicus mons desinit"; e più sotto, a motivare l'assunzione di Massico come nome di vino, "De Sinuessanis venerunt Massica prelis".

[31] *Campania promessa*: "la *Campania felix*, quasi terra promessa" (M. Praz-F. Gerra).

[32] *le trionfate... guerra*: i popoli su cui hai riportato il trionfo dopo averli sconfitti in guerra.

O arce della Terra,³³
nel dipartirmi
da te, al conspetto dell'Agro ³⁴
ebbi presagio cruento ³⁵
che m'infiammò d'amore   65
più novo e gagliardo
per tutte le tue are
e per tutte le tue tombe.
Vidi campo di rossi
papaveri ³⁶ vasto al mio sguardo   70
come letto di strage,
come flutto ³⁷ ancor caldo
sgorgato da una ecatombe.
Non mai più fervente rossore
veduto avean gli occhi miei grandi,   5
e tutta la mia vita tremava
dalle radici
come s'io mi svenassi ³⁸
sul sacro tuo suolo
con vene giganti.   80
E l'anima, che si dipartiva,
impetuosamente
verso di te si rivolse,³⁹ incesa
da dolor rovente
ch'ella udì stridere come   85
tizzo in piaga viva;
e tutta verso di te protesa
era, gridando il tuo nome

---

³³ *arce della Terra*: Roma. Cfr. Cicerone. *Cat.*, IV, 6: "lucem orbis terrarum atque arcem omnium gentium"; *Pro Sulla*, XI, 33: "arcem regum ac nationum" (E. Palmieri).
³⁴ *Agro*: l'Agro Romano o Campagna Romana, la vasta pianura del Lazio percorsa dal Tevere.
³⁵ *presagio cruento*: presagio di sangue e di guerra, nel senso che sarà chiarito ai vv. 69 ss.
³⁶ *Vidi... papaveri*: cfr. l'annotazione contenuta in un foglietto di appunti preparatori (ms. 436; IX, 1; num. 50 dell'*Inventario* cit.): "I papaveri rossi – presso Roma – Oh con che passione l'anima si volse indietro! [vedi vv. 81-83]". Cfr. P. Gibellini, *Per la cronologia* cit., p. 404.
³⁷ *flutto*: fiotto di sangue.
³⁸ *mi svenassi*: perdessi tutto il mio sangue.
³⁹ *E l'anima... si rivolse*: vedi nota 36.

al fulgor vermiglio,[40]
dal carro strepitoso [41]
che la traeva in esiglio.[42]
E intollerabile male
tra tutti i suoi mali
a lei parve la sua dipartita;
sentì la sua vita
spoglia d'ogni forza e senz'ali,[43]
pallida e senza riposo
piegata su l'acre ferita,
ahi, mirò sé stessa lontana.

O Toscana, o Toscana,
dolce [44] tu sei ne' tuoi orti
che lo spino [45] ti chiude
e il cipresso ti guarda; [46]
dolce sei nelle tue colline [47]
che il ruscello ti riga [48]
e l'ulivo t'inghirlanda.
E una dura virtude
certo nelle tue torri commise [49]
e murò per la guerra civile

90

95

100

105

---

[40] *al fulgor vermiglio*: ai papaveri, color rosso sangue.
[41] *carro strepitoso*: il treno.
[42] *che... esiglio*: che lo trascinava lontano da Roma, come in esilio. Cfr. *Elegie romane*, IV, *Ave, Roma*, vv. 1 s.: "Esule anch'io, pensoso, / Roma..."; vv. 23 s.: "...Ave, o Roma unica, o dell'anima nostra unica patria"; *Congedo*, v. 1 ss.: "Libro, tu Roma nostra vedrai. Ti manda alla grande / Madre colui che molto l'ama, che sempre l'ama. / Recale tu il dolente amore e il desio che distrugge / l'esule, e il van rimpianto, ahi, del perduto bene".
[43] *senz'ali*: senza più slancio e entusiasmo. È clausola dantesca: cfr. *Paradiso*, XXXIII, v. 15: "sua disianza vuol volar senz'ali".
[44] *dolce*: "dolci" sono i "cieli" della Toscana anche in *Maia, Laus vitae*, v. 3425. Cfr. anche G. Carducci, *Rime nuove, Traversando la Maremma Toscana*, v. 1: "Dolce paese...".
[45] *lo spino*: le siepi spinose.
[46] *il cipresso ti guarda*: i filari di cipressi ti delimitano e quasi ti custodiscono. Vedi *Il fanciullo*, vv. 9-10: "la pallida contrada / ove i campi il cipresso han per confine" e nota relativa.
[47] *dolce... colline*: cfr. G. Carducci, *Rime nuove, Traversando la Maremma Toscana*, v. 12: "pace dicono al cuor le tue colline".
[48] *riga*: solca o irriga. Vedi *Il fanciullo*, vv. 8-9: "...l'Affrico che riga / la pallida contrada" e nota relativa.
[49] *commise*: giustappose.

le pietre forti;⁵⁰
e carca di grandi morti⁵¹
tu sei ne' tuoi sculti⁵² sepolcri,
o Fiorenza,⁵³ o Fiorenza,
giglio di potenza,⁵⁴
virgulto primaverile;⁵⁵
e certo non è grazia alcuna
che vinca tua grazia d'aprile
quando la valle⁵⁶ è una cuna
di fiori⁵⁷ di sogni e di pace
ove Simonetta⁵⁸ si giace.⁵⁹
Ma cuna dell'anima mia
è il solco del carro stridente⁶⁰
nella pietra dell'Appia via.

---

⁵⁰ *pietre forti*: pietre particolarmente resistenti agli agenti atmosferici, come si legge nella glossa a "pietra forte" della voce "pietra" nel Tommaseo-Bellini. Sotto la stessa voce "pietra", al lemma successivo, D'Annunzio leggeva una citazione da Palladio, *Archit.*, 19: "...acciocché le pietre *commettessero* bene insieme", da cui, secondo D. Martinelli e C. Montagnani, potrebbe aver derivato il "commise" del v. 108. Al lemma "pietra forte di taglio", invece, D'Annunzio, sempre secondo D. Martinelli e C. Montagnani, trovava citato il seguente passo di G. Villani, *Cron.*, VI, 67: "Di quelle pietre si *murarono* [vedi v. 109: "murò"] le mura di S. Gregorio Oltrarno".

⁵¹ *di grandi morti*: cfr. U. Foscolo, *Dei Sepolcri*, vv. 154 s.: "...Io quando il monumento / vidi ove posa il corpo di quel grande".

⁵² *sculti*: scolpiti, ornati di sculture.

⁵³ *Fiorenza*: Firenze, qui indicata con la forma antica ed etimologica del suo nome ad anticipare gli epiteti floreali dei due versi seguenti.

⁵⁴ *giglio di potenza*: città che si distingue e si segnala per la sua potenza, sia perché il giglio è l'emblema di Firenze sia perché così vale lo stilema modellato sui più usuali "giglio di purezza" e "giglio di innocenza" che D'Annunzio trovava registrati nel Tommaseo-Bellini alla voce "giglio".

⁵⁵ *virgulto primaverile*: riprende e rilancia l'immagine floreale contenuta in "Fiorenza" e in "giglio di potenza". Cfr. Guittone, *Rime*, Ahi lasso, or è stagion de doler tanto, v. 5: "...l'alta Fior sempre granata [= "fruttificante" (G. Contini)]"; v. 93: "Fiorenza, fior che sempre rinovella".

⁵⁶ *la valle*: la valle dell'Arno.

⁵⁷ *la valle:... di fiori*: cfr. U. Foscolo, *Dei Sepolcri*, vv. 170 ss.: "...le convalli /.../ mille di fiori al ciel mandano incensi".

⁵⁸ *Simonetta*: Simonetta Cattaneo. Amata da Giuliano de' Medici e celebrata dal Poliziano e dal Botticelli, morì giovanissima di tisi. Cfr. *L'Isottèo*, *Trionfo dell'Isaotta*, vv. 65 s.: "e la bella Simonetta cui cantò 'l Poliziano" Vedi anche *Pace*, v. 1: "...La bella Simonetta".

⁵⁹ *si giace*: riposa. "Si giace", in rima con "pace", è già anche in *La sera fiesolana*, v. 10.

⁶⁰ *carro stridente*: cfr. G. Leopardi, *Canti*, *La quiete dopo la tempesta*, vv 24 s.: "...il carro stride / del passegger che il suo cammin ripiglia".

A piè del Celio [61] infrequente,[62]
sotto la Porta Capena [63]   125
gemere udì l'Acqua Marcia [64]
che abbevera l'Urbe [65] affocata.
Si mosse di là fra le tombe [66]
e i lauri, fra la Morte che guata
e la Gloria che perde le frondi,[67]   130
ai colli d'Alba [68] giocondi.[69]
Lasciò dietro sé le molli ombre; [70]
più non vide la lunga catena
rosseggiar [71] degli acquedutti;[72]
non vide la fresca Preneste; [73]   135
sdegnò di Tuscolo [74] i frutti,
d'Aricia [75] la selva serena; [76]

---

[61] *A piè del Celio*: alle pendici del Celio, uno dei colli di Roma.
[62] *infrequente*: deserto, scarsamente abitato e frequentato.
[63] *Porta Capena*: una delle porte principali delle mura serviane dell'antica Roma, ai piedi del Celio: attraverso di essa passava la via Appia che conduceva a Capua.
[64] *l'Acqua Marcia*: l'acqua che scorreva nell'antichissimo acquedotto dell'Acqua Marcia.
[65] *che... l'Urbe*: cfr. Strabone, *Georg.*, V, 3, 13: "l'acqua Marcia che abbevera Roma" (E. Palmieri).
[66] *le tombe*: i sepolcri che sorgono lungo la via Appia.
[67] *fra... frondi*: appositivo di "fra le tombe / e i lauri": la presenza della Morte, che si guarda sinistramente intorno, è rievocata dall'accenno ai sepolcri della via Appia; invece l'immagine della Gloria, che, dice il poeta, perde il suo prestigio, è rievocata dall'accenno ai lauri che crescono lungo la via.
[68] *colli d'Alba*: i colli Albani, a sud-est di Roma.
[69] *giocondi*: ridenti: "ridenti" erano definiti i "Monti / d'Alba" già in *Elettra, A Roma*, vv. 11 s.
[70] *le molli ombre*: le carezzevoli, fresche, invitanti ombre dei lauri. È sintagma foscoliano: cfr. U. Foscolo, *Dei Sepolcri*, vv. 39 s.: "e di fiori odorata arbore amica / le ceneri di molli ombre consoli". Cfr. anche L. Ariosto, *Orl. fur.*, VIII, str. XX, v. 5: "Stassi cheto ogni augello all'ombra molle", citato dal Tommaseo-Bellini, alla voce "molle". Cfr. per altro già L'*Isottèo, Cantata di calen d'aprile*, v. 124: "..a la molle ombrìa".
[71] *rosseggiar*: per via del colore rosso dei cotti con cui vennero costruiti gli acquedotti.
[72] *acquedutti*: la forma arcaicizzante è trascinata da "frutti" del v. 136.
[73] *la fresca Preneste*: "Il sintagma oraziano [cfr. *Carm.*, III, 4, 22, vv. 22 s.: "...frigidum / Praeneste..."] è citato nel Forcellini ad v. *Praeneste*" (D. Martinelli-C. Montagnani). Preneste è l'attuale Palestrina. L'epiteto di "fresca" le viene dal fatto di essere circondata da molti corsi d'acqua.
[74] *Tuscolo*: l'attuale Frascati.
[75] *Aricia*: Ariccia.
[76] *la selva serena*: i boschi pieni di luce. A meno che "selva serena" non sia da intendere nel senso di "macchia serena", cioè di bosco che "l'inver-

s'affrettò alla spiaggia tirrena
ove dura fervente [77]
la bava delle tempeste,   140
alle reggie di Circe funeste
ove urtò d'Odisseo la carena.[78]
Anelante al deserto di luce [79]
ove fuma vapor che avvelena
e rapisce gli spiriti errabondi,   145
scoperse la candida rupe [80]
onde Anxur [81] pendente
nella truce canicola [82] incombe
allo stagno mortifero e al Mare.[83]

Appia via, cammino solare   150
incontro all'Austro [84] rapido-ardente,
Appia via, dalla Porta Capena
cui la recondita vena [85]
geme l'assidua stilla,[86]

---

no perde le foglie", come si legge sul Tommaseo-Bellini alla voce "sereno". Comunque "nemoralis", selvosa, Ariccia è già definita dagli autori latini: cfr. Marziale, *Epigr.*, XIII, 19, v. 1: "nemoralis Aricia" e cfr. anche Ovidio, *Fast.*, VI, v. 59: "Inspice quos habeat nemoralis Aricia fastos" che D'Annunzio trovava sul Forcellini alla voce "Aricia" (D. Martinelli-C. Montagnani).

[77] *fervente*: ribollente. Latinismo. Vedi v. 74: "...fervente rossore".

[78] *alle... carena*: al Circeo, dove, secondo il mito, sorgeva la dimora della maga Circe (dimora *funesta*, cioè causa di dolori e di lutti, perché coloro che vi venivano ospitati, come, ad esempio, i compagni di Ulisse, venivano trasformati in animali dalle pratiche magiche di Circe: vedi vv. 212 ss. e note relative) dove approdò la nave ("carena") di Ulisse ("Odisseo"): per l'intero passo cfr. *Taccuino* XLII, I, p. 435: "Il mare si rivede a Follonica /.../. Il mare, la lunga striscia delle coste lontane che si protende, azzurra.– Si attende l'approdo della trireme d'Odisseo. Circe abita i luoghi?" [febbraio 1902: vedi la nota introduttiva al componimento a p. 193].

[79] *deserto di luce*: la palude Pontina, bruciata dalla vampa del sole e perciò deserta.

[80] *la candida rupe*: la rupe calcarea e perciò bianchegginate e visibile da lontano. Cfr. Orazio, *Sat.*, I, 5, v. 26: "impositum saxis late candentibus Anxur", che D'Annunzio trovava citato nel Forcellini alla voce "Anxur" (D. Martinelli-C. Montagnani).

[81] *Anxur*: Terracina.

[82] *pendente... canicola*: come sospesa nell'aria resa incandescente dalla vampa del sole.

[83] *al Mare*: al mar Tirreno. Cfr. Forcellini, alla voce "Anxur": "Anxur urbs in ora Maris Tyrrheni" (D. Martinelli-C. Montagnani).

[84] *Austro*: vento del sud.

[85] *la recondita vena*: l'Acqua Marcia, che scorre sotto la porta Capena.

[86] *geme... stilla*: fa sentire il rumore dell'acqua che fluisce senza sosta.

ove condurrai tu la mia 155
anima impaziente
che d'avidità risfavilla?⁸⁷
Non qui la mia mèsse è mietuta.
A mietere l'alta mia mèsse
mille falci⁸⁸ indefesse 160
travagliarono solco per solco,
dall'aurora al tramonto,
per nove aurore
e per nove tramonti
in terra sconosciuta.⁸⁹ 165
E s'udiva in ogni meriggio⁹⁰
venir dagli orizzonti
infiammati la voce
e il tuono di Pan⁹¹ sopra a noi.
E ululava la torma feroce: 170
« O Pan, aiuta, aiuta! ».
E per la stoppia⁹² i buoi
candidi,⁹³ aggiogati ai plaustri⁹⁴
contra le biche manomesse,⁹⁵
mugghiavano di spavento. 175

O Pan, dammi il mio frumento,
dammi l'oro della mia mèsse

---

⁸⁷ *d'avidità risfavilla*: brucia di ansia e di desiderio.
⁸⁸ *falci*: falciatori, mietitori (metonimia).
⁸⁹ *in terra sconosciuta*: in una terra dove fino ad allora non si era mai mietuto.
⁹⁰ *meriggio*: l'ora panica.
⁹¹ *Pan*: il dio dei boschi e dei pascoli, che, nell'ora del meriggio, si divertiva a spaventare gli uomini, con le sue apparizioni, con il suono del suo flauto o con improvvisi rumori.
⁹² *la stoppia*: la paglia rimasta sul campo dopo la mietitura.
⁹³ *i buoi / candidi*: cfr. *Elegie romane, Nella certosa di San Martino*, v. 12: "...bianchi buoi"; *Elettra, La notte di Caprera*, vv. 339 s.: "...bianchi buoi / campani".
⁹⁴ *palustri*: carri agricoli da trasporto. Latinismo (cfr. Virgilio, *Georg.*, I, v. 163: "tardaque Eleusinae matris volventia plaustra") già dantesco (cfr. *Purgatorio*, XXXII, v. 95: "come guardia lasciata lì del plaustro") e carducciano (cfr. Carducci, *Odi barbare, Alle fonti del Clitumno*, v. 15: "...il dipinto plaustro").
⁹⁵ *biche manomesse*: mucchi di covoni, disfatti per caricare i singoli covoni sui carri.

australe⁹⁶ e la furia degli Austri
libici e la furia dei cavalli
dall'ugne adorne di lampi!⁹⁷   180
Non qui non qui ebbi i miei campi,
non qui ebbi i miei plaustri,
ma nel grande Lazio tirreno,
fino a Minturno,
fino a Sinuessa,   185
nella terra ebra di Massico
nella terra ebra di Cècubo,⁹⁸
a Fondi lacustre,⁹⁹
ad Amicle marina,¹⁰⁰
ad Ardea danaèia ¹⁰¹   190
ov'arde il sangue di Turno,¹⁰²
e su la curva spiaggia nomata
dalla nutrice eneia,¹⁰³
di qua dal rapace Volturno,¹⁰⁴

---

⁹⁶ *australe*: "Cresciuta in terra australe, meridionale. Oppure: su cui rapidi spirano gli Austri" (E. Palmieri).
⁹⁷ *dall'ugne... lampi*: vedi vv. 5-6.
⁹⁸ *Cècubo*: vino, come il Massico, originario della zona compresa tra il Lazio e la Campania e molto celebrato dagli antichi.
⁹⁹ *Fondi lacustre*: Fondi, l'antica Fundi, è una città del Lazio meridionale tra Terracina e Formia e sorge sulle rive di un lago. Nel Forcellini, alla voce "Fundi", cui D'Annunzio forse fu rinviato dall'accenno a Fondi, contenuto nella voce "Amyclae" (vedi la nota seguente), si legge: "Fundanus lacus, in agro Fundano" (D. Martinelli-C. Montagnani).
¹⁰⁰ *Amicle marina*: antica cittadina che sorgeva lungo la costa, nei pressi dell'odierna Sperlonga. Ma cfr. il Forcellini alla voce "Amyclae": "Oppidum in Italia, in ora maritima, apud Fundos inter Teracinam et Cajetam" (D. Martinelli-C. Montagnani).
¹⁰¹ *Ardea danaèia*: Ardea, antica capitale dei Rutuli e patria di Turno, secondo la leggenda fu fondata da Danae, figlia di Acrisio re di Argo. Cfr. Virgilio, *Aen.*, VII, vv. 409 s.: "...quam dicitur urbem / Acrisioneis Danae fundasse colonis". Cfr. anche il Forcellini alla voce "Ardea": "...a Danae Persei matre condita" (D. Martinelli-C. Montagnani).
¹⁰² *ov'arde... Turno*: dove ancora è caldo e ribolle ["Ardea... arde": gioco etimologico] il sangue che Turno versò morendo per la sua patria.
¹⁰³ *la... eneia*: il golfo di Gaeta, che prende nome da Caieta, la nutrice di Enea che ivi fu sepolta: cfr. Virgilio, *Aen.*, VII, vv. 1-2 :"Tu quoque litoribus nostris, Aeneia nutrix [="nutrice eneia"], / aeternam moriens fama, Caieta, dedisti".
¹⁰⁴ *rapace Volturno*: cfr. Claudiano, *Paneg Prob. et Olyb Coss.*, v. 256: "Volturnusque rapax..." (E. Palmieri).

e presso lo stagno [105] taciturno [106]
pingue di calami e d'ulve [107]
ove di Latino il lauro vige [108]
tra le spiche fatte più fulve,
e ad Anzio amor del pirata [109]
e della Fortuna [110] crudeli
e del crudele Imperatore, [111]
e a Ostia, [112] nella sacra bocca
del Tevere irta di prore
gonfia di vele
ingombra de' lunghi granai.

Ovunque falciai e trebbiai
nel grande Lazio tirreno,
alle porte dell'Urbe e al confine
estremo, fra il Tevere e il Liri, [113]
in ogni più fertile plaga.
Ma a te vanno i miei sospiri,
a te, ombra del Monte Circèo
letifera [114] come il veleno

---

[105] *lo stagno*: lo stagno formato dal fiume Numicio. Cfr. Virgilio, *Aen.*, VII, vv. 150 s.: "...haec fontis stagna Numici, /.../ hic fortis habitare Latinos"; Ovidio, *Met.*, XIV, vv. 597 s.: "litus adit Laurens, ubi tectus harundine serpit / in freta flumineis vicina Numicius undis".
[106] *taciturno*: tranquillo, silenzioso. Cfr. Orazio, *Carm.*, I, 31, v. 9: "...taciturnus amnis (sc. Liris)". Cfr. anche *Elettra*, *La notte di Caprera*, v. 850: "...nell'Agro taciturno".
[107] *ulve*: alghe palustri.
[108] *ove... vige*: nelle cui vicinanze sorge la pianta di alloro che il re Latino aveva trovato al tempo della fondazione del suo regno e aveva consacrato a Febo. Cfr. Virgilio, *Aen.*, VII, vv. 59 ss.
[109] *amor del pirata*: nei pressi di Anzio trovarono rifugio le navi dei pirati che infestavano il Tirreno. Cfr. Livio, *Ab Urbe condita*, VIII, 14.
[110] *e della Fortuna*: ad Anzio sorgeva un celebre santuario della dea Fortuna. Cfr. Orazio, *Carmina*, I, 35. Cfr. anche il Forcellini alla voce "Antium": "Apud Antium celeberrimum fuit templum Fortunarum duarum" (D. Martinelli-C. Montagnani).
[111] *e del crudele Imperatore*: Anzio fu patria di Nerone e, secondo Svetonio, anche di Caligola: l'epiteto crudele, però, si adatta meglio a Nerone, anche se nel Forcellini, sotto la voce "Anzio", che, secondo D. Martinelli e C. Montagnani, sarebbe la fonte di D'Annunzio, si legge "patria fuit Caligulae".
[112] *Ostia*: il porto di Roma.
[113] *Liri*: il fiume che nell'ultimo tratto di corso segna il confine tra il Lazio e la Campania.
[114] *letifera*: portatrice di morte.

e il carme [115] dell'avida maga [116]
che tenne l'insonne   215
piloto re d'Itaca Odisseo
nel letto dall'alte colonne.
Quivi ancor regna nel Monte
l'Iddia callida,[117] figlia del Sole; [118]
e spia dal palagio rupestro,   220
tra sue stellate [119] pantere
e sue tazze attoscate [120] di suchi.
Gemon prigioni i suoi drudi,[121]
bestiame [122] del suo piacere,
cui ella tocca la fronte   225
con verga e susurra parole.
E i suoi pastori astati,[123] prole
dell'Evia [124] e del Centauro [125]
generata nell'ora dell'estro,[126]
di bronzea pelle, di pél sauro,[127]   230
prole furibonda,
quivi sotto gettano rauco [128]

---

[115] *il carme*: le formule magiche.
[116] *maga*: Circe.
[117] *callida*: astuta (lat. *callidus*).
[118] *figlia del Sole*: sempre Circe, figlia del Sole e di Perse. Cfr. Virgilio, *Aen.*, VII, v. 11: "...Solis filia...".
[119] *stellate*: maculate. Cfr. J. Sannazaro, *Arcadia*, pros. X: "Il uo manto era di una pelle grandissima, stellata di macchie bianche", citato nel Tommaseo-Bellini alla voce "stellato".
[120] *attoscate*: avvelenate.
[121] *drudi*: amanti.
[122] *bestiame*: perché abbrutiti dalla passione e perché, di fatto, trasformati in bestie dalle magie di Circe.
[123] *pastori astati*: guardiani di mandrie forniti di asta: i butteri a cavallo delle Maremme e della Campagna romana. Per quel che riguarda la loro descrizione come mostruosi centauri, si ricordi che già in *Elettra*, *A Roma*, vv. 16 s., D'Annunzio li aveva definiti "...pastori biformi / dall'aspetto umano ed equino".
[124] *Evia*: Baccante.
[125] *Centauro*: il mostro mezzo uomo e mezzo cavallo, di cui il buttero a cavallo è detto figlio in quanto ne riproduce l'aspetto.
[126] *estro*: ebrezza panica.
[127] *di pél sauro*: dal mantello fulvo-rossiccio, nella parte equina. Cfr. L. Ariosto, *Orl. fur.*, VI, str. LXXVI, vv. 1-2: "Quivi a Ruggier un gran corsier fu dato / forte, gagliardo, e tutto di pel sauro", citato nel Tommaseo-Bellini alla voce "sauro".
[128] *rauco*: cfr. *Elettra*, *La notte di Caprera*, vv. 339 ss.: "l'aratro /.../ tratto dai bianchi buoi / campani, cui rauco urgeva il bifolco" [1900-1901]; *Maia, Laus vitae*, vv. 3487 s.: "Il bifolco gli incìta; / e certo egli è roco...

ululo su la palude
e pungono il negro armento
dalle code nude,[129]   235
i bufali, irosi mostri
profondati nel lutulento
pascolo [130] che s'inselva di corna.[131]
E, quando aggiorna,[132]
tutta la palude ansa e soffia [133]   240
per le froge e per le fauci emerse,[134]
occhiuta di mille occhi torvi;
e l'acqua putre [135] gorgoglia
e bulica [136] occlusa [137] dall'erbe
cui [138] sradica il piè bisulco,[139]   245
mentre nube di corvi
sinistra offusca e assorda l'aria
ove passa in silenzio mortale
la Febbre velata di nebbia.

Quivi io farò la mia trebbia,   250

---

[129] *il... nude*: le mandrie dei bufali che hanno il manto scuro e le code prive di peli. D'Annunzio ricava i particolari dalla glossa della voce "bufolo" del Tommaseo-Bellini: "Specie di mammifero /.../; ha *il pelo nero, la coda nuda*, l'aspetto feroce [vedi v. 236: "irosi mostri"]".
[130] *profondati... pascolo*: sdraiati in mezzo al fango della palude dove pascolano. Cfr. Brunetto Latini, *Tes.*, 8, 44: "Gli altri son chiamati buffali, e dormono pe' fondi dei grandi fiumi", citato dal Tommaseo-Bellini alla voce "bufolo" (D. Martinelli-C. Montagnani).
[131] *s'inselva di corna*: diventa simile a una selva di corna. Cfr. L. Ariosto, *Orl. fur.*, X, strof. LXXXIX, vv. 5-6: "Intorno allo stendardo tutto bianco / par che quel pian di lor tutto s'inselve", citato dal Tommaseo-Bellini alla voce "inselvare".
[132] *aggiorna*: si fa giorno.
[133] *tutta... soffia*: secondo D. Martinelli e C. Montagnani il verso deriva da un passo del Tommaseo-Bellini registrato alla voce "bufolo": "Soffiava come un bufalo (*di chi ansima forte*)".
[134] *per... emerse*: attraverso le narici e le bocche dei bufali che spuntano fuori dall'acqua fangosa.
[135] *putre*: da intendersi come aggettivo, nel senso di putrida, maleodorante, piuttosto che come voce verbale, nel senso di imputridisce, emana odore di putredine.
[136] *bulica*: ribolle. Dantismo (cfr. *Inferno*, XII, v. 117: "parea che di quel bulicame uscisse"; v. 128: "lo bulicame che sempre si scema") già ripreso da G. Carducci, *Rime nuove*, *Ça ira*, VII, v. 7: "il vostro sangue bulica".
[137] *occlusa*: bloccata, impedita di fluire.
[138] *cui*: che, complemento oggetto.
[139] *il piè bisulco*: il piede dalle unghie divise in due, tipico dei ruminanti. Vedi *L'otre*, v. 1: "...becco sordido e bisulco".

quivi batterò la mia mèsse
in un'area [140] vasta
come campo per oste [141] schierata.
Ove sono i cavalli del Sole
criniti di furia e di fiamma?   255
Le code prolisse
annodate con liste
di porpora, l'ugne
adorne di lampi
su l'aride ariste?   260
Ove le sferze sonanti,
le rèdine lunghe sbandite,
il tinnir dei metalli,
il brillar delle madide groppe?
Ove gli urli, ove i canti, ove i balli? [142]   265

Ecco, al tripudio,[143] ecco i cavalli!
Chi li conduce?
Ecco le sferze, ecco i crotali,[144]
i cimbali [145] cavi-sonori [146]
che vince il rombo dei cuori,   270
le femmine scalze-succinte [147]
ebre di luce,
i giovini possa-di-tori [148]
ebri di strepito.
Ecco il fiore del sangue latino.[149]   275

---

[140] *area*: aia.
[141] *oste*: esercito.
[142] *Ove... i balli*: vedi vv. 1-7 e 13-16.
[143] *al tripudio*: alla festa.
[144] *crotali*: strumenti a percussione. Costituiti da due piastre di legno o di metallo che venivano picchiate l'una contro l'altra, erano usati dai sacerdoti della dea Cibele.
[145] *cimbali*: strumenti simili ai crotali. Cfr. F. Redi, *Ditiram.*, 19: "Al suon del cembalo, / al suon del crotalo", citato dal Tommaseo-Bellini alla voce "crotalo".
[146] *cavi-sonori*: dalle forme concave e atti a produrre suoni.
[147] *scalze-succinte*: prive di scarpe e con le vesti fermate in vita da una cintura, onde essere più libere nei movimenti. Cfr. *Elettra*, *La notte di Caprera*, vv. 175 s.: "...alte e succinte / vergini...".
[148] *possa-di-tori*: possenti come tori.
[149] *il fiore... latino*: i figli migliori della stirpe latina. Cfr. *Elettra*, *A Roma*, v. 239: "e il fior del mio sangue latino".

Ecco gli otri [150] gonfi di vino.
Ecco la sapa [151] dolce a mescere.
Ecco l'arido pane che asseta.
Ecco la tazza di creta,
foggia antica e ne' secoli bella,   280
ampia come bucranio,[152]
rosea come mammella.
Ecco tutto il tripudio!
Versate i manipoli [153]
sul suol vulcanio,[154]   285
versate dal plaustro
accline [155] i manipoli
come da cornucopia.
Tutta la terra è roggia [156]
più che sinopia [157]   290
agli occhi torbidi.
Il vento turbina,
suscita polvere in vortici.
Versano i plaustri
nell'aia l'oro stridulo.[158]   295
L'oro s'accumula.
Dispare il suolo igneo
sotto la congerie
innumerevole.
Solo una bica, solo un aureo   300

[150] *otri*: recipienti fatti di pelli intere di capra cuciti alle aperture. Vedi *L'otre*, vv. 1 ss.
[151] *sapa*: mosto cotto, che veniva mescolato al vino per renderlo dissetante. Nel Tommaseo-Bellini alla voce "sapa" si legge il *Prover. tosc.* 365: "Dolce come la sapa" (D. Martinelli-C. Montagnani). Però "sapa" è già in *Trionfo della Morte*, in *Prose di romanzi*, I, p. 950: "Dà senza misura, e metti la sapa nel vino del mietitore".
[152] *bucranio*: testa di bue.
[153] *manipoli*: tanto di spighe quanto ne può contenere una mano.
[154] *suol vulcanio*: il suolo dell'aia, infuocato come un vulcano: vedi, più sotto, v. 297: "...il suolo igneo".
[155] *accline*: inclinato. Cfr. Dante, *Paradiso*, I, vv. 109 s.: "Ne l'ordine ch'io dico sono acclìne / tutte nature...".
[156] *roggia*: rossa. Vedi *Anniversario orfico*, v. 20: "qual roggio smalto" e nota relativa.
[157] *sinopia*: varietà di ocra rossa, usata specialmente dai legnaiuoli e dai falegnami per segnare i tronchi.
[158] *l'oro stridulo*: le spighe dorate che, nell'atto di essere rovesciate, sfregandosi le une contro le altre, mandano secchi crepitii. Vedi v. 321: "...le ariste stridono".

monte è la grande area.
Tutto il Lazio è una stoppia
che arde e solvesi in cenere,
da Sinuessa massica [159]
fino a Roma romùlea.[160]   305
Solo una bica, solo un aureo
monte è la grande area;
e i cavalli l'ascendono.
Scalpita, scalpita!
O Roma, questo è il monte di Cerere [161]   310
madre di Prosèrpina,
questo è il monte della Magna Madre [162]
che navigò pel Tevere.[163]
I cavalli terribili
erti su l'unghia solida [164]   315
l'ascendono, l'assaltano.
Scalpita, scalpita!
Crollano i manipoli
sotto l'urto, si spezzano
i culmi,[165] si sgranano   320
le spiche, le ariste stridono,
le loppe volano.
Scalpita, scalpita!
Le sferze schioccano,
per l'aère guizzano   325
come le folgori.
Come le gómene

---

[159] *Sinuessa massica*: vedi vv. 53 s.: "...Sinuessa / ebra di Massico", e note relative.
[160] *Roma romùlea*: Roma fondata da Romolo. Il sintagma ovidiano "Romulea Urbs" [cfr. Ovidio, *Fast.*, V, v. 260] è registrato nel Forcellini alla voce "Roma" (D. Martinelli-C. Montagnani).
[161] *Cerere*: la dea delle messi.
[162] *Magna Madre*: Cibele, la dea della Terra e della fecondità.
[163] *che... pel Tevere*: quando la sua statua fu trasportata dalla lontana Frigia a Roma. Cfr. Tito Livio, *Ab Urbe condita*, XXIX, 14 e Ovidio, *Fast.*, IV, vv. 257 ss. Cfr. anche *Elettra*, *A Roma*, vv. 61 ss.: "Venne la Magna Madre / su la nave alla foce del fiume / biondo..."; vv. 131 ss.: "trasse [sc. la vestale Claudia Quinta] la Magna Madre nel fiume, / trasse la Madre dell'eterna / fecondità verso l'arce eterna / dell'Urbe".
[164] *su l'unghia solida*: sugli zoccoli dalle unghie unite, non fesse come quelle dei ruminanti.
[165] *culmi*: steli. Vedi *L'aedo senza lira*, v. 40: "e il flavescente culmo non si spezza".

della nave in pericolo
sotto la ràffica,
si tendono le rédine.   330
Gli umani polsi battono,
tremano i muscoli,
si gonfiano le arterie.
Chi osa reggere
la forza degli Alipedi?[166]   335
Balzano, s'impennano
le fiere, vèrberano[167]
l'aere, col ferro quadruplice[168]
i cumuli dirompono.[169]
Le code intonse[170] inarcansi,   340
le criniere svèntolano
come vessilli vividi,
le nari spirano
fiamma,[171] gli occhi si rigano
di sangue, i fianchi pulsano,   345
le vene si palesano,
per l'ampie groppe rivoli
di sudore fluiscono,
nella schiuma dei difficili
freni[172] brilla l'iride.   350
Scalpita, scalpita!
Tutto il fuoco dell'anima
ferina esalasi
nell'impeto e nell'ànsito,
par circonfondere   355

---

[166] *Alipedi*: cavalli che sembrano avere le ali ai piedi tanto sono veloci. Cfr. Virgilio, *Aen.*, VII, v. 277: "instratos ostro alipedes..."; XII, v. 484: "alipedum... equorum"; V. Monti, *Pel Signor di Montgolfier*, v. 15: "Nettuno ai verdi alipedi / lasciò cader la briglia"; U. Foscolo, *A Luigia Pallavicini caduta da cavallo*, vv. 46 s.: "...le reni ardenti / dell'inquieto alipede".
[167] *vèrberano*: frustano.
[168] *col ferro quadruplice*: con i quattro zoccoli ferrati.
[169] *i cumuli dirompono*: scompigliano, abbattono i mucchi di spighe.
[170] *intonse*: mai tagliate. Vedi v. 3: "le code prolisse".
[171] *le... fiamma*: cfr. *L'Isottèo*, *Cantata di calen d'Aprile*, vv. 63 ss.. "O Sole, i tuoi corsieri / van con narici ardenti / respirando i gran venti".
[172] *nella... freni*: in mezzo alla bava che lorda i morsi difficili da maneggiare

gli acri [173] corpi madidi,
sul sudor fremere
come un'ala invisibile.
Svegliasi nei rapidi
cuori [174] l'anelito di Pègaso [175]   360
verso il cammin sidereo? [176]
Scalpita, scalpita!
Il vento turbina,
agita in nugoli
vani [177] le spoglie spìcee.[178]   365
Tutto l'aere è volatile
oro,[179] per ove le candide
e negre e saure
e maculate groppe splendono,
per ove passano   370
i gridi rauchi,
gli schiocchi, i sibili,
l'urto dei crotali,
il tintinnìo dei cimbali,
il mugghio delle bufale,   375
il riso delle femmine
umane che Libero [180] eccita.

Ma il cielo dilatasi
muto e solenne sul tripudio;
lungi si tace [181] il Mare Infero [182]   380
ove il figlio di Venere
dall'alta prora iliaca

---

[173] *acri*: tesi nello sforzo oppure, se si collega "acri" con "madidi", corpi madidi di un sudore dall'odore acre.
[174] *rapidi / cuori*: i cuori di quei veloci corridori.
[175] *Pègaso*: il mitico cavallo alato.
[176] *il cammin sidereo*: la via delle stelle, il cielo stellato.
[177] *vani*: inconsistenti.
[178] *le spoglie spìcee*: ciò che nella spiga avvolge i chicchi e che viene scartato dopo la battitura: pula e reste.
[179] *volatile / oro*: pule e reste dorate che si sollevano a volo.
[180] *Libero*: Bacco, dio del vino, per dire il vino stesso.
[181] *si tace*: se ne sta immobile e quindi silenzioso. Per l'uso del medio-riflessivo, vedi *La sera fiesolana*, v. 16 e nota 16.
[182] *il Mare Infero*: il Tirreno.

gridò: « Italia! Italia! »¹⁸³
E l'ombra del re d'Itaca,¹⁸⁴
l'ombra dell'antico nauta¹⁸⁵
esperto degli uomini e dei pelaghi,¹⁸⁶
guata dalla magica
rupe¹⁸⁷ se il Fato ferreo
lui anco chiami a vincere
un più grande pericolo.
O Forza, o Abondanza, o Vittoria,¹⁸⁸
voi all'opera terrestre¹⁸⁹ auspici
siete e testimonii!
Tutto di voi s'illumina
il grande Lazio. In purpureo
lume il giorno cangiasi.¹⁹⁰
Il vento chiude i suoi turbini.
L'aere la terra pènetra.
Par nelle cose nascere
una vita indicibile,
però che i prischi numi italici,¹⁹¹
subitamente reduci
dall'Ombra delle Origini,
nella gleba rivivano,
nell'acqua nell'erba nella silice,
e laggiù,¹⁹² entro la reggia
del re Latino figlio

385

390

395

400

405

---

¹⁸³ *ove... Italia!*: intorno al promontorio Circeo, dove Enea ("il figlio di Venere") dall'alto della sua nave proveniente da Troia ("iliaca") salutò l'Italia. In verità, secondo Virgilio, *Aen.*, III, vv. 521 s., il grido "Italia! Italia!" proruppe dalle bocche dei compagni di Enea quando essi scorsero per la prima volta la penisola navigando dall'Epiro verso occidente.
¹⁸⁴ *re d'Itaca*: Odisseo.
¹⁸⁵ *nauta*: marinaio (lat. *nauta*).
¹⁸⁶ *esperto... pelaghi*: cfr. Omero, *Odissea*, vv. 3 s.
¹⁸⁷ *magica / rupe*: il Circeo, il promontorio su cui abita la maga Circe.
¹⁸⁸ *O... Vittoria*: ipotiposi di derivazione pindarica. Cfr. *Elettra, Nel primo centenario della nascita di Vincenzo Bellini*, vv. 15 ss.: "il re degli inni Pindaro tebano /.../ invocando le Grazie /.../ e l'Ardire e la Forza e l'Abondanza /.../ celebrò le vittorie dei mortali" [novembre 1901].
¹⁸⁹ *all'opera terrestre*: all'opera di risanamento della palude.
¹⁹⁰ *In... cangiasi*: la luce del giorno si tinge di porpora.
¹⁹¹ *i prischi numi italici*: vedi *L'otre*, v. 116: "...gli antichi numi italici".
¹⁹² *laggiù...*: presso *Laurentum*, dove un tempo regnava Latino.

di Marica e di Fauno,[193]
rinverdiscasi il Lauro
che fu sacro ad Apolline   410
Febo [194] pria che il vedovo
di Creusa [195] da Ilio
venisse per congiugnersi
con Lavinia [196] vergine fertile.
O prodigio! O metamorfosi!   415
Su la grande area,
quadrata come la saturnia
Urbe [197] nel nascere,[198]
la calpesta mèsse al par d'occidua [199]
nuvola s'imporpora.[200]   420
Scalpita, scalpita!
E i cavalli son rosei
splendenti, come se nell'intimo
sangue una sùbita
aurora [201] accendasi   425
e per i fumidi
fianchi trasparir veggasi.
S'ergono e di roseo
fuoco il petto e il ventre splendono,
ove s'intrecciano le tumide   430
vene come d'edera

---

[193] *figlio... Fauno*: cfr. Virgilio, *Aen.*, VII, vv. 45 ss.: "Rex arva Latinus et urbes /.../ regebat. / Hunc Fauno et nympha genitum Laurente Marica / accipimus...".
[194] *il Lauro... Febo*: l'alloro che verdeggiava all'interno della reggia: vedi v. 197 e nota 108, e cfr. Virgilio, *Aen.*, VII, vv. 59 ss.: "Laurus erat tecti medio in penetralibus altis /.../, quam pater inventam, primas cum conderet arces, / ipse ferebatur Phoebo sacrasse Latinus".
[195] *il vedovo di Creusa*: Enea, che perdette la prima moglie, Creusa, durante la distruzione di Troia.
[196] *Lavinia*: la figlia di Latino.
[197] *la saturnia / Urbe*: Roma, detta Saturnia perché Saturno si era rifugiato sul colle Capitolino ("mons Saturnius") e aveva dato il suo nome a tutto il paese: cfr. Virgilio, *Aen.*, VIII, v. 339: "...Saturnia tellus".
[198] *nel nascere*: quando fu fondata. Fondata sul Palatino, Roma ebbe originariamente pianta quadrata.
[199] *occidua*: posta a occidente, colpita dai raggi del sole al tramonto.
[200] *s'imporpora*: prende il colore della porpora, si arrossa. Cfr. A. Manzoni, *Adelchi*, a. IV, sc. I, *Coro*, vv. 20-23: "dalle squarciate nuvole / si svolge il sol cadente, / e, dietro il monte imporpora / il trepido occidente".
[201] *aurora*: "in quanto rosea" (E. Palmieri).

intrichi per arborei còrtici.[202]
Fiammei spiriti
dalle narici esalano.
Scalpita, scalpita!   435
Or senton gli uomini
che un divin numero [203]
modera l'impeto
dei solidunguli.[204]
O prodigio! O metamorfosi!   440
Ecco, le ali titanie,[205]
le solari penne, le lucifere [206]
piume, infaticabili
flagelli dell'Etere
diurno,[207] artefici   445
della rapidità precìpite,[208]
cui [209] le trame dei muscoli
contro le dure scapule [210]
parean constringere,
ecco, ecco, si liberano   450
si spiegano s'allargano.
Nell'oro [211] e nella porpora [212]
aperte palpitano
le ali, le ali apollinee.[213]
Il vento ch'elle muovono   455
solleva il cuor degli uomini

---

[202] *per arborei còrtici*: lungo le cortecce degli alberi. Cfr. *Canto novo*, *Canto del sole*, VII, v. 23: "rompi dal cortice..."; *Elegie romane*, *La sera mistica*, vv. 5 s.: "...le querci immote, /.../ spiriti nella dura cortice meditanti"; *Felicem Niobem!*, v. 16: "...di novo cortice...".
[203] *numero*: ritmo.
[204] *solidunguli*: i cavalli, che hanno lo zoccolo unito, non fesso come i ruminanti. Vedi vv. 314 s.: "I cavalli terribili / erti su l'unghia solida".
[205] *titanie*: solari, in quanto il Sole era figlio di un Titano ed era detto Titano egli stesso: vedi v. 463 e nota 220.
[206] *lucifere*: lucenti, portatrici di luce. Vedi poi *Ditirambo* IV, v. 264: "il dio della lucifera quadriga".
[207] *flagelli... diurno*: fruste, le ali dei cavalli del carro del sole, in quanto percuotono l'aria del cielo ("Etere") durante il dì ("diurno").
[208] *precìpite*: velocissima (lat. *praeceps*, *praecipitis*).
[209] *cui*: che, complemento oggetto.
[210] *scapule*: scapole, le ossa delle spalle (lat. *scapulae*).
[211] *Nell'oro*: delle spighe, delle stoppie e delle pule.
[212] *nella porpora*: nella luce del sole al tramonto.
[213] *apollinee*: solari, in quanto Febo Apollo altri non è che Elios, il Sole.

come un peàn [214] che càntino
per sacri intercolunnii [215]
cetere [216] a miriadi.

Io Peàn! Io Peàn! [217] Gloria   460
al Maestro dell'Opere,[218]
allo Specchio degli Uomini,[219]
al Titan dalla rutila chioma,[220]
al Re delle alate parole,[221]
al Duce dei cori eliconii! [222]   465
O Forza, Abondanza, Vittoria,
e tu, Genio [223] che mai non si doma,
voi siatemi qui testimonii.
Calpestano i cavalli del Sole
il rinato frumento di Roma.   470

---

[214] *un peàn*: un peana, inno cantato in onore di Apollo: vedi nota 217.
[215] *per sacri intercolunnii*: nel porticato di un tempio.
[216] *cetere*: cetre.
[217] *Io... Peàn!*: grido di gioia usato dai Greci e dai Romani per invocare Apollo. Pean, infatti, era il nome di Apollo in quanto dio che sanava. Cfr. Ovidio, *Ars. am.*, I, v. 1: "Dicite: 'Io paean!' et 'Io' bis dicite 'Paean!'".
[218] *Maestro dell'Opere*: il Sole, in quanto con la sua luce e il suo calore favorisce le attività umane: cfr. *Maia. L'annunzio*, v. 76: "Il Sole, il maestro dell'opre eccellenti..." [1899], che echeggia *Inni orfici*, VIII, v. 10. Vedi poi anche *Undulna*, v. 99: "l'amico dell'opere, il Sole".
[219] *Specchio degli Uomini*: il Sole, in quanto vede tutte le azioni degli uomini. Cfr. *Maia, L'annunzio*, vv. 76 s.: "il Sole /.../, lo specchio / infaticabile degli umani", che echeggia *Inni orfici*, VIII, vv. 2-3.
[220] *Titan dalla rutila chioma*: sempre il Sole, in quanto figlio di un Titano, dalla chioma rutilante, splendente: cfr. *Inni orfici*, VIII, vv. 2-3: "Titano dall'aureo splendore...". Vedi *Ditirambo* III, v. 54: "...titano Sole". Cfr. anche *La Chimera, Donna Francesca*, I, v. 9: "...forse il Titan Sole, il re del coro [vedi v. 465: "al Duce dei cori eliconii"]" [1888].
[221] *Re delle alate parole*: il Sole, in quanto dio degli oracoli: cfr. *Inni orfici*, XXXIV, v. 9: "Dio delle auree chiome [vedi v. 463], che riveli i presagi e gli oracoli...".
[222] *Duce... eliconii*: il Sole, in quanto guida le danze ("cori") delle Muse sull'Elicona, il monte della Beozia: cfr. *Inni orfici*, XXXIV, v. 6: "tu che conduci le muse e guidi le danze".
[223] *Genio*: il Genio, il nume tutelare di Roma e della stirpe romana.

Pace

La data di composizione è ignota, ma dovrebbe risalire al periodo compreso tra la metà di luglio e il 13-14 agosto 1902. La lirica appare infatti come verisimilmente già composta e con il titolo definitivo "Pace" soprascritto a un cassato "Tenui avena" in un elenco-progetto (ms. 422) di titoli di liriche di *Alcyone* databile al 13-14 agosto 1902, mentre nel precedente elenco, databile intorno alla metà di luglio 1902 (mss. 421-432 v.), è registrata già con il titolo "Pace", accanto al quale è stato aggiunto "al mare" ma senza il tratto di lapis blu che contraddistingue, nell'elenco, i titoli dei testi già composti. La precisazione "al mare", aggiunto a "Pace", sta forse ad indicare che dopo *Pace* la scena di *Alcyone* abbandona i luoghi dove è stata ambientata la prima parte del Libro per trasferirsi sulle rive del mare.

Dopo l'eccitazione del *Ditirambo I*, tutto suoni e grida, *Pace* invoca e reca una pausa di quiete e di silenzio. Calmo e quasi immòbile è il paesaggio che si perde lontano in una lieve e diafana bellezza. Grande e avvolgente è il silenzio, che non valgono a rompere, anzi accentuano, il "favellar leggero" dell'Arno che scorre tra le ghiaie verso la foce e il canto che a gara vengono intrecciando le cicale e le lodolette.

Dai campi bruciati dal sole e animati dai lavori della mietitura dell'Agro Romano, si torna alla Toscana. Quella della "ballatetta" *Pace*, però, non è più la Toscana della prima parte di *Alcyone*, la Toscana dell'Affrico e delle colline di Fiesole, ma la Toscana dell'ultimo tratto dell'Arno, verso la foce e il mare. Il paesaggio, infatti, è mutato e sarà lì, tra la foce dell'Arno e la spiaggia del mare "etrusco" che d'ora innanzi si svolgerà la vicenda alcionia. Insieme al mutare del paesaggio è mutato anche il tempo, che, come è naturale, è ulteriormente progredito rispetto a quello che ha visto le rondini volare lungo l'Affrico e la sera calare sulle colline fiesolane. Ormai, il giugno volge alla fine (v. 17: "...in su l'estremo giugno") e l'estate è una realtà. *Pace*, insomma, segna a tutti gli effetti l'inizio del secondo movimento del Libro di *Alcyone*. O meglio, più che dare inizio alla nuova fase dell'estate alcionia, sembra avere la funzione di mediare, su molteplici piani, tra le due fasi contigue, recuperando e riproponendo motivi della prima fase per trasmetterli alla seconda. Si spiega così la presenza, sul piano tematico, di motivi tipici della prima sezione, come quello dell'incurvarsi delle colline (v. 5), quello del favellare dell'Arno (v. 8) o del velo immaginario disteso dalla Grazia sulla Toscana (vv. 9-12), che riportano tutti a *La sera fiesolana* (vedi le note 8, 11, e 13). Sul piano stilistico-espressivo, poi, si motiva così anche il ritorno ai modi, linguistici e metrici, tra Duecento e Quattrocento, tra stilnovisti e preraffaelliti, che caratterizzano la prima sezione e che nella seconda saranno risolti in forme più aperte. Né senza significato sarà il fatto che la "ballatetta", oltre che farsi carico di tutti quei temi e quei modi che parevano superati, si apra materialmente su un verso che citando il nome di Simonetta rimanda al componimento che la precede, il *Ditirambo I*, e si chiude su un distico che annuncia il componimento che la segue, *La tenzone:* "Odi tenzon...".

Di struttura agile, anche se piuttosto costruita dall'esterno, la "ballatetta", a considerarla al di là della funzione cui assolve nell'economia del Libro, ha una sua lievità, per quanto manierata. Il dato reale del paesaggio toscano, descritto con la consueta purezza di tratti, vi è, come in *Beatitudine* e come, anche se con esiti completamente diversi, ne *La sera fiesolana* e in *Bocca d'Arno*, continuamente trasfigurato in visione fantastica. La tecnica che presiede a tale processo di trasfigurazione è quella, ben tipicamente alcionia, dell'analogia. Se mai, in proposito, sarà da sottolineare, accanto alla leggerezza e alla suggestione delle immagini delle colline che s'incurvano leggere, dell'Arno che favella e del velo che le acque del fiume trasportano verso il mare, il peso dell'immagine iniziale: quella della bella Simonetta la quale vaga attraverso una landa troppo letteraria tanto per essere un luogo reale quanto per essere una terra fantastica. Al v. 15, dopo l'evasione paesaggistica, il recupero dell'iterazione esclamativa del verso iniziale ("Pace, pace!") porta in primo piano il poeta. Il particolare non è privo di importanza. Infatti, negli ultimi quattro versi, il poeta, rivolgendosi a se stesso, come in un ideale congedo, si autoinvita a tacere e a predisporsi a cogliere, nel silenzio così conquistato, sensazioni nuove. Anche da questo punto di vista, insomma, la "nuova ballatetta" assolve a una funzione essenziale: non solo anticipa negli ultimi due versi l'argomento della lirica seguente, ma con gli ultimi quattro imposta il motivo della necessità di mettere i sensi in condizione di percepire l'ineffabile e preludia tanto ai componimenti panici quanto a quelli metamorfici. Si pensi, in proposito, anche soltanto all'identità tra l'invito contenuto nei vv. 15-18 e gli inviti che stanno alla base dello sviluppo lirico ed emotivo de *La pioggia nel pineto*: "Taci /.../ non odo /.../ ma odo /.../. Ascolta /.../ Odi?...".

Metro: "nova ballatetta" (v. 4) "che è metricamente definita con esattezza, ove si riduca a rima l'assonanza (come Gavazzeni ha mostrato per *La sera fiesolana*): XYYX. ABBBABA CCDDEEX" (P. Gibellini).

Pace, pace! La bella Simonetta [1]
adorna del fugace [2] emerocàllide [3]
vagola [4] senza scorta [5] per le pallide

---

[1] *Simonetta*: vedi *Ditirambo* I, v. 120 e nota 58. Simonetta Cattaneo è citata ancora una volta per il suggestivo motivo funerario che, nella tradizione letteraria, è legato alla sua vicenda di donna giovane e bella morta anzi tempo.
[2] *fugace*: dalla breve durata: bello per un solo giorno, infatti, vale il nome greco del fiore.
[3] *emerocàllide*: giglio selvatico. Cfr. *Le vergini delle rocce*, in *Prose di romanzi*, II, p. 455: "...fini gigli chiamati emerocàli, fiorenti per un giorno...". Cfr. anche *Elegie romane*, *Ave, Roma*, vv. 13 ss.: "...Incurvasi il lido /.../, dove sorgono emerocàli / simili agli asfodeli che illustrano i clivi dell'Ade / candidi...".
[4] *vagola*: vaga incerta. Cfr. U. Foscolo, *Dei Sepolcri*, vv. 70 s.: "Forse tu fra plebei tumuli guardi / vagolando..."; *Le Grazie*, I, vv. 126 s.: "...Ivi per sorte /.../ vagolando fuggiasche eran venute".
[5] *senza scorta*: senza compagnia: tutta sola. Cfr. Dante, *Inferno*, VIII, v. 129: "passando per li cerchi sanza scorta"; XXI, v. 128: "...'deh, sanza

ripe⁶ cantando nova ballatetta.⁷

Le colline s'incurvano leggiere⁸ 5
come le onde del vento nella sabbia⁹
del mare e non fanno ombra, quasi d'aria.¹⁰
L'Arno favella¹¹ con la bianca ghiaia,
recando alle Nereidi tirrene¹²
il vel¹³ che vi bagnò forse la Grazia,¹⁴ 10
forse il velo onde fascia
la Grazia questa terra di Toscana
escita della casalinga lana¹⁵
che fu l'arte sua prima.¹⁶
Pace, pace! Richiama la tua rima 15

---

scorta andianci soli' "; F. Petrarca, *Rime*, CVI, vv. 1 ss.: "Nova angeletta /.../ scese /.../ in su la fresca riva /.../ Poi che senza compagnia et senza scorta / mi vide...".
⁶ *le pallide / ripe*: le rive dell'Arno, che sono "pallide", cioè stinte e squallide come, secondo gli antichi, le rive dei fiumi del regno dei morti.
⁷ *ballatetta*: cfr. G. Cavalcanti, *Rime, Perch'i' no spero di tornar giammai*, vv. 2, 17, 27, 31, 37: "...ballatetta..."; *Era in penser d'amor quand'i' trovai*, v. 45: "...ballatetta mia".
⁸ *Le... leggiere*: vedi già *La sera fiesolana*, vv. 39 ss.: "e ti dirò per qual segreto / le colline su i limpidi orizzonti / s'incurvino come labbra...".
⁹ *come... sabbia*: come le increspature che il vento ha disegnato sulla sabbia. Vedi già *Il novilunio*, vv. 73 ss.: "...tu vedi ancora / nella sabbia le onde / del vento...".
¹⁰ *quasi d'aria*: diafane ed evanescenti, come se fossero fatte d'aria. Vedi *Meriggio*, vv. 18 ss.: "...e più lontane, forme d'aria nell'aria, l'isole /.../, la Capraia e la Gorgona".
¹¹ *favella*: discorre. Cfr. *Maia, Laus vitae*, vv. 161 s.: "il favellar leggero / dell'acqua pei botri". Ma per il motivo del *parlare* dell'Arno, vedi *La sera fiesolana*, vv. 35 ss.: "Io ti dirò verso quali reami / d'amor ci chiami il fiume, le cui fonti / eterne /.../ parlano nel mistero sacro dei monti" e nota relativa.
¹² *alle Nereidi tirrene*: alla ninfe, figlie di Nereo, che abitano nel mar Tirreno, cioè al mare stesso.
¹³ *il vel*: l'immagine del *velo* di cui la Grazia riveste e abbellisce la Toscana e che le acque dell'Arno recano al mare "è forse suggerito dall'aspetto dell'Arno presso la foce: ampio e tranquillo che appena si increspa: e pare che un velo vi galleggi scendendo al mare" (E. Palmieri). Si ricordi, però, anche il "velo" che la luna diffonde nel cielo prima del suo apparire in *La sera fiesolana*, v. 9-10.
¹⁴ *la Grazia*: "Ipotiposi vaga e gentile della bellezza armoniosa e composta del paesaggio toscano" (E. Palmieri).
¹⁵ *escita... lana*: le cui origini si perdono in un passato lontano, quando nelle case si filava e tesseva la lana.
¹⁶ *che... prima*: che fu la prima attività in cui si distinse. Oppure, ma meno bene: che fu la prima delle Arti, con riferimento all'Arte della Lana, la più antica e più importante delle corporazioni fiorentine.

nel cor tuo come l'ape nel tuo bugno.¹⁷
Odi tenzon che in su l'estremo giugno
ha la cicala con la lodoletta!¹⁸

---

¹⁷ *bugno*: alveare.
¹⁸ *Odi... lodoletta*: vedi *La tenzone*, vv. 3 s. e note relative.

La tenzone

La lirica, secondo quanto scrive B. Palmerio, *op. cit.*, p. 81, fu trascritta da D'Annunzio, insieme ad altri componimenti di *Alcyone* nel breve florilegio di *Laudi* messo insieme per Eleonora Duse. Da esso, appunto, B. Palmerio riporta l'indicazione del luogo e della data di stesura del componimento: "La tenzone: Marina di Pisa: ai dì 5 di luglio del '99". Il 1° luglio 1900, la lirica apparve su «Il Giorno» di Roma (a. II, n. 181) con il titolo *La tregua*. Nel ms. 405, che contiene un elenco di titoli, in parte provvisori e in parte definitivi, di liriche di *Alcyone* e che è databile intorno alla fine di giugno del 1902, il componimento è registrato, al sesto posto, con l'indicazione dell'*incipit* e, tra parentesi, di quello che sarà il titolo definitivo: "Oh marina di Pisa (La tenzone)". Nel successivo elenco (ms. 421), che è databile intorno alla metà di luglio del 1902, il titolo definitivo "La tenzone" appare scritto sopra un preesistente "Oh marina" (vedi Introduzione, pp. 55 ss.).

"In un chiaro mattino d'estate, il poeta e la sua donna (creatura risolta qui in una nota evanescente di languida dolcezza) solcano su di una imbarcazione l'Arno, presso la marina, fra il canto spiegato, quasi una gara, delle allodole e delle cicale e il silenzio del fiume: tutte voci, queste, del grande coro dell'estate. Questa è la situazione della lirica. Ma il suo fascino vero non è, come suggerisce il titolo, nella gara canora, che anzi ha un tono prezioso e un po' artefatto, bensì nella fusione totale del poeta col paesaggio, con la vita della natura sentita nel suo gioioso espandersi" (M. Pazzaglia). Così, mentre per effetto di una completa osmosi sensuale l'estate si umanizza personificandosi in una dolce figura di donna colta in semplici e aggraziati gesti (v. 7 e vv. 12-13) e, di converso, la donna, che è con il poeta e a cui è dedicato un intenso madrigale (vv. 16-27), si dissolve nella silenziosa dolcezza dell'estate, il poeta stempera il suo stato d'animo nel paesaggio e accoglie in sé il silente scorrere del fiume e il canto delle allodole e delle cicale, "che affascina, non rompe il silenzio" (E. De Michelis), attingendo una obliosa serenità (vv. 32 ss.: "Ogni passato mal nell'oblio cade...").

L'attacco arieggia vagamente una ripresa di ballata e la sua leggerezza è tale che il gioco degli sdruccioli trascina, senza che si avverta alcuna frattura rispetto al contesto linguistico, tutto piano e tradizionale, il plurale arcaico "pratora" del v. 3 necessario per completare il ritmo dei vv. 1 e 5 e dare alle strofe un agile impeto di canto. Quindi, nel suo ampio corpo centrale, il componimento si sviluppa giustapponendo, in una tessitura, interrotta da rari settenari, di endecasillabi privi di *enjambements* e perciò molto cadenzati, una serie di notazioni staccate organizzate in brevi periodi. Questi brevi periodi, che tendono a coincidere con un singolo verso o con un distico, sono caratterizzati, nel ristretto ambito del singolo verso o del distico, da una serie di giochi verbali tra due membri che si corrispondono l'un l'altro. Infatti, per mezzo di riprese, di comparazioni, di contrapposizioni, di parallelismi, di poliptoti, di paronomasie, di chiasmi e simili, il poeta ha costruito varie strutture che oppongono, a coppie, emistichio a emistichio e verso a verso. Si vedano, ad esempio, i vv. 7-8: "Come l'Estate porta l'oro in bocca, / l'Arno porta il silenzio alla sua foce"; il v. 10: "quinci è un cantare e quindi altro cantare"; i vv. 12-13: "E l'Estate or si china da una banda / or dall'altra si piega ad ascoltare"; il v. 14: "È lento il fiume, il naviglio è veloce" etc. Ne nasce, oltre che una visualizzazione grafica e una evidenziazione musicale della "tenzone" tra le cicale e le lodolette, un ritmo cantabile, ma esteriormente prestabilito e travalicante spesso in cantilena, che è accentuato anche dall'adozione di particolari espedienti ritmici e prosodici, come la ripetizione costante degli stessi termini ("acqua", "voce", "mare", "bocca", "foce" etc.) come in un recitativo, l'iterazione delle medesime parole o del medesimo stilema a brevissima distanza ("come l'Estate... come l'Estate", v. 17; "le vele... le vele...", vv. 18-19; "tocca, tocca,... tocca", vv. 20-22) e la rimodulazione, con una leggera variazione, del motivo iniziale della lassa (vv. 28-29). Da ultimo, la ripresa dell'accordo iniziale, con la sua alternanza fissa di endecasillabi e settenari (vv. 41-44: "Le lodolette cantan su le pratora...") suggella in una perfetta circolarità la melodia e riavvia all'infinito il motivo poetico, in linea con le ormai da tempo acquisite teorie wagneriane e con le più recenti letture regneriane del poeta. Indubbiamente, come spesso succede nei componimenti di *Alcyone*, la lirica oscilla tra un alto grado di poetica suggestione e un pari grado di artificio retorico. Giustamente, in proposito, dopo le entusiastiche lodi del Gargiulo, A. Noferi ha sottolineato la compiaciuta perizia con cui D'Annunzio ha costruito la lirica sviluppando il tema per continue aggregazioni anziché per mezzo di variazioni successive, accordando suoni e timbri dell'esterno e creando partiture più "foniche" che "musicali". A. Noferi, inoltre, ha anche denunciato come nella lirica vada perduta "quella che era la scoperta più nuova della metrica del primissimo *Alcyone*: il superamento e scioglimento delle unità prestabilite, per un'attenzione vivissima ad una metrica interna, precisata dalla necessità di accordi e trapassi musicali". Di fatto, manca alla *Tenzone* "ciò che fece l'eccellenza della *Sera fiesolana*, il più scavato approfondimento dei singoli particolari sensibili" (E. De Michelis) e certamente qua e là, nel suo tessuto poetico, si inseriscono alcune immagini languide che, come ha osservato la stessa Noferi, costituiscono un regresso su posizioni "paradisiache", come è il caso di certe aggettivazioni quali "le vele immacolate" (v. 19), "le palpebre un po' stanche" (v. 21) e "le vene delicate" (v. 22), della stessa composizione dei vv. 18-22, appoggiata, come si è visto, "sulla ripresa di certe parole tornanti" (A. Noferi) e di taluni enunciati, tra il banale e il moraleggiante, del tipo: "Ogni passato mal nell'oblìo cade. / S'estingue ogni desìo vano e feroce".

Spunti precisi per singole immagini della lirica e soprattutto per la "figura ritmica" (D. Isella) dell'alternanza su cui l'intera lirica è costruita sono contenuti nelle annotazioni del *Taccuino* n. 10, II, p. 111, dove, sotto la data "Marina di Pisa (2 luglio 1899)" si legge: "Si veleggia su per l'Arno /.../ S'ode il canto delle lodole e quello delle cicale [vedi vv. 3-6] e il palpito delle vele, il garrito delle rondini /.../ Tornando verso la foce si bordeggia. La vela latina passa su la mia testa palpitando [vedi vv. 18-19]. Il battello ora va verso San Rossore, e s'ode il canto delle cicale che stanno su i platani. Ora vince l'uno, ora vince l'altro [vedi vv. 3-6] /.../ Come la barca per lo sforzo del vento si piega su un fianco, *ella* è più in alto, seduta dall'altra banda. Come la barca si piega su quel fianco, *ella* è più in basso [vedi vv. 12-13]".

Metro: "La lirica è in tre tempi: il primo di tre endecasillabi, sdruccioli ed assonanti, alternati da tre quinari rimati o consonanti; il secondo, di respiro più esteso, in trentaquattro versi di cui solo tre settenari (vv. 20, 25, 38) e il resto endecasillabi, con ritorno iterato di rime, d'assonanze, consonanze, come un ritorno di motivi e di temi in una melodia; il terzo ripete, quasi ad eco, gli ultimi quattro versi del primo tempo" (E. Palmieri). Quanto alle parole rimate o assonanzate, E. Mariano osserva che "la tenzone è tutta tenuta su parole finali con l'accento tonico ora sulla vocale *a*, ora sulla vocale *o*, come in un ritmo amebeo dove la *a* dia il suono della cic*a*la e la *o* il canto dell'all*o*dola".

> O Marina di Pisa,[1] quando folgora
> il solleone![2]
> Le lodolette[3] cantan su le pratora[4]
> di San Rossore[5]
> e le cicale cantano su i platani
> d'Arno a tenzone.[6]   5

[1] *Marina di Pisa*: frazione del comune di Pisa e, per estensione, la spiaggia pisana tra Bocca d'Arno e Bocca di Serchio, dove il poeta amava trascorrere l'estate.
[2] *folgora... solleone*: il sole di luglio scaglia le sue folgori, infuria la vampa dell'estate.
[3] *lodolette*: le piccole lodole, uccelli dei passeracei, dal canto armonioso.
[4] *pratora*: prati. Arcaismo: cfr. *L'Intelligenza*, I, v. 5: "le pratora son piene di verdore".
[5] *San Rossore*: vasta tenuta non lontano da Pisa.
[6] *a tenzone*: a gara.

Come l'Estate porta l'oro in bocca,[7]
l'Arno porta il silenzio alla sua foce.[8]
Tutto il mattino per la dolce landa[9]
quinci è un cantare e quindi altro cantare;[10]   10
tace l'acqua tra l'una e l'altra voce.[11]
E l'Estate or si china da una banda
or dall'altra si piega ad ascoltare.
È lento il fiume, il naviglio è veloce.[12]
La riva è pura come una ghirlanda.[13]   15
Tu ridi tuttavia[14] co' raggi in bocca,[15]
come l'Estate a me, come l'Estate!
Sopra di noi sono le vele bianche,[16]
sopra di noi le vele immacolate.
Il vento che le tocca   20
tocca anche le tue pàlpebre un po' stanche,
tocca anche le tue vene delicate;
e un divino sopor ti persuade,[17]
fresco ne' cigli tuoi come rugiade
in erbe all'albeggiare.   25
S'inazzurra il tuo sangue come il mare.[18]
L'anima tua di pace s'inghirlanda.

---

[7] *Come... in bocca*: "L'Estate è personificata: l'oro che porta in bocca è quello del sole e delle messi" (F. Flora). Per l'immagine, cfr. *Taccuino XVII*, I, p. 229: "Su le note (prima idea) dello *Scherzo* (IX sinfonia), Beethoven scrisse: – *Morgenstund hat gold in Mund* – le ore mattutine hanno l'oro in bocca" [primavera 1898].
[8] *l'Arno... foce*: l'Arno è così lento e fluisce così tranquillo che non sembra portare verso la foce le sue acque, ma il silenzio stesso che grava tutt'intorno.
[9] *landa*: la campagna tutt'intorno. "Landa" rima con "ghirlanda" (v. 15) e con "dimanda" (v. 36) come in Dante, *Inferno*, XIV, vv. 8 ss. e *Purgatorio*, XVII, vv. 98 ss.
[10] *quinci... cantare*: da una parte si sente il canto delle lodolette, dall'altra quello delle cicale.
[11] *tace... voce*: l'acqua fluisce silenziosa nel concento di voci.
[12] *È lento... veloce*: la barca a vela (vedi vv. 18 s.) con cui il poeta e la donna vanno per il fiume, sospinta dal pur lieve vento (v. 20), va più veloce della corrente del fiume. Si noti il chiasmo: *lento: fiume: naviglio: veloce*.
[13] *La riva... ghirlanda*: le folte macchie di canne palustri che coprono le rive sembrano formare una fresca ghirlanda intorno al fiume.
[14] *tuttavia*: di continuo.
[15] *co'... bocca*: come se avessi in bocca i raggi del sole, per la luminosità del sorriso o perché il sorriso è reso più luminoso dalla luce intensa del sole.
[16] *le vele bianche*: del "naviglio".
[17] *ti persuade*: ti ispira.
[18] *S'inazzurra... mare*: diventa azzurro, assorbendo il colore del mare.

L'Arno porta il silenzio alla sua foce
come l'Estate porta l'oro in bocca.
Stormi d'augelli varcano [19] la foce,
poi tutte l'ali bagnano nel mare!
Ogni passato mal nell'oblìo cade.
S'estingue ogni desìo vano [20] e feroce.
Quel che ieri mi nocque,[21] or non mi nuoce;
quello che mi toccò, più non mi tocca.
È paga [22] nel mio cuore ogni dimanda,[23]
come l'acqua tra l'una e l'altra voce.
Così discendo al mare;
così veleggio. E per la dolce landa
quinci è un cantare e quindi altro cantare.

Le lodolette cantan su le pratora
di San Rossore
e le cicale cantano su i platani
d'Arno a tenzone.

---

[19] *varcano*: attraversano.
[20] *vano*: inutile.
[21] *mi nocque*: mi fece soffrire.
[22] *È paga*: è stata soddisfatta, tace.
[23] *dimanda*: desiderio.

Bocca d'Arno

La lirica, secondo la testimonianza di B. Palmerio, *op. cit.*, p. 81, fu composta a "Marina di Pisa, ai dì 6 di luglio del '99", cioè il giorno dopo la composizione de *La tenzone*. Di fatto, il 7 luglio 1899 D'Annunzio scriveva da Marina di Pisa a Giuseppe Treves: "Ho passato questi giorni in una quiete profonda, disteso in una barca al sole [vedi vv. 17 ss. de *La tenzone*]. Tu non conosci questi luoghi: sono divini. La foce dell'Arno ha una soavità così pura che non so paragonarle nessuna bocca di donna amata [vedi vv. 1 ss.] /.../ Vorrei rimanere qui a *cantare*. Ho una volontà di cantare così veemente che i versi nascono spontanei dalla mia anima come le schiume dalle onde. In questi giorni, in fondo alla mia barca, ho composto alcune *Laudi* che sembrano veramente figlie dell'acqua e dei raggi [vedi *Alcyone*, *Le stirpi canore*, vv. 1 ss.], tutte penetrate di aria e di salsedine /.../ Se tu potessi imaginare le bellezze di questa marina!

> Fa un suo gioco divino
> l'Ora sul mare,
> mutevole e gioconda
> come la gola d'una colomba
> alzata per cantare".

La lirica apparve per la prima volta sulla « Nuova Antologia » del 16 novembre 1899 come quarto componimento della breve silloge anticipatrice delle *Laudi*. Non aveva titolo e recava, oltre all'indicazione ordinale [LXX], le seguenti titolature parziali, riassuntive dei vari nuclei tematici, a fianco di ogni strofa: *Bocca d'Arno*, *Il mare e il fiu-*

me, L'aspirazione, La pesca nella foce, Le bilance. Al v. 62, anziché "l'Ora sul mare" come nella lettera a Giuseppe Treves, nella «Nuova Antologia» si legge già "l'Ora solare", che è la lezione definitiva.

Bocca d'Arno è la foce dell'Arno sul lido di Pisa e là, dove le acque del fiume scendono lente e silenziose incontro alle onde del mare, il poeta è teso, anima e occhi, a cogliere i più labili aspetti delle cose che gli stanno intorno, finché tutto gli si trasforma in immagini alonate di irrealtà e di sogno. La foce dell'Arno gli diventa, con una identificazione, però, che nasce più che altro da un pretesto meramente verbale, la bocca della donna amata, i flutti che corrono verso il fiume gli diventano teorie di putti danzanti, le reti pensili dei pescatori gli diventano calici di immensi fiori favolosi ed egli si perde, insieme alla donna amata, in una adorante contemplazione creatrice, essa stessa, di prodigi.

La lirica è vicina a *La tenzone*, che è stata composta il giorno innanzi e alla quale riportano, oltre al fatto di sfruttare gli appunti del medesimo *Taccuino* (vedi più sotto, p. 234), anche il paesaggio, l'ora solare (v. 61), la delicata presenza femminile, al solito appena evocata e, soprattutto, la disposizione panico-mitizzante del poeta. Come *La tenzone* e come anche *La sera fiesolana*, il componimento presenta una "architettura complessa, a membra salienti e rilevate con una divisione strofica nettissima" (A. Noferi), che ha una importanza decisiva ai fini dello sviluppo della situazione poetica. Infatti, l'alternarsi di strofe e di antifone, cioè l'alternarsi di due diversi tempi musicali, che di quella complessità architettonica è l'aspetto più evidente, ha, fin dall'inizio, la precisa funzione di impostare il discorso sul doppio ma concorrente registro della visione reale e della sua trasfigurazione lirica che è la sostanza stessa del componimento. In pratica, all'ampio recitativo delle strofe, che sono essenzialmente composte di endecasillabi e che costituiscono la parte più nuova della lirica e quella più ricca di futuro (si pensi all'ampio recitativo de *L'oleandro*), spetta il compito di descrivere la realtà e di avviarne il superamento, senza peraltro negarla o tradirla, in termini di estasi e di musica. Invece le antifone – le cobolette costituite da versi brevi – hanno la funzione, oltre che di riprendere in modi piani ed aperti il tema del magico incantesimo oscil-

lante tra realtà e sogno in cui il poeta si perde, di esaltare
i motivi più propriamente estatici, cioè quelli contemplativi
e quelli adoranti. Così, per effetto di questo espediente tecnico e per effetto, naturalmente, di abili trasposizioni analogiche, agevolmente si attua quella "illuminazione favolosa" che, partendo da una realtà viva e netta e dalla descrizione di essa e inventando "certo paese di fiaba in un
assorto 'trasognamento' " (A. Noferi), integra realtà e sogno e dà vita a una realtà prodigiosa: "Grandi calici sorgono dall'acqua...".

Lettera morta, o, nella migliore delle ipotesi, spie di tentativi di fondere realtà e sogno, risultano taluni tasselli
letterari inseriti nel contesto, come la duplice citazione da
Dante dei vv. 5 e 31-32, che non si sa se considerare un tenue gioco allusivo o un inevitabile puntello letterario, e
la precisa reminiscenza dallo Swinburne dei vv. 63-64. Lo
stesso si può dire anche per gli scadimenti del componimento nel dato culturale, come è il caso del paragone, per
altro risolto in leggerezza di immagini, dei putti di Donatello e delle "bianche cattedrali" (vv. 20-24), nonché quelli
nel dato sentimentale, come i riferimenti autobiografici dei
vv. 1-4 e 6-8, che tendono troppo scopertamente a dege-
nerare nel madrigalesco. Più rilevante, anche perché per
molti aspetti decisivo, risulta invece lo spunto offerto ai
vv. 1-5 da H. de Régnier, *Les jeux rustiques et divins*,
Odelettes IV, vv. 12-17: "Si j'ai aimé de grand amour,
triste ou joyeux, / ce sont tes yeux; / si j'ai aimé de grand
amour, / ce fut ta bouche grave et douce, / ce fut ta
bouche". Di fatto, come osservano V. De Maldé e G. Pinotti che hanno segnalato la fonte (*art. cit.*, pp. 36 s., 80
e 83), il componimento regneriano non solo suggerisce l'avvio alla lirica dannunziana (si veda il rilievo che "acquista
la posizione incipitaria della parola-guida *bouche/bocca*, non
importa se nel de Régnier dislocata all'interno della seconda strofa, comune ai due testi") e gli dà particolari soluzioni espressive (si veda "la *repetitio* del soggetto *bocca*,
in D'Annunzio sottinteso al v. 3" e si veda "la dittologia
aggettivale del v. 4"). Esso gli offre anche precise strutture
stilistiche, metriche e prosodiche che si rivelano determinanti nella costituzione dei valori fonico-musicali del testo,
come le frequenti anafore (vv. 6-12: "Qual /.../ Qual /.../";

vv. 33-35-39: "Forse l'anima mia /.../, forse l'anima tua /.../ Forse conosceremo noi /.../"; vv. 43-44: "Adora e attendi! / Adora, adora e attendi" etc.), le numerose rime identiche, le rime interne al medesimo verso (v. 45: "Vedi? I tuoi piedi"), le assonanze e le riprese a mo' di *refrain* di interi versi (v. 60 e vv. 76 ss.).

Spunti precisi per la rievocazione paesaggistica sono reperibili nel *Taccuino* n. 10, II, pp. 107-108, 110-112, dove erano stati registrati pochissimi giorni prima della stesura della lirica: "Bocca d'Arno - *La Foce* /.../ Ecco la foce. Lungo la foce sono in ordine lungo le *capanne dei pescatori con la rete pensile (bilancia)* /.../ *La Foce ha l'aspetto d'un* lago, d'una conca, dove l'acqua del fiume ha già trovata la sua pace. È d'un color verde *chiarissimo*, increspato dal vento /.../ S'ode un canto spiegato di allodole invisibili. *Le reti pendule sembrano d'oro*, vacue. Su l'altra riva coperta d'erbe arsicce si vede un gioco rapido di spume bianche che appaiono e dispaiono, leggerissime, *allegrissime* che ricordano i movimenti pronti e graziosi dei giovani animali. Non v'è nell'acqua indizio della corrente /.../ *Farfalle bianche* volano su l'acqua, passano su *le reti come su grandi calici trasparenti*, a traverso i quali vedonsi i paesi, le nubi, le acque /.../ Una barca porta a prora un'antenna da cui pende la bilancia. La barca s'avanza a remi lentamente, e la rete d'oro sfiora l'acqua. Poi s'abbassa per pescare. Rimane fuor *dell'acqua la croce degli staggi* (*pertiche che reggono la rete*) /.../ Il battello con la bilancia si chiama *barchetto* /.../ Si vede su l'estrema linea della foce, il biancheggiare *ilare* e *giovine* dei flutti marini. Appaiono, scompaiono, si allungano, balenano, danzano. Una danza gioconda. Imagine di polledre dalle criniere bianche che lasciviscono su un prato. L'isoletta *intra du' Arni* ha la forma di una nave disalberata. È coperta di cannucce che bruiscono. Il battello s'accosta dolcemente e la tocca. Discendiamo disposti alla voluttà. (5 luglio). Il suo PIEDE premendo la SABBIA umida ne esprime l'acqua; così che essa brilla vivamente dinanzi all'orma e poi ribeve".

Metro: cinque strofe di undici versi (endecasillabi con qualche settenario e quinario) ciascuna, con vario schema di rime. Ad ogni strofa è intercalata una coboletta di cinque versi di varia misura, il cui primo verso rima con l'ultimo verso della strofa precedente. Ecco lo schema metrico del componimento, quale lo ricostruiscono V. De Maldé e G. Pinotti, *art. cit.*, p. 80, nota 128 (entro parentesi sono segnate le assonanze): ABCCDDCBABE, EFG(G)F; ABCDEFCABBF, F(B)GG(B); ABABCBDACDF, FGHHG; ABACCBCACBD, DEFFE; ABCADBEDFGH (dove E è in assonanza tonica con G della prima strofa, G in rima identica con A della penultima), HILLI.

Bocca di donna [1] mai mi fu di tanta
soavità nell'amorosa via [2]
(se non la tua, se non la tua, presente) [3]
come la bocca pallida e silente [4]
del fiumicel che nasce in Falterona.[5]   5
Qual donna s'abbandona [6]
(se non tu, se non tu) sì dolcemente
come questa placata [7] correntìa? [8]
Ella non canta,
e pur fluisce quasi melodìa   10
all'amarezza.[9]
   Qual sia la sua bellezza
   io non so dire,
   come colui che ode
   suoni dormendo e virtudi ignote [10]   15
   entran nel suo dormire.

Le saltano all'incontro i verdi flutti,

---

[1] *Bocca di donna...*: per il calco da H. de Régnier contenuto nei primi cinque versi del componimento, vedi la nota introduttiva.
[2] *amorosa via*: "la via dell'amore, quasi carriera amorosa" (E. Palmieri).
[3] *presente*: qui vicina, adesso.
[4] *bocca... silente*: la foce, che ha le acque di un colore grigio perla e che è dominata da un immobile silenzio.
[5] *del... in Falterona*: cfr. Dante, *Purgatorio*, XIV, vv. 16-17: "...Per mezza Toscana si spazia / un fiumicel che nasce in Falterona".
[6] *s'abbandona*: si lascia andare.
[7] *placata*: tranquilla, dopo tanto correre.
[8] *correntìa*: corrente. Cfr. *Intermezzo*, *Venere d'acqua dolce*, v. 156: "...la purezza de la correntìa" [1894].
[9] *all'amarezza*: al mare, che è amaro. Vedi poi anche *Meriggio*, v. 26: "...il regno amaro".
[10] *virtudi ignote*: sensazioni sconosciute.

schiumanti di baldanza,
con la grazia dei giovini animali.[11]
In catena di putti [12] 20
non mise tanta gioia Donatello,
fervendo il marmo sotto lo scalpello,[13]
quando ornava le bianche cattedrali.[14]
Sotto ghirlande di fiori e di frutti [15]
svolgeasi intorno ai pergami [16] la danza 25
infantile,[17] ma non sì fiera [18] danza
come quest'una.[19]

    V'è creatura alcuna
che in tanta grazia
viva ed in sì perfetta
gioia, se non quella lodoletta 30
che in aere si spazia? [20]

Forse l'anima mia, quando profonda
sé [21] nel suo canto e vede la sua gloria;
forse l'anima tua, quando profonda
sé nell'amore e perde la memoria 35
degli inganni fugaci in che s'illuse [22]
ed anela con me l'alta vittoria.
Forse conosceremo noi la piena

---

[11] *Le... animali*: in direzione opposta al lento fluire della corrente avanzano i flutti marini. Per l'intera immagine cfr. l'appunto del *Taccuino* n. 10 citato nella nota introduttiva.
[12] *catena di putti*: serie di fanciulli che danzano tenendosi per mano.
[13] *fervendo... scalpello*: mentre il marmo si animava sotto lo scalpello a mano a mano che veniva delineandosi la "catena di putti" danzanti.
[14] *quando... cattedrali*: allusione al pergamo del Sacro Cingolo scolpito all'esterno del duomo di Prato e alla cantoria scolpita per Santa Maria del Fiore a Firenze.
[15] *ghirlande... frutti*: i putti scolpiti da Donatello reggono ghirlande di fiori e di frutti.
[16] *pergami*: pulpiti.
[17] *infantile*: dei fanciulli scolpiti.
[18] *fiera*: animata, travolgente.
[19] *quest'una*: dei flutti.
[20] *quella lodoletta... spazia*: cfr. Dante, *Paradiso*, XX, v. 73: "Quale allodetta che 'n aere si spazia".
[21] *profonda / sé*: si cala, si abbandona. Cfr. Dante, *Paradiso*, I, v. 8: "nostro intelletto si profonda tanto"; XXVIII, vv. 107 s.: "quanto la sua veduta si profonda / nel vero...".
[22] *inganni... s'illuse*: le ingannevoli ed effimere gioie in cui pure credette. Vedi poi *La pioggia nel pineto*, vv. 29 ss.: "...la favola bella / che ieri / t'illuse...".

felicità dell'onda 40
libera e delle forti ali dischiuse [23]
e dell'inno selvaggio che si sfrena.[24]
Adora [25] e attendi!
    Adora, adora, e attendi!
    Vedi? I tuoi piedi 45
    nudi lascian vestigi
    di luce,[26] ed a' tuoi occhi prodigi
    sorgon dall'acque. Vedi?

Grandi calici [27] sorgono dall'acque,
di non so qual leggiere oro intessuti.[28] 50
Le nubi i monti i boschi i lidi l'acque
trasparire per le corolle immani [29]
vedi, lontani e vani [30]
come in un sogno paesi sconosciuti.
Farfalle d'oro come le tue mani 55
volando a coppia scoprono su l'acque
con meraviglia i fiori grandi e strani,[31]
mentre tu fiuti
l'odor salino.
    Fa un suo gioco [32] divino 60

---

[23] *dischiuse*: aperte per il volo.
[24] *si sfrena*: erompe liberamente.
[25] *Adora*: contempla con religiosa dedizione.
[26] *vestigi / di luce*: orme luminose perché la luce del sole fa brillare l'acqua di cui si è riempita l'orma lasciata dal piede sull'arena. Cfr. *Taccuino* n. 10, II, p. 112: "Il suo PIEDE premendo la SABBIA umida ne esprime l'acqua; così che essa brilla vivamente dinanzi all'orma e poi ribeve".
[27] *Grandi calici*: "le reti pensili" (v. 65) o bilance, cioè quelle reti che sono sospese ad una trave sporgente da un capanno o da una piccola barca (vedi v. 69) e che vengono calate in acqua per pescare: qui, sollevate a pelo dell'acqua, paiono al poeta calici di immensi fiori (vedi nota 29). Per un'immagine simile, cfr. *La Chimera, Gorgon*, vv. 76 ss.: "Pe' i mirabili artifizi / de la luce ora sorgevano, / come calici di gigli, / alte trombe...".
[28] *di non so... intessuti*: il luccichio delle trame delle reti al sole fa sembrare le reti stesse tessute d'oro sottile ("leggiere"). Cfr. *Taccuino* n. 10, II, p. 107: "*Le reti pendule sembrano d'oro, vacue*" (Nel manoscritto del *Taccuino* le parole in corsivo sono sottolineate in matita blu).
[29] *per le corolle immani*: attraverso le gigantesche corolle di quegli immensi fiori a forma di calice.
[30] *vani*: inconsistenti, intangibili, quasi irreali.
[31] *Farfalle d'oro... strani*: cfr. *Taccuino* n. 10, II, p. 108: "*Farfalle bianche volano su l'acqua, passano* su *le reti, come su grandi calici trasparenti*, a traverso i quali vedonsi i paesi, le nubi, le acque [vedi i vv. 51-52]".
[32] *gioco*: di iridescenze e rifrangenze.

l'Ora solare,³³
mutevole e gioconda ³⁴
come la gola d'una colomba
alzata per cantare.³⁵

Sono le reti pensili. Talune   65
pendon come bilance dalle antenne
cui ³⁶ sostengono i ponti alti e protesi ³⁷
ove l'uom veglia a volgere la fune; ³⁸
altre pendono a prua dei palischermi ³⁹
trascorrendo il perenne   70
specchio ⁴⁰ che le rifrange; e quando il sole
batte a poppa i navigli,⁴¹ stando fermi
i remi, un gran fulgor le trasfigura:
grandi calici sorgono dall'acque,
gigli ⁴² di foco.   75

---

³³ *l'Ora solare*: la luce del sole.
³⁴ *mutevole e gioconda*: cangiante e piacevole a vedersi per i suoi giochi di colore.
³⁵ *come... per cantare*: per l'immagine, già G. Botta in « La Critica » IX (1913) p. 436 aveva indicato la fonte in A. C. Swinburne, *Poèmes et Ballades*, *La lépreuse*, str. XIII: "L'amour est plus doux et plus beau / que la gorge d'une colombes haussée pour chanter". Di fatto il testo della versione francese dei *Poems and Ballads* curata da G. Murray (Paris, Savine, 1891), "presente in due esemplari al Vittoriale [Labirinto LXX], è corredato di segni di lettura dannunziani proprio in corrispondenza del componimento indicato (pp. 151, 154-155)" (V. De Maldé-G. Pinotti). Cfr. anche *Le vergini delle rocce*, in *Prose di romanzi*, II, p. 508: "le iridi che variano la gola gonfia dei palombi". Cfr. poi *La beffa di Buccari*, in *Prose di ricerca*, I, p. 77: "Il bacino è cangiante e soave come la gola del colombo".
³⁶ *cui*: che, complemento oggetto.
³⁷ *ponti alti e protesi*: i pontili o i capanni di legno che si protendono dalle rive e da cui sporgon le travi che sostengono le reti.
³⁸ *l'uom... fune*: il pescatore vigila per abbassare o sollevare la rete.
³⁹ *altre... palischermi*: cfr. *Taccuino* n. 10, p. 110: "Una barca porta a prora un'antenna da cui pende la bilancia /.../ Il battello con la bilancia si chiama *barchetto*". Il tecnicismo dialettale "barchetto" è stato nobilitato in "palischermo", nome delle piccole barche adibite, per lo più, al servizio di una nave più grande. Cfr. già *Intermezzo*, *Preludio*, v. 124: "mi conduceano sopra un palischermo" [1893].
⁴⁰ *trascorrendo... specchio*: muovendosi sullo specchio dell'acqua. "Trascorrere" è usato transitivamente, alla latina: cfr. G. Pascoli, *Canti di Castelvecchio*, vv. 5-6: "Le tremule foglie dei pioppi / trascorre una gioia leggiera".
⁴¹ *quando... i navigli*: all'alba o al tramonto.
⁴² *gigli*: cfr. il passo de *La Chimera*, *Gorgon*, citato alla nota 27.

Fa un suo divino gioco
la giovine Ora
che è breve come il canto
della colomba. Godi l'incanto,
anima nostra, e adora! [43]

80

---

[43] *anima... adora*: cfr. G. Cavalcanti, *Rime, Perch'io no spero*, v. 45: "Anim',
e tu l'adora" e G. Carducci, *Odi barbare, Sirmione*, v. 58: "Volgiti, Lalage
e adora...".

Intra du' Arni

La data di composizione della lirica è sconosciuta. Le annotazioni del *Taccuino* n. 10, II, pp. 105 e 112, che ne contengono alcuni spunti evidenti ("Nel luogo detto *Intra du' Arni* appare un'isola coperta di lunghe erbe fluviali che ondeggiano e si piegano su la corrente /.../ Si veleggia su per l'Arno /.../ L'isoletta *intra du' Arni* ha la forma di una nave disalberata. È coperta di cannucce che bruiscono. Il battello s'accosta dolcemente e la tocca. Discendiamo disposti alla voluttà. [5 luglio]") risalgono al 2 e al 5 luglio 1899, cioè gli stessi giorni delle annotazioni che furono sviluppate il 5 e il 16 luglio 1899 ne *La tenzone* e in *Bocca d'Arno*. Con tutta probabilità la lirica fu composta, sulla base di questi appunti, tra la metà di luglio e il 13-14 agosto 1902 a Romena. Appare infatti come verisimilmente già compiuta in un elenco-progetto (ms. 422) di *Alcyone* risalente al 13-14 agosto 1902, mentre nel precedente elenco (mss. 421-432 v.), che è databile intorno alla metà di luglio, non è citata neanche come progetto (vedi Introduzione, p. 55 ss. e p. 61 ss.).

In mezzo all'Arno, nei pressi della foce, sorge un'isola deserta, molle di sabbia e folta di canneti, dove fanno il nido le rondini e dove il vento fa vibrare le canne traendone mille suoni. Agli occhi del poeta, che vi approda insieme alla sua donna e che la chiama isola di Progne, cioè isola delle rondini, perché in rondine, secondo il mito, fu trasformata l'infelice Progne, quest'isola diventa un luogo prodigioso: una sorta di oasi incantata, regno incontrastato delle rondini e "cuna di carmi" misteriosamente modulati dal vento, un alcunché di lieve e di aereo sospeso tra sogno e realtà, sede favolosa di amori voluttuosi (vv. 23-24) e vera patria ideale della poesia di *Alcyone*.

Il componimento costituisce un tipico esempio di come D'Annunzio, utilizzando una scrittura veloce e stemperando parole e immagini in puri accordi verbali e echi vocali, sul modello delle soluzioni prosodiche di H. de Régnier, sappia costruire su un esile disegno concettuale una lunga durata musicale. Di fatto, il ritmo rapido e mosso creato, con continui mutamenti di tono, dal succedersi incalzante di rime baciate (ben quindici in cinquanta versi!), di rime alternate, di rimandi interni (si veda la efficacissima rima al mezzo dei vv. 22-23: "nidi / sorridi") e di assonanze, riassorbe e cancella in un'unica modulazione musicale, ampia e priva di pause, ogni traccia tematica, ogni struttura sintattica e ogni superstite possibilità di partizione metrica. Nel giro veloce dei versi finisce quindi per sciogliersi e dissolversi anche il piccolo mondo, fatto di voli di rondini e di canne che cantano al vento, che si trova "intra du' Arni" e dalla cui descrizione il poeta ha preso spunto per intessere i suoi giochi verbali. Anche la "strofa lunga", naturalmente, contribuisce ad accrescere la musicalità dell'insieme, in quanto si snoda "senza pace" (v. 9) e "in varii modi" (v. 32), proprio come il volo delle rondini e il canto che dalle canne trae il vento, sino all'ultima immagine, arricchendosi via via di sviluppi e di riprese che di continuo rilanciano, anche inaspettatamente, il discorso melodico. Ma nonostante la melodia sia tanto spiegata e la musicalità tanto scorrevole, la lirica presenta una sorvegliata struttura architettonica che chiude in un sol circolo tutta la divagante materia. Essa è infatti stretta tra due versi identici ("Ecco l'isola di Progne") che si richiamano l'un l'altro all'inizio (v. 1) e alla fine (v. 50) ed è saldata al centro, là dove il primo periodo sintattico e metrico si conclude e ha inizio il secondo, da due altri versi identici ("Ecco l'isola molle", vv. 25-26). L'impasto linguistico è semplice eppure eletto. La sintassi è ridotta ai minimi termini. I due periodi che costituiscono il componimento sono infatti due lunghe relative rette, mediante l'avverbio "ove" (v. 2 e v. 29), dai nessi nominali "Ecco l'isola di Progne" ed "Ecco l'isola molle" e si sviluppano quasi soltanto per effetto di semplici variazioni di immagini e di puri scarti musicali.

Metro: "strofa lunga" di versi liberi, varianti tra il ternario e l'ottonario (con la possibilità, come osserva P.V. Mengaldo, di ricomposizioni ritmico-metriche che restituiscono altri versi: così, il tristico "va e torna / vigile all'opra / nidace" è ricomponibile in endecasillabo) e distribuiti in due periodi di 24 versi ciascuno più un verso isolato alla fine di ogni periodo. Le rime si succedono fittamente, con libero gioco, ora baciate ora alternate.

    Ecco l'isola di Progne [1]
    ove sorridi [2]
    ai gridi
    della rondine trace [3]
    che per le molli crete [4]   5
    ripete
    le antiche rampogne
    al re fallace,[5]
    e senza pace,[6]
    appena aggiorna,[7]   10
    va e torna
    vigile all'opra
    nidace,[8]
    né si posa [9] né si tace [10]
    se non si copra   15

---

[1] *l'isola di Progne*: l'isola delle rondini, perché, secondo il mito, in rondine fu trasformata Progne, dopo che, per vendicarsi del fatto che l'aveva tradita seducendole la sorella Filomena, aveva imbandito al marito Tereo le carni del figlioletto Iti.
[2] *sorridi*: la presenza dell'amorosa compagna è testimoniata, qui e al verso 23, solo da un sorriso.
[3] *trace*: in quanto Progne era moglie di Tereo, re dei Traci.
[4] *per le molli crete*: lungo il greto sabbioso e umido dell'Arno.
[5] *ripete... fallace*: la rondine, con i suoi gridi, sembra rinnovare di continuo le accuse di Progne contro il marito che l'ha ingannata.
[6] *senza pace*: cfr. Dante, *Inferno*, I, v. 58: "...sanza pace".
[7] *aggiorna*: si fa giorno. Vedi *Ditirambo I*, v. 239: "e quando aggiorna".
[8] *nidace*: del nido, di costruzione del nido.
[9] *si posa*: cfr. Dante, *Purgatorio*, VI, v. 66: "a guisa di leon quando si posa".
[10] *si tace*: per l'uso del medio-riflessivo vedi *La sera fiesolana*, v. 16 e nota 16.

d'ombra la riviera [11]
a sera
circa l'isola leggiera
di canne e di crete,[12]
che all'aulete [13]
dà flauti,
alla migrante [14] nidi
e, se sorridi, lauti [15]
giacigli all'amor folle.[16]
Ecco l'isola molle.[17]

Ecco l'isola molle
intra du' Arni,[18]
cuna di carmi,[19]
ove cantano l'Estate
le canne virenti
ai vènti
in varii modi,
non odi?,
quasi di nodi
prive e di midolle,[20]
quasi inspirate
da volubili bocche [21]
e tocche [22]
da dita sapienti,

---

[11] *la riviera*: il fiume, come in Dante, *Purgatorio*, XIV, vv. 25 s.: "...Perché nascose / questi il vocabol di quella rivera...", e anche le rive del fiume, come in Dante, *Inferno*, III, v. 78: "su la trista riviera d'Acheronte" e *Paradiso*, XVIII, v. 73: "E come augelli surti di rivera".
[12] *circa... crete*: coperta dal lieve peso delle canne palustri e della creta.
[13] *aulete*: flautista.
[14] *alla migrante*: alla rondine.
[15] *lauti*: ricchi, ampi.
[16] *amor folle*: cfr. Dante, *Paradiso*, VIII, vv. 1 ss.: "Solea creder lo mondo in suo periclo / che la bella Ciprigna il folle amore / raggiasse...".
[17] *molle*: soffice, perché "leggiera / di canne e di crete", ma anche perché mollemente e lievemente adagiata "intra du' Arni".
[18] *intra du' Arni*: posta tra due bracci dell'Arno.
[19] *cuna di carmi*: in quanto vi crescono canne che cantano al vento.
[20] *quasi... midolle*: come se fossero già state, mediante l'eliminazione dei nodi e delle midolle, trasformate in canne di flauto.
[21] *inspirate... bocche*: soffiate da bocche variabili e incostanti, come appunto i soffi dei venti.
[22] *tocche*: toccate.

quasi con arte elette [23]
e giunte insieme
a schiera,
su l'esempio divino,[24]
con lino
attorto [25] e con cera
sapida di miele,[26]
a sette a sette,
quasi perfette
sampogne.
Ecco l'isola di Progne.

---

[23] *elette*: scelte.
[24] *su... divino*: sul modello offerto da Pan.
[25] *attorto*: attorcigliato.
[26] *sapida di miele*: ancora saporosa di miele.

La pioggia nel pineto

La data di composizione della lirica è sconosciuta. Nel ms. 405 che risale alla fine di giugno del 1902 e che contiene un elenco di titoli, provvisori o definitivi, di liriche di *Alcyone*, tra "Bocca di donna (Bocca d'Arno)" e "L'estate" è stata aggiunta l'indicazione "– Ermione –" che, in seguito a progressive aggiunte, diventa poi "che ha nome – Ermione – (noven)". La quasi coincidenza tra questo appunto e i vv. 63-64 ("che hai nome / Ermione") de *La pioggia nel pineto* induce a credere che in esso sia da vedere un preciso annuncio del futuro componimento alcionio. Il titolo "Ermione" appare poi anche, sempre dopo il titolo "Bocca d'Arno", nel ms. 421, che è databile intorno alla metà di luglio 1902. Nel ms. 422, che dovrebbe risalire al 13-14 agosto 1902, appare invece già il titolo *La pioggia nel pineto*. Se ne può dedurre che, con buona approssimazione, la lirica fu composta tra la metà di luglio del 1902, quando, nel ms. 421, sembra essere soltanto un progetto, e il 13-14 agosto 1902, quando, nel ms. 422, appare con il suo titolo definitivo, come succede di solito per i componimenti già stesi.

Piove. Sulle soglie del bosco – il litorale sabbioso della Toscana, meta consueta delle passeggiate di D'Annunzio e luogo deputato alle avventure dell'estate alcionia, è per lunghi tratti coperto di pinete – una pioggia estiva, attesa dagli uomini e dalla natura, sorprende il poeta e la sua compagna, Ermione. Già al cadere delle prime gocciole rade sul fogliame il poeta si tende ad ascoltare e invita la dolce amica a fare altrettanto. Tutt'intorno tace ogni altro suono e i due si abbandonano pienamente a gustare il rumore della pioggia che cade prima rada e poi più fitta e intensa e trae dalle fronde degli alberi una meravigliosa varietà di suoni. Alla voce della pioggia, che è più o meno forte a seconda che siano più o meno dense le fronde su cui cade, si accorda il canto delle cicale, che a poco a poco, sotto il crescere dell'intensità del rumore della pioggia, si affievolisce. Da lontano però viene già il suono di un altro canto, quello della rana, e così, quando, dopo il tremare di un'ultima nota, le cicale tacciono, nel silenzio assoluto della natura circostante, si sente solo lo scroscio della pioggia, punteggiato in lontananza dal canto della rana. E piove. Piove sul poeta ed Ermione che vagano senza meta per il bosco, ebri di pioggia. Nell'intrico delle erbe e delle piante, essi si lasciano penetrare dalla fresca vita arborea che intorno a loro è stata come risvegliata dalla pioggia e perdono la loro condizione di creature umane per assimilarsi, in una sorta di metamorfosi che investe i loro corpi e anche i loro pensieri e i loro sogni, alla vita vegetale in mezzo alla quale si aggirano e dalla quale sono anche materialmente avviluppati e circondati.

Sull'esile ed evanescente pretesto narrativo di una passeggiata a due nel bosco, che ha una lunga storia nella produzione dannunziana (vedi p. 402), ne *La pioggia nel pineto* si alternano e si intrecciano due motivi o, se si preferisce, due ordini di sensazioni, diversi ma non divergenti. Nella lirica, infatti, sono presenti tanto il motivo moderatamente naturalistico, e in verità apertamente mimetico, della descrizione del cadere della pioggia e della vasta sinfonia di suoni che essa produce unendosi alle altre "voci" del bosco, quanto quello fantastico e magico della progressiva assimilazione dell'uomo e della donna vaganti sotto la pioggia al ritmo fresco e verdeggiante della natura. Il primo motivo, in parte già presente nella seconda strofa de *La sera fiesolana* e qui recuperato dagli appunti di un *Taccuino* (vedi più sotto, p. 250), è svolto con estrema abilità, al punto che può parere, ed è parso, eccessivamente elaborato nella ricerca di una musicalità ad effetto. In realtà, ove non si riduca tale musicalità a puro gioco onomatopeico e non si ecceda nella individuazione di troppo puntuali corrispondenze, il tema dei suoni e delle voci della pineta sotto la pioggia riesce quanto mai suggestivo. Sullo spunto di analoghe soluzioni di H. de Régnier (vedi più sotto, p. 251), il "Taci" iniziale non solo chiede ed impone il silenzio ma crea un attimo di attesa e determina una vera e propria predisposizione a "sentire" cose nuove e diverse. Quindi, da quel silenzio e da quell'attesa, attraverso una serie di inviti a fruire di tale predisposizione, dislocati, sempre dietro l'esempio di modelli regneriani, in punti chiave del componimento ("Ascolta", v. 8; "Odi?.", v. 33, all'inizio della seconda strofa e quindi in perfetta simmetria rispetto all'analogo nesso della prima strofa; "Ascolta, ascolta", v. 65, all'inizio della terza strofa; "Ascolta", v. 88), si sviluppa un vero e proprio "discorso" musicale in cui le "voci" sempre varie e diverse della pioggia che cade con ritmo più o meno intenso sulle diverse piante, quella, corale e quasi ad eco, delle cicale, quella, in stupendo *a solo*, della rana e quella stessa del silenzio ("Non s'ode voce del mare", v. 80) si alternano e si fondono in una melodia ampia e varia di accordi e di echi che hanno una validità lirica irriducibile entro gli schemi di una banale musica descrittiva. Non meno efficacemente svolto ed elaborato è poi il secondo motivo, quello più propriamente panico ed alcionio che porta i sensi del poeta e della sua compagna, ridesti e rinnovati dalla pioggia, a perdersi nell'ebrezza della fresca vita arborea e a risolversi in essa. Tale motivo, come spesso in *Alcyone*, consiste, in pratica, nella puntuale descrizione di una prodigiosa metamorfosi che partendo dalla comunione e dalla contemporaneità delle sensazioni – la ristoratrice freschezza della pioggia estiva – conduce il poeta ed Ermione a uscire dalla loro dimensione umana, fisica e spirituale, per entrare, attraverso la mediazione del tocco comparativo (vv. 56 ss.: "...il tuo volto /.../ è come /.../, e le tue chiome / auliscono come..."), a far parte del mondo esclusivamente fisico della natura. Questa metamorfosi, di fatto, altro non è che una sorta di estasi panica. È perciò simile a quella che in *Meriggio* porterà il poeta ad immedesimarsi e a perdersi nell'infinito meridiano, e non ha, in verità, niente di meccanico, neanche quel tanto di meccanico e di esteriore che accompagna, ad esempio, simili trasformazioni nei miti classici, ma si attua naturalmente, quasi insensibilmente. Infatti, il tema panico percorre sottilmente tutta la lirica. Esso è preparato e anticipato già nella prima strofa. Lo imposta magistralmente, fin dai primi versi, il magico e quasi assurdo passaggio dalla descrizione del cadere della pioggia sulle tamerici, sui pini, sui mirti, sulle ginestre e sui ginepri alla descrizione del cadere di quella stessa pioggia anche sui volti "silvani" – e l'aggettivo è, all'inizio della metamorfosi, il preannuncio di quella che sarà la nuova realtà al termine della metamorfosi –, sulle mani, sui vestiti, e, con un ardito trapasso, perfino sui pensieri e poi addirittura sulla "favola bella" dei due amanti. Quindi, dopo questo leggerissimo avvio, il motivo si diffonde con sempre più vigore, *in crescendo*. Così si alterna a quello naturalistico nella seconda strofa, dove la metamorfosi è già in atto (vv. 52-64: "E immersi / noi siam nello spirito / silvestre / d'arborea vita viventi...") e nella terza strofa, dove è relegato negli ultimi due versi (vv. 95-96: "E piove su le tue ciglia / Ermione") a far da preludio allo sviluppo successivo. E, infine, trionfa nell'ultima strofa, in cui la vita arborea assimila, trasfigurandole in una fisica sensazione di ebrezza, le due creature umane.

Ma se questi sono senza dubbio i motivi più appariscenti che innervano la lirica e che fanno di essa un testo emblematico, nel bene e nel male, della produzione dannunziana, bisogna pur dire che il grande tema della *Pioggia nel pineto* è un altro. Il fulcro poetico del componimento, infatti, è qualcosa di più della magica capacità con cui il poeta, senza cadere nella vacua musicalità di altre liriche, sa cogliere e riprodurre i suoni della pineta sotto la pioggia. È qualcosa di più anche della suggestione derivante dalle descrizioni dell'estasi dei sensi che, inebriati da quell'andare senza meta immersi in un fluido naturale che avvolge e assimila, approdano a forme di squisite sensazioni. È qualcosa che sta al di là di ambedue questi motivi e in un certo senso li giustifica redimendoli, per quel che è necessario, da quel tanto di eccessivo e di troppo scopertamente letterario che resta loro inevitabilmente attaccato. Il fulcro del componimento, ci pare, è il tono favoloso e illusorio che caratterizza tutta la lirica, tanto nei suoi aspetti naturalistici mimetici e musicali quanto nei suoi aspetti panici e metamorfici, labili e provvisori, illusori appunto, come labile e illusoria è la "favola bella" che in un gioco vario di reciproche illusioni unisce e separa il poeta ed Ermione. Di modo che *La pioggia nel pineto* con la sua fuga di versi, con le riprese e il suo intrecciarsi di motivi e con le sue aperture improvvise verso spazi di lontananza indefinita ("laggiù", "chi sa dove, chi sa dove!") e di vagabonda libertà ("e andiam di fratta in fratta... chi sa dove, chi sa dove!") va molto al di là del componimento soltanto mimetico e musicale o del componimento soltanto panico che i più hanno voluto vedervi, ed è, come scrive G. Contini, una " 'danza' o 'fuga' vigilatissima sul motivo dell'amore-illusione, dell'amore-gioco pur recato alla materialità delle 'parole' non umane": è quasi, essa stessa, quella "favola bella" cui, ben due volte, nella prima e nell'ultima strofa, il poeta fa allusivamente cenno e che, collocata come è all'inizio e alla fine del componimento, illumina, anche con la sua sottile variazione, sul valore di circolare melodia di tutta la lirica.

La lirica, strutturata in quattro strofe in cui i vari motivi sono distribuiti, come si è visto, in modo organico e preciso, si avvale, per svolgere il suo suggestivo discorso, di una sintassi piana e lineare. Le sue proposizioni sono estremamente brevi o, quando non lo sono e si snodano attraverso più versi, diventano brevi perché si spezzano in battute brevi e in notazioni minute, per lo più introdotte dall'iterazione del medesimo termine, con un effetto che è nello stesso tempo ritmico-musicale e funzionale alla situazione. Si vedano, ad esempio, nella prima strofa, ma la stessa cosa succede anche nelle altre strofe, la ripetizione del verbo "piove", che ritorna per ben sei volte e sempre con valore introduttivo, e la ripetizione della preposizione "su" che ritorna tichettante ben dieci volte in venti versi. E si veda anche il frequente ricorso alla congiunzione "e" nella seconda ("E il pino ha... e il mirto... e il ginepro... E immersi / noi siam... e il tuo volto ebro / è molle di pioggia... e le tue chiome auliscono...") e nella quarta strofa ("E tutta la vita è in noi fresca... E andiam di fratta in fratta... e il verde vigor rude ci allaccia i malleoli... E piove...") per riprendere e rilanciare paratatticamente il discorso.

Sottile e sorvegliato è il libero gioco dei versi, con le sue rime, specialmente quelle interne (v. 37: "e varia nell'aria"; v. 41: "al pianto il canto"; vv. 69-71: "...pianto /.../ ... canto..."), con le sue assonanze e le sue consonanze che si succedono in un *continuum* ritmico in cui la "strofa lunga" dà mirabili prove di sé. Studiati, e, di fatto, di derivazione regneriana (vedi p. 251), sono i recuperi in punti diversi delle medesime eppur diversamente intonate frasi musicali. Tra essi il più significativo, accanto al vaghissimo "chi sa dove, chi sa dove!" che al v. 94 è riferito alla favolosa lontananza da cui proviene il canto della rana mentre al v. 115 è riferito all'errabondo andare del poeta e della sua donna, è quello piuttosto ampio dei vv. 20-32 che ritornano nella parte conclusiva della lirica proponendo, la seconda volta, l'inversione del tema, centrale nella lirica, come si è visto, dell'amore-illusione. Tale inversione ("che ieri / *t*'illuse, che oggi *m*'illude": "che ieri / *m*'illuse, che oggi *t*'illude") però, giusta la nostra interpretazione, ha un valore puramente formale e non è il caso di ricercarvi alcuna verità biografica o alcun significato particolare. Essa è soltanto il frutto di una diversa intonazione musicale che vuole favolosamente ribadire la perfetta intercambiabilità delle parti tra l'uno e l'altro essere, come tra esseri umani e forme vegetali, e nel contempo sottolineare il valore puramente favoloso di tutta la costruzione. Né mancano, a completare la ricca strumentazione espressiva di cui il poeta si avvale per creare i suoi effetti fonici, le allitterazioni, i termini onomatopeici (v. 36: "crepitìo"), le paronomasie (v. 39: "secondo le fronde") e i singoli sintagmi, ora tecnici ("alveoli", "malleoli") ora letterari ("fulgenti", "aulenti", "virente", "divini"), usati più per il loro valore fonico che per il loro valore semantico.

Nel *Taccuino* n. 10, II, pp. 105-106, 108-109, datato "Marina di Pisa (2 luglio 1899)" si trovano annotazioni che contengono la trama essenziale delle immagini della lirica. Vi si legge infatti: "*La Pineta* è selvaggia, tutta chiusa da cespugli fitti, da mirti [v. 14], dai tamerici [v. 10]. Qua e là le ginestre fiorite risplendono con i loro fiori gialli [vv. 16-17 e v. 61]. La pioggia discende su la verdura con un crepitio che varia secondo la densità del fogliame [vv. 33-39] /.../ Seguendo un sentiero mi smarrisco /.../ Riodo il rumore del mare [v. 80]. I piedi si bagnano nella macchia pregna di pioggia /.../ Le cicale, che cantavano [vv. 42-43] ancora sotto il cielo cinerino [v. 45], a poco a poco ammutoliscono. Il loro canto si fa sordo sotto la pioggia; poi si rallenta; poi si spegne. Di tratto in tratto una nota roca e fioca risorge, spira [vv. 65-68; 75-79]. E su tutta la foresta si spande il suono della pioggia tiepida, un suono infinitamente dolce e persuasivo. Le ginestre sono così chiare [v. 61], così brillanti, che sembrano *illuminare* i luoghi ove fioriscono. Dal crepitio [v. 36] più forte mi accorgo della maggior densità del bosco...". Oltre che agli appunti dei *Taccuini*, la lirica va debitrice anche a Henri de Régnier, sia sul piano della ideazione e del contenuto sia, e soprattutto, sul piano delle strutture metriche e prosodiche. Così, dal punto di vista dell'ideazione, fermo restando il valore topico, in D'Annunzio, del motivo, sono riconducibili ai componimenti *Déjanire* e *L'homme et la Sirène* dei *Jeux rustiques et divins*, "l'impianto stesso della mitica passeggiata nella foresta, trasfigurata /.../ a tipico itinerario simbolista", il tema panico-metamorfico, la presenza stessa di una figura femminile e non poche immagini: ai rimandi segnalati nelle note 1, 16, 25, 46 e 50 si aggiungano quelli segnalati da V. De Maldé e G. Pinotti in *art. cit.*, pp. 36-37, 66, 73-75. Dal punto di vista delle strutture prosodiche, invece, risalgono alle *Odolettes* e alle *Odes* della sezione *La corbeille des heures* dei *Jeux rustiques et divins*, magari come recupero di analoghe esperienze espressive già applicate in componimenti alcionii, proprio quelli che sono gli espedienti tecnici, metrici e prosodici che fanno della *Pioggia nel pineto* quello che è: la ripresa in funzione di *refrain* degli ultimi dodici versi della prima strofa alla fine dell'ultima con la relativa variazione, la collocazione in chiusa di ogni strofa dell'apostrofe "(o) Ermione", la presenza di frequenti rime identiche e di assonanze, la *geminatio* (v. 87: "a poco a poco"; v. 115: "chi sa dove, chi sa dove"); l'anafora, la figura etimologica (vv. 5-6: "parole più nuove / che parlano /.../") e il bisticcio rimato (v. 41: "al pianto il canto") (V. De Maldé-G. Pinotti).

Metro: quattro "strofe lunghe" di trentadue versi ciascuna. I versi sono liberi e oscillano tra il minimo del ternario e il massimo del novenario (triplo ternario), con predilezione per il senario (doppio ternario). Spesso, per effetto del libero gioco delle rime e delle assonanze, la misura massima del novenario tende a frangersi nelle misure minori: 6+3 o anche 3+3+3 etc. Talvolta, invece, "la lettura continuata, anche senza praticare sinalefe al confine, di due versicoli di seguito, restituisce [...] l'endecasillabo" (P.V. Men-

galdo): si vedano, ad esempio, i vv. 116-117: "E piove su
i nostri volti / silvani". Ne consegue "la possibilità continua di doppie letture ritmico-metriche, suggerite rispettivamente dalla partizione esteriore in versi e dalla possibilità
di scomposizione e ricomposizione degli stessi secondo misure meno esteriormente suggerite" (P.V. Mengaldo). Particolarmente funzionale riesce, in questo senso, il gioco delle
rime, spesso ricche, e delle assonanze che si inseguono ora
fitte ora rade entro le varie strofe, le quali terminano tutte
con il nome Ermione. "Va osservato che ogni finale di verso
trova una o più corrispondenza di rima (o assonanza) entro il
gruppo; quando ciò sembra non accadere, in realtà si ha una
rima interna (*lontane* [v. 7] rima con *umane* [v. 4], *canto*
[v. 41] con *pianto* [v. 43] e viceversa [v. 69 e v. 71], *dita*
[v. 52] con *vita* [v. 55], *dove* [v. 94 e v. 115] due volte
con *piove* [v. 95 e v. 116], *nere* [v. 97] con *piacere* [v.
99]), in tutti i casi determinando un ternario interno o alla
rima ('umane; – ma odo') o dopo la rima ('ma di piacere;
– non bianca')" (G. Contini).

Taci.[1] Su le soglie
del bosco non odo
parole che dici
umane; [2] ma odo
parole più nuove [3]   5
che parlano [4] gocciole e foglie
lontane.[5]
Ascolta. Piove
dalle nuvole sparse.[6]

---

[1] *Taci*: il poeta si rivolge alla donna che lo accompagna, Ermione. Per
l'*incipit* della lirica ("Taci. Su le soglie"), cfr. H. de Régnier, *Les jeux
rustiques et divins*, *Sentence*, v. 1: "Ecoute, sur le seuil que un jour fera
décembre" (V. De Maldé-G. Pinotti).
[2] *parole... umane*: parole che siano pronunciate da esseri umani, come pensa
e dice Ermione.
[3] *nuove*: inusitate, straordinarie.
[4] *parlano*: in senso transitivo: dicono, sussurrano.
[5] *lontane*: nel folto del bosco.
[6] *dalle nuvole sparse*: è quindi una pioggerella leggera.

Piove su le ⁷ tamerici
salmastre ed arse, ⁸
piove su i pini
scagliosi ⁹ ed irti,¹⁰
piove su i mirti
divini,¹¹
su le ginestre fulgenti
di fiori accolti,¹²
su i ginepri folti
di coccole aulenti,¹³
piove su i nostri volti
silvani,¹⁴
piove su le nostre mani
ignude,¹⁵
su i nostri vestimenti
leggieri,¹⁶

10

15

20

25

---

⁷ *su le*: la riduzione della preposizione articolata ai suoi due elementi costitutivi non è, qui come nei versi seguenti ("su i..."), un semplice fatto grafico, ma ubbidisce a una precisa scelta musicale.
⁸ *tamerici... arse*: tamerici impregnate di salsedine e bruciate dal sole. Vedi *L'asfodelo*, vv. 59-60: "l'ostro premea le salse tamerici, / i cipressetti dell'amaro sale" e note relative.
⁹ *scagliosi*: per le scorze ruvide.
¹⁰ *irti*: per le foglie aghiformi.
¹¹ *divini*: perché sacri a Venere. "Ma qui la parola ha più un valore fonico per l'attrazione che su lei esercita la parola 'pini' " (F. Flora).
¹² *le... accolti*: le ginestre splendenti ("fulgenti", lat. *fulgere*) dei loro fiori gialli raccolti come in grandi mazzi.
¹³ *i... aulenti*: i ginepri carichi di bacche odorose. Cfr. il Tommaseo-Bellini alla voce "ginepro": "...Tutte le piante di quest'albero tramandano un odore resinoso che si rende piacevole e più acuto, allorché vengono arse. Le bacche o coccole /.../ Il frutto ossia le Coccole di tale arbore /.../ Essenza di ginepro. È l'olio volatile aromatico che si estrae dalle bacche del ginepro". Cfr. però già *Taccuino* n. 10, II, p. 108: "I ginepri hanno le foglie spinose, aspre, e una coccola verde segnata da un piccolo triangolo bianchiccio" [luglio 1899].
¹⁴ *silvani*: divenuti della medesima sostanza della selva.
¹⁵ *ignude*: esposte alla pioggia.
¹⁶ *vestimenti / leggieri*: "il sintagma 'vestimenti / leggieri' riproduce il regneriano "draperie légère" [cfr. *Les jeux rustiques et divins*, *L'homme et la Sirène*, didascalia di p. 59: "Le soleil illumine de nouveau la forêt; on entend l'eau qui s'égoutte des branches; une tiédeur molle s'exhale. Tous deux entrent; lui vêtu d'un manteau sombre. Elle rieuse et langoureuse, qui marche onduleusement; une draperie légère de gaze embrune son corps nu"], ma la "tessera regneriana" è stata ricodificata "in chiave aulica" attraverso la mediazione del Tommaseo-Bellini: infatti il Tommaseo-Bellini dalla voce "drapperia" rimanda alla voce "drappo" dove glossa: "Per Vestimento e Panno in universale" (V. Dé Maldé-G. Pinotti, *art. cit.*, p. 65).

su i freschi pensieri
che l'anima schiude
novella,¹⁷
su la favola bella
che ieri
t'illuse, che oggi m'illude,¹⁸   30
o Ermione.¹⁹

Odi? La pioggia cade
su la solitaria
verdura ²⁰   35
con un crepitìo che dura
e varia nell'aria
secondo le fronde
più rade, men rade.²¹
Ascolta. Risponde   40
al pianto ²² il canto
delle cicale
che il pianto australe ²³
non impaura,
né il ciel cinerino.²⁴   45
E il pino
ha un suono, e il mirto
altro suono, e il ginepro

---

[17] *freschi... novella*: pensieri che sgorgano freschi dall'anima purificata. "'Pensieri' qui ha valore generico, indefinito" (A. Vicinelli): non si tratta di pensieri concreti, ma del pensiero inteso come prerogativa dell'essere umano e assimilato anch'esso a un fenomeno fisico e materiale, su cui, come sulle piante, cade la pioggia.
[18] *la favola... m'illude*: l'amore come sogno e illusione: in particolare, la storia d'amore, fatta di alterne illusioni (vedi vv. 30-31 e vv. 126-127), che lega il poeta e la donna.
[19] *Ermione*: il nome antico e suggestivo con cui il poeta chiama la donna che con la sua lieve e gentile presenza lo accompagna durante tutta l'esperienza alcionia. Vedi *Il nome*, pp. 266 ss.
[20] *solitaria / verdura*: gli alberi o il fogliame degli alberi della pineta deserta. Per "verdura", cfr. già Dante, *Inferno*, IV, v. 111 (in rima con "dura") e *Purgatorio*, XXIII, v. 69.
[21] *che dura... rade*: che pur senza mai cessare varia di timbro facendosi più o meno intensa a seconda che le fronde su cui cade siano più o meno folte.
[22] *pianto*: il pianto del cielo, la pioggia, nei suoi effetti fonici.
[23] *pianto australe*: la pioggia recata dall'Austro, il vento di mezzogiorno.
[24] *cinerino*: grigio di nuvole. Vedi già *Le Ore marine*, vv. 3-4: "...larve / cinerine".

altro ancóra, stromenti
diversi²⁵   50
sotto innumerevoli dita.²⁶
E immersi
noi siam nello spirto
silvestre,²⁷
d'arborea vita viventi: 55
e il tuo volto ebro²⁸
è molle di pioggia
come una foglia,
e le tue chiome
auliscono²⁹ come   60
le chiare³⁰ ginestre,
o creatura terrestre³¹
che hai nome
Ermione.³²

Ascolta, ascolta. L'accordo³³   65
delle aeree³⁴ cicale
a poco a poco

---

²⁵ *E il pino... stromenti diversi*: cfr. *Taccuino* III, I, p. 57: "Un immenso coro di cicale si spande nella canicola. Il pino di tratto in tratto dà un suono melodioso come uno strumento" [Olimpia, "+4 agosto 1895"]. Cfr. anche H. de Régnier, *Les jeux rustiques et divins*, *Les pins*, vv. 1-3: "Les pins chantent, arbre par arbre, et tous ensemble. / C'est toute une forêt qui sanglote et qui tremble, / tragique, car le vent, ici, vient de la mer" (V. De Maldé-G. Pinotti).
²⁶ *stromenti... dita*: quasi fossero strumenti musicali di un'orchestra suonati da innumerevoli dita. Vedi *Intra du' Arni*, vv. 39-40: "(le canne) tocche / da dita sapienti".
²⁷ *nello spirto / silvestre*: nella più intima sostanza della selva.
²⁸ *ebro*: inebriato da quello che sta succedendo, in una sorta di estasi panica.
²⁹ *auliscono*: profumano.
³⁰ *chiare*: "fulgenti" le aveva dette al v. 16.
³¹ *terrestre*: nata dalla terra, cioè simile a un virgulto o a una pianta. L'intero nesso "o creatura... Ermione", però, allude da lontano all'analogo nesso, "creatura terrestre che ha nome Ermione", contenuto ne *Il novilunio*, v. 102. Ne *Il novilunio*, che è cronologicamente anteriore a *La pioggia nel pineto* ma che è dislocata dopo di essa nell'economia della raccolta, siffatto nesso è posto chiaramente in antitesi al nesso "creatura *celeste* che ha nome Luna".
³² *che hai nome / Ermione*: "Tu sei Ermione, altre creature sono il pino, la ginestra, il ginepro etc." (D. Andreucci).
³³ *L'accordo*: il canto concorde.
³⁴ *aeree*: che cantano sui rami degli alberi, nell'aria.

più sordo [35]
si fa sotto il pianto
che cresce; [36]
ma un canto vi si mesce
più roco
che di laggiù [37] sale,
dall'umida ombra remota.
Più sordo e più fioco
s'allenta,[38] si spegne.
Sola una nota
ancor trema, si spegne,
risorge, trema, si spegne.
Non s'ode voce del mare.[39]
Or s'ode su tutta la fronda
crosciare
l'argentea [40] pioggia
che monda,[41]
il croscio che varia
secondo la fronda
più folta, men folta.
Ascolta.
La figlia dell'aria [42]
è muta; ma la figlia
del limo [43] lontana,

---

[35] *più sordo*: più smorzato.
[36] *sotto... cresce*: sotto la pioggia che cade più fitta.
[37] *di laggiù*: da un punto indeterminato della pineta, che l'indicazione successiva, "dall'umida ombra remota", non vale certo a precisare ma che comunque sarà un pantano o un acquitrino. "Tutto ciò che non è suono in questa lirica resta insolitamente indeterminato. /.../ I luoghi sfumano nell'evanescenza: le cicale sono *aeree* e poi *figlie dell'aria*, come se il loro canto venisse dalla vastità del cielo; le rane cantano nell'*umida ombra remota* (v. 74), nell'*ombra più fonda* (v. 93), *chi sa dove, chi sa dove!* (v. 94)" (A. Vicinelli).
[38] *s'allenta*: si fa più debole.
[39] *Non... mare*: cfr. *Taccuino XIII*, I, p. 169: "E s'ode, come vegnente da una indefinita lontananza, il rumore del Mare" [1897]; *Taccuino* n. 10, II, p. 106: "Riodo il rumore del mare" [1899].
[40] *argentea*: argentina per il suo crepitare metallico o per il suo colore cristallino o, anche, perché pare fatta di innumerevoli fili luminosi.
[41] *monda*: pulisce, purifica. Per il nesso "che monda", cfr. *Poema paradisiaco, Consolazione*, v. 35: "...la lieve ostia che monda".
[42] *La figlia dell'aria*: la cicala. Vedi v. 66: "aeree cicale".
[43] *limo*: fango.

la rana,
canta nell'ombra più fonda,
chi sa dove, chi sa dove!
E piove su le tue ciglia, 95
Ermione.

Piove su le tue ciglia nere
sì che par tu pianga
ma di piacere; non bianca
ma quasi fatta virente,[44] 100
par da scorza [45] tu esca.
E tutta la vita è in noi fresca
aulente,
il cuor nel petto è come pèsca
intatta, 105
tra le pàlpebre gli occhi
son come polle tra l'erbe,[46]
i denti negli alvèoli [47]
son come mandorle acerbe.[48]
E andiam di fratta in fratta,[49] 110
or congiunti or disciolti [50]
(e il verde vigor rude [51]
ci allaccia i mallèoli [52]
c'intrica i ginocchi)
chi sa dove, chi sa dove! [53] 115

[44] *virente*: verdeggiante, arborea.
[45] *da scorza*: dalla corteccia di un albero.
[46] *tra... erbe*: gli occhi tra le palpebre sono come vene d'acqua sorgiva tra l'erba. Cfr. H. de Régnier, *Les jeux rustiques et divins*, *L'homme et la Sirène*, v. 330: "Oh! mes yeux purs sont frais en moi comme des sources" (V. De Maldé-G. Pinotti).
[47] *alveoli*: le piccole cavità delle gengive in cui sono radicati i denti.
[48] *come mandorle acerbe*: le mandorle acerbe sono bianchissime.
[49] *di fratta in fratta*: tra le macchie di arbusti e di pini.
[50] *or... disciolti*: ora tenendoci per mano ora procedendo separatamente. Per tutta l'immagine dei vv. 110-111, cfr. H. de Régnier, *Les jeux rustiques et divins*, *Déjanire*, vv. 17-19: "Nous allâmes, sans plus nous parler, côte a côte, / devenus tout à coup étrangers l'un à l'autre / et quand le bois finit enfin, ce fut la Mer"; v. 14: "Les Satyres ont ri des nos mains enlacées" (V. De Maldé-G. Pinotti).
[51] *il verde vigor rude*: i folti e intricati rami degli arbusti del sottobosco.
[52] *i mallèoli*: le caviglie.
[53] *chi sa... dove*: il motivo dell'indeterminato e del vago usato per le rane (v. 94) diventa ora il motivo non meno indeterminato e vago dell'andare delle due creature non più umane.

E piove su i nostri volti
silvani,
piove su le nostre mani
ignude,
su i nostri vestimenti 120
leggieri,
su i freschi pensieri
che l'anima schiude
novella,
su la favola bella 125
che ieri
m'illuse, che oggi t'illude,
o Ermione.[54]

---

[54] *E piove... Ermione*: la lirica si conclude con la ripresa di una intera frase musicale dalla prima strofa (vv. 20-32) non senza l'inserimento di una variazione minima nella parte finale dovuta all'inversione del tema dell'illusione ("che ieri / *m*'illuse, che oggi *t*'illude"), inversione in cui non bisogna vedere altro che una variazione musicale. Ma si veda la nota introduttiva.

Le stirpi canore [1]

La data di composizione della lirica è sconosciuta, ma dovrebbe risalire al periodo compreso tra la metà di luglio e il 13-14 agosto 1902. Appare infatti come già compiuta in un elenco-progetto di liriche di *Alcyone* (ms. 422) risalente al 13-14 agosto 1902, mentre nel precedente elenco (mss. 421-432 v.) che è databile alla metà di luglio, non è citata neanche come progetto.

I carmi del poeta nascono dalle foreste, dal mare, dal sole e dal vento e le sue parole s'adeguano alle cose che esprimono e si identificano con tutti gli aspetti e con tutte le forze della natura.

Il componimento è una sorta di dichiarazione di poetica risolta in immagini e riafferma, riprendendolo da *Il fanciullo*, l'ideale di una poesia mimetica, volta a cogliere e a riprodurre gli aspetti e le voci della natura e caratterizzata dalla perfetta coincidenza tra parole e cose. Perciò, con grande sfoggio di bravura verbale e fonica, D'Annunzio accumula nel componimento tutta una serie di immagini e di analogie volte a definire e a sceneggiare i temi e i modi di alcuni dei nuovi canti di *Alcyone*. Naturalmente, date le premesse, sarebbe inutile cercare una corrispondenza precisa tra le varie immagini e gli eventuali significati simbolici che esse celano, perché le immagini, come gli aggettivi che le introducono e i sostantivi che le riproducono, valgono soprattutto per il loro suono o per la loro carica evocativa e suggestiva. Di fatto, il componimento e la stessa

---

[1] *Le stirpi canore*: le radici, le origini del canto.

dichiarazione di poetica che esso implica segnano il limite estremo e non valicabile cui poteva arrivare, senza cadere negli eccessi tecnici e preziosi de *L'onda*, la ricerca da parte del poeta di una piena libertà espressiva: il limite dell'esercizio puramente combinatorio e artificiosamente imitativo, inteso a trascrivere verbalmente gli oggetti reali senza descriverli e a creare un parallelismo di tipo soltanto sonoro tra impressione e impressione e tra parola e parola. Altra cosa da questo elaborato accordo di forme e di suoni e da questo gioco di ritmi sonori è, invero, la musicalità senza ritmo di componimenti come *Lungo l'Affrico* e simili. Tuttavia, proprio in quanto dichiarazione di poetica legata a un gruppo preciso di liriche, il componimento non va esente da implicazioni di carattere ideologico. Considerata da questo punto di vista, infatti, la lirica riserva non poche sorprese. In primo luogo è evidente che in essa, presentando e celebrando le sue "parole", D'Annunzio confessa le proprie ambizioni linguistiche, quasi in polemica con altri sperimentatori dal cui "laboratorio" avrebbe poi detto di essere stato notevolmente impressionato. In secondo luogo, poi, è non meno evidente che, esaltando le sue "parole", D'Annunzio esalta anche, in linea con il suo superomismo e con la sua concezione demiurgica, l'intrinseca virtù creativa delle "parole" – di certe "parole" – e, di converso, la propria creatività: e questo è già ideologia e non più solo poetica. In terzo luogo, infine, riconducendo la "parola" – il segno linguistico – alle sue origini, D'Annunzio chiaramente conferisce al suo linguaggio poetico "una portata panica e universale" e ne fa "una realtà vivente totale e onnicomprensiva" (E. Scarano Lugnani): e anche questa non è cosa da poco, perché in questo modo D'Annunzio rivela di aver ormai individuato e acquisito, tanto da farne oggetto di un discorso teorico, lo strumento linguistico adeguato ad esprimere il mondo poetico delle *Laudi*, sia nei suoi aspetti superomistici sia nei suoi aspetti panici e mitizzanti. Presupposti superomistici e panici, insomma, animano e complicano questa lirica in apparenza tanto semplice e lineare. In verità, il discorso non è ancora completo e D'Annunzio, per completarlo, dovrà trarre da queste affermazioni le implicite conseguenze. Ormai è maturo per farlo. Tornando infatti sull'argomento in un passo di *Laus vitae* che dovrebbe essere di poco posteriore a *Le stirpi canore*, egli trarrà le conseguenze pratiche latenti nelle affermazioni, in apparenza solo descrittive e conoscitive e in realtà già cariche di ideologia, de *Le stirpi canore* e arriverà ad affermare decisamente che "la parola" è "un privilegio del poeta vate, che si eleva al di sopra del resto dell'umanità in forza della sua capacità di maneggiarla" (E. Scarano Lugnani). Scriverà, in effetti, in *Laus vitae*:

Ah, che mai sanno gli schiavi
faticosi intenti a mestare
con lor mestole ed assi
ne' vecchi truoghi di pietra
consunta lor polte ed imbratti,
come i ciechi servi di Scizia
posti in buon ordine ai vasi
della mungitura, or che sanno
eglino della potenza
e dello splendore dei suoni?
O parole, mitica forza
della stirpe fertile in opre
e acerrima in armi, per entro
alle fortune degli evi
fermata in sillabe eterne;
parole corrotte da labbra
pestilenti d'ulceri tetre,
ammollite dalla balbuzie
senile, o italici segni,
rivendicarvi io seppi
nella vostra vergine gloria!

Io vi trassi con mano
casta e robusta dal gorgo
della prima origine, fresche
come le corolle del mare
contràttili che il novo lume
indicibilmente colora.
Io vi disposi nei modi
dell'arte così che la vita
vostra rivelò le segrete

> radici, le innùmere fibre
> che legano tutta la stirpe
> alla Natura sonora.
> Io feci apparire tra l'una
> e l'altra sillaba i mille
> volti del Passato tremendi
> come sembianze di morti
> che un'anima sùbita inondi.
> Io dal vostro cozzo faville
> sprigionai, baleni d'amore
> che illuminarono l'ombra
> del Futuro pregna di mondi.
>
> Splendete e sonate, o parole,
> in questo Inno che è il vasto
> preludio del mio novo canto.
> Converse io v'ho novamente
> in sostanza umana, in viva
> polpa, in carne della mia carne,
> in vene di sangue e di pianto.
>
> (*Maia, Laus vitae*, vv. 7960-8008).

Adesso la "Parola" è veramente "divina" (cfr. *L'Isottèo, Epodo al poeta Giovanni Marradi*, IV, v. 12) e il "Verso" è veramente "tutto" (*ibidem*, v. 14): e non più, come ai tempi dell'*Isottèo* in senso estetizzante o, al massimo, edonistico, e neanche, come ai tempi dell'esperienza "paradisiaca", in senso puramente mistico-suggestivo, ma in senso creativo e anzi, in senso pratico, cioè in funzione o in vista di un dominio spirituale e materiale da esercitare mediante quel formidabile strumento di potere che essa, la "Parola", è. Per il momento, tuttavia, al livello cronologico e ideologico segnato da *Le Stirpi canore*, il discorso è ancora vago e a D'Annunzio sembra interessare solo l'aspetto linguistico della parola che, però, come si è visto, è già intesa come strumento creativo. Comunque sia, la lirica è molto significativa e si inserisce con estrema tempestività nella collana di passi, notazioni prosastiche o componimenti poetici, in cui D'Annunzio ha affrontato, di tempo in tempo, il tema del segno linguistico e si è posto, con notevole spirito critico e autocritico, il problema del senso e dello scopo dell'arte.

La struttura della lirica, costruita su due unici periodi con un soggetto ciascuno ("I miei carmi", v. 1 e "Le mie parole", v. 7) e con un solo verbo, il medesimo ("son", v. 1 e "sono" v. 8), è molto semplice e si sviluppa lungo frasi melodiche esili e leggere che rilanciano anaforicamente gli stessi schemi ("altri... altri... altri... altri"; e nel secondo periodo, la coppia aggettivo + avverbio "come" ripetuta ben quattordici volte) proponendo sempre i medesimi parallelismi (sottolineati anche dall'impiego quasi costante di attacchi sdruccioli) e variando però di continuo il contenuto e la sostanza. In pratica, la struttura, fondata sulla enumerazione multipla e sulla serie di comparazioni continuate è quella di molti componimenti alcionii organizzati in "strofa lunga" ed è di mediata o immediata derivazione regneriana. Semplice è anche la tessitura linguistica, tutta affidata a parole lievi ed elementari, salvo che nel caso del grecismo "Argeste" (v. 6) e del latinismo "dumi" (v. 15), entrambi di origine libresca ma entrambi attratti e in un certo senso riscattati dal gioco delle rime. Sottile, infine, leggero e cattivante e quasi al limite del virtuosismo fonico-verbale, il gioco delle rime e delle assonanze.

Metro: "strofa lunga" di 37 versi liberi, varianti tra il ternario e il novenario e innervati da fitte rime e assonanze.

I miei carmi son prole
delle foreste,
altri dell'onde,
altri delle arene,
altri del Sole,   5
altri del vento Argeste.[2]
Le mie parole
sono profonde
come le radici
terrene,[3]   10

---

[2] *Argeste*: vento impetuoso di ponente, apportatore del bel tempo (il prezioso grecismo vale infatti "rasserenante").
[3] *terrene*: che affondano nella terra.

altre serene
come i firmamenti,[4]
fervide come le vene
degli adolescenti,[5]
ispide come i dumi,[6]
confuse come i fumi
confusi,[7]
nette [8] come i cristalli
del monte,
tremule come le fronde
del pioppo,[9]
tumide [10] come le narici
dei cavalli
a galoppo,
labili [11] come i profumi
diffusi,
vergini come i calici [12]
appena schiusi,
notturne come le rugiade [13]
dei cieli,
funebri come gli asfodeli
dell'Ade,[14]
pieghevoli [15] come i salici
dello stagno,

15

20

25

30

---

[4] *i firmamenti*: i cieli stellati.
[5] *fervide... adolescenti*: ardenti, vibranti di vita come il sangue che scorre nelle vene degli adolescenti.
[6] *ispide... dumi*: pungenti, acute, aspre come i pruni. Il Tommaseo-Bellini alla voce "dumo" e "ispido" cita F. Petrarca, *Rime*, CCCLX, vv. 46 s.: "Cercar m'à fatto deserti paesi / fiere et ladri rapaci, hispidi dumi".
[7] *confuse... confusi*: indistinte, leggere, mutevoli, "simili ai fumi che lievi si levano, si avviluppano e confondono" (E. Palmieri).
[8] *nette*: limpide, schiette, precise.
[9] *tremule... pioppo*: cfr. *Canto novo*, *Canto del sole*, III, vv. 56 s.: "...tremuli / i pioppi al cielo di perla ergeano i rami".
[10] *tumide*: gonfie.
[11] *labili*: svanenti, leggere.
[12] *vergini... calici*: intatte, fresche, pure, come i calici dei fiori.
[13] *notturne... rugiade*: fresche e limpide, apportatrici di refrigerio come le rugiade; forse anche misteriose e silenziose.
[14] *funebri... Ade*: tristi, cupe, pregne di significati oscuri, ma forse anche: dotate di una loro "malinconica bellezza, quale hanno i fiori dell'asfodelo sbocccianti nel regno delle ombre" (A. Vicinelli).
[15] *pieghevoli*: flessibili.

tenui [16] come i teli [17]
che fra due steli
tesse il ragno.

---

[16] *tenui*: sottili, lievi.
[17] *i teli*: le ragnatele.

Il nome

La data di composizione è ignota. La lirica appare però come verisimilmente già composta in un elenco-progetto di liriche di *Alcyone* steso il 13 o il 14 agosto 1902 (ms. 422) mentre non è citata, neppure come progetto, nell'elenco precedente, che risale alla metà di luglio del 1902 (mss. 421-432 v.). Vedi Introduzione, pp. 55 ss. e 61 ss.

La donna chiamata Ermione che fa da compagna al poeta nel corso della stagione alcionia è sempre alonata, ogni volta che appare sulla scena, da un' "aura di mito" (E. Palmieri). Sia che venga espressamente chiamata per nome, come ne *Il novilunio*, *La pioggia nel pineto*, *Albasia*, *Tristezza*, *Le Ore marine* e *Litorea dea*, sia che sia presente, senza nome, come ne *La tenzone*, *Bocca d'Arno*, *Intra du' Arni*, *Innanzi l'alba*, *Anniversario orfico* e *Feria d'agosto*, sia che parli e agisca, sia che taccia e si riduca a una semplice presenza femminile appena evocata, Ermione ha indubbiamente un suo fascino: tanto più, poi, che non di rado ha il compito suggestivo di stimolare le sensazioni del poeta o di raccoglierne le emozioni e le confidenze, lieve e delicata "spalla" dell'uomo di *Alcyone* e tramite essenziale delle sue esperienze. Qualcosa del suo fascino, per altro, le viene proprio dal nome che porta: un nome scelto dal poeta, che prima di trovarlo ne ha scartati altri meno suggestivi, come dimostrano i suoi appunti preparatori, per farne un *senhal* abbastanza chiuso ma non tanto da non permettere di coglievi, nei suoni e nel vago pallore lunare che sembra evocare, il nome e la figura di una donna che biograficamente può essere Eleonora Duse e che sentimentalmente è senz'altro Eleonora Duse. Nel componimento che le è dedicato, di fatto, quella impalpabile ed evanescente creatura femminile si risolve e vive tutta nel suo antico e prezioso nome. Dalle reminiscenze culturali e mitiche che nobilitano un nome che fu di città e di donne famose, "lontane nel tempo e nello spazio, ella affiora alla poesia in figura che l'amore crea e veste di freschezza. E se non ne è riconoscibile il volto (di lei sappiamo la voce 'sorgevole' e gli occhi 'nutriti di bellezza' e la perizia in tessere ghirlande e lodi per il melodioso aedo) tuttavia ai sensi del poeta ella vive in quel nome e per quel nome, ricco di suggestive allusioni" (E. Palmieri), dolce come un grappolo d'uva, musicale come il canto roco dei grilli, fresco come il fiore di croco e la pioggia estiva.

La lirica è piuttosto occasionale quanto alla genesi e un po' troppo costruita a tavolino quanto alla struttura. La sua occasionalità è di duplice natura: da una parte è di chiaro stampo erudito e libresco, quasi che il poeta abbia trovato lo stimolo a comporre nelle pagine di un libro, dall'altra è di origine eloquente e celebrativa, come se il poeta, nel comporla, si fosse proposto soltanto di produrre una letterina di ringraziamento. Le due occasioni, comunque, si dividono lo spazio del componimento in due parti di lunghezza quasi identica. La prima parte (vv. 1-24) sviluppa il motivo culturale legato al nome della donna, che per altro viene taciuto, e lo sviluppa in modo decisamente letterario, sfruttando l'*Onomasticon* del Forcellini e spesso, per il solito zelo erudito di D'Annunzio, risalendo dalle voci dell'*Onomasticon* direttamente ai testi antichi in esse citati. Le amplificazioni culturali e le digressioni descrittive che derivano da questa operazione libresca sono comunque risolte con estrema lievità. E proprio questa lievità di tocco, che è pari soltanto alla ingenuità sfacciata di una tecnica che non esita a trarre tasselli anche dalle pagine dei dizionari e dei lessici, finisce con il riscattare in immagini di indubbia suggestione rievocativa, quando non le aggrava una stucchevole preziosità, anche i bruti dati geografici, storici e mitici. La seconda parte del componimento (vv. 25-46) svolge, invece, riprendendo l'attacco vocativo della prima parte e facendo finalmente il nome della donna (v. 25: "Ermione, Ermione"), il motivo più propriamente celebrativo. Questa seconda parte, ovviamente, è meno letteraria ma, nella sostanza, tranne che in alcuni tratti descrittivi e in alcuni tocchi analogici, anche meno lieve. Di fatto è condotta su toni madrigaleschi e si sviluppa, come succede spesso nelle liriche alcionie di questo tipo, in una giustapposizione di immagini, per lo più comparative o analogiche, non prive di suggestione ma per lo più gratuite.

La tecnica compositiva è scaltra e matura e grazie ad essa il poeta costruisce un piccolo gioiello di perfezione ed eleganza almeno esteriori e formali. L'occasionalità e la letterarietà dello spunto suggeriscono le amplificazioni e le divagazioni di origine culturale. Lo scopo celebrativo determina l'adozione dell'attacco vocativo che in entrambe le sezioni regge il discorso dall'inizio alla fine, giacché il punto fermo del v. 13 è cancellato dalla congiunzione che al v. 14 rilancia il discorso e tutta la seconda parte costituisce un unico periodo sintattico. Di origine meccanica sono anche le immagini che il poeta, come si è detto, viene giustapponendo per portare avanti il suo discorso. Si tratta, in effetti, di immagini che all'origine sono omogenee all'oggetto – il nome di Ermione nella prima parte, nella seconda parte la sua voce – ma che sono soggette, nei successivi sviluppi, a scarti divaganti. A parte quelli letterari e libreschi della prima sezione, si veda in proposito lo scarto, ai vv. 26 ss., dalla qualificazione della voce di Ermione come "sorgevole" alla sua qualificazione, sforzatamente sinestetica, come "virente". Si veda però di converso anche, ai vv. 39-46, l'abilità e l'efficacia con cui il nome di Ermione è evocato attraverso immagini – sapori, odori e sensazioni di frescura – che ne fanno un nome da assaporare e godere sensualmente e voluttuosamente.

Studiata ma efficace la soluzione metrica adottata che spezzando il ritmo dei versi con *enjambements*, pause e rapide riprese e, nella seconda parte, infittendo le rime e le assonanze, praticamente assenti nella prima, porta i settenari a suonare come versi liberi. Il tono alto e compassato della prima sezione, che si apre su l'enfatico appellativo "Donna..." e si distende di notazione erudita in notazione erudita ne risulta illeggiadrito e quasi, se fosse concepibile una cosa simile per D'Annunzio, temperato da una sorta di benevole autoironia. La seconda parte, con il suo attacco più dolce e più vago ("Ermione, Ermione"), ne ottiene un'apertura musicale che rende meno pesante il lungo periodo sintattico.

Metro: un'unica "strofa lunga" articolata in due periodi e costituita da settenari ricchi di *enjambements*, pause, riprese, rime e assonanze. Da notare lo iato, nel v. 1, tra *Donna* e *ebbe*.

Donna,[1] ebbe il tuo nome [2]
una città murata [3]
della pulverulenta [4]
Argolide.[5] E quivi era,
dicesi,[6] un sentier breve   5
per discendere all'Ade

---

[1] *Donna*: Ermione, la compagna del poeta nel corso dell'estate alcionia. In lei, a tener conto del dato biografico, cioè dell'amante *en titre* del poeta negli anni in cui furono composte le liriche di *Alcyone*, si dovrebbe vedere Eleonora Duse, la quale, di fatto, trascorse insieme al poeta le estati dal 1899 al 1903.
[2] *il tuo nome*: il nome, Ermione, sarà detto solo al v. 25. Tutto il passo che segue ("il tuo nome... Argolide") traduce quasi alla lettera una parte della voce "Hermione" dell'*Onomasticon* del Forcellini: "Hermione /.../ Nomen urbis Graeciae, ita ab Hermione conditore appellata, teste Pausania 2, 34, 4, in Argolide, memorata Strab. 8, 6, 3" (D. Martinelli-C. Montagnani).
[3] *una... murata*: cfr. G. Boccaccio, *Decamerone*, Intr. giornata III: "Era da molte genti abitata, ma non come cittade murata", citato nel Tommaseo-Bellini, alla voce "murata".
[4] *pulverulenta*: polverosa, arida, sitibonda, secondo una qualificazione costante dell'Argolide nelle opere di D'Annunzio sulla base di Omero, *Il.*, IV, v. 171: Euripide, *Alc.*, v. 560 e specialmente Strabone, *Geogr.*, VIII, 6. Cfr. *Maia*, *Laus vitae*, vv. 4108 s.: "...la sitibonda / Argolide...".
[5] *Argolide*: regione montuosa dell'antica Grecia, situata nel Peloponneso sud-orientale.
[6] *E quivi era, dicesi...*: cfr. Strabone, *Geogr.*, VIII, 6, p. 12: "È fama che presso Ermione ["quivi"] esista un cammino breve ["un sentier breve"] per scendere all'Ade ["per discendere all'Ade"], così che ivi non si usa porre nella bocca dei morti il prezzo del noleggio ["sì che i natii / non ponean nella bocca / dei loro morti il prezzo / del tragitto infernale"]". Cfr. anche Pausania, *Perieg.*, II, 35, 10: "In un campo dietro il tempio della Dea Ctonia, si può vedere una spaccatura del suolo, attraverso la quale Eracle condusse fuori il cane dell'Ade, secondo quanto dicono gli stessi Ermionesi". Come giustamente osservano D. Martinelli e C. Montagnani, i passi citati di Strabone e di Pausania che danno a D'Annunzio lo spunto per i vv. 4-13 sono immediatamente successivi a quelli citati dal Forcellini (vedi nota 2).

avaro,⁷ alle tenarie
fauci;⁸ sì che i natìi⁹
non ponean nella bocca
dei loro morti il prezzo
del tragitto infernale,¹⁰   10
l'obolo tenebroso ¹¹
pel nocchier dello Stige.¹²
Ed ebbe anco il tuo nome ¹³
la figlia della grande
Elena,¹⁴ il fior di Sparta   15
bianco,¹⁵ il sangue di Leda ¹⁶

---

⁷ *avaro*: perché insaziabile e avido di sempre nuovi morti o, anche, perché non restituisce più coloro di cui si impadronisce. Cfr. Virgilio, *Georg.*, II, v. 492: "...strepitumque Acherontis avari"; Orazio, *Carmina*, II, 18, v. 30: "rapaci Orci sede...".

⁸ *tenarie / fauci*: la grotta che si apre presso il promontorio del Tenaro, oggi capo Matapan, in Grecia, e attraverso cui, secondo il mito, si entrava negli Inferi. Cfr. Virgilio, *Georg.*, IV, v. 467: "Taenarias etiam fauces, alta ostia Ditis".

⁹ *i natìi*: gli uomini del luogo, gli abitanti di Ermione.

¹⁰ *il prezzo... infernale*: il costo della traversata in barca verso gli Inferi. Nel rito funebre greco, si usava porre nella bocca del defunto una moneta che, secondo la credenza popolare, doveva servire a pagare il pedaggio a Caronte, il "nocchier dello Stige".

¹¹ *l'obolo tenebroso*: la moneta offerta per pagarsi il viaggio verso le tenebre dell'Ade. Cfr. Catullo, *Carm.*, III, v. 11: "iter tenebricosum". Cfr. anche Dante, *Inferno*, VI, v. 11: "per l'aer tenebroso...".

¹² *nocchier dello Stige*: Caronte, il "nocchier de la livida palude" di Dante, *Inferno*, III, v. 98.

¹³ *Ed... nome*: "È la resa italiana della introduzione al secondo lemma di *Hermione* nel Forcellini: 'Qua *nomen* est *etiam* muliebre: Hermiona'" (D. Martinelli-C. Montagnani).

¹⁴ *la figlia... Elena*: "D'Annunzio utilizza per questi versi il terzo lemma della voce *Hermiona* del Forcellini, il primo per cui sia ammessa anche la forma *Hermione*: 'Hermiona sive Hermione, Menelai et *Helenae filia*, Spartana'" (D. Martinelli-C. Montagnani). Ermione, figlia di Elena, è ricordata anche da Omero, *Od.*, IV, vv. 13-14: "ella generò la bella Ermione, la giovinetta che assomigliava all'aurea Afrodite".

¹⁵ *il fior... bianco*: Elena, candido fiore di bellezza, era regina di Sparta. "Spartana" Elena è definita nel Forcellini, oltre che nel terzo lemma della voce "Hermiona" (vedi la nota precedente) anche sotto la voce "Helena" ("Helena Spartana") cui D'Annunzio, come osservano D. Martinelli e C. Montagnani, ha esteso la sua ricerca dopo aver trovato il nome della donna appunto nel terzo lemma di "Hermiona". Per l'epiteto "fior... bianco" attribuito a Elena, cfr. anche *Maia*, *Laus vitae*, v. 1379: "la bianca Tindaride..."; vv. 1140 s.: "Ahi fior di bianchezza sublime / che alla Scee mirarono i Vegli!".

¹⁶ *il sangue di Leda*: Elena era figlia di Leda, sposa di Tindaro, e di Zeus. Cfr. il Forcellini alla voce "Helena": "Helena Spartana filia Tyndari et Ledae".

splendido come l'oro,
la nata di colei
che brillò su la terra   20
come un'altra Stagione,[17]
delizia innumerevole,[18]
face e specchio di Venere,[19]
piaga del combattente.[20]
Ermione, Ermione   25
dalla voce sorgevole [21]
e talora virente [22]
quasi tra capelvenere
acqua ombrosa, [23] dagli occhi
nutriti di bellezza   30
e di frescura, nati
gemelli della Grazia
e del Sogno, Ermione
cara all'aedo,[24] esperta
in tesser la ghirlanda [25]   35

---

[17] *un'altra Stagione*: una nuova primavera, se vale qui l'eco da G. Leopardi, *Canti, Il passero solitario*, vv. 5-6: "Primavera dintorno / *brilla* nell'aria e per li campi esulta".

[18] *delizia innumerevole*: fonte di un gran numero di gioie e di piaceri. Vedi *Ditirambo III*, v. 1: "O grande Estate, delizia grande...". Per "innumerevole" vedi invece *Il fanciullo*, vv. 66 s.: "O fiore innumerevole di tutta / la vita bella...".

[19] *face e specchio di Venere*: Elena, con la sua bellezza, è una fiamma con cui Venere accende d'amore gli uomini e, nel contempo, sempre per la sua bellezza, è anche il ritratto di Venere, lo specchio in cui si riflette Venere stessa. L'immagine di Elena "face... di Venere" deriva dall'etimologia del nome della donna che D'Annunzio, come hanno segnalato D. Martinelli e C. Montagnani, trovava sempre nel Forcellini alla voce "Helena"; "Nomen muliebre, Graeciae Ἑλένη, quod quasi ἑλάνη, *fax*, exponitur /.../ Helena inter *faces* sceleratas recensetur /.../ Hinc unica belli causa Helena traditur".

[20] *piaga del combattente*: male per tutti coloro che combatterono per causa sua.

[21] *sorgevole*: limpida e fresca come acqua di sorgente. Cfr. il Tommaseo-Bellini alla voce "sorgevole": P. Bembo, *Asol.*, 2, 135: "Come sorgevole fontana" (E. Palmieri).

[22] *virente*: verdeggiante: riferito a voce, "virente" continua la metafora implicita in "sorgevole" introducendo sinesteticamente una notazione coloristica. Per "virente" vedi già *La pioggia nel pineto*, v. 100: "...quasi fatta virente".

[23] *quasi... ombrosa*: quasi del colore dell'acqua che se ne sta in un luogo ombreggiato, nascosta tra i cespi di capelvenere.

[24] *aedo*: cantore: qui il poeta stesso.

[25] *ghirlanda*: la ghirlanda di alloro che premia il poeta o, trattandosi di D'Annunzio-Glauco, di oleandro.

e la lode pel fertile
aedo che ti sazia
di melodìa selvaggia,[26]
il tuo nome mi piace
tuttavia [27] come un grappolo,
come quel flauto roco [28]
che a sera è nel cespuglio,
mi piace come un grappolo
d'uva nera il tuo nome,
come il fiore del croco [29]
e la pioggia di luglio.

40

45

---

[26] *melodìa selvaggia*: quasi una notazione di poetica.
[27] *tuttavia*: sempre.
[28] *quel flauto roco*: il canto stridulo e monotono dei grilli. Vedi già *Il novilunio*, vv. 47 ss.: "...la melodia / che i flauti dei grilli / fan nei campi tranquilli / roca assiduamente" e note relative.
[29] *croco*: zafferano.

Innanzi l'alba

La data di composizione è ignota. Il titolo della lirica, comunque, appare per la prima volta nell'indice, in parte diverso da quello definitivo, del Libro di *Alcyone* contenuto nell'annuncio a stampa dell'imminente volume delle *Laudi* pubblicato dai Fratelli Treves Editori nel "Supplemento" de « L'Illustrazione Italiana » del gennaio 1903. A quella data, con tutta probabilità, la lirica era già stata composta.

Il poeta vagheggia di uscire con la sua dolce compagna sul lido ad attendere l'alba. Assorti in un incantato silenzio, rotto solo dalla monotona melodia delle onde, essi passeggeranno insieme. La donna coglierà narcisi marini e lui, lui solo, si volgerà indietro a guardare le tracce lasciate dai suoi passi riempirsi di luce, mentre le Vergilie tramontano con lievi palpiti che sembrano lacrime e anche il cielo piange lacrime di rugiada.

Poverissima come è di immagini "la poesia risulta fatta soltanto del muto camminare a due lungo la spiaggia, attenti il poeta e la donna al tremolare della intravista marina non più e ancora notturna, alle gocce di rugiada, alle pallide tracce quasi unico segno di loro a loro stessi, tesi cioè in un ascolto che è esso a cancellare le apparenze e a fare musica il silenzio; e le Pleiadi /.../, prossime al tramonto nell'abisso del vuoto, anzi la loro favola accennata, ma /.../ lievemente /.../, aprono sul silenzio del lido il silenzio del cielo, di cui la favola rende parlante il musicale linguaggio, in un giro sempre rinnovato di corrispondenze sensibili dalla terra al cielo, dalle apparenze a quell'ascolto del cuore" (E. De Michelis). Così il componimento si risolve pienamente in una leggera e sussurrata melodia che modula, in tono ora rapido e veloce, ora, invece, lento e blando, uno dei motivi più tipici del libro di *Alcyone*, quello medesimo, per intenderci, che sta alla base della *Pioggia nel pineto*: un andare senza meta immersi nella natura – qui l'infinita melodia del mare, l'umidore delle ultime rugiade, il tenue chiarore dell'alba, il luccichio dell'acqua nelle orme lasciate sulla spiaggia – e inebriati da quello stesso andare. In *Innanzi l'alba*, per altro, la bella favola delle due creature errabonde trova il suo completamento, anziché nella metamorfosi panica, nella non meno bella favola delle Vergilie, in cui, in un armonico intreccio di realtà e di mito, è descritto, con sorridente malinconia, il lento trascorrere delle ultime stelle in cielo, nell'ora incantata in cui la notte muore nell'alba.

Il componimento, di per sé fluido e musicale per effetto della tenuità delle immagini e della purezza della lingua, è reso ancor più delicato e cantabile, oltre che dal raffinato gioco delle rime, dal succedersi dei quadrisillabi a distanze varie ma regolari dagli ottonari (nella prima strofa il quadrisillabo cade dopo il primo verso, nella seconda dopo il secondo, nella terza dopo il terzo, mentre il secondo quadrisillabo, sempre costituito dal nome mitico delle Vergilie, è sempre collocato al quartultimo verso) e dalla presenza di un vero e proprio ritornello che con variazioni minime occupa addirittura metà dei dieci versi di ciascuna strofa. Siffatte riprese di versi in funzione ritmica, come il ricercato gioco metrico delle rime, ricordano analoghe soluzioni de *Le Ore marine* e de *Il novilunio* e ripropongono le strutture ritmiche e prosodiche dei componimenti di H. de Régnier. A questi, e in particolare all'*Ode III* della sezione *La corbeille des heures* dei *Jeux rustiques et divins*, sarebbe da ricondurre anche l'immagine dei vv. 1-6 della lirica: cfr. infatti *Ode III*, vv. 19-22: "Je t'ai connue, assise au porche sur le seuil / de la Vie et du Songe et de l'An, / jadis, toi qui, du seuil, regardais venir l'aube et tressais des couronnes" (V. De Maldé-G. Pinotti, *art. cit.*, pp. 61 e 78).

Metro: tre strofe di ottosillabi rinterzati da due quadrisillabi. Il gioco delle rime varia da strofa a strofa (AaBCDC eFBD; ABcACDeFBD; ABAcDEfCEC).

Coglierai sul nudo lito,
infinito
di notturna melodìa,[1]
il maritimo narcisso [2]
per le tue nuove corone,[3]
tramontando nell'abisso
le Vergilie,[4]
le sorelle oceanine [5]
che ancor piangono per Ia
lacerato dal leone.[6]

Andrem pel lito silenti;
sentiremo la rugiada
lene e pura
piovere dagli occhi lenti
della notte moritura,[7]
tramontando nel pallore [8]
le Vergilie,
le sorelle oceanine
minacciate dalla spada
del feroce cacciatore.[9]

Forse volgerò la faccia
in dietro talvolta io solo
per vedere la tua traccia

---

[1] *infinito / di notturna melodìa*: pieno senza fine della monotona melodìa che per tutta la notte hanno modulato le onde. La dimensione spaziale ("infinito") è risolta in suggestione musicale.
[2] *maritimo narcisso*: vedi *L'asfodelo*, v. 58 e nota relativa.
[3] *corone*: ghirlande.
[4] *tramontando... Vergilie*: mentre tramontano nel mare le Vergilie, le costellazioni delle Pleiadi e delle Iadi: sorelle, per via del padre comune Atlante, erano rispettivamente figlie di Pleione e di Etra.
[5] *oceanine*: le Pleiadi, secondo il mito, erano nipoti, per parte di madre, dell'Oceano.
[6] *Ia... dal leone*: Hyas, fratello delle Iadi, fu sbranato da una leonessa cui voleva rapire i piccoli (cfr. Ovidio, *Fasti*, V, vv. 165 ss.). "Ia" è bisillabo: nel manoscritto autografo (Collezione Bellora), D'Annunzio ha provveduto a segnare la dieresi sulla vocale iniziale.
[7] *dagli occhi... moritura*: dalle stelle, che sono gli occhi ("lenti", perché le stelle tramontano lentamente) della notte. "Leggiadra ipotiposi" (E. Palmieri).
[8] *nel pallore*: nel cielo che si va schiarendo "innanzi l'alba".
[9] *le Vergilie... cacciatore*: la costellazione di Orione, che è raffigurata come un gigante armato di spada, sembra incalzare, nel cielo come nel mito, le Pleiadi che volgono al tramonto.

luminosa,[10]
e starem muti in ascolto,[11]   25
tramontando in tema[12] e in duolo[13]
le Vergilie,
le sorelle oceanine
a cui l'Alba asciuga il volto[14]
col suo bianco vel di sposa.[15]   30

---

[10] *la tua traccia / luminosa*: le orme, lasciate dai passi della donna, che ormai si riempiono di luce, perché l'acqua che le invade riflette la piena luce del giorno. Vedi *Bocca d'Arno*, vv. 45-47: "...I tuoi piedi / nudi lascian vestigi / di luce..." e nota relativa.
[11] *in ascolto*: in ascolto della melodia del mare o forse della musica del silenzio.
[12] *in tema*: perché minacciate da Orione.
[13] *in duolo*: per la morte di Ia.
[14] *il volto*: rigato di pianto per la paura e il dolore.
[15] *a cui... sposa*: l'alba, con il bianco velo che si accinge a stendere nel cielo, asciugherà le ultime lacrime dagli occhi del cielo, cioè dalle stelle e sembrerà così consolare, con la sua ineffabile tenerezza, il loro dolore. La nuova e suggestiva ipotiposi sta a significare che i tenui colori dell'alba cancelleranno dal cielo le ultime stelle.

Vergilia anceps [1]

La data di composizione è ignota. Il titolo della lirica, comunque, appare per la prima volta nell'indice, in parte diverso da quello definitivo, delle liriche di *Alcyone* contenuto nell'annuncio a stampa dell'imminente volume delle *Laudi* pubblicato dai Fratelli Treves Editori sul "Supplemento" de « L'Illustrazione Italiana » del 18 gennaio 1903. A quella data, con tutta probabilità, la lirica era già stata composta.

Negli occhi di una Vergilia il poeta coglie due immagini. In una pupilla vede risplendere la prua di una nave, come nelle antiche monete greche. Nell'altra pupilla, invece, vede scintillare una spiga di grano, come in una antica moneta siciliana. Entrambe le immagini affascinano il suo cuore. Egli le ama entrambe, perché sono i simboli di due arti, quella nautica e quella agricola, che gli sono care.

Secondo il mito, le Pleiadi o Vergilie, le figlie di Atlante trasformate in costellazione, presiedevano alla navigazione e alle opere dei campi. Il poeta, che ha nominato le Vergilie in *Innanzi l'alba*, il componimento che precede questa *Vergilia anceps* e che tutto induce a credere ad essa appena anteriore anche nella stesura, trovava la notizia nell'*Onomasticon* del Forcellini, e tanto deve essergli bastato per imbastire questa lirica in cui le antiche attribuzioni delle Vergilie vengono simbolicamente interpretate. Cava infatti dal gruppo una delle "sorelle oceanine" di *Innanzi l'alba*

---

[1] *Vergilia anceps*: "Vergilia [vedi *Innanzi l'alba*, v. 7 e nota 4] dalla duplice natura", cioè "nautica e cereale", come si legge nell'ultimo verso del componimento.

(vv. 6-10; 16-20; 26-30), le regala una precaria realtà fisica e afferma che nei suoi occhi vede risplendere e brillare una prua di nave e una spiga di grano. Poi, con un facile slittamento retorico, passa ad esaltare le cose di cui, nella sua visione politica, la nave e il grano sono simbolo. Così, l'esaltazione delle due immagini che splendono nelle pupille della Vergilia diventa la celebrazione del solco lasciato dalla nave sul mare e di quello tracciato sulla terra dall'aratro e, anche se non in modo esplicito, finisce con l'essere l'esaltazione della forza militare volta alla conquista e al dominio del mondo e del lavoro dei campi inteso come il necessario supporto di quella conquista e di quel dominio. Il tutto, naturalmente, in perfetta coincidenza con tante pagine delle recenti tragedie e delle ancora più recenti Odi di *Elettra*, in particolare con la celebrazione del duplice simbolo della futura potenza dell'Italia quale D'Annunzio aveva descritto ed esaltato un paio d'anni prima (estate-autunno del 1899) nel *Canto augurale per la Nazione eletta*, uno dei testi più nazionalistici ed enfatici di *Elettra*: "Italia, Italia, / sacra alla nuova Aurora / con l'aratro e la prora...".

Per costruire questo componimento, più eloquente che lirico, D'Annunzio si è avvalso, al solito, di un buon numero di elementi culturali saccheggiati da repertori e lessici. L'elemento libresco più appariscente, dopo l'occasionale e non meno libresca individuazione del nucleo concettuale della lirica alla voce *Vergiliae* dell'*Onomasticon* del Forcellini, pare venire dalla consultazione di un catalogo di numismatica o dal recupero memoriale di immagini a suo tempo notate in un catalogo di numismatica: in proposito, si potrebbe pensare alla consultazione di classici del genere, come la *Historia nummorum* di B. Y. Head (Oxford, 1886) a cui il poeta potrebbe essere stato rimandato dalla consultazione dello stesso *Onomasticon* del Forcellini, suo abituale tramite per questo tipo di notizie, o anche a pubblicazioni periodiche e specialistiche (cataloghi di antiquariato, riviste storiche, epigrafiche o numismatiche) o semplicemente a testi di storia. Insieme alle notizie sulle monete, non meno importanti per rimpolpare con espansioni amplificative la trama concettuale del componimento (trama troppo tenue ove non la si volesse sviluppare in termini apertamente "civili" e la si volesse invece risolvere in immagini consone alla dimensione alcionia che sopporta il dato culturale e libresco purché raffinato e prezioso, ma non tollera intrusioni "politiche") risultano poi, nella breve estensione del testo, le notizie erudite che spuntano ai vv. 14-16 e ai vv. 21-25 e che provengono da qualche *Onomasticon*, forse ancora quello del Forcellini (vedi, ad esempio, la nota 10).

Nata sotto così cattivi auspici, la bella Vergilia dagli occhi tanto espressivi non ha molto spessore umano. Già donna trasformata in stella e ora da stella trasformata in figura femminile, si esaurisce tutta nei simboli di cui sono piene le sue pupille né il poeta riesce a trasformarla in qualcosa di più di un simbolo. Anzi, in proposito, sarà opportuno osservare che una maggior realtà umana avevano "le Vergilie, / le sorelle oceanine" in *Innanzi l'alba* dove vivevano di una irrisolta ambiguità, tipica delle figure mitiche nel D'Annunzio alcionio, a metà tra gli astri che sono e che si accingono, innanzi l'alba, a tramontare e le feminee creature che furono e che "ancor piangono" (v. 9), hanno paura (vv. 19-20) e hanno bisogno di essere confortate nel loro dolore (vv. 29-30). Certo questa *Vergilia anceps*, cui nuoce di per sé il brutto aggettivo latino che la qualifica al suo primo apparire nel titolo, non è, neanche lontanamente, accostabile a Versilia o a Undulna o a Cyane o alle altre creature di cui pure, nel mitico mondo di *Alcyone*, è sorella.

Il componimento che le è dedicato, poi, non è più vivo o più riuscito di lei. Oltre che oscillare, nella sua occasionalità e nella pretestuosità del suo soggetto, tra l'erudizione e l'esaltazione di valori "civili" cari al poeta, è strutturalmente poco realizzata. Piuttosto squilibrata nelle sue due parti, in quanto la seconda strofa interrompe a metà il motivo erudito-descrittivo per svolgere quello riflessivo-propagandistico ed è troppo duramente incisa da tre esclamazioni che vorrebbero creare un entusiasmo che non esiste (v. 16: "Alla vela! Alla vela!"; vv. 30-31: "O duro suol discisso! / Lungo solco navale!"), la lirica appare più che altro, dal punto di vista tecnico-espressivo, un esercizio metrico. Si noti, in particolare, come, quasi a riscontro della figura anfibologica della Vergilia e della complementarietà delle due immagini-base del componimento, ogni rima trovi una o più corrispondenze nell'ambito della strofa e come siano frequenti le rime baciate.

Metro: due strofe di diciassette versi liberi ciascuna. Ogni parola rima ha una o più corrispondenze all'interno della strofa. Degna di nota, accanto alle numerose rime baciate, la rima ambigua tra i vv. 29 e 31: "...mi parte" e "in altra parte".

> Nella pupilla tua,
> nel disco [2]
> dell'occhio aurino [3]
> la prua,
> l'acuta prua   5
> del navìl [4] prisco,
> come nella medaglia
> della Tessaglia [5]
> risplende,
> come nelle stupende   10
> monete del potere
> marino,[6]
> come nello statère [7]
> del porto licio [8]
> dal pirata fenicio [9]   15
> nominato Fasèla.[10]
> Alla vela! alla vela!

---

[2] *disco*: il tondo dell'iride.
[3] *aurino*: del colore dell'oro. Cfr. Crescenzio, V, 15, 1: "Il meliaco è un arbore /.../ di color giallo aurino", citato nel Tommaseo-Bellini alla voce "aurino" (Praz-Gerra). L'aggettivo, però, è già nel *Taccuino* n. 10 (II, p. 104) datato "Marina di Pisa (2 luglio 1899)": "L'Arno ha un dolce colore aurino". Cfr. anche *Taccuino* XLIV, I, p. 447: "Vasetti /.../ aurini" [1902].
[4] *navìl*: navile, forma registrata dal Tommaseo-Bellini come disusata per navilio, nave.
[5] *medaglia / della Tessaglia*: una moneta di Magnesia, la città della Tessaglia da cui partì la nave degli Argonauti, reca nel conio una nave dall'alta prua con uno sperone a punta (vedi v. 5: "l'acuta prua").
[6] *del potere / marino*: delle più potenti città marinare greche.
[7] *statère*: antica moneta greca. Lo statere della Licia cui allude D'Annunzio reca nel conio una prua a forma di testa di cinghiale.
[8] *licio*: della Licia, regione dell'Asia Minore. Vedi nota 10.
[9] *dal... fenicio*: vedi nota 10 e cfr. Cicerone, *Verr.*, VI, 10.
[10] *Fasèla*: Faselide, "Urbs Lyciae /.../ olim piratorum sedes /.../ De cuius nummis, vd. Head, 696" (Forcellini, *Onomasticon*, *sub voce*).

E nell'altra pupilla
scintilla
il grano a fiamma [11]   20
come nel tetradramma [12]
di Leontini [13]
sul fiume Lisso [14]
ubertà di Sicilia
dai fromenti divini.   25
E, s'io m'affisso
in te,[15] la duplice arte [16]
il cor mi parte.[17]
O duro suol discisso! [18]
Lungo solco navale! [19]   30
E in una e in altra parte
la mia virtù [20] si esilia,
o mia Vergilia
nautica e cereale.

---

[11] *il grano a fiamma*: "la spiga che con le sue reste dà imagine di fiamma" (E. Palmieri).
[12] *tetradramma*: antica moneta argentea, del valore di quattro drammi, in uso in Atene e nelle colonie greche.
[13] *Leontini*: l'odierna Lentini in Sicilia: le sue monete recavano una spiga di grano a indicare la fertilità del suo suolo.
[14] *fiume Lisso*: citato da Polibio, *Hist.*, VII, 6, 5.
[15] *m'affisso / in te*: ti guardo fissamente.
[16] *la duplice arte*: l'arte del navigare e l'arte di coltivare i campi.
[17] *mi parte*: mi divide.
[18] *discisso*: spaccato dall'aratro.
[19] *navale*: lasciato nel mare da una nave.
[20] *la mia virtù*: il mio cuore e la mia mente.

I tributarii

Il manoscritto autografo (Biblioteca Nazionale "Vittorio Emanuele" di Roma, "Dannunziana" ARC I/A, 17) reca il luogo e la data di stesura della lirica: "Romena – 16 agosto 1902 – mezzanotte". Negli elenchi di titoli in cui D'Annunzio venne organizzando la struttura del Libro di *Alcyone*, il titolo "I tributarii" è registrato per la prima volta nel ms. 422. In tale manoscritto, che fu steso originariamente intorno al 13-14 agosto 1902, esso appare inserito in un secondo tempo nell'ambito di una sezione del Libro in piena fase di riassetto. Vedi Introduzione, pp. 55 ss.

In *Bocca d'Arno* il poeta ha lodato "con arte" la calma bellezza della foce dell'Arno. Ora, proprio in cospetto della maestosa soavità di quella foce, loda i fiumi, i torrenti e i ruscelletti che attraverso l'Arno si riversano nel mare. Certo, alla foce, è impossibile riconoscere le acque dei vari tributari, ma di ciascuno il poeta modula il nome, rievocandone le suggestioni letterarie o risalendone il corso sino alle fonti montane. Infatti, quelle acque vengono da lontano: scendono da valli dolcemente scavate tra i monti, dove pascolano le greggi e dove i mulini fanno sentire il loro rombo. E quando su quei monti cade la sera, la luna che spunta dietro la Verna, illumina un mondo di pace. Nel grande silenzio, rotto soltanto dallo stormire delle fronde e dallo stridere dei grilli, i fiumi continuano a correre per andare a placarsi nella lontana foce dell'Arno.

Il motivo ispiratore de *I tributarii* è, in apparenza, quello, ben letterario, della presenza nelle acque di un fiume maggiore delle acque di tutti i suoi affluenti. Da ultimo, in ambito ottocentesco, l'aveva rivisitato anche A. Manzoni, nella memorabile similitudine contenuta in *Marzo 1821*: "Chi potrà della gemina Dora, / della Bormida al Tanaro sposa, / del Ticino e dell'Orba selvosa / scerner l'onde confuse nel Po; / chi stornargli del rapido Mella, e dell'Oglio le miste correnti, / chi ritogliergli i mille torrenti / che la foce dell'Adda versò...". In realtà, siffatto stimolo letterario, ammesso che ci sia stato, è, fin dalle prime battute, dimenticato e il componimento risulta tutto incentrato sul motivo dell'incantata contemplazione, diretta o recuperata nella memoria, del paesaggio. Questo motivo, così tipicamente alcionio, ha nella lirica uno sviluppo per così dire graduale o progressivo, quasi fosse vissuto e risolto in due modi diversi anche se concorrenti, che si spartiscono in modo organico l'intero componimento. Dapprima, preso lo spunto dalla delineazione di un paesaggio preciso e vicino (v. 1: "Questa è la bella foce / ...") e impostato il discorso sulla volontà di lodare le acque dei tanti fiumi che sono confluiti nell'Arno, il poeta enumera i vari affluenti del fiume maggiore. Questa prima parte occupa le prime tre strofe del componimento e risulta pretestuosa sul piano emotivo-sentimentale (vv. 6 ss.: "Lodata l'ho con arte. / Ma quante acque /.../! / Chi loderà /.../"), troppo sostenuta nel tono e troppo forzata nelle soluzioni espressive. Appare infatti chiaro che l'elenco dei fiumi, che oltre tutto, secondo D. Martinelli e C. Montagnani, sarebbe stato costruito mediante l'acquisizione delle notizie registrate nella voce "Arno" del *Dizionario geografico, fisico, storico della Toscana* di E. Repetti (Firenze, 1833-1846), si fonda più che altro sul consueto compiacimento ad accarezzare e assaporare nomi di luoghi e di cose. Inoltre, chiaramente, l'accensione esclamativa, sottolineata dalla anafora, della prima strofa (vv. 7 ss.: "Ma quante acque /.../, ma quante acque correnti, / quanta forza /.../ o Fluviale, in questa tarda pace!") e la lunga sequela di interrogative retoriche che incidono la seconda e la terza strofa traducono più l'enfasi del discorso che non lo stupore del poeta. Poi, lo stesso assunto celebrativo, così leggero nelle prime tre *Città del silenzio* di *Elettra*, nella seconda e terza strofa scade inevitabilmente nell'oratorio: v. 14: "Chi loderà /.../?"; v. 21: "Chi loderà /.../?"; vv. 26 ss.: "E chi /.../ e /.../? / E chi /.../ e /.../? / Chi /.../ e /.../ e /.../?". Infine, anche le varie impressioni paesaggistiche si affidano troppo scopertamente a ricordi letterari e a sviluppi scolastici che le appesantiscono e le consumano. È ben vero che, diversamente da quanto succede nella maggior parte delle *Città del silenzio* tali ricordi letterari sono schiariti in una leggerezza nuova e risultano tutt'altro che libreschi, perché recuperano i miti letterari più cari alla fantasia del poeta – l'Ombrone e Lorenzo il Magnifico, il Bisenzio e Agnolo Firenzuola, il Casentino e Dante –, ma il peso rimane. Così, indubbiamente, nelle prime tre strofe "resta mero enunciato anche l'autentico tema dell'infinito desiderio, a proposito delle molte acque che concorrono in Arno" (E. De Michelis), acque, appunto, troppo geografiche e troppo gravate di intenti encomiastici e di suggestioni esteriori per riscattarsi in termini di contemplazione e di vera nostalgia. Poi, però, con la quarta strofa, la situazione emotiva, il tono e le stesse soluzioni stilistico-espressive, mutano. Quasi che le strofe iniziali avessero assolto una necessaria funzione preparatoria e si fossero infittite di nomi e di dati culturali per permettere al poeta di mettere a fuoco il paesaggio e stimolargli reazioni estatico-nostalgiche, ora la lirica si apre tutta alla registrazione di impressioni vive e vere, in una ritrovata disponibilità a goderle realisticamente e sensibilmente. La quarta strofa, infatti, occupa, strutturalmente, una posizione centrale nella lirica e scandisce un momento di passaggio all'interno della lirica: da una parte sigilla il tema propriamente celebrativo che riemerge negli ultimi versi sotto forma di un nuovo nesso interrogativo (vv. 39 s.: "or chi di voi si gode / e tempra nel cor suo la vostra lode?"); dall'altra, con le impressioni di paesaggio che registra in gran numero nei versi iniziali (vv. 31 ss.: "Strepiti freschi in sassi / politi, argille chiare..."), avvia tutta la lirica verso nuovi esiti. L'avvenuto trapasso, poi, è sottolineato, all'inizio della quinta strofa, dal fatto che, prima di muoversi nella nuova direzione, il poeta sente il bisogno di riproporsi il tema iniziale e di fatto se lo ripropone addirittura riprendendo il primo verso del componimento, per rimodulare però soltanto, in linea con l'avvenuta interiorizzazione della situazione, il motivo nostalgico dell'inappagato desiderio: "Questa è la foce; e quanto / paese l'acqua corre, / che non godiamo immoti!" (vv. 41 ss.). Da questo punto, per tutte e tre le ultime strofe, la lirica si svolge affidandosi solo alla delineazione, anzi alla evocazione di un paesaggio. Il tono si fa sommesso e assorto. I motivi letterari scompaiono. I tratti impressionistici perdono ogni frammentarietà, e le notazioni paesaggistiche si affinano in un realismo semplice e puntuale che ricorda gli appunti dei *Taccuini* e sembra anticipare i modi che saranno propri della prosa delle "faville", del *Notturno* e della *Licenza*. L'enfasi sentimentale lascia il posto a un trasognamento che interiorizza il paesaggio e che rende quasi inavvertibile il cedimento nel "paradisiaco" francescano dei vv. 52-55 ("...roseo nimbo / di tal ch'effonde pace / senza parola dire"). E, quel che più importa, non meno evidente è il trapasso sul piano stilistico-espressivo. Qui, messe da parte le interrogative più o meno retoriche e i pretestuosi nessi esclamativi, i periodi si fanno brevi e lineari, essenziali come le linee del paesaggio che descrivono. Le stesse notazioni paesaggistiche, inoltre, si organizzano e si distribuiscono in sapienti architetture, quasi perseguendo un gioco di simmetrie. Ad esempio, come osserva anche A. Noferi, l'ultima strofa è particolarmente costruita. Si apre su tre versi incentrati su un'ampia impressione di paese (vv. 61-63: "Su i pianori selvosi / ardon le carbonaie, / solenni fuochi in vista"); viene poi un verso isolato che contiene una notazione più breve e più circoscritta, di carattere spaziale e visiva come la precedente (v. 64: "L'Arno luce fra i pioppi"); seguono quindi quattro versi che segnano una nuova espansione descrittiva, questa volta di carattere fonico (vv. 64-68: "Stormire grande ad ogni / soffio, vince il corale / ploro de' flauti alati / che la gramigna asconde"), ripresa e sottolineata da un verso isolato pure esso di carattere fonico ma di segno rovesciato (v. 69: "E non s'ode altra voce"); alla fine, la conclusione è segnata da un ultimo verso isolato che riassume l'intero cammino degli affluenti dell'Arno dalle lontane sorgenti alla foce, riportando il discorso alla movenza iniziale di cui è riproposta anche l'immagine (v. 70: "Dai monti l'acqua corre a questa foce"). E il medesimo disegno simmetrico, per quanto variato, è rintracciabile anche nelle due strofe precedenti. Pause e movimenti si succedono così in tutta la partitura delle tre ultime strofe e ad essi soltanto, oltre che alla linearità dei periodi e alla semplicità di un linguaggio assolutamente depurato da ogni peso, al punto che neanche taluni sintagmi enunciativi ("tal ch'effonde pace", v. 55; "senza parola dire", v. 56; "blandimento", v. 59) valgono ad intaccarlo, è affidata l'intera musicalità del lungo recitativo. Infatti, come in tutta la lirica, non esiste, nelle tre ultime strofe, alcun "appoggio di rima": "solo l'accorgimento di quell'endecasillabo finale estesissimo dopo il respiro breve dei settenari che solleva e quasi prolunga tutta la strofa", mentre la rima baciata che lo lega al verso precedente vale ad ampliare ancor più la portata della strofa, "con un'eco in che si disperde la fuga del trasognamento" (A. Noferi).

Metro: sette strofe di dieci versi, settenari i primi nove e endecasillabi l'ultimo, che rima con il settenario precedente.

Questa è la bella foce [1]
che oggi ha il color del miele,[2]
sì lene [3] che l'Amore
te l'accosta alle labbra
come una tazza colma.   5
Lodata io l'ho [4] con arte.
Ma quante acque in quest'acqua,
ma quante acque correnti,[5]
quanta forza rapace,[6]
o Fluviale,[7] in questa tarda pace! [8]   10

[1] *foce*: la foce dell'Arno.
[2] *ha... miele*: cfr. *Taccuino* n. 10, II, p. 104: "L'Arno ha un dolce colore aurino" ["Marina di Pisa (2 luglio 1899)"].
[3] *lene*: lieve, o meglio, "dolce", come aveva originariamente scritto D'Annunzio stando al manoscritto autografo.
[4] *Lodata io l'ho*: in *Bocca d'Arno*.
[5] *correnti*: sostituisce la prima stesura "selvagge".
[6] *forza rapace*: la violenza inarrestabile delle acque che nel loro correre trascinano via con sé ogni ostacolo.
[7] *Fluviale*: la divinità del fiume o, forse, la compagna del poeta chiamata con un epiteto degno di una ninfa: di fatto, in un primo tempo, invece di "Fluviale", D'Annunzio aveva scritto: "o Ermione".
[8] *tarda pace*: il lento fluire del fiume finalmente giunto alla foce. Cfr. *Taccuino* n. 10, II, p. 107: "*La Foce* [dell'Arno] *ha l'aspetto d'un lago, d'una conca, dove l'acqua del fiume ha già trovato la sua pace* ["Bocca d'Arno"; "2 luglio 1899"]. Cfr. anche Dante, *Inferno*, V, vv. 98 s.: "...la marina dove il Po discende / per aver pace co' seguaci suoi".

E non è dato a noi
votar la colma tazza,⁹
distinguerne i sapori.¹⁰
Chi loderà l'Ombrone ¹¹
cui ¹² Lorenzo¹³ già vide   15
rompere dallo speco ¹⁴
dietro le trecce d'Ambra? ¹⁵
Ancóra ei grida all'Arno: ¹⁶
« In te mia speme è sola.
Soccorri presto, ché la ninfa vola ».¹⁷   20

Chi loderà il Bisenzio ¹⁸
sì caro a quell'antico
favolatore ornato ¹⁹

---

⁹ *la colma tazza*: la tazza cui è stata paragonata la foce dell'Arno e che è colma delle acque di tutti gli affluenti: vedi v. 5: "come una tazza colma".
¹⁰ *i sapori*: i sapori delle diverse acque che sono confluite nell'Arno.
¹¹ *Ombrone*: affluente di destra dell'Arno. Vedi *Il fanciullo*, vv. 13 s. e nota 13.
¹² *cui*: che, complemento oggetto.
¹³ *Lorenzo*: Lorenzo de' Medici. Nel suo poemetto *Ambra*, narra come Ombrone, dio eponimo del fiume, si fosse invaghito della ninfa Ambra che si era bagnata nelle sue acque e come l'avesse inseguita per farla sua finché la ninfa non fu salvata dall'intervento di Diana che la trasformò in una rupe. Vedi *Il fanciullo*, vv. 13 ss. e nota 13.
¹⁴ *rompere dallo speco*: sbucar fuori dalla sua grotta. Cfr. Lorenzo de' Medici, *Ambra*, str. XXV, vv. 1 ss.: "Come le membra verginali [della ninfa Ambra] entrorno / nell'acque brune e gelide /.../ dalla spelonca uscì l'altèro iddio". In un primo tempo, come rivela il manoscritto autografo, D'Annunzio aveva scritto "escire dallo speco".
¹⁵ *dietro... d'Ambra*: cfr. Lorenzo de' Medici, *Ambra*, str. XXVI, vv. 1 ss.: "E verso il loco ove la ninfa stassi, / giva, pian pian, coperto dalle fronde /.../ Così vicin tanto alla ninfa fassi / che giugner crede le sue trecce bionde". In un primo tempo, anziché riprendere allusivamente il passo laurenziano, D'Annunzio aveva scritto: "su le vestigia d'Ambra".
¹⁶ *Ancóra... all'Arno*: vedendo che Ambra aveva cercato scampo rifugiandosi nel punto in cui l'Ombrone si getta nell'Arno, il dio invocò l'Arno affinché lo aiutasse: ora, nel suo correre verso l'Arno, l'Ombrone sembra ripetere la sua invocazione. Cfr. già *La Chimera, Due Beatrici*, I, vv. 31 ss.: "...e parea l'Affrico tardo / gridare: – O ninfa, un fiume sono ed ardo. – / Parea gridare come un dì l'Ombrone / ad Ambra sua, ne 'l canto medicèo".
¹⁷ "*In te... vola*": cfr. Lorenzo de' Medici, *Ambra*, str. XXXVI, vv. 7-8.
¹⁸ *Bisenzio*: l'affluente dell'Arno che bagna Prato.
¹⁹ *antico favolatore ornato*: l'elegante narratore cinquecentesco Agnolo Firenzuola (1493-1543) che nella *Prima veste dei discorsi degli animali* chiama il Bisenzio "felice". Per il sintagma "favolatore ornato" cfr. G. Boccaccio, *Decamerone*, X, 4: "I gentiluomini /.../ a Niccolò Caccianemico, perciocché bello ed ornato favellatore era, commisero la risposta", citato nel Tommaseo-Bellini alla voce "ornato".

che lodò la bellezza
della donna perfetta?[20]   25
E chi la Pescia e l'Era?
E chi la Pesa e l'Elsa?
Chi la Greve e la Sieve?[21]
e i rivi freddi e molli
del Casentino giù pe' verdi colli?[22]   30

Strepiti freschi[23] in sassi
politi,[24] argille chiare,
argini d'erba, file
di pioppi alti, vivai
di salci giovinetti,[25]   35
cupe conche pescose,
ombre che il quadrel d'oro[26]
fiede,[27] ambigui[28] meandri,
or chi di voi si gode[29]
e tempra[30] nel cor suo la vostra lode?   40

Questa è la foce; e quanto

---

[20] *che... perfetta*: nei suoi *Discorsi delle bellezze delle donne*.
[21] *la Pescia... Sieve*: tutti affluenti dell'Arno. I nomi di questi fiumi sono registrati quali affluenti dell'Arno in E. Repetti, *Dizionario geografico* cit., alla voce "Arno", ma l'ordine in cui vengono citati appare inverso per coppie: Greve-Sieve, Pesa-Elsa, Pescia-Era (D. Martinelli-C. Montagnani).
[22] *i rivi... colli*: i ruscelli che scendono dalle colline del Casentino, la valle a nord di Arezzo formata dall'alto corso dell'Arno. Tutto il passo è una reminiscenza da Dante, *Inferno*, XXX, vv. 64 ss.: "Li ruscelletti che de' verdi colli / del Casentino discendon giuso in Arno / facendo i lor canali freddi e molli". Cfr. anche la lettera di D'Annunzio a Emilio Treves da Pratovecchio del 24 luglio 1902: "'Li ruscelletti' danteschi son tutti disseccati /.../ Io sono, per contro, converso in innumerevoli ruscelli di poesia. Compio il terzo libro delle *Laudi*...".
[23] *Strepiti freschi*: sinestesia: strepiti provocati dalla fresca acqua corrente.
[24] *politi*: levigati.
[25] *giovinetti*: attribuito a alberi è già carducciano: cfr. *Rime nuove*, *Davanti San Guido*, vv. 1-4: "I cipressi /.../ quasi in corsa giganti giovinetti / mi balzarono incontro...".
[26] *il quadrel d'oro*: la freccia dorata per dire il raggio del sole. Cfr., per "quadrello", *L'Isottèo*, *Cantata di calen d'aprile*, vv. 15 s.: "Ha buona punta d'oro / ed ali ogni quadrello".
[27] *fiede*: ferisce.
[28] *ambigui*: volgentisi in direzioni sempre diverse.
[29] *si gode*: vedi *La tregua*, v. 61 e nota 44.
[30] *tempra*: foggia.

paese l'acqua corre,³¹
che non godiamo immoti! ³²
Le valli sono cave ³³
come la man che beve,³⁴   45
i monti gonfii come
mammella non premuta.³⁵
Il gregge passa il guado.
Il mulino rintrona.³⁶
Solingo è un fonte nella Falterona.³⁷   50

Cade la sera. Nasce
la luna dalla Verna ³⁸
cruda,³⁹ roseo nimbo ⁴⁰
di tal ch'effonde pace
senza parola dire.⁴¹   55
Pace hanno tutti i gioghi.
Si fa più dolce il lungo

---

³¹ *corre*: attraversa fluendo velocemente.
³² *che... immoti*: che non possiamo godere se stiamo sempre fermi.
³³ *cave*: concave, sprofondate tra i monti.
³⁴ *la man che beve*: il cavo della mano in cui si raccoglie l'acqua quando si vuole bere.
³⁵ *i monti... premuta*: vedi *Il novilunio*, vv. 40 ss.: "...più molle / della nube / lattea che la montagna / esprime dalle sue mamme / delicate" e note relative.
³⁶ *Il... rintrona*: cfr. *Taccuino* VII, I, p. 100: "Si ode nella notte il fragore del Mulino di Rovezzano" [aprile(?) 1896]; *Taccuino XXXIV*, I, p. 373: "Si odono le cascate d'Arno a Rovezzano" ["Settignano, Febbraio 1900"]; *Maia*, *Laus vitae*, vv. 3529 ss.: "E odo, se ascolto, venire / di Rovezzano il rombo / delle mulina".
³⁷ *Falterona*: il monte dell'Appennino toscano da cui nasce l'Arno. Vedi già *Bocca d'Arno*, v. 5: "del fiumicel che nasce in Falterona" e nota relativa.
³⁸ *Verna*: il monte della Verna, nell'Appennino tosco-emiliano, tra il Casentino e la val Tiberina.
³⁹ *cruda*: aspra e rocciosa: Per il sintagma "Verna / cruda", cfr. Dante, *Paradiso*, XI, v. 106: "nel crudo sasso intra Tevere e Arno" e cfr. anche la lettera di D'Annunzio a E. Treves da Pratovecchio nel Casentino del 24 luglio 1902: "Io sono a Romena, in vista della Verna, del 'crudo sasso'".
⁴⁰ *roseo nimbo*: apposizione di "luna": la luna, sorgendo dalla Verna diffonde un alone di pallida luce che somiglia al nimbo che, nell'iconografia tradizionale, circonda la testa dei santi.
⁴¹ *tal... dire*: San Francesco, che è presente, con il suo silenzioso e mistico messaggio di pace, nella quiete notturna del monte su cui ricevette le stimmate. La descrizione del sorgere della luna riprende modi e forme dell'analoga descrizione contenuta ne *La sera fiesolana*, vv. 7 ss.: "...La Luna è prossima a le soglie / cerule e par che innanzi a sé distenda un velo /.../ e par che la campagna /.../ da lei beva la sperata pace / senza vederla".

dorso del Pratomagno[42]
come se blandimento
d'amica man l'induca a sopor lento. 60

Su i pianori selvosi
ardon le carbonaie,[43]
solenni fuochi in vista.[44]
L'Arno luce[45] fra i pioppi.
Stormire grande, ad ogni 65
soffio, vince il corale
ploro[46] de' flauti alati[47]
che la gramigna asconde.
E non s'ode altra voce.[48]
Dai monti l'acqua corre a questa foce.[49] 70

---

[42] *Pratomagno*: catena di monti dell'Appennino toscano, tra il Casentino e il Valdarno superiore.
[43] *Su... le carbonaie*: cfr. la già citata lettera di D'Annunzio a Emilio Treves da Pratovecchio nel Casentino del 24 luglio 1902: "...E nella tranquilla sera le carbonaie ardono sui monti".
[44] *in vista*: a vedersi; è clausola dantesca: cfr. *Purgatorio*, I, v. 22; *Paradiso*, IX, v. 68; etc.
[45] *luce*: risplende. Dantismo molto frequente.
[46] *il corale / ploro*: il canto, simile a un lamento, intonato in coro. Vedi *Il novilunio*, vv. 166 ss.
[47] *flauti alati*: i grilli. Vedi *Il novilunio*, vv. 46 ss. e 166 ss. e nota 20. Nella prima stesura i vv. 66-68 suonavano: "...vince il corale / accordo degli alati / flauti che l'erba asconde".
[48] *E... voce*: vedi *La pioggia nel pineto*, v. 80: "Non s'ode voce del mare".
[49] *Dai... foce*: nella prima stesura il verso suonava: "L'acqua corre dai monti a questa foce".

I camelli

Fu composto a "Romena: + 18 agosto 1902", come si legge in calce al manoscritto autografo (Biblioteca Nazionale "Vittorio Emanuele" di Roma, "Dannunziana" ARC I/A, 17). Nelle carte in cui D'Annunzio venne organizzando la struttura del Libro di *Alcyone*, il titolo "I camelli" appare per la prima volta nel ms. 422: in esso, che fu originariamente steso tra il 13 e il 14 agosto 1902, il titolo in questione appare inserito in un secondo tempo tra "I tributarii" e "Meriggio", posizione in cui rimarrà poi per sempre.

Lungo la spiaggia pisana, nei pressi della tenuta reale di San Rossore, il poeta vede andare e venire, carichi di fascine, i cammelli. Sono "così esotici e strani che la loro figura deforme non s'accorda ai lineamenti dolcissimi della terra che li ospita" (E. Palmieri). Vanno lenti, si accosciano come morti per deporre il loro carico e poi si levano di nuovo in piedi, con un triste gorgoglio che pare un lamento, per riprendere il loro lavoro. Sembrano stanchi di tutta la stanchezza del mondo, quasi fatalmente rassegnati a tutto sopportare. Tali forse li vede il mercatante pisano che fu fatto schiavo dei pirati di Barberia. Durante la sua lunga prigionia, infatti, li ebbe muti e dolenti compagni e tristi testimoni del suo patire. Non per niente, una volta tornato in libertà, ammaestrato dalla sua esperienza e dalla disperata rassegnazione di cui quegli animali parevano il simbolo, fece incidere sull'architrave della sua casa, in Pisa, una breve massima pregna di patetico fatalismo: "Alla giornata".

La lirica, come molte altre del libro di *Alcyone*, nasce dalla disposizione di D'Annunzio a contemplare le cose che lo circondano. Oggetto del suo estatico ammirare sono qui la spiaggia pisana con la sua "levità divina" e i deformi cammelli che, come in un sogno o in un incubo, egli vede andare e venire tra la spiaggia e la pineta. Priva di qualsiasi accensione oratoria e aderente, invece, ai moti interni di chi guarda e contempla, la descrizione dell'uno e dell'altro spettacolo, quello consueto della spiaggia e quello inconsueto dei cammelli, si sviluppa in forme piane e pacate. Ne deriva all'insieme un andamento di recitativo che riassorbe anche il lungo nesso esclamativo-interrogativo con cui la lirica si apre e porta tutto su un piano favoloso. Così, quando dalla descrizione della spiaggia e del paziente andare dei cammelli si passa, nella quarta e ultima strofa, alla cronaca della vicenda del mercatante pisano rapito dai Barbereschi, il passaggio è lieve e la giustapposizione dei due diversi argomenti e, soprattutto, dei due diversi moduli espressivi (descrittivo e narrativo), risulta meno stridente di quanto si potrebbe immaginare.

Come è tipico di ogni lirica di carattere descrittivo, *I camelli* devono molto agli appunti registrati, in epoche diverse, nei *Taccuini*. A tali appunti, risalenti in parte al gennaio 1896 e in parte al luglio 1899, il componimento deve lo spunto primo e, naturalmente, singole immagini e singoli sintagmi: si vedano in proposito le note 17, 23, 25, 26 e soprattutto 33. Un primo accenno ai cammelli di San Rossore è per altro contenuto già nella prima scena del quarto atto della *Gioconda* (1898), dove Silvio Settala dice: "Vedo passare i cammelli carichi di fascine, là, oltr'Arno, nelle macchie del Gombo" (*Tragedie*, I, p. 331). In seguito, nel 1910, D'Annunzio riprenderà il particolare anche nel *Forse che sì forse che no*: cfr. *Prose di romanzi*, II, p. 980.

Molto la lirica deve anche al dato libresco che, come sempre, è l'inevitabile supporto dei componimenti descrittivi di D'Annunzio. L'elemento culturale, tra l'altro, non è qui presente solo per quello che riguarda la vicenda del mercatante pisano che è di evidente, anche se non localizzabile, origine libresca (vedi note 43 e 50), ma anche per quello che riguarda singoli sintagmi (vedi note 12, 14, 22, 25, 26, 45 e 46). Per converso, taluni termini antiquati o letterari, come "mercatante" (v. 100), "prigione" (v. 102), "mercatanzia" (v. 113) e "palagio" (v. 124), hanno la funzione di creare quella sorta di "racconto favoloso" (A. Noferi) che è tipica del componimento e che nell'ultima parte è conseguita più per forza di parole che di altro.

Dal punto di vista metrico sono degne di nota la varietà e la libertà con cui il settenario è usato, con soluzioni da verso libero e, forse, in sostituzione di esso.

Metro: quattro strofe di trentadue settenari variamente rimati e assonanzati, chiusi da un settenario isolato che rima con l'ultimo verso dell'ultima strofa.

> Nostra spiaggia pisana,
> amor di nostro sangue,[1]
> vita di[2] sabbie e d'acque
> silvana[3] e litorana,[4]
> o ferma creatura   5
> nella qual si compiacque
> un'arte[5] che non langue
> non trema e non s'offusca,
> terra lieve e robusta[6]
> che lineata pare   10
> dalla mano sicura
> del figulo[7] onde nacque
> il purissimo vaso
> che vale e non corusca
> né pesa,[8] specie pura,[9] 15
> l'orgoglio della mensa
> e della tomba etrusca,
> il fiore delle forme[10]
> nel cielo senza occaso,[11]

[1] *amor... sangue*: cara a noi tutti.
[2] *vita di*: creatura viva fatta di.
[3] *silvana*: per la pineta che le si apre dietro.
[4] *litorana*: perché corre lungo il litorale.
[5] *un'arte*: l'opera della natura.
[6] *lieve e robusta*: dalle linee eleganti e dalle forme solide e massicce.
[7] *figulo*: vasaio.
[8] *che... pesa*: che è un oggetto di pregio ("che vale"), anche se non brilla ("e non corusca"), perché non è fatto di metallo prezioso e anche se non pesa ("né pesa"), perché è fatta di argilla e non di metallo.
[9] *specie pura*: forma pura.
[10] *il fiore delle forme*: la forma più bella di tutte.
[11] *nel cielo senza occaso*: nel cielo dell'arte che non conosce tramonto.

or qual mai novo caso
fece che dall'immensa
Asia o dall'Africa usta [12]
sen venisse il deforme
somiero [13] a stampar l'orme
su la tua levità
divina e, come fa
il giumento crinito
dal tranquillo occhio amico
dell'uomo, a someggiare [14]
con la sua gobba onusta [15]
le spoglie dell'augusta
selva [16] tra l'Arno e il Mare?

Passano [17] per la macchia,
vanno verso la ripa,
tra i mucchi di legname,
tra i cumuli di stipa,[18]
i camelli gibbuti,[19]
carichi di fascine
di ramaglia e di strame,[20]
sì gravi e tristi e muti!
Sotto i lor piè distorti
scricchiolano le pine

---

[12] *usta*: bruciata dal sole, torrida. Nella glossa della voce "cammello", il Tommaseo-Bellini scrive: "Specie di mammifero assai noto pe' gran servigi che reca all'uomo, specialmente nell'*arso* clima dell'Africa e dell'Asia" (D. Martinelli-C. Montagnani).
[13] *il deforme / somiero*: il cammello, che è un portatore di some ("somiero") dalle forme sgraziate.
[14] *someggiare*: trasportare. Cfr. G. B. Ramusio, *Navigazioni e viaggi*, I, 91: "Sono tre specie /.../ di camelli, quelli /.../ i quali sono grossi e grandi di persona, e buonissimi per *sommeggiare*", citato nel Tommaseo-Bellini alla voce "cammello" (D. Martinelli-C. Montagnani).
[15] *onusta*: gravata dal carico.
[16] *le spoglie... selva*: le fascine tratte dalla pineta reale ("augusta") di San Rossore.
[17] *Passano...*: cfr. *Taccuino VI*, I, p. 81: "Nelle macchie, il passaggio dei camelli tardi e gravi [v. 56], carichi di fascine. I cumuli di legname, di stipa [vv. 35-36], di rami di pino –" ["Pisa-San Rossore. 15 gennaio 1896"].
[18] *stipa*: sterpaglia e altro legname minuto.
[19] *gibbuti*: forniti di gobba.
[20] *strame*: erba secca, paglia.

aride, gli aghi morti.²¹
Ròtea²² la mulacchia²³
nel cielo ingombro d'afa;   45
e a quando a quando gracchia.
Cola e odora la ragia.²⁴
S'odono su le Lame
di Fuore²⁵ le cavalle²⁶
nitrire a quando a quando;   50
e più sottil nitrito
e più tremulo s'ode
rispondere e più fresco,
dei puledri novelli.
Passano per la macchia   55
gravi e tristi i camelli.²⁷
Non il lor Barbaresco²⁸
li guida ma il bifolco
toscano, con l'antica
voce²⁹ che i padri suoi   60
usarono pel solco³⁰
ad incitare i buoi

---

² *le... morti*: le pigne secche e gli aghi di pino secchi. Per lo stilema "gli aghi morti" vedi *Bocca di Serchio*, v. 43: "...gli aghi morti" e nota relativa.
²² *Ròtea...*: cfr. *Ottimo Commento* di Dante, *Paradiso*, XXI, vv. 34 ss. [474]: "Questa è similitudine, la quale qui introduce delle pole, cioè *mulacchie*, le quali al cominciar del die, nel tempo dell'autunno quando s'incomincia a rinfrescar l'aere *roteano*", citato nel Tommaseo-Bellini alla voce "mulacchia" (Praz-Gerra).
²³ *mulacchia*: specie di cornacchia grigia. Cfr. *Taccuino* n. 10, II, p. 111: "Su la riva destra [dell'Arno, alla foce] le vacche delle cascine reali, i giovani cammelli /.../ Le cornacchie..." ["Marina di Pisa (2 luglio 1899)"].
²⁴ *Cola... ragia*: cfr. *Taccuino* VI, I, p. 81: "L'odore della resina".
²⁵ *Lame / di Fuore*: cfr. *Taccuino* n. 10, II, p. 110: "La spiaggia su la riva destra dell'Arno, alla Foce, si chiama Lame di Fuori. - (Lame, piccoli paduli - d'inverno pieni d'uccelli)" ["Marina di Pisa (2 luglio 1899)"]. Propriamente quindi le Lame (= bassura, avvallamento: cfr. Dante, *Inferno*, XX, v. 79; XXXII, v. 96; *Purgatorio*, VII, v. 90) di Fuori sono delle distese sabbiose prodotte dal ritirarsi del mare lungo il litorale pisano. Vedi anche *Le madri*, v. 1.
²⁶ *le cavalle*: cfr. *Taccuino* n. 10, II, p. 112: "(7 luglio 1899). Su le Lame di Fuori pascolano mandre di cavalle baie - le *madri* /.../ S'ode di tratto in tratto il romore delle froge umide, lo sbuffare". Vedi anche *Le madri*, vv. 1-8, 26-31.
²⁷ *Passano... camelli*: vedi nota 17.
²⁸ *il lor Barbaresco*: il loro Berbero, l'uomo di Barberia, la regione dell'Africa settentrionale (vedi nota 49) da cui i cammelli possono provenire.
²⁹ *antica / voce*: parole e suoni esistenti da sempre.
³⁰ *pel solco*: lungo il solco del terreno arato.

tardi nella fatica.
Vanno i callosi cuoi.³¹

Giungono alla radura 65
per deporre i lor fasci.
Ecco, subitamente
ciascun par che s'accasci
per esalare il fiato,
per quivi infracidire.³² 70
Si piegan³³ su i ginocchi
con un grido sommesso.
Poi sbadigliano al sole.
Appar la gialla chiostra
dei denti³⁴ aspri, il palato 75
violaceo. S'ode
salire nelle gole
serpentine³⁵ e lanose
un gorgóglio intermesso.³⁶
Treman le labbra molli 80
e lacrimano i bruni occhi
esanimi,³⁷ gli specchi
inerti dei deserti
e dei palmeti.³⁸ Vecchi
sembran della vecchiezza 85
del Mondo questi grandi

---

³¹ *i callosi cuoi*: i callosi cuoi dei cammelli, cioè i cammelli dalle cuoia piene di protuberanze.
³² *infracidire*: marcire, putrefarsi.
³³ *Si piegan...*: cfr. *Taccuino VI*, I, pp. 81-82: "I camelli s'inginocchiano [v. 70], e sbadigliano al sole [v. 73] mostrando i denti giallastri [vv. 74 s.], il palato e la gola violacei [vv. 75 s.]. Quando si rialzano [v. 92], come il camelliere ha disciolto le corde, il carico vegetale cade da i loro fianchi sul terreno. Ed essi ne escono alleggeriti [v. 92], traendo le corde che fanno un fruscio nella frasca [vv. 93-95]. I loro occhi bruni sono umidi, lacrimosi; le loro labbra molli tremano [vv. 80 s.]. Dalle loro gole lanose esce a tratti una specie di gorgoglio [vv. 76-79]" ["Pisa - San Rossore. 15 gennaio 1896"].
³⁴ *chiostra / dei denti*: stilema della tradizione letteraria: cfr. Omero, *Iliade*, IV, v. 350, etc. Cfr. anche *Intermezzo*, *Il peccato di maggio*, vv. 18-19: "...al riso le si schiudea la pura / chiostra de i denti...".
³⁵ *serpentine*: fitte di pieghe di carne pendente.
³⁶ *intermesso*: che ogni tanto si interrompe. Cfr. *Elettra*, *La notte di Caprera*, vv. 208-209: "...È gran vento /.../: ulula, intermesso"; v. 887: "...sopra il vento intermesso".
³⁷ *esanimi*: spenti.
³⁸ *gli... palmeti*: occhi che sono soliti riflettere passivamente deserti e palmeti.

esuli,[39] oppressi e affranti
da tutta la stanchezza
che addolora la carne
viva [40] sopra la faccia   90
della Terra discorde.
S'alzano senza il peso.
Lunghe dal fianco spoglio
trascinano le corde [41]
giù per la traccia.[42] E s'ode   95
quel lor triste gorgóglio.

Tali forse li vide
in lor piagge natali,
e n'ebbe orrore, il buono
mercatante pisano [43]   100
che fu predato e tratto
prigione dai corsali [44]
in paese lontano.
Volle la mala sorte
ch'egli incappasse in una   105
fusta di Barbereschi,
che armava ventidue
remi per banda, forte
e veloce a saetta.[45]

---

[39] *esuli*: in quanto lontani dalla loro terra di origine.
[40] *la carne / viva*: gli esseri viventi.
[41] *le corde*: le corde con cui il carico era tenuto legato.
[42] *per la traccia*: lungo il sentiero.
[43] *il... pisano*: Francesco Lanfreducci (1537-1614), cavaliere gerosolimitano. Catturato a Malta dai Turchi (1557), fu condotto prigioniero in Algeri, dove rimase sei anni come schiavo. Durante la lunga detenzione, che lo vide maltrattato e impiegato in faticosi lavori, fece voto, se fosse riuscito a tornare in patria, di costruire un palazzo che ricordasse ai posteri la sua sventura. Così, una volta riscattatosi, fece innalzare il palazzo detto "Alla giornata" o degli Uppezzinghi sul Lungarno di Pisa. Cfr. D. Simoni, *Medaglioni storici pisani*, pp. 111 ss. Difficile stabilire a quale fonte D'Annunzio abbia attinto la notizia relativa al buon pisano, che, per altro, fa mercante e fa catturare per mare dai corsari. La forma mercatante è un arcaismo già usato in *La Chimera*, *Donna Francesca*, IX, v. 159.
[44] *corsali*: pirati.
[45] *in una fusta... a saetta*: cfr. A. Guglielmotti, *Vocabolario marino e militare*, Roma, Voghera, 1889 (ora anche in edizione anastatica, Milano 1967) alla voce "fusta" (col. 761): "Specie di navilio da remo, di basso bordo e da corseggiare /.../ è una specie di piccola galera, più sottile, più fina, più *veloce*: armava da diciotto a *ventidue remi per banda*. Il Bresciani, nel ro-

E per le mani ladre 110
perse le robe sue,
la cocca a vele quadre⁴⁶
e la mercatanzia.⁴⁷
E fu messo in ritorte.⁴⁸
E schiavo in Barberia⁴⁹ 115
gran tempo si rimase.
E macinava il grano
a braccia,⁵⁰ tratto tratto
udendo il grido vano
del camello percosso, 120
triste sino alla morte.
Poi tornò, per riscatto,
a Pisa, alle sue case.
E fecesi un palagio
novo a specchio dell'Arno. 125
Memore del malvagio
servire, ALLA GIORNATA⁵¹
scrisse nell'architrave.⁵²

E l'Arno era soave.

---

manzo intitolato *Lorenzo il coscritto*, descriveva una *fusta barbaresca*" (M. Praz, *La carne* cit., p. 505).
⁴⁶ *la... quadre*: cfr. A. Guglielmotti, *op. cit.*, alla voce "cocca" (col. 444): "Sorta di grande bastimento /.../ specialmente usato per *mercanzia* /.../ che portava tre alberi *a vele quadre*" (M. Praz, *La carne* cit., p. 506).
⁴⁷ *mercatanzia*: mercanzia, merce.
⁴⁸ *ritorte*: funi e, in senso figurato, catene.
⁴⁹ *Barberia*: antico nome dell'Africa settentrionale (Marocco, Algeria, Tunisia e Libia), in prevalenza abitata da Berberi.
⁵⁰ *a braccia*: a forza di braccia, facendo girare a forza di braccia "la pesante rota di un molino" (D. Simoni, *op. cit.*, p. 113).
⁵¹ *Alla giornata*: vivere alla giornata.
⁵² *scrisse nell'architrave*: il motto è scolpito sull'architrave della porta, sopra la quale è appeso un frammento di catena.

Meriggio

La data di composizione della lirica è ignota, ma dovrebbe risalire al periodo compreso tra la metà di luglio e il 13-14 agosto 1902. La lirica appare infatti come già composta in un elenco-progetto di liriche di *Alcyone* (ms. 422) risalente al 13-14 agosto 1902, mentre nel precedente elenco, databile alla metà di luglio 1902 (mss. 421-432 v.), non è citata neanche come progetto.

"Nel colmo dell'estate, in una giornata di calura afosa, nelle ore più grevi per la luce del sole, il poeta giace immobile innanzi al mare, presso la foce dell'Arno. Non alita intorno una bava di vento. Non trema una canna sulla spiaggia deserta. Non risuona una sola voce, un rumore. Una fila di vele biancheggia immobile al largo. La foce medesima giace ferma come uno stagno. Non un segno di corrente, non un'increspatura lungo le rive. Il colore delle acque è quello medesimo dei bronzi dissepolti. Dovunque è bonaccia, calura. L'estate si matura lenta sul capo del poeta, come un frutto serbato a lui solo. Perduta è intorno ogni traccia dell'uomo. E ogni sensazione umana, ogni pensiero e coscienza di se medesimo abbandona il poeta. Le sue membra, i suoi sensi si adeguano alla natura, si diffondono nel mare, nel fiume, nell'arena: lo stesso battito dell'onda sul lido è ora nel suo palato, nel cavo delle sue mani. Egli è dovunque, nel battito minimo delle creature, nella mole opaca dei monti. Arde, riluce. Non ha più nome né sorte tra gli uomini. Ed anche le cose hanno perduto ciascuna la loro sorte, il loro nome, si sono sperdute nel battito immenso della calura. Per l'universo non respira ormai che il Meriggio e nel Meriggio si è annientato e converso l'essere stesso del poeta. Su tutto egli domina eterno e silenzioso come la Morte. E la sua vita è fatta divina" (A. Gianni).

Il senso panico della natura, quel dilatarsi dei sensi nel ritmo senza tempo della natura e quel dissolversi della coscienza in una pura esistenza istintiva che sono tipici del poeta decadente e che variamente caratterizzano tutto *Alcyone* trovano in *Meriggio* la loro espressione più compiuta senza appesantimenti mitologici e senza scompostezze edonistiche o erotiche. Il poeta è solo *nella* natura. Accanto a lui non c'è più neppure la lieve presenza femminile che altre volte gli è compagna nelle sue avventure e forse anche per questo l'esperienza è qui completa e totale, quasi senza ritorno. Nel silenzio che domina tutt'intorno e che, come in tutte le liriche centrali di *Alcyone*, determina una ben più grande capacità di *sentire* e di *comprendere* in sé il tutto e il nulla, il poeta si immedesima con la realtà fisica che lo circonda fino a conciliarsi con essa e a confondersi in essa, assorbito nella maturità e nella pienezza dell'estate trionfante. Così, mentre il suo corpo di uomo si dissolve nel magma senza requie eppure immutabile ed eterno della vita universa e perfino la sua individualità e la sua coscienza di sé come essere pensante sono immerse in una comunione panica fuori del tempo e della storia, al di là di ogni distinzione o opposizione tra sensibile e spirituale, egli attinge un suo "infinito" superumano e pagano e vi *naufraga* molto più *dolcemente* di quanto non succedesse al poeta romantico. Nel momento culminante di questa formidabile esperienza, in verità, panismo e superomismo si danno la mano, quasi che D'Annunzio possa attuare il vagheggiato possesso del reale solo mediante una "divina" dispersione nella natura, rimanendogli, almeno per il momento, preclusa ogni altra strada. E in questo senso anche l'estasi panica, conseguita per forza di volontà e in modo piuttosto intellettualistico, pare più un momento di dissoluzione e, in ultima analisi, di scacco, che un'effettiva vittoria sulle cose. Siffatto, e invero grandioso, è, comunque, il punto d'arrivo della avventura alcionia nel campo delle metamorfosi paniche e nel tentativo del poeta di eternarsi, facendosi divino, nell'abbraccio cosmico con le forze della natura.

La lirica, costruita su "una partitura abilissima di quattro strofe esattamente equilibrate in una posizione simmetrica a due a due" (A. Noferi), ha un vigore espressivo altissimo che rende agevole il passaggio tra la prima parte, cui spetta il compito di assolvere, con pacata lentezza e con una minuzia precisa fino alla pignoleria, ad una funzione descrittivo-contemplativa, quasi preparatoria degli sviluppi successivi (strofe I e II) e la seconda parte che, in un *crescendo* ritmico che si accende all'inizio della terza strofa e si spegne solo nel verso isolato della fine della quarta strofa, svolge il motivo più propriamente panico (strofe III e IV). Nelle prime due strofe, insomma, è tracciato, a linee precise e non senza una certa pesantezza letteraria (vv. 20-22) e toponomastica (vv. 16-17 e 47-52), il paesaggio in cui si determinerà l'estasi panica. Nelle due ultime strofe, invece, dopo due versi riassuntivi dei caratteri ambientali essenziali ("Bonaccia, calura, per ovunque silenzio") e dopo una prima indicazione metamorfica relativa all'Estate ("L'Estate si matura / sul mio capo come un pomo / che promesso mi sia, / che cogliere io debba / con la mia mano, / che suggere io debba / con le mie labbra solo") si determina la vera e propria estasi panica che porta all'identificazione dell'uomo e della natura. Il processo è graduale, come dimostrano gli stessi moduli espressivi: dapprima, nella III strofa, si istituisce uno stretto rapporto di affinità tra il protagonista e il paesaggio che è però mantenuto sul piano della sensazione soggettiva (vv. 69 ss.: "...sento che... sento che...") o sul piano della comparazione (vv. 78 s.: "...è come /.../ è come"); poi, nella IV strofa si arriva alla constatazione di una metamorfosi oggettiva e totale (vv. 85 ss.: "il fiume è la mia... il monte è la mia... io sono... io son...") che "annulla l'identità delle cose nominate ed individuate con tanta precisione nelle prime due strofe (vv. 100 ss.: 'E l'alpi e l'isole e i golfi / e i capi e i fari e i boschi / e le foci ch'io nomai / non han più l'usato nome...'), sicché la realtà da cui il discorso era partito si annulla in un'entità (il meriggio) ad un tempo molteplice e indifferenziata" (E. Scarano Lugnani).

Ambedue i momenti della lirica, tanto quello preparatorio quanto quello risolutivo, sono svolti con una tecnica espressiva abbastanza consueta per il D'Annunzio del primo e del terzo libro delle *Laudi*, ma anche con una perizia

estrema che può dare l'impressione di un eccesso di bravura.
Così, nelle prime due strofe, gli aspetti del paesaggio – organizzati tutti intorno ad immagini e sensazioni di silenzio (vv. 11 s.: "Non suona / voce..."; vv. 15 s.: "... Pel chiaro silenzio..."; vv. 28 ss.: "La foce /.../ si tace"; v. 45: "l'oblìo silente..."; vv. 45 s.: "... le canne / non han susurri..."), di sospesa fissità (vv. 50 s.: "... grava / la bonaccia..."; vv. 6 ss.: "Non bava di vento /.../ alita. Non trema canna..."; v. 13: "Riga di vele in panna"; vv. 27 ss.: "La foce è come salso stagno /.../ pallida verdica in pace /.../ segno non mostra di corrente, non ruga d'aura..."; vv. 41 ss.: "... La fuga / delle due rive / si chiude come in un cerchio..."; vv. 52 ss.: "Dormono i Monti Pisani...") e di intensa e variopinta luminosità (v. 3: "pallido verdicante"; v. 15: "biancica..."; vv. 15 s.: "... Pel chiaro / silenzio..."; vv. 45 ss.: "... Più foschi / i boschi /.../ fan di sé cupa chiostra; / ma i più lontani /.../ son quasi azzurri") – sono delineati, oltre che attraverso un'estrema precisione descrittiva che si avvale di reperti letterari e di pesanti toponimi ma che, come si è visto, è funzionale agli sviluppi successivi della lirica, attraverso soluzioni sintattiche e foniche adatte a suggerire la magia dell'incanto meridiano: le enumerazioni rapide e brevi, affidate a enunciative monoverbali, le serie anaforiche (si veda soprattutto quella dei vv. 6 ss.: "Non... Non... Non..."), le sequenze allitteranti giocate per lo più su suoni aspri e gli studiati parallelismi che ripropongono nella seconda strofa i motivi della prima (al "pallido verdicante / come il dissepolto bronzo" [vv. 3-5] della prima strofa corrisponde il "come il bronzo sepolcrale / pallida verdica in pace" [vv. 34-35] della seconda; alla "bava di vento" [vv. 6-7] della prima corrisponde "la ruga d'aura" [vv. 40-41] della seconda; al "non trema canna" [v. 8] della prima, "le canne / non han susurri" [vv. 45-46]; al "non suona / voce" [vv. 11-12], il "si tace" [v. 33]; al "chiaro / silenzio" [vv. 15-16], l'"oblio silente" [v. 45]; all'accenno alle Alpi Apuane nella prima strofa, infine, corrisponde nella seconda l'accenno ai Monti Pisani).
Nelle ultime due strofe, poi, accanto a queste soluzioni espressive, si collocano anche i vecchi espedienti delle espansioni a catena (vv. 59 ss.: "che... che... che..."; vv. 69 ss.:

"E sento che e che... sento che..."; vv. 89 ss.: "E io sono nel... della.. nella... della.. nella... della.. io son nel... nella... in ogn cosa... in ogni cosa... nello.. nelle..."); dei cataloghi di simmetrie analogiche (vv. 78 ss. "... è come / il mio palato, e come / il cavo della mia mano"; vv. 85 ss.: "e il fiume è la vena, / il monte è la mia fronte, / la selva è la mia pube, / la nube è il mio sudore") e delle serie polisindetiche usate queste ultime, a sottolineare l'incalzante progressione delle metamorfosi: soluzioni tutte che risultano più eloquenti e oratorie che liriche, in linea con l'inevitabile superomismo della situazione.

Funzionali all'inter discorso sono anche le soluzioni metriche adottate. Anz il verso libero con la consueta disponibilità a ricompors in unità metriche sempre nuove e diverse, costituisce i modulo ritmico ideale per descrivere la vicenda meridiana per esprimere l'intero processo metamorfico. Le frequent pause che incidono i vari versi sono essenziali per rendere il senso di immobilità che, per la bonaccia e la calur grava sulla foce dell'Arno e sul Tirreno. Il gioco delle ime baciate, delle rime interne delle rime al mezzo e delle assonanze intesse continui richiami tra verso e verso e dà fluidita e velocità al discorso in sapiente e ritmica alternativa ai gioco delle pause imposte dalle strutture sintattiche e in stretta ollaborazione con l'accorta dislocazione degli *enjambements*

Spunti ben precisi per la descrizione paesaggistica delle prime strofe e anche per i processi analogici suggeriti nelle ultime strofe sono registrati nel *Taccuino* n. 10, II, pp. 103 ss. (ma cfr. specialmente pp. 105, 106, 107-108), il taccuino alcionio per eccellenza, risalente, come si è più volte detto, ai primi di luglio del 1899 e datato da Marina di Pisa: "Marina di Pisa (2 luglio 1899) /.../ L'Arno ha un dolce colore aurino, è calmo, quasi pareggia le rive /.../ I boschi di San Rossore densi, in fondo /.../ Ecco la foce /.../ Le onde si rompono bianchissime su la riva arenosa, coperta di ginepri bassi e magri /.../ Bocca d'Arno – *La Foce*. Andando, uno spazio coperto di erbe e di canne e di ginepri /.../ Presso la riva, la sabbia è rigata dall'acqua e dal vento con ondulazioni leggere come quelle di certi *palati* d'animali /.../ Ecco la foce. Lungo la foce sono in ordine lungo le *capanne dei pescatori con la rete pensile (bilancia)* /.../ In fondo la linea dei boschi di San Rossore, quindi le montagne pisane su cui si agglomerano le nubi bianche, vaste greggi /.../ *La Foce ha l'aspetto d'un lago* /.../ dove l'acqua del fiume ha già trovata la sua pace. È d'un color verde *chiarissimo*, increspato dal vento; e l'arena intorno è straordinariamente fine, segnata da linee chiare ondeggianti che sono le tracce dell'onde lievi /.../ Non v'è nell'acqua indizio della corrente. La foce si restringe in fondo, ove appaiono i boschi, le terre che il fiume irriga /.../ Le capanne sono coperte di paglia che brilla al sole, *come il pelo degli animali villosi* /.../ Rimane fuor *dell'acqua la croce degli staggi* (*pertiche* che reggono la rete). Le capanne sono coperte di *paglietta* marina /.../ Sui monti pisani, su le Alpi Apuane, stanno vapori bianchi. Le vele bianche passano in alto mare".

Metro: quattro "strofe lunghe" di ventisette versi liberi ciascuna. Libero e vario è il gioco delle rime e delle assonanze. Chiude il componimento un verso isolato.

A mezzo il giorno [1]
sul Mare etrusco [2]
pallido verdicante [3]
come il dissepolto
bronzo dagli ipogei, [4] grava   5
la bonaccia. [5] Non bava
di vento [6] intorno
alita. Non trema canna
su la solitaria

---

[1] *A mezzo il giorno*: cfr. G. Carducci, *Rime nuove, Davanti San Guido*, vv. 53 ss.: "...dimani, a mezzo il giorno / che de le grandi querce a l'ombra stan / ammusando i cavalli e intorno intorno / tutto è silenzio nell'ardente pian...".
[2] *Mare etrusco*: il Tirreno, nel tratto che bagna la costa della Toscana, l'antica Etruria.
[3] *pallido verdicante*: d'un verdolino pallido, come gli oggetti di bronzo dissepolti dalle antiche tombe.
[4] *ipogei*: le tombe sotterranee degli etruschi.
[5] *grava / la bonaccia*: si stende, inerte e pesante, la calma immobile del mare e del cielo.
[6] *bava / di vento*: il più leggero soffio di vento. Cfr. *Il fuoco*, in *Prose di romanzi*, II, p. 628: "Non la più lieve bava di vento corrugava l'infinito specchio" [1900].

spiaggia aspra [7] di rusco,[8]   10
di ginepri arsi.[9] Non suona
voce, se ascolto.
Riga di vele [10] in panna [11]
verso Livorno
biancica.[12] Pel chiaro   15
silenzio [13] il Capo Corvo [14]
l'isola del Faro [15]
scorgo; e più lontane,
forme d'aria nell'aria,[16]
l'isole del tuo sdegno   20
o padre Dante,
la Capraia e la Gorgona.[17]
Marmorea corona
di minaccevoli punte,
le grandi Alpi Apuane   25
regnano [18] il regno amaro,[19]
dal loro orgoglio assunte.[20]

La foce è come salso

---

[7] *aspra*: irta.
[8] *rusco*: pianticella cespugliosa dalle foglie pungenti che cresce sui terreni sabbiosi, volgarmente chiamata pungitopo.
[9] *arsi*: bruciati dal sole. Cfr. *Taccuino* n. 10, II, pp. 108 s.: "I ginepri hanno le foglie spinose, aspre /.../ Alcuni, lungo il mare, bruciati, hanno il colore della ruggine viva" [luglio 1899].
[10] *Riga di vele*: una fila di barche a vela.
[11] *in panna*: in assoluta immobilità per la mancanza di vento.
[12] *biancica*: biancheggia, ma d'un biancore incerto ed opaco.
[13] *Pel chiaro / silenzio*: nel chiarore intenso di quell'ora meridiana in cui non si sentivano né voci né suoni (sinestesia).
[14] *Capo Corvo*: o Punta del Corvo, presso la foce del fiume Magra: è la punta di sinistra del golfo della Spezia.
[15] *isola del Faro*: o isola di Tino, del gruppo di isole davanti a Porto Venere.
[16] *forme... nell'aria*: diafane ed evanescenti nell'azzurro del cielo. Si noti la rima interna costruita con la ripetizione del medesimo sintagma.
[17] *l'isole... Gorgona*: le due isole tirreniche della Capraia e della Gorgona che Dante chiamò ad ostruire la foce dell'Arno onde far morire annegati gli abitanti di Pisa e vendicare così la morte di Ugolino: cfr. Dante, *Inferno*, XXXIII, vv. 82 ss.: "muovasi la Capraia e la Gorgona / e faccian siepe ad Arno in su la foce, / sì ch'elli annieghi in te ogni persona!".
[18] *regnano*: dominano. Il verbo "regnare" è reso transitivo, secondo l'uso arcaico e dantesco.
[19] *il regno amaro*: il mare. Vedi *Bocca d'Arno*, v. 11.
[20] *dal... assunte*: levate verso il cielo come se fossero consapevoli della loro grandezza e della loro imponenza.

stagno.²¹ Del marin colore,
per mezzo alle capanne,²²   30
per entro alle reti
che pendono dalla croce
degli staggi,²³ si tace.²⁴
Come il bronzo sepolcrale
pallida verdica in pace²⁵   35
quella che sorridea.²⁶
Quasi letèa,²⁷
obliviosa,²⁸ eguale,²⁹
segno non mostra
di corrente, non ruga   40
d'aura.³⁰ La fuga
delle due rive
si chiude come in un cerchio
di canne, che circonscrive
l'oblìo silente;³¹ e le canne   45

²¹ *La... stagno*: la foce dell'Arno è tranquilla e immobile come uno stagno salmastro. Cfr. *Taccuino* n. 10, II, p. 107: "*La foce ha l'aspetto d'un lago, d'una conca, dove l'acqua del fiume ha già trovato la sua pace. È d'un colore verde chiarissimo...*" (Le parole in corsivo sono sottolineate, nel manoscritto, in blu).
²² *per... capanne*: trasparendo fra i capanni dei pescatori che sorgono su palafitte. Cfr. *Taccuino* n. 10, loc. cit.: "Lungo la foce sono in ordine le *capanne dei pescatori con la rete pensile (bilancia)*" (le parole in corsivo sono sottolineate, nel manoscritto, in blu).
²³ *per... staggi*: fra le grandi reti a bilancia che pendono da pertiche disposte in forma di croce ("staggi"). Vedi *Alcyone, Bocca d'Arno*, vv. 49-50; 65-68 e cfr. il messaggio a "Mario di Pisa" preposto alla *Contemplazione della Morte*, in *Prose di ricerca*, III, p. 206: "...[il] libro di Alcyone composto là dove non era altra croce se non quella degli staggi sospesa su la fiumana in un miracol d'oro". Cfr. anche *Taccuino* n. 10. loc. cit., pp. 110 s.: "Rimane fuor dell'*acqua la croce degli staggi (pertiche che reggono la rete)*" (le parole in corsivo sono sottolineate nel manoscritto autografo in matita verde).
²⁴ *si tace*: se ne sta immobile e quindi silenziosa. Per l'uso del medio-riflessivo, vedi *La sera fiesolana*, v. 16 e nota 16.
²⁵ *Come... in pace*: verdeggia tranquilla. dello stesso colore "pallido verdicante" degli oggetti di bronzo tratti dalle tombe sotterranee (vedi vv. 3-5).
²⁶ *quella che sorridea*: la foce dell'Arno che dianzi, prima del meriggio, leggermente increspata da qualche piccola onda, sembrava sorridere.
²⁷ *letèa*: simile alle acque del Lete, il fiume della dimenticanza.
²⁸ *obliviosa*: apportatrice di oblio.
²⁹ *eguale*: immobile.
³⁰ *ruga / d'aura*: increspatura prodotta da un soffio di vento.
³¹ *La... silente*: guardando il corso del fiume dalla foce, si ha l'impressione che in lontananza le due rive si congiungano e che il fiume sia chiuso da un canneto che delimita la zona immersa in un oblioso silenzio ("l'oblìo silente").

non han susurri.³² Più foschi
i boschi di San Rossore
fan di sé cupa chiostra; ³³
ma i più lontani,
verso il Gombo,³⁴ verso il Serchio, 50
son quasi azzurri.³⁵
Dormono i Monti Pisani
coperti da inerti
cumuli di vapore.³⁶

Bonaccia, calura, 55
per ovunque silenzio.³⁷
L'Estate si matura
sul mio capo come un pomo ³⁸
che promesso mi sia,
che cogliere io debba 60
con la mia mano,
che suggere io debba
con le mie labbra solo.
Perduta è ogni traccia
dell'uomo. Voce non suona, 65
se ascolto. Ogni duolo
umano ³⁹ m'abbandona.

---

³² *non han susurri*: perché non c'è un soffio di vento. Vedi *Lungo l'Affrico*, vv. 27 s.: "Sopra non ha susurro / l'arbore grande...".
³³ *Più... chiostra*: di un colore più scuro del pallido verdicare del mare e della foce, i boschi di pini della tenuta di San Rossore (vedi *La tenzone*, v. 4 e nota relativa) formano un blocco compatto e scuro ("cupa chiostra"). Si noti la rima ribattuta "...foschi / i boschi...". Per l'immagine, cfr. già *Canto novo, Canto del sole*, V, vv. 27 s.: "Foschi /.../ i boschi ondeggiano"
³⁴ *Gombo*: il tratto di litorale toscano antistante la pineta di San Rossore, tra la foce dell'Arno e quella del Serchio.
³⁵ *son... azzurri*: perché sfumano nel colore del cielo. Vedi *Le Ore marine*, v. 30 e nota relativa.
³⁶ *Dormono... vapore*: i Monti Pisani, le colline tozze e tondeggianti che cingono Pisa, giacciono pesantemente abbandonate, come se dormissero, coperte da immobili ("inerti") agglomerati di nubi. Si noti la rima ribattuta all'interno dello stesso verso: "coperti da inerti". Vedi il passo del *Taccuino* n. 10 citato nella nota introduttiva alla lirica. Per l'immagine, cfr. *Canto novo, Canto dell'Ospite*, V, vv. 1 s.: "Dormono l'acque nel plenilunio / di giugno...".
³⁷ *Bonaccia, calura... silenzio*: "È l'impressione riassuntiva del paesaggio finora disegnato: la bonaccia, senza vita, l'afa, il silenzio inerte" (M. Pazzaglia)
³⁸ *un pomo*: un frutto.
³⁹ *duolo / umano*: sensazione o stimolo o pensiero da essere umano

Non ho più nome.⁴⁰
E sento che il mio vólto
s'indora dell'oro
meridiano,⁴¹   70
e che la mia bionda
barba riluce
come la paglia marina; ⁴²
sento che il lido rigato
con sì delicato   75
lavoro dall'onda
e dal vento è come
il mio palato,⁴³ è come
il cavo della mia mano ⁴⁴
ove il tatto s'affina.⁴⁵   80

E la mia forza supina
si stampa nell'arena,
diffondesi nel mare;⁴⁶
e il fiume è la mia vena,⁴⁷   85
il monte è la mia fronte,
la selva è la mia pube,⁴⁸
la nube è il mio sudore.
E io sono nel fiore

---

⁴⁰ *Non... nome*: non aver più nome significa aver smarrito la coscienza elementare della propria identità.
⁴¹ *s'indora... meridiano*: prende il colore dorato della luce del meriggio.
⁴² *la paglia marina*: le alghe gettate dal mare a disseccare sulla spiaggia. Per la bionda barba del poeta che riluce al sole come paglia marina, cfr. *Taccuino* n. 10, loc. cit., p. 108: "Le capanne sono coperte di paglia che brilla al sole, *come il pelo degli animali villosi*" (le parole in corsivo sono sottolineate, nel manoscritto, in matita blu).
⁴³ *come / il... palato*: come le striature che solcano il palato. Cfr. *Taccuino* n. 10, loc. cit., p. 106: "Presso la riva, la sabbia è rigata dall'acqua e dal vento con ondulazioni leggere come quelle di certi *palati* d'animali" e vedi *Ditirambo III*, vv. 22 s.
⁴⁴ *come / il cavo della... mano*: come i solchi che rigano il palmo della mano.
⁴⁵ *s'affina*: si fa più sensibile. È clausola dantesca: cfr. *Paradiso*, XX, v. 137: "perché il ben nostro in questo ben s'affina".
⁴⁶ *la... mare*: il mio corpo abbandonato supino sulla sabbia con tutto il suo peso imprime la propria forma nell'arena e si disperde nel mare.
⁴⁷ *il fiume... vena*: il fiume che scorre lì vicino è il sangue che scorre nelle vene del poeta.
⁴⁸ *la pube*: al femminile, come in latino e come nell'antico italiano: il basso ventre coperto di peluria.

della stiancia,[49] nella scaglia 90
della pina, nella bacca
del ginepro: io son nel fuco,[50]
nella paglia marina,
in ogni cosa esigua,
in ogni cosa immane, 95
nella sabbia contigua,
nelle vette lontane.
Ardo, riluco.
E non ho più nome.
E l'alpi e l'isole e i golfi 100
e i capi e i fari e i boschi
e le foci ch'io nomai
non han più l'usato nome
che suona in labbra umane.[51]
Non ho più nome né sorte[52] 105
tra gli uomini; ma il mio nome
è Meriggio. In tutto io vivo
tacito come la Morte.[53]

E la mia vita è divina.[54]

---

[49] *stiancia*: erba che cresce sulle dune sabbiose.
[50] *fuco*: sorta di alga marina.
[51] *E l'alpi... umane*: tutti gli aspetti del paesaggio che ha nominato e descritto ai vv. 13-54 e che qui ricapitola, citandoli, in polisindeto, con il loro nome comune, non hanno più il nome di sempre, quello che usano gli uomini: anch'essi hanno perduto la loro individualità e la loro essenza.
[52] *sorte*: destino e vita individua.
[53] *come la Morte*: perché ormai è onnipresente ed eterno come la morte. Ma con tutta probabilità l'accenno alla morte è suggerito dalla volontà di costruire un compiaciuto gioco di antitesi: "...io vivo... come la Morte... la mia vita...".
[54] *divina*: in quanto è andata al di là di ogni limite umano.

Le madri

La data di composizione della lirica è ignota, ma dovrebbe risalire al periodo compreso tra il 7 luglio e la metà di agosto 1902. Gli appunti del *Taccuino* n. 10 che offrono alla lirica non pochi spunti risalgono infatti al 7 luglio 1902 e, d'altra parte, la lirica, che nel ms. 421, databile intorno alla metà di luglio, non è reperibile neanche tra i progetti, appare come già composta nel ms. 422 che è databile al 13-14 agosto 1902: in esso il titolo "Le madri" è seguito da una specificazione parentetica, poi cassata, che riassume, evidentemente a scopo mnemonico, il nucleo concettuale del componimento: "(cavalle e blocchi)".

Branchi di cavalle gravide oziano lungo la spiaggia del litorale pisano, fra le giuncaie e i banchi di sabbia. Alcune si muovono e entrano nell'acqua. Altre se ne stanno immobili, sotto il sole. In tutte è la dolce attesa della prossima maternità. Lontano, nell'aria chiara, si ergono le Alpi Apuane, bianche di marmi. Dall'antica città di Luni si stacca una nave. È carica di blocchi di marmo che sono stati strappati proprio a quei monti e che recano in sé, nella loro candida compagine, forme destinate a venire prima o poi alla luce, per effetto dell'arte creatrice. Anche quelle moli marmoree, dunque, sono in attesa di una prossima maternità.

Il gusto descrittivo che presiede all'invenzione della lirica non regge, da solo, per tutta la durata del componimento. Il momento intensamente lirico della contemplazione-descrizione estatica e quasi panica delle cavalle gravide che pascolano sulle Lame di Fuore, infatti, cede il posto, nella seconda strofa, a un motivo meditativo-ragionativo che produce irrisolte dissonanze. Anche la seconda strofa, in verità, inizia con puntuali notazioni descrittive, ma poi il felice spunto paesaggistico si spegne in una "astrattezza concettuale" (A. Noferi) che lo soffoca e annulla. Anzi, la corrispondenza suggerita dal poeta tra le cavalle gravide e i blocchi di marmo delle Apuane, pregni di fantasmi artistici in attesa di essere portati alla vita dai colpi di uno scalpello creatore, risulta fredda e intellettualistica: resta un fatto puramente concettuale e lo stesso passaggio tra il dato naturale (la maternità delle cavalle) e quello metaforico (la genitura delle moli marmoree) è affidato a esteriori simmetrie, anche verbali.

Irrisolta a livello di macrostruttura, per il coesistere in modo tanto rigido di due momenti così diversi, la lirica interessa piuttosto per il partito che D'Annunzio trae dall'uso degli *enjambements*, delle pause interne, dei periodetti brevi e coordinati e anche dal ricorso alle parole sdrucciole, per dar vita a un tono sommesso che tende, specialmente nella prima parte, a risolversi in melodia.

Nella parte descrittiva dedicata alle cavalle gravide, la lirica si appoggia, con la consueta e sorprendente aderenza, alle notazioni affidate, verisimilmente pochi giorni prima della stesura del componimento, al *Taccuino* n. 10, II, pp. 112 s. In esso, sotto la data "7 luglio [1902]", si legge: "Su le Lame di Fuori [*sic*] pascolano mandre di cavalle baie – le *madri*. Alcune entrano nell'acqua. Altre stanno agglomerate, formano una sola massa, intorno a cui ondeggiano le code. S'ode di tratto in tratto il romore delle froge umide, lo sbuffare. L'aria è calma. Alla foce il mare ha piccole onde canute. Cantano le allodole. Sui monti pisani, su le Alpi Apuane, stanno vapori bianchi. Le vele bianche passano in alto mare. – Le cavalle pascolano tra la paglietta marina (lunghe erbe pallide e arsicce). Alcune sono incinte, altre hanno partorito di recente. I loro fianchi fecondi...". Nel medesimo *Taccuino*, in un appunto registrato poche righe sopra a questo passo, in un giorno compreso tra due appunti datati rispettivamente "4 luglio" e "5 luglio", è già contenuto anche lo spunto per lo sviluppo metaforico del discorso, dal v. 65 in avanti: "Passa dinanzi alla Foce un navicello carico di marmi (statue addormentate)".

Metro: due strofe di quarantotto versi liberi ciascuna, variamente rimati e assonanzati.

Su le Lame di Fuore,[1]
nel salso strame,[2]
nelle brune giuncaie,
nell'erbe gialle,
oziano a branchi 5
le saure[3] e baie[4]
cavalle
di San Rossore.
Altre su i banchi
di sabbia, altre nell'acqua 10
immerse fino al ventre,
s'ammusano;[5] mentre
le groppe al sole
rilucono, chiare, scure,
d'oro, di rame. 15
Su le Lame, cui adduce
anatre il verno,
oziano nella luce
pura le feconde,
coi gravidi fianchi[6] 20
immote in una massa
placida. Sole
su l'acqua bassa
le lunghe code
con moto alterno 25
ondeggiano.[7] S'ode
a quando a quando
fremito delle froge

---

[1] *Lame di Fuore*: vedi I *camelli*, vv. 48 s. e nota 25.
[2] *strame*: vedi I *camelli*, v. 39 e nota 20.
[3] *saure*: dal mantello biondo-rossiccio.
[4] *baie*: dal mantello rossastro, ma con la criniera, la coda e le estremità degli arti, nere.
[5] *s'ammusano*: si toccano l'una l'altra con il muso. Cfr. G. Carducci, *Rime nuove*, *Davanti San Guido*, vv. 53 ss.: "...a mezzo il giorno, / che de le grandi querce a l'ombra stan / ammusando i cavalli...".
[6] *le feconde... fianchi*: cfr. *Taccuino* cit., p. 113: "Alcune sono incinte /.../ I loro fianchi fecondi...".
[7] *immote... ondeggiano*: cfr. *Taccuino* cit., p. 122: "Altre stanno agglomerate, formano una sola massa, intorno a cui ondeggiano le code".

> umide, sbuffare
> ansare leggero,[8]
> tremulo nitrito,[9]   30
> nella foce silente;[10]
> cui dal lito risponde
> fievole risucchio
> del mare.[11] Taluna   35
> esce del mucchio,[12] annusa
> l'acqua, s'abbevera lenta;
> poi guata verso il monte[13]
> su cui s'aduna
> fumoso il nembo;[14]   40
> poi si rivolge e ammusa.
> E ondeggiano le code[15]
> lente sul riposo
> della mandra ferace.[16]
> Teco, o Luce pura,[17]   45
> teco attendono in pace
> la genitura[18]
> le Madri.
>
> Lunge per l'aria chiara
> appar grande[19] e soave[20]   50
> cerula e bianca

---

[8] *S'ode... leggero*: cfr. *Taccuino* cit., p. 112: "S'ode di tratto in tratto il romore delle froge umide, lo sbuffare". Vedi anche *I camelli*, vv. 48 ss.: "S'odono su le Lame / di Fuore le cavalle / nitrire a quando a quando; / e più sottil nitrito / e più tremulo s'ode / rispondere e più fresco, / dei poledri novelli".
[9] *tremulo nitrito*: il nitrito "più sottil" e "più tremulo" "e più fresco" "dei poledri novelli": vedi la nota precedente.
[10] *silente*: silenziosa: vedi *Meriggio*, v. 45: "l'oblio silente...".
[11] *risucchio / del mare*: il mormorio che le onde producono frangendosi sulla spiaggia e ritraendosi lentamente.
[12] *mucchio*: branco. Rima al mezzo con "risucchio" del v. 34.
[13] *il monte*: le Alpi Apuane. Cfr. *Taccuino* cit, p. 112: "Sui monti pisani, su le Alpi Apuane, stanno vapori bianchi .
[14] *s'aduna... il nembo*: si addensa una nube foriera di tempesta. Cfr. Tommaseo-Bellini alla voce "nembo": "*Il nembo s'aduna* sul capo suo".
[15] *ondeggiano le code*: vedi vv. 24-26 e nota 7.
[16] *sul... ferace*: nel branco immobile delle cavalle gravide in riposo.
[17] *o Luce pura*: vedi vv. 18 s.: "...nella luce / pura" e vedi *L'ulivo*, v. 41: "O dolce Luce...".
[18] *genitura*: parto (latinismo).
[19] *grande*: nella sua mole massiccia.
[20] *soave*: nella dolcezza delle sue forme.

l'Alpe di Carrara,²¹
cerula d'ombre
bianca di cave.
Ma ingombre del muto ²²   5
nembo che si prepara
son le cime ov'hanno
con l'aquile nido
le folgori corusche.²³
Odor di lunge acuto,   60
dalle pinete
verdi e fulve,²⁴ nelle bave
rare del vento ²⁵ giunge
alla quiete.²⁶
 Ed ecco una nave,²⁷   65
ecco le vele etrusche ²⁸
partitesi dal lito
di Luni ²⁹ lunato ³⁰
e niveo di marmi.
 Ecco una nave in vista   70
tra il Serchio e il Gombo.³¹
È carica di marmi,
è carica di sogni
dormenti nel profondo

---

²¹ *l'Alpe di Carrara*: vedi nota 13.
²² *muto*: perché si addensa minaccioso senza esplodere, per il momento, in lampi e tuoni.
²³ *corusche*: lampeggianti. È aggettivo dantesco, già usato nell'Ottocento da Carducci e Foscolo. Il sintagma "corrusca folgore", tra l'altro, è già in V. Monti.
²⁴ *verdi e fulve*: "Per il fogliame novello e quello ingiallito" (E. Palmieri).
²⁵ *bave... del vento*: rari e leggeri soffi di vento. Vedi *Meriggio*, vv. 6 s.: "Non bava / di vento intorno / alita" e nota relativa.
²⁶ *alla quiete*: nel luogo tranquillo dove oziano le cavalle o in quello dove riposa il poeta.
²⁷ *Ed ecco una nave*: per l'apparizione della nave carica di marmi e per il nuovo sviluppo del componimento, vedi il passo del *Taccuino* n. 10 citato nella nota introduttiva.
²⁸ *etrusche*: in quanto la nave proviene dal porto di una antica città etrusca.
²⁹ *Luni*: antica città etrusca sulla sinistra della Magra, presso l'odierna Sarzana.
³⁰ *lunato*: di forma curva, come la luna al primo quarto. Aggettivo trecentesco e cinquecentesco già riesumato da G. Carducci (cfr., ad esempio, *Rime nuove*, *Fiesole*, vv. 9 s.: "Ma dal clivo lunato a la pianura / il campanil domina allegro..."), fu molto usato da D'Annunzio: cfr. G. L. Passerini, *Il vocabolario dannunziano*, Firenze, Sansoni, 1928, *sub voce*.
³¹ *Gombo*: vedi *Meriggio*, v. 50 e nota relativa.

candore ignoti e soli.³² 75
E il mio spirito evòca ³³
il tuo folle Evangelista,³⁴
o Buonarroti,
il figlio della Terra ³⁵
e del Genio ³⁶ che l'affoca; ³⁷ 80
vede la gran persona
che si torce nell'angoscia
del masso che lo serra,
onde si sprigiona a guerra ³⁸
l'aspro ginocchio, e la coscia 85
d'osso e di muscoli enorme.
Nella carena dorme
l'incarco ³⁹ fecondo
di forme,
tratto dall'erme ⁴⁰ cave, 90
rapito al grembo dell'Alpe.
Nel grembo della nave
dormono le bianche moli.

---

³² *sogni... soli*: i fantasmi delle opere artistiche, le opere stesse che virtualmente sono presenti nell'interno di ogni blocco di marmo, in attesa che un artista le porti alla luce per forza di ispirazione e a colpi di scalpello.
³³ *evòca*: forma piana, e quindi non etimologica (lat. *evŏcat*), probabilmente per attrazione di "affoca" (v. 80).
³⁴ *il... Evangelista*: la statua dell'evangelista San Matteo, l'unica, e tra l'altro incompiuta, delle dodici statue degli Apostoli che i consoli dell'Arte della lana commissionarono a Michelangelo per la facciata di Santa Maria del Fiore. D'Annunzio dice "folle" l'Evangelista, perché, nella statua, la figura dell'apostolo, appena sbozzata come è dal blocco di marmo cui resta attaccata per i piedi e per le spalle, sembra divincolarsi come farebbe un folle nel disperato tentativo di liberarsi definitivamente dal blocco stesso (vedi vv. 81-86).
³⁵ *il figlio della Terra*: in quanto fatto di materia terrestre.
³⁶ *e del Genio*: in quanto creato dall'artista.
³⁷ *che l'affoca*: il quale [il "Genio"] lo ["il /.../ folle Evangelista"] infiamma, gli dà il calore della vita con il suo spirito creatore. Oppure: il quale ["il tuo folle Evangelista /.../ figlio della Terra / e del Genio"] lo ["il mio spirito"] infiamma, lo abbaglia con il suo stupendo fascino. Il verbo è dantesco: cfr. *Inferno*, VIII, vv. 73 s.: " '...Il foco eterno / ch'entro l'affoca...' "; *Paradiso*, XXVIII, vv. 16 ss.: "un punto vidi che raggiava lume / acuto sì, che 'l viso ch'elli affoca / chiuder conviensi...".
³⁸ *a guerra*: con forza.
³⁹ *l'incarco*: il carico, i blocchi di marmo.
⁴⁰ *erme*: remote, solitarie.

Attendon dai sogni [41] soli
la genitura
le Madri.[42]

95

---

[41] *sogni*: i sogni dell'artista, i fantasmi dell'ispirazione.
[42] *le Madri*: i blocchi di marmo.

Albàsia [1]

La data di composizione della lirica è ignota, ma dovrebbe risalire al periodo compreso tra la metà di luglio e il 13-14 agosto 1902. Appare infatti come verisimilmente già compiuta in un elenco-progetto di liriche di *Alcyone* (ms. 422) che risale al 13-14 agosto 1902, mentre nel precedente elenco (mss. 421-432 v.) che è databile alla metà di luglio, non è citata neanche come progetto.

Il mare è calmo e tranquillo, immobile e silenzioso nella limpida luce del mattino. Nel diffuso albore, le cose che da sempre si trovano l'una vicina all'altra sembrano più vicine del solito, quasi sul punto di unirsi l'una all'altra, in "immense e brevi" nozze: la nube che posa tranquilla sul monte sembra congiungersi nuzialmente con lui che protende verso il cielo le sue vette come per abbracciarla; l'ombra del monte e della nuvola pare sposare la pianura su cui si distende; l'acqua dolce del fiume che alla foce si fonde e confonde con l'acqua salmastra del mare pare cercare in essa una nuova intimità; il tralcio della vite si stringe maritalmente alla canna palustre e la stiancia al salice; l'argano è unito indissolubilmente alla bilancia; la poesia e la gioia fanno tutt'uno nel cuore del poeta e la sabbia sembra sposare il piede di Ermione. Tutt'intorno, vicino e lontano, è un'armonia di calma e di bianco. Paiono i giorni in cui, secondo la tradizione, gli alcioni depongono le loro uova sul pelo delle acque tranquille.

---

[1] *Albàsia*: bonaccia, così detta dal biancore perlaceo che si diffonde sulla superficie del mare: cfr., infatti, *Maia*, *Laus vitae*, vv. 8279-8281: "è senza bava di vento / il mare che lento si imbianca / e per tutto è placida albàsia"

Poesia frammentaria, o, meglio, poesia del frammento quanto altra mai, *Albàsia* assorbe e dissolve la mera descrizione catalogica delle cose e degli aspetti del paesaggio nell'incanto dell'estatico contemplare e nella sonorità verbale delle parole. Lo spunto iniziale, con il tema delle "nozze immense e brevi" (vv. 4-5), sembra venire da una lontana (1871) lirica carducciana, *Rimembranze di scuola* (*Rime nuove*, V) dove appunto già, ai vv. 1-3, si parlava di "nozze" della terra sotto il sole ("Era il giugno maturo, era un bel giorno / del vital messidoro, e tutta nozze / ne gli ardori del sol ardea la terra") e si continuava per vasto tratto esaltando le bellezze della natura tra loro intimamente fuse. Qualcosa del genere, poi, nel *Primo vere* del 1879 aveva cantato lo stesso D'Annunzio nella barbara significativamente intitolata *Connubii vespertini*, passata poi nel *Primo vere* del 1880 con il titolo *Rosa*. Ma lo sviluppo della lirica è alcionio, sia per le immagini sia per le soluzioni espressive. La tecnica, infatti, è quella descrittiva e cumulativa tipica di molti componimenti di *Alcyone* e poi soprattutto della *Laus vitae*, ma qui il risultato è meno esteriore e meccanico di altre occasioni. L'"effetto", tra il sospiroso di una sensualità senza peso e senza malizia e l'estasi dell'abbandono oblivioso alla magia delle cose reali, è conseguito, più che per forza di immagini giustapposte, per il tramite del silenzio sospeso in cui la scena è calata. L'armonia dell'insieme è tale che nel contesto degli elementi paesaggistici e naturali citati – dal più lontano al più vicino: la nube, il monte, il piano, la foce, la canna, il tralcio, il salice, la stiancia e simili – non stonano neppure due elementi anomali ed estranei, come l'accenno a qualcosa di impalpabile e di irreale quali la "rima" e il "giòlito" del poeta o la presenza di una creatura umana, Ermione. Ermione, anzi, disegnata ancora una volta con tratto leggero in un vago atteggiamento tra preraffaellitismo e liberty, sigilla amorevolmente la scena con un primissimo piano di indiscutibile suggestione. Inoltre, collocandosi, con il suo nome e la sua figura, alla fine della prima strofa e all'inizio della seconda, salda le due parti della lirica e facilita il superamento del discorso puramente catalogico della prima parte nella leggera musicalità della seconda.

La struttura del componimento è, al solito, estremamente

raffinata e sorvegliata. Sulla prima strofa incombe di continuo il pericolo dell'eccesso oratorio, a causa della tendenza del poeta ad abbandonarsi con troppa facilità, come spesso succede nella *Laus vitae*, alle sequele di combinazioni predeterminate e ai giochi musicali ad effetto. In vero, in questa prima strofa il tentativo di D'Annunzio di realizzare una piena "orchestrazione musicale", enfatizzando o isolando certe rime "come pure riprese vocali di qualche nota all'interno della partitura" (A. Noferi) non approda alla musicalità leggera che caratterizza altri componimenti di *Alcyone*, come ad esempio *Innanzi l'alba* o *Intra du' Arni*. Già la seconda strofa, però, presenta, in questa stessa direzione, risultati più interessanti e più ricchi. In essa, infatti, la preziosa tessitura di rime e di assonanze crea un raffinato e lieve gioco musicale e lega in stretta e compiuta continuità le brevi annotazioni impressionistiche o anche soltanto descrittive che suggeriscono scorci di lontananze favolose, sospese tra realtà e irrealtà.

Le parole insolite e libresche ("lunense", "formosa", "disposa", "salcio", "giòlito", "algosa", "nivale", "opale", "crisòlito", la stessa parola "albàsia", "sicano") che costellano entrambe le strofe ubbidiscono alla medesima funzione del ricercato gioco delle rime: non hanno peso e valgono "a suggerire un tono prezioso" (A. Noferi) e favoloso. I tocchi analogici di natura impressionistica ("Il mare è d'opale / con vene di crisòlito... immoto albore / di gemme fuse") sono piuttosto convenzionali e ricordano analoghe soluzioni di *Canto novo* che, allora, poterono parere anticipazioni alcionie.

Metro: due strofe di diciannove versi liberi ciascuna.

O mattin nuziale [2]
tra il Mar pisano [3]
e l'Alpe lunense! [4]

---

[2] *mattin nuziale*: mattino che sembra fatto apposta per celebrare le nozze: calmo, soffuso di biancore e di silenzio e nello stesso tempo pervaso di un languido abbandono sensuale. Cfr. poi *La beffa di Buccari*, in *Prose di ricerca*, I, p. 77: "Il mattino è nuziale".
[3] *Mar pisano*: il tratto di mar Tirreno antistante il litorale pisano.
[4] *l'Alpe lunense*: i monti intorno a Luni, l'antica città etrusca alla sinistra della Magra.

O nozze immense [5]
e brevi! [6]
La nube formosa [7]
disposa [8]
il monte che a lei sale, [9]
l'ombra d'entrambi il piano,
la dolce acqua il sale, [10]
la canna il tralcio, [11]
il salcio [12]
la florida [13] stiancia, [14]
l'argano la bilancia [15]
su la foce pescosa,
la mia rima il mio giòlito, [16]
l'algosa
arena i tuoi piè lievi,
o Ermione.

E il cielo è nivale [17]
come su la tua guancia
ondata [18] il velo
insolito.

---

[5] *immense*: senza limite nello spazio.
[6] *brevi*: di breve durata nel tempo.
[7] *formosa*: dalle belle forme, procace.
[8] *disposa*: sposa. Cfr. Dante, *Purgatorio*, V, vv. 135 s.: "...'nanellata pria / disposando m'avea con la sua gemma"; *Paradiso*, XI, vv. 32 s.: "la sposa di colui ch'ad alte grida / disposò lei col sangue benedetto".
[9] *a lei sale*: si protende verso di lei con le sue cime.
[10] *la dolce... sale*: alla foce l'acqua dolce del fiume sposa l'acqua salmastra del mare. Si noti la rima equivoca *sale/sale* (vv. 8 e 10).
[11] *il tralcio*: il ramo della vite. Per le nozze tra la canna o, più comunemente, l'olmo, e il tralcio della vite, vedi *Il fanciullo*, v. 53: "l'amore della vite all'olmo".
[12] *salcio*: salice.
[13] *florida*: in fiore, piena di fiori.
[14] *stiancia*: erba che cresce sulle dune sabbiose. Vedi *Meriggio*, vv. 89 s.: "E io son nel fiore / della stiancia...".
[15] *l'argano la bilancia*: l'argano, la macchina a cui è sospesa la croce degli staggi con la rete o bilancia per pescare, sposa la rete stessa.
[16] *giòlito*: gioia. Sul Tommaseo-Bellini, alla voce, il D'Annunzio trovava, tra gli altri esempi, anche un passo di F. Redi, *Dit.*, vv. 59-60: "Or che siamo in festa e in giòlito, / bêi di questo bel crisòlito", che può avergli suggerito la lontanissima rima del v. 25: "con vene di crisòlito". Cfr. anche *Canto di festa di calendimaggio*, vv. 106 ss.: "...ai reduci dal puro / giòlito la Città sembri d'amore / ardere".
[17] *nivale*: candido come la neve.
[18] *ondata*: coperta dalle increspature del velo, simili a onde.

Il mare è d'opale [19]
con vene di crisòlito, [20]   25
come i mari dell'Asia,
immoto albore
di gemme fuse. [21]
Brillano le meduse
a fiore   30
dell'emerso banco. [22]
E tutto è bianco,
presso [23] e lontano.
È grande albàsia
da lido a lido,   35
come allor che fa il nido [24]
sul Mar sicano [25]
la sposa Alcyone. [26]

---

[19] *d'opale*: dello stesso colore latteo, tra il bianco, il giallo e l'azzurrognolo, della gemma chiamata opale. Cfr. *Il piacere*, in *Prose di romanzi*, I, p. 207: "Il mare ha il color bianco azzurrognolo latteo d'un opale", dove il nesso "bianco azzurrognolo latteo" deriva direttamente dalla voce "opale" del Tommaseo-Bellini.
[20] *con vene di crisòlito*: con venature dorate, cioè dello stesso colore della pietra preziosa chiamata crisòlito: vedi nota 16 e cfr. *L'Intelligenza*, XXIV, v. 1: "Grisolito com'auro risplendente". Cfr. già *Poema paradisiaco*, *Sopra un "Adagio"*, v. 8: "Riluceano il carbonchio e il crisòlito"; *Elettra*, *Nel primo centenario della morte di Vittore Hugo*, v. 158: "di crisòlito e di diamante" [febbraio 1902].
[21] *immoto... fuse*: il biancore dell'immobile superficie del mare è tramato di venature iridescenti, come se fosse nato dalla fusione di preziose gemme.
[22] *Brillano... banco*: le ombrelle delle meduse morte luccicano intensamente riflettendo e rifrangendo la luce sulla superficie (cfr. *Maia, Laus vitae*, v. 7371: "...a fiore del...") del banco di sabbia emerso per il ritirarsi della marea.
[23] *presso*: vicino.
[24] *come allor che fa il nido*: per i tre ultimi versi della lirica, cfr. il Tommaseo-Bellini alla voce "alcionio": "Giorni alcionii o alcionei, alcuni giorni del verno, in cui credevasi essere grande bonaccia, specialmente nel *mar siciliano* ed atlantico, perché gli alcioni nidificano e partoriscono". Per il sintagma "allor che" nel contesto in questione cfr. B. Baldi, *Naut.*, 2: "*Allorché* il nido / agli scogli Alcion secura appende", citato nel Tommaseo-Bellini alla voce "alcione".
[25] *Mar sicano*: il mare che bagna la Sicania, o Sicilia: il mar Ionio.
[26] *la sposa Alcyone*: l'uccello marino, in cui fu trasformata Alcyone, la figlia di Eolo, che per il dolore della morte di Ceice suo sposo si era gettata in mare. Secondo la tradizione, quando l'alcione, in pieno inverno, depone il suo nido a pelo dell'acqua, per sette giorni sul mare domina la bonaccia. Cfr. Ovidio, *Met.*, XI. vv. 741 ss. Vedi anche *Undulna*, v. 61: "L'albàsia de' giorni alcionii". Cfr. *Maia, Laus vitae*, vv. 7870 ss.: "e come il nido alcionio, / che palpita a fiore del sale [vedi v. 30] / col palpito lento e infinito di tutto il mare placato".

L'Alpe sublime [1]

La data di composizione della lirica è ignota, ma dovrebbe risalire al periodo compreso tra la metà di luglio e il 13-14 agosto 1902. La lirica appare infatti come già composta in un elenco-progetto (ms. 422) di liriche risalente al 13-14 agosto 1902, mentre nel precedente elenco (mss. 421-432 v.), databile intorno alla metà di luglio 1902, non è citata neanche come progetto. Nel ms. 422, in particolare, il titolo "L'Alpe sublime" in origine era posto subito dopo "Le stirpi canore". Poi, in un secondo tempo, su di esso è stato scritto il titolo "Il nome" ed esso è stato aggiunto più sotto, dopo il titolo "Le madri". (Vedi Introduzione, pp. 55 ss.).

Preso da un'improvvisa meraviglia, il poeta sveglia l'amica che dorme e la invita a contemplare un inusitato spettacolo: gli antichi dei sono riapparsi su l'Alpe di Luni! Tra le cime coperte dalle nubi rosseggianti del tramonto, di fatto, pare che si stia radunando un concilio di divinità. Tutt'intorno sono diffusi il silenzio e la solitudine incontaminata di un paesaggio di inebriante bellezza. Con le sue vette e le sue guglie, l'Alpe, piena, nelle sue viscere marmoree, di tante d'opere d'arte potenziali, si slancia verso il cielo in un'ansia di immenso.

La realtà oggettiva dello spettacolo naturale – le cime delle Alpi Apuane quali si scorgono dalla Marina di Pisa – offre stimolo non ai sensi, che sono il tramite consueto dell'estasi panico-contemplativa di D'Annunzio, ma alla fanta-

---

[1] *sublime*: eccelsa, in senso materiale ("notevolmente alta, più alta delle montagne circostanti") e in senso spirituale-estetico ("bellissima, suscitatrice di elevatissimi pensieri").

sia, che si accende e si fa visionaria: sui monti intorno a Luni sono riapparsi gli antichi iddii! Poi, la fantasia si inselva nei simboli e cede a sua volta il passo all'espansione esclamativa, per approdare alla meccanica celebrazione della bellezza del creato vista come fonte di pensieri sublimi e come materia prima e fondamentale della bellezza artistica. Così, il tentativo di superare il reale e il contingente per cogliere il senso "sublime" del paesaggio si avvale di simbolismi convenzionali e scontati, che coinvolgono anche, come è tipico del simbolismo dannunziano, spunti neoclassici – il ritorno degli antichi dei – e motivi romantici – "la solitudine pura", la bellezza delle opere non realizzate.

Tutto il registro stilistico è tenuto sul piano di una stupefazione che si regge per forza di nessi esclamativi, anafore e cumuli di apposizioni. L'insieme appare piuttosto eccessivo e enfatico e la lirica sembra la versificazione di uno o più concetti cari da sempre a D'Annunzio e per lui legati allo spettacolo delle Alpi Apuane, come dimostrano le frequenti reminiscenze da un testo del 1901, la prosa *Per la dedicazione dell'antica Loggia fiorentina del grano al novo culto di Dante* (si vedano, in proposito, le note 5, 18, 19 e 21). Più in generale, nell'ambito della ragionata struttura del Libro, *L'Alpe sublime*, insieme ai due componimenti che la seguono, *Il Gombo* e *Anniversario orfico*, dà vita a una trilogia di carattere mistico-visionario-simbolistico che ha la funzione di preparare e di introdurre lo scarto della vicenda alcionia nella direzione mitica.

Metro: monostrofe di cinquantasei versi liberi.

Svégliati, Ermione,
sorgi dal tuo letto d'ulva,[2]
o donna dei liti.[3]
Mira spettacolo novo,
gli Iddii appariti   5
su l'Alpe di Luni [4]

---

[2] *ulva*: specie di alga.
[3] *donna dei liti*: "quasi litorea creatura per le lunghe dimore e i lunghi ozii che vi gode" (E. Palmieri).
[4] *Alpe di Luni*: le Alpi Apuane, le montagne che si trovano alle spalle dell'antica città etrusca di Luni.

sublime!
Occidue [5] nubi, corone
caduche [6] su cime
eterne.   10
Ma par che s'aduni
concilio di numi
grande e solenne
tra il Sagro e il Giovo,
tra la Pania e la Tambura, [7]   15
e che l'aquila fulva
del Tonante [8]
su le sante
sedi apra tutte le penne.
Oh silenzii tirrenii [9]   20
nel deserto Gombo!
Solitudine pura,
senz'orme!
Candore dei marmi lontani,
statua non nata, [10]   25
la più bella! [11]
Dormono i Monti Pisani, [12]

---

[5] *Occidue*: illuminate dagli ultimi raggi del sole al tramonto. Cfr. *Per la dedicazione dell'antica Loggia fiorentina del grano al novo culto di Dante*, in *Prose di ricerca*, III, p. 324: "...le Alpi Apuane affocate dal sole occiduo, vermiglie, veramente come se di foco escite fossero".

[6] *corone / caduche*: ghirlande, destinate a sfiorire, cioè, fuor di metafora, destinate a dissolversi presto. È apposizione di "nubi".

[7] *il Sagro... la Tambura*: monti delle Alpi Apuane: il Sagro (m 1749) sorge alle spalle di Carrara; il Giovo, o Foce di Giovo (m 1496), sorge nella cresta montuosa delle Apuane, a nord-est del Monte Sagro; la Pania della Croce (m 1859) si leva, con altre cime omonime, tra Serravezza e Castelnuovo di Garfagnana; il Monte Tambura (m 1890) sorge a nord-est di Massa.

[8] *Tonante*: Giove.

[9] *tirrenii*: del mar Tirreno.

[10] *statua non nata*: la statua non ancora scolpita che è latente in ogni blocco di marmo, secondo quanto D'Annunzio ha detto in *Le Madri*, vv. 49 ss. "Ma forse tutta l'Alpe è una 'statua non nata', che nessun artefice ha effigiata, opera della natura e 'imagine visibile e tangibile dell'energia, della durezza e dell'impeto' (*Prose scelte*, Milano, Treves, 1906, p. 16): e perciò la più bella" (E. Palmieri).

[11] *la più bella*: "È romantico considerare l'espressione concreta come una decadenza, una contaminazione. Dal Keats col suo "Heard melodies are sweet, but those unheard / are sweeter..." (*Ode on a Grecian Urn*, vv. 11 s.) al Maeterlinck colla sua teoria del silenzio più musicale d'ogni suono, quanto non si è celebrata la magia dell'ineffabile!" (M. Praz, *La carne* cit., p. 17).

[12] *Dormono... Pisani*: vedi *Meriggio*, v. 52: "Dormono i Monti Pisani".

grevi,[13] di cerulo piombo,[14]
su la pianura
che dorme.   30
Altra stirpe di monti.
Non han numi,[15] non genii,[16]
non aruspici [17] in lor caverne,
non impeti d'ardore
verso i tramonti,   35
non insania, non dolore; [18]
ma dormono su la pianura
che dorme.
Oh Alpe di Luni,
davanti alla faccia del Mare   40
la più bella,[19]
rupe che s'infutura,[20]
oh Segno che l'anima cerne,[21]

---

[13] *grevi*: pesanti, per effetto delle loro forme tozze e tondeggianti.

[14] *di... piombo*: plumbei, per il colore grigiastro delle loro rocce o forse perché sono avvolti da nubi grigiastre.

[15] *Non han numi*: già nel 1901, nel "Commiato" della *Francesca da Rimini*, D'Annunzio celebrando il paesaggio delle Apuane aveva esaltato la presenza in quei monti di divinità e di aruspici: "Impeto fanno al ciel [vedi vv. 34 s.] con le superne / cime l'Alpi, onde spia le stelle Aronta [vedi vv. 33 e nota 17], / nude e solcate di ferite eterne: / piene di deità se il dì tramonta..." (*Tragedie*, I, p. 708).

[16] *genii*: divinità tutelari.

[17] *aruspici*: sacerdoti e indovini etruschi, alcuni dei quali appunto, come l'Aronta di Lucano, *Pharsalia*, I, vv. 580 ss. ("Aruns incoluit deserta moenia Lunae...") e di Dante, *Inferno*, XX, vv. 46 ss. ("Aronta /.../ ne' monti di Luni /.../ ebbe tra bianchi marmi la spelonca / per sua dimora..."), vivevano negli anfratti dei monti di Luni.

[18] *non impeti... non dolore*: i Monti Pisani, con le loro forme tozze e le loro cime tondeggianti non suggeriscono né l'idea di slanci appassionati verso il cielo arrossato del tramonto né quella di folli aspirazioni ("insania") o di disperati abbandoni ("dolore") come fanno invece le Alpi Apuane con le loro vette, le loro guglie e i loro dirupi: cfr. *Per la dedicazione* cit., in *op. cit*., p. 324: "...quelle Alpi aguzze e nude – scriveva nel 1900 D'Annunzio –, patria delle aquile nere [vedi vv. 16 ss.] /.../, impetuose nella lor solidità /.../; che sollevan contro il cielo le loro masse travagliate da una muta aspirazione a trasfigurarsi in forme di superiore armonia".

[19] *la più bella*: cfr. *Per la dedicazione* cit., in *op. cit*., p: 323: "...quell'austera e fiera Lunigiana che ha forse le più belle montagne della Terra".

[20] *che s'infutura*: che è destinata a durare nei secoli a venire, con la sua mole e con le statue che saranno costruite con i suoi marmi. Per il sintagma "che s'infutura", cfr. Dante, *Paradiso*, XVII, v. 98: "poscia che s'infutura la tua vita".

[21] *Segno... cerne*: simbolo che l'anima distingue, comprende. Cfr. *Per la dedicazione* cit., in *op. cit*., p. 324: "Michelangelo penetrò il segreto di quel loro salire furente, comprese la parola del loro appassionato silenzio, sentì

grande anelito terrestro
verso il Maestro   45
che crea,²²
materia prometèa,²³
altitudine insonne,²⁴
alata,²⁵
Inno senza favella,²⁶   50
carne delle statue chiare,
gloria dei templi immuni,²⁷
forza delle colonne
alzata,
sostanza delle forme   55
eterne!

nelle loro viscere imprigionata la stessa forza creatrice che in lui si tendeva
così dolorosamente verso le forme divine e titaniche. Dante certo contemplandole nella tristezza dell'esilio ebbe dallo spettacolo del lor perpetuo ardimento il conforto alla lotta ch'egli intraprendeva contro la fortuna ostile".
"Cerne" è latinismo già dantesco: cfr. *Paradiso*, XXI, v. 76: "...questo è quel ch'a cerner mi par forte"; XXVI, vv. 35 s.: "...ciascun che cerne / il vero...".
²² *il Maestro / che crea*: Dio, creatore di tutte le cose. Cfr. Dante, *Paradiso*, X, vv. 10 s.: "e lì comincia a vagheggiar nell'arte / di quel maestro che dentro a sé l'ama".
²³ *materia prometèa*: materia – il marmo delle Apuane – degna di un nuovo Prometeo, di un artista che la plasmi e le dia vita nell'arte come il mitico eroe plasmò l'argilla in forma d'uomo e poi l'animò con una scintilla rubata al cielo. Cfr. poi anche *Maia*, *Laus vitae*, vv. 8092 ss.: "Prometèa materia è quest'alpe, / insonne altitudine alata, / carne delle statue chiare, / forza delle colonne, gloria / dei templi, / inno senza favella, / scelta rupe che s'infutura".
²⁴ *insonne*: sempre vigile sentinella del cielo e perenne suscitatrice di aneliti e di sogni.
²⁵ *alata*: aerea, librata nell'aria.
²⁶ *Inno senza favella*: "un muto canto di masse ascendenti, di vette solinghe, di guglie protese al cielo; un poema di rupi e di forze primeve, non di parole" (E. Palmieri).
²⁷ *immuni*: in quanto, proprio grazie a quei marmi, hanno sfidato i secoli.

Il Gombo

La lirica fu composta a "Romena" il "13 agosto 1902. – ore 4 pom. –", come si legge in calce all'autografo manoscritto (Biblioteca Nazionale "Vittorio Emanuele" di Roma, "Dannunziana" ARC. I/A, 17).

Anche in questa lirica, come nella precedente, il paesaggio naturale – questa volta il Gombo, il tratto di litorale toscano antistante la pineta di San Rossore, tra la foce dell'Arno e quella del Serchio – offre occasione al poeta per una meditazione mistico-simbolista. Sembra dunque al poeta che nelle pure linee del paesaggio del Gombo si sia come materializzato l'immenso dolore che è nel mondo. Tutto, dalla spiaggia deserta, ai monti lontani, alla pineta che chiude il litorale, è pervaso di tristezza e di dolore e contribuisce a dare l'impressione di una luminosa e sublime ma funebre plaga elisia. Tale, anzi, è la suggestione del luogo che il Mare, il Lito e l'Alpe paiono veri e propri aspetti sensibili dell'ignoto cui l'anima umana aspira. In essi e per mezzo di essi, la forza misteriosa che regge il cosmo ha inteso rappresentare la Vita, la Morte e l'Arte. E poiché l'enigmatica bellezza di quello spettacolo della natura non può essere compresa dalla Vita, ecco che il mistero è svelato dalla Morte e dall'Arte, la quale, come la Morte, sottrae la realtà sensibile al contingente e la solleva nell'eterno. La Morte e l'Arte, dunque, vivono nel ristretto cerchio del Gombo. Là, in quello stesso luogo, pare al poeta che, fatto terreno e marino, cioè rappresosi nelle rocce, nella sabbia e nella immensa solitudine del paesaggio, sia presente anche il dolore di Niobe. Sente infatti le grida disperate della donna e vede cadere sotto i colpi dei dardi di Febo e di Artemide i suoi figli. Ora Niobe, l'orgogliosa e sacrilega figlia di Tantalo che osò sfidare una dea, è là, impietrita nel suo dolore. E per il poeta nessun altro luogo della terra è "alto e puro e funebre" come il Gombo e in nessun altro luogo la materialità dell'uomo viene a così aspro conflitto con l'ansia di liberazione.

Lo spunto primo della lirica risale a un'impressione di paesaggio registrata nel *Taccuino* VI. In esso (I, p. 81) sotto la data "Pisa-San Rossore. 15 genn. '96", si legge: "La pineta del Gombo. Tutta la spiaggia arenosa è sparsa di alghe morte, dalle radici contorte e nodose. Il mare grigio romoreggia. Una solitudine immensa, quasi terrificante. – Da lungi le montagne di Carrara, con la cima suprema di Monte Pellegrino, coperta di neve. Un sole declinante indora la macchia dei pini e l'arena umida. Tutto il gran cielo è puro, lontanissimo. E il cadavere di Percy Shelley approda, d'improvviso, sotto i miei occhi stupefatti. – La mia ombra si disegna lunghissima su la sabbia *'into something rich and strange'* ". Poi, questa impressione paesaggistica, in cui è già implicita un'interpretazione "funebre" della "solitudine immensa, quasi terrificante" del luogo e in cui è già presente l'accenno allo Shelley che proprio nel mare del Gombo fece naufragio e proprio su quella spiaggia venne rigettato cadavere, fu rinfrescata da una nuova impressione colta pur essa dal vero, ma in altra stagione. Infatti, l'8 luglio 1902, poco più di un mese prima della stesura del componimento, D'Annunzio ritornò al Gombo e affidò le sue sensazioni al *Taccuino* n. 10. In esso (II, p. 113), sotto tale data, si legge: "Anniversario della morte di Bisshe [*sic*] Shelley (8 luglio 1822). Rivedo il Gombo. La stessa bellezza sublime, ottenuta con tre parole: il mare, la montagna, la riva nuda. Non so se quivi approdò veramente il cadavere di Shelley, ma certo questa riva è degna che vi approdi il *capo di* ORFEO *su la sua lira*". Quest'ultima visione, con il recupero della suggestione del ricordo di Shelley e con l'acquisizione dell'idea della "bellezza sublime" del mare, della montagna e della "riva nuda" fu decisiva. Dietro la spinta di essa e sulla base degli appunti contenuti nei due *Taccuini*, D'Annunzio, prima di celebrare l'anniversario della morte di Shelley, si accinse a cantare il Gombo e il suo paesaggio. Però, nella lirica, dopo le ampie note d'avvio (vv. 1-8), l'aspetto del luogo, il senso di solitudine che gli è proprio, l'alto silenzio che vi domina e il ricordo del tragico destino di Shelley che lo pervade non si limitano a suggerire, come succede nei *Taccuini*, immagini di pallida ed elisia bellezza o meditazioni di pacata malinconia. Così il componimento va oltre gli spunti dei *Taccuini* e sviluppa le impressioni originarie in chiave simbolista. L'interpretazione delle linee del paesaggio si spinge infatti fino alla vera e propria criptografia. Si vedano, in particolare, i vv. 17-40, dove, sfruttando e svolgendo un concetto implicito nell'appunto dell'8 luglio 1902 ("Rivedo il Gombo. La stessa bellezza sublime, ottenuta con tre parole: il mare, la montagna, la riva nuda"), il "Mare", il "Lito" e l'"Alpe" sono visti come la rappresentazione sensibile di tre diversi aspetti del "Mistero del Mondo" (Vita, Morte e Arte), che sono poi addirittura descritti in dialettico rapporto l'uno con l'altro. Dalla stessa esigenza pseudosimbolista e al di fuori degli stimoli offerti dai *Taccuini*, prende poi le mosse nei versi successivi anche la puntuale sceneggiatura del mito di Niobe che si distende ad occupare quasi tutta la seconda parte del componimento (vv. 41-80). L'intuizione che aveva indotto il poeta a citare, al v. 4, Niobe come semplice termine di paragone aveva bensì un suo preciso significato. Ora, invece, il recupero e lo sviluppo del motivo sembrano dettati più che altro dal desiderio di portare avanti in qualche modo il discorso. E l'accenno finale (vv. 85-88) al potere esaltante e insieme terrificante che il paesaggio del Gombo ha sull'animo umano è soltanto una stanca ripresa di quanto era già stato detto ai vv. 20-24 e chiude il componimento con un ulteriore aggravio di simboli.

La lirica ha un andamento piuttosto sostenuto, come si compete a quello che vuole essere un componimento contemplativo-meditativo. A creare un simile effetto, che rimane per altro piuttosto esteriore, contribuiscono le frequenti trasposizioni di parole, gli asindeti, le riprese di sintagmi e anche di interi versi e la stessa assenza di rime. Curiosamente la rima comune all'ultimo verso di ciascuna strofa è in -*ale*, la medesima che collega le strofe del leopardiano *Canto notturno di un pastore errante dell'Asia*.

I vv. 25-31 della lirica saranno citati da D'Annunzio nel messaggio *A Mario di Pisa* che è datato "Dalle Lande, nel maggio 1912" e che sarà premesso alla *Contemplazione della Morte*. Presentando tali versi D'Annunzio allude "alla funebre spiaggia tra il Serchio e l'Arno" e parla della "contemplazione già iniziata nella solitudine di quel Gombo ove" – dice – "vidi in una sera di luglio approdare il corpo naufrago del Poeta che s'elesse Antigone e vegliai la salma colcata a fianco della vergine regia, tra l'uno e l'altro sorgendo il fiore 'inespugnabile' nomato pancrazio" (cfr. *Prose di ricerca*, III, p. 204). È però molto probabile che questa allusione e queste parole si riferiscano soltanto a *Anniversario orfico* e che la citazione dei versi de *Il Gombo* sia più in funzione del discorso contenuto nel messaggio che non in relazione con quanto è detto della solitudine del Gombo.

Metro: undici strofe di otto versi. I versi dispari di ogni strofa sono settenari, quelli pari enneasillabi e talora (vv. 2, 26, 40 etc.) decasillabi. Tra i vari versi delle strofe non esistono rime, ma l'ultimo verso di ogni strofa ha rima comune in *-ale*.

L'immensità del duolo,
del lutto immedicabile senza
fine, terrestre fatta [1]
qual Niobe [2] nell'umida rupe,[3]
quivi [4] abitare sembra   5
nel lito deserto, nell'alpe
ardua, nella selva
che piange il suo pianto aromale.[5]

---

[1] *terrestre fatta*: "rappresa nel suolo, con aspetto e consistenza terrestre" (E. Palmieri).
[2] *Niobe*: figlia di Tantalo (v. 73: "Tantalide...") e moglie di Anfione. Fiera dei suoi figli – sette ragazzi e sette ragazze –, schernì Latona che ne aveva soltanto due, Febo e Artemide. Per punire la sua arroganza, Febo e Artemide le uccisero, in un giorno, tutti i figli. Consumata dal dolore, l'infelice madre fu tramutata in roccia. Cfr. Ovidio, *Metam.*, VI, v. 146 s.
[3] *nell'umida rupe*: nella roccia umida di lacrime. Cfr. Ovidio, *Metam.*, VI, v. 312: "lacrimas etiam nunc marmora manant".
[4] *quivi*: nel paesaggio del Gombo, nella sua spiaggia ("nel lito deserto"), nelle Alpi Apuane che lo dominano da lontano con le loro inaccessibili cime ("nell'alpe / ardua") e nella pineta che si espande lungo tutto il litorale. "Arduo" è aggettivo della tradizione letteraria, frequente nel Carducci e nel Pascoli.
[5] *il... aromale*: le sue lacrime profumate: la resina che stilla dagli alberi della pineta. "Aromale" è aggettivo coniato da D'Annunzio: cfr. già *La Chimera*,

Tutto è quivi alto e puro
e funebre come le plaghe [6]
ove duran [7] nel Tempo
i grandi castighi che inflisse
il rigor degli iddii
agli uomini obliosi del sacro
limite imposto all'ansia
del lor desiderio immortale.[8]

Tre disse quivi immense
parole il Mistero del Mondo,[9]
pel [10] Mare pel Lito per l'Alpe,
visibile enigma divino [11]
che inebria di spavento
e d'estasi l'anima umana
cui [12] travagliano il peso
del corpo [13] e lo sforzo dell'ale.[14]

Donna Francesca, VI, vv. 17 s.: "...spiran le rose l'aromale / anima ne' roseti".
[6] *le plaghe*: le regioni dell'Ade.
[7] *duran*: continuano a sussistere: cfr. Dante, *Inferno*, III, v. 9: "...e io [= la porta dell'Inferno] etterna duro".
[8] *agli uomini... immortale*: agli eroi che, spinti da un'insopprimibile sete di conoscenza e di esperienze, hanno osato oltrepassare i limiti a loro imposti dalla divinità.
[9] *Tre... Mondo*: nel paesaggio del Gombo ("quivi": vedi vv. 5 e 9 e nota 4) nel suo mare, nella sua spiaggia e nei suoi monti, pare al poeta che la misteriosa forza che domina e regge il mondo ("il Mistero del Mondo") abbia inteso esprimere ("disse") tre idee di grande significato ("immense / parole"), che rivelano l'essenza profonda del paesaggio stesso. Così il "Mare", forse perché è in continuo movimento o forse perché contiene e nutre innumerevoli creature, è simbolo della Vita; il "Lito" che è funebre come le plaghe dell'Ade e sul quale è approdato il corpo di Shelley, simboleggia la Morte; infine l'"Alpe", nelle cui viscere è contenuta la bellezza delle opere d'arte future, è simbolo dell'Arte. Una anticipazione di questo macchinoso simbolismo è nell'appunto del *Taccuino* n. 10 citato nella nota introduttiva (vedi p. 328).
[10] *pel*: per mezzo del.
[11] *visibile... divino*: apposizione di Mare. Lito e Alpe, i quali sono, quindi con la loro bellezza, la manifestazione visibile di un enigma che rimane incomprensibile.
[12] *cui*: che, complemento oggetto.
[13] *il peso / del corpo*: che la trascina verso la terra.
[14] *lo sforzo dell'ale*: che vuole sollevarlo verso il cielo

Poi che non val la possa [15]
della Vita a comprendere tanta
bellezza, ecco la Morte
che braccia più vaste possiede [16]
e silenzii più intenti [17]
e rapidità più sicura; [18]
ecco la Morte, e l'Arte
che è la sua sorella eternale: [19]

quella che anco rapisce
la Vita e la toglie per sempre
all'inganno del Tempo
e nuda l'inalza tra l'Ombra
e la Luce, [20] e le dona
col ritmo [21] il novello respiro: [22]
ecco la Morte e l'Arte
apparsemi nel cerchio fatale. [23]

O Niobe, l'antico
tuo grido odo alzarsi repente
al conspetto del Mare,
e il tuo disperato dolore
chiamar le figlie e i figli
per l'inesorabile [24] chiostra, [25]

---

[15] *la possa*: la potenza, la forza. Vedi *Ditirambo III*, v. 39 e nota 40.
[16] *che... possiede*: in quanto abbraccia tutte le cose, abbraccia anche la Vita e, in più, ghermisce la Vita stessa.
[17] *silenzii... intenti*: silenzi più intensi in quanto il silenzio della Morte è totale. Per il sintagma, cfr. già *La Chimera, Eliana*, vv. 7 s.: "...una fontana / singhiozza in ritmo ne 'l silenzio intento".
[18] *rapidità... sicura*: in quanto la Morte nel suo rapido agire, non sbaglia mai i suoi bersagli.
[19] *sua sorella eternale*: sua sorella nell'eternità, in quanto è eterna come lei. "Eternale" per "eterno" è già in Dante, *Inferno*, XIV, v. 37: "...l'eternale ardore".
[20] *l'Ombra... Luce*: "i due aspetti o poli dell'eterno: la morte e l'immortalità" (E. Palmieri).
[21] *col ritmo*: con la suprema armonia della forma artistica.
[22] *il novello respiro*: la nuova vita, l'eternità.
[23] *nel cerchio fatale*: nel tratto di costa del Gombo che è limitato dal mare, dal lito e dall'Alpe e che è detto fatale perché è stato scelto dal fato per essere un "visibile enigma divino".
[24] *inesorabile*: in quanto non permette scampo.
[25] *chiostra*: lo stesso che "cerchio" del v. 40. Vedi già *L'asfodelo*, v. 48: "...nell'eterna chiostra".

e stridere odo l'arco [26]
forte [27] e sibilare lo strale.

« Tera, Ftia, Cleodossa,
Astìoche, Pelòpia, Fedìmo! » [28]   50
Tu chiami; e i dolci nomi,
i nomi che furono il miele
della tua bocca, o Madre,
si frangon nell'ululo crudo
come pel mìssile oro [29]   55
l'incolpevole fior filiale.[30]

Procombono [31] sul petto
sul fianco, procombono i corpi
floridi, i giovinetti
venusti,[32] le vergini leni; [33]   60
copron la sabbia amara,[34]
mescono le chiome alle spume
non il sangue: incruenta
è la piaga dell'oro letale. [35]

Procombono, stanno   65
ai tuoi piedi, o Madre demente!
Poi tutto è marmo,[36] immota
bellezza, effigiato silenzio. [37]

---

[26] *l'arco*: l'arco di Febo e di Artemide.
[27] *forte*: avverbio da riferire a "stridere".
[28] *Tera... Fedìmo*: nomi di alcuni figli di Niobe. I nomi dei quattordici (o, secondo altre versioni, dodici) figli di Niobe variano a seconda delle fonti. Dei sei nomi citati dal poeta, quattro (Tera, Cleodossa, Pelòpia e Fedìmo) sono registrati nell'*Onomasticon* del Forcellini sotto la voce *Niobe*, come nomi di figli di Niobe; due, Ftia e Astìoche, invece, sono rispettivamente il nome di una città e il nome di un fiume e non paiono avere niente a che fare con il mito in questione.
[29] *mìssile oro*: l'oro destinato al lancio (lat. *missilis*) cioè lo strale d'oro.
[30] *fior filiale*: i figli nel fiore degli anni.
[31] *Procombono*: cadono pesantemente in avanti. Latinismo già leopardiano: cfr. *Canti*, *All'Italia*, v. 38: "...procomberò sol io".
[32] *venusti*: belli (lat. *venustus*).
[33] *leni*: miti, delicate. Cfr. "le Cariti leni" di *Maia*, *Laus vitae*, v. 886.
[34] *amara*: salmastra.
[35] *oro letale*: lo strale d'oro portatore di morte.
[36] *Poi... marmo*: per effetto delle metamorfosi di Niobe.
[37] *effigiato silenzio*: il silenzio stesso, in cui, all'atto della metamorfosi, si è spento l'urlo di dolore di Niobe, scolpito nel marmo.

L'immensità del duolo
è fatta terrestre e marina.   70
Il Mare il Lito l'Alpe
sono il tuo simulacro ferale.³⁸

O Tantalide audace,³⁹
io veggo il tuo bellissimo vólto
impietrato⁴⁰ e il tuo pianto   75
nella solitudine esangue,⁴¹
e il sacrilego orgoglio
che feceti chiedere altari
per la generatrice
virtù del tuo grembo mortale.⁴²   80

Tutto è quivi alto e puro
e funebre e ai cieli superbo,⁴³
memore dell'umane
grandezze e dei castighi divini.
Ed in nessuna plaga   85
con più guerra, ahi, l'anima audace
travagliarono il peso
del corpo e lo sforzo dell'ale.

---

³⁸ *ferale*: funebre (lat. *feralis*).
³⁹ *Tantalide audace*: Niobe, figlia di Tantalo, "audace" in quanto osò sfidare Latona.
⁴⁰ *impietrato*: pietrificato, trasformato nella pietra di cui sono fatti i monti dell'Alpe. Cfr. Dante, *Purgatorio*, XXXIII, v. 74: "fatto di pietra, ed impetrato, tinto".
⁴¹ *nella solitudine esangue*: nel paesaggio deserto e spoglio del Gombo.
⁴² *il sacrilego... mortale*: Niobe, orgogliosa della sua prolificità, osò impedire alle Tebane di recare offerte votive a Latona e ai suoi due figli, rivendicando a sé, con atto sacrilego, quegli onori: cfr. Ovidio, *Metam.*, VI, vv. 170 ss.: " 'Quis furor auditos' inquit 'praeponere visis / caelestes? Aut cur colitur Latona per aras, / numen adhuc sine ture meum est?...' ".
⁴³ *ai cieli superbo*: di orgogliosa sfida nei confronti del cielo.

Anniversario orfico

P.B.S.

VIII LUGLIO MDCCCXXII

Fu composta a "Romena" il giorno di "ferragosto 902", come si legge in calce al manoscritto autografo (Collezione Bellora). Prima di essere pubblicata in volume, apparve sul « Leonardo » di Firenze del 14 gennaio 1903 (a. I, n. 2) con il titolo "Dai canti della Marina di Pisa. Anniversario orfico. P.B.S. VIII luglio MDCCCXXII" e fu poi ristampata, con lo stesso titolo nel numero unico per le commemorazioni shelleiane "Shelley", XIII settembre MCMIII, p. 1. In una lettera di accompagnamento all'ode, datata 7 settembre 1903 e pubblicata nel medesimo numero unico, D'Annunzio afferma, con voluto stravolgimento delle realtà, che l'"Ode" è stata composta "su le sabbie del Motrone".

Il poeta e la sua compagna hanno udito, in sogno, risuonare sul Gombo deserto la buccina tritonia e sono rimasti colpiti come da un presagio. Certo quel suono annuncia un grande evento. Il mare ne freme tutto. Ma quello che sta per risalire dagli abissi marini non è il capo mozzo di Orfeo, come il poeta crede. Si tratta bensì, come afferma la sua veggente compagna, del cadavere di Shelley, della cui morte ricorre l'anniversario. Non sa il poeta come celebrare degnamente il drammatico avvenimento, preso come è da mistico terrore. I boschi tutt'intorno, però, hanno già approntato un rogo che si accende e brucia di tutti i fuochi del tramonto. Al poeta non resta che placare la propria inquietudine e, come lo esorta a fare la sua compagna, evocare accanto al naufrago che è venuto a loro per cercare pace, la casta Antigone, l'unica che egli ha veramente amato.

La lirica prende spunto dalle medesime annotazioni dei *Taccuini* che hanno offerto materia a *Il Gombo*, il componimento che fu steso solo tre giorni prima di essa e che la precede nell'economia del Libro. In particolare, nel *Taccuino VI*, sotto la data "Pisa-San Rossore. 15 genn. '96", dopo la descrizione della pineta e della spiaggia del Gombo, è già presente l'allucinata visione che sta alla base della lirica: "l'approdo spaventoso" del cadavere di Shelley. Vi si legge, infatti (I, p. 81): "...Tutto il gran cielo è puro, lontanissimo. E il cadavere di Percy Shelley approda, d'improvviso, sotto i miei occhi stupefatti. – La mia ombra si disegna lunghissima su la sabbia '*into something rich and strange*' ". Nel *Taccuino* n. 10, invece, il ricordo di Shelley, rinnovato dalla nuova visita al Gombo compiuta proprio nel giorno anniversario della morte del poeta inglese, avvia già il tema della celebrazione dell'anniversario e imposta il motivo del collegamento tra il cadavere di Shelley e il capo mozzo di Orfeo su la sua lira. Scrive infatti D'Annunzio sotto la data 8 luglio [1902], cioè poco più di un mese prima della stesura della lirica (II, p. 113): "Anniversario della morte di Bisshe Shelley (8 luglio 1822). Rivedo il Gombo. La stessa bellezza sublime /.../ Non so se quivi approdò veramente il cadavere di Shelley, ma certo questa riva è degna che vi approdi il *capo di* ORFEO *su la sua lira*". Gli appunti dei *Taccuini*, insomma, sono determinanti agli effetti della genesi dell'ode. Comunque alle spalle delle osservazioni dei *Taccuini* sta, pur esso fondamentale per capire il componimento, un ben stratificato interesse di D'Annunzio per la vita e l'opera del poeta inglese.

Cultore di Shelley fin dai primi anni del soggiorno romano, grazie agli stimoli dell'amico Adolfo de Bosis, D'Annunzio ha, di fatto, sempre avuto un largo commercio intellettuale con i suoi versi. Si vedano, per esempio, le traduzioni delle liriche *A Summer Evening Churchyard*, *To William Shelley*, *Death* e *To Night* che propone in un articolo a firma "Il duca Minimo" pubblicato su « La Tribuna » di Roma del 3 agosto 1887 sotto il titolo *Nel cimitero inglese*. Si vedano, l'anno successivo, le pagine del *Piacere* (in *Prose di romanzi*, I, pp. 355 ss.) in cui, descrivendo la visita di Andrea Sperelli e di Maria Ferres al

Cimitero inglese, riprende quasi letteralmente interi brani dell'articolo e in cui ripropone anche le traduzioni di *Death* e *To Night*. Si vedano i versi dell'*Epipsychidion* posti a epigrafe di *Viviana*, la futura *Due Beatrici*, II de *La Chimera*, in occasione della sua apparizione sul «Fanfulla della Domenica» del 25 luglio 1886, nonché i versi di *The Cloud* parafrasati nell'elegia *Elevazione*. Si veda la *Commemorazione di Percy Bysshe Shelley*, apparsa dapprima sul «Mattino» di Napoli del 4-5 agosto 1892, passata poi nelle *Prose scelte* e ora reperibile tra le prose de *L'Allegoria dell'autunno* in *Prose di ricerca*, III, pp. 365 ss., alcuni passi della quale saranno ripresi nell'ode. E si veda, infine, la descrizione della morte di Shelley e del suo rogo funebre quali sono immaginati da Giorgio Aurispa nel *Trionfo della morte*: "Un calore lirico" vi si legge (*Prose di romanzi*, I, p. 975), "dilatava il suo pensiero. La fine di Percy Shelley, già più volte invidiata e sognata sotto l'ombra e il fremito della vela, gli riapparve in un immenso baleno di poesia. Quel destino aveva una grandiosità e una tristezza sovrumana. 'La sua morte è misteriosa e solenne come quella degli antichissimi eroi ellenici che d'improvviso una virtù invisibile sollevava dalla terra assumendoli trasfigurati nella sfera gioviale. Come nel canto di Ariele, nulla di lui è vanito, ma il mare l'ha trasfigurato in qualche cosa di ricco e di strano. Il suo corpo giovenile arde sopra un rogo, a piè dell'Appennino, al cospetto del Tirreno solitario, sotto l'arco ceruleo del cielo. Arde con gli aromi, con l'incenso, con l'olio, col vino, col sale. Le fiamme si levano fragorose in un'aria senza mutamento, vibrano canore verso il sole testimonio che fa scintillare i marmi dei culmini montani. Una rondine marina cinge dei suoi voli il rogo, finché il corpo non è consunto. E, poi che il corpo incenerito si disgrega, appare nudo e intatto il cuore: – COR CORDIUM' – Anch'egli, come il poeta dell'*Epipsychidion*, in un'esistenza anteriore non aveva forse amato Antigone?".

Una così lunga fedeltà, ha, come è noto, inciso non poco sullo sviluppo della sensibilità e delle tecniche di D'Annunzio e ha non poco contribuito, nel bene e nel male, al costituirsi del suo simbolismo. *Anniversario orfico* sembra anzi farsi carico proprio dell'interpretazione simbolico-visionaria della poesia shelleiana che D'Annunzio aveva sviluppato in buona parte dei suoi interventi sul poeta inglese e soprattutto nella *Commemorazione* del 1892. Infatti, gli spunti, di per sé visionari, offerti dai *Taccuini*, sono sfruttati, nel corso dell'ode, in una maniera che prende a modello proprio la poetica della "visione" e dell'"apparenza" occulta tipica di Shelley. La stessa scelta della finzione onirica ("Udimmo in sogno...") per dare l'avvio alla rievocazione e alla sceneggiatura del ritorno a riva del cadavere del poeta, novello Orfeo, nel giorno anniversario della sua morte, è indicativa della direzione in cui tutto il componimento si muove e delle ragioni delle sue scelte espressive. Di conseguenza, i modi e le soluzioni sono quelli del simbolismo, non senza implicazioni parnassiane Il linguaggio è eletto e spesso prezioso. Gli espliciti rimandi alle opere di Shelley e un paio di riprese puntuali dai suoi versi denunciano il carattere libresco della rievocazione. Qualche suggestione a celebrare Shelley e almeno un sintagma (vedi v. 35 e nota 31) devono essere venuti a D'Annunzio anche dal Carducci della barbara *Presso l'urna di Percy Bysshe Shelley*. Per quanto siano anche nell'ode carducciana, non sono riconducibili all'esempio del Carducci né la figura dell'interlocutrice né l'adozione del metro barbaro. L'interlocutrice, qui significativamente presentata come "veggente", è infatti una presenza costante nelle liriche di *Alcyone* e spesso, come qui, ha la funzione di fare da spalla al poeta. L'adozione del metro barbaro, invece, si spiega agevolmente tenendo conto dell'argomento prescelto. La saffica, comunque, è arricchita dalle rime e mossa da frequenti *enjambements*: due espedienti che ne vanificano il carattere di metro chiuso.

Metro: ventidue strofe saffiche minori a rima alternata (ABAB).

Udimmo in sogno sul deserto Gombo [1]
sonar la vasta bùccina tritonia [2]

---

[1] *sul deserto Gombo*: vedi *Il Gombo*: v. 6: "nel lito deserto".
[2] *bùccina tritonia*: la conchiglia tortile che i mitici Tritoni, esseri dalla duplice natura, umana e pisciforme, usavano a mo' di tromba. Per il sintagma, cfr. il passo di P. F. Giambullari: "I Tritoni con le buccine" citato nel Tommaseo-Bellini alla voce "buccina".

e da Luni³ diffondersi il rimbombo
a Populonia.⁴

Dalle schiume canute⁵ ai gorghi intorti⁶ 5
fremere udimmo tutto il Mare nostro⁷
come quando lo vèrberan le forti
ale dell'Ostro.⁸

E trasalendo « Odi, sorella »⁹ io dissi
« odi l'annuncio dell'enfiata conca?¹⁰ 10
Forse per noi risale dagli abissi
la testa tronca,¹¹

la testa esangue del treicio¹² Orfeo
che, rapita al freddo Ebro¹³ alla furia
bassàrica,¹⁴ sen venne dall'Egeo¹⁵ 15
al mar d'Etruria. »¹⁶

---

³ *Luni*: vedi *Le madri*, v. 68 e nota relativa.
⁴ *Populonia*: l'antica città etrusca che sorgeva nei pressi di Piombino, una cui frazione porta ancora quel nome.
⁵ *canute*: biancheggianti. Aggettivo e sostantivo assuonano, qui e nel sintagma seguente.
⁶ *intorti*: che si avvolgono in spire per effetto della violenza del vento.
⁷ *il Mare nostro*: il Mediterraneo, il *Mare nostrum* dei Latini.
⁸ *Ostro*: Austro, vento che soffia da mezzodì: è personificato in una divinità alata che percuote con i colpi delle sue ali la superficie del mare.
⁹ *sorella*: casto appellativo della fedele compagna, come in *L'ulivo*, v. 13: "O sorella...".
¹⁰ *enfiata conca*: la conchiglia entro cui soffia il tritone: "la vasta bùccina tritonia" del v. 2. Cfr. Virgilio, *Aen.*, VI, vv. 171 ss.: "sed tum, forte dum cava personat aequora concha, /.../ aemulus exceptum Triton, /.../ inter saxa virum spumosa immerserat unda". Cfr. poi anche *Maia*, *Laus vitae*, vv. 849 ss.: "placavasi il rombo, / come nelle ritorte / bùccine quando il dio cessa / d'enfiarle col labbro salino".
¹¹ *tronca*: mozza, troncata dal corpo. Cfr. Dante, *Inferno*, XXVIII, v. 121: "e 'l capo tronco tenea per le chiome".
¹² *treicio*: tracio, in quanto figlio di Eagro, re della Tracia. Cfr. Virgilio, *Ecl.*, IV, v. 55: "...Thracius Orpheus" e, per la forma "treicio", Orazio, *Carm.*, I, 24, v. 13: "...Threicio blandius Orpheo".
¹³ *Ebro*: il fiume (l'attuale Maritza) della Tracia in cui, secondo il mito, le Baccanti, dopo aver fatto a pezzi Orfeo, gettarono il suo capo mozzo.
¹⁴ *bassàrica*: delle Bassaridi, come erano chiamate le Baccanti a causa delle pelli di volpi (βασσαραι) che indossavano durante le orge.
¹⁵ *Egeo*: il mare in cui sfocia l'Ebro.
¹⁶ *mar d'Etruria*: il Tirreno, il mare che bagna le coste della Toscana, l'antica Etruria. Per il medesimo anacronismo volto a arcaicizzare preziosamente il luogo, vedi *Meriggio*, v. 2: "sul Mare etrusco".

Quasi fucina il vespro ardea di cupi
fuochi; [17] gridavan l'aquile nell'alto
cielo, brillando il crine delle rupi [18]
qual roggio smalto.[19]   20

Come profusi fuor dell'urne [20] infrante
parean ruggir nell'affocato cerchio [21]
i fiumi, l'Arno del selvaggio [22] Dante,
la Magra, il Serchio.

Ed ella disse: « Non l'Orfeo treicio,   25
non su la lira [23] la divina [24] testa,
ma colui che si diede in sacrificio
alla Tempesta.[25]

Oggi è il suo giorno.[26] Il nàufrago risale,

---

[17] *cupi / fuochi*: i bagliori rosseggianti del tramonto.
[18] *brillando... rupi*: mentre il crinale delle Alpi Apuane brillava (ablativo assoluto).
[19] *roggio smalto*: una superficie lucida smaltata di rosso. Il sintagma "roggio smalto" pare coniato sul "verde smalto" di Dante, *Inferno*, IV, v. 118. Però sul Tommaseo-Bellini alla voce "smalto", al paragrafo 7, si legge: "*Smalto roggio* o come ora si dice, Smalto rosso, il quale a differenza degli altri smalti di tal colore, è trasparente /.../ ed è tenuto dagli orefici il più bello di tutti". Dantismo evidente è per altro "roggio" (cfr. *Inferno*, XI, v. 73; XIX, v. 33; *Purgatorio*, III, v. 16) per il quale cfr. già *Le vergini delle rocce*, in *Prose di romanzi*, II, p. 440: "quella roggia terra" e, in generale, tutta la lirica carducciana e pascoliana.
[20] *urne*: nella statuaria mitica le "urne" rappresentavano le sorgenti dei fiumi, "quasi questi scaturissero da vasi riversi sorretti dal dio fluviale eponimo" (E. Palmieri).
[21] *affocato cerchio*: il cerchio delle rupi delle Apuane arrossate dal sole del tramonto. Vedi già il "cerchio fatale" di *Il Gombo*, v. 40. "Affocato" è dantismo già carducciano.
[22] *selvaggio*: per il suo carattere sdegnoso o per la sua indole solitaria.
[23] *su la lira*: secondo il mito (cfr. Ovidio, *Metam.*, XI, vv. 50 ss.) anche la lira di Orfeo, oltre alla sua testa, fu trasportata via dall'Ebro e sospinta dai flutti sino all'isola di Lesbo. Cfr. *Taccuino* n. 10 (II, p. 113): "Non so se quivi approdò veramente il cadavere di Shelley, ma certo questa riva è degna che vi approdi il *capo di* ORFEO *su la sua lira*".
[24] *divina*: in quanto Orfeo era figlio della musa Calliope.
[25] *colui... Tempesta*: P.B. Shelley. Il giorno in cui sarebbe morto, Shelley volle uscire in mare ad ogni costo, nonostante fosse stato avvertito che entro breve tempo sarebbe scoppiata una burrasca. D'Annunzio vede nell'atteggiamento del poeta inglese una sorta di offerta di sé come vittima alla Tempesta.
[26] *Oggi... giorno*: l'8 luglio, giorno anniversario della sua morte, avvenuta appunto l'8 luglio 1822.

che venne a noi dagli Angli fuggitivo,[27]   30
colui che amava Antigone immortale [28]
e il nostro ulivo. » [29]

Dissi: « O veggente,[30] che faremo noi
per celebrar l'approdo spaventoso?
Invocheremo il coro degli Eroi? [31]   35
Tremo, non oso.

Questo nàufrago ha forse gli occhi aperti
e negli occhi l'imagine d'un mondo
ineffabile. Ei vide negli incerti
gorghi profondo.[32]   40

---

[27] *che... fuggitivo*: che°venne a cercar rifugio in Italia, dopo aver abbandonato, nel 1818, l'Inghilterra. Per il sintagma "fuggitivo" cfr. U. Foscolo, *Dei sepolcri*, vv. 225 s.: "E me che i tempi /.../ fan per diversa gente ir fuggitivo".

[28] *colui... immortale*: "You" scriveva Shelley a John Gisborne, da Pisa, il 22 ottobre 1821 "are right about Antigone – how sublime picture of a woman! /.../ Some of us have in a prior existence been in love with an Antigone, and that makes us find no full content in any mortal tie" (da *The Complete Works of P. B. Shelley*, a cura di R. Iugpen e W. E. Peck, Julian Edition, London, Bonn, New-York. Scribner's, X, 1926, p. 334). Cfr. anche *Commemorazione di Percy Bysshe Shelley* già sul « Mattino » di Napoli del 4-5 agosto 1892, poi nelle *Prose scelte* e ora in *Prose di ricerca*, III, p. 372: "e quanti 'in una esistenza anteriore hanno amato Antigone' questi riconoscono in Percy Bysshe Shelley il Poeta dei Poeti"; *Trionfo della morte*, I, p. 975: "Anch'egli [Giorgio Aurispa], come il poeta dell'*Epipsychidion*, in una esistenza anteriore non aveva forse amato Antigone?".

[29] *il nostro ulivo*: la pianta che adorna i nostri colli, per dire che Shelley amò il paesaggio italiano. Ma cfr. P. B. Shelley, *Lines written among the Euganean Hills*, vv. 285 ss.: "Noon descends around me now: / 'Tis the noon of autumn's glow, /.../ the flower / glimmering at my feet; the line / of the olive-sandalled Apennine..." (M. Praz-F. Gerra).

[30] *veggente*: indovina, in quanto ha saputo interpretare il presagio annunciato dalla buccina tritonia.

[31] *Eroi*: i soli degni di celebrare il nuovo eroe. Il sintagma "il coro degli Eroi" riecheggia "gli eroici cori" di G. Carducci. *Odi Barbare. Presso l'urna di Percy Bysshe Shelley*, vv. 42 ss.: "...Shelley, spirito di titano / entro virginee forme: dal diro complesso di Teti / Sofocle a volo tolse re fra gli eroici cori". Cfr. anche le parole di Giorgio Aurispa in *Trionfo della morte*, in *Prose di romanzi*, I, p. 975: "La sua [di Shelley] morte è misteriosa e solenne come quella degli antichissimi eroi ellenici che d'improvviso una virtù invisibile sollevava dalla terra assumendoli trasfigurati nella sfera gioviale".

[32] *profondo*: profondamente, a fondo, cogliendo i profondi misteri dell'ignoto. Per l'uso avverbiale di "profondo" cfr. Dante. *Purgatorio*. XXXI, v. 111: "...miran più profondo"; *Paradiso*, XV, v. 39: "...io non lo 'ntesi, sì parlò profondo".

E tolto avea Promèteo dal rostro
del vùlture,³³ nel sen della Cagione
svegliato avea l'originario mostro
Demogorgóne! » ³⁴

Disse ella: « Gli versavan le melodi   45
i Vènti ³⁵ dai lor carri di cristallo,³⁶
il silenzio gli Spiriti custodi
bui del metallo,³⁷

il miel solare ³⁸ nella bocca schiusa
le musiche ³⁹ api che nudrito aveano   50
Sofocle,⁴⁰ il gelo gli occhi d'Aretusa
fiore d'Oceano. » ⁴¹

---

³³ *tolto... vùlture*: liberato Promèteo dall'avvoltoio ("vùlture") che, mentre era incatenato a una rupe del Caucaso, gli dilaniava il fegato. Allusione a un'opera di Shelley, il *Prometeo liberato* (*Prometheus Unbound*).
³⁴ *nel... Demogorgóne*: nel grembo della causa prima e originaria, latente al caos dell'universo, Shelley aveva risvegliato Demogorgóne, la divinità primordiale da cui si generano tutti gli dei e che nel *Prometeo liberato* (atto II e atto IV) cui qui ancora si allude, è rappresentato come una massa informe che è sprofondata in un abisso e emana raggi di tenebre.
³⁵ *Gli...Vènti*: i Venti [personificati] gli versavano le melodie, i canti. Per l'immagine e la movenza, cfr. già *L'Isottèo, Cantata di Calen d'Aprile*, vv. 114 ss.: "Seguono i Venti il sire, che versan da l'ale / un suon limpido eguale" e *Canto novo, Offerta votiva*, III, vv. 43 s.: "...rivi di melodia / [le cicale] versano ne la cava testudine...". Per "melode", latinismo prezioso nonché "dantismo già carducciano" (G. Contini), cfr. Dante, *Paradiso*, XIV, v. 122; XXIV, v. 114; XXVIII, v. 119; cfr. anche *Elettra, La notte di Caprera*, v. 366: "la lodoletta che facea sua melode" [gennaio 1901]. Vedi poi *L'onda*, v. 94: "oblia nella melode" [22 agosto 1902].
³⁶ *i Vènti... cristallo*: cfr. P. B. Shelley, *Ode to the West Wind*, vv. 5-7: "O thou, / who chariotest /.../ the wingèd seeds" (M. Praz-F. Gerra).
³⁷ *gli... metallo*: gli spiriti posti a guardia dei metalli sepolti nelle viscere della terra.
³⁸ *solare*: perché del calore del sole o perché il sole, facendo fiorire i fiori, contribuisce alla sua esistenza.
³⁹ *musiche*: melodiose, per il ronzio che producono. Vedi poi *Ditirambo IV*, v. 415: "...la melodia laboriosa [delle api]".
⁴⁰ *che... Sofocle*: secondo un'antica leggenda Sofocle sarebbe stato nutrito nella culla dalle api.
⁴¹ *il gelo... Oceano*: allusione alla lirica *Arethusa* di P. B. Shelley. Cfr. la *Commemorazione di P. B. Shelley* cit., in *Prose di ricerca*, III, p. 372, dove *Arethusa* è così riassunta da D'Annunzio: "*Aretusa* si leva dal suo letto nivale e conduce a pascere le sue fontane scintillanti; e corre inseguita da Alfeo per gli abissi glauchi dove le signorìe dell'Oceano seggono su troni di perle, in mezzo a selve di coralli".

Dissi: « Ei ghermì la nuvola [42] negli atrii
di Giove, [43] su l'acroceraunio giogo [44]
la folgore. Non odi i boschi [45] patrii   55
offrirgli il rogo? [46]

Mira funebre letto che s'appresta,
estrutto [47] rogo senza la bipenne! [48]
Vengono i rami e i tronchi alla congesta [49]
ara [50] solenne.   60

E caduto dal ciel l'arde il divino

---

[42] *la nuvola*: allusione alla lirica *The Cloud* che è così riassunta da D'Annunzio nella *Commemorazione di P. B. Shelley* cit., in *loc. cit.*: "La *Nuvola* canta il suo passaggio su la terra in fiore, su l'oceano urlante, e i suoi sonni in braccio all'uragano, e i suoi riposi nel nido aereo, e l'improvvisa insurrezione dalle caverne della pioggia, e tutti i suoi giuochi".

[43] *atrii / di Giove*: il cielo.

[44] *l'acroceraunio giogo*: le cime più elevate dei monti. Propriamente si chiamavano Acroceraunii i contrafforti di una catena montuosa dell'Epiro, "ita dicti" spiega il Forcellini nell'*Onomasticon* "quasi ignitas habentes a fulminibus summitates, quia crebro fulminis infestantur" (ἄκρος = *summitas* e Κεραυνός = *fulmen*). Quindi l'immagine-simbolo "Ei ghermì... su l'acroceraunio giogo / la folgore" potrebbe nascondere un'allusione dotta e un gioco etimologico. Per il sintagma "su l'acroceraunio giogo", cfr. comunque P. B. Shelley, *Arethusa*, v. 3: "in the Acroceraunian mountains". Cfr. anche Orazio, *Carm.*, I, 3, v. 20: "infames scopulos, Acroceraunia".

[45] *Non odi i boschi...*: il verbo *udire* implica che i boschi fanno la loro offerta con lo stormire delle fronde.

[46] *il rogo*: allusione al rogo su cui il 16 agosto 1822, un mese dopo che il corpo mutilato di Shelley fu ributtato dalle onde sul litorale della Versilia, Byron fece cremare, secondo l'antichissimo rito funebre testimoniato da Omero, i poveri resti già sepolti fra le sabbie del lido.

[47] *estrutto*: innalzato, eretto. Latinismo molto usato da A. Caro nella sua traduzione dell'*Eneide*: cfr. ad esempio VI, vv. 312 s.: "E primamente la gran pira estrutta, / di pingui tede e di squarciati roveri / v'alzar cataste...", citato nel Tommaseo-Bellini alla voce "estrutto". Cfr. poi anche *Maia, Alle Pleiadi e ai Fati*, vv. 7 s.: "un salso rogo estrutto co 'l timone / e la polena della nave rotta".

[48] *senza la bipenne*: senza ricorrere alla scure, senza abbattere tronchi o tagliare rami.

[49] *congesta*: ammassata, ormai completa in quanto tutto il materiale è stato ammucchiato. Cfr. Virgilio, *Aen.*, VI, vv. 177 s.: "...aram / ... / sepulcro / congerere arboribus caeloque educere certant" e VI, vv. 223 s.: "...congesta cremantur / turea dona...", citati nel Forcellini alla voce *congerere*.

[50] *ara*: nel senso etimologico di rialzo di zolle e di frasche oppure nel senso proprio di altare su cui si celebra un sacrificio oppure nel senso di rogo, come nel caso del passo di Virgilio citato nella nota precedente e che allude ai funerali di un altro "eroe" naufrago, Miseno.

fuoco.⁵¹ Scrosciano e colano le gomme.⁵²
Spazia l'odor dal limite marino
all'Alpi somme. » ⁵³

Ella disse: « A noi vien per aver pace ⁵⁴   65
il nàufrago che il Mar di gorgo in gorgo
travolse. Altra nel cielo che si tace ⁵⁵
anima ⁵⁶ scorgo.

Placa te stesso e l'ospite! ⁵⁷ Il mortale,
ch'evocò la gran Niobe di pietra   70
su dal silenzio e trarre udì lo strale
dalla faretra,⁵⁸

èvochi presso il nàufrago silente
la lacrimata ⁵⁹ figlia di Giocasta,⁶⁰
la regia ⁶¹ virgo ⁶² nelle pieghe lente   75
del peplo casta,

Antigone dall'anima di luce,
Antigone dagli occhi di viola,⁶³

---

⁵¹ *il divino / fuoco*: "non folgore, ma fuoco diffuso, cioè riverbero vasto della rossa luce vespertina" (E. Palmieri).
⁵² *le gomme*: la resina.
⁵³ *dal... somme*: dall'estremo limite dell'orizzonte dalla parte del mare alle cime più elevate delle Apuane.
⁵⁴ *per aver pace*: reminiscenza da Dante, *Inferno*, V, vv. 98 s.: "...il Po discende / per aver pace co' seguaci suoi".
⁵⁵ *che si tace*: da riferire a "anima" piuttosto che a "cielo". Cfr. Dante, *Inferno*, V, v. 96: "mentre che il vento, come fa, ci tace", XIII, v. 79: "...'Da ch'el si tace' ". Vedi anche *La sera fiesolana*, vv. 16 s.: "...pe' tuoi grandi umidi occhi ove si tace [in rima, v. 13, con 'pace'] / l'acqua del cielo" e *Meriggio*, vv. 28 ss.: "La foce /.../ si tace [in rima, v. 35, con 'pace']".
⁵⁶ *Altra... anima*: Antigone? una donna amata? un poeta del passato? Niobe?
⁵⁷ *l'ospite*: il naufrago che viene a chiedere pace.
⁵⁸ *Il mortale... faretra*: il poeta stesso, nella lirica *Il Gombo*.
⁵⁹ *lacrimata*: compianta. È termine già dantesco (*Purgatorio*, X, v. 35: "de la molt'anni lacrimata pace") e leopardiano (*Canti*, *A Silvia*, v. 55: "mia lacrimata speme").
⁶⁰ *figlia di Giocasta*: Antigone.
⁶¹ *regia*: in quanto figlia di Edipo, re di Tebe.
⁶² *virgo*: nel senso di giovinetta. Per il crudo latinismo cfr. già *La Chimera*, *Due Beatrici*, II, v. 2: "gelida virgo prerafaelita".
⁶³ *dagli occhi di viola*: epiteto omerico. Cfr. *Poema paradisiaco*, *Il buon messaggio*, v. 27: "E sol ne' tuoi puri occhi di viola".

l'Ombra che solo nell'esilio truce [64]
egli amò sola.[65] 80

Ecco il giglio [66] per quelle morte chiome,
il fiore inespugnabile [67] del nudo
Gombo, il tirreno fior che ha il greco nome
del doppio ludo,[68]

ecco il pancrazio. » [69] Io dissi: « No 'l corremo. 85
Intatto sia tra l'uno e l'altra il fiore.
Vegli con noi quest'Ombre ed il supremo
lor sacro amore. »

---

[64] *esilio truce*: "esilio della vita, la morte spaventosa tra i flutti" (E. Palmieri).
[65] *egli amò sola*: vedi v. 31 e nota 28. E. Palmieri, invece, coglie nel passo un'allusione al volume delle opere di Sofocle che Shelley aveva con sé quando fece naufragio e che gli fu ritrovato intatto in una tasca.
[66] *Ecco il giglio*: ecco il giglio marino (vedi nota 69), per farne una corona. Per l'offerta del giglio marino o pancrazio a P.B. Shelley vedi *L'asfodelo*, vv. 63-66 e note relative.
[67] *inespugnabile*: inviolabile: o nel senso di difficile da cogliere (cfr. *Maia, Laus vitae*, vv. 1852 ss.: "il monte / aulente / d'inespugnabili fiori") o, forse, nel senso translato di puro, che è qualificativo specifico di pancrazio in D'Annunzio: cfr. *L'asfodelo*, vv. 62 ss.: "... il giglio ch'è nomato / pancrazio /.../ ardente / di purità..."; *Undulna*, v. 7: "...il puro pancrazio...".
[68] *doppio ludo*: la gara ginnica degli antichi greci che comprendeva il pugilato e la lotta e che era chiamata appunto pancrazio, come il giglio marino.
[69] *pancrazio*: il *Pancratium maritimum* di Linneo, pianta erbacea delle Amarillidacee, con foglie lineari e fiori bianchi e profumati.

Terra, vale! [1]

La data di composizione è ignota. Con tutta probabilità, però, essa risale al periodo compreso tra la metà di luglio e il 13-14 agosto 1902. Infatti in un elenco di titoli di liriche alcionie che è databile al 13-14 agosto 1902 (ms. 422) è registrato, mentre non lo era nel precedente elenco (mss. 421-432 v.) databile intorno alla metà di luglio 1902, il titolo "(Neptunia pabula)", accanto al quale, aggiunto in un secondo tempo e poi cassato, è registrato il titolo "La cuora": facile riconoscere nel termine "cuora" l'accenno alle alghe, ai fuchi e alle ulve di cui si parla ai vv. 12-13 di *Terra, vale!* e, soprattutto, facile riconoscere nel sintagma *Neptunia pabula* "i pascoli nettunii" citati al v. 10 dello stesso componimento. Con tutta probabilità, dunque, l'attuale *Terra, vale!* altro non è che il componimento provvisoriamente registrato nell'elenco del 13-14 agosto 1902 con i titoli "(Neptunia pabula)" e "La cuora", titoli che poi sono stati entrambi eliminati in omaggio al desiderio del poeta di attuare il rigido parallelismo che imponeva ai quattro componimenti preditirambici un titolo latino [e quindi "La cuora" lasciò il posto a "(Neptunia pabula)"] estratto da un testo classico [e quindi "(Neptunia pabula)" lasciò il posto all'ovidiano *Terra, vale!*].

Il giorno si spegne nella notte. Il cielo precipita nel mare. La terra scompare inghiottita dalle ombre. Nel buio che avvolge cielo e terra, un po' di luce residua indugia

---

[1] *Terra, vale!*: "Terra, addio!". Da Ovidio, *Metam.*, XIII, v. 948, è il saluto che Glauco manda alla terra nell'atto di tuffarsi nel mare per diventare un dio.

ancora sul mare, quasi fosse prigioniera dei flutti. Le onde agitate dalla tempesta hanno ammassato davanti alla foce, che ne è ostruita, una gran quantità di alghe. Forse una di esse possiede la virtù che trasumana e adegua ai numi. Preso dal desiderio dei flutti, il poeta vorrebbe che si rinnovasse in lui il mito di Glauco.

Il componimento preditirambico *Terra, vale!* conclude con la descrizione del tramonto del giorno estivo la seconda sezione del Libro e, preludendo al *Ditirambo II* "sia nel titolo – il saluto che Glauco rivolgerà alla terra nel momento della metamorfosi – sia nel tema centrale delle onde portatrici di una virtù che trasforma il mortale in nume" (G. Luti), imposta e introduce la terza sezione. In esso, infatti, è espressa l'ansia di luce e di eterno – di divino – che coglie l'uomo, giunto al vertice della sua tensione superumana. Ora, dunque, il poeta aspira a farsi dio e per raggiungere quell'immortalità che finora ha perseguito per forza di sensi annullandosi nella natura, ma che gli è sempre sfuggita, recupera il mito, lo invoca come unico strumento funzionale alle sue nuove esigenze e ad esso si affida. Così, dopo aver cercato di superare come uomo la propria condizione umana ed essere riuscito soltanto a perdere la propria identità senza conseguire, neanche come Superuomo, l'immortalità, il poeta supererà la Vita con la Morte e l'Arte (vedi *Il Gombo*): trasumanando rinascerà come dio.

Come tutte le altre liriche preditirambiche, *Terra, vale!* si attiene, dal punto di vista formale, a uno schema preciso che comporta non solo l'adozione di un titolo ricavato da un sintagma latino d'autore e un metro obbligato, ma anche soluzioni espressive omogenee. Anche in *Terra, vale!*, di fatto, il discorso, specialmente nelle prime due strofe che sono descrittive, procede per scorci successivi e tende a risolversi in immagini e in metafore. In particolare, nella prima strofa, la lirica ha anche un andamento sintattico molto lineare, costruita come è in unità sintattiche che per ben tre volte coincidono con l'unità metrica dell'endecasillabo e altre tre volte si distendono pacatamente in due versi. Più articolata risulta invece la seconda strofa che è divisa in due unità sintattiche e si avvale di elaborati artifici retorici, come l'iperbato (v. 14: "...grande alla morta foce ingombro") e il chiasmo ad effetto (vv. 15-16: "...nessuna greggia / morderà, calcherà nessun pastore"). Il ritmo, fino a qui pacato, si fa quindi celere nella terza strofa del componimento, cui spetta il compito di svolgere il motivo dell'ansia di trasumanare che anima il poeta. Poi, però, dopo tre *enjambements*, una interrogativa e una esclamativa-ottativa, il ritmo torna a placarsi con la ripresa del verso iniziale della lirica e il recupero, con qualche variazione, dei due ultimi versi della prima strofa. Frequenti, nel componimento, i sintagmi e le immagini derivanti dalla consultazione di lessici e vocabolari: si vedano le note 10, 11, 19, 22, 23.

Metro: vedi a p. 191 la nota metrica a *Furit aestus*.

> Tutto il Cielo precipita nel Mare.
> S'intenebrano [2] i liti e si fan cavi,[3]
> talami [4] dell'Eumenidi avernali.[5]
> Nubi opache sul limite marino [6]
> alzano in contro mura di basalte.[7]   5
> Solo tra le due notti [8] il Mar risplende.
> Presa e constretta negli intorti gorghi,[9]
> come una preda pallida, è la luce.
>
> La tempesta ha divelto [10] con furore

---

[2] *S'intenebrano*: si coprono di tenebre, diventano bui.
[3] *si fan cavi*: si trasformano in cavernosi recessi.
[4] *talami*: letti.
[5] *Eumenidi avernali*: le Furie dell'inferno. "Avernale" per infernale è aggettivo oraziano (*Epod.*, V, v. 26: "...Avernales aquas") e ovidiano (*Metam.*, V, v. 540: "...Avernales... nymphas"), registrato anche nel Tommaseo-Bellini.
[6] *limite marino*: vedi *Anniversario orfico*, v. 63: "...dal limite marino" e nota relativa.
[7] *basalte*: basalto, roccia di origine vulcanica, di colore bruno nerastro. È molto frequente nella poesia del secondo Ottocento, dall'Aleardi al Pascoli.
[8] *le due notti*: l'oscurità del cielo e l'oscurità della terra.
[9] *negli intorti gorghi*: vedi *Anniversario orfico*, v. 5: "ai gorghi intorti" e nota relativa.
[10] *La tempesta ha divelto*: cfr., con D. Martinelli e C. Montagnani, A. Guglielmotti, *Vocabolario* cit., alla voce "sargasso": "Mar di sargasso /.../ dove i sargassi crescono ad enorme grandezza; e poi *divelti dalle tempeste*, galleggiano in tanta copia che inceppano la navigazione. Vedi marerboso". Alla voce "cuora", cui il Guglielmotti rimanda da "marerboso" si legge poi: "prateria che sta a galla", sintagma da cui potrebbero essere derivati "i pascoli nettunii" del v. 10. Ma vedi la nota seguente.

          i pascoli nettunii [11] dalle salse   10
     valli [12] ove agguatano [13] i ritrosi mostri.
     Alghe livide, fuchi [14] ferrugigni,[15]
     nere ulve [16] di radici multiformi
     fanno grande alla morta foce ingombro,[17]
     natante [18] prato cui [19] nessuna greggia   15
     morderà,[20] calcherà nessun pastore.

     Virtù si cela forse nelle fibre
     sterili,[21] che trasmuta il petto umano?
     O mito del mortale fatto nume
     cerulo,[22] rinnovèllati nel mio   20
     desiderio del flutto infaticato! [23]

---

[11] *i pascoli nettunii*: la vegetazione algosa del fondo marino. Cfr. anche, nel senso di mare, Virgilio, *Aen.*, VIII, v. 695: "...arva / ... / Neptunia..." e Cicerone, *Arat.*, v. 129: "...Neptunia prata...", ambedue citati nell'*Onomasticon* del Forcellini alla voce *Neptunius*. Vedi anche la nota precedente e cfr. *Maia*, *Laus vitae*, v. 2675 s.: "...sotto / i nettunii pascoli...".
[12] *salse / valli*: abissi marini. Vedi *L'asfodelo*, v. 78: "...nelle salse valli".
[13] *agguatano*: stanno nascosti. Secondo il Tommaseo-Bellini, *sub voce*, "agguatare" in senso intransitivo è dell'uso toscano.
[14] *fuchi*: specie di alghe.
[15] *ferrugigni*: di color ruggine, rossastri. "Vivamente colorata in rosso" è infatti detta la "fronda" del fuco dal Tommaseo-Bellini *sub voce*. Il sintagma "ferrugigno" è anche in G. Carducci, *Odi barbare*, *Miramar*, v. 18.
[16] *ulve*: sorta di piante palustri. Secondo D. Martinelli - C. M. Montagnani, il catalogo di piante acquatiche dei vv. 12-13 ("alghe / ... / fuchi / ... / ulve") risale al consueto sfruttamento da parte di D'Annunzio dei dizionari. Infatti in A. Guglielmotti, *Vocabolario* cit., alla voce "sargasso" già consultata per i vv. 9-11, il poeta leggeva: "pianta marina come le alghe e i fuchi"; quindi, nel Tommaseo-Bellini alla voce "alga" trovava: "Aliga o ulva di palude". Ma per "ulva" vedi già *Ditirambo I*, v. 196: "pingue di calami ed ulve".
[17] *ingombro*: cfr. A. Guglielmotti, *Vocabolario* cit., alla voce "marerboso" "estensione di mare ricoperto e *ingombro* di erbacce" (D. Martinelli-C. Montagnani). Vedi la nota 10.
[18] *natante*: galleggiante. Per il sintagma "natante prato", cfr. A. Guglielmotti, *Vocabolario* cit., alla voce "aggallato": "forma isolette, fisse o *natanti / ... / i marinai lo chiamano Marerboso, o Prato galleggiante*" (D. Martinelli-C. Montagnani). Vedi anche la nota 10.
[19] *cui*: che, complemento oggetto.
[20] *nessuna... morderà*: cfr. Ovidio, *Metam.*, XIII, vv. 924 ss.: "Sunt viridi prato confinia litora, quorum / ... / pars / ... / cingitur herbis, / quas neque cornigerae morsu laesere iuvencae, / nec placidae carpsistis, oves hirtaeve capellae".
[21] *fibre / sterili*: le improduttive fibre delle alghe, dei fuchi e delle ulve.
[22] *mortale... cerulo*: Glauco, il mortale trasformato in divinità marina.
[23] *infaticato*: mai stanco, sempre in movimento. Cfr. già *Elettra*, *Nel primo centenario della nascita di Vittore Hugo*, v. 4: "...infaticato mare".

Tutto il Cielo precipita nel Mare.
Preda è la luce dei viventi gorghi,[24]
forse immolata [25] per l'eternità.

---

[24] *viventi gorghi*: i flutti del mare in continuo movimento.
[25] *immolata*: offerta in sacrificio ai "viventi gorghi".

Ditirambo II

La data di composizione è ignota. Una lettera di D'Annunzio ad Angelo Conti da Viareggio in data 13 agosto 1900 farebbe pensare che il *Ditirambo II* sia stato composto in quel mese. Vi si legge infatti: "Mi hanno agitato i soffii della poesia e i venti del mare in questi giorni. Molte *Laudi* ho composto imitando le acque e le foglie. Pubblicherò in autunno i primi tre libri – *Merope, Maia, Alcjone*. Tu che fai? Conversi con Santa Chiara? Io veramente ho parlato con le Sirene, e mi son trasfuso nel mito di Glauco" (E. Campana, *Lettere ad Angelo Conti*, in «Nuova Antologia», 1 gennaio 1939, p. 29). Ma se l'allusione al "mito di Glauco" in cui il poeta si sarebbe "trasfuso" è precisa e, proprio per questo, indurrebbe a credere che il poeta allude alla recente stesura del *Ditirambo II*, nella lettera ci sono anche due passi che inducono in forte sospetto. In primo luogo, non si capisce perché D'Annunzio affermi di aver composto "molte *Laudi*" "in *quei* giorni" di agosto, giacché, tra il luglio e l'agosto di quel 1900 risulta che compose solo il *Ditirambo III* (20 luglio), *L'oleandro* (2 agosto), *Le Ore marine* (15 agosto) e *Il novilunio* (31 agosto). In secondo luogo, colpisce il fatto che D'Annunzio, per segnalare le caratteristiche "mimetiche" delle proprie liriche dica che ha composto le *Laudi* "imitando le acque e le foglie". Di fatto, tale immagine, che deriva da H. de Régnier (vedi *Il fanciullo*, vv. 275-277 e nota 155), è ne *Il fanciullo*, vv. 275-277 ("...Imiterai le foglie / e l'acque anche una volta / e i silenzii del dì con le tue note") che risale al 13-19 luglio 1902 e riappare poi, come spesso succede nell'epistolario dannunziano, anche in una lettera che D'Annunzio scrisse a E. Treves il 24 luglio 1902 da Pratovecchio nel Casentino: "Io sono /.../ converso in innumerevoli ruscelli di poesia. Compio il terzo Libro delle *Laudi*, imitando le auree e le acque e le spiche col suono d'una semplice canna – 'tenui avena' –". Tanto l'accenno alle "molte *Laudi*" composte, quanto l'affermazione che queste *Laudi* sono state composte "imitando le acque e le foglie", si adatterebbero maggiormente all'agosto del 1902, quando D'Annunzio compose davvero molte *Laudi* di raffinata tecnica mimetica. Si potrebbe a questo punto pensare che la datazione della lettera ad Angelo Conti, che non ci è pervenuta autografa, sia errata. In questo caso, però, non bisognerebbe correggere solo la data 13 agosto 1900 in 13 agosto 1902, ma sarebbe necessario anche correggere il luogo di partenza della lettera da Viareggio, dove in effetti D'Annunzio si trovava nell'estate del 1900, in Romena o in Pratovecchio (Arezzo), dove D'Annunzio trascorse l'estate del 1902. Scarso aiuto, ai fini della datazione del componimento, d'altra parte, ci viene anche dalle carte alcionie. Il titolo "Ditirambo III (Glauco)" appare per la prima volta nei mss. 421-432 v., che sono databili intorno alla metà di luglio del 1902: esso si trova al sedicesimo posto di un elenco di titoli in parte definitivi e in parte provvisori, di liriche di *Alcyone* e la precisazione aggiunta in parentesi dimostra che il *Ditirambo* in questione, benché indicato come III, è proprio il *Ditirambo* di Glauco, ma il manoscritto non contiene elementi utili che permettano di stabilire se, quando esso fu redatto, il *Ditirambo* di Glauco fosse già stato composto o meno: di sicuro c'è soltanto il fatto che quello che nell'*editio princeps* di *Alcyone* sarà il *Ditirambo III*, il *Ditirambo* dell'Estate, e che nei mss. 421-432 v. è da individuare nel titolo *Ditirambo II*, era già stato composto, come testimonia B. Palmerio, *op. cit.*, p. 81, fin dal 20 luglio 1900 ed era anche già apparso il 16 giugno 1901 su « Il Marzocco » di Firenze con il titolo *L'Estate* (vedi p. 466). Invece, nel successivo ms. 422, che è databile al 13 o 14 agosto 1902, al trentesimo posto – il medesimo che avrà nell'*editio princeps* – di un elenco di titoli alcionii e subito dopo i titoli "(Neptunia pabula) La cuora", che, come si è visto (p. 346) sono i titoli provvisori di *Terra, vale!*, il titolo "Ditirambo II" è senz'altro da riferire al *Ditirambo* di Glauco. A quell'epoca, il componimento era, con tutta probabilità, già stato steso.

Fu Glauco un tempo il poeta: lui, mortale ed effimero, fu un dio marino. Il semplice ricordo di quello che fu lo inebria e ora, stanco della condizione umana cui è stato restituito, non aspira ad altro che a tornare tra i flutti. Per questo supplica gli dei del mare di richiamarlo a sé. Ben si ricorda di ciò che gli successe in quel giorno lontano. Era ormai scesa la sera, ma all'estremo orizzonte i cieli fiammeggiavano ancora. Di ritorno dalla pesca, egli aveva vuotato le reti sull'erba. Ad un tratto aveva visto i pesci rianimarsi e dileguarsi tra le onde. Per quanto sconvolto dell'accaduto, aveva capito che il prodigio era dovuto all'erba su cui aveva rovesciato i pesci e istintivamente l'aveva mangiata. Subito si era sentito diverso. I flutti del mare avevano preso ad attrarlo e tutto il suo corpo aveva cominciato ad assumere le forme di una creatura marina. Così, salutata la terra, si era tuffato nei gorghi. Là, per liberarsi di ogni residua terrestrità, si era sottoposto al lavacro purificatore delle acque di cento e cento fiumi. Alla fine, ormai fatto dio marino, era risalito verso la superficie del mare ed era apparso agli Argonauti, per preannunciare il futuro a Orfeo e a Pollùce. Fu un dio, dunque, il poeta e ora non lo è più. Ma in lui l'ansia del divino è grande. Gli dei del mare, quindi, lo richiamino a sé, perché la terra è per lui un luogo di sofferenza. Ormai è scesa la notte. Le tenebre che avvolgono il cielo e la terra rendono ancora più visibile e attraente la luce che brilla tra le onde del mare. Al poeta quella luce pare un'alba annunciatrice di prodigi e verso di essa si avvia tuffandosi nei gorghi.

Il *Ditirambo II* è incentrato sul motivo, preannunciato dal componimento preditirambico *Terra, vale!*, dell'ansia del divino. Il motivo, in quanto tale, non è nuovo nella produzione dannunziana. Già nel vecchio *Canto novo* D'Annunzio si era lasciato andare a vagheggiare amori divini che avrebbero dovuto renderlo immortale. Così, in *Canto novo*, I, 4 [1882], v. 40, alla fine di un suo sogno d'amore, si chiedeva: "Io /.../ non son io dunque un dio?". Poi recuperando il componimento nel 1896 per introdurlo nell'edizione *ne varietur* di *Canto novo*, interveniva massicciamente sul testo e vi inseriva un ulteriore sviluppo del tema, augurandosi senz'altro – sempre in sogno – di scendere negli abissi del mare per congiungersi, fatto dio, a una Immortale: "Amate nel profondo silenzio, godete d'arcani / connubii, o creature meravigliose; ed io // scenda nel profondo mistero a congiungermi in gioia / con la Immortale, io fatto splendido come un nume. // Ma ecco il sole, il sole. Egli strugge il bel sogno marino. / Nel sogno il glauco talamo dileguasi" (*Canto novo*, *Canto del sole*, IV, vv. 23-29). Sempre nel 1896, operando su un'elegia, la I, 5, del primo *Canto novo* che nella versione originaria era di pretto carattere naturalista, svolgeva in termini mitologici il tema del corteggiamento di una ninfa da parte di un fauno – tema ben dannunziano e pure esso destinato a notevoli sviluppi alcionii – e concludeva il tutto con una nuova richiesta di una vita divina: "oh fa che anche una volta nel mondo il Giovine viva come un possente dio nella sua favola" (*Canto novo*, *Canto del sole*, VII, vv. 31 s.). Infine, ancora nel 1896, lavorando con le sue cesellature e le sue aspirazioni paniche sul corpo di un'altra lirica del primo *Canto novo*, la I, 13, portava il testo originario a esiti del tutto nuovi e perfettamente in linea con i suoi nuovi atteggiamenti, che sembrano anticipare, tra gli altri, proprio i movimenti ideali del *Ditirambo II*: "E non il dio è in me? Il palpito eterno del Mondo / questo non è, che il mio cuore mortale muove? /.../ Sento il prodigio instare. // Ecco, io distendo nel concavo schifo le membra, / offro al paterno sole tutto il mio corpo ignudo. // Tu cullami, o mare, nel tuo infinito respiro; / compi tu, sole, l'alta metamorfosi" (*Canto novo*, *Canto del sole*, XII, vv. 21-28). Del resto, a dimostrazione dell'attualità, in quel giro di mesi, del tema, l'aspirazione del poeta a trasumanare e a farsi dio è rintracciabile anche in una pagina delle *Vergini delle rocce*: "Sembravami di aver trovato una nuova specie di percezioni: le più strane e le più diverse si coordinavano spontaneamente in me. Talvolta ne nasceva una musica così nuova e così bella che sembravami d'esser sul punto di trasfigurarmi; e pensavo che fosse per effettuarsi il mio desiderio di divenire un dio. Pensavo: 'Se già vi fu un dio' /.../ Così talvolta io mi credeva di vivere in un mito formato da me medesimo a simiglianza di quelli che produsse la giovinezza dell'anima umana sotto i cieli dell'Ellade..." (cfr. *Prose di romanzi*, II, p. 505). Il motivo, dunque, è tipicamente dannunziano e rivela attive da sempre nel poeta, anche sul piano della finzione letteraria, alcune molle neanche tanto segrete: la spinta al superamento di sé e della propria condizione umana, la volontà di ribellarsi alla vita quotidiana e, in ultima analisi, una buona dose di superomismo. Però, entrando nell'ambito dell'esperienza alcionia, il motivo subisce una revisione e, soprattutto, una rimotivazione. Da grido, più o meno scomposto, di panico entusiasmo, da narcisistica autocelebrazione e, insomma, da gesto superumano o superumanizzante, l'aspirazione del poeta a farsi dio si trasforma nella presa di coscienza di una realtà personale di decadenza e di crisi: da una parte, comporta la malinconica e disperata consapevolezza della perduta condizione di superiorità beata ("Io fui...") e dall'altra si estrinseca in una drammatica attesa di una reintegrazione nello stato della perduta felicità ("O Iddii profondi, richiamate l'esule / triste..."). In questo senso, a inserire, anche, il componimento nell'economia del Libro di *Alcyone*, si può dire che il *Ditirambo II*, oltre che farsi interprete dell'ansia del divino che anima il poeta, testimonia il momento in cui D'Annunzio, giunto al vertice del suo superomismo e scoperta, non già la sua personale sconfitta, ma la solitudine e l'inefficacia dei suoi sforzi di realizzarsi pienamente e di raggiungere la divinità ("E la mia vita è divina", aveva detto, in *Meriggio*, v. 109, al culmine della sua esperienza panica) per forza di sensi, anela ormai a realizzarsi al di fuori della condizione umana e a conseguire l'immortalità nell'unico modo che gli è possibile: trasumanando e recuperando una condizione divina che già *fu* sua e che ora può soltanto augurarsi gli sia restituita. L'attuazione di questo processo, esperite tutte le altre vie, gli pare ora possibile solo mediante una metamorfosi che sia garantita dal mito. Di qui, in questo *Ditirambo II*, e poi anche nei componimenti della sezione del Libro che il *Ditirambo II* inaugura, il recupero in dosi cospicue del mito e di qui lo sfruttamento in modo del tutto nuovo, rispetto alla tradizione letteraria anteriore e coeva ma non rispetto al proprio mondo poetico, del mondo mitico.

In particolare, con felice intuito, nel *Ditirambo II* D'Annunzio ha scelto, a fare da portavoce alla sua complessa problematica interiore, il mito di Glauco, il pescatore della Beozia che trasumanò e che divenne dio marino e, soprattutto, il personaggio la cui esperienza già Dante, in *Paradiso*, I, vv. 67-70, aveva scelto come unico esempio possibile di trasumanazione.

La scelta del personaggio di Glauco ha inevitabilmente comportato, a livello letterario, l'adozione del modello ovidiano. Di fatto, D'Annunzio, per sceneggiare la sua nostalgia della condizione immortale, si è appoggiato all'episodio di Ovidio, *Metam.*, XIII, vv. 917 ss., che ricrea immedesimandosi nel protagonista. I punti di contatto e le descrizioni più o meno puntuali sono evidenti, come è evidente l'identità dell'impostazione della vicenda. Per quest'ultima, si tenga presente che tanto in Ovidio quanto nel *Ditirambo* è lo stesso Glauco che è introdotto a parlare di sé e della propria vicenda. Quanto, invece, ai punti di contatto o alle reminiscenze, si vedano le note ai singoli versi, specialmente le note 2, 3, 12, 28, 31, 33, 34, 36, 45, 46, 53, 54, 57, 59, 61, 63, 64, 66. Ciononostante, risulta chiaro, ad un esame non superficiale, come il modello ovidiano, che è seguito soprattutto nella parte centrale del *Ditirambo*, dal v. 33 al v. 132, essendo la parte iniziale (vv. 1-32) e la parte finale (vv. 133-152) dedicate a svolgere il motivo dell'ansia del divino dal punto di vista del poeta che dio non è più, sia stato portato ad adattarsi in modo perfetto al mondo di *Alcyone*. Così, oltre che a diluire il racconto di Ovidio puntando su particolari descrittivi, D'Annunzio ha provveduto ad accentuare, rispetto al poeta latino, l'aspetto fantastico e stupefacente della metamorfosi e, con soluzioni tipicamente alcionie, ha prestato particolare attenzione alla resa delle sensazioni fisiche, tattili e acquatili, che preparano e accompagnano la metamorfosi o che caratterizzano la condizione dell' "efimero" che soffre della sua "terrestrità" e ripensa alla "deità". Tenendo conto di tutto questo, si può dire che, in sé e per sé, il modello letterario ha giocato un ruolo non facilmente definibile nel costituirsi del *Ditirambo II* come testo poetico. Infatti, se è vero che D'Annunzio consegue, e conseguirà, risultati più apprezzabili quando inventa da sé i propri miti e le

proprie creature mitiche, è altrettanto vero che nel caso
del *Ditirambo II* ha trovato nella favola ovidiana di Glauco
non solo qualcosa di funzionale alle sue esigenze ideologiche
e sentimentali ma anche un utile stimolo alla fantasia.

Dal punto di vista espressivo, comunque, il *Ditirambo
II* non va affatto studiato soltanto in rapporto alla sua
fonte. I suoi caratteri precipui sono da ricercarsi anche
in altra direzione. Si deve, ad esempio, almeno osservare
come il componimento, al di là del modello, oscilli tra l'entusiasmo eccitato che percorre tutti i versi e i modi più
pacati della narrazione-esposizione della vicenda, con frequenti prevaricazioni del primo sui secondi. La nota dominante del *Ditirambo*, di fatto, è quella della eccitazione:
essa è, ovviamente, in stretta connessione con il *pathos*
della situazione che sta a cuore al poeta, ma talora pare
pretestuosa e, comunque, spesso è proprio essa a impedire
al *pathos* di affermarsi come tale. Ad essa, tra l'altro, sono
chiaramente riconducibili tanto il di più di verbalismo e
di magniloquenza che, con latinismi, anafore, frequenti
nessi esclamativi e inserimenti di discorsi diretti, caratterizzano il componimento, quanto il ritmo piuttosto ossessivo che viene alla sequela di endecasillabi e di settenari
dall'uso costante delle clausole sdrucciole. Particolarmente
apprezzabile, infine, il *Ditirambo* riesce quando il modulo
dell'entusiasmo e dell'eccitazione si risolve in quello che
dovrebbe essere il movimento ideale di tutto il componimento: il sospiro di malinconia con cui Glauco-D'Annunzio ripensa alla perduta condizione divina e quello di accorata nostalgia con cui implora di poterla recuperare.

Metro: quattro strofe di varia lunghezza (vv. 1-32; vv.
33-108; vv. 109-144; vv. 145-152) costituite di endecasillabi sdruccioli e settenari pur essi sdruccioli alternati:
una interessante variazione del mosso e concitato metro
epodico.

Io fui Glauco,[1] fui Glauco, quel d'Antèdone.[2]
Trepidar ne' precordii

---

[1] *Io fui Glauco*: vedi *L'oleandro*, v. 91: "Io fui Cyane..." e nota relativa.
[2] *Antèdone*: città della Beozia che si affaccia sul mare dell'Eubea, patria
di Glauco. Cfr. Ovidio, *Metam.*, XIII, vv. 904 ss.: "Ecce / ... /, alti

sentii³ la deità,⁴ sentii nell'intime
midolle il freddo fremito
della potenza equorea⁵ trascorrere   5
di repente,⁶ io terrìgena,⁷
io mortal nato di sostanza efìmera,⁸
io prole della polvere!
Memore sono della metamorfosi.
L'anima si fa pelago⁹   10
nel rimembrare, s'inazzurra¹⁰ ed èstua,¹¹
e le foci vi sboccano
dei mille fiumi che mi confluirono
sul capo:¹² nel rigùrgito¹³
immenso novamente par dissolversi   15
quest'ossea compagine.¹⁴
O Iddii profondi,¹⁵ richiamate l'esule,¹⁶
però ch'ei sia¹⁷ miserrimo
nella sua carne d'acro¹⁸ sangue irrigua,¹⁹

---

novus incola ponti, / nuper in Euboica versis Anthedone membris / Glaucus adest...".
³ *Trepidar... sentii*: cfr. Ovidio, *ibidem*, v. 945: "...trepidare intus praecordia sensi".
⁴ *la deità*: la natura divina.
⁵ *equorea*: marina (lat. *aequoreus*).
⁶ *di repente*: all'improvviso.
⁷ *terrìgena*: nato dalla terra (lat. *terrigena*), creatura terrestre e mortale.
⁸ *efimera*: caduca.
⁹ *pelago*: mare (lat. *pelagus*).
¹⁰ *s'inazzurra*: diventa azzurra come il mare. Vedi *La tenzone*, v. 26: "S'inazzurra il tuo sangue come il mare".
¹¹ *èstua*: arde, ribolle, spumeggia (lat. *aestuare*). Vedi *Stabat nuda Aestas*, v. 3: "...estuava l'aere...".
¹² *mille... capo*: cfr. Ovidio, *ibidem*, vv. 953 ss.: "Pectora fluminibus iubeor supponere centum. / Nec mora, diversis lapsi de partibus amnis / totaque vertuntur supra caput aequora nostrum".
¹³ *rigùrgito*: impetuoso confluire delle acque dei fiumi.
¹⁴ *ossea compagine*: struttura corporea fatta di ossa. Cfr. il Tommaseo-Bellini alla voce "compagine": "Compagine degli ossi".
¹⁵ *profondi*: che abitate negli abissi del mare.
¹⁶ *l'esule*: Glauco stesso che è tornato ad essere uomo e che ha nostalgia della sua vita marina.
¹⁷ *però ch'ei sia*: perché egli è.
¹⁸ *acro*: aspro. Per il sintagma "acro sangue" cfr. il Tommaseo-Bellini alla voce "acre": F. Redi, *Consul Med.*, 11: "Il sangue medesimo ne rimane sempre imbrattato, acre, mordente e pungente"; A. Vallisnieri, *Op.*, 3, 313: "Entrando il chilo nel sangue e nella linfa, l'uno e l'altro contamina e rende acre".
¹⁹ *irrigua*: irrigata, bagnata. Latinismo (lat. *irriguus*) già carducciano (*Odi*

lasso[20] ne' suoi piè debili[21]   20
che per lotosi[22] tramiti[23] s'attardano,
dopo ch'ei fu l'indomita
forza del flutto convertita in muscoli
tòrtili[24] per attorcere,[25]
dopo che le correnti dell'Oceano   25
gli furon gioco a tessere
le divine di sé vicissitudini
come su trama vitrea.
O Iddii profondi, richiamate l'esule
triste, purificatelo   30
sotto i fiumi lustrali[26] ìnferi e sùperi,[27]
la deità rendetegli!

Memore sono.[28] Era già fatto il vespero
su l'acque; ma i cieli ultimi[29]
ardevano d'un foco inestinguibile,   35
e i golfi e i promontorii
e l'isole di contro negreggiavano
come are senza vittime
già notturni,[30] allorché sostai nel pascolo
nettunio,[31] presso il limite   40
marino.[32] Onusto di gran preda, sùbito

---

barbare, Roma, v. 18: "...irrigua Tivoli"), era stato usato da D'Annunzio anche in *La Chimera, Al poeta Andrea Sperelli*, v. 63: "...un bel paese irriguo".

[20] *lasso*: stanco (lat. *lassus*).
[21] *debili*: deboli. Latinismo (lat. *debilis*) già trecentesco.
[22] *lotosi*: fangosi (lat. *lotosus*).
[23] *tramiti*: sentieri (lat. *trames, tramitis*).
[24] *tòrtili*: avvolgenti (lat. *tortilis*).
[25] *attorcere*: in connessione etimologica con "tortili" significa avvolgere.
[26] *lustrali*: che purificano (lat. *lustralis*).
[27] *ìnferi e sùperi*: quelli sotterranei e, anche, infernali, e quelli che scorrono sulla superficie della terra, terrestri. Cfr. il latino *inferus* e *superus*.
[28] *Memore sono*: cfr. Ovidio, *Metam.*, XIII, v. 957: "Hactenus haec memini...".
[29] *i cieli ultimi*: le zone più lontane del cielo (lat. *caela ultima*).
[30] *notturni*: avvolte dalle tenebre della notte.
[31] *pascolo / nettunio*: prato che sorge in riva al mare. Vedi, per quanto abbia senso diverso, *Terra, vale!*, vv. 9 ss.: "La tempesta ha divelto /.../ i pascoli nettunii dalle salse / valli...". Cfr. anche Ovidio, *ibidem*, v. 925: "Sunt viridi prato confinia litora, quorum / altera pars undis, pars altera cingitur herbis".
[32] *il limite / marino*: la spiaggia. Vedi, anche se ha senso diverso, *Terra, vale!*, v. 4: "...nel limite marino" e nota relativa.

votai su l'erbe i nèssili
   miei lini ³³ a noverar ³⁴ la mia dovizia.³⁵
   Poi del confuso cumulo
   feci schiere ordinate.³⁶ E in cor godevami ³⁷   45
   tante squame rilucere
   veggendo per quel bruno intrico.³⁸ « I nèssili
   miei lini e i piombi e i sugheri
   t'appenderò nel tempio, o dio propizio » ³⁹
   in cor disse il grato animo.   50
   E allora vidi i pesci più risplendere,
   vidi le pinne battere
   e le branchie alitare e per le scaglie
   lampi di forza correre.
   E, come quando il nume di Diòniso   55
   invade le Bassaridi ⁴⁰
   e si disfrena giù pe' monti il Tìaso,⁴¹
   la muta gente ⁴² parvemi
   infuriare, cedere a un'incognita
   virtù, di sacra fervere ⁴³   60
   insania. « Qual prodigio è questo? Ahi misero
   me! » gridai per grandissimo
   spavento; ché la preda mia fuggivasi

---

³³ *i nèssili... lini*: le mie reti fatte di fili di lino annodati. "Lini" per "reti" è metonimia già presente nel modello ovidiano: cfr. *Metam.*, XIII, v. 930: "... dum lina madentia sicco". "Nèssile" è un latinismo (lat. *nexilis*) che vale "annodato, intrecciato" ed è registrato dal Tommaseo-Bellini con un esempio della traduzione di A. Marchetti da Lucrezio, *De natura deorum*, V, vv. 361 ss.: "Pria di nessili vesti il nudo corpo / gli uomini si coprian che di tessuto / manto...". Ovidio, *Metam.*, II, v. 499 ha "nexilibus /.../ plagis...".
³⁴ *a noverar*: Ovidio, *Metam.*, XIII, v. 933: "ut /.../ recenserem...".
³⁵ *dovizia*: grande abbondanza di pesci pescati.
³⁶ *feci... ordinate*: Ovidio, *Metam.*, XIII, vv. 933: "... captivos ordine pisces / insuper exposui...".
³⁷ *godevami*: mi rallegravo, ero felice. Per l'uso medio-riflessivo vedi *La tregua*, v. 61; *I tributarii*, v. 39; *L'onda*, v. 95.
³⁸ *per... intrico*: attraverso le maglie brunastre della rete.
³⁹ *I... propizio*: l'offerta è nello stile degli epigrammi piscatori dell'*Antologia Palatina* (cfr. specialmente libro VI).
⁴⁰ *le Bassaridi*: le Baccanti. Vedi *Anniversario orfico*, vv. 14 s.: "...furia / bassarica" e nota 14.
⁴¹ *Tìaso*: l'insieme dei partecipanti al culto orgiastico in onore di Dioniso.
⁴² *muta gente*: i pesci. Cfr. A. Poliziano, *Stanze*, I, str. LXXXIX, v. 1: "E muti pesci in frotta van notando".
⁴³ *fervere*: ardere (lat. *fervere*).

a gara con vipèrea [44]
rapidità, balzando e dileguandosi.   65
« Me misero! Un dio fecemi
questo? o nell'erba è la possanza? » [45] Attonito
mi rimasi.[46] Il silenzio
era divino nella solitudine.
Era già fatto il vespero,   70
ma lungamente [47] i cieli ultimi ardevano.
Udir parvemi bùccina
cupa sonar [48] lungh'essi [49] i promontorii
selvosi; udire parvemi
canti fatali spandersi dall'isole.   75
E quasi inconsapevole
la man correami per quell'erba strania,[50]
meditando io nell'animo
il prodigio. Divelsi dalle radiche [51]
gli steli foschi; [52] e, simile   80
a capra di virgulti avida, mordere
incominciai, discerpere
e mordere.[53] Rigavami le fauci
il suco, ne' precordii
scendeami, tutto il petto conturbandomi.[54]   85
« O terra! » gridai. Fumida [55]
era la terra intorno come nuvola

---

[44] *vipèrea*: viperina (lat. *vipereus*).
[45] *Un dio... possanza*: cfr. Ovidio, *Metam.*, XIII, vv. 940 ss.: "...causamque requiro / num deus hoc aliquis, num sucus fecerit herbae. / 'Quae tamen has' inquam 'vires habet herba?'...".
[46] *Attonito / mi rimasi*: cfr. Ovidio, *Metam.*, XIII, v. 940: "Obstipui...".
[47] *lungamente*: per ampio tratto.
[48] *Udir... sonar*: vedi *Anniversario orfico*, vv. 1 s.: "Udimmo /.../ sonar la vasta bùccina tritonia" e nota 2.
[49] *lungh'essi*: lungo. Vedi *Ditirambo III*, v. 34 e nota relativa.
[50] *strania*: insolita, straordinaria. "Alberi strani" sono gli alberi della selva dei suicidi in Dante, *Inferno*, XIII, v. 15.
[51] *radiche*: radici.
[52] *foschi*: "di color fosco", come le fronde della selva dei suicidi in Dante, *Inferno*, XIII, v. 4.
[53] *mordere... mordere*: cfr. Ovidio, *Metam.*, XIII, vv. 942 s.: "...manuque / pabula decerpsi decerptaque dente momordi".
[54] *Rigavami... conturbandomi*: cfr. Ovidio, *Metam.*, XIII, vv. 944 ss.: "Vix bene combiberant ignotos guttura sucos, / cum subito trepidare intus praecordia sensi / alteriusque rapi naturae pectus amore".
[55] *Fumida*: quasi fatta di fumo. Latinismo molto diffuso presso i poeti del secondo Ottocento e specialmente in G. Pascoli.

       che fosse per dissolversi
       ne' cieli, sotto i piedi miei fuggevole.[56]
       E un amore terribile   90
       sorgeva in me,[57] dell'infinito pelago,
       dell'amara salsedine,
       degli abissi, dei vortici e dei turbini.
       La mia carne era libera
       della gravezza terrestre. Nascevami   95
       dall'imo cor l'imagine
       d'un'onda ismisurata e per le pàlpebre[58]
       mi si svelava il cerulo
       splendor del sangue novo, e il collo e gli òmeri
       dilatarsi parevano   100
       e le ginocchia[59] giugnersi,[60] le scaglie
       su per la pelle crescere,
       gelidi guizzi correre pei muscoli.
       « Terra, vale! »[61] Precipite[62]
       caddi nel gorgo, mi sommersi,[63] l'infima   105
       toccai valle oceanica,
       uomo non più, non anco dio, ma immemore
       della terra e degli uomini.

       Fiumi correnti, odo[64] il sublime sònito[65]

---

[56] *fuggevole*: sfuggente, "come sul punto di liquefarsi. Presentimento del mare" (E. Palmieri).
[57] *E... in me*: cfr. Ovidio, *Metam.*, XII, vv. 945 s.: "...sensi / alteriusque rapi naturae pectus amore".
[58] *e per le pàlpebre...*: cfr. *Taccuino III*, I, p. 35: "Il sole, battendomi su le palpebre, mi sveglia. Vedo, a traverso il tessuto delle palpebre, lo splendore roseo del mio sangue" [31 luglio 1895] e cfr. anche *Maia, Laus vitae*, vv. 168 ss.: "Mi destò il Sole / raggiandomi la faccia. / Vidi per le trame / delle mie palpebre il folgore / del mio sangue".
[59] *il collo... ginocchia*: cfr. Ovidio, *Metam.*, XIII, vv. 962 s.: "Ingentesque umeros et caerula brachia vidi / cruraque pinnigero curvata novissima pisce".
[60] *giugnersi*: congiungersi. Cfr. Dante, *Purgatorio*, X, vv. 131 s.: "...tal volta una figura / si vede giugner le ginocchia al petto".
[61] *Terra, vale!*: cfr. Ovidio, *Metm.*, XIII, vv. 947 s.: "Nec potui restare diu: 'Repetenda' que 'numquam / Terra, vale!' dixi..." e vedi *Terra, vale!*, nota 1.
[62] *Precipite*: a testa in giù (lat. *praeceps, praecipitis*).
[63] *mi sommersi*: cfr. Ovidio, *Metam.*, XIII, v. 948: "...corpusque sub aequora mersi" e cfr. anche Dante, *Purgatorio*, XXXI, v. 101: "abbracciommi la testa e mi sommerse".
[64] *Fiumi correnti, odo...*: riaffiora in Glauco il ricordo di cento fiumi che, secondo il racconto di Ovidio, *Metam.*, XIII, v. 949, gli scrosciarono sul capo per volontà degli dei marini e che lo liberarono d'ogni residua traccia di terrestrità: vedi vv. 12-14 e nota 12.
[65] *sònito*: suono. Latinismo (lat. *sonitus*) già manzoniano (*Cinque maggio*,

di voi sempre nell'anima, 110
fiumi sgorganti d'ogni scaturigine,⁶⁶
leni di pace o rauchi
di violenza,⁶⁷ caldi come l'aure
nove ⁶⁸ che v'arrecarono
l'alluvione copiosa ⁶⁹ o frigidi 115
come i nivali vertici ⁷⁰
onde scendeste inviolati, d'auree
sabbie flavi ⁷¹ o sanguinei ⁷²
d'argille, pingui di limo o più limpidi
che l'etere sidereo! ⁷³ 120
Cento e cento passarono passarono
sul mio capo.⁷⁴ La fluida
vita dell'orbe ⁷⁵ mi fluì su gli òmeri
proni, con ineffabile
melodìa. L'Acheronte,⁷⁶ il gran tartareo 125
pianto,⁷⁷ anche sentii volvere ⁷⁸
su me nel cieco suo pallore ⁷⁹ i petali
rapiti al prato asfòdelo.⁸⁰

---

vv. 17 s.: "di mille voci al sonito / mista la sua non ha") citato anche dal Tommaseo-Bellini.
⁶⁶ *fiumi... scaturigine*: cfr. Ovidio, *Metam.*, XIII, v. 954: "...diversis lapsi de partibus ammis". Per "scaturigine" nel senso di sorgenti, cfr. *Le novelle della Pescara, Turlendana ritorna*, in *Prose di romanzi*, II, p. 308: "...uno scroscio di scaturigine cadente giù pe' i massi d'una china".
⁶⁷ *leni... violenza*: silenziosi nel loro fluire lieve e tranquillo o rombanti per effetto del loro scorrere impetuoso e violento.
⁶⁸ *l'aure / nove*: i venti primaverili.
⁶⁹ *alluvione copiosa*: grande abbondanza di acque.
⁷⁰ *nivali vertici*: cime coperte di neve. Il duplice latinismo (cfr. *nivalis* e *vertex, verticis*) si inserisce in un contesto non casualmente ricco di tali forme.
⁷¹ *flavi*: biondi, gialli (lat. *flavus*).
⁷² *sanguinei*: rossastri (lat. *sanguineus*).
⁷³ *etère sidereo*: cielo stellato. Cfr. il latino *aether* e *sidereus*.
⁷⁴ *Cento... capo*: vedi vv. 12-14 e nota 12.
⁷⁵ *La... orbe*: "tutte le acque scorrenti, che sono come il vivo sangue della terra" (E. Palmieri).
⁷⁶ *Acheronte*: uno dei fiumi infernali.
⁷⁷ *il... pianto*: l'Acheronte, perché scorre nel Tartaro che è luogo di pene e di dolori o perché, secondo Dante, *Inferno*, XIV, vv. 103 ss., le sue acque vengono dalle lacrime che sgorgano dalla fessura della statua del Gran Veglio di Creta.
⁷⁸ *volvere*: travolgere (lat. *volvère*).
⁷⁹ *cieco... pallore*: l'impenetrabile grigiore delle sue acque.
⁸⁰ *prato asfòdelo*: il prato di asfodèli, i pallidi fiori dell'Ade., "Asfòdelo" è aggettivo e il sintagma "prato asfòdelo" ricalca l'omerico ἀσφοδελὸς λειμών (cfr. ad esempio *Od.*, XI, v. 539).

Tutte l'acque rombarono crosciarono
su me [81] sommerso, tolsero   130
ogni terrestrità [82] dal corpo immemore
della sua dura nascita.[83]
E mi risollevai dio verso l'etere
santo; spirai grande alito
che una nave d'eroi sospinse. Io auspice   135
apparvi agli Argonauti! [84]
Di su la prora chino il cantor tracio [85]
raccolse il vaticinio.
E presso lui, d'oro chiomato, florido
della prima lanugine,[86]   140
(sentendo l'immortalità, saltavagli
il cuore sotto il bàlteo [87]
splendido) presso Orfeo figlio d'Apolline [88]
era il fratello d'Elena.[89]

O Iddii profondi, richiamate l'esule,   145
la deità rendetegli!

---

[81] *Tutte... su me*: vedi nota 74.
[82] *terrestrità*: ogni elemento terreno: è il contrario di "deità" del v. 3, del v. 32 e del v. 145 e secondo il Tommaseo-Bellini che, *sub voce*, cita tra gli altri Antonio Neri, *Arte vetraria*, 1, 1: "...così s'avranno le rannate limpidissime, e scariche da ogni terrestrità" e 1, 65: "Cristallo chiaro, senza terrestrità e di bella acqua", indica la "qualità di ciò che è terrestre".
[83] *dura nascita*: dolorosa condizione di essere nato uomo.
[84] *Io... Argonauti*: secondo il racconto di Apollonio Rodio, *Argon.*, I, vv. 1310 ss. e secondo Diodoro Siculo, *Bibl. Hist.*, IV, 48, 6, cui in particolare sembra rifarsi D'Annunzio, Glauco apparve agli Argonauti, gli eroi greci che per primi, sotto la guida di Giasone osarono solcare il mare con una nave per recarsi in Colchide e rubare il vello d'oro, e disse loro parole profetiche.
[85] *il cantor tracio*: Orfeo (vedi *Anniversario orfico*, v. 13: "...treicio Orfeo" e nota relativa), che era tra gli Argonauti.
[86] *florido... lanugine*: splendente di giovinezza. Il sintagma è costituito da una doppia metafora. Per il nesso "prima lanugine" (lett. prima peluria), cfr. A. Caro, *Lett.*, 2, 185: "Giovane..., sbarbato o di prima lanugine" e specialmente L. Ariosto, *Orl. fur.*, X, 9, "Sol la prima lanugine [= i giovani, la gioventù] v'esorto / tutte a fuggire...", entrambi citati dal Tommaseo-Bellini alla voce "lanugine".
[87] *bàlteo*: la cintura di cuoio con borchie metalliche cui i soldati romani appendevano la spada.
[88] *figlio d'Apolline*: perché, secondo alcune versioni del mito, Orfeo è detto figlio di Apollo oppure perché fu particolarmente caro ad Apollo, il dio della poesia.
[89] *fratello d'Elena*: Polluce, figlio di Giove e di Leda e quindi fratello di Elena.

Io fui Glauco, fui Glauco, quel d'Antèdone.
La terra m'è supplizio.
Ecco, tutta la luce [90] è nel Mare Infero,[91]
e per ovunque è tenebra.
O nunzia di prodigi Alba oceanica! [92]
Nel gorgo mi precipito.

---

[90] *tutta la luce...*: vedi *Terra, vale!*, vv. 6 ss. e vv. 23 s.
[91] *Mare Infero*: il Mar Tirreno su cui è ormai disceso il sole, "ma non senza allusione alla profondità del mare dove il novello Glauco sogna ancora indiarsi" (E. Palmieri). Vedi anche *Ditirambo I*, v. 380: "lungi si tace il Mare Infero".
[92] *Alba oceanica*: la luce, simile a quella dell'alba, che brilla nelle profondità marine.

L'oleandro

La lirica fu composta, o meglio fu terminata, la notte del 2 agosto 1900 come si legge in un manoscritto autografo (cfr. P. Gibellini, *Per la cronologia di "Alcione"* cit., p. 397). Nell'agosto del 1900, infatti, D'Annunzio offriva il componimento a Maggiorino Ferraris perché lo pubblicasse sulla « Nuova Antologia ». Proprio in ordine a tale offerta, dal Secco Motrone, dove si trovava in vacanza, il poeta scriveva all'amico Annibale Tenneroni, che a Roma curava i suoi interessi, in un giorno dell'agosto di quell'anno. Lo informava che disponeva di "circa 500" versi che componevano "un'ecloga marina intitolata l'*Oleandro* (endecasillabi) variamente armonizzati"; precisava che desiderava che l' "Ecloga" fosse pubblicata "subito", perché era "poesia da estate", e che la ricompensa non doveva "essere minore di 500 lire"; infine, dopo aver aggiunto che aspettava una risposta per ricopiare i versi e spedirli, osservava che all'amico "l'Ecloga /.../ certo" sarebbe piaciuta, tanto era "varia, ricca e fresca". Qualche giorno dopo, avendo saputo da una lettera di M. Ferraris che la « Nuova Antologia » non avrebbe potuto pubblicargli "l'Ecloga" fino a novembre, tornava a scrivere a A. Tenneroni per pregarlo di "far pratiche con la 'Rivista d'Italia' " dove "una *sua* cosa era molto desiderata", e di ricordarsi "però che l'Ecloga si compone di 500 versi e che non *potrebbe* darla per meno di 500 lire". La richiesta deve essere parsa eccessiva ai responsabili della « Rivista d'Italia ». Perciò D'Annunzio, anche se aveva dichiarato, nella prima lettera al Tenneroni, che "per ragioni di convenienza", cioè per impellente bisogno di denaro, non poteva aspettare oltre il 1°

settembre, finì con l'accettare i tempi, e i soldi, di M. Ferraris, e si accontentò di veder uscire i suoi versi sulla «Nuova Antologia» del 1° novembre. Ma verso la fine di ottobre non aveva ancora ricevuto le seconde bozze con il testo stampato. Scriveva in proposito all'amico Tenneroni: "Ti ho telegrafato per pregarti di andare alla Tip. del Senato. L'Ecloga doveva uscire il 1° novembre per condizione. E non ho ricevuto le seconde bozze alle quali non rinuncio. Informati e lagnati". Finalmente, non sul numero del 1° novembre, ma su quello del 16 novembre 1900 della «Nuova Antologia» (anno XXXV, fasc. 694, pp. 193-210) il componimento uscì con il titolo "*L'oleandro. Ecloga*" (Scartabello, *D'Annunzio e la «Nuova Antologia»*, in «Nuova Antologia», 16 marzo 1938, pp. 179-185). Un'allusione a *L'oleandro* è contenuta in *Maia*, *Laus vitae*, vv. 1480 ss.: "Oleandro, e allora t'elessi / in riva ai ruscelli fiorito / per inghirlandar la mia Musa /.../ t'elessi, Oleandro, ti colsi / per redimir le mie tempie / di rose e d'alloro in un ramo. / Non mai parso m'eri sì bello! / E un altro da me canto avrai". L'ecloga sarebbe appunto il "canto" promesso all'oleandro, ma con tutta probabilità allusione e preannuncio sono *post factum*, perché i versi citati della *Laus vitae* sono quasi sicuramente posteriori e non anteriori alla stesura del componimento alcionio. Un accenno all'ecloga e, in particolare, alle "tre notatrici dell'oleandro" nonché alla loro "nudità mimetica e icastica" è nel *Libro segreto*, in *Prose di ricerca*, II, pp. 716 s.

È il crepuscolo di una sera d'estate. L'ultima luce del giorno indugia sul mare Tirreno e la notte tarda a calare. Il poeta, che adombra se stesso sotto il nome di Glauco, si trova sulla spiaggia, in mezzo agli oleandri in fiore. Con lui sono due amici, Ardi e Derbe, e tre giovani donne che hanno i dolci nomi di Erigone, Aretusa e Berenice. Sono appena usciti dall'acqua e paghi delle gioie che il giorno ha loro recato, godono della reciproca compagnia e dell'incanto dell'ora, che è carica di un senso di languida e sospesa attesa della futura voluttà. Tutto è pervaso di dolcezza e animi e sensi sono affascinati e quasi ebri. Le parole che i tre uomini e le tre donne si scambiano fluiscono dolci e sommesse e quelle delle donne, in particolare, sembrano soavi melodie che accompagnano il lento avanzare della notte estiva.

L'oleandro è, come bene lo definì e, in un primo tempo, lo intitolò il poeta alludendo allo scenario marino in cui è ambientato, un'ecloga. In esso, infatti, sono sceneggiati i dolci conversari e le gentili occupazioni di un gruppo di giovani uomini e di giovani donne nell'ora magica del crepuscolo lungo la spiaggia del mare. Proprio come è tipico delle ecloghe e degli idilli, inoltre, in tutto il componimento realtà e sogno si intrecciano. I personaggi hanno nomi di favola, ma adombrano personaggi reali e i loro stessi nomi si capisce che sono qualcosa di più e di meno che nomi, in quanto ora sembrano risolversi in suoni melodiosi in cui si vanifica il loro carattere di preziosi reperti libreschi ora paiono avere un senso solo per i loro reconditi significati e per le magiche analogie cui danno luogo. Il paesaggio, poi, è non meno sospeso tra realtà e irrealtà: da una parte è il paesaggio del litorale toscano, tra il Tirreno e le Alpi Apuane, dall'altro tende a perdere ogni consistenza geografica e a dissolversi, quando addirittura non si trasforma nel paesaggio ellenico, nelle linee imprecise di un mondo fatto solo di un mare che è bianco, di un cielo illuminato dalla luce di un giorno che sembra non spegnersi mai e di una spiaggia coronata di oleandri fioriti. Infine, gli stessi discorsi che Glauco e i suoi compagni intrecciano prendono bensì sempre spunto da una notazione realistica – l'odore amarognolo di un ramo di oleandro reciso, la sete di Berenice, il diffuso senso di malinconia – ma poi si sollevano in una dimensione oscillante tra le favole, il mito e il sogno, in cui i personaggi reali perdono ogni spessore umano, mentre, personificandosi, ne acquistano uno sempre più vero e reale figure irreali o astratte come il Giorno, la Notte e la Melancolìa. Tutta l'ecloga, insomma, è calata in una dimensione di trasognamento in cui la realtà più semplice e umana è continuamente trasformata in mito e in sogno. Questa particolare atmosfera è creata mediante un procedimento tipicamente dannunziano. Il poeta lo ha già utilizzato, con buoni risultati, in componimenti come *La tenzone* e *Bocca d'Arno*. Ma mentre in quei testi la risoluzione del reale in termini nuovi avveniva attraverso la contemplazione estatica e si attuava mediante successivi trapassi analogici per approdare a forme di visione fantastiche e spesso paniche, ne *L'oleandro* il poeta sembra in tutto e per tutto volersi appoggiare, per attuare il suo scopo, più allo strumento mitico-metamorfico che a quello estatico-contemplativo e analogico. Ciò si spiega bene tenendo conto che ormai, almeno nell'economia del Libro di *Alcyone*, il poeta, dopo la conclamata esperienza di Glauco, ha fiducia soltanto nel mito e nella sua forza immortalatrice. E ciò a sua volta spiega perché D'Annunzio, accogliendo il componimento nel Libro di *Alcyone*, abbia lasciato cadere la precisazione "Ecloga" che accompagnava il testo nell'edizione in rivista e, adottando come titolo definitivo *L'oleandro* e collocando l'opera nel punto del Libro che occupa, abbia privilegiato proprio il tema metamorfico, anche se originariamente tale tema era solo un aspetto, anzi un momento e un modo di attuazione del più vasto e più comprensivo tema idillico.

Strutturato in cinque parti o tempi o momenti che scandiscono non tanto il trascorrere di un tempo cronologico quanto il divenire di uno stato d'animo nell'ambito di una situazione fondamentalmente statica, *L'oleandro*, dal punto di vista concettuale-espressivo, si presenta, proprio perché concepito quale espressione di un sogno – quasi un sogno di una notte di mezza estate –, come una melodia senza fine. Il poeta stesso, del resto, presenta, quasi programmaticamente, i discorsi di Erigone, Aretusa e Berenice come *dolci melodie* intese ad *accompagnare la notte d'estate* (vv. 1-3) in cui la luce del giorno sorride "silenziosamente senza fine" (v. 418). Tutto ciò può ben parere una enunciazione di poetica e non solo l'espressione di una situazione emotivo-sentimentale. Di fatto, D'Annunzio ha costruito *L'oleandro* proprio come una sorta di malioso *carmen* "senza fine" che deve accompagnare il tempo senza tempo di una notte sospesa nell'irreale dimensione di una luce che non si spegne e di una tenebra che non scende a velare il mondo o, che è poi la stessa cosa, come una sorta di *carmen* non meno malioso e infinito che deve accompagnare, auspice la Melancolìa, la voluttà, fatta di piacere e di dolore e avulsa da ogni misurazione quantitativa, degli amanti divini e mortali. L'idea di dar vita a una simile melodia senza fine è venuta a D'Annunzio dalla sua ormai decennale consuetudine con certe teorie wagneriane e dalla più recente ma anche più decisiva lettura dei testi poetici di H. de Régnier. Così, per ottenere il suo scopo, così suggestivo e nel contempo così pericolosamente soggetto a inevitabili cadute nella falsa musicalità e nell'enfasi tonale, il poeta ha utilizzato vari espedienti tecnico-formali. In primo luogo si è servito del pacato recitativo, già messo a punto in componimenti come *La tenzone* o in certe pagine di prosa delle *Vergini delle rocce* e del *Fuoco*, e qui franto in ampie e spaziate torniture dialogiche che gli offrivano, nell'ambito dei successivi spostamenti dialettici, la possibilità di operare particolari trapassi più o meno esteriori nel corpo della costruzione. Poi – e qui è soprattutto evidente l'influsso di H. de Régnier – ha fatto ricorso all'uso costante, secondo un espediente già sperimentato anche recentemente nel *Fuoco*, di alcune immagini e di alcune note che, sotto forma di stilemi sempre identici o di poco variati, tornano di continuo in punti diversi del testo, tramando tutto il componimento di echi e di richiami interni: si pensi ad esempio agli stilemi e alle immagini del "bianco mare" (vv. 4, 192, 427, 433, 442, 466, 482), delle "rose" e del "lauro trionfale" (vv. 11, 40, 211, 228, 328, 400, 401), del "giorno che non potrà morire" (vv. 17-18, 205, 416, 432), del "sorriso" delle tre donne e, passando a strutture espressive più minute, si vedano le frequentissime anafore e si vedano anche le strofe costruite su rime continuamente ritornanti, come la prima che è articolata melodicamente su parole-rima ripetute: "notte-melodìa-mare-mare-melodìa-notte". Infine, recuperando un vezzo ormai connaturato ai suoi modi espressivi, non esita, per dilatare al massimo gli echi musicali del suo canto, a spargere su tutto il miele melodico del *Poema paradisiaco*, impastato di sensuale voluttà, di molli abbandoni, di languida attesa e di taciturna malinconia non senza veri e propri recuperi che potrebbero parere, nel corpo vivo di *Alcyone*, archeologici: si vedano, ad esempio, i vv. 15-16: "sorridevano di riconoscenza / indicibile al suo divin morire"; i vv. 19-20: "Mai la sua faccia parve tanto pura, / non ebbe mai tanta soavità" e, subito appresso, i vv. 21-24: "Era la sua parola come il vento / d'estate quando ci disseta a sorsi / e nella pausa noi pensiamo i fonti / dei remoti giardini ov'egli errò". Naturalmente la melodia "senza fine" perseguita mediante siffatti espedienti, non è fine a se stessa. Infatti, oltre che necessaria per cantare il tempo senza tempo del crepuscolo e per incantare la dolce attesa della voluttà, essa si concilia con il motivo, ben caro a D'Annunzio, dell'infinito desiderio, qui modulato, in linea con le esigenze e le aperture della stagione alcionia, nelle forme della nostalgia e non, salvo in qualche inevitabile caduta di tono (v. 49: "Tutto allora fu grande, anche il mio cuore"; v. 113: "...Io dissi: 'Andiamo, andiamo!' "; v. 408: "Sol d'oleandro voglio laurearmi"), in quelle superomistiche dell'avidità del possesso e della celebrazione di sé: è modulato cioè nelle forme dell'evasione dal reale nell'irreale o, meglio, per motivi che si è visto, nel mito malinconico di un passato che si può soltanto ricordare o di un presente non meno malinconico perché infruibile o di un futuro che si può soltanto aspettare.

Di qui, dal suo carattere di componimento costruito nel modo che si è detto per essere quello che vuole essere, in sé come nell'ambito della struttura del Libro, vengono a *L'oleandro* i suoi pregi e i suoi limiti, le sue parti meglio realizzate e più captanti e le parti più caduche e stucchevoli, le une mescolate alle altre in maniera pressoché indistricabile. Di fatto, *L'oleandro* è caratterizzato da un irrisolto dissidio tra le due spinte opposte che coesistono nella sua ampia – forse troppo ampia – compagine. Quella che, di per sé o per forza di immagini o, nel peggiore dei casi, per effetto di espedienti tecnici, porterebbe la materia – la realtà – a sciogliersi in favola e in sogno, alleggerendola in musica, e quella che invece la appesantisce in un eccesso di ragionamento, di implicazioni speculative, di mitiche figurazioni e anche di inutili languori, coartandone la libera espansione fantastica e musicale per mezzo di arabeschi decorativi che rimontano all'epoca de *L'Isottèo-La Chimera* (è il caso della descrizione della metamorfosi di Berenice-Cyane e di Dafne e soprattutto dell'ipostasi del giorno e della notte), di preziosismi linguistici (è il caso della serie di epiteti omerici dei vv. 66-69 ed è anche il caso dei nomi stessi delle tre donne che talora proprio per i nomi che hanno perdono quel valore sognante di pure presenze femminili sorridenti e, quasi, di pure "voci" melodiche), di labili associazioni fonico-verbali (è il caso dei giochi di parole su Cyane-azzurra e degli scambi tra l'ardore del desiderio di Apollo e l'ardore della vampa del dio del Sole) e, infine, di pesanti intrusioni culturali (è il caso, per fortuna caso-limite, delle digressioni su Siracusa, su l'Ode di Bacchilide e sul viaggio verso l'Ellade antica), per non dire dell'aggravamento di peso che *L'oleandro* subisce entrando a far parte dell'*Alcyone*, in ordine ai nuovi "significati" che assume e in ordine anche all'accentuazione del valore di dichiarazione di poetica che certi passi possono sopportare (ad esempio l'episodio della trasformazione di Dafne e il passo della incoronazione di Glauco con l'oleandro; cfr. poi anche il brano di *Maia*, *Laus vitae*, vv. 1480 ss. che esalta l'oleandro come emblema dell'arte dannunziana e contiene un annuncio, come si è visto *post factum*, de *L'oleandro*). Così, spesso, l'ampio recitativo, che è l'anima del componimento e che pure conserva una grande efficacia suggestiva, trova un ostacolo insormontabile nella resistenza che gli oppongono queste e altre zeppe ben facilmente individuabili (vedi i vv. 49; 112-113; 157-158; 207-208; 229; 338; 353-355 etc.) e non riesce a sciogliersi in partiture armonicamente valide. Ed è sempre per questo che, pure in tanta varietà, ricchezza e freschezza, per usare le parole con cui giustamente D'Annunzio nell'agosto del 1900 vantava la sua ecloga all'amico Tenneroni (vedi p. 366), *L'oleandro* sembra gravato, suo malgrado, da una architettura costruita piuttosto dall'esterno che la deprime e la schiaccia e sembra condizionato da un eccesso di musicalità troppo facile e troppo dolce in cui talune immagini si risolvono in nome di una conclamata ma non sempre controllata "divina libertà" che sarebbe propria della poesia (vedi v. 50) e che non permette il necessario scavo e approfondimento delle impressioni sensibili.

Insomma *L'oleandro* non è, come voleva F. Flora (*D'Annunzio* cit., pp. 200 ss.) il testo più valido e interessante di D'Annunzio, anche se può a ben diritto parere, come pareva al critico così attento a certi aspetti più propriamente fonici, "la più genuina espressione del temperamento dannunziano": e ciò nel bene e nel male: sia sul piano dei valori musicali sia sul piano, per F. Flora positivo per noi non certo tale, dei pregi contenutistici (F. Flora parla espressamente di "panismo" /.../ che si costruisce in un vero e proprio pensiero melodico, in un vero logos lirico", di una "musica del senso che s'è fatto variamente Parola" e di "un pensiero in poesia"). Soprattutto, comunque, *L'oleandro* è un componimento che si segnala per l'estrema abilità tecnica di cui, senza eccedere, come gli capitò in altri componimenti e, d'altra parte, senza neanche conseguire, però, la leggerezza e la tenuità di testi come *La sera fiesolana* e *Lungo l'Affrico*, D'Annunzio ha saputo dare prova nei 582 versi che costituiscono l'ecloga. Si veda in proposito il partito che il poeta sa trarre, ampliando, integrando e mutando, dal modello costituito da Ovidio, nell'episodio, che pure rimane uno dei momenti meno felici del componimento, della trasformazione di Dafne: là dove, ad esempio, con sensibilità tutta sua, rovescia il motivo della fuga, che in lui non è determinata dalla paura ma dal desiderio di ritardare il più possibile l'incontro con il dio per meglio gustarlo e là dove inventa un mito nel mito – i rossi fiori di cui fiorisce l'alloro che altro non sono che le rose in cui si trasforma l'ardente bocca di Dafne. Si veda poi anche la grande perizia con cui D'Annunzio affronta e risolve il problema della resa ritmico-musicale dei diversi "tempi" o meglio delle diverse "melodie" che costituiscono l'ecloga. Per ciascuno di essa, pur conservando in tutto il componimento l'endecasillabo come base musicale del recitativo, il poeta ha costruito suoni e ritmi sempre nuovi e diversi che si adattano ai vari e diversi significati e movimenti. Così la permanenza dell'endecasillabo garantisce la continuità della melodia senza fine in cui il componimento tende a risolversi e la variazione dei suoni e dei ritmi assicura l'indispensabile varietà tonale. Più in particolare, come ha dimostrato E. Mariano, il ritmo di Berenice è "maestoso": l'endecasillabo ha una cadenza normale e fluisce pieno e melodioso grazie anche ai frequenti *enjambements*: non per niente è chiamato a dar voce "a un alessandrinismo di lucerna /.../ con ripetuti tecnicismi verbali e pesi oratori" quale è quello dell'episodio di Cyane, di Siracusa e dell'Ode bacchilidea. Il ritmo di Aretusa, invece, è, sempre secondo E. Mariano, "molto mosso" e, come la situazione metamorfica comporta, è caratterizzato da una continua "metamorfosi di suoni", ricca di sonori *enjambements*, e di non meno sonore assonanze: ne risulta una sequela di endecasillabi non solo mossi, ma anche liquidi e molti che dissolvono, pur senza distruggerla, la decoratività potenzialmente preziosa dei versi polizianeschi in nona rima già sperimentata in tutta la loro letterarietà nel *Dolce grappolo* dell'*Isottèo* e, più di recente, nell'*Allegoria dell'Autunno*. Infine, il ritmo di Erigone è, a tutti gli effetti, un "ritmo lento" che "dà un senso di cantabile e insieme di ampiezza": è, osserva E. Mariano, un ritmo idoneo, con i suoi endecasillabi accentati sulla 1ª, 6ª e 10ª e con le sue frequenti pause e riprese, "a sostenere i significati ermetici del crepuscolo 'senza fine' ".

Metro: il componimento è diviso in cinque parti di diversa lunghezza, tutte costituite da endecasillabi ma caratterizzate ciascuna da un ritmo diverso. La prima parte (vv. 1-72) consta di nove strofe di otto endecasillabi liberamente ritmati o assonanzati. La seconda parte (vv. 73-206) è costituita da quattro lasse, di diversa ampiezza, di endecasillabi. La terza parte (vv. 207-400) si apre con una strofa di quattordici endecasillabi – la misura del sonetto – liberamente rimati e si svolge poi in venti stanze di nove endecasillabi ciascuna, arieggianti la nona rima anche se per lo più i versi, anziché dalla rima, sono legati dall'assonanza. La quarta parte (vv. 401-431) è costituita da dieci terzine incatenate, in cui la rima è spesso sostituita dall'assonanza, chiuse da un verso che, secondo l'uso dantesco, rima con il penultimo verso dell'ultima terzina. Secondo M. Praz, *La carne* cit., p. 466 queste terzine assonanti sono modellate su quelle del recitativo di *L'une des tisseuses* ne *L'homme et la Sirène* dei *Jeux rustiques et divins* di H. de Régnier. La quinta parte (vv. 432-482), infine, presenta un'unica lassa di quarantotto endecasillabi liberamente rimati o assonanzati chiusa da due endecasillabi isolati. Degne di nota le rime frante dei vv. 240-241 ("salva-/mi") e 330-331 ("interrotta-/mente")

Erigone, Aretusa, Berenice,[1]
quale di voi accompagnò la notte
d'estate con più dolce melodìa
tra gli oleandri lungo il bianco mare? [2]
Sedean con noi [3] le donne presso il mare   5
e avea ciascuna la sua melodìa
entro il suo cuore per l'amica notte;
e ciascuna di lor parea contenta.[4]

E sedevamo su la riva, esciti
dalle chiare acque,[5] con beato il sangue   10
del fresco sale; [6] e gli oleandri ambigui [7]

---

[1] *Erigone... Berenice*: mitici nomi delle tre giovani donne che fan compagnia al poeta sulla spiaggia. Erigone, propriamente, è, secondo il mito, il nome della figlia di Icario, il contadino ateniese che diede ospitalità a Dioniso e ne ebbe il segreto per fare il vino. Icaro fu poi ucciso da alcuni pastori ubriachi e Erigone impazzì per il dolore. Gli dei allora li trasformarono nelle costellazioni di Boote e della Vergine. D'Annunzio trovava il nome in Ovidio, *Metam.*, VI, 125 e X, 451. Aretusa, invece, è il nome di una Nereide: inseguita da Alfeo, dio del fiume nel quale si bagnava, implorò l'aiuto di Artemide che la trasformò in sorgente, presso la città di Siracusa. D'Annunzio ne trovava il mito in Ovidio che, in *Metam.*, V, vv. 572 ss., racconta diffusamente tutta la vicenda. Berenice, infine, è il nome della principessa di Cirene, sposa di Tolomeo III re d'Egitto (III secolo a.C.). La donna offrì in voto, per il ritorno del marito dalla guerra, una treccia dei suoi capelli che, scomparsa misteriosamente, fu trasformata in costellazione. La leggenda fu cantata da Callimaco nell'elegia *La chioma di Berenice* che ci è nota nella traduzione latina di Catullo. Le tre donne saranno ricordate da D'Annunzio anche nel *Libro segreto*, in *Prose di ricerca*, II, p. 716, come "le tre notatrici dell'Oleandro". Insieme esse ricordano le "Tisseuses" de *L'homme et la Sirène* dei *Jeux rustiques et divins* di H. de Régnier, delle quali, in una didascalia (p. 56 dell'ed. cit.) si dice: "Elles sont trois qui parlent tour à tour, la plus vieille debout, d'autres travaillent en silence dont deux encore repondent" (V. De Maldé-G. Pinotti).
[2] *bianco mare*: tipico sintagma omerico. Bianco, comunque, è il mare nella bonaccia dell'ora vespertina.
[3] *noi*: il poeta-Glauco, Ardi e Derbe.
[4] *e... contenta*: eco da un contesto poetico in cui si parla di un altro idillio a sei: cfr. Dante, *Rime*, *Guido, i' vorrei che tu e Lapo ed io*, v. 13: "e ciascuno di lor fosse contenta".
[5] *chiare acque*: eco, insieme al "fresco" del verso seguente, di F. Petrarca, *Rime*, CXXVI, v. 1: "Chiare, fresche et dolci acque".
[6] *con... sale*: con il sangue piacevolmente ristorato ("beato") dal mare, dall'acqua salmastra del mare ("sale", con la consueta metonimia, già classica e dantesca).
[7] *ambigui*: perché somigliano all'alloro nelle fronde e alle rose nei fiori, cioè, come spiega il poeta nel verso successivo, perché "intrecciavan le rose al regio alloro".

intrecciavan le rose al regio alloro [8]
sul nostro capo; e il giorno di sì grandi
beni ci avea ricolmi che noi paghi
sorridevamo di riconoscenza   15
indicibile al suo divin morire.[9]

« Il Giorno » disse pianamente [10] Erigone
verso la luce « non potrà morire.[11]
Mai la sua faccia [12] parve tanto pura,
non ebbe mai tanta soavità. »   20
Era la sua parola come il vento
d'estate quando ci disseta a sorsi [13]
e nella pausa [14] noi pensiamo i fonti
dei remoti giardini ov'egli errò.[15]

L'udii come s'io fossi ancor sommerso [16] 25
e la sua voce avesse umido velo.[17]

---

[8] *regio alloro*: regale, l'alloro, perché "*laurus regia*" si chiama, secondo Plinio, *Nat. hist.*, XV, 30 ("Laurus triumphis proprie dicatur /.../ Duo eius genera tradit Cato: Delphiam et Cypriam /.../ Accessit et regia, quae coepit Augusta appellari, amplissima et arbore et folio...") o perché è pianta sacra ad Apollo o perché con le sue fronde si intrecciavano ghirlande "per triumfare o cesare o poeta".

[9] *al... morire*: al suo tramonto divinamente affascinante. Per la metafora della morte del giorno cfr. Dante, *Purgatorio*, VIII, vv. 5 s.: "...se ode squilla di lontano / che paia il giorno pianger che si more". Cfr. anche *L'Isottèo, Cantata di Calen d'Aprile*, vv. 162 ss.: "Giorno, tu non morire! O giorno, a la tua morte / il ciel lacrime versa" e vedi poi *La sera fiesolana*, vv. 49 s.: "Laudata sii per la tua pura morte, / o Sera...".

[10] *pianamente*: con voce sommessa e con tono pacato. È avverbio tipicamente boccaccesco.

[11] *Il Giorno... non potrà morire*: cfr. H. de Régnier, *Jeux rustiques et divins. Odolette*, X, vv. 29-31: "...la belle journée, / si belle et si belle qu'il semble / que nulle fleur, ce soir, ne peut être fanée" (M. Praz, *La carne* cit., p. 465).

[12] *la sua faccia*: per simili antropomorfismi vedi *La sera fiesolana*, vv. 15 s.: "Laudata sii pel tuo viso di perla, / o Sera, e pe' tuoi grandi umidi occhi...".

[13] *a sorsi*: in linea con la metafora del vento *che disseta* (ristora, ritempra con la sua freschezza), significa a folate successive.

[14] *nella pausa*: nella pausa del vento, nel momento in cui il vento non spira.

[15] *i fonti... errò*: i fonti dei giardini lontani soffiando sui quali si è caricato di profumi e di fresco. I "fonti", i "giardini remoti", "il vento / d'estate" che va caricandosi di aromi e che poi "disseta" "a sorsi" e la "soavità" della "faccia" "pura" del giorno sono stilemi e immagini di chiara derivazione "paradisiaca". Cfr. *Poema paradisiaco, Psiche giacente*, vv. 25 ss.: "...Solo il vento / a quando a quando languido sospira / inebriato da gli odor che aspira / tra le rose di Cipri ove s'asconde".

[16] *sommerso*: immerso nell'acqua.

[17] *avesse... velo*: fosse coperta da un sottile velo d'acqua che la rendeva fioca.

Ma reclinai la gota, e d'improvviso
tiepida come sangue dalla conca
dell'udito sgorgò l'acqua marina.[18]
Pur, profondando nella sabbia i nudi   30
piedi, io sentia partirsi lentamente
il buon calor del tramontato sole.

E chi recise all'oleandro un ramo?
Io non mi volsi, ma l'amarulenta
fragranza della linfa dalla fresca   35
piaga [19] mi giunse alle narici, vinse
l'odor muschiato [20] dei vermigli fiori.
« O Glauco » [21] disse Berenice « ho sete. »
Ed Aretusa disse: « O Derbe,[22] quando
fiorì di rose il lauro [23] trionfale? » [24]   40

Ella ben sapea quando, ma non Derbe
inesperto in foggiar lucidi miti.[25]
Ed il cuore profondo mi tremò,
tremò della divina poesia.
Ond'io pregava: « O desiderii miei,   45
stirpe vorace e vigile, dormite!
E voi lasciate che nel vostro sonno [26]
io mi cinga del lauro trionfale! » [27]

---

[18] *reclinai... marina*: cfr. *Trionfo della morte*, in *Prose di romanzi*, I, p. 983: "Chinò la testa, e sentì l'acqua sgorgare dall'orecchio tiepida come sangue". La "conca / dell'udito" è la cavità dell'orecchio, "cavità" spiega il Tommaseo-Bellini alla voce "conca" "che ha la figura d'una conchiglia, da cui ha preso il nome".
[19] *fresca / piaga*: la ferita inferta di recente alla pianta recidendo il ramo.
[20] *muschiato*: simile all'odore denso e penetrante del muschio, la sostanza secreta dalle ghiandole odorifere di vari mammiferi.
[21] *Glauco*: il mitico pescatore della Beozia che divenne un dio marino: sotto il suo nome è adombrato il poeta stesso. Vedi *Ditirambo II*.
[22] *Derbe*: antica città adriatica ricordata da Strabone, *Geographica*, XII, 1, 4 (cfr. anche *Acta Apostolorum*, XIV, 6: "confugerunt ad civitates Lycaoniae Lystram et Derben"): sotto il suo nome è adombrato un compagno di avventure di Glauco.
[23] *quando... lauro*: quando il lauro si arricchì di fiori simili alle rose e si trasformò così in oleandro.
[24] *trionfale*: perché usato per incoronare comandanti vittoriosi durante il trionfo o poeti famosi. Vedi nota 8.
[25] *lucidi miti*: "trasparenti allegorie, favole chiaramente allusive" (E. Palmieri).
[26] *nel... sonno*: mentre voi, passioni e voglie ("desiderii"), dormite.
[27] *io... trionfale*: metafora per dire: io possa tornare poeta.

Tutto allora fu grande, anche il mio cuore.
Oh poesia, divina libertà!   50
Ergevasi con mille cime l'Alpe
grande, quasi con volo di mille aquile,²⁸
per il salir ²⁹ d'impetuosa forza
dalle sue dure viscere di marmo
onde l'uom che non volle umana prole   55
trasse i suoi muti figli imperituri.³⁰

E le curve propaggini dell'Alpe
si protendeano ad abbracciare il mare;
ed il mare splendeva di candore
meraviglioso nel lunato golfo ³¹   60
con la bellezza delle donne nostre.
E quella luce un rinascente mito
fece di voi ³² su l'irraggiato ³³ mondo,
Erigone, Aretusa, Berenice!

Così ci parve riudire il canto   65
delle Sirene, dalla nave concava
di prora azzurra, fornita di ponti,

---

²⁸ *quasi... aquile*: con uno slancio simile a quello di mille aquile in volo verso il cielo.
²⁹ *salir*: erompere.
³⁰ *l'uom... imperituri*: Michelangelo, il quale, secondo l'aneddoto riportato da G. Vasari, a un prete suo amico che gli aveva detto: "Gli è peccato che non abbiate tolto donna, perché aresti avuto molti figliuoli e lasciato loro tante fatiche onorate", rispose: "Io ho moglie troppe, che è quest'arte che m'ha fatto sempre tribolare; et i miei figliuoli saranno l'opere che io lasserò".
³¹ *nel lunato golfo*: nel golfo ricurvo, a forma di mezza luna. Per il sintagma "nel lunato golfo" cfr. *Elegie romane*, I, *Sogno d'un mattino di primavera*, v. 47: "chiostre di colli emerse da vasti golfi lunati"; *Trionfo della morte*, in *Prose di romanzi*, II, p. 657: "...come nelle segrete caverne e nel golfo lunato..."; p. 803: "Quella catena di promontorii e di golfi lunati dava imagine d'un proseguimento d'offerte"; *Elettra*, *Per la morte di un distruttore*, v. 406: "sul golfo lunato e grande" [agosto-settembre 1900]. Per l'aggettivo "lunato" vedi *Le madri*, v. 68 e nota relativa.
³² *un... di voi*: vi trasfigurò in figure mitiche che improvvisamente tornavano a vivere.
³³ *irraggiato*: illuminato da quella luce.

veloce,³⁴ in un doloroso ritorno³⁵
spinta dal vento al frangente del mare,³⁶
né ci difese Odisseo dal periglio   70
con la sua cera; ma il cuore, non più
libero,³⁷ novellamente anelava.

II

« O Glauco », disse Berenice « ho sete.
Dov'è la fonte? dove sono i frutti?
Dov'è Cyane³⁸ azzurra³⁹ come l'aria?   75
Dove coglierai tu con le tue mani
l'arancia aurata nella cupa fronda?⁴⁰
Come ci dissetammo! Quante volte
ci dissetammo! E tanto era soave
il dissetarsi che desiderammo   80
l'ardente sete. Al par di noi chi seppe
distinguere il sapore d'ogni frutto
e la maturità dal suo colore?
distinguere d'ogni acqua la freschezza
e ritrovar la sua più fredda vena?   85
e regolar le labbra al vario bere
e il sorso modular come una nota?

---

³⁴ *concava... veloce*: serie di epiteti omerici: "concava": cfr. Omero, *Il.*, I, v. 26; "di prora azzurra": cfr. Omero, *Il.*, XV, v. 693; XXIII, v. 852; *Od.*, III, v. 299; IX, 339; "fornita di ponti": cfr. Omero, *Od.*, II, v. 390, etc.; "veloce": cfr. Omero, *Od.*, VII. v. 36, etc.
³⁵ *in... ritorno*: durante un viaggio di ritorno pieno di peripezie, come il viaggio di Odisseo.
³⁶ *al... mare*: contro le scogliere dove si infrangono le onde del mare: è un altro sintagma omerico: cfr. *Il.*, I, v. 437.
³⁷ *non più libero*: non più libero, come poco prima, dai desideri, che evidentemente si sono risvegliati: vedi vv. 45-48.
³⁸ *Cyane*: ninfa al seguito di Proserpina: quando Plutone rapì Proserpina, non sopravvisse al dolore e si sciolse in lacrime fino a trasformarsi in una fonte. Cfr. Ovidio. *Metam.*, V, vv. 411 ss. e Claudiano, *De raptu Proserpinae*, III, vv. 245 ss.
³⁹ *azzurra*: l'aggettivo allude alla limpida trasparenza dell'acqua in cui Cyane fu trasformata ed è in relazione etimologica con il nome stesso della ninfa che in greco significa appunto "cerulea, azzurrina".
⁴⁰ *l'arancia... fronda*: "Cfr. il notissimo *Kennst du das Land* di Goethe (*Wilhelm Meisters Lehrjahre*): 'Im dunkeln Laub die Goldorangen gluhn" (M. Praz-F. Gerra).

L'imagine di me nell'acque amavi.⁴¹
Dell'amore di me arsi inclinata,⁴²
sì bella nel ninfale specchio⁴³ fui.   90
Io fui⁴⁴ Cyane azzurra come l'aria.
Tu mi ghermisti fra natanti foglie.
L'ombra⁴⁵ divina mi trasfigurò.
Un fiore subitaneo⁴⁶ s'aperse
tra i miei ginocchi. Vincolata fui   95
da verdi intrichi,⁴⁷ fra radici pallide
come i miei piedi,⁴⁸ con segreto⁴⁹ gelo.
Il sol⁵⁰ divino mi trasfigurò.
Anelli innumerevoli alle dita
furonmi i raggi, pettini ai capelli,   100
monili al collo, e veste tutta d'oro.⁵¹
O Aretusa, perché non ho il tuo nome?⁵²

---

⁴¹ *L'imagine... amavi*: amavi la mia immagine riflessa nell'acqua della fonte. Oppure: amavi la mia immagine acquorea, cioè amavi me nel mio aspetto acquoreo.
⁴² *inclinata*: stando china sulla fonte.
⁴³ *nel ninfale specchio*: nell'acqua della fonte abitata da una ninfa. Per l'aggettivo "ninfale" cfr. *L'Isottèo, Il dolce grappolo*, vv. 28 ss.: "Levasi /.../ la mia donna, e la sua forma ninfale / tra le diffuse chiome a l'aria odora"; *Isaotta nel bosco*, XIII, vv. 231 s.: "...ne la grotta / ampia e ninfale...".
⁴⁴ *Io fui...*: cfr. *Il fuoco, Prose di romanzi*, II, p. 731: "Io fui Pan"; p. 801: "Io fui Giulietta"; p. 820: "Io fui Cassandra"; vedi anche *Ditirambo I*, v. 1: "Io fui Glauco...".
⁴⁵ *L'ombra*: l'ombra che regna sotto l'acqua, nel profondo della fonte.
⁴⁶ *subitaneo*: aggettivo in luogo del avverbio: all'improvviso.
⁴⁷ *Vincolata... intrichi*: fui avvinta dai rami delle piante acquatiche. Vedi *La pioggia nel pineto*, vv. 112 ss.: "...il verde vigor rude /.../ c'intrica i ginocchi".
⁴⁸ *radici... piedi*: cfr. *La Gioconda*, in *Teatro*, I, p. 317: "I suoi piedi scalzi /.../ sono singolarmente pallidi come le radici delle piante acquatiche".
⁴⁹ *segreto*: intimo, profondo.
⁵⁰ *Il sol*: la luce del sole che penetra tra le foglie e crea giochi di iridiscenze sulla superficie dell'acqua.
⁵¹ *Anelli... d'oro*: cfr. *Sogno di un mattino di primavera*, in *Teatro*, I, p. 40: "Noi tremavamo tutte insieme, d'un tremolìo continuo e delizioso, perché il sole giocava con noi. Giocava con noi come un fanciullo ebro, toccandoci con mille dita d'oro, con mille dita tiepide e leste /.../ Innumerevoli erano i suoi giochi".
⁵² *O... nome?*: Berenice vorrebbe chiamarsi Aretusa per rivivere la metamorfosi di cui la mitica Aretusa fu protagonista quando, per sottrarsi alle profferte amorose di Alfeo, il violento dio del fiume omonimo, fu trasformata in fonte. Vedi nota 1 e cfr. Ovidio, *Metam.*, V, vv. 572 ss. Ma, soprattutto, per i vv. 102-107, cfr. l'epigrafe alla sezione *Aréthuse* dei *Jeux rustiques et divins* di H. de Régnier: "C'est une fointaine dans *l'ile d'Ortygie* [v. 103] où, *quand les flûtes des pasteurs s'étaient tues* [vv. 106 e 107] *venaient boire les Sirènes* [v. 105] de la Mer" (E. Palmieri).

Nascesti tu nell'isola d'Ortigia [53]
come l'amor del violento fiume? [54]
La Sirena scagliosa abbeveravi,   105
già fatto il vespero, al tacer dei flauti.[55]
Diedi io le canne ai flauti dei pastori.
Io fui Cyane azzurra come l'aria.
L'acqua sorgiva mi restò negli occhi; [56]
la lenta correntìa [57] mi levigò.   110
O Glauco, ti sovvien della Sicilia
bella? » [58] Ed io più non vidi la grande Alpe,
il bianco mare. Io dissi: « Andiamo, andiamo! »

« Ti sovvien della bella Doriese [59]
nomata Siracusa nell'effigie   115
d'oro co' suoi delfini e i suoi cavalli,[60]
serto del mare? [61] Noi scoprimmo un giorno,
stando su l'Acradina,[62] la triere [63]

---

[53] *isola d'Ortigia*: l'isola che sorge di fronte a Siracusa e sulla quale sgorga la fonte Aretusa. Ma vedi la nota precedente.

[54] *l'amor... fiume*: la ninfa Aretusa, che fu appassionatamente amata da Alfeo, il dio del fiume omonimo. Cfr. *Taccuino III*, I, p. 55: "E ho in me splendida l'imagine di Aretusa inseguita dal furioso amante fin nel mar siciliano" [" + 3 agosto" 1895].

[55] *La Sirena... flauti*: cfr. l'epigrafe regneriana citata alla nota 52. Per l'epiteto "scagliosa" attribuito alla Sirena, cfr. H. de Régnier, *Les jeux rustiques et divins*, *L'homme et la Sirène*, vv. 43-45: "On dit qu'elles les Sirènes n'existent pas / ou que leurs torses vils se terminent en *queues / d'écailles*" (V. De Maldé-G. Pinotti).

[56] *L'acqua... occhi*: vedi *La pioggia nel pineto*, vv. 106-107 e nota relativa.

[57] *correntìa*: corrente. Vedi *Bocca d'Arno*, v. 8: "...questa pacata correntìa" e nota relativa.

[58] *ti... bella*: cfr. G. Carducci, *Rime nuove*, *Primavere elleniche*, II (*Dorica*) v. 1: "Sai tu l'isola bella [la Sicilia]...?".

[59] *Doriese*: dorica (come in G. Carducci, *ibidem*, vv. 18 s.: "...via pe' fori / doriesi"), in quanto Siracusa era una colonia greca fondata dai Dori di Corinto. Cfr. Forcellini alla voce *Syracusae*: "Initio colonia Corinthiorum *Dorumque* /.../ tantaque ut ex quattuor urbibus /.../ constaret, quae Insula, vel Ortygia, *Acradina* [vedi v. 118], Tyche et Neapolis vocabantur" (D. Martinelli-C. Montagnani).

[60] *nell'effigie... cavalli*: nel ritratto che la riproduce insieme ai suoi delfini e ai suoi cavalli, sulle sue monete d'oro. Nelle monete d'oro di Siracusa erano effigiati, nel *verso*, quadrighe e cavalli sorvolati da Vittorie alate e, nel *recto*, con la dicitura "Syracosion", delfini guizzanti intorno a una testa di donna raffigurante la città o la ninfa Aretusa.

[61] *serto del mare*: corona che inghirlanda il mare: allusione alle varie città che compongono Siracusa e che formano come una corona sul mare.

[62] *Acradina*: una delle città della terraferma che compongono Siracusa. Vedi la nota 59.

[63] *triere*: trireme (grecismo).

che recava da Ceo⁶⁴ l'Ode novella
di Bacchilide al re vittorioso.⁶⁵   120
Udivasi nel vento il suon del flauto
che regolava l'impeto dei remi,⁶⁶
or sì or no⁶⁷ s'udiva il canto roco
del celeùste; ⁶⁸ ma silenziosa ⁶⁹
l'Ode, foggiata di parole eterne,   125
più lieve che corona d'oleastro,⁷⁰
onerava⁷¹ di gloria la carena.
Scendemmo al porto. Ti sovvièn dell'ora?
Un rogo⁷² era l'Acropoli⁷³ in Ortigia;
ardevano le nubi su 'l Plemmirio⁷⁴   130
belle come le statue su 'l fronte⁷⁵
dei templi; parea teso dalla forza
di Siracusa il grande arco marino.⁷⁶
E noi gridammo, e un sùbito clamore
corse lungo le stoe⁷⁷ quando la nave   135
piena d'eternità⁷⁸ giunse all'approdo.

---

⁶⁴ *Ceo*: isola delle Cicladi, nell'Egeo, patria del poeta Bacchilide.
⁶⁵ *l'Ode... vittorioso*: l'Epinicio III, che il poeta lirico greco Bacchilide (V secolo a.C.) dedicò a Gerone, re di Siracusa che aveva riportato la vittoria nella gara di corsa con i cavalli nei giochi olimpici del 468 a.C. Vedi più sotto i vv. 151 ss.
⁶⁶ *l'impeto dei remi*: l'effetto per la causa: la cadenza dei rematori.
⁶⁷ *or sì or no*: sintagma molto frequente in D'Annunzio. Cfr. *L'Isottèo*, *Il dolce grappolo*, v. 149.
nella gara di corsa con i cavalli nei giochi olimpici del 468 a.C. Vedi più
⁶⁸ *celeùste*: comito, capociurma. Grecismo traslitterato con accentuazione anomala. Cfr. poi anche *Maia. Laus vitae*, vv. 2415: "...una stirpe / di ferro /.../ obbedisce ai fanciulli /.../ meglio / che su triere [vedi v. 118] veloce / al celeùste la ciurma / unta di olio d'oliva [vedi v. 141]".
⁶⁹ *silenziosa*: in antitesi al "suon del flauto" (v. 121) e al "canto roco / del celeùste" (v. 123).
⁷⁰ *oleastro*: "Ulivo selvatico da' cui rami erano le corone che si davano in premio ai vincitori de' giuochi olimpici" (Tommaseo-Bellini, *sub voce* "oleastro").
⁷¹ *onerava*: riempiva, appesantiva.
⁷² *Un rogo*: per effetto del tramonto.
⁷³ *l'Acropoli*: la roccia, la parte alta della città.
⁷⁴ *Plemmirio*: capo Plemmirio.
⁷⁵ *fronte*: frontone.
⁷⁶ *parea... marino*: il golfo di Siracusa, per la sua forma ricurva, per la sua ampiezza e per quel suo stagliarsi contro il mare, sembrava un arco teso da una forza gigantesca, la forza stessa di Siracusa.
⁷⁷ *le stoe*: i portici. Grecismo.
⁷⁸ *la nave... eternità*: in quanto trasportava un componimento poetico destinato a durare in eterno e a dare l'eternità a chi: l'aveva composto e a chi era dedicato. Il sintagma è ricalcato su Bacchilide, *Epin.*, XV, vv. 2-5: "Un'aurea nave carica d'inni immortali".

Portatrice di gloria, ella vivea
magnanima, sublime. Giù pe' trasti [79]
anelava l'anelito servile; [80]
s'intravedean su' banchi sovrapposti [81]   140
i remiganti ignudi unti d'oliva: [82]
la lor fatica [83] ansava dai portelli; [84]
il giglione del remo [85] ai raggi obliqui [86]
lucea [87] come la scapula; [88] un ferigno [89]
odore si spandea, quasi di belve.   145
E non di quell'anelito servile
era viva la nave, non del sangue
e dell'ossa pesanti ne' suoi fianchi;
ma sì vivea divinamente d'una
cosa ch'ella recava d'oltremare   150
al re Ierone vincitor col carro; [90]
ma la facea magnanima e sublime
una cosa recata d'oltremare
più lieve che corona d'oleastro:
l'Ode, foggiata di parole eterne. »   155

« È vero, è vero! » io dissi. « Mi sovviene. »
Ed il cuore profondo [91] mi tremò,

---

[79] *trasti*: i banchi dei rematori. Cfr. A. Guglielmotti, *Dizionario* cit., alla voce "remo": "questi remi si distribuivano in venticinque o trenta *trasti*" (D. Martinelli-C. Montagnani).
[80] *l'anelito servile*: l'ansare affannato della ciurma, costituita da schiavi.
[81] *su' banchi sovrapposti*: sulle diverse file dei banchi dei rematori.
[82] *d'oliva*: metonimia: di olio d'oliva.
[83] *la lor fatica*: la causa per l'effetto: l'ansare affannato in conseguenza dello sforzo.
[84] *portelli*: le finestrelle della nave. Cfr. A. Guglielmotti, *Dizionario* cit., alla voce "remo": "uno o due di questi remi per ogni *portello* /.../ fino alla impugnatura del *giglione* [vedi v. 143]" (D. Martinelli-C. Montagnani).
[85] *il giglione del remo*: la parte esterna del remo, dove si trovava l'impugnatura del primo rematore. Vedi la nota precedente.
[86] *ai... obliqui*: ai raggi del sole al tramonto.
[87] *lucea*: brillava: perché levigata dalla fatica del rematore.
[88] *scapula*: la parte per il tutto: l'osso della spalla per la spalla, la quale è lucente ai raggi del sole perché unta di olio.
[89] *ferigno*: ferino, di fiera. Cfr. *Poema paradisiaco*, *La statua*, v. 4: "...neri occhi ferigni".
[90] *una / cosa... carro*: vedi nota 65. Per l'immagine della "cosa ch'ella recava d'oltremare", cfr. G. Pascoli, *Poemi conviviali*, *Solon*, vv. 24-26: "E novelle [vedi v. 119: '...l'Ode novella'] al Pireo, con la bonaccia /.../ due canzoni oltremarine giunsero...".
[91] *il... profondo*: stilema molto usato da D'Annunzio. Cfr. *L'Isottèo*, *Cantata di calen d'Aprile*, v. 225: "M'inebria il cuor profondo"; *Elegie romane*,

tremò della divina poesia.
« Mi sovviene. Era l'Ode trionfale: [92]
'Canta [93] Demetra che regna i feraci   160
campi siciliani, e la sua figlia
cinta di violette! Canta, o Clio, [94]
dispensatrice della dolce fama,
la corsa dei cavalli di Ierone!
Nike [95] ed Aglaia [96] eran con essi quando   165
trasvolavano...' ». [97] E l'anima invelata
di sogni [98] andava per le lontananze
dei tempi verso i gloriosi approdi
piena d'eternità come la nave
di Ceo. Passammo agli ellesponti, [99] i golfi,   170
l'isole, gli arcipelaghi, le sirti: [100]
riverimmo le foci dei paterni
fiumi, [101] pregammo i promontorii sacri,
salutammo le bianche cittadelle
custodite da Pallade rupestri, [102]   175

Elevazione, v. 19: "...occupò il suo cuor profondo"; *Poema paradisiaco*, *Vas mysteri*, v. 5: "...nel suo cor profondo".
[92] *trionfale*: destinata a celebrare una vittoria.
[93] *'Canta...*: libera trasposizione da Bacchilide, Epin., III, v. 1.: "Canto, o Clio dispensatrice di dolcezze, la regina della fertile Sicilia Demetra, e la sua figliola coronata di viole, e le veloci cavalle che hanno corso in Olimpia di Gerone. Infatti, correvano con soverchiante vittoria e bellezza".
[94] *Clio*: la musa della storia.
[95] *Nike*: la Vittoria: ipotiposi della vittoria del testo di Bacchilide citato alla nota 93.
[96] *Aglaia*: una delle Grazie: ipotiposi della bellezza del testo di Bacchilide citato alla nota 93.
[97] *trasvolavano*: correvano come se volassero.
[98] *invelata / di sogni*: fornita di vele che erano gonfiate dai suoi sogni.
[99] *ellesponti*: stretti di mare in genere, dal nome dello stretto dell'Ellesponto, l'attuale stretto dei Dardanelli, tra l'Europa e l'Asia Minore. Cfr. *Poema paradisiaco*, *L'estate dei morti*, vv. 88 ss.: "Guarda le nubi. Fendono leggère / talune il cielo come le galere / un ellesponto..."; *Trionfo della morte*, in *Prose di romanzi*, I, pp. 940 s.: "...simile ai simulacri della Bellezza antica inclinati sul cristallo armonioso di un ellesponto".
[100] *sirti*: secche. "Sirti" per antonomasia erano quelle antistanti le coste settentrionali dell'Africa. Cfr. *Odi navali*, *La nave*, v. 51: "Va, va con la tua gloria, o Nave; oltre tutte le sirti" [aprile 1893]; *Intermezzo*, *Preludio*, v. 27: "presso le sirti infami..." [novembre 1893]; *Elettra*, *A Roma*, vv. 164 s.: "Non carena immobile in sirte / limosa..." [settembre 1900].
[101] *paterni / fiumi*: i fiumi del paese di cui la sua anima si sente figlia oppure i fiumi cantati dai padri.
[102] *le bianche... rupestri*: le rocche o acropoli che sorgono, fatte di marmi bianchi, su rupi ("rupestre") e che sono sotto la protezione di Pallade-Atena.

varcammo l'Istmo [103] pe 'l diolco.[104] Quivi [105]
eroi [106] vedemmo e Pindaro [107] con loro.
Ed obliammo l'usignuol di Ceo [108]
per l'aquila tebana.[109] Era la tua
mitica luce su 'l Tirreno, o madre   180
Ellade, ed era bella come i tuoi
monti la nuda Alpe di Luni,[110] o madre
Ellade, come i tuoi monti bellissima
era, onde a te discesero le stirpi
degli Immortali che [111] incedeano al fianco   185
degli Efimeri [112] sopra il domìnato
dolore,[113] e quelli e questi erano eguali,
e tutti erano Ellèni ed una lingua
parlavano divina, uomini e iddii.

In silenzio guardammo i grandi miti   190
come le nubi sorgere dall'Alpe [114]

---

[103] *l'Istmo*: l'Istmo di Corinto.
[104] *diolco*: la strada che attraversava l'Istmo di Corinto e su cui si facevano scorrere le navi che dovevano passare dal golfo di Corinto al golfo Saronico. Grecismo. Cfr. Strabone, *Geogr.*, VIII, 2, dove si parla più volte del diolco e a cui D'Annunzio può essere stato rimandato dalla citazione contenuta alla voce "Isthmus" nell'*Onomasticon* del Forcellini (D. Martinelli-C. Montagnani).
[105] *Quivi*: sull'Istmo di Corinto, dove si celebravano i Giochi Istmici in onore di Poseidone, con gare di atletica e di musica.
[106] *eroi*: i vincitori delle gare, celebrati dai poeti ("e Pindaro con loro").
[107] *Pindaro*: poeta lirico greco, originario di Tebe (518-438 a.C.) qui ricordato per i suoi *Epinici*, cioè i suoi canti per gli atleti vincitori.
[108] *l'usignuol di Ceo*: Bacchilide, che così si definisce alla fine (v. 98) dell'*Epinicio* III.
[109] *l'aquila tebana*: Pindaro, che come aquila amò designarsi spesso, ponendo Bacchilide tra i corvi: cfr. *Ol.*, II, v. 98; *Nem.*, III, vv. 80 ss.; etc. Cfr. poi anche *Maia*, *Laus vitae*, vv. 1660 ss.
[110] *Alpe di Luni*: vedi *Albàsia*, v. 3: "...l'Alpe lunense" e nota relativa; *L'Alpe sublime*, v. 6: "su l'Alpe di Luni" e nota relativa.
[111] *Immortali che...*: reminiscenza di A.C. Swinburne, *Poems and Ballads*, *To Victor Hugo*, vv. 1 ss., che D'Annunzio conosceva nella traduzione francese di G. Mourey (*Poèmes et Ballades*, Paris, Savine, 1891, *A Victor Hugo*, p. 184): "Dans les beaux jours où Dieu / marchait aux côtés de l'homme semblable à Dieu, / et où l'un et l'autre /.../ etaient libres".
[112] *Efimeri*: mortali. Vedi *Ditirambo II*, v. 7: "io mortal nato di sostanza efimera".
[113] *sopra... dolore*: sul dolore finalmente sconfitto. E. Palmieri coglie qui un'eco del concetto di F. Nietzsche, *La nascita della tragedia*, trad. di E. Ruta, Bari, Laterza, 1925, pp. 32 ss., secondo cui i Greci furono costretti a crearsi i loro dei per vincere le paure e le angosce dell'esistenza e poter così vivere.
[114] *i... dall'Alpe*: per una simile visione fantastica, vedi poi anche *L'Alpe sublime*, vv. 1 ss.

ed inclinarsi verso il bianco mare.
Io vidi allora Pègaso [115] pontare [116]
su gli altissimi marmi [117] i piè di vento
e balzar nell'azzurro con aperte   195
le immense penne, senza cavaliere; [118]
e per il petto e per il ventre vasti
trasparia come fiamma palpitante
la potenza del sangue gorgonèo.[119]
Ardi [120] gridò: « Ecco il teschio d'Orfeo,   200
che vien dall'Ebro! » [121] Ed il solenne lido
parve attendere il fato [122] dopo il grido.
La sua bellezza s'aggrandì d'orrore.[123]
Il flutto nell'insolito splendore
era meravigliosamente puro.   205
Splendea sul mondo un giorno imperituro.

III

Ma non sostenne [124] il nostro cuor mortale
quel silenzio sublime. Si piegò
verso il sorriso delle donne nostre.

---

[115] *Pègaso*: il cavallo alato nato dal sangue di Medusa, una delle Gòrgoni.
[116] *pontare*: puntare, appoggiare. Forma arcaica già dantesca e boccaccesca, usata a proposito dell'ippogrifo in L. Ariosto, *Orl. fur.*, IV. str. XLVI, vv. 5 s.: "...indi i piedi ponta, / e sale inverso il ciel..." e, più recentemente, in G. Pascoli, *Myricae*, *Il fonte*, vv. 5 s.: "Qui pontò i piedi e s'alzò sulle penne / quell'Ippogrifo...".
[117] *gli altissimi marmi*: le più alte cime marmoree delle Apuane.
[118] *senza cavaliere*: come quando Bellerofonte volle servirsi di lui per salire in cielo ed esso, punto da un tafano per volontà di Giove, se lo scrollò di dosso.
[119] *del... gorgonèo*: del sangue della Gorgone da cui Pegaso era nato: vedi nota 115.
[120] *Ardi*: un altro compagno d'ozii marini di Glauco-D'Annunzio. Un Ardi, antico re dei Lidii, è ricordato da Erodoto, I, 15. Vedi anche *Bocca di Serchio*, v. 1 e nota 1.
[121] *"Ecco... Ebro!"*: la testa di Orfeo, mozzata dalle Baccanti infuriate e gettata nell'acqua del fiume Ebro, in Tracia. Vedi poi *Anniversario orfico*, vv. 11-16 e note relative.
[122] *il fato*: l'evento fatale, il prodigio.
[123] *s'aggrandì d'orrore*: si fece più intensa per effetto di una sorta di sacro orrore.
[124] *sostenne*: sopportò. In questa accezione è verbo dantesco: cfr. *Purgatorio*, II, v. 39: "...l'occhio /.../ nol sostenne"; XXX, v. 27: "l'occhio la sostenea..."; *Paradiso*, XXII, vv. 142 s.: "L'aspetto del tuo nato, Iperione, / quivi sostenni...".

E Derbe disse ad Aretusa: « Quando 210
fiorì di rose il lauro trionfale? »
Era la donna giovinetta alzata,
mutevole onda con un viso d'oro,[125]
tra gli oleandri; ed il reciso ramo [126]
per la capellatura [127] umida [128] effusa, 215
che fingevale [129] intorno al chiaro viso
l'avvolgimento dell'antica fonte,[130]
intrecciava [131] le rose al regio alloro.
Disse Aretusa: « Bene io te 'l dirò »
mutevole onda con un viso d'oro. 220

Disse: « Inseguiva il re Apollo [132] Dafne [133]
lungh'esso il fiume,[134] come si racconta.[135]
La figlia di Penèo correva ansante
chiamando il padre suo dall'erma [136] sponda.
Correva, e ad ora ad or le snelle gambe 225
le s'intricavan nella chioma bionda.
Ben così la poledra di Tessaglia [137]

---

[125] *mutevole... d'oro*: a suggerire la figura di una giovinetta vivace e briosa con dei capelli biondi che fan d'oro anche il viso e, nel contempo, a ricordare che Aretusa è nome di una ninfa trasformata in sorgente, la quale non sta mai ferma e risplende riflettendo nelle sue acque l'oro del sole.
[126] *il reciso ramo*: vedi vv. 33 ss. È soggetto di "intrecciava" del v. 218.
[127] *capellatura*: chioma. Cfr. Intermezzo, Preludio, vv. 51 ss.: "...una visione /.../ di capellature / musicali...".
[128] *umida*: nella duplice accezione che l'ambiguità del personaggio (Aretusa donna ⇄ Aretusa sorgente) comporta.
[129] *fingevale*: le riproduceva, le formava.
[130] *l'avvolgimento... fonte*: i volubili giochi dell'acqua della fonte in cui la mitica Aretusa fu trasformata.
[131] *intrecciava*: presentava intrecciati.
[132] *il re Apollo*: cfr. Eschilo, Aiace, v. 513; Sofocle, Edipo re, v. 80; etc. (E. Palmieri).
[133] *Dafne*: la ninfa greca, figlia di Peneo, dio del fiume eponimo.
[134] *lungh'esso il fiume*: lungo il Peneo, fiume della Tessaglia, il cui dio eponimo era (vedi la nota precedente) padre di Dafne. Per il sintagma "lungh'esso", vedi Ditirambo III, v. 34 e nota relativa.
[135] *come si racconta*: cfr. soprattutto Ovidio, Metam., I, vv. 452 ss. e specialmente vv. 525 ss.
[136] *erma*: deserta.
[137] *Tessaglia*: vasta regione della Grecia, compresa tra la Macedonia, l'Epiro e il Mare Egeo e famosa per l'allevamento dei cavalli.

galoppa nella sua criniera falba [138]
che fino a terra la corsa le ingombra.

Rapido il re Apollo più l'incalza, 230
infiammato desìo,[139] per lei predare.[140]
All'alito del dio [141] doventa [142] fiamma
la chioma della ninfa fluvïale.
"O padre, o padre" grida "tu mi scampa!" [143]
Chiama ella il padre suo con grida vane. 235
"Padre, un veloce fuoco mi ghermisce!"
E corre, ed ansa, e le sue gambe lisce
crescon la furia del desìo predace.[144]

"O gran padre Penèo, perduta sono,
ché mi si rompono i ginocchi. Salva- 240
mi [145] dalla brama del veloce fuoco
che ora mi giunge, ecco, ecco, ora m'abbranca!"
Ma il dolce sangue suo in altro suono,[146]
la sua bellezza in altro suono parla.
Balzale il cuor, si piegano i ginocchi. 245
Ed ecco ella s'arresta, chiude gli occhi
e trema e dice: "Or ecco m'abbandono."

Una gioia s'aggiunge al suo terrore

---

[138] *falba*: fulva: dí colore giallo scuro. Cfr. *Le novelle della Pescara, Il traghettatore*, in *Prose di romanzi*, II, p. 234: "...due vacche falbe /.../ pascolavano pacificamente..." [1886]; *Poema paradisiaco, O rus!*, vv. 23 s.: "...la falba / e bianca maculata ruminante".
[139] *infiammato desìo*: apposizione di Apollo: fatto ardente desiderio e, nel contempo, vera e propria fiamma che ama, in quanto Apollo è anche il Sole.
[140] *predare*: prendere con la forza. Latinismo dell'uso letterario trecentesco e cinquecentesco.
[141] *All'alito del dio*: cfr. Ovidio, *Metam.*, I, vv. 140 ss.: "ocior est [Apollo] requiemque negat tergoque fugacis / imminet et crinem sparsum cervicibus afflat".
[142] *doventa*: diventa. Toscanismo sconsigliato dal Tommaseo-Bellini.
[143] *mi scampa*: salvami.
[144] *del desìo predace*: di Apollo bramoso di ghermire.
[145] *Salva- / mi*: rima franta, resa necessaria dal verso ipermetro e ottenuta con tmesi del sintagma "salvami", secondo un modello autorizzato dalla tradizione letteraria per le forme avverbiali: cfr. Dante, *Paradiso*, XXIV, vv. 16 s.: "così quelle carole, differente- / mente danzando..." e vedi, più sotto, ai vv. 333 s.: "...interrotta- / mente...".
[146] *in altro suono*: in modo diverso. Cfr. T. Tasso, *Gerusalemme liberata*, XII, str. CI, v. 8: "va /.../ Argante e parla in cotal suono".

ignota che il divin periglio [147] affretta.
Tremante e nuda dentro la chioma ode   250
la vergine il tinnir della faretra, [148]
sente la forza del perseguitore, [149]
vede l'ardor pe' chiusi cigli e aspetta
d'esser ghermita, e più non chiama il padre.
Ma il dio la chiama: "Dafne, Dafne! Dafne!"   255
Ed ella non udì voce più bella.

Il dio la chiama: "Dafne, Dafne!" Ed osa
ella aprir gli occhi: la rutila [150] faccia
vede da presso e la bocca bramosa
mentre il dio con le due braccia l'allaccia. [151]   260
Rapita dalla forza luminosa [152]
gitta ella un grido che per la selvaggia
sponda ultimo risuona, e l'ode il padre.
Avido il dio districa la soave
nudità dalla chioma che la fascia.   265

Bianca midolla in còrtice [153] lucente,
in folti pampini uva delicata!
Tenera e nuda il dio la piega, e sente
ch'ella resiste come se combatta.
Tenera cede il seno; ma dal ventre   270
in giuso, quasi fosse radicata, [154]
ella sta rigida ed immota in terra.
Attonito l'amante la disserra. [155]

---

[147] *il divin periglio*: il pericolo che le veniva dal dio.
[148] *il... faretra*: il tintinnare delle frecce dentro la faretra. Per "tinnir" vedi *Feria d'agosto*, v. 55 e nota 48.
[149] *perseguitore*: inseguitore e persecutore. Latinismo arcaicizzante.
[150] *rutila*: splendente. Vedi *Ditirambo I*, v. 463: "...Titan della rutila chioma" e nota relativa. Cfr. *Volgar. di San Giovan. Crisost. Serm.* 40: "Lo arcangelo Gabriele con una rutilante e splendida faccia" e Jacopone da Todi, 6, 25, 60: "...sua faccia velava, rutilo diventato", citati nel Tommaseo-Bellini rispettivamente alle voci "rutilante" e "rutilo".
[151] *con... l'allaccia*: la stringe e la tiene immobile tra le braccia come se le sue braccia fossero lacci. Si noti la rima ripercossa ("...braccia l'allaccia") ad effetto.
[152] *luminosa*: in quanto Apollo è anche il dio del Sole.
[153] *còrtice*: corteccia.
[154] *radicata*: attaccata alla terra con le radici.
[155] *la disserra*: la lascia libera dall'abbraccio.

"Ahi lassa, Dafne, ch'arbore sei fatta!"

Subitamente Dafne s'impaura: 275
le copre il vólto e il seno un pallor verde.[156]
Ella sembra cader; ma la giuntura
dei ginocchi riman dura ed inerte.[157]
S'agita invano. L'atto della fuga
invan le torce il fianco. Si disperde   280
il senso di sua vita nella terra.
E l'amante deluso ancor la serra.
"Ahi lassa, Dafne, chi ti trasfigura?"

Ma non il suo melodioso duolo [158]
giova a trarre colei dalla sua sorte.   285
Nell'umidore [159] del selvaggio suolo
i piedi farsi radiche contorte
ella sente e da lor sorgere un tronco
che le gambe su su fino alle cosce
include,[160] e della pelle scorza fa   290
e dov'è il fiore di verginità
un nodo inviolabile compone.

"O Apollo" geme tal novo dolore [161]
"prendimi! Dov'è dunque il tuo desìo?
O Febo, non sei tu figlio di Giove?   295
Arco-d'-argento,[162] non sei dunque un dio?

---

[156] *un pallor verde*: sintomo, più che della improvvisa paura, della metamorfosi vegetale in atto.
[157] *Ella... inerte*: cfr. Ovidio, *Metam.*, II, vv. 345 ss.: "Phaethusa /.../ cum vellet terra procumbere, questa est / deriguisse pedes...".
[158] *il... duolo*: il suo dolore che si esprimeva in dolci lamenti.
[159] *umidore*: cfr. *Terra vergine, Terra vergine* (già, 1883, *Tulespre*), in *Prose di romanzi*, II, p. 4: "Tulespre s'era immerso nell'umidore dell'erba"; *Canto novo, Canto dell'ospite*, XII, v. 40: "...l'umidore voluttuoso" [lo stesso anche in *Canto novo* ed. 1882].
[160] *i piedi... include*: cfr. Ovidio, *Metam.*, I, v. 551: "pes modo tam velox pigris radicibus haeret"; II, vv. 351 ss.: "...haec stipite crura teneri, / illa dolet fieri longos sua brachia ramos. / Dumque ea mirantur, complectitur inguina cortex / perque gradus uterum pectusque umerosque manusque / ambit...".
[161] *tal... dolore*: quella creatura che ora ha un nuovo motivo di dolore.
[162] *Arco-d'-argento*: epiteto omerico: cfr. Omero, *Il.*, I, 37 e cfr. già *Canto novo, Offerta votiva*, III, v. 23: "...Re Apolline, o Arco d'argento...".

Prendimi, strappami alla terra atroce
che mi si prende [163] e beve il sangue mio!
Tutto furente m'hai perseguitata
ed or più non mi vuoi? Me sciagurata!   300
Salva mio grembo per lo tuo desìo!

Salvami, Cintio,[164] per la tua pietà!
Se i miei capelli, che m'avvinsero, ami,
de' miei capelli corda all'arco fa!
Prendimi, Apollo!" E tendegli le mani,   305
che son fogliute; [165] e il verde sale; e già
le braccia sino ai cubiti son rami;[166]
e il verde e il bruno [167] salgon per la pelle;
e su per l'ombelico alle mammelle
già il duro tronco arriva,[168] e i lai [169] son vani.   310

"Aita, aita! Il cuore mi si serra.
Vedi atra [170] scorza che il petto m'opprime!
O Apollo Febo, strappami da terra!
Tanto furente, non sai più ghermire?
Nuda mi prenderai su la dolce erba,   315
su la dolce erba e su 'l mio dolce crine.
Ardo di te come tu di me ardi.
O Apollo, o re Apollo, perché tardi? [171]
Già tutta quanta sentomi inverdire."

Il dolce crine è già novella fronda [172]   320

---

[163] *mi si prende*: mi prende per sé.
[164] *Cintio*: epiteto di Apollo, da Cinto, il monte dell'isola di Delo, dove nacque.
[165] *fogliute*: coperte dalle foglie che vi stanno spuntando sopra. Il Tommaseo-Bellini *sub voce* cita tra gli altri un esempio tratto da un volgarizzamento di Ovidio, *Metam.*, VIII, v. 715: "Baucis vide Filemon cominciare a diventare fogliuto".
[166] *le braccia... rami*: cfr. Ovidio, *Metam.*, I, v. 550: "...in ramos brachia crescunt". Vedi anche nota 160.
[167] *il verde... bruno*: il verde della fronda e il colore scuro della scorza.
[168] *e su... arriva*: vedi nota 160.
[169] *lai*: lamenti. Cfr. Dante, *Inferno*, V, v. 46 e *Purgatorio*, XI, v. 13.
[170] *atra*: nera. Latinismo molto frequente.
[171] *tardi*: indugi.
[172] *Il... fronda*: cfr. Ovidio, *Metam.*, I, vv. 550: "In frondem crines /.../ crescunt". Cfr. anche "le novelle fronde" di Dante, *Paradiso*, XIII, v. 47.

intorno al viso che si trascolora.[173]
La figlia di Penèo non è più bionda;
non è più ninfa e non è lauro ancóra.
Sola è rossa la bocca gemebonda
che del novello aroma s'insapora.[174]   325
Escon parole e lacrime [175] odorate
dall'ultima doglianza.[176] O fior d'estate,
prima rosa del lauro [177] che s'infiora! [178]

Tutto è già verde linfa, e sola è sangue [179]
la bocca che querelasi [180] interrotta-   330
mente.[181] In pallide fibre il cor si sface [182]
ma il suo rossore è in sommo della bocca.
Desioso dolor preme l'amante.
Guarda ei l'arbore [183] sua ma non la tocca;
l'ode implorare ma non ha virtù.[184]   335
E chiama: "Dafne! Dafne!" Ella non più
implora, non più geme. "Dafne! Dafne!"

Ella non più risponde: è senza voce.

---

[173] *si trascolora*: cambia colore. Vedi *La sera fiesolana*, v. 28 e nota relativa.
[174] *s'insapora*: prende sapore. È clausola dantesca: cfr. *Paradiso*, XXXI, v. 9: "là dove suo lavoro s'insapora".
[175] *Escon... lacrime*: cfr. Dante, *Inferno*, XIII, vv. 43 s.: "...de la scheggia rota usciva insieme / parole e sangue..." e cfr. anche Ovidio, *Metam.*, II, v. 364: "Inde fluunt lacrimae...".
[176] *dall'ultima doglianza*: da quelle ultime espressioni di dolore. "Doglianza" è sintagma prezioso già tassesco. Cfr. poi anche *Maia, Laus vitae*, v. 8255: "vestita di cupa doglianza".
[177] *O fior... del lauro*: la bocca della ninfa che continua ad essere rosseggiante è il primo fiore che fa del lauro un oleandro.
[178] *s'infiora*: si adorna di fiori e, da lauro che è, diventa alloro. È clausola dantesca: cfr. *Paradiso*, X, vv. 31 s.: "Tu vuo' saper di quai piante s'infiora / questa ghirlanda..."; XXIII, vv. 71 "...ti rivolgi al bel giardino / che sotto i raggi di Cristo s'infiora"; XXV, vv. 46 s.: "...dì come se ne 'nfiora / la mente tua..."; cfr. anche XXIII, v. 72 e XXX, v. 7.
[179] *sangue*: color del sangue, rossa.
[180] *querelasi*: si lamenta.
[181] *interrotta- / mente*: a tratti, in quanto ormai la voce si viene spegnendo. Per la rima franta, che ha qui una particolare funzione imitativa, vedi la nota 145 e, per il caso specifico, cfr. già *Poema paradisiaco, Autunno*, vv. 21 s.: "...piena- / mente...".
[182] *si sface*: si disfa. Cfr. Dante, *Convivio*, IV, canz. III, *Le dolci rime d'amor ch'i' solia*, vv. 59 s.: "...l'animo ch'è dritto e verace / per lor discorrimento non si sface".
[183] *l'arbore*: latinismo già foscoliano. Vedi anche vv. 274, 349, 356, 384.
[184] *virtù*: capacità di aiutarla.

Pur la gola sonora è fatta legno.
Le pàlpebre son due tremule foglie;   340
li occhi gocciole son d'umor silvestro;[185]
bruni margini[186] inasprano[187] le gote;
delle tenui nari è appena il segno.
Ma nell'ombra la bocca è ancóra sangue,
sola nel lauro la bocca di Dafne   345
arde e al dio s'offre, virginal mistero.

Curvasi Apollo verso quella ardente,
la bacia con impetuosa brama.
Ne freme tutta l'arbore; s'accende
l'ombra intorno alla fronte sovrana;[188]   350
ogni ramo in corona[189] si protende,
e la fronte d'Apollo è laureata.[190]
Pean![191] O gloria! Ma sotto i suoi baci
or più non sente che foglie vivaci,[192]
amare bacche. E Dafne Dafne chiama   355

"Ahi lassa, Dafne, ch'arbore sei tutta!
Ahi chi ti fece al mio desìo diversa?[193]
In durissimo tronco e in fronda cupa[194]
la dolce carne tua or s'è conversa.
La tua bocca vermiglia s'è distrutta,   360
che pareva di fiamma ardere eterna.
Come leggieri[195] i piedi tuoi su l'erba,

---

[185] *umor silvestro*: cfr. G. V. Soderini, *Trattato degli arbori*, 83: "Hanno un umore gli arbori, /.../ chiamato da certi liquore, da alcuni lacrima; ed è nella corteccia...", citato nel Tommaseo-Bellini alla voce "umore".
[186] *bruni margini*: i rilievi della scorza brunastra.
[187] *inasprano*: rendono ruvide.
[188] *sovrana*: sublime, divina.
[189] *in corona*: a formare una ghirlanda.
[190] *laureata*: coronata di lauri.
[191] *Pean*: cfr. Ovidio, *Metam.*, I, v. 566: "Finierat Paean..." e vedi *Ditirambo* I, v. 460 e nota relativa.
[192] *vivaci*: vive di vita virente.
[193] *al... diversa*: diversa da quella che desideravo di possedere. Per la costruzione di "diverso" con la preposizione "a", cfr. Dante, *Inferno*, IX, v. 12: "...le parole alle prime diverse"; *Purgatorio*, XIII, vv. 47 s.: "...vidi ombre con manti / al color della pietra non diversi".
[194] *in fronda cupa*: vedi v. 77: "...nella cupa fronda".
[195] *Come leggieri*: cfr. *L'Isottèo, Cantata di calen d'Aprile*, v. 66: "Come bianchi e leggeri!"

or radicati nella negra terra!¹⁹⁶
M'odi tu? M'odi tu? Dafne, sei muta?

Rispondi!" Abbrividiscono¹⁹⁷ le frondi   365
sino alla vetta. Nel silenzio un breve
murmure¹⁹⁸ spira. "M'odi tu? Rispondi!"
Move la vetta un fremito più lieve.¹⁹⁹
Poi tutto tace e sta. Sotto i profondi
cieli²⁰⁰ le rive alto silenzio tiene.²⁰¹   370
Il bellissimo lauro è senza pianto;
il dolore del dio s'inalza in canto.
Odono i monti e le valli serene.²⁰²

Odono i monti e le valli e le selve
e i fonti²⁰³ e i fiumi e l'isole del mare.   375
Spandesi il canto dall'anima ardente
e par tutte le cose generare.
La bellezza di Dafne ecco riveste
la terra; le sue membra delicate
son monti e valli e selve e fiumi e fonti,   380

---

[196] *Come... terra*: cfr. Ovidio, *Metam.*, I, v. 551: "Pes modo tam velox pigris radicibus haeret". Per il sintagma "nella negra terra", cfr. G. Carducci, *Rime nuove, Pianto antico*, v. 14: "sei ne la terra negra".
[197] *Abbrividiscono*: sono percorse da un brivido.
[198] *murmure*: mormorio. Latinismo fonoespressivo già ariostesco e più recentemente pascoliano: cfr. G. Pascoli, *Myricae, Il nunzio*, v. 1: "Un murmure, un rombo..."; *Sorella*, v. 22: "...un murmure lene"; etc. D'Annunzio aveva usato il termine traducendo, su «La Tribuna» di Roma del 3 agosto 1888 (si veda l'articolo intitolato *Nel cimitero inglese* e firmato "Il duca minimo", in A. Castelli, *Pagine disperse* cit., pp. 337 ss.), *A Summer Evening Churchyard* di P. B. Shelley: "un murmure che fa trasalire /.../ si muove fra le tenebre". Cfr. anche *La chimera, Lai*, vv. 6 s.: "Un murmure, lento, / si spande ne' piano". Vedi poi anche *Il novilunio*, v. 183: "...nel murmure delle api".
[199] *Move... lieve*: cfr. Ovidio, *Metam.*, I, vv. 566 s.: "...factis modo laurea ramis / adnuit utque caput visa est agitasse cacumen".
[200] *profondi / cieli*: cfr. *Canto novo, Canto dell'Ospite*, VIII, vv. 3, 7, 11: "scintillano l'Orse nel cielo profondo".
[201] *le rive... tiene*: cfr. G. Leopardi, *Canti, La vita solitaria*, v. 33: "Tien quelle rive altissima quiete".
[202] *le valli serene*: cfr. *L'Isottèo, Cantata di calen d'Aprile*, vv. 249 s.: "Piacquergli le serene / valli del mio paese".
[203] *monti... fonti*: polisindeto già petrarchesco: cfr. F. Petrarca, *Rime*, XXXV, vv. 9 s.: "sì ch'io mi credo omai che monti et piagge / et fiumi et selve...".

il suo sguardo inzaffira [204] gli orizzonti,
la sua chioma fa l'oro [205] dell'estate.

O Dafne, sempre il dio e l'uom cantando [206]
non vorranno altro onor che un ramoscello
di te! Così l'Arco-d'-argento, quando   385
ha placato il suo cuore nell'immenso
inno, pago si giace sotto il sacro
lauro ad attendere il suo dì novello
Cade la notte. Sul sonno divino
l'arbore luce [207] d'un baglior sanguigno,   390
qual bronzo che si vada arroventando

Scorre la notte. Tra l'Olimpo e l'Ossa [208]
una stella tramonta e l'altra sale.
Misteriosa l'arbore s'arrossa [209]
ma sul suo fuoco piovon le rugiade.   395
Sogna il Cintio la desiata bocca [210]
di Dafne, e balza il suo cuore immortale.
È l'alba, è l'alba. Il dio si desta: un grido
di meraviglia irraggia [211] tutto il lido.
Brilla di rose il lauro trionfale! » [212]   400

IV

E così della rosa e dell'alloro

---

[204] *inzaffira*: rende di un colore simile a quello dello zaffiro, di colore azzurro. Cfr., ma il senso è diverso, Dante, *Paradiso*, XXIII, vv. 101 s.: "...il bel zaffiro / del quale il ciel più chiaro s'inzaffira".
[205] *l'oro*: le messi mature.
[206] *cantando*: quando canteranno, quando saranno poeti.
[207] *luce*: splende. Latinismo, già dantesco, dell'uso letterario.
[208] *l'Olimpo e l'Ossa*: monti che limitano la pianura di Tempe percorsa dal fiume Peneo, presso le cui rive fiorì il mito di Dafne.
[209] *s'arrossa*: il diventare rosso dell'alloro è indizio del suo fiorire in oleandro (vedi vv. 398 ss.) e, nel contempo, della mai sopita passione di Dafne.
[210] *la desiata bocca*:.cfr. Dante, *Inferno*, V, vv. 133 ss.: "Quando leggemmo il disiato riso / esser baciato da cotanto amante, / questi /.../ la bocca mi baciò tutto tremante".
[211] *irraggia*: è detto del grido che si diffonde per tutto il lido, ma nel suo significato etimologico allude al fatto che il risveglio di Apollo segna il sorgere del sole che illumina tutte le cose.
[212] *Brilla... trionfale*: è la causa del "grido di meraviglia" di Apollo: è nato l'oleandro.

parlò quell'Aretusa fiorentina,[213]
mutevole onda con un viso d'oro.

La sua voce era come acqua argentina [214]
che recasse lavandula o pur menta 405
o salvia o altra fresca erba mattutina.

Tutto rigato dalla schietta vena [215]
« Sol d'oleandro voglio laurearmi » [216]
io dissi. Ed Aretusa era contenta;

e recise per me altri due rami 410
e fe' l'atto di cingermi le tempie
dicendomi: « Pe' tuoi novelli carmi!

Che la cerula e fulva Estate [217] sempre
abbia tu nel tuo cuore e in te le rime
nascano come le sue rose scempie! » [218] 415

E il giorno estivo non potea morire,
ma sorrideva [219] sopra il bianco mare
silenziosamente senza fine;

e la notte, che avea parte ineguale,[220]
spiava il bel nemico [221] dalle chiostre 420
dei monti [222] azzurra come te, Cyane.[223]

---

[213] *fiorentina*: in quanto donna vera, nativa di Firenze, e quindi da non confondersi con la mitica Aretusa siracusana.
[214] *come... argentina*: chiara e dolce come un rivo di acqua limpida e cristallina. L'immagine è suggerita dal nome di Aretusa, la ninfa che fu trasformata in sorgente. Cfr. però anche *La città morta*, in *Tragedie*, I, p. 195: "La vostra voce or è fresca come una polla".
[215] *rigato... vena*: perfuso da quella voce chiara e soave come una vena di acqua: continua la metafora, determinata dal nome Aretusa, del v. 404.
[216] *laurearmi*: inghirlandarmi, essere incoronato poeta.
[217] *la cerula... Estate*: l'estate personificata con gli occhi azzurri ("cerula") come i suoi cieli e con le chiome fulve come le sue messi mature.
[218] *come... scempie*: spontanee come le sue roselline selvatiche.
[219] *sorrideva*: con la residua luce che persisteva all'orizzonte.
[220] *che... ineguale*: che, come succede d'estate, aveva una durata inferiore al dì.
[221] *il bel nemico*: il giorno.
[222] *chiostre / dei monti*: cerchia di monti.
[223] *azzurra... Cyane*: allusione mitica (vedi nota 38) ed etimologica (*cyanos* vale "azzurro": vedi nota 39) all'azzurro delle notti d'estate.

Ebri e tristi d'aver bevuto a troppe
fonti [224] e incantato [225] il cor per tutte guise,[226]
cercammo il grembo delle donne nostre.

Ma la Melancolìa venne e s'assise   425
in mezzo a noi [227] tra gli oleandri, muta
guatando noi con le pupille fise.[228]

Ed Erigone, ch'ebbe conosciuta
la taciturna amica del pensiero,
chinò la fronte come chi saluta.   430

E poi disse la Notte e il suo mistero.

V

« Il Giorno » disse « non potrà morire.
Il suo sangue [229] non tinge il bianco mare.
Mai la sua faccia parve tanto pura,
non ebbe mai tanta soavità.   435
Giace supino sopra il bianco mare,
sorride al cielo [230] ch'ei regnava,[231] attende
ei non sa quale morte o voluttà.
Pur tanto è dolce che la Notte oscura

---

[224] *d'aver... fonti*: di essersi lasciati andare a troppi sogni affascinanti ma ingannevoli.
[225] *incantato*: ammaliato con canti.
[226] *per tutte guise*: in tutti i modi. È clausola dantesca: *Paradiso*, V, v. 99: "trasmutabile son per tutte guise!".
[227] *Ma... a noi*: cfr. Dante, *Rime*, LXXII, vv. 1 s.: "Un dì si venne a me Malinconia / e disse: 'Io voglio un poco stare teco'" (E. Palmieri). Per la forma Melancolìa, più liquida della forma normale Malinconia, E. De Michelis, *Tutto D'Annunzio* cit., p. 272, ha segnalato la sua "scrittura alla greca". F. Robecchi, "*L'oleandro*" cit., p. 1489, pensa all'influsso della keatsiana *Ode on Melancholy*. In verità si tratta della grafia etimologica usualmente adottata da D'Annunzio: vedi poi anche *Il fanciullo*, v. 257: "bel figlio della mia melancolìa".
[228] *fise*: fisse. Dantismo della tradizione letteraria.
[229] *sangue*: il rosso vivo del tramonto.
[230] *Giace... al cielo*: l'immagine, che presuppone la personificazione del Giorno già attuata, come quella della Notte, nei versi precedenti, è suggerita dalla residua fascia di luce che si stende all'orizzonte.
[231] *regnava*: è costruito transitivamente, secondo un uso arcaico e dantesco ripreso già da U. Foscolo e da G. Pascoli, come poi in *Meriggio*, vv. 25 s.. "le grandi Alpi Apuane / regnano il regno amaro".

non già lo spegne ma di lui s'accende,[232]
e lui aurato [233] nelle braccia prende,
lui cela nella sua capellatura,[234]
ma non così che quelle membra d'oro [235]
non veggansi pel fosco trasparire
e illuminare la serenità.[236]
Caldi soffiano i vènti al bianco mare,[237]
calde passano e lente le riviere [238]
in cuore alle terribili città,[239]
passano e vanno per ignoti piani,
cingono ignoti boschi: i cervi a bere
scendono ansanti nella gran caldura;
lunghi bràmiti ascoltano lontani; [240]

                                440

                                445

                                450

---

[232] *di lui s'accende*: se ne illumina e, nello stesso tempo, se ne invaghisce.
[233] *aurato*: luminoso. Vedi la nota 235.
[234] *nelle braccia... capellatura*: cfr. P.B. Shelley, *A Summer Evening Churchyard*, vv. 3 s., che D'Annunzio così traduceva nell'articolo *Nel cimitero inglese* pubblicato a firma "Il duca minimo" ne « La Tribuna » del 3 agosto 1887 (ora in A. Castelli, *Pagine disperse* cit., pp. 337 ss.): "e la pallida sera avvolge la sua chioma raggiante / in trecce vieppiù cupe intorno alli occhi languenti del giorno" (M. Praz-F. Gerra). Cfr. anche, per l'identità del motivo, *L'Isottèo, Cantata di calen d'Aprile*, vv. 162 ss.: "Giorno tu non morire! // O Giorno, a la tua morte / il ciel lacrime versa, / lento; e da l'ostro emersa / la Notte apre le porte. // Si piega ella su 'l Giorno / caduto in su' ginocchi / però che il sangue a torno / da 'l fianco gli trabocchi. / Su le labbra e su li occhi / bacia il finito sire; / gode sentir salire / sotto il bacio la morte" [primavera 1888]. Vedi poi anche *Il novilunio*, vv. 68 ss.: "Tal chiaritate / il giorno e la notte commisti / sul letto del mare / non lieti non tristi / effondono ancora", e cfr. *Francesca da Rimini*, vv. 309 ss., in *Tragedie*, I, pp. 703 s.: "...E la notte / e il dì saran commisti / sopra la terra come sopra un solo / origliere; e le mani / dell'alba non sapranno più disgiungere / le braccia oscure dalle bianche braccia / né districare / i capelli e le vene loro" e *La Leda senza cigno, Licenza*, in *Prose di romanzi*, II, p. 1293: "Innamorata del pallido crepuscolo, la notte lo aveva preso nelle sue pallide braccia per non lasciarlo morire".
[235] *membra d'oro*: il corpo luminoso del giorno supino (vedi v. 441: "lui aurato"), cioè la luce residua del dì.
[236] *la serenità*: il cielo sereno della notte.
[237] *Caldi... mare*: cfr. *Canto novo, Canto dell'ospite*, IX, vv. 1 s.: "Freschi i vènti mattutini ne la selva / entrano...".
[238] *riviere*: fiumi. Dantismo (cfr. *Purgatorio*, XIV, v. 26; etc.) già pascoliano (cfr. *Myricae, Stoppia*, vv. 15 s.: "...dalla riviera / romba il mulino nella dolce sera").
[239] *terribili città*: cfr. poi *Maia, Laus vitae*, vv. 5734 s.; 5755 s.; 5776 s.; 5818 s.: "...delle città / terribili...".
[240] *lunghi... lontani*: cfr. *Intermezzo, Il peccato di maggio*, vv. 81 s.: "...come lunghi bramiti / di cervi in lontananza..." (da G. de Maupassant, *Des vers, Le mur*, v. 26: "Et l'on croyait au loin les cervs bramer"); *L'Isottèo, Sestina della lontananza*, v. 22: "...bramir s'udian cervi a la Luna"; *La Chimera, Diana inerme*, vv. 5 ss.: "...Ed i cervi /.../ su 'l limite / scen-

bevono: in qualche tacita radura
poi fino a morte si combatterà.
O Notte, o Notte, invano tu nascondi   455
ne' tuoi capelli il dolce tuo nemico!
Non sono i tuoi capelli sì profondi
che non veggasi dai nostri occhi umani
fiammeggiarvi per entro [241] il tuo piacere.[242]
La terra oppressa [243] respiro non ha.   460
Arde l'ombra. La vigna è come il vino:
il grappolo su 'l tralcio si matura
poi che il raggio nell'uva è prigioniere.[244]
La terra soffre nell'ebrietà.[245]
Arde come una glauca [246] vampa l'ombra.   465
Aduna e vita e morte il bianco mare,
immensa cuna [247] il mare, immensa tomba.[248]
A lui dal monte la sorgente va.
Impallidisce [249] sotto il pianto [250] il coro
delle Pleiadi [251] e l'una d'elle è occulta,   470

---

dono in torme a bevere; *Lai*, vv. 8 ss.: "e giunge un lontano / di cervi bramire / su 'l vento"; *Il fiume*, vv. 39 ss.: "ne 'l silenzio divino, / bramivan come cervi / li egìpani".

[241] *per entro*: attraverso. Cfr. Dante, *Paradiso*, VII, v. 94; XXIII, v. 94.
[242] *il tuo piacere*: la luce del dì, l'oggetto della tua voluttà e, nel contempo, la voluttà che tale oggetto ti procura.
[243] *oppressa*: onpressa dall'ebrezza notturna, come chiarirà il v. 464: "La terra soffre nell'ebrietà".
[244] *poi che... prigioniere*: secondo un'antica credenza, negli acini dell'uva rimane prigioniera la luce del sole. Cfr. F. Redi, *Bacco in Toscana*, 2: "Sì bel sangue è un raggio acceso / di quel sol che in ciel vedete; / e rimase avvinto e preso / di più grappoli alla rete", citato nel *Vocabolario degli Accademici della Crusca*, Venezia 1612 alla voce "grappolo" (D. Martinelli-C. Montagnani) e, in parte, anche nel Tommaseo-Bellini alla voce "grappolo". Cfr. anche L. Magalotti, *Sopra il detto del Galileo: il Vino è un composto di umore e di luce*, in *Lettere sopra i buccheri* etc., a cura di M. Praz, Firenze, Le Monnier, 1945, p. 293: "converrà dunque dire, che il granel dell'uva sia d'una struttura così artifiziosa, che quel raggio di luce che vi va dentro, vi resti preso, né trovi poi più la via d'uscirsene" (M. Praz-F. Gerra).
[245] *La terra... ebrietà*: cfr. H. de Régnier, *Les jeux rustiques et divins*, *Le vase*, vv. 80-81: "Du parfum exhalé de la terre mûrie / une ivresse montait à travers mes pensées" (V. De Maldé-G. Pinotti).
[246] *glauca*: azzurra.
[247] *cuna*: per il dì che da esse deve nascere e che è vita.
[248] *tomba*: per il dì che vi tramonta, quasi che morisse.
[249] *Impallidisce*: trascolora, in quanto prossimo a tramontare.
[250] *sotto il pianto*: della notte inebriata.
[251] *il coro / delle Pleiadi*: la costellazione delle Pleiadi.

. 'una che seppe la felicità.²⁵²
Orione si slaccia l'armatura,²⁵³
e Boote si volge,²⁵⁴ e Cinosura ²⁵⁵
vacilla; ²⁵⁶ e l'Orsa anche impallidirà.²⁵⁷
Oblìa la Notte tutte le sue stelle
e il duolo antico degli amanti umani. 475
Che con lei piangeremo ella non sa.
O Notte, piangi tutte le tue stelle!
Il grido dell'allodola domani
dall'amor nostro ci disgiungerà. » ²⁵⁸ 480

Un'altra era con noi, ma restò muta,²⁵⁹
tra gli oleandri lungo il bianco mare.

---

²⁵² *l'una... felicità*: la settima stella delle Pleiadi è meno luminosa delle altre, perché la settima Pleiade, Merope, se ne sta nascosta un po' vergognosa in quanto amata da un mortale ("seppe la felicità"). Cfr. Ovidio, *Fast.*, IV, vv. 171 s.: "Septima mortali Merope tibi, Sisyphe. nupsit: / poenitet, et facti sola pudore latet". Secondo D. Martinelli-C. Montagnani, D'Annunzio si è rifatto più semplicemente al Forcellini, dove alla voce "Pleiades", leggeva: "Sola Merope mortali viro Sisyphi nupsit, quam ob causam veluti pudibonda latitat".

²⁵³ *Orione... armatura*: la costellazione di Orione sta tramontando: infatti il mitico cacciatore Orione che in essa fu trasformato è presentato nell'atto in cui, di ritorno dalla caccia, si toglie l'armatura.

²⁵⁴ *Boote si volge*: anche Boote si inclina rispetto alle Orse ed è prossimo al tramonto. Boote, il bovaro che dà il nome all'astro, ha girato il suo carro e torna sui suoi passi. Cfr. Ovidio, *Metam.*, X, vv. 446 s.: "Tempus erat, quo cuncta silent interque Triones / flexerat obliquo plaustrum temone Bootes".

²⁵⁵ *Cinosura*: nome che gli antichi davano all'Orsa minore, in quanto per essi costituiva la "coda del cane" (così vale l'etimo greco) di Boote. D'Annunzio aveva già usato il termine in *Intermezzo*, *Preludio*, v. 60: "E Cinosura in vano arse ne' cieli" [1893]. Cfr. Ovidio. *Fast.*, III, v. 107 s.: "Esse duos Arctos, quorum Cynosura petatur / Sidonii, Helicen Graia canina notet"; D. Barbaro, *I Dieci libri dell'Architettura di M. Vitruvio*, tradotti e commentati, Venezia, 1584, p. 394: "la minore cinosura, la maggiore elice è detta da i greci" citata dal Tommaseo-Bellini alla voce "orsa" (D. Martinelli-C. Montagnani) e cfr. anche, sotto la medesima voce: "Orsa cinosuride. L'Orsa minore. Salv., *Arat.*, p. 38. Dietro all'Orsa cinosuride lo stesso Cefeo è".

²⁵⁶ *vacilla*: ha una luminosità sempre più incerta, in quanto è prossima al tramonto.

²⁵⁷ *e... impallidirà*: cfr. *Canto novo*, *Canto dell'Ospite*, VIII, v. 15: "Son pallide l'Orse nel cielo profondo".

²⁵⁸ *Il... disgiungerà*: cfr. W. Shakespeare, *Romeo and Juliet*, III. V, v. 2: "it was the nightingale, and not the lark"; *ibidem*, vv. 29-30: "Some say the lark makes sweet division; / this doth not so, for she divideth us" (M. Praz-F. Gerra).

²⁵⁹ *Un'altra... muta*: vedi vv. 425 s.

Bocca di Serchio

La data di composizione è ignota. Il titolo della lirica, nella forma "Il Serchio Bocca di Serchio", appare per la prima volta, aggiunto nell'interlinea tra il titolo "L'oleandro" e il titolo "Versilia", nel ms. 405 che risale alla fine di giugno 1902. Nella forma "Bocca di Serchio", invece, il titolo appare per la prima volta, tra "Il cavallo", titolo di un componimento poi non realizzato, e "Versilia", nel ms. 421, che è databile intorno alla metà di luglio del 1902. Nel ms. 422, del 13-14 agosto 1902, esso è aggiunto in un secondo tempo tra il "Ditirambo II" e "Versilia" e il fatto che in questo elenco non risulti tra i titoli dei componimenti già compiuti, mentre nel ms. 417, che dovrebbe risalire alla fine di agosto del 1902, il titolo "Bocca di Serchio" è ricalcato, quale titolo definitivo, sopra il titolo "Bocca di donna", induce a pensare che la stesura del componimento sia avvenuta proprio tra il 13-14 agosto e la fine di agosto del 1902. Comunque sia, nell'annuncio a stampa diffuso dall'editore Treves nel gennaio 1903 in vista della prossima pubblicazione del secondo volume delle *Laudi*, *Bocca di Serchio* occupa già il posto che avrà nell'edizione definitiva di *Alcyone*.

Nel pieno della calura di un giorno estivo, Glauco e Ardi attraversano a cavallo, nudi, una pineta fitta e intricata del litorale toscano, nei pressi della foce del Serchio. Nel folto del bosco smarriscono il sentiero e si perdono di vista. Si chiamano l'un l'altro a gran voce e mentre continuano a galoppare si gridano le rispettive impressioni e emozioni. Il caldo soffocante e i profumi inebrianti che esalano dal bosco bruciato dal sole fanno sì che ai loro occhi l'intera pineta si trasformi e assuma parvenze fantastiche. Essi stessi, presi dal piacere di quel correre, sentono di fare tutt'uno con i loro cavalli e si lasciano invadere dal fascino delle loro emozioni. Li animano e li dominano l'ansia e l'attesa di una felicità che si identifica con il refrigerio delle acque del Serchio verso le quali anelano, anche se sanno che la felicità è qualcosa di irraggiungibile.

Il motivo della passeggiata a due – in un bosco, lungo la riva del mare, per le strade di una città – è un *topos* abbastanza costante nell'ambito della produzione dannunziana. Esso, infatti, costituisce una situazione spaziale, temporale e sentimentale particolarmente significativa per il poeta e si presta, sul piano stilistico-espressivo, a tutti i possibili sviluppi. Basti pensare ai diversi esiti cui è piegato di volta in volta: nelle liriche di *Canto novo*, nel *Peccato di maggio* dell'*Intermezzo*, nelle ballate di *Isaotta nel bosco* e nel *Dolce grappolo* de *L'Isottèo*, nei *Rondò* de *La Chimera*, nei distici delle *Elegie romane*, ne *La passeggiata* del *Poema paradisiaco* e, da ultimo, in *Alcyone*, in componimenti come *La pioggia nel pineto* e *Innanzi l'alba*, per non dire de *La sera fiesolana*, *La tenzone* e *Intra du' Arni*. Anche *Bocca di Serchio* riprende il vecchio schema della passeggiata nel bosco e anch'essa lo rielabora in modo nuovo. Comunque, la novità della lirica, almeno a questo livello contenutistico, non consiste tanto nel fatto che la passeggiata è più propriamente una cavalcata e nel fatto che i due protagonisti, anziché essere, come di consueto, un uomo e una donna, sono due uomini. La novità consiste nel fatto che la descrizione della passeggiata non è dovuta, come negli altri componimenti, al poeta-protagonista, che provvede a delineare il quadro esterno della situazione, ma è affidata alle battute che i due protagonisti della vicenda si scambiano nel corso della passeggiata stessa. La lirica, infatti, è strutturata in un lungo dialogo, la cui funzione, per altro, non è semplicemente informativa o descrittiva. Se da una parte esso ha certo il compito essenziale e necessario di suggerire, attraverso puntuali indicazioni, i tempi e i modi della cavalcata, cioè di descriverla a mano a mano che essa si svolge, dall'altra, invece, ha la funzione di inserire la passeggiata in una dimensione favolosa e di risolvere in mito sia la realtà del paesaggio sia l'umanità dei due personaggi. In pratica, proprio in conseguenza dell'adozione della forma dialogica, la trama della lirica, intesa come logico sviluppo di un'azione, si riduce ai minimi termini e consiste solo nell'episodio dell'attraversamento della pineta a cavallo in direzione della foce del Serchio e la lirica si risolve appunto nel libero gioco di battute che i due protagonisti si scambiano e, quindi, nella registrazione delle impressioni, delle emozioni e delle fantasie dei due personaggi stessi, i quali – sia Ardi che è il primo a parlare e che è un efebo curioso di tutto e di tutto pronto a stupirsi, spaventarsi e gioire, sia Glauco, la recente incarnazione del poeta e il portavoce della sua ansia del divino – sono sempre tesi a cogliere sensualmente e panicamente l'ebrezza di quel loro correre nudi a cavallo attraverso l'arsura della pineta e a lasciarsi catturare dall'atmosfera magica che essi stessi vengono inventando per forza di parole e di immagini trasfigurando la realtà in sogno e se stessi in mitiche creature. Stimolate da Glauco e raccolte da Ardi, che nel componimento assolve alla funzione che in altri è di Ermione, le impressioni, le suggestioni e le fantasie nascono proprio soltanto dalla totale disponibilità panica dei due protagonisti: talora, poi, si liberano in immagini che sono favolose interpretazioni del reale e espressione di una originale libertà inventiva; talaltra si stilizzano in soluzioni fantastiche di maniera, più vicine ai modi dell'*Isottèo* che non a quelli di *Alcyone*; talaltra ancora si inerpicano nel grido enfatico o si stemperano in un'ansia fittizia e puramente esclamativa che sa di oratoria e di eloquenza. L'eloquenza, del resto, è, insieme ai suoi inevitabili corollari, l'allegorismo e il gusto per le divagazioni raziocinanti, il pericolo maggiore che adombra la difficile operazione messa in atto da D'Annunzio nel componimento e volta a sostituire alla narrazione diffusa di un evento la serie di emozioni e di trasfigurazioni che l'evento risveglia in chi le sa apprezzare. Si potrebbe dire, in proposito, che la lirica si fonda su un precario equilibrio tra un momento propriamente panico-fantastico e un momento raziocinante o per lo meno esplicativo-ragionativo. Al primo momento sono da ricondurre la vivace descrizione della realtà della pineta sotto la vampa del sole, la trasformazione del cavalcare in una favolosa navigazione, la trasfigurazione della selva nella reggia di Circe e delle ragnatele in larve di stelle e simili. Il secondo momento, invece, introduce nel contesto il peso di taluni enunciati di intonazione oratoria, in linea con il tono di *Elettra* e di *Maia* (vv. 115 ss.: "Rapidità, Rapidità, gioiosa / vittoria sopra il triste peso, aerea / febbre..."), nonché taluni appoggi esteriori. Inerti sembrano rimanere, nel componimento, anche alcuni motivi tipici di *Alcyone*. Così il motivo della identificazione tra l'uomo e il cavallo che risale al giovanile *Canto novo* e che contiene il presupposto stesso di una precisa metamorfosi, è affrontato e risolto, dopo qualche accenno potenzialmente naturalistico e metamorfico (vv. 53-55 e anche vv. 151-154), in termini esclusivamente mitologici: "Forse già fummo figli della Nuvola..." (vv. 103 ss.). Allo stesso modo, anche il motivo dell'ansia di superare il contingente e di attingere l'oltresensibile resta al livello di una dichiarazione programmatica e invece di diventare premessa di una vera e propria estasi incide i versi in modo troppo esplicito e violento, come ai vv. 127 ss. o, peggio ancora, decade in battute ad effetto, degne di figurare in un massimario popolare, come nel caso dell'ultimo verso del componimento: "La più gran gioia è sempre all'altra riva".

Dal punto di vista espressivo, la lirica si affida, per le descrizioni della realtà, a una tecnica impressionistica che trova suggerimenti e motivi nelle pagine dei *Taccuini*. In particolare, alle pagine del *Taccuino XIII*, *Bocca di Serchio* deve qualcosa di più che singole immagini realistiche, talvolta già risolte in termini fantastici. Infatti, gli appunti del *Taccuino XIII*, I, pp. 169-171, registrati nel 1897 in un'altra pineta – quella di Torre Astura – contengono già la descrizione dello scenario della "Pineta meravigliosa" in cui "si entra come in un incanto", cioè l'intero nucleo tematico della lirica: "La Pineta meravigliosa. Si entra come in un incanto. Tutto il terreno è coperto d'un tappeto alto di *aghi*. I tronchi sono così fitti che lasciano appena penetrare qualche occhio di sole. La parte inferiore sembra morta, nell'ombra, è secca, arida. In tutte le congiunture dei rami si sono accumulati gli aghi morti, in fasci. I rami ne sostengono a volte grossi cumuli. Un intrico straordinariamente sottile e composto. Le pigne vuote o verdi sono sparse sul tappeto soffice e innumerevole. Nell'ombra, fra i rami, i ragni tessono le tele. Le tele circolari legate tra loro da lunghi fili palpitano e rilucono iridescenti, con uno splendore e una immaterialità indicibili, simili a larve di stelle o di fiori che, macerate, rimangono come scheletri infinitamente delicati. E al sole che penetra qua e là, gli alberi fulvi, con i loro rami carichi di aghi, brillano di questa divina iridescenza, di questa sovrammirabile opera d'incanti – aracnèa. I fusti si diradano, nelle radure si scorgono allora le cime degli alberi, verdi, fiorite, con le innumerevoli piccole dita tra bionde e rosee che oscillano in cima. Il vento a tratti fa crollare tutto il lungo fusto sottile che dà un gemito come l'antenna del naviglio. E s'ode, come vegnente da una indefinita lontananza, il rumore del Mare /.../ La selva, da prima, sembra *morta*. I rami sono fragili, si spezzano come il vetro, al passaggio. Gli aghi sono secchi – Il tappeto è profondo, delizioso, per amare /.../ Nella Pineta i rami biforcuti sono carichi di aghi secchi, come le forche sono cariche di paglia. Cumuli ne sono ai piedi dei fusti – Tutta la vitalità degli alberi è portata alle cime che si dondolano al sole impercettibilmente. Nelle radure alcuni fusti sono curvati a terra, toccano la terra con la vetta. Di fuori, la pineta è tutta chiusa. I rami si partono da terra. È combustibile: una scintilla basterebbe a incendiarla /.../ Lungo il mare, cumuli enormi di alghe disseccate /.../ La grande spiaggia argentea e deserta. I gabbiani che galleggiano. Le rane roche negli acquitrini". Un appunto consegnato a una carta alcionia – il ms. 489, IX, 1, num. 58 dell'*Inventario* cit. – in data "(20 settembre 1900)" riprende e amplia l'appunto del *Taccuino* cui alla fine rimanda, approntando già lo schema della lirica: "La visione del Serchio è accompagnata dal mistero silvano. Si entra in una specie di chiostra ove i pini bassi circondano uno stagno onde sorgono innumerevoli fili d'erba verdissima. Il cielo e gli alberi si specchiano quivi. Si esce dalla chiostra silenziosa e si passa per la sabbia seminata di canne. Tra le canne, – ecco, appare il Serchio. Si levano con un volo greve grandi uccelli neri... (cornacchie) (20 settembre 1900) *Vedi taccuino*" (cfr. P. Gibellini, *La storia* cit., p. 73). Altri spunti descrittivi *Bocca di Serchio* raccoglie in pagine di altri *Taccuini* più propriamente versiliesi (vedi note 2, 4, 6, 7, 8, 21, 63, 64, 80, 97,

99, 110 113, 120, 129). Invece, le aperture fantastiche che caratterizzano il componimento, sono avviate, sulla base di quegli spunti, con la consueta tecnica del trapasso analogico e orchestrate poi, qua e là con il rischio di uno scadimento nell'eloquente, con la consueta perizia trasfiguratrice. Sempre dal punto di vista espressivo, sono da segnalare i nessi interrogativi e esortativi che frequentemente incidono il discorso, specialmente quando parla Glauco: "Odi?", v. 25; "Vedi?", v. 40; "Odi il vento? /.../ Odi il vento tra le sàrtie? Odi...?", vv. 58-60; "Apri gli occhi", v. 66; "vedi?", v. 69; "Guarda!", v. 81; "Ascolta...", v. 99; "Taci", v. 134; etc. Però, diversamente da quello che succede nella *Pioggia nel pineto*, essi sono soltanto mezzi e strumenti di un'animazione esteriore e non inviti o stimoli a raccogliersi per "sentire" o "vedere" quello che altrimenti non si potrebbe vedere o sentire.

Dal punto di vista metrico, gli endecasillabi di cui la lirica è costituita appaiono estremamente liberi. Nella prima parte del componimento sono ricchi, oltre ogni misura, di *enjambements* e, anche in questo caso in misura molto superiore al consueto, di fratture interne. Nella seconda parte – *grosso modo* a partire dal v. 141 e con l'anticipazione dei versi 85-90 –, l'endecasillabo si fa più pieno e tende ad esaurire la misura sintattica, dando al componimento un andamento più ampio e pacato. Naturalmente, la differenza di ritmo tra la prima e la seconda parte è frutto di una scelta ben precisa e rispecchia la volontà del poeta di accentuare al massimo la discorsività del contesto e di suggerire, in modo anche in questo caso piuttosto esteriore, prima l'ansia della ricerca e poi il placarsi del galoppo in prossimità della meta.

Metro: duecentoventiquattro endecasillabi sciolti, distribuiti in strofe di diseguale lunghezza perché coincidenti con le battute del dialogo.

ARDI [1]

Glauco, Glauco, ove sei? Più non ti veggo.
Ho perduto il sentiero,[2] e il mio cavallo
s'arresta. I pini, i pini d'ogni parte
mi serrano. Agrio [3] affonda nella massa
degli aghi, come nella sabbia,[4] fino   5
ai garetti. Ove sei, Glauco? Mi vedi?
Ho le gambe che sanguinano. Folli
fummo entrando nel bosco ignudi come
nel mare. I rovi, le schegge,[5] le scaglie [6]
feriscono, e i ginepri aspri.[7] Non sanguini   10
anche tu? Oh profumo! Sale a un tratto
come una vampa. Il vino dell'Estate! [8]

---

[1] *Ardi*: vedi *L'oleandro*, v. 200 e nota 120. In Ardi, secondo E. Palmieri, si potrebbe vedere "quello de' /.../ figli" di D'Annunzio che "rinnova il *suo* nome, e che *gli* parve ancor bello quando lo vide l'ultima volta su la riva tirrena ignudo e adusto" (*Proemio* alla *Vita di Cola di Rienzo*, in *Prose di ricerca*, III, p. 77). "L'ipotesi di riconoscere in Ardi e in Derbe i figli del poeta trova fondamento in una testimonianza data appunto da uno di essi, Gabriellino, il quale in certi suoi *Ricordi dannunziani* («La lettura», novembre 1912, pp. 989 ss.) rievoca l'alcyonica [sic] estate trascorsa in Versilia, in una villa tra il Forte dei Marmi e Viareggio. 'La spiaggia /.../ Vi restavamo quasi tutto il giorno /.../ a fare tra noi gare ed esercizi violenti di lotta e d'equitazione /.../ Le ore più affocate del giorno egli [il Poeta] le passava disteso ignudo su la sabbia /.../ Tutto il terzo libro delle *Laudi* è pieno, per me, di ricordi di quel tempo. Le finzioni che vi suscita, il poeta le viveva intensamente prima di fermarle nel verso...'" (E. Palmieri, *op. cit.*, pp. 235 s.). In verità Ardi, come Derbe e gli altri personaggi dell'*Alcyone*, è una creatura della mitica Versilia alcionia.
[2] *sentiero*: usuale in D'Annunzio per sentiero. Per il vocabolo e per la situazione, cfr. *Taccuino* n. 10, II, p. 105: "Seguendo un sentiere [nella Pineta di Marina di Pisa] mi smarrisco ['Marina di Pisa (2 luglio 1899)']".
[3] *Agrio*: il selvatico, in greco: è il nome del cavallo di Ardi.
[4] *affonda... sabbia*: cfr. *Taccuino* n. 10, II, p. 109: "Alla sabbia soffice [nella Pineta] succedono letti di aghi secchi, sdrucciolevoli /.../ I piedi affondano nella sabbia...".
[5] *le schegge*: i rami spezzati.
[6] *le scaglie*: le scorze dei tronchi. Cfr. *Taccuino* n. 10, II, p. 109: "I tronchi dei pini sono coperti di scaglie rossastre e aride che si sfaldano [Bocca d'Arno, luglio 1899]" e vedi *La pioggia nel pineto*, vv. 12 s.: "...i pini / scagliosi ed irti"; *Versilia*, vv. 21 s.: "Io ti spiava dal mio fusto / scaglioso..."; v. 25: "...la scaglia del pino".
[7] *aspri*: dalle foglie pungenti. Cfr. *Taccuino* n. 10, p. 108: "I ginepri hanno le foglie pungenti, aspre...".
[8] *Il... Estate*: il denso profumo che esala dalla terra e dal bosco per effetto della calura e che Ardi respira a pieni polmoni. Cfr. *Taccuino* n. 10, II, pp. 104-105, 108-109 e 111: "La pineta di Bocca d'Arno. Un odore acuto di resina. Il rumore del mare, il largo soffio salmastro. Il respiro delizioso /.../ Nella *Pineta* a mezzogiorno, nell'ora ardente. Quando si entra un va-

N'ho bevuto una piena coppa,⁹ e un'altra
ne bevo, e un'altra anche più calda, e un'altra
bollente che mi brucia il cuore e fino   5
alla gola mi sazia, fino agli occhi.
O Glauco, Glauco, il vino dell'Estate
misto di oro di résina e di miele! ¹⁰

GLAUCO

Io ti veggo, ti veggo, Ardi. Sei bello ¹¹
sul tuo cavallo bianco. Tu non puoi   20
portar clamide,¹² come i cavalieri
d'Atene,¹³ ma ti giova ¹⁴ essere ignudo

pore aromatico sembra fumare dai cespugli. L'odore dei ginepri è fortissimo /.../ Il suolo /.../ mi alita sul viso un fiato caldo e profumato che mi soffoca di voluttà improvvisa... Cammino nella foresta godendo di tutte le apparenze /.../. 'Va e godi; ascolta il canto degli uccelli, bevi gli odori [vv. 13 s.], inebriati della divina foresta.' " [luglio 1899].
⁹ *N'ho bevuto... coppa*: continua la metafora *profumo / vino dell'Estate*: se i profumi dell'estate sono inebrianti, sono "il vino dell'Estate" e se sono un vino, quel vino si può anche bere. Cfr. già *Canto novo*, *Canto dell'Ospite*, V, vv. 19 s.: "...Non bevi, / Ospite, il divino odor del mare?"; *Canto del sole*, XII, vv. 27 s.: "fa che da la tua pura bocca io con un sorso infinito / beva il respiro de la foresta...". Cfr. poi la traduzione francese, suggerita dallo stesso D'Annunzio a G. Hérelle in una lettera del 27 ottobre 1894 (la si vede in I. Ciani, *Storia di un libro dannunziano*, "Le novelle della Pescara", Milano-Napoli, Ricciardi, 1975, p. 97), di un passo della novella del *Libro delle vergini*, *Nell'assenza di Lanciotto*, passato poi nel volume *Episcopo et C.*ⁱᵉ (Paris, Calmann-Lévy, 1895, p. 156): "...dans une de ces étroites clairières, presque toujours en forme de cercle, où l'on peut boire le charme de la forêt comme un vin âpre dans une coupe rustique". Cfr. anche Henri de Régnier, *Les jeux rustiques et divins*, *Déjanire*, v. 1: "J'ai bu le vin sanglant aux outres de l'automne" (V. De Maldé-G. Pinotti).
¹⁰ *di oro di résina e di miele*: un colore (l' "oro" delle messi mature e della luce che inonda ogni cosa), un odore (l'odore acuto della resina che stilla dagli alberi) e un sapore (il sapore dolce del miele), a definire la mistura di aromi che costituiscono "il vino dell'Estate".
¹¹ *Sei bello*: cfr. *Proemio* alla *Vita di Cola di Rienzo*, in *Prose di ricerca*, III, p. 77: "...quello de' miei figli che rinnova il mio nome e che mi parve ancor bello quando lo vidi l'ultima volta su la riva tirrena ignudo e adusto". Ma vedi la nota 1.
¹² *clamide*: il mantello corto e leggero che indossavano gli efebi. Vedi *Il fanciullo*, vv. 211 ss.: "...l'efebo / vestito della clamide succinta / che cavalcò nelle Panatenee".
¹³ *i... d'Atene*: gli efebi che cavalcavano nelle Panatenee (vedi il passo de *Il fanciullo* citato nella nota precedente) e che sono effigiati nel fregio fidiaco del Partenone.
¹⁴ *ti giova*: toscanismo: torna a tuo vantaggio, ti sta bene, ti dona. Vedi anche *Versilia*, vv. 59 s.: "...a romper la scaglia /.../ non giovami pur una pietra".

Su, spingi Agrio! Non v'è sentiere. I fusti [15]
sono fragili come aride canne.
Odi? Folo [16] li rompe col suo petto. 25
Dunque or teme le scaglie e i rovi il marmo
delle tue gambe? [17] È splendido il tuo sangue,
Ardi. Poiché ciascuna cosa in torno
le più ricche virtudi [18] e più segrete
esprime [19] per farti ebro, non ti dolga 30
di sanguinare come il pino stilla,[20]
come il ginepro odora. Avanti, avanti
per la boscaglia che rosseggia [21] e cede! [22]
Vedesti mai più fulva chioma e spessa? [23]
I bei sogni vi restano [24] come api [25] 35
prese nella criniera d'un leone.

ARDI

Preso per i capegli sono.[26] Ah, il ramo
si rompe e gli aghi piovonmi sul collo,
su gli omeri, già coprono la groppa
d'Agrio. Vedi? A miriadi, a miriadi! 40

---

[15] *I fusti*: i tronchi dei pini.
[16] *Folo*: il cavallo di Glauco: il suo nome è quello di uno dei Centauri uccisi durante il banchetto nuziale di Piritoo, in Tessaglia; cfr. Ovidio, *Metam.*, XII, v. 305.
[17] *il... gambe*: le tue gambe lisce come il marmo.
[18] *virtudi*: proprietà. Arcaismo dell'uso letterario.
[19] *esprime*: spreme da sé, produce. Vedi *Ditirambo III*, v. 77: "tu ch'esprimi gli aromi".
[20] *stilla*: stilla resina.
[21] *rosseggia*: per il colore delle scorze e dei rami dei pini cfr. *Taccuino* n. 10, II, pp. 108-109: "Nella *Pineta a mezzogiorno*, nell'ora ardente /.../ I tronchi dei pini sono coperti di scaglie rossastre e aride che si sfaldano. – I ginepri hanno le foglie spinose, aspre /.../ Alcuni, lungo il mare, bruciati, hanno il colore della ruggine viva. [Bocca d'Arno, luglio 1899]".
[22] *cede*: non è d'impaccio a chi avanza perché, essendo secca, va a pezzi al minimo contatto.
[23] *fulva... spessa*: l'intrico dei rami secchi e rossastri dei pini. "E spessa" è clausola dantesca: cfr. *Inferno*, XIV, v. 13: "Lo spazio era una rena arida e spessa". Vedi anche "gli intrichi spessi" de *Il fanciullo*, v. 245.
[24] *vi restano*: vi restano impigliati.
[25] *come api*: cfr. P. B. Shelley, *The Cloud*, vv. 53 s.: "And I laugh to see them [= the stars] whirl and flee, / like a swarm of golden bees" (M. Praz-F. Gerra).
[26] *Preso... sono*: ripresa ad effetto del sintagma del verso precedente: non i bei sogni, ma i capelli di Ardi si impigliano nel folto dei rami.

Carichi tutti i rami biforcuti.
In ogni congiuntura accumulati
a fasci gli aghi morti.²⁷ Morta sembra
tutta la selva, inaridita ²⁸ e cieca.²⁹
Rompesi come vetro.³⁰ Il verde è al sommo,   45
invisibile, e fa prigioni i raggi
nell'intrico;³¹ ma l'ombra sua mi cuoce
la fronte e mi dissecca la narice.
Entreremo nel fiume coi cavalli!
Diguazzeremo in mezzo alla corrente!   50
È ancor lontano il Serchio? Tutta l'ombra
respira aridità. L'acqua è lontana.
E sento ³² che lo zòccolo a traverso
gli aghi morti non trova se non sabbia
torrida. I coni ³³ vacui ³⁴ son neri   55
come carboni spenti, come tizzi ³⁵
consunti. O Glauco, dove mi conduci?

---

[27] *Carichi... morti*: vedi *Taccuino XIII*, cit.: "In tutte le congiunture dei rami si sono accumulati gli aghi morti, in fasci. I rami ne sostengono a volte grossi cumuli".

[28] *Morta... inaridita*: cfr. *Taccuino XIII*, cit.: "I tronchi sono così fitti che lasciano appena penetrare qualche occhio di sole. La parte inferiore sembra morta, nell'ombra, è secca, arida /.../ La selva, da prima, sembra *morta*".

[29] *cieca*: buia, piena di ombra. Vedi la nota precedente.

[30] *Rompesi... vetro*: cfr. *Taccuino XIII*, cit.: "I rami sono fragili, si spezzano come il vetro, al passaggio".

[31] *Il verde... intrico*: cfr. *Taccuino XIII*, cit.: "I fusti si diradano, nelle radure si scorgono allora le cime degli alberi, verdi, fiorite /.../ Tutta la vitalità degli alberi è portata alle cime che si dondolano sì al sole impercettibilmente".

[32] *E sento...*: è anticipato qui, mediante una notazione fisico-psicologica, il processo di identificazione tra cavaliere e cavallo che culminerà, ai vv. 103 ss., nell'ipotesi che le due creature umane e i loro animali siano stati un tempo centauri. Il motivo, come osserva A. Noferi, *op. cit.*, p. 142, nota 1, è vecchio e risale al primo *Canto novo*, dove in IV, 2 – un'elegia non più ripresa nell'edizione del 1896 –, vv. 39 ss. si leggeva: "Sotto la coscia serrata il palpito de' fianchi / tiepidi io sentiva, ne le narici l'aspro / effluvio de' crini; tendeansi i muscoli, i nervi de 'l garretto /.../; e, tutte / date le briglie, andavam tra la polve... – Salute, / dicean cortesi li alberi, – o centauro!".

[33] *coni*: le pigne, che hanno forma conica.

[34] *Vacui*: vuoti di pinoli, che sono caduti fuori dalle scaglie aperte. Vedi *Il novilunio*, vv. 76 s.: "...le conche / vacue...".

[35] *tizzi*: tizzoni.

GLAUCO

Chiudi gli occhi. Odi il vento? Navigare
ti sembra,[36] veleggiar per il deserto
mare. Odi il vento tra le sàrtie? Odi   60
il gemito degli alberi allo sforzo
delle vele?[37] Si naviga per acque
infide[38] verso l'isola di Circe.[39]
Negli orciuoli d'argilla non rimane
goccia di fonte. Beveremo il sale.[40]   65
Apri gli occhi! Ecco l'atrio della maga
tutto riscintillante di prodigi.[41]
Larve di stelle[42] adornano la reggia
della donna solare,[43] vedi?, simili
a foglie macerate dagli autunni[44]   70
che serban lor sottili nervature

---

[36] *Navigare / ti sembra...*: sotto il vento che viene dal mare, la pineta freme, geme e scricchiola come una nave e galoppare in mezzo a quel rombo dà l'impressione di navigare a vela sul mare. Cfr. *Taccuino XIII*, cit.: "Il vento a tratti fa crollare tutto il lungo fusto sottile che dà un gemito come l'antenna del naviglio".

[37] *il gemito... vele*: il rumore che gli alberi della nave fanno quando le vele sono tese al massimo dal vento. Vedi il passo del *Taccuino XIII* riportato alla nota precedente.

[38] *infide*: malsicure, perché su di esse incombe l'incanto della maga Circe.

[39] *l'isola di Circe*: Eèa, l'isola che poi sarebbe divenuta il promontorio Circeo. Cfr. Omero, *Od.*, X, vv. 135 ss. e soprattutto Ovidio, *Metam.*, IV, v. 205.

[40] *il sale*: l'acqua marina.

[41] *l'atrio... prodigi*: cfr. Ovidio, *Metam.*, XIII, v. 969: "prodigiosa /.../ Titanidos atria Circes". Un viaggio del mitico Glauco alla volta del regno di Circe e una sua visita agli "atria /.../ Sole sata Circes" sono descritti in Ovidio, *Metam.*, XIV, vv. 8 ss.; cfr., in particolare, i vv. 8-10: "Inde /.../ Tyrrhena per aequora vectus / herbiferos adiit colles atque atria Glaucus / Sole sata Circes, vanarum plena ferarum".

[42] *Larve di stelle*: le ragnatele (vedi, più sotto, i vv. 79 ss.: "Opre di ragni, arte divina, tele / stellari") a forma di stelle sembrano fantasmi di stelle, stelle consumate e ridotte a una leggera trama di fili simili alle nervature delle foglie marcite. Per tutto il passo (vv. 68-80), cfr. *Taccuino XIII*, cit.: "Nell'ombra, fra i rami, i ragni tessono le tele. Le tele circolari legate tra loro da lunghi fili palpitano e rilucono iridescenti, con uno splendore e una immaterialità indicibili, simili a larve di stelle o di fiori che, macerate, rimangono come scheletri infinitamente delicati. E al sole che penetra qua e là, gli alberi fulvi, con i loro rami carichi di aghi, brillano di questa divina iridescenza, di questa sovrammirabile opera d'incanti – aracnèa".

[43] *donna solare*: Circe, figlia del Sole e di Perse.

[44] *macerate... autunni*: fatte marcire dalle piogge autunnali.

con la tenuità dei bissi [45] intesti [46]
d'aria e di lume. Fili palpitanti
le congiungono, l'iride le cangia,[47]
indicibile tremito le muove.
Circe incantò le stelle [48] eccelse, e l'ebbe,
e le votò di lor sostanza ignìta; [49]
e qui raduna le lor dolci [50] larve.

ARDI

Opre di ragni, arte divina,[51] tele
stellari! [52] O Glauco, io n'ho già lacerata
una col viso, e un'altra ancóra. Guarda!
Per ovunque tessute son le stelle.
Siam presi in una rete innumerevole.
Férmati! Non distruggere l'incanto.

GLAUCO

La radura è vicina. Il sole pènetra
fra i rami. Tutto tremola [53] e scintilla.[54]
La résina sul tronco è come l'ambra.[55]

---

[45] *bissi*: leggeri e delicati teli di lino.
[46] *intesti*: tessuti.
[47] *l'iride le cangia*: la luce li fa iridescenti e quindi di colore sempre vario.
[48] *incantò le stelle*: fece un incantesimo alle stelle, per tirarle giù dal cielo. Si tratta di una classica prova dei poteri di una strega: cfr. Virgilio, *Ecl.*, VIII, v. 70: "carmina vel caelo possunt deducere Lunam"; Orazio, *Epod.*, XVII, vv. 4-5: "per /.../ libros carminum valentium / refixa caelo devocare sidera".
[49] *sostanza ignìta*: materia incandescente. Il latinismo "ignìto" è già dantesco (*Paradiso*, XXV, v. 27) ed è molto frequente in D'Annunzio specialmente in *Laus vitae*. Cfr. anche *Elettra*, *Primo centenario della nascita di Vincenzo Bellini*, vv. 145 s.: "...l'ignìta / vetta..." [novembre 1901] e vedi *Ditirambo IV*, v. 388: "...carro ignìto".
[50] *dolci*: delicate, tenui, trasparenti.
[51] *arte divina*: prodotto di un'arte degna degli dei: allusione al mito di Aracne, la giovinetta della Lidia che sfidò Atena come tessitrice e fu poi dalla dea trasformata in ragno. Cfr. Ovidio, *Metam.*, VI, vv. 5 ss.
[52] *tele / stellari*: tele fatte di stelle.
[53] *tremola*: per effetto del vento che spira dal mare e anche per effetto della luce che trapela.
[54] *scintilla*: per effetto della luce che trapela.
[55] *come l'ambra*: dal colore giallo-oro dell'ambra, che è poi essa stessa una resina fossile.

Di polito metallo [56] è il mirto [57] chiuso.
La tamerice [58] sembra quasi azzurra
tra i rossi pini.[59] E il tuo vólto s'imperla.[60]   90

ARDI

Oh com'è bello Folo che dall'ombra
trapassa, maculato [61] di sudore,
nella banda del sole! [62] Anche tu sànguini.
Non vedesti le vipere fuggire? [63]
Qual nome hanno quei lunghi fili d'erba   95
che portano una spiga nera in cima? [64]

GLAUCO

Il nome che le labbra ti diletta.[65]
Abbandona le rèdini sul collo
d'Agrio. Ascolta il cavallo nel silenzio
sbuffare. Vola la sua bava [66] e imbianca   100
il mentastro.[67] Perché, Ardi, sol questo
empie il mio petto di felicità?

---

[56] *Di... metallo*: lucido come il metallo.
[57] *mirto*: la pianta cespugliosa della macchia mediterranea, dalle foglie aromatiche e lucide, dai fiori bianchi e dalle piccole bacche.
[58] *tamerice*: vedi *La pioggia nel pineto*, v. 10 e nota relativa.
[59] *rossi pini*: vedi nota 21.
[60] *s'imperla*: si copre di gocce di sudore che brillano come perle. Cfr. *Elettra, Canto di festa per Calendimaggio*, v. 29: "...le tempie s'imperlano di stille" [giugno 1902].
[61] *maculato*: chiazzato.
[62] *banda del sole*: la striscia ("banda" vale appunto fascia, lista, striscia) di luce che taglia obliquamente l'ombra.
[63] *Non... fuggire*: cfr. *Taccuino* n. 10, II, p. 109: "Passano le verdi saette – lucertole /.../ Cammino per la foresta godendo di tutte le apparenze e avendo in fondo a me il timore della vipera che dovrà mordermi all'improvviso. 'Va e godi; ascolta il canto degli uccelli, bevi gli odori [vedi vv. 11 ss. e nota relativa], inebriati della divina foresta. Una vipera sta per ucciderti –' Allora egli va e *cerca* la sua vipera /.../ E andavamo così, nella selva piena di vipere".
[64] *quei... in cima*: si tratta di gambi d'avena selvatica. Cfr. *Taccuino* n. 10, II, p. 109: "Lunghi fili d'erba che portano in cima una specie di piccola spiga nera".
[65] *Il... diletta*: forse perché in latino *avena* significa "zampogna".
[66] *Vola... bava*: cfr., a proposito della corsa sfrenata di un altro letteratissimo cavallo, U. Foscolo, *Odi, A Luigia Pallavicini caduta da cavallo*, vv. 51 ss.: "...vola la spuma / ed i manti volubili / lorda...".
[67] *mentastro*: menta selvatica.

ARDI

Forse [68] già fummo i figli della Nuvola.[69]
Già l'erba calpestammo con gli zòccoli,
cogliemmo il fiore con le dita umane.[70]   105
Un dì, volgendo indietro il torso [71] ignudo,
con la concava scorza [72] detergemmo
dal pelo della groppa calorosa
il sudore che in rivoli colava.
Lo spazio immenso era la nostra ebrezza   110
Senz'ansia il nostro fianco infaticato
vinse in numero i palpiti del vento.[73]
Tanto di terra in un sol dì varcammo [74]
quanto varcava Pègaso [75] di cielo.

GLAUCO

Rapidità, Rapidità, gioiosa   115
vittoria sopra il triste peso,[76] aerea
febbre,[77] sete di vento e di splendore,
moltiplicato spirito nell'òssea
mole,[78] Rapidità, la prima nata
dall'arco teso che si chiama Vita! [79]   120

---

[68] *Forse...*: vedi la nota 32.
[69] *figli della Nuvola*: i Centauri, creature metà uomini e metà animali, figli di Issione e di Nefele, la nuvola, che aveva preso la sembianze di Giunone di cui Issione si era invaghito. Vedi *La morte del cervo*, vv. 155 s. e note relative.
[70] *l'erba... umane*: l'elaborato nesso chiasmatico ("l'erba calpestammo / cogliemmo il fiore") con la sua duplice espansione parallela ("con gli zoccoli" - "con le dita umane") suggerisce anche graficamente la doppia natura delle creature bimembri.
[71] *il torso*: la parte umana, dal collo alla cintola, del corpo.
[72] *con... scorza*: con un pezzo di scorza ricurva.
[73] *vinse... vento*: superò i palpiti del vento, corse più veloce del vento.
[74] *varcammo*: oltrepassammo, percorremmo.
[75] *Pègaso*: il cavallo alato che Poseidone generò dalla Gorgone.
[76] *il triste peso*: il triste peso della carne, il corpo.
[77] *aerea / febbre*: febbre di aria aperta.
[78] *òssea / mole*: la struttura fisica dell'uomo che è fatta di ossa.
[79] *arco... Vita*: cfr. Eraclito, fr. 48: "L'Arco che ha per nome Vita e per opera la Morte". Cfr. anche *Il fuoco*, in *Prose di romanzi*, II, p. 517: "Conosci tu questa parola del grande Eraclito? L'arco ha per nome Bios e per opera la morte".

Vivere noi vogliamo, Ardi, correndo:
passare tutti i fiumi, discoprirli
dalle fonti alle foci, lungo i lidi
marini l'orma imprimere nel segno
sinuoso, nell'argentina [80] traccia   125
che di sé lascia il flutto più recente.[81]

ARDI

Dato ci fosse correre [82] senz'ansia
l'Universo! Ma troppo il nostro petto
è angusto pel respiro della nostra
anima. O Glauco, a chi t'ascolta, sei   130
come l'estro [83] implacabile che incìta [84]
i tori. E l'orizzonte è come anello [85]
vitreo che tu spezzi per disdegno.

GLAUCO

Taci. Beviamo il vino dell'Estate,[86]
sol dediti all'amore del bel fiume.   135
Verso tutte le selve della Terra
sospiro; ma, se in una solitario
viver dovessi, in questa, Ardi, vorrei
vivere, in questa calda selva australe,[87]

---

[80] *argentina*: luccicante di spuma. Per tutta l'immagine del "segno sinuoso" e dell' "argentina traccia", cfr. *Taccuino* n. 10, II, p. 107: "...l'arena intorno è straordinariamente fine, segnata di linee chiare ondeggianti che sono le tracce dell'onde lievi".
[81] *il flutto più recente*: l'ultima onda che si frange.
[82] *correre*: costruito transitivamente come in Dante (*Inferno*, XIX, v. 68; *Purgatorio*, I, v. 1; etc.), Carducci e Pascoli.
[83] *estro*: il tafano.
[84] *incìta*: stimola, eccita, fa infuriare. La forma parossitona è rara e letteraria.
[85] *l'orizzonte... anello*: vedi *La tregua*, v. 15: "...l'anello degli ultimi orizzonti".
[86] *il... dell'Estate*: vedi vv. 12 ss. e note relative.
[87] *australe*: volta ad austro, a mezzogiorno, oppure esposta ai venti meridionali. Vedi *Ditirambo I*, vv. 177 s.: "dammi l'oro della mia mèsse / australe e la furia degli Austri / liberi..."; *La pioggia nel pineto*, vv. 41 ss.: "il canto / delle cicale / che il pianto australe / non impaura"; *Litorea dea*, v. 11: "il pianto delle tue pinete australi". Cfr. anche *Elettra, Le città del silenzio, Bergamo*, I, v. 9: "Davanti alla gran porta australe...".

in quest'aridità [88] d'ombre estuose.[89] 140

ARDI

È come un rogo pronto a conflagrare.[90]
La potenza del fuoco in lei si chiude.[91]
Soavemente mormora nell'aura,
ma la sua voce vera in lei si tace.[92]
Parlerà con le lingue dell'incendio [93] 145
quando la nube nata dal Tirreno
le scaglierà la folgore notturna.

GLAUCO

Il respiro non passa per le fauci
ma per tutte le membra, fino al pollice
del piede scalzo; e passano gli aromi 150
per tutti i pori. E sento [94] respirare
il mio cavallo, e sento la ferina [95]
sua allegrezza, come se nel duplice
corpo fervesse [96] l'unico mio cuore.

ARDI

Ecco l'erba, ecco il verde, ecco una canna. 155
Ecco un sentiere erboso. Guarda, al fondo,

---

[88] *aridità*: l'astratto per il concreto: pineta arida, bruciata dalla calura.
[89] *d'ombre estuose*: dove anche le ombre ardono e ribollono. Per "estuoso" latinismo già carducciano, cfr. anche *Primo vere, Nuvoloni*, v. 11: "...rifulgeva estuoso il gran sole d'agosto".
[90] *È... conflagrare*: cfr. *Taccuino XIII*, cit.: "Di fuori la pineta è tutta chiusa /.../ È combustibile: una scintilla basterebbe a incendiarla". Per il latinismo "conflagrare", prendere fuoco, andare a fuoco, cfr. *Il piacere*, in *Prose di romanzi*, I, p. 6: "le legna conflagravano"; *Il fuoco*, ibidem, II, p. 73: "...intorno ai solinghi alberi /.../ che trascolorivano splendendo come se conflagrassero"; e poi *Le faville del maglio, Il secondo amante di Lucrezia Buti*, in *Prose di ricerca*, II, p. 209: "quasi rogo che attende di conflagrare".
[91] *si chiude*: è rinchiuso, cova.
[92] *si tace*: per l'uso della forma medio-riflessiva, vedi *La sera fiesolana*, v. 16 e nota relativa.
[93] *con... incendio*: in senso reale (le fiamme dell'incendio) e in senso metaforico (il crepitìo dell'incendio).
[94] *E sento*: vedi v. 53 e nota 32.
[95] *ferina*: di animale.
[96] *fervesse*: ardesse (lat. *fervere*).

guarda i Monti Pisani [97] corrucciati [98]
sotto le vaste nuvole di nembo.

GLAUCO

Ardi, non odi gracidìo di corvi
là verso il mare? Scendono alla foce 160
del Serchio a branchi, e tesa v'è la rete,
dissemi il cacciatore di Vecchiano.[99]

ARDI

Il Serchio è presso? Volgiti all'indizio.[100]
Ecco la sabbia tra i ginepri rari,
vergine d'orme come nei deserti. 165
Si nasconde la foce intra i canneti?
La scopriremo forse all'improvviso?
Ci parrà bella? No, non t'affrettare!
Lascia il cavallo al passo. È dolce l'ansia,[101]
e viene a noi dal più remoto oblìo,[102] 170
vien dall'antica santità dell'acque.[103]
Liberi siamo nella selva, ignudi
su i corsieri pieghevoli,[104] in attesa
che il dio ci sveli una bellezza eterna.
Non t'affrettare, poi che il cuore è colmo. 175

---

[97] *Ecco... Pisani*: cfr. *Taccuino* n. 10, II, pp. 109 s.: "Un sentiero erboso. Si veggono, in fondo, tra i fusti, i monti pisani /.../ Tra i fusti scorgesi l'orizzonte carico di nuvole magnifiche e candide /.../ Un sentiero termina al limite del bosco. Si scopre d'un tratto una casa solitaria, la pianura, i monti pisani di color plumbeo". Cfr. anche p. 107: "Ecco la foce [di Bocca d'Arno] /.../ In fondo la linea dei boschi di San Rossore, quindi le montagne pisane su cui si agglomerano le nubi bianche, vaste greggi".
[98] *corrucciati*: scuri, cupi, minacciosi, "di color plumbeo", come nell'appunto del *Taccuino* n. 10 citato nella nota precedente.
[99] *non odi gracidìo... Vecchiano*: cfr. *Taccuino* n. 10, II, p. 111: "Le cornacchie. Il cacciatore di Vecchiano che tende le reti –". Vecchiano è una contrada tra il Serchio e i Monti Pisani.
[100] *Volgiti all'indizio*: incamminati verso la parte da cui provengono gli indizi della vicinanza del fiume.
[101] *ansia*: il desiderio struggente di giungere al fiume.
[102] *dal... oblìo*: da sensazioni ancestrali, provate nella notte dei tempi, e quindi ormai cancellate dalla memoria.
[103] *dall'antica... acque*: dal ricordo di quando le sorgenti, i corsi d'acqua e le foci erano sacre e oggetto di adorazione da parte dell'uomo.
[104] *pieghevoli*: docili alla guida oppure agili.

GLAUCO

Bocche [105] delle fiumane [106] venerande!
Lungo le pietre d'Ostia [107] è più divino
il Tevere. Soave è nei miei modi
l'Arno.[108] Il natale [109] Aterno, imporporato
di vele,[110] splende come sangue ostile.[111]   180
E l'Erìdano [112] vidi, e l'Achelòo,[113]
e il gran Delta,[114] e le foci senza nome [115]
ove attardarsi volle invano il sogno
del pellegrino.[116] Ma che questa, o Ardi,

---

[105] *Bocche*: foci. Vedi *Bocca d'Arno*, vv. 4 s.: "...la bocca /.../ del fiumicel..."; *Ditirambo I*, vv. 203 s.: "...nella sacra bocca / del Tevere...".
[106] *fiumane*: fiumi. "Fiumana" è già in Dante, *Inferno*, II, v. 208 e *Purgatorio*, XIX, v. 101, ma D'Annunzio deve aver ricavato il vocabolo da *L'Intelligenza* trecentesca (cfr. LX, v. 9: "intorneato di ricca fiumana") come dimostra l'uso che ne fa in *L'Isottèo, Epodo al poeta Giovanni Marradi*, IV, v. 7: "le giostre, le schermaglie e le fiumane". Cfr. anche *Elettra, Le città del silenzio, Ferrara*, vv. 19 s.: "...le tue vie piane / grandi come fiumane".
[107] *le pietre d'Ostia*: le rovine dell'antica Ostia.
[108] *Soave... l'Arno*: nelle mie melodie l'Arno è definito soave: vedi *I camelli*, v. 129: "E l'Arno era soave"; *Bocca d'Arno*, vv. 1 ss.: "Bocca di donna mai mi fu di tanta / soavità /.../ come la bocca pallida e silente / del fiumicel che nasce in Falterona".
[109] *natale Aterno*: la Pescara (anticamente chiamato Aternum), detta "natale" in quanto lungo le sue rive è nato il poeta – che qui si adombra sotto il nome di Glauco.
[110] *imporporato / di vele*: reso color porpora dalle vele rosse delle paranze che lo solcano o che vi sostano. Cfr. *Taccuino I*, pp. 7 ss.: "Il fiume [la Pescara] *è delirante di sole*; e vengono vele; una innanzi rossa arancione accesa al sole, un fuoco di colori /.../. È un incendio di sole – viene uno sciame di vele /.../ è una febbre, ho la febbre del colore /.../ l'acqua s'incendia, s'arrabbia di riflessi, di foco rossissimo /.../ Paiono zone di sangue /.../ Splendido! Splendido!" [1881-1882].
[111] *splende... ostile*: splende come sangue di nemici uccisi. Vedi la nota precedente.
[112] *Erìdano*: mitico nome del Po.
[113] *Achelòo*: il più grande fiume della Grecia, l'odierno Aspropotamo. D'Annunzio lo *vide* durante il suo viaggio in Grecia del 1895, quando fece sosta a Patrasso, nel cui golfo il fiume sfocia. Cfr. *Taccuino III*, I, p. 40: "Ad oriente si vedono le alture che lambe l'Achelòo" [31 luglio 1895]; *Taccuino n. 1*, II, p. 8: "L'Achelòo" [1895]; *Maia, Laus vitae*, vv. 858 ss.: "Scorgesi /.../ la costa / crassa cui nutre di molta / rapina il selvaggio Achelòo".
[114] *il gran Delta*: il Delta per eccellenza: quello del Nilo. D'Annunzio dovrebbe averlo visto in occasione del suo viaggio in Egitto nell'inverno del 1898/1899.
[115] *senza nome*: di fiumi non altrettanto famosi.
[116] *pellegrino*: il poeta durante i suoi viaggi.

sia la più bella mi conceda il dio;   185
perché non mai fu tanto armonioso [117]
il mio petto, né mai tanto fu degno
di rispecchiare una bellezza eterna.

ARDI

Oh mistero! La verde chiostra [118] accoglie
i vóti, [119] qual vestibolo di tempio   190
silvano. I pini alzan colonne d'ombra
intorno al sacro stagno liminare [120]
che ha per suo letto un prato di smeraldi. [121]
Nel silenzio l'imagine del cielo
si profonda: [122] non ride né sorride,   195
ma dal profondo intentamente [123] guarda.

GLAUCO

Odi la melodìa del Mar Tirreno?
Tra le voci dei più lontani mari,
nell'estrema vecchiezza, nell'orrore
del gelo, [124] il sangue mio l'imiterà.   200
E la cerula e fulva Estate sempre

---

[117] *armonioso*: ricco di armonia e di musicalità, pieno di armoniosi canti. Vedi *L'ulivo*, v. 3: "...una preghiera armoniosa".
[118] *La verde chiostra*: la selva. "Chiostra" nel senso di "spazio chiuso" è proprio della lingua letteraria, da Dante a tutto l'Ottocento.
[119] *i vóti*: la preghiera espressa da Glauco ai vv. 184 ss.
[120] *stagno liminare*: lo stagno che si trova appena fuori della selva. Si tratta di un ramo del Serchio che si impaluda. Cfr. *Taccuino XXXIX*, I, pp. 417 s.: "La foce del Serchio (20 settembre 1900) /.../ Il fiume viene di tra i boschi, calmo, fra le macchie di San Rossore e di Migliarino. Alla foce si divide in due rami, dei quali uno non giunge al mare perché la sabbia lo chiude. Si forma quindi una penisoletta [vedi vv. 203 s.: "l'esiguo / istmo"] che entra nella bocca del Serchio, con la forma di una foglia".
[121] *di smeraldi*: di color verde-smeraldo.
[122] *si profonda*: si immerge nello specchio immobile delle acque, quasi perdendovisi sul fondo. Cfr. Dante, *Paradiso*, I, v. 8: "nostro intelletto si profonda tanto"; XXVIII, vv. 107 s.: "...la sua veduta si profonda / nel vero". Cfr. anche G. Pascoli, *Poemi conviviali*, *Alexandros*, vv. 9-10: "ecco la terra sfuma e si profonda / dentro la notte fulgida del cielo" [1895].
[123] *intentamente*: attentamente. Latinismo già petrarchesco (*Rime*, CCCXIV, v. 3; CCCXLIII, v. 10) e tassesco (*Gerus. lib.*, XX, ott. 36, v. 4).
[124] *nell'orrore / del gelo*: pur in preda alla paura della morte ormai vicina.

io m'avrò nel mio cuore.[125] Odi sommesso
carme che ci accompagna per l'esiguo
istmo sembiante al giogo d'una lira.[126]

ARDI

Tutto è divina musica e strumento 205
docile [127] all'infinito soffio.[128] Guarda
per la sabbia le rotte canne, guarda
le radici divelte,[129] ancor frementi [130]
di labbra curve [131] e di leggiere dita!
I musici fuggevoli [132] con elle [133] 210
modulavano il carme fluvïale.[134]

GLAUCO

Scendi dal tuo cavallo, Ardi. Ecco il fiume,
ecco il nato dei monti. Oh meraviglia!
Ei porta in bocca l'adunata sabbia [135]
fatta come la foglia dell'alloro.[136] 215

---

[125] *E... cuore*: vedi *L'oleandro*, vv. 413 s.: "Che la cerula e fulva Estate sempre / abbia tu nel tuo cuore..." e note relative.

[126] *l'esiguo... lira*: lo stretto argine tra lo stagno e il mare simile al legnetto trasversale che congiunge i due bracci di una lira.

[127] *divina... docile*: *hysteron-pròteron* con chiasmo.

[128] *all'infinito soffio*: al vento che non cessa mai di spirare.

[129] *per... divelte*: cfr. *Taccuino XXXIX*, I, p. 18: "La foce del Serchio (20 settembre 1900) /.../ La sabbia è cosparsa di canne, di radici. I canneti verdeggiano su le rive. Si vedono. La melodia delle canne – (Siringa)".

[130] *ancor frementi...*: che vibrano ancora come se gli invisibili auleti – i soffi dei venti – avessero appena smesso di soffiarvi dentro con le labbra e di muovervi sopra le dita. Vedi *Intra du' Arni*, vv. 29 ss.

[131] *curve*: come sono le labbra di chi soffia dentro uno strumento musicale. Vedi *L'otre*, vv. 139 s.: "...Gli piacque / anco d'enfiarmi co' suoi curvi labbri" e nota relativa.

[132] *I musici fuggevoli*: i soffi dei venti che spiravano in mezzo ad esse.

[133] *con elle*: con le canne, per mezzo delle canne. L'uso di "ella" in caso obliquo è dantesco (cfr. *Inferno*, III, v. 27: "...suon di man con elle"; *Paradiso*, XXIII, v. 96: "... girossi intorno ad ella"; etc.) e, nell'Ottocento, anche carducciano. Cfr. anche *La Chimera*, *Romanza*, *Dolcemente muor Febbraio*, vv. 23 s.: "È passata la mia bella / e con ella va il mio cuor".

[134] *il carme fluvïale*: il mormorio dei canneti lungo il corso del fiume.

[135] *Ei... sabbia*: il fiume è ingombrato alla foce dalla sabbia che ha trascinato con sé.

[136] *fatta... alloro*: fatta, la foce, di colore verde come le foglie dell'alloro. Cfr. poi *Libro segreto*, in *Prose di ricerca*, II, p. 695: "Ecco il Serchio /.../ La foce insabbiata come allora è pur sempre di quel verde ineffabile che non mai si vide in alcuno dei bronzi di Delfo o di Dodona?".

T'offriamo questi giovini cavalli,
o Serchio, anche t'offriamo i nostri corpi [137]
ov'è chiuso il calor meridiano.

ARDI

Anelammo d'amore per trovarti!
Sgorgar parea che tu dovessi, o fiume,
dal nostro petto come un sùbito inno

220

GLAUCO

Dio tu sei, dio tu sei; noi siam mortali
Ma fenderemo la tua forza [138] pura.
La più gran gioia è sempre all'altra riva

---

[137] *T'offriamo... corpi*: l'offerta alla divinità fluviale adombra l'entrata nell'acqua del fiume, finalmente raggiunto, dei cavalli e dei cavalieri.
[138] *forza*: l'impeto della corrente, la corrente.

Il cervo

Il manoscritto autografo, conservato negli Archivi del Vittoriale (mss. 491-494; IX, 1; num. 60 dell'*Inventario* cit.), testimonia che la lirica fu composta a "+ Romena", il "20 agosto 1902".

Il poeta, che si cela sotto il nome, qui per altro taciuto, di Glauco, si aggira insieme a Derbe lungo le rive del Serchio. Ode in lontananza, oltre il fiume, bramire un cervo e subito lo dice al compagno. Probabilmente si tratta di un maschio che si separa dal branco e si ritira nel bosco a dormire. Certo un abile cacciatore riuscirebbe a seguire le tracce dell'animale e all'alba lo ucciderebbe. Ma Glauco e Derbe, che pure sentono forte il richiamo dell'istinto, non si getteranno alla caccia del cervo. Non hanno armi e, d'altra parte, sono paghi dell'emozione che ha invaso il loro cuore all'udire i cupi bramiti dell'animale.

La situazione della lirica *Il cervo* è la medesima di quella di *Bocca di Serchio*, che, oltre che precederla immediatamente, le è anche quasi contemporanea quanto a stesura. Qui come là ci sono due persone che, lungo il medesimo fiume, sono tutte intente a cogliere i vari aspetti della natura circostante e, qui come là, i due protagonisti sono portati a superare i limiti del reale approfondendo la prima impressione soggettiva e abbandonandosi alle suggestioni del cuore. Certo ne *Il cervo* il contesto è più limitato. Occasione al discorso e stimolo alla divagazione è qui il cupo bramire di un cervo che sveglia in Glauco e in Derbe l'atavico istinto della caccia e li induce a immaginare quello che fa il cervo e quello che farebbe un abile cacciatore. Altro sviluppo nella lirica non c'è: sul bramire del cervo si apre e sull'attesa dei bramiti notturni dell'animale si chiude: in mezzo, parte portante del componimento, si collocano il fantasticare di Glauco e la sua gioiosa disponibilità a godere della bellezza degli spettacoli naturali, ancorché soltanto immaginati, del fascino dell'avventura, per quanto soltanto sognata e, in ultima analisi, degli slanci del cuore. Il realismo delle descrizioni e la presenza (vv. 8-15) di una serie di notazioni tecniche cavate con tutta probabilità da qualche trattato di cinegetica, bloccano ulteriori sviluppi fantastici. In stretto rapporto la lirica è anche con *La morte del cervo*, che la segue, quanto a stesura, di solo quattro giorni. Di essa, in effetti, anticipa non pochi motivi, senza però cadere né nei suoi eccessi di eccitazione voyeuristica né nelle sue ricercatezze plastico-descrittive. Il sintagma iniziale "Non odi...?" deriva da *Bocca di Serchio* e ha, come là, la funzione di sollecitare, in maniera invero piuttosto meccanica, l'attenzione dell'interlocutore. Anche il metro è il medesimo di *Bocca di Serchio*. L'endecasillabo, però, è qui meno ricco di *enjambements* e quasi del tutto privo di fratture interne. Il suo suono, comunque, è solo apparentemente pieno, perché la liquidità dell'impasto linguistico crea effetti fonici di particolare musicalità.

Metro: due lasse di ventun endecasillabi sciolti.

Non odi cupi bràmiti [1] interrotti [2]
di là dal Serchio? Il cervo d'unghia nera [3]
si sèpara [4] dal branco delle femmine
e si rinselva.[5] Dormirà fra breve
nel letto verde, entro la macchia folta,   5

---

[1] *cupi bràmiti*: vedi *L'oleandro*, v. 452 e nota 240.
[2] *interrotti*: che ritornano a intervalli. Cfr. *Intermezzo, Il peccato di maggio*, vv. 9-11: "...ma di sotto / a le scorze, passando, udivamo interrotto / ascendere il pugnare fremito de le linfe". In questo senso, "interrotto" è sintagma molto frequente in G. Pascoli.
[3] *unghia nera*: l'unghia dello zoccolo.
[4] *sèpara*: sdrucciolo, come in latino, nel rispetto dell'accento etimologico.
[5] *si rinselva*: si ritira nel folto della selva. Cfr. A. Poliziano, *Stanze per la giostra*, I, str. XXX, v. 8: "l'astuto lupo vie più si rinselva". I, Ariosto, *Orl. fur.*, XVIII, str. XXII, vv. 2 ss.: "...la generosa belva /.../si rinselva"; T. Tasso, *Gerus. lib.*, XII, str. XXXI, vv. 7-8: "...la belva /.../ parte e si rinselva".

soffiando dalle crespe froge [6] il fiato
violento che di mentastro [7] odora.
Le vestigia ch'ei lascia hanno la forma,
sai tu?, del cor purpureo balzante.
Ei di tal forma stampa il terren grasso; [8]   10
e la stampata zolla,[9] ch'ei solleva
con ciascun piede, lascia poi cadere.
Ben questa chiama 'gran sigillo' [10] il cauto
cacciatore che lèggevi per entro [11]
i segni; e mai giudizio non gli falla,[12]   15
oh beato che capo di gran sangue [13]
persegue al tramontare delle stelle,
e l'uccide in sul nascere del sole,
e vede palpitare il vasto corpo
azzannato dai cani e gli alti palchi [14]   20
della fronte agitar l'estrema lite! [15]

Ma invano invano udiamo i cupi bràmiti
noi tra le canne fluviali assisi.
Tu non ti scaglierai nel Serchio a nuoto
per seguitar la pesta,[16] o Derbe; [17] e il freddo   25
fiume non solcherà duplice solco
del tuo braccio e del tuo predace riso,[18]

---

[6] *crespe froge*: narici grinzose, solcate da piccole rughe.
[7] *mentastro*: menta selvatica. Vedi *Bocca di Serchio*, v. 101 e nota relativa.
[8] *grasso*: nel senso di molle.
[9] *la... zolla*: il pezzetto di terra su cui è rimasta impressa la forma dello zoccolo.
[10] '*gran sigillo*': la definizione risale probabilmente a qualche trattato di cinegetica per il momento non identificato.
[11] *per entro*: dentro. Vedi *L'oleandro*, v. 459 e nota 241.
[12] *e... falla*: e non succede mai che una valutazione gli risulti sbagliata. Cfr. Virgilio, *Aen.*, VI, v. 548: "nec mea me fallit opinio"; v. 691: "...nec me mea cura fefellit".
[13] *capo... sangue*: esemplare di buona razza. Vedi *La morte del cervo*, v. 73: "Era del più vetusto sangue regio".
[14] *palchi*: rami di corna.
[15] *agitar...lite*: combattere l'ultima e mortale lotta contro i cani.
[16] *la pesta*: le orme.
[17] *Derbe*: vedi *L'oleandro*, v. 39 e nota 22. Vedi anche la nota 1 a *Bocca di Serchio*.
[18] *del tuo predace riso*: del tuo volto su cui il riso rivela la gioia che provi nel cacciare, intendendo "riso" nel senso di "volto", "bocca", come in Dante, *Inferno*, V, v. 133: "...il disiato riso" e *Purgatorio*, XXXII, v. 5: "...lo santo riso". Oppure: dell'eco del tuo riso che rivela la gioia che provi nel cacciare. Nel primo caso, il "duplice solco" sarà aperto nelle

fieri guizzando i muscoli nel gelo.[19]
Inermi siamo e sazii di bellezza,[20]
chini a spiare il cuor nostro ove rugge,[21]   30
più lontano che il bràmito del cervo,
l'antico desiderio delle prede.
Or lascia quello il branco e si rinselva.
Forse è d'insigni lombi,[22] e assai ramoso.[23]
Ei più non vessa col nascente corno [24]   35
le scorze. Già la sua corona [25] è dura;
e il suo collo s'infosca [26] e mette barba,
e fra breve sarà gonfio dal molto
bramire. Udremo a notte le sue lunghe
muglia,[27] udremo la voce sua di toro;   40
sorgere il grido della sua lussuria [28]
udremo nei silenzii della Luna.[29]

acque del fiume, dal braccio e dalla faccia che, nell'atto di nuotare, frangono la corrente; nel secondo caso, invece, il "duplice solco" sarà aperto dal movimento del braccio e dal riecheggiare del riso di Derbe. Per "predace" nel senso di "portato a predare", vedi *L'oleandro*, v. 238: "...la furia del desìo predace".
[19] *gelo*: le acque gelide del fiume. Metonimia.
[20] *sazii di bellezza*: soddisfatti dello spettacolo naturale dalla cui affascinante bellezza sono coinvolti fino ad esserne ebri.
[21] *rugge*: clausola foscoliana: cfr. U. Foscolo, *Poesie, Forse perché della fatal quiete*, v. 14: "quello spirto guerrier ch'entro mi rugge".
[22] *d'insigni lombi*: di razza egregia. Vedi v. 16: "...capo di gran sangue" e nota relativa.
[23] *assai ramoso*: fornito di un ampio palco di corna.
[24] *nascente corno*: il singolare per il plurale.
[25] *corona*: il giro delle corna.
[26] *s'infosca*: si copre di pelame scuro.
[27] *muglia*: "muglio" è variante popolare toscana di "mugghio". Vedi anche *La morte del cervo*, v. 82: "E le muglia sonavan d'ogni intorno". Per l'immagine cfr. già *L'Isottèo, Sestina della lontananza*, v. 21: "e bramire s'udian cervi a la Luna".
[28] *il... lussuria*: i suoi mugghii che sono richiami d'amore.
[29] *nei... Luna*: nel silenzio e nella quiete della notte illuminata dalla luna. Cfr. Virgilio, *Aen.*, II, v. 255: "...tacitae per amica silentia lunae".

L'ippocampo

Il manoscritto autografo (Collez. Bellora) reca, in calce, il luogo e la data di stesura del componimento: " + Romena: 21 agosto 1902". I versi 1-16 della lirica saranno citati dal poeta nel *Libro segreto*, *Prose di ricerca*, II, p. 717, in un passo in cui sono rievocate "le più aerose odi del libro di 'Alcyone' ": "l'ippocampo! – Nell'involtura del mio cervello saltavano sguisciavano i ritmi. – *Vimine svelto*...".

Glauco, il mitico pescatore trasformato in dio marino che in *Alcyone* simboleggia l'ansia del divino che è in D'Annunzio e che di D'Annunzio è anche favolosa incarnazione (vedi il *Ditirambo II*), invita una donna che si chiama Aretusa, come la ninfa trasformata in fonte (vedi *L'oleandro*), a dar di sua mano un po' di sale al suo cavallo Folo (vedi *Bocca di Serchio*), stanco delle lunghe cavalcate. Piace a Folo il sale, piace moltissimo, come ad Aretusa piacciono le susine acerbe, e forse ciò dipende dal fatto che un tempo Folo non era un cavallo tutto fiamme negli occhi e lampi nel lucido mantello, ma un cavallo marino.

È una favola sorridente e leggera, in cui sul tema dolce e galante dell'invito ad Aretusa a dar ristoro al cavallo Folo si inserisce il momento fantastico e mitizzante che trasforma il cavallo reale in un favoloso figlio del mare: "Forse ha un ricordo / marino il sangue di Folo. / Egli è forse figliuolo..." (vv. 52 ss.). Tra l'altro, il passaggio tra il momento galante e quello fantastico avviene in modo del tutto insensibile. Infatti esso è in atto già nella prima parte del componimento, dove la delicata figura di Aretusa continuamente oscilla tra la sua agile femminilità di donna vera e la sua evanescente condizione di mutevole ninfa sorgiva. Così, tutto il componimento corre sul filo del continuo intrecciarsi di realtà e di fantasia e il respiro poetico della lirica si prolunga senza peso sino all'ultima scena, dove la fantasia sembra lasciare di nuovo il posto alla realtà, perché il fantastico cavallo marino che mangia "piano / l'aliga nella mano / cava della Sirena" non è meno reale del cavallo Folo cui la mitica Aretusa è invitata a offrire un po' di sale.

La lirica si affida a una durata quasi esclusivamente verbale, sviluppata in partiture più foniche che ritmiche e musicali, tra soluzioni eloquenti e indugi decorativi. Tuttavia la lievità e, quasi, l'ingenuità dell'invenzione fantastica e la leggerezza musicale del tono, fanno, almeno in parte, dimenticare il virtuosismo implicito in certo ricercato gioco di rime, di allitterazioni e di richiami interni e in certo compiacimento verbale ("crinale", v. 6; "elettro", v. 12; "focace", v. 37; "furace / fauna dei pomarii", vv. 40-41; "simiana", v. 45; "sima", v. 51; etc.).

Metro: due "strofe lunghe" di 39 versi liberi ciascuna. I versi sono variabili tra il ternario e l'ottonario con abbondanza di quinari e di settenari. Le due strofe sono saldate dalle rime incrociate dei due versi finali dell'una e dei due versi iniziali dell'altra. "Ogni versicolo rima (o assuona) /.../ anche fuori della 'strofa' (*redolente* della seconda ha corrispondenza solo nella prima), eventualmente all'interno del verso col solito effetto ternario (*squamme* rima col prossimo *fiamme*; *argentino*, *cresce*, *bava* coi meno vicini *marino*, *pesce*, *mangiava*; si sottrae *acerba* della seconda, che sembra riprendere *erba* della prima, senza però taglio ternario)" (G. Contini).

Vimine svelto,[1]
pieghevole [2] Musa
furtivamente

---

[1] *Vimine svelto*: snello e flessibile ramo di salice. È appositivo di "Aretusa" (v. 7), la quale è dunque snella come un vimine.
[2] *pieghevole*: flessuosa, agile. Cfr. *Intermezzo, Ricordo di Ripetta*, vv. 2 s.: "Alta e pieghevole / passaste..." e vedi *Le stirpi canore*, v. 33: "pieghevole come i salici".

fuggita del [3] Coro [4]
lasciando l'alloro   5
pel leandro [5] crinale, [6]
mutevole Aretusa
dal viso d'oro, [7]
offri in ristoro
il tuo sal lucente [8]   10
al mio cavallo Folo [9]
dagli occhi d'elettro, [10]
dal ventre di veltro, [11]
ch'è solo l'eguale
del sangue di Medusa   15
ahi ma senz'ale! [12]
Offrigli il sale,
sonoro al dente, [13]
o Aretusa,
nella palma dischiusa   20
e nuda, senza spavento
ché, per prendere il dono,
ha labbra più leggiere
delle sue gambe

---

[3] *del*: dal.
[4] *Coro*: il coro delle Muse sull'Eliconia. Cfr. Dante, *Purgatorio*, XXIX, vv. 40 s.: "Or convien che /.../ Urania m'aiuti col suo coro".
[5] *lasciando... leandro*: abbandonando l'alloro, la pianta sacra ad Apollo e alle Muse, nonché tradizionale simbolo della poesia, per l'oleandro, di cui nel poemetto *L'oleandro* la stessa Aretusa ha raccontato la storia e di cui soltanto il poeta vuole essere incoronato. "La forma *leandro*, meno consueta al D'Annunzio (ma è anche in *Stabat nuda Aestas*), qui starà per consentire un verso di misura uguale al successivo (settenario)" (G. Contini).
[6] *crinale*: che serve a far ghirlande da porre tra i capelli.
[7] *mutevole... oro*: Aretusa la ninfa trasformata in fonte, definita "mutevole" e "dal viso d'oro", come già ne *L'oleandro* ("mutevole onda con un viso d'oro", v. 213), sia perché è raffigurata come una giovinetta volubile e viva con dei capelli biondi che fan d'oro anche il viso, sia perché come fonte, Aretusa, non sta mai ferma e risplende riflettendo nelle sue acque l'oro del sole.
[8] *sal lucente*: il sale che luccica perché cristallino, quando è illuminato dal sole.
[9] *Folo*: vedi *Bocca di Serchio*, v. 25 e nota relativa.
[10] *elettro*: del colore dell'ambra gialla.
[11] *dal ventre di veltro*: dai fianchi asciutti come un veltro.
[12] *ch'è... ale*: che è l'unico che, quanto a velocità, può stare alla pari di Pegaso, il cavallo alato nato dal sangue di Medusa quando Perseo la decapitò, anche se purtroppo non ha le ali ("ale").
[13] *sonoro al dente*: che scricchiola sotto i denti, mentre viene masticato.

di vento.¹⁴ 25
Appena ti lambe,¹⁵
come per bere!
Del suo piacere
ti bagna; ¹⁶ e la tua palma
appena sente, dietro 30
le labbra, il fresco
suo dente di puledro,
che brucar l'erba calma ¹⁷
può sì dolcemente
e rodere il ferro 35
difficile ¹⁸ quando serro ¹⁹
la rapidità focace ²⁰
pe' solitarii
lidi io senza pace.²¹

Come per te, furace 40
fauna dei pomarii,²²
un bugno ²³
di miel redolente ²⁴
non vale
simiana ²⁵ acerba, 45
così per lui biada opima ²⁶

---

¹⁴ *di vento*: rapide come il vento.
¹⁵ *lambe*: lambisce con la lingua.
¹⁶ *Del... ti bagna*: ti bagna della saliva che il piacere di gustare il sale gli stimola.
¹⁷ *l'erba calma*: l'erba non agitata dal soffio del vento: quasi che il prato d'erba fosse un mare calmo. L'immagine dell'"erba calma" va però anche messa in relazione con tutta la scena idillica e tranquilla del cavallo che pascola, la quale è poi a sua volta da mettere in relazione di contrasto con la scena successiva del cavallo che galoppa sfrenato.
¹⁸ *rodere... difficile*: mordere il ferro del morso "difficile" sia per il cavaliere che lo usa che per il cavallo che lo sopporta.
¹⁹ *serro*: "stringo, stando in arcione; oppure freno, correndo a galoppo" (E. Palmieri).
²⁰ *la... focace*: la velocità infuocata del cavallo, cioè il cavallo veloce.
²¹ *senza pace*: vedi *Intra du' Arni*, v. 9: "...senza pace" e nota relativa.
²² *furace / fauna dei pomarii*: ninfa dei boschi ("fauna" è femminile di fauno) che ami rubare ("furace") la frutta nei frutteti ("pomarii": latinismo frequente in D'Annunzio fin da *Canto novo*).
²³ *bugno*: alveare.
²⁴ *redolente*: profumato.
²⁵ *simiana*: specie di susina. Le "susine semiane" sono citate tra le diverse specie di susine alla voce "susina" del Tommaseo-Bellini.
²⁶ *opima*: molto abbondante.

non vale un pugno
di sale mordace.²⁷
Troppo gli piace,
Aretusa. Ingordo
n'è come capra sima.²⁸   50
Forse ha un ricordo
marino il sangue di Folo.
Egli è forse figliuolo
degli Ippocampi
dalla coda di squamme.²⁹   55
Ora è fiamme e lampi,
ma prima
era forse argentino
o cerulo o verdastro
come il flutto, gagliardo ³⁰   60
come il flutto decumano.³¹
E nel vespero tardo, ³²
all'apparir dell'astro
che cresce,³³
al levar della brezza,   65
tutto acquoso e salmastro ³⁴
venuto in su la proda,³⁵
mansuefatto,
battendo con la coda
di pesce l'arena   70
per la dolcezza,
sogguardando ³⁶ in atto

---

²⁷ *mordace*: tanto saporito da bruciare il palato.
²⁸ *sima*: camusa. Cfr. Virgilio, *Ecl.*, X, v. 7: "...simae capellae" e anche L. Ariosto, *Orl. fur.*, XVII, str. LXV, v. 2: "...simo gregge...", citato nel Tommaseo-Bellini alla voce "simo".
²⁹ *di squamme*: coperta di squame.
³⁰ *gagliardo*: impetuoso.
³¹ *il flutto decumano*: la decima ondata, che è più impetuosa delle nove ondate precedenti. Cfr. Ovidio, *Metam.*, XI, vv. 529 s.; *Trist.*, I, II, vv. 49-50.
³² *nel vespero tardo*: a sera inoltrata.
³³ *astro / che cresce*: la luna in fase crescente.
³⁴ *acquoso e salmastro*: grondante di acqua salata.
³⁵ *proda*: riva.
³⁶ *sogguardando*: guardando di sotto in su.

d'amore,[37] gocciando bava,[38]
prono la schiena,[39]
mangiava piano
l'aliga nella mano
cava [40] della Sirena.

---

[37] *in atto / d'amore*: con un atteggiamento da persona innamorata. Cfr. G. Cavalcanti, *Rime*, *Era in penser d'amor*, v. 22: "...in figura d'amore".
[38] *gocciando bava*: perdendo gocce di bava. Cfr. Dante, *Inferno*, XIV, v. 113: "...una fessura che lacrime goccia"; XXXIV, v. 54: "[Lucifero] gocciava il pianto e sanguinosa bava".
[39] *prono la schiena*: con la schiena piegata, china. "La schiena" è accusativo di relazione.
[40] *nella mano / cava*: nel cavo della mano.

L'onda

Il manoscritto autografo (Collez. Bellora) reca il luogo e la data di composizione: "Romena: 22 agosto 1902".

È una delle più celebri – troppo celebre – liriche dannunziane. In essa, il moto e la voce dell'onda vengono verbalmente trascritte attraverso una serie asistematica di onomatopeie, di allitterazioni, di rime, di assonanze, di consonanze, di corrispondenze timbriche e di richiami interni e attraverso un continuo scambio sinestetico tra singoli significanti che producono sensazioni uditive e singoli significati che suscitano sensazioni visive, "in guisa che le parole paiono rendere in immediatezza di suoni i fluttuanti giuochi del mare accolto in una cala tranquilla" (E. Palmieri).

Chiaramente si tratta, fatto salvo il gusto della ricerca armonico-imitativa che è tipico di D'Annunzio, di un esercizio virtuosistico volto alla mimesi naturalistica dei suoni o meglio dei movimenti dell'onda. Il risultato di un tale esercizio, che non fu certo semplice, come dimostra il manoscritto, tormentatissimo soprattutto nella seconda parte, stupisce e suscita ammirazione per la precisione e l'eleganza delle trascrizioni delle immagini visive e delle sensazioni uditive e per gli indubbi pregi musicali, ma lascia sostanzialmente perplessi e appare nato da una pura volontà letteraria. Del resto, una ulteriore prova della letterarietà del componimento è reperibile nel fatto che, come ha chiarito M. Praz (cfr. *La carne* cit., pp. 506-508) e come le carte alcionie testimoniano – nel ms. 400, che contiene appunti preparatori per lo più di argomenti marini, si legge, tra l'altro: "(Vedi *Onda* – Diz. Guglielmotti-Marerboso-Aggallato-Cuora = prateria natante /.../)" –, la lirica è tutta contesta di termini cavati dal *Vocabolario marino e militare* del Guglielmotti. Il Praz, anzi, è del parere che l'intero componimento sia sgorgato dall'entusiasmo per le "parole belle e bene sonanti" che D'Annunzio trovava registrate nel Guglielmotti sotto la voce *onda* (col. 1169 ss.) e sotto la voce *vento* (col. 1966). Ma anche senza arrivare a tanto, è chiaro che il poeta ha trovato nel Guglielmotti qualcosa di più che un sussidio alla sua ispirazione: si vedano, in proposito, le note ai vari versi. E ciò è tanto più vero, in quanto, di converso, solo due paiono essere, a giudicare dalle annotazioni contenute nei *Taccuini*, gli spunti diretti e reali trasfigurati liricamente nel componimento. Si tratta di due annotazioni contenute nel *Taccuino* n. 10, II, pp. 107 e 112, e registrate sotto la data 2 luglio 1899: "Il mare è mosso, di color misto, tra di perle e di berillo [vedi v. 60], delicato; e viene ad ornare de' suoi festoni verdi l'arena /.../. Si vede su l'estrema linea della foce, il biancheggiare *ilare* e *giovine* dei flutti marini. Appaiono, scompaiono, si allungano, balenano, ridono, danzano. Una danza gioconda. Imagine di polledre dalle criniere bianche, che lasciviscono su un prato [vedi vv. 35-37]". Un cospicuo precedente della trascrizione dei giochi del mare contenuta nella lirica era, per altro, già stato offerto da D'Annunzio in una pagina famosa del *Trionfo della morte*, dove (in *Prose di romanzi*, I, pp. 970-972) si legge: "Dava egli [sc. Giorgio Aurispa] a quella musica [sc. la musica del mare] un orecchio sempre più attento e acuto. Ne conosceva ormai tutti i misteri; ne comprendeva tutte le significanze. Lo sciacquio fievole della risacca, simile al romor linguale d'un gregge che si disseti, – il gran tuono subitaneo del fiotto gagliardo che sopraggiungendo dal largo urta e schiaccia l'onda rifratta dalla riva, – la nota più umile e la nota più superba e le innumerevoli gamme intermedie e le diverse misure degli intervalli e i più semplici e i più complessi accordi e tutte le potenze di quella profonda orchestra equòrea nel sonoro golfo egli conosceva, egli comprendeva. Misteriosa la sinfonia crepuscolare svolgevasi lentamente crescendo, lentamente crescendo /.../ I soffii erranti alzavano sospingevano le onde qua e là, rare da prima, poi più spesse, poi men deboli; alzavano sospingevano le onde che tenui fiorivano in sommo, rapivano al crepuscolo un bagliore, per un attimo fervevano, languide ricadevano. Talora come un suono di cimbali fioco, talora come un suono di dischi d'argento l'un contro l'altro percossi, talora come un suono di cristalli giù per un pendio precipitanti era il suono che quelle nel silenzio facevano ricadendo, morendo. Nuove onde si levavano da un più lungo soffio generate, s'incurvavano limpide e intere portando nella loro curva l'estrema grazia del giorno, si frangevano quasi con mollezza, simili a bianchi rosai mobili che si sfogliassero, lasciando schiume durevoli come petali su lo specchio che si dilatava là dove esse scomparivano per sempre. Altre si levavano, aumentavano di celerità e di forza, tendevano alla riva, l'attingevano con uno scroscio trionfale a cui seguiva uno strepito diffuso come uno stormire di frondi aride. E, mentre durava l'ingannevole stormire della foresta inesistente, giù giù per la riva lunata altri scrosci si succedevano con intervalli a grado a grado più brevi, seguìti dal medesimo strepito; così che la zona sonora pareva distendersi all'infinito composta dalle vibrazioni perpetue d'una miriade di frondi aride. Era questa imitativa armonia silvana la trama costante su cui l'onda avversa alla grande scogliera poneva i suoi ritmi interrotti. Arrivava l'onda con una veemenza d'amore o di collera su i massi incrollabili; vi si precipitava rimbombando, vi si dilatava gorgogliando /.../ Rideva, gemeva, pregava, cantava, accarezzava, singhiozzava, minacciava: ilare, flebile, umile, ironica, lusinghevole, disperata, crudele /.../". E questo lungo passo in prosa, che per molti aspetti è ripreso nella lirica di *Alcyone*, dimostra, se non altro, l'interesse che il D'Annunzio sempre portò allo spettacolo dei moti del mare.

Il componimento, insomma, nasce da una disposizione eminentemente virtuosistica dell'artista e ha una genesi di carattere essenzialmente letterario che deprime e soffoca qualsiasi spunto naturalistico fondato sull'osservazione.

Che cosa resta dunque, ci si può chiedere, della straordinaria abilità espressiva di cui D'Annunzio dà fin troppa prova nel corso della lirica? Al di là del puntiglio del letterato in gara con il ritmo dell'onda e al di là, anche, dell'alta prova di perizia tecnica, che ha pure una sua importanza, resta la stupenda armonia imitativa dell'insieme, che ricorda, nel campo musicale, talune pagine impressionistiche di Claude Debussy. Resta, anche, l'infantile meraviglia del poeta di fronte, oltre che alla sua personale bravura, alla vivacità e alla freschezza dello spettacolo offerto alla sua fantasia dal misterioso ed effimero, e perciò suggestivo, gioco del mare. E resta, soprattutto, l'ultima parte del componimento, dove l'apparizione o, meglio, la riapparizione di Aretusa, vera e propria "trasfigurazione mitopoietica del modularsi ritmico delle cose in una figura umana che ne condensa il palpito" (M. Pazzaglia), apre, dopo il troppo rumore dei versi dedicati ai suoni dell'onda, un'oasi di silenzio puramente contemplativa. Talché dopo di ciò, "può sopravvenire la sorpresa della coboletta finale, 'Musa cantai la lode / della mia Strofe Lunga', a illuminare di bel nuovo l'invenzione dal primo principio" (E. De Michelis). Ed è proprio la chiusa che racchiude il senso più profondo e più vero di tutto il componimento e che "induce a considerare questo testo come *specimen* d'una poetica e della sua realizzazione metrica. È sintomatico, infatti, e largamente rappresentativo, che proprio mentre la lirica sembra giunta a una conclusione consueta /.../, il discorso si riapra – e si concluda – ribadendo la reversibilità di 'ode' e 'lode', parallela alla riduzione del reale all'intuizione poetica /.../. La conclusione de *L'onda*, insomma, mentre ribadisce quella che il Raimondi definisce come riduzione degli oggetti 'a figure analogiche della vitalità del poeta', implicitamente, dunque, alla *Laus mei* di cui si parla nel *Venturiero senza ventura*, con la 'celebrazione dell'io assoluto nel suo contatto fuggevole con le cose e con le immagini che esse rimandano alla sua sensibilità vorace e totalitaria', ripropone un decisivo acquisto gnoseologico: la poesia non solo come partecipazione all'essere, ma anche come unica e reale fondazione di esso, nella direzione indicata dalla lirica *Il fanciullo*. Si dissolvono così sia il fluido gioco dell'onda, sia il non meno labile accorrere di Aretusa, immediatamente trascolorata in una stupefatta dolcezza, per lasciar luogo alla protagonista vera della lirica: la lirica stessa, il suo ritmo come espressione analogica del movimento dell'universale metamorfosi" (M. Pazzaglia, *op. cit.*, pp. 157 ss.).

Metro: "strofa lunga" di 100 versi liberi, più due settenari che ripetono due rime prossime, variabili tra il ternario e, questa volta, il settenario. Talvolta, per effetto della medesima possibilità di ricomposizione dei versi secondo misure non esteriormente suggerite che si è osservato a proposito della *Pioggia nel pineto*, la lettura continuata di due versicoli consecutivi restituisce l'endecasillabo: si vedano, come suggerisce P. V. Mengaldo, i vv. 30-31: "Palpita, sale, / si gonfia, s'incurva" e i vv. 45-46: "Travolge la cuora, / trae l'alga e l'ulva". "Libero è /.../ il gioco delle rime (più di rado assonanze: *incurva*: *arruffa*; *ulva*: *allunga*), inclusi i noti incontri di finale e d'interna, qualche volta nello stesso verso ('spumeggia, biancheggia'; 'vi si mesce, s'accresce'; 's'infiora, odora'), qualche volta a contatto prossimo (*ridonda* rima con *onda*), più spesso a maggior distanza (*spuma* rima con *alluma*, *cavo* con *cav-allo*, *iridi* con *viridi*, *viva* con *riva*, *lisce* con *rapisce*; dubbio solo *sormonta*)" (G. Contini).

Nella cala [1] tranquilla
scintilla,
intesto di scaglia
come l'antica
lorica   5
del catafratto,[2]
il Mare.

---

[1] *cala*: piccola insenatura.
[2] *intesto... catafratto*: intessuto di scaglie, come quelle che ricoprono la corazza ("lorica") degli antichi guerrieri; ma qui le scaglie di cui è intesto il mare sono la serie di piccole onde che l'increspano. Per tutta l'immagine cfr. A. Guglielmotti, *Dizionario* cit., col. 1170: "...tutto il mare... dà vista di una superficie *coperta di scaglie... come le corazze degli antichi guerrieri*". Quanto al "catafratto" – il soldato a cavallo armato di catafratta, un'armatura che copriva da capo a piedi cavallo e cavaliere – cfr. il Tommaseo-Bellini alla voce "corazza": "Tard. Mach. Quart. 4: '/.../ La corazza propriamente detta: quella cioè, che di piastre o lamine di ferro è *contesta* in foggia di *scaglie* [vedi v. 3: "intesto di scaglia"] /.../' /.../ Vegez.: 'Addomandavano imprima le *catafratte*, cioè le corazze' /.../" (D. Martinelli-C. Montagnani).

Sembra trascolorare.³
S'argenta? s'oscura?
A un tratto   10
come colpo dismaglia
l'arme,⁴ la forza
del vento l'intacca.⁵
Non dura.⁶
Nasce l'onda fiacca,⁷   15
sùbito s'ammorza.⁸
Il vento rinforza.⁹
Altra onda nasce,
si perde,
come agnello che pasce   20
pel verde:¹⁰
un fiocco di spuma
che balza!
Ma il vento riviene,¹¹
rincalza,¹² ridonda.¹³   25
Altra onda s'alza,
nel suo nascimento
più lene

---

³ *trascolorare*: mutare colore. Cfr. A. Guglielmotti, *ibidem*: "Il mare *muta colore*: ecco qua e là macchie larghe, a screzi, *più scuri e più chiari* [vedi v. 9: 'S'argenta? s'oscura?']". Per il verbo "trascolorare" vedi *La sera fiesolana*, v. 28 e nota relativa.
⁴ *come... l'arme*: come un colpo di spada rompe le maglie dell'armatura.
⁵ *l'intacca*: intacca la superficie del mare, rompendone le leggere increspature. Cfr. A. Guglielmotti, *ibidem*: "Allora vedi da vicino il soffio intaccare l'acqua" (D. Martinelli-C. Montagnani).
⁶ *Non dura*: il vento non tiene.
⁷ *Nasce... fiacca*: l'onda nasce debole.
⁸ *sùbito s'ammorza*: si affloscia, si spegne subito. Per l'immagine cfr. A. Guglielmotti, *ibidem*: "Le piccole onde del mare *cadono* quasi *di repente* al cadere del vento" (D. Martinelli-C. Montagnani). Per il sintagma "s'ammorza", cfr. Dante, *Inferno*, XIV, vv. 63-64: "...non s'ammorza / la tua superbia..."; *Paradiso*, IV, v. 76: "ché volontà, se non vuol, non s'ammorza".
⁹ *rinforza*: si rinforza, cresce di intensità.
¹⁰ *agnello... verde*: come un agnello che pascola nel prato. Cfr. A. Guglielmotti, col. 1171: "il mare ti sembra un campo dove corrono sbracati gli agnelli".
¹¹ *il vento riviene*: cfr. A. Guglielmotti, *ibidem*: "Venga ora una bava di vento" (D. Martinelli-C. Montagnani).
¹² *rincalza*: si rinforza, cresce di intensità. Cfr. A. Guglielmotti, *ibidem*: "rincalzi il vento" (D. Martinelli-C. Montagnani).
¹³ *ridonda*: sovrabbonda. Il verbo, come gli altri dedicati al vento ("intacca", v. 13; "rinforza", v. 17; "scavezza", v. 39) sono registrati nel Guglielmotti, col. 1966, sotto la voce "vento".

che ventre virginale![14]
Palpita, sale,
si gonfia,[15] s'incurva,[16]
s'alluma,[17] propende.[18]
Il dorso ampio splende
come cristallo;
la cima leggiera
s'arruffa [19]
come criniera
nivea di cavallo.[20]
Il vento la scavezza.[21]
L'onda si spezza,[22]
precipita nel cavo
del solco [23] sonora;
spumeggia, biancheggia,[24]

---

[14] *più... virginale*: più delicato del ventre di una fanciulla. Per il paragone tra l'onda e il "ventre virginale", cfr. H. de Régnier, *Les jeux rustiques et divins*, *L'Homme et la Sirène*, vv. 562-564: "Il fallait toucher mon ventre / comme on joue / à flatter de la main une vague qui s'enfle / et se gonfle [vedi v. 31: "si gonfia..."] et s'apaise et qui n'écoume pas" (V. De Maldé-G. Pinotti). D'altra parte, alla voce "onda" del Guglielmotti il termine "ventre" ricorre più volte, ma nell'accezione tecnica di "incavo dell'onda" (D. Martinelli-C. Montagnani).
[15] *si gonfia*: cfr. A. Guglielmotti, *ibidem*: "L'acqua si gonfia /.../" (D. Martinelli-C. Montagnani). Vedi anche la nota precedente.
[16] *s'incurva*: cfr. A. Guglielmotti, *ibidem*: "Le ondicelle crespe si fanno più alte, si dilatano intorno /.../ inarcano il dorso" (D. Martinelli-C. Montagnani).
[17] *s'alluma*: si illumina di spume, luccica.
[18] *propende*: pende in avanti.
[19] *la cima... s'arruffa*: cfr. A. Guglielmotti, *ibidem*: "Niuna d'esse schiuma o s'imbianca /.../ se non alla cima" (D. Martinelli-C. Montagnani). Vedi anche la nota 14.
[20] *come... cavallo*: cfr. A. Guglielmotti, *ibidem*: "Tu vedi allora con Daniello Bartoli una mandra di cavalli che galoppano per la campagna" (D. Martinelli-C. Montagnani).
[21] *scavezza*: rompe. Cfr. A. Guglielmotti, *ibidem*: "il vento la *scavezza e l'arruffa* [vedi v. 36: 's'arruffa']".
[22] *L'onda si spezza*: cfr. A. Guglielmotti, *ibidem*: "Talvolta l'onda fluttuante si spezza" (D. Martinelli-C. Montagnani).
[23] *nel cavo / del solco*: nello spazio che le si apre innanzi. Cfr. A. Guglielmotti, *ibidem*: "l'acqua *precipita nel solco*"; col. 1173: "*il cavo del solco*".
[24] *spumeggia, biancheggia*: cfr. A. Guglielmotti, *ibidem*: "*spuma, biancheggia*".

s'infiora,[25] odora,[26]
travolge la cuora,[27]   45
trae l'alga e l'ulva; [28]
s'allunga,
rotola,[29] galoppa;
intoppa [30]
in altra cui 'l vento   50
diè tempra diversa; [31]
l'avversa, [32]
l'assalta, la sormonta,
vi si mesce, s'accresce.
Di spruzzi, di sprazzi,   55
di fiocchi, d'iridi [33]
ferve [34] nella risacca; [35]
par che di crisopazzi [36]
scintilli
e di berilli [37]   60

---

[25] *s'infiora*: si riempie di spuma a forma di fiori. Cfr., anche se ha un diverso significato, Dante, *Paradiso*, XXXI, v. 7: "sì come schiera d'ape, che s'infiora".
[26] *odora*: attratto dalla rima interna e suggerito dall'immagine implicita in "s'infiora", indica anche l'intenso odore salmastro dell'onda diffuso dal vento. Cfr. A. Guglielmotti, *ibidem*: "e nella primavera il mare olezza di quella fragranza".
[27] *cuora*: i detriti vegetali galleggianti: vedi *Terra, vale!*, vv. 12-13 e note relative.
[28] *ulva*: genere di alga.
[29] *rotola*: cfr. A. Guglielmotti, *ibidem*: "Le onde cadono rotoloni /../' (D. Martinelli-C. Montagnani).
[30] *intoppa*: si imbatte: Cfr. A. Guglielmotti, *ibidem*: "/.../ se intoppa con tra corrente poderosa e viva /.../" e *passim* (D. Martinelli-C. Montagnani)
[31] *cui... diversa*: alla quale il vento ha dato una diversa struttura. Cfr. A. Guglielmotti, *ibidem*: "...scontrandosi con altre *diversamente temprate dal vento*".
[32] *l'avversa*: le si oppone.
[33] *d'iridi*: dei colori dell'arcobaleno. Cfr. A. Guglielmotti, *ibidem*: "e vedi *sprazzi* [vedi v. 55], gocciolette e vapori che, in certi contrasti di luce /.../, ti mostrano *l'iride*".
[34] *ferve*: ribolle, spumeggia. Il solito latinismo frequente in D'Annunzio.
[35] *risacca*: l'acqua che torna indietro dopo che l'onda si è infranta sulla spiaggia o contro gli scogli.
[36] *crisopazzi*: o crisoprassi: specie di calcedonio di colore verde con riflessi dorati. Cfr. *L'Isottèo, Isaotta nel bosco*, Ballata XII, vv. 13-16: "...più di cento / rivoli che brillavano /.../ con variamento / di carbonchi topazi e crisoprassi". La forma crisopazzo è quella registrata nel Tommaseo-Bellini.
[37] *berilli*: varietà di smeraldi di colore verde-azzurro, detti anche acquemarine. Vedi anche il passo del *Taccuino* citato nella nota introduttiv'

viridi [38] a sacca.[39]
O sua favella! [40]
Sciacqua, sciaborda,
scroscia, schiocca, schianta,[41]
romba, ride, canta,   65
accorda, discorda,
tutte accoglie e fonde
le dissonanze [42] acute
nelle sue volute [43]
profonde,   70
libera e bella,
numerosa [44] e folle,
possente e molle,
creatura viva
che gode   75
del suo mistero
fugace.[45]
E per la riva l'ode
la sua sorella [46] scalza
dal passo leggero   80
e dalle gambe lisce,
Aretusa rapace
che rapisce le frutta [47]
ond'ha colmo suo grembo.
Sùbito le balza   85
il cor, le raggia [48]
il viso d'oro.[49]

---

[38] *viridi*: verdi. "Latinismo, già nei simbolisti francesi" (G. Contini).
[39] *a sacca*: a sacchi.
[40] *favella*: voce. Dalla descrizione dei movimenti, delle forme e dei colori dell'onda, si passa alla registrazione dei suoi suoni.
[41] *schianta*: fa il rumore che di solito caratterizza uno schianto.
[42] *dissonanze*: suoni contrastanti e diversi.
[43] *volute*: avvolgimenti.
[44] *numerosa*: melodiosa, armoniosa. Latinismo crudo.
[45] *fugace*: che dura un attimo.
[46] *la sua sorella*: Aretusa (vedi *L'oleandro*, vv. 1 e 213 e nota relativa), che è sorella dell'onda perché ricorda la ninfa che fu trasformata in fonte e anche perché ha una voce melodiosa come l'onda e come l'onda è "mutevole" (*ibidem*).
[47] *rapace / che rapisce le frutta*: vedi *L'ippocampo*, vv. 40-41 dove Aretusa è definita "furace / fauna dei pomarii".
[48] *le raggia*: le si illumina di gioia.
[49] *viso d'oro*: vedi *L'ippocampo*, v. 8 e nota relativa.

Lascia ella il lembo,[50]
s'inclina
al richiamo canoro;   90
e la selvaggia
rapina,[51]
l'acerbo suo tesoro [52]
oblìa nella melode.[53]
E anch'ella si gode [54]   95
come l'onda, l'asciutta [55]
fura,[56] quasi che tutta
la freschezza marina
a nembo [57]
entro le giunga!   100

Musa, cantai la lode
della mia Strofe Lunga.

---

[50] *il lembo*: l'orlo della veste in cui aveva riposto le frutta rubate.
[51] *la selvaggia / rapina*: la frutta rubata nei boschi.
[52] *l'acerbo... tesoro*: il tesoro costituito dalla frutta rubata ancora acerba: di fatto, da *L'ippocampo*, vv. 40-45 si apprende che Aretusa amava più di ogni altra cosa le susine acerbe.
[53] *nella melode*: al sentire il canto dell'onda. Per "melode", vedi *Anniversario orfico*, vv. 45 s.: "...Gli versan le melodi / i Venti..." e nota relativa.
[54] *si gode*: gode, è felice. Per l'uso del medio-riflessivo, vedi *La tregua*, v. 61 e nota relativa.
[55] *asciutta*: perché se ne sta all'asciutto, sulla spiaggia.
[56] *fura*: ladra. Latinismo già dantesco (*Inferno*, XXI, v. 45), mai usato al femminile altrimenti che come aggettivo.
[57] *a nembo*: a fiotti, come se fosse pioggia.

La corona di Glauco

Sotto il titolo classicheggiante de *La corona di Glauco* sono raccolti nove sonetti. In modo in verità piuttosto pretestuoso li collegano tra loro l'identità, almeno formale, del metro, il fatto che sono tutti incentrati su figure femminili e il fatto che in tutti, espressamente nominato o semplicemente alluso, sia presente Glauco, la recente incarnazione del poeta, qui considerato a pieno titolo una divinità fluviale. Soprattutto, però, ad accomunare i vari componimenti concorrono, oltre l'occasionalità, talora vagamente autobiografica dell'ispirazione, la diffusa temperie alessandrino-parnassiana che circola in tutti e la compiaciuta ricercatezza stilistico-espressiva che si esercita sulle forme linguistiche, sulle strutture sintattiche e sullo schema metrico.

I sonetti *Nicarete* e *A Nicarete* fanno coppia, e così anche i sonetti *Gorgo* e *A Gorgo*. Anche gli ultimi due componimenti della *Corona*, *L'auletride* e *Baccha* possono essere considerati un dittico, in quanto paiono le due facce di un medesimo bassorilievo. Gli altri tre sonetti, *Mèlitta*, *L'acerba* e *Nico*, invece, hanno vita indipendente.

La data di composizione dei singoli componimenti è ignota, come del resto la data della loro aggregazione a formare una "Corona". Pochi sono gli elementi a disposizione per formulare un'ipotesi. Di due sonetti, il quarto e il quinto, *Nicarete* e *A Nicarete*, conosciamo la data di pubblicazione. Essi, infatti, apparvero, il 28 settembre 1903 in una *plaquette*, in 8° di pp. 8 n.n., fuori commercio, stampata a Roma da A. Staderini, in occasione delle "Nozze

Sangiorgi-Giorgi": in una lettera indirizzata alla sposa e stampata nelle pagine precedenti a quelle dei sonetti, Annibale Tenneroni, che fu il responsabile della pubblicazione, definisce i due componimenti "due sonetti piscatorii del nostro grande lirico Gabriele D'Annunzio" e li dice "nati sul Tirreno, tra Viareggio e Migliarino". Il giorno innanzi, 27 settembre 1903, i due sonetti erano apparsi, sotto il titolo "Sonetti di Gabriele D'Annunzio" e con un brano della lettera di Annibale Tenneroni, su « Il Giornale d'Italia » di Roma (a. III, n. 263). Inoltre, il titolo di un altro sonetto, il secondo, *L'acerba*, è contenuto nell'indice a stampa delle liriche di *Alcyone* diffuso dall'editore Treves nel gennaio 1903 per annunciare l'imminente volume delle *Laudi*. Difficile, invece, risulta stabilire se nei titoli *I sandali*, *La sete*, *La gara* e *L'invito* che sono pure registrati, subito prima o subito dopo *L'acerba*, nell'elenco dell'annuncio editoriale Treves (vedi Introduzione, pp. 76 ss.) e ai quali non corrisponde alcun componimento nell'*editio princeps* di *Alcyone*, siano da vedere i titoli di altre liriche della *Corona di Glauco*. Per quello che riguarda invece l'origine della collana, è molto probabile che una prima aggregazione di sonetti dedicati a figure femminili sia avvenuta, tra il 1902 e il 1903, sulla base di tre componimenti. Infatti nel ms. 417 conservato nell'Archivio Personale del Vittoriale che contiene un elenco di titoli e di appunti relativi ad *Alcyone* e che è databile appunto tra il 1902 e il 1903, si legge: "Le tre donne – (tre sonetti?)".

Mèlitta

Nel sonetto che porta il suo nome, Mèlitta parla di sé in prima persona, come Versilia e Undulna e a entrambe le due creature alcionie assomiglia. Dell'una, infatti, ha tutta la maliziosa innocenza e dell'altra la vanente inconsistenza fisica. Impossibile quindi definirla altro che come ella stessa si definisce: una vivente biondezza, tutta nudità e leggerezza.

Il sonetto nasce e si sviluppa in margine al nome della protagonista. Mèlitta o Mèlissa, infatti, si chiamava la ninfa, figlia di Melisso re di Creta, che per prima scoprì il miele nei tronchi degli alberi e insegnò agli uomini ad usarlo. Gli antichi immaginarono che fosse stata trasformata in ape, e ape significa appunto in greco il suo nome.

Le soluzioni linguistiche riportano a un'atmosfera parnassiana che ricorda l'*Intermezzo* e *La Chimera*: si vedano i sintagmi e le immagini come quella dei "maculosi leopardi" (v. 1), della "rupe bianca" (v. 2), del "miele" che "silentemente cola" (v. 3), della "fontana pingue" (v. 4), dei "lavacri" (v. 5), dei "rosarii" e dei "pomarii" (v. 7). Anche la sensualità della situazione è più in linea con le vecchie raccolte che non con gli esiti alcionii. Più alcionie, rispetto alle quartine, risultano le terzine, che anche stilisticamente adottano soluzioni meno datate, come gli *enjambements* e i periodi brevi che tendono a coincidere con i singoli versi. Tanto nelle quartine quanto nelle terzine le rime sono sostituite dalle assonanze.

Metro: sonetto: ABBA, AªBªBªAª, CDE, CªDEª.

Fulge,[1] dai maculosi[2] leopardi
vigilata, una rupe bianca e sola
onde il miele silentemente cola
quasi fontana pingue[3] che s'attardi.[4]

Quivi in segreto[5] sono i miei lavacri[6]   5
dove il mio corpo ignudo s'insapora[7]

---

[1] *Fulge*: risplende. Latinismo (lat. *fulgere*) già dantesco (*Paradiso*, VIII, v. 64: "Fulgiemi già in fronte la corona").
[2] *maculosi*: maculati, dal pelame variegato da macchie. Vedi *L'asfodelo*, v. 33: "...serpe maculoso" e nota relativa; *Il fanciullo*, v. 146: "...i colùbri maculosi".
[3] *pingue*: melmosa, fangosa, come la "palude pingue" di Dante, *Inferno*, XI, v. 70.
[4] *s'attardi*: scorra lentamente.
[5] *in segreto*: in disparte, in luogo appartato (lat. *in secreto*).
[6] *i miei lavacri*: le acque in cui prendo i miei bagni. Cfr. U. Foscolo, *A Luigia Pallavicini caduta da cavallo*, v. 25: "Tal nel lavacro immersa...".
[7] *s'insapora*: assorbe il sapore del miele. Vedi *L'oleandro*, v. 325 e nota 174.

e di rosarii e di pomarii odora [8]
e si colora come i marmi sacri.[9]

Io son flava,[10] dal pollice del piede
alla cervice. Inganno l'ape artefice.[11]   10
Porto negli occhi miei le arene lidie.[12]

Per entro i variati ori [13] la lieve
anima mia sta come un fiore semplice.[14]
Mèlitta è il nome della mia flavizie.[15]

L'acerba

Il sonetto nasce come variazione in margine a *Versilia*. "Imagine ancipite tra la figurazione plastica di ninfa giovinetta e l'ipotiposi di un'intima brama del Poeta verso una bellezza immatura" (E. Palmieri), la protagonista, infatti, parla e agisce come Versilia. Come lei è ingenua e sfrontata, come lei è graziosa e petulante. È ingorda di frutti ancora acerbi e agri. È disposta a darsi al poeta in cam-

---

· *di rosarii... odora*: si avvolge dei profumi dei giardini e dei frutteti che le api hanno visitato.
[9] *si... sacri*: assume il colore dorato che hanno le antiche statue di marmo delle divinità. Cfr. poi *Le faville del maglio*, *Il secondo amante di Lucrezia Buti*, in *Prose di ricerca*, II, p. 403: "Il colore della sua [= di Giusini] pelle mi fa pensare a quel marmo che nei templi di Delo i serventi usavano impregnare d'una certa essenza di rose appena dorata da non so che mistione antica"; p. 405: "Ha la pelle come il marmo dèlio che la pia essenza di rose odora e indora, mentre la bianchezza nativa per sempre è palese attraverso"; *Libro segreto*, [*Carmen votivum*, vv. 124 ss.] in *Prose di ricerca*, II, p. 724: "...quel marmo ineffabile che a Delo /.../ unto di flavo unguento / facea le iddie color di frumento".
[10] *flava*: di carnagione color biondo-oro.
[11] *l'ape artefice*: l'ape che produce il miele. Vedi le "artefici soavi" de *Il fanciullo*, v. 125 e nota relativa.
[12] *Porto... lidie*: ho gli occhi dello stesso colore delle sabbie ricche di pagliuzze d'oro del Pactalo, il fiume della Lidia, in Asia Minore.
[13] *i variati ori*: le diverse sfumature della carnagione color biondo oro di cui splende il corpo. Per il sintagma "per entro" vedi *L'oleandro*, v. 459 e nota relativa.
[14] *semplice*: spontaneo.
[15] *flavizie*: biondezza.

bio di un pugno di fave verdi. È sottilmente ironica, al punto da prendere in giro il poeta che, invano, cerca di afferrarla e ansa per la fatica mentre, seguendo il suo invito, si arrampica sull'albero dove si è rifugiata. Qualcosa *l'acerba* creatura ha anche di *Aretusa*, la "furace fauna dei pomarii" de *L'ippocampo* e de *L'onda*, cui anche "un bugno / di miel redolente / non vale simiana acerba" (vedi *L'ippocampo*, vv. 40-45). Anche le soluzioni espressive riportano a *Versilia*. Al di là di singoli sintagmi ripresi direttamente, con tecnica allusiva, da quel componimento, nel sonetto è presente la medesima preferenza per i vocaboli preziosi, tipici del linguaggio arcaico e per lo più derivati dai classici. Dal punto di vista metrico, poi, il sonetto vede dissolversi i suoi schemi e i suoi equilibri tradizionali a favore di soluzioni nuove, almeno nell'ambito della metrica del sonetto, e orientate a risolvere la musicalità in parlato spiritoso e vivace. Ogni distinzione tra quartine e terzine è abolita. Taluni versi tendono a ridursi a unità sintattiche, altri sono collegati da lievi *enjambements*, altri ancora sono franti in modo del tutto anomalo dalla cesura e da un'insistita punteggiatura. Particolarmente significativo, da quest'ultimo punto di vista, il caso del v. 12: "Quanto soffii! Tropp'alto? Non ti piaccio?".

Metro: sonetto: ABBA, ABBA, CDE, CDE

Non io [1] del grasso fiale [2] mi nutrico.[3]
Lascio la cera e il miele nel lor bugno.[4]
Ma spicco la susina afra [5] dal prugno

---

[1] *Non io...*: per tutto il motivo della prima quartina, vedi *L'ippocampo*, vv. 40-45: "...per te, furace fauna dei pomarii, / un bugno / di miel redolente / non vale simiana acerba".
[2] *del... fiale*: del miele di cui è colmo il favo (metonimia). Per "fiale" vedi *Il fanciullo*, v. 96 e *L'aedo senza lira*, vv. 35 ss.
[3] *mi nutrico*: mi nutro.
[4] *bugno*: alveare. Vedi *Pace*, v. 16: "...come l'ape nel tuo bugno".
[5] *afra*: aspra, acerba. Vedi *Versilia*, v. 98: "...la cornia afra e lazza" : nota relativa.

semiano,⁶ e mi piace l'orichico.⁷

E il latte agresto⁸ piacemi del fico 5
primaticcio⁹ che nérica¹⁰ nel giugno.
Ti do due labbra fresche per un pugno
di verdi fave, e il picciol cuore amico!

Vieni, monta pe' rami. Eccoti il braccio.
Odoro come il cedro bergamotto¹¹ 10
se tu mi strizzi un poco la cintura.¹²

Quanto soffii! Tropp'alto?¹³ Non ti piaccio?
Ah, ah, mi sembri quel volpone ghiotto
che disse all'uva: Tu non sei matura.¹⁴

---

⁶ *prugno / semiano*: specie di susino. Vedi *L'ippocampo*, v. 45: "simiana acerba" e cfr. il Tommaseo-Bellini alla voce "susino": "...Matt. *Disc. Diosc.* I, 205: 'Del pruno, ovvero susino /.../'. Sod. *Arb.* 119: 'Amando i primaticci [fichi] più caldo e i serotini e brugnotti più freddo come i susini semiani e perniconi /.../ /.../ Pallad. *Novemb.* 7: 'Il susino, ovvero pruno...'. Cr. 5, 21, 1: 'Il prugno, ovvero susino, è arbore noto /.../ Dav. *Colt.* 185: 'Il susino generalmente ama luogo grasso /.../ particolarmente /.../ il simiano' " (D. Martinelli-C. Montagnani). Cfr. anche alla voce "simiano".
⁷ *l'orichico*: la gomma che stilla dal tronco di alcuni alberi, come il susino, il ciliegio e il mandorlo.
⁸ *agresto*: di sapore agro, aspro.
⁹ *fico / primaticcio*: vedi alla nota 6 le citazioni dal *Trattato d'Agricoltura* (Firenze, 1811) di G. V. Soderini e cfr. Tommaseo-Bellini alla glossa della voce "fico": "I primi che maturano nell'estate, e appunto verso la fine di giugno [vedi v. 6: "...che nérica nel giugno"], si chiamano Fichi fiori Fichi primaticci e Fioroni".
¹⁰ *nérica*: ha un colore scuro, in quanto è ormai maturo.
¹¹ *cedro bergamotto*: specie di cedro molto profumato.
¹² *mi strizzi... cintura*: mi stringi un poco le braccia intorno ai fianchi, mi abbracci. Propriamente "mi strizzi" si riferisce all'immagine del "cedro bergamotto", che, spremuto, emana tutto il suo profumo e "cintura" sta per la parte del corpo stretta dalla cintura (metonimia).
¹³ *Tropp'alto?*: sono troppo in alto, sull'albero, e non riesci a raggiungermi?
¹⁴ *quel... matura*: allusione alla favola IV, 3 di Fedro in cui si racconta di come la volpe, non riuscendo a raggiungere, perché posto troppo in alto, un grappolo d'uva di cui si era ingolosita, si sia consolata affermando che l'uva non era matura e che non voleva coglierla acerba.

Nico [1]

Il sonetto dedicato a Nico – il cui nome deriva dalla *Anthologia Palatina* – è uno scherzo leggero e divertito. La scena è sulla spiaggia, sotto il sole. Nico, l'occasionale amica del poeta, è accosciata sulla sabbia. Il poeta tesse la lode dei suoi bei piedini bianchi. Ma la sabbia scotta e alla povera Nico i piedi bruciano. L'uomo ride maliziosamente e Nico minaccia tremendi castighi.

Le scelte lessicali sono tutte piuttosto raffinate e, specialmente nelle parole-rima, preziose e rare. Il contrasto che si ingenera tra la ricercatezza del linguaggio e la banalità della situazione accentua il tono scherzoso del componimento e ne denuncia il carattere di esercizio letterario. Anche il dialogato, introdotto in modo così massiccio, rientra nell'ambito di un impegno espressivo tutto esteriore. Dà, comunque, vivacità alla scena.

Metro: sonetto: ABB^{a}A, ABB^{a}A, CDE, CDE.

I tuoi piè bianchi sono i miei trastulli
nella gracile [2] sabbia ove t'accosci, [3]
bianchi e piccoli come gli aliossi [4]
levigati dal gioco dei fanciulli.

– Ahi, ahi, misera Nico, i miei piè brulli! [5]   5
Su la sabbia di foco i piè mi cossi.

---

[1] *Nico*: nome di donna che si trova in alcuni epigrammi di Asclepiade: cfr. *Anthologia Palatina*, V, 150 e 202.
[2] *gracile*: minuta, fine.
[3] *t'accosci*: ti poni a sedere. È verbo già dantesco: cfr. *Inferno*, XVIII, vv. 130 ss.: "...quella sozza e scapigliata fante / che /.../ or s'accoscia, e ora è in piedi stante".
[4] *aliossi*: ossi del tallone delle zampe posteriori degli agnelli e di altri animali, usati anticamente dai bambini come dadi per giocare.
[5] *brulli*: pelati, scorticati dal sole. Nel significato di "pelato", "brullo" è termine dantesco: cfr. *Inferno*, XVI, v. 30: "...e 'l tinto aspetto e brollo" (chiosato al v. 35 con "nudo e dipelato"); XXXIV, vv. 59 s.: "...la schiena / rimanea della pelle tutta brulla". Cfr. anche *Purgatorio*, XIV, vv. 91 ss., dove "brullo" è usato in senso di "privo" e, come notano M. Praz e F. Gerra, è usato in rima con "trastullo": "...lo suo sangue è fatto brullo /.../ del ben richiesto al vero e al trastullo".

Tu ridi costassù,⁶ tu ridi a scrosci! ⁷
Ma, s'io ti giungo, vedi come frulli.⁸

– Ingrata, ingrata, con che arte il foco
ti rilieva le vene in pelle in pelle ⁹   10
e il pollice t'imporpora e il tallone!

– Bada. Non aliossi pel tuo gioco
ma ho in serbo per te, schiavo ribelle,¹⁰
una sferza di cuoio paflagone.¹¹

Nicarete

Nicarete intende dedicare le sue canne, le sue lenze e tutti gli altri suoi arnesi da pesca a Glauco di Serchio, come a un dio fluviale. In cambio chiede a Glauco di prenderla con sé. Lei ha belle labbra e insieme potrebbero camminare tra i "lenti biodi" lungo il lago di Massaciùccoli e intrecciare corone di ibisco.

Il sonetto ricalca i modi della *Anthologia Palatina*. Da alcuni componimenti di quella raccolta (V, 53; VI, 285 etc.), infatti, deriva il nome della donna e, inoltre, tutta l'offerta di Nicarete ricorda quella del pescatore Fintilo a Priapo descritta nell'epigramma VI, 192 e già citata da D'Annunzio in *Maia*, *Laus vitae*, vv. 4705 ss. (cfr. anche *Anth. Pal.*, VI, 23 e Teocrito, *Idyll.*, XXI, vv. 9-14). Tut-

---

⁶ *costassù*: standotene lì in piedi.
⁷ *ridi a scrosci*: "Ridere a scroscio. Ridere in modo da far gran rumore. Ridere smoderatamente" (Tommaseo-Bellini).
⁸ *come frulli*: come ti dibatti, ti agiti e rumoreggi per cercare di scappare. "Frullare" indica propriamente il rumore che fanno gli uccelli quando battono le ali per alzarsi in volo e in questa accezione è sintagma molto frequente in G. Pascoli.
⁹ *il... pelle*: il sole ti pone in rilievo, a fior di pelle, le vene facendole gonfiare.
¹⁰ *schiavo ribelle*: la figura dello schiavo ribelle nasce, a posteriori, dall'immagine della frusta di "cuoio paflagone" (vedi la nota seguente).
¹¹ *cuoio paflagone*: cuoio proveniente dalla Paflagonia, la regione asiatica tra il Ponto e la Bitinia "che forniva schiavi alla Grecia, come quel paflagone cuoiaio che nei *Cavalieri* di Aristofane flagellava gli altri servi" (M. Praz.-F. Gerra).

tavia, l'atmosfera alessandrina e convenzionale dell'offerta votiva, che riporta alle *Offerte votive* composte nel 1893 per l'edizione *ne varietur* di *Canto novo*, è alleggerita in scherzo, nelle due quartine, dalle notazioni ironiche della gentile e sfortunata pescatrice. Nelle due terzine, poi, il sonetto si solleva decisamente a temi e toni alcionii. Nella prima terzina, infatti, torna il motivo, che fu già di *Versilia*, dell'offerta di sé da parte della donna e, nella seconda terzina, viene toccato con estrema leggerezza il tema languido dell'andare a due "tra lenti biodi" per cogliere fiori con cui fare corone che è già in *Innanzi l'alba*. Il passaggio dalla prima parte alla seconda è segnato, all'inizio delle terzine (v. 9: "...O Glauco, m'odi"), dalla ripresa dell'invocazione a Glauco su cui il sonetto si apre.

Metro: sonetto: ABBA, ABBA, CDE, CDE.

Glauco di Serchio, m'odi. Io Nicarete
le canne con le lenze e gli ami sgombri [1]
che non preser già mai barbi [2] né scombri [3]
t'appendo [4] alla tua candida parete.

E t'appendo le nasse [5] anco, e la rete   5
fallace [6] con suoi sugheri e suoi piombi [7]
che non pescò già mai mulli [8] né rombi [9]
ma qualche fuco [10] e l'alghe consuete.

---

[1] *sgombri*: senza esca, puliti.
[2] *barbi*: cfr. il Tommaseo-Bellini alla voce "barbio": "Il barbio è un pesce di fiume alquanto piatto e della natura dei rombi [vedi v. 7: "...rombi", che rima con "scombri" di questo verso 3]" (D. Martinelli-C. Montagnani).
[3] *scombri*: o sgombri, pesci di mare.
[4] *t'appendo*: appendo come offerta votiva in tuo onore.
[5] *nasse*: ceste di vimini a forma conica che si usano per catturare i pesci. Ma vedi la nota 7.
[6] *fallace*: perché inganna i pesci che vi restano prigionieri o piuttosto, come inducono a pensare i vv. 6-7, perché ha deluso la pescatrice.
[7] *la rete... piombi*: cfr. il Tommaseo-Bellini che sotto la voce "rete" cita Citolini, *La tipocosmia*: "La pescagione con le pertinenze sue; cioè le nasse [v. 5] /.../ le reti co 'l suvero e piombo loro" (D. Martinelli-C. Montagnani).
[8] *mulli*: triglie (lat. *mullus*), pesci di mare.
[9] *rombi*: pesci di mare. Vedi nota 2.
[10] *fuco*: varietà di alga.

Amaro e avaro [11] è il sale.[12] O Glauco, m'odi.
Prendimi teco. Evvi [13] una bocca, parmi,
sinuosa [14] nell'ombra de' miei bùccoli.[15]

Teco andare vorrei tra lenti [16] biodi [17]
e cogliere teco per incoronarmi [18]
l'ibisco [19] che fiorisce a Massaciùccoli.[20]

A Nicarete

Lo slancio alcionio preso, sull'abbrivio dello spunto alessandrineggiante, nelle due ultime strofe del sonetto precedente, si dilata in questo sonetto che al precedente è legato. Rispondendo a Nicarete, il poeta-Glauco dolcemente indulge al desiderio della donna e disegna, con nitida leggerezza, le linee del paesaggio versiliano. I luoghi e le movenze descrittive sono gli stessi di tanti altri componimenti, soprattutto di *Lungo l'Affrico*, ma l'adesione alla realtà è più ferma e decisa. A suggerire la dolcezza diffusa tutt'intorno

---

[11] *Amaro e avaro*: relativamente al cattivo esito della pesca.
[12] *il sale*: il mare. Per la medesima metonimia, vedi *L'oleandro*, v. 11 e nota 6.
[13] *Evvi*: c'è. Cfr. *L'Isottèo, Epodo al poeta Giovanni Marradi*, IV, v. 5: "Evvi Ginevra...", da *L'Intelligenza*, CCLXXXVII, v. 4: "ed 'ev' Artù...". Cfr. anche Dante, *Purgatorio*, XXII, v. 113: "evvi la figlia di Tiresia e Teti".
[14] *sinuosa*: ricurva, "come già atteggiata al bacio" (E. Palmieri).
[15] *bùccoli*: riccioli.
[16] *lenti*: flessibili. Cfr. Virgilio, *Ecl.*, I, v. 25: "...lenta /.../ viburna..."; III, v. 38: "lenta... vitis"; *Georg.*, IV, v. 34: "...lento /.../ vimine..."; *Aen.*. III. v. 31: "...lentum /.../ vimen"; G. Pascoli, *Myricae, Germoglio*, vv. 9 s.: "...lenti / viticci..."; *Nel parco*, vv. 18 s.: "...il lento / salice...". Il rinvio di M. Praz, *La carne* cit., p. 272, a G. Pascoli, *Nuovi Poemetti, Pietole*. V, v. 11: "...lenti vinchi..." (cfr. anche III, v. 7: "Leva tra i biodi la giovenca il muso") è errato perché il poemetto è posteriore al Libro di *Alcyone*.
[17] *biodi*: giunchi. Vedi *Versilia*, v. 64: "...nel cesto intesto di biodi" (in rima, v. 61, con "m'odi").
[18] *incoronarmi*: adornarmi la testa con una ghirlanda.
[19] *ibisco*: pianta delle Malvacee, dalle foglie color verde scuro e dai fiori campanulati color porpora.
[20] *a Massaciùccoli*: nei pressi del lago di Massaciuccoli, poco lontano da Viareggio.

e a fare della fruizione del paesaggio descritto un'intima gioia del cuore interviene, al solito, il tocco analogico: "...i colli sono lenti / come i tuoi biodi..." (vv. 2-3) e ancora: "E quella lor soavità, sospesa / tra i chiari cieli e l'acque trasparenti, / tu non la vedi quasi ma la senti / come una gioia che non si palesa" (vv. 5-8), che riporta direttamente a *Lungo l'Affrico*, vv. 31-33: "E non promette ogni lor breve guida / un ben che forse il cuore ignora e forse / indovina se udendo ne trasale?". Come in *Lungo l'Affrico*, insomma, il paesaggio naturale, colto anche con più risentito gusto per la precisione nomenclatoria, si converte in stato d'animo e sfuma in lievi accordi musicali.

Il contesto è reso stilisticamente prezioso da studiati parallelismi, come l'elegante chiasmo del v. 6. Sottili echi fonici ("Lenti / biodi", vv. 2-3; "il fior d'ibisco", v. 12) legano il sonetto a quello precedente.

Metro: sonetto: ABBA, ABBA, CDE, CDE.

Nicarete, dal monte di Quiesa [1]
a Montràmito [2] i colli sono lenti [3]
come i tuoi biodi,[4] all'aria obbedienti,[5]
fatti anch'elli d'un oro che non pesa.[6]

E quella lor soavità, sospesa   5
tra i chiari cieli e l'acque trasparenti,
tu non la vedi quasi ma la senti

---

[1] *monte di Quiesa*: basso colle nei pressi del paesino omonimo, a poca distanza da Viareggio.
[2] *Montràmito*: poggio sul mare, nei pressi di Camaiore.
[3] *lenti*: snelli, dalle linee mosse da flessuosi ondeggiamenti. Vedi *Il fanciullo*, vv. 210 ss.: "Guarda l'Imetto roscido di miele! / Flessibile m'appar come l'efebo /.../ che cavalcò nelle Panatenee". Ma soprattutto cfr. il passo ivi citato di Henri de Régnier, *Les médailles d'argile*, *Voeu*, vv. 6 ss.: "...des collines / aux beau lignes / flexibles et lentes et vaporeuses / et qui sembleraient fondre en la douceur de l'air [v. 3: "...all'aria obbedienti"]".
[4] *come... biodi*: i biodi tra i quali vorresti condurmi. Vedi *Nicarete*, v. 12: "Teco andare vorrei tra lenti biodi" e nota relativa.
[5] *all'aria obbedienti*: pronti a muoversi dolcemente ad ogni lieve soffio. Ma vedi nota 3.
[6] *fatti... pesa*: i colli paiono dunque flessuosi e lievi e hanno un dolce colore dorato, quasi che fossero fatti della stessa sostanza dei biodi che, ormai seccati dal sole, sono ridotti a paglie leggere e giallastre.

come una gioia che non si palesa.

Sorge, splendore del silenzio,⁷ il disco
lunare.⁸ O Nicarete, ecco, e s'adempie⁹   10
mentre nel lago ¹⁰ la ninfea si chiude.

Prima è rosato come il fior d'ibisco
che t'inghirlanda le tue dolci tempie
ma dopo assempra le tue spalle ignude.¹¹

Gorgo

Gorgo, una donna dal nome greco che significa l' "ardente", reca a Glauco in dono le uve e le spezie delle Cicladi e il vino di Chio. A Glauco che è poeta porta anche una corona d'edera e di gattice. Una sua lirica, infatti, le è piaciuta in modo particolare e si accinge a danzargliela nuda.
Il sonetto riprende ancora una volta i modi dell'*Anthologia Palatina* e li svolge con il consueto gusto, alessandrino e parnassiano, per le parole e le immagini preziose. A segnare la distanza tra i componimenti dell'*Intermezzo* e de *L'Isottèo - La Chimera* e il componimento alcionio basta però la presenza, in quest'ultimo, della malinconica suggestione con cui quelle immagini e quelle parole sono accarezzate, come in una visione di ricordo che abolisce il peso di ogni intonazione troppo eloquente. Non per niente, estremamente preciso risuona, ai vv. 5-8, il riferimento ad alcuni versi di *Laus vitae* (vedi nota 8) e attraverso es-

---

⁷ *splendore del silenzio*: sinestesia: la luna illumina il silenzio della notte, cioè il buio della notte in cui tutto tace.
⁸ *il disco / lunare*: la luna piena. Cfr. *Intermezzo*, *Il peccato di maggio*, v. 65: "a l'orizzonte il disco del plenilunio sorse"; vv. 68 s.: "E nel pallore / del cielo il disco enorme brillò...".
⁹ *s'adempie*: tondeggia pieno nel cielo.
¹⁰ *lago*: il lago di Massaciùccoli.
¹¹ *assempra... ignude*: riproduce il colore delle tue spalle nude: diventa chiaro e candido come le tue spalle nude. Per "assemprare", vedi *Il fanciullo*, v. 70 e nota relativa.

si alle pagine dei *Taccuini* e al vissuto del periplo della Grecia compiuto nel 1895. Interessante il rimando all' "ode fiumale" che "canta l'isola di Progne", cioè a *Intra du' Arni*.

La triplice ripetizione del "ti reco" ai vv. 3, 4 e 10 ha la funzione di collegare le tre strofe. La seconda quartina presenta, in luogo della rima, una semplice assonanza con la prima quartina.

Metro: sonetto: ABBA, A^aB^aB^aA^a, CDE, CDE.

Ospite sempre memore,[1] io son Gorgo
e l'odor delle Cicladi [2] vien meco.
Tutte l'uve e le spezie, ecco, ti reco
in questo lino aereo [3] d'Amorgo.[4]

Glauco, e ti reco il vin di Chio [5] nell'otro,[6]   5
quel che bevesti un dì [7] sul tuo fasèlo,[8]

---

[1] *memore*: memore della gentile ospitalità ricevuta e per questo non ingrata.
[2] *Cicladi*: l'arcipelago greco del Mar Egeo, a sud-est dell'Attica e dell'Eubea. Comprende una sessantina di isole, disposte in cerchio attorno a Delo.
[3] *aereo*: leggero e trasparente.
  Amorgo: l'isola delle Sporadi, famosa per le sue finissime stoffe di lino.
[5] *Chio*: l'isola che sorge nell'Egeo, davanti alle coste dell'Asia Minore. I suoi vini erano molto celebrati presso gli antichi.
[6] *otro*: otre.
[7] *quel che bevesti un dì...*: nel luglio-agosto del 1895 durante il viaggio in Grecia che D'Annunzio compì, in compagnia di P. Masciantonio, G. Hérelle, G. Boggioni e E. Scarfoglio, sullo *yacht* di quest'ultimo. Di fatto, "il vin di Chio" è celebrato anche in *Maia, Laus vitae*, vv. 3241 ss.: "Seduti a poppa in corona / noi avemmo /.../ vini chiari aulenti di pino / rinfrescati in vasi d'argilla / appesi alla sàrtie, e la calda / màstica che dentro una goccia / ha tutte le estati di Chio / ricca in dolci canne e in lentischi". Cfr. anche *Taccuino III*, I, p. 48: "Bevo con piacere singolare un vinello che i miei compagni rifiutano: un vinello secco di Patrasso, che ha il colore del granato e uno strano profumo di resina" [Olimpia, " + 2 agosto" 1895]; p. 56: "Bevo quel tal vinello secco, profumato di resina, che mi piace molto /.../. Bevo in un bicchierino di mastica tutti gli incanti delle isole profumate" [Olimpia, "+ 3 agosto" 1895].
[8] *fasèlo*: lo *yacht* "Fantasia" di E. Scarfoglio su cui il poeta compì il periplo della Grecia, qui indicato attraverso una reminiscenza da Catullo, *Carm.*, IV, vv. 1 ss.: "Phaselus ille...". A un fasèlo, del resto, lo *yacht* è paragonato anche in *Maia, Laus vitae*, vv. 2987 ss.: "Tra le Onerarie ventrose / [la nave] più snella ci parve, leggera / come fasèlo o liburna".

quel che in argilla si facea di gelo [9]
pendula [10] a soffio di ponente [11] o d'ostro.[12]

E una corona d'ellera e di gàttice [13]
ti reco, per un'ode che mi piacque   10
di te, che canta l'isola di Progne.[14]

Io voglio, nuda nell'odor del màstice,[15]
danzar per te sul limite dell'acque
l'ode fiumale [16] al suon delle sampogne.

A Gorgo

Rispondendo a Gorgo, Glauco trascura la bella offerta che l'ardente fanciulla gli ha recato. Si sofferma, invece, sulla danza che la fanciulla vorrebbe danzare. Divaga quindi, con compiaciute descrizioni, sulla bellezza perfetta e provocante delle linee di un corpo che, nei movimenti della danza, la veste di lino sottolinea e evidenzia anziché na-

---

[9] *in... gelo*: in un vaso d'argilla [metonimia] si rinfrescava. Cfr. *Maia, Laus vitae*, loc. cit.: "vini /.../ rinfrescati in vasi d'argilla".
[10] *pendula*: sospesa alla sartie. Cfr. *Maia, Laus vitae*, loc. cit.: "appesi alle sartie...".
[11] *ponente*: vento che spira da ponente. Vedi *Stabat nuda Aestas*, v. 23: "Il ponente schiumò ne' suoi capegli".
[12] *ostro*: austro, vento che spira da mezzogiorno.
[13] *di gàttice*: di rami di gàttice, la varietà di pioppo detta comunemente pioppo bianco. Il termine, che è proprio del linguaggio popolare toscano, tra Lucca e Pisa, è già pascoliano: cfr. *Myricae, I gattici*, v. 1: "E vi rivedo, o gattici d'argento"; *Primi poemetti, L'oliveto e l'orto*, III, v. 4: "quella fila di gattici soletta"; *Odi e inni, Al Serchio* [febbraio 1902], v. 57: "Né bacio il piede bianco dei gattici".
[14] *un'ode... Progne*: il componimento *Intra du' Arni*: vedi pp. 240 ss.
[15] *màstice*: la màstica, la resina del lentischio usata per profumare i vini greci. Vedi i passi del *Taccuino III* citati alla nota 7 e cfr. *Trionfo della morte*, in *Prose di romanzi*, I, p. 961: "Pochi giorni innanzi, egli ne aveva ricevuto notizie da Candia in una lettera che pareva portare in sé l'odore della màstica"; p. 1302: "la nostalgia delle lontane isole odorate di màstica".
[16] *l'ode fiumale*: il componimento *Intra du' Arni*, che è definito "fiumale" perché vi si canta un'isoletta lambita dalle acque dell'Arno. "Fiumale" è aggettivo usato solo dai volgarizzatori trecenteschi e citato come tale dal Tommaseo-Bellini.

scondere e, infine, sedotto egli stesso dal fascino di tanta grazia, recupera, attraverso l'allusione alla danza ionica che si accinge a gustare, il fascino fantastico dell'Ellade stessa.

Il sonetto si collega strettamente al precedente, di cui è, più che il complemento, il naturale sviluppo. In effetti, come succede nel caso di *Nicarete* e di *A Nicarete*, il poeta sembra aver trovato nelle battute del primo sonetto lo stimolo a sviluppare motivi che gli sono più congeniali e che, esaurito il giro limitato del primo componimento, meglio sviluppa in un secondo componimento. Nel caso specifico, il motivo che dà spunto al nuovo sonetto è quello, potenzialmente erotico-sensuale, della danza che nel primo sonetto è solo accennato e che nel secondo invece sarà adeguatamente svolto. Solo negli ultimi versi, l'accenno al "vin /.../ greco" recupera le immagini iniziali del primo sonetto e sigilla in perfetta unità le due liriche.

Lo sviluppo in direzione erotico-sensuale che caratterizza la risposta a Gorgo sembra riecheggiare esperienze dell'*Intermezzo di rime*. La limpida eleganza dell'espressione, però, e l'assenza di ogni leziosità verbale immunizzano il sonetto da qualsiasi caduta di tono nell'erotismo di maniera o nella licenziosità gratuita. La conclusione del componimento, poi, trasferendo l'anima stessa della Grecia sul lido etrusco, "fra Luni e Populonia" – e il rimando è a componimenti come *L'Alpe sublime* e *Anniversario orfico* –, trasfigura la plastica danzatrice e ne fa una immagine della favolosa grecità dannunziana.

L'immagine del ventre impube di Gorgo paragonato a un' "onda che nasce" (vv. 3-4) riprende e capovolge un'immagine de *L'onda* (vedi nota 4): splendida riprova dell'origine tutta letteraria di questo e degli altri componimenti della sezione. Costruito, ma lieve e musicale nei risultati, anche il gioco metrico, che si avvale quasi costantemente di assonanze in luogo delle rime.

Metro: sonetto: ABB^{a}A^a, A^{a}B^{a}B^{a}A^a, CDE, CD^{a}E.

Gorgo, più nuda sei nel lin seguace.[1]

---

[1] *seguace*: che segue le linee del tuo corpo, aderente al corpo. Cfr. L. Ariosto, *Orl. fur.*, XIV, ott. 33, v. 3: "...l'edera seguace".

La tua veste ti segue² e non ti chiude.³
Fra l'ombelico e il depilato pube
il ventre appare quasi onda che nasce.⁴

Ombra non è su le tue membra caste: 5
dall'inguine all'ascella albeggi immune.⁵
Polita⁶ come il ciòttolo del fiume
sei, snella come l'ode che ti piacque.⁷

Danzami la tua molle⁸ danza ionia⁹
mentre che l'Apuana Alpe s'inostra¹⁰   10
e il Mar Tirreno palpita¹¹ e corusca.¹²

L'Ellade sta fra Luni e Populonia!¹³
E il cor mi gode¹⁴ come se tu m'offra
il vin tuo greco¹⁵ in una tazza etrusca.

---

² *ti segue*: seconda le tue forme come il "facile bisso" di U. Foscolo, *Alla amica risanata*, vv. 33 ss.
³ *non ti chiude*: non ti nasconde, non nasconde le tue forme.
⁴ *quasi... nasce*: delicato e dolce come un'onda al suo primo incresparsi. La medesima immagine rovesciata in *L'onda*, vv. 26 ss.: "Altra onda s'alza, / nel suo nascimento / più lene / che ventre virginale!". Ma vedi la nota 14 di quel componimento.
⁵ *albeggi immune*: biancheggi, sei tutta bianca, esente da qualsiasi ombra. "Albeggiare" è un latinismo dell'uso letterario che ricorre spesso anche in G. Pascoli: cfr. *Myricae*, *Il bosco*, v. 9: "Di ninfe albeggia in mezzo alla ramaglia"; *Vagito*, v. 7: "E tutto albeggia...".
⁶ *Polita*: liscia, levigata.
⁷ *come... piacque*: vedi *Gorgo*, v. 10 e nota 14.
⁸ *molle*: delicata, flessuosa, lenta, languida, sensuale.
⁹ *ionia*: originaria della Ionia, l'antica regione costiera dell'Asia Minore e le isole prospicienti.
¹⁰ *s'inostra*: si fa colore dell'ostro, cioè s'imporpora, per effetto degli ultimi raggi del sole che volge al tramonto. È sintagma letterario, usato, nell'Ottocento, dal Tommaseo e dal Carducci.
¹¹ *palpita*: si muove appena appena, come se respirasse piano. Vedi *L'onda*, v. 30: "Palpita [l'onda...]".
¹² *corusca*: scintilla. Vedi già *I camelli*, vv. 13 s.: "il /.../ vaso / che vale e non corusca". Cfr. anche *Santo novo*, *Offerta votiva*, III, v. 37: "...di lungi coruscano i golfi...".
¹³ *fra... Populonia*: i due limiti estremi del litorale toscano o meglio etrusco, giacché Luni e Populonia sono toponimi etruschi. Vedi *Anniversario orfico*, vv. 3 s.: "[Udimmo]... da Luni diffondersi il rimbombo a Populonia" e note relative.
¹⁴ *mi gode*: per l'uso del medio-riflessivo, vedi *La tregua*, v. 61 e nota relativa.
¹⁵ *il... greco*: "il vin di Chio" di cui in *Gorgo*, vv. 5 ss.

L'auletride [1]

Il sonetto sembra l'illustrazione in versi di un bassorilievo antico raffigurante una suonatrice di flauto. A parlare è l'auletride stessa. Ha raccolto, dice, il doppio flauto di Marsia. E talora, nonostante il sacro terrore che prova al pensiero che Apollo possa sentirla, osa trarne qualche melodia.

La maggior parte del componimento è puramente descrittiva. L'insieme, sia per quel che attiene alla situazione sia per quel che riguarda le soluzioni linguistiche, è vagamente parnassiano, ma, nella sostanza, del tutto gratuito: un semplice esercizio, alla Henri de Régnier. Nella seconda quartina l'assonanza sostituisce, ai vv. 5 e 8, la rima.

Metro: sonetto: ABBA, AªBBAª, CDE, CDE.

Io rinvenni la pelle dell'incauto
Frigio nomato Marsia [2] appesa a un pino,
sul suol roggio [3] il coltello del divino
castigatore [4] e, presso, il doppio flauto.[5]

Questo raccolsi trepidando, o Glauco.   5
E, immemore del flebile destino,[6]
io son osa [7] talor nel mio giardino

---

[1] *L'auletride*: la suonatrice di flauto, in greco.
[2] *incauto... Marsia*: il satiro Marsia, originario della Frigia, regione dell'Asia Minore, orgoglioso della sua abilità come flautista, osò sfidare, senza pensare alle possibili conseguenze ("incauto"), Apollo che, dopo averlo sconfitto, lo legò a un albero e lo scuoiò vivo. Cfr. Ovidio, *Metam.*, VI, vv. 382 ss.
[3] *roggio*: rosso del sangue di Marsia.
[4] *divino / castigatore*: Apollo.
[5] *il doppio flauto*: il flauto fatto di due canne unite all'imboccatura. Vedi *Il fanciullo*, vv. 3 s.: "...la canna pel tuo flauto, / pel tuo zufolo doppio a sette fori".
[6] *del... destino*: della lacrimevole (lat. *flebilis*) sorte toccata a Marsia.
[7] *son osa*: latinismo (*ausa sum*) arcaicizzante già dantesco: cfr. *Convivio*, IV, VI: "...Catone, di cui non fui di sopra oso di parlare"; *Paradiso*, XXXII, v. 63: "...nulla volontà è di più ausa". Cfr. anche *La figlia di Iorio*, a. III, sc. ultima, in *Tragedie*, I, p. 923: "perdono, se fui oso / nominarti"; p. 927: "...ella fu osa il Custode / nominare...".

chiuso[8] carmi dedurre[9] sotto il lauro.[10]

Rivolgomi sovente e guardo s'Egli
non apparisca a un tratto, l'Immortale.   10
Ma non mi trema il mio labbro[11] fasciato.[12]

Vivon nell'orror sacro i miei capegli
ma per l'angustia del mio petto[13] sale
il superbo[14] di Marsia antico afflato.[15]

Baccha[1]

La baccante che parla, anzi grida, sembra uscire, come l'auletride del sonetto precedente, da un bassorilievo per vivere l'attimo di furia orgiastica in cui è stata fissata dallo scultore. La furia la scuote e la trascina. È tutta furore di sensi e di istinti selvaggi. Per il centauro è cavallo, ninfa del mare per il tritone. Chi la vuole?

Il sonetto, che è da collegare in una sorta di dittico con il precedente, è niente più che un esercizio di bravura. Il "ritmo spezzato e ansante" (A. Noferi) dei versi è perseguito con il ricorso a tutte le possibili risorse della tecnica e vorrebbe suggerire il furore ditirambico. Le anafore incalzanti (v. 1: "Ah, chi mi chiama? Ah, chi m'afferra?"; vv. 1-2: "Un tirso / io sono, un tirso..." etc.), le frequenti allitterazioni (v. 3: "forza furibonda"; v. 4: "Mi scapiglio,

---

[8] *nel... chiuso*: nel chiuso del suo giardino. Per lo stilema "giardino / chiuso" cfr., anche se hanno senso diverso, *Poema paradisiaco, Hortus conclusus*, vv. 58 s.: "...Voi, signora, / siete per me come un giardino chiuso"; *La passeggiata*, vv. 49 s.
[9] *carmi dedurre*: modulare canzoni. Latinismo (*carmina deducere*).
[10] *il lauro*: l'albero sacro ad Apollo, dio della poesia.
[11] *mi trema il mio labbro*: sovrabbondanza tipica del linguaggio familiare.
[12] *fasciato*: dalla fascia di cuoio (*phorbeìa*) che i flautisti usavano per addolcire il suono e per evitare ferite.
[13] *l'angustia... petto*: il mio petto angusto.
[14] *superbo*: grammaticalmente riferito ad "afflato" ma logicamente a Marsia.
[15] *afflato*: soffio. alito. Vedi *L'otre*, v. 141: "Pieno fui del divino afflato..."; v. 293: "...so l'afflato pànico".
[1] *Baccha*: la baccante.

mi scalzo, mi discingo"; v. 11: "squamma sonora mi serra" etc.), le rime interne (vv. 10-11: "entrambe / le gambe"), gli insistenti parallelismi antitetici e tutta la movimentata costruzione sintattica denunciano l'esteriorità e la provvisorietà della ricerca espressiva. Metricamente, le rime sono per lo più sostituite dalle assonanze. E proprio sul piano metrico, forse, è da segnalare l'unico acquisto sensibile del componimento: la distruzione, già parzialmente in atto anche negli altri componimenti della *Corona*, della tradizionale scansione musicale del sonetto.

Metro: sonetto: ABBA^a, A^{a}B^{a}A^a, CDE, C^{a}D^{a}E.

> Ah, chi mi chiama? Ah, chi m'afferra? Un tirso
> io sono, un tirso crinito di fronda,[2]
> squassato da una forza furibonda.
> Mi scapiglio, mi scalzo, mi discingo.[3]
>
> Trascinami alla nube o nell'abisso![4]
> Sii tu dio, sii tu mostro, eccomi pronta.
> Centauro, son la tua cavalla bionda.
> Fammi pregna di te. Schiumo,[5] nitrisco.
>
> Tritone,[6] son la tua femmina azzurra:[7]
> salsa[8] com'alga è la mia lingua; entrambe
> le gambe squamma sonora[9] mi serra.
>
> Chi mi chiama? La bùccina[10] notturna?
> il nitrito del Tessalo?[11] il tonante[12]
> Pan? Son nuda. Ardo, gelo. Ah, chi m'afferra?

[2] *tirso... fronda*: il bastone, coronato, nella parte superiore di pampani e di edera ("crinito di fronda"), portato da Dioniso e dalle Baccanti. Per l'aggettivo "crinito", vedi già *Ditirambo I*, v. 2 e nota relativa.
[3] *mi discingo*: mi levo la veste.
[4] *alla... abisso*: verso l'alto o verso il basso.
[5] *Schiumo*: emetto spuma dalla bocca.
[6] *Tritone*: divinità marina, raffigurata come un uomo con la coda di pesce.
[7] *azzurra*: color del mare.
[8] *salsa*: salmastra, salata.
[9] *sonora*: sonore sono le scaglie di metallo e, per analogia, anche le scaglie che coprono la parte inferiore del corpo della sirena.
[10] *bùccina*: vedi *Anniversario orfico*, v. 2: "la vasta buccina tritonia" e nota 3.
[11] *Tessalo*: il Centauro. Vedi *La morte del cervo*, v. 80: "...al Tessalo bimembre" e nota relativa. Vedi anche *Il Tessalo*, pp. 649 ss.
[12] *tonante*: dalla voce che rimbomba come un tuono.

Stabat nuda Aestas

La data di composizione è ignota. Il titolo della lirica, comunque, appare per la prima volta nell'indice, in parte diverso da quello definitivo, delle liriche di *Alcyone* contenuto nell'annuncio a stampa dell'imminente volume delle *Laudi* pubblicato dai Fratelli Treves Editori nel "supplemento" de « L'Illustrazione Italiana » del 18 gennaio 1903. A quella data, con tutta probabilità, la lirica era già stata composta.

Il poeta ha "visto" l'estate. L'ha vista, divina creatura dal "piè stretto", dalla "schiena falcata" e dai "capei fulvi", correre lieve sugli aghi arsi dei pini in mezzo al riverbero abbacinante della luce, mentre intorno, sotto la gran calura, tutte le cose erano assorte in una immobile fissità. L'ha vista e l'ha inseguita, e l'ha raggiunta in mezzo agli ulivi, appena in tempo per vederla dileguarsi nuovamente. E quando, riecheggiando il canto di un'allodola, l'ha chiamata per nome, l'ha vista voltarsi e poi scomparire tra le erbe palustri e quindi incespicare nella paglia marina e cadere sulla spiaggia, tra la sabbia e l'acqua, nuda di un'immensa nudità, mentre il vento creava mille giochi di spume facendo schiumare tra i suoi capelli l'onda del mare.

Nella figurazione di Ovidio, da un cui verso il componimento prende il titolo, l'Estate "stava nuda" accanto al trono del Sole, reggendo ghirlande di spighe, in un atteggiamento invero piuttosto decorativo e barocco. In D'An-

---

[1] *Stabat nuda Aestas*: cfr. Ovidio, *Metam.*, II, v. 28; "Stabat nuda Aestas et spicea serta gerebat": "Stava nuda l'Estate e portava ghirlande di spighe".

nunzio, invece, l'Estate diventa una sfuggente e misteriosa creatura dall'aspetto di donna e dalla labilità di un fantasma che continuamente trascolora negli aspetti delle cose della natura di cui è fatta e in cui si effonde, fino a che non vi si dissolve totalmente, rifluendo nella nudità del paesaggio. Per tutta la lirica, la mitica figura, che non è mai chiamata per nome oltre che nel titolo, è suggestivamente evocata, più che descritta. Anzi, nel momento stesso in cui, per effetto di tale evocazione, appare come la personificazione umanizzata della natura, di continuo scompare in un dilagare di fenomeni della natura, di cieli, di ulivi, di oleandri, di aghi di pino, di canti di allodole, di odori aspri, di silenzi improvvisi, di gemiti di resine, di calure incandescenti, di luci intense, di onde spumeggianti. La sua finale dissoluzione, poi, quando essa si abbatte sul limite estremo del lido e perde la sua identità, è non meno suggestiva della sua improvvisa epifania ("Primamente intravidi...") in mezzo alla stupita sospensione di tutte le creature ("Le cicale si tacquero. Più rochi / si fecero i ruscelli. Copiosa / la résina gemette giù pe' fusti") o di quel suo "trasvolare / senza suono" nei boschi e nelle selve, che è un po' come il fluire senza tempo della vita della natura. E il poeta, che di tanto prodigio è testimone e artefice, si sente rapire dall'improvvisa visione e la contempla avidamente e quasi furtivamente, in uno dei suoi momenti più alti di comunione misticosensuale con la natura e in una accensione totale dei sensi che culmina nella grandiosa visione finale della nudità della donna-Estate con cui egli già vagheggia di unirsi in una sorta di amplesso cosmico.

La lirica (che, come *Furit aestus, Terra, vale!* e *Altius egit iter*, con i quali ha in comune la collocazione, il titolo latino, il metro e la clausola tronca dell'ultimo verso, fa da preludio a un *Ditirambo*, il III) risolve in immagini, spesso prive di qualsiasi significato logico-intellettuale, i trasalimenti e i brividi provocati dalla stagione e dall'ora e evoca la presenza dell'estate attraverso rapidi scorci incentrati su sensazioni ora di calore, ora di colore, ora di odore, ora di rumore. La sintassi si adegua alla tecnica dell'evocazione per scorci successivi. Così, specialmente nella seconda parte della lirica, dopo i frequenti *enjambements* della prima parte, la lirica assume un andamento molto lineare che porta le singole unità sintattiche a coincidere con l'unità metrica dell'endecasillabo, anche se le sticomitie sono meno numerose che non in *Furit aestus*. L'insieme, come osserva E. Mariano, ha "un movimento *in crescendo*, che corrisponde al ritmo dell'inseguimento". Infatti, dopo l'attacco ampio e veloce che introduce l'apparizione della Dea, il ritmo si fa lento e staccato, a rendere anche in virtù del "moltiplicarsi degli accenti tonici sopra sillabe in *a* e quindi in *u, o*", la sospensione del paesaggio sotto il gran caldo. Poi esso si fa più veloce, all'inizio della seconda strofa, in una fuga di parole che culmina nell'*enjambement* dei vv. 12-13 e che viene rilanciata dall'anadiplosi ("la chiamò, la chiamò") del v. 15 e dalla ripresa a chiasmo ("la chiamò per nome /.../ per nome la chiamai") del v. 16. Infine, si dilunga attraverso l'ultima strofa fino a chiudersi negli ultimi tre versi, tutti e tre pieni e suggellati dalla parola tronca "nudità" che, tra l'altro, riassume il senso stesso della lirica e riporta il discorso all'inizio, cioè al titolo.

Oggetto di discussione sono i rapporti tra questa lirica e il componimento *Aube* di A. Rimbaud (in *Les illuminations*, 1886) che certo D'Annunzio conosceva. Si vedano i termini della questione in A. Noferi, *op. cit.*, pp. 131-137, tenendo però presente che E. Mariano ha fatto notare che nella biblioteca del poeta al Vittoriale esiste solo un'edizione delle *Illuminations* risalente al 1914. Interessanti affinità M. Praz (*La carne* cit., pp. 461 ss.) trova anche tra il componimento dannunziano e *Patuit dea* (nelle *Poesie varie raccolte da Maria* del periodo 1872-1880) di Giovanni Pascoli.

Metro: vedi a p. 191 la nota metrica a *Furit aestus*.

Primamente [2] intravidi il suo piè stretto [3]
scorrere su per gli aghi arsi [4] dei pini

---

[2] *Primamente*: per prima cosa.
[3] *stretto*: piccolo e quindi agile.
[4] *scorrere... arsi*: correre sfiorando appena il suolo coperto di aghi di pino bruciati dal sole, secchi.

ove estuava⁵ l'aere con grande
tremito,⁶ quasi bianca vampa effusa.⁷
Le cicale si tacquero.⁸ Più rochi⁹   5
si fecero i ruscelli. Copiosa
la résina gemette¹⁰ giù pe' fusti.
Riconobbi il colùbro dal sentore.¹¹

Nel bosco degli ulivi la raggiunsi.
Scorsi l'ombre cerulee dei rami   10
su la schiena falcata,¹² e i capei fulvi¹³
nell'argento pallàdio¹⁴ trasvolare¹⁵
senza suono. Più lungi, nella stoppia,¹⁶
l'allodola balzò dal solco raso,¹⁷
la chiamò, la chiamò per nome in cielo.   15
Allora anch'io per nome la chiamai.

Tra i leandri la vidi che si volse.
Come in bronzea mèsse¹⁸ nel falasco¹⁹
entrò, che richiudeasi strepitoso.²⁰
Più lungi, verso il lido, tra la paglia   20

---

⁵ *estuava*: ardeva, ribolliva (lat. *aestuare*). Cfr. *Canto novo*, *Offerta votiva*, III, v. 7: "Alto estuava il giorno su 'l rosso velario" [1896].
⁶ *con grande / tremito*: l'aria infuocata sembra tremare, come trema la vampa di una fiamma. Vedi *Il vulture del Sole*, vv. 19 ss.: "...se tal volta io veda / quasi vampa tremar l'aria...".
⁷ *quasi... effusa*: simile a una bianca fiamma che si riversasse tutt'intorno. Per il sintagma "effuso", cfr. *Canto novo*, *Offerta votiva*, III, v. 22: "...effusa palpita / la chioma...".
⁸ *si tacquero*: per l'uso, arcaico e dantesco, del medio-riflessivo, vedi *La sera fiesolana*, v. 16 e nota relativa.
⁹ *rochi*: fiochi, nel loro monotono cantilenare. Vedi *L'asfodelo*, v. 6: "i curvi fiumi rochi".
¹⁰ *gemette*: stillò, ma con in più le notazioni musicali che la situazione comporta.
¹¹ *Riconobbi... sentore*: intuii la presenza del serpente ("colùbro") dal suo odore aspro.
¹² *falcata*: arcuata, sinuosa.
¹³ *i... fulvi*: i capelli giallo-rossastri, del medesimo colore delle messi mature.
¹⁴ *nell'argento pallàdio*: tra le fronde argentee degli ulivi, anticamente sacri a Pallade. Vedi *L'ulivo*, v. 18 e nota relativa.
¹⁵ *trasvolare*: volar via, correre via velocemente.
¹⁶ *nella stoppia*: in mezzo alle stoppie rimaste nel campo dopo la falciatura.
¹⁷ *dal solco raso*: dal campo in cui le messi erano già state falciate.
¹⁸ *bronzea mèsse*: messe color del bronzo, matura.
¹⁹ *falasco*: erba palustre, dalle lunghe foglie.
²⁰ *strepitoso*: con secchi strepiti.

marina [21] il piede le si torse in fallo.[22]
Distesa cadde tra le sabbie e l'acque.
Il ponente [23] schiumò [24] ne' suoi capegli.
Immensa apparve, [25] immensa nudità

---

[21] *la paglia / marina*: le alghe gettate dal mare a disseccare sulla spiaggia. Vedi *Meriggio*, vv. 72 ss.: "...la mia bionda / barba riluce / come la paglia marina" e nota relativa.
[22] *le si torse in fallo*: le rimase impigliato e si storse malamente.
[23] *Il ponente*: la brezza marina, che in Versilia spira da ponente. Vedi *Ditirambo III*, vv. 46-47: "tutto il Tirreno in fiore / tremolar come alti paschi al fiato di ponente".
[24] *schiumò*: suscitò la spuma delle onde.
[25] *Immensa apparve*: cfr. G. Carducci, *Rime nuove, Davanti una cattedrale*, vv. 3 s.: "ignea ne l'aria immota / l'estate immensa sta" (M. Praz).

Ditirambo III

Il *Ditirambo III* fu composto "Nella Versilia, al Secco Motrone, + ai dì 20 di luglio 1900 (Mattina)", come risulta dal manoscritto autografo. (Biblioteca Nazionale "Vittorio Emanuele" di Roma, "Dannunziana", ARC I/A, 17). Prima di essere pubblicato in volume apparve su « Il Marzocco » di Firenze del 16 giugno 1901 (anno VI, n. 24), con il titolo *L'Estate* (nel "Sommario", però, *Laude dell'Estate*), il pretitolo *Laudi del cielo del mare della terra e degli eroi* e, in calce, l'indicazione "Nella Versilia, Luglio 1900".

L'estate ha ormai raggiunto il suo culmine e trionfa, in tutta la sua dilagante bellezza e in tutta la sua gioiosa pienezza, tra le Apuane e il mare. Il poeta ne è tutto preso e la loda, creatura una e molteplice, armoniosa e violenta, odorosa e sensuale, bella nelle sue rabbie improvvise e acre nei suoi torpori, selvaggia e vertiginosa. La loda e la esalta, cercandola e trovandola in tutti gli aspetti della natura, dal più grande al più piccolo, dal più vicino al più lontano. Anzi, tanto è l'amore che le porta che, nell'ebrezza del suo delirio, egli vorrebbe poterla vedere fatta creatura vera e giacere con lei sull'immensa spiaggia del mare.

Il *Ditirambo III* – il primo del Libro ad essere composto – intona a piena voce la lode della "grande Estate" alcionia. L'estate, naturalmente, vi è personificata, come nel componimento preditirambico *Stabat nuda Aestas*, in una creatura femminile: una creatura vaga e indistinta che è fatta solo delle sensazioni che suscita, di colori e di odori, e che soltanto la febbre del delirio può far vagheggiare al poeta di vedere e godere in carne e ossa. Certo la figura dell'Estate non ha la leggerezza di altre favolose figure di *Alcyone*, come Versilia, Undulna, Settembre e simili, ma ciò non toglie che abbia anch'essa un suo fascino suggestivo. Di fatto, fino a tanto che l'Estate è suggestivamente sentita o, al massimo, descritta, anche il *Ditirambo*, nonostante il peso della sensualità che aggrava ogni sensazione e ogni descrizione, si muove nell'ambito della contemplazione-adorazione, ambito tipicamente alcionio. Solo che si passi alla sua celebrazione, che è il fulcro del componimento, il *Ditirambo* scade di tono. L'assunto celebrativo, infatti, si rivela subito per quello che è: un atto di volontà affidato allo stilema "laudata sii" (v. 5 e v. 8) e a espressioni ancora più viete: "io ti dirò divina in mille nomi, / in mille laudi / ti loderò..." (vv. 94-96). Non c'è quindi da stupirsi se, dato il volontarismo dell'assunto, anche l'estasi adorante di fronte alla bellezza e alla immensità della realtà estiva che è il presupposto del componimento finisca per estrinsecarsi solo nel grido eloquente, nell'enfasi della enumerazione fine a se stessa, nelle facili associazioni mitologiche e nelle consuete simbologie nietzschiane. Così dopo il sospiro iniziale ("O grande Estate /.../ tra così candidi marmi ed acque così soavi, / nuda le aeree membra che riga il tuo sangue d'oro / odorate di aliga di résina e di alloro...") che, non per niente, verrà ripreso nella sua lieve cantabilità anche nei versi conclusivi (vv. 100-102), il tono del *Ditirambo III* è quello della eccitazione verbale e musicale. Insomma, le cose e il paese descritti sono sì quelli dell'estate alcionia – le alpi, il mare, il cielo, gli oleandri, le alghe, la ragia, le pine, le orme degli uccelli, le carrube, le nubi, il vento e simili – ma l'impressione che il *Ditirambo* suggerisce è che tutti questi luoghi e tutte queste cose siano semplicemente ammassate nel componimento, in omaggio ad una enfatica volontà celebrativa e a un intendimento esclusivamente catalogico.

Gli espedienti tecnico-espressivi, ovviamente, sono in linea con la situazione. Le medesime parole vengono ripetute con insistenza, evidentemente per persuadere e convincere più che per dire veramente qualcosa: "O *grande* Estate, deliziosa *grande* /.../,.o voluttà *grande*..." (vv. 1-6). I periodi si protraggono in lunghi nessi esclamativi che rimangono sospesi fino allo spasimo tra il vocativo iniziale e il punto fermo. Un verbalismo eloquente accumula aggettivi, epiteti, specificazioni ed espansioni relative solo a scopo amplificativo, secondo moduli che troveranno la loro massima applicazione nel *Ditirambo I* e nei versi della *Laus vitae*. "L'urgenza stessa dell'impressione non arriva a determinarsi in una motivazione poetica ma si risolve in una genericità vacua di denominazione che, volendo precisarsi in appigli più vivi, porta solo ad una trascrizione arbitraria di momenti descrittivi collegati da un accordo esteriore di giustapposizione" (A. Noferi): è il caso della lunga sequenza enumerativa che si estende per ben trenta versi, dal v. 17 al v. 47 e in cui è svolta, sfruttando echi, più che altro fonico-musicali, di H. de Régnier, la storia dei diversi modi di essere dell'Estate. Tutto questo, dall'enfasi celebrativa all'adozione di siffatte soluzioni espressive, per non dire dell'assunto stesso ditirambico e della presenza della simbologia nietzschiana (v. 49: "quanto t'amammo noi per t'assomigliare") fa venire alla mente che il 1900 è proprio l'anno delle più enfatiche Odi di *Elettra*. Così, se l'estate del 1900 vide nascere nel breve spazio di due mesi, subito dopo il *Ditirambo III*, componimenti come *L'oleandro* (2 agosto), *Le Ore marine* (15 agosto) e *Il novilunio* (31 agosto), nel corso di quegli stessi mesi e del mese successivo, nacquero anche componimenti come *Al re giovine* (7 agosto), *Alla memoria di Pilade e Oreste Bronzetti* (19 agosto), *Per i marinai d'Italia morti in Cina* (9 settembre) e *A Roma* (16 settembre).

Il metro del *Ditirambo*, con i suoi versi liberi dall'andamento logaedico e con l'incalzare delle sue rime e delle sue assonanze spesso baciate, è funzionale, al solito, all'enfasi celebrativa del contesto e all'eccitazione delle parole e delle immagini. I versi liberi sono caratterizzati dalla mescolanza di versi lunghi, che D'Annunzio ha derivato fin dal tempo delle *Odi navali* da W. Whitman e ha recentemente utilizzato per l'Ode *Alle Montagne* e per *L'annunzio*, e di versi brevi o addirittura brevissimi, come nei ditirambi di F. Redi o, per rifarsi a modelli più recenti e più calzanti, come negli schemi metrici, pure noti da tempo a D'Annunzio, di M. Maeterlinck, di E. Verhaeren e, come osserva E. De Michelis, di H. de Régnier. Il prevalere dei versi lunghi su quelli brevi (vv. 1-23) o dei versi brevi e brevissimi su quelli lunghi (vv. 24-47 e specialmente 53-85) è determinato dalla particolare esigenza del ritmo.

Metro: tre strofe di diversa lunghezza (vv. 1-11; vv. 12-47; vv. 48-102) costituiti da versi liberi di andamento logaedico.

O grande Estate, delizia grande tra l'alpe e il mare,[1]
tra così candidi marmi ed acque così soavi
nuda le aeree membra[2] che riga[3] il tuo sangue d'oro[4]
odorate di aliga[5] di résina e di alloro,
laudata sii,[6]   5
o voluttà grande nel cielo nella terra e nel mare[7]
e nei fianchi del fauno,[8] o Estate, e nel mio cantare,
laudata sii
tu che colmasti de' tuoi più ricchi doni il nostro giorno[9]
e prolunghi[10] su gli oleandri la luce del tramonto   10
a miracol mostrare![11]

---

[1] *tra... mare*: tra le Alpi Apuane, con i loro "candidi marmi" (v. 2) e il Mar Tirreno, con le sue "acque così soavi" (v. 2).
[2] *le aeree membra*: le membra fatte di aria e di luce ("aeree") dell'Estate, sono l'aria e la luce dell'estate diffusa dappertutto, tra l'alpe e il mare. Il sintagma "le aeree membra" è un accusativo di relazione retto da "nuda".
[3] *riga*: irriga, bagna. Cfr. Dante, *Paradiso*, VIII, v. 65: "...quella terra che 'l Danubio riga".
[4] *il... d'oro*: l'oro del sole e delle messi mature.
[5] *aliga*: alga. È un arcaismo letterario, che D'Annunzio trovava in Crescenzio.
[6] *laudata sii*: vedi *La sera fiesolana*, v. 15: "Laudata sii..." e nota relativa.
[7] *nel... mare*: eco del titolo definitivo del ciclo delle "Laudi del cielo del mare della terra e degli eroi".
[8] *nei... fauno*: nei fianchi palpitanti di piacere del fauno, l'antica divinità protettrice dei campi e delle greggi, raffigurata con orecchie appuntite, corna e piedi caprini, che qui è simbolo della sensualità istintiva.
[9] *tu... giorno*: il tema del giorno carico di doni e quello della luce del dì che al tramonto indugia sugli oleandri, sarà ripreso, due giorni dopo la fine della stesura del *Ditirambo III*, ne *L'oleandro*. Per il primo tema, vedi, infatti, *L'oleandro*, vv. 13 ss.: "...e il giorno di sì grandi / beni ci avea ricolmi che noi paghi / sorridevamo di riconoscenza / indicibile al suo divin morire": per il secondo tema, vedi *ibidem*, vv. 16 ss.
[10] *prolunghi*: fai durare più a lungo.
[11] *a... mostrare*: reminiscenza dantesca da *Vita nuova*, XXVI, son. *Tanto gentile e tanto onesta pare*, vv. 7-8: "e pare che sia cosa venuta / da cielo in terra a miracol mostrare".

Ardevi col tuo piede le silenti erbe marine,[12]
struggevi col tuo respiro le piogge pellegrine,[13]
tra così candidi marmi ed acque così soavi
alzata;[14] e grande eri, e pur delle più tenui vite [15]   15
gioiva la tua gioia, e tutto vedeva la tua pupilla
grande: [16] le frondi delle selve e i fusti delle navi,[17]
e la ragia [18] colare, maturarsi nelle pine
le chiuse mandorlette [19] e la scaglia che le sigilla [20]
pender nel fulvo,[21] e l'orme degli uccelli nell'argilla   20
dei fiumi,[22] l'ombre dei voli su le sabbie saline [23]
vedea, le sabbie rigarsi come i palati cavi,[24]

---

[12] *Ardevi... marine*: facevi inaridire con la grande calura (per il particolare della personificazione, vedi poi *Stabat nuda Aestas*, v. 1: "Primamente intravidi il suo piè stretto") le alghe gettate dalle onde sulla spiaggia silenziosa.
[13] *struggevi... pellegrine*: facevi evaporare, prosciugavi colla vampa della canicola le brevi piogge passeggere.
[14] *alzata*: piantata in mezzo, a dominare tutto.
[15] *tenui vite*: piccole creature, animali e piante.
[16] *la... grande*: il sole. Cfr. *Maia*, *L'annunzio*, vv. 75 ss.: "...era a sommo del cerchio / il Sole /.../ il puro / occhio che vede tutte le cose..." [1899], che echeggia *Inni orfici*, VIII, v. 1: "Odi, o Beato, che hai eterno occhio che tutto vede". Cfr. anche *Elegie romane*, *Sera su i colli d'Alba*, v. 19: "Espero /.../ o lungi ridente pupilla...".
[17] *i fusti delle navi*: i tronchi dei pini, che saranno alberi navali (E. Palmieri) oppure gli alberi delle navi, che costituiscono un'altra selva (M. Praz-F. Gerra): dato il contesto, in cui si fa cenno solo ad aspetti della natura, è meglio la prima interpretazione che implica il rovesciamento della metafora usuale. "Fusti" per alberi è anche in *Stabat nuda Aestas*, v. 7: "la resina gemette già pe' fusti".
[18] *ragia*: resina.
[19] *le... mandorlette*: i pinoli chiusi nei loro gusci. Vedi *Versilia*, vv. 57 s.: "...la tetra / pigna dal suggellato seme".
[20] *le... sigilla*: le scaglie sotto cui i pinoli sono celati. Vedi *Versilia*, v. 58: "...suggellato seme" e v. 59: "...la scaglia /.../ il [il pinolo] preme".
[21] *pender nel fulvo*: tendere a farsi color fulvo. Per lo stilema "pender nel..." usato in questo senso, cfr. *Favole mondane*, *Del duca di Picerno*, in «La Tribuna» del 16 marzo 1887: "...tacque un istante, figgendo nel fuoco li occhi che scintillarono come due topazii bruni, perocché ella avesse l'iride pendente in quel color tané oscuro che, a sentenza dell'elegantissimo Firenzuola, pur ottenga nell'occhio il primo grado".
[22] *l'orme... fiumi*: le orme che le zampe degli uccelli lasciano sulla sabbia dei letti dei fiumi in secca. Cfr. *Taccuino* n. 10, II, p. 108: "Su l'arena umida le vestigia delicate degli uccelli, orme quasi impercettibili" [Bocca d'Arno, luglio 1899].
[23] *l'ombre... saline*: le ombre che gli uccelli in volo proiettano sulla sabbia impregnata di salsedine.
[24] *le... cavi*: cfr. *Taccuino* n. 10, II, p. 106: "Presso la riva, la sabbia è rigata dall'acqua e dal vento con ondulazioni leggere come quelle di certi *palati* d'animali".

al vento e all'onda farsi dolci come l'ìnguine e il pube
amorosamente,
imitar l'opre dell'api,²⁵   25
disporsi a mo' dei favi
in alveoli ²⁶ senza miele,
e l'osso della seppia tra le brune carrube ²⁷
biancheggiar sul lido, tra le meduse morte
brillar la lisca nitida,²⁸ la valva ²⁹   30
tra il sughero ed il vimine variar la sua iri,³⁰
pallida di desiri ³¹ la nube
languir di rupe in rupe ³²
lungh'essi gli aspri capi ³³
qual molle ³⁴ donna che si giaccia co' suoi schiavi,   35
scorrere la gómena nella rossa
cùbia,³⁵ sorgere la negossa ³⁶

---

²⁵ *imitar... api*: nel modo che è spiegato nei due versi seguenti.
²⁶ *disporsi... alveoli*: i granelli di sabbia, per effetto del vento e delle onde, si dispongono in modo tale che la superficie della spiaggia si presenta tutta bucherellata, come le cellette ("alveoli") dei favi degli alveari.
²⁷ *le brune carrube*: le silique color bruno scuro delle carrube.
²⁸ *la... nitida*: la spina del pesce splendente, perché ripulita dall'acqua e seccata dal sole.
²⁹ *la valva*: il guscio della conchiglia morta.
³⁰ *variar... iri*: farsi iridescente. La forma "iri" è già dantesca: cfr. *Paradiso*, XXXIII. v. 118: "e l'un da l'altro come iri da iri".
³¹ *pallida di desiri*: il biancore della nuvola è interpretato come indizio di voluttuoso desiderio e di sensuale estenuazione.
³² *languir... rupe*: posarsi con languido abbandono ora su questa ora su quella rupe.
³³ *lungh'essi... capi*: lungo le cime dirupate. La preposizione rafforzata "lungh'esso" è un arcaismo trecentesco: cfr. ad esempio, Dante, *Purgatorio*, II, v. 10: "Noi eravam lunghesso mare..." e G. Boccaccio, *Decamerone*, V, 3: "lunghesso la camera". In D'Annunzio, cfr. già *L'Isottèo, Il dolce grappolo*, v. 97: "lungh'esso il chiaro colle...".
³⁴ *molle*: voluttuosa.
³⁵ *cùbia*: o escubia: l'occhio di prua, ciascuno dei due fori che si aprono a prua delle navi e attraverso i quali scorrono le gomene, cioè le grosse funi che servono per ormeggiare le navi. Erano per lo più dipinti di minio ("rossa"). L'accostamento tra "gomena" e "cubia" può essere nato da una consultazione da parte di D'Annunzio di A. Guglielmotti, *Vocabolario* cit., dove, alla voce "gomena", si legge: "Si lega alla cicala dell'ancora, esce dall'occhio di cubia /.../" (D. Martinelli-C. Montagnani).
³⁶ *negossa*: rete da pesca a forma di borsa aperta montata su una lunga pertica. "*Negossa* è in A. Guglielmotti, *Vocabolario* cit., alla voce 'rete'. Guglielmotti alla voce 'negossa' glossa: 'rete da pescatore in forma di bòrsa aperta alla cima di una pertica'. Molto simile anche la glossa in Tommaseo-Bellini" (D. Martinelli-C. Montagnani).

viva di palpitanti pinne,[37] curvarsi al peso vivo [38]
la pertica,[39] la possa [40]
dei muscoli gonfiarsi nelle braccia vellute,[41]   40
una man rude
tendere la scotta,[42]
al garrir della vela forte [43]
piegarsi il bordo [44] come la gota del nuotatore,[45]
la scìa mutar colore,   45
tutto il Tirreno in fiore [46]
tremolar [47] come alti paschi [48] al fiato di ponente.[49]

O Estate, Estate ardente,
quanto t'amammo noi per t'assomigliare,[50]
per gioir teco nel cielo nella terra e nel mare,   50
per teco ardere di gioia su la faccia del mondo,
selvaggia Estate
dal respiro profondo,
figlia di Pan [51] diletta, amor del titan Sole,[52]
armoniosa,   55

[37] *viva... pinne*: agitata e scossa dal guizzare delle pinne dei pesci ancora vivi di cui è colma.
[38] *peso vivo*: il peso dei pesci ancora vivi.
[39] *la pertica*: la pertica della negossa: vedi nota 36.
[40] *possa*: forza. Dantismo dell'uso letterario.
[41] *braccia vellute*: le braccia villose del pescatore che issa la negossa. Per "velluto", cfr. già Dante, *Inferno*, XXXIV, v. 73: "...vellute coste".
[42] *scotta*: il cavo che serve a tirare gli angoli inferiori delle vele per distenderle al vento.
[43] *forte*: è avverbio e va con "garrir".
[44] *il bordo*: il fianco della barca.
[45] *la... nuotatore*: la gota di chi, nuotando vigorosamente, piega il volto da una parte o dall'altra a seconda della bracciata.
[46] *in fiore*: spumeggiante.
[47] *tremolar*: muoversi, ondeggiare. Cfr. Dante, *Purgatorio*, I, vv. 116 s.: "...di lontano / conobbi il tremolar della marina" e vedi poi *Sogni di terre lontane, I pastori*, v. 15.
[48] *paschi*: pascoli. Cfr. Dante, *Inferno*, XX, v. 75: "e fassi fiume giù per verdi paschi"; etc.
[49] *fiato di ponente*: il vento che spira da ponente. "Fiato" per vento, soffio, è già dantesco: cfr. *Inferno*, V, v. 45; etc.
[50] *per t'assomigliare*: per essere simili a te, "nell'ardore e nella gioia panica" (E. Palmieri).
[51] *Pan*: orficamente inteso come simbolo della Natura vivente, come "sostanza del Cosmo, del Cielo, del Mare, e della Terra", secondo *Inni orfici*, X, vv. 3-4.
[52] *titan Sole*: il Sole è chiamato Titano, in quanto figlio di un Titano. Cfr. già *La Chimera, Donna Francesca*, I, v. 9: "...il Titan Sole, il re de 'l Coro" e cfr. *Inni orfici*, VIII, vv. 2-3: "Titano dall'aureo splendore...".

melodiosa,
che accordi il curvo golfo sonoro [53]
come la citareda
accorda la sua cetra,
dolore di Demetra   60
che di te si duole
ne' solstizi sereni
per Proserpina [54] sua perduta primavera! [55]
O fulva [56] fiera,
o infiammata [57] leonessa dell'Etra,[58]   65
grande Estate selvaggia,
libidinosa,[59]
vertiginosa,
tu che affochi le reni,[60]
che incrudisci la sete,   70
che infurii gli estri,[61]

---

[53] *accordi... sonoro*: dai la giusta intonazione ai suoni, fatti dalle onde e dai venti, che riecheggiano nell'arco del golfo. "Armoniosa" e "melodiosa", l'Estate modula i rumori del mare, accordando i suoni delle onde e dei venti del golfo.
[54] *dolore... per Proserpina*: l'Estate, nel suo inesorabile trascorrere, fa soffrire Demetra perché le ricorda che si avvicina la fine del periodo di tempo che sua figlia Proserpina può trascorrere insieme a lei sulla terra prima di tornare, all'inizio dell'autunno, nell'Ade: dell'Estate e del suo trascorrere, quindi, si duole la dea ogni volta che arriva il solstizio d'estate ("ne' solstizi sereni"). Per il sintagma "ne' solstizi sereni", cfr. Dante, *Paradiso*, XXIII, vv. 25 s.: "Quale ne' plenilunii sereni / Trivia ride tra le ninfe etterne".
[55] *sua... primavera*: sua gioia perduta. Propriamente "perduta primavera" allude al fatto che quando Proserpina se ne torna nell'Ade, per Demetra, come per il mondo intero, finisce la bella stagione. Cfr. anche, con M. Praz-F. Gerra, Dante, *Purgatorio*, XXVIII, vv. 49-51: "Tu mi fai rimembrar dove e qual era / Proserpina nel tempo che perdette / la madre lei, ed ella primavera", citato, come fanno osservare D. Martinelli e C. Montagnani, nel Tommaseo-Bellini alla voce "primavera".
[56] *fulva*: dal pelo giallo rossastro, come l'oro delle messi.
[57] *infiammata*: allusione alla vampa del sole.
[58] *Etra*: aria, cielo.
[59] *libidinosa*: piena di sensualità, in quanto "voluttà grande" (vedi v. 6).
[60] *affochi le reni*: infiammi gli istinti sessuali. Il sintagma "le reni" (vedi anche, al v. 7, i "fianchi") per indicare la sede degli istinti e della sessualità è metafora frequente in D'Annunzio. Cfr. del resto il Tommaseo-Bellini alla voce "rene": J. Passavanti, *Specchio di vera penitenza*, p. 162: "Riscaldandosi le reni, e i lombi /.../ l'umor seminale si muove e discende inverso il luogo, ed a' membri della generazione".
[61] *infurii gli estri*: ecciti gli ardori sessuali, le passioni.

Musa, Gorgóne,[62]
tu che sciogli le zone,[63]
che succingi[64] le vesti,
che sfreni le danze,   75
Grazia,[65] Baccante,[66]
tu ch'esprimi[67] gli aromi,
tu che afforzi i veleni,
tu che aguzzi le spine,
Esperide,[68] Erine,[69]   80
deità diversa,[70]
innumerevole gioco dei vènti
dei flutti e delle sabbie,[71]
bella nelle tue rabbie
silenziose,[72] acre ne' tuoi torpori,[73]   85
o tutta bella ed acre in mille nomi,
fatta per me dei sogni che dalla febbre del mondo[74]
trae Pan quando su le canne sacre

---

[62] *Musa, Gorgónen*: prima di una triplice coppia (v. 76: "Grazia, Baccante"; v. 80: "Esperide, Erine") di mitiche figure antitetiche che impersonano opposti aspetti dell'Estate. Musa è l'Estate in quanto "armoniosa" e "melodiosa" modulatrice di suoni (vedi vv. 55-59) e ispiratrice del "cantare" del poeta (vedi v. 7); Gorgone, invece, in quanto è "selvaggia" (v. 53 e v. 66) e "libidinosa" (v. 67) e in quanto rende più aspra la sete (v. 70) e accende gli ardori sessuali.
[63] *zone*: le cinture che stringono le vesti. È grecismo prezioso caro a D'Annunzio: cfr. già *Poema paradisiaco*, *Psiche giacente*, v. 41: "...O zona, ch'ei ti sciolga".
[64] *succingi*: sollevi, induci a sollevare, per il gran caldo e per rendere più facili i movimenti. Propriamente "succingere" significa legare la veste sotto la cintura, in modo che non tocchi terra.
[65] *Grazia*: in quanto serenamente e armoniosamente bella.
[66] *Baccante*: in quanto "libidinosa", "vertiginosa" e sempre pronta ad abbandonarsi a danze sfrenate.
[67] *esprimi*: spremi fuori, fai esalare.
[68] *Esperide*: l'Estate è una Esperide – le Esperidi erano le fanciulle che custodivano, nei loro giardini d'Occidente, i pomi dorati – in quanto donatrice di frutti.
[69] *Erine*: l'Estate è una Erinna, una Furia infernale, perché travolge gli uomini con la violenza della sua vampa e con le sue arsure.
[70] *diversa*: dagli infiniti aspetti e dagli infiniti nomi.
[71] *innumerevole... sabbie*: trastullo, in innumerevoli modi plasmato e fruito, dei venti, dei flutti e delle sabbie.
[72] *rabbie / silenziose*: le ore in cui, nel silenzio diffuso, infuria la canicola.
[73] *acre... torpori*: eccitante nei tuoi pigri e languidi abbandoni, quando la calura impedisce ogni movimento e tutto langue pigramente.
[74] *febbre del mondo*: il delirio dei sensi che invade ogni creatura e ogni forma vivente nell'ora in cui infuria la canicola.

delira ⁷⁵ (delira il sogno umano),⁷⁶
divina nella schiuma del mare e dei cavalli,   90
nel sudor dei piaceri,⁷⁷
nel pianto aulente ⁷⁸ delle selve assetate,
o Estate, Estate,
io ti dirò divina in mille nomi,
in mille laudi   95
ti loderò ⁷⁹ se m'esaudi,
se soffri che un mortal ti domi,
che in carne ⁸⁰ io ti veda,
ch'io mortal ti goda sul letto dell'immensa piaggia
tra l'alpe e il mare,   100
nuda le fervide membra che riga il tuo sangue d'oro
odorate di aliga di résina e di alloro!

---

⁷⁵ *quando... delira*: nel pieno della canicola, quando tutto sembra immobile sotto la vampa del sole e Pan, in preda all'estro, impazza suonando il suo flauto, sacro perché fatto con le canne in cui fu trasformata Siringa, la ninfa che Pan inseguiva per farla sua.
⁷⁶ *(delira... umano)*: correzione quasi razionalistica: nell'ora di Pan, a esaltarsi e a superare ogni limite sono gli stessi sogni degli uomini.
⁷⁷ *sudor dei piaceri*: il sudore dei corpi spossati dai piaceri sessuali. Il sudore, la fatica e la spossatezza degli uomini hanno per lo più in D'Annunzio una causa erotico-sessuale: cfr. già *Canto novo*, *Canto dell'Ospite*, VIII, 9-10: "Oppresso d'amor, di piacere, il popol de' vivi s'addorme..."
⁷⁸ *pianto aulente*: lo stillare della resina profumata. "Aulente" è sintagma prezioso usato originariamente dai poeti siciliani, riscoperto da Carducci e Pascoli e molto caro a D'Annunzio.
⁷⁹ *ti loderò*: per lo stilema e la movenza, cfr. già *Elettra*, *Le città del silenzio*, *Ferrara*, vv. 1-2: "O deserta bellezza di Ferrara, / ti loderò...'; *Pisa*, v. 3; *Ravenna*, vv. 10 e 12 [1899].
⁸⁰ *in carne*: fatta carne, fatta creatura corporea.

Versilia

Fu composta, come si legge nel manoscritto autografo, il "21 giugno 1902 - San Luigi". Nell'autografo, oltre la data, si legge, a mo' di postilla, un verso, il v. 50, di *Alcyone, L'oleandro*: "Oh Poesia, divina libertà!". L'autografo, che è riprodotto in fac-simile in P. Pancrazi, *Studi sul D'Annunzio*, Torino, Einaudi, 1939, pp. 90-103, rivela interessanti varianti di prima stesura e testimonia che la terza e la ventiseiesima strofa sono state aggiunte in un secondo tempo La lirica fu pubblicata per la prima volta sul « Marzocco » di Firenze del 13 luglio 1902 (anno VII, n. 28) con il titolo *Versilia* e, nel sommario, l'indicazione *Versilia* (*Egloga*).

Nel bosco, il poeta, appoggiato al tronco di un pino, sbuccia e mangia le pesche sugose di cui ha pieno un canestro. Versilia, la ninfa che abita nel tronco del pino, sbuca fuori della pianta attratta dal profumo delle pesche: non sa più resistere alla voglia di assaggiarle e le chiede al poeta. In cambio gli offre se stessa e un po' di resina da masticare. Oppure, visto che è piuttosto timido e forse ama la caccia, gli offre di fargli trovare della buona selvaggina.

Versilia è una "ninfa boschereccia", che trae il nome dalla regione della Toscana in cui vive, la zona litoranea compresa tra la foce del Motrone e quella del Cinquale, tanto cara al D'Annunzio delle *Laudi*. Ma non è un semplice "genius loci". È una creatura silvana nata dalla fantasia mitopoietica di D'Annunzio, come Undulna e come tante altre figure di *Alcyone*, e come Undulna è libera da qualsiasi tradizione o genealogia. La sua figurina leggera e maliziosa ha però una lunga storia e profonde motivazioni nell'opera dannunziana e nasce alla poesia, nel pieno della stagione delle *Laudi*, inverando, nella sua vitalità, i molteplici tentativi del poeta di cogliere e di esprimere la presenza, nelle cose della natura, di una realtà oltresensibile, divina e umana nello stesso tempo. I riferimenti risalgono ben addentro nella storia della produzione dannunziana. Driadi che occhieggiano tra le piante di un bosco, ad esempio, sono già in una lirica, *Vegliando*, apparsa sul «Fanfulla della Domenica» del 10 aprile 1881 e poi esclusa da ogni raccolta di versi: "Occhieggiano le driadi simili a pavide cerve / curiose fra' rami... / e s'odono risa fuggevoli per la boscaglia" (cfr. *Versi d'amore e di gloria*, I, *Appendice* II, pp. 899 ss.: *Vegliando*, vv. 41 ss.). Una ninfa che erompe dalla corteccia di una pianta, inoltre, è già, nel 1882, in *Canto novo*, I, 5, vv. 20 ss.: "Forse ripalpitan vive le driadi antiche / ne' tronchi e una driade or fra le braccia io serro? /.../ rompi da'l cortice, nuda le membra mortali /.../ Rompi da'l cortice...". E quella che nel primo *Canto novo* era solo una dubbiosa affermazione ("Forse...") nell'edizione definitiva del 1896 diventava già una certezza: in *Canto novo*, *Canto del sole*, VII, vv. 19 ss., infatti, si legge: "Certo ripalpitan vive le driadi antiche / ne' tronchi, e una driade or fra le braccia io serro... / Rompi dal cortice; e fa che le mie mani ardenti / ponga io ne la tua carne...". Analoghi tentativi di personificare aspetti della natura si trovano anche nell'*Isaotta Guttadàuro ed altre poesie* e poi nell'*Isottèo-La Chimera*: proprio là, pur sotto la preziosità e la compostezza delle forme, è possibile rintracciare, nell'Aprile "giovinetto uccellatore" e "giovinetto trovatore" del *Sonetto di calen d'Aprile*, il lontano preannuncio della figura danzante tanto del "lesto Settembre co'l flauto" di *Versilia* quanto del "Tibicine dei pomarii" di *Undulna*. Ma questi lontani precedenti, come tutti gli altri che si potrebbero individuare nelle opere dannunziane, sono ancora condizionati da una visione puramente mitologica o comunque mitica del fatto naturale. Solo in prosieguo di tempo, con l'acquisizione di una concezione panica, D'Annunzio raggiunge la piena disponibilità a sentire le forze divine che si agitano nella natura e a risolvere positivamente, senza pesi allegorici anche soltanto verbali, le sue ansie di comunione con il mondo naturale. In questo senso non è certo casuale che

Versilia raggiunga la sua piena realizzazione poetica attraverso un processo metamorfico identico ma opposto a quello che in *Meriggio* porta il poeta stesso a confondersi nella natura o a quello che nella *Pioggia nel pineto* porta Ermione a dissolversi nella sostanza vegetale. Là, in *Meriggio* e nella *Pioggia nel pineto*, erano l'uomo e la donna che, pur conservando la loro umanità, si compenetravano nella natura; qui, invece, è la ninfa, che pur nulla perdendo delle sue caratteristiche arboree, si fa donna vogliosa e appetitosa.

Fin dall'inizio, fin da quando nasce alla realtà sbucando fuori del fusto scaglioso del pino in cui vive da sempre e da cui spiava con occhi attenti il poeta e le sue mosse, Versilia appare quello che è e sarà in tutto il componimento. Fin dall'inizio appare una creatura ad un tempo ingenua e sfrontata, ma ingenua e sfrontata nativamente: è infatti nativamente ingenua e quindi tutt'altro che stupida, e nativamente sfrontata e quindi tale che la sua sensualità e la sua procacità sono senza peccato. È petulante e loquace. Parla solo lei per tutto il tempo. Il poeta, invece, tace, stupito e incantato. Poi è giovane e fresca, fresca e "divina come ogni giovinezza" (E. Mariano). È golosa. Ha sentito il profumo delle pesche che il poeta vien sbucciando e non ha saputo trattenersi. La lingua le si è "bagnata di sùbita voglia" e già assapora il dolce sapore dei frutti maturi. È vogliosa: conosce le zuffe d'amore sulle frasche di mirto e ora, in cambio delle pesche, non esita a offrire se stessa e il suo corpo al poeta, i cui modi gentili le fanno sperare ben più tenere carezze di quelle del satiro bicorne. È ironica: vede che il poeta, nonostante la sua profferta, se ne sta sulle sue e, con un'ironia talmente sottile che forse è soltanto il frutto della malizia del lettore, domanda se per caso non sia "amico di Diana" e se non preferisca, invece dell'amore, una buona selvaggina. Il fascino di Versilia, insomma, è nella sua lievità e nella sua divina giovinezza. Il fascino della lirica, però, oltre che alla sorridente figura della ninfa è affidato anche ad altri elementi. In primo luogo, ha un'importanza essenziale il fatto che il componimento non abbia sviluppi narrativi. Esso, infatti, è una favola, ma il suo pregio più grande è quello di essere una favola che liberamente si sviluppa senza farsi racconto. Tutta la lirica, in pratica, si riduce ad essere "nient'altro che il suadente discorso di cui la driade maschera l'ingordigia per ottenere la pesca" (E. De Michelis). La trama, così, si assottiglia fino a scomparire e la bella favola ha sviluppi solo contrappuntistici, affidati alla continua variazione degli stessi temi: il tema della "sùbita voglia" suscitato dai bei frutti che percorre tutta la lirica (vedi le strofe I, X, XVI, XIX e XXVII) e il tema dell'offerta di sé che apre e chiude il componimento. Ed è quasi superfluo osservare che siffatta povertà della trama è un pregio e non un difetto, perché tiene lontano il componimento da quegli sviluppi narrativi che appesantiscono altre invenzioni alcionie, anche mitiche, come *L'otre*. In secondo luogo, non meno decisivo ai fini del risultato poetico è, accanto alla riduzione ai minimi termini della trama, l'alleggerimento estremo cui va incontro la potenziale sensualità della situazione. Anche da questo punto di vista la lirica appare il frutto di uno stato di grazia. La sensualità implicita nella situazione, anziché pesare sui personaggi e nei versi, come succede in altri componimenti dannunziani, si risolve, come si è visto, nell'ingenua malizia di Versilia e quasi si dissolve nei suoi inviti tanto provocanti e procaci da parere giochi fanciulleschi. Anzi, a un certo momento (vv. 93 ss.), quella sensualità, lievito e ingombro di tante pagine del poeta, si schiarisce al punto da permettere a D'Annunzio, altrimenti così fiero della sua virilità, di sorridere di sé dipingendosi "oggetto delle disinvolte ironie della ninfa" (E. De Michelis). Quasi si potrebbe dire che in *Versilia*, tutto, dai personaggi alla trama, è permeato di aerea leggerezza e di segreta magia e che ogni tema e ogni motivo, anche quelli di solito più pesanti, sono avviati a uscire dalla realtà e perfino dal mito per sollevarsi nel favoloso.

Versilia costituisce un punto fermo tra le liriche di *Alcyone* anche dal punto di vista stilistico-espressivo. La lingua cui la ninfa fa ricorso nel suo sorridente parlare è vivace e piena e, nella sua raffinata eleganza, estremamente limpida. La preziosità di certi vocaboli (v. 15: "rezzo"; v. 47: "ciriegi"; v. 50: "albricocchi"; etc.) o di certe espressioni (v. 60: "non giovami"), magari desunte dai lessici (vedi v. 98: "afra e lazza" e nota relativa), non è mai di peso e serve, nel suo impasto di linguaggio arcaico e di favella toscana parlata, a rendere ancora più suadente e graziosa la bella creatura silvana. Del carattere eccezionalmente leggero – quasi "libero" – e nello stesso tempo ricco di suggestioni del novenario e delle quartine in cui i novenari sono raccolti, si dirà nella nota metrica. Basti qui aggiungere che il timbro insolito del verso con i suoi accenti mobili e con il suo ritmo dolcissimo si adatta senza sforzo alcuno alla leggerissima e mollissima tenuità della favolosa parlata di Versilia.

Veramente questa *Versilia* è una delle poesie dannunziane "in cui l'eleganza preziosa del ritmo, della parola, della materia stessa, sempre allusiva al mondo della classica mitologia, si equilibra compiutamente con l'acutezza sensitiva verso la primigenia natura" (F. Flora) che è propria del D'Annunzio di *Alcyone*. Versilia, infatti, rimane per tutta la lirica oscillante tra la figura mitica (v. 29: "Io sono divina...") e la creatura sensibile e sensuale (vv. 79-80: "Io sono di carne... Toccami"), la quale poi è a sua volta oscillante tra l'acquisita natura umana di donna golosa, vogliosa e desiderabile (vv. 79 ss.: "Io sono di carne... Toccami... Ho le chiome violette... Ho i denti eguali... Rido, se tu m'abbranchi...") e la sua primitiva natura arborea (vv. 9 ss.: "la mia / lingua *come tenera foglia*"; vv. 79 ss.: Io sono di carne, / *se ben fresca come una foglia*... ho le chiome / violette *come le prugne*... Ho i denti eguali, più bianchi / *che appena sbucciati pinocchi*"). In questa complessa ambiguità che percorre tutta la lirica è un altro e non certo inferiore motivo del fascino della lirica. Anzi, essa permette sin dall'inizio di segnare la distanza che intercorre non tanto tra le figurazioni della poesia classica e il moderno mito dannunziano, quanto tra il mito dannunziano incarnato in Versilia e le fredde e formali eleganze di José-Maria De Heredía e le statiche invenzioni di Henri de Régnier. Quello di D'Annunzio, in effetti, è un mito panico, frutto di una sensibilità tutta nuova e moderna. "Tale modernità del D'Annunzio 'artefice di numi' è assai lontana dall'aspirazione armonica di un Foscolo (e, in misura più modesta, dall'apparente fasto verbale di un Monti) e si ricollega più propriamente ad un fervore panico, a un'adesione sensuosa pel tramite della Natura al paesaggio, che lo volge spontaneamente verso il mito" (F. Robecchi). Certo i modelli di *Versilia* sono rintracciabili in tutta una tradizione letteraria che affonda le sue radici nella bucolica greca e latina e che si diffonde attraverso il Sannazzaro e l'Arcadia fino a D'Annunzio. Ma, a parte che, come si è visto, la figura della ninfa vien fuori da una esigenza ben radicata in D'Annunzio, il confronto tra D'Annunzio e i suoi possibili modelli serve una volta di più a sottolineare, anche da questo punto di vista, il distacco che separa D'Annunzio dalle sue fonti. E questo vale anche per quell'Henri de Régnier le cui *Médailles d'argile* – in particolare i componimenti *La nuit des dieux* e *Eté* – il poeta ebbe ben presenti. Si vedano, in proposito, le note 1, 2, 14, 21, 25, 66 e 88 e da esse si risalga a M. Praz, *La carne* cit., p. 520 e a V. De Maldé-G Pinotti, *art cit.*, pp. 38-40.

Metro: ventotto quartine di novenari rimati ABBA. "Il novenario è costruito con mobilità di accenti sillabici (1, 3, 5, 8 - 1, 4, 6, 8 - 2, 4, 6, 8) sulla struttura normale (2, 5, 8), sì da variare continuamente il ritmo dolce disteso del dattilo, con quello breve aspro del trocheo" (E. Mariano). Siffatte variazioni di ritmo riscattano il verso da ogni possibile cedimento nell'eccessiva cantabilità che è connaturata al suo ritmo usuale. Le rime difficili (vv. 2-3: "corteccia-boschereccia"; vv. 53-56: "gaudio-claudio"; vv. 98-99: "lazza-gazza"; etc.), le numerose rime ricche (vv. 1-4: "occhi-tocchi"; vv. 14-15: "grezzo-rezzo"; vv. 17-20: "aghi-laghi"; etc.), le rime all'interno del medesimo verso (v. 64: "cesto intesto"), e le frequenti paronomasie (vedi, ad esempio, i vv. 74 ss.: "Tu la persi*ca* che si spi*cca*, / e ne *co*la il su*co* giulìo"), nonché l'inserimento estroso di taluni decasillabi tra i novenari e il ricorso frequente agli *enjambements*, riscattano poi quanto di troppo facile potrebbe esserci nelle quartine, liberandole da qualsiasi schematismo di metro chiuso. "Per tale quartina, a proposito di *Undulna*, il D'Annunzio suggerirà nei tardi anni il nome del Chiabrera [vedi *Undulna*, p. 640]; ma più vicino esempio gliene porgeva il Pascoli in quelli che nel 1903 furono i *Canti di Castelvecchio*" (E. De Michelis).

Non temere, o uomo dagli occhi
glauchi!¹ Erompo dalla corteccia²
fragile³ io ninfa boschereccia
Versilia, perché tu mi tocchi.⁴

Tu mondi⁵ la persica⁶ dolce   5
e della sua polpa ti godi.⁷
Passò per le scaglie e pe' nodi⁸
l'odore che il cuore ti molce.⁹

Mi giunse alle nari; e la mia
lingua come tenera foglia,¹⁰   10

---

¹ *uomo... glauchi!*: uomo dagli occhi azzurri. Per il vocativo iniziale, cfr.
H. de Régnier *Les médailles d'argile*, *La nuit des dieux*, v. 1: "Homme! Je t'ai
suivi longtemps..." (V. De Maldé-G. Pinotti). Vedi anche vv. 87-88: "o uomo
dagli occhi / glauchi": v. 61: "O uomo occhicèrulo"; v. 93: "Occhiazzurro".
Si tratta dello stesso D'Annunzio, invocato secondo la maniera omerica di
indicare una persona e soprattutto una divinità.
² *Erompo dalla corteccia*: esco dalla corteccia del pino. Una driade esce
dalla scorza di un albero anche in H. de Régnier, *loc. cit.*, vv. 18-21: "Je
t'ai suivi dans la fôret où tu voulais surprendre le Sylvain ou saisir la
Dryade / alors qu'à la naissante aurore *elle s'evade / de l'écorce ruyueuse*
où s'écorche ta main" (V. De Maldé-G. Pinotti). Cfr. però già *Canto novo*,
Canto del sole, VII, v. 23: "rompi dal cortice...". Vedi poi anche, per un
processo identico ma opposto, *La pioggia nel pineto*, vv. 100 s.: "...quasi
fatta virente, / par da scorza tu esca".
³ *fragile*: friabile, in quanto si rompe facilmente e lascia libero il varco
alla ninfa che abita dentro il tronco.
⁴ *perché... tocchi*: è nel contempo un modo di rassicurare il poeta circa la
sua natura di persona vera, fatta di carne, e un modo ingenuo e grazioso
di offrirsi, tentando di accendere nell'uomo il desiderio di sé. Una situazione pressoché identica, anche se capovolta, era già in *Canto novo*, ibidem,
vv. 23 ss.: "rompi dal cortice, nuda le membra mortali /.../ Rompi dal
cortice; e fa che le mie mani ardenti / ponga io ne la tua carne...".
⁵ *mondi*: pulisci, sbucci. "Il Tommaseo-Bellini alla voce 'pesco' segnala
l'espressione 'Volere o avere la pesca monda'" (D. Martinelli-C. Montagnani).
⁶ *persica*: "persica" è dato come variante di "pesca" nel lemma stesso della
voce "pesca" del Tommaseo-Bellini (D. Martinelli-C. Montagnani).
⁷ *ti godi*: godi, prendi piacere. Per l'uso del medio-riflessivo, vedi *La
tregua*, v. 61 e nota relativa.
⁸ *per... nodi*: attraverso le scaglie della corteccia e attraverso i nodi del
tronco.
⁹ *il cuore ti molce*: ti accarezza il cuore. "Il Tommaseo-Bellini alla voce
'molcere' cita il Menzini, *Rime*, 15: 'Pensier che mi strugge e molce il
cuore'" (D. Martinelli-C.Montagnani). Ma cfr. il ben più memorabile G.
Leopardi, *Canti*, *A Silvia*, v. 44: "Non ti molceva il core".
¹⁰ *la mia... foglia*: "Il poeta non dimentica la doppia natura, arborea e
umana, della sua creatura, sicché ne paragona la lingua a tenera foglia"
(F. Flora).

bagnata di sùbita voglia,[11]
contra i denti forti languìa.[12]

Sapevi [13] tu tanto sagaci
nari,[14] o uomo, in legno sì grezzo?
Inconsapevole eri,[15] e del rezzo [16]   15
gioivi e de' frutti spiccaci [17]

e dell'ombre cui [18] fànnoti gli aghi
del pino, seguendo il piacere
de' vènti,[19] su gli occhi leggiere
come ombre di voli su laghi.[20]   20

Io ti spiava dal mio fusto
scaglioso; ma tu non sentivi,
o uomo,[21] battere i miei vivi

---

[11] *bagnata... voglia*: sentendone il profumo, la ninfa pregusta il sapore della pesca e la lingua le si inumidisce di colpo. "È, come si dice, 'l'acquolina in bocca' che viene alla ninfa golosa" (E. Palmieri).
[12] *languìa*: si struggeva di desiderio.
[13] *Sapevi*: sapevi che ci fossero.
[14] *tanto sagaci / nari*: narici tanto delicate e sensibili. Cfr. A. Poliziano, *Stanze*, I, str. XXXI, vv. 1 s.: "...le sagaci nari / del picciol bracco...".
[15] *Inconsapevole eri...*: per tutta l'immagine dei vv. 15-16, cfr. H. de Régnier, *loc. cit.*, vv. 14-15: "Je t'ai suivi longtemps, invisible, à tes yeux / o passant, je t'ai vu, tout haletant de joie" (V. De Maldé-G. Pinotti).
[16] *rezzo*: frescura ombrosa. Cfr. Dante, *Inferno*, XVII, v. 87: "...triema tutto pur guardando il rezzo"; XXXII, v. 75: "e io tremava ne l'etterno rezzo".
[17] *frutti spiccaci*: le pesche la cui polpa si stacca (*spicca*) facilmente dal nocciolo: vedi v. 75: "la persica che si spicca". Cfr. il Tommaseo-Bellini alla voce "pesca": "*Pesca duracina*, con la polpa aderente al nocciolo. *Spicca*, che se ne leva facile anche con mano e si parte in due da sé". Però "non si rinviene autorizzato nel Tommaseo-Bellini il sinonimo spiccace, forse da considerare un portato della rima" (D. Martinelli-C. Montagnani).
[18] *cui*: che, complemento oggetto.
[19] *seguendo... vènti*: abbandonandosi alla piacevole e mutevole carezza dei venti.
[20] *come... laghi*: come le ombre lasciate sulla superficie dell'acqua dei laghi dagli uccelli in volo. Vedi *Ditirambo III*, v. 21: "...l'ombre dei voli su le sabbie saline"; *Il novilunio*, vv. 188 s.
[21] *Io ti spiava... ma tu non sentivi, / o uomo*: cfr. Henri de Régnier, *Les médailles d'argile*, *La nuit des dieux*, vv. 8 s.: "Homme! Je t'ai suivi longtemps, tu ne m'as pas / entendue" (M. Praz, *La carne* cit., p. 520). Ma cfr. già anche *L'Isottèo*, *Cantata di calen d'Aprile*, vv. 31-32: "Forse, con occhi intenti, / una ninfa lo spia" [1888].

cigli²² presso il tuo collo adusto.²³

Talora la scaglia del pino 25
è come una pàlpebra rude
che subitamente si schiude,
nell'ombra, a uno sguardo divino.²⁴

Io sono divina;²⁵ e tu forse
mi piaci. Non piacquemi l'irto²⁶ 30
Satiro²⁷ su 'l letto di mirto,²⁸
e il panisco²⁹ in van mi rincorse

Ma tu forse mi piaci. Aulisce
d'acqua marina la tua pelle
che il Sol feceti fosca. Snelle 35
hai gambe come bronzo lisce.³⁰

Offrimi il canestro di giunco³¹
ricolmo di persiche bionde!
Poiché non mi giovano³² monde,
riponi il tuo coltello adunco. 40

Io so come si morda il pomo

---

²² *i miei vivi / cigli*: "L'immagine dei vivi cigli è suggerita dagli aghi di pino" (E. Palmieri).
²³ *adusto*: abbronzato dal sole. Latinismo anche carducciano.
²⁴ *Talora... divino*: talvolta la scaglia del pino si apre all'improvviso, come se fosse una ruvida palpebra, per permettere alla creatura divina che vive dentro il tronco di gettare uno sguardo su ciò che succede intorno a lei.
²⁵ *Io sono divina*: riprende lo "sguardo divino" del verso precedente e lo estende a tutta la persona della ninfa. Cfr. H. de Régnier, *loc. cit.*, vv. 104-105: "...Je suis une de celles / que les hommes jadis nommèrent Immortelles" (V. De Maldé-G. Pinotti).
²⁶ *irto*: peloso.
²⁷ *Satiro*: la divinità boschereccia mezzo uomo e mezzo capro.
²⁸ *su 'l... mirto*: sul giaciglio fatto di fronde di mirto, la pianta selvatica che, tra l'altro, è sacra alla dea dell'amore.
²⁹ *panisco*: piccolo Pan, divinità agreste minore che si diceva discendente da Pan. Vedi *L'otre*, v. 143 e nota relativa.
³⁰ *come bronzo lisce*: lisce e abbronzate dal sole, e non irte di peli come quelle del Satiro (vedi vv. 30-31). Vedi *L'oleandro*, v. 125: "...le snelle gambe"; v. 237: "...le sue gambe lisce".
³¹ *di giunco*: intrecciato di giunchi: vedi v. 64: "...cesto intesto di biodi".
³² *non mi giovano*: non mi piacciono: idiotismo toscano arieggiante l'uso latino.

senza perdere stilla di suco.³³
Poi co' miei labbri umidi induco
il miele nel cuore dell'uomo.³⁴

Riponi il ferro acre ³⁵ che attosca ³⁶   45
ogni sapore. Tu non pregi ³⁷
i tuoi frutti. I peschi, i ciriegi,³⁸
i peri, i fichi in terra tosca ³⁹

son di dolcezza carchi, e i meli,
gli albricocchi,⁴⁰ i nespoli ancóra!   50
E tu li spogli in su l'aurora ⁴¹
velati dei notturni geli.⁴²

Da tempo in cuor mio non è gaudio
di tal copia.⁴³ Ahimè, sono scarsi
i doni.⁴⁴ E tu ⁴⁵ vedi curvarsi ⁴⁶   55
i rami del susino claudio! ⁴⁷

³³ *stilla di suco*: goccia di succo.
³⁴ *co' miei... uomo*: con un bacio delle mie labbra umide del succo del pomo infondo tutta la dolcezza possibile nel cuore dell'uomo. E la dolcezza di quel bacio è nel contempo il sapore dolcissimo del frutto succoso appena addentato e la languida mollezza di un vero bacio.
³⁵ *il... acre*: il coltello aspro: in senso attivo, in quanto la lama del coltello inasprisce la dolcezza del frutto.
³⁶ *attosca*: rende amaro come il veleno. Cfr. Dante, *Inferno*, VI, v. 84: "...li attosca".
³⁷ *non pregi*: non sai apprezzare.
³⁸ *ciriegi*: ciliegi (arcaismo toscaneggiante non citato nel Tommaseo-Bellini).
³⁹ *in terra tosca*: in Toscana, che è la patria di Versilia. "Tosco" per "toscano" è anche in Dante, *Inferno*, X, v. 22: "O Tosco..."; XXII, v. 99: "Toschi e Lombardi..."; XXII, v. 76: "...la parola tosca"; *Paradiso* XXII, v. 117: "...l'aere tosco".
⁴⁰ *albricocchi*: albicocchi (variante disusata, non citata dal Tommaseo-Bellini).
⁴¹ *in su l'aurora*: verso l'aurora, quando è ancora l'aurora. Per l'uso della doppia preposizione, cfr. *L'Isottèo*, *Sonetto di calen d'Aprile*, v. 5: "in su le prime aurore".
⁴² *velati... geli*: quando sono ancora imperlati di rugiada e intorpiditi dal freddo della notte. Per lo stilema "notturni geli", vedi *La sera fiesolana*, v. 12: "da lei sommersa nel notturno gelo" e nota relativa.
⁴³ *non... copia*: non vi è la gioia di vedere tanta abbondanza di frutti.
⁴⁴ *sono... i doni*: scarsi sono i doni, cioè i frutti offerti alla ninfa dal pino. "Non ho", dirà più avanti, ai vv. 57 s., Versilia, "se non la tetra / pigna".
⁴⁵ *E tu*: tu, invece.
⁴⁶ *curvarsi*: piegarsi sotto il peso dei frutti.
⁴⁷ *susino claudio*: o susino della regina Claudia, varietà di susino pregiata per la dolcezza dei suoi frutti polposi.

Ma io non ho se non la tetra [48]
pigna dal suggellato seme.[49]
E a romper la scaglia che il preme [50]
non giovami pur una pietra.[51] 60

O uomo occhicèrulo,[52] m'odi!
Lascia che alfine io mi satolli [53]
di queste tue persiche molli
che hai nel cesto intesto di biodi.[54]

Ti priego! [55] La pigna malvagia [56] 65
mi vale [57] sol per iscagliarla
contro la ghiandaia [58] che ciarla
rauca. Non s'inghiotte la ragia.[59]

Ma se la mastichi negli ozii,[60]
quantunque ha sapore amarogno,[61] 70
allor che il tuo cuore nel sogno
si bea lungi ai vili negozii,[62]

certo ti piace, o uomo; ed io
te ne darò della più ricca.

---

[48] *tetra*: nera, ma anche brutta e sgraziata. Latinismo anche pascoliano.
[49] *suggellato seme*: il seme della pigna, il pinolo, rinchiuso sotto le ruvide e dure squame della pigna stessa.
[50] *il preme*: lo serra.
[51] *non giovami... pietra*: non mi basta neppure una pietra.
[52] *occhicèrulo*: dagli occhi azzurri. Vedi nota 1.
[53] *mi satolli*: mi sazi.
[54] *nel cesto intesto di biodi*: nel canestro intessuto di giunchi (vedi v. 37: "il canestro di giunchi"). Si noti la rima interna al verso *cesto / intesto*. "Il Tommaseo-Bellini alla voce 'cesto' rimanda a 'cesta' e glossa: 'Arnese a modo di grande paniere, da tenervi dentro tante cose, *intessuto* per lo più di vimini, salci, vermene di castagno e simili materie'" (D. Martinelli-C. Montagnani).
[55] *Ti priego*: ti prego (arcaismo dantesco).
[56] *malvagia*: cattiva al gusto, "tetra" (v. 57).
[57] *mi vale*: mi serve.
[58] *ghiandaia*: uccello dei corvidi dalla voce stridula ("che ciarla / rauca"), che si ciba di ghiande. È animale e sintagma di lunga tradizione letteraria dal *Novellino* a G. Pascoli.
[59] *la ragia*: la resina che cola dal tronco del pino.
[60] *negli ozii*: nei momenti di inattività e di riposo.
[61] *amarogno*: amarognolo, amaro.
[62] *si bea... negozii*: è felice lontano dalle fastidiose occupazioni della vita quotidiana. Cfr. Orazio, *Epodi*, II, v. 1: "Beatus ille qui procul negotiis...".

Tu la persica che si spicca,⁶³
e ne cola il suco giulìo,⁶⁴

dammi, ch'io mi muoio di voglia⁶⁵
e da tempo non ebbi a provarne.
Non temere! Io sono di carne,⁶⁶
se ben fresca come una foglia.

Toccami.⁶⁷ Non vello,⁶⁸ non ugne
ricurve han le tue mani come
quelle ch'io so.⁶⁹ Guarda: ho le chiome
violette ⁷⁰ come le prugne.

Guarda: ho i denti eguali, più bianchi
che appena sbucciati pinocchi.⁷¹
Non temere, o uomo dagli occhi
glauchi! ⁷² Rido, se tu m'abbranchi.⁷³

Abbrancami come il bicorne
villoso.⁷⁴ La frasca ci copra,

75

80

85

90

⁶³ *la... spicca*: la pesca spiccace. Vedi v. 16 e nota relativa.
⁶⁴ *giulìo*: giulivo, che dà gioia al palato. Arcaismo letterario anche carducciano. Cfr. già *L'Isottèo, Cantata di calen d'Aprile*, v. 203: "L'imagine giulìa".
⁶⁵ *ch'io mi muoio di voglia*: perché muoio dalla voglia di mangiarne.
⁶⁶ *Io sono di carne*: sono una creatura in carne ed ossa e ho quindi gli stessi stimoli fisici di una qualsiasi creatura umana. Al v. 29 aveva detto "Io sono divina": ora, invece, si dichiara "di carne" e subito dopo, al v. 80, attenuerà la sua affermazione precisando "se ben fresca come una foglia": Versilia continuamente oscilla tra natura arborea, natura umana e natura divina. Vedi anche la nota 25 e cfr. H. De Régnier, *loc. cit.*, v. 111: "Je suis à la fois terrestre ou souteraine" (V. De Maldé-G. Pinotti).
⁶⁷ *Toccami*: vedi i vv. 2 ss.: "Erompo dalla corteccia /.../ perché tu mi tocchi".
⁶⁸ *vello*: pelame.
⁶⁹ *come / quelle ch'io so*: come quelle del satiro che io conosco per averne fatto esperienza "su'l letto di mirto" (v. 31).
⁷⁰ *violette*: nere con riflessi violetti. Cfr. *La Chimera, Vas spirituale*, v. 15: "...la chioma di viola"; *Gorgon*, vv. 18 ss.: "I capelli /.../ avran talor riflessi di viola".
⁷¹ *appena sbucciati pinocchi*: pinoli appena tolti dalla pigna.
⁷² *Non... glauchi*: vedi i vv. 1-2 e il v. 79.
⁷³ *Rido... m'abbranchi*: se mi afferri, rido di piacere. Per "m'abbranchi", vedi già *L'oleandro*, v. 242: "...ora m'abbranca".
⁷⁴ *il bicorne / villoso*: l'"irto Satiro" dei vv. 30-31, che ha sulla fronte due corna. Cfr. *Primo vere, Suavia*, vv. 26-28: "le bianche Driadi veloci inseguonsi, / e co' bicorni Fauni / lascive danze intrecciano"; *Intermezzo, Venere d'acqua dolce*, v. 173: "...i satiri bicorni" [1893]. Cfr. anche Ovidio, *Heroides*, IV, v. 49: "Faunique bicornes".

i mirti sien letto, di sopra
ci pendano l'albe viorne.⁷⁵

Ma come, Occhiazzurro, sei cauto! ⁷⁶
Forse amico sei di Diana? ⁷⁷
Ora ⁷⁸ scende da Pietrapana ⁷⁹
il lesto ⁸⁰ Settembre co'l flauto ⁸¹

se cruenta ⁸² nel corniolo ⁸³
rosseggi ⁸⁴ la cornia afra e lazza.⁸⁵
Odo tra il gridìo della gazza ⁸⁶

---

⁷⁵ *l'albe viorne*: le bianche (lat. *albus*) vitalbe, pianticelle rampicanti con foglie pennute cuoriformi e fiori bianchi. Vedi *L'asfodelo*, v. 25 e nota 21.
⁷⁶ *cauto*: riservato, guardingo, timido.
⁷⁷ *Forse... di Diana?*: o forse sei un seguace di Diana, la dea della caccia e della castità, i cui seguaci conducevano una vita casta? La domanda è "intrisa di leggiadra ironia" (E. Palmieri), ma, come osserva E. Mariano, "il senso ironico è ambiguo: c'è e non c'è. Infatti il discorso conclude: 'Sei tu cacciatore?'".
⁷⁸ *Ora*: ora che l'estate volge alla fine ed è ormai settembre, inizia la stagione della caccia.
⁷⁹ *Pietrapana*: l'attuale monte Pania, nelle Alpi Apuane. Cfr. Dante, *Inferno*, XXXII, v. 29: "...o Pietrapana".
⁸⁰ *lesto*: agile, veloce, che giunge troppo in fretta. Vedi *Madrigali dell'estate, Implorazione*, vv. 7 s.: "Forte comprimi sul tuo sen rubesto / il fin Settembre, che non sia sì lesto".
⁸¹ *Settembre co'l flauto*: il mese di settembre è personificato nella mitica e leggiadra figura di un giovinetto che suona il flauto. Per la personificazione di un mese dell'anno, cfr. già *L'Isottèo, Sonetto di calen d'Aprile*, vv. 1 ss.: "Aprile, il giovinetto uccellatore /.../. Aprile, il giovinetto trovatore, / su le canne sonore / dice l'augurio alle nascenti biade".
⁸² *cruenta*: sanguigna, di color rosso sangue.
⁸³ *nel corniolo*: tra i rami del corniolo, il frutice dalle bacche rosse a forma di olive. In un manoscritto autografo di prima stesura (lo si veda in P. Pancrazi cit., p. 75) il nome presenta la grafia "corniuolo", secondo la regola toscana del dittongo mobile. Ma poi, nella stesura definitiva della lirica o forse direttamente sulle bozze, D'Annunzio, "per differenziare la rima troppo simile ('corn*iuolo* - cavr*iuolo*') e quindi renderla più elegante, ha preferito la lezione senza dittongo" (E. Mariano).
⁸⁴ *rosseggi*: il rosseggiare delle bacche del corniolo ormai maturo significa che il settembre è ormai arrivato. Cfr. A. M. Salvini, *Georg.*, 2: "Rosseggiar di susine / i sassei cornioli", citato nel Tommaseo-Bellini alla voce "corniolo".
⁸⁵ *la cornia... lazza*: la bacca del corniolo, che è aspra e allappante. Cfr. Crescenzio, V, 9, 3 (citato dal Tommaseo-Bellini *sub voce* "cornia"): "Le cornie di loro natura son molto afre e lazze". Cfr. anche Dante, *Inferno*, XV. v. 65: "...tra li lazzi sorbi" e G. Pascoli, *Myricae, Campane a sera*, v. 31: "...lazzi cornioli"
⁸⁶ *gridìo della gazza*: lo stridulo verso della gazza.

il richiamo del cavriuolo.⁸⁷

Sei tu cacciatore? ⁸⁸ Sei destro
ad arco, esperto a cerbottana? ⁸⁹
Ora scende da Pietrapana
Settembre. Tu dammi il canestro

Eh, veduto n'ho del pél baio ⁹⁰
verso il Serchio correre il bosco!
Tu dammi il canestro. Conosco
la pesta se ben non abbaio.⁹¹

Accomanda il nervo alla cocca.⁹²
Ne avrai della preda, s'io t'amo! ⁹³
Imito qualunque richiamo
con un filo d'erba alla bocca.⁹⁴

---

⁸⁷ *il richiamo del cavriuolo*: il verso del capriolo. "Siamo così giunti all'ultima offerta di Versilia, suggerita dal culto di Diana, dea cacciatrice, alla quale suppone ironicamente devoto il poeta che non osa abbrancarla. Se l'amore non vale come moneta di scambio per avere il canestro di frutti, può servire il 'pél baio', cioè la selvaggina che abbonda agli inizi dell'autunno" (F. Robecchi).

⁸⁸ *Sei tu cacciatore*: anche l'uomo della regneriana *Nuit des dieux* è cacciatore: cfr. H. de Régnier, *loc. cit.*, vv. 16-17: "Quand tu croyais saisir quelque divine proie / persévérant chasseur sans flèches ni filets" (V. De Maldé-G. Pinotti).

⁸⁹ *destro... cerbottana*: abile nel tirare con l'arco o esperto nell'uso della cerbottana, l'antico arnese per cacciare costituito da una canna da cui si soffiavano frecce o altri proiettili. "Queste armi indicate e precisate – arco e cerbottana – spostano in un clima mitico e remoto il tempo della favola" (Getto-Portinari).

⁹⁰ *veduto... baio*: ho visto molta selvaggina, dal pelame fulvo ("baio"), come caprioli e cervi.

⁹¹ *Conosco... abbaio*: so riconoscere l'orma ("la pesta") lasciata dalla selvaggina, anche se non sono un cane da caccia.

⁹² *Accomanda... cocca*: adatta la corda ("nervo") dell'arco alla tacca ("cocca") della freccia: preparati a scoccare la freccia.

⁹³ *s'io t'amo*: se ti assisto, cioè "se riesci a farti amare da me, donandomi il cesto. È un sottinteso malizioso ma leggiadro" (E. Palmieri).

⁹⁴ *con... bocca*: tenendo teso sulle labbra un filo d'erba e soffiandovi contro.

La morte del cervo

La lirica, come si legge in calce al manoscritto autografo (Biblioteca Nazionale "Vittorio Emanuele" di Roma, "Dannunziana", ARC I/A, 17), fu composta a " + Romena", il 24 agosto 1902 " + mezzanotte (domenica)". Luogo ("l'eremo di Romena") e data ("agosto") di composizione sono ribaditi anche in *Le faville del maglio, Il secondo amante di Lucrezia Buti*, in *Prose di ricerca*, II, pp. 162-172, dove il poeta opera una mitizzazione dell'invenzione della lirica e offre una interpretazione del suo significato. Prima di entrare nel Libro di *Alcyone*, la lirica apparve su « Il Marzocco » di Firenze del 31 maggio 1903 (anno VIII, n. 22). In seguito, nell'aprile del 1907, fu pubblicata insieme alla prosa *La resurrezione del Centauro*, che contiene anch'essa, tra l'altro, una mitizzazione della genesi della lirica (cfr. *Le faville del maglio, La resurrezione del Centauro*, in *Prose di ricerca*, II, pp. 551-562), in un volumetto fuori commercio. Il volumetto – in 8° piccolo, di pp. 31 + 2 n.n., con la copertina e cinque xilografie di A. de Carolis – fu stampato in 99 esemplari, a spese di Clemente Origo, amico di D'Annunzio e autore di un gruppo bronzeo raffigurante la lotta tra il centauro e il cervo, dallo Stabilimento A. Staderini di Roma.

Il poeta è acquattato presso il Serchio, alla posta del cervo. Ad un tratto scorge un "uomo" di corporatura enorme nuotare attraverso il fiume. Però, quando lo vede balzare sulla riva, si accorge, non senza un brivido di raccapriccio, che si tratta di un Centauro. "Acro e bimembre, uomo fin quasi al pube, / stallone il resto", la mostruosa creatura prende a mordicchiare le tenere cime dei rami. Poi, improvvisamente, trasalisce e scompare al galoppo nel bosco. Un attimo dopo, il poeta, che sente risvegliarsi nel profondo del cuore remoti istinti, sente levarsi il bramito "di furia e di dolore" di un cervo. In silenzio, corre senz'altro ad appostarsi vicino al luogo dove il Centauro è piombato addosso all'animale. La lotta tra il Centauro e il cervo è violenta e terribile. Il poeta vi partecipa ansiosamente, seguendo le diverse fasi dello scontro. Naturalmente in cuor suo parteggia per il Centauro, che sente vicino e fratello. Alla fine, è proprio il Centauro ad avere la meglio. Quindi, dopo essersi inghirlandato la testa con un ramo di pino, brandisce le corna del nemico ucciso e si allontana nell'ombra del crepuscolo dileguando nel Mito.

La fantasia mitopoietica di D'Annunzio, quella stessa che, a tacere di altre figure come l'Estate, Settembre e l'otre, aveva già creato nel giugno di quello stesso 1902 Versilia e che di lì a poco più di un anno avrebbe dato vita a Undulna, si esercita, nella *Morte del cervo*, a delineare una nuova creatura mitica: il Centauro. Sull'invenzione del mostro biforme certo hanno giocato un loro ruolo precise fonti letterarie, che vanno da Ovidio al Parini dell'ode *L'educazione*, da Dante a un Panzacchi da antologia scolastica. Non poco, inoltre, il personaggio deve a lontane e recenti suggestioni parnassiane e simbolistiche, o più genericamente francesi: da Maurice de Guérin a Henri de Régnier. Proprio Maurice de Guérin, in particolare, sembra aver offerto a D'Annunzio con il suo poemetto *Le Centaure*, apparso per la prima volta su « La Revue des Deux Mondes » del 15 maggio 1840 e poi pubblicato a Parigi nel 1861, lo spunto per la stesura de *La morte del cervo*. Di fatto, come già segnalava nel 1912 E. Thovez, che tra le fonti dannunziane indicava anche il componimento regneriano *Le vase*, i punti di contatto tra i due testi sono evidenti. Nel poemetto di Maurice de Guérin, che nella biblioteca privata di D'Annunzio al Vittoriale esiste in due esemplari, c'è già, per quanto rovesciata, la situazione iniziale (vv. 3-25) de *La morte del cervo*, cioè la scena dell'apparizione di una creatura "diversa" da quella dell'io-narrante: "Un jour" si legge nel poemetto *Le Centaure*, "que je suivais une vallée où s'engagent peu les centaures, je découvris un homme qui côtoyait le fleuve sur la rive contraire. C'était le premier qui s'offrit à ma vue, je le méprisai. Voilà tout au plus, me dis-je, la moitié de mon être! Que ses pas sont courts et sa démarche malaisée. Ses yeux semblant mesurer l'espace avec tristesse. Sans doute c'est un centaure renversé par les dieux et qu'ils ont réduit a se traîner ainsi /.../". Tuttavia, al di là di questo puntuale precedente e al di là di tutti gli altri possibili suggerimenti che sono venuti a D'Annunzio dalla tradizione letteraria (si vedano anche le note 8, 53, 83, 84), il tema de *La morte del cervo*, soprattutto per quel che attiene alla dimensione reale e nello stesso tempo mitica e fantastica in cui la vicenda è calata, è ancora una volta un tema da sempre dannunziano. A parte, infatti, i tanti cenni distribuiti nelle liriche di *Canto novo* e, di recente, in *Bocca di Serchio*, alla magica sensazione che il poeta prova quando, cavalcando, sente di far tutt'uno con il suo cavallo, un primo avvio dell'invenzione mitica risale addirittura al 1893. Già allora, rivedendo per *l'editio ne varietur* l'*Intermezzo di rime*, D'Annunzio aggiungeva all'idillio *Venere d'acqua dolce* alcuni versi in cui significativamente affermava di aver vissuto un tempo una "vita favolosa" e di aver scorto con i suoi occhi le ninfe, i satiri e gli "ippocentauri": "Non io le ninfe e i satiri bicorni / scorsi lungo le rive ed il feroce / stuol de gli ippocentauri in sonore / fughe perdersi a monte pe 'l rossore? // E vissi anch'io la vita favolosa / lungo le rive d'un terrestre fiume!" (*Intermezzo*, *Venere d'acqua dolce*, vv. 173-178). Là, nell'idillio giovanile, la "vita favolosa" era l'effetto indotto da un'estasi erotico-sentimentale, qui, in *Alcyone*, è il punto di partenza dell'operazione mitica. Infatti, nella *Morte del cervo* il poeta-Glauco riprende la primitiva intuizione che lo aveva portato a "vedere" le creature del mito, la approfondisce, in linea con la poetica alcionia, e la sviluppa in narrazione di un evento mitico straordinario: il Centauro, alla cui apparizione presso le rive del Serchio il poeta-Glauco assiste con un misto di stupore e di terrore, affronta in una lotta all'ultimo sangue un cervo, lo uccide e poi se ne va dileguando, "Ombra lieve", "verso il mito", da cui era uscito, "nell'ombra del crepuscolo". Lo sviluppo dell'intuizione originale nel modulo narrativo, naturalmente, produce effetti non sempre positivi. In particolare, come per lo più succede in D'Annunzio, determina, per inevitabile espansione, ulteriori sviluppi marginali che finiscono per corrodere la stessa intuizione mitica, snaturandola o addirittura soffocandola. Per fortuna, a evitare danni peggiori, *La morte del cervo*, alla data della sua composizione e della sua assunzione nel Libro di *Alcyone*, è ancora scevra di implicazioni ideologiche: o, per lo meno, il valore allegorico della figurazione è lasciato sottinteso, appena accennato come è nell'allusione alla profonda simpatia che il "cor fraterno" del poeta-Glauco prova nei confronti del Centauro (vedi v. 125 e nota 75). Qualche anno più tardi, invece, riprendendo in esame, nel 1907, la lirica nella citata prosa *La resurrezione del Centauro*, D'Annunzio non solo mitizza l'invenzione del componimento facendone un fatto realmente accaduto, ma interpreta simbolicamente il mito che ha creato. Così, nel Centauro vede realizzata la sua nuova concezione naturalistica della vita umana, giacché, come la creatura biforme, l'uomo moderno deve essere insieme forza istintiva e eroica idealità. Inoltre, nella vittoria del Centauro sul cervo – quello stesso cervo cui nella lirica *Il cervo* andava tutta la sua ammirazione – celebra la vittoria dell'umanità eroica e superumana sulla bestialità.

Comunque, rimanendo per il momento sottintese tali implicazioni e interpretazioni, l'impegno di D'Annunzio nella stesura della *Morte del cervo* sembra essere consistito tutto nella volontà di emulare l'arte plastica, allo scopo di comporre una lirica quale di fatto compose. Non per niente, rivolgendosi a Derbe, destinatario muto della eccitata cronaca di quanto ha visto, il poeta Glauco espressamente dichiara, nel momento stesso in cui si accinge a descrivere lo scontro tra il Centauro e il cervo, di desiderare, per essere più chiaro e efficace, le risorse della statuaria: "O Derbe, la potenza che desidero / è nei metalli che il gran fuoco ha vinto. / Eternato nel bronzo di Corinto / ti darò quel che i lucidi occhi videro?" (vv. 53-56). Il risultato di questa volontà, animata, come D'Annunzio stesso ribadirà nelle *Faville del maglio* (loc. cit., II, p. 168) da "una specie di furore mimetico" e complicata, al solito, dall'autocompiacimento del poeta-artista, è una lirica caratterizzata da un descrittivismo esteriore e da una non meno esteriore ricerca di effetti sonori. Per ottenere i risultati che si era prefisso, D'Annunzio ha impiegato tutta la sua strumentazione stilistico-espressiva. La tessitura linguistica è preziosa e ricercata, ricca di quelle parole saporose e acri di cui il poeta si era già compiaciuto e vantato ne *L'otre*. Le impressioni di vita selvatica, animale e bestiale, con risvolti apertamente sensuali e addirittura sadici (l' "odor ferrigno", il "sudore", "l'aspro lezzo bestial", l' "odor della ragia", la coda che batte "l'aria come ferza", il "bramito di morte", "il soffio /.../ ferino e umano", "il gemito dell'uomo", "il fitto pelo", "il crino irsuto", "il prepotente sesso", "lo schianto stridulo dell'osso / infranto, aperto sino alla mascella", "le cervella" che sgorgano "fumide" "dal cranio" "commiste al sangue") si susseguono incalzanti, incontrandosi con il lessico acre e risentito e conciliandosi con i suoni aspri e spezzati del ritmo, a esprimere compiutamente la sensualità del D'Annunzio alcionio. La tensione narrativa è assicurata dal particolare taglio che è dato al racconto, in quanto tutta la vicenda è narrata nel suo farsi ed è tutta incentrata sui successivi colpi di scena cui il poeta – protagonista e cronista nello stesso tempo – assiste: si veda, in proposito, la descrizione dell'improvvisa apparizione dell' "uomo" (vv. 2 ss.) e poi il suo rivelarsi progressivo per quello che veramente è, un Centauro; si vedano anche il suo repentino sparire, l'inseguimento che ne fa il poeta "con silenzio veloce, quasi fosse / in sogno" (vv. 51-52) e le successive fasi della lotta. La concitazione emotiva, poi, è sempre tenuta al massimo livello dalle esclamazioni che ritmano il racconto e dalla ricercata giustapposizione di suoni. Gli endecasillabi stessi, frequentemente spezzati dalla punteggiatura, interrotti da forti cesure e mossi da continui *enjambements*, assumono un andamento prosastico, "dove certe subitanee aperture di versi veri, di solito abbinate in due distici che compongono la quartina, segnano i riferimenti per lo svolgersi narrativo della vicenda o certi moti di esclamativo" (A. Noferi). Tanta ricercata abilità di scrittura, se da una parte dà un prepotente rilievo alle figure descritte e può suscitare ammirazione ("è /.../ un capolavoro", scrive A. Gargiulo, *op. cit.*, p. 379), dall'altra vanifica anche quel minimo di apertura verso il favoloso nella cui direzione sembra volersi avviare il componimento: "Quasi era vespro /.../ Un uomo era /.../ Ben era il generato delle nube /.../ Balzai di tra le canne /.../ agile divenuto come un veltro pe' ginepra, per gli sterpeti rossi, / con silenzio veloce, quasi fossi / in sogno, quasi avessi i piè di feltro". Persino l'estasi stupita di fronte al mito viene soffocata dall'icasticità preziosa. Inoltre, su un piano più propriamente sentimentale, le reazioni del poeta di fronte all'apparizione del Centauro e poi alla zuffa mortale, più che da una reale partecipazione sono determinate da un atteggiamento voyeuristico e da un sensuale amore per la lotta e le imprese eroico-bestiali. Pretestuosa, di conseguenza, risulta l'angoscia che D'Annunzio dichiara di provare al pensiero che il Centauro possa soccombere al cervo. Oltre tutto, essa è di origine chiaramente intellettualistica e avvia, con l'accenno al "cor fraterno" (v. 125) e con le continue allusioni all'*umanità* del mostro (vv. 4, 17, 23, 28, 36 etc.) l'interpretazione allegorica della figurazione. Più credibile e accettabile appare la reazione, tra il ribrezzo e l'attrazione, che il poeta prova alla vista del mostro biforme, non tanto bestia da non sentirlo tale e non tanto uomo da sentirlo veramente fraterno: l'innata sensualità permette infatti a D'Annunzio di cogliere e di rendere, inasprendo i suoni, mescolando le sensazioni e privilegiando i vocaboli acremente fisici, l'animalità della situazione. Solo nell'ultima quartina, comunque, la dissolvenza che porta il Centauro, "Ombra labile" a svanire "verso il Mito" nell'ombra del crepuscolo, sembra sciogliere nel sogno e nella favola l'intera invenzione, liberandola dall'impaccio narrativo, dalle preoccupazioni plastico-descrittive, dai presupposti culturali, dalle implicazioni ideologiche e dai pericoli connessi all'argomento eroico.

Metro: quaranta quartine di endecasillabi a rime chiuse ABBA. Molte rime sono etimologiche (vv. 30-31: "racimoli - cimoli"; vv. 42-43: "latèbra - ebra"; vv. 62-63: "tallone - stallone"; vv. 102-103: "tauro - Centauro"). In alcuni casi sono paronomastiche (vv. 18-19: "croscio - scoscio"; vv. 66-67: "dorso - torso"; vv. 70-71: "collo - crollo" etc.). Spesso, e non soltanto nelle parole sdrucciole, coinvolgono tutto il trisillabo finale (vv. 17-20: "anitroccoli - zoccoli"; vv. 37-40: "bicipite - precipite"; vv. 53-56: "desidero - videro"; vv. 74-75: "sufolo - bufolo"; vv. 133-

136: "riposo - pinoso"). La settima strofa (vv. 25-28) presenta le due coppie di rime assonanzate.

> Quasi era vespro. Atteso avea soverchio
> alla posta [1] del cervo, quatto quatto
> fra le canne; e vinceami l'uggia.[2] A un tratto
> vidi l'uom che natava in mezzo al Serchio.[3]
>
> Un uomo egli era, e pur sentii la pelle   5
> aggricciarmisi[4] come a odor ferigno.[5]
> Di capegli e di barba era rossigno
> come saggina,[6] folte avea le ascelle;
>
> ma pél diverso da quel delle gote
> sotto il ventre parea gli cominciasse,   10
> bestial pelo, e che le parti basse
> fossero enormi, cosce gambe piote,[7]
>
> come di mostro, tanto era il volume
> dell'acqua che moveva il natatore
> se ben tenesse ambe le braccia fuore   15
> con tutto il busto eretto in su le spume.

---

[1] *alla posta*: in agguato.
[2] *l'uggia*: "il tedio", come aveva scritto il poeta in un primo tempo, la noia della vana attesa.
[3] *A un tratto... Serchio*: oltre che il passo di *Le Centaure* di Maurice de Guérin citato nell'introduzione (p. 491), cfr. H. De Régnier, *Les jeux rustiques et divins*, *Le vase*, vv. 41-42: "Une autre fois, / un centaure passa la rivière à la nage" (E. Thovez). Come hanno osservato V. De Maldé e G. Pinotti, *art. cit.*, p. 58, D'Annunzio ha scomposto la fonte francese adottando in questi versi iniziali la scena dell'apparizione della creatura che nuota in mezzo a un fiume e ritardando la determinazione precisa del nome della creatura in questione fino al v. 25, dove soltanto esclamerà: "Il Centauro! /.../".
[4] *aggricciarmisi*: rabbrividire. Sintagma plastico-onomatopeico registrato nel Tommaseo-Bellini con un esempio di A. Caro.
[5] *ferigno*: ferino, di fiera. Vedi già *L'oleandro*, vv. 144 s.: "...un ferigno / odor".
[6] *rossigno... saggina*: rossiccio come le infiorescenze a pannocchie della saggina, quelle che servono per fabbricare le scope. Cfr. F. Berni, *Orlando Innamorato*, XVIII, 11: "Il suo cavallo era il più smisurato, che giammai producesse la natura: era tutto rossigno e sagginato", citato nel Tommaseo-Bellini alla voce "rossigno" (D. Martinelli-C. Montagnani).
[7] *piote*: piante dei piedi. Cfr. Dante, *Inferno*, XIX, v. 120: "forte spingeva con ambo le piote".

Un uomo era. A una frotta d'anitroccoli
sbigottita egli rise. Intesi il croscio.
Repente [8] si gittò su per lo scoscio [9]
della ripa, saltò su quattro zoccoli!   20

Lo conobbi [10] tremando a foglia a foglia.[11]
Ben era il generato dalla Nube [12]
acro [13] e bimembre,[14] uomo fin quasi al pube,
stallone il resto dalla grossa coglia.

Il Centauro! Di manto sagginato [15]   25
era, ma nella groppa rabicano [16]
e nella coda, di due piè balzàno,[17]
l'equine schiene e le virili arcato.[18]

Ritondo [19] il capo avea, tutto di ricci
folto come la vite di racimoli; [20]   30

---

[8] *Repente*: aggettivo con valore di avverbio: all'improvviso.
[9] *lo scoscio*: lo scoscendimento, il precipizio: cfr. Dante, *Inferno*, XVII, v. 121: "Allor fu' io più timido a lo scoscio [secondo il Landino nel senso di "caduta dell'acqua"]", in rima (v. 119) con "croscio".
[10] *Lo conobbi*: nella prima stesura il poeta aveva scritto "Lo vidi" e poi "Lo mirai".
[11] *tremando... foglia*: A. Fiorenzuola, *Asino d'oro*, 143: "Divenuta [Psiche] nel volto come di terra, e tremando foglia a foglia...", citato nel Tommaseo-Bellini alla voce "foglia".
[12] *il generato dalla Nube*: il Centauro che, secondo il mito, sarebbe nato dall'unione di Issione, re dei Lapiti, e di una nuvola (Nefele, in greco), cui Zeus, per punire Issione reo di aver tentato di sedurre Era, aveva dato le sembianze di Era. Cfr. l'*Onomasticon* del Forcellini, alla voce "Centaurus": "In fabulis eos ex Ixione et Nube seu Nephele filios fuisse" (D. Martinelli-C. Montagnani) e vedi *Bocca di Serchio*, v. 103: "Forse già fummo i figli della Nuvola".
[13] *acro*: variante già dantesca di "acre", nel senso di gagliardo, violento.
[14] *bimembre*: di due nature. Ma cfr. il Forcellini, alla voce "Centaurus": "unde etiam poetae finxerunt eos parte superiore viros esse, inferiore autem equos. Hinc bimembres dicti" (D. Martinelli-C. Montagnani).
[15] *sagginato*: del colore rossiccio della saggina, come nella barba e nei capelli. Ma vedi vv. 7 s. e nota 6.
[16] *rabicano*: variegato da chiazzature di pelo bianco.
[17] *di... balzàno*: con una breve striscia di pelo bianco all'estremità di due zampe.
[18] *l'equine... arcato*: accusativo di relazione: con la schiena umana e quella equina arcuate, cioè congiunte in modo da formare un arco.
[19] *Ritondo*: arcaico e già dantesco (*Paradiso*, XIV, v. 2) per "rotondo"
[20] *racimoli*: grappoli.

  e l'inclinava a mordicare i cimoli²¹
dei ramicelli, i teneri viticci²²

  con la gran bocca usa alla vettovaglia
sanguinolenta,²³ a tritar gli ossi, a bere
d'un fiato il vin fumoso²⁴ nel cratère²⁵   35
ampio, sopra le mense di Tessaglia.²⁶

  Levava il braccio umano, dal bicipite
guizzante,²⁷ a côrre il ramicel d'un pioppo.
Repente trasaltò,²⁸ di gran galoppo
sparì per mezzo agli arbori²⁹ precipite.³⁰   40

  Il cor m'urtava il petto, in ogni nervo
io tremando. Ma, nella mia latèbra³¹
umida verde, l'anima erami ebra
d'antiche forze.³² E udii bramire il cervo!³³

  L'udii bramir di furia e di dolore   45
come s'ei fosse lacero da zanne
leonine. Balzai di tra le canne,

---

²¹ *cimoli*: le tenere cime: con questo significato "cimolo" è citato nel Tommaseo-Bellini come termine versiliese.
²² *viticci*: le appendici filamentose con cui le piante rampicanti si attorcigliano ad altri corpi.
²³ *alla... sanguinolenta*: a banchetti a base di carni ancora sanguinolente.
²⁴ *il vin fumoso*: reminiscenza carducciana da *Giambi ed Epodi*, *Agli amici della valle tiberina*, vv. 31-32: "A voi saggi ed industri i patrii monti / iscaturiscan di fumoso vin". Per il significato, cfr. il Tommaseo-Bellini alla voce "fumoso": "*Fumoso* è anche aggiunto di *Vino*, e vale generoso, gagliardo /.../ Salvin. *Annot. Fier. Buon.* 1, 2, 2: 'Fumoso si dice al vino nobile e generoso che ha del fummo'".
²⁵ *cratère*: l'ampio vaso dal quale si attingeva il vino e che il Centauro usava invece direttamente come tazza.
²⁶ *Tessaglia*: la regione della Grecia dove vivevano i Centauri.
²⁷ *dal bicipite / guizzante*: cfr. *Le faville del maglio, La resurrezione del Centauro*, loc. cit., p. 550: "Il gioco dei muscoli v'era sotto sì pronto che pur la loro solidità dava l'imagine inafferrabile dei baleni".
²⁸ *trasaltò*: "Dice a un tempo un improvviso fremito nel corpo del Centauro e l'impeto d'un salto" (F. Flora).
²⁹ *arbori*: corregge, impreziosendolo, il primitivo "alberi".
³⁰ *precipite*: rapido. Latinismo (lat. *praeceps, praecipitis*). È aggettivo usato in funzione avverbiale.
³¹ *latèbra*: nascondiglio. Latinismo anche manzoniano.
³² *antiche forze*: istinti primordiali.
³³ *bramire il cervo*: vedi *L'oleandro*, v. 452 e nota relativa.

vincendo a un tratto il corporale orrore,

agile divenuto come un veltro [34]
pe' ginepraj, per gli sterpeti rossi,   50
con silenzio veloce,[35] quasi fossi
in sogno, quasi avessi i piè di feltro.[36]

O Derbe,[37] la potenza che desidero
è nei metalli che il gran fuoco ha vinto.[38]
Eternato nel bronzo di Corinto [39]   55
ti darò quel che i lucidi [40] occhi videro?

Il Centauro afferrato avea pei palchi [41]
delle corna il gran cervo nella zuffa,
come l'uom pe' capei di retro acciuffa
il nemico e lo trae, finché lo calchi   60

a terra per dirompergli la schiena
e la cervice [42] sotto il suo tallone,
o come nella foia [43] lo stallone
la sua giumenta assal per farla piena.

---

[34] *veltro*: levriero. Anche il "Veltro" di Dante, *Inferno*, I, v. 101 rima con "feltro".
[35] *con silenzio veloce*: rapido e silenzioso (sinestesia).
[36] *i piè di feltro*: cfr. L. Ariosto, *Orl. fur.*, XIV, str. XVC, vv. 5-6: "Il Silenzio va intorno /.../: ha le scarpe di feltro e il mantel bruno". Cfr. anche il Tommaseo-Bellini alla voce "feltrato": "Fasciato o coperto di feltro. Buon. *Fier.*, 4. 1, 1: 'Si scorgon quatti e zitti, i piè feltrati, / far lor fuochi negli orci'".
[37] *Derbe*: vedi *L'oleandro*, v. 39 e nota relativa.
[38] *il... vinto*: il fuoco delle fornaci ha fuso onde possano essere plasmati in statue.
[39] *bronzo di Corinto*: il bronzo corinzio, costituito da una lega di oro argento e rame, come racconta Plinio, *Naturalis historia*, XXXIV, 23 o semplicemente il bronzo di cui si servivano i Corinzii, celebri nell'antichità come fonditori e statuari e che, secondo Pausania, *Perieg.*, II, 3, 3 era particolarmente eccezionale perché temprato nelle acque della fonte Pirene. Il "Metallo inimitabile" di Corinto è esaltato anche in *Maia*, *Laus vitae*, vv. 3965 ss.
[40] *lucidi*: che vedevano lucidamente. Latinismo della tradizione letteraria.
[41] *palchi*: rami. Vedi *Il cervo*, vv. 20-21: "...gli alti palchi / della fronte...".
[42] *la cervice*: "l'occipite" aveva scritto il poeta nella prima stesura.
[43] *foia*: frenesia sessuale.

Erto [44] alla presa della cornea chioma,[45]
con le due zampe attanagliava il dorso
cervino, superandolo del torso,[46]
premendolo con tutta la sua soma.

Furente il cervo si divincolava
sotto, gli occhi riverso,[47] il bruno collo
gonfio d'ira e di mugghio, in ogni crollo
crudo spargendo al suol fiocchi di bava.

Era [48] del più vetusto sangue regio,[49]
di quelli che ammansiva il suon del sufolo,
vasto e robusto il corpo come bufolo,
di vénti punte in ogni stanga egregio.[50]

Quanti rivali, oh lune di Settembre,
cacciati avea da' freschi suoi ricoveri
e infissi nella scorza delle roveri,[51]
pria d'abbattersi al Tessalo bimembre![52]

Si crollò, si squassò, si svincolò.[53]
E le muglia [54] sonavan d'ogni intorno.
In pugno al mostro un ramo del suo corno
lasciando, corse un tratto; e si voltò.

Si voltò per combattere, le vampe

---

[44] *Erto*: impennato. Cfr. *Intermezzo, La tredicesima fatica*, v. 120: "I capri su le gambe /.../ erti alla pugna".
[45] *cornea chioma*: i rami delle corna.
[46] *con... torso*: con le zampe anteriori teneva stretto il dorso del cervo, sovrastandolo con tutto il busto.
[47] *gli occhi riverso*: accusativo di relazione: con gli occhi arrovesciati.
[48] *Era...*: cfr. Ovidio, *Metam.*, X. vv. 109 ss.: "Ingens cervus erat, lateque patentibus altas / ipse suo capiti praebebat cornibus umbras. / Cornua fulgebant auro..." (E. Palmieri).
[49] *del... regio*: di razza antica e pregiata.
[50] *di... egregio*: tale che si distingueva tra gli altri per i venti rami che formavano ciascuna delle sue corna.
[51] *infissi... roveri*: tenuti fermi, sotto l'urto delle sue cornate, nei tronchi delle querce.
[52] *Tessalo bimembre*: il Centauro: vedi v. 36 e nota 26 e v. 23 e nota 14.
[53] *Si... svincolò*: per il tricolon asindetico cfr. H. de Régnier, *Les jeux rustiques et divins, Le vase*, v. 45: "Flaira le vent, hennit, repassa l'eau".
[54] *muglia*: vedi *Il cervo*, vv. 39 s.: "Udremo /.../ le sue lunghe / muglia..." e nota relativa.

dalle froge soffiando e le vendette.⁵⁵
Il Tessalo gittò la scheggia,⁵⁶ e stette
guardingo, fermo sulle quattro zampe.

Un fil di sangue gli colava giù
pel viril petto,⁵⁷ giù per il pelame   90
cavallino il sudore. Come rame
gli brillava la groppa or meno or più

al sole obliquo⁵⁸ che ferìa⁵⁹ lontano
pe' tronchi, variato dalle frondi.
S'era fatto silenzio nei profondi   95
boschi. Il soffio s'udìa ferino e umano.⁶⁰

Gli aghi dei pini ardere come bragia
parean sul campo del combattimento.
E l'aspro lezzo bestial nel vento
si mesceva all'odore della ragia.   100

Pontata⁶¹ a terra la sua forza⁶² avversa,⁶³
il cervo, come fa nel cozzo il tauro,
bassò l'arme.⁶⁴ La coda del Centauro
tre volte batté l'aria come fersa.⁶⁵

Una rapidità fulva e ramosa⁶⁶   105

---

⁵⁵ *le vampe... vendette*: soffiando violentemente dalle narici, a manifestare la sua rabbia e la sua volontà di vendetta.
⁵⁶ *la scheggia*: il ramo del corno spezzato.
⁵⁷ *pel viril petto*: "dal petto umano", come aveva scritto il poeta nella prima stesura.
⁵⁸ *obliquo*: cadente, che mandava i suoi raggi obliquamente perché ormai prossimo al tramonto. Vedi *L'oleandro*, v. 143: "...ai raggi obliqui".
⁵⁹ *ferìa*: saettava, mandava i suoi raggi attraverso i tronchi, ora presente ora assente a seconda delle fronde degli alberi.
⁶⁰ *Il... umano*: si sentiva il respiro affannoso del cervo ("ferino") e del Centauro ("umano").
⁶¹ *Pontata*: appoggiata saldamente. Per "pontare" vedi *L'oleandro*, v. 193 e nota 116.
⁶² *forza*: l'astratto per il concreto: corpo, mole.
⁶³ *avversa*: ostile o, anche, pronta a scattare contro l'avversario.
⁶⁴ *bassò l'arme*: volse le corna contro l'avversario.
⁶⁵ *fersa*: frusta. "Fersa" o "ferza" per "sferza" è già dantesco: cfr. *Inferno*, XXV, v. 29· "...sotto la gran fersa".
⁶⁶ *Una rapidità... ramosa*: l'astratto per il concreto: *il cervo*, fulvo e ramoso, si scagliò *velocissimo*.

si scagliò con un bràmito di morte.
O Derbe, ancor ne freme per la sorte
del petto umano [67] l'anima ansiosa.

Credetti udire il gemito dell'uomo
su l'impennarsi del caval selvaggio.[68]   110
Ma il Tessalo con inuman [69] coraggio
il cervo avea pur quella volta dómo!

Preso l'avea di fronte, alle radici
delle corna, e gli avea riverso il muso.
Entrambi inalberati,[70] l'un confuso   115
con l'altro in un viluppo, i due nemici,

tra luci ed ombre, sotto il muto cielo
saettato da sprazzi porporini,[71]
lottavano; e su i due corpi ferini,
su le zampe le punte [72] il fitto pelo   120

il crino irsuto il prepotente sesso,
io vedea con angoscia il capo alzarsi
di mia specie,[73] agitare i ricci sparsi
quel vento d'ira [74] sul mio capo istesso.

E, gonfio il cor fraterno [75] d'un antico   125

---

[67] *del petto umano*: del Centauro contro cui il cervo si stava scagliando. Vedi nota 57.
[68] *l'impennarsi... selvaggio*: la parte equina del Centauro che si impennava.
[69] *inuman*: più che umano, bestiale.
[70] *inalberati*: impennati, sollevati l'uno contro l'altro.
[71] *saettato... porporini*: solcato da strisce rossastre, per effetto degli ultimi bagliori del sole al tramonto.
[72] *le punte*: le punte delle corna.
[73] *di mia specie*: "della mia specie", aveva scritto il poeta nella prima stesura: la correzione, necessaria per motivi metrici, non avvenne sul manoscritto.
[74] *quel vento d'ira*: l'impeto iroso dello scontro.
[75] *fraterno*: la solidarietà fraterna tra l'uomo e il Centauro è motivata sia sul piano della conformazione fisica – il Centauro è in parte uomo – sia, e soprattutto, sul piano del valore allegorico della figura del Centauro: si veda, in proposito, quanto D'Annunzio scriverà (aprile 1907) in *Le faville del maglio*, *La resurrezione del Centauro*, in *Prose di ricerca*, II, pp. 550-551: "Fraterna tra tutte le creature generate dal suolo mitico! Nessuna ci tocca anche oggi più a dentro; nessuna ci sembra meglio rappresentare la più recente delle aspirazioni umane, meglio significare il nuovo aspetto

rimorso,[76] tesi l'arco dall'agguato.
Ma l'uom co' pugni avea divaricato
e divelto le corna del nemico.

Udii lo schianto stridulo dell'osso
infranto, aperto sino alla mascella.   130
Fumide giù dal cranio le cervella
sgorgarono commiste al sangue rosso.

L'erto corpo piombò nel gran riposo
con urto sordo; sanguinò silente;
senza palpito stette; del cocente   135
flutto bagnò l'arsiccio[77] suol pinoso.[78]

Rise il Centauro come a quella frotta
lieve natante[79] giù pel verde Serchio.[80]
Poi levò, grande nel silvano cerchio,[81]
il duplice trofeo[82] della sua lotta.   140

Fiutò il vento.[83] Ma prima di partirsi

---

della vita terrestre, poiché l'uomo moderno non è se non un centauro storpio e mutilato il quale ricostituisce il mito primitivo riconnettendo indissolubilmente il suo genio all'energia atroce della Natura".

[76] *antico / rimorso*: l'"antico rimorso" è probabilmente tutto di origine intellettualistica ed è legato al fatto che nella tradizione letteraria greca i Centauri godono di cattiva fama in quanto sono per lo più presentati come violenti e rapaci, come dimostra l'episodio delle nozze di Piritoo, re dei Lapiti, e di Ippodamia, quando essi si ubriacarono e tentarono di rapire le donne presenti. Anche nella letteratura romanza i Centauri non hanno certo avuto migliore fama: vi appaiono, infatti, salvo in poche eccezioni (Machiavelli, Parini), come simbolo della vita ferina e senza legge; Dante, che li pone a guardia dei dannati del primo girone del settimo cerchio, in *Inferno*, XXV, v. 17 colloca uno di essi, Caco, tra i ladri e in *Purgatorio*, XXIV, v. 123 li cita tutti come esempio di bestiale golosità.

[77] *arsiccio*: arido, secco. Cfr. Dante, *Inferno*, XIV, v. 74: "...la rena arsiccia"; *Purgatorio*, IX, v. 98: "...una petrina ruvida e arsiccia".

[78] *pinoso*: coperto di aghi di pino e di pigne.

[79] *quella... natante*: la "frotta d'anitroccoli" che nuotava quasi senza toccare l'acqua del v. 17.

[80] *pel verde Serchio*: "pel dolce fiume", in prima stesura.

[81] *nel silvano cerchio*: nella cerchia dei boschi circostanti. In prima stesura aveva scritto, con diversa determinazione: "nell'estremo lume".

[82] *il duplice trofeo*: le due corna.

[83] *Fiutò il vento*: cfr. H. de Régnier, *Les jeux rustiques et divins*, *Le vase*, v. 45: "Flaira le vent, hennit, repassa l'eau" (E. Thovez), già citato per il v. 81.

colse tre rami [84] carichi di pine;
e due n'avvolse intorno alle cervine
corna, e sì n'ebbe due notturni [85] tirsi.

Del terzo incurvo [86] fece un serto sacro   145
e se ne inghirlandò le tempie umane
ove le vene, enfiate dall'immane
sforzo, ancor cupe ardeangli di sangue acro.[87]

Precinto,[88] armato dei due tirsi foschi,
sollevò la gran bocca a respirare   150
verso il Cielo. S'udìa remoto il Mare
seguir col rombo il murmure [89] dei boschi.

Sola una Nube era nell'alte zone
dell'Etere [90] qual dea scinta [91] che dorma.
Venerava il Nubìgena [92] la forma [93]   155
cui [94] fecondò l'audacia d'Issione.[95]

---

[84] *colse tre rami...*: per il gesto cfr. Maurice de Guérin, *Le Centaure*: "Autrefois j'ai coupé dans les forêts des rameaux qu'en courant j'élevais par dessus ma tête..." (E. Thovez).

[85] *notturni*: forse "foschi" nel senso di funebri, lugubri, come al v. 149, perché i tirsi, i bastoni adorni di edera e pampini usati da Dioniso e dalle Baccanti, sono segno di morte, o forse in considerazione del fatto che i riti bacchici, durante i quali si agitavano i tirsi, si svolgevano di notte. In prima stesura aveva scritto "selvaggi". Al v. 149 i tirsi sono definiti "foschi".

[86] *incurvo*: dopo averlo incurvato.

[87] *di sangue acro*: vedi *Ditirambo II*, v. 19: "nella sua carne d'acro sangue irrigua".

[88] *Precinto*: cinto di quel serto.

[89] *il murmure*: "il fremito", in prima stesura. Per "murmure", vedi *L'oleandro*, v. 367 e nota 198.

[90] *Etere*: cielo.

[91] *scinta*: discinta. Trecentismo petrarchesco e boccaccesco.

[92] *il Nubìgena*: il figlio della Nube: il Centauro. Cfr. il Forcellini, alla voce "Centaurus": "Ixion cum Nube coisse fertur, unde Centauri orti sunt: hinc Nubigenae dicti". Cfr. anche Ovidio, *Metam.*, XII, vv. 210 s.: "...audaci Ixione natus / Nubigenas /.../ feros /.../ discumbere iusserat..." (D. Martinelli-C. Montagnani).

[93] *la forma*: l'immagine materna.

[94] *cui*: che, complemento oggetto.

[95] *l'audacia d'Issione*: Issione che ebbe la sfrontatezza di invaghirsi di Era e di pensare di poterla sedurre. Audace, del resto, è definito Issione anche da Ovidio, *Metam.*, XII, v. 210: vedi nota 92.

Bellissimo m'apparve. In ogni muscolo
gli fremeva una vita inimitabile.
Repente s'impennò. Sparve Ombra labile
verso il Mito nell'ombre del crepuscolo.   160

L'asfodelo

La lirica fu composta il 4 giugno 1902, come si legge, sotto una vistosa cancellatura, nel manoscritto autografo conservato nell'Archivio Personale del Vittoriale (mss. 501-505). Nelle carte alcionie conservate negli Archivi del Vittoriale sono contenuti non pochi appunti preparatori del componimento (vedi note 21, 36, 52, 55, 57, 69 e vedi anche nota 13). Nel ms. 428, in particolare, è registrato quello che sembra il primo accenno alla struttura amebeica del componimento: "Tenzone: Io vidi... E io vidi...". Nello stesso manoscritto è segnato anche un abbozzo del v. 76: "Bella è l'Italia! Bella è l'Italia!" (cfr. P. Gibellini, *Per la cronologia* cit., p. 400).

L'inatteso approdare, sulla spiaggia del mare, di un fiore di asfodelo portato dalle onde chissà da quali contrade suscita in Glauco il pensiero di tutti i fiori che egli e Derbe non vedranno mai. Moltissimi fiori, comunque, Glauco e Derbe conoscono, per averli visti fiorire e, a gara, prendono a rievocarli uno ad uno, ricordando di ognuno i bei luoghi toscani, tra Luni e l'Argentario, tra l'Alpe e il mare, dove sbocciano dall'inizio della primavera sino alla fine dell'estate e all'apparire dell'autunno.

L'asfodelo segna, nell'economia del Libro di *Alcyone*, il primo presentimento del prossimo svanire dell'estate. Per questo, per l'accenno alla fioritura autunnale del colchico su cui si chiude e, più in generale, per il tono malinconico che lo caratterizza fin dall'inizio, è collocato a questo punto del Libro, anche se, quanto a data di stesura, è tra i primi componimenti di *Alcyone*.

Strutturata nella forma del dialogo amebeo tra Glauco, cifra ormai della perdita della condizione divina, e Derbe, sua necessaria "spalla", la lirica è incentrata sul tema dell'infinito desiderio e dell'infinita nostalgia per una realtà ormai perduta o soltanto vagheggiata: Glauco e Derbe sentono il fascino senza fine della bellezza dei fiori e dei luoghi della terra dove fioriscono e ansiosamente si protendono verso di essa, malinconicamente consapevoli che ne possono godere soltanto una minima parte e che quindi devono riassaporarne, nel ricordo, ogni scampolo per quanto piccolo. Nel corso della lirica, però, il motivo, che è tipico di molti componimenti alcionii, non sempre riesce a risolversi in termini fantastici. Nasce infatti come un enunciato più eloquente e volitivo che altro (vv. 4-6) e si sviluppa appoggiandosi a uno sfoggio puramente verbale e letterario. Dopo il movimento iniziale, tra lo stupito e il malinconico, l'animo del poeta fugge bensì verso i punti salienti della propria nostalgia e verso impressioni di paesi – monti, fiumi, borgate – e di cose – i fiori – che gli è caro rammemorare e, nella memoria, trasfigurare. Ma la tensione emotiva favorisce l'enumerazione di quei luoghi e di quei fiori in modo talmente nomenclatorio e tecnico da bloccare le varie impressioni irrigidendole in una dimensione soltanto botanica e topografica e impedendo loro di liberarsi in vera nostalgia. Tanta precisione nomenclatoria, del resto, fa nascere il sospetto che quei fiori in quei determinati luoghi D'Annunzio non li abbia veramente mai visti e li abbia rintracciati in qualche manuale. Di fatto alcuni appunti preparatori della lirica testimoniano che il poeta ha provveduto a documentarsi sulla botanica toscana prima di accingersi alla stesura del componimento (si vedano, in proposito, le note 21, 36, 52, 55, 57 e 69) e P. Gibellini ha individuato la fonte di questa specifica cultura in un vecchio trattato edito nel 1860, il *Prodromo della flora toscana* di Teodoro Caruel. Qua e là non manca nella lirica neanche qualche nota stonata. Così ai vv. 49 ss. l'allusione a un non facilmente comprensibile "prodigio", dà fiato al piffero del superomismo ("o Glauco, /.../ andando mi sentii divino") e qualche caduta nell'enfasi fine a se stessa accentua l'aspetto eloquente della situazione, come ai vv. 61-67 e, soprattutto, ai vv. 76 s.: "Bella è la Terra, o Derbe, e molto a noi / cara...". Il nome di taluni fiori, poi, dà spesso luogo a espansioni letterarie e erudite, come nel caso del pancrazio (vv. 61-66), o misticheggianti, come nel caso dei gigli (vv. 46-54). Infine, di un certo impaccio sono anche certi simbolismi più o meno coperti, specialmente a proposito dell'asfodelo e del colchico, due fiori non per niente messi l'uno all'inizio e l'altro alla fine del componimento, e certe scenografie barocche più degne dell'*Intermezzo* e dell'*Isottèo* che di *Alcyone*, come ai vv. 25-30.

Lo schema dialogico, ritrascritto da modelli letterari ben precisi (Teocrito e Virgilio), ha solo lo scopo di rilanciare, a mo' di tenzone, la "lode" dei vari fiori ammirati nei diversi luoghi. Registrando il passaggio da un fiore all'altro e da un luogo all'altro, però, le battute del dialogo scandiscono anche il progressivo scorrere del tempo dalla primavera, quando fiorisce la viorna, all'inizio dell'autunno, quando fioriscono la genziana e il colchico. Simbolo dell'uno e dell'altro limite della stagione alcionia, cercata e descritta nei luoghi stessi dell'*Alcyone*, è Persefone: è sulle sue tracce che Glauco si pone all'inizio della primavera ed è per la sua inevitabile partenza alla volta dell'Ade che si dispera Demetra alla fine dell'estate. Il lessico, anche quando non persegue la precisione tecnica del termine botanico o del toponimo, è caratterizzato da una tendenza realistica che fissa le cose in parole incisive e nette, con esiti espressivi che portano i versi ad eludere tanto il languore un po' manierato della situazione emotiva di base quanto il tecnicismo delle enumerazioni: "In Populonia ricca di sambuchi / io conobbi il marrubbio che rapisce / l'odor muschiato al serpe maculoso".

Metro: ventotto endecasillabi non rimati, ma talora vagamente assonanti, chiusi da un endecasillabo isolato.

GLAUCO

O Derbe,[1] approda [2] un fiore d'asfodelo! [3]

---

[1] *Derbe*: vedi *L'oleandro*, v. 39 e nota 22.
[2] *approda*: viene a riva, spinto dalle onde.
[3] *asfodelo*: pianta erbacea delle Liliacee dalle lunghe foglie e dai fiori bianchi raccolti in grappoli. Presso gli antichi greci e romani era considerata pianta sacra ai morti, forse a causa del colore pallido dei suoi fiori che veniva collegato al pallore esangue del regno delle ombre.

Chi mai lo colse e chi l'offerse [4] al mare?
Vagò sul flutto come un fior salino.[5]

O Derbe, quanti fiori fioriranno
che non vedremo, su pe' fulvi [6] monti!   5
Quanti lungh'essi i curvi fiumi rochi! [7]

Quanti per mille incognite contrade
che pur hanno lor nomi come i fiori,
selvaggi nomi ed aspri e freschi e molli [8]

onde il cuore dell'esule [9] s'appena [10]   10
poi che il suon noto par rendergli odore [11]
come foglia di salvia a chi la morde!

DERBE

Io so dove fiorisce l'asfodelo.
Là nel chiaro [12] Mugello,[13] presso il Giogo
di Scarperia,[14] lo vidi fiorir bianco.   15

Anche lo vidi, o Glauco, anche lo colsi
in quell'Alpe che ha nome Catenaia,[15]

---

[4] *offerse*: arcaismo preferito a "offrì" dal Tommaseo-Bellini.
[5] *salino*: marino, nato dal mare.
[6] *fulvi*: rossastri, perché coperti da erbe e fronde bruciate dalla vampa del sole.
[7] *lungh'essi... rochi*: lungo (vedi *Ditirambo III*, v. 34 e nota relativa) i fiumi dal corso tortuoso ("curvi") e fiocamente cantilenanti nel loro scorrere ("rochi": cfr. F. Petrarca, *Rime*, CCLXXIX, vv. 3-4: "...roco mormorar di lucide onde / s'ode d'una fiorita e fresca riva").
[8] *molli*: delicati, dolci.
[9] *esule*: chi vive lontano da quella contrada dove pure è nato.
[10] *s'appena*: prova pena, si addolora.
[11] *il... odore*: il suono del nome noto sembra emanare per lui un profumo: il profumo del paese stesso da cui è lontano.
[12] *chiaro*: pieno di luce.
[13] *Mugello*: l'alta e media vallata della Sieve, a nord di Firenze. Questa determinazione geografica proviene, insieme alle seguenti, dalle voci del *Prodromo della flora toscana* di T. Caruel: si veda la nota introduttiva a pag. 507.
[14] *il... Scarperia*: il monte (m 882) chiamato il Giogo che sorge alle spalle di Scarperia, un paesotto del Mugello in provincia di Firenze.
[15] *Catenaia*: in Casentino.

e all'Uccellina [16] presso l'Alberese [17]

nella Maremma pallida ove forse
ei sorride all'imagine dell'Ade
morendo sotto l'unghia dei cavalli.[18]

20

GLAUCO

O Derbe, anch'io errando su i vestigi
della donna letèa,[19] vidi fiorire
tra Populonia e l'Argentaro [20] il fiore

della viorna.[21] Tutte le sorelle
bianche [22] il bosco aspro nelle delicate
braccia [23] tenean tacendo,[24] e i negri lecci [25]

25

e i sòveri nocchiuti [26] al sol di giugno

---

[16] *Uccellina*: il monte dell'Uccellina, lungo il litorale della Maremma nei pressi di Grosseto.
[17] *l'Alberese*: la pianura che si stende ai piedi dell'Uccellina.
[18] *sorride... cavalli*: nel momento in cui viene calpestato dagli zoccoli dei cavalli e muore pensa felice all'Ade, il regno dei morti, dove gli asfodeli fioriscono a prati e di cui la "Maremma pallida" sembra essere l'immagine terrestre.
[19] *donna letèa*: Proserpina, la regina del Lete, il fiume infernale che dona l'oblio e dea della primavera: Glauco erra alla sua ricerca nella Maremma che pare essere l'immagine terrestre del suo regno, l'Ade. "Letèo" è aggettivo letterario caro a D'Annunzio: cfr. *Elegie romane*, *La sera mistica*, v. 2: "l'alta /.../ riva letèa d'oblio" e vedi poi *Meriggio*, v. 37: "quasi letèa".
[20] *tra... Argentaro*: nel tratto della Maremma che si estende tra Populonia, nei pressi di Piombino (vedi *Anniversario orfico*, v. 4 e nota 4) e il promontorio dell'Argentaro, presso Orbetello.
[21] *viorna*: la vitalba (*Clematis viorna*), pianticella rampicante con foglie pennute cuoriformi e fiori bianchi. In un foglietto contenente appunti per *Alcyone* (ms. n.ro 402, IX, 1; n.ro 50 dell'*Inventario* cit.) si legge: "Le vitalbe presso Populonia [v. 24] gigantesche – nelle macchie maremmane, s'arrampica su per gli alberi [vv. 25 ss.] – fiorisce giugno e luglio – (viorna)".
[22] *le sorelle / bianche*: le viorne, i cui fiori sono bianchi e che sono le sorelle degli alberi cui si appoggiano per arrampicarsi.
[23] *delicate / braccia*: i sarmenti delle viorne che, arrampicandosi lungo le piante, sembrano braccia che circondino delicatamente i ruvidi tronchi del bosco ("il bosco aspro").
[24] *tacendo*: nel silenzio diffuso.
[25] *i negri lecci*: vedi *Il fanciullo*, v. 242: "Elci nereggian..." e nota relativa.
[26] *i sòveri nocchiuti*: i sugheri dalle cortecce rugose e piene di nocche. Si notino il chiasmo "i negri lecci / e i sòveri nocchiuti" e le antitesi tra "le sorelle bianche" e "i negri lecci" e tra "le delicate braccia" delle viorne e "i sòveri nocchiuti".

dormivan come venerandi eroi
entro veli di spose giovinette.[27]   30

DERBE

In Populonia ricca di sambuchi [28]
io conobbi il marrubbio che rapisce
l'odor muschiato al serpe maculoso [29]

e l'ebbio che colora il vin novello
di sue bacche [30] e lo scirpo che riveste   35
il gonfio vetro [31] dove il vin matura.

GLAUCO

La madreselva [32] come la viorna [33]
intenerire del suo fiato i tronchi [34]
vidi a Tereglio lungo la Fegana,[35]

---

[27] *veli... giovinette*: i fiori delle viorne che, essendo bianchi, sembrano formare, distendendosi tutt'intorno ai tronchi degli alberi, veli nuziali.
[28] *sambuchi*: arbusti delle Caprifoliacee, con fiori bianchi profumati e piccole bacche nere. Sono comuni nei boschi, nelle siepi e tra i ruderi.
[29] *il marrubbio... maculoso*: il marrubbio (o marrobbio: pianta erbacea delle Labiate dai fiori raccolti in spighe di color bianco) che ha lo stesso odore selvatico delle serpi o, come dice il poeta, che ruba al serpe dalla pelle macchiettata ("maculoso") il suo odore asprigno, come di muschio ("l'odor muschiato"): per quest'ultimo particolare cfr. il Tommaseo-Bellini che rimanda da "marrubbio" a "marrobbio" e alla voce "marrobbio" cita il nome latino *Marrubium vulgare* e poi scrive: "È pianta assai comune nei siti incolti e nei ruderi. Ha un odor forte muschiato [vedi v. 33] ed un sapor alquanto acre" (D. Martinelli-C. Montagnani).
[30] *ebbio... bacche*: specie erbacea del sambuco, dalle cui bacche si trae un succo usato per colorare il vino nuovo. Per il sintagma "il vin novello" vedi *L'otre*, v. 300: "...il vino nuovo".
[31] *lo scirpo... vetro*: il giunco (lat. *scirpus*), le cui foglie in Toscana sono usate per impagliare i fiaschi ("il gonfio vetro" è perifrasi preziosa per il fiasco): vedi anche *Il Tessalo*, vv. 12-13: "...il giovine Settembre / circa il fragile vetro intese scirpi".
[32] *madreselva*: antico nome del caprifoglio, il rampicante dai rami lunghi e contorti, dai fiori bianchi e rosei estremamente profumati.
[33] *come la viorna*: vedi vv. 25-27 e note relative.
[34] *intenerire... tronchi*: rendere più teneri, ingentilire con il profumo che emana dai suoi fiori ("suo fiato") i ruvidi tronchi degli alberi su cui si arrampica.
[35] *Tereglio... Fegana*: Tereglio, una borgata nella valle del Serchio, nei cui pressi scorre la Fegana, un torrente che confluisce nel Serchio.

e il giunco ³⁶ aggentilir ³⁷ la Marinella 40
di Luni,³⁸ e su pe' monti della Verna ³⁹
l'avornio tesser ghirlandette al maggio.⁴⁰

DERBE

I gigli rossi e crocei ⁴¹ ne' monti,
alla Frattetta sotto il Sagro,⁴² io vidi;
anche alla Cisa in Lunigiana,⁴³ e all'Alpe 45

di Mommio ⁴⁴ dove udii nel ciel remoto
gridar l'aquila. Spiriti immortali
pareano i gigli nell'eterna chiostra.⁴⁵

La bellezza dei luoghi era sì cruda ⁴⁶
che come spada mi fendeva il petto. 50
Con un giglio toccai la grande rupe,

---

³⁶ *il giunco...*: in un foglietto autografo contenente appunti per *Alcyone* (ms. 409, loc. cit.), si legge: "Il *giunco* acuto – su la Marinella di Luni, in Maremma a Saturnia – fiorisce maggio".
³⁷ *aggentilir*: rendono ancora più bella.
³⁸ *la... Luni*: paese presso la foce della Magra, vicino ai resti dell'antica Luni.
³⁹ *monti della Verna*: il gruppo di monti, dell'Appennino tosco-emiliano, tra il Casentino e la val Tiberina, su cui sorge il santuario della Verna. Vedi *I tributarii*, vv. 51-53: "Nasce la luna dalla Verna cruda..." e note relative.
⁴⁰ *l'avornio... maggio*: riadattamento di A. Poliziano, *Stanze*, I, LXXXIII, v. 5: "L'avornio tesse ghirlandette al maggio", che D'Annunzio trovava citato nel Tommaseo-Bellini alla voce "avornio". L'avornio è l'ornello o frassino silvestre e ha bei fiori bianchi che sbocciano in maggio e vengono usati per intrecciare ghirlande.
⁴¹ *crocei*: gialli.
⁴² *Frattetta... Sagro*: Frattetta, località a nord di Carrara, alle pendici del monte Sagro, una delle cime più alte (m 1749) delle Apuane.
⁴³ *Cisa in Lunigiana*: la Cisa, il monte e il passo omonimo tra l'Appennino ligure e l'Appennino tosco-emiliano, in Lunigiana, la regione intorno al bacino del fiume Magra.
⁴⁴ *Alpe / di Mommio*: la collina che sorge presso il paesino di Mommio, vicino a Camaiore.
⁴⁵ *eterna chiostra*: il giro dei monti delle Apuane che esistono da sempre ed esisteranno per sempre. Per "eterno" riferito a un monte, cfr. già [1896] *Elettra*, *Alle montagne*, v. 25: "O Montagne immortali...". Vedi anche *La sera fiesolana*, vv. 36 s.: "...le /.../ fonti / eterne..." e nota relativa. Per "chiostra" nel senso di cerchia dei monti, vedi *Beatitudine*, vv. 16 s.: "Nell'aerea chiostra / dei poggi..." e nota relativa.
⁴⁶ *cruda*: aspra e selvaggia.

che non s'aperse e non tremò.⁴⁷ Mi parve
tuttavia che un prodigio si compiesse,
o Glauco, e andando ⁴⁸ mi sentii divino.

GLAUCO

Nella Bocca del Serchio,⁴⁹ ove la piana   55
sabbia vergano oscuramente l'orme
dei corvi ⁵⁰ come segni di sibille,⁵¹

il narcisso marino ⁵² io colsi, mentre
l'ostro premea le salse tamerici,⁵³
i cipressetti dell'amaro sale.⁵⁴   60

---

⁴⁷ *Con... tremò*: difficile stabilire a che cosa alluda Derbe. Comunque è chiaro che l'attesa di "un prodigio" – il monte che, toccato con il giglio, trema e si apre per fare entrare Derbe e offrirgli i suoi tesori? il monte che, toccato con il giglio, lascia scaturire una vena di acqua, come la roccia toccata con una bacchetta da Mosè in *Ex.*, XVII, 6? – è legata al fatto che i gigli, secondo quanto ha affermato Derbe stesso al v. 47, sono simili a "spiriti immortali" e quindi coglierne uno significa innescare un processo misterioso.
⁴⁸ *andando*: mentre camminavo.
⁴⁹ *Nella... Serchio*: alla foce del Serchio.
⁵⁰ *la... corvi*: per le orme lasciate dagli uccelli sulla sabbia, cfr. *Taccuino* n. 10, II, p. 108: "Su l'arena umida le vestigia delicate degli uccelli, orme quasi impercettibili" [luglio 1899] e vedi già *Ditirambo III*, vv. 20-21 e *Il novilunio*, vv. 190-191. Per i corvi che scendono presso la foce del Serchio, vedi poi *Bocca di Serchio*, vv. 159-162 e note relative.
⁵¹ *come... sibille*: simili a misteriosi e oscuri segni tracciati da qualche Sibilla, cioè da qualche veggente o indovina.
⁵² *il narcisso marino*: l'emerocallide. Volgarmente chiamato anche giglio selvatico, è una pianta bulbacea dai grandi fiori bianchi con venature verdi nei petali. Vedi poi *Innanzi l'alba*, v. 4: "il maritimo narcisso". In un foglietto autografo contenente appunti per *Alcyone* (ms. n.ro 401, loc. cit.) si legge: "Il NARCISSO marino – fiorisce da luglio a settembre – a Viareggio, Bocca di Serchio [v. 55] – Gombo".
⁵³ *l'ostro... tamerici*: l'austro, il vento che soffia da mezzogiorno, piegava le tamerici impregnate di salsedine. Le tamerici sono arbusti sempreverdi dai rami sottili e pieghevoli e dalle foglie piccolissime. Il virgiliano e pascoliano arbusto fa la sua prima apparizione in D'Annunzio in *La Chimera*, *Athenais medica*, II, vv. 28-29: "...Lungo il sentiere / de' pioppi bianchi e de le tamerici" [maggio 1885].
⁵⁴ *i... sale*: apposizione di "tamerici": le tamerici, per via delle loro foglie piccolissime, simili a quelle dei cipressi, sono piccoli cipressi delle spiagge del mare. L'accostamento tra le tamerici e i cipressi può essere stato suggerito dalla consultazione del Tommaseo-Bellini dove, alla voce "tamerice", si legge: "Tamerice /.../. Arbusto con lo stelo fornito di molti rami sottili e pieghevoli con foglie piccolissime, simili a quelle del cipresso" (D. Martinelli-C. Montagnani). Il sintagma "amaro sale", che di solito, con la

Lo smìlace⁵⁵ conobbi attico; e al Gombo⁵⁶
anche conobbi il giglio ch'è nomato
pancrazio,⁵⁷ nome caro ai greci efèbi;

e tanto parve ai miei pensieri ardente
di purità, che ai Mani dell'Orfeo
cerulo io lo sacrai,⁵⁸ al Cuor dei cuori.⁵⁹

65

consueta metonimia, indica il mare salato, qui dovrebbe più propriamente indicare la spiaggia del mare: vedi *Le Ore marine*, v. 37: "macere del sale amaro" e nota relativa e vedi anche *La corona di Glauco, Nicarete*, v. 9: "Amaro e avaro è il sale...".

⁵⁵ *smìlace*: pianta rampicante, simile all'edera nelle foglie e dai fiori bianchi dal profumo molto intenso. È molto diffuso in Toscana e Plinio, *Nat. hist.*, XVI, XXXV, 153 dice che cresce in abbondanza in Grecia: per questo forse il poeta lo definisce "attico". Ma cfr. anche, con D. Martinelli-C. Montagnani, il Tommaseo-Bellini alla voce "smilace": "Gli antichi se ne inghirlandavano nelle feste". Il suo nome è registrato, insieme a quello del narciso, del pancrazio e del rusco nel foglietto contenente appunti per *Alcyone* citato alle note 52 e 57.

⁵⁶ *Gombo*: vedi *Meriggio*, v. 50 e nota relativa.

⁵⁷ *il... pancrazio*: il pancrazio (*Pancratium maritimum*) è una pianta gigliacea dalle foglie linguiformi e dai fiori bianchi simili a quelli dei gigli e il suo nome è caro ai giovani ("efebi") greci, perché in greco pancrazio era il nome di una gara sportiva che comprendeva il pugilato e la lotta. L'espansione appositiva ("nome caro ai greci efebi") potrebbe essere stata suggerita al poeta dalla consultazione del Tommaseo-Bellini dove, alla voce "pancrazio", si legge il seguente passo, tratto dalle *Prose fiorentine* (Pisa, 1716-1746), I, 3, 225: "Appresso i Greci, ad istituire i giovani nel valore e nella fortezza, furono introdotte le scuole, ove essi si esercitavano nella ginnastica, cioè nel corso, nella lotta, e nel pugilato, e nel pancrazio" (D. Martinelli-C. Montagnani). Comunque, nel foglietto autografo contenente appunti per *Alcyone* citato alla nota 52 già si legge: "il *pancrazio* (simile al giglio) (ricordo agonistico)".

⁵⁸ *ai... lo sacrai*: lo consacrai, quale offerta votiva, agli spiriti tutelari ("ai Mani") di P. B. Shelley, il poeta ("Orfeo") dagli occhi celesti. La consacrazione del pancrazio alla memoria di Shelley avviene in *Anniversario orfico*, vv. 81-82, la cui stesura però è posteriore a quella de *L'asfodelo* (vedi pp. 335 ss.).

⁵⁹ *Cuor de' cuori*: sempre Shelley, sulla cui tomba, al Cimitero degli Inglesi a Roma, sono incise le parole *Cor cordium*. Cfr. la *Commemorazione di Percy Bysshe Shelley* già in « Il Mattino » di Napoli del 13-14 agosto 1892 e ora in *L'Allegoria dell'autunno*, in *Prose di ricerca*, III, p. 366: "E, come il corpo incenerito si disgrega, appare nudo e intatto il cuore: – *cor cordium!*"; *Trionfo della morte*, in *Prose di romanzi*, I, p. 975: "E, poi che il cuore incenerito si disgrega, appare nudo e intatto il cuore: – COR CORDIUM". Cfr. anche G. Carducci, *Odi barbare, Presso l'urna di Percy Bysshe Shelley*, vv. 45 ss.: "O cuor de' cuori /.../ O cuor de' cuori".

DERBE

O Glauco, noi facemmo della Terra
la nostra donna ed ogni più segreta
grazia n'avemmo per virtù d'amore.

Come il Sole entri nella Libra eguale,[60]　　　　　　　　70
ti condurrò su i monti della Pieve
di Camaiore,[61] e alla Tambura,[62] e ai fonti

del Frigido,[63] e lungh'essa la Freddana [64]
dietro Forci,[65] e nell'Alpe di Soraggio,[66]
ché tu veda fiorir la genzïana.[67]　　　　　　　　　　　75

GLAUCO

Bella è la Terra, o Derbe, e molto a noi
cara. Ma quanti fiori fioriranno
che non vedremo, nelle salse valli! [68]

Le Oceanine ornavan di ghirlande
i lembi della tunica a Demetra [69]　　　　　　　　　80
piangente per il colchico apparito.[70]

---

[60] *Come... eguale*: all'equinozio d'autunno, il 23 settembre, quando il Sole entra nella costellazione della Libra o Bilancia e il giorno e la notte hanno uguale durata.
[61] *i monti... Camaiore*: i primi contrafforti meridionali delle Apuane, nei pressi della Pieve di Camaiore.
[62] *Tambura*: il passo della Tambura (m 1620) o il monte Tambura (m 1890), nelle Alpi Apuane, alle spalle di Massa.
[63] *Frigido*: fiume che nasce dal monte Tambura.
[64] *Freddana*: torrente che nasce nella convalle della Quiesa e confluisce nel Serchio presso Monte San Quirico.
[65] *Forci*: paesino sulla destra della Freddana.
[66] *Alpe di Soraggio*: nell'alta valle del Serchio, in Garfagnana.
[67] *genzïana*: pianta erbacea dalle foglie intere opposte e dai fiori a corolla a campana allargata di colore azzurro vivo oppure di colore giallo.
[68] *nelle salse valli*: nelle profondità del mare, in fondo al mare.
[69] *Le Oceanine... Demetra*: l'intera immagine è registrata, contrassegnata da un tratto di matita blu, in un foglietto (ms. 436; IX, 1; n.ro 50 dell'*Inventario* cit.) contenente appunti per *Alcyone*: "Le *Nereidi* orlano di ghirlande il lembo della tunica di *Demetra*. (Bassorilievo)". Cfr. P. Gibellini, *Per la cronologia di "Alcione"* cit., p. 404.
[70] *a... apparito*: a Demetra che è triste perché la fioritura del colchico (vedi la nota 74), che avviene all'inizio dell'autunno, le ricorda che l'estate è ormai finita e che sua figlia Persefone-Proserpina dovrà lasciarla per tornare nell'Ade.

Com'entri nello Scòrpio il Sole,⁷¹ o Derbe,
ti condurrò su i pascoli del Giovo ⁷²
in mezzo ai greggi delle pingui nubi,⁷³

perché tu veda il colchico ⁷⁴ fiorire.   85

---

⁷¹ *Com'entri... Sole*: verso la metà di ottobre, quando il sole entra nella costellazione dello Scorpione.
⁷² *Giovo*: monte della Garfagnana (m 1991).
⁷³ *greggi... nubi*: le nuvole gonfie e dense ("pingui") sparse per il cielo come tante pecorelle.
⁷⁴ *colchico*: pianta bulbacea delle Liliacee, dal bulbo e dai semi contenenti una sostanza tossica e dai fiori viola rosati che fioriscono in autunno: vedere "il colchico fiorire", quindi, significa vedere arrivare l'autunno.

Madrigali dell'Estate

Sotto il titolo di *Madrigali dell'Estate* sono raccolte undici brevi liriche, di cui si ignora la data di composizione. I loro titoli, assenti in tutti gli elenchi alcionii e anche nell'annuncio a stampa diffuso dall'editore Treves nel gennaio del 1903 in vista dell'imminente pubblicazione del secondo volume delle *Laudi*, appaiono per la prima volta – come liriche autonome, cioè senza l'indicazione *Madrigali dell'Estate*, ma già registrate nell'ordine che sarà quello definitivo – in un elenco di titoli di *Alcyone* (ms. 396) che può essere datato, con buona approssimazione, al settembre-ottobre 1903. Nell'annuncio a stampa della prossima pubblicazione del Libro di *Alcyone* diffuso nel gennaio 1903 si legge bensì il titolo "Il giorno breve", ma è difficile stabilire se esso sia il titolo del componimento che si intitolerà poi *La sabbia del Tempo*, anche se nel ms. 412, contenente appunti preparatori per *Alcyone*, si legge una annotazione che ricorda il v. 3 del componimento ("il cor sentì che il giorno era più breve") in quanto suona: "Il giorno si fa più breve! – s'accorcia + (torcia) – O vita breve!".

Le undici liriche che costituiscono la corona dei *Madrigali dell'Estate* variamente modulano il tema del lento morire dell'estate. Il poeta ha, come d'improvviso, la precisa sensazione del trascorrere del tempo e non senza una profonda malinconia registra i segni di quel trascorrere, che sono poi i segni della dolce agonia dell'estate ormai troppo matura: l'uva che si fa nera, il colchico ormai prossimo a fiorire, i giorni che diventano sempre più brevi, gli uccelli che migrano, i migliarini che sono già tinti di gialliccio, la calda pioggia di agosto che disseta la terra riarsa, la bonaccia del mare, il vento che gioca con la sabbia, la palude limacciosa che sotto l'afa esala un denso odore di cose morte. I luoghi e le cose sono quelli di *Alcyone*. Lo stato d'animo, teso, tra il malinconico e il languido, a cogliere il progressivo disfarsi della bellezza dei luoghi e delle cose, ricorda i toni e i modi del *Poema paradisiaco*. Così, tematicamente e tonalmente, i *Madrigali dell'Estate*, riprendendo il motivo implicito nelle ultime battute dell'*Asfodelo*, avviano l'estate e il Libro di *Alcyone* alla loro conclusione.

Strutturalmente e stilisticamente, poi, gli undici componimenti hanno una loro fisionomia precisa che li individua e li caratterizza come blocco omogeneo non meno dell'identità dell'argomento. Identico, prima di tutto, risulta il punto di vista da cui il poeta si è posto per trattare la sua materia: un punto di vista che, pur non escludendo la partecipazione emotiva, rifiuta ogni intimismo lirico-soggettivo e punta decisamente ad aderire alla realtà e alle impressioni reali. Ciò comporta immediatamente l'abbandono, a livello delle strutture ideativo-compositive, di qualsiasi struttura troppo estesa e complessa e l'adozione di forme metriche concentrate e, a livello delle strutture espressive, il rigetto di ogni eccesso a favore dell'acquisizione di un lessico tecnicamente prezioso e ricercato ma per ciò stesso molto semplice e rappresentativo. Quanto poi alla forma metrica, la scelta cade, per l'occasione, sul madrigale. D'Annunzio aveva già fatto uso dell'antico metro nel 1888, nei *Madrigali dei sogni*, poi confluiti nell'*Isottèo*, e nel *Commiato*, composto per le nozze della sorella Elvira e poi entrato nella *Chimera*. Allora, però, in quegli anni di ricerche e di esperimenti provvisori, il recupero del madrigale gli aveva offerto soltanto un'elegante cornice per creare, in un linguaggio prezioso e raffinato, stilizzate figurazioni. Ora, invece, in pieno 1903, dopo che ha saggiato le risorse delle ampie partiture musicali e le possibilità del verso libero e della melodia senza fine, D'Annunzio trova nel madrigale, cui approda sfruttando senza dubbio l'uso che nel frattempo ne aveva fatto il Pascoli delle *Myricae*, la forma ideale per concentrare il proprio discorso poetico in spazi brevi e essenziali. Per questo, pur concedendosi qualche piccola variazione nei diversi componimenti, adotta per tutta la corona il madrigale nella sua forma classica di metro costituito da due o tre terzine di endecasillabi variamente rimate, sigillate da uno o due distici pure di endecasillabi a rima baciata. Questa struttura metrica, infatti, gli permette di dar vita a un componimento perfettamente calibrato nelle varie parti e, soprattutto, funzionale alla sua volontà di aderire alle impressioni della realtà e, nel contempo, di dare una risoluzione positiva alle occasioni che la descrizione del reale innescava. Così, nel rispetto di uno schema che risale ai madrigali trecenteschi, *in primis* quelli di F. Sacchetti, nelle terzine iniziali il poeta propone il tema, affidando ad esse una descrizione o una impressione su cui indugia variandole a seconda dell'estro, e poi, nel distico finale, sigilla il quadretto tracciato risolvendo di colpo il discorso in uno spazio estremamente ristretto, vuoi con una apertura improvvisa, vuoi con un tocco analogicizzante, vuoi con un accordo musicale, vuoi con un motto epigrafico, vuoi con un moto del cuore. Quanto invece alla tecnica espressiva, i *Madrigali* perseguono l'adesione all'impressione diretta che li caratterizza tutti adottando un linguaggio schiettamente realistico che aderisce alle cose che descrive e superando, come si diceva, ogni eccesso verbale in una scrittura tecnicamente precisa fino all'adozione del tecnicismo botanico, zoologico e anatomico, ma lineare e essenziale. Anche in questo caso – in questa lingua che risulta descrittivamente realistica e quasi oggettiva nella sua nettezza –, viene alla mente la lezione pascoliana delle *Myricae* e in particolare delle liriche dell'*Ultima passeggiata*. C'è però, tra la soluzione pascoliana e quella dannunziana, una duplice differenza fondamentale: la lingua di D'Annunzio non ha la puntualità minuta e insistente di quella del Pascoli georgico e ha, invece, una portata e una durata sentimentale che al poeta di *Arano*, *Lavandare*, *Novembre*, *Galline* e simili era estranea. In D'Annunzio, infatti, "la qualità dello stile non è /.../ quella di dipingere puntualmente, o di creare un motivo musicale che assorbe ed esaurisce la pittura; ma, all'opposto, di realizzare certe evocazioni improvvise: paesi o cose intonate secondo il *la* interiore, alleggerite fino all'accordo di una musica più segreta: quella che si libera oltre il disegno metrico e perdura, come un'eco costante, in quel silenzio evocato" (A. Noferi). E, in questo senso, i temi e i motivi dei *Madrigali dell'Estate* non potevano trovare forme più adeguate del metro e della lingua in cui sono composti e strutturati a dire ciò che dovevano dire. Tra l'altro, oltre che dall'unità tematica, dall'identità delle soluzioni tecniche, espressive e metriche, dallo sfruttamento parallelo delle fonti offerte dai *Taccuini* e dalla probabile contemporaneità di stesura, l'omogeneità e la compattezza dell'intera ghirlanda è caratterizzata, e in un certo senso garantita, anche dal superiore disegno simmetrico che organizza e inquadra l'intero blocco dei madrigali. Infatti, come ha dimostrato G. Luti, la ghirlanda è articolata in una introduzione (*Implorazione*), che imposta il tema generale della prossima fine dell'estate, e da due gruppi di cinque componimenti ciascuno che variamente sviluppano il tema. Ognuno di questi due gruppi, poi, è impostato a sua volta "secondo una intuibile progressione: una proposta introduttiva (*La sabbia del Tempo* nel primo gruppo, *L'incanto circeo* nel secondo) che amplia al massimo la suggestione di base, e quattro madrigali in serie, secondo un piano di sviluppo temporale (nel primo gruppo dedicato all'avventura sul Motrone, ricollegabile al tema di *Stabat nuda Aestas*) e di sviluppo spaziale (nel secondo gruppo, mediante una toponomastica progressiva: la costa tirrenica, la spiaggia, il fondo marino, la palude, la Grecia del mito). Nel primo gruppo la connotazione cronologica è sempre posta in apertura del madrigale ('Sol calando', 'All'alba', 'A mezzodì', 'In sul vespero'); nel secondo, la localizzazione, anch'essa enunciata nella parte iniziale del madrigale, è alternata fra primo e secondo verso ('Su la docile sabbia', 'sul cammin della Sirena', 'Nella belletta', 'nelle vigne dell'Acaia'). È evidente che, per la prima serie, l'evocazione dell'avventura è impostata secondo lo schema dell'arco giornaliero, con una progressione alla quale corrisponde, nella seconda serie, l'ampliamento progressivo dello spazio visivo: dalla spiaggia alle profondità marine, ai presagi di morte della palude, all'autunno mitico di una terra lontana" (G. Luti). All'interno del vasto disegno simmetrico, infine, non mancano elementi simmetrici minori di collegamento e di passaggio tra l'uno e l'altro madrigale: immagini comuni, notazioni parallele, riprese lessicali e richiami fonici.

Implorazione

L'estate volge alla fine e il poeta la implora di fermarsi: di aspettare a far maturare i grappoli delle vigne, di ritardare la fioritura del colchico e di rimandare l'arrivo di settembre.

La lirica si riallaccia agli ultimi versi dell'*Asfodelo*, il componimento che la precede e fa da introduzione a tutta la ghirlanda. Nell'*Asfodelo*, la prossima fioritura del colchico già alludeva all'inevitabile morte dell'estate. Qui, all'estate che ormai sta per finire, il poeta, non senza confessare la sua pena sottile, rivolge la propria implorazione affinché non declini e, tra le altre cose, la prega anche di ritardare la comparsa del colchico.

L'estate e, negli ultimi versi, il settembre sono, naturalmente, personificati. L'invocazione iniziale, ripresa anaforicamente al v. 4, imprime al componimento un avvio tra l'enfatico e il languido che le successive iterazioni e la lunga sequela degli imperativi dilatano, senza peso, a tutta la lirica.

Metro: madrigale, formato da due terzine a rima alternata ABC, ABC e da due distici a rima baciata DD, EE.

Estate, Estate mia, non declinare!
Fa che prima nel petto il cor mi scoppi
come pomo granato a troppo ardore.[1]

Estate, Estate, indugia a maturare
i grappoli dei tralci su per gli oppi.[2]   5
Fa che il colchico[3] dia più tardo il fiore.

Forte comprimi[4] sul tuo sen rubesto[5]

---

[1] *come... ardore*: come un melograno esposto a calore troppo intenso.
[2] *gli oppi*: gli aceri campestri – o loppi o pioppi, in Toscana –, cui i tralci delle viti sono appoggiati.
[3] *colchico*: vedi *L'asfodelo*, v. 81 e nota 74.
[4] *comprimi*: stringi.
[5] *rubesto*: robusto, forte. È aggettivo dantesco: cfr. *Inferno*, XXXI, v. 106: "Non fu tremoto già tanto rubesto" e *Purgatorio*, V, v. 125: "... l'Archian rubesto...".

il fin[6] Settembre,[7] che non sia sì lesto.

Sòffoca, Estate, fra le tue mammelle
il fabro di canestre e di tinelle.[8]   10

La sabbia del Tempo

Il poeta, mentre fa scorrere la sabbia attraverso il cavo della mano, è colto dalla sensazione della fuga del tempo. Si rende conto che l'estate volge alla fine e che l'autunno è prossimo. Attraverso la sua mano fluisce inesorabile il tempo stesso e a scandirne il fluire è il suo cuore, mentre tutt'intorno l'ombra d'ogni stelo d'erba ormai secco gli pare come l'ombra dell'ago di una meridiana.

Il motivo della fuga del tempo, che nell'ultima parte di *Alcyone* fa tutt'uno con il rammarico per la fine della obliosa vita estiva tra l'alpe e il mare, è reso attraverso il ricorso a una serie di trasposizioni analogiche. Lo spunto realistico-descrittivo della lirica è individuabile in un appunto contenuto in un foglietto di note preparatorie per *Alcyone*, il ms. 416: "Siedi su la sabbia del mare, e fa / scorrere la sabbia tra le dita / come in un orologio". L'immagine, però, non è di origine realistica, bensì del tutto libresca. Altro non è, infatti, che la traduzione-parafrasi da Henri de Régnier, *Les médailles d'argile*, *Sur la grève*, vv. 1-3: "Couche-toi sur la grève et prends en tes deux mains, / pour le laisser couler ensuite, grain par grain, / de ce beau sable blond que le soleil fait d'or" (V. De Maldé-G. Pinotti). Da quell'immagine, comunque, si sviluppa sulla base, come si è detto, di successivi scarti analogici, l'intero madrigale. La sabbia lieve e calda che scorre tra le dita della mano suscita, insieme, il trasalimento del cuore e l'im-

---

[6] *fin*: delicato, leggiadro.
[7] *Settembre*: per l'ipotiposi vedi *Versilia*, vv. 95-96 e nota 81.
[8] *il... tinelle*: sempre settembre, così personificato perché è il mese in cui si intessono i cesti per la vendemmia e si preparano i tini ("tinelle") per la pigiatura.

pressione-sensazione del tempo che fugge. Quella sabbia, infatti, ricorda, con un passaggio abbastanza normale, la sabbia che fluisce attraverso l'urna di una clessidra e quindi, con un trapasso analogico più ardito, diventa senz'altro la "sabbia del Tempo". Parallelamente, il cuore del poeta, che malinconicamente registra quel lento e inesorabile fluire, è la clessidra di quel tempo. Infine, in un vertiginoso e ossessivo ampliarsi dei trapassi analogici che portano tutta la realtà, interna e esterna al poeta, a diventare un immenso strumento di misurazione del tempo che fugge, anche l'ombra di ogni stelo d'erba sulla sabbia diventa l'ombra dell'ago di una meridiana.

La lirica è unitaria e compatta nel breve giro dei suoi versi. Nelle prime due strofe è posto in termini realistico-impressionistici il motivo della fuga del tempo e del conseguente trasalimento del cuore. La quartina, invece, sviluppa l'impressione-sensazione in termini analogici. Termine comune, nonché elemento mediante, del livello impressionistico-descrittivo e del livello analogico-suggestivo, è il cuore, che compare, anche come stilema, in tutte e tre le strofe: vv. 3, 4, 8.

Metro: madrigale, formato da due terzine rimate ABA, CBC e da una quartina a rime alternate DEDE.

Come [1] scorrea la calda sabbia lieve
per entro il cavo della mano in ozio,[2]
il cor sentì che il giorno era più breve.

E un'ansia repentina il cor m'assalse
per l'appressar dell'umido equinozio [3]   5
che offusca l'oro [4] delle piagge salse.[5]

---

[1] *Come*: mentre.
[2] *per... ozio*: in un momento di ozio è la mano del poeta, cioè il poeta stesso. Per il sintagma "per entro", vedi *L'oleandro*, v. 459 e nota relativa.
[3] *umido equinozio*: l'equinozio di settembre, "umido" perché reca le piogge autunnali.
[4] *offusca l'oro*: attenua, per via della sua luce più pallida e delle sue nebbioline, lo splendore dorato.
[5] *piagge salse*: le spiagge lungo il mare.

Alla sabbia del Tempo [6] urna [7] la mano
era, clessidra il cor mio palpitante,[8]
l'ombra crescente [9] d'ogni stelo vano [10]
quasi ombra d'ago in tacito quadrante.[11]   10

L'orma

Verso il tramonto, il poeta, che cammina lungo la spiaggia, giunge alla foce del Motrone e si scalza per guadarlo. Risuona un canto di uccelli in volo e il rombo del mare lo richeggia. Si ode il nitrito di un cavallo selvaggio. Il poeta si ferma. Ha visto un'orma nel fango. Ma è ormai buio e non riesce a riconoscerla.

La lirica è un esempio della puntualità verbale dell'impressionismo dannunziano nei *Madrigali dell'Estate*. Le cose (la foce, l'orma e l'ombra), i gesti (lo scalzarsi, l'improvviso fermarsi e il guardare) e i suoni (il canto degli uccelli, il rombo del mare e il nitrito del cavallo) sono descritti con notazioni rapide, in una lingua ferma e spoglia. Ogni divagazione è abolita e ogni eccesso verbale cancellato, in una adesione totale alle cose e ai loro nomi. Così descrizione e narrazione si fondono. L'essenzialità delle linee del quadro si riflette nella linearità della sintassi che privilegia

---

[6] *sabbia del Tempo*: la sabbia che misura lo scorrere del tempo per dire lo scorrere del tempo. Infatti, lo scorrere del tempo è reso evidente dal fluire della sabbia da un'ampolla all'altra della clessidra e perciò, metaforicamente, quella sabbia è la "sabbia del Tempo".
[7] *urna*: l'ampolla di vetro della clessidra che contiene la sabbia.
[8] *clessidra... palpitante*: poiché il cuore avverte e misura il passare del tempo, il cuore stesso del poeta è come una clessidra, attraverso la quale scorre la "sabbia del Tempo", cioè la consapevolezza del trascorrere del tempo.
[9] *crescente*: per effetto dell'inclinarsi del sole all'orizzonte con il declinare dell'estate e l'approssimarsi dell'autunno, le ombre si fanno sempre più lunghe.
[10] *vano*: esiguo oppure destinato a seccare presto. Il sintagma "stelo vano" è già in *Poema paradisiaco*, *Autunno*, vv. 14-16: "...fiori / pallidi, Autunno, come i tuoi che indori / sul vano stelo...".
[11] *quasi... quadrante*: era come l'ombra dell'ago che segna il tempo sul quadrante di un orologio solare. "Tacito" è il quadrante dell'orologio solare perché non batte l'ora ma la indica per mezzo dell'ombra.

il periodo unico, coincidente con l'unità metrica, o la paratassi.

Metro: madrigale, formato da due terzine a rime parallele ABC, ABC e da un distico assonante.

Sol calando,¹ lungh'essa la marina ²
giunsi alla pigra foce del Motrone ³
e mi scalzai per trapassare a guado.

Da stuol migrante ⁴ un suono di chiarina ⁵
venìa per l'aria,⁶ e il mar tenea bordone.⁷   5
Nitrì di fra lo sparto ⁸ un caval brado.⁹

Ristetti.¹⁰ Strana era nel limo un'orma.
Però dall'alpe già scendeva l'ombra.

---

¹ *Sol calando*: mentre il sole volgeva al tramonto. Vedi *Il fanciullo*, v. 285: "Sol calando..." e nota relativa.
² *lungh'essa... marina*: lungo (per il sintagma "lungh'essa" vedi *Ditirambo III*, v. 34 e nota relativa) la riva del mare.
³ *Motrone*: torrente che sfocia nel Tirreno nei pressi di Marina di Pietrasanta.
⁴ *stuol migrante*: uno stuolo di uccelli che migravano.
⁵ *chiarina*: tromba piuttosto lunga dal suono acuto e argentino.
⁶ *venìa per l'aria*: cfr. Dante, *Inferno*, V, v. 84: "vegnon per l'aere..."; G. Carducci, *Odi barbare*, *Dinanzi alle Terme di Caracalla*, vv. 15-16: "Grave per l'aere vien /.../ suon di campane".
⁷ *tenea bordone*: accompagnava quel suono con il rumore delle sue onde. Per il sintagma "tenea bordone", in cui "bordone" è termine tecnico del linguaggio della polifonia per indicare la nota di fondo o di accompagnamento sulla quale variamente si modulavano in contrappunto le altre voci, cfr., naturalmente, il passo di Dante, *Purgatorio*, XXVIII, vv. 14-18: "...li augelletti /.../ con piena letizia l'ôre prime, / cantando, ricevìeno intra le foglie, / che tenevan bordone alle sue rime", già sfruttato in *L'otre*, vv. 183-184.
⁸ *sparto*: pianta erbacea delle graminacee con lunghe foglie giunchiformi da cui si ricava una fibra usata per fabbricare cordami, panieri o cellulosa.
⁹ *brado*: "brado – (toro, cavallo indomato, che pascola all'*aperto*) bestiame brado": così lo stesso D'Annunzio in un manoscritto (ms. 415) riconducibile alla fase preparatoria dei componimenti alcionii.
¹⁰ *Ristetti*: mi fermai. Cfr. Dante, *Purgatorio*, XXVIII, v. 34: "Coi piè ristetti...".

All'alba

All'alba il poeta ritrova l'orma. Non capisce ancora di quale animale possa essere, tanto è strana: selvatica, come quella di un cerbiatto, ma pentadattila. Incuriosito la segue. A un canneto si imbatte nel riccio. Si distrae però un attimo per guardare il cielo imbiancarsi e perde la traccia.

La lirica, che è costituita dalla giustapposizione di due madrigali, si riallaccia alla precedente, di cui continua la trama. Identico è anche il gusto per la descrizione attenta e precisa della realtà, con una puntualità impressionistica da appunto di taccuino ("la foce ingombra di tritume negro / odorava di sale e di ginepro", vv. 7-8) e con una preferenza per le impressioni coloristiche: il "tritume negro" (v. 7), il "baio capriuolo" (v. 10), il "biacco" "livido" (v. 12), i migliarini "già tinti di gialliccio" (v. 14), l' "un che di bianco" del "velo dell'alba" (v. 15). Tanta precisione descrittiva, che nei vv. 3-6 sfiora la ricercatezza dei dizionari di zoologia e di botanica, dei trattati anatomici e dei manuali di cinegetica, non rifiuta neppure, per desiderio di esattezza, uno stilema cavato da un dizionario: vedi il v. 10 e la nota 8. La sintassi, come nel componimento precedente, è elementare, con periodi monoverbali o paratattici: solo in un caso, ai vv. 9-10, una proposizione ha un'espansione relativa, mentre al v. 16 l'espansione di una proposizione è costituita da una finale implicita. Anche il metro è sobrio e tende a risolversi in sticomitie che esauriscono ciascuna una impressione.

Metro: una coppia di madrigali, ognuno dei quali e composto di due terzine a assonanze (il primo madrigale) o a rime (il secondo madrigale) parallele e di un distico assonante.

All'alba ritrovai l'orma sul posto,
selvatica [1] qual pesta di cerbiatto;
ma v'era il segno delle cinque dita. [2]

Era il pollice alquanto più discosto
dall'altre dita e il mignolo rattratto   5

---

[1] *selvatica*: chiaramente appartenente a un animale selvatico.
[2] *v'era... dita*: nell'orma si notava il segno di cinque dita: non era quindi l'orma di un cerbiatto, perché il cerbiatto ha il piede biforcuto.

come ugnello³ di gàzzera marina.⁴

   La foce ingombra⁵ di tritume negro⁶
   odorava di sale e di ginepro.⁷

   Seguitai l'orma esigua, come bracco
   che tracci e fiuti il baio capriuolo.⁸   10
   Giunsi al canneto e mi scontrai col⁹ riccio.¹⁰

   Livido si fuggì¹¹ pel folto il biacco.¹²
   Si levarono due tre quattro a volo
   migliarini già tinti di gialliccio.¹³

   Vidi un che bianco;¹⁴ e un velo era dell'alba.¹⁵   15
   Per guatar l'alba dismarrii la traccia.

³ *ugnello*: unghiello, piccolo artiglio.
⁴ *gàzzera marina*: la gazza o ghiandaia marina.
⁵ *La foce ingombra*: vedi *Terra, vale!*, vv. 12 ss.: "Alghe livide, fuchi ferrigni, / nere ulve /.../ fanno grande alla morta foce ingombro".
⁶ *tritume negro*: cfr. *Il fuoco, Prose di romanzi*, II, p. 808: "Quei tritumi nericci che galleggiano a zone su l'onde abbonacciate" (E. Sanguineti).
⁷ *di... ginepro*: di salsedine e del profumo aromatico delle coccole di ginepro.
⁸ *come... capriuolo*: come un bracco che segue con il fiuto la traccia di un capriolo dal pelame fulvo ("baio"). Per la dittologia quasi sinonimica "tracci e fiuti" e per tutta l'immagine del bracco che segue il capriolo, cfr. il Tommaseo-Bellini alla voce "bracco": "Cane da caccia, che tracciando e fiutando truova e leva gli uccelli e i quadrupedi", e alla voce "tracciare": "D. Bartoli, *Consider. della grandezza di Cristo*, 10 (T. 1, p. 264): 'Come i bracchi,... che fiutando e tracciando all'odore dell'orme da fiera, son da quelli tirati a proseguir... con più vigore' ".
⁹ *mi scontrai col*: mi imbattei nel.
¹⁰ *riccio*: il mammifero insettivoro dal muso appuntito e con il dorso e i fianchi ricoperti da lunghi aculei: è pentadattilo.
¹¹ *si fuggì*: per l'uso del medio-riflessivo, cfr. Dante, *Inferno*, XXV, v. 16: "El si fuggì..."; v. 137: "zuffolando si fugge per la valle"; etc.
¹² *biacco*: serpe innocuo per l'uomo, di color verde-gialliccio, maculato di nero sul dorso e bianco sotto. Cfr. *Elettra, Le città del silenzio, Prato*, II, v. 1: "Sul petrame ove raro striscia il biacco" [pubblicato nella «Nuova Antologia», del 1° dicembre 1902]. Per l'aggettivo "livido" che lo qualifica, cfr. Tommaseo-Bellini alla voce "biacco": "Serpe grosso di color bianco o livido, ond'ha il nome, senza veleno" (D. Martinelli-C. Montagnani).
¹³ *migliarini... gialliccio*: migliarini di palude ormai adulti, in quanto il migliarino diventando adulto si colora di striature fulvo-rossastre sulle penne del dorso e delle ali.
¹⁴ *un... bianco*: cfr. Dante, *Purgatorio*, II, vv. 22 s.: "...m'apparìo / un non sapea che bianco..." e soprattutto G. Carducci, *Eterno femminino regale*, già in «Cronaca bizantina», 1° gennaio 1882, ora in *Opere*, Bologna, Zanichelli, IV, p. 349: "...la figura della regina mi passò avanti come un che bianco e biondo".
¹⁵ *un velo... alba*: una striscia bianca nel cielo che annuncia l'alba. Per l'immagine del "velo" dell'alba, vedi *Innanzi l'alba*, vv. 23-30: "le Vergilie, /.../ a cui l'Alba asciuga il volto / col suo bianco vel di sposa".

A mezzodì

È mezzogiorno, l'ora di Pan. Il poeta scopre tra i canneti del Motrone una ninfa e la fa sua, assaporandone l'aspro profumo. Sul loro ardore amoroso crepita una tiepida pioggia agostana. La terra riarsa se ne imbeve e il poeta e la ninfa sentono che con essa si disseta anche la loro sete senza fine.

L'argomento mitico, con implicazioni fisiologiche, erotiche e superumane, porta il componimento indietro nel tempo, a certe fantasie mitizzanti di *Canto novo*. Ma il sapore d'origano e di menta che il poeta coglie nella saliva della ninfa, il crepitìo della pioggia sopra le canne e il trapasso analogico del distico finale restituiscono il madrigale, magari grazie alle suggestioni e agli echi da Henri de Régnier di cui è carico, alla stagione di *Alcyone*. La lirica, comunque, risulta più enunciativa e narrativa che descrittiva e quindi povera di quella stretta adesione alla realtà che è tipica degli altri componimenti della Corona. La lingua, invece, è realistica, saporosa e asprigna come la ninfa amata dal poeta e si compiace di sintagmi aspramente sonori come "argiglioso", "aspra", "nericiglia", "Siringa", "ginocchi", "amarulenta", "ardenza" e "arsicce".

Metro: madrigale, formato da tre terzine e un distico. Le terzine hanno ciascuna il secondo e il terzo verso che rimano o assuonano tra di loro, mentre un'ulteriore assonanza collega i due ultimi versi della seconda terzina al primo verso della terza e gli ultimi due versi di questa riprendono in rima e in assonanza il verso iniziale. Il distico è a rima baciata.

A mezzodì [1] scopersi tra le canne
del Motrone [2] argiglioso [3] l'aspra [4] ninfa

---

[1] *A mezzodì*: per il senso e la funzione della connotazione cronologica, vedi l'introduzione alla Corona, a p. 520.
[2] *Motrone*: vedi *Madrigali dell'Estate*, *L'orma*, v. 2 e nota relativa.
[3] *argiglioso*: argilloso. La forma è testimoniata dal Tommaseo-Bellini come equivalente a "argilloso" con un esempio da Crescenzio, III, 18, 1: "Il miglio /.../ il secco e argiglioso campo teme".
[4] *aspra*: selvaggia.

nericiglia,[5] sorella di Siringa.[6]

L'ebbi su' miei ginocchi di silvano;[7]
e nella sua saliva amarulenta[8]   5
assaporai l'orìgano[9] e la menta.

Per entro al rombo della nostra ardenza[10]
udimmo crepitar sopra le canne
pioggia d'agosto calda come sangue.[11]

Fremere udimmo nelle arsicce[12] crete   10
le mille bocche[13] della nostra sete.[14]

In sul vespero

Verso sera il poeta prende al laccio una puledra brada e le balza in groppa. Vi issa quindi la ninfa e si allontana al galoppo.

Il madrigale continua l'argomento del precedente. Però, oltre a comporre con esso un dittico incentrato sul rapporto tra il poeta e la ninfa, insieme con esso e con quello ad esso precedente dà vita a un trittico in cui sono scanditi tre momenti di una medesima giornata dall'*alba* al *mezzodì* al *vespero*. E poiché a sua volta il primo madrigale del

---

[5] *nericiglia*: dalle ciglia nere. Epiteto coniato alla maniera omerica. Vedi anche le "ciglia nere" di Ermione, in *La pioggia nel pineto*, v. 96.
[6] *Siringa*: la ninfa che, per sottrarsi a Pan che la inseguiva, chiese e ottenne di essere trasformata in canne.
[7] *silvano*: abitante dei boschi.
[8] *amarulenta*: amarognola. Vedi *L'oleandro*, vv. 34-35: "...l'amarulenta / fragranza...".
[9] *orìgano*: erba aromatica.
[10] *ardenza*: ardore amoroso. È voce letteraria frequente in D'Annunzio: cfr. *Trionfo della morte*, in *Prose di romanzi*, I, p. 864: "l'ardenza della... fede".
[11] *pioggia... sangue*: cfr. *Poema paradisiaco*, *Un ricordo*, vv. 22 s.: "Cadevan da la cupa nube spesse / gocce, tiepide come sangue...".
[12] *arsicce*: riarse, secche. Vedi già *La morte del cervo*, v. 136: "...l'arsiccio suol..." e nota relativa.
[13] *le mille bocche*: gli innumerevoli fori e interstizii attraverso i quali le "arsicce crete" si imbevono di pioggia.
[14] *della nostra sete*: la sete della terra è anche la sete del poeta e della sua donna: sete d'amore, sete reale e sete di pioggia assimilata attraverso il corpo.

trittico, *All'alba*, altro non è che la continuazione del componimento che lo precede, *L'orma*, i quattro madrigali fanno in qualche modo gruppo all'interno della Corona.

Del componimento che lo precede, *In sul vespero* riprende e continua anche il carattere enunciativo e narrativo e la precisione nomenclatoria che si compiace di vocaboli preziosi e di rime difficili. L'eccesso di movimento e di azione che anima la scena deprime ogni possibile soluzione in termini impressionistici e la plastica figurazione del "triforme groppo" che fugge al "galoppo" rimane sostanzialmente vuota e povera.

Metro: madrigale, formato da due terzine a rime intrecciate ABA, CBC e da una quartina a rime alterne DEDE.

In sul vespero,[1] scendo alla radura.
Prendo col laccio la puledra brada [2]
che ancor tra i denti ha schiuma di pastura.[3]

Tanaglio il dorso nudo, alle difese; [4]
e per le ascelle afferro la naiàda,[5]   5
la sollevo, la pianto sul garrese.[6]

Schizzan di sotto all'ugne nel galoppo
gli aghi i rami le pigne le cortecce.
Di là dai fossi, ecco il triforme groppo [7]
su per le vampe delle fulve secce! [8]   10

---

[1] *In sul vespero*: verso sera. Per la sovrabbondanza delle preposizioni, cfr. G. Leopardi, *Canti, Inno ai Patriarchi*, v. 74: "...in sul meriggio"; v. 79: "...in su la sera"; *Il sabato del villaggio*, v. 2: "in sul calar del sole"; *Canto notturno di un pastore errante dell'Asia*, v. 11: "...in sul primo albore"; v. 14: "...in su la sera".
[2] *brada*: vedi *Madrigali dell'Estate, L'orma*, v. 6: "...un caval brado" e nota relativa.
[3] *schiuma di pastura*: schiuma prodotta dalla masticazione dell'erba.
[4] *Tanaglio... difese*: stringo forte con le gambe, come tra le leve di una tenaglia, il dorso nudo dell'animale per difendermi da eventuali scarti e salti.
[5] *naiàda*: la naiade, la ninfa di cui al madrigale precedente. Per "naiada", cfr. Dante, *Purgatorio*, XXXIII, v. 49: "...le Naiade", dove la forma plurale presuppone un singolare "Naiada", attestata del resto dal Tommaseo-Bellini accanto alla forma Naiade.
[6] *garrese*: la parte del cavallo compresa tra il dorso e il collo.
[7] *il triforme groppo*: il viluppo formato dal cavallo, dalla ninfa e dall'uomo.
[8] *su... secce*: sopra le stoppie ("secce": vedi *La spica*, v. 50 e nota 34) che, con il loro colore giallo rossastro, sembrano fiamme che avvampano.

L'incanto circeo

Sul Tirreno grava la bonaccia. Non c'è una nube in cielo né una vela sull'acqua. È stata Circe, la maga, che ha incantato il mare con un filtro.

Il madrigale inizia piano e descrittivo, accumulando nelle due terzine un senso di sospensione e di incanto. Poi, nel distico esplode, in forma esclamativa, l'intuizione che spiega il mistero colorandolo di stupore e di magia. Le due terzine sono costituite, per l'effetto che intendono produrre, da due frasi nominali. Il distico, invece, è introdotto dalla congiunzione in funzione enfatica e ha un suo verbo – l'unico del componimento. Le anafore parallele dei vv. 1 ("Tra i /.../, tra l'uno e l'altro /.../"), 2 ("senza /.../ e senza /.../") e 5-6 ("Assai lunghi /.../ assai lunghi /.../") dilatano al massimo la sospensione incantata e infinita del paesaggio. Il tocco madrigalesco del v. 3 ("dolce venata come le tue tempie") è senza peso.

Metro: madrigale, formato da due terzine a rime o assonanze parallele ABC, ABC e da un distico assonante.

Tra i due porti, tra l'uno e l'altro faro,[1]
bonaccia[2] senza vele e senza nubi
dolce venata come le tue tempie.[3]

Assai lunghi, di là dall'Argentaro,[4]
assai lunghi le rupi e le paludi   5
di Circe,[5] dell'iddìa dalle molt'erbe.[6]

E c'incantò[7] con una stilla d'erbe
tutto il Tirreno, come un suo lebete![8]

---

[1] *Tra... faro*: tra La Spezia e Livorno, tra i fari del Tino e della Meloria.
[2] *bonaccia*: vedi *Meriggio*, vv. 2 ss.: "sul Mare etrusco /.../ grava la bonaccia..." e nota relativa.
[3] *dolce... tempie*: segnata, l'immobile calma del mare, da lievi striature di colore più intenso simili alle vene azzurrine delle tempie della donna amata.
[4] *Argentaro*: il promontorio dell'Argentario.
[5] *le rupi... Circe*: il Circeo, il promontorio roccioso cinto, dalla parte della terra, dalle paludi pontine, dove viveva Circe.
[6] *dalle molt'erbe*: Circe manipolava le erbe per estrarne filtri magici.
[7] *c'incantò*: incantò per noi.
[8] *come... lebete*: come se tutto il Tirreno fosse un gran vaso di bronzo ("lebete") in cui la maga viene distillando i succhi delle sue erbe.

Il vento scrive

Il vento traccia sulla sabbia volubili segni. È come un dio alato che scrive sulla spiaggia con le penne dell'ala. E, di fatto, quei segni dicono il suo vario andare e venire. Ma quando il sole tramonta, ognuna delle piccole onde che il volo del vento ha tracciato sulla sabbia crea una lieve ombra, quasi ombra di ciglia su un volto. E al poeta pare allora che sull'immensa superficie della sabbia, simile a un immenso arido viso, si diffonda innumerevole il sorriso della sua donna.

Il nucleo tematico da cui scaturisce l'intero componimento è mutuato da un paio di impressioni realistiche registrate nei *Taccuini*. Già nel 1895, in occasione del viaggio in Grecia, D'Annunzio appuntava nel *Taccuino V* (I, p. 72) la seguente nota: "Da lungi, montagne azzurrine sorgono dal mare. Si vede su le acque la corsa del vento – (*Scrive*)". Poi, nel luglio 1899, a Bocca d'Arno, ancora l'osservazione diretta portava il poeta a registrare nel *Taccuino* n. 10 (II, p. 106) il particolare delle leggere ondulazioni lasciate dal vento sulla sabbia: "Presso la riva, la sabbia è rigata dall'acqua e dal vento con ondulazioni leggere come quelle di certi palati d'animali". Lo spunto realistico, fuse insieme le due notazioni affidate ai *Taccuini*, viene metaforizzato sulla base dell'intuizione già presente nel *Taccuino V*, "(*Scrive*)", e il gioco del vento sulla sabbia diventa una variata scrittura e il vento un dio alato che scrive, quasi un'anticipazione della mitica *Undulna*. Poi le ombre create sulla spiaggia dalla luce del sole al tramonto suscitano nuove impressioni e il poeta trova nuove analogie. L'ombra delle onde tracciate dal vento sulla sabbia è quasi ombra di ciglia su una dolce gota. E nel distico finale il gioco analogico culmina risolvendosi in una invenzione madrigalesca: l'immedesimazione tra il paesaggio e la donna amata, tra il sorriso di cui sembra ridere la spiaggia increspata dalle ombre e il sorriso che illumina il volto di una figura femminile.

Il madrigale è organizzato in perfetta unità. Le due terzine pongono e svolgono, ancora una volta, il motivo occasionale, oscillando tra impressioni e suggestioni e spetta poi al distico finale risolvere il tutto in modo elegante e estroso, nel breve giro dei suoi due versi. Parallelamente, sul piano metrico, la rima baciata del distico accelera il ritmo, che nelle terzine era stato lento e pausato, e libera nella favola, appena appena intaccata da un di più di compiacimento esteriore, le immagini e le impressioni iniziali.

Metro: madrigale, formato da due terzine a rime intrecciate ABA, CBC e da un distico a rima baciata DD.

Su la docile [1] sabbia il vento scrive
con le penne dell'ala; [2] e in sua favella [3]
parlano i segni [4] per le bianche rive.[5]

Ma, quando il sol declina,[6] d'ogni nota [7]
ombra lene [8] si crea, d'ogni ondicella,[9]   5
quasi di ciglia su soave gota.[10]

E par che nell'immenso arido viso
della piaggia s'immilli [11] il tuo sorriso.

---

[1] *docile*: perché si muove a ogni soffio del vento, quasi volesse ubbidirgli.
[2] *con... ala*: "quasi il vento fosse un dio alato e col dar dell'ala nell'arena producesse i segni dell'arcana scrittura" (E. Palmieri).
[3] *in sua favella*: in quel suo modo di esprimersi, in quel suo linguaggio. È clausola dantesca: cfr. *Inferno*, II, v. 57: "con angelica voce, in sua favella".
[4] *parlano i segni*: la voce del vento sono i segni che esso imprime sulla sabbia: quei segni, infatti, dicono il suo vario spirare.
[5] *per... rive*: sulla sabbia sbiancata dal sole delle spiagge marine.
[6] *il sol declina*: il sole tramonta. È clausola dantesca: cfr. *Paradiso*, XXXI, v. 120: "...dove 'l sol declina".
[7] *d'ogni nota*: da ognuno dei segni impressi dal vento: vedi nota 9.
[8] *lene*: lieve, dolce.
[9] *d'ogni ondicella*: riprende e chiarisce "d'ogni nota": da ogni piccola ondulazione segnata dal vento sulla sabbia.
[10] *quasi... gota*: simile all'ombra che le ciglia fanno sul dolce viso di una donna.
[11] *s'immilli*: si moltiplica a migliaia, si riproduce migliaia di volte. Termine dantesco (cfr. *Paradiso*, XXVIII, vv. 92-93: "...eran tante [le scintille], che 'l numero loro / più che 'l doppiar de li scacchi s'immilla") già ripreso da G. Pascoli, *Myricae, Cuore e cielo*, v. 1: "Nel cuor dove ogni vision s'immilla". D'Annunzio lo usa anche in *Maia, Laus vitae*, vv. 2437 ss.: "Il gesto /.../ s'immilla ne' ferrei bracci".

Le lampade marine

Le meduse spandono sull'acqua la loro luce fioca. Il mare è calmo. Il plenilunio sbianca le rive e segna appena le ombre delle tamerici. Si ode soltanto il sussurro dell'acqua che lambisce la spiaggia e riempie le impronte lasciate nella sabbia dalla donna del poeta.

Impressioni di un plenilunio, colte e trascritte con estrema leggerezza. La lirica è scandita in tre momenti, coincidenti con le tre parti del componimento. La prima terzina descrive la pallida luce delle meduse che si muovono nell'acqua. La seconda terzina la bonaccia del mare e il gioco di luci e di ombre create dal plenilunio sulla spiaggia. Il distico finale aggiunge alla scena, fino a qui fruita a livello degli occhi, una lieve notazione acustica che permette al poeta di chiudere la lirica su un'immagine che gli è cara: l'acqua che con un fievole rumore riempie le orme della sua donna (vedi nota 10). Tutta giocata su impressioni smorzate (la luce scialba delle meduse, il pallore delle alghe, la bonaccia, il biancore della spiaggia, il nascente plenilunio, l'ombra appena segnata delle tamerici, il rumore fievole dell'acqua, l'orma delicata), la lirica è volta a suggerire un senso di quiete e di calma che abolisce ogni altra sensazione o emozione: si pensi, per cogliere l'ineffabile leggerezza della situazione, o, che è lo stesso, il modo nuovo del poeta di aderire alle cose, alle implicazioni erotiche o per lo meno sensuali che presentava un altro celeberrimo notturno dannunziano, quello (*Canto novo, Canto dell'Ospite*, VII) che inizia: "O falce di luna calante / che brilli su l'acque deserte...". Comunque, nonostante sia contesta di notazioni descrittive, la lirica è soltanto apparentemente descrittiva. Il dato impressionistico, infatti, vi è continuamente superato in termini fantastici. Ogni immagine, per quanto descritta in termini precisi, tende a dissolversi come tale per effetto di continui trapassi metaforici o analogici: le meduse lucono "come stanche lampade"; i fondali marini sono il "cammin della Sirena" e l'acqua "fa" un "sugger di labbra fievole".

Metro: madrigale, formato da due terzine a rime parallele ABC, ABC e da un distico a rima baciata DD.

Lucono[1] le meduse[2] come stanche[3]
lampade sul cammin della Sirena[4]
sparso d'ulve[5] e di pallide radici.

Bonaccia[6] spira su le rive bianche[7]
ove il nascente plenilunio appena   5
segna l'ombra alle amare tamerici.[8]

Sugger di labbra fievole[9] fa l'acqua
ch'empie l'orma del piè tuo[10] delicata.

Nella belletta

Nel silenzio afoso del meriggio, la palude è un immane fiore di fango che il sole d'agosto fa inaridire traendone un dolciastro odore di putrefazione e di corruzione. L'estate che già fu trionfante di vita, ora si disfa e imputridisce e il poeta sente il vago fascino di morte che le cose diffondono intorno.

---

[1] *Lucono*: spandono la loro luce. "Lucere" è latinismo della tradizione letteraria.
[2] *meduse*: organismi marini, appartenenti ai Celenterati. Hanno il corpo gelatinoso a forma di ombrello, sono fosforescenti e si muovono nell'acqua ondeggiando mollemente.
[3] *stanche*: fioche.
[4] *sul... Sirena*: sui fondali marini lungo i quali cammina la favolosa Sirena.
[5] *ulve*: vedi *Ditirambo I*, v. 196 e nota relativa.
[6] *Bonaccia*: vedi *Madrigali dell'Estate*, *L'incanto circeo*, v. 2 e nota 2.
[7] *su le rive bianche*: vedi *Madrigali dell'Estate*, *Il vento scrive*, v. 3: "...per le bianche rive" e nota 5. Qui, però, le spiagge del mare sono bianche perché illuminate dalla luna.
[8] *amare tamerici*: le tamerici salmastre, impregnate di sale: vedi *L'asfodelo*, v. 59: "...le salse tamerici" e nota relativa.
[9] *Sugger... fievole*: un rumore lieve, simile a quello di labbra che suggono. Cfr. *La Chimera*, *Romanza*, *Il porto ampio s'addorme*, vv. 13-16: "Ad ora ad or si leva / un flutto, e su le prore / fa trepido romore / qual d'un gregge che beva".
[10] *l'acqua... tuo*: la stessa immagine dell'acqua che riempie l'impronta lasciata dalla donna amata camminando sull'arena lungo la riva è anche, ma accompagnata da una notazione visiva anziché uditiva, in *Bocca d'Arno*, vv. 45-47: "Vedi? I tuoi piedi / nudi lascian vestigi / di luce..." e in *Innanzi l'alba*, vv. 21-24: "...volgerò la faccia / indietro /.../ per vedere la tua traccia / luminosa".

Il madrigale coglie il momento in cui la natura, raggiunta la maturità delle sue forme, stagna pigramente in un sentore di cose morte che già prelude alla inevitabile e quasi minacciosa fase del disfacimento e della dissoluzione. Il motivo della decadenza e del disfacimento delle cose, analizzato tanto sul versante fisico quanto su quello psicologico e morale, ha una lunga fortuna nell'opera dannunziana, da *Primo vere* al *Poema paradisiaco*, da *Terra vergine* al *Trionfo della morte* e oltre. Qui, nel breve giro del madrigale, quel motivo è svolto sulla base di impressioni realistiche, rese in un modo preciso e denso che rifiuta ogni divagazione pittorica e si nega a ogni sviluppo musicale. I versi sono franti dalle pause e tesi dagli *enjambements*, dai quali, nelle prime due strofe, si sottrae solo il v. 6 a sottolineare, sul punto fermo e in clausola, la parola "morte" che rieccheggia in rima con l'analoga clausola del v. 3.

Metro: madrigale costituito da due terzine con rime o assonanze parallele (ABC, ABC) e da un distico assonanzato

Nella belletta [1] i giunchi hanno l'odore
delle persiche mézze [2] e delle rose
passe, del miele guasto [3] e della morte.

Or tutta la palude è come un fiore
lutulento [4] che il sol d'agosto cuoce,   5
con non so che dolcigna [5] afa di morte.

Ammutisce la rana, se m'appresso.
Le bolle d'aria [6] salgono in silenzio.

---

[1] *belletta*: la fanghiglia che stagna nelle paludi. Cfr. Dante, *Inferno*, VII, v. 124: "or ci attristiam ne la belletta negra".
[2] *persiche mézze*: pesche (vedi *Versilia*, v. 5 e nota 6) infracidite, quasi marce (lat. *mitis*; cfr. l'espressione *mitia poma*).
[3] *guasto*: andato a male.
[4] *lutulento*: fangoso.
[5] *dolcigna*: dolciastra.
[6] *Le bolle d'aria*: le bolle di gas che arrivano alla superficie dell'acqua per effetto dei processi di putrefazione sul fondo della palude.

L'uva greca

Nelle vigne dell'Acaia l'uva comincia a farsi matura, come a Corinto e a Egina. Già azzurro era il grappolo che il poeta ricorda di aver assaggiato a Onchesto, in Beozia, davanti all'Elicona.

L'ultima impressione dell'ormai prossimo vanire dell'estate non è colta, come le altre, in Versilia, lungo il mare Etrusco, ma in Grecia, e non è fatta oggetto di una visione attuale ma è recuperata dal passato. Con un volo dell'anima simile a quello che ormai aveva già fissato nelle pagine di *Laus vitae* il rimpianto nostalgico per la bellezza dell'Ellade (cfr. *Maia, Laus vitae*, vv. 3424 ss.), il poeta contempla il declino della "grande Estate" nel ricordo delle vigne dell'Acaia, di Corinto, di Egina e di Onchesto, dove fu un tempo ormai lontano e dove certo, adesso come allora, l'uva è prossima ad essere matura. Così, in quest'ultimo madrigale l'amarezza per la fine dell'estate si carica anche della malinconia che viene al poeta dal contrasto tra il presente e il passato.

Insieme al ricordo di altri luoghi e di altre estati, il madrigale sfrutta impressioni e immagini registrate nei *Taccuini* al tempo del viaggio in Grecia (vedi le note 2 e 5). Per la probabile nascita del componimento intorno al nucleo concettuale costituito da un'immagine cavata dal Tommaseo-Bellini e annotata in un foglio di appunti preparatori per *Alcyone*, si veda la nota 4.

Metro: madrigale, formato da due terzine rimate ABA, CBC e da una quartina ad assonanze alterne DEDE

Or laggiù, nelle vigne dell'Acaia,[1]
l'uva simile ai ricci di Giacinto [2]

---

[1] *Acaia*: propriamente la regione settentrionale del Peloponneso, sul golfo di Corinto, ma, per lo più, la Grecia nel suo insieme.
[2] *l'uva... Giacinto*: l'uva i cui grappoli sono fitti di chicchi, come i riccioli intorno alla testa di Giacinto, il fanciullo ucciso da Apollo e poi trasformato nel fiore omonimo. D'Annunzio ha in mente il modo con cui venivano resi i riccioli sulle teste nelle antiche statue greche. Cfr. *Taccuino* n. 1, II, p. 6: "L'uva di Corinto [vedi v. 5] densa e grave come i riccioli di Antinoo /.../ Il frontone occidentale (Alcamene) Apollo nel mezzo figura possente e calma – testa calma pettinata al modo arcaico, con le

si cuoce;³ e già comincia a esser vaia.⁴

Si cuoce al sole, e detta è passolina,⁵
anche laggiù su l'istmo,⁶ anche a Corinto,   5
e nella bianca di colombe Egina.⁷

ciocche che gli coprono le tempie e la fronte, come *giacinti*" [luglio-agosto 1895]; *Taccuino III*, I, p. 56: "Bevo in un bicchiere di mastica tutti gli incanti delle isole profumate. L'uva di Corinto, dagli acini piccoli e densi, mi ricorda i bei riccioli di Antinoo" [" + 3 agosto" 1895]. Cfr. anche *Canto novo*, *Offerta votiva*, II, vv. 7-8: "...un racemo denso di turgidi acini, negro, / simile a una ricciuta chioma d'efebo..." [1896].

³ *si cuoce*: matura al sole.

⁴ *comincia... vaia*: comincia a nereggiare. Per l'intero sintagma "comincia a esser vaia", cfr. Crescenzio, *Volgarizzamento del Trattato d'Agricoltura*, II, 168: "Cogliesi l'uliva del mese di novembre, allora che comincerà ad esser vaja...", citato in Tommaseo-Bellini tanto alla voce "uliva" quanto alla voce "vaio" e cfr. poi il più volte citato ms. 432 v. dell'"Archivio Personale" del Vittoriale, che contiene titoli e appunti di *Alcyone* e che è databile al luglio 1902, dove, alla fine, si legge: " 'e l'uliva comincia ad esser *vaia*' (novembre): questo appunto che deriva senza dubbio dal passo di Crescenzio citato nel Tommaseo-Bellini e che ha già la struttura di un verso, dimostra che a quella data D'Annunzio aveva in mente un componimento sull'uliva e non sull'uva e che intendeva spingere la stagione alcionia ben oltre l'equinozio d'autunno: "più tardi, arrestata la stagione alcionia sul settembre della migrazione, sarebbe toccato all'*uva greca* di divenir vaia, nell'incipiente maturità" (P. Gibellini, *Per la cronologia di "Alcione"* cit., p. 404). Che anche l'uva oltre che l'uliva potesse essere vaia, del resto, è testimoniato sempre dal Tommaseo-Bellini che, nella glossa della voce "vaio", precisa: "Vaio. Agg. Che nereggia, detto dell'uva e delle ulive, e anche delle frutte che prendono il colore della loro maturazione". Termine agricolo della zona lucchese e pistoiese, "vaio" è usato, nella forma verbale "invaiare", anche da G. Pascoli: cfr. *Myricae*, *Germoglio*, vv. 21 ss.: "grappolo verde e pendulo, che invaia / alle prime acque fumide d'agosto", *Lyra*, p. XXXI: " 'L'uva invaia in veder l'uva' ".

⁵ *passolina*: varietà di uva senza semi, così detta perché di solito si fa seccare per farne uva passa. Cfr. il Tommaseo-Bellini alla voce "passolo", cui si rimanda dalla voce "passolina": "Aggettivo /.../ Uve passole e greche /.../ L'uva passa della quale era già ricco commercio nelle isole Jonie, ed assai tuttavia /.../ Sost. per ell. nelle Isole Jonie la chiamano *Passola* e più com. *Passolina*". Ma cfr. già *Taccuino III*, I, p. 43: "Appena gettata l'ancora, un battello viene a offrirci grappoli d'uva. Ne prendiamo. È uva dolce e profumata. Tutta la campagna di Patrasso ne è ricchissima. In questo mese i mercanti sono nelle loro ville a vigilare la preparazione della *passolina*" [" + 1 agosto" 1895]; *Taccuino n. 1*, II, p. 5: "La *passolina* su le aje" [agosto 1895]. *Ibidem*, pp. 46-47: "La campagna di Patrasso è tutta coltivata a vigne /.../ Appare qualche aja su cui è distesa la *passolina* violacea" [" + 2 agosto" 1895]; *ibidem*, p. 57: "Traverseremo di nuovo /.../ la pianura dell'Elide coperta di querce e di vigneti. Vedremo di nuovo le aje piene di *passolina* violetta, e il profilo di Zacinto nel Jonio azzurro" [" + 3 agosto" 1895].

⁶ *istmo*: l'istmo di Corinto.

⁷ *bianca... Egina*: vedi *Il fanciullo*, vv. 218-219: "Seno d'Egina! Oh isola nutrice di colombe e d'eroi!..." e note relative.

In Onchesto[8] il mio grappolo era azzurro
come forca di rondine che vola.[9]
All'ombra della tomba di Nettuno [10]
l'assaporai, guardando l'Elicona.[11]   10

---

[8] *Onchesto*: città della Beozia, dove, secondo Pausania, *Perieg.*, IX, 26, 5, sorgeva un tempietto di Nettuno, dio il cui culto locale è testimoniato anche da Omero, *Il.*, II, v. 506: "Onchesto /.../ dove sorge lo splendente bosco di Poseidone".
[9] *come... vola*: come le penne della coda aperta a forcella delle rondini in volo.
[10] *All'ombra... Nettuno*: vedi nota 8.
[11] *l'Elicona*: il monte della Beozia sacro ad Apollo e alle Muse.

Feria [1] d'agosto

La data di composizione della lirica è ignota. Nell'annuncio a stampa della prossima edizione del secondo volume delle *Laudi*, pubblicato dal Treves il 18 gennaio 1903, si legge, tra gli altri, il titolo "L'invito", ma è difficile dire se indichi il componimento che, incentrato anch'esso sul motivo di un invito a cena, sarà poi intitolato *Feria d'agosto*. Un appunto che chiaramente si riferisce a *Feria d'agosto* è registrato nel ms. 434. In esso, tra altre annotazioni preparatorie relative a altre liriche alcionie, si legge infatti: "Espero. La lampada arde in olio di Lucca. La soglia è cosparsa di rose disfogliate. Il flauto – Entra": l'"olio di Lucca" in *Feria d'agosto* diventerà "olio di Buti" (v. 24) e la "soglia" non sarà "cosparsa di rose disfogliate" in quanto solo l'architrave sarà inghirlandato (v. 21), ma il componimento si aprirà nel nome di Espero (vv. 1 ss.) e l'"Entra" su cui l'annotazione si chiude sarà da riferire all'arrivo dell'ospite o, se è una forma imperativa, all'invito del poeta nei confronti dell'ospite. Tra l'altro, proprio il fatto che in un altro foglio di appunti preparatori, il ms. 417, si legga: "Entra... Entra..." ha indotto P. Gibellini, *Per la cronologia* cit., p. 422, a pensare che la filiazione tra "L'invito", cui riferisce il verso "Entra... Entra...", e *Feria d'agosto* sia diretta. Comunque sia, il titolo "Feria d'agosto" appare per la prima e unica volta nel ms. 396, che contiene i titoli di componimenti alcionii compresi tra i *Madrigali dell'Estate* e il *Ditirambo IV* e che dovrebbe essere molto tardo (settembre-ottobre 1903).

[1] *Feria*: giorno di riposo e di festa.

È sera, una sera d'agosto. Nella sua casa estiva, dove il profumo della pineta si mescola a quello che viene dal mare, il poeta aspetta, con altri ospiti, la donna che ama. Per accoglierla degnamente fa inghirlandare la porta e prepara un coro di fanciulli che suoneranno il flauto e accenderanno fiaccole odorose. A tavola offrirà una cenetta gustosa, ben apparecchiata su una candida stuoia e costituita di frutta, di pesci di mare, di vini delle Cinque Terre, di olive, di miele e di focacce. Tutto è pronto e l'ospite ormai si avvicina. Il poeta ne ha sentito echeggiare il sorriso e le va incontro con le fiaccole accese e al suono dei flauti, non senza aver prima raccomandato ai fanciulli auleti di intonare la loro musica in modo appropriato e in tono dolce Infatti, la donna che viene, tutta grazia nella sua veste gialla, nei suoi sandali e nei suoi bracciali, è una donna greca di Tanagra e conosce la musica e la danza.

Nella sua eleganza alessandrina, la lirica ripropone, nel pieno dell'esperienza delle *Laudi*, i modi e le soluzioni parnassiane dell'*Isottèo* e della *Chimera*. Rispetto ai componimenti delle vecchie raccolte, però, *Feria d'agosto* dimostra come il realismo descrittivo, che ama la precisione delle determinazioni geografiche e la minuta registrazione degli oggetti, possa accordarsi con l'eleganza sublimante dell'alessandrinismo parnassiano. Certo, in *Feria d'agosto*, la realtà oggettiva dei luoghi e delle cose finisce con il comporsi in una grazia stilizzata e tutte le impressioni vengono soffocate sul nascere da una superiore esigenza nobilitante e livellatrice, ma la purezza delle immagini e la linearità stessa del discorso conservano pur sempre una eccezionale freschezza. A salvare la lirica dal destino di tanti altri componimenti parnassiani di D'Annunzio contribuiscono, alla data indubbiamente tarda della composizione, alcuni elementi ben precisi, come ad esempio la presenza, a far da cornice alla scena, dei più tipici luoghi alcionii, l'intima partecipazione del poeta alla situazione che viene inventando e la leggerezza di taluni tocchi analogizzanti: elementi tutti che, nel momento stesso in cui impediscono alla lirica di sclerotizzarsi nel *décor* convenzionale di molta letteratura parnassiana, infondono in *Feria d'agosto* quel tanto di adesione alla realtà quotidiana del paesaggio, delle persone e delle cose e quel tanto di favola che sono essenziali per creare la suggestione del componimento.

A creare invece l'eleganza e la perfezione stilistico-espressiva della lirica concorre una abilità tecnica che ormai supera di gran lunga anche i modelli francesi. Quanto al suo costituirsi in organismo poetico, la lirica comincia con lo sfruttare tutta la vasta attrezzatura letteraria di cui l'"officina" dannunziana è dotata. Così H. de Régnier, oltre all'"ossatura ritmico-sintattica" (V. De Maldé-G. Pinotti), dà un intero blocco di versi (vedi la nota 31). I modelli classici, soprattutto, suggeriscono l'intera atmosfera e son presenti di persona, con Orazio (vedi nota 51). I lessici, infine, e i *Taccuini*, non vengono trascurati e anch'essi offrono il loro contributo (vedi le note 36, 37, 39 e 28, 59). Quanto poi alla struttura, *Feria d'agosto* non è meno sorvegliata. È, infatti, costruita su due momenti, uno descrittivo e uno narrativo. La distribuzione delle parti è classica e classicamente elaborata. La descrizione iniziale (vv. 1-20) è ampia e piana e, in particolare, è incentrata sul modulo elencatorio che è tipico del D'Annunzio delle *Laudi* e che tende ad esaurire le linee del quadro. Ad essa, tra l'altro, il poeta affida il compito di delineare con precisione lo spazio in cui si svolgerà l'azione e, soprattutto, di sublimare l'intera scena collocandola nello spazio di assoluta dolcezza e bellezza che è proprio del paesaggio, tra l'Alpe e il mare, che è caro al suo cuore. Dopo il momento descrittivo, lento e pausato, il secondo momento (vv. 21-80) si apre su un attacco mosso e veloce che, echeggiando movenze oraziane (l'esortazione rivolta al fanciullo e il ricorso alla prima persona singolare), introduce la nota più propriamente parnassiana e avvia sulla falsariga dei modelli parnassiani la sceneggiatura dei preparativi per la cena e dell'attesa dell'ospite. Quanto infine alle minute strutture espressive, il lessico è quanto mai sorvegliato. La precisione delle notazioni sfiora spesso il realismo, ma a equilibrare il tono del discorso intervengono sempre la parola aulica, l'arcaismo e il latinismo. Il metro chiuso – la saffica appena mossa dalle rime alterne – ha tutta la pienezza di suono del ritmo classico e concorre anch'esso all'effetto d'insieme della lirica.

Metro: venti strofe saffiche, ciascuna costituita da tre endecasillabi e un adonio a rime alterne (ABAB).

Espero sgorga,² e tremola³ sul lento
vapor che fuma⁴ dalla Val di Magra.⁵
Un vertice laggiù, nel cielo spento,
ultimo flagra.⁶

Emulo della stella e della vetta,⁷   5
arde il Faro nell'isola del Tino.⁸
Dóppiano il Capo Corvo⁹ una goletta
e un brigantino.

Or sì or no la ragia con la cuora
si mescola nel vento diforàno.¹⁰   10
Dell'agrore salmastro s'insapora
l'odor silvano.¹¹

---

² *Espero sgorga*: Espero, la stella della sera, il primo astro che appare in cielo dopo il tramonto spunta nel cielo, come se fosse una lacrima che sgorga dal cielo. Le metafore *stella/lacrima* e *spuntare/sgorgare*, sono frequenti in D'Annunzio: cfr. *Poema paradisiaco*, *Nell'estate dei morti*, vv. 52-54: "...senza fine / gli astri sgorgano come adamantine / lacrime dal profondo cielo..."; *Hortus conclusus*, v. 35: "rare sgorgan le stelle, ad una ad una"; *Il fuoco*, in *Prose di romanzi*, II, p. 693: "...vide una stella sgorgare dalla doglia del cielo"; *Maia*, *Laus vitae*, vv. 3568-3570: "...un accordo / sì dolce che dal cielo sgorgar fa / Espero, la lacrima prima".
³ *tremola*: scintilla. È verbo impressionistico della tradizione letteraria – specialmente, da ultimo, Carducci e Pascoli – che, in questa accezione, risale a Dante, *Purgatorio*, XII, vv. 89 s.: "...quale / par tremolando mattutina stella".
⁴ *lento... fumà*: la leggera nebbiolina della sera sale come se fosse fumo. Cfr. G. Pascoli, *Myricae*, *Arano*, vv. 2 s.: "...dalle fratte / sembra la nebbia mattinal fumare".
⁵ *Val di Magra*: la Lunigiana, la valle del fiume Magra. Di Val di Magra trae un "vapor", anche se un vapore igneo, cioè un fulmine. anche Marte, in Dante, *Inferno*, XXIV, v. 146: "Tragge Marte vapor di Val di Magra".
⁶ *Un... flagra*: nel cielo non più illuminato dal sole ("spento"), un'ultima cima ("vertice", lat. *vertex*) arde, arrossata come è dagli ultimi bagliori del tramonto. "Flagra", come "vertice", è un latinismo dell'uso letterario.
⁷ *Emulo... vetta*: quasi a sfidare l'altezza e la luminosità della stella e della vetta.
⁸ *il... Tino*: vedi *Meriggio*, v. 17: "l'isola del Faro" e nota relativa.
⁹ *il Capo Corvo*: vedi *Meriggio*, v. 16: "...il Capo Corvo" e nota relativa.
¹⁰ *Or... diforàno*: a tratti ("or sì or no": vedi *L'oleandro*, v. 123 e nota relativa), nel vento che viene dal mare aperto ("vento diforàno") il profumo della resina che stilla dai tronchi si mescola con l'odore della cuora, cioè i detriti vegetali che galleggiano sulla superficie dell'acqua (vedi *L'onda*, vv. 40 ss.: "L'onda /.../ travolge la cuora").
¹¹ *Dell'agrore... silvano*: l'odore che viene dalla selva – l'odore della ragia – prende il sapore dell'odore acre che viene dal mare – l'odore della cuora. Per il sintagma "s'insapora", vedi *La corona di Glauco*, *Melitta*, v. 6: "...s'insapora" e nota relativa.

Àlbica [12] il mar, di cristalline strisce
varia,[13] su i liti ansare odesi appena.[14]
Ed ecco, il promontorio s'addolcisce [15]
come l'arena.

15

Ogni cosa più gran dolcezza impetra.[16]
Tutto avvolve l'immensa pace urania.[17]
Fin, nell'aere tenue,[18] si spetra
la cruda Pania.[19]

20

O fanciullo, inghirlanda l'architrave; [20]
salda la cera ai tuoi calami [21] arguti;[22]
rinfondi [23] nella lampada il soave [24]
olio di Buti.[25]

---

[12] *Àlbica*: biancheggia. Latinismo, citato come tale nel Tommaseo-Bellini.
[13] *di... varia*: il mare, la superficie biancastra del mare, è variegata da strisce più chiare, che luccicano come cristalli.
[14] *su... appena*: cfr. la lettera a Barbara Leoni del 4 maggio 1891 (inedita): "...Un mare a pena a pena respirava"; *Poema paradisiaco*, *La passeggiata*, v. 8: "e il mare in calma a pena a pena ansava" [aprile 1892]; *Trionfo della morte*, in *Prose di romanzi*, I, p. 990: "Nel silenzio il mare appena appena ansava".
[15] *il... s'addolcisce*: il Capo Corvo, nelle prime ombre della sera, sembra perdere l'asprezza dei suoi contorni per sfumare in una massa indistinta dal profilo più dolce.
[16] *impetra*: domanda. Per il sintagma "più gran dolcezza impetra" cfr. Dante, *Rime, Così nel mio parlar voglio esser aspro*, vv. 3 s.: "la quale ognora impetra / maggior durezza...".
[17] *urania*: calata dal cielo. Cfr. *Maia, Laus vitae*, v. 4629: "...l'urania rugiada".
[18] *tenue*: trasparente, leggera.
[19] *si... Pania*: perde la sua durezza, si addolcisce (vedi la nota 15. "Spetrare" è verbo petrarchesco e tassesco) il dirupato e scosceso ("cruda": vedi *I tributarii*, vv. 51-53: "...Nasce / la luna dalla Verna / cruda" e nota relativa) monte Pania, nelle Alpi Apuane (vedi *Versilia*, vv. 95 e 116).
[20] *inghirlanda l'architrave*: appendi ghirlande all'architrave della porta.
[21] *salda... calami*: preparati la fistola (vedi v. 26 e nota 27), legando e saldando con la cera le canne ("calami") di cui è costituita.
[22] *arguti*: sonori. "Arguto", nel senso di "squillante, armonioso", è un latinismo frequente nella lingua poetica, specialmente in Carducci e in Pascoli oltre che in D'Annunzio: per quest'ultimo, cfr. già il sintagma "calami arguti" in *Canto novo*, *Offerta votiva*, II, vv. 25 s.: "...i sette calami arguti /.../ bene contesti con redolente cera".
[23] *rinfondi*: versa di nuovo, per riempirla.
[24] *soave*: in riferimento al suo fluire lento e dolce (vedi *L'otre*, v. 103: "...olio lene..." e nota relativa), più che alla sua gradevolezza.
[25] *Buti*: paesino del Valdarno inferiore, in provincia di Pisa, ricco di uliveti. Cfr. E. Repetti, *Dizionario geografico, fisico, storico della Toscana* cit., I, p. 87: "Migliaia di piante di ulivi hanno reso celebre Buti, qual terra toscana, per la squisitezza dei suoi olii" (D. Martinelli-C. Montagnani).

Fa grido e aduna i tuoi compagni auleti,[26]   25
che rechino le fìstole [27] sonore
composte con le canne dei canneti
di Camaiore.[28]

Sette di pino belle faci olenti [29]
e sette di ginepro irsuto [30] appresta,   30
a rischiarare gli ospiti vegnenti
per la foresta.

Fresche delizie [31] avranno elli da scerre
bene accordate su la stoia monda:[32]
l'uva sugosa delle Cinque Terre [33]   35
e nera e bionda,

l'uva con i suoi pampani e i suoi tralci,
le pèsche e i fichi su la chiara stoia,
e le ulive dolcissime di Calci [34]
in salamoia.[35]   40

---

[26] *auleti*: suonatori di flauto.
[27] *fìstole*: la fistola o siringa è uno strumento musicale a fiato: vedi *Ditirambo IV*, vv. 387 s.: "...nella fistola / di Pan" e nota relativa. Per il sintagma "fistole sonore", cfr. *L'Isottèo, Sonetto di calen d'Aprile*, v. 9: "su le canne sonore".
[28] *canneti / di Camaiore*: i canneti intorno a Camaiore in Versilia sono ricordati anche in *Taccuino XLIX*. I, p. 448: "I canneti del Serchio – I pioppi *bianchi* lungo la Fossa dell'Abate, che scende da Camaiore. E canneti – L'Alpe di Mommio coperta d'olivi – Immensi canneti" [1902].
[29] *faci olenti*: fiaccole che mandano profumo.
[30] *irsuto*: per via delle foglie aculeate. Cfr. *Taccuino* n. 10, II, p. 108: "I ginepri hanno le foglie spinose, aspre" [luglio 1899].
[31] *Fresche delizie...*: per tutto il blocco di versi 33-44 che contiene il catalogo dei cibi e delle bevande apprestate dal poeta, cfr. H. de Régnier, *Les jeux rustiques et divins, Elégie double*, vv. 12-15: "/.../ J'ai preparée / sur le plateau d'argent, sur le plateau d'ébène, / la coupe de cristal et la coupe de frène, / les figues et le vin, le lait et les olives" (V. De Maldé-G. Pinotti).
[32] *bene... monda*: disposte bene. non senza, nella posizione che ogni vivanda occupa, una certa armonia di forma, di colori e di sapore, sulla stuoia pulita.
[33] *Cinque Terre*: la ripida regione costiera della Liguria in provincia della Spezia, costituita dai paesi di Monterosso, Vernazza, Corniglia, Manarola e Riomaggiore.
[34] *Calci*: paesotto del Valdarno, in provincia di Pisa, poco distante da Buti (vedi v. 24) e anch'esso ricco di uliveti.
[35] *salamoia*: l'acqua salata in cui si conservano le olive e altri cibi. Cfr. *Canto novo, Offerta votiva*, II, vv. 5-6: "...una matura oliva che sta ne la sua salamoia / a insaporirsi" [1896].

Infra l'ombrìna e il dèntice [36] la triglia
grassa di scoglio [37] veggan rosseggiare,[38]
e il vino di Vernazza e di Corniglia [39]
nelle inguistare.[40]

Anche avremo di miele e di friscello [41]   45
la focaccia che fu grata a Priapo,[42]
e ghirlanda di cùnzia [43] e d'albarello [44]
per ogni capo.

O fanciulli, e [45] per voi saremo lauti.[46]
Io farò sì che ognun di voi ricordi   50
la mia feria d'agosto, ma se [47] i flauti
non sien discordi.

---

[36] *l'ombrìna e il dèntice*: pesci marini, comuni nel Mediterraneo. Insieme sono citati nel Tommaseo-Bellini alla voce "dentice": "F. Redi, *Osserv. intorno agli animali viventi*, 172: 'In un dentice, in un'ombrina, in un grongo /.../'".
[37] *la...scoglio*: cfr. il Tommaseo-Bellini alla voce "triglia": "Sorta di pesce squisito, picchiettato di color rosso /.../. Triglie di scoglio, più grosse e saporose, e dette così da certi bottoni ossei e uncinati, co' quali stanno appiccate agli scogli – Aver. Lez. [B. Averani, *Lezioni dieci composte sopra il quarto sonetto* etc., Ravenna, 1707], 3, 43: 'Solamente le triglie grosse di scoglio meritavano l'approvazione e l'applauso degl'intendenti' ".
[38] *rosseggiare*: per via del colore della triglia (vedi, nella nota precedente, il passo citato del Tommaseo-Bellini) e del colore del vino.
[39] *Vernazza... Corniglia*: due paesi delle Cinque Terre (vedi nota 33), famosi per i loro vini. La "vernaccia di Corniglia" è ricordata anche da G. Boccaccio, *Decamerone*, X, 2 e da F. Sacchetti, *Trecentonovelle*, CLXXVII, in due passi citati dal Tommaseo-Bellini alla voce "vernaccia". Cfr. poi, nel 1920, lo stesso D'Annunzio nella Prefazione al volume di H. Barth, *Osteria* (Roma, Voghera Editore), ora in *I vini e il lurco*, in *Prose di ricerca*, III, p. 432: "conviene che traversando la Lunigiana /.../ facciate una lunga sosta sul litorale delle Cinque Terre a inzupparvi di quella vernaccia di Corniglia celebrata già dal Boccaccio". Cfr. anche V. De Maldé-G. Pinotti, *art. cit.*, p. 69.
[40] *inguistare*: vasi di vetro panciuti e stretti di collo, caraffe. Provenzalismo della lingua letteraria, usato da F. Sacchetti e da F. Redi; "il Tommaseo-Bellini alla voce 'anfora' cita il Redi, *Bacco in Toscana*: 'e ha l'anfore vaste e l'inguistare' " (D. Martinelli-C. Montagnani).
[41] *friscello*: fior di farina. D'Annunzio trovava il prezioso sintagma in Palladio.
[42] *Priapo*: il dio custode degli orti, simbolo di fecondità, cui gli antichi offrivano focacce per propiziarselo.
[43] *cùnzia*: una specie di giunco.
[44] *albarello*: il pioppo bianco.
[45] *e*: anche (lat. *et*).
[46] *lauti*: generosi.
[47] *ma se*: ma solo se, a patto che.

Accendete le faci, e andiam nel bosco
a rischiarare l'ospite che viene.
Odo tinnire [48] un riso ch'io conosco, 55
ch'io mi so [49] bene.

È di quella che fùstiga i miei spirti,[50]
d'una che acerba ride e dolce parla.[51]
Accendete le faci e andiam tra i mirti [52]
ad incontrarla. 60

Non vi stupite già che la crocòta [53]
sia guisa [54] d'oggidì tra Serchio e Magra.
Quest'ospite è d'origine beota,
vien di Tanagra.[55]

Ma ben la grazia onde succinge [56] il giallo 65
bisso [57] e i sandali scopre è maraviglia
(porta anelli d'elettro [58] e di cristallo
alla caviglia)

mentre il suo capo sottilmente ordito [59]

---

[48] *tinnire*: squillare, risuonare con i suoi squilli. Verbo onomatopeico di origine latina (lat. *tinnīre*), frequente in G. Pascoli: cfr. *Myricae*, *Le monache di Sogliano*, v. 21: "Quali note! Par che tinnino"; *Campane a sera* v. 21: "Voci soavi, voi tinnite a festa"; etc.
[49] *mi so*: per il medio-riflessivo, cfr. Dante, *Purgatorio*, V, v. 135: "salsi colui che 'nnallata pria"; XXXI, v. 90: "salsi colei che la cagion mi porse"; *Paradiso*, III, v. 108: "Iddio si sa qual poi mia vita fusi"; XIX, v. 39: "con canti quai si sa chi là su gaude".
[50] *fùstiga... spirti*: stimola le mie capacità intellettuali, artistiche, poetiche, affettive, sentimentali e simili.
[51] *acerba... parla*: reminiscenza, con leggera variazione, da Orazio, *Carm.*, I, XXII, vv. 23 s.: "dulce ridentem Lalagen amabo / dulce loquentem"
[52] *mirti*: non senza allusione alla dea dell'amore cui queste pianticelle selvatiche sono sacre.
[53] *crocòta*: veste di colore giallo, ricamata a fiori, portata un tempo dalle donne greche.
[54] *guisa*: nel senso di foggia, moda, costume. Cfr. poi *Forse che sì forse che no*, in *Prose di romanzi*, II, p. 897: " 'Nel tuo viaggio di Francia l'ammirazione per le tue guise fu unanime' ".
[55] *Tanagra*: città della Beozia.
[56] *succinge*: solleva, cingendola sotto la vita.
[57] *il giallo / bisso*: la leggera veste color giallo, la crocòta del v. 61.
[58] *elettro*: vedi *L'ippocampo*, v. 12 e nota 10.
[59] *sottilmente ordito*: pettinato con i capelli sottilmente intrecciati, come i vimini di un canestro. Cfr., infatti, *Taccuino V*, I, p. 68 s.: "Tanagra. — Una è seduta /.../ Alcune portano sul capo una specie di cesto e i capelli intrecciati come un canestro di vimini [segue un disegno di mano del

piega, ove ferma un lungo ago l'intreccio, 70
fulvo⁶⁰ come i ginepri che sul lito
morde il libeccio.⁶¹

Rugge⁶² e odora il ginepro nella teda.⁶³
Or configgete in terra acceso il fusto.
Flauti silvestri, e il nume vi conceda 75
il tono giusto.

Fanciulli, attenti! Fate un bel concerto.
Pan vi guardi da nota roca o agra.⁶⁴
Quest'ospite che v'ode ha orecchio esperto;
vien di Tanagra.⁶⁵ 80

poeta raffigurante il viso e la testa di una statuina con i capelli pettinati nel modo descritto], una mano su una mammella, con l'atto di chi offra un frutto, l'altra abbandonata lungo i fianchi, i capelli d'un rosso ardente [vedi vv. 70-71: '...l'intreccio / fulvo...']" [agosto 1895] e *Maia, Laus vitae,* vv. 4166 ss.: "...o Tanagra / dal collo di cigno, dal crine / intesto come canestro / di vimine...".

⁶⁰ *l'intreccio, / fulvo*: l'insieme delle trecce biondo-rossastre (vedi la nota precedente) raccolte sul capo.

⁶¹ *come... libeccio*: dello stesso colore biondo rossastro che hanno, lungo la spiaggia, i cespugli di ginepro che il libeccio, il caldo e violento vento di sud-ovest, aggredisce fino a farli seccare. Cfr. *Taccuino* n. 10, II, pp. 108 s.: "I ginepri hanno le foglie spinose, aspre /.../ Alcuni, lungo il mare, bruciati, hanno il colore della ruggine viva".

⁶² *Rugge*: bruciando crepita. Cfr., anche se il senso è diverso, Dante, *Inferno,* XXVII, v. 58: "Poscia che 'l fuoco alquanto ebbe rugghiato".

⁶³ *teda*: fiaccola.

⁶⁴ *roca o agra*: fioca o aspra e stridula.

⁶⁵ *Quest'ospite... Tanagra*: le donne di Tanagra erano ottime danzatrici e inoltre, in Beozia, dove si trova Tanagra, sorge anche l'Elicona, il monte sacro alle Muse.

Il policefalo [1]

La data di composizione è ignota. Il titolo della lirica appare per la prima e unica volta in un elenco di titoli (ms. 396) che va dai *Madrigali dell'Estate* al *Ditirambo IV* e che pare molto tardo (settembre-ottobre 1903).

I fanciulli auleti, in occasione dell'arrivo dell'ospite di Tanagra, non hanno fatto il bel concerto che il poeta si augurava. Per questo egli ordina loro di spezzare i flauti. Quegli strumenti sono troppo imperfetti. Del resto chi li suona non è certo Mida di Agrigento, vincitore delle gare di flauto a Delfo, né a lui Pallade Atena ha mai insegnato "il grande carme". Quella "Melodia di Mille Teste", infatti, fu inventata dalla dea nel giorno in cui Perseo uccise Medusa e imita i suoni che uscivano dalle teste anguicrinite delle Gorgoni. Spezzino dunque senz'altro i flauti i fanciulli, e rechino al poeta una conchiglia tortile. Egli farà loro vedere come sa suonare la "melodia delle *sue* mille sorti".

La lirica si apre con l'ordine, rivolto ai fanciulli auleti di cui è cenno nel componimento precedente, a spezzare i loro flauti (vv. 1-6) e si chiude sull'invito, che il poeta rivolge a quegli stessi fanciulli, a portargli una conchiglia tortile di cui si servirà per dar prova della sua abilità (vv. 25-30). La parte centrale del componimento (vv. 7-24), invece, è occupata da una divagazione di carattere mitico-erudito su un particolare tipo di canto della tradizione

---

[1] *policefalo*: o canto "delle molte teste", un nomo auletico della tradizione greca che secondo il racconto di Pindaro, *Pyth.*, XII, sarebbe stato inventato da Pallade Atena, imitando i molteplici suoni che uscivano dalle teste anguicrinite delle Gorgoni. Cfr. anche Plutarco, *De Musica*, 7.

greca, il policefalo. La fonte della divagazione è la XII *Pitica* di Pindaro, cui il poeta si attiene parafrasandola qua e là alla lettera e qua e là amplificandola. Nella Biblioteca privata del poeta al "Vittoriale" esistono quattro edizioni dell'opera di Pindaro: l'edizione Teubner del 1899 (Scale XI), una traduzione latina edita a Padova nel 1808 (Scale V), una traduzione italiana, senza data ma senza dubbio ottocentesca (Scale X) e una traduzione francese (Scale XXIV). Quest'ultima (*Oeuvres complètes de Pindare*, traduction française par C. Poyard, Paris, Garnier, s.d.) presenta evidenti segni di lettura. In particolare le pp. 136-138, dove si trova la *Pitica XII*, sono contrassegnate da una orecchietta nella parte superiore della p. 137 e da due vistosi tratti di pastello ai margini delle pp. 136-137.

Le tre parti di cui la lirica consiste sono strutturalmente distribuite in modo organico (2 terzine + 6 terzine + 2 terzine) e appaiono anche ben fuse tra di loro, ma la loro giustapposizione risulta piuttosto artificiosa. Il nucleo tematico originale, quello da cui l'intero componimento dovrebbe essere nato, sembra essere costituito dalla parte centrale. Il policefalo, infatti, la cui esistenza potrebbe essere stata scoperta dal poeta attraverso la consultazione di qualche lessico o di qualche dizionario, altro non è, come dimostra l'ultima terzina della lirica, che il simbolo di ogni forma poetica d'eccezione e quindi anche del libero canto alcionio, volto a imitare, con mezzi adeguati, ogni tipo di suono. Per esaltarlo, e per celebrare con esso anche la potenza del proprio canto, D'Annunzio ha recuperato, insieme alla storia della sua invenzione ad opera di Pallade Atena, anche la figura dei fanciulli auleti di *Feria d'agosto*, alla cui imperizia e al cui "suono puerile", che può dare soltanto un "breve oblìo" "pel cor prestante", contrappone il "grande carme" suonato su uno strumento dal "possente suono" e atto a cantare "la melodia" delle "mille... sorti" dell'uomo di eccezione. Più difficile, ma non certo da escludere, appare il caso contrario, che cioè D'Annunzio si sia servito della storia dell'origine del policefalo per sviluppare un motivo di *Feria d'agosto*. La prima ipotesi, del resto, potrebbe essere avvalorata dal fatto che un cenno al policefalo è contenuto anche in un passo di *Laus vitae* che tutto lascia pensare già composto e pubblicato quando nacque la lirica alcionia: "Pallade ha il suono dei flauti / e il canto delle-mille-teste / pei giuochi della nazione" (*Maia, Laus vitae*, vv. 6463 ss.). Non meno pretestuosa dell'inizio, e quindi di origine anch'essa esteriore, è la chiusa. Essa, infatti, dopo aver ripreso l'invito ai fanciulli affinché spezzino i loro flauti, altro non fa che anticipare il motivo della bùccina del componimento successivo, *Il Tritone*. La battuta finale, poi, là dove il poeta riduce all'esaltazione della propria "melodia" la celebrazione del policefalo annunciando che si accinge a cantare le sue "mille sorti", fa un effetto più degno del superuomo di *Laus vitae* che non del Glauco di *Alcyone*.

Nel complesso la lirica risulta un esercizio letterario. Il suo gusto vagamente parnassiano potrebbe essere confermato anche dal fatto che i primi versi richeggiano un passo di H. de Régnier: cfr. *Les jeux rustiques et divins, Le fardeau*, vv. 1, 31-32: "Pose le glaive lourd et la flûte faussée /.../. Laisse le glaive lourd et la flûte divine, / tords l'inutile acier et romps le doux roseau" (V. De Maldé-G. Pinotti). La lingua è ricercata e preziosa. Le terzine di endecasillabi sono caratterizzate da frequenti *enjambements* e sono tramate da numerose assonanze e consonanze.

Metro: dieci terzine di endecasillabi senza rima.

Spezzate i flauti.[2] Il lino che connette[3]
le canne è quel medesmo degli astuti
lacci,[4] e la cera troppo sa di miele.[5]

Il suono puerile è breve oblìo
pel cor prestante che non ama il gioco   5
facile né cattare il sonno lieve.[6]

---

[2] *Spezzate i flauti*: è rivolto ai fanciulli suonatori del componimento precedente. Ma vedi il passo di Henri de Régnier citato nella nota introduttiva.
[3] *connette*: tiene legate insieme.
[4] *astuti / lacci*: lacci ingegnosamente preparati per ingannare la selvaggina: i lacci con cui si costruiscono le trappole e che nascondono un inganno.
[5] *troppo... miele*: è troppo intrisa di miele per essere veramente tenace.
[6] *Il... lieve*: il suono dei flauti suonati da inesperti fanciulli reca un momento di oblioso abbandono di breve durata a chi è dotato di sensibilità superiore ("prestante" nel senso di 'eccellente', 'che si distingue dagli altri' è un latinismo) e non ama ("ama" regge prima un sostantivo ["il gioco facile"] e poi un verbo ["cattare"]) il divertimento banale e non desidera procurarsi ("cattare" è un latinismo: lat. *captare*) solo un po' di sonno.

Né tu [7] sei cittadino d'Agrigento
nomato Mida, vincitore in Delfo. [8]
Né t'insegnò la Cèsia [9] il grande carme. [10]

Pallade [11] Atena dai fermi occhi chiari
prima inventò tal melodìa, nel giorno
in cui Medusa tronca fu dall'arpe. [12]

Udì le grida e i pianti ch'Euriàle [13]
mettea tra il sibilare dei serpenti
verso la strage; [14] udì l'orrendo ploro. [15]

I gemiti di Steno [16] come dardi
fendeano l'etra, e tutti gli angui eretti
minacciavan l'eroe nato dall'oro. [17]

---

[7] *tu*: il fanciullo che in *Feria d'agosto* aveva ricevuto l'incarico di inghirlandare l'architrave, di preparare il suo strumento e di chiamare i compagni auleti.

[8] *cittadino... Delfo*: il flautista Mida d'Agrigento che vinse le gare di Delfo e che è celebrato da Pindaro nella *Pitica* XII.

[9] *la Cèsia*: Pallade, la dea dagli occhi cesii, cioè azzurri. Vedi *La spica*, v. 54: "gli occhi cesii di Palla madre nostra"; *Maia, Laus vitae*, vv. 1051 ss.: "...Atena /.../ co' tuoi occhi cesii..."; vv. 4661 s.: "...lo sguardo / di quelli occhi cesii...". Cfr. poi anche *Proemio* alla *Vita di Cola di Rienzo*, in *Prose di ricerca*, III, p. 107: "consacrato alla Dea cèsia".

[10] *il grande carme*: il policefalo.

[11] *Pallade...*: i versi che seguono (vv. 10-15) parafrasano e qua e là amplificano Pindaro, *Pyth.*, XII, vv. 5 ss.: "...Mida che vinse la Grecia nell'arte che un giorno Pallade Atena inventò quando intessé il lugubre canto delle Gorgoni terribili, quale la sentiva sgorgare, nel doloroso travaglio, dalle loro verginali teste, orride di serpi, allorché Perseo...".

[12] *Medusa... arpe*: Medusa, la Gorgone anguicrinita, ebbe la testa troncata dalla spada ricurva che Perseo ricevette da Ermes. Cfr. Forcellini, *Onomasticon*, alla voce "Perseus": "Accepto igitur a Vulcano vel Mercurio ense adamantino, quem vocant harpem /.../ Gorgones vicit" (D. Martinelli-C. Montagnani). Cfr. anche Ovidio, *Metam.*, V, v. 69: "vertit in hunc harpen spectatam caede Medusae" e il Tommaseo-Bellini alla voce "arpe".

[13] *Euriàle*: la seconda delle Gorgoni, che insieme alla sorella Steno (vedi vv. 16 ss.) assistette all'uccisione di Medusa e cercò di ghermire Perseo per vendicarla. Cfr. Pindaro, *Pyth.*, XII, vv. 34 ss.: "la Dea mise insieme la melodia dai molti suoni delle canne, per imitare con i flauti il rumoroso gemito che erompeva dalle mosse guance di Euriale". Cfr. anche Ovidio, *Metam.*, IV, vv. 695 ss.", forse consultato per l'occasione, come sembra suggerire il particolare caso "arpe" citato al v. 12.

[14] *mettea... strage*: emetteva, tra i sibili dei serpenti che aveva in testa, in direzione del luogo dove Perseo aveva ucciso Medusa.

[15] *l'orrendo ploro*: il terribile gemito. Cfr. Pindaro, *Pyth.*, XII, v. 7.

[16] *Steno*: la terza Gorgone. Vedi nota 13.

[17] *l'eroe... oro*: Perseo, figlio di Giove e di Danae, su cui il dio era sceso

Così la Melodìa di Mille Teste [18]
nacque in giorno sanguigno; e la raccolse   20
Pallade Atena e modulò per l'uomo.[19]

Le canne dei canneti d'Orcomèno [20]
ella guarnì con làmine di bronzo
e sì ne fece più possente il tuono.

Spezzate i flauti esigui,[21] auleti imberbi,   25
poi che non han potenza al grande carme.[22]
Cercatemi nel mare i nicchi intorti.[23]

V'insegnerò davanti alle tempeste
dedurre [24] dalle bùccine [25] profonde
la melodìa delle mie mille sorti.   30

---

sotto forma di pioggia d'oro. Cfr. Pindaro, *Pyth.*, XII, vv. 16 s.: "il figlio di Danae che diciamo essere nato dall'oro che scorse da solo" e Ovidio *Metam.*, IV, v. 611: "Perseus quem pluvio Danae conceperat auro".

[18] *la... Teste*: il policefalo, il "canto dalle molte teste" di Pindaro, *Pyth.*, XII, v. 23, così chiamata da Plutarco, *De Musica*, 7. Cfr. anche *Maia*, *Laus vitae*, v. 6463 s.: "Pallade ha /.../ il canto delle-mille-teste".

[19] *la... uomo*: parafrasi da Pindaro, *Pyth.*, XII, vv. 19 ss.: "La dea la inventò e, dopo averla inventata, la donò agli uomini mortali e la chiamò melodia dalle molte teste".

[20] *Orcomèno*: antica città della Beozia sulle rive del Cefiso. Dei canneti che sorgevano nei suoi pressi, lungo il fiume, D'Annunzio aveva notizia proprio in Pindaro, *Pyth.*, XII, vv. 26 s.: "questa melodia gloriosa che attraversa il bronzo leggero e le canne che si trovano presso la città delle Grazie dalle ampie contrade, nel luogo sacro alla ninfa del Cefiso".

[21] *esigui*: troppo sottili e quindi dal suono fievole.

[22] *non... carme*: non sono abbastanza forti per intonare il "grande carme" (vedi nota 10).

[23] *nicchi intorti*: conchiglie tortili, attorcigliate. Per l'aggettivo 'intortì' vedi *Anniversario orfico*, v. 5: "...gorghi intorti" e nota relativa.

[24] *dedurre*: tirar fuori. Ma cfr. il latino *deducere carmen*.

[25] *bùccine*: le trombe fatte con le conchiglie. Vedi *Anniversario orfico*, v 2: "...la vasta bùccina tritonia".

Il Tritone

La data di composizione è ignota. Il titolo della lirica appare per la prima volta nell'annunzio a stampa della prossima pubblicazione del secondo volume delle *Laudi* diffuso dall'editore Treves il 18 gennaio 1903.

Il poeta ha appreso a suonare le grandi melodie, di cui fa cenno nelle ultime battute della lirica precedente, dal Tritone squamoso che se ne sta accosciato sul lido e soffia con tutta la sua forza dentro una conchiglia. Il suono che esce dalla bùccina del Tritone rimbomba riempiendo ogni luogo e il poeta, solo a udirlo, sente nascere dentro di sé il furore che ispira i ditirambi.

Come hanno dimostrato V. De Maldé e G. Pinotti (*art. cit.*, pp. 43 ss.), *Il Tritone* è "interamente progettato e costruito intorno a un'idea-guida mutuata dai *Jeux rustiques et divins*" di H. de Régnier e affidata primitivamente a un appunto (ms. 426) che suona: "Il Tritone *accosciato* su la duna". Questa annotazione, che costituisce il primo spunto della lirica, in effetti, altro non è che la traduzione di un verso dell'*Eclogue marine* dei *Jeux rustiques et divins*, cui, per altro, tutta la lirica è riconducibile. Il titolo stesso del componimento "risulta direttamente esemplato" sul sottotitolo *Le Triton* che designa la terza parte dell'*Eclogue marine*. Inoltre, dalla medesima *Eclogue marine* derivano quasi alla lettera anche la figura del mostruoso protagonista, i suoi gesti e taluni particolari della scena. L'esame delle corrispondenze è, in proposito, inoppugnabile: si vedano le note 3, 4, 12 e 14. Di suo, nella lirica, D'Annunzio ha messo solo un vago riferimento ai luoghi alcionii come sfondo della descrizione (vedi i vv. 12-13) e il particolare, che sembra avere lo scopo di giustificare il componimento e che risulta autocelebrativo, del Tritone come maestro del suo canto ditirambico.

Il Tritone, insomma, appare un chiaro esempio "di operazione centonaria e imitativa" (V. De Maldé-G. Pinotti). Solo lo stimolo culturale ha indotto il poeta a recuperare, in verità senza neanche molta convinzione, i modi dell'esperienza parnassiana e a organizzarli in forme convenzionali con il frequente ricorso a vocaboli preziosi di nobile ascendenza letteraria (vedi le note 2, 4, 6, 7, 8, 13, 15). Ciò che ne risulta è una lirica che, dopo un primo verso enunciativo, si snoda per dodici versi su moduli descrittivi fino ad approdare a un ultimo verso che, stemperando il grido giovanile in piatta constatazione, riporta addirittura alle enunciazioni programmatiche e agli stilemi di *Primo vere*, di *Canto novo* e dell'*Intermezzo* (vedi nota 16). La scelta di un metro tradizionale e chiuso come il sonetto è determinata solo dal bisogno di appoggiare la debolezza del movimento poetico a una forma rigidamente strutturata. Le rime difficili sono una riprova in più dell'origine letteraria del componimento. Curiosa, e anche significativa, l'adozione, con "decontestualizzazione semantica della fonte" della rima regneriana *fûmes/écumes* (propriamente: "fummo/squame") nella forma *schiuma/fuma*: cfr. H. de Régnier, *loc. cit.*, vv. 75-77: "Laissez-moi, d'autres sont, hélas! ce que nous *fûmes*, / torses nus imbriqués d'écailles et d'*écumes*" e vedi la lirica ai vv. 2-3: "S'accoscia su la sabbia ove la *schiuma* / bulica; e al sole la sua squamma *fuma*" (V. De Maldé-G. Pinotti).

Metro: sonetto (ABBA, ABBA, CDE, CDE).

Il Tritone squammoso [1] mi fu mastro.[2]
S'accoscia su la sabbia [3] ove la schiuma

---

[1] *Il... squammoso*: il dio del mare, figlio di Poseidone e di Anfitrite, raffigurato di solito come un uomo dalla coda di pesce, coperta di scaglie.
[2] *mastro*: maestro. Cfr. Dante, *Inferno*, XXIV, v. 16: "Così mi fece sbigottir lo mastro".
[3] *S'accoscia... sabbia*: cfr. H. de Régnier, *Les jeux rustiques et divins*, *Eclogue marine*, v. 34: "la conque des Tritons accroupis sur la dune" (V. De Maldé-G. Pinotti) e cfr. anche l'appunto, registrato nel ms. 426, che

bùlica;[4] e al sole la sua squamma fuma.
Giùngogli ov'è tra il pesce e il dio l'incastro.[5]

Ha il gran torace azzurro come il glastro[6]
ma l'argento sul dorso gli s'alluma.[7]
Sceglie tra l'alghe la più verde, e ruma;[8]
e gli cola il rigurgito salmastro.[9]

Con la vasta sua man palmata[10] afferra
la sua conca,[11] v'insuffla ogni sua possa,[12]
gonfio il collo le gote gli occhi istrambi.[13]

Va il rimbombo pel mare e per la terra.[14]

---

traduce il passo di H. de Régnier e costituisce il primo spunto del componimento: "Il Tritone *accosciato* su la duna" (cfr., in proposito, P. Gibellini, *La storia* cit., pp. 76-77).
[4] *la... bùlica*: la sabbia dove gorgoglia ("bùlica": vedi *Ditirambo I*, v. 244 e nota relativa) la spuma delle onde che si frangono sulla spiaggia: cfr. H. de Régnier, *loc. cit.*, vv. 65-68: "Et marchons vers la mer où les Tritons divins /.../ sur la grève où gémit le flot intarissable / gonflent leur conques d'or ou dorment sur la sable" (V. De Maldé-G. Pinotti). Per la rima *schiuma/fuma* vedi la nota introduttiva alla lirica.
[5] *Giùngogli... incastro*: gli arrivo, in altezza, al punto del corpo dove c'è l'innesto tra la parte marina e quella umana.
[6] *glastro*: vedi *L'opere e i giorni*, v. 24 e nota relativa.
[7] *l'argento... s'alluma*: il colore argenteo delle squame, sul dorso, si illumina, brilla. "Allumare" è verbo dantesco e petrarchesco. Vedi già *L'onda*, v. 32: "s'alluma...".
[8] *ruma*: mastica a lungo.
[9] *rigurgito salmastro*: la saliva bavosa impastata dei residui delle alghe masticate.
[10] *palmata*: con le mani palmate, cioè con le mani in cui le dita sono collegate da una membrana, il Tritone è rappresentato nell'iconografia tradizionale.
[11] *la sua conca*: la conchiglia che gli serve da bùccina... Cfr. il Tommaseo-Bellini alla voce "Tritone": "A. Citolini, *La Tipocosmia* [Venezia, 1561], 244: '/.../ Tritone con la conca sua'" (D. Martinelli-C. Montagnani). Cfr. anche *ibidem* alla voce "conca": "Chiocciole grandi, colle quali dicesi che suonino i Tritoni. Bald. Naut. 2, 47: Cerulei Tritoni [vedi v. 5] che innanzi vanno / spargendo il suon de le canore conche".
[12] *v'insuffla... possa*: vi soffia con tutta la sua forza. Ma per tutto il passo, cfr. H. de Régnier, *loc. cit.*, vv. 106-107: "Dans ma conque au col teint de nacre rose et verte, / je souffle éperdument" (V. De Maldé-G. Pinotti).
[13] *istrambi*: stravolti. Vedi *Gli indizii*, v. 18: "seppi negli occhi suoi distrambi e vai" e nota relativa.
[14] *Va... terra*: vedi *Anniversario orfico*, vv. 1-4: "Udimmo in sogno sul deserto Gombo / sonar la vasta bùccina tritonia / e da Luni diffondersi il rimbombo / a Populonia." Cfr. anche H. de Régnier, *loc. cit.*, vv. 30-34: "D'où j'entends /.../ et vers / la grève qui là-bas se courbe, de la mer, / gronder /.../ la conque des Tritons accroupis sur la dune" (V. De Maldé-G. Pinotti).

L'Alpe di Luni cròllasi [15] percossa.
Bàlzano [16] nel mio petto i ditirambi. [17]

---

[15] *cròllasi*: si scuote. Cfr. Dante, *Inferno*, XXVI, v. 86: "cominciò a crollarsi mormorando"; etc.
[16] *Bàlzano...*: cfr. *Primo vere, Idillii selvaggi*, vv. 10-11: "O forti pitiambici / che da 'l cuor balzavate fremendo"; *Canto novo, Canto del sole*, I, vv. 13-15: "...balzino / su su dal giovine cuore /.../ i /.../ pirrichii"; *Intermezzo, Sed non satiatus*, I, vv. 12-13: "...allor che su 'l vento maestrale / mi balzava la strofa ebra...". Il punto di partenza è forse in G. Carducci, *Odi barbare, Preludio*, vv. 5-6: "A me la strofa vigile, balzante /.../ ne' cori".
[17] *i ditirambi*: "Non tanto i poemi così chiamati, quanto gli spiriti dionisiaci che, erompendo dal petto, prendono numero ed impeto di poesia ditirambica" (E. Palmieri).

L'arca [1] romana

La data di composizione è ignota. Il titolo del componimento appare per la prima e unica volta nel ms. 396 che è alquanto tardo (settembre-ottobre 1903). Ciò induce a credere che la lirica sia stata composta nell'estate-autunno del 1903 e, comunque, senz'altro dopo la pubblicazione dell'annuncio a stampa diffuso dall'editore Treves il 18 gennaio 1903 per propagandare la prossima uscita del secondo volume delle *Laudi*.

In vista dell'Alpe di Luni, al pensiero delle statue che sono state cavate dal suo grembo, il poeta sente forte il desiderio di eternarsi in quei marmi. Quindi, il suo pensiero va alle antiche statue che, nel silenzio e nella solitudine dei parchi delle ville romane, ornano logge e balaustre, fissate per sempre nella loro immobilità quasi sacrale. Tra tanti simulacri, egli sceglie per sé un sarcofago romano che reca su tre facce scene di battaglia e che ormai è stato trasformato in un vaso dove cresce un oleandro. Seduto su quel sarcofago, mastichera l'amara foglia dell'oleandro, che simboleggia la poesia e ne sfoglierà i fiori, che simboleggiano l'amore vano e caduco.

L'Alpe di Luni è, ancora una volta, causa di grandi pensieri. Ma dopo l'attacco enfatico e autocelebrativo costituito dai vv. 2-3, il pensiero dei "grandi simulacri" in cui il poeta vorrebbe vedere "perpetuarsi" i suoi "spirti" lascia il posto, con un rapido scarto, al ricordo degli "antichi marmi" che giacciono abbandonati nei "grandi orti romani".

[1] *arca*: sarcofago, urna.

Il poeta passa così dal paesaggio versiliese a quello romano e il suo pensiero va verso ciò che presentemente è lontano e solo il volo dell'anima può recuperare. Di conseguenza, l'enfasi si attenua in sospiro. Poi, nell'ultima battuta della lirica, la spinta emotivo-evocativa, che aveva innescato il gusto della descrizione realistica, si spegne e le ultime tre strofe si caricano di allusioni e di simboli: il sarcofago che reca scene di battaglia e che è ormai ridotto a semplice vaso, l'oleandro con le sue foglie amare e con il suo fiore e l'atteggiamento stesso del poeta.

Il movimento centrale della lirica, quello che porta il poeta dalla Versilia ai giardini di Roma, è quello di sempre: quello, ad esempio che in *Laus vitae* porta il poeta che vive nella bellezza della primavera fiesolana a sentire e a rimpiangere la bellezza del paesaggio per sempre perduto dell'Ellade lontana (cfr. *Maia, Laus vitae,* vv. 3403-3585) e, in parte, anche quello dei *Sogni di terre lontane.* Di particolare nell'*Arca romana* c'è l'improvviso tuffo nel "paradisiaco" che lo scarto dal paesaggio delle Apuane a quello dei giardini romani e il conseguente passaggio dall'enfasi al sospiro comportano nell'economia della lirica. All'esperienza "paradisiaca", infatti, sono da ricondurre in blocco le immagini e gli stilemi dei vv. 4-15, con i loro "antichi marmi", i loro "grandi orti romani", le "logge", "le scalee", le "tuniche di muschi", "i cipressi", "le fontane", "il Silenzio / col dito su le labbra" e "chino a specchio", "il teschio / dell'eterna Medusa" che appare "dal profondo", "il grido del paone" (che per altro ricorda anche le stilizzazioni dell'*Intermezzo* e dell'*Isottèo*) e soprattutto "l'immobilità di pietra", la "vita che fu" e l' "ombra infinita". Quasi si direbbe che il trasalimento del cuore al pensiero delle cose *lontane* per il momento non sappia inventarsi un suo patrimonio di immagini e un suo linguaggio, come succederà nei *Sogni di terre lontane* e che quindi si rifaccia ancora alle vecchie esperienze. Il gusto realistico che presiede all'invenzione del componimento, però, è in linea con quello dei *Madrigali dell'Estate* e dei *Sogni di terre lontane*, cui *L'arca romana* è vicina anche cronologicamente. Agli uni e agli altri, inoltre, riconduce anche la forma metrica adottata che, nella distribuzione degli endecasillabi e nel gioco delle rime e delle assonanze, ricorda tanto i madrigali quanto le strutture metriche dei *Sogni*.

Metro: sei terzine chiuse da due distici. Ogni terzina ha il secondo e il terzo verso che rimano o assuonano tra di loro e con il primo verso della terzina successiva. Nei due distici i versi dispari sono assonanti e i versi pari ripropongono, a mo' di clausola, il medesimo emistichio.

Alpe di Luni,[2] e [3] dove son le statue? [4]
I miei spirti [5] deslan perpetuarsi
oggi sul cielo in grandi simulacri.

O antichi marmi in grandi orti [6] romani!
Stan per logge e scalèe di balaustri,[7]   5
con le lor verdi tuniche di muschi.[8]

Negreggiano [9] i cipressi i lecci i bussi
intorno alla fontana ove il Silenzio [10]
col dito su le labbra è chino a specchio.

Vede apparire dal profondo il teschio   10
dell'eterna Medusa, la Gorgóne;[11]
vede sé fiso nel divino orrore.[12]

---

[2] *Alpe di Luni*: vedi *Le madri*, v. 68 e nota 48, ma vedi anche *Il Tritone*, v. 13, dove pure è citata l'Alpe di Luni quasi a segnare uno stretto rapporto tra i due componimenti consecutivi.
[3] *e*: uso enfatico della congiunzione.
[4] *le statue*: le statue ricavate dai marmi delle Alpi Apuane.
[5] *I miei spirti*: vedi *Feria d'agosto*, v. 57: "...i miei spirti" e nota relativa.
[6] *orti*: giardini (lat. *hortus*)
[7] *balaustri*: le colonnine che formano i parapetti di logge, terrazze e scalinate. Cfr. *Poema paradisiaco*, *Climene*, vv. 13-14: "Grandi urne vuote lungo i balaustri / s'alternano con le statue corrose".
[8] *con le... muschi*: tutte rivestite di muschio. Per un'immagine simile vedi *Il fanciullo*, vv. 295 ss.: "...le statue divine /.../ dormono in bruni pepli di corimbi" e cfr. *Poema paradisiaco*, *Climene*, vv. 9 s.
[9] *Negreggiano...*: vedi *Il fanciullo*, v. 242: "Elci nereggian dopo gli arcipressi" e nota relativa. Cfr. anche *Poema paradisiaco*, *Climene*, vv. 17 s.
[10] *il Silenzio*: una statua raffigurante il Silenzio.
[11] *il teschio... Gorgóne*: la testa anguicrinita di Medusa, una delle Gorgoni. Probabilmente si tratta di un disegno musivo o di una scultura che si trovano sul fondo della fontana.
[12] *fiso... orrore*: impietrito dall'orrore, con gli occhi fissi nel terribile volto della Gorgone che impietrisce chi lo guarda.

Lamenta i fati [13] il grido del paone.[14]
Tutto è immobilità di pietra, vita
che fu, memoria grave, ombra infinita.   15

Un sarcofago eleggo,[15] ov'è scolpita
in tre facce una pugna [16] d'Alessandro;
pieno è di terra, e porta un oleandro.[17]

Quivi mastricherò la foglia amara
del mio lauro,[18] seduto su quell'arca.   20

Quivi disfoglierò la rosa vana [19]
dell'amor mio, seduto su quell'arca.

---

[13] *Lamenta i fati*: se la prende con il destino. Per "lamentare" costruito transitivamente cfr. F. Petrarca, *Rime*, LXXXIV, vv. 3-4: "...ne convene lamentar più l'altrui, che 'l nostro errore". G. Carducci, in uno scritto dedicato a G. Garibaldi e quindi noto a D'Annunzio scrive: "Piangiamo e lamentiamo i fati della patria".
[14] *paone*: pavone, secondo la forma diffusa nel Duecento e nel Trecento. Cfr. *L'Isottèo, Il dolce grappolo*, v. 9: "e gridano i paoni a quando a quando"; *Poema paradisiaco, Ai lauri*, v. 24: "il paone su l'alto muro stride".
[15] *eleggo*: scelgo. Latinismo. Vedi *L'opere e i giorni*, vv. 44 s.: "...il condottiero / eleggo nel gomitolo dell'api"; *Il fanciullo*, v. 116: "Eleggere sapesti il re splendente".
[16] *pugna*: battaglia. Latinismo usuale.
[17] *oleandro*: l'albero-simbolo dell'arte dannunziana: vedi *L'oleandro*, pp. 366 ss.
[18] *la... lauro*: simbolo della poesia ("mio lauro") e delle sue difficoltà ("foglia amara").
[19] *la rosa vana*: il fiore dell'oleandro che anche in *L'oleandro* è chiamato "rosa": vedi, ad esempio, vv. 39 ss.: "...quando / fiorì di rose il lauro trionfale?". L'aggettivo "vana" non allude al fatto che quella dell'oleandro è una rosa fasulla, ma contribuisce a determinare l'idea della vanità e della caducità dell'amore, di cui l'intera immagine "la rosa vana dell'amor mio" è simbolo.

… / L'alloro oceanico [1]

La data di composizione è ignota. Il titolo della lirica appare per la prima e unica volta nel ms. 396 che è alquanto tardo (settembre-ottobre 1903). Ciò induce a pensare che la lirica sia stata composta nell'estate-autunno del 1903 e, comunque, senz'altro dopo la pubblicazione dell'annuncio editoriale Treves (18 gennaio 1903), dove non è registrata.

Il poeta ama tutte le piante che verdeggiano e fruttificano ad adornare di sé l'estate italica, dall'oleandro al melograno, dal pino all'ulivo, dal ginepro al mirto, dal lentisco al terebinto e al caprifoglio; ma ama anche il sargasso, l'alga marina che vegeta in grandi banchi nell'Atlantico e che, con le sue bacche, è l'alloro dell'oceano.

Come *L'arca romana* si allaccia, nel nome dell'Alpe di Luni, al componimento che lo precede, *Il Tritone*, così *L'alloro oceanico* si riallaccia, nel nome e nella figura dell'oleandro, a *L'arca romana*, dove l'oleandro, nel cui nome *L'alloro oceanico* si apre, è citato al v. 18. Solo così pare si possa legittimare la presenza in questa parte del Libro di *Alcyone* di queste tre liriche, la prima delle quali *Il Tritone* rampollava, per il tramite della bùccina, dal *Policefalo*, il quale a sua volta derivava da *Feria d'agosto*, l'unico componimento che ha in sé la ragione di trovarsi nel luogo in cui si trova.

Comunque sia, e qualunque sia la sua non certo rilevante funzionalità nell'ambito della struttura di *Alcyone*, *L'alloro oceanico* è solo "un puro gioco / … / verbale / … /

---

[1] *alloro oceanico*: il sargasso, l'alloro dell'oceano: vedi la nota 21.

complicato da un gusto allegorico del *Fuoco* peggiore" (A. Noferi). In esso il poeta si compiace infatti di elencare tutte le piante, piccole e grandi, che hanno trovato posto, con maggiore o minore dignità, nei versi di *Alcyone* e che, ben a proposito, definisce le "cento corone dell'Estate ausonia". Poi, ad esse aggiunge il sargasso, cui trova, per via della presenza in entrambi di bacche, una parentela ideale con l'alloro. Quasi ogni pianta citata, naturalmente, è accompagnata da una brevissima precisazione, talvolta un solo aggettivo, che ne illustra il valore simbolico. Quando ciò non succede, per mancanza di significati reconditi in piante povere di tradizione, i nomi delle piante sono registrati nudi e crudi. È il caso del lentischio, del terebinto e del caprifoglio che si installano ad occupare da sole un intero verso con i loro bei nomi sonanti.

Lo sfoggio di competenza botanica è accompagnato e sostenuto dalle solite digressioni di origine libresca. Così i particolari relativi al melograno e al suo frutto derivano direttamente dal Tommaseo-Bellini (vedi nota 7) e quelli relativi al sargasso escono dal *Vocabolario marino e militare* del Guglielmotti. Anzi, visto che nel Guglielmotti alla voce "sargasso" è detto che quella "pianta marina" "produce bacche come l'alloro", è probabile che l'intero componimento nasca proprio intorno a questo nucleo concettuale per effetto della volontà del poeta di dare al sargasso, a causa di quella caratteristica, una sua dignità alcionia.

Strutturalmente il componimento è costituito da un unico periodo sintattico in cui l'uno dietro l'altro sono accumulati i nomi delle varie piante con le loro espansioni appositive o relative fino a che il tutto non trova, con un lieve scarto anacolutico, un verbo reggente nel "voglio" del penultimo verso. Il lessico è prezioso e ricercato. Nei primi due versi si succede una serie di sintagmi inizianti per *a*, con una preferenza per le sillabe *am* e *ar*: "Apollo, ambiguo, arbusto, aulisci, ardente". La forma metrica tradizionale del sonetto offre alla gratuità dell'enumerazione botanica tutto l'appoggio che può e esce dall'operazione piuttosto malconcia, soprattutto in conseguenza dell'abolizione, immotivata e insignificante, di ogni partizione strofica.

Metro: sonetto (ABBA, ABBA, CDE, CDE)

Oleandro d'Apollo,² ambiguo³ arbusto
che d'ambra⁴ aulisci nell'ardente⁵ sera;
melagrano,⁶ e il tuo rosso balausto
quasi fiammella in calice di cera;⁷

nautico pino,⁸ e il tuo scaglioso fusto⁹   5
e i coni entro la chioma tua leggera;¹⁰
olivo intorno dal dolor vetusto,¹¹

---

² *Oleandro d'Apollo*: l'oleandro è sacro ad Apollo, secondo il nuovo mito celebrato in *L'oleandro*, vv. 207-400.
³ *ambiguo*: vedi *L'oleandro*, v. 11: "...gli oleandrii ambigui" e nota relativa.
⁴ *ambra*: l'ambra grigia (sostanza che viene secreta nell'intestino del capodoglio e che è usata come ingrediente nei profumi) ha un intenso odore muschiato, odore che è quello attribuito ai fiori dell'oleandro anche in *L'oleandro*, vv. 34 ss.: "...l'amarulenta / fragranza della linfa /.../ vinse / l'odor muschiato dei vermigli fiori". Per il profumo d'ambra, cfr. già *La Chimera, Mirinda*, v. 8: "acqua d'ambra d'insolita fragranza". Cfr. anche G. Pascoli, *Myricae, Germoglio*, v. 17: "È del fior d'uva questa ambra che sento".
⁵ *ardente*: infuocata dai raggi del sole al tramonto.
⁶ *melagrano*: o, più comunemente, melograno: l'albero delle Punicacee con fusto eretto, rami rigidi e spinosi, foglie lanceolate, fiori di colore rosso-aranciato e frutti commestibili. Anche il "melograno", come l' "oleandro", ha, per D'Annunzio, un particolare valore simbolico: cfr. *Il fuoco*, in *Prose di romanzi*, II, pp. 580-583 e specialmente pp. 582 s.: " '...l'idea della mia [di Stelio Effrena] persona è legata indissolubilmente al frutto che io ho eletto per emblema e che ho sovraccaricato di significazioni ideali più numerose de' suoi granelli /.../; cosicché quando sarò morto /.../ i miei discepoli mi onoreranno sotto la specie del melograno, e nell'acutezza della foglia e nel colore fiammeo del balausto e nella gemmosa polpa del frutto coronato vorranno riconoscere qualche qualità della mia vita'".
⁷ *il... cera*: il balausto, il fiore del melograno, che è come una fiamma e sboccia da un calice carnoso che sembra fatto di cera. Cfr. nel Tommaseo-Bellini la voce "melagrano": "Melagrano /.../ È un arboscello sommamente elegante per le sue foglie, e soprattutto per i fiori forniti di un calice ["in calice di cera"] campaniforme coriaceo e di una corolla d'un bel rosso scarlatto ["rosso"]. Egli è il calice che dopo la fecondazione ingrossa e si cangia in frutto. Distinto dai Botanici col nome di Balaustio". "L'adozione della forma "balausto" invece di "balaustio" citato dal Tommaseo-Bellini è dovuta con tutta probabilità al fatto che nello stesso Tommaseo-Bellini sopra la voce "balaustio" che D'Annunzio si deve essere affrettato a consultare, è registrata la voce "balausta" o "balausto" dove il poeta leggeva: "Fiore del melagrano...". Per tutta la questione cfr. D. Martinelli-C. Montagnani, *art. cit.*, pp. 24-25.
⁸ *nautico pino*: nautico, il pino in quanto il legno del pino è usato per costruire le navi. In Virgilio, *Ecl.*, IV, v. 38, lo stilema "nautica pinus" è una sineddoche.
⁹ *il... fusto*: vedi *La pioggia nel pineto*, vv. 12-13: "piove su i pini / scagliosi ed irti".
¹⁰ *i... leggera*: le pigne che si trovano in mezzo alle tue fronde più alte.
¹¹ *intorto... vetusto*: la forma contorta del tronco e dei rami dell'ulivo è vista come la conseguenza degli spasimi del dolore che da tempi lontani travaglia l'albero.

e l'oliva tua dolce [12] che s'annera;

ginepro irsuto,[13] mirto caloroso,[14]
lentisco, terebinto,[15] caprifoglio,[16]   10
cento corone dell'Estate ausonia;[17]

ma te, sargasso,[18] re del Marerboso,[19]
vasto [20] alloro del gorgo,[21] anche te voglio,
che bacche fai come la fronda aonia.[22]

---

[12] *dolce*: vedi *Feria d'agosto*, vv. 39 s.· "...le ulive dolcissime di Calci / in salamoia".
[13] *ginepro irsuto*: vedi *Feria d'agosto*, v. 30: "...di ginepro irsuto..." e nota relativa.
[14] *caloroso*: "perché simbolo venereo, amoroso" (E. Palmieri): cfr., di fatto, L. Alamanni, *La coltivazione*, 1, 16: "L'amoroso mirto / cresce più volentier nel campo intero", citato dal Tommaseo-Bellini alla voce "mirto" Oppure: che produce calore, in quanto i cespugli di mirto o mortella vengono usati per rendere viva e scoppiettante la fiamma nei focolari.
[15] *lentisco, terebinto*: vedi *Il fanciullo*, v. 293: "lentischi e terebinti" · note relative.
[16] *caprifoglio*: l'arbusto rampicante detto anche madreselva.
[17] *ausonia*: italica. Latinismo della tradizione letteraria.
[18] *sargasso*: l'alga marina detta *Sargassum bacciferum* che vegeta in grandi banchi nell'Atlantico tra l'America e le Azzorre, in quello che si chiama appunto Mar dei Sargassi. Per tutti i particolari relativi al sargasso che seguono cfr. A. Guglielmotti, *Vocabolario* cit., alla voce "sargasso" (col. 1556): "(*Sargassum bacciferum.* Lin.) Pianta marina, come le alghe e i fuchi: ma viene a molta grandezza, e produce le bacche come l'alloro. - 2° *Mar di sargasso*. Largo tratto dell'Atlantico, dove i sargassi crescono ad enorme grandezza; e poi, divelti dalle tempeste, galleggiano in tanta copia, che inceppano la navigazione. – v. Marerboso".
[19] *Marerboso*: cfr. A. Guglielmotti, *Vocabolario* cit., alla voce "marerboso" cui D'Annunzio veniva rimandato dalla voce "sargasso" (vedi la nota precedente): "Estensione di mare ricoperto e ingombro di erbacce, alga, fuchi, sargassi, piante marine, dove la navigazione è difficile e talvolta pericolosa. Famoso tra tutti il banco a libeccio delle Azzorre /.../".
[20] *vasto*: per le ampie estensioni che occupa sul fondo del mare, diversamente dall'alloro.
[21] *alloro del gorgo*: il sargasso è l'alloro del gorgo perché, come D'Annunzio leggeva alla voce "sargasso" del *Vocabolario* cit. di A. Guglielmotti, "produce le bacche come l'alloro" (vedi nota 18).
[22] *fronda aonia*: il lauro, la pianta sacra ad Apollo e cara alle Muse, le quali abitavano sull'Elicona in Beozia, che un tempo era chiamata Aonia, perché vi vivevano gli Aonii. Per l'esatto significato dell'aggettivo "aonio", vedi *L'aedo senza lira*, v. 19: "...un canto aonio" e nota relativa.

Il prigioniero [1]

La data di composizione della lirica è ignota. Il titolo "Il prigioniero" appare per la prima e unica volta nell'elenco di titoli di componimenti alcionii registrato nel ms. 396 che è molto tardo (settembre-ottobre 1903). Però, nell'annuncio Treves della prossima pubblicazione del secondo volume delle *Laudi* (18 gennaio 1903) è registrato, tra gli altri, il titolo "La tristezza di Ardi". Ciò, per altro, non significa né che alla data di diffusione dell'annuncio il componimento intitolato "La tristezza di Ardi" fosse già composto né che esso sia lo stesso componimento che, nell'edizione definitiva di *Alcyone*, è intitolato "Il prigioniero".

Ardi, il giovane compagno del poeta-Glauco nelle ore versiliesi, "ha una sua tristezza che gli traspare dal volto, come l'ambascia ribelle nel 'Prigione' di Michelangelo che è al Louvre. Nella stessa guisa che il 'Prigione' anch'egli sembra legato a un destino malvagio, come se avesse perduto un impero. Fu egli forse tiranno in Gela o in Tebe? Ovvero combatté a Micale al fianco di Xantippo?..." (E. Palmieri).

Il motivo della tristezza di Ardi costituisce un nucleo concettuale che ha avuto, almeno a giudicare dalle carte alcionie, una lunga, e forse non del tutto realizzata, gestazione. La notazione "Ardi (triste)" si legge già in un foglio di appunti preparatori per *Alcyone* (ms. 417: cfr. anche P. Gibellini, *Per la cronologia* cit., pp. 411 s.), che risale

---

[1] *Il prigioniero*: con la p minuscola, come si legge anche nel ms. 396, dove il titolo è registrato insieme ad altri, e nel manoscritto autografo della stesura definitiva, e non *Il Prigioniero* con la P maiuscola, come, deducendolo dal v. 1, molti editori scrivono. Evidentemente, infatti, il prigioniero del titolo è Ardi e non la statua di Michelangelo.

all'estate-inverno 1902. Inoltre, come si è visto, nell'annuncio editoriale Treves è segnato, tra gli altri titoli di *Alcyone*, il titolo "La tristezza di Ardi". Riesce però difficile stabilire se *Il prigioniero* sia veramente lo sviluppo dell'appunto contenuto nel ms. 417 e se esso sia lo stesso componimento che nell'annuncio Treves era previsto con il titolo "La tristezza di Ardi". Infatti, ne *Il prigioniero* il motivo della tristezza del giovane compagno di Glauco è ridotto a così poca cosa da far pensare che la lirica sia del tutto diversa da quella preannunciata dall'appunto del ms. 417 e dall'annuncio Treves. La tristezza di Ardi, qual appare dal *Prigioniero*, è, in effetti, una tristezza di carattere eroico. Non è dovuta, come forse ci si sarebbe aspettato, alla consapevolezza dell'ormai prossimo vanire dell'estate, ma alla sensazione di impotenza cui il giovane si vede costretto nonostante la sua ansia di azione e nonostante si sappia "vittima consacrata al Mare Ignoto". Quell'altra tristezza, quella determinata dal venir meno dell'estate, sarà cantata in un altro componimento, quello intitolato appunto *Tristezza*, e non sarà la tristezza di Ardi, ma di Ermione (vedi pp. 623 ss.). Così come è, quindi, *Il prigioniero* altro non è che un lontano preannuncio del tema dell'eroica insofferenza della propria vita e dell'ansia dell'ignoto che saranno cantati nel *Ditirambo* di Icaro. Naturalmente, nulla vieta di pensare che il motivo della tristezza di Ardi era orientato in questa direzione anche nell'appunto del ms. 417 e nell'annuncio Treves. Ardi, se non altro, ne *Il prigioniero*, appare in linea, almeno in parte, con il personaggio che è in *Bocca di Serchio*. Tornano qui la sua giovinezza, il suo entusiasmo per i grandi spazi da percorrere con la velocità del vento, la sua consapevolezza dell'esistenza di limiti invalicabili e, anche, il suo cavallo bianco.

Ma si direbbe che la problematizzazione dei suoi casi, del suo ardore e della sua sete di azione, quali appaiono in *Bocca di Serchio*, non gli giovi, tanto più che è risolta in termini intellettualistici, in un rampollare di immagini di origine culturale desunte da Pindaro, Tucidide e Erodoto. Infatti, impostata l'analogia tra la tristezza di Ardi e quella del "Prigione" di Michelangelo (vv. 1-4) e individuata l'origine di essa per l'uno e per l'altro (vv. 5-8), il poeta analizza la causa della tristezza di Ardi come se questi fosse il "Prigione" stesso. Di qui deriva, dopo le due quartine in cui la tristezza di Ardi era, per lo meno, il centro del discorso, la triplice domanda contenuta nelle terzine e volta sempre ad appurare la stessa cosa: se cioè Ardi è decaduto da una condizione superiore, di tiranno o di guerriero, a quella di prigioniero.

Il tono pacato e solenne del componimento è perseguito, nelle due quartine, mediante l'adozione di un periodare ampio e sostenuto, coincidente in entrambi i casi con il periodo strofico. Più mosse, anche per effetto della serie di interrogative, risultano le terzine, ma anch'esse suonano piene e solenni. Dal punto di vista metrico, la forma tradizionale del sonetto, caratteristica comune del blocco di componimenti di questa parte di *Alcyone*, è classicamente distribuita in quattro parti coincidenti con le quattro strofe. Ma tale struttura tradizionale è elusa all'interno di ogni periodo strofico dal gioco degli *enjambements*.

Metro: sonetto (ABBA, ABBA, CDE, CDE).

Ardi,[2] sei triste come il Prigioniero
ignudo[3] che il titano Buonarroto[4]
cavò da quel che or splende àvio[5] e rimoto
Sagro,[6] per il pontefice guerriero.[7]

Constretto[8] anche tu sei dal tuo mistero,   5
vittima consecrata[9] al Mare Ignoto;[10]

---

[2] *Ardi*: vedi *Bocca di Serchio*, v. 1 e nota 1.
[3] *il... ignudo*: uno dei due Prigionieri nudi scolpiti da Michelangelo per il mausoleo di Giulio II e ora al Louvre: con tutta probabilità, quello che è raffigurato con le braccia legate sul dorso, il piede destro poggiato su un gradino, il ginocchio piegato e il busto e la testa che si torcono nello sforzo di liberarsi.
[4] *il titano Buonarroto*: Michelangelo Buonarroti, simile a un Titano, in quanto con il suo genio e la sua arte sembra aver superato i limiti imposti all'uomo dalla natura. Vedi *Ditirambo III*, v. 54: "...del titan Sole".
[5] *àvio*: impervio, inaccessibile. Latinismo (lat. *avius*): cfr. Orazio, *Carm.*, I, XXIII, v. 2: "...montibus aviis".
[6] *Sagro*: il monte Sagro (m 1749), nelle Apuane centrali.
[7] *pontefice guerriero*: papa Giulio II Della Rovere.
[8] *Constretto*: tenuto stretto, angustiato. Arcaismo etimologico (lat. *constringere*), registrato come tale nel Tommaseo-Bellini.
[9] *consecrata*: consacrata. Arcaismo etimologico (lat. *consecro*) duecentesco e trecentesco registrato come tale nel Tommaseo-Bellini.
[10] *Mare Ignoto*: il mare dell'ignoto, il mistero senza fine.

e la bocca tua bella grida a vòto [11]
contra il fato che tolseti l'impero.[12]

Tiranno fosti in Gela, trionfale
nell'ode pitia re? [13] Traesti schiavi   10
da Tespe [14] uomini e marmi [15] alla tua Tebe?

O sul cavallo bianco [16] eri a Micale,[17]
presso il padre di Pericle,[18] e pugnavi
con l'altra gioventù nel nome d'Ebe? [19]

---

[11] *la... vòto*: come la bocca del "Prigione" di Michelangelo, le cui labbra sono aperte come se volessero articolare un grido. Per il sintagma "grida a vòto", cfr. Dante, *Inferno*, VIII, v. 55: "...tu gridi a voto".
[12] *impero*: il potere.
[13] *Tiranno... trionfale... re*: allusione a Gelone, tiranno di Gela e poi di Siracusa, che Pindaro, nella *Pitica* I dedicata a Gerone Etneo, saluta come colui che nel 480 a.C., lo stesso giorno della battaglia di Salamina, sconfisse i Cartaginesi presso Imera.
[14] *Tespe*: la città di Tespia, in Beozia, che fu distrutta dai Tebani perché i suoi abitanti erano accusati di essere filoateniesi. Cfr. Tucidide, *Bel. Pel.*, IV, 133.
[15] *Traesti schiavi... marmi*: zeugma: portasti via schiavi gli abitanti e facesti bottino di statue di marmo.
[16] *cavallo bianco*: un "cavallo bianco" ha Ardi anche in *Bocca di Serchio*, v. 20.
[17] *Micale*: promontorio dell'Asia Minore, di fronte all'isola di Samo, dove i Greci, nel corso di una battaglia navale poi divenuta terrestre, sconfissero i Persiani (479 a.C.).
[18] *il... Pericle*: Xantippo, padre di Pericle, era il comandante della flotta ateniese a Micale. Cfr. Erodoto, *Hist.*, VIII, 131 e IX, 114. Vedi anche la nota 19.
[19] *nel... Ebe*: nel nome di Ebe, la dea della giovinezza. Secondo il racconto di Erodoto. *Hist.*, IX, 98, la parola d'ordine dei Greci per la battaglia di Micale era "Ebe" [almeno secondo la lezione dei codici che D'Annunzio trovava registrata, ad esempio, nell'edizione Didot, Parigi 1887]. Cfr. *Taccuino* n. 7, II, p. 76: "Nella giornata di Mycale la parola d'ordine fu Hebe, la dea della giovinezza, l'ancella celeste che Era aveva concepito respirando una rosa" [agosto 1897: appunti di un discorso pronunciato, con tutta probabilità, a Miglianico, durante la campagna elettorale per l'elezione a deputato]; *Taccuino XXVIII*, I, p. 411: "Ed è bella e buona cosa veramente che anche oggi come nella battaglia di Mycale, la parola sia Ebe, la giovinezza, l'irresistibile potenza della primavera umana" ["1900 - 25 maggio": appunti di un discorso pronunciato durante la campagna elettorale fiorentina del 1900]. Cfr. anche *Maia*, *Laus vitae*, vv. 1584 ss.: "E te, Pericle, anche vedemmo, /.../ te nato /.../ di colui che a Micale fu vincitore nel nome / d'Ebe giovinetta ridente". Cfr. poi anche *Alle reclute del '99*, in *La riscossa*, Brescia, Bestetti e Tuminelli, s.d. ma 1918, p. 93; *L'urna inesausta*, *Il segno è pegno*, in *Prose di ricerca*, I, p. 1034; *Il libro ascetico della giovane Italia*, *Messaggio del convalescente agli uomini di guerra*, in *Prose di ricerca*, I, pp. 607 s.

La Vittoria navale

La data di composizione della lirica è ignota. Il fatto che in un manoscritto (ms. 4807, XXIV, 5, num. 365 dell'*Inventario* cit.) contenente titoli di *Elettra* sia registrato sotto il numero "25", dopo il "Canto augurale per la nazione eletta", il titolo "Alla Nike di Samotracia" poi corretto in "Nike" (cfr. P. Gibellini, *Per la cronologia* cit., p. 423) induce a pensare che un componimento dedicato alla Vittoria fosse previsto originariamente per il secondo libro delle *Laudi*. Ciò, invero, è ulteriormente confermato dal fatto che in un altro manoscritto (ms. 5116, XXV, 1, num. 406 dell'*Inventario* cit.), che doveva far parte, quale ultimo foglio, del fascicolo di *Elettra* preparato da D'Annunzio per l'invio in tipografia, si legge ancora il titolo "Alla Nike di Samotracia" e, sotto, la precisazione "manca un'ode" e la nota "l'ultima della seconda parte". Dunque, ancora al momento di spedire in tipografia il materiale di *Elettra*, il poeta pensava di sigillare il libro con un componimento, per altro ancora da comporre, dedicato alla Nike. Ma la cosa non ebbe seguito e il progetto di dedicare una lirica alla Vittoria alata sembra essere passato, probabilmente con un mutamento anche della forma metrica originariamente scelta, in ambito alcionio. Di fatto, il titolo "La vittoria navale", negli elenchi dei titoli del terzo libro delle *Laudi*, appare per la prima e unica volta tra i titoli registrati nel ms. 396 che è molto tardo (settembre-ottobre 1903). La lirica, quindi, dovrebbe essere stata composta nell'estate-autunno del 1903, dopo la pubblicazione dell'annuncio editoriale Treves del gennaio 1903, nel quale il titolo non è registrato neanche tra quelli di *Elettra* e dopo la messa in opera e l'invio in tipografia del materiale di *Elettra*, operazione che si può con buona approssimazione, porre al giugno-luglio 1903.

Se la Vittoria, la Nike dalle ali spiegate al vento che orna e arma la prua della trireme di Samotracia, lo cerca per coronare la sua lunga dedizione all'arte e alla vita eroica, il poeta non può aspettarla che in Versilia, nella pineta che corre tra il mare e le Apuane. Egli, del resto, sa di meritarsi un simile riconoscimento, perché è l'ultimo erede della grande tradizione ellenica e dentro di lui si agita un demone ardente.

Il poeta si elegge " ultimo figlio degli Elleni" e si aspetta l'incoronazione ufficiale del suo "sforzo / ... / ventenne" nientemeno che dalla Nike di Samotracia. Pretestuosa nell'assunto e gratuita nella conclusione, la lirica pare nascere per filiazione dal componimento che segue, *Il peplo rupestre*, quasi a giustificare la visione in essa contenuta. Il suo carattere puramente enunciativo, tra l'altro, la rende anche enfatica e oratoria. La dichiarazione di poetica che la chiude, oltre che eloquente, è piuttosto convenzionale, né vale il correttivo dionisiaco (v. 14: "ma d'un igneo dèmone son ebro") per rianimarla. Il legame che il poeta instaura tra la Grecia, donde la Nike dovrebbe venire a lui, e la Versilia, dove egli si trova, ha naturalmente un preciso valore simbolico. La Versilia, in particolare, risulta la patria ideale della poesia alcionia. Del resto, la sua elezione a terra beata dove più che in qualsiasi altro luogo il poeta amerebbe vivere è già contenuta in *Bocca di Serchio*. La scelta, invece, della Nike di Samotracia, come colei che dovrà laurearlo, per quanto non certo casuale, pare di origine intellettualistica e libresca.

L'ampio e solenne giro sintattico del componimento è in linea con l'enfasi del componimento. L'attacco impostato sul "se" di un'ipotesi assolutamente reale tiene in sospeso il periodo per tutta la durata delle quartine prima di trovare, nel verbo reggente dell'inizio delle terzine ("l'attenderò") una momentanea pausa che il gerundio ("dicendo") rilancia però subito nella nuova enfasi dell'allocuzione diretta alla dea. Anche l'andamento lineare dei periodi delle due terzine, di fatto, si risolve in una forma di oratoria, dato il carattere puramente enunciativo delle proposizioni. Il parallelismo delle subordinate relative della prima quar-

tina ("Se quella ch'arma /.. / verso me che / ... / ") e
della prima terzina ("dalla piaggia che / ... / dall'isola che
/ ... /") è artificioso. La tensione cui la forma metrica
tradizionale del sonetto è sottoposta è fortissima e dilata
al massimo le strutture prestabilite del modello, ma senza
risultati apprezzabili. Curiosa e inedita la rima equivoca
"Ebro-ebro" (vv. 11-14).
Metro: sonetto (ABBA, ABBA, CDE, CDE).

Se quella ch'arma di sue grandi penne
la prua della trière samotrace [1]
venir dee verso me che senza pace [2]
persèvero lo sforzo mio ventenne,[3]

non altrove ma fra le vive antenne 5
di questa selva nata dal focace
lito,[4] in vista dell'Alpe che si tace [5]
gloriosa di suo candor perenne,[6]

l'attenderò dicendo: « Ben mi vieni
dalla piaggia che i Càbiri nutrica,[7] 10

---

[1] *Se... samotrace*: se la Nike, la Vittoria di Samotracia, che, sotto forma di polena, munisce, guarnisce, come parte costitutiva e fondamentale ("arma"), con le sue grandi ali ("penne") la prua della trireme ("triere", vedi *L'oleandro*, vv. 118 s.: "...la triere / che recava da Ceo l'ode novella") di Samotracia, l'isola greca del Mar Egeo, vicino alla costa tracia.
[2] *senza pace*: vedi *Intra du' Arni*, v. 9: "...senza pace" e nota relativa; *L'ippocampo*, v. 39: "...senza pace".
[3] *persèvero... ventenne*: continuo a sopportare la ventennale fatica di poeta e di uomo che vive una vita eroico-erotica.
[4] *le...lito*: i pini, che saranno poi antenne di navi ma ora sono piante vive (cfr. anche Dante, *Purgatorio*, XXX, v. 15: "...le vive travi") di questa pineta che copre il litorale infuocato (vedi *L'ippocampo*, v. 36: "la rapidità focace") della Versilia.
[5] *si tace*: se ne sta immobile e silenzioso. Per l'uso del medio-riflessivo, vedi *La sera fiesolana*, vv. 16 s.: "...ove si tace / l'acqua del cielo" e nota 16.
[6] *gloriosa... perenne*: orgogliosa dei marmi biancheggianti che porta dietro di sé, non senza la solita allusione alle statue imperiture che potenzialmente esistono in quei marmi.
[7] *piaggia... nutrica*: la spiaggia dell'isola di Samotracia, un tempo sede religiosa dei misteri sacri agli dei Cabiri, ai quali appunto Demetrio Poliorcete dedicò la statua della Nike per celebrare la vittoria navale di Salamina di Cipro riportata contro Tolomeo Sotere nel 306 a.C. Per il particolare dei Cabiri e della dislocazione dell'isola "di contro all'Ebro" (vedi il verso seguente e la nota 8), cfr. l'*Onomasticon* del Forcellini alla voce *Samos*

dall'isola che sta di contro all'Ebro [8]

Io son l'ultimo figlio degli Elleni:
m'abbeverai alla mammella antica;[9]
ma d'un igneo dèmone [10] son ebro ».

Thraciae: "Non est praetermittendum sui famam antiquitus debuisse Cabirorum seu magnorum deorum cultui /.../ insula maris Thraciae contra promontorium Sarpedon dictum" (D. Martinelli-C. Montagnani). Per l'arcaismo, già dantesco e petrarchesco, "nutricare", vedi *La corona di Glauco*, *L'acerba*, v. 1: "...mi nutrico".
[8] *di... Ebro*: l'isola di Samotracia si trova non lontano dalla foce dell'Ebro, l'attuale Maritza.
[9] *m'abbeverai... antica*: mi accostai per tempo all'arte e al pensiero greco, assimilandone lo spirito. La medesima immagine è registrata in un foglietto contenente appunti preparatori per *Alcyone* (ms. 428): "O Derbe, noi vivemmo come iddii... – Ci abbeverammo alla mammella antica". Cfr. P. Gibellini, *Per la cronologia* cit., p. 400.
[10] *un igneo dèmone*: un demone ardente: "ed è furore di vita, ansia eroica, volontà tesa di vincere la sua guerra" (E. Palmieri).

Il peplo rupestre

La data di composizione è ignota. Gli appunti del *Taccuino XLIV* che stanno alla base della lirica risalgono però al 21 settembre 1902, data che di conseguenza diventa il termine *post quem* della stesura. Il titolo del componimento nella forma "Il peplo" è già nell'annuncio editoriale Treves del gennaio 1903 e poi anche in un foglietto di appunti preparatori per *Alcyone*, posteriore all'annuncio Treves e localizzabile nell'estate-autunno del 1903 (ms. 408; cfr. P. Gibellini, *Per la cronologia* cit., p. 417): in esso, tra l'altro, a dimostrare, se ce ne fosse bisogno, che "Il peplo" è la stessa cosa che *Il peplo rupestre*, il titolo è accompagnato dalla precisazione, evidentemente in funzione mnemonica, "l'Altissimo": "Il peplo (l'Altissimo)". Il titolo definitivo, "Il peplo rupestre", appare per la prima e unica volta tra i titoli registrati nel ms. 396, che è molto tardo (settembre-ottobre 1903).

Il nucleo concettuale della lirica è costituito da un'impressione paesaggistica. Essa, quale è fissata, sotto la data del 21 settembre 1902, nel *Taccuino XLIV* (I, p. 453), suona: "La Ceragiola rosseggia sotto l'*Altissimo* con le cave di Statuario. Le sue pieghe anfrattuose sono come il frammento fidiaco d'un peplo (statue del Frontone del Partenone) (La divinità adagiata)". Nel *Taccuino* la parola "*peplo*" è sottolineata in matita blu. L'impressione paesaggistica, che già nell'appunto del *Taccuino* trapassa nell'immagine del peplo e quindi nel dato culturale del peplo di una statua del Partenone, dà senz'altro luogo nella lirica a una intellettualistica interpretazione del paesaggio. La contemplazione dello spettacolo naturale, insomma, anziché risolversi in estasi contemplativa come in altre composizioni alcionie, sfocia in una visione fantastica di origine più culturale che lirica. Si aggrava così di dati libreschi (la Nike mutila e il "bianco aruspice d'Apollo"), necessari supporti esterni della fantasia, e si imbanalisce nella ricerca di corrispondenze più razionali che fantastiche, fino a cadere nell'eloquenza gratuita. La visione, comunque, è funzionale, nell'economia della sezione del Libro, alla situazione. Non solo attua, o prepara, la vagheggiata apparizione della Vittoria navale, che, come si è detto nella lirica precedente, deve incoronare il poeta, ma crea anche la suggestione visionaria che renderà possibile l'apparizione dell'ala di Icaro (vedi *L'ala sul mare*, pp. 580 ss.) e quindi di Icaro stesso.

Il componimento risulta, nell'insieme, enfatico e oratorio. Anche le impressioni-descrizioni, infatti, sono risolte in maniera puramente enunciativa. Tre reminiscenze dantesche (vedi le note 11, 14 e 19) offrono, insieme a un paio di immagini, tre rime preziose, una delle quali ("soggioga") si trascina dietro anche la sua rima omologa ("foga").

Metro: sonetto (ABBA, ABBA, CDE, CDE).

Mutila dea,[1] tronca le braccia e il collo,
la cima dell'Altissimo t'è ligia.[2]
È tua la rupe onde alla notte stigia
discese il bianco aruspice d'Apollo.[3]

---

[1] *Mutila dea*: la "Nike di Samotracia", che è acefala e mutila di entrambe le braccia, come spiega l'espansione appositiva che segue: "tronca le braccia e il collo" (accusativi di relazione).
[2] *la... ligia*: la cima del Monte Altissimo (m 1589), nelle Alpi Apuane centrali, ti è sottomessa, è tua.
[3] *onde... Apollo*: da cui, quando morì, scese nel buio eterno che avvolge il fiume Stige, cioè l'inferno ("alla notte stigia": vedi *L'otre*, v. 260: "...alla gran Notte stigia" e nota relativa) l'ormai vecchio ("bianco") indovino, sacro ad Apollo come tutti i cultori dell'arte profetica, Arunte. Secondo Lucano, *Phars.*, I, vv. 585 ss., Arunte "incoluit desertae moenia Lunae". Cfr. anche Dante, *Inferno*, XX, vv. 46 ss.: "Aronta è quel /.../ che ne' monti di Luni, dove ronca / lo Carrarese che di sotto alberga / ebbe tra' bianchi marmi la spelonca / per sua dimora...". Cfr. anche *Francesca da Rimini, Commiato*, vv. 13-15, in *Tragedie*, I, p. 708: "Impeto fanno al ciel con le superne / cime l'Alpi, onde spia le stelle Aronta, / nude e solcate di ferite eterne".

La cruda[4] rupe che non dà mai crollo,[5]
o Nike, il tuo ventoso peplo effigia![6]
La violenza delle tue vestigia
eternalmente anima il sasso[7] brollo.[8]

Quando sul mar di Luni arde la pompa
del vespro[9] e la Ceràgiola è cruenta[10]
sotto il monte maggior che la soggióga,[11]

sembra che dispetrata[12] a volo irrompa
tu negli ardori[13] e sul mio capo io senta
crosciar la gioia dell'immensa foga.[14]

---

[4] *cruda*: dirupata. Con l'epiteto dantesco (*Paradiso*, XI, v. 106: "nel crudo sasso intra Tevere e Arno"; vedi anche *I Tributarii*, vv. 52 s.: "...Verna cruda"; *Feria d'agosto*, v. 20: "la cruda Pania"), l'Altissimo è già qualificato nel *Taccuino XLIV*, cit., p. 452: "La criniera dell'*Altissimo cruda*".
[5] *non... crollo:* non ha mai il minimo movimento. Cfr. Dante, *Inferno*, XXV, v. 9: "...non potea con esse dare un crollo" e vedi *Il Tritone*, v. 13: "L'Alpe di Luni crollasi percossa" e nota 15.
[6] *il... effigia*: riproduce il peplo di Nike mosso dal vento. Per l'immagine, vedi il passo del *Taccuino XLIV* citato nell'introduzione alla lirica.
[7] *La... sasso:* l'impeto del tuo passaggio a volo su questo monte ha lasciato la sua traccia nello slancio verso l'alto che eternamente anima la vetta.
[8] *brollo*: brullo, spoglio. Cfr. Dante, *Inferno*, XVI, v. 30: "...il tinto aspetto e brollo".
[9] *arde... vespro*: fiammeggia il grandioso spettacolo di luci del tramonto. Cfr. già *Poema paradisiaco*, *Le foreste*, v. 27: "l'ultima pompa [delle foreste illuminate dal sole al tramonto]...".
[10] *la... cruenta*: la Ceràgiola, il monte marmifero delle Apuane, che sorge alle spalle di Serravezza, è insanguinata, color rosso sangue, in quanto i suoi marmi rossastri sono illuminati dai raggi del sole al tramonto. Per la descrizione della Ceràgiola infuocata dai bagliori del tramonto, cfr. *Taccuino XLIV*, cit., p. 453: "La Ceragiola rosseggia sotto l'*Altissimo* con le cave di Statuario". Cfr. anche *Maia*, *Laus vitae*, v. 8154 s.: "ai rugginosi gironi / della Ceragiola ardente".
[11] *il... soggióga:* l'Altissimo, che la domina ("soggioga") con la sua mole. "Soggioga" è clausola dantesca che, in entrambi i casi in cui è usata, rima, come qui (vedi v. 14) con "foga": cfr. *Purgatorio*, XII, vv. 100 ss.: "Come a man destra, per salire al monte / dove siede la chiesa che soggioga / la ben guidata sopra Rubaconte, / si rompe del montar l'ardita foga": *Paradiso*, XII, vv. 48 ss.: "non molto lungi al percuoter de l'onde / dietro a le quali, per la lunga foga, / lo sol /.../ si nasconde, / siede /.../ Calaroga / sotto la protezion del grande scudo / in che soggiace il leone e soggioga".
[12] *dispetrata*: dopo esserti liberata dalla roccia. Sintagma coniato da D'Annunzio.
[13] *ardori*: le fiamme del tramonto. Per "ardore" nel senso di 'fiamma', cfr. già Dante, *Inferno*, XIV, v. 37: "...l'etternale ardore"; etc.
[14] *foga*: l'impetuosa velocità con cui la Nike vola. Per "foga" che è clausola dantesca, vedi la nota 11.

Il vulture [1] del Sole

La data di composizione è ignota. Il titolo della lirica appare per la prima e unica volta nell'elenco di testi contenuti nel ms. 396, che è molto tardo (settembre-ottobre 1903) La stesura del componimento dovrebbe quindi risalire all'estate-autunno del 1903 e, comunque, dovrebbe essere successiva al gennaio 1903, data di pubblicazione dell'annuncio editoriale Treves, nel quale il titolo non è registrato

Sotto la vampa del sole, mentre tutt'intorno ode i rumori e i suoni dell'estate, il poeta si sente invaso da impeti di gloria che gli artigliano il cuore, come farebbe un avvoltoio. Solleva il viso e, a occhi chiusi, attraverso il rosso delle sue palpebre illuminate dalla luce del sole, vede il mondo risplendere del suo sangue.

Il motivo della "grande estate", con la sua luce abbacinante, i suoi suoni e i suoi umori, è piegato a esiti volontaristici ed enfatici. L'elenco di sensazioni e impressioni dell'estate alcionia, raccattate qua e là da varie liriche del Libro, ha il solo scopo di preparare l'esplosione dell'entusiasmo autocelebrativo del poeta dei vv. 9-11. Lo stesso accordo panico con gli aspetti della realtà circostante, infatti, risveglia soltanto un'emozione intellettualistica e volontaristica. In qualche modo, tuttavia, l'impeto di gloria che la luce del sole desta nel poeta risvegliando in lui sogni di possesso e di dominio del mondo anticipa, seppure su un piano più razionale che fantastico, l'ansia di azione e di potenza di cui sarà vittima illustre Icaro.

[1] *vulture*: avvoltoio, aquila. Vedi *Anniversario orfico*, vv. 41 s.: ..del ostro del vulture".

L'ampio giro sintattico del componimento, che ricalca quello de *La Vittoria navale* ("Se...") e che si distende a occupare tutte le quartine e la prima terzina, riflette, insieme, l'ansia di gloria che anima il poeta e l'esteriorità oratoria del concetto. La lunga sospensione ritmica che determina, rompe, al solito, la compattezza del metro chiuso adottato, ma, anche questa volta, senza esiti apprezzabili.
Metro: sonetto (ABBA, ABBA, CDE, CDE).

S'io pensi o sogni, se tal volta io veda
quasi vampa tremar l'aria salina,[2]
se nel silenzio oda piombar la pina
sorda,[3] strider la ragia nella teda,[4]

sonar sul loto la palustre auleda,[5]   5
istrepire il falasco e la saggina,[6]
subitamente del mio cor rapina
tu fai, di me che palpito fai preda,

o Gloria, o Gloria, vulture del Sole,
che su me ti precipiti e m'artigli   10
sin nel focace lito[7] ove m'ascondo!

Levo la faccia, mentre il cor mi duole,

---

[2] *quasi... salina*: l'aria, impregnata di odori marini ("salina"), infuocata dall'ardore del sole tremare come trema la vampa di una fiamma. Vedi la medesima immagine in *Stabat nuda Aestas*, vv. 3-4: "...estuava l'aere con grande / tremito, quasi bianca vampa effusa".
[3] *piombar... sorda*: cadere per terra, con un tonfo sordo, la pigna. Per il sintagma "piombare", cfr. già *Poema paradisiaco*, *O rus!*, vv. 11 s.: "e rubiconde piombano le mele / giù dal ramo gravato".
[4] *teda*: "Specie di pino selvatico, che per la sostanza resinosa sommamente combustibile di cui abbonda, può ridursi in pezzi che bruciano in guisa di torcia". Così il Tommaseo-Bellini alla voce "teda" (D. Martinelli-C. Montagnani).
[5] *la palustre auleda*: la rana, la suonatrice di flauto della palude. Per il prezioso sintagma "auleda", cfr. già *La Chimera*, *Donna Francesca*, vv. 103 s.: "...la tibia /.../ ove un'auleda / prova / ...sua lene canzone". Cfr. anche G. Pascoli, *Poemi conviviali*, *Alexandros*, v. 33: "...Timotheo, l'auleta".
[6] *istrepire... saggina*: crepitare il falasco (un'erba palustre) e la saggina (una pianta erbacea dalla lunga infiorescenza). Per l'immagine, vedi *Stabat nuda Aestas*, vv. 18-19: "...nel falasco / entrò, che richiudeasi strepitoso".
[7] *focace lito*: vedi *La Vittoria navale*, vv. 6-7: "...selva nata dal focace / lito..." e nota relativa.

e pel rossore de' miei chiusi cigli [8]
veggo del sangue mio splendere il mondo.

---

[8] *pel... cigli*: attraverso le palpebre chiuse che trasparivano del colore rosso del mio sangue. Cfr. *Taccuino III*, I, p. 39: "Il sole battendomi su le palpebre, mi sveglia. Vedo, a traverso il tessuto delle palpebre, lo splendore roseo del mio sangue" [31 luglio 1895]. Cfr. anche *Maia, Laus vitae*, vv. 169-173: "Mi destò il Sole / raggiandomi la faccia. / Vidi per le trame / delle mie palpebre il fulgore / del mio sangue...". Cfr. la notazione registrata, insieme ad altre, nel ms. 419 (num. 50 dell'*Inventario* cit.), che contiene appunti preparatori per *Alcyone*: "L'ombra cerulea del sangue su le palpebre".

L'ala sul mare

La data di composizione è ignota. Il titolo della lirica appare per la prima e unica volta nell'elenco di titoli alcionii registrati nel ms. 396 che è molto tardo (settembre-ottobre 1903). La stesura del componimento dovrebbe quindi risalire all'estate-autunno del 1903 e, comunque, dovrebbe essere successiva al gennaio 1903, data di pubblicazione dell'annuncio editoriale Treves, nel quale il titolo non è registrato.

Sull'onda del mare galleggia un'ala. Il poeta, che l'ha scorta e l'ha indicata ad Ardi, non fa fatica a riconoscerla: è l'ala di Icaro! Chi la raccoglierà, per ritentare il folle volo e rinnovare l'ardimento eroico del figliolo di Dedalo?

La lirica ha la funzione e lo scopo di preparare il *Ditirambo IV*. Il motivo dell'ansia di gloria da cui il poeta, nel componimento precedente, si sentiva invaso sotto il dardeggiare del sole dell'estate, diventa desiderio di rinnovare il gesto eroico di Icaro che, sdegnando il medio limite in cui vivono i comuni mortali, sfidò il destino.

Il presagio eroico fa vibrare di enfasi e di eloquenza il componimento. L'avvio descrittivo, in verità, è pieno di incantata dolcezza, quasi che il relitto dell'ala avvistata sulle onde altro non sia che uno dei tanti relitti dell'estate alcionia. Poi, all'inizio della seconda quartina, la scoperta della vera identità dell'ala infiamma il tono e il componimento si smarrisce nella precisazione erudita e libresca dei vv. 6-8 e nell'accensione, più oratoria che altro, delle due terzine.

Metro: sonetto (ABBA, ABBA, CDE, CDE).

Ardi,[1] un'ala sul mare è solitaria.
Ondeggia come pallido [2] rottame.
E le sue penne, senza più legame,[3]
sparse tremano ad ogni soffio d'aria.

Ardi, veggo la cera![4] È l'ala icaria,[5]
quella che il fabro della vacca infame [6]
foggiò quando fu servo nel reame
del re gnòssio [7] per l'opera nefaria.[8]

Chi la raccoglierà? Chi con più forte
lega saprà rigiugnere le penne
sparse per ritentare il folle volo? [9]

Oh del figlio di Dedalo [10] alta sorte!
Lungi dal medio limite [11] si tenne
il prode, e ruinò [12] nei gorghi solo.

---

[1] *Ardi*: vedi *Bocca di Serchio*, v. 1 e nota 1. Ardi è stato scelto come testimone della scoperta dell'ala di Icaro e come destinatario del presagio eroico del poeta a causa dell'ansia di azione di cui ha dato prova in *Bocca di Serchio*, vv. 127-130, dove afferma: "Dato ci fosse correre senz'ansia / l'Universo! Ma troppo il nostro petto / è angusto pel respiro della nostra / anima...".
[2] *pallido*: stinto dalla lunga permanenza in acqua.
[3] *senza più legame*: non più tenute insieme dalla cera e dalla resina.
[4] *la cera*: la cera che teneva unite le penne e che dimostra come l'ala sia un'ala artificiale.
[5] *icaria*: di Icaro.
[6] *il... infame*: Dedalo, che costruì la vacca di legno in cui entrò Pasifae, moglie di Minosse, re di Creta, per congiungersi con il toro di cui si era innamorata e da cui ebbe il Minotauro, la vergogna di Creta. Cfr. Dante, *Inferno*, XII, vv. 12-13: "l'infamia di Creti /.../ che fu concetta nella falsa vacca".
[7] *re gnòssio*: Minosse, re di Cnosso, capitale dell'isola di Creta. Cfr. Ovidio, *Metam.*, VIII, v. 52: "Gnosiaci... regis" e Seneca, *Oedipus*, v. 892: "Gnosium regem", entrambi citati nell'*Onomasticon* del Forcellini alla voce *Gnossus*.
[8] *nefaria*: nefanda, scellerata (lat. *nefarius*), in quanto scellerato era lo scopo per il quale era stata costruita.
[9] *il folle volo*: cfr. Dante, *Inferno*, XXVI, v. 125: "dei remi facemmo ali al folle volo".
[10] *figlio di Dedalo*: Icaro.
[11] *medio limite*: propriamente la media altezza cui Icaro, secondo l'avvertimento di Dedalo, avrebbe dovuto tenersi volando: cfr. Ovidio, *Metam.*, VIII, vv. 203 ss.: "...'Medio /.../ ut limite curras, Icare, /.../ moneo'...".
[12] *ruinò*: precipitò. Arcaismo dell'uso letterario.

Altius egit iter [1]

La data di composizione è ignota. Il titolo "Icaro", che non si sa se debba essere attribuito al futuro *Ditirambo IV* o al futuro componimento preditirambico, appare per la prima volta nell'elenco di titoli alcionii contenuto nel ms. 405, che dovrebbe risalire alla fine di giugno 1902. Nei mss. 421-432 v., che risalgono alla metà di luglio del 1902, il titolo "Icaro" è senz'altro riferito al componimento preditirambico: nella serie di titoli alcionii registrati nel manoscritto, infatti, esso precede il "Ditirambo IV". Nell'annuncio Treves del gennaio 1903, il titolo del componimento che, nell'elenco, precede il "Ditirambo IV" si precisa meglio, assumendo la forma della citazione latina d'autore che è ormai tipica dei componimenti preditirambici: "Icare, ubi es?" (Ovidio, *Metam.*, VIII, v. 232). "Icare, ubi es?", di fatto, è intitolato il componimento del manoscritto autografo conservato al "Vittoriale" (mss. 510-511; IX, 1, num. 69 dell'*Inventario* cit.). Poi però D'Annunzio cambiò il titolo alla lirica. Già nell'annuncio Treves appare, quale titolo del componimento preliminare a un segnalato "Ditirambo ultimo", il titolo "Altius egit iter". Caduto poi il progetto di comporre un quinto "Ditirambo", che, come dimostrano le note scritte accanto al titolo nel ms. 432 v., avrebbe dovuto essere dedicato alle "uve", all'"abondanza" e alle "vigne cariche", il titolo "Altius egit iter" passa senz'altro al componimento che introduce il "Ditirambo IV", mentre il titolo "Icare, ubi es?" venne lasciato cadere. È quanto ci testimonia il ms.

[1] *Altius egit iter*: "Si diresse più in alto": cfr. Ovidio, *Metam.*, VIII, vv. 223-225: "...puer audaci coepit gaudere volatu / deseruitque ducem caelique cupidine tractus / altius egit iter...".

396, in cui il titolo "Altius egit iter" è ricalcato sul titolo "Icare, ubi es?". All'altezza del ms. 396, che è molto tardo (settembre-ottobre 1903), il componimento era senz'altro già stato steso.

L'ombra di Icaro spazia ancora in lungo e in largo per il Mediterraneo. Icaro, infatti, segue la scia delle navi più veloci. Supera in rapidità i venti. Ama la voce impetuosa di chi comanda e sdegna le implorazioni dei naufraghi. Il poeta, un giorno, l'ha visto dalla sua piccola barca e l'ha subito sentito fraterno. E subito, al Despota che lo accompagnava, ha detto che voleva senz'altro rinnovare la sua audacia, sfidando anch'egli, nella sua avidità di abissi e di altezze, l'ignoto.

Altius egit iter, come tutti i componimenti preditirambici, ha la funzione di introdurre il *Ditirambo*. Nel suo caso specifico, poi, ha anche lo scopo, non sempre così evidente negli altri, di enunciare il nucleo ideologico o meglio uno dei nuclei ideologici del *Ditirambo* di Icaro: il motivo dell'"avidità" "d'altezze e d'abissi" che spinge l'uomo a spregiare il medio limite per tentare l'ignoto (vv. 21-24) e il motivo della solitudine eroica (vv. 6-9). In questo senso, il componimento è a sua volta introdotto dai componimenti che lo precedono e che preparano in vario modo il tema icario.

Concepito in forma di visione, l'incontro del poeta con Icaro, presente, non senza motivo, il Dèspota, ha implicazioni allegoriche che coinvolgono l'intero componimento e lo rendono, soprattutto rispetto alle altre liriche preditirambiche, piuttosto eloquente. Più profondi significati allegorici, per altro, D'Annunzio affibbierà alla lirica in prosieguo di tempo (vedi la nota 16). In qualche modo, inoltre, questo incontro ricalca quello con Ulisse in *Laus vitae*. Icaro, di fatto, ha anche molto in comune con l'Ulisse dannunziano, in quanto come lui è avido di gloria, ansioso di superamenti e amante della solitudine. Mentre però Ulisse non parla, Icaro, nel componimento che segue, parlerà di sé anche troppo

Dal punto di vista stilistico-espressivo, *Altius egit iter*, come tutti i componimenti preditirambici è vincolato a schemi ben precisi, che, naturalmente, rispetta. Si veda, in proposito, la nota introduttiva a *Furit aestus*.

Metro: lo stesso di *Furit aestus*.

L'ombra d'Icaro ancor pe' caldi seni [2]
del Mar Mediterraneo si spazia.[3]
Segue di nave solco che più ferva.[4]
Ogni rapidità di vènti agguaglia.
Voce d'uom che comandi ama nel turbine.[5]   5
Ode clamor di nàufraghi iterato [6]
e n'ha disdegno, ché silenzioso [7]
fu quel rimoto [8] suo precipitare.

Io la vidi laggiù, verso l'occaso.[9]
Era nel palischermo [10] io co' miei due   10
remi. A prora il mio Dèspota [11] seduto
era, e guatava fiso la mia cura.[12]
Tra quegli e me subitamente vidi
ignuda l'ombra d'Icaro apparire.
Quasi il color marino aveano assunto   15
le sue membra, ma gli occhi eran solari.

Sul petto giovenile [13] intraversate
ancor gli stavan le due rosse zone,
già per gli òmeri vincoli dell'ale,[14]
simili a inermi bàltei [15] di porpora.   20
« O Dèspota, costui » dissi « è l'antico

---

[2] *seni*: insenature, golfi.
[3] *si spazia*: si aggira liberamente. È clausola molto diffusa in Dante: cfr. in particolare *Paradiso*, XX, v. 73: "Quale allodetta che 'n aere si spazia", già utilizzata in *Bocca d'Arno*, vv. 31-32.
[4] *Segue... ferva*: segue le navi che lasciano la scia più spumeggiante, cioè le navi più veloci.
[5] *nel turbine*: nel suo volo impetuoso.
[6] *iterato*: ripetuto più volte.
[7] *silenzioso*: senza grida o invocazioni di aiuto.
[8] *rimoto*: solitario, lontano dalla vista di chicchessia.
[9] *verso l'occaso*: verso ponente. Cfr. Dante, *Purgatorio*, XV, v. 9: "...inver l'occaso".
[10] *palischermo*: piccola barca a remi. Vedi *Bocca d'Arno*, v. 69 e nota relativa.
[11] *Dèspota*: vedi *La tregua*, v. 1 e nota relativa.
[12] *cura*: l'intima ansia.
[13] *giovenile*: forma arcaicizzante e preziosa dell'uso letterario.
[14] *intraversate... ale*: recava ancora incrociate, disposte a bandoliera, le due cinghie ("zone": vedi *Ditirambo III*, v. 73 e nota relativa) rossastre che erano servite ad assicurare le ali alle spalle.
[15] *bàltei*: le cinture di cuoio pendenti dalla spalla destra alle quali i soldati romani appendevano la spada: quelli di Icaro sono detti "inermi" perché non reggevano alcuna arma.

fratel mio.[16] Le sue prove amo innovare [17]
io nell'ignoto. Indulgi, o Invitto,[18] a questa
mia d'altezze e d'abissi avidità! »

---

[16] *costui... è l'antico fratel mio*: cfr. poi *Le faville del maglio, Il secondo amante di Lucrezia Buti*, in *Prose di ricerca*, II, p. 172: "Ma non era il mio fratello; era il mio animo, era il mio corpo stesso; era il mio cruccio d'uomo senz'ali, era la mia ansietà di volo, era la mia smania d'eccesso e d'oltranza. Non egli anelava in me, non egli gridava in me; sì bene io gridavo in lui 'con tutte le midolle del mio cuore', come diceva il mistico nel ratto. E mia, mia solamente, di me solo era anche la parola del mistico. Non avevo mai sentito nel mio petto un animo tanto tirannico, tanto predace, tanto vorace".
[17] *Le... innovare*: voglio rinnovare le sue imprese.
[18] *Invitto*: vedi *La tregua*, v. 19: "...o Trionfale".

Ditirambo IV

Il manoscritto autografo, conservato alla Biblioteca Nazionale "Vittorio Emanuele" di Roma ("Dannunziana", ARC I/A 17), reca in calce l'indicazione del luogo e della data di stesura della lirica: "Nettuno del Lazio: 13 ottobre 1903, a mezzanotte". Cade così la tradizionale datazione del componimento all'agosto del 1902, a Romena, a ridosso della *Morte del cervo*. Tale datazione risale allo stesso poeta, che nel primo tomo delle *Faville del maglio* afferma: "In quel medesimo eremo di Romena, dopo l'imbestiamento sanguinario, composi il Ditirambo d'Icaro" (*Le faville del maglio, Il secondo amante di Lucrezia Buti*, in *Prose di ricerca*, II, p. 171). Evidentemente, a meno di non pensare a un *lapsus* mnemonico, che nel caso specifico è piuttosto improbabile, lo spostamento di data operato dal poeta è frutto di una libera scelta. Forse risale al desiderio del poeta di giustapporre due testi, *La morte del cervo* e il *Ditirambo IV* appunto, particolarmente significativi, a segnare e suggerire un parallelo tra la situazione emotiva registrata nel primo ("l'imbestiamento sanguinario", l'identificazione almeno sentimentale tra il poeta e il Centauro) e quella affidata al secondo (la volontà del poeta di identificarsi con Icaro). Comunque, se la stesura è tarda e il componimento si pone tra gli ultimi nati del Libro, l'idea del *Ditirambo* di Icaro è molto antica e attraversa tutta la storia della genesi di *Alcyone*. Il titolo "Ditirambo di Icaro", infatti, appare già nel ms. 418 che dovrebbe essere "il più antico progetto conservato delle Laudi" (P. Gibellini, *Per la cronologia* cit., pp. 410-411). Nel ms. 405, steso, secondo P. Gibellini, *ibidem*, pp. 391 ss., tra il 21 giugno 1902 e i primi di luglio 1902, si legge il semplice titolo "Icaro" (vedi Introduzione, pp. 53 ss.). Poi, nei mss. 421-432 v., risalente alla metà del luglio 1902, dopo il titolo "Icaro" che dovrebbe alludere al futuro componimento ditirambico, è registrato il titolo "Ditirambo IV". Quindi, il titolo "Ditirambo IV", preceduto dal titolo "Icaro, ubi es?", mentre il titolo del futuro componimento preditirambico "Altius egit iter" precede il "Ditirambo V" (vedi Introduzione, pp. 75 ss.), è registrato nell'annuncio editoriale Treves dell'inverno 1902-1903. Infine, nel tardo (settembre-ottobre 1903) ms. 396, il titolo "Ditirambo IV" appare registrato senz'altro dopo il componimento preditirambico che da "Icaro, ubi es?" è definitivamente diventato "Altius egit iter". Appunti preparatori della lirica sono registrati nel ms. 397 (num. 50 dell'*Inventario* cit.): "Le uve, il miele, i cani // il dittamo – [vedi v. 57] // Il Cérato presso Cnosso [v. 5] // I cureti – il clangore [vedi v. 328]".

Icaro, il giovane figlio di Dedalo, è preso dal fascino sensuale che emana da Pasifae, la moglie di Minosse, e arde d'amore per lei. Un giorno, assiste, non visto, al bestiale congiungimento della donna, che si è nascosta nella "falsa vacca" costruita per lei da Dedalo, con un toro. Pieno d'orrore, per riscattare e vendicare tanta nefandezza, affronta e uccide, dopo una terribile lotta su un monte solitario, un'aquila e la consacra al Sole. Dall'offerta sacrificale, però, salva le ali, in quanto intende farsene costruire due simili dal padre. Dedalo, infatti, ne fabbrica due paia, applicando, con un impasto di resina e di cera, piume e penne di falchi e di sparvieri a una armatura di verghe. Poi, dopo che il padre ha raccomandato a Icaro di volare a media altezza per evitare sia la vampa del sole sia l'acqua del mare, i due spiccano il volo. Ma Icaro, sordo a qualsiasi ammonimento e, del resto, fin dall'inizio determinato a volare il più in alto possibile, si lancia senz'altro verso il cielo aperto, ebro di luce, di ardore e d'altezza. La sua meta è il Sole. Lo raggiunge, infatti, proprio mentre le penne e le piume si staccano una a una dall'intelaiatura delle ali. Tutto solo, senza neppure un fremito di paura e senza un grido, Icaro offre le ali al Sole e precipita nel mare che da allora porta il suo nome. Anche il poeta, che ha ascoltato in silenzio il racconto di Icaro, è pronto, pur di acquistare una gloria eterna, a inabissarsi per sempre nel profondo del mare.

Preparato da lontano dalla tristezza eroica di Ardi (*Il prigioniero*), dal presagio della venuta di Nike (*La Vittoria navale*, *Il peplo rupestre*), dall'ansiosa attesa della gloria (*Il vulture del Sole*) e introdotto dall'apparizione prima dell'ala di Icaro sul mare (*L'ala sul mare*) e poi dall'Ombra di Icaro stesso errante per il Mediterraneo (*Altius egit iter*), il *Ditirambo IV* canta l'impeto eroico che anela a esplorare l'ignoto superando ogni limite e che consegue il suo scopo anche a prezzo della vita. Il motivo è, in pratica, quello superomistico di sempre, con le sue implicazioni consuete: il disdegno della vita comune, l'ansia di gloria, la solitudine perseguita come elemento di distinzione, la sensualità esasperata e simili. A interpretare e a celebrare questo motivo, è introdotto qui, in una dimensione temporale che ha l'ampiezza dell'eternità, un personaggio mitico, Icaro. È lui in persona che, come se il poeta nell'allucinato incontro fermato in *Altius egit iter* l'avesse affrontato e interrogato, parla di sé e racconta la sua sorte eroica. Il poeta ascolta in silenzio. Si limita a registrare le parole del giovane e solo alla fine interviene a svelare, a chi non l'avesse capito, il significato attuale e personale del mito e a ribadire quanto ha già anticipato nella chiusa del componimento preditirambico: egli si sente fratello di Icaro e come lui è pronto a tutto osare. Il racconto di Icaro, insomma, è un resoconto a tesi. Anzi è la sceneggiatura ampia e prolissa di quella tesi. Icaro, di fatto, la prende larga. Comincia con il dare una motivazione del tutto particolare alla sua eroica avventura. La cosa non deve stupire. D'Annunzio, quando fa ricorso a trame mitiche preesistenti, ama innovare la tradizione. Già la figura di Icaro costituisce rispetto al modello, che è, come per il Glauco del *Ditirambo II* e per la Dafne dell'*Oleandro*, Ovidio, una sostanziale novità. Se in Ovidio e, in generale, nella tradizione antica, Icaro è soltanto un fanciullo che per incoscienza disubbidisce al padre e muore, per D'Annunzio egli è l'espressione dello spirito prometeico e ulissesco che è nell'uomo. A lui, D'Annunzio finisce anche per attribuire quella volontà di ribellione e quell'aspirazione alla vita inimitabile e alla gloria che è propria del suo superuomo. Non c'è quindi da stupirsi se, con assoluta libertà rispetto alle sue fonti, D'Annunzio individua la causa prima dell'inedita ribellione di Icaro nell'amore deluso, nella sessualità esasperata, nel ribrezzo di fronte alla bestialità della donna amata e nel conseguente desiderio di un atto liberatorio e purificatore che cancelli, insieme ad ogni ricordo, anche ogni residua possibilità di ripensamento. A ben pensarci, neanche questo motivo dell'eroismo che nasce come volontà di riscatto da una sessualità esasperata è cosa nuova: ripropone, per l'ennesima volta, il binomio dannunziano *erotica-heroica*. Così Icaro, dopo aver subìto la distruzione dei propri sogni di giovinetto ad opera dell'imbestiamento di Pasifae, passa senz'altro, in un crescendo di ossessione autodistruttiva, all'azione che sarà eroica e, naturalmente, mortale: prima il duello con l'aquila, cifra della nobile forza della natura contro cui l'uomo è chiamato a misurarsi, e poi il "folle volo" verso il Sole, cifra, nel disdegno di ogni ammonimento e nel rifiuto di ogni compromesso, del ribellismo puro, del solipsismo dell'uomo d'eccezione e dell'eroismo fine a se stesso. In questo modo, suo malgrado, questo Icaro, svelto dal tessuto della tradizione mitica e sovraccaricato per l'occasione di ideali non suoi, arriva ad essere, "nel tempo mitico lo stesso uomo (superuomo) che in *Elettra* agisce dentro il tempo storico" (E. Mariano) e, quel che è peggio, si cristallizza egli stesso in un simbolo. Tra l'altro, nell'ambito del libro di *Alcyone*, la sua morte eroica, per quanto morte bella e preludio di quella immortalità cui egli e il poeta suo fratello aspirano, segna il punto di rottura dell'illusione mitica che aveva presieduto a tutta una sezione del libro. "Con la caduta di Icaro finisce, con una suprema illusione, anche la sezione più pienamente 'mitologica' di *Alcyone*: di lì in poi nuova materia al canto sarà la nostalgia, nuova dea la Malinconia, nuovo registro quello umano, romanzo, dell'*amor de terra londhana*" (P. Gibellini).

In un componimento come il *Ditirambo IV* è naturale che l'elemento ideologico e l'aspetto contenutistico tendano a imporsi su ogni altro elemento o aspetto. Il dato ideologico, in verità, è abilmente dissimulato nel corso del componimento. Esso, infatti, traspare soltanto qua e là e espressamente è proclamato solo nei quattro versi della chiusa, dove il poeta interviene a parlare di sé in prima persona. Del resto, si è già visto come il *Ditirambo* trovi la sua giustificazione ideologica nei testi che lo precedono, da *Il prigioniero* a *Altius egit iter*, e che hanno appunto la funzione di anticipare una precisa chiave di lettura del mito di Icaro e del componimento in cui il mito è celebrato. L'elemento contenutistico, invece, trionfa dall'inizio alla fine, dilagando a dismisura in quella che è la struttura poetica più ampia in tutto il libro di *Alcyone*: ben 650 versi, distribuiti in otto ampie strofe chiuse da una quartina isolata: più che un poemetto, una sorta di azione scenica in prima persona, con tanto di prologo (l'episodio di Pasifae), di quadri intermedi (il duello con l'aquila, la costruzione delle ali), di catastrofe (il volo e la caduta di Icaro) e di epilogo (i quattro versi di commento del poeta). Comunque sia, ne deriva un eccesso di descrizioni e di narrazioni che si accampano nel *Ditirambo* in un miscuglio di situazioni, di allegorismi e di enfasi oratoria che non trovano in alcunché un elemento unificante. A garantire in qualche modo la necessaria unità narrativo-descrittiva e, nel contempo, a rompere la compattezza assolutamente antilirica del componimento, il poeta ricorre all'espediente di reiterare di continuo, all'inizio di ogni strofa, il sintagma introduttivo "Icaro disse". Ma l'espediente si rivela soltanto quello che è: un espediente. Appare meccanico e si risolve in un puro appoggio esteriore e in un nuovo modo di eloquenza. Alla fine, a soffrirne è la stessa unità del componimento, perché la traccia costituita dal racconto allegorico non consegue mai quella superiore organicità che garantisce l'unità narrativa.

Le soluzioni espressive sono omogenee all'assunto e alle situazioni. Il carattere dominante, infatti, è costituito, anche a una prima impressione, dall'emblematismo enfatico e dal gusto dell'arbitrio verbale. In particolare, il momento più propriamente eroico, quello della lotta con l'aquila e quello dei preparativi del volo e poi del volo stesso, dà libero sfogo a una aperta e ricchissima rappresentanza verbale, la quale, a sua volta, sfocia in pezzi di bravura di stampo retorico. Basti vedere, in proposito, la ricercatezza di talune descrizioni, il paziente lavoro di trascrizione-parafrasi-allusione condotto sulla fonte ovidiana, l'intarsio di citazioni dotte cavate dai lessici e celate nei versi e, infine, l'enfasi di certe ripetizioni o riprese ad effetto. Nella prima parte, quella della premessa erotica all'azione eroica, il gusto verbale è non meno appariscente. A un certo punto, anzi, il motivo ben dannunziano della sensualità disperata e insoddisfatta non esita a affidarsi, oltre che al realismo delle descrizioni, a moduli espressivi di derivazione "paradisiaca" o risalenti addirittura all'*Intermezzo*: si vedano i vv. 135-141 e i vv. 400-410.

Dal punto di vista metrico, la lunga serie di endecasillabi e di settenari con le loro rime per lo più baciate distribuite con generosa frequenza accentua l'enfasi verbale dell'insieme. L'infittirsi poi, a partire dal v. 527 e per un lungo tratto, degli endecasillabi sdruccioli per rendere la concitazione e la rapidità del volo, è un ulteriore sfoggio di bravura tecnica in linea con una tradizione retorica ben collaudata.

Per la ricostruzione della genesi e della storia della tormentata stesura del componimento, si veda quanto, qualche anno dopo, D'Annunzio scrive in *Le faville del maglio*, *Il secondo amante di Lucrezia Buti*, in *Prose di ricerca*, II, pp. 171-177. In quel passo, che contiene anche lo spostamento della data di composizione della lirica, di cui si è fatto cenno a p. 586, è già avviato anche l'approfondimento del nucleo ideologico-simbolico-personale del componimento. Un ulteriore sviluppo dell'interpretazione del *Ditirambo*, con l'aggiunta compiaciuta della rivendicazione a sé del merito di aver profetizzato e anticipato la realtà del volo umano, il poeta compie anche nelle pagine aviatorie di *Forse che sì forse che no*.

Metro: otto "grandi strofe" (*Le faville*, loc. cit., p. 172) di lunghezza diseguale (vv. 1-63; 64-99; 100-150; 151-169; 170-315; 316-398; 399-446; 447-646) e miste di endecasillabi e settenari liberamente legati da rime per lo più baciate. Chiude il componimento una quartina di endecasillabi, il primo e l'ultimo dei quali rimano sulla medesima parola.

Icaro disse: « La figlia del Sole [1]
a me poggiata come ad un virgulto
sul limite dei paschi [2]
guatava il candido armento dei buoi [3]
pascere lungo il Cèrato [4] rupestro.[5]   5
Mi si piegava il destro
òmero sotto la mano regale [6]
umida di sudor gelido; [7] e, dentro
me, tremavano tutte le midolle,
negli orecchi fragore   10
sonavami sì forte ch'io temeva
udir dal sacro Dicte [8] i Coribanti
atroci [9] e il rombo del bronzo [10] percosso
E la città di Cnosso [11]
splendea di mura còttili [12] e di blocchi [13]   15
oltre l'irto canneto atto a far dardi.[14]

[1] *La... Sole*: Pasifae, figlia di Helios e di Perseide, sposa di Minosse, re di Creta, madre di Arianna, di Fedra e del Minotauro. Cfr. anche l'*Onomasticon* del Forcellini che alla voce "Pasiphae" spiega: "filia Solis" (D. Martinelli-C. Montagnani).
[2] *sul... paschi*: al confine dei pascoli.
[3] *il... buoi*: l'armento dei bianchi buoi. Per il sintagma "il candido armento" cfr. G. Carducci, *Odi barbare*, *All'aurora*, v. 21: "...guidi tu il candido armento".
[4] *Cèrato*: fiume dell'isola di Creta, nei pressi di Cnosso. "Il Cèrato presso Gnosso", di fatto, si legge in un foglietto di appunti preparatori di *Alcyone*, il ms. 397. Cfr. comunque Strabone, *Geogr.*, X, 4, 8: "Un tempo Cnosso si chiamava Cerato, lo stesso nome del fiume che le scorre vicino". cui D'Annunzio è stato rimandato per la descrizione di Creta dalla voce "Creta" dell'*Onomasticon* del Forcellini (D. Martinelli-C. Montagnani).
[5] *rupestro*: che sgorga da una rupe (cfr. *Maia*, *Laus vitae*, v. 593: "...polle rupestri") o che scorre tra le rupi.
[6] *regale*: di Pasifae, sposa del re di Creta.
[7] *umida... gelido*: "Già indizio di lussuria" (E. Palmieri).
[8] *sacro Dicte*: o Ditte, il monte dell'isola di Creta "sacro" a Zeus che vi aveva trovato rifugio appena nato, sotto la protezione dei Coribanti che coprivano i suoi vagiti percuotendo rumorosamente i loro cembali di bronzo.
[9] *i... atroci*: cfr. Claudiano, *In Eutropium*, II, v. 295: "truces... Corybantes", citato nell'*Onomasticon* del Forcellini alla voce "Corybantes" (D. Martinelli-C. Montagnani). I Coribanti erano sacerdoti di Cibele ed erano soliti celebrare i riti della dea al suono dei cimbali di bronzo. La fama di atrocità era venuta loro dai loro stessi riti, che prevedevano anche la castrazione.
[10] *bronzo*: i cimbali di bronzo (metonimia).
[11] *Cnosso*: città dell'isola di Creta.
[12] *mura còttili*: mura fatte di mattoni. Cfr. Ovidio, *Metam.*, IV, vv. 57-58: "...dicitur altam / coctilibus muris cinxisse Semiramis urbem" (E. Palmieri).
[13] *blocchi*: i cubi di pietra usati per la costruzione del palazzo reale.
[14] *l'irto... dardi:* il canneto ricco di canne usato per costruire dardi. I dardi costruiti con le canne che crescevano abbondanti intorno a Cnosso erano

"O Pasife, che guardi?"
chiese il Re sopraggiunto.¹⁵ Ed anelava
nella sua barba violetta ¹⁶ come
l'uva cidònia; ¹⁷ ché membruto ¹⁸ egli era   20
e gravato di giallo adipe il fianco.¹⁹
"Io guardo il toro bianco,
quello che tu non désti a Posidone" ²⁰
la figlia di Perseide ²¹ rispose.
E le vette nevose   25
dell'Ida ²² biancheggiavan men del toro
niveo ²³ diniegato al dio profondo.²⁴
"Perché sì tremebondo
sei tu, figlio di Dedalo?" ²⁵ il Re chiese.
E allor Pasife: "Questo ateniese ²⁶   30
giovinetto somiglia ad Androgèo
che non torna d'Atene: ²⁷
e per ciò mi sostiene,

---

famosi: cfr. Orazio, *Carm.*, I, XV, vv. 16-18: 'nequiquam / ./ calami spicula Cnosii / vitabis...".

¹⁵ *Re sopraggiunto*: il medesimo sintagma in *Elettra, La notte di Caprera*, v. 321: "...quel re sopraggiunto...".

¹⁶ *violetta*: nera dai riflessi violacei. Vedi *Versilia*, vv. 83 s.: "...le chiome / violette..." e nota relativa.

¹⁷ *cidònia*: di Cidonia, città sulla costa settentrionale dell'isola di Creta. Vedi più avanti la nota 189.

¹⁸ *membruto*: robusto, grande di membra. Cfr. Dante, *Inferno*, XXXIV, v. 67: "e l'altro è Crasso, che par sì membruto"; *Purgatorio*, VII, v. 112· "Quel che par sì membruto...".

¹⁹ *il fianco*: accusativo di relazione.

²⁰ *quello... Posidone*: il toro che era destinato a Poseidone e che Minosse non aveva voluto sacrificare al dio perché troppo bello; per vendicarsi, Poseidone fece innamorare Pasifae della bestia.

²¹ *la... Perseide*: vedi nota 1.

²² *Ida*: il massiccio montuoso che sorge al centro dell'isola di Creta.

²³ *niveo*: bianco come la neve. Il colore del toro amato da Pasifae è ricordato da Virgilio, *Ecl.*, VI, v. 46: "Pasiphaen nivei solatur amore iuvenci". citato nell'*Onomasticon* del Forcellini alla voce "Pasiphae".

²⁴ *dio profondo*: Poseidone, il dio che abita nelle profondità marine. Vedi *Ditirambo II*, v. 17: "O Iddii profondi...".

²⁵ *Dedalo*: il famoso inventore, architetto e scultore greco: originario di Atene, aveva dovuto lasciare la città perché era stato condannato a morte per aver ucciso il nipote e si era rifugiato a Creta.

²⁶ *ateniese*: Icaro era originario di Atene: vedi la nota precedente.

²⁷ *Androgèo... Atene*: il figlio primogenito di Pasifae e Minosse (come tale è ricordato tanto alla voce "Pasiphae" quanto alla voce "Minos" dell'*Onomasticon* del Forcellini [D. Martinelli-C. Montagnani]) che non torna ad Atene, in quanto era stato fatto uccidere a tradimento per ordine del re Egeo, perché gli Ateniesi erano gelosi dei successi da lui riportati nei giochi delle Panatenee. Cfr. Ovidio, *Metam.*, VII, vv. 456 ss.

il cor triste mi folce; [28]
per ciò tanto m'è dolce
le dita porre nel suo crin prolisso".[29]
Io rividi l'Ilisso,[30]
i platani gli allori gli oleandri
che l'adombrano, e il bosco degli ulivi
presso Colono [31] caro all'usignolo.[32]
Rividi il patrio suolo
entro l'anima mia subitamente,
come colui ch'è presso alla sua fine;
perocché nel mio crine
ponea le dita la donna solare,[33]
e l'ossa mie flagrare [34]
parean nel suo sorriso accosto accosto [35]
siccome rami cui fiamma s'appicchi
quando i legni sien ricchi
d'aroma e inariditi dall'Estate.
E le navi lunate [36]
coi rematori seduti agli scalmi [37]
in fila a battere il flutto diviso,[38]

---

[28] *folce*: regge, conforta. Latinismo già petrarchesco (cfr. *Rime*, CCCLXIII, v. 13: "che pur col ciglio il ciel governa e folce") e carducciano (cfr. *Rime nuove*, *Primavere elleniche*, II, v. 113: "nel giacinto il braccio folce"), spesso usato da D'Annunzio: cfr. *Il piacere*, in *Prose di romanzi*, I, p. 148: "Ei dorme, nudo, e il braccio il capo folce"; *Poema paradisiaco*, *Psiche giacente*, v. 6: "...il bel chiomato capo folce". Nel passo petrarchesco, in quello carducciano e in entrambi i due esempi dannunziani citati, "folce" rima, come qui (v. 35), con "dolce".

[29] *crin prolisso*: la lunga chioma sciolta dell'efebo. Per il sintagma cfr. *L'Isottèo*, *Cantata di calen d'Aprile*, v. 267: "di tra' capei prolissi"; *Trionfo d'Isaotta*, v. 16: "...in su' capei prolissi"; *Elettra*, *Per la morte di un capolavoro*, v. 172: "...bei capei prolissi" [novembre-dicembre 1900].

[30] *Ilisso*: breve fiume dell'Attica che bagna Atene.

[31] *Colono*: demo attico nelle vicinanze di Atene, ove nacque Sofocle.

[32] *caro all'usignolo*: cfr. Sofocle, *Edipo a Colono*, vv. 688 ss.: "A questa contrada dai bei cavalli /.../, o Straniero, tu giungi, alla candida Colono, dove in verdeggianti convalli melodioso gorgheggia di frequente l'usignolo", parafrasato in *Maia*, *Laus vitae*, vv. 4608 ss.

[33] *donna solare*: "figlia del sole e bella come il sole" (E. Palmieri).

[34] *flagrare*: ardere. Vedi *Feria d'agosto*, vv. 3 s.: "Un vertice /.../ ultimo flagra".

[35] *accosto accosto*: vedi la medesima dittologia in *Tristezza*, v. 15.

[36] *lunate*: ricurve.

[37] *scalmi*: le caviglie di legno o di ferro alle quali è legato il remo in modo che ne sia sostenuto e possa muoversi.

[38] *diviso*: tagliato in due dalla prua della nave.

e l'Eracleo, l'Amniso,³⁹
i due porti recurvi, e il fiume, e i monti   55
e tutta quanta l'isola selvosa⁴⁰
con le⁴¹ vigne col dìttamo⁴² e col miele
ardere in quel sorriso
vidi per mezzo ai cigli miei morenti.⁴³
E il sire degli armenti   60
udii mugghiare in quel foco sonoro,⁴⁴
mugghiare il bianco toro
diniegato al gran Padre enosigèo ».⁴⁵

Icaro disse: « Poi che l'ombra cadde
(il vertice dell'Ida solitario   65
nell'etra rosseggiava⁴⁶
come il fiore del dìttamo crinito)⁴⁷
nascostamente ritornai su' paschi,
gonfio d'odio il cuor tacito;⁴⁸ e scagliai

---

³⁹ *l'Eracleo, l'Amniso*: porti di Cnosso. Cfr. Strabone, *Geogr.*, X, 4, 7-8: "Gnosso ha come porto Eracleo. Dicono che Minosse si servisse dell'Amniso come porto", cui D'Annunzio potrebbe essere arrivato seguendo l'indicazione contenuta nell'*Onomasticon* del Forcellini alla voce "Creta" (D. Martinelli-C. Montagnani).

⁴⁰ *selvosa*: coperta di boschi. Cfr. Strabone, *Geogr.*, X, 4, 4: "L'isola è montuosa e silvestre; ha però fertili vallate" (D. Martinelli-C. Montagnani).

⁴¹ *con le...*: l'*Onomasticon* del Forcellini, alla voce "Gnosos" "tra gli attributi ricorda *mella* di Ovidio, *Metam.*, III, v. 556 e *vindemia* di Marziale, XIII, v. 106" (D. Martinelli-C. Montagnani). Per il "dìttamo", vedi la nota seguente.

⁴² *dittamo*: sorta di origano. Cfr. l'*Onomasticon* del Forcellini alla voce "Creta": "...ubi enim medicas herbas plures provenire, in primis dictamum" (D. Martinelli-C. Montagnani).

⁴³ *morenti*: che si chiudevano oppressi dal languore.

⁴⁴ *foco sonoro*: il crepitio dell'incendio di cui agli occhi di Icaro, turbati dal sorriso di Pasifae, arde tutta l'isola.

⁴⁵ *enosigèo*: scuotitore della terra: epiteto omerico (*Il.*, XIII, v. 43; *Od.*, IX, v. 528) di Poseidone, usato di recente anche da G. Carducci in *Rime nuove*, *Omero*, I, v. 11: "...i passi de l'Enosigeo"; *Rime e ritmi*, vv. 67-68: "...cittadi a Enosigeo le braccia bianche porgenti".

⁴⁶ *vertice... rosseggiava*: la cima (lat. *vertex*) dell'Ida rosseggiava isolata nel cielo ("etra") per effetto degli ultimi raggi del sole.

⁴⁷ *dìttamo crinito*: il dittamo dai fiori rossastri distribuiti in spighe. Il sintagma, come tutta la similitudine, deriva da T. Tasso, *Gerus. lib.*, XI, str. LXXII, vv. 5 ss.: "Or qui l'Angel custode, al duolo indegno / mosso di lui, colse dittamo in Ida: erba crinita di purpureo fiore, / ch'ave in giovani foglie alto valore", citato nel Tommaseo-Bellini, alla voce "dittamo" (D. Martinelli-C. Montagnani).

⁴⁸ *il cuor tacito*: il cuore che aveva saputo tacere con tutti i suoi sentimenti. È accusativo di relazione.

contra il toro le selci acuminate 70
dall'àlveo del Cèrato divulse [49]
e imposte [50] alla mia frombola cretese. [51]
Il boaro m'intese
e mi rincorse ratto su per l'erbe
con la verga di còrilo [52] a minaccia. 75
Ma perse la mia traccia
nell'ombra che cadea; né mi conobbe,
né l'erbe verdi tenner le vestigia.
L'infanda cupidigia
per ovunque era sparsa! Palpitare 80
parea pur anco nelle stelle vaghe! [53]
Il vento parea piaghe
sùbite aprire nel mio corpo nudo
acerbe sì che non sarìami valso
a medicarle il dìttamo dell'Ida. [54] 85
E piena era di grida
compresse la mia gola nell'arsura,
quando giunsi alle mura
del Labirinto [55] ove il mio padre [56] aveva [57]

[49] *divulse*: divelte, strappate. Latinismo (lat. *divulsus*) prezioso.
[50] *imposte*: collocate dentro.
[51] *frombola cretese*: fionda costruita lì a Creta.
[52] *còrilo*: nocciolo. Latinismo: cfr. Virgilio, *Georg.*, II, v. 65: "...durae coryli...".
[53] *vaghe*: nel senso classico di "erranti per gli spazi celesti", come in F. Petrarca, *Rime*, CCLXXXVII, v. 6: "le stelle vaghe et lor viaggio torto", piuttosto che nell'ambiguo senso di G. Leopardi, *Canti*, *Le ricordanze*, v. 1: "Vaghe stelle...".
[54] *a medicarle... Ida*: ulteriore sfruttamento del passo tassesco riportato nel Tommaseo-Bellini alla voce "dittamo" (vedi nota 47) e di un passo esplicativo della stessa voce in cui si legge: "Dittamo cretico o di Candia. Specie di origano /.../, le cui sommità fiorite decantate altre volte come vulnerarie e cordiali, entrano nella composizione della teriaca /.../ e di altri preparati medicinali".
[55] *Labirinto*: l'edificio dalle strutture tanto complicate da rendere difficile a chi vi entrava, di ritrovare l'uscita, costruito a Cnosso da Dedalo. Secondo la tradizione mitica fu costruito solo dopo la nascita del Minotauro: cfr. Ovidio, *Metam.*, VIII, vv. 155 ss.
[56] *il mio padre*: per l'uso dell'articolo con il pronome possessivo davanti al nome di parentela, tipico dell'uso toscano, cfr. Dante, *Purgatorio*, VI, v. 103: "...tu e 'l tuo padre".
[57] *aveva...*: aveva costruito strade che compivano innumerevoli giravolte ("ambage": vedi *Maia*, *Laus vitae*, vv. 347 ss.: "paradisi recinti / come labirinti / con una porta sola / e mille ambagi"; vv. 4970 ss.: "...la danza / fingea con ambagi infiniti / il Labirinto cretese") e che costringevano ad errare continuamente alla faticosa ricerca di una via d'uscita. La sovrabbondanza descrittiva dipende dal desiderio di parafrasare Ovidio, *Metam.*, VIII,

> ambage innumerevole di vie 90
> riempiuta d'error laborioso.⁵⁸
> Quivi ristetti ascoso
> perocché vidi⁵⁹ il duro fabro⁶⁰ alzato
> su la soglia difficile⁶¹ in silenzio
> e la figlia del Sole in gran segreto 95
> favellare con lui senza sorriso,
> marmorea⁶² nel viso,
> come chi chieda all'arte del mortale
> una cosa tremenda e non ne tremi ›

> Icaro disse: « L'officina arcana 100
> era in un orto⁶³ a vista del recurvo
> porto Eracleo frequente⁶⁴
> di ben costrutte⁶⁵ navi dalla prora
> dipinta; e gli utensìli erano acuti,
> e la fronte del fabro era contratta 105
> Sorgea la forma esatta
> della falsa giovenca⁶⁶ nella luce
> del dì, quasi che sazia di pastura
> spirasse dalle froge il fiato olente

---

vv. 159 ss.: "Daedalus /.../ ponit opus turbatque notas et lumina flexu / ducit in errorem variarum ambage viarum". Cfr. anche Virgilio, *Aen.*, VI, v. 29: "Daedalus ipse dolos tecti ambagesque resolvit".
⁵⁸ *error laborioso*: andirivieni che rendeva faticoso rintracciare una via d'uscita. Cfr., oltre che il passo ovidiano citato alla nota 57, anche Virgilio, *Aen.*, V, v. 591: "...indeprensus et inremeabilis error" e *Aen.*, VI, 27: "...inextricabilis error", dove si allude sempre al Labirinto di Creta.
⁵⁹ *ristetti... vidi*: cfr. Dante, *Inferno*, XXIII, v. 29: "Ristetti e vidi...".
⁶⁰ *il duro fabro*: Dedalo, il forte e valido artista. Per "fabro" (lat. *faber*) cfr. Ovidio, *Metam.*, VIII, v. 159: "Daedalus ingenio fabrae celeberrimus artis" e cfr. anche l'epiteto di "faber egregius" con cui è qualificato Dedalo alla voce "Daedalus" nell'*Onomasticon* del Forcellini.
⁶¹ *alzato... difficile*: in piedi sulla soglia dall'accesso complicato, in quanto immetteva nel Labirinto e in quanto, una volta entrati, non era facile ritrovarla. Per "alzato" nel senso di "in piedi", vedi *L'oleandro*, v. 212.
⁶² *marmorea*: impassibile.
⁶³ *orto*: giardino. Latinismo dell'uso letterario. Vedi v. 136: "Oh giardino...".
⁶⁴ *frequente*: pieno (lat. *frequens*).
⁶⁵ *ben costrutte*: epiteto omerico, come anche il seguente "dalla prora / dipinta".
⁶⁶ *falsa giovenca*: cfr. "la falsa vacca" di Dante, *Inferno*, XII, v. 13

di cìtiso,⁶⁷ tranquilla su' piè fessi.⁶⁸   110
Con tale arte commessi ⁶⁹
eran gli sculti ⁷⁰ legni e ricoperti
di fresca pelle, che parean felici
d'ubertà non fallibile ⁷¹ i bei fianchi
e le mamme in sul punto di gonfiarsi   :15
all'affluir d'un latte repentino.
Furtiva nel giardino
venìa Pasife senza le sue donne
a rimirare l'opera fabrile ⁷²
ch'ella infiammava della sua lussuria   120
impaziente; e seco avea l'irsuto ⁷³
boaro come giudice perfetto.
Costui rise: il difetto
scorse nella giogaia.⁷⁴ Il grande artiere ⁷⁵
fu docile al consiglio dell'uom rude.   125
Pasife con le nude
braccia premette gli òmeri miei nudi,
s'abbandonò su me come su fulcro ⁷⁶
insensibile, assorta nel suo sogno

---

⁶⁷ *cìtiso*: specie di trifoglio. Cfr. già *Primo vere, Fantasia pagana*, vv. 11-22: "carpivan le greggi lascive / l'acre citiso e il salice amaro" (da Virgilio, *Ecl.*, I, v. 78: "florentem cytisum et salices carpetis amaras"); *Intermezzo, La tredicesima fatica*, vv. 79-80: "…quel caldo fiato che sapeva di nardo, / di timo, di cennàmo, di citiso, d'isopo"; *L'Isottèo, Il dolce grappolo*, vv. 149-150: "or sì or no giungea da le colline / di citisi e di timi odor selvaggio".
⁶⁸ *fessi*: dall'unghia bisulca. Cfr. "l'unghie fesse" di Dante, *Purgatorio*, XVI, v. 99.
⁶⁹ *commessi*: congiunti. Latinismo già dantesco.
⁷⁰ *sculti*: tagliati e sagomati. Vedi *L'otre*, vv. 223-224: "…E l'architrave / parea sculto da Dedalo il Cecropio".
⁷¹ *non fallibile*: che non può sbagliare, che corrisponde alle attese.
⁷² *l'opera fabrile*: l'opera del fabbro. Per il sintagma cfr. Biring[uccio Vannuccio], *La Pirotecnica*, I, 6: "Del quale facilmente far se ne può qual si voglia opera fabbrile" e Ovidio, *Metam.*, Strad. [cioè il *Volgarizzamento* fatto da Giovanni Mazzuoli, detto lo Stradino]: "Dedalo, nominatissimo per ingegno dell'arte fabbrile, ordinò lo lavorio", citati nel Tommaseo-Bellini alla voce "fabbrile".
⁷³ *irsuto*: dai capelli e dalla barba ispidi, peloso o, meglio, vestito di rozze pelli, come in *Elettra, La notte di Caprera*, vv. 368-369: "…un pastore / giovine irsuto di pelli…".
⁷⁴ *giogaia*: la piega della pelle che, nei ruminanti, pende dal collo fino al petto.
⁷⁵ *Il grande artiere*: cfr. G. Carducci, *Rime nuove, Congedo*, v 9· "Il poeta è un grande artiere".
⁷⁶ *fulcro*: appoggio, sostegno.

inumano, perduta nel portento.⁷⁷ 130
Saliva un violento
foco dal suolo ov'eran le radici
della mia forza, e tutto m'avvolgea,
e tutto come arbusto resinoso
parea vi crepitassi ⁷⁸ e vi splendessi. 135
Oh giardino di spessi
aromi, carco di cera e di miele,
carco di gomma ⁷⁹ e d'ambra,⁸⁰
ove s'udìa scoppiar la melagrana
come un riso che scrosci ⁸¹ e quasi mosto 140
si liquefaccia ⁸² in una bocca d'oro! ⁸³
Recava l'Austro ⁸⁴ il coro ⁸⁵
delle femmine ancelle dal palagio
remoto, che sedevano ai telai
o tingevan di porpora le lane 145
o i semplici isceglieano al beveraggio ⁸⁶
o di carni ammannivan ⁸⁷ la vivanda
per la figlia del Sole,
ignare ch'ella fosse innanzi al Sole ⁸⁸

---

⁷⁷ *nel portento*: nella mostruosità del suo amore.
⁷⁸ *vi crepitassi*: è la lezione della *editio princeps* del 1903: le successive edizioni Treves, le edizioni delle *Opera Omnia* e de "l'Oleandro" recano invece la lezione "vi precipitassi", che oltre a essere illogica dà luogo a un verso ipermetro.
⁷⁹ *gomma*: gommaresina, il prodotto di secrezione di alcune piante, costituito da gomma, resina e olii essenziali.
⁸⁰ *ambra*: vedi *Bocca di Serchio*, v. 87: "La resina sul tronco è come l'ambra" e nota relativa.
⁸¹ *come... scrosci*: l'immagine è acustica e visiva insieme: allude sia al rumore secco e improvviso che la melagrana fa spaccandosi sia ai chicchi rossastri che brillano tra i margini della spaccatura come denti in una bocca aperta in un sorriso. Cfr. già anche *Canto novo*, *Offerta votiva*, II, vv. 1-2: "...una melagrana che ride del suo numeroso / riso vermiglio pe' semiaperti labbri".
⁸² *quasi... liquefaccia*: l'immagine continua quella precedente sul piano visivo: i chicchi rossastri che fuoriescono dalla melagrana sembrano acini d'uva già schiacciati che si sciolgono in una bocca.
⁸³ *bocca d'oro*: la spaccatura che si è aperta nella buccia giallastra della melagrana.
⁸⁴ *Austro*: il vento che spira da sud.
⁸⁵ *il coro*: i canti.
⁸⁶ *i... beveraggio*: sceglievano le erbe medicinali e aromatiche ("i semplici") per farne infusi. Per la voce letteraria "beveraggio", cfr. già *Maia*, *Laus vitae*, v. 199: "forte come un beveraggio".
⁸⁷ *ammannivan*: preparavano.
⁸⁸ *innanzi al Sole*: al cospetto del Sole che vede ogni cosa.

preda schiumosa [89] d'Afrodite infanda ».[90]   150

Icaro disse: « La figlia del Sole
amai, che per libidine soggiacque
alla bestia di nerbo più potente.
Splendea divinamente
la sua carne quand'ella penetrava   155
nel simulacro [91] per imbestiarsi.[92]
Io chiuso in me riarsi.
Io, quando vidi il callido [93] boaro
la prima volta addurre
alla falsa giovenca il toro bianco   160
che si batteva il fianco
sonoro [94] con la fersa della coda
adorno i corni brevi d'una lista
di porpora,[95] balzai gridando: "O Sole,
a te consacrerò,[96] sopra la rupe   165
inconcussa,[97] oggi un'aquila sublime!" [98]
E andai verso le cime
con la bipenne [99] l'arco e le saette,

---

[89] *schiumosa*: sbavante per la lussuria. M. Praz vede nell'immagine una reminiscenza da A. C. Swinburne, *Poèmes et Ballades*, *Phaedra*, ed. cit., p. 44, ove Fedra dice di avere sulle labbra "le même feu et la même écume" di sua madre Pasifae.
[90] *Afrodite infanda*: cfr. Virgilio, *Aen.*, VI, vv. 24 ss.: "hic /.../ Pasiphae mixtumque genus /.../ Minotaurus inest, Veneris monimenta nefandae" (E. Palmieri).
[91] *simulacro*: la struttura lignea che aveva la forma della vacca, la "falsa giovenca".
[92] *imbestiarsi*: farsi simile a una bestia, ridursi come una bestia. È verbo dantesco, usato proprio in riferimento a Pasifae: cfr. *Purgatorio*, XXVI, vv. 86 s.: "...colei / che s'imbestiò nelle 'mbestiate schegge".
[93] *callido*: astuto. Latinismo (lat. *callidus*).
[94] *sonoro*: che, percosso, mandava un suono.
[95] *adorno... porpora*: con le corna ("i corni ", accusativo di relazione) adorne di una strisciolina di stoffa di color rosso.
[96] *O... consacrerò*: per la movenza e per l'offerta, che per altro in Virgilio è fatta da Dedalo dopo la fine del suo avventuroso volo, e che consiste nella consacrazione delle ali ad Apollo: cfr. Virgilio, *Aen.*, VI, vv. 18-19: "Redditus his primum terris tibi, Phoebe, sacravit remigium alarum...".
[97] *inconcussa*: "incrollabile, inviolata" (E. Palmieri). Latinismo dell'uso letterario.
[98] *sublime*: abituata a volare altissima.
[99] *bipenne*: la scure a doppio taglio.

ben coturnato,[100] a far le mie vendette ».[101]

Disse: « Da prima vidi l'ombra vasta   170
palpitar su la torrida petraia.[102]
Fulvo il macigno, cerula era l'ombra.
E dopo udii la romba [103]
delle penne per l'aer verberato.
Gridò verso il suo fato   175
ella repente,[104] ferma su le penne;[105]
la corda [106] mia nel tendersi stridette:
il grido parve lacerare il cielo [107]
e lo stridor fu lieve qual garrito
di rondine ma il tèlo [108]   180
che si partì fu forte e fu cruento.
Sentii sul viso il vento
del volo che fece impeto a salire,[109]
poi si fiaccò,[110] girò come in un turbo,[111]
piombò verso lo scrìmolo [112] del monte.   185
Mi cadde su la fronte

---

[100] *coturnato*: con ai piedi i coturni, gli alti calzari dei cacciatori greci. Sintagma della tradizione epica, rinverdito di recente, proprio a proposito di cacciatori, da G. Carducci, *Odi barbare*, *All'Aurora*, vv. 43 s.: "piacquerti su l'Imetto i lesti cacciatori mortali / prementi le rugiade co 'l coturnato piede". Cfr. anche *L'Isottèo*, *Sonetti del giovane Autunno*, I, v. 14: "Brilla di gemme il piede coturnato".
[101] *vendette*: "ammenda eroica di quelle nefandezze a cui ha assistito" (E. Palmieri).
[102] *petraia*: cfr. Dante, *Purgatorio*, IX, v. 98: "col livido color de la petraia".
[103] *romba*: fiorentinismo per "rombo": vedi *Le Ore marine*, vv. 53 s.: "e ascolta la romba / della voluta". Per l'immagine del rombo prodotto dalle ali dell'aquila e quello dell' "aer verberato" (cioè battuto dalle ali), cfr. A. Poliziano, *Stanze*, I, str. CXXI, vv. 5-6: "l'aer ferzato assai stagion ritenne / della pennuta striscia il forte rombo", citato nel Tommaseo-Bellini alla voce "rombo".
[104] *repente*: all'improvviso. Vedi *La morte del cervo*, v. 19: "Repente si gittò su per lo scoscio".
[105] *ferma... penne*: librata in volo, quasi sospesa in aria immobile.
[106] *corda*: la corda dell'arco.
[107] *il... cielo*: vedi *Furit aestus*, vv. 1-2: "Un falco stride nel color di perla: / tutto il cielo si squarcia come un velo".
[108] *il tèlo*: la freccia (lat. *telum*).
[109] *fece... salire*: prese lo slancio per sollevarsi più in alto.
[110] *si fiaccò*: perse le forze.
[111] *turbo*: vortice.
[112] *scrìmolo*: cresta, ciglio scosceso. Cfr. *Le vergini delle rocce*, in *Prose di romanzi*, II, p. 553: "...il tramite per giungervi [= alla cima del monte] correva lungo la costola ripida, angusta, quasi come uno scrimolo, ond'erano spartiti nettamente i due pendii".

una goccia di sangue larga e calda
come goccia [113] di nuvolo d'agosto [114]
quando lampeggia e tuona.
L'aquila s'abbatté sul sasso prona   190
il petto,[115] aperta l'ali
crude [116] che strepitarono sul sasso,
erta sùbito il rostro alla difesa.
La roccia discoscesa [117]
ardeva nel meriggio come il ferro   195
nella fucina, sotto i miei coturni.
La fronda dei viburni
era come la scoria dei metalli
liquefatti,[118] e la fronda degli avorni.[119]
S'udìano i capricorni [120]   200
belare in mezzo al dìttamo crinito,
e l'odore dell'erba vulneraria [121]
mescevasi nell'aria
tremula con l'odor dell'aquilino
sangue che d'ogni sangue è più vermiglio.   205
Col rostro e con l'artiglio
fu pronta la satellite di Giove [122]

---

[113] *una... goccia*: vedi *Madrigali dell'Estate, A mezzodì*, v. 9 e nota relativa.
[114] *nuvolo d'agosto*: cfr. Dante, *Purgatorio*, V, v. 39: "né, sol calando, nuvole d'agosto".
[115] *prona / il petto*: con il petto rivolto a terra: "il petto" è accusativo di relazione, come poi "le ali crude" e "il rostro".
[116] *crude*: fiere, terribili a vedersi.
[117] *La... discoscesa*: sintagma dantesco: cfr. *Inferno*, XII, v. 8: "al piano è sì la roccia discoscesa" (ai vv. 12-13 dello stesso canto si parla dell'"infamia di Creti" e della "falsa vacca").
[118] *era... liquefatti*: aveva il colore metallico, tra grigio e bruno, dei residui della fusione dei metalli.
[119] *avorni*: ornelli, frassini silvestri. Vedi *L'asfodelo*, v. 42 e nota relativa.
[120] *capricorni*: capre selvatiche. Cfr. Virgilio, *Aen.*, XII, vv. 412 ss.: "dictamnum /.../ carpit ab Ida, /.../ florem comantem / purpureo; non illa feris incognita capris / gramina, cum tergo volacres haesere sagittae".
[121] *erba vulneraria*: il dittamo che serviva a curare le ferite, come D'Annunzio apprendeva da un ulteriore sfruttamento della voce "dittamo" del Tommaseo-Bellini, dove leggeva che le "sommità" del dittamo erano "decantate" "come vulnerarie" (vedi nota 54) e donde era rinviato alla voce "origano", sotto la quale trovava: "Dittamo /.../, già conosciuto fin dai tempi eroici, come pianta vulneraria, vale a dire utile alla cura delle ferite" (M. Praz-F. Gerra). Vedi anche la nota 120.
[122] *la... Giove*: "Era l'uccello sacro a Giove, e perciò da' poeti vien detto l'*Uccello*, la *Ministra di Giove*, fingendo che portasse i fulmini di lui"

a combattere contra il feditore [123]
su la rupe inconcussa.
Allora io dissi: "Augusta,[124]   210
se tu sei senza volo, io sia senz'armi".
E disdegnai ritrarmi
qual uomo a saettarla di lontano.
Ma gittai l'arco; e mi fasciai la mano
con il corame [125] della mia faretra,   215
mi fasciai la man destra
a difesa degli occhi minacciati
dal becco adunco. Feci impeto,[126] entrai
in un selvaggio fremito di penne;
in un orrendo strepito di penne   220
come in un nembo fulvo [127] preso fui
dalla possa grifagna; [128]
sentii fuggirmi sotto le calcagna
la rupe e gridai forte.
Combattemmo nel rombo della morte.[129]   225
Io con la destra le afferrai la strozza [130]
robusta come tronco di serpente,
e strinsi e strinsi; e con la manca trassi
dalla ferita fresca il dardo primo,
più volte e più nell'imo   230
fegato [131] lo confissi.

(Tommaseo-Bellini, *sub voce* "aquila"). Cfr. Dante, *Purgatorio*, XXXII, v. 112: "com'io vidi calar l'uccel di Giove" e Virgilio, *Aen.*, I, v. 394: "...Iovis ales...".
[123] *feditore*: feritore. Arcaismo letterario.
[124] *Augusta*: lo stesso che "sublime" (v. 166) piuttosto che nel senso di "imperiale, sacra".
[125] *il corame*: il cuoio.
[126] *Feci impeto*: latinismo già usato al v. 183: "...fece impeto...".
[127] *nembo fulvo*: turbine rossastro: il confuso turbine delle penne.
[128] *possa grifagna*: la forza, la violenza dell'aquila per l'aquila stessa. Per "grifagno" riferito a uccello di rapina, cfr. anche Dante, *Inferno*, XXII, v. 139: "...l'altro fu ben sparvier grifagno".
[129] *rombo della morte*: i sordi rumori prodotti da quella lotta mortale. Il medesimo sintagma in *La Chimera, Sonetto proemiale*, v. 13: "udendo il rombo de la Morte"; *Maia, Laus vitae*, v. 6334: "il rombo eternal della morte".
[130] *strozza*: gola, collo. Cfr. Dante, *Inferno*, VII, v. 125: "Quest'inno si gorgoglian ne la strozza"; XXVII, v. 101: "con la lingua tagliata ne la strozza".
[131] *con... fegato*: con la sinistra estrassi dalla ferita inferta da poco la prima freccia e gliela conficcai ripetutamente nel profondo del fegato.

Combattemmo sul ciglio degli abissi,
in conspetto del Sole, a mezzo il giorno
Gloria d'Icaro! Intorno
alla zuffa ogni bàttito di penne   235
sprizzava mille stille
di sangue come porpora in faville
accesa ed isvolata [132] via per festa
A gloria la mia testa
pareva di faville incoronarsi.   240
E le piume dei tarsi [133]
e del petto e del collo e delle ascelle
isvolavan su l'Ostro.[134]
E un rivolo purpureo dal rostro
colava sul mio braccio imporporato   245
fino al cùbito. E làcera dai colpi
delle rampe [135] la destra coscia m'era
sì che la messaggera
Nike,[136] se mai sostò sul solitario
vertice andando verso Atene mia   250
a recar le corone
dell'oleastro,[137] fece il paragone
tra l'aquilino sangue e il sangue icario
Ah, non temetti il suo giudizio, o Sole.
Parvemi, quando apersi il pugno ostile [138] 255
e la nemica ricoprì la rupe
alfine spenta, parvemi che tutta
la sua virtute aligera [139] mi fosse
nelle braccia e negli òmeri trasfusa
e m'agitasse i fragili precordii [140]   260
una immortale avidità di volo
L'alto vertice solo

---

[132] *isvolata*: fatta volare, agitata.
[133] *tarsi*: qui, gli speroni posteriori delle zampe dell'aquila.
[134] *Ostro*: vedi *Anniversario orfico*, vv. 7 s.: "...le forti / ale dell'Ostro" e nota relativa.
[135] *rampe*: artigli.
[136] *la messaggera / Nike*: la dea nonché messaggera delle vittorie.
[137] *oleastro*: ulivo selvatico. Di oleastro erano fatte le corone che premiavano i vincitori olimpici: vedi *Maia*, *Laus vitae*, vv. 1534 ss.
[138] *ostile*: nemico, determinato a recar danno.
[139] *virtute aligera*: facoltà di animale che vola, capacità di volare.
[140] *precordii*: il consueto sintagma della tradizione letteraria ad indicare il cuore o il petto, intesi come sede delle passioni e dei sentimenti.

e l'esanime preda era con meco,[141]
e il dio dalla lucifera quadriga.[142]
Pregai: "Divino auriga,[143]   265
questa vittima t'offro in olocausto
perché tu mi sii fausto
se dato mi sarà tentar le vie
dove agiti le tue criniere bianche.[144]
Il torace le viscere le branche   270
e il gran capo rostrato
in un fuoco di sterpi e d'erbe io t'ardo
e la canna del dardo.
Concedi, o dio magnifico, se m'odi,
concedimi che immuni dalla brace   275
io dell'aquila serbi l'ali forti
e con meco le porti
perché le veda entrambe il padre mio
Dedalo d'Eupalàmo
ateniese, artefice sagace,[145]   280
perché due me ne foggi a simiglianza
l'uomo di molti ingegni,[146] ma più forti,
ma con più grande numero di penne"
E tolsi la bipenne
che al cinto appesa avea dietro le reni: 285
con ella diedi nelle congiunture,[147]
di muscoli e di tendini gagliarde
così che resisteano al doppio taglio.[148]

---

[141] *con meco*: per la forma pleonastica cfr. Dante, *Inferno*, XXXIII, vv. 38 ss.: "...i miei figliuoli, / ch'erano con meco..."; F. Petrarca, *Rime*, XXXV, v. 14: "ragionando con meco, et io co llui".
[142] *lucifera quadriga*: la quadriga che reca la luce, il carro del sole trainato da quattro corsieri. Per "lucifera", vedi *Ditirambo* I, vv. 442 s.: "le lucifere piume".
[143] *Divino auriga*: il Sole.
[144] *le... bianche*: le vie del cielo dove spingi alla corsa i tuoi corsieri che scuotono le loro candide criniere.
[145] *Dedalo... sagace*: cfr. l'*Onomasticon* del Forcellini *sub voce* "Daedalus": "Daedalus, Atheniensis /.../ Eupalami vel Euphemi filius, faber egregius" (D. Martinelli-C. Montagnani).
[146] *l'uomo... ingegni*: parafrasi dell'omerico "uomo di multiforme ingegno" di *Od.*, I, v. 1 riferito ad Ulisse.
[147] *con... congiunture*: con essa (per il sintagma "con ella" vedi *Bocca di Serchio*, v. 210: "...con elle" e nota relativa) presi a menar colpi nelle articolazioni del corpo dell'aquila.
[148] *doppio taglio*: alla duplice lama della bipenne.

"Ahi che l'incude e il maglio
e l'industria [149] paterna non varranno
a radicarmi la virtù dell'ala
nella scapula somma" [150] io mi pensai [151]
considerando, come il citarista
inchino su le corde,
la tenacia del nesso tendinoso
che biancheggiava di color di perla
nel cruore.[152] E la mente ne fu trista.[153]
E trista fu la mozza ala, a vederla.
E, nel fuoco di sterpi fumigando
la residua carne [154] offerta al Sole,
io mi pensai: "Si duole
il dio solingo sul suo carro ardente
e non cura l'insolito libame.[155]
La figlia sua nel simulacro infame
ei vede, onniveggente;
e dell'arte di Dedalo si cruccia
e mi scopre nel cor la piaga acerba,[156]
nel cor che non si lagna,
cui dìttamo né stebe non mi vale." [157]
Mi gravai d'ambo l'ale
congiunte con la stringa del mio cinto;[158]
e l'alta volontà fu la compagna
della doglia fatale [159]

290

295

300

305

310

---

[149] *industria*: abilità.
[150] *nella... somma*: nella parte superiore della scapola.
[151] *io mi pensai*: cfr. Dante, *Inferno*, XVI, vv. 55-57: "...questo mio segnor mi disse / parole per le quali i' mi pensai / che qual voi siete, tal gente venisse"; G. Leopardi, *Canti*, *Alla sua donna*, vv. 18 s.: "te viatrice in questo arido suolo / io mi pensai...".
[152] *tenacia... cruore*: la robustezza del tendine che biancheggiava di color perlaceo, latteo (per lo stilema "color di perla" vedi *Beatitudine*, v. 1 e v. 25 e note relative) nel sangue ("cruore": lat. *cruor*).
[153] *la... trista*: cfr. Dante, *Paradiso*, IX, v. 72: "...come la mente è trista".
[154] *fumigando... carne*: sorta di ablativo assoluto: mentre bruciava...
[155] *libame*: offerta. Latinismo prezioso.
[156] *la piaga acerba*: la dolorosa ferita provocata dall'amore per Pasifae.
[157] *cui... vale*: per curare la quale non mi vanno bene né il dìttamo né lo stebe, un'altra erba medicinale.
[158] *congiunte... cinto*: legate insieme con il legaccio di cuoio della mia cintura.
[159] *doglia fatale*: dolore ineluttabile.

quando, scorto dal dio,[160] di sangue tinto,[161]
scesi dal monte verso il Labirinto ».   315

Icaro disse: « L'officina arcana [162]
era in una caverna del dirupo,
dietro il porto d'Amniso,[163]
a levante di Cnosso, erma sul mare.[164]
S'udiva starnazzare   320
e stridere d'uccelli senza tregua,
pe' fóri dello scoglio ferrugigno.[165]
Il suolo di macigno
consparso era d'antichi dolii [166] rotti
e di fimo [167] biancastro.   325
Rimbombavano al Giàpice [168] salmastro
le concave pareti [169]
come le curve targhe [170] dei Cureti [171]
all'urto delle picche furibonde.
Sotto, il fragor dell'onde   330
avea lunga eco per ambagi [172] ignote
quando l'Apeliote [173]

---

[160] *scorto dal dio*: guidato dalla luce del sole.
[161] *di... tinto*: cfr. Dante, *Inferno*, IX, v. 38: "tre furie infernal di sangue tinte".
[162] *L'officina arcana*: un'officina diversa da quella nominata al v. 100.
[163] *caverna... Amniso*: in una spelonca presso l'Amniso approdò Ulisse, secondo Omero, *Od.*, XIX, vv. 185 ss.
[164] *erma sul mare*: cfr. G. Carducci, *Giambi ed Epodi, Giuseppe Mazzini*, vv. 1-2: "Qual da gli aridi scogli erma su 'l mare / Genova sta...".
[165] *ferrugigno*: color ruggine. Trecentismo (cfr. *L'Intelligenza*, XLII, v. 3: "il su' color v'è rosso e ferruggigno") riesumato da G. Carducci in una barbara ben memorabile per D'Annunzio: cfr. *Odi barbare, Pe 'l Chiarone da Civitavecchia*, vv. 20 ss.: "...un vapor acre /.../ che sale e fuma /.../ crocida in fondo a' fossi, furrigigno ghigna ne' bronchi"; cfr. poi anche *Miramar*, v. 18: "la ferrugigna costa...".
[166] *dolii*: orci.
[167] *fimo*: sterco. Vedi *La tregua*, v. 65: "non isceglire i vermini nel fimo".
[168] *Giàpice*: vento che spira verso oriente dalla Iapigia, una regione della Apulia, così chiamata da Iapige, figlio di Dedalo, che vi fondò un regno. Cfr. Orazio, *Carm.*, I, III, v. 4: "obstrictis aliis [ventis] praeter Iapyga".
[169] *le... pareti*: le pareti ricurve della spelonca.
[170] *targhe*: scudi.
[171] *Cureti*: i sacerdoti di Cibele, per lo più identificati con i Coribanti. Nel ms. 397, che contiene alcuni appunti preparatori del *Ditirambo*, si legge: "I Cureti - il clangore".
[172] *ambagi*: intricati recessi cavernosi. Vedi v. 90 e nota relativa.
[173] *Apeliote*: vento di levante. Cfr. Catullo, *Carm.*, XXVI, v. 3.

enfiava i verdazzurri otri del sale.¹⁷⁴
Quivi all'innaturale
opera ¹⁷⁵ intento era il mio padre, quivi   335
i congegni del volo
oprava ¹⁷⁶ senza incude e senza maglio.
Ben gli diedi travaglio
e affanno, ché pareami troppo tarda
la sua fatica per il mio desìo   340
e sempre poche mi parean le penne
adunate dinnanzi a lui che oprava.¹⁷⁷
Per lui la cera flava,
stretta in pani, col pollice e col fiato
ammollii; ¹⁷⁸ dispennai la copiosa   345
cacciagione; sollecito le penne
separai dalle piume.
Il sangue onde imperlavasi l'acume
d'ogni fusto divulso
vertudioso parvemi; ¹⁷⁹ e mi piacque ¹⁸⁰   350
a stilla a stilla suggerlo, accosciato
presso il fabro mirabile che oprava
seduto su la pietra.
Quante volte votai la mia faretra,
infaticato sagittario ¹⁸¹ errante   355

---

¹⁷⁴ *i... sale*: i verdazzurri flutti marini che il vento sollevava gonfiandoli come otri.
¹⁷⁵ *innaturale / opera*: opera che tende a foggiare qualcosa che non c'è in natura. Cfr. Ovidio, *Metam.*, VIII, vv. 188 s.: "Dixit [Daedalus] et ignotas animum dimittit in artes / naturamque novat...".
¹⁷⁶ *oprava*: metteva in opera, apprestava.
¹⁷⁷ *oprava*: lavorava.
¹⁷⁸ *la cera... ammollii*: resi molle, con le dita e con il calore del fiato la cera giallastra ammassata in piccoli blocchi tondeggianti: cfr. Ovidio, *Metam.*, VIII, vv. 195 ss.: "Puer Icarus una / stabat et /.../ flavam /.../ pollice ceram / mollibat...".
¹⁷⁹ *l'acume... parvemi*: l'estremità acuminata di ogni calamo osseo delle penne strappate mi parve capace di produrre grandi effetti. "Vertudioso" è un trecentismo che D'Annunzio usò in *Favole mondane*, *La salamandra*, apparsa in "La Tribuna" del 21 marzo 1887 (poi anche in *Novelle magiche*, *La tiranna di Policoro*, in "Vita Italiana", gennaio 1888), cavandolo da *L'Intelligenza*, XVI, vv. 1 ss.: "La prima si è lo Diamante, / che ne le parti d'India è trovata; / ed è vertudiosa in oro stante"; XIX, v. 3; XXVI, v. 4; XXXIII, v. 5; XXXVII, v. 3; etc.
¹⁸⁰ *mi piacque*: è clausola dantesca: cfr. *Purgatorio*, VIII, v. 53; XVIII, 129.
¹⁸¹ *sagittario*: arciere.

per le rupi lontane!
I falchi gli sparvieri e le poiane
caddero, e gli avvoltoi
calvi gravati di carni lugùbri,[182]
e gli astori [183] co' resti dei colùbri [184]   360
ancor ne' becchi adunchi, e i gru strimonii [185]
gambuti [186] dai lunghi ossi
accòmodi al tibìcine,[187] ogni specie
pennipotente altivolante [188] cadde
per la forza degli archi miei cidonii [189]   365
e de' miei dardi gnossi.[190]
E mi tornava [191] io carico di preda
celeste [192] alla caverna;
e pur sempre pareva al mio desìo
che fosse tarda l'opera paterna.   370
Era quivi l'odore della cera
e della ragia, ché l'operatore [193]
mescolava le lacrime del pino
chiare [194] al dono trattabile [195] dell'ape,

---

[182] *gli avvoltoi... lugùbri*: gli avvoltoi dal capo privo di penne ("calvi") e appesantiti ("gravati") dalle carogne ("carni lugùbri") di cui si cibano. I particolari relativi alla descrizione degli avvoltoi sono cavati dalla voce "avoltoio" del Tommaseo-Bellini: "Genere d'uccelli di rapina che hanno il rostro diritto sin verso l'estremità /.../, la testa nuda, i tarsi reticolati / vola molto lentamente e si pasce di animali morti" (E. Palmieri).
[183] *astori*: uccelli rapaci.
[184] *colùbri*: serpenti. Vedi *Stabat nuda Aestas*, v. 8: "Riconobbi il colùbro...'.
[185] *gru strimonii*: gru del fiume Strimone in Tracia: cfr. Virgilio, *Georg.*, I, v. 220: "Strymoniae /.../ grues..."; *Aen.*, X, v. 265: "Strymoniae... grues...". Per il maschile "i gru", cfr. già Dante, *Inferno*, V, v. 46: "E come i gru van cantando i lor lai".
[186] *gambuti*: forniti di lunghe gambe.
[187] *accòmodi... tibìcine*: adatti, utili al flautista (lat. *tibīcen*) che se ne serve per costruirsi il suo strumento.
[188] *pennipotente altivolante*: aggettivi composti alla maniera pindarica.
[189] *archi... cidonii*: vedi v. 20 e nota 17 e cfr. Orazio, *Carm.*, IV, IX, v. 18: "...cydonio /.../ arcu..." e U. Foscolo, *Alla amica risanata*, v. 60: "...arco cidonio...".
[190] *dardi gnossi*: vedi vv. 14-16 e nota relativa.
[191] *mi tornava*: per la forma medio-riflessiva cfr. Dante, *Inferno*, XVII, v. 79: "torna'mi in dietro da l'anime basse"; *Purgatorio*, II, v. 81: "e tante mi tornai con esse al petto".
[192] *celeste*: fatta di uccelli che volavano nel cielo.
[193] *operatore*: lavoratore, artefice.
[194] *le... chiare*: le gocce opalescenti della resina che stillano come lacrime dal tronco del pino.
[195] *trattabile*: malleabile

acciocché questo fosse più tegnente.¹⁹⁶ 375
Escluso avea dall'opera i metalli
come gravi ch'ei sono; ¹⁹⁷ e l'armatura
composto avea con le vergelle ferme
del còrilo e pieghevoli, congiunte
da bene intorto stame in ciechi nodi,¹⁹⁸ 380
e sópravi disteso avea l'omento,
la grassa rete che le interiora
degli animali include,¹⁹⁹ ben dissecco.²⁰⁰
E sul congegno ²⁰¹ solido e leggero
ei disponea per ordine le penne, 385
dalla più breve alla più lunga elette
acutamente, come nella fistola
di Pan le avene dìspari digradano
per la natura dei diversi numeri.²⁰²
E lino e cera usava a collegarle,²⁰³ 390
cera immista di ragia, come dissi.
E le sapeva inflettere con tanta
arte, per imitar la curvatura ²⁰⁴
della vita,²⁰⁵ che l'ala su la pietra

---

¹⁹⁶ *tegnente*: tenace. Vedi *La spica*, v. 45: "...molto tegnente" e nota relativa.
¹⁹⁷ *come... sono*: in quanto sono pesanti.
¹⁹⁸ *l'armatura... nodi*: aveva costruito il telaio, lo scheletro dell'ala ("l'armatura") con le piccole verghe ("vergelle") resistenti ("ferme") e flessibili del nocciolo ("còrilo"), tenute insieme da filo ("stame") avvolto ("bene intorto") in nodi invisibili e indistricabili.
¹⁹⁹ *l'omento... include*: l'omento, il tessuto membranoso ("la grassa rete") che avvolge gli intestini ("che le interiora / degli animali include") trattenendolo nella parte anteriore dell'addome. Nel Tommaseo-Bellini alla voce "omento", D'Annunzio trovava registrato "rete" come sinonimo di "omento" e, in un esempio, l'aggettivo "grasse".
²⁰⁰ *dissecco*: disseccato.
²⁰¹ *congegno*: l' "armatura" del v. 377.
²⁰² *ei... numeri*: Dedalo disponeva le penne secondo un ordine preciso, distribuendole con perizia dalla più breve alla più lunga, proprio come nel flauto a sette canne inventato da Pan ("nella fistola / di Pan") le canne, che sono di lunghezza diseguale ("le avene dispari"), per dar vita alle diverse note musicali ("per la natura dei diversi numeri"), sono disposte in ordine digradante, dalla più lunga alla più corta. Tutto il passo è una parafrasi di Ovidio, *Metam.*, VIII, vv. 189 ss.: "...ponit in ordine pennas, / a minima coeptas, longam breviore sequenti, / ut clivo crevisse putes; sic rustica quondam / fistula disparibus paulatim surgit avenis".
²⁰³ *E... collegarle*: cfr. Ovidio, *Metam.*, VIII, v. 193: "Tum lino medias et ceris alligat imas".
²⁰⁴ *E le... curvatura*: cfr. Ovidio, *Metam.*, VIII, vv. 194 s.: "atque ita compositas parvo curvamine flectit, / ut veras imitetur aves...".
²⁰⁵ *della vita*: della realtà delle penne vive, vere.

inerte [206] parea trepida e tepente [207]
　　e penetrata d'aere, ventosa [208]
　　come fosse per rompere dal nido [209]
　　o per posarsi dopo lungo volo »

　　Icaro disse: « Non veduto, vidi.
　　Misi gli occhi per entro ad un rosaio,
　　ove all'alito mio silentemente [210]
　　si sfogliarono due tre rose passe.
　　Parve che si sfogliasse
　　con elle [211] e si sfacesse il cuor mio caro. [212]
　　E senza fine amaro [213]
　　mi fu tutto che [214] vidi non veduto,
　　in quel giardino muto [215]
　　ove non più s'udìa la pingue gomma
　　gemere [216] né scoppiar pomo granato [217]
　　come riso punìceo [218] che scrosci.
　　Fracidi [219] i frutti, flosci
　　erano, grinzi come cuoi risecchi; [220]

[206] *inerte*: senza vita, immobile.
[207] *trepida e tepente*: vibrante e tiepida. Coppia allitterante di latinismi.
[208] *ventosa*: piena di vento, mossa dal vento.
[209] *come... nido*: cfr. Ovidio, *Metam.*, VIII, vv. 213 s.: "...velut ales, ab alto / quae teneram prolem produxit in aera nido" (D. Martinelli-C. Montagnani).
[210] *silentemente*: vedi *La corona di Glauco, Mèlitta*, v. 3: "...silentemente cola".
[211] *con elle*: vedi v. 286 e nota 147.
[212] *il... caro*: espressione omerica: cfr. *Il.*, III, v. 31; V, 250; etc. (E. Palmieri). Per l'intero sintagma, vedi *L'oleandro*, v. 331: "...il cor si sface".
[213] *senza... amaro*: infinitamente doloroso. Eco fonica da Dante, *Paradiso* XVII, v. 111: "...lo mondo sanza fine amaro".
[214] *tutto che*: tutto quello che. Forma ellittica arcaica e letteraria.
[215] *giardino muto*: giardino silenzioso. Cfr. *Poema paradisiaco, Hortus conclusus*, vv. 4-5: "...Muti / giardini, cimiteri senza avelli".
[216] *gemere*: vedi *Stabat nuda Aestas*, vv. 6 s.: "Copiosa / la resina gemette giù pe' fusti" e nota relativa.
[217] *pomo granato*: melagrana. Per il suo "scoppiar" e per le immagini relative vedi vv. 139 s. e note relative.
[218] *punìceo*: di color rosso vivo (da *Punicus*, "punico", perché la porpora veniva dalla Fenicia), come sono i chicchi della melagrana che, come D'Annunzio leggeva, ad esempio, alla voce "melagrana" del Tommaseo-Bellini, si chiama anche "melapunica".
[219] *Fracidi*: fradici, marci.
[220] *grinzi... risecchi*: pieni di rughe come un "cuoio che per essere stato presso al fuoco, sia divenuto duro e grinzoso", come si legge nel Tommaseo-Bellini alla voce "grinzoso".

gli arbori, crudi stecchi;²²¹
  le cellette soavi, aride spugne,
  senza la melodìa laboriosa.²²²   415
  Rotta al suolo, corrosa,
  informe fatta come vil carcame²²³
  era la vacca infame
  offerta dalla frode al toro bianco
  perché l'inclito²²⁴ fianco²²⁵   420
  alla figlia del Sole
  empiesse di semenza bestiale.
  E la donna regale,
  figlia del Sole e dell'Oceanina,
  Pasife di Perseide,²²⁶ il cui vólto   425
  m'era apparito come il penetrale
  della luce nel tempio dell'iddio
  splendido,²²⁷ la reina
  dell'isola che fu cuna al Cronìde²²⁸
  ricca in dìttamo in uve in miele e in dardi,²²⁹   430
  l'adultera dei pascoli²³⁰ era quivi
  sola col suo spavento.
  Bocca anelante, nari acri, occhio intento²³¹

---

²²¹ *crudi stecchi*: irti, pungenti arbusti spinosi.
²²² *le cellette... laboriosa*: le cellette degli alveari, dolci, in quanto contengono il miele, erano diventate spugne secche, in cui non risuonava più il ronzio delle api al lavoro. Per lo stilema "melodia laboriosa", vedi *Anniversario orfico*, v. 50: "le musiche api...".
²²³ *carcame*: carcassa.
²²⁴ *inclito*: nobile, di persona nobile.
²²⁵ *fianco*: eufemismo della tradizione letteraria.
²²⁶ *figlia... Perseide*: cfr. l'*Onomasticon* del Forcellini alla voce "Pasiphae": "Pasiphae /.../ In fabulis filia Solis e Perseide filia Oceani" (D. Martinelli-C. Montagnani).
²²⁷ *come... splendido*: luminoso come la parte più segreta e più inondata di luce del tempio del dio del Sole. Cfr. l'*Onomasticon* del Forcellini alla voce "Pasiphae": "Etymon ducitur a πᾶς, *omnis*, et φαίνω, *luceo, splendeo*, ut sit tota lucens vel 'omnibus appaiens ut visus' /.../ utpote qui ponat quinque esse hominum sensus, quod quinque sint filiae Solis /.../: vel potius, *splendens* διὰ τὸ πᾶσι φαίνειν τὰ μαντεῖα, Plutarco, *Agis*, 9" (D. Martinelli-C. Montagnani).
²²⁸ *cuna al Cronìde*: Creta ospitò Zeus, figlio di Kronos, appena nato. Vedi nota 8 e cfr. l'*Onomasticon* del Forcellini alla voce "Creta": "cunis Iovis... celebrata" (D. Martinelli-C. Montagnani).
²²⁹ *ricca... dardi*: vedi v. 57 e, per i dardi, v. 16.
²³⁰ *l'adultera dei pascoli*: la donna che aveva tradito il marito andando a sceglìersi l'amante tra gli animali che pascolavano.
²³¹ *intento*: fisso. Il sintagma "occhio intento / occhi intenti" è già dantesco, petrarchesco e foscoliano.

avea, pallido vólto come l'erbe
aride, consumato dai sudori   435
e dalle schiume della sua lussuria.
Discinta era, e l'incuria
della sua chioma la facea selvaggia
qual femmina del Tìaso tebano [232]
che defessa dall'orgia ansi in un botro [233]   440
del Citerone, [234] esangue
fra il tirso spoglio della fronda e l'otro
voto del vino, al gelo antelucano. [235]
Sentiva nel suo ventre, abbrividendo
vivere il mostro orrendo,   445
fremere il figlio suo bovino e umano». [236]

Icaro disse: «Era stellato il cielo
era pacato il mare,
nella vigilia [237] mia meravigliosa.
La roggia stella [238] ascosa   450
nel mio cor vigile era la più grande
Le cose miserande
eran lungi da me come da un dio
beverato [239] di nèttare novello.
Parea dal corpo snello   455
dileguarmisi il triste peso [240] come
dal cielo eòo [241] si dileguava l'ombra,

---

[232] *femmina... tebano*: una baccante.
[233] *botro*: fosso. Cfr. *Maia, Laus vitae*, vv. 161-162: "Il favellar leggero / dell'acqua pei botri"; vv. 7925 s.: "...sul ciglio / dei botri".
[234] *Citerone*: monte della Beozia presso Tebe, dove si tenevano le feste notturne delle Baccanti.
[235] *antelucano*: delle ultime ore della notte, prima dell'alba. Dantismo.
[236] *bovino e umano*: con la testa bovina e il corpo umano. Cfr. Virgilio, *Aen.*, VI, vv. 25 s.: "mixtum /.../ genus prolesque biformis / Minotaurus...", Ovidio, *Metam.*, VIII, vv. 155 s.: "...foedum /.../ patebat / matris adulterium monstri novitate biformis".
[237] *vigilia*: la veglia in cui trascorse la notte precedente la partenza.
[238] *La roggia stella*: "Non Lucifero, come nel commento del Palmieri, ma la rossa stella del suo desiderio per l'ardita impresa" (M. Praz-F. Gerra).
[239] *beverato*: abbeverato.
[240] *il... peso*: il peso della sensualità, il triste ricordo di Pasifae. Vedi 'l medesimo sintagma in *Bocca di Serchio*, vv. 115 s.: "...Rapidità, gioiosa / vittoria sopra il triste peso...".
[241] *eòo*: orientale. Latinismo (dal greco Ἠώς, "Aurora") già ariostesco (*Orl. fur.*, I, str. VII, v. 3: "...dagli esperii ai liti eoi") e tassesco (*Ger. lib.*, I, str. XV, v. 3: "Sorgeva il nuovo sol da i lidi eoi")

e nella carne sgombra
un aereo sangue irradiarsi.
Nel cielo eòo comparsi 460
i pallidi crepuscoli,[242] il messaggio
della Titània [243] fece su per l'acque
un infinito tremito tremare.[244]
Subitamente il giubilo del mare [245]
si converse in desìo tumultuoso, 465
irto le innumerevoli sue squamme.[246]
Allor tutte le fiamme
del giorno [247] dal mio cor parvero nate,
per sempre tramontate
dietro di me le stelle della notte, 470
l'ali della mia sorte [248]
già nel periglio glorioso [249] aperte.
Ahi, su la pietra inerte
si giacevan gli esànimi congegni,
e le mie braccia umane erano spoglie 475
della virtù pennata [250]
che la mia scure avea tronca sul monte

---

[242] *comparsi... crepuscoli*: ablativo assoluto: non appena furono comparsi i primi tenui segni dell'alba.
[243] *il... Titània*: il messaggio luminoso, la luce dell'Aurora, figlia del titano Iperione.
[244] *fece... tremare*: l'immensa distesa del mare tutta increspata di onde e di flutti quale appare alla luce dell'alba sembra un infinito tremore, quasi un brivido, suscitato "su per le acque" dalla luce stessa al suo apparire. Questo "infinito tremito" è qualcosa di diverso dal dantesco "tremolar della marina" di *Sogni di terre lontane*, *I pastori*, v. 15: ricorda Eschilo, *Prom.*, v. 89: "o riso innumerevole dei flutti", "ma più ancora 'l'incommensurable tremblement de la mer entière' dell'*Anactoria* di Swinburne, in *Poèmes et Ballades*, ed. cit., p. 86" (M. Praz-F. Gerra).
[245] *il... del mare*: variazione del motivo eschileo citato nella nota precedente. Cfr. anche *Elettra*, *Per la morte d'un capolavoro*, vv. 150 s.: "...il riso / innumerevole delle onde marine"; *Maia*, *Laus vitae*, vv. 3806 ss.: "...palpitava /.../ come l'innumerevole riso / del desio marino che s'alza / con le mille labbra dell'onda / verso il Sole..."; vv. 8277 s.: "...la sonora dei flutti / danza innumerabile...".
[246] *le... squamme*: le onde, simili alle scaglie di una immensa corazza. È accusativo di relazione retto da "irto".
[247] *tutte... giorno*: tutta la luce. Cfr. Dante, *Paradiso*, I, vv. 80 s.: "parvemi tanto allor del cielo acceso / della fiamma del sol...".
[248] *l'ali... sorte*: le ali cui era legato il mio destino.
[249] *periglio glorioso*: la pericolosa ma gloriosa impresa.
[250] *virtù pennata*: la forza delle ali, le ali. Vedi v. 268: "la sua virtude aligera..." e v. 291: "...la virtù dell'ala".

in giorno di vittoria.
E sùbito mi fu nella memoria
la tenacia del nesso tendinoso   480
che biancheggiava di color di perla
nel cruore vermiglio.[251]
"Aquila vinta" dissi "Icaro, figlio
di Dedalo d'Atene,
ai tuoi mani [252] consacra i ligamenti   485
arteficiati [253] e fragili dell'ali
che sono opera d'uomo;
perché, come ti vinse combattendo
lungi e presso,[254] così nel tuo dominio [255]
vincerti vuole d'impeto e d'ardire."   490
E il mio padre destai dal sonno. Dissi:
"Padre, è l'ora". Non altro dissi. Muto
stetti mentr'ei m'accomodava l'ali
agli òmeri, mentr'ei gli ammonimenti
iterava [256] con voce mal sicura.   495
"Giova [257] nel medio limite [258] volare;
ché, se tu voli basso, l'acqua aggreva [259]
le penne, se alto voli, te le incende
il fuoco.[260] Tieni sempre il giusto mezzo.

---

[251] *la tenacia... vermiglio*: vedi vv. 295-297.
[252] *mani*: presso i Romani, i *Manes* erano le anime dei morti onorate come divinità: qui, si tratta dei mani dell'aquila umanizzata.
[253] *arteficiati*: artificiali.
[254] *lungi e presso*: da lontano, con l'arco e la freccia e da vicino, con la mano fasciata di cuoio.
[255] *nel... dominio*: nel cielo.
[256] *mentr'ei m'accomodava... iterava*: cfr. Ovidio, *Metam.*, VIII, vv. 20 s.: "...Pariter praecepta volandi / tradit et ignotas umeris accomodat alas".
[257] *Giova...*: cfr. Ovidio, *Metam.*, VIII, vv. 203-211: "Instruit [Daedalus] et natum: 'Medio' que 'ut limite curras, / Icare', ait 'moneo, ne, si dimissior ibis, / unda gravet pennas, si celsior, ignis adurat. / Inter utrumque vola. Nec te spectare Booten / aut Helicen iubes strictumque Orionis ensem; / me duce carpe viam.' /.../ Inter opus monitusque genae maduere seniles / et patriae tremuere manus...".
[258] *nel medio limite*: a mezza via: traduzione dell'ovidiano "medio... limite" (vedi la nota precedente).
[259] *aggreva*: aggrava, appesantisce. Cinquecentismo ariostesco (cfr. *Orl. fur.*, II, str. LXVII, v. 3: "Ma il dolor della piaga sì l'aggreva") e tassesco (cfr. *Ger. lib.*, XVIII, str. LXXVIII, v. 2: "e, come palma suol, cui pondo aggreva").
[260] *il fuoco*: la vampa del sole: traduzione letterale dell'ovidiano "ignis" (vedi la nota 257).

Abbimi duce, séguita il mio solco.²⁶¹ 500
Deh, figliuol mio, non essere tropp'oso.²⁶²
Io ti segno la via. Sii buon seguace."
E le mani perite ²⁶³ gli tremavano.
Il mirabile artiere ebbi in dispregio
silenziosamente.²⁶⁴ "Al primo volo ²⁶⁵ 505
io con te lotterò, per superarti.
Fin dal battito primo, io sarò l'emulo
tuo, la mia forza intenderò ²⁶⁶ per vincerti.
E la mia via sarà dovunque, ad imo,²⁶⁷
a sommo, in acqua, in fuoco, in gorgo, in nuvola, 510
sarà dovunque e non nel medio limite,
non nel tuo solco, s'io pur debba perdermi"
risposegli il mio cor silenzioso.
E gli ²⁶⁸ sovvenne della grande frode ²⁶⁹
(difficile all'oblìo questo mio cuore 515
sì che l'acqua del Lete non ci valse: ²⁷⁰
furon pur tre le tazze tracannate)
e del dolo fabrile ²⁷¹ gli sovvenne.
Fra le mani perite che tremavano
riveder seppe gli utensìli acuti 520
intesi a compiacer la trista voglia.
"Icaro figlio, m'odi? Io m'alzo primo.
Volerò senza foga, e tu mi segui."
Ma con l'arte dell'aquila io spiccai
dal limitar ²⁷² della caverna un volo 525

---

²⁶¹ *il... solco*: la scia ideale lasciata da Dedalo nell'aria.
²⁶² *tropp'oso*: troppo audace. Cfr. Dante, *Purgatorio*, XI, v. 126: "a sodisfar chi è di là troppo oso"; *Paradiso*, XIV, v. 130: "Forse la mia parola par troppo osa".
²⁶³ *perite*: esperte. Variante parafrastica dell'ovidiano "patriae" (vedi la nota 257).
²⁶⁴ *silenziosamente*: pur continuando a restare in silenzio.
²⁶⁵ *Al... volo*: all'inizio stesso del volo.
²⁶⁶ *intenderò*: tenderò e, fuor di metafora ("tendere l'arco per scagliare la freccia"), impiegherò.
²⁶⁷ *ad imo*: verso il punto più basso. È clausola dantesca: cfr. *Inferno*, XXIX, v. 39; *Purgatorio*, I, v. 100; *Paradiso*, I, v. 138.
²⁶⁸ *gli*: al cuore.
²⁶⁹ *frode*: lo stratagemma di Pasifae per ingannare il toro.
²⁷⁰ *l'acqua... valse*: l'acqua del Lete, il fiume infernale che dà l'oblio non giovò minimamente né a me né al mio cuore.
²⁷¹ *dolo fabrile*: "l'inganno della falsa vacca, opera di fabro" (E. Palmieri).
²⁷² *limitar*: soglia.

sì veemente che diseparato [273]
fui sùbito. Gli stormi isbigottirono
su per le rosse rupi in fuga striduli
temendo la rapina [274] dileguarono.
Oh libertà! Pel corpo nudo l'aere   530
matutino sentii crosciarmi, [275] gelido
tutto rigarmi di chiarezza irrigua: [276]
non i torrenti ove uso fui detergere
dopo le cacce la sanguigna polvere
m'avean rigato di sì grande giòlito. [277]   535
Oh nel cor mio rapidità del palpito
ond'era impulso il volo, in egual numero! [278]
Pareami già gli intraversati bàltei [279]
esser conversi in vincoli tendìnei, [280]
tutto l'azzurro entrar per gli spiracoli [281]   540
del mio pulmone, il firmamento splendere
sul mio torace come sul terribile
petto di Pan. [282] Gridava "Icaro! Icaro!" [283]
il mio padre lontano. "Icaro! Icaro!"
Nel vento e nella romba [284] or sì or no   545
mi giungeva il suo grido, or sì or no
il mio nome nomato dal timore [285]

---

[273] *diseparato*: separato, diviso.
[274] *temendo la rapina*: temendo di essere assaliti da quel nuovo e spaventoso uccello.
[275] *crosciarmi*: scorrermi lungo il corpo nudo con fragore. Voce onomatopeica usata anche da G. Carducci e G. Pascoli. Vedi *Ditirambo II*, vv. 129 s.: "Tutte le acque rombarono, crosciarono su me sommerso".
[276] *tutto... irrigua*: irrigarmi, permearmi tutto di luce che mi avvolgeva, fluida e fresca come acqua corrente. Per il sintagma "irriguo", cfr. *Ditirambo II*, v. 19: "...carne d'acro sangue irrigua" e nota relativa.
[277] *giòlito*: gioia. Vedi *Albasia*, v. 16: "...il mio giòlito" e nota 18.
[278] *rapidità... numero*: rapidità dei palpiti da cui, con un ritmo perfettamente cadenzato, era sospinto il mio volo.
[279] *intraversati bàltei*: le cinture poste a bandoliera sul petto per assicurare alle spalle le ali. Vedi *Altius egit iter*, vv. 17-20.
[280] *vincoli tendìnei*: veri tendini che legavano le ali al corpo.
[281] *spiracoli*: spiragli.
[282] *il... Pan*: vedi *L'opere e i giorni*, vv. 61 s.: "l'imagine di Pan /.../, cui nel torace si rispecchia il Cielo". Il petto di Pan, cioè Pan, è detto "terribile" per il terrore panico che suscita.
[283] *Gridava... Icaro*: cfr. Ovidio, *Metam.*, VIII, vv. 231 ss.: "At pater infelix, nec iam pater: 'Icare', dixit / 'Icare', dixit 'ubi es? qua te regione requiram? / Icare', dicebat...".
[284] *romba*: il rumore del volo. Vedi v. 173 e nota 103.
[285] *nomato dal timore*: chiamato da mio padre che aveva paura.

giungeva alla mia gioia impetuosa.
"Icaro!" E fu più fievole il richiamo.
"Icaro!" E fu l'estrema volta. Solo 550
fui, solo e alato nell'immensità.
Passai per entro al grembo d'una nuvola:
un tepore un odore dolce e strano
eravi, quasi l'alito di Nèfele [286]
madre d'Elle che diede il nome al ponto.[287] 555
Il vento del remeggio [288] i veli tenui [289]
sconvolse, un che di roseo svelò,
un che di biondo.[290] Odore [291] dolce e strano
m'illanguidiva, inumidiva l'ali.
Il vol decadde. Vidi undici navi 560
di prora azzurra fornite di tolda,[292]
che flagellavano il mar con la palma
dei remi in lunga eguaglianza concordi,[293]
andando a impresa lontana. Sul ponte
pelte lunate [294] luceano e di bronzo 565
clìpei [295] tondi, aste lunghe. Mi giunse
l'urlo dei nàuti.[296] Veloce volai,
oltre passai. Qual fu dunque la mente [297]
dei nàuti rudi mirando il prodigio?
Come di me favellarono? Dissero 570
forse: "In un campo di strage la màscula

---

[286] *Nèfele*: la ninfa, moglie di Atamante e madre di Frisso e di Elle, il cui nome in greco ("Nèfele" è accentato alla latina) significa "nuvola".
[287] *Elle... ponto*: Elle, mentre fuggiva in volo sull'ariete dal vello d'oro insieme al fratello Frisso per sottrarsi alle persecuzioni della matrigna Ino, cadde nel mare che da lei si chiamò Ellesponto.
[288] *Il... remeggio*: l'aria mossa dalle ali. Per il latinismo "remeggio", qui usato in senso traslato, cfr. già *Poema paradisiaco*, *Hortus conclusus*, vv. 36 s.: "un cigno con remeggio lento fende / il lago...".
[289] *i veli tenui*: la leggera compagine di piume e penne che copriva l'intelaiatura delle ali.
[290] *un che... biondo*: l'impasto di cera e di resina dal colore giallo rosato che teneva fissate all'intelaiatura le piume e le penne.
[291] *Odore*: l'odore della cera mista a resina che si va sciogliendo.
[292] *di... tolda*: epiteto omerico il primo (vedi *L'oleandro*, v. 67 e nota relativa) e epiteto coniato alla maniera omerica il secondo.
[293] *flagellavano... concordi*: percuotevano il mare con le pale dei remi con un ritmo lungo e uguale.
[294] *pelte lunate*: piccoli scudi dalla parte superiore a forma di mezza luna. Cfr. Virgilio, *Aen.*, I, v. 490: "...Amazonidum lunatis agmina peltis".
[295] *clìpei*: scudi di dimensioni piuttosto ampie.
[296] *nàuti*: marinai. Latinismo frequente in D'Annunzio fin da *Canto novo*.
[297] *la mente*: il pensiero.

Nike,²⁹⁸ nell'ombra d'un cumulo grande
dai carri estrutto riversi e dirotti,²⁹⁹
o a piè d'un grande trofeo d'armi illustri,
sul suol cruento cedette all'eroe   575
che l'afferrò per la chioma; e fu pregna.³⁰⁰
E quei che rema lassù con tant'ala ³⁰¹
è certo il figlio di lei giovinetto."
Di queste l'alto cor mio si compiacque
imaginate parole, ché stirpe   580
di Nike avrebbe ei voluto infierire.³⁰²
E vidi poi sotto fulgere ³⁰³ in Paro ³⁰⁴
iscalpellata ³⁰⁵ il candor del Marpesso.³⁰⁶
E vidi poi dall'erratica Delo ³⁰⁷
salir vapore di caste ³⁰⁸ ecatombi.   585
Poi non vidi altro più, se non il Sole.
Poi non volli altro più, se non da presso

---

²⁹⁸ *la... Nike*: la Vittoria, ardimentosa come un uomo.
²⁹⁹ *dai... dirotti*: innalzato ("estrutto") con i carri dei nemici rovesciati e fatti a pezzi ("dirotti"). Per il latinismo "estrutto", vedi *Anniversario orfico*, v. 58: "estrutto rogo...".
³⁰⁰ *pregna*: gravida. È clausola dantesca: cfr. *Paradiso*, XIII, v. 84: "così fu fatta la Vergine pregna".
³⁰¹ *rema... ala*: vola con tanto impeto lassù nel cielo, percuotendo l'aria con le sue ali come se fossero remi.
³⁰² *stirpe... infierire*: avrebbe voluto imperversare, cioè apparire fiero, violento e impetuoso, quale vero figlio di Nike, la dea della Vittoria.
³⁰³ *fulgere*: splendere (lat. *fulgere*).
³⁰⁴ *Paro*: l'isola delle Cicladi. È ricordata anche in Ovidio, *Metam.*, VIII, vv. 220 ss., tra i luoghi sorvolati da Dedalo e Icaro: "...Et iam Iunonia laeva / parte Samos (fuerant Delosque Parosque relictae), / dextra Lebinthos erat fecundaque mella Calymne".
³⁰⁵ *iscalpellata*: quasi lavorata a colpi di scalpello, per via delle sue cave di marmo, oppure nel senso di scolpita, come in *Il fanciullo*, v. 178: "...nell'Ellade scolpita".
³⁰⁶ *il... Marpesso*: il monte Marpesso, famoso per il marmo bianco che veniva cavato dalle sue pendici. Cfr. *Maia, Laus vitae*, vv. 5346 ss.: "Più di ogni altro monte splendeva / il Marpesso, onde gli Ellèni / tratto avean la candida carne / de' loro iddii...".
³⁰⁷ *erratica Delo*: l'isola delle Cicladi che, secondo il mito, prima di essere definitivamente fissata da Apollo al centro dell'arcipelago, errava per il mare. Cfr. Virgilio, *Aen.*, III, vv. 73-76: "sacra mari colitur medio /.../ tellus /.../, quam pius arquitenens oras et litora circum / errantem Mycona et celsa Gyaroque revinxit". L'epiteto virgiliano "errantem" è citato nell'*Onomasticon* del Forcellini alla voce "Delos", ma giustamente D. Martinelli e C. Montagnani segnalano anche G. Carducci, *Intermezzo*, v. 344: "e Delo errante dove Febo nacque".
³⁰⁸ *caste*: offerte con intenzione onesta e con mani pure. Oppure: costituite da animali puri.

mirarlo eretto sul suo carro ignìto,³⁰⁹
giugnerlo, farmi ardito
di prendere pei freni il suo cavallo   590
sinistro, Etonte ³¹⁰ dalle rosse nari.
Il pètaso e i talari
d'Erme Cillenio avea conquisi il mio
sogno meridiano, il mio delirio.³¹¹
Congiunto era con Sirio ³¹²   595
altissimo nel medio orbe,³¹³ nell'arce ³¹⁴
somma dei cieli Elio d'Eurifaessa.³¹⁵
E l'altezza inaccessa ³¹⁶
e l'ardore ³¹⁷ terribile agognai
ed offerirgli l'ali che sul monte   600
crètico escluse avea ³¹⁸ dall'olocausto.
Mi sembrava inesausto
il valor mio ché l'animo agitava
le morte penne, l'animo immortale
e non il braccio breve.   605
Ed ecco, vidi come un'ombra lieve
sotto di me nella profonda ³¹⁹ luce

---

³⁰⁹ *ignìto*: infuocato. Latinismo già dantesco.
³¹⁰ *Etonte*: è citato tra i quattro cavalli del carro del Sole in Ovidio, *Metam.*, II, vv. 153 ss.: ("Interea volucres Pyrois et Eous et Aethon, / Solis equi, quartusque Phlegon hinnitibus auras / flammiferis implent...") cui D'Annunzio potrebbe essere stato rinviato da un cenno registrato nell'*Onomasticon* del Forcellini alla voce "Sol" (D. Martinelli-C. Montagnani).
³¹¹ *Il... delirio*: il mio delirante sogno, concepito nell'ora panica del meriggio, aveva conquistato il copricapo e i calzari alati di Ermes-Mercurio, il messaggero degli dei. Ermes è detto Cillenio dal Cillene, il monte dell'Arcadia dove era nato: cfr., per l'epiteto, Ovidio, *Metam.*, II, v. 713; v. 720; v. 819; V, v. 391; etc.
³¹² *Congiunto... Sirio*: il sole (v. 597: "Elio d'Eurifaessa") era in congiunzione con Sirio, la stella più luminosa del cielo nella costellazione del Carro Maggiore: era piena estate, perché tale congiunzione dura dal 21 luglio al 21 agosto.
³¹³ *altissimo... orbe*: "allo zenith, sul meridiano" (E. Palmieri).
³¹⁴ *arce*: rocca.
³¹⁵ *Elio d'Eurifaessa*: il Sole, figlio di Iperione e di Calliope detta Eurifaessa, "colei che ampiamente risplende": cfr. *Hym. Hom.*, XXXI, v. 2 e cfr. già anche *Maia*, *Laus vitae*, vv. 1497 ss.: "...il Sole /.../, Elio nomato / per noi, Elio d'Eurifaessa".
³¹⁶ *inaccessa*: mai raggiunta prima. Cfr. *Poema paradisiaco*, *Hortus conclusus*, v. 8 s.: "...i paradisi / inaccessi...".
³¹⁷ *ardore*: la vampa del sole per il sole stesso.
³¹⁸ *avea*: avevo.
³¹⁹ *profonda*: nello stesso senso in cui, in un sintagma più consueto, sono profonde le tenebre.

ove non appariva segno alcuno
del mare cieco [320] e dell'opaca [321] terra;
ancóra un'ombra vidi, un'altra ancóra.   610
E dissi: "Icaro, è l'ora".
Ma il cor non mi mancò. Non misi grido
verso il mio fato, come la devota [322]
alla saetta aquila moritura;
né rimpiansi il paterno ammonimento.   615
Guatai senza spavento
in giuso; e l'ombre lievi eran le penne
dell'ali, che cadeano tremolando
dalla cera ammollita.[323]
Mi sollevai con impeto di vita   620
verso il Titano: [324] udii rombar le ruote
del carro sul mio capo alzato; udii
lo scàlpito quadruplice; [325] il baleno
scorsi dell'asse d'oro,[326] il fuoco anelo
dei cavalli,[327] Piròe [328] dalla criniera   625
sublime,[329] Etonte dalle rosse nari.
E i cavalli solari
annitrirono. Il ventre di Flegonte
brillò come crisòlito; [330] la bava

---

[320] *cieco*: scuro.
[321] *opaca*: buia, piena di ombre.
[322] *devota*: destinata, consacrata.
[323] *cera ammollita*: la cera ammollita dalla vampa del sole: cfr. Ovidio, *Metam.*, VIII, vv. 225 s.: "...Rapidi vicinia solis / mollit odoratas, pennarum vincula, ceras".
[324] *Titano*: il Sole, figlio del titano Iperione. Vedi *Ditirambo III*, v. 54: "...titan Sole" e nota relativa.
[325] *lo scàlpito quadruplice*: lo scalpitio dei quattro cavalli del carro del Sole.
[326] *asse d'oro*: l'asse d'oro del carro del Sole. Cfr. Ovidio, *Metam.*, II, v. 107: "Aureus axis erat..." (D. Martinelli-C. Montagnani).
[327] *il... cavalli*: ipallage: le fiamme che spiravano dai cavalli ansanti per la corsa.
[328] *Piròe...*: per i nomi dei cavalli del Sole, vedi la nota 310. M. Praz e F. Gerra citano in proposito anche i versi per nozze del settecentista Ludovico Savioli, riportati da G. Carducci nei *Lirici del secolo XVIII*, Firenze, Barbèra, 1871, pp. 14 s.: "Mosser per l'aure infidi / Eto e Fleyante e le infiammate chiome / scuotean sdegnando il nuovo duce e 'l morso: / Eoo nitriva: in vano / il flagello a Piròe feriva il dorso".
[329] *sublime*: "sollevata nel vento della corsa" (E. Palmieri).
[330] *crisòlito*: pietra preziosa di colore giallo-verdastro. Di crisoliti erano adorni i gioghi e le bardature dei cavalli del Sole: cfr. Ovidio, *Metam.*, II, vv. 109 s.: "per iuga chrysolithi positaeque ex ordine gemmae / clara repercusso reddebant lumina Phoebo" (D. Martinelli-C. Montagnani).

d'Eòo fu come il velo d'Iri effuso.³³¹ 630
E vidi il pugno chiuso
che teneva le rèdini, la fersa
garrir sul fuoco ³³² udii. Tesi le braccia.
"O Titano!" E la faccia
indicibile, sotto la gran chioma
ambrosia,³³³ verso me si volse china; 635
e i raggi le cingean mille corone.³³⁴
"Elio d'Iperione,
t'offre quest'ali d'uomo ³³⁵ Icaro, t'offre
quest'ali d'uomo ignote ³³⁶ 640
che seppero salire fino a Te!"
Si disperse nel rombo delle ruote
la mia voce che non chiedea mercé
al dio ma lode eterna.
E roteando ³³⁷ per la luce eterna 645
precipitai nel mio profondo Mare ».³³⁸

Icaro, Icaro, anch'io nel profondo
Mare precipiti, anch'io v'inabissi
la mia virtù, ma in eterno in eterno
il nome mio resti al Mare profondo! 650

---

[331] *fu... effuso*: assunse i colori iridescenti dell'arcobaleno ("il velo d'Iri").
[332] *garrir... fuoco*: sibilare sulle fiamme che si levavano dai cavalli avvampanti nella foga e nella luce.
[333] *ambrosia*: "stillante ambrosia; o, più semplicemente, divina" (E. Palmieri).
[334] *le... corone*: le formavano intorno mille corone luminose.
[335] *ali d'uomo*: ali che sono state costruite da un uomo e che hanno permesso ad un uomo di volare.
[336] *ali... ignote*: ali d'uomo mai viste prima: cfr. Ovidio, *Metam.*, VIII, v. 209: "...ignotas umeris accomodat alas".
[337] *roteando*: descrivendo lunghe volute.
[338] *mio... Mare*: il mare cui fu dato il suo nome, il Mare Icario, che è la parte del Mar Egeo orientale compresa tra l'Isola Icaria e l'Isola di Coo. Cfr. Ovidio, *Trist.*, I, I, v. 89.

Tristezza

La data di composizione della lirica è ignota. Il titolo "O Tristezza" appare per la prima volta in testa all'elenco di titoli, per lo più ancora provvisori, dei componimenti della sezione finale di *Alcyone* contenuto nel ms. 410, che appare molto tardo (ottobre 1903).

Il componimento che, nella sorvegliata economia strutturale e musicale del libro di *Alcyone* segue, non a caso, l'impetuoso *Ditirambo IV* che ha celebrato l'estrema illusione mitica, apre, su toni di malinconico ripiegamento l'ultima sezione del libro, quella che canterà il lento e inesorabile morire dell'estate. È infatti il presentimento dell'autunno ormai prossimo che suscita nel poeta un senso di malinconia. La tristezza, invero, è nel suo cuore, ma a lui sembra che essa scenda dal sole, non più radioso e alto nel cielo come durante la bella stagione, e che abbia l'aspetto e l'eleganza di una languida creatura femminile. Anzi, il vago sentimento di tristezza che anima il poeta si incarna senz'altro in una figura femminile, in cui egli finisce con il riconoscere il volto malinconico e l'elegante incedere di Ermione, la donna amata che presto, inevitabilmente, se ne andrà insieme con l'estate, lasciandolo solo.

La lirica deve il suo titolo, l'idea di personificare la tristezza e il suo stesso avvio a H. de Régnier: per l'esattezza alla lirica *Le Faune au miroir* dei *Jeux rustiques et divins*, "componimento già usufruito anche per *L'otre*", che inizia con una apostrofe, poi ripresa anaforicamente in altri due punti, alla Tristezza personificata (vv. 1, 3, 21): 'Tristesse, j'ai bâti ta maison et les arbres / ... / Tristesse, j'ai bâti ton palais vert et noir /... / Tristesse, j'ai bâti ta maison et les arbres'" (V. De Maldé-G. Pinotti). Poi, sulla base dello stimolo libresco e sulla spinta, leggera e delicata, del sospiroso e accorato vocativo iniziale ("Tristezza, tu...") la lirica si sviluppa attraverso una similitudine, più implicita che esplicita, in cui, dopo la determinazione del rapporto di identità tra la tristezza e la donna amata, il secondo termine prevale sul primo sostituendosi ad esso. Così, l'immagine astratta della tristezza, che pure già si era avviata ad assumere un aspetto reale fatto di nubi e di spume marine, si incarna pienamente nell'immagine vivente di Ermione, la quale però, a sua volta, sostanziandosi di quell'impalpabile e malinconico sentimento, si trasfigura in una pura immagine di mito. Il motivo della metamorfosi, tipico del libro di *Alcyone*, trova dunque qui una delle sue estrinsecazioni più lievi. Stato d'animo e figura femminile, infatti, si fondono insensibilmente l'uno nell'altra, dando luogo ad un'unica creatura di leggiadra e malinconica bellezza.

Il tono languido del componimento, con i suoi valori musicali, è funzionale alla situazione sentimentale descritta e soprattutto alla posizione postditirambica del componimento.

Un qualche peso, rispetto alla lievità dell'insieme, è riscontrabile nei particolari accessori della descrizione, specialmente là dove il poeta si abbandona a una sorta di compiaciuto alessandrinismo pittorico. Comunque, la personificazione della tristezza e poi la rappresentazione di Ermione, con la lunga veste di lino, con un mazzo di rose in grembo, con i capelli color viola e le gote imperlate di gocce di pioggia, sono di gusto preraffaellita. Invece, il quadretto che, in modo imprevisto e improvviso, chiude la ballata con la scena del capro che morde le rose, nasconde un'altra reminiscenza da H. de Régnier: vedi la nota 11.

Metro: ballata.

Tristezza,[1] tu discendi oggi dal Sole.
La tua specie[2] mutevole è la nube

---
[1] *Tristezza*: per l'imitazione di H. de Régnier contenuta in questo attacco e poi nelle riprese dei vv. 3 e 21, vedi la nota introduttiva.
[2] *specie*: aspetto.

del cielo, e son le spume
del mare gli orli del tuo lino lungo.³

Sembri Ermione, sola come lei   5
che pel silenzio vieni⁴ incontro sola
traendo in guisa d'ala⁵ il bianco lembo.⁶
Sì le somigli, ch'io m'ingannerei
se non vedessi ciocca di viola⁷
su la sua gota umida ancor del nembo.⁸   10
Ha tante rose in grembo
che la spina dell'ultima le punge
il mento⁹ e glie l'ingemma d'un granato.¹⁰
Come fauno barbato¹¹
accosto accosto mòrdica le rose   15
il capricorno¹² sordido e bisulco.¹³

---

³ *son... lungo*: le spume del mare sembrano i candidi orli della lunga veste di lino di cui la tristezza, ormai sul punto di farsi persona, è vestita. Cfr. D.G. Rossetti, *Sibylla palmifera*, v. 11, dove madonna Beltà appare con "flying hair and fluttering hem" (M. Praz).
⁴ *vienti*: ti viene. L'euclisi del pronome atono è arcaismo già dantesco.
⁵ *in guisa d'ala*: come se fosse un'ala, in quanto fluttua nel vento.
⁶ *il bianco lembo*: il bianco lembo della veste.
⁷ *ciocca di viola*: una ciocca di capelli neri dai riflessi violacei, come i capelli di Saffo. Vedi *Versilia*, vv. 83 s.: "...le chiome / violette..." e nota relativa.
⁸ *umida... nembo*: ancora bagnata di pioggia.
⁹ *Ha tante... mento*: cfr. l'appunto registrato nel ms. 419 (n. 50 dell'*Inventario* cit.) insieme a altre note preparatorie di *Alcyone*: "Prendi nelle tue braccia tante rose che l'ultima rosa ti tocchi il mento".
¹⁰ *glie... granato*: le orna il mento di una goccia di sangue che sembra una gemma di colore rosso trasparente come il granato. Per "ingemmare" nel senso di "adornare come fa una gemma" cfr. Dante, *Paradiso*, XV, vv. 85-86: "Ben supplico io a te, vivo topazio / che questa gioia preziosa ingemmi"; XVIII, v. 117; XX, v. 17.
¹¹ *Come... barbato*: simile a un fauno barbuto. Per "barbato" vedi *L'otre*, v. 5: "...ben barbato" e nota 7.
¹² *mòrdica... il capricorno*: il capro morde le rose: per tutta la scena dei vv. 14-16, cfr. H. de Régnier, *Les jeux rustiques et divins*, *Le cippe*, vv. 16-18: "...le Destin innocent ainsi qu'un enfant nu / venir à moi, avec les mains ivres de roses / que mordent les boucs noirs ou que flairent les faunes". "Il debito /.../ è certificato dalla redazione contenuta nei mss. 555-556, n. 72 dell'*Inventario* cit., dove al v. 16 *capricorno* è variante sostitutiva soprascritta a *nero capro* cassato, sintagma che comprova, nella sua maggiore prossimità alla fonte (*boucs noirs*) la derivazione dell'intero passo" (V. De Maldé-G. Pinotti, *art. cit.*, pp. 44-45).
¹³ *sordido e bisulco*: sudicio e dall'unghia divisa in due parti. Per il nesso "sordido e bisulco", vedi *L'otre*, v. 1: "...becco sordido e bisulco".

Le Ore marine [1]

La lirica, prima di entrare nel libro di *Alcyone*, apparve con il titolo *Le ore* in « Novissima », Albo Annuale d'Arte e Lettere, del 1902 (Milano, a. II). In calce alla lirica, erano registrati il luogo e la data di composizione: "Nella Versilia, ferragosto 1900". L'indicazione, per quanto apografa, è sostanzialmente accettabile come quella della reale data di stesura del componimento. Certo non è da escludere del tutto che, come nel caso del *Ditirambo I*, essa alluda non alla cronologia reale ma a quella ideale dell'opera: lo fa sospettare soprattutto il fatto che la data posta in calce alla lirica nell'*editio princeps* in rivista sia così tonda e a suo modo significativa ("ferragosto!"), troppo significativa per non parere voluta. Però, a favore della datazione suggerita da D'Annunzio va il fatto che *Le Ore marine* presentano rapporti – di fonti, di struttura, di soluzioni prosodiche e ritmiche – talmente stretti con una lirica sicuramente databile come *Il novilunio* (datata nel manoscritto autografo al 31 agosto di quello stesso anno) da far pensare che le due liriche siano state composte nello stesso giro di tempo, come la cronologia tradizionale propone. Se mai, si tratterebbe di stabilire quale dei due testi precede l'altro. Ma, a parte il fatto che la situazione descritta ne *Le Ore*

---

[1] *marine*: vissute lungo il mare, che è lo sfondo di tutta la vicenda alcionia. Il titolo *Le Ore marine*, comunque, riecheggia molto da vicino il titolo di una lirica di Henri de Régnier, *Heures marines*, della raccolta *Apaisements* (1886), raccolta che costituisce una sezione dei *Premiers Poèmes*, una cui edizione è presente nella Biblioteca privata di D'Annunzio al Vittoriale (V. De Maldé-G. Pinotti).

marine è anteriore a quella descritta ne *Il novilunio*, ora come ora non esiste alcun elemento esterno o interno che possa mettere in dubbio la successione proposta da D'Annunzio. Comunque sia, il titolo "Quale delle Ore", che riproduce l'*incipit* del componimento e che quindi fa pensare che il componimento stesso già esistesse, è registrato tanto nell'elenco dei titoli del ms. 405 (fine giugno 1902) quanto in quello dei mss. 421-432 v. (metà di luglio 1902). Il titolo "Le ore marine", invece, appare per la prima volta nell'annuncio editoriale Treves del gennaio 1903 e nella forma definitiva "Le Ore marine" nel ms. 410 (ottobre 1903).

L'estate sta per finire e presto Ermione dovrà andarsene. A lei, che gli è stata compagna durante tutta la stagione alcionia, il poeta domanda quale fra le ore che hanno vissuto insieme sulla spiaggia del mare e che sono state tutte belle, perché ella le ha rese tutte gioiose e a tutte ha dato qualcosa della sua bellezza e della sua grazia, quale fra quelle ore la accompagnerà nel suo viaggio al di là dei monti, dei colli e dei fiumi, cioè quale delle tante ore godute insieme e ora trasformate in ricordi la accompagnerà quando partirà e sopravviverà in lei quando sarà lontana.

Con la fine del "folle volo" di Icaro, ogni residua illusione di perpetuarsi nel mito, oltre il tempo, è finita per il poeta. Anzi, tornato dal tempo mitico al tempo reale, il poeta torna a provare in modo più pressante e sconvolgente di quanto non gli fosse successo per l'addietro (vedi *La sabbia del Tempo* e gli altri *Madrigali dell'Estate*), il senso della fuga del tempo. La prima reazione è stata un vago senso di tristezza, quale è stato espresso nella lirica intitolata appunto *Tristezza*. Ora quella confusa sensazione di disagio si oggettiva in qualcosa di preciso: la prossima partenza di Ermione, segno incontrovertibile del declino dell'estate. Però, di fronte alla ineluttabilità della cosa, quella tristezza e quel disagio si stemperano in malinconia e in nostalgia: la malinconia che prende il poeta al pensiero che presto Ermione dovrà andarsene e la nostalgia che lo porta a rievocare le belle ore trascorse con la donna amata sulla spiaggia del mare. La lirica *Le Ore marine* si incentra appunto su questo motivo malinconico e nostalgico e lo sviluppa in termini elegiaci. La lirica non ha spessore narrativo. La sua trama, infatti, è esilissima e si riduce alla domanda su cui il componimento si apre e che torna, appena variata, nel corso del componimento: quale delle ore che Ermione ha vissuto con il poeta, la porterà via, cioè quale ricordo dell'estate la donna conserverà dopo la sua partenza. La durata della lirica, quindi, respinta ogni espansione narrativa, è una durata puramente melodica. Per conseguire tale durata, D'Annunzio, oltre che all'elemento sentimentale sospiroso e nostalgico, si è affidato alle risorse di una tecnica espressiva scaltrita e affinata. In una struttura sintattica e prosodica circolare in cui il discorso torna sempre su se stesso, ha creato, imitandola, come vedremo, da un preciso modello, una tessitura musicale fatta di accostamenti fonici e verbali, di anafore, di riprese di singoli sintagmi, di interi stilemi o di interi versi e di recuperi tematici e dilatata al massimo dai polisindeti e dal libero gioco degli *enjambements*. Così, in una lirica costituita da due strofe di trenta versi ciascuna e di una ripresa di quindici versi, il sintagma "Quale delle ore" tòrna sei volte (vv. 1, 8, 15, 24, 61, 62), il sintagma "Quella che" torna tre volte (vv. 31, 42, 50) e l'apostrofe "o Ermione" otto volte (vv. 7, 14, 23, 35, 45, 58, 67, 72). Inoltre, i vv. 61-75 variamente riprendono i vv. 1, 8, 25-26, 27, 30; in particolare, il v. 30 su cui si chiude la prima strofa viene ripreso al v. 71 e poi ancora al v. 75, alla fine della terza strofa e, quindi, dell'intero componimento. L'effetto è proporzionale ai mezzi impiegati. Il tono eloquente che è implicito nella serie di interrogativi che introducono ogni frase e, data la coincidenza tra periodo sintattico e periodo metrico, ogni strofa, viene assorbito dalla stessa tessitura melodica del canto e trasformato anch'esso in sospiro nostalgico. Proprio l'interrogativa continuata che regge il componimento, infatti, finisce per creare, con l'ausilio dell'apparato stilistico-espressivo adottato, "un'intonazione vocale unica che cancella ogni cadenzamento e si misura solo in un respiro vasto, scandito dal ricorso del nome quasi mitico di Ermione". E le stesse riprese che puntellano la lirica ("Quale..., quale..., quale..., quale...", nella prima strofa; "Quella... Quella... Quella...", nella seconda; "Quale, quale...", nella terza) non vengono sentite come "cifre di un'onda eloquente, ma come i punti fermi di una modulazione perfettamente ascendente e discendente, che si conclude sopra il motivo di una nostalgia accorata" (A. Noferi). Per tutto questo, per altro, la lirica deve moltó alla lezione di Henri de Régnier. La cosa già segnalata da M. Praz, *La carne* cit., p. 520, in ordine al motivo delle ore quale fu sviluppato dal poeta francese nella sezione *La corbeille des heures* dei *Jeux rustiques et divins* e specialmente nell'*Ode II* e nell'*Odolette V*, va però molto al di là del piano strettamente contenutistico. Oltre tutto, da questo punto di vista, la figurazione delle ore del giorno come personaggi reali risale al mito classico e una ripresa recente del motivo era stata fatta da U. Foscolo, in componimenti ben memorabili per D'Annunzio, fin dal tempo degli studi al Collegio Cicognini di Prato. Basti pensare alle "Ore" che nell'ode *Alla amica risanata*, vv. 19-30, recano alla Fagnani Arese prima i farmaci e poi le vesti e i gioielli, o alle "ore future" che nel carme *Dei Sepolcri*, vv. 6-7, non "danzeran" più "vaghe di lusinghe" innanzi al poeta una volta che sarà morto, o, soprattutto, alle ore in compagnia delle quali fuggì la Musa nel sonetto *Pur tu copia versavi alma di canto*, vv. 9-10: "E tu fuggisti in compagnia dell'ore, / o Dea!...". Di fatto, come hanno segnalato V. De Maldé e G. Pinotti, Henri de Régnier ha dato alla lirica qualcosa di più che l'idea di personificare le ore o il titolo del componimento (vedi nota 1) o un paio di immagini (vedi note 3 e 23). Dal gruppo di liriche dei *Jeux rustiques et divins* comprese sotto il titolo comune *La corbeille des heures*, D'Annunzio per *Le Ore marine* ha mutuato, insieme al tono nostalgico, proprio la struttura prosodica e le particolari soluzioni sintattico-ritmiche che abbiamo visto caratterizzare il componimento, dalle anafore, ai recuperi tematici, alla ripetizione di versi o sintagmi e simili: in pratica tutte quelle soluzioni tecniche che si riveleranno determinanti per una ampia sezione di liriche alcionie e per il costituirsi stesso di quel verso libero che, se la datazione del componimento è esatta, fa proprio qui la prima prova.

Metro: tre strofe di versi liberi.

Quale delle Ore
che mi conducesti
viventi ² e furon larve
cinerine ³
quando il sole disparve   5
nella triste ⁴ sera,
o Ermione,⁵
quale delle Ore marine
ch'ebbero il tuo vólto
e le tue mani e le tue vesti   10
e la tua movenza ⁶ leggiera
e ciascuno de' tuoi gesti
e ogni grazia che tu avesti,
o Ermione,
quale delle vergini ⁷ Ore   15
che mansuefecero col solo
silenzio il mar selvaggio
quasi che accolto
se l'avessero in grembo
come un fanciullo torvo ⁸   20

² *conducesti / viventi*: adducesti vive e fresche: "viventi" è in antitesi con "larve / cinerine".
³ *furon... cinerine*: diventarono ombre grigie e inconsistenti, del colore stesso della sera: delle dolci ore trascorse, quando si fa sera, resta solo il ricordo, che è come il fantasma di quelle ore. Per l'attribuzione del colore della cenere alle "larve" delle "Ore" e, in generale, per tutta l'immagine delle "Ore" ridotte a "larve cinerine", V. De Maldé e G. Pinotti rimandano a Henri de Régnier, *Les jeux rustiques et divins*, *Les corbeilles*, vv. 46-49: "Les Heures de Tristesse et les Heures d'amour /.../ y reviendront verser la cendre de tes jours..."; *Odolette V*, vv. 1-7: "Crois-tu que l'heure /.../ son ombre est de cendre ou d'azur"; *Ode II*, vv. 15-30: "Les Heures du Passé songent dans l'ombre /.../ et la plus vielle boit de sa lèvre qui tremble / au cristal d'un coupe fendue / un eau de larmes et de cendre"; *L'offrande*, v. 36: "et le sablier vide où j'ai vu l'heure en cendre". Ma l'immagine, almeno così come è in Henri de Régnier, è già nel *Trionfo della morte*, in *Prose di romanzi*, I, p. 948: "Alle cose affaticate dall'ardore diurno soprastava l'ora limpida e dolce che doveva raccogliere nella sua sfera di cristallo le ceneri impalpabili del giorno consunto". Cfr. anche *La Gloria*, Tragedie, I, p. 383: "...una Suora, una tacita larva cinerea" [1899].
⁴ *triste*: in quanto pone fine alla gioia del dì.
⁵ *Ermione*: il nome Ermione, per il quale vedi *Il nome*, vv. 1 ss. e note relative, fa qui, cronologicamente, la sua prima apparizione nell'ambito del Libro.
⁶ *movenza*: modo elegante di muoversi.
⁷ *vergini*: perché vergini fanciulle sono le Ore nella tradizione mitica e anche perché le ore recate da Ermione erano ore di gioia pura e purificatrice.
⁸ *torvo*: crucciato.

per blandire[9] il suo duolo
sorridendo,
o Ermione,
quale delle Ore divine,[10]
con gli occulti beni[11]   25
che tu le désti,
t'accompagna nel viaggio
di là dai fiumi sereni,[12]
di là dalle verdi colline,
di là dai monti cilestri?[13]   30

Quella che raccoglie
su la sterile[14] sabbia
le negre foglie
della querce sacra,[15]
o Ermione,   35
creature dei monti[16]
macere del sale amaro,[17]
cui[18] rapì dalla balza
il vento e diede al flutto amaro[19]
che le travaglia   40
e le rifiuta?[20]
Quella che guarda il faro

---

[9] *blandire*: lenire con lusinghe e carezze.
[10] *divine*: più in ordine alla gioia degna degli dei che le ore trascorse con Ermione hanno recato al poeta che in ordine alla natura divina delle Ore del mito.
[11] *occulti beni*: segrete gioie.
[12] *sereni*: limpidi.
[13] *cilestri*: azzurri come appaiono i monti in lontananza. Per la notazione impressionistica, cfr. già G. Leopardi, *Canti*, *Le ricordanze*, vv. 20 s.: "che dolci sogni mi spirò la vista / di quel lontano mar, quei monti azzurri". Cfr. anche *Canto novo*, *Canto del sole*, V, v. 10: "...su' ceruli monti...".
[14] *sterile*: infeconda, improduttiva. È epiteto omerico. Cfr. anche *Poema paradisiaco*, *Sopra un "Adagio"*, v. 19: "...l'infecondo sale".
[15] *querce sacra*: quercia sacra a Zeus. "Querce" è un toscanismo, citato come tale dal Tommaseo-Bellini.
[16] *creature dei monti*: le foglie di quercia, in quanto le querci crescono sui monti.
[17] *macere... amaro*: macerate dall'acqua salmastra del mare. Lo stilema, involontariamente comico, "sale amaro" contiene la consueta metonimia classica.
[18] *cui*: che, complemento oggetto.
[19] *amaro*: salmastro.
[20] *le... rifiuta*: le muove qua e là senza posa, trascinandole via con sé e po le rigetta sulla spiaggia.

lontano su la rupe nuda [21]
ove il flutto si frange,
o Ermione,
l'insonne occhio ardente
che già volge i suoi fochi
per il deserto specchio
infaticabilmente? [22]
Quella che inclina [23]
pensosa l'orecchio
su la conca marina
e ascolta la romba
della voluta [24]
e odevi la tromba
del Tritone [25] che chiama
la Sirena perduta,
o Ermione,
e odevi il mar che piange
la sua Sirena perduta?

Quale delle Ore,
quale delle Ore marine,
con gli occulti beni
che tu le désti,
col segreto linguaggio
che le apprendesti,[26]
o Ermione,
t'accompagna nel viaggio
di là dai fiumi sereni,

45

50

55

60

65

---

[21] *il faro... nuda*: il faro dell'isola del Tino, spoglia di vegetazione.
[22] *l'insonne... infaticabilmente*: il faro, simile a un vigile occhio, che già, essendo ormai buio, muove la sua luce, senza mai fermarsi, sulla superficie del mare priva di vele o di altre imbarcazioni ("per il deserto specchio").
[23] *Quella che inclina...*: per tutta l'immagine dell'Ora che accosta l'orecchio alla conchiglia tortile per ascoltarne il rombo misterioso, cfr. Henri de Régnier, *Les jeux rustiques et divins*, *L'offrande*, vv. 28-29: "...penche ton oreille / sur la conque où gémit le refrain de mes jours" e anche i vv. 11-12: "et des conques de nacre où murmure la mer / avec sa double voix monstrueuse et divine" (V. De Maldé-G. Pinotti).
[24] *la... voluta*: il rombo delle spirali della conchiglia. "Romba" per "rombo" è un fiorentinismo.
[25] *Tritone*: vedi *Il Tritone*, v. 1 e nota 1.
[26] *col... apprendesti*: il significato, incomprensibile agli estranei, che Ermione ha saputo dare alle Ore.

di là dalle verdi colline, 70
di là dai monti cilestri,
o Ermione,
di là dalle chiare [27] cascine,
di là dai boschi di querci,
di là da' bei monti cilestri? 75

---

[27] *chiare*: luminose, piene di luce.

Litorea dea [1]

La data di composizione della lirica è ignota. Il titolo appare per la prima e unica volta, insieme ad altri titoli dell'ultima sezione di *Alcyone*, nel ms. 410 che è molto tardo (ottobre 1903). Logica vorrebbe che, avendo la funzione di preludiare a *Undulna*, *Litorea dea* fosse posteriore a quella lirica, il cui titolo è pure registrato nel ms. 410. Ma il fatto che *Litorea dea*, come altri titoli, sia contrassegnato a lato da una croce a matita, mentre *Undulna* è priva di tale contrassegno, induce a pensare che quando il foglietto fu steso *Litorea dea* era tra i componimenti già compiuti e *Undulna* tra quelli ancora da comporre. Il manoscritto autografo di prima stesura (ms. 563, num. 74 dell'*Inventario* cit.) testimonia che il componimento era originariamente intitolato "La dea litorale", titolo che solo in un secondo tempo è stato cassato per lasciare il posto all'attuale.

Bella è l'estate quando è agli inizi, ma ancora più bella è quando sta per morire e si diffonde languidamente nei suoi pallidi cieli. Di quella sua estrema bellezza il poeta fa un nuovo mito: Undulna, la dea della riva del mare.

La lirica modula una volta di più il motivo della prossima e inevitabile fine dell'estate e nel contempo fa da preludio al componimento che segue, *Undulna*. Undulna, infatti, oltre a essere citata nella chiusa, è anche la *litorea dea* cui allude il titolo.

La contrapposizione iniziale tra la bellezza dell'estate al suo nascere e la bellezza anche maggiore dell'estate al suo

---

Litorea dea: la dea della riva del mare.

declinare ("Estate, bella quando / ... / . Ma più bella oggi mentre / ... / ") è di stampo retorico e eloquente. La prima parte della contrapposizione ricorda l'inizio dell'estate recuperando immagini e sintagmi da liriche come *La tenzone* (vedi nota 3) e *Bocca d'Arno* (vedi nota 6). Nella seconda parte, l'immagine dell'estate fatta persona che si abbandona morente appoggiandosi a una nuvola infiammata dai raggi del sole al tramonto (vv. 5-8) ricorda l'analoga personificazione dell'estate cantata in *Stabat nuda Aestas*, con in più un tocco di languore "paradisiaco". L'apparizione, nella prima terzina, di Ermione che brucia chicchi di resina in onore dell'estate ricorda situazioni pressoché identiche dell'*Intermezzo* e della *Chimera*. L'ultimo emistichio della seconda terzina ("Undulna dai piè d'ali") assolve propriamente al compito di preludiare al componimento che segue: oltre al tema, infatti, offre a *Undulna* anche il titolo e l'avvio: "Ai piedi ho quattro ali...". Il sonetto è classicamente distribuito in quattro parti coincidenti con le quattro strofe. La rigida struttura tradizionale del componimento è però rotta all'interno di ogni periodo strofico dal gioco degli *enjambements* ai quali si sottraggono solo un paio di versi.

Metro: sonetto (ABBA, ABBA, CDE, CDE).

Estate, bella quando primamente [2]
nella tua bocca [3] il mite oro [4] portavi
come l'Arno i silenzii soavi [5]
porta seco alla foce sua silente! [6]

---

[2] *primamente*: all'inizio. Vedi *Stabat nuda Aestas*, v. 1: "Primamente...".
[3] *nella tua bocca...*: i vv. 2-4 riprendono, con varianti puramente esornative ("il *mite* oro", vedi nota 4; "*i silenzii soavi*", vedi nota 5; "alla foce sua *silente*", vedi nota 6) *La tenzone*, vv. 7 s.: "Come l'Estate porta l'oro in bocca, / l'Arno porta il silenzio alla sua foce"; vv. 29 s.: "L'Arno porta il silenzio alla sua foce / come l'Estate porta l'oro in bocca" e note relative.
[4] *mite oro*: l'oro del sole non ancora troppo violento e abbacinante e l'oro delle messi non ancora del tutto mature. "Mite", forse, è detto l'oro delle messi, perché, frutto del pacifico lavoro dei campi, non risveglia esecrabili appetiti e non suscita guerre violente come l'oro degli oggetti preziosi. In prima stesura, per altro, il poeta aveva scritto "il dolce oro".
[5] *soavi*: dolci e suadenti.
[6] *foce... silente*: vedi *Bocca d'Arno*, vv. 4 s.: "...la bocca pallida e silente / del fiumicel che nasce in Falterona".

Ma più bella oggi mentre sei morente
e abbandonata ne' tuoi cieli blavi,[7]
che col cùbito languido t'aggravi
su la nuvola incesa all'occidente.[8]

T'arda Ermione sul tuo letto roggio[9]
gli àcini d'ambra[10] dove si sublima[11]
il pianto delle tue pinete australi.[12]

Io della tua bellezza ultima[13] foggio
una divinità che su la cima
del cuor mi danza: Undulna dai piè d'ali.

---

[7] *blavi*: sbiaditi, di color azzurro pallido o, come suggerisce D'Annunzio, di color "turchino chiaro": cfr., infatti, tra le carte preparatorie di *Alcyone*, conservate al Vittoriale nell'Archivio Personale, la carta n. 397 (n. 50 dell'*Inventario* cit.), in cui si legge: "Biavo, blavo – turchino chiaro – di color biadetto – *nel cielo biadetto*".

[8] *col... occidente*: languidamente ti appoggi con il gomito, abbandonandoti con tutto il peso del corpo, sulla nuvola che, nella parte occidentale del cielo ("all'occidente"), è incendiata dai raggi del sole al tramonto. "Incesa" è un arcaismo dantesco: cfr. *Inferno*, XVI, vv. 10 s.: "...piaghe /.../ da le fiamme incese"; XXVII, v. 18: "...la gente ch'entro v'era incesa"; XXVI, vv. 47 s.: "...Dentro dai fuochi son li spirti; ciascun si fascia di quel ch'elli è inceso". Cfr. già *L'Isottèo, Ballata di Astiòco e di Brisenna*, v. 68: "e fumaron stridendo l'acque incese".

[9] *letto roggio*: il cielo affuocato dal tramonto verso occidente oppure, con M. Praz-F. Gerra, la terra rossastra della pineta.

[10] *gli àcini d'ambra*: i grani di resina del colore giallo-bruno dell'ambra.

[11] *si sublima*: si esala purificandosi. È clausola dantesca: cfr. *Paradiso*, XXII, v. 42: "la verità che tanto ci sublima" e XXVI, v. 87: "per la propria virtù che la sublima": tra l'altro, in entrambi i casi "sublima" rima, come qui (v. 13), con "cima".

[12] *il pianto... australi*: la resina che cola dalle piante delle tue pinete esposte all'Austro, il vento del sud. Vedi *Bocca di Serchio*, v. 139: "...in questa calda selva australe".

[13] *bellezza ultima*: estrema fase della tua bellezza.

Undulna

Fu composta o meglio finita di comporre a "+ La Capponcina" il "4 novembre 1903", come si legge in un manoscritto autografo conservato al Vittoriale (mss. 565-575, IX, 1, num. 75 dell'*Inventario* cit.). Il nucleo tematico da cui si sviluppa l'intero componimento – cioè l'invenzione stessa del personaggio di Undulna con tutte le sue funzioni – è registrato nelle carte preparatorie di *Alcyone* in termini precisi. In un manoscritto (ms. 424), infatti si legge: "Undulna – Legge i *segni* dell'*onda* come *musica scritta*". E in un altro (ms. 425): "Undulna – la dea che presiede alle curve delle onde su la sabbia – che guida le linee segnate dall'onda su la sabbia della riva".

Undulna si chiamava una cavalla di D'Annunzio. Era, stando a quanto lo stesso poeta scrive di lei nel *Secondo amante di Lucrezia Buti* (in *Le faville del maglio*, *Prose di ricerca*, II, p. 392), un animale "difficile" che egli, "forse con troppa imprudenza iperiònia", talvolta forzava "a gareggiare con l'onda" tanto che, una volta, durante una cavalcata sul litorale della Versilia, lo sbalzò di sella trascinandolo a testa in giù, con il piede impigliato nella staffa, lungo la spiaggia. In quei momenti terribili, D'Annunzio vide sfilare sotto gli occhi tutto il litorale e quando, dopo essersi liberato il piede dalla staffa, si rialzò sulla sabbia dove era stato scagliato e si fu accertato di non aver riportato danni alle ossa, ecco che gli "balzò subitanea" alla mente "l'invenzione della grande ode alcionia" che da Undulna prende appunto il nome.

"Vera creatura alcionia", come scrive sempre il poeta nel *Libro segreto*, Undulna è, di fatto, una invenzione favolosa scaturita dalla fantasia mitopoietica di D'Annunzio, una trasfigurazione antropomorfica di un aspetto della natura che parla e narra di sé, come le altre creature mitiche di *Alcyone*, ad esempio Versilia. Vicina, come creatura poetica, a Versilia, Undulna è però meno "corporea" e, per così dire, meno reale, di Versilia. "A Undulna non serve nemmeno, come a Versilia, un antagonista uomo, cioè un minimo di pretesto drammatico per rivelarsi; perfino il nome, ella lo ha soltanto nel titolo: nel testo è un 'io' che dice di sé a sé, col minimo di autocoscienza che serve a riflettere il vago andare, sostare, guardare, sua sostanza poetica" (E. De Michelis). In questo senso, Undulna è fondamentalmente diversa, proprio perché meno "corporea", anche da quello che è sempre stato indicato come il suo preciso precedente letterario: il personaggio della Sirenetta, quale è descritto, fin dal 1898, nelle didascalie della *Gioconda*, atto IV: "È giovane, sottile, pieghevole; ha i capelli fulvi e scarmigliati, il volto d'un color d'oro olivigno, i denti candidi come l'osso della seppia, gli occhi umidi e glauchi, il collo esile e lungo / ... /, in tutta la persona qualcosa d'indicibilmente fresco e guizzante che fa pensare a una creatura impregnata di salsedine, emersa dalla mobilità dei flutti, proveniente dai nascondigli d'una scogliera..." (*Tragedie, sogni e misteri*, I, p. 317). La figura della Sirenetta, come si vede, è certo una chiara anticipazione di quella di Undulna, ma niente più. Rispetto a lei, Undulna è una creatura più immateriale e impalpabile. Essa è una creatura puramente poetica e i suoi stessi attributi fisici – i piedi d'argento, le gambe pellùcide, le ali ai malleoli – non suggeriscono il senso della sua corporeità bensì solo quello del suo infinito trascorrere. Undulna, infatti, è *soltanto* una ninfa alipede che dapprima transvola leggera lungo gli orli schiumosi delle onde che si frangono sulla spiaggia, regolandone il ritmo e leggendo nei misteriosi segni che essi lasciano nella sabbia la voce del mare, e poi, distogliendo l'attenzione dalla musica delle onde, si perde a guardare l'improvviso chiarore del cielo in cui le sembra di cogliere un presentimento del trapassare dell'estate e dell'approssimarsi dell'autunno. Ma è anche qualcosa di più e qualcosa di meno di una ninfa alipede. È una presenza indefinita e indefinibile che lentamente si dissolve, nel corso stesso della sua esistenza lirica, fondendosi con le spume e i disegni delle onde sul lido, con il chiarore diffuso del cielo e con la bonaccia del mare e risolvendo tutta la sua immateriale corporeità in musica e in luce. Forse, Undulna è anche, come vorrebbe il Palmieri, un simbolo che "raffigura l'ansia del suo creatore al limite della poesia con la vita, della fantasia con la realtà", ma, al di là di ogni valore simbolico, Undulna e l'ode in cui essa racconta di sé e della sua labile e dolce esistenza bastano di per sé, per quello che sono, "come una musica pura di sensi verbali, una gioiosa successione d'imagini, onde la stessa materia d'arte / ... / è fatta trasparente ed alata" (E. Palmieri).

Può forse parere che nuocciano alla lirica e alla sua musicalità il peso di certe rime preziose e di talune parole ricercate e, anche, l'insistenza su alcuni particolari troppo minutamente descrittivi. In realtà, questi aspetti sono solo apparentemente negativi. Infatti le parole elette e rare e le rime ricercate e la minuzia descrittiva sono il frutto di una volontà ben precisa che, per l'ultima fatica del libro di *Alcyone*, sceglie le sue parole più che per il loro significato per le raffinate fantasie che suscitano e per la musica che evocano con le loro sillabe e i loro reciproci rapporti. Scrive in proposito A. Noferi: "Undulna / .... / nacque / ... / come l'esperimento di una 'durata' di bravura: una capacità di variare estesamente un solo tema, senza alcuna possibilità di sviluppo, salvandosi dalla monotonia per una qualità pura d'intonazione verbale. Una notazione aderente e sottile d'impressioni, che trovano il loro riscatto in quell'aria di favola sospesa; un realismo quasi prezioso, di continuo sollevato in un accordo di meraviglia innocente che lascia alle parole quasi soltanto l'eco e l'accento; e proprio gli accenti trovano appunto un'abilissima disposizione, a creare certe estensioni ritmiche, pensate da un respiro più aperto, che segna le volute della melodia".

Metro: "sono quartine, a rime alterne (spesso sdrucciole, ciò che ne aumenta la rarità), di novenarî (è però ottonario [a meno di non considerare, eccezionalmente, trisillabo 'piagge'] 'che per le piagge si spande' [v. 58], sono decasillabi 'Il rilievo t'è tanto sottile' [v. 33], 'quasi in ogni granello gioisca' [v. 82], 'era come una falce corrosa' [v. 96]). I novenari hanno per lo più andatura giambica (compresi, con sillabe atone tolte o aggiunte in principio, i versi calanti o crescenti); ma si intromettono, con invenzione dissonante, versi accentati sulle prime sedi dispari. Nel metro è comunque evidente l'impronta pascoliana" (G. Contini). Cfr. anche ciò che scrive lo stesso D'Annunzio in *Libro segreto*, *Prose di ricerca*, II, p. 716: "Undulna... è la mia vera creatura alcionia. E perché mai nella ode e lode di sé medesma Undulna s'elegge un numero noto, la stanza di quattro versi, la quartina alterna del Chiabrera ch'è una specie dimestica di Gabriello? Per far della vetustà nota una modernità ignota, una invenzione novissima, anzi, la più gemmante novellizia ne' giardini del mare".

Ai piedi ho quattro ali [1] d'alcèdine,[2]
ne ho due per mallèolo, azzurre
e verdi, che per la salsèdine [3]
curvi sanno errori dedurre.[4]

Pellùcide [5] son le mie gambe   5
come la medusa errabonda,[6]
che [7] il puro pancrazio [8] e la crambe
difforme [9] sorvolano e l'onda.

---

[1] *Ai... ali*: vedi *Litorea dea*, v. 14: "Undulna dai piè d'ali".
[2] *alcèdine*: l'alcione, l'uccello marino dalle piume verdazzurre. È voce scientifica già usata dal poeta in *Canto novo*, *Canto del sole*, XI, v. 3: "alcèdini fuggenti" [1896].
[3] *la salsèdine*: il mare (metonimia).
[4] *curvi... dedurre*: sanno tracciare percorsi ricurvi cioè curvi voli errabondi.
[5] *Pellùcide*: trasparenti (lat. *perlucidus* / *pellucidus*).
[6] *errabonda*: la medusa si sposta attraverso l'acqua contraendo ritmicamente l'ombrella e il suo modo di avanzare sembra incerto, come un lento errare per il mare.
[7] *che*: le quali gambe.
[8] *il puro pancrazio*: il giglio marino, definito "puro" per le sue foglie bianche o per analogia con il giglio che è simbolo di purezza. Ma vedi anche *L'asfodelo*, vv. 64-65: "...[il pancrazio] parve ai miei pensieri ardente / di purità". Vedi anche *Anniversario orfico*, v. 85 e note relative.
[9] *crambe / difforme*: il cavolo di mare dalla brutta forma.

Io l'onda in misura [10] conduco
perché su la riva si spanda   10
con l'alga con l'ulva e col fuco [11]
che fànnole amara ghirlanda.[12]

Io règolo il segno lucente
che lascian le spume degli orli:
l'antico il men novo e il recente [13]   15
io so con bell'arte comporli.

I musici umani hanno modi
lor varii, dal dorico al frigio: [14]
divine infinite melodi [15]
io creo nell'esiguo vestigio.[16]   20

Le tempre dell'onda trascrivo
su l'umida sabbia [17] correndo
nel tràmite mio fuggitivo [18]
gli accordi e le pause avvicendo.[19]

O sabbia mia melodiosa,[20]   25
non un tuo granello di sìlice [21]

---

[10] *in misura*: secondo un ritmo regolare.
[11] *ulva... fuco*: vedi *Terra, vale!*, vv. 12-13 e note relative.
[12] *che... ghirlanda*: che formano come una ghirlanda agli orli dell'onda che si infrange sul lido: e tale ghirlanda è amara perché salmastra. Cfr. *Taccuino* n. 10, II, p. 107: "Il mare /.../ viene ad ornare de' suoi festoni verdi l'arena" [luglio 1899]. Cfr. anche la notazione registrata nel ms. 433 (n. 50 dell'*Inventario* cit.), che contiene appunti preparatori per *Alcyone*: "Le alghe come festoni – imitano le curve dell'onda".
[13] *l'antico... recente*: le orlature di spuma lasciate sul lido da tre onde successive. Per tutta l'immagine vedi *Bocca di Serchio*, vv. 123 ss. e note relative.
[14] *I... frigio*: gli esperti di musica, tra gli uomini, hanno diversi sistemi di modulazione, che vanno, nella musica greca, dal "dorico", che era il principale, al "frigio".
[15] *melodi*: vedi *L'onda*, v. 94 e nota relativa.
[16] *nell'esiguo vestigio*: nella sottile traccia di spuma lasciata dall'onda.
[17] *Le tempre... sabbia*: trascrivo sulla sabbia bagnata i timbri sonori delle varie onde: più forte è l'onda più visibile è l'impronta sulla sabbia.
[18] *nel tràmite mio fuggitivo*: nel breve passaggio che compio nella mia rapida corsa.
[19] *avvicendo*: alterno.
[20] *melodiosa*: perché porta impressa la musica del mare.
[21] *sìlice*: arena.

darei per la pómice²² ascosa
della fonte all'ombra dell'ìlice.²³

Brilli innumerevole e immensa
alla mia lunata²⁴ scrittura;   30
e l'acqua che bevi t'addensa,²⁵
lo sterile²⁶ sale t'indura.

Il rilievo²⁷ t'è tanto sottile,
dedotto con arte sì parca,²⁸
che men gracile in puerile   35
fronte sopracciglio s'inarca.²⁹

A quando a quando orma trisulca³⁰
il lineamento intercide;³¹
pesta umana, se ti conculca,
s'impregna di luce e sorride.³²   40

Figure di nèumi elle sono³³

---

²² *pómice*: pietra porosa e opaca, qui ricordata a contrasto della silice lucente e cristallina.
²³ *ìlice*: elce, una specie di quercia (lat. *ilex, ilicis*).
²⁴ *lunata*: ricurva, come un quarto di luna, in quanto tracciata dalle curve delle onde.
²⁵ *t'addensa*: ti rende più compatta.
²⁶ *sterile*: infecondo, in quanto non produce vita. Vedi già *Le Ore marine*, v. 32: "...la sterile sabbia" e nota relativa. Cfr. anche *Elettra, Nel primo centenario della nascita di Vincenzo Bellini*, v. 10: "...dentro all'infecondo sale" [novembre 1901].
²⁷ *Il rilievo*: il rilievo disegnato dal battere delle onde sulla sabbia.
²⁸ *dedotto... parca*: tracciato (vedi v. 4: "dedurre") in modo così semplice.
²⁹ *men gracile... s'inarca*: il sopracciglio che disegna la sua curva sulla fronte di un fanciullo è meno sottile. La stessa immagine in *Lungo l'Affrico*, vv. 11 s.: "...esigua come / il sopracciglio de la giovinetta".
³⁰ *orma trisulca*: un'orma a tre solchi, impressa cioè dalla zampa di un uccello: "orma d'uccello", infatti, aveva scritto il poeta in prima stesura.
³¹ *il lineamento intercide*: interrompe la linea del rilievo sabbioso, cioè segna la "lunata scrittura".
³² *pesta... sorride*: l'orma di un piede umano, se qualcuno ti calpesta ("ti conculca"), si riempie di acqua che poi brilla al sole: "È rapido processo analogico, che raduna con elisione di passaggi l'immagine dell'orma umana che si colma di acqua e della luce" (Bàrberi Squarotti-Jacomuzzi) e che fa brillare quell'acqua come in un sorriso. Vedi *Bocca d'Arno*, vv. 45-47: "...I tuoi piedi / nudi lascian vestigi / di luce..."; *Innanzi l'alba*, vv. 23 s.: "...la tua traccia / luminosa".
³³ *Figure... sono*: esse, le diverse orme, sono come segni indicanti le varie pause musicali (tali sono, nel canto gregoriano, i "nèumi") nell'ideale pentagramma disegnato sulla sabbia dai rilievi lasciati dalle onde.

in questa concordia discorde.³⁴
O cètera curva ch'io suono,
né dito né plettro ti morde.³⁵

Io trascorro; ³⁶ e il grande concerto   45
in me taciturna s'adempie,³⁷
dall'unghie de' miei piè d'argento
alle vene delle mie tempie.

Scerno ³⁸ con orecchia tranquilla
i toni dell'onda che viene,   50
indago con chiara pupilla ³⁹
più oltre ⁴⁰ ogni segno più lene;

così che la musica traccia
m'è suono,⁴¹ e ne' righi leggeri,⁴²
mentre oggi odo ansar la bonaccia,   55
leggo la tempesta di ieri.⁴³

Che è questo insolito albore
che per le piagge si spande? ⁴⁴

---

³⁴ *in questa... discorde*: nell'armonia prodotta dai diversi e vari segni-suoni delle onde. L'ossimoro "concordia discorde" è già in Orazio, *Epist.*, I, XII, v. 19.
³⁵ *cètera... morde*: la cetra ricurva qui è il lido ricurvo, simile appunto a una cetra che Undulna suona senza toccarla né con il dito né con il plettro. Per lo stilema "cetera curva", cfr. *Intermezzo, Il peccato di maggio*, v. 71: "curva lira" da Orazio, *Carmina*, I, 10, v. 6: "curvae lyrae"; III, 28, v. 11: "curva... lyra" (la traduzione di quest'ultima ode oraziana era stata pubblicata da D'Annunzio in appendice a *Primo vere*: cfr. *Primo vere, Appendice*, XVII, *A Lide*).
³⁶ *trascorro*: corro via leggera.
³⁷ *e... s'adempie*: la grande e silenziosa sinfonia delle onde si completa in Undulna, che quindi non solo regola il musicale gioco delle onde sulla sabbia ma è essa stessa quel gioco musicale.
³⁸ *Scerno*: distinguo.
³⁹ *con... pupilla*: con occhio attento.
⁴⁰ *più oltre*: più lontano.
⁴¹ *la musica... suono*: i segni musicali tracciati dall'onda sulla spiaggia sono per Undulna un suono musicale.
⁴² *ne' righi leggeri*: nei lievi segni lasciati sull'ideale pentagramma.
⁴³ *leggo... ieri*: ritrovo le tracce della tempesta ormai finita.
⁴⁴ *Che è... si spande*: "A questo punto Undulna distoglie l'attenzione dalla musica dell'onda, per rivolgerla a un'improvvisa chiarìa del cielo, presentimento dell'equinozio d'autunno e del trapassare dell'estate. Al ritmo del mare subentra quello delle stagioni, ed è anch'esso una melodia, non più inscritta sul pentagramma del lido, ma nell'albore dilagante nell'aria" (M. Pazzaglia).

Teti offre alla madre di Core
dogliosa le salse ghirlande?[45]   60

L'albàsia de' giorni alcionii[46]
anzi il verno[47] giunge precoce
e dagli arcipelaghi ionii
attinge del Serchio la foce?[48]

Il molle[49] Settembre, il Tibìcine   65
dei pomarii,[50] che ha violetti
gli occhi come il fiore del glìcine
tra i riccioli suoi giovinetti,

fa tanta chiarìa[51] con due ossi
di gru[52] modulando un partènio[53]   70
mentre sotto l'ombra dei rossi
corbézzoli[54] indulge al suo genio.[55]

Respira securo[56] il mar dolce

---

[45] *Teti... ghirlande?*: Teti, la dea del mare, offre a Demetra, la madre di Proserpina ("Core") addolorata ("dogliosa") perché la figlia con il finire dell'estate deve tornare nell'Ade, le sue ghirlande di spuma? Cioè, fuor di metafora: sta forse per arrivare l'autunno, visto che Proserpina deve lasciare sua madre per tornare nell'Ade?
[46] *L'albàsia... alcionii*: la bonaccia ("albàsia") che, secondo il mito, accompagna, al giungere dell'inverno, i giorni in cui le alcioni depongono le uova. Vedi *Albàsia*, vv. 34-38: "È grande albàsia / da lido a lido / come allor scende da Pietrapana / il lesto Settembre co 'l flauto" e nota relativa.
[47] *anzi il verno*: prima dell'inverno.
[48] *dagli... foce*: dalle isole dello Ionio, "dove forse nacque il mito di Alcyone" (E. Palmieri), raggiunge il litorale toscano, presso la foce del Serchio.
[49] *molle*: per il suo clima mite e per il suo languore.
[50] *il... pomarii*: il flautista dei frutteti, che si aggira per i frutteti. Per la personificazione di Settembre come flautista, vedi *Versilia*, vv. 95 s.: "Ora scende da Pietrapana / il lesto Settembre co'l flauto" e nota relativa.
[51] *fa tanta chiarìa*: spande tanto sereno nel cielo. "Chiarìa" è "neologismo dannunziano opposto a foschìa" (G. Contini). Cfr. già *Maia Laus vitae*, v. 7850: "...tra pioggia e chiarìa".
[52] *con due ossi / di gru*: con il suo doppio flauto, fatto con due tibie di gru.
[53] *un partènio*: un canto corale di vergini, una melodia fresca e semplice.
[54] *rossi / corbézzoli*: i rossi frutti del corbezzolo.
[55] *indulge al suo genio*: si diverte abbandonandosi al suo estro musicale. Per l'intero sintagma, cfr. già G. Pascoli, *Odi e Inni, A Verdi*, vv. 74 ss.: "So che il Fauno primigenio / fiero cantava nell'ima valle / indulgendo al suo genio" [24 febbraio 1901].
[56] *securo*: tranquillo.

qual pargolo in grembo materno.
La pace alcionia [57] lo molce [58]   75
quasi aureo latte, anzi il verno.

Onda non si leva; non s'ode
risucchio, non s'ode sciacquìo
Di luce beata si gode [59]
la riva su mare d'oblìo. [60]   80

La sabbia scintilla infinita,
quasi in ogni granello gioisca.
Lùccica la valva polita, [61]
la morta medusa, la lisca. [62]

In ogni sostanza si tace   85
la luce e il silenzio risplende. [63]
La Pania [64] di marmi ferace
alza in gloria le arci [65] stupende.

Tra il Serchio e la Magra, [66] su l'ozio [67]
del mare deserto di vele,   90
sospeso è l'incanto. Equinozio
d'autunno, già sento il tuo miele. [68]

---

[57] *La... alcionia*: la bonaccia dei giorni alcionii.
[58] *molce*: accarezza. Vedi *Versilia*, v. 8: "...che il cuore ti molce".
[59] *beata si gode*: è clausola dantesca: cfr. *Inferno*, VII, v. 96: "volve sua spera e beata si gode".
[60] *su mare d'oblìo*: su un mare così tranquillo da sembrare immerso in un sonno oblioso.
[61] *la valva polita*: il guscio levigato della conchiglia.
[62] *la lisca*: la spina del pesce.
[63] *si tace / la luce e il silenzio risplende*: la luce è immobile e il silenzio domina. Si noti il doppio chiasmo: chiasmo di vocaboli (*si tace*: *la luce*: *il silenzio*: *risplende*) e chiasmo di immagini con sinestesia: alla luce che è un fenomeno ottico è riferito un verbo di percezione acustica ("si tace") e al silenzio che è un fenomeno acustico è riferito un verbo di percezione ottica ("risplende"). "La percezione visiva e quella uditiva si fondono in un'unica impressione di pace luminosa" (M. Pazzaglia). Per l'uso del medio-riflessivo "si tace", vedi *La sera fiesolana*, v. 16 e nota relativa.
[64] *La Pania*: monte delle Alpi Apuane ricco di cave di marmo ("di marmi ferace"). Vedi *Versilia*, v. 95 e nota relativa.
[65] *le arci*: le sue vette simili a rocche (lat. *arces*).
[66] *il Serchio e la Magra*: i due fiumi che delimitano il litorale della Versilia.
[67] *l'ozio*: la calma, la bonaccia.
[68] *il tuo miele*: la tua dolcezza. "Del resto si può intendere anche *miele* in senso proprio, perché si smela in autunno" (F. Bernini): vedi, in proposito,

Già sento l'odore del mosto
fumar⁶⁹ dalla vigna arenosa.⁷⁰
All'alba la luna d'agosto   95
era come una falce corrosa.⁷¹

Di Vergine valica in Libra⁷²
l'amico dell'opere, il Sole;⁷³
e già le quadrella ch'ei vibra
han meno pennute asticciuole.⁷⁴   100

Silenzio di morte divina
per le chiarità solitarie!⁷⁵
Trapassa l'Estate, supina
nel grande oro della cesarie.⁷⁶

Mi soffermo, intenta al trapasso.   105

Il novilunio, v. 183 e nota 65. Ma per tutta la situazione, cfr. *L'innocente*, in *Prose di romanzi*, I, p. 567: "Eravamo in settembre. L'estate era per morire. Era prossimo l'equinozio d'autunno [vedi vv. 91-92: "...Equinozio / d'autunno..."], il più dolce tempo dell'anno [vedi v. 92: "...il tuo miele"], quel tempo che sembra portare in sé una specie di ebrietà diffusa dalle uve mature [vedi vv. 93-94: "Già sento l'odore del mosto fumar dalla vigna..."]. L'incanto [vedi v. 90: "sospeso è l'incanto..."] mi penetrava a poco a poco, mi ammolliva l'anima".

⁶⁹ *fumar*: esalare.
⁷⁰ *arenosa*: piantata su un terreno sabbioso.
⁷¹ *corrosa*: consumata, perché è ormai prossima al tramonto o perché per tutto agosto *ha falciato* (vedi *Il novilunio*, vv. 143 ss.).
⁷² *Di Vergine... in Libra*: dalla costellazione della Vergine il sole passa ("valica") in quella della Bilancia: l'estate finisce e comincia l'autunno.
⁷³ *l'amico... Sole*: il sole, che guarda dall'alto e con la sua luce e il suo calore favorisce le attività umane, in particolare quelle dei campi. Cfr. *Maia*, *L'annunzio*, v. 76: "Il Sole, il maestro dell'opre eccellenti".
⁷⁴ *le quadrella... asticciuole*: i dardi che il sole scaglia hanno, nella parte posteriore, alette più piccole: i raggi del sole colpiscono con minor forza. Per "quadrella" nel senso di dardo, freccia, vedi già *I tributarii*, v. 37: "...il quadrel d'oro".
⁷⁵ *per le chiarità solitarie*: nel diffuso chiarore che illumina il cielo, la terra e il mare ormai deserti, cioè nei luoghi che fino a poco tempo prima erano pieni di vita e che ora, nella luce intensa del giorno, appaiono deserti.
⁷⁶ *Trapassa... cesarie*: "Ennesima personificazione dell'estate, colta qui nel momento ultimo del suo trapasso, distesa 'supina', circondata come da una chioma ('cesarie') dai colori dorati che le sono propri" (Bàrberi Squarotti-Jacomuzzi). Per il sintagma "oro della cesarie", cfr. *L'Isottèo*, *Sestina*, v. 15: "vedea brillare la cesarie d'oro"; *Poema paradisiaco*, *Le foreste*, vv. 23-24: "...Splende l'arida cesarie d'oro ai tramonti". Cfr. anche G. Carducci, *Rime nuove*, *Commentando il Petrarca*, v. 11: "Va pe' bei fianchi la cesarie d'oro".

Onda non si leva. L'albèdine [77]
è immota. Odo fremere in basso,
a' miei piedi, l'ali d'alcèdine.

Bianche si dilungan le rive,
tra l'acque e le sabbie dilegua   110
la zona che l'arte mia scrive
fugace.[78] Sorrido alla tregua.[79]

A' miei piedi il segno d'un'onda
gravato di nero tritume [80]
s'incurva, una màcera fronda   115
di rovere sta tra due piume,

un'arida pigna dischiusa
che pesò nel pino sonoro [81]
sta tra l'orbe d'una medusa [82]
dispersa e una bacca d'alloro.   120

Vengono farfalle di neve [83]
tremolando a coppie ed a sciami:
nella luce assemprano lieve
spuma fatta alata [84] che ami.[85]

Azzurre son l'ombre [86] sul mare   125

---

[77] *L'albèdine*: il chiarore diffuso nel cielo, la "chiarìa" del v. 69. Latinismo crudo.
[78] *la zona... fugace*: la striscia di lido su cui Undulna, con la sua labile ("fugace") tecnica, disegna i giochi delle onde.
[79] *alla tregua*: alla bonaccia, che trattiene il moto delle onde e che offre a Undulna un po' di riposo.
[80] *nero tritume*: vedi *Madrigali dell'Estate*, *All'alba*, v. 7: "La foce ingombra di tritume negro" e nota relativa.
[81] *nel pino sonoro*: sul pino che riecheggiava di suoni, per effetto del canto degli uccelli o dello stormire delle sue fronde al vento. Cfr. *Maia*, *Laus vitae*, vv. 5651 s.: "...nella selva / sonora" e cfr. G. Pascoli, *Primi poemetti*, *Il libro*, v. 4: "viveva nella sua selva sonora".
[82] *l'orbe... medusa*: il corpo circolare, l'ombrella di una medusa.
[83] *di neve*: bianche.
[84] *assemprano... alata*: somigliano a una spuma leggera che vola. Per l'esatto significato di "assemprano" (= "riproducono") vedi *Il fanciullo*, v. 70 e nota relativa.
[85] *che ami*: in quanto le farfalle vanno a coppie e a sciami, come in un rito d'amore.
[86] *l'ombre*: delle farfalle.

come sparti⁸⁷ fiori d'acònito.⁸⁸
Il lor tremolìo⁸⁹ fa tremare
l'Infinito al mio sguardo attonito.

---

⁸⁷ *sparti*: sparsi.
⁸⁸ *acònito*: erba medicinale dai fiori azzurri. Per il colore, cfr. già G. Carducci, *Rime e ritmi, Elegia del monte Spluga*, vv. 39 s.: "...aconìto / perfido, azzurro fiore...".
⁸⁹ *Il lor tremolìo*: il tremolio delle farfalle e delle loro ombre azzurrine. Per tutta l'immagine delle farfalle che, stando tanto all'annuncio editoriale Treves (18 gennaio 1903) quanto a un elenco (ms. 410) di titoli di componimenti di *Alcyone* tra i quali si legge appunto il titolo "Le farfalle", avrebbe dovuto essere sviluppata in un componimento a parte, cfr. *Taccuino* XLIV, ed. cit., I, p. 453: "Le farfalle bianche volano lungo il mare – La lieve spuma fatta *alata*. Volano anche sull'acqua vanno verso le barche – volano intorno all'albero. Volano volano sull'acqua – ondeggiano – sfiorano il fiore del mare hanno le ali orlate di nero – Anche la luna è lieve come una farfalla – (luna decrescente). Volano, dileguano – Tornano a riva. La loro ombra su la sabbia, fuggevole. Sfiorano le alghe brune ammassate –" [1902].

Il Tessalo

La data di composizione è ignota. Il titolo della lirica appare per la prima e unica volta nel ms. 410 che contiene i titoli, spesso provvisori, dei componimenti della sezione finale di *Alcyone* e che è molto tardo (ottobre 1903). Nel manoscritto, il titolo è contrassegnato a lato da una crocetta a matita e semicancellato da una lieve cassatura, forse a significare che, mentre altri componimenti erano ancora incompiuti, *Il Tessalo*, quando l'elenco fu steso, era già finito.

Il poeta ode risuonare nel bosco, che ormai reca i segni del prossimo arrivo dell'autunno, lo scalpitio di un animale al galoppo. La violenza del suono e la stessa durata di quel galoppo sfrenato lo portano a escludere che si tratti di un cavallo brado. Certo, a correre così, urtando pigne e radici, è il Centauro, quello stesso che è uscito illeso dalla lotta con il cervo e che ora è impaziente di tracannare il vino che gonfia l'otre.

Il componimento ha la duplice funzione di continuare il discorso sul declino dell'estate e di introdurre il poemetto che segue, *L'otre*, per altro già composto da tempo. I segni del prossimo finire della bella stagione sono costituiti dalla presenza, nella selva, di funghi velenosi che ormai si gonfiano (v. 2) e dalla figura di Settembre che impaglia i fiaschi per il vino nuovo (vv. 12-13). Il collegamento con il componimento *L'otre*, invece, è attuato mediante l'accenno all'otre che contiene il vino e che, come in *L'otre*, vv. 25-26, è definito "obeso"; così, oltre tutto, il collegamento è garantito anche dalla comune dipendenza dell'immagine dell'otre panciuto da un verso di Henri de Régnier (vedi nota 15). Del resto, tutto il componimento altro non è che lo sviluppo di due immagini regneriane. In *Les médailles d'argile*, *Le Centaure*, vv. 1-2 e 4, infatti, D'Annunzio trovava tanto l'immagine del Centauro al galoppo quanto quella del Centauro che beve il vino dall'otre che ne deborda: "Moi le Thessalien, Centaure, homme et cheval, / j'ai bu le vin jailli de l'outre qu'en debouche; / ... / et mon galop sonna sur les pierres du val" (V. De Maldé-G. Pinotti). Come si vede, anche il titolo, *Il Tessalo*, e l'accenno alla condizione di bimembre del Centauro, che pure trovano corrispondenza in altri componimenti alcionii (vedi nota 9), si rifanno ai versi del poeta francese: "Moi le Thessalien / ... /, homme et cheval". Oltre che dagli espliciti debiti contratti con H. de Régnier, l'origine tutta letteraria del componimento è dimostrata anche dalle frequenti reminiscenze dantesche (vedi note 1 e 7), dalle numerose autocitazioni (vedi note 3, 5, 9, 13, 14 e 15) e dalla ricercatezza dell'espressione, con i suoi vocaboli preziosi e le sue rime difficili.

Metro: sonetto (ABBA, ABBA, CDE, CDE).

Tra i fusti ove le radiche fan groppo [1]
e già si gonfia venenato [2] il fungo,
odo incognito piede solidungo [3]
come bronzo sonar [4] contra l'intoppo.

Caval brado [5] non è; però che [6] troppo   5
forte suoni lo scàlpito ed a lungo

---

[1] *Tra... groppo*: tra i tronchi dove le radici creano un intricato viluppo. Per "groppo", cfr. Dante, *Inferno*, XIII, v. 123: "di sé e d'un cespuglio fece un groppo" (in rima, come qui al v. 5, con "troppo").
[2] *venenato*: velenoso (lat. *venenatus*).
[3] *solidungo*: vedi *Ditirambo I*, v. 439 e nota relativa.
[4] *sonar*: è la lezione dell'"editio princeps" di contro alla lezione "sonor", evidentemente errata, delle successive edizioni Treves, dell'edizione delle *Opera Omnia* e delle due edizioni de *L'oleandro*.
[5] *brado*: vedi *Madrigali dell'Estate*, *In sul vespero*, v. 2: "...la puledra brada" e nota relativa.
[6] *però che*: con valore dichiarativo, nonostante sia costruito con il congiuntivo: perché.

per la selva selvaggia [7] ove no 'l giungo [8]
duri l'irrefrenabile galoppo.

Certo è l'ugna del Tessalo bimembre [9]
contra i rigidi coni [10] e l'aspre stirpi [11]   10
sonante, l'ugna del Centauro illeso. [12]

Ei vuole, mentre il giovine Settembre [13]
circa il fragile vetro intesse scirpi, [14]
bevere il nero vino all'otre obeso. [15]

---

[7] *selva selvaggia*: cfr. Dante, *Inferno*, I, v. 5: "esta selva selvaggia e aspra e forte".
[8] *giungo*: raggiungo.
[9] *Tessalo bimembre*: il Centauro mezzo cavallo e mezzo uomo, detto Tessalo dalla Tessaglia, la regione dove i Centauri vivevano. Vedi *La morte del cervo*, v. 80: "...Tessalo bimembre" e nota relativa e vedi anche, nella nota introduttiva al componimento, il precedente offerto da H. de Régnier.
[10] *rigidi coni*: pigne dure, secche.
[11] *stirpi*: radici che sporgono dal suolo.
[12] *illeso*: sano e salvo. Il poeta allude alla lotta con il cervo da cui è uscito vittorioso: vedi *La morte del cervo*, pp. 490 ss.
[13] *il giovine Settembre*: per la personificazione di Settembre, vedi *Versilia*, v. 96 e nota relativa.
[14] *circa... scirpi*: intreccia intorno al fragile vetro dei fiaschi i giunchi, le cui foglie in Toscana sono appunto usate per impagliare i fiaschi. Per l'intera immagine, vedi *L'asfodelo*, vv. 35 s.: "...lo scirpo che riveste / il gonfio vetro dove il vin matura" e nota relativa.
[15] *obeso*: panciuto, perché gonfio di vino. Vedi *L'otre*, vv. 25 s.: "Otre divenni e principe degli otri / obeso..." e vedi anche le note relative, con il rimando a H. de Régnier, *Les jeux rustiques et divins*, *Le vase*, v. 72: "Tenant des thyrses tors et des outres ventreuses".

L'otre

Si ignora la data di composizione del poemetto, ma il fatto che D'Annunzio ne parli in una lettera a Emilio Treves del 24 luglio 1902 ("Vedrai nel fascicolo prossimo dell'*Antologia*' una mia ecloga, *L'otre*, che mi pare – in fatto di lingua – la mia più saporita cosa") e il fatto che tanto nel *Proemio* alla *Vita di Cola di Rienzo* (cfr. *Prose di ricerca*, III, p. 107) quanto nel *Libro segreto* egli affermi (cfr. *Prose di ricerca*, II, p. 707) di averlo scritto "alla Capponcina", dove quell'anno soggiornò solo tra maggio e giugno, ci inducono a collocarlo al giugno 1902 e, più precisamente, prima del 21 giugno, giacché a quella data appare tra le liriche già composte in un elenco (ms. 405) di titoli di componimenti alcionii (cfr. P. Gibellini, *Per la cronologia* cit., pp. 397 s.). Un manoscritto conservato al Vittoriale (ms. 578, num. 77 dell'*Inventario* cit.) contiene una serie di appunti preparatori del componimento: serie di rime, sintagmi rari o preziosi e, anche, una traccia della trama del poemetto, con la registrazione dei diversi scopi per cui l'otre fu utilizzato: " l'otre obeso – panciuto – bifulco – egipane *bisulco* inculco conculco emulgo l'orma bisulca surgo, lurco, indulgo, fulgo – bubulca (terra lavorata da un par di buoi in un giorno) *petulco* (petulante) – di capretto = remulco (rimorchio) ulva (alga) vulva fulva *ficulno* (di fico) l'*Otre* – ebbe vino, olio, latte, acqua – (cisterna sonora) – sangue (di centauro?) conciata e cucita nelle aperture – Pelle di becco. Pieno di vento, tiene a galla il satiretto che nuota nel fiume. – Ora vorrei *Scoppiare* al vino *nuovo*. Poi *cornamusa*. Otrello, otricello, otricolo, otricino, otricolare". Prima che

in volume, *L'otre* apparve sulla « Nuova Antologia » del 1°
agosto 1902, dedicato "A Edmondo De Amicis".

Dopo essere stato la pelle di un lascivo caprone e dopo
essere stato conciato e cucito, l'otre contenne dapprima acqua per dissetare gli uomini e poi latte e più tardi olio
d'oliva. Un giorno, un uomo, dopo aver ucciso un altro
uomo, lo prese, vi cucì dentro la testa del nemico e lo gettò
nel fiume. Lo rinvenne un Egipane che lo vuotò del macabro fardello e dopo averlo pulito e gonfiato lo diede al figliuolo perché se ne servisse per reggersi a galla mentre
imparava a nuotare. Gettato via anche dal Panisco, fu raccolto da un pastore e trasformato, con l'inserzione di apposite canne, in cornamusa, finché quando morì la moglie del
pastore, fu da questi, in un momento di disperazione, privato dei calami e di nuovo abbandonato. Ora, dopo un'esistenza tanto avventurosa, l'otre vorrebbe "finire di fine
insana". Perciò all'uomo che l'ha trovato in una grotta dove
era stato trascinato da un lupatto e che ne ha sentito la
storia, chiede di essere racconciato e riempito di vin novello,
in modo che la giovane forza del mosto lo inebri e poi lo
schianti, irrorando di sé, come in una offerta votiva, la
terra.

L'otre narra da sé, in prima persona, come Undulna e
Versilia, e come anche Glauco e Icaro, gli altri mitici personaggi di *Alcyone*, la propria "laboriosa" vita. Il racconto
sceneggia, con indubbia maestria ma con scarsa aderenza
ritmica, "il catalogo degli usi a cui poteva servire un otre
nel mondo favoloso dei fauni e dei pastori" (E. De Michelis), così come D'Annunzio lo ricostruisce sulla base della voce "otre" del Tommaseo-Bellini (vedi la nota 1) e si distende in cinque tempi, tanti quanti sono gli elementi che l'otre
ha contenuto o vagheggia di contenere: l'acqua, il sangue,
l'aria, il suono e il vino. Ma il racconto, con tutti i suoi
eventi, presuppone e suggerisce anche una lettura allegorica,
se non propriamente simbolica, e si offre quindi come una
sorta di rappresentazione, in verità più complicata che complessa, "della vita universa nel succedersi di elementi fuggevoli ed eterni, che si concludono con un anelito a dissolversi nell'ebrezza, avvicinandosi a certo pseudo-nicciano
ideale 'dionisiaco'" (A. Noferi). Il tutto, tra realtà e alle-

goria, si sviluppa per un totale di 312 versi, troppi per non risultare una artificiosa lungaggine. A variarlo intervengono bensì i diversi toni narrativi che toccano tutte le corde, dal favoloso all'elegiaco, dal tragico al sentimentale, dal sentenzioso allo scherzoso, ma il poemetto resta pur sempre soltanto una ricca tessitura di immagini e una densa onda di ritmi che non si sollevano molto al di sopra del racconto di alto stile o, addirittura, del semplice pretesto di una esperienza verbale e stilistica. Anche lo "stile", in verità, rivela non pochi inconvenienti e incongruenze: e non soltanto per la scelta linguistica che, nonostante D'Annunzio scrivesse al Treves, nella lettera del 24 luglio 1902, che l'ecloga "in fatto di lingua" era "la *sua* più saporita cosa", pesca un po' troppo in lessici e dizionari e pecca di eccessiva preziosità; ma anche per la scoperta funzione o puramente decorativa o piattamente descrittiva e comunque sempre esteriore che lingua e "stile" hanno nel corpo del componimento e per la pericolosa tendenza di entrambi a cadere nell'effetto vuotamente retorico di certe soluzioni, come nel "tragico" di taluni versi scanditi su quattro rime tronche (vv. 97-100) o nel sentimentale di talune ripetizioni da filastrocca popolare (v. 201: "e avrò e avrò"; v. 241: "E nessuno e nessuno più la scorse") o, addirittura, nel sentenzioso di talune considerazioni filosofiche alla buona ma pur sempre incoerenti con il "personaggio" otre (vv. 265 ss.). *L'otre*, in pratica, "altro non è che il racconto di una serie di metamorfosi" (E. Scarano Lugnani). Esso rientra quindi nel novero dei componimenti in cui viene sviluppato il tema tipicamente alcionio delle metamorfosi, che dà i suoi esiti più cospicui quando si applica ad aspetti della realtà o del paesaggio. Nel caso dell'*Otre* invero, la trasfigurazione mitica non si è compiutamente realizzata. L'otre, diversamente da tante altre figure e da tanti altri personaggi di *Alcyone*, non sembra essere stato sufficientemente illuminato dalla fantasia mitopoietica di D'Annunzio, il quale, per altro, non è riuscito solo per forza di immagini, di ritmi e di lingua, per quanto "saporita", a dare alla sua creatura la necessaria credibilità fantastica.

Metro: "ecloga" di 78 quartine di endecasillabi rimati o assonanzati ABBA. La 25[a] strofa (vv. 97-100) presenta

quattro rime tronche identiche (AAAA); le strofe 59ª e 60ª
(vv. 233-240) hanno in comune la rima del primo e quarto
verso (ABBC, ADDªC); la strofa 62ª ha in comune con
la 61ª (vv. 241-248) la prima rima (ABBA, BCCªBª). Le
rime sono spesso piene e le assonanze spesso imperfette.
Il v. 127 è ipermetro e "àlbo-ri" rima perciò con "falbo"
del verso precedente.

Pelle del becco [1] sordido e bisulco [2]
fui, pria che mi traesser le coltella.[3]
Deh come olente [4] alla stagion novella
egli era e tra le capre sue petulco,[6]

o uom che m'odi, e ben barbato [7] e torvo   5
e di téttole [8] dure ornato il gozzo
e d'aspre corna il fronte invitto al cozzo
negli occhi sùlfure,[9] atro [10] come corvo!

Sagliente [11] egli era, e mogli in abondanza
ebbe, e feroce fu nelle sue pugne; [12]   10

---

[1] *Pelle del becco*: pelle di capro. Cfr. il Tommaseo-Bellini alla voce "otre": "Pelle tratta intera dall'animale, per lo più da becchi e da capre, che ben conciata e cucita nelle aperture, serve per portarvi entro olio, vino e altri liquori". In pratica "D'Annunzio trova in embrione prefigurata nella glossa del Tommaseo-Bellini la vicenda metamorfica dell'otre" (D. Martinelli-C. Montagnani).
[2] *bisulco*: dall'unghia del piede divisa in due.
[3] *pria che... le coltella*: prima che i coltelli mi traessero dal capro scuoiandolo
[4] *olente*: odoroso, puzzolente.
[5] *alla... novella*: in primavera.
[6] *petulco*: protervo (lett. "che cozza con le corna": lat. *petulcus*): cfr. Virgilio, *Georg.*, VI, v. 10: "...haedique petulci" (D. Martinelli-C. Montagnani).
[7] *barbato*: barbuto. Cfr. J. Sannazzaro, *Arcadia*, prosa VI: "Io ti pongo un capro vario di pelo, di corpo grande, barbuto", citato nel Tommaseo-Bellini alla voce "capro" (D. Martinelli-C. Montagnani).
[8] *téttole*: i bargigli che pendono dal gozzo dei capri. Cfr. Crescenzio, IX, 76, 1: "Si dee guardare che il becco abbia somiglianti tettole sotto il mento" citato nel Tommaseo-Bellini alla voce "becco" e cfr. anche Palladio, XII, 15: "Scelgansi i becchi che abbiano due barge sotto il gozzo" (D. Martinelli-C. Montagnani).
[9] *sùlfure*: di color di zolfo.
[10] *atro*: nero. Latinismo della tradizione letteraria.
[11] *Sagliente*: proclive alla monta, lascivo. Cfr. il *Lexicon* del Forcellini alla voce "hircus": "vir gregis caprini, qui iam salire coepit et foetere" (D Martinelli-C. Montagnani).
[12] *pugne*: battaglie (lat. *pugna*).

ma al suon d'un sufoletto, erto su l'ugne
fésse,[13] imitava il satiro che danza.

Occiso penzolò sanguinolente
dall'uncino; e squarciato fumigava,
nudi ostentando in sua ventraia[14] cava[15]   15
l'argnon focoso[16] e il fegato possente.

Tratta gli fui di dosso umida e floscia.
Pelo e carniccio[17] poi tolsemi il ferro.
Ghianda di gallonèa,[18] scorza di cerro[19]
fecermi[20] bona concia nella troscia.[21]   20

Rasciutta nelle cieche stìe,[22] premuta
dai macigni, distesa dall'orbello,[23]
per sorte[24] un dì cucita fui bel bello[25]
con fil d'accia[26] da femmina saputa.[27]

Otre divenni e principe degli otri   25

---

[13] *erto... fésse*: ritto sulle zampe dalle unghie bisulche. Cfr. Dante, *Purgatorio*, XVI, v: 99: "l'unghie fesse".
[14] *ventraia*: ventre. Cfr. Dante, *Inferno*, XXX, v. 54: "che 'l viso non risponde a la ventraia".
[15] *cava*: aperta e svuotata delle interiora.
[16] *l'argnon focoso*: il rognone o rene, rosso come fuoco.
[17] *carniccio*: la parte carnosa che rimane attaccata alla pelle dopo la scuoiatura. Cfr. il Tommaseo-Bellini alla voce "pelle": "Conciare le pelli. Digrassarle, levarne ogni rimasuglio di parte carnosa". Ma "la genericità del Tommaseo-Bellini relativamente al procedimento e agli strumenti della concia fa credere che D'Annunzio, intenzionato a configurare più precisamente l'episodio, sia ricorso ad uno strumento più specifico, forse un dizionario di arti e mestieri che resta da identificare" (D. Martinelli-C. Montagnani).
[18] *gallonèa*: o vallonea, quercia della Grecia e dell'Asia Minore le cui ghiande sono ricche di tannino per la concia delle pelli.
[19] *cerro*: albero simile alla quercia, la cui corteccia, opportunamente trattata, serve per la concia.
[20] *fecermi*: mi fecero.
[21] *troscia*: vasca nella quale i conciatori bagnano le pelli.
[22] *stìe*: luoghi chiusi dove, al buio ("cieche"), si mettono le pelli ad asciugare.
[23] *orbello*: lama rettangolare di ferro con cui si spianano i cuoi.
[24] *per sorte*: per caso, ma in modo tale da realizzare così quello che era il mio destino.
[25] *bel bello*: accuratamente.
[26] *fil d'accia*: filo greggio di lino o di canapa.
[27] *saputa*: esperta.
[28] *obeso*: panciuto. Cfr. H. de Régnier, *Les jeux rustiques et divins*, Le vase, v. 72: "tenant des thyrses tors et des outres ventreuses": la dipen-

obeso [28] appresso i pozzi e le cisterne.
  Acqua di cieli, acqua di fonti eterne [29]
  contenni, acqua di rivoli e di botri,[30]

  dolci acque e fresche [31] ma di odor caprigno
  sapide tuttavia, sì che talvolta   30
  le femmine entro me chiusero molta
  menta e il seme dell'ànace [32] fortigno.[33]

  O uomo, l'otre invidia le tue seti! [34]
  Pianure arsicce,[35] livide petraie,[36]
  pigre maremme febbricose,[37] ghiaie   35
  e sabbie in foco per deserti greti,[38]

  stridor di carri,[39] ànsito di giumenti
  io conobbi, e il guatar del sitibondo.
  Io valsi più che l'universo mondo
  al desiderio delle fauci ardenti!   40

  O uomo, da benigni iddii tu hai
  le tue seti. Il garòfolo [40] e il papavero

---

denza del passo dannunziano da quello del poeta francese è certificata da un appunto che è registrato in un foglio autografo di note preparatorie per *L'otre* (ms. 578) e che suona: "l'otre obeso, panciuto" (V. De Maldé-G. Pinotti).

[29] *fonti eterne*: sorgenti perenni: ma vedi *La sera fiesolana*, vv. 36 s.: "le... fonti / eterne" e nota relativa.

[30] *botri*: fossati.

[31] *dolci... fresche*: cfr. Petrarca, *Rime*, CXXVI, v. 1: "Chiare, fresche et dolci acque...".

[32] *ànace*: o anice, ombrellifera dai semi aromatici.

[33] *fortigno*: di sapore forte.

[34] *invidia le tue seti*: "L'otre invidia la sete degli uomini perché vide il *gaudio* della lor gola, quando dissetarono alle sue acque la loro arsura: e una tal gioia a lui, portator d'acqua, è impossibile" (F. Flora).

[35] *arsicce*: bruciate dal sole, aride. Cfr. Dante, *Inferno*, XIV, v. 74: "...ne la rena arsiccia"; *Purgatorio*, XI, v. 98: "d'una petrina ruvida e arsiccia".

[36] *livide petraie*: cfr. Dante, *Purgatorio*, XIII, v. 9: "col livido color de la petraia".

[37] *pigre... febbricose*: campagne paludose che corrono lungo il mare, incolte e infruttuose ("pigre"), dove domina la malaria ("febbricose").

[38] *deserti greti*: rive e letti di fiumi senz'acqua.

[39] *stridor di carri*: cfr. G. Leopardi, *Canti*, *La quiete dopo la tempesta*, v. 23: "...il carro stride".

[40] *garòfolo*: garofano.

non così vividi ardere mi parvero
come la bocca tua che dissetai.

Non il capro, onde tratta fui sua spoglia, 45
mai si precipitò come chi volle
bere da me. Tutto lo feci molle.⁴¹
Oh gaudio della gola che gorgoglia! ⁴²

Mani cupide premono i miei fianchi
turgidi (sembra che gli arsi occhi bevano 50
prima che i labbri), mani mi sollevano
su arsi vólti, di polvere bianchi.

Va da me per le vene al cor profondo
la mia liquida gioia,⁴³ al più remoto
viscere. Oh bene immenso! Eccomi vòto. 55
In dieci gole ho dissetato il mondo.

II

E vòto fratel fui della bisaccia
grinzuta ch'ebbe la cipolla e il tozzo
in coniugio.⁴⁴ E non più rempiuto al pozzo
fui, non udii crosciar la secchia diaccia,⁴⁵ 60

ma dalla mamma copiosa⁴⁶ udii
crosciare emunto il latte nel presepio
occluso.⁴⁷ Per indùlgere al mio tedio,⁴⁸
nuova sorte ⁴⁹ mi fecero gli iddii.

---

⁴¹ *molle*: umido bagnato.
⁴² *Oh... gorgoglia*: "Verso numeroso: il seguirsi delle gutturali: *gàudio,
góla, gorgoglia,* traduce più che il suono, la felicità elem\`ntare di togliersi
la sete a gran sorsi cadenzati" (E. Palmieri).
⁴³ *la mia liquida gioia*: l'acqua.
⁴⁴ *in coniugio*: in fedele convivenza.
⁴⁵ *diaccia*: piena di acqua diaccia e quindi diaccia essa stessa.
⁴⁶ *mamma copiosa*: mammella ricca di latte.
⁴⁷ *nel presepio / occluso*: nella stalla chiusa.
⁴⁸ *Per... tedio*: per alleviare la mia noia.
⁴⁹ *nuova sorte*: nuovo destino, nuova destinazione.

Gonfio di latte, anch'io ubero⁵⁰ parvi
più capace e men roseo. Notturno⁵¹
pendevo nel presepio taciturno,
come gli uberi sotto i materni alvi.⁵²

Ma non mai tanto l'otre ebbesi amica
la pace come allor che, in su lo scorcio
dell'autunno, s'apparentò con l'orcio⁵³
per favore di Pallade pudica.⁵⁴

Pacifera è l'oliva e tarda e pingue.⁵⁵
Da poi che gemuto ha⁵⁶ sotto la mola,
si raddolcisce e più non fa parola;
mentre la garrula⁵⁷ acqua ha mille lingue.

Or pieno fui di castità palladia⁵⁸
e di silenzio. Tacito ascoltava
pulsar la tempia fievole dell'ava⁵⁹
e il pane lievitare nella madia.

---

⁵⁰ *ubero*: mammella.
⁵¹ *Notturno*: di notte.
⁵² *i materni alvi*: i ventri delle madri.
⁵³ *s'apparentò con l'orcio*: divenne affine nell'uso all'orcio, perché fu riempito d'olio.
⁵⁴ *Pallade pudica*: la dea della castità ("pudica") cui l'ulivo è sacro. Vedi *Alcyone*, *L'ulivo*, vv. 17 s. e note relative.
⁵⁵ *Pacifera... pingue*: l'oliva, o meglio la fronda dell'ulivo, è "pacifera" in quanto simbolo di pace; è "tarda" in quanto è lenta a maturare ed è "pingue", cioè grassa, per l'olio che contiene. Quanto alla presenza delle tre determinazioni qualificative, D'Annunzio trovava citato alla voce "oliva" del *Lexicon* del Forcellini Virgilio, *Georg.*, II, v. 425: "...*pinguem et placidam paci* nutritor olivam" e poco più sotto, alla voce "olivum" leggeva Lucrezio, *De rerum natura*, II, v. 391: "...et contra *tardum* cunctatur olivum" (D. Martinelli-C. Montagnani). Per il sintagma "pacifera" attribuito all'oliva, cfr. anche Virgilio, *Aen.*, VIII, v. 116: "paciferaeque manu / ramum praetendit olivae"; G. Carducci, *Odi barbare*, *Sirmione*, v. 5: "...placido olivo..."; *Colli toscani*, v. 1: "...pacifiche selve d'olivi"; *Rime e ritmi*, *In una villa*, v. 1: "O tra i placidi olivi...".
⁵⁶ *gemuto ha*: ha gemuto (anastrofe), mentre veniva spremuta sotto la macina. Per l'immagine cfr. *La Chimera*, *Al poeta Andrea Sperelli*, vv. 4 s.: "...l'oliva sotto la gran mola / geme un olio soave...".
⁵⁷ *garrula*: chiacchierina.
⁵⁸ *di castità palladia*: di divina purezza, in quanto l'olio, come si è visto (v. 72 e nota 54) è sacro a Pallade, dea della castità: vedi anche *L'ulivo*, vv. 17 s. e note relative.
⁵⁹ *ava*: la vecchia, la sola persona che è rimasta in casa, mentre gli altri sono al lavoro nei campi.

D'improvviso, una notte, mentre vòto
giacea sul palco fra i minori otrelli,[60]
venne un bifolco tutto irto di velli [61]
e seco trassemi a un officio ignoto.

Duro il suo pugno parvemi qual sasso   85
e l'ugna adunca qual branca di belva.
Tramontavano l'Orse.[62] Ad una selva
orrida, in riva al fiume, arrestò il passo.

Quivi nel sangue prono era disteso
il suo nimico. Gli troncò la testa   90
con una falce; e quella mozza testa
prese a' capegli, e me carcò del peso.

Subitamente mi rempiei del nero
sangue. E disse il falcato [63] al teschio: « Avevi
tu sete? Orbè, se t'arde sete, bevi,   95
nell'otro che t'ho acconcio, il vin tuo mero ».[64]

E il teschio e il sangue dentro ei mi serrò.
Gonfio ero fatto, ed ei mi sollevò.
Su la riva del fiume ei mi portò.
In mezzo alla corrente ei mi scagliò.   100

---

[60] *otrelli*: piccoli otri. " 'Otrello' è attestato nel Tommaseo-Bellini subito dopo la voce 'otre'. Vi si cita il Burchiello: 'Che versandosi l'olio di un otrello / sel bee lo state il palco [vedi v. 82: 'giacea sul palco...']" (D. Martinelli-C. Montagnani).

[61] *irto di velli*: coperto di pelli di pecora che gli davano un aspetto irsuto.

[62] *Tramontavano l'Orse*: le costellazioni dell'Orsa maggiore e dell'Orsa minore erano prossime a tramontare: era vicina l'alba.

[63] *il falcato*: il bifolco armato di falce (vedi v. 91).

[64] *Orbè... mero*: orbene, se ti brucia la sete, bevi, nell'otre che ti ho preparato, il tuo sangue puro ("il vin tuo mero"). "Tutto il passo ricalca la battuta di Tamiri, regina dei Massageti, allorché, avendo vinto e fatto decapitare Ciro, ordinò che il suo capo fosse gettato in un vaso pieno di sangue umano e pronunciò le oltraggiose parole: 'Saziati del sangue di cui avevi sete' (cfr. Erodoto, I, 214)" (Praz-Gerra). Cfr. anche Dante, *Purgatorio*, XII, vv. 55-57: "Mostrava la ruina e 'l crudo scempio / che fé Tamiri, quando disse a Ciro: / 'Sangue sitisti, e io di sangue t'empio' ". Ma cfr. soprattutto F. Sacchetti, *Rime*, XXXVIII (CXCVII, ed. A. Chiari, Bari 1936), vv. 12 ss.: "La testa gli tagliò in tal delitto / mettendola in un otro pien di sangue, / dicendo: bêi, se sete t'ha trafitto", citazione che D'Annunzio trovava sul Tommaseo-Bellini alla voce "otre".

Fervido⁶⁵ era anco il buon licor doglioso.⁶⁶
O uom che m'odi, acqua di fonte, bianco
latte, olio lene,⁶⁷ quanto ebbi nel fianco,⁶⁸
non vale il sangue tuo maraviglioso!

Entro di me fu breve e immensa⁶⁹ guerra,   105
ismisurata e rapida tempesta.
Non parvemi serrar la tronca testa
ma contenere l'orbe della Terra.⁷⁰

Poi nel gel fluviale⁷¹ in grumo e in sanie
si converse⁷² quel peso; e la corrente   110
mi voltò per le ripe,⁷³ oscuramente
trassemi verso le contrade estranie.

III

Era l'aurora quando in mezzo ai salici
mi rinvenne l'Egìpane biforme.⁷⁴
Uom che m'odi, il tuo spirito che dorme⁷⁵   115

---

⁶⁵ *Fervido*: bollente, ribollente. Latinismo dell'uso letterario.
⁶⁶ *il buon licor doglioso*: il sangue umano, sgorgato con dolore da una ferita ("doglioso") e qui definito "buono" ad anticipare la lode che di esso farà l'otre nei versi seguenti.
⁶⁷ *olio lene*: olio leggero, che fluisce lentamente. Cfr. *La Chimera, La madre*, v. 13: "...il lene olio d'oliva".
⁶⁸ *quanto ebbi nel fianco*: tutto quanto portai dentro di me.
⁶⁹ *breve e immensa*: "breve" perché chiusa nel piccolo spazio dell'otre e "immensa" perché intensa. Il medesimo nesso tornerà anche in *Albasia*, vv. 4 s.: "O nozze immense / e brevi!". I due aggettivi che nel verso seguente qualificano "tempesta" – "ismisurata" e "rapida" – hanno, in chiasmo, lo stesso significato.
⁷⁰ *l'orbe della Terra*: il globo terrestre.
⁷¹ *nel gel fluviale*: nella fredda acqua del fiume.
⁷² *in grumo... si converse*: s'aggrumò e marcì. Cfr. Dante, *Purgatorio*, V, v. 118: "...in acqua si converse".
⁷³ *mi voltò per le ripe*: cfr. Dante, *ibidem*, v. 128: "voltòmmi per le ripe e per lo fondo".
⁷⁴ *Egìpane biforme*: abitatore dei boschi della stirpe di Pan, mezzo uomo e mezzo capro ("biforme"). Cfr. *La Chimera, Hyla! Hyla!*, v. 2: "...s'odon gli egìpani bramire"; *Il fiume*, vv. 40-42: "bramivan come cervi / li egìpani, bicorni / iddii da 'l piè caprino".
⁷⁵ *che dorme*: che è chiuso in un torpore che spegne ogni fantasia mitopoietica. Spunto polemico già carducciano.

più non vede gli antichi numi italici.

Vivon eglino[76] pieni di possanza:
hanno il fiato[77] dei boschi entro le narı
i gioghi venerandi han per altari,
e di sé fanvi testimonianza.[78]   120

Più non li vedi, o uomo. Nel tuo petto
il cor si sface[79] come frutto putre.[80]
E la Terra materna invan ti nutre
de' suoi beni. Tu plori[81] al suo conspetto!

Mi rinvenne l'Egìpane divino.   125
Possentemente rise in suo pél falbo;[82]
poi tolsemi per trarmi di fra gli àlbori[83]
umidi: mi credea gonfio di vino.

Dava schiocchi la lingua[84] sua salace[85]
mentr'ei m'aprìa. Ma pél non gli tremò   130
quando scoperse il teschio e il grumo. « To'
disse « nell'otro il capo del gran Trace! ».[86]

E sopra l'erba mi sgravò del reo[87]
peso, mi scosse. Poi raccolse il teschio
lo rotò,[88] lo scagliò forte nel Serchio   135
gridando: « Tu non sei capo d'Orfeo! »

---

[76] *eglino*: essi. Arcaismo prezioso.
[77] *il fiato*: il respiro.
[78] *e di sé... testimonianza*: e su quei monti, che sono i loro altarı, si rivelano nella loro grandezza.
[79] *il... sface*: vedi *L'oleandro*, v. 331: "...il cor si sface'
[80] *putre*: marcio.
[81] *plori*: piangi, ti lamenti. Latinismo già dantesco.
[82] *falbo*: fulvo. Vedi *L'oleandro*, v. 228 e nota relativa.
[83] *tolsemi... àlbori*: mi tolse dalla corrente per trascinarmi tra gli alberi. Il verso è ipermetro: "albo-ri" rima con il precedente "falbo" perché l'ultima sillaba viene elisa con la vocale iniziale della prima parola del verso seguente
[84] *Dava schiocchi la lingua*: pregustando il piacere di bere il vino.
[85] *salace*: vogliosa.
[86] *gran Trace*: Orfeo, il grande vate nativo della Tracia che fu fatto a pezzı dalle Baccanti e gettato nel fiume Ebro.
[87] *reo*: macabro.
[88] *lo rotò*: lo fece roteare.

Tal era il riso de' suoi denti scabri
quale un rio lapidoso.⁸⁹ Allor nell'acque
chiare mi terse; m'asciugò. Gli piacque
anco d'enfiarmi co' suoi curvi labri.⁹⁰   140

Pieno fui del divino afflato, pieno
fui del selvaggio spirito terrestro!
Venne allora il Panisco,⁹¹ che mal destro
era nel nuoto, al bel fiume sereno.⁹²

E il nume padre a lui mi diede; ed io   145
tenerlo a galla seppi, io lo sorressi
nel nuoto quando i piccoli piè féssi
troppo agitava celere disìo.⁹³

Molto l'amai. Dall'ombelico in giuso
di pél biondiccio qual cavriuoletto⁹⁴   150
era ma liscio il rimanente, eretto
il codìnzolo,⁹⁵ un po' lusco e camuso.⁹⁶

Tenérmigli⁹⁷ solea sotto l'ascella
ove appena fiorìa qualche peluzzo
rossigno; e avea del suo cornetto aguzzo   155
tema non⁹⁸ mi bucasse per rovella,⁹⁹

sì rapido era il pueril corruccio

---

⁸⁹ *Tal... lapidoso*: il riso dell'Egìpane – un riso a bocca aperta che mette in mostra i suoi denti ruvidi ("scabri") – fa pensare con il suo suono al rumore dell'acqua di un ruscello che si frange tra i sassi ("lapidoso", sassoso).
⁹⁰ *co'... labri*: come sono le labbra di chi soffia in uno strumento a fiato. Cfr., a proposito di Pan, Lucrezio, *De rerum natura*, IV, v. 588: "unco saepe labro calamos percurrit hiantes".
⁹¹ *Panisco*: piccolo figlio di Pan: qui è il figliuolo dell'Egìpane. Vedi anche *Versilia*, v. 32.
⁹² *fiume sereno*: fiume limpido. Vedi *Le Ore marine*, v. 28: "di là dai fiumi sereni".
⁹³ *celere disìo*: il desiderio di nuotare veloce.
⁹⁴ *cavriuoletto*: piccolo capriolo.
⁹⁵ *codìnzolo*: codino.
⁹⁶ *un... camuso*: dagli occhi un po' storti e dal naso schiacciato.
⁹⁷ *Tenérmigli*: arcaismo toscano.
⁹⁸ *tema non*: timore che.
⁹⁹ *per rovella*: per stizza.

s'ei districava il piè dall'erba acquatica
o alzar [100] vedeva l'anatra salvatica
o sentiva guizzar da presso il luccio.   160

Viride [101] Serchio in tra due selve basse! [102]
Mattini estivi, quando il bel Panisco
biondetto [103] sen venìa, cinto d'ibisco [104]
roseo, con suoi lacci [105] e con sue nasse! [106]

Troppo, ahimè, destro [107] erasi fatto al nuoto.   165
Ormai fendeva le più rapide acque;
sì che più giorni e più l'otre si giacque
solo nel limo, e alfin rimase vòto.[108]

IV

Ma gli alti iddii anco mi fur benigni.
Un bel pastore dalla barba d'oro   170
mi raccolse. Ed all'ombra d'un alloro [109]
mi lavorò con suoi sottili ordigni.[110]

---

[100] *alzar*: alzarsi in volo.
[101] *Viride*: verdeggiante, vedi *L'onda*, vv. 61 s.: "...berilli viridi..." e nota relativa.
[102] *selve basse*: di giuncheti e di canneti.
[103] *biondetto*: "Voce riportata dai lessici (Tommaseo-Bellini, Manuzzi) con esempio dalle *Rime* di Guido Cavalcanti: 'Capegli avea biondetti e ricciutelli'" (Praz-Gerra). Ma cfr. già *L'Isottèo*, *Ballata e sestina della lontananza*, I, vv. 8 s.: "...i figliuoli, alti e biondetti"; *Grotteschi e rabeschi*, IV, *La profezia* in « La Tribuna » di Roma del 22 ottobre 1887 (ora in A. Castelli, cit., pp. 368-371): "I figliuoli biondetti ed esangui" e *Il piacere*, in *Prose di romanzi*, I, p. 309: "Certe dame biondette, non più giovini...".
[104] *cinto... ibisco*: inghirlandato di ibisco.
[105] *lacci*: per catturare le anatre.
[106] *nasse*: le ceste di vimini a forma conica che si usano per catturare i pesci.
[107] *destro*: abile. Vedi *Versilia*, vv. 101 s.: "...destro / ad arco...".
[108] *vòto*: vuoto d'aria, sgonfio.
[109] *alloro*: la pianta sacra ad Apollo che certo presiede alla costruzione dello strumento musicale (vedi anche v. 208). "Il collegamento tra otre e cornamusa e la possibilità quindi di individuare anche questi momenti nell'ambito delle mutevoli vicissitudini dell'otre non è immediatamente desumibile dalla voce 'otre' del Tommaseo-Bellini, ma da quella, più innanzi ricorrente, di 'otricello', ove si annota esplicitamente come seconda accezione: 'Strumento da fiato, sampogna'" (D. Martinelli-C. Montagnani).
[110] *ordigni*: arnesi.

Quattro [111] di bosso [112] ei fecemi cannelle
ineguali, e assai bene le polì.[113]
La più corta alla spalla m'inserì [114]   175
e strinse con cerate funicelle.

In bocca [115] tre l'artiere me ne messe,[116]
l'una più lunga, l'altre due minori; [117]
nella più lunga numerosi fóri
praticò, che diverse voci desse.   180

Le due brevi, di largo cerchio e stretto,[118]
aperte in giuso a mo' di padiglione,[119]
servir di grande e piccolo bordone [120]
dovean come le frondi all'augelletto.

Oh maraviglia, quando per la corta   185
canna egli enfiò [121] la nova cornamusa!

---

[111] *Quattro...*: per la descrizione della costruzione della cornamusa cfr. la voce "cornamusa" nel Tommaseo-Bellini: "Strumento musicale... composto di un otre... con tre e talora quattro cannelle; di cui una, posta superiormente, e corta, con foro unico in cima per gonfiar l'otre col fiato, e le altre più lunghe, poste in basso, terminano in campana e, munite di pivetta, rendono suono; una di esse, bucherata, dà suoni variati... le rimanenti monotone servono di piccolo e grande bordone".
[112] *bosso*: frutice a cespuglio, sempreverde, il cui legno durissimo era molto usato per la costruzione di strumenti a fiato.
[113] *polì*: levigò.
[114] *La... m'inserì*: mi inserì nella parte superiore la cannella più corta, che serve per soffiare l'aria nell'otre.
[115] *In bocca*: all'imboccatura, appositamente allargata.
[116] *messe*: mise: arcaismo o idiotismo attratto dalla rima.
[117] *l'una... minori*: queste tre cannelle, poste insieme all'imboccatura dell'otre, servono a dare il suono: la più lunga, in cui sono praticati dei fori (vedi vv. 179-180), dà un suono modulato, le due più brevi due note ferme, l'una di tono grave, l'altra di tono acuto (vedi vv. 181 ss.).
[118] *di largo cerchio e stretto*: l'una di diametro più ampio dell'altra.
[119] *aperte... di padiglione*: terminanti in fondo a padiglione o, come spiega il Tommaseo-Bellini (vedi nota 111), "a campana".
[120] *di grande... bordone*: di accompagnamento musicale su una nota grave e su una acuta come le fronde dell'albero all'uccello che canta. Il termine musicale "bordone", che propriamente indica la nota continua che sostiene la melodia e che D'Annunzio trascrive sempre dal Tommaseo-Bellini (vedi nota 111: "...servono di piccolo e grande bordone") trascina con sé una reminiscenza dantesca che si sviluppa nel verso seguente: cfr., infatti, Dante, *Purgatorio*, XXVIII, vv. 10 ss.: "per cui le fronde tremolando /.../ piegavano a la parte ove /.../ li augelletti /.../ con piena letizia l'ôre prime, / cantando, ricevieno intra le foglie / che tenevan bordone a le sue rime".
[121] *enfiò*: gonfiò, soffiando dentro la canna più corta.

tutta di pia felicità soffusa
giovine donna venne in su la porta,

nuda le belle braccia,[122] e disse: « O caro
marito, o barbadoro,[123] ecco che nasce   190
ricchezza ingente nelle nostre case;
ed i granai si rempiono di grano,

gli alveari si rempiono di miele,
d'aurei pomi si rempiono i frutteti,
di rose citerèe [124] tutti i verzieri,[125]   195
e di cervi e di damme [126] le mie selve;

e avrò tra i muri miei variodipinti
un talamo [127] con quattro alte colonne,
e vestimenta avrò d'ogni colore
e per cignermi d'ogni sorta cinti; [128]   200

e avrò e avrò nelle mie veglie [129] ancóra
per filar la mia lana mille ancelle,
mariterò le mie dolci sorelle
ai satrapi [130] dell'Asia spaziosa! »

Questo fecero grande incantamento   205
l'otre e il pastore con un poco d'aria,
o uom che m'odi, con un poco d'aria
e col nume di Cintio arco-d'-argento; [131]

---

[122] *le belle braccia*: complemento di relazione.
[123] *barbadoro*: vedi v. 170.
[124] *citerèe*: di Citera, cioè di Venere, dea dell'amore, che dell'isola di Citera era regina. L'aggettivo esornativo "contribuisce all'aura mitica del poema" (E. Palmieri).
[125] *verzieri*: giardini. Vedi *Il novilunio*, v. 93 e nota relativa.
[126] *damme*: daini. Latinismo già trecentesco.
[127] *talamo*: letto nuziale.
[128] *cignermi... cinti*: la medesima annominazione in *La sera fiesolana*, v. 33: "...pel cinto che ti cinge...".
[129] *nelle mie veglie*: nel tempo in cui veglierò attendendo ai lavori femminili.
[130] *satrapi*: governatori delle varie province (satrapie) in cui era divisa la Persia.
[131] *col nume... arco-d'-argento*: con l'ispirazione di Apollo Cinzio (dal nome del monte Cinto nell'isola di Delo) armato dell'arco d'argento (vedi *L'oleandro*, vv. 295 s.: "O Febo... Arco-d'-argento..." e nota relativa).

però che il faretrato Citaredo,[132]
il qual pur trasse Marsia di vagina,[133]   210
sia largo della sua virtù divina
all'inculto pastore e al dotto aedo,

al calamo forato[134] e alla testudine
tricorde[135] se lui prieghi un puro cuore.
Noi[136] come greggi i vesperi e l'aurore   215
pascemmo nella verde solitudine.[137]

Il pino[138] irsuto[139] diede il molle fico,
i narcissi fioriron su i ginepri,
danzò il veltro armillato[140] con le lepri,
e l'antico fu novo e il novo antico.   220

Oh maraviglia! Come l'elitropio[141]
al Sol, volgeasi al suono la soave
donna dalla sua porta. E l'architrave
parea sculto da Dedalo il Cecropio[142]

---

[132] *il faretrato Citaredo*: sempre Apollo, che porta al fianco la faretra con le frecce e che canta accompagnandosi con la cetra.
[133] *il qual pur... vagina*: il quale pure punì la protervia del satiro Marsia, che aveva osato sfidarlo in una gara di flauto, scorticandolo vivo. È una chiara reminiscenza da Dante, *Paradiso*, I, vv. 20-21: "...Marsia traesti / da la vagina de le membra sue".
[134] *al calamo forato*: al flauto, fatto di una canna ("calamo") forata, del pastore. Vedi *Il fanciullo*, v. 111: "gittato avevi i calami forati".
[135] *alla testudine / tricorde*: alla cetra (costruita da Ermes con il guscio di una tartaruga e quindi chiamata "testudine") a tre corde dell'aedo.
[136] *Noi*: l'otre e il pastore.
[137] *come... solitudine*: in giro per le verdi distese solitarie, pascemmo i tramonti e le aurore come se fossero greggi, cioè suonammo dal mattino alla sera. Per il nesso sinestetico "nella verde solitudine" cfr. già *Terra vergine*, *Ecloga fluviale*, in *Prose di romanzi*, II, p. 58: "...nella chiara solitudine nembi d'oro fluttuavano".
[138] *Il pino...*: le melodie del pastore compiono miracoli da età dell'oro: i pini producono fichi, i narcisi fioriscono sui ginepri, i cani giocano con le lepri, il presente e il passato si scambiano tra loro.
[139] *irsuto*: irto di aghi. È in antitesi con "molle".
[140] *il veltro armillato*: il cane da caccia provvisto di collare: cfr. Properzio, *Elegiae*, IV, VIII, 24: "armillatos... canes". Cfr. anche *Elettra*, *Le città del silenzio*, *Urbino*, v. 13: "Ver lei musando, l'armillato veltro".
[141] *l'elitropio*: il girasole. Latinismo prezioso, già carducciano.
[142] *Dedalo il Cecropio*: il grande artista nativo di Atene, la città fondata da Cecrope.

e lo stipite rozzo una colonna 225
del Palagio di Pelope l'Eburno,[143]
quando il pastor dicea: « Come l'alburno,[144]
intorno al cuore mi biancheggi,[145] o donna! ».

Divenuta più candida nel suono[146]
ell'era, come il lin nell'acqua infuso.[147] 230
Sorridea sempre. E la conocchia e il fuso,
la spola e i licci[148] erano in abbandono.

Pe' capegli repente l'abbrancò,
pe' suoi capegli come l'uva nera,
come il folto giacinto a primavera, 235
come dell'edera il corimbo forte,[149]

pe' capegli repente l'abbrancò
la Morte, l'abbatté, pel calle oscuro[150]
la trascinò: di là dal fiume curvo,[151]
nel regno buio la portò la Morte. 240

---

[143] *Pelope l'Eburno*: re dell'Elide, che aveva un omero d'avorio. Infatti, secondo il mito, Pelope fu ucciso da suo padre Tantalo e servito come cibo agli dei convitati a banchetto; ma solo Demetra, sconvolta dal rapimento della figlia Persefone, non se ne accorse e mangiò una spalla. Così, Zeus, quando ricompose il corpo di Pelope, per restituirlo alla vita, rifece in avorio la spalla mancante. Cfr. Virgilio, *Georg.*, III, v. 7: "...umeroque Pelops insignis eburno", donde D'Annunzio può aver attinto l'aggettivo "Eburno" (= eburneo).
[144] *alburno*: lo strato bianchiccio di legno nuovo che ogni anno si forma sotto la cortecccia degli alberi. Cfr. *Elettra*, *Alla memoria di Narciso e di Pilade Bronzetti*, vv. 76 ss.: "...Come il bianco alburno / celandosi sotto la scorza / si fa vigor novo del tronco..." [agosto 1900].
[145] *intorno... mi biancheggi*: sei pallida, come l'alburno, tanto da farmi soffrire nel profondo del cuore.
[146] *nel suono*: ascoltando il suono della cornamusa.
[147] *nell'acqua infuso*: messo nell'acqua. Il fusto del lino, che è di un colore giallo verdastro, viene messo a macerare nell'acqua per staccarne le fibre. Queste, dopo essere state battute, vengono ulteriormente messe in acqua per il candeggio, da cui essono bianchissime.
[148] *licci*: gli arnesi di filo torto a guisa di spago che servono ai tessitori per alzare e abbassare le fila dell'ordito.
[149] *capegli... forte*: capelli neri come l'uva nera, folti e ricciuti come il fiore del giacinto e come il corimbo dell'edera. Vedi *Madrigali dell'Estate*, *L'uva greca*, v. 2: "l'uva simile ai ricci di giacinto" e nota relativa. Cfr. anche *L'Isottèo*, *Cantata di calen d'Aprile*, vv. 239 s.: "Un serto di giacinti / son que' suoi ricci neri".
[150] *calle oscuro*: il sentiero tenebroso, l'"iter tenebricosum" di Catullo, *Carm.*, III, v. 11, che porta nel regno dei morti.
[151] *fiume curvo*: l'Acheronte che cinge tutt'intorno l'Ade.

E nessuno e nessuno più la scorse.
Cupo silenzio fu dentro le case.
L'ombra lunga occupò la soglia, invase
il talamo. E l'aurora più non sorse.

Ma pianto non sonò dentro le case: 245
erano il cuore e gli occhi opache selci.[152]
E fuggì la lucertola dall'embrice,[153]
anche fuggì la rondine, anche l'ape.

Io pendea tristo, presso il focolare.
Ed alfine il pastore si sovvenne   250
dell'otre. Mi guatò gran tratto. Venne,
mi tolse, muto, senza lacrimare.

Io mi credeva ancóra esser premuto
contro il fianco dal cubito [154] leggero
e disciogliere in me, rivolto al nero   255
Ade, l'ingombro del dolore muto.

« Sposa, ch'io venga su le tue vestigia! »
E da me svelse i calami con cruda
mano, li infranse. L'anima sua nuda [155]
e noi [156] profferse [157] alla gran Notte stigia.[158]   260

V

O uom che m'odi, fu laboriosa [159]
la mia sorte. Non fecero grandi ozii

---

[152] *erano... selci*: erano stati pietrificati dal dolore.
[153] *embrice*: lastra per la copertura dei tetti. Latinismo che D'Annunzio trovava nel suo Crescenzio. Cfr. anche G. Pascoli, *Myricae*, *La pieve*, v. 8: "gli embrici roggi...".
[154] *cubito*: gomito, avambraccio.
[155] *nuda*: senza più il corpo. Cfr. G. Leopardi, *Canti*, *Ultimo canto di Saffo*, v. 56: "rifuggirà l'ignudo animo a Dite".
[156] *noi*: l'otre stesso e le canne.
[157] *profferse*: offrì, come in sacrificio.
[158] *Notte stigia*: il regno delle tenebre al di là della palude dello Stige.
[159] *laboriosa*: piena di vicende e di travagli.

a me gli iddii.[160] Solstizii ed equinozii [161]
passano; passa il colchico e la rosa.[162]

Tutto ritorna; e la saggezza è vana.[163] 265
La saggezza non val legno ficulno [164]
né zàccaro caprino.[165] Io voglio, alunno
di Libero,[166] finir di fine insana.

Se bene obeso, molto vidi e udii
però che amico fui de' viatori [167] 270
insonni, esperto di molti sapori,
a servigio di efimeri [168] e d'iddii.

Molto contenni, puro o adulterato.
Il falso e il vero son le foglie alterne
d'un ramoscello: il savio non discerne 275
l'uno dall'altra, l'un dall'altro lato.

E la virtù si tigne come lana,[169]
e la felicità come Vertunno [170]
tramuta la sua specie. Io voglio, alunno
di Libero, finir di fine insana. 280

So nelle loro generazioni [171]

---

[160] *Non... iddii*: gli dei non mi concessero lunghi periodi di tranquillità. Cfr. Virgilio, *Ecl.*, I, v. 6: "deus nobis otia fecit".
[161] *Solstizii ed equinozii*: le stagioni, determinate dalle loro date di inizio, i solstizii d'inverno e d'estate e gli equinozii di primavera e d'autunno.
[162] *il colchico e la rosa*: il colchico (vedi *L'asfodelo*, v. 81 e nota 74) fiorisce in autunno, la rosa in primavera.
[163] *Tutto... è vana*: filosofia spiccia non priva di reminiscenze nietzschiane.
[164] *legno ficulno*: legno di fico, praticamente inutile. Cfr. Orazio, *Sat.*, I, VIII, v. I: "Olim truncus eram ficulnus, inutile lignum".
[165] *zàccaro caprino*: lo sterco che rimane attaccato alla lana sulle parti posteriori e inferiori delle capre. Cfr. J. Sannazzaro, *Ecloga IX*: "Furasti il capro e ti conobbe ai zaccari", citato nel Tommaseo-Bellini alla voce "capro" (D. Martinelli-C. Montagnani).
[166] *alunno / di Libero*: come un seguace di Bacco.
[167] *viatori*: viandanti.
[168] *efimeri*: gli uomini che vivono un breve spazio di tempo.
[169] *si tigne come lana*: muta a seconda delle apparenze, come la lana muta colore a seconda della tintura.
[170] *Vertunno*: il dio volubile e incostante che muta di continuo aspetto ("specie") e opinione. Di lui D'Annunzio trovava notizia nell'*Onomasticon* del Forcellini.
[171] *generazioni*: origini.

diverse l'acqua, il latte, l'olio tacito; [172]
so il sangue umano e so l'afflato pànico [173]
e so le metamorfosi dei suoni.

Ma il licor rubicondo [174] che ti rende   285
simile ai numi, o uom che m'odi, ignoro:
quello onde gonfio mi credette il buono
Egìpane, e il gran riso ancor mi splende!

Tu m'hai raccolto, o uomo, nello speco [175]
ove per ruzzo [176] trassemi il lupatto.   290
Che valgo? Vedi tu come son fatto! [177]
Piacciati dunque d'insanire meco.

Desìo d'altre fortune [178] non mi tocca.
Più lungamente vivere non posso.
Ricucimi la spalla ov'ebbi il bosso   295
animato [179] e ristringimi la bocca.

Tu vedi: sono vecchio e non ti giovo. [180]
Ma è larga [181] alla tua sete e alla tua fame
la Terra, e tu le devi il tuo libame. [182]
Nell'otre vecchio or poni il vino nuovo! [183]   300

Vendemmierai con cantici di gioia.
Farai del mosto mite [184] il vin possente.

---

[172] *tacito*: vedi vv. 74-76.
[173] *l'afflato pànico*: il respiro dell'Egìpane.
[174] *il licor rubicondo*: il vino.
[175] *speco*: grotta.
[176] *per ruzzo*: saltellando e giocando.
[177] *come son fatto*: come sono ridotto.
[178] *fortune*: avventure.
[179] *il bosso / animato*: la cannella di bosso della cornamusa, animata dal soffio del suonatore.
[180] *non ti giovo*: non ti sono utile.
[181] *larga*: prodiga.
[182] *libame*: offerta sacra (lat. *libamen*).
[183] *Nell'otre... nuovo*: cfr. anche per tutta l'ultima parte dell'ecloga, Marco, II, 22: "et nemo mittit vinum novum in utres veteres; alioquin dirumpet vinum utres, et vinum effundetur, et utres peribunt; sed vinum novum in utres novos mitti debet". Di fatto, il passo del Vangelo: "Né mettono vino nuovo in otri vecchi" è registrato nella glossa della voce "otre" del Tommaseo-Bellini (D. Martinelli-C. Montagnani).
[184] *mite*: dolce (lat. *mitis*).

Della giovine forza,[185] alla nascente
luna,[186] tu m'empirai queste mie cuoia

che me le schianti almen la giovinezza 305
terribile! [187] E coronami di fiori
selvaggi, ed al più folto degli allori
tuoi [188] sospendimi. Oh ultima bellezza!

Discisso [189] tonerò nel gran meriggio.[190]
Lungi s'udrà nell'alta luce [191] il tuono 310
E tu dirai, la pura fronte prono: [192]
« Bevi l'offerta, o Terra. Io son tuo figlio »

---

[185] *giovine forza*: del mosto che fermenta.
[186] *alla nascente / luna*: perché il vino va travasato al novilunio. Per il nesso "nascente luna", vedi *Lungo l'Affrico*, v. 11: "Nascente Luna...".
[187] *la giovinezza / terribile*: la forza dirompente del mosto in fermentazione.
[188] *allori / tuoi*: la pianta sacra al poeta.
[189] *Discisso*: squarciato dalla "giovine forza" del vino.
[190] *meriggio*: l'ora panica.
[191] *nell'alta luce*: nella intensa luminosità del meriggio.
[192] *la... prono*: con la pura fronte piegata nell'atto di pregare: la pura fronte" è complemento di relazione.

Gli indizii

La data di composizione è ignota. Nel ms. 410, che è piuttosto tardo (ottobre 1903), tra gli altri titoli provvisori dell'ultima sezione di *Alcyone*, il titolo "Gli indizii" è segnato subito dopo "L'otre" ed è cassato da una cancellatura: sopra gli è stato scritto "Ahimè", evidente variante intitolatoria cavata dall'*incipit* del componimento che ritorna anche all'inizio della seconda, terza e quarta strofa. L'incertezza riguardo al titolo è attestata anche "dagli autografi alcionii, dove la minuta reca il titolo *Gli indizii* e la bella copia *Ahimè*" (P. Gibellini, *Per la cronologia* cit., p. 419). In un foglietto (ms. 409) che è stato steso anteriormente al ms. 410, e che contiene titoli come "Undulna", "La lepre", "Il peplo (l'Altissimo)", a segnalare quella che sarebbe poi stata la lirica *Gli indizii*, anziché uno o l'altro dei due titoli è addirittura registrato il primo abbozzo del verso finale del componimento, nella forma stessa in cui D'Annunzio dovrebbe averlo appuntato dopo la consueta ricerca lessicale nelle pagine del Tommaseo-Bellini: "gli occhi *distrambi* e vai" (vedi v. 19 e nota 17). Con tutta probabilità, nella fase preliminare alla stesura della lirica, D'Annunzio ha tenuto presente la parte degli appunti registrati, sotto la data del "20 settembre 1900", nei mss. 488-489 (num. 8 dell'*Inventario* cit.) non utilizzata per la stesura di *Bocca di Serchio*: " Il bosco: di settembre – Le vie coperte dagli aghi dei pini rossastri – le bacche rosse a corimbi – il mentastro fiorito di fiori gridellini – l'odore che sale dalla foresta molle di pioggia. –".

"Il presentimento dell'autunno" (E. Palmieri) serpeggia già in molte delle liriche precedenti, da *L'asfodelo* a *L'otre*.

Ora però gli *indizii* che l'estate sta per finire sono molti e precisi. La vigna, infatti, è ormai pesante di grappoli maturi, gli arbusti hanno le bacche rosse, la viorna si fa color cenere e appassisce, le canne hanno messo su la loro infiorescenza, il giunco nelle paludi si schiude e i migliarini hanno già assunto il loro colore gialliccio. Inoltre, lungo il canale in cui si riflettono le nubi, il poeta si è imbattuto in una creatura villosa, non si sa se un animaletto selvatico o piuttosto un qualche satiro, e nei suoi occhi strabici e macchiettati di nero ha potuto leggere la tristezza per la prossima morte dell'estate.

La lirica è "quasi l'epicedio della grande stagione in sul trapasso" (E. Palmieri). Il motivo, tipico di questa sezione di *Alcyone*, della fuga del tempo e dell'ineluttabile vanire dell'estate si esala in una serie di amare constatazioni della lenta e silenziosa agonia della natura. Il sospiro malinconico che accompagna ognuna di queste constatazioni e che è scandito dai contenuti "Ahimè" che aprono quattro delle sei strofette del componimento trova però il suo correttivo nel gusto prettamente realistico con cui sono allineati e descritti i minimi indizi del mutare della stagione. Infatti, dopo l'immagine iniziale, di troppo molle sensualità, della vigna ormai pronta per la vendemmia fatta simile a una donna che languidamente attende il suo "amadore", i segni del declinare dell'estate sono registrati con una precisione di linguaggio che può parere scientifica, fino all'immagine finale della misteriosa creatura nei cui occhi "distrambi e vai" al poeta pare di vedere la sua stessa incredula tristezza. Naturalmente tanta precisione di linguaggio, che può, al solito, ricordare le *Myricae* pascoliane ma che dà luogo a un realismo del tutto diverso da quello pascoliano, è frutto di una paziente opera di sfruttamento dei lessici. Si vedano, in proposito, le note 4, 6, 7, 10, 14 e 16. La musicalità tenera e vagamente cantabile dell'insieme, comunque, oltre che al sospiro iniziale e alla linearità delle strutture sintattiche, si affida proprio alla limpidità di quella scrittura puntuale.

Metro: sei terzine di endecasillabi, in ciascuna delle quali il primo e il terzo verso rimano tra loro.

Ahimè, la vigna è piena di languore
come una bella donna sul suo letto
di porpora, che attenda l'amadore.[1]

Ahimè, di bacche il frùtice s'affoca,[2]
la viorna s'incénera,[3] più lieve   5
che la prima lanugine dell'oca.

Ahimè, già qualche canna ha la pannocchia,[4]
nella belletta[5] il cìpero[6] si schiude,
fa sue querele antiche[7] la ranocchia.

Ahimè, fiore travidi[8] gridellino[9]   10
che di gruogo[10] salvatico mi parve,
e tinto di gialliccio il migliarino.[11]

In uno[12] m'abbattei lungo il canale
ove tra lente imagini di nubi[13]
s'infràcida la dolce carne erbale.[14]   15

---

[1] *amadore*: amante. Cfr. *Francesca da Rimini, Paolo Testa a Dante Alighieri*, in *Tragedie*, I, p. 469: "...ogni alto amadore...".
[2] *il... s'affoca*: l'arbusto si arrossa.
[3] *la... s'incénera*: la vitalba diventa color cenere e secca.
[4] *già... pannocchia*: qualche canna reca già l'infiorescenza. Cfr. il Tommaseo-Bellini alla voce "canna": "...Si chiama canna /.../ una pianta che ha /.../ la pannocchia grande, terminale /.../. Fiorisce verso la fine dell'estate".
[5] *nella belletta*: vedi *Madrigali dell'Estate, Nella belletta*, v. 1: "Nella belletta..." e nota relativa.
[6] *cìpero*: pianta erbacea che cresce "per lo più nei luoghi umidi" (Tommaseo-Bellini *sub voce* "ciperacee").
[7] *sue querele antiche*: il suo monotono gracidio di sempre che sembra un lamento. Chiara eco da Virgilio, *Georg.*, I, v. 378: "et veterem in limo ranae cecinere querellam", tradotto "Le rane nel fango cantarono le vecchie querele" alla voce "rana" nel Tommaseo-Bellini.
[8] *travidi*: intravidi.
[9] *gridellino*: color lilla. Cfr. già *Terra vergine, Fra' Lucerta*, in *Prose di romanzi*, II, p. 35: "ciocche di lilla /.../ confondevano il loro gridellino chiaro con il turchino pallido dei giacinti" [1881].
[10] *gruogo*: "Coll'aggiunta di *salvatico* è quello che si dice altrimenti Zafferano saracinesco" (Tommaseo-Bellini, *sub voce* "gruogo").
[11] *e... migliarino*: vedi *Madrigali dell'Estate, All'alba*, vv. 13 s.: "Si levarono due tre quattro a volo migliarini già tinti di gialliccio" e nota relativa.
[12] *In uno*: in una creatura.
[13] *lente... nubi*: le immagini riflesse nelle acque del canale dalle nubi che si muovono lentamente nel cielo.
[14] *s'infràcida... erbale*: marcisce l'erba. Ma cfr. Crescenzio, III, 15, 5, citato dal Tommaseo-Bellini alla voce "erbale": "Se l'acqua non sia corrotta, si dee tenere infine a sette [giorni], acciocché infracidi la carne erbale" (M. Praz, *La carne* cit., p. 479). Di fatto, nel ms. 17134 (num. 1174 K

> Villoso egli era.[15] Intento io lo guatai;
> e la morte di quella che mi piacque[16]
> seppi negli occhi suoi distrambi e vai.[17]

dell'*Inventario* cit.), contenente appunti preparatori relativi per lo più a *Il commiato*, si legge, tra le altre cose: "Infracida la dolce carne erbale".
[15] *Villoso egli era*: in un primo tempo, come testimonia un manoscritto autografo (ms. 579, num. 78 dell'*Inventario* cit.) il poeta aveva scritto: "Non era un fauno?".
[16] *quella... piacque*: l'estate. Per il sintagma, cfr. *Elegie romane*, *Villa d'Este*, v. 8: "Ella è, che pur vi piacque, Muse...".
[17] *distrambi e vai*: storti e macchiettati di nero. Ma cfr. il Tommaseo-Bellini alla voce "distrambo": "Aggiunto di *Occhio* vale Torto. M. Aldobr. 95: E chi ha gli occhi grossi e grandi, e distrambi e vai, si cruccia volentieri. Forse è da leggere *Istrambi*". La medesima citazione è registrata anche alla voce "vajo". Ma vedi anche l'appunto registrato nel ms. 409, di cui si è parlato nella nota introduttiva al componimento.

Sogni di terre lontane

La data di composizione dei *Sogni di terre lontane* è ignota. Nel ms. 410, che contiene un elenco di testi dell'ultima sezione di *Alcyone* (da *Tristezza* a *Il commiato*) e che dovrebbe risalire all'ottobre del 1903 (cfr. P. Gibellini, *Per la cronologia* cit., pp. 417 s.), i sette *Sogni di terre lontane* appaiono già composti. In esso, infatti, il titolo "Sogni di terre lontane", accompagnato dall'indicazione I-VII, è contrassegnato da una croce a matita, croce che manca accanto a titoli di testi previsti ma poi non composti e accanto a testi non ancora compiuti. Per alcuni dei *Sogni*, inoltre, è possibile segnare un termine *post quem*. *Le terme*, ad esempio, nascono senz'altro l'indomani del 15 settembre 1903: la lirica, infatti, è costruita sulla base di alcuni appunti registrati sotto tale data, in occasione di una gita a Roma, nel *Taccuino XLV* (vedi p. 684). Anche *Lacus Iuturnae*, poi, prende spunto dalle note di un *Taccuino* (il *XLVI*: vedi p. 692) che sono databili, con buona approssimazione, a quegli stessi giorni di settembre. Una lirica come *I pastori*, infine, sembra legata all'ultima fase del momento abruzzese che, tra il luglio e l'agosto del 1903, ha portato alla stesura de *La figlia di Iorio*. Così, tenendo conto anche del fatto che le sette liriche che costituiscono i *Sogni* paiono il frutto di una medesima volontà compositiva, si sbaglierà di poco pensando che l'intero blocco sia stato composto tra il settembre e l'ottobre del 1903. Forse all'ideazione dei *Sogni* – e in particolare a *I pastori* – (o forse all'ideazione de *Il commiato*?) è da ricondurre una annotazione registrata nel ms. 412 (num. 50 dell'*Inventario* cit.), che contiene appunti preparatori per *Alcyone*: "Andiamo? Omai la terra – *questa* terra – ha preso la mia sembianza! È tempo di partire".

L'estate ardente e smemorata sta per finire e la gloria solare di *Alcyone* si stempera in note sommesse e malinconiche. Alle soglie dell'autunno, spente le luci e i colori intensi del meriggio e riconfluiti nel seno della natura i miti, le illusioni e le trasfigurazioni paniche, il poeta si piega su se stesso e si abbandona a tenui e dolci reminiscenze. Lo prendono "il ricordo e la memoria di altri luoghi e, con essi, la nostalgia: un'ansia di essere altrove, per rivivere esperienze di altri giorni" (D. Andreucci), come se, dopo l'esaltazione dell'estate, l'anima sentisse il bisogno di trovare nel sogno, che può ben essere anche recupero di un passato per sempre perduto, una ragione di vita. In particolare, mentre s'attarda ancora tra l'Alpe e il mare, il poeta è assalito dal "repentino desiderio di quelle contrade dove il ricordo gli finge nostalgicamente la dolcezza del settembre: il natale Abruzzo, il museo delle Terme, un angolo del Lazio, il Palatino, Capodistria primaverile, la piana di Lombardia sonante di cacce e il lontano mare di Cilicia... Dovunque è settembre, dovunque egli vorrebbe trovarsi" (E. Palmieri). Nascono così i *Sogni di terre lontane*, sette componimenti tutti volti a cercare un conforto al senso dell'incombente solitudine nel ricordo puntuale di quei luoghi che sono cari al ricordo del poeta e che, recuperati tra malinconia, nostalgia e desiderio, diventano oggetto di un amoroso sogno.

Omogenei, dunque, quanto al motivo ispiratore e alla genesi e, con tutta probabilità, contemporanei quanto a stesura, i *Sogni* sono anche contraddistinti da caratteristiche formali, metriche, stilistiche ed espressive, convergenti. Praticamente identica, in primo luogo, è la struttura sintattica che, in tutti i componimenti, si snoda semplice e lineare. Privilegia, infatti, i periodi monoverbali e coincidenti con l'unità metrica dell'endecasillabo, preferisce la paratassi all'ipotassi e quando fa ricorso all'ipotassi costruisce facili schemi paralleli. Altrettanto omogeneo e altrettanto semplice è poi il lessico che persegue il massimo della chiarezza anche facendo ricorso, con gusto più realistico che prezioso, a termini tecnici e preziosi. Il realismo delle descrizioni, del resto, è un modulo costante delle soluzioni espressive dei *Sogni*. Identica, infine, è la forma metrica dei sette componimenti. Tutti i *Sogni*, infatti, sono organizzati in strofe di endecasillabi e sono tutti chiusi da un endecasillabo che rima con l'ultimo verso della strofa precedente, tranne nell'ultimo componimento dove la rima è sostituita dall'assonanza. Le strofe possono essere costituite da cinque o da otto endecasillabi: i componimenti dispari (I, III, V, VII) sono costituiti da quattro strofe di cinque endecasillabi; i componimenti pari (II, IV, VI) invece, sono costituiti da sei strofe di otto endecasillabi: si determina così una sequela in cui si alternano componimenti brevi (21 endecasillabi) e componimenti lunghi (41 endecasillabi). In tutti i componimenti, tranne l'ultimo, le strofe sono legate tra loro dalla rima comune tra l'ultimo e il primo verso di due strofe consecutive. Rime per lo più fisse, ma talora anche liberamente distribuite – si vedano le note metriche opposte alle singole liriche –, legano anche i versi delle singole strofe. Nell'ultimo componimento non esiste legame tra l'endecasillabo di chiusura e di apertura di strofe consecutive, ma solo una rima tra il verso iniziale e il verso finale di ogni strofa. Qualche volta la rima è sostituita dall'assonanza. L'endecasillabo è, in generale, sciolto e recitativo, intensamente musicale nella sua semplicità.

Quasi a sanzionare la compatta organicità del gruppo, il verso finale dell'ultimo componimento sigilla idealmente l'intero ciclo dei *Sogni*, riassumendo in un sospiro nostalgico-esclamativo la diversa ansia del poeta di essere in tutti i luoghi dove ha in qualche modo assaporato la dolcezza malinconica del settembre: "Settembre, teco esser vorremmo ovunque!".

I pastori

In settembre, in terra d'Abruzzo, i pastori lasciano i pascoli dell'Appennino per scendere con le loro gregge a svernare in pianura. Il poeta, esule dalla sua terra, li vede, con gli occhi dell'anima, mentre si accingono alla partenza, mentre sono in viaggio lungo i sentieri di sempre e mentre con le gregge percorrono la spiaggia del mare, e sente forte il desiderio di essere insieme con loro. Il componimento nasce da uno stato d'animo commosso e malinconico che, sulla spinta dell'originario bisogno di fuga verso luoghi più belli, quasi per una liberazione interiore non più attuabile nelle forme alcionie, induce il poeta ad identificare i suoi monti e il suo mare con una sorta di pace favolosa che però sa per sempre negata. Il tema e il motivo delle stagionali migrazioni dei pastori della sua terra era, in verità, da lungo tempo sedimentato nella fantasia dannunziana. Diceva infatti il poeta, già nel lontano maggio 1893, parlando, sulla « Tribuna illustrata » di Roma, del pittore F. P. Michetti: "Qui passano lungo il mare pacifico nell'alba le vaste greggi condotte da pastori solenni e grandiosi come patriarchi, a simiglianza delle migrazioni primordiali" (E. De Michelis). Poi, negli anni successivi, la scena tornò a dipingersi molte volte negli occhi di D'Annunzio: nel *Trionfo della morte* (vedi nota 12), nel "discorso della siepe" (vedi nota 12), nel *Fuoco* (vedi nota 18) e, da ultimo, nella *Figlia di Iorio*, la tragedia ambientata in Abruzzo. Ora, nel momento di crisi segnato dalla fine dell'estate, il pensiero dell'Abruzzo e di quei pastori che egli chiama "*suoi*" perché li sente suoi fratelli spirituali, sorge spontaneo davanti al poeta e si colora, ad un tempo, di malinconia, di nostalgia e di rimpianto, come è nelle memorie velate di sogno. E quel pungente desiderio di andare e di "migrare" che lo prende fin dall'inizio, appena si rende conto che è settembre, e che, dopo la densa rievocazione dell'eterna e sempre identica vicenda dei pastori, si esala in uno struggente e tremante sospiro ("Ah perché non son io co' miei pastori?"), è appunto l'affermazione di un'ansia di evasione da una realtà in fase di fatale disfacimento, per rifugiarsi in valori antichi, sempre veri e immutabili nel tempo e forse anche semplici e puri. "Nostalgia di mete lontane e nostalgia dell'unica meta – la propria terra –, ad un tempo: la cifra di una felicità intangibile e favolosa: la sua casa, il suo paese, la sua gente" (A. Noferi).

La lirica è sobria ed essenziale. Nonostante l'argomento, lo sfondo paesaggistico, sbozzato tra l'Appennino e l'Adriatico, è privo di ogni leziosità arcadica e i pastori, "antichi", vigorosi e austeri, come certo apparvero "all'incantato fanciullo" (E. De Michelis) abruzzese, nulla hanno del convenzionale della tradizione bucolica. La struttura del componimento è magistrale. Il giro del periodo, dopo la doppia determinazione iniziale, si sviluppa con due proposizioni di quattro versi dal moto lento e ampio, scandito da grandi pause. Si fa poi, dopo una ulteriore pausa enunciativa (v. 10), leggermente più celere, riducendo la durata dei periodi, che risultano pur sempre lievi e pacati, a tre e poi a due versi. Infine, si chiude, con rapidi tocchi di vivace impressionismo, su due vaghi e palpitanti versi isolati. Il verso è l'endecasillabo alcionio, sciolto e recitativo, intimamente musicale nella sua semplicità.

Metro: quattro strofe di cinque endecasillabi ciascuna: in ogni strofa due versi (il I e il III nella prima strofa, il II e il IV nelle altre) rimano tra loro, due sono liberi e uno, l'ultimo, rima con il I verso della strofa successiva. Alla fine c'è un verso di chiusura che rima con l'ultimo verso dell'ultima strofa.

Settembre, andiamo.[1] È tempo di migrare.
Ora in terra d'Abruzzi i miei pastori
lascian gli stazzi [2] e vanno verso il mare:
scendono all'Adriatico selvaggio [3]

---

[1] *Settembre, andiamo*: "È un invito al mese, diventato nella fantasia del poeta un essere col quale si ragiona", come vorrebbe F. Flora, o è "il soprassalto che coglie il poeta all'accorgersi della sopravvenuta stagione, a cui risponde l'incontrollato movimento di andare coi pastori che vanno" (è settembre: dunque che cosa aspettiamo!), come suggerisce E. De Michelis? Per quanto la seconda interpretazione sia più suggestiva, il confronto con gli *incipit* degli altri *Sogni di terre lontane*, dimostra che siamo di fronte a una personificazione del mese di Settembre, come in *Versilia*, vv. 95-96 e 103-104 (vedi in proposito la nota 81 a quel componimento), e che ad esso il poeta si rivolge direttamente.
[2] *gli stazzi*: i recinti all'aperto sui monti, dove i pastori, durante la buona stagione, radunano il gregge per la notte.
[3] *selvaggio*: perché l'Adriatico è un mare facile a diventar tempestoso, perché "selvaggio" è epiteto consueto, in D'Annunzio e negli altri poeti (cfr. G. Carducci, *Odi barbare*, *Per la morte di Napoleone Eugenio*, v. 52: "...su 'l selvaggio mare"), del mare e perché le spiagge dell'Adriatico sono o paiono *selvagge*. cioè inospitali o solitarie o straniere, per i pastori. Forse come suggerisce il Flora "selvaggio" vuol alludere, anche per via del suo etimo, al colore delle selve che l'Adriatico ha in comune con i pascoli mon-

che verde è come i pascoli dei monti.[4] 5

Han bevuto profondamente[5] ai fonti
alpestri, che[6] sapor d'acqua natìa[7]
rimanga ne' cuori esuli[8] a conforto,
che lungo[9] illuda la lor sete[10] in via.
Rinnovato hanno verga d'avellano.[11] 10

E vanno pel tratturo[12] antico[13] al piano,
quasi per un erbal[14] fiume silente,[15]
su le vestigia degli antichi padri.

---

tani testé abbandonati dai pastori e ricordati nel verso successivo. Certo è che l'aggettivo suggerisce "ben più: la solitudine primordiale in cui si muovono dal monte al piano quei personaggi mitici, austeri: enormi alla fantasia, come apparvero all'incantato fanciullo" (E. De Michelis).
[4] *verde... monti*: "Particolare illudente, a consolazione dei pastori che si accingono al lasciare 'i pascoli dei monti' " (D. Andreucci). Per la notazione impressionistica, cfr. già *Canto novo*, *Canto dell'ospite*, I, v. 3: "...al fragrante verde Adriatico".
[5] *profondamente*: con lunga voluttà. La parola è battuta da un forte accento che la spezza in due e crea una rima interna tra "profondamente" e la sillaba *fon*, pur essa accentata, dell'ultima parola.
[6] *che*: affinché.
[7] *natìa*: sgorgata dalla terra in cui sono nati.
[8] *esuli*: perché i pastori lasciano la loro terra, l'Abruzzo, per andare, di solito, verso le Puglie.
[9] *lungo*: a lungo. Propriamente, però, è aggettivo concordato con "conforto".
[10] *illuda... sete*: non faccia loro sentire la sete, né quella materiale né quella del cuore, la nostalgia.
[11] *verga d'avellano*: il bastone di nocciolo con cui i pastori guidano il gregge e si sostengono nel cammino.
[12] *tratturo*: "quelle vie larghe come fiumane, verdeggianti d'erbe e sparse di macigni, qua e là segnate d'orme gigantesche, che discendono per le nostre alture conducendo ai piani le migrazioni delle greggi" (*Il libro ascetico della giovane Italia, Laude dell'illaudato* [1897], *Prose di ricerca*, I, p. 465). Cfr. anche *Trionfo della morte*, *Prose di romanzi*, I, pp. 868 e 882.
[13] *antico*: perché esiste fin dai tempi delle più remote migrazioni di pastori e di gregge (vedi anche il v. 13: "su le vestigia degli *antichi padri*").
[14] *erbal*: "La prima volta che troviamo in D'Annunzio l'aggettivo 'erbale' è in un passo riportato dal *Volgarizzamento del Trattato dell'Agricoltura* di Pietro di Crescenzii. *Alcyone*, *Gli indizii*, v. 15: 's'infracida la dolce carne erbale' (Crescenzio, III, 15, 5: 'acciocché infracidi la carne erbale'). Ma il D'Annunzio s'innamora dell'aggettivo che è veramente come una particella di dannunzianesimo virtuale, e lo fa suo: 'un erbal fiume silente' " (M. Praz, *La carne* cit., p. 478). L'aggettivo torna anche in *Alcyone*, *Il commiato*, v. 34: "ora perisce la dolce carne erbale".
[15] *per un erbal fiume silente*: lungo un silenzioso fiume di erbe. "L'immagine del fiume che va verso il mare è spontanea perché anche questi pastori scendono al mare" (F. Flora).

O voce di colui che primamente [16]
conosce il tremolar della marina! [17]   15

Ora lungh'esso il litoral cammina
la greggia.[18] Senza mutamento [19] è l'aria.
Il sole imbionda sì la viva [20] lana
che quasi dalla sabbia non divaria.[21]
Isciacquìo, calpestìo, dolci romori.   20

Ah perché non son io co' miei pastori?

Le terme

In settembre, il poeta vorrebbe essere anche a Roma, in mezzo ai ruderi e ai reperti archeologici delle Terme di Diocleziano. Forse, allora, parlerebbe con i mitici personaggi effigiati nelle statue e nei bassorilievi. Forse ascolterebbe la voce dei cipressi mossi dal vento. Forse gli parrebbe di udire il respiro affannato dello schiavo che faceva girare la macina. Tutto, certo, gli piacerebbe: le farfalle che volano sopra gli orci, la flautista del Trono Ludovisi, il Re Pastore immobile nel basalto, le api che ronzano nei piccoli orti

---

[16] *primamente*: per primo. Vedi *Stabat nuda Aestas*, v. 1: "Primamente...".
[17] *conosce... della marina*: scorge il mare. È una chiara reminiscenza da Dante, *Purgatorio*, I, vv. 116 s.: "di lontano / conobbi il tremolar de la marina".
[18] *lungh'esso... la greggia*: cfr. *Il fuoco*, *Prose di romanzi*. II, p. 734: "Poi passavano le greggi, lungo le rive del mare: venivano dalla montagna, andavano verso le pianure della Puglia, da una pastura a un'altra pastura. Le pecore lanose camminando imitavano il movimento delle onde; ma il mare era quasi sempre quieto, quando passavano le greggi con i loro pastori. Tutto era quieto; su le spiagge era disteso un silenzio d'oro. I cani correvano lungo i fianchi della mandra; i pastori s'appoggiavano alle aste...".
[19] *Senza mutamento*: calma e dolce, senza niente che la turbi. È una reminiscenza da Dante, *Purgatorio*, XXVIII, v. 7: "Un'aura dolce, senza mutamento". Cfr. *Poema paradisiaco*, *Sopra un "Erotik"*, v. 4: "...e senza mutamento"; *Trionfo della morte*, in *Prose di romanzi*, I, p. 975: "Le fiamme si levavano fragorose in un'aria senza mutamento"; *La Gioconda*, atto I, sc. IV, didascalia, in *Tragedie, sogni e misteri*, p. 259: "San Miniato splende su l'altura; l'aria è dolce, senza mutamento".
[20] *viva*: perché non è ancora stata tosata e riveste animali vivi e in movimento o perché il sole la ravviva con la sua luce. In un primo tempo, anziché "viva" il poeta aveva scritto "dolce".
[21] *non divaria*: non differisce.

abbandonati e, in particolare, l'ape che confonde il ricciolo della capigliatura di una statua con la celletta di un alveare.

Il nostalgico richiamo che porta il poeta a vagheggiare di essere altrove muove questa volta da un "luogo" culturale: le Terme di Diocleziano, con i loro resti monumentali e con i reperti archeologici conservati nel loro Museo. D'Annunzio, invero, ha una lunga consuetudine con le Terme. Già nel *Trionfo della morte*, mettendo a frutto visite compiute durante il primo soggiorno romano, avviava, con le implicazioni allegoriche che gli erano care, la descrizione del luogo (cfr. *Trionfo della morte*, in *Prose di romanzi*, I, pp. 961-962). Poi, nel gennaio 1897 affidava al *Taccuino XI* gli appunti presi in occasione di una nuova visita alle Terme (*Taccuino XI*, I, pp. 141-144). Ed è forse da questi appunti che nasce la favilla *La maschera aurea*, pubblicata "senza data" nel primo volume delle Faville (cfr. *Le faville del maglio, Il venturiero senza ventura, La maschera aurea*, in *Prose di ricerca*, II, pp. 19-21). Da ultimo, il 15 settembre 1903, immediatamente prima della probabile data di composizione dei *Sogni*, il poeta registrava nel *Taccuino XLV* nuove e vecchie impressioni avute in occasione di un nuovo e non certo casuale sopralluogo alle Terme (cfr. *Taccuino XLV*, I, pp. 459-460). La lirica *Le terme* si inserisce a questo punto e nasce, proprio sulla base di quella vasta messe di osservazioni e impressioni per lo più coincidenti, dalla risoluzione in sogno, per effetto della prospettiva creata, in modo più o meno fittizio, dal ricordo e dalla nostalgia, dei particolari registrati sulla carta in tante occasioni. Nella lirica, di fatto, il dato descrittivo dei *Taccuini* e l'allegorismo del *Trionfo della morte* si liberano in immagini. Ciò, in particolare, è evidente nella prima strofa dove il sogno nostalgico si inventa un'estrosa apertura fantastica, con l'immagine, solo parzialmente derivata dai *Taccuini* e dalle *Faville*, dell'azzurro del cielo settembrino che riempie la bocca di pietra della maschera antica. Nelle strofe successive, invece, il movimento puntualmente descrittivo, condizionato da una troppo stretta adesione agli appunti dei *Taccuini*, livella la distanza emotiva tra il dato iniziale e la nostalgia che esso suscita e deprime la trasfigurazione fantastica oppure la razionalizza in figurazioni troppo decorative. Unica eccezione, l'immagine conclusiva (vv. 39-41) dell'ape che si lascia ingannare dai riccioli dell'elaborata capigliatura di un busto muliebre.

Anche sul piano stilistico-espressivo la prima strofa si distacca dalle altre. In essa, infatti, il discorso evocativo, sulla spinta del grido iniziale ("Settembre, oggi veder vorrei..."), si struttura in un periodo unico e si espande in una sorta di canto parlato, ricco come è anche di *enjambements* che dissolvono il ritmo tradizionale degli endecasillabi. Nelle strofe seguenti, di converso, il discorso resta inceppato dalla fittizia drammatizzazione dei dati offerti dai *Taccuini*. Inoltre, lo stesso eccesso di descrizioni, oltre che bloccare o razionalizzare l'abbandono sognante e trasfigurante, accumula un linguaggio ora troppo prezioso ora troppo tecnico e comunque sempre esteriormente decorativo. Anche la struttura sintattica, del resto, risente del mutato registro e il periodo continuato e come chiuso in un ampio giro della prima strofa si frantuma in periodi enunciativi piuttosto inerti.

Metro: cinque strofe di otto endecasillabi ciascuna, in cui l'ultimo verso di ogni strofe rima sempre con il primo verso della strofa precedente. Chiude il componimento un endecasillabo rimato con il verso che lo precede.

Settembre, oggi veder vorrei l'azzurro [1]
del tuo cielo riempiere la bocca
rotonda della maschera di pietra
in cima alla colonna [2] che si sfalda
nei secoli, convolta dal rosaio [3]   5

---

[1] *l'azzurro...*: cfr. *Taccuino XLV*, I, p. 460: "Le maschere tragiche con l'azzurro in bocca" [Roma, "15 settembre 1903"].
[2] *la bocca... colonna*: cfr. *Trionfo della morte*, in *Prose di romanzi*, I, pp. 961 s.: "...nelle Terme di Diocleziano /.../ dovunque, all'ingiro, /.../ apparivano i frammenti fittizi d'una vita bella carnale e superba; /.../ maschere dalla bocca rotonda e vacua, in cima a steli di marmo...". Cfr. anche *Taccuino XI*, I, pp. 142 s.: "Su i cippi, su i plinti, su le colonne, i busti, le statue, i frammenti /.../. Infine nel muro le colossali Maschere tragiche dalla bocca aperta, dagli occhi dilatati, dai capelli penduli in forma di panneggiamento [segue un disegno illustrativo di pugno del poeta]" ["Roma: 26 gennaio 1897 - Terme di Diocleziano"].
[3] *convolta... rosaio*: avvolta da un rosaio: cfr. *Taccuino XI*, loc. cit., p. 144: "Rosai pieni di bacche rossastre /.../ (5 febbraio) I rosai abbracciano i tronchi fenduti dei cipressi secolari che Michelangelo piantò".

che si sfoglia nell'ora,[4] entro quel chiostro
quadrato [5] che di biondo travertino
chiarisce il cotto delle antiche Terme.[6]

Forse d'Orfeo ragionerei con Erme [7]
sul margine del fonte ove i delfini   10
reggon la tazza in su le code erette; [8]
o forse udrei l'ammonimento grave
dei due neri superstiti cipressi [9]
ai due lor verdi cipressetti alunni

---

[4] *che... nell'ora*: in relazione di contrasto con "[la colonna] che si sfalda / nei secoli..." dei vv. 4-5.

[5] *quel chiostro / quadrato*: il grande chiostro quadrato delimitato da cento colonne di travertino che sorge di fianco alla chiesa di S. Maria degli Angeli, nell'ambito del complesso delle antiche Terme e che, secondo la tradizione, è opera di Michelangelo. Cfr. *Trionfo della morte*, in *Prose di romanzi*, I, pp. 961 s.: "Come un'allegoria gli si ripresentava alla memoria spontaneamente quel grande chiostro di cento colonne eretto dal divino Michelangelo; ove, in un pomeriggio di settembre, egli aveva creduto di veder raffigurata per segni un'abituale condizione della sua anima. Era un pomeriggio di settembre; e 'l'odore e il pallore di qualche primavera dissepolta' erano diffusi nel cielo silente che s'incurvava sul grande chiostro armonioso".

[6] *che... Terme*: che con le sue colonne di travertino – la pietra calcarea, leggera e porosa, di colore bianco giallastro ("biondo") – rende più chiaro, illumina il mattonato ("cotto") scuro e annerito dai secoli di cui sono fatti i resti delle mura delle antiche Terme di Diocleziano.

[7] *d'Orfeo... Erme*: allusione al frammento di un rilievo coragico raffigurante Orfeo, Euridice ed Ermes Psicopompo conservato in una sala (la XIII) del Museo delle Terme. Cfr. *Taccuino XI*, cit., p. 143: "In una saletta – il rilievo di Ermete Psychopompos che riconduce Orfeo e Euridice (*trovare - Gluck*)".

[8] *fonte... erette*: il fonte che si trova al centro del chiostro e che è costituito da una vasca con nel mezzo una tazza sorretta dalle code di quattro delfini in marmo.

[9] *due... cipressi*: i due cipressi superstiti dei quattro che sorgevano intorno alla fontana e che, secondo la tradizione, erano stati piantati da Michelangelo. Cfr. *Taccuino XI*, cit., p. 141: "Roma: 26 gennaio 1897 /.../ I grandi cipressi centenarii, contorti, dolorosi"; p. 144: "(5 febbraio) – I rosai abbracciano i tronchi fenduti dei cipressi secolari che Michelangelo piantò"; *Taccuino XLV*, I, p. 460: "Il rosaio bianco sul cipresso moribondo – ancora ha qualche rosa – Il cipresso è quasi lapideo, tronco grigio" [settembre 1903]. Per "l'ammonimento grave" che essi danno ai cipressi che hanno sostituito quelli scomparsi, cfr. *Trionfo della morte*, in *Prose di romanzi*, I, p. 962: "In mezzo allo spazio mistico i cipressi michelangioleschi, torti e dilaniati da un ciclope, aspri e neri avanzi d'una tenacia secolare, dicevano l'infinita tristezza della meditazione solitaria e l'inutilità d'ogni più salda resistenza contro l'ingiuria delle forze cieche".

che crescono ove caddero i maggiori [10]
percossi dalla folgore di luglio.

O forse mi parrebbe, oltre il cespuglio
soave,[11] udire l'ànsito del servo
alla stanga appaiato col giumento
circa la mola cònica di lava;[12]
e più de' nudi torsi,[13] e più de' busti
e più de' cippi mi sarebbe cara
l'ombra delle farfalle [14] su pe' dolii [15]
risarciti [16] con piombo dal colono.

Settembre, là, sul fianco del bel Trono
d'Afrodite,[17] l'aulètride dagli occhi

---

[10] *due... maggiori*: i due giovani cipressi che sono come i discepoli ("alunni") dei due cipressi secolari, perché crescono alla loro ombra e che sono stati piantati nello stesso punto in cui sono morti gli altri. Cfr. *Taccuino XLV* cit., p. 460: "I cipressetti giovani – due – sostituiti ai decrepiti – scomparsi".

[11] *il... soave*: il cespo di rose di cui è cenno negli appunti del *Taccuino XI* e del *Taccuino XLV* oppure "i cespugli di mirto" che, secondo il racconto di *Trionfo della morte*, in *Prose di romanzi*, I, p. 962, cresce tra i ruderi delle Terme.

[12] *l'ànsito... lava*: il respiro affannoso dello schiavo legato insieme a un giumento alla stanga che fa girare la mola conica, fatta di pietra di origine vulcanica, di una macina da mulino. L'immagine è suscitata dalla presenza, tra i reperti archeologici del museo delle Terme, di alcune macine da mulino in basalto. Cfr. *Taccuino XI*, cit., p. 141: "Nelle aiuole del giardino tra le teste giganti di toro, di elefante, di rinoceronte, di cavallo, gli avanzi delle mole antiche che trituravano il frumento, consunte, in pietra grigiastra"; *Taccuino XLV*, cit., p. 460: "Le macine per tritare il frumento".

[13] *torsi*: torsi di statue: insieme ai "busti" e ai "cippi" commemorativi si trovano in gran numero disseminati nel giardino intorno alla fontana o lungo i lati del chiostro. Cfr. *Taccuino XLV*, cit., p. 460: "Colonne, cippi, sarcofaghi".

[14] *l'ombra delle farfalle*: cfr. *Taccuino XLV*, cit., p. 460: "L'ombra delle farfalle". Per l'ombra proiettata dalle farfalle in volo, vedi la nota 89 a *Undulna*.

[15] *dolii*: orci. Cfr. *Taccuino XLV*, cit., p. 460: "I grandi orci – le anfore"

[16] *risarciti*: riparati. Latinismo piuttosto raro.

[17] *Trono / d'Afrodite*: il marmo a forma di trono noto anche come Trono Ludovisi. Al centro del trono è raffigurata, con tutta probabilità, la nascita di Venere che esce dal mare sorretta da due Ore. Sul lato destro, invece, è raffigurata una fanciulla accosciata in atto di bruciare alcuni grani di incenso alla dea. Sul lato sinistro, quello cui allude il poeta, è raffigurata una fanciulla, nuda e mollemente adagiata contro un cuscino, che suona il doppio flauto. Cfr. *Taccuino XLV*, cit., p. 459: "15 settembre 1903 – Museo Ludovisi – L'aulete del doppio flauto".

a mandorla e dal seno di cotogna [18]
sta, sovrapposta l'una all'altra coscia,
adagiata sonando le due tibie [19]
con i frammenti dell'esperte dita; [20]   30
e il Re Pastore immoto nel basalte
figge all'Eternità gli occhi corrosi.[21]

Ronzano l'api ne' silenziosi
orti [22] dei bianchi monaci [23] defunti,
e nelle celle abitano gli iddii,[24]   35
làcerano le Menadi la vittima,[25]
Anassimandro medita,[26] dal muro

[18] *dal... cotogna*: cfr. già *Maia, Laus vitae*, vv. 4175 s.: la mammella piccola come cotogna".

[19] *le due tibie*: il doppio flauto (vedi il rimando al *Taccuino XLV* registrato alla nota 17), costituito da due tibie di gru o di altro animale simile.

[20] *i... dita*: quello che rimane delle dita esperte nel suonare il doppio flauto, che sono corrose dal tempo o spezzate. Vedi *Taccuino XLV*, cit., p. 460: "L'aulete – con la mano sinistra segata –".

[21] *il... corrosi*: statua egizia in basalto raffigurante in atteggiamento ieratico, con gli occhi corrosi dal tempo, fissi nel vuoto, come se guardasse nell'eternità, uno degli Hyksôs o, secondo l'etimologia egiziana, "re pastori", i nomadi di origine asiatica che conquistarono l'Egitto intorno al 1700 a.C. Cfr. *Taccuino XLV*, cit. p. 460: "Il re pastore (in basalto) fisso nell'eternità – camuso – col viso corroso – verdastro –". Cfr. anche *Taccuino XI*, cit., p. 143: "Nel portichetto frammenti di divinità egizie senza busto: le due gambe avvicinate e le mani posate su le ginocchia: l'attitudine jeratica ben nota".

[22] *orti*: i piccoli orti su cui si aprivano le celle dei monaci e che, secondo la regola, ciascun monaco provvedeva a coltivare. Cfr. *Taccuino XI*, cit., pp. 142 s.: "Le piccole stanze deserte ove si entra per le porte aperte nel portico. /.../ Le stanzette sono segrete come alcove, nell'ombra. In fondo a una cella una testa di donna pensosa, inclinata dolcemente. Dalla finestra si vede un orto chiuso da un muro. /.../ I portichetti graziosi aperti su i piccoli orti. /.../ Nei piccoli orti l'acqua geme"; *Taccuino XLV*, cit., p. 450: "Il portico quadrato. I piccoli orti monacali – murati. I marmi nelle celle – silenti. Le menadi infuriano – nel puteale – Presso la finestra medita Anassimandro – (frammento d'arte greca)".

[23] *bianchi monaci*: i Certosini che un tempo vivevano nel convento di Santa Maria degli Angeli.

[24] *nelle... iddii*: ora nelle celle dei monaci sono collocate statue raffiguranti divinità pagane.

[25] *làcerano... vittima*: allusione a un rilievo raffigurante le Menadi, cioè le Baccanti, che assalgono e dilaniano Penteo o a un frammento di puteale raffigurante tre Menadi, entrambi conservati in una ex-cella del convento (l'attuale Sala XIII del Museo). Vedi anche l'appunto del *Taccuino XLV* citato alla nota 22: "I marmi nelle celle – silenti – Le menadi infuriano – nel puteale –".

[26] *Anassimandro medita*: allusione a un frammento di rilievo contenente un ritratto idealizzato di Anassimandro di Mileto, il pensatore del VII secolo a.C., conservato nella medesima Sala XIII del Museo. Vedi anche l'appunto del *Taccuino XLV* citato alla nota 22: "Presso la finestra medita Anassimandro – (frammento di arte greca)".

svégliasi il carme dei fratelli Arvali.[27]
"Enos Lases iuvate".[28] Un'ape or entra,
per la chioma di Iulia che l'illude.[29]   40

Nell'àlveo d'un ricciolo si chiude.

Lo stormo e il gregge

Con il settembre, vorrebbe il poeta essere anche sul Loricino, in un angolo del Lazio pieno di antiche memorie. Là, sulle acque di quel piccolo fiume, volano lievi le rondini e lì accanto pascola il suo gregge di capre bianche e nere come le rondini un fanciullo che sembra il re di quei luoghi deserti su cui un tempo sorsero grandi città e regnarono grandi sovrani. Nella quiete circostante, l'esigua foce del Loricino si schiude come un fiore e con le sue leggere increspature sembra sorridere alle rondini e alle capre.

La nostalgia di una terra lontana si fonde con la nostalgia di un passato storico per sempre perduto. Così, mentre si protende nello spazio verso il Loricino e il suo dolce e tranquillo paesaggio, il poeta nel sogno si protende anche nel tempo, verso il Lazio antico con le sue città e i suoi re ormai scomparsi. Il motivo, però, è solo accennato: rimane privo di un vero e proprio sviluppo, e, oltre tutto, si con-

---

[27] *dal... Arvali*: allusione ai frammenti marmorei, appesi alle pareti di una cella del Museo, su cui è inciso, tra gli *Acta Arvalia*, il testo del *Carmen fratrum Arvalium*, cioè il carme che intonavano, a Roma, nel mese di maggio, i *fratres Arvales*, i dodici sacerdoti addetti ai riti di propiziazione degli dei della fecondità dei campi. Cfr. *Taccuino XI*, cit., p. 143: "Nelle casette le tavole epigrafiche dei fratelli Arvali".

[28] *"Enos... iuvate"*: è la prima sequenza, che veniva ripetuta tre volte, del *Carmen*: D'Annunzio la trovava registrata nel *Lexicon* del Forcellini alla voce "Arvalis".

[29] *Un'ape... l'illude*: un'ape si insinua tra i ricci della capigliatura di una statua femminile che, tutta bucherellata com'è, la inganna, facendole credere di trovarsi davanti alle cellette di un alveare. Cfr. *Taccuino XI*, cit., p. 142: "In un'altra sala tutti i tipi di acconciature. Un diadema di riccioli, tutto bucato come un alveare. Sembra che nei fori debbano mellificare le api colorando la chioma del colore del loro miele". La "Iulia" cui appartiene "la chioma" è certo Giulia Domma, moglie di Settimio Severo, una cui statua dalla caratteristica acconciatura è conservata in una sezione del Museo. Cfr., per altro, *Taccuino XI*, cit., p. 143: "L'acconciatura di Giulia Mammea partita in sul mezzo della fronte e rinviata in dietro /.../".

segna più alle parole e agli esclamativi che alle immagini. L'attacco del componimento si affida a un motivo culturale, anzi, la precisazione erudita del v. 2, desunta al solito da qualche lessico, frena lo slancio nostalgico verso la terra vagheggiata. Subito, però, il componimento si affranca dal peso libresco e il *Sogno* si inventa una dimensione paesaggistica tra realtà e trasognamento di tipico stampo alcionio. Senz'altro alcionie, tra l'altro, sono le immagini recuperate per l'occasione, come quella della rosea sabbia del fiume "scabra di rughe e sparsa di negrore" come il palato di un levriero e come quella, già viva in *Lungo l'Affrico*, delle rondini nere e bianche a volo sopra lo specchio d'acqua. Nella terza strofa, invece, le immagini lasciano il posto all'improvviso sormontare di una movenza eloquente e oratoria. Il tono dei vv. 11-15, infatti, è quello di certe pagine di *Elettra* e di *Maia*, ma lo stimolo nostalgico che determina la brusca accensione è di carattere del tutto diverso da quello che infiamma i versi delle Odi e di *Laus vitae* e quindi l'enfasi finisce con il risolversi in sospiro. Comunque, il facile simbolismo delle capre nere e delle capre bianche e lo stesso parallelismo tra lo *stormo* e il *gregge*, significativamente assunto a titolo del componimento, sono di origine tutta esteriore.

Metro: quattro strofe di cinque endecasillabi. In ogni strofa due e talvolta tre versi rimano o assuonano tra di loro. Il verso finale di ogni strofa, inoltre, rima o assuona con il verso iniziale della strofa seguente. Chiude la lirica un endecasillabo che rima con l'ultimo verso della strofa precedente.

Settembre, teco io sia sul Loricino [1]
che fece blandi gli ozii del pretore:
in sabbia quasi rosea fluisce
scabra di rughe e sparsa di negrore

---

[1] *Loricino*: un fiumiciattolo, che nasce nei monti Albani e sbocca in mare presso Nettuno, che (vedi v. 2) rese più piacevole, con le sue acque, la dimora ove si ritirava a riposare il pretore Lucrezio: è ricordato da Tito Livio, *Ab Urbe condita*, XLIII, 4, proprio a proposito del pretore C. Lucrezio che ne aveva condotto le acque fino alla sua villa di Anzio.

come il palato del mio dolce veltro.² 5

Sorvolano le rondini quel vetro
lieve ³ cui ⁴ godon rompere coi bianchi
petti: una piuma cade e corre al mare.
E di là dalle verdi canne i monti
di Cori son cilestri come il mare.⁵ 10

Forza del Lazio ⁶ quanto sei soave!
Obliate città dei re vetusti,⁷
atrii del Citaredo imperiale,⁸
un bel fanciullo vien con le sue capre
e regna i lidi,⁹ impube ¹⁰ re latino! 15

Il suo gregge è di numero divino,¹¹
nero e bianco a sembianza delle frotte
alate ¹² che sorvolano il bel rivo,
pari olocausto al Giorno ed alla Notte.¹³

---

² *scabra... veltro*: solcata da increspature e cosparsa di minuti detriti lignei di colore nero ("negrore"), come il palato dell'affabile ("dolce") veltro del poeta. Per il paragone tra la sabbia increspata di rughe e il palato di un animale, vedi *Meriggio*, vv. 75-79 e nota relativa.
³ *vetro / lieve*: lo specchio d'acqua sottile e trasparente.
⁴ *cui*: che, complemento oggetto.
⁵ *i... mare*: i monti Lepini, sui quali sorge la città di Cori, l'antica Cora, sono azzurri ("azzurri", infatti, aveva scritto il poeta in un primo tempo) come il mare. Per l'epiteto "cilestri" riferito ai "monti", vedi *Le Ore marine*, v. 30: "di là dai monti cilestri" e nota relativa.
⁶ *Forza del Lazio*: rude vigore del Lazio e dei suoi abitanti. Cfr., in senso diverso, G. Carducci, *Odi barbare, Alla Vittoria*, v. 31: "io sono la forza del Lazio".
⁷ *Obliate... vetusti*: città, ormai dimenticate, sulle quali un tempo regnarono i re: Laurentum, capitale del regno di Latino, Ardea, centro dei Rutuli su cui regnava Turno, Alba Longa, su cui regnarono vari re, discendenti del suo fondatore Ascanio.
⁸ *atrii... imperiale*: il palazzo di Nerone, l'imperatore che si dilettava di suonare la cetra, a Anzio.
⁹ *regna i lidi*: regna su questi territori. Per l'uso transitivo di "regnare", vedi *Meriggio*, v. 26: "regnano il regno amaro".
¹⁰ *impube*: giovanissimo, imberbe.
¹¹ *è... divino*: "ha nel numero una divina proporzione, perché composto in egual misura di pecore bianche e di pecore nere" (D. Andreucci).
¹² *frotte / alate*: gli stormi di rondini.
¹³ *pari... Notte*: offerta sacrificale equamente distribuita tra gli dei superi ("Giorno"), cui si immolavano come vittime animali di pelo bianco, e gli dei inferi ("Notte"), cui si immolavano animali di pelo nero.

Quasi fiore l'esigua foce s'apre.[14]   20

Equa [15] ride alle rondini e alle capre.

Lacus Iuturnae [1]

Tra tutti gli specchi d'acqua in cui si riflette il mite cielo settembrino, al sogno del poeta è particolarmente caro quello della fonte di Giuturna che sgorga nel Foro ai piedi del Palatino e che già vide riflessi gli eventi dell'antica Roma. Verso di essa e soprattutto verso la pace e il silenzio carichi di ricordi che fanno sacri i luoghi circostanti, muove ora la sua anima nostalgica.

In *Lacus Iuturnae*, il sogno, l'intima visione fatta di nostalgia, si impiglia in una serie di riferimenti esteriori di vario tipo che ne impediscono la risoluzione in termini fantastici. Anche qui, come in *Lo stormo e il gregge*, il sogno si orienta in un sol colpo verso una terra lontana – un angolo dell'antica Roma – e verso una dimensione storico-temporale per sempre perduta – l'antica Roma, appunto. Ma qui, più che in *Lo stormo e il gregge*, il volo nostalgico, dopo le prime battute, è impedito e deviato in entrambi i casi. In particolare, il recupero nostalgico del passato non dà luogo ad altro che a una evocazione e a una commemorazione di maniera di figure classiche. Così, dopo l'avvio lirico ottenuto grazie ad una duplice citazione letteraria (vv. 1 e 3) e dopo il catalogo, quasi esclusivamente nomenclatorio, delle fonti e delle acque dei vv. 4-10, il componimento divaga nella descrizione dei luoghi romani con un andamento e con soluzioni più da "barbara" car-

---

[14] *s'apre*: si apre verso il mare.
[15] *Equa*: in modo eguale.
[1] *Lacus Iuturnae*: *Lacus Iuturnae* o *Iuturnae fons* era chiamata la sorgente che sgorgava nel Foro ai piedi del Palatino, presso il tempio di Castore e Polluce. I Dioscuri nelle sue acque si detersero quando, secondo la leggenda, vennero a Roma a recare la notizia della vittoria dei Romani sui Latini al lago Regillo (496 a.C.). Giuturna, la dedicatoria della sorgente, era un'antica divinità laziale: ninfa e dea delle sorgenti, era anche sorella di Turno: cfr. Virgilio, *Aen.*, XII, vv. 138 ss.

ducciana che altro. Si vedano, in proposito, specialmente i vv. 17-24 e poi anche la rievocazione della vestale Tarpeia che scende lungo la Via Sacra verso la Fonte (vv. 25-27). Divagazioni descrittive sono anche il capelvenere che tremola nel tufo (v. 29), l'acqua glauca (v. 29), la lucertola che se ne sta tranquilla sul bassorilievo di un'ara (vv. 30-31) e l'ombra delle farfalle in volo (v. 33), ma, se non altro, costituiscono gli unici motivi non puramente culturali della lirica. Né sarà certo un caso che tutti e quattro quei particolari siano già presenti nel *Taccuino* che offre il supporto tematico al componimento, il *Taccuino XLVI*, I, p. 463-464 (vedi le note 15, 19, 24, 27, 29-34, 38). Nell'ultima strofa, poi, prevale addirittura il momento eloquente che si afferma attraverso nessi esclamativi e attraverso pesanti interrogative retoriche. Alla fine, inopinatamente, tutto il discorso si conclude su una personificazione, quella della Speranza che veglia taciturna nel silenzio del Foro, che meglio starebbe nelle Odi nazionalistiche di *Elettra*. Sul piano stilistico-espressivo, alcuni moduli preziosi ricordano, nel tono più che nella sostanza, certo gusto di *décor* classicistico che sta tra le già citate *Odi barbare* di G. Carducci e le *Elegie romane*. Il fascino dei ruderi, invece, suscita echi di linguaggio "paradisiaco".

Metro: cinque strofe di otto endecasillabi ciascuna. Il gioco delle rime e delle assonanze all'interno di ogni strofa è vario e oscilla da un minimo di una coppia di rime (strofe III e V) a un massimo di tre coppie di rime (strofa II). Il verso finale di ogni strofa rima con il verso iniziale della strofa successiva. Chiude la lirica un endecasillabo che rima con l'ultimo verso della strofa precedente.

Settembre, chiare fresche e dolci l'acque
ove [2] il tuo delicato viso [3] miri;
e dolce m'è nella memoria [4] il mio

---

[1] *chiare... ove*: reminiscenza, con lieve variante, da F. Petrarca, *Rime*, CXXVI, vv. 1 s.: "Chiare, fresche et dolci acque, / ove...".
[3] *il tuo... viso*: il mite cielo e il dolce paesaggio settembrini.
dolce... memoria: cfr. F. Petrarca, *loc. cit.*, v. 41: "(dolce ne la memoria)".

natale Aterno[5] in letto d'erbe lente,[6]
e l'Amaseno quando muor domato
presso l'Appia[7] col fratel suo l'Uffente,[8]
e la Cyane[9] ascosa tra i papìri,
e la Vella[10] sì cara alla vitalba.[11]

E pien di deità dai colli d'Alba
lo specchio di Diana[12] ancor mi luce.[13]
Ma un'altr'acqua al mio sogno è più divina.
Quella m'attingi[14] e ne riempi l'urna.
Sotto la roggia mole palatina[15]
presso il Tempio di Castore e Polluce,[16]

---

[5] *il... Aterno*: vedi *Bocca di Serchio*, v. 179: "...Il natale Aterno..." e nota relativa.
[6] *lente*: flessibili.
[7] *l'Amaseno... Appia*: l'Amaseno – corso d'acqua che nasce dai monti Volsci e va a disperdersi nelle Paludi Pontine – nel punto in cui ("quando") si perde ("muor"), impaludandosi nelle Paludi Pontine, come se il suo scorrere fosse stato impedito ("domato"), nei pressi del luogo dove la via Appia attraversava le Paludi Pontine.
[8] *Uffente*: breve corso d'acqua che, come l'Amaseno – per questo è detto "fratel suo" –, si disperde nelle Paludi Pontine.
[9] *Cyane*: la fonte che sgorga presso Siracusa: vedi *L'oleandro*, vv. 91 ss.
[10] *Vella*: corso d'acqua che sbocca nel Gizio, affluente dell'Aterno-Pescara, nei pressi di Sulmona. Nella stesura originaria de *La figlia di Iorio* ai vv. 64 s., Splendore canta: "Io me n'andrò a passar l'acqua, / a passar l'acqua della Vella..."; poi i versi furono modificati in: "Io me n'andrò a passar l'acqua, / l'acqua di fiumana bella..." e, infine, nella versione definitiva l'intero passo fu soppresso. Cfr. A. Bruers, *La figlia di Jorio nel manoscritto originale di Gabriele d'Annunzio*, Milano, Bestetti, s.d., p. 16.
[11] *vitalba*: vedi *L'asfodelo*, vv. 24 s.: "...il fior / della viorna" e nota relativa.
[12] *lo specchio di Diana*: il lago di Nemi, chiamato "speculum Dianae" (cfr. Servio, *ad Verg. Aen.*, VII, v. 516) perché sulle sue rive anticamente sorgeva un tempio di Diana. Cfr. anche *Trionfo della morte*, in *Prose di romanzi*, I, pp. 70 s.: "Un giorno gli amanti tornarono dal lago di Nemi, un po' stanchi /.../. Soli, col sentimento di chi solo contempla la più segreta delle segrete cose, avevano contemplato lo Specchio di Diana freddo e impenetrabile alla vista come un ghiaccio azzurro".
[13] *ancor... luce*: splende ancora ai miei occhi come all'epoca in cui il lago di Nemi e i colli Albani erano la méta delle mie gite fuori Roma.
[14] *m'attingi*: attingi per me.
[15] *roggia... palatina*: il colle Palatino con le sue rovine monumentali, in cotto rossastro. Cfr. *Taccuino XLVI*, I, p. 463: "A destra il Palatino rosseggia, con la enorme massa còttile, coronata dai negri lecci [vedi v. 20: "gli elci neri sul colle imperiale"] [settembre 1903].
[16] *il... Polluce*: il tempio eretto nel foro ai Dioscuri che, secondo la leggenda, combatterono a fianco dei Romani contro i Latini e i Tarquinii al lago Regillo (496 a.C.) e poi, finita la battaglia, portarono a Roma la notizia della vittoria. Fu ricostruito più volte e dell'ultimo rifacimento rimangono oggi tre colonne corinzie scanalate, in marmo di Paro, con trabeazione: vedi vv. 17-19.

occhio di Roma [17] è il Fonte di Iuturna.[18]   15
Deh mio misterioso amor lontano!

Alte sul Fòro nel meridiano
silenzio stan le tre colonne parie
come d'argento cui salsezza infoschi.[19]
Gli elci neri [20] sul colle imperiale [21]   20
sembran ruine dei primevi boschi.[22]
Di ferrigno basalte arde la Via
Sacra [23] tra gli oleandri giovinetti [24]
e i sepolcreti dei Latini prisci.[25]

Si tace [26] il Fonte ne' suoi marmi lisci [27]   25
come quando Tarpeia la Vestale [28]
vi discendea con l'anfora d'argilla.

---

[17] *occhio di Roma*: "quasi pupilla per cui Roma contempla il mondo e in cui settembre specchia il suo volto gentile" (E. Palmieri). Cfr. Catullo, *Carm.* XXXI, vv. 1-2: "Paene insularum, Sirmio, insularumque / ocelle...". Cicerone, *Ad. Att.*, XVI, 6, 2: "ocellos Italiae villulas meas non video".
[18] *Fonte di Iuturna*: vedi nota 1.
[19] *le... infoschi*: le tre colonne corinzie in marmo di Paro del tempio di Castore e Polluce si levano quasi del colore dell'argento ossidato dalla salsedine, in quanto il primitivo candore del marmo è stato offuscato dal tempo. Cfr. *Taccuino XLVI*, cit., p. 463: "Davanti alla fonte di Giuturna – le tre colonne corinzie e l'architrave, simile all'argento". "Cui", vale "che", complemento oggetto. "Salsezza" per "salsedine" è anche nel Palladio.
[20] *elci neri*: vedi nota 15 e, per il sintagma, vedi *Il fanciullo*, v. 242 e nota relativa.
[21] *colle imperiale*: il Palatino, su cui sorgevano i palazzi degli Imperatori.
[22] *ruine... boschi*: resti delle selve che vi crescevano anticamente.
[23] *Di... Sacra*: la Via Sacra – la via che attraversava serpeggiando il Foro in direzione del Campidoglio e che era percorsa dalle processioni religiose e dai cortei trionfali – sembra ardere a causa del colore rosso scuro ("ferrigno": dantismo [cfr. *Inferno*, XVIII, v. 2: "...di color ferrigno..."] caro a D'Annunzio) del basalto, la pietra dura di origine vulcanica, di cui è lastricata.
[24] *gli... giovinetti*: cfr. *Taccuino XLVI*, cit., p. 463: "Un boschetto di oleandri è presso il sepolcreto".
[25] *i... prisci*: le tombe degli antichi Latini, che si trovano nel cosiddetto *Sepulcretum* o Necropoli arcaica, presso il tempio di Antonino e Faustina.
[26] *Si tace*: per il medio-riflessivo, vedi *La sera fiesolana*, v. 16 e nota 16.
[27] *il... lisci*: cfr. *Taccuino XLVI*, cit., p. 463: "La fonte – il piedistallo nel mezzo – di tufo rivestito di placche marmoree".
[28] *Tarpeia la Vestale*: la vestale Tarpeia che, secondo la leggenda, aprì ai Sabini le porte della rocca capitolina. Cfr., ad esempio, Tito Livio, *Ab Urbe condita*, I, XI. Per l'atto in cui è rappresentata, mentre scende alla fonte ad attingere acqua con l'anfora di argilla, cfr. Properzio, *Carm.*, IV, IV, vv. 15 s.: "Hinc Tarpeia deae fontem libavit; at illi / urgebat medium fictilis urna caput".

Tremola il capelvenere sul tufo
e sul mattone,[29] l'acqua è glauca, tinge
il suo letto lunense; [30] una lucerta [31]
su l'ara dei Diòscuri [32] tranquilla
gode in grembo alla dea di lunga face.[33]

Ombre delle farfalle [34] in quella pace!
Poc'acqua accolta, santità dell'Urbe!
Le custodi del Fuoco sempiterno [35]
scendono alla marmorea piscina?
o i Tindàridi [36] rossi di latina
strage,[37] per beverare i due cavalli?
Deh lauri nuovi! [38] Presso il puteale [39]

---

[29] *Tremola... mattone*: cfr. *Taccuino XLVI*, cit., p. 463: "La fonte – il piedistallo nel mezzo – di tufo rivestito di placche marmoree – Sul dolce marmo trema il capelvenere – /.../ Sotto l'arco di mattone il capelvenere –".
[30] *l'acqua... lunense*: l'acqua è verde azzurra ("glauca") e rende del suo stesso colore ("tinge") la vasca rivestita di marmo di Luni in cui scorre. Cfr. *Taccuino XLVI*, cit., p. 463: "L'acqua è verde e inverdisce il marmo del fondo".
[31] *una lucerta...*: cfr. *Taccuino XLVI*, cit., p. 463: "Una lucertola corre e si nasconde nel capelvenere".
[32] *l'ara dei Diòscuri*: "L'ara di marmo" (cfr. *Taccuino XLVI*, cit., p. 463) di età adrianea che si trova nel bacino della fonte e che reca dei rilievi con le immagini di alcune divinità tra i quali Castore e Polluce, i Dioscuri.
[33] *dea... face*: Vesta, la dea raffigurata sul davanti dell'ara con in mano una lunga fiaccola. Cfr. *Taccuino XLVI*, cit., p. 463: "L'ara di marmo – splende al sole la donna con la fiaccola –". Poiché Vesta era la dea del focolare e per essa era tenuto sempre acceso un fuoco, il nesso "dea di lunga face" può anche alludere al culto di cui la dea era oggetto.
[34] *Ombre delle farfalle*: cfr. *Taccuino XLVI*, cit., p. 464: "La via sacra. Le farfalle bianche –" e vedi *Sogni di terre lontane*, *Le terme*, v. 23: "l'ombra delle farfalle su pe' dolii" e nota relativa.
[35] *Le... sempiterno*: le Vestali, cui spettava il compito di tener sempre acceso il fuoco della loro dea.
[36] *Tindàridi*: Castore e Polluce, figli di Giove e di Leda, così chiamati da Tindaro, legittimo sposo di Leda.
[37] *rossi... strage*: in quanto, secondo la leggenda (cfr. Dionigi di Alicarnasso, VI, 19), erano reduci dalla battaglia del lago Regillo dove avevano fatto strage di Latini.
[38] *Deh lauri nuovi*: "Allusione al rito che prescriveva di rinnovare il lauro che dava ombra presso il fuoco sacro di Vesta; e sacri alla dea erano gli allori del Palatino" (E. Palmieri). Ma cfr. *Taccuino XLVI*, cit., p. 463: "A destra crescono di contro al muro di mattone, tre lauri – e un gelsomino".
[39] *puteale*: il pozzo che si trova a sinistra della fonte, davanti all'edicola di cui alla nota seguente.

crescono, nel sacrario di Iuturna.[40]   40

Li veglia la Speranza taciturna.

La loggia

Ricorda ora il poeta Capodistria, la città adriatica staccata a forza dalla madre patria, e la ricorda in un giorno d'aprile, quando dalla loggia di un palazzo vide pendere, tra mazzi di sorbe, alcuni nidi di balestrucci. Adesso certo, con il settembre, i balestrucci sono raccolti a stormi per spiccare il volo verso paesi lontani. I loro nidi perciò sono ormai vuoti e anche i mazzi di sorbe non pendono più dalle travi della loggia. Risuona però ancora tutt'intorno la parlata della gente locale che serba l'accento della lingua veneziana e sul fregio esterno del palazzo tuba una colomba.

La nostalgia chiama il poeta verso un'altra stagione, se pure per definizione identica a quella autunnale (vedi nota 1), e non solo verso un altro luogo. La lieve variazione rispetto agli altri *Sogni* permette un più libero gioco di contrapposizioni fantastiche. Così, infatti, Capodistria non solo è vagheggiata come terra lontana e diversa da quella in cui il poeta presentemente si trova, ma è anche vagheggiata e nostalgicamente recuperata quale era quando il poeta la vide in un giorno primaverile e quale, sempre cara al ricordo, è o dovrebbe essere, ora, alla fine dell'estate.

La scelta di cantare una terra irredenta come Capodistria era potenzialmente pericolosa per l'autore delle Odi di *Elettra*, ma, inaspettatamente, tale scelta si rivela funzionale alla situazione sentimentale dei *Sogni*. Di fatto, nella lirica il motivo nazionalistico e irredentistico viene a galla di continuo (vv. 2, 4-5, 6, 19-20), ma finisce con il dar vita a un motivo nostalgico in più: quello appunto che porta il cuore a cogliere in Capodistria le tracce della presenza di Venezia nei monumenti (v. 2) e nella parlata locale (vv. 19-20), o

---

[40] *sacrario di Iuturna*: l'edicola che si trova a sinistra della fonte e che era destinata al culto di Giuturna, come testimonia il fatto che il nome della ninfa vi è inciso tre volte.

a alludere al "tenace amore" di Trieste per il "patrio mare" (vv. 4-5), o, infine, a esprimere la propria tristezza per l'assetto politico di quelle terre (v. 6). Insomma, in un componimento come *La loggia*, malinconia si aggiunge a malinconia e il rammarico per quello che Capodistria è politicamente rispetto a quello che è stata e potrebbe tornare ad essere fa tutt'uno con il rimpianto settembrino del poeta che pensa ai nidi di balestrucci vivi di gridi e di presenze, quali li vide in un giorno di aprile e che ora immagina vuoti e silenziosi, quali certo ormai sono con il settembre.

La prima strofa, con il riferimento al dato autobiografico del viaggio in Istria (vedi nota 4) e con l'allusione a Trieste irredenta è piuttosto enfatica, anche a causa della pesante metafora dei vv. 4-5. Le strofe successive, dopo l'avvio esclamativo della seconda strofa, si snodano invece lievi, fondendo insieme la puntualità delle notazioni descrittive e la suggestione del dato fantastico.

Metro: quattro strofe di cinque endecasillabi, legate l'una all'altra dall'identità della rima del verso finale di ciascuna con il verso iniziale di quella successiva. Chiude la lirica un endecasillabo che rima con l'ultimo verso della strofa precedente.

Settembre, il tuo minor fratello Aprile [1]
fioriva le vestigia di San Marco [2]
a Capodistria,[3] quando navigammo

---

[1] *Settembre... Aprile*: aprile è "fratello" di settembre perché è tiepido e dolce come settembre ed è suo fratello "minor" perché è il quarto mese dell'anno mentre settembre è il nono. Per l'accostamento di aprile e settembre, cfr. *Poema paradisiaco, Consolazione*, vv. 39 s.: "...Ne l'aria fluttua e s'accende quasi il fantasma d'un april defunto. / Settembre /.../ ha ne l'odore suo, nel suo pallore, / non so, quasi l'odore e il pallore / di qualche primavera dissepolta". Per la personificazione di aprile in un "giovinetto", cfr. L'*Isottèo, Sonetto di calen d'Aprile*, vv. 1 s.: "Aprile, il giovinetto uccellatore, a cui nitido il fiore / da le chiome pe' belli òmeri cade...".
[2] *fioriva... San Marco*: "vestiva di fiori" (E. Palmieri) oppure "illuminava d'una luce che faceva parer fiori le pietre" (M. Praz-F. Gerra) i palazzi, le case, i monumenti che serbano il ricordo di Venezia e della sua dominazione.
[3] *Capodistria*: il porto dell'Istria, allora sotto il dominio austriaco.

il patrio mare⁴ cui⁵ Trieste addenta
co' i forti moli per tenace amore.⁶   5

Capodistria, succiso adriaco fiore! ⁷
Io vidi nella loggia d'un palagio⁸
nidi di balestrucci⁹ appesi a travi
fosche, tra mazzi penduli¹⁰ di sorbe.¹¹
Cinericcio era il tempo, umido e dolco.¹²   10

Or laggiù, pel remeggio senza solco,¹³

---

⁴ *quando... mare*: nel maggio del 1902, in occasione di un viaggio a Trieste, dove Eleonora Duse recitò *La città morta*, *La Gioconda* e la *Francesca da Rimini*, D'Annunzio fece il giro di tutte le coste dell'Istria attraverso l'Adriatico ("il patrio mare"), fermandosi a Capodistria, a Pola e a Pisino, sempre accolto con calorose manifestazioni di entusiasmo dai patrioti locali che vedevano in lui l'alfiere dell'irredentismo. Cfr., ad esempio, « L'Illustrazione Italiana » del 25 maggio 1902, pp. 419 s.
⁵ *cui*: che, complemento oggetto.
⁶ *addenta... amore*: la metafora – costruita sull'immagine dei moli di Trieste che vedevano in lui l'alfiere dell'irredentismo. Cfr., ad esempio, « L'Illustrazione Italiana » del 25 maggio 1902, pp. 419 s.
⁷ *succiso... fiore*: Capodistria è una città adriatica, e quindi italiana, recisa dalla madre patria come un fiore reciso dallo stelo. Per il sintagma "succiso /.../ fiore", cfr. Virgilio, *Aen.*, IX, v. 435: "...flos succisus aratro" e cfr. anche *Le vergini delle rocce*, in *Prose di romanzi*, II, p. 483: "fra i mandorli succisi"; p. 540: "Alessandro e Ercole! Ecco i due purpurei fiori succisi che due divini artefici, Leonardo e Ludovico, raccolsero"; *Il fuoco, ibidem*, p. 823: "Ricevevano il fiore succiso e la bevanda inebriante". L'aggettivo "adriaco" nel senso di "relativo all'Adriatico" è latinismo anche carducciano.
⁸ *palagio*: palazzo Tacco, che all'epoca del viaggio di D'Annunzio in Istria era una abitazione rustica.
⁹ *balestrucci*: uccelli dei Passeriformi simili alle rondini, ma più piccoli, tutti neri con la gola e la parte posteriore del dorso bianche e la coda poco forcuta.
¹⁰ *penduli*: sospesi. Aggettivo molto usato nel secondo Ottocento, dall'Aleardi al Carducci, al Pascoli a D'Annunzio. Cfr. *Elegie romane*, *Il viadotto*, vv. 9-11: "...ridea / quale da rupe un gregge pendulo, Aricia al sole. // Pendula Aricia al sole ridea..."; *Maia*, *Laus vitae*, vv. 173 s.: "...Il mozzo / pendulo del cordame".
¹¹ *sorbe*: i frutti piriformi del sorbo, che vengono appesi alle travi dei soffitti a maturare.
¹² *Cinericcio... dolco*: l'aria era cinerina, color cenere, umida e dolce. Cfr. il Tommaseo-Bellini alla voce "dolco": "È proprio della stagione e del tempo: denota un temperamento tra caldo e freddo /.../ Targ. Ar. Vald. 2, 495; 'Che i bruci nascano in tempi dolchi ed umidi è notissimo a chiunque è pratico della campagna'". Cfr. poi anche *Le faville del maglio*, *La resurrezione del Centauro*, in *Prose di ricerca*, II, p. 556: "È una notte piovosa e tiepida: fa dolco" [1907]; *Forse che sì forse che no*, in *Prose di romanzi*, II, p. 1094: "Era un tempo umido e dolco".
¹³ *remeggio senza solco*: il volo dei balestrucci, che a settembre si accingono

tu certo aduni i neribianchi stormi,
e quelli di Pirano e di Parenzo,[14]
che si rincontreranno in alto mare
con l'altra compagnia che vien di Chioggia.[15]   15

E son deserti i nidi nella loggia,
e dei mazzi di sorbe son rimase
forse le canne [16] appese pel lor cappio.
S'ode nell'ombra quella parlatura [17]
che ricorda Rialto e Cannaregio.[18]   20

Una colomba tuba dal bel fregio.[19]

La muta

A settembre, nella pianura lombarda sono già pronte le mute di cani per le cacce alla volpe che inizieranno verso la metà di ottobre. Sotto la guida di un esperto capocaccia esse corrono per allenarsi tra le radure e i boschetti in mezzo ai quali scorre il Ticino. La brughiera ha ormai un aspetto autunnale e risuona dei rumori della caccia. Poi, finito l'allenamento, il capocaccia riconduce i cani al canile, mentre dal fiume si leva una nebbiolina che si diffonde sopra la landa circostante.

Il motivo della caccia, che già in *Versilia* suonava come l'annuncio dello spegnersi dell'estate e dell'arrivo dell'autunno, suscita una ampia visione di brughiere lombarde, di colori autunnali, di acque correnti, di silenzi rotti soltanto dal guaire e dall'ansare dei cani o dal suono del corno

---

a emigrare. Vedi *Ditirambo IV*, v. 555: "Il vento del remeggio..." e nota relativa.
[14] *Pirano... Parenzo*: due cittadine dell'Istria.
[15] *l'altra... Chioggia*: gli altri stormi provenienti da Chioccia, la città del litorale veneto.
[16] *le canne*: le canne a cui i mazzi di sorbe erano appesi.
[17] *parlatura*: parlata.
[18] *Rialto e Cannaregio*: rispettivamente una delle isole su cui sorge Venezia e, anche, una contrada di Venezia, e un canale e un sestiere della vecchia Venezia.
[19] *fregio*: il fregio che corre sull'esterno del palazzo.

e di nebbioline che vaporano leggere. La malinconia sognante del poeta che rievoca una terra lontana cara al suo ricordo si concilia con la malinconia sospesa sulla piana lombarda, a qualificare la cui pacata bellezza non per niente lo stesso poeta fa ricorso all'immagine del sorriso delle "chiuse donne" leonardesche. Nella lirica non manca neanche, naturale espansione dannunziana della malinconia, una divagazione sottilmente sensuale: quella che, recuperando il motivo caro da sempre a D'Annunzio dell'immedesimazione tra il paesaggio e la donna, fa le radure della brughiera "tiepidi e soavi / come grembi di donne desiate". La puntualità della rievocazione e la precisione delle notazioni descrittive si rifanno, ancora una volta, agli appunti registrati dal vero in un *Taccuino* (il *Taccuino* n. 14, II, pp. 149-150) in occasione del soggiorno fatto da D'Annunzio in Lombardia nell'autunno del 1902 per partecipare alla caccia alla volpe nella brughiera di Gallarate. L'appoggio culturale offerto da Leonardo e dagli "antichi congegni" da lui inventati per creare i bacini artificiali del Ticino è ridotto a poco più di un accenno (vv. 15-20) e, come si è visto, offre lo spunto a una suggestiva interpretazione del paesaggio fluviale lombardo.

La lirica, come in genere tutti i *Sogni*, ha una struttura sintattica lineare, scandita in periodi brevi che non disdegnano di far ricorso a lievi anafore per rilanciare languidamente il discorso: si vedano i vv. 2-3: "... la muta dei segugi, / de' bei segugi / ... /"; i vv. 10-12: "Corre il Ticino / ... /, corre / ... /"; e i vv. 39-40: "... va verso il canile, / va verso Oleggio / ... /". Il lessico è preciso ma semplice. La sequela di endecasillabi, eccezionalmente povera di *enjambements*, ha una cadenza pacata e dà luogo a un recitativo ampio e lento, arieggiante la prosa.

Metro: cinque strofe di otto endecasillabi legate l'una all'altra dall'identità della rima del verso finale di ciascuna con il verso iniziale di quella successiva. Chiude la lirica un endecasillabo che rima con il verso finale dell'ultima strofa.

Settembre, ora nel pian di Lombardia
è già pronta la muta dei segugi,

de' bei segugi falbi[1] e maculati[2]
dall'orecchie biondette[3] e molli[4] come
foglie del fiore di magnolia passe.
La muta dei segugi a volpe e a damma[5]
or già tracciando[6] va per scope e sterpi.[7]
Erta ogni coda in bianca punta splende.

Presso il gran ponte[8] sta Sesto Calende.[9]
Corre il Ticino tra selvette rare,[10]
verso diga di roseo granito
corre, spumeggia su la china eguale,
come labile tela su telaio
cèlere intesta di nevosi fiori.[11]
Chiudon le grandi conche antichi ingegni,[12]

---

[1] *falbi*: fulvi, di color giallo scuro. Vedi *L'otre*, v. 126 e nota 82.
[2] *maculati*: pezzati. Cfr. Dante, *Inferno*, I, vv. 32-33: "una lonza /.../ che di pel maculato era coverta". Per il sintagma "falbi e maculati", cfr. già *Poema paradisiaco*, *O rus!*, vv. 23 s.: "...la falba / e bianca maculata ruminante".
[3] *biondette*: vedi *L'otre*, vv. 162 s.: "...il bel Panisco / biondetto..." e nota 103.
[4] *molli*: delicate e vellutate al tatto come foglie di magnolia appassite. "Dolci come delle *peluche*" aveva definito le "orecchie pendenti" di un paio di cani da caccia D'Annunzio in un articolo a firma Sir Ch. Vere de Vere intitolato *Giornate romane – Donna Claribel* e pubblicato in «La Tribuna» del 21 dicembre 1884: cfr. A. Castelli, cit., p. 52.
[5] *damma*: daino. Vedi *L'otre*, v. 196 e nota 126.
[6] *tracciando*: seguendo le tracce. Vedi *Madrigali dell'Estate*, *All'alba*, vv. 9 s.: "...come bracco / che tracci e fiuti il baio capriuolo".
[7] *per... sterpi*: attraverso arbusti di erica ("scope": vedi più sotto la nota 19) e sterpeti.
[8] *il gran ponte*: il lungo ponte sul Ticino, dove il fiume esce dal lago Maggiore.
[9] *Sesto Calende*: città in provincia di Varese. D'Annunzio vi si recò nell'ottobre del 1902: cfr., infatti, *Taccuino* n. 14, II, p. 150: "26 ottobre 1902. Il Ticino – da Sesto Calende –".
[10] *selvette rare*: boschetti radi. Cfr. *Taccuino* n. 14, cit., p. 150: "Le sponde coperte di boschi leggeri, nell'aria cinerina".
[11] *verso... fiori* (il Ticino scorre) verso una diga costruita in granito rosso e le sue acque, lungo la pendenza uniforme ottenuta da Leonardo con un sistema di bacini artificiali collegati tra di loro ("su la china eguale"), scivolano via spumeggiando come una tela che scorre leggera ("labile") su un veloce telaio, intessuta ("intesta") di fiori bianchi ("nevosi"). Per il tutto, cfr. *Taccuino* n. 14, *ibidem*: "Le opere di presa – Villoresi – Architettura elegante. Le conche con le chiuse leonardesche. La grande diga di granito rosso su cui scorre l'acqua limpida schiumando su la china con un disegno continuamente rinnovellato ma a forme fisse come una stoffa labile".
[12] *Chiudon... ingegni*: antichi congegni idraulici chiudono i bacini artificiali ("conche"). Vedi il passo del *Taccuino* citato nella nota precedente.

opere del divino [13] Leonardo.

Il sorriso tu sei del pian lombardo,
o Ticino, il sorriso onde fu pieno
l'artefice che t'ebbe in signoria; [14]
e il diè constretto [15] alle sue chiuse [16] donne.   20
Oh radure tra l'oro che rosseggia
dello sterpame,[17] tiepide e soavi
come grembi di donne desiate,
sì che al calcar repugna il cavaliere! [18]

Vanno i cani tra l'èriche [19] leggiere   25
con alzate le code e i musi bassi,
davanti il capocaccia che gli [20] allena
per mezz'ottobre ai lunghi inseguimenti.
S'ode chiaro squittire [21] in que' silenzii.
Il suon del corno chiama chi si sbanda   30
e chi s'attarda e trae la lingua ed ansa.
Già la virtù si mostra del più prode.

---

[13] *divino*: epiteto consueto in D'Annunzio per Leonardo: cfr. *La Chimera, Gorgon*, I, vv. 5-8: "Ne la bocca era il sorriso / fulgidissimo e crudele / che il divino Leonardo / perseguì ne le sue tele"; cfr. anche l'articolo intitolato *Cose d'arte* apparso su «La Tribuna» dell'8 dicembre 1886 e ora in A. Castelli, cit., pp. 274 ss.: "credo si possa /.../ affermare avere egli derivato dal divino pittore della Gioconda quel suo sentimento così vivo del chiaroscuro".
[14] *l'artefice... signoria*: Leonardo che frenò le acque del Ticino con dighe e con altre opere di idraulica.
[15] *constretto*: artisticamente condensato. Per la forma "constretto" vedi *il prigioniero*, v. 5 e nota 8.
[16] *chiuse*: impenetrabili.
[17] *l'oro... sterpame*: il colore giallo-rossiccio che gli sterpi assumono in autunno. Cfr. *Taccuino* n. 14, cit., p. 150: "I monti rosseggiano intorno nel l'autunno umido".
[18] *al... cavaliere*: il cavaliere è riluttante a calpestrarle.
[19] *èriche*: arbusti cespugliosi dai lunghi rami, dalle foglie aghiformi e da piccoli fiori a grappolo, più comunemente noti con il nome di scope: vedi v. 7 e nota 7.
[20] *gli*: li. Toscanismo già manzoniano e carducciano.
[21] *squittire*: "Stridere con voce sottile e acuta; ed è proprio dei bracchi quando levano e seguitano la preda" (Tommaseo-Bellini, *sub voce*). È voce tipicamente pascoliana.

Il buon mastro[22] dell'arte sua si gode:[23]
talor gli ultimi aneliti esalare
sembra l'Estate aulenti sotto l'ugne
del palafren[24] che nel galoppo falca.[25]
E, fornito il lavoro,[26] ei torna al passo
per la carraia[27] ingombra di fascine:
con la sua muta va verso il canile,
va verso Oleggio ricca di filande.[28]

35

40

Vapora[29] il fiume le sterpose lande.[30]

Le carrube

Le carrube sono mature e saiche, germe, garbi e schirazzi le trasportano dal Mar di Levante verso la Sardegna. A guidare le navi è Settembre stesso che se ne sta sulla coffa di vedetta. Tutt'intorno, sul mare in bonaccia, è diffuso un profumo dolciastro in cui certo Settembre ritrova l'eco di un antico canto caro a Afrodite.

Il motivo nostalgico tipico dei *Sogni* questa volta si affida più che a un luogo ben preciso, e tra l'altro esotico, a una sensazione: l'odore denso come di miele che in settembre si diffonde sul Mare di Levante esalando dalle navi che trasportano verso la Sardegna il loro carico di carrube. Da questo "odore di tetro miele" si sviluppa il movimento

---

[22] *mastro*: il capocaccia: cfr. l'inglese "the master".
[23] *si gode*: per l'uso del medio-riflessivo vedi *La tregua*, v. 61 e nota relativa.
[24] *palafren*: cavallo. Arcaismo letterario, già dantesco: cfr. *Paradiso*, XXI, v. 133: "Cuopron de' manti loro i palafreni".
[25] *falca*: compie ampie falcate. È clausola dantesca: cfr. *Purgatorio*, XVIII, v. 94: "cotal per quel giron suo passo falca".
[26] *fornito il lavoro*: finito il lavoro di addestramento. Ablativo assoluto. Cfr. F. Petrarca, *Rime*, XL, v. 9: "...fornir l'opra" e G. Leopardi, *Canti, Il sabato del villaggio*, vv. 35 s.: "...s'adopra / di fornir l'opra...".
[27] *carraia*: la strada percorsa dai carri. Cfr. già *Elettra, La notte di Caprera*, vv. 466 s.: "...là, prono, col viso nella carraia..." [gennaio 1901].
[28] *Oleggio... filande*: cittadina sul Ticino, in provincia di Novara, ricca di industrie tessili. Cfr. *Taccuino* n. 14, cit., p. 150: "Le brughiere intorno a Oleggio /.../ Il setificio".
[29] *Vapora*: copre con la nebbia che si leva dalle sue acque.
[30] *le sterpose lande*: la brughiera. Vedi l'appunto del *Taccuino* n. 14 citato alla nota 28.

fantastico che, dopo l'enunciazione iniziale ("Settembre, son mature la carrube") in cui sembra adunarsi tutto lo stupore nostalgico del poeta, procede divagando "con gran lusso di nomenclatura marina sul Dizionario del Guglielmotti" (E. De Michelis) e con immagini cavate dal Tommaseo-Bellini (vedi note 11, 14, 15), fino alla conclusione che più che misteriosa si direbbe oscura con la sua allusione all'"obliato carme" che piacque ad Afrodite e che, con ardita sinestesia, è percepito da Settembre nel "gran dolciore". Semplice divagazione è anche l'ennesima personificazione di Settembre che, con i capelli castani e le ciocche unte di olio di sesamo, se ne sta "su la coffa alla vedetta" e guida i "legni levantini". Il sospiro dell'ultimo verso ("Settembre, teco esser vorremmo ovunque!"), così poco congruo all'atmosfera e alle emozioni evocate nel corso della lirica, ha in realtà la funzione di concludere non la lirica ma l'intera serie dei *Sogni*, riprendendo e riassumendo il tema dell'ansia struggente del poeta di ritrovarsi in tutti i luoghi dove è settembre.

Metro: quattro strofe di cinque endecasillabi, in cui rimano il primo e l'ultimo verso. Chiude la lirica un endecasillabo isolato che assuona con il verso finale della strofa precedente.

Settembre, son mature le carrube.[1]
Or tu pel caldo mare di Cilicia [2]
conduci dalla riva cipriota [3]
la sàica a scafo tondo e a vele quadre.[4]
Bonaccia, e nel saffiro [5] non è nube.   5

[1] *carrube*: frutti a legume, carnosi e dolci dell'albero del carrubo.
[2] *mare di Cilicia*: il mare che bagna la Cilicia, la regione costiera della parte meridionale dell'Asia Minore, corrispondente alla odierna Turchia meridionale.
[3] *riva cipriota*: l'isola di Cipro, che si trova a sud della Cilicia.
[4] *la sàica... quadre*: cfr. A. Guglielmotti, *Dizionario* cit., sub voce: "Scafo grossolano e tondo, vele quadre, senza trinchetto". D'Annunzio ha reperito il nome sàica e poi quelli degli altri "legni levantini" citati più sotto (germa, garbo, schirazzo) consultando sul *Dizionario* del Guglielmotti la sezione "Bastimenti di nome straniero" alla voce "Bastimento" (D. Martinelli-C. Montagnani).
[5] *saffiro*: zaffiro, per cielo colore dello zaffiro, cioè cielo sereno, essendo lo zaffiro una pietra preziosa di colore tra il turchino e l'azzurro. "Zaffiro" per

Germa con sue maggiori quattro vele,⁶
garbo ⁷ o schirazzo,⁸ legni ⁹ levantini ¹⁰
carichi di baccelli dolci e bruni ¹¹
conduci verso l'isola dei Sardi.¹²
E vien teco un odor di tetro miele.¹³   10

La siliqua, che ingrassa la muletta ¹⁴
dall'ambio lene ¹⁵ e in carestìa disfama ¹⁶
la plebe dalla bianca dentatura,
lustra ¹⁷ come i capelli tuoi castagni ¹⁸
mentre stai su la coffa ¹⁹ alla vedetta.   15

"cielo" era già in *Canto novo*, III, VIII, v. 7: "...gli astri arridenti /.../ pe'l profondo zaffiro..." (Roma, Sommaruga, 1882, p. 129).
⁶ *Germa... vele*: cfr. A. Guglielmotti, *Dizionario* cit., *sub voce*: "Specie di bastimento mercantile, usato dai Levantini... quattro vele grandi". Cfr. anche il Tommaseo-Bellini alla voce "germa": "Le Germe sono esse ancora adoperate nelle parti del Levante /.../ Sono assai larghe /.../ Portano quattro vele grandissime /.../".
⁷ *garbo*: specie di bastimento mercantile in uso nei paesi levantini, di mediocre grandezza. Per l'origine del termine vedi la nota 4.
⁸ *schirazzo*: nave leggera da carico a vele quadre, usata da turchi e veneziani nei secc. XVI e XVIII. Per l'origine del termine vedi nota 4.
⁹ *legni*: bastimenti.
¹⁰ *levantini*: tipici dei paesi dell'area geografica posta a oriente dell'Italia, nel bacino del Mediterraneo: greci, ciprioti, turchi e simili. Per l'origine del termine vedi la nota 6.
¹¹ *baccelli... bruni*: cfr. il Tommaseo-Bellini alla voce "carruba": "...è una specie di baccello bislungo, carnoso, tortuoso, schiacciato e molto simile a quello delle fave /.../ È ingrato al gusto mentre è verde, ma nel seccare diventa dolciastro e zuccherino. Per lo più se ne abbiadano cavalli, asini e muli [vedi v. 11] (*Siliqua*) [v. 11] /.../ Pallad. *Febbr.* 32. 'Le silique, cioè carrubbe...' " (E. Palmieri).
¹² *l'isola dei Sardi*: la Sardegna. Cfr. Dante, *Inferno*, XXVI, v. 104: "fin nel Morrocco, e l'isola de' Sardi".
¹³ *un... miele*: un odore nauseabondo di miele.
¹⁴ *La... muletta*: il baccello della carruba o la carruba stessa (vedi nota 11) che dà nutrimento alla muletta, la mula di piccole dimensioni che vive in Sardegna: il particolare è desunto dalla voce del Tommaseo-Bellini citata alla nota 11.
¹⁵ *dall'ambio lene*: dall'andatura leggera e agile. Cfr., poi (1905), *La fiaccola sotto il maggio*, in *Tragedie*, I, p. 994: "Il mulo ha l'ambio dolce".
¹⁶ *disfama*: sfama. Vedi Dante, *Purgatorio*, XV, v. 76: "E se la mia ragion non ti disfama".
¹⁷ *lustra*: splende, è lucente. Per "lustrare" usato intransitivamente cfr. già *Elettra*, *Le città del silenzio*, Prato, I, vv. 5 s.: "...alpe /.../ che lustri di ferrigna scoria".
¹⁸ *capelli... castagni*: i capelli castani di Settembre, cioè le foglie, gli arbusti e gli sterpi che in settembre si fanno di color rosso castano.
¹⁹ *coffa*: la piattaforma posta a mezza altezza sugli alberi dei velieri per la vedetta.

Certo, d'olio di sèsamo son unte
quelle tue ciocche in forma di corimbi.[20]
Certo, ritrovi or tu nel gran dolciore
del Mar Cilicio [21] l'obliato carme
che alla Cipride [22] piacque in Amatunte.[23]   20

Settembre, teco esser vorremmo ovunque!

---

[20] *in... corimbi*: folti e ricciuti come il corimbo dell'edera. Vedi *L'otre*, vv. 234 ss.: "...capegli /.../ come dell'edera il corimbo forte".
[21] *nel... Cilicio*: nell'odore dolciastro che esala dalle carrube e che si spande sul mare di Cilicia. "Dolciore" è sintagma caro a Jacopone da Todi.
[22] *Cipride*: Afrodite, così chiamata perché Cipro era il centro del suo culto.
[23] *Amatunte*: città sulla costa meridionale dell'isola di Cipro, celebre per il culto e il tempio di Afrodite.

Il novilunio [1]

La lirica fu composta "la sera del 31 di agosto + 1900 al Secco Motrone", come si legge, dopo il disegno di una falce di luna, in calce all'autografo pubblicato in facsimile nel volume degli *Indici della edizione nazionale di tutte le opere di Gabriele d'Annunzio* (Mondadori, Milano 1926, pp. 231-236). Apparve per la prima volta, con il titolo *Novilunio di settembre*, sulla rivista « Flegrea » di Napoli del 5 ottobre 1900 (a. II, f. 1, pp. 1-6). Il titolo *Novilunio di settembre* è, con tutta probabilità, il titolo con cui il componimento è nato e, comunque, rispecchia la primitiva volontà del poeta. Esso, infatti, si trova segnato anche nel ms. 617 (num. 80 dell'*Inventario* cit.) che contiene note e appunti relativi alla lirica e che è anteriore alla stesura della lirica: "Novilunio di settembre [cassato da un rigo]. Qualcuno canta intrecciando i giunchi – i vimini – [vedi vv. 57-66]. Su la siepe le bacche sopravvivono al fiore [vedi vv. 83-84] [Tutto il passo da "Qualcuno" a "fiore" è segnato a margine da un duplice tratto verticale a matita] S'ode il passo dell'Autunno su l'erba – furtivo – I gabbiani [cassato con un tratto a matita] La nube che lampeggia – laggiù – I grilli – il mare – I *frutti* – Le *uve* – La luce è ancora abbastanza perché si vedano *le orme* su la sabbia –".

[1] A intendere il significato della lirica, bisogna tener presente che il termine "novilunio" non indica qui, come di consueto, la prima delle fasi lunari, durante la quale la luna non si vede. Con il termine "novilunio", infatti, D'Annunzio indica la luna nuova, cioè la luna al suo primo apparire, quando è una sottilissima falce luminosa e intorno a lei nel cielo si disegna leggero tutto il suo contorno circolare, la cosidetta "luce cinerea". Vedi, in proposito, anche la nota 2 e la nota 7.

Poi, quando il componimento fu inserito nell'ambito del Libro di *Alcyone*, il titolo originario subì varie modifiche. Così, nel primo elenco di titoli alcionii in cui compare, il ms. 405 (fine di giugno 1902), il componimento è registrato all'ultimo posto dell'elenco, come "Settembre". Poi, nei mss. 421-432 v. (metà di luglio 1902) è segnato, al penultimo posto dell'elenco, come "Novilunio". Più tardi, nell'annuncio editoriale Treves del 18 gennaio 1903 è segnato al terzultimo posto – davanti a "Altius egit iter" e a un progettato ma mai composto "Ditirambo V" –, come "Novilunio di settembre". Infine, nell'ultimo elenco-progetto di titoli alcionii, il ms. 410 che dovrebbe risalire all'ottobre 1903, appaiono due titoli che potrebbero essere riferiti al componimento: "Ballata di Settembre" (ricalcato su "Sonetto") e "Sestina di settembre": tra i due titoli quello in cui è da ravvisare *Il novilunio* è con tutta probabilità il primo, anche se "Sestina di settembre", è registrato al penultimo posto dell'elenco, subito prima de "Il commiato". Solo da ultimo, forse nel novembre o addirittura sulle bozze di stampa, il titolo si fissò nella forma definitiva: *Il novilunio*.

Nel cielo smuore, diafano e incerto, il lieve contorno circolare della luna, cui lo spicchio del primo quarto fa da luminoso monile. Sulla terra è l'ora ambigua del crepuscolo e il mare accompagna con il suo monotono canto i rumori leggeri e melodiosi che vengono dalla campagna. Lungo la spiaggia, nell'incerto chiarore si distinguono ancora i segni dell'estate, le conchiglie vuote, gli ossi di seppia, le silique delle carrube, le alghe. È il novilunio di settembre: l'estate è finita, e nei campi già ci si appresta alle opere autunnali. Ermione, colta dal primo gelo della notte, ha tremato d'improvviso e al poeta che, malinconico per questo nuovo segno della fine della stagione estiva, le ha mostrato il sottile spicchio del primo quarto, dice che quello spicchio di luna altro non è che la falce dell'estate, la falce che ha falciato le spighe, i papaveri e i fiordalisi e che, ora che l'estate se ne va, langue avvolgendo d'oblio tutte le cose. Solo lei, Ermione, non dimenticherà ciò che è stato, ma anche lei se ne andrà con l'estate ma non, come le rondini, per tornare ancora.

La mesta elegia dell'estate che muore è svolta in una dolcissima e sommessa modulazione di immagini che traducono in lieve musica uno stato d'animo pensoso e raccolto, intriso di rimpianti e di nostalgia per le ore felici perdute per sempre, eppure tranquillo e sereno nella malinconica accettazione di ciò che è ineluttabile. La fine dell'estate, colta, dopo tanto fulgore meridiano, nei suoi segni più languidi e smorzati – il "viso" pallido ed esangue della luna, il canto del mare che nell'ora incerta del crepuscolo accompagna la melodia della terra, le reliquie della bella stagione rimaste sulla spiaggia – fa tutt'uno con la fine della "favola bella" di Ermione. Non per niente, è proprio alla dolce figura di Ermione, che ha accompagnato il poeta per tutta la vicenda dell'estate e nel cui volto sembra adunarsi l'evanescente incanto della luna, che tocca ora il compito di suggellare con la sua "partenza" la fine della stagione alcionia.

La lirica si articola in due parti uguali di tre strofe ciascuna. Le prime tre strofe hanno la funzione di suggerire il tempo e lo spazio mediante l'immagine della luna (I strofa), le impressioni sonore (II strofa) e le impressioni visive (III strofa); le altre tre strofe (IV, V, VI), incentrate sulla figura di Ermione, hanno invece il compito di sviluppare, variamente riprendendo i temi delle prime tre, il motivo più propriamente personale e umano della malinconia e della nostalgia. La lirica, però, è solo apparentemente una lirica descrittiva. Ciò che al poeta interessa non sono le immagini di cui intesse il componimento, ma la qualità sonora delle parole in cui quelle immagini si risolvono. Infatti, le immagini realistiche che sembrano prese dal vivo e che riempiono il componimento, sia quella della luna, trascritta direttamente dagli appunti di un *Taccuino* (vedi la nota 7 e per gli appunti preparatori della lirica vedi qui sopra alla p. 708) sia quelle più minute e naturalistiche dei grilli, delle rane, delle pannocchie, del fico, delle orme dei fanciulli sulla sabbia, delle conchiglie vuote, delle alghe morte, degli ossi di seppia, delle guaine delle carrube, dei canti sull'aia e simili sono, fin dal loro primo apparire, riassorbite e poi addirittura cancellate dal prevalere su di esse del ritmo melodico dell'insieme che spesso le stilizza anche in forme decorative o asettiche. Insomma, al di là di ogni assunto descrittivo o narrativo, la lirica tende a risolversi, attraverso soluzioni tecniche, metriche e prosodiche, di derivazione ben precisa, in rapporti puramente musicali, scanditi e ribaditi all'infinito in rispondenze e rimandi interni che non riguardano soltanto le rime e le assonanze, cioè i timbri vocalici, gli incontri consonantici e le parole, ma interessano anche intere frasi che riappaiono in punti e in contesti differenti creando una fitta trama di suoni e un sottile gioco di allusioni. Così "il viso della creatura / celeste che ha nome / Luna" dei vv. 3-5 ritorna con leggere varianti ai vv. 19-21, 101-104, 135-137 e ogni volta allude da lontano all'analogo nesso della *Pioggia nel pineto*, successiva quanto alla stesura ma anteriore nella struttura dell'*Alcyone* (vv. 62-64: "o creatura terrestre / che hai nome / Ermione"), in modo da stabilire fin dall'inizio quella corrispondenza tra la luna ed Ermione che è fondamentale nell'economia del componimento. Così "nell'aria lontana" del v. 2 ritorna ai vv. 25, 134, 171-172. Così "con una collana / sotto il mento sì chiara / che l'oscura" dei vv. 16-18 torna tal quale ai vv. 137-139 e con lievi variazioni di natura esclusivamente musicale, ai vv. 22-24. Così "tra il giorno senza fiamme / e la notte senza ombre" dei vv. 36-37 torna ai vv. 158-159; così "non lieti non tristi" del v. 72, dove è riferito al giorno e alla notte, torna al v. 142, riferito allusivamente a Ermione, "non lieta non triste" e quindi partecipe anch'essa dell'ambiguità dell'ora. Così, a segnare l'*incipit* e l'*explicit* di ogni strofa ritornano, pur in forma o in accezione diverse, la rima iniziale "Settembre" e la rima finale "sempre". E così, infine, la stessa serie comparativa della prima strofa ("trasparente come... labile come... pallida come...") e la serie enumerativa della seconda strofa (vedi soprattutto i vv. 46 ss.), "trascritte in una variazione continua di modi /.../ ed alleggerite in una sintassi liberissima /.../ si risolvono in una pura linea melodica" e creano "intorno all'accensione viva, una ricchezza di riferimenti analogici, una possibilità di modulazione" (A. Noferi).

Qualche inevitabile abbassamento di tono, al di là dell'impressione di eccessivo magistero tecnico-espressivo che la lirica, come le liriche consimili, può suscitare, è riscontrabile qua e là nel componimento. Si veda il *décor* un po' preraffaellita della figura di Ermione dormente (vv. 113-127) e, qua e là, la preziosità in cui si risolvono talune immagini di origine naturalistica. Si veda la banale simmetria "dopo che tanto l'amammo, / dopo che tanto ci piacque" dei vv. 160-161 che nella sua cadenza esteriore ricorda analoghe soluzioni del *Poema paradisiaco* (vedi *Poema paradisiaco, Invito alla fedeltà*, vv. 78-79: "poiché tanto ridemmo / poiché tanto piangemmo"). E si vedano poi, sempre tra le possibili spie di cedimenti di tono, l'effetto tutto esteriore del motivo nostalgico che si stempera nel tono elegiaco e un po' eloquente di certe soluzioni molli ed estenuate, anch'esse di origine "paradisiaca" (vv. 180-185). La lezione "paradisiaca", di fatto, condiziona tutta la lirica, cui, tra l'altro, presta il tema del declino, l'intonazione sommessa del discorso e, anche, l'idea del languido colloquio a due. Accanto alla vecchia esperienza segnata dal *Poema paradisiaco*, comunque, non meno determinante, nel bene e nel male, proprio ai fini della strutturazione de *Il novilunio* nel modo in cui è strutturato, è stata la recente lettura di H. de Régnier, che ha per così dire dato nuovi slanci alle tendenze "paradisiache", rinvigorendole con l'apporto di nuove immagini, di nuove soluzioni, intonazioni e cadenze. La genesi stessa di alcuni nuclei ideativi del componimento è in qualche modo legata al modello francese, proprio come nel caso della quasi contemporanea lirica *Le Ore marine*. Sintomatico, da questo punto di vista è, come hanno segnalato V. De Maldé e G. Pinotti, il riscontro offerto da un appunto registrato nel già citato ms. 617, contenente note e appunti relativi a quello che per il momento è ancora intitolato "Novilunio di settembre". In esso, infatti, si legge: "Qualcuno canta intrecciando i giunchi – i vimini, – Su la siepe le bacche sopravvivono al fiore". Questa nota, "contrassegnata sul margine sinistro da un doppio tratto di matita che pare indicarne l'avvenuto impiego, rappresenta la puntuale traduzione di *Odelette VII*, v. 20: 'Quelqu'un chante en tressant l'osier dans l'oseraie...' e vv. 12-13: 'Les épines percent la haie, / à la fleur survit la baie' e costituisce il 'cartone' compositivo da cui trarranno materia i vv. 57-66 e 82-84 del *Novilunio*. La desunzione tematica comporta poi, nel passaggio dall'appunto manoscritto al testo d'arrivo, il calco stilistico dell'intero contesto: se pertanto nel brano immissario il motivo introdotto dal citato v. 20, è ripreso ai vv. 25-26: 'Quelqu'un chantonne / en travaillant dans l'oseraie', un analogo procedimento detterà i vv. 175-180 del *Novilunio*. Al prelievo dal de Régnier s'accompagna inoltre a conferma di un metodo di lavoro ormai ampiamente acclarato, il debito nei confronti del Tommaseo-Bellini, che alla voce 'vimini', certo reperita sulla scorta della suggestione lessicale offerta dal testo francese, glossa: 'Vermena di vinco, con cui si tessono ceste, panieri, ecc.' /.../ Monovalente è invece il rapporto che lega al testo immissario i vv. 82-84: estendendo infatti di pochi versi la citazione da *Odelette VII*, non è chi non veda come anche l'immagine delle 'rose canine', apparentemente frutto di un'autonoma gestazione, costituisca in realtà un altro prestito regneriano: 'Les épines percent la haie, / à la fleur survit la baie; / la terre croule / le long des talus de la route; / il a plu sur l'étang et sur la roseraie...' (*Odelette VII*, vv. 12-16). Lo scarto *fiore/rosa canina*, suggerito dalla posizione esposta di *roseraie* – non a caso in rima con *haie* e *baie* – ha dunque luogo sulla scorta di istanze lessicali contestualmente presenti nel passo desunto" (V. De Maldé-G. Pinotti, *art. cit.*, pp. 40-42). Ma lo sfruttamento del modello regneriano da parte di D'Annunzio non si limita all'adozione di particolari nuclei tematici – ad esempio lo stesso tema, centrale nella lirica, della dissoluzione e della fine di una stagione che D'Annunzio deriva, oltre che dal suo *Poema paradisiaco*, dalla *Ode I*, dall'*Odelette VII* e dalla *Ode IV* deï *Jeux rustiques et divins* – o di singole immagini e singoli stilemi, che pure sono così numerosi (vedi note 24, 49, 50 e 59) da far parere il *Novilunio* un vero e proprio "esemplare di tecnica centonaria" (V. De Maldé-G. Pinotti) esercitata su una materia potenzialmente realistica e naturalistica. Dal poeta francese, infatti, D'Annunzio sembra aver derivato anche quell'insieme di soluzioni foniche, sintattiche, ritmiche e prosodiche che costituiscono la caratteristica più evidente del componimento e che non possono essere ricondotte alla semplice matrice simbolista del *Poema paradisiaco* se non altro perché risultano adottate parallelamente a idee, temi, immagini e sintagmi di chiaro ascendente regneriano. Insomma come hanno dimostrato V. De

Maldé e G. Pinotti, se le fonti de *Il novilunio*, "già significatamente *Settembre*, sono *Médaillon pastoral*, le *Odes I* e *IV* e le *Odelettes VII* e *X* reperite con ogni probabilità sulla scorta di alcune idee-tema, o parole chiave /.../, alla ripresa ne *Il Novilunio* delle tematiche autunnali del francese, consegue l'acquisto di una fenomenologia prosodico-ritmica peculiare dei testi immissari, traslitterata da D'Annunzio nei canoni metrici e prosodici della tradizione aulica in lingua" (V. De Maldé-G. Pinotti, *art. cit.*, p. 77). Tali risultano i vari calchi di soluzioni ritmiche e stilistiche che abbiamo più sopra segnalato, come la ripresa di intere immagini o di singoli sintagmi in punti diversi del componimento, nonché di altre soluzioni siffatte, come le rime identiche, esterne o interne, le consonanze e le assonanze, le frequentissime anafore, la figura etimologica (vedi *Il novilunio*, vv. 147-148 e cfr. *Odelette I*, vv. 22-23: "et qui pleurait, / pour faire pleurer" e *Odelette VII*, v. 20: "... l'osier dans l'oseraie"); l'allitterazione, la contrapposizione antonimica (vedi *Il novilunio*, v. 71: "non lieti, non tristi" e cfr. *Odelette VII*, v. 6: "Ni tes seins, ni le frisson"), la *geminatio* e simili (cfr. V. De Maldé-G. Pinotti, *art. cit.*, pp. 81 ss.). Tale, inoltre, risulta anche "la riproduzione della struttura verticale del testo immissario (*Ode I*) mediante l'uso ad apertura e chiusura di ogni strofa degli allitteranti e assonanti *Settembre: sempre* a riproduzione dell'analoga struttura dell'*Ode I*, dove l'allocuzione 'Septembre!' (a inizio, vv. 1, 50 e al centro di strofa, vv. 5, 16, 56) assuona con 'silence' in penultima posizione nella prima strofa (v 26), a fine di stanza nell'epodo (v. 56)". Tale, da ultimo, risulta anche la trascrizione della particolare struttura metrica delle *Odelettes* regneriane, le cui strofe in numero variabile e dai versi brevi variamente richiamantisi per rima o assonanza sono in qualche modo alla base della "strofa lunga" dannunziana, come si è visto anche a proposito de *Le Ore marine*, la lirica che precede di pochi giorni la stesura de *Il novilunio*. Non per niente, è proprio ne *Il novilunio* che fanno la loro prima apparizione anche particolari soluzioni tecnico-espressive destinate ad avere notevole sviluppo nelle successive liriche di *Alcyone* e poi nella *Laus vitae*: in primo luogo, la tendenza a far coincidere strofa lunga e periodo lungo, tendenza compiutamente realizzata nella I, nella II e nella III strofa, nonché tra la V e la VI strofa; in secondo luogo l'enumerazione multipla (vedi, ad esempio, i vv. 73 ss.. "...tu vedi ancora / nella sabbia le..., le..., le..., le..., gli..., le..., e vedi nella... e nel..., e nella..., e nel..., e su..."); e, infine, il cumulo delle comparazioni (vedi, ad esempio, i vv. 5 ss.: "...trasparente come la..., come la..., labile come la... su... la... su..., pallida come il... su...").

Metro: sei "strofe lunghe" di trentatré versi liberi variabili dal quaternario al novenario. Ogni strofa è introdotta dal nome del mese ("settembre") ed è chiusa, quasi ad eco, dall'avverbio "sempre". Alla fine della sesta strofa c'è un verso isolato, un endecasillabo, che si chiude sulla parola "settembre". Vario il gioco delle rime (anche rime interne: vedi vv. 6-7: "marina-brina"; vv. 91-92: "d'oro-sonoro"; vv. 93-94: "fico-ombelico"; e rime false, come ai vv 58-61: "vinchi: giunchi: solinghi") e delle assonanze.

Novilunio di settembre!
Nell'aria lontana
il viso ² della creatura
celeste che ha nome
Luna,³ trasparente come   5
la medusa marina,
come la brina nell'alba,
labile ⁴ come
la neve su l'acqua,
la schiuma su la sabbia,   10
pallido come
il piacere

---

² *il viso*: il pallido profilo circolare che segna nel cielo l'intero contorno della luna al primo quarto.
³ *della creatura... Luna*: vedi *La pioggia nel pineto*, vv. 62-64: "o creatura terrestre / che hai nome / Ermione" e vedi nota introduttiva. Cfr. anche *Elegie romane*, *Villa Medici*, v. 27: "...dea presente, cui nomano Luna i mortali" (da P.B. Shelley, *Prometheus Unbound*, *The Cloud*, v. 46: "Whom mortals call the Moon").
⁴ *labile*: svanente, di breve durata.

su l'origliere,[5]
pallido s'inclina [6]
e smuore e langue   15
con una collana
sotto il mento sì chiara
che l'oscura: [7]
silenzioso viso esangue [8]
della creatura   20
celeste che ha nome Luna,
cui sotto il mento s'incurva
una collana
sì chiara che l'offusca
nell'aria lontana   25
ov'ebbe nome Diana [9]
tra le ninfe eterne,[10]
ov'ebbe nome Selene [11]
dalle bianche braccia [12]
quando amava quel pastore 30
giovinetto Endimione
che tra le bianche braccia

---

[5] *pallido... origliere*: pallido come è pallido sul guanciale ("origliere") il viso di un uomo o di una donna spossati e illanguiditi dai piaceri e dalle voluttà. Cfr., per un'immagine identica, *Poema paradisiaco*, *Le tristezze ignote*, vv. 32 s.: "Gli infermi /.../ pallidi sul guanciale". Per il sintagma "origliere", cfr. *L'Isottèo*, *Il dolce grappolo*, v. 14: "...il trapunto lin de l'origliere".

[6] *s'inclina*: si abbandona.

[7] *con una collana... che l'oscura*: lo spicchio del primo quarto sembra una collana che orna, in basso, "sotto il mento", il pallido "viso" della luna e ne offusca, con la sua intensa luminosità, il tenue chiarore. Cfr. il preciso precedente di questa immagine in un appunto del *Taccuino XVII*, I, p. 227 dove, alla data "Settignano, 23 marzo 1897, sera", si legge: "La luna è nel primo quarto, sottilissima /.../ La falce luminosa è in basso, ma si vede tutta la faccia diafana, simile a una faccia pallida che lo splendore straordinario di un monile oscuri. E si suscita in me l'imagine di una donna che venga meno, che quasi dilegui, avendo intorno al collo una collana raggiante. Misterioso viso diafano, cui sotto il mento fiammeggia il monile...". Nel *Taccuino*, dopo queste parole, un disegno di mano del poeta illustra l'immagine.

[8] *esangue*: pallido, languido.

[9] *Diana*: nome della dea latina della caccia, poi identificata con la dea della luna.

[10] *tra le ninfe eterne*: tra le stelle: cfr. Dante, *Paradiso*, XXIII, vv. 25 s.: "Quale ne' plenilunii sereni / Trivïa ride tra le ninfe etterne..."

[11] *Selene*: nome greco della dea della luna.

[12] *dalle bianche braccia*: epiteto omerico.

dormiva sempre.[13]

Novilunio di settembre!
Sotto l'ambiguo lume,[14]   35
tra il giorno senza fiamme[15]
e la notte senza ombre,
il mare, più soave
del cielo nel suo volume
lento,[16] più molle   40
della nube
lattea[17] che la montagna
esprime dalle sue mamme[18]
delicate,
il mare accompagna[19]   45
la melodìa
della terra, la melodìa
che i flauti dei grilli[20]
fan nei campi tranquilli
roca assiduamente,[21]   50

---

[13] *quando... dormiva sempre*: secondo il mito, Selene, che non aveva mai amato, si invaghì, vedendolo dormire dall'alto dei cieli, di un bellissimo pastore della Caria, Endimione, e gli diede un eterno sonno per poter sempre scendere furtivamente a baciarlo.

[14] *l'ambiguo lume*: la luce incerta del crepuscolo.

[15] *senza fiamme*: senza più la luce fiammeggiante del dì.

[16] *volume / lento*: la massa lievemente ondeggiante delle acque.

[17] *lattea*: biancastra.

[18] *che... mamme*: la nube che si trova sopra la montagna sembra uscita fuori dalle cime della montagna stessa, che sono simili a mammelle ("mamme") rivolte verso il cielo. Cfr. *Taccuino XVII*, loc. cit.: "Sembra veramente che le colline *esprimano* l'azzurro, come le mammelle il latte".

[19] *accompagna*: con il suo lieve sciabordare.

[20] *i... grilli*: gli invisibili strumenti musicali, i "flauti", di cui si servono i grilli per modulare il loro canto. Cfr. *L'innocente*, in *Prose di romanzi*, I, p. 553: "Su i davanzali batteva la luna piena; giungeva il canto corale dei grilli, simili al suono d'un flauto un po' roco e indefinitamente lontano"; p. 555: "Un canto umano ora giungeva nella notte, coprendo il suono roco del flauto silvestre /.../"; p. 556: "/.../ nelle pause si riudiva il suono di quel flauto un po' roco e infinitamente lontano" [1892]; *Taccuino XIV*, I, pp. 187-188: "Il flauto roco e dolce dei grilli risonava ancora per tutta la campagna" ["*Assisi* /.../ *14 settembre 1897*"]; *Taccuino XVIII*, loc. cit., p. 246: "dalla parte della corte s'ode il flauto melodioso dei grilli che persuade il sonno alla grande montagna" ("31 Agosto [1898] Vallombrosa").

[21] *roca assiduamente*: stridula e sempre uguale. Cfr. *Poema paradisiaco*, *Climene*, vv. 7-8: "...il cantar dei grilli / eguale e roco".

la melodìa
che le rane
fan nelle pantane
morte,²² nel fiume che stagna
tra i salci e le canne   55
lutulente,²³
la melodìa
che²⁴ fan tra i vinchi²⁵
che fan tra i giunchi
delle ripe rimote   60
uomini solinghi
tessendo le vermene
in canestre,²⁶
con sì lunghi
indugi su quelle parole   65
che ritornano sempre.²⁷

Novilunio di settembre!
Tal chiaritate²⁸
il giorno e la notte commisti²⁹
sul letto del mare   70
non lieti non tristi³⁰
effondono ancóra,
che tu vedi ancóra
nella sabbia le onde
del vento,³¹ le orme   75
dei fanciulli, le conche

---

²² *pantane / morte*: fosse d'acqua morta.
²³ *lutulente*: fangose. Latinismo dell'uso letterario.
²⁴ *la melodìa che...*: per l'origine regneriana di questo passo (vv. 57-62), vedi la nota introduttiva a p. 712.
²⁵ *vinchi*: salci. Alla voce "vinco" del Tommaseo-Bellini il poeta leggeva: "Specie di salcio, delle cui vermene [vedi v. 63] /.../ si fanno panieri cestelle e simili [vedi vv. 63-64]".
²⁶ *tessendo... canestre*: intrecciando i ramoscelli sottili e pieghevoli dei vinchi e di altre specie di salici per costruire canestri. Ma vedi la nota precedente.
²⁷ *quelle... sempre*: le parole del ritornello.
²⁸ *chiaritate*: chiarore, luce. Per la grafia arcaicizzante cfr. G. Cavalcanti, *Rime, Chi è questa che ven*, v. 2: "...fa tremar di chiaritate l'âre".
²⁹ *commisti*: mescolati nell'"ambiguo lume" del crepuscolo.
³⁰ *non... tristi*: dolcemente sospesi tra la luminosità gioiosa del dì e la malinconica tristezza della notte.
³¹ *le onde / del vento*: le increspature che il vento ha disegnato sulla sabbia.

vacue,³² le alghe
argentine,³³
gli ossi delle seppie,
le guaine ³⁴   80
delle carrube,
e vedi nella siepe
rosseggiar le nude
bacche delle rose canine ³⁵
e nel campo la pannocchia   85
dalla barba d'oro ³⁶
lucere,³⁷ che al plenilunio
su l'aia il coro
agreste monderà con canti,³⁸
e nella vigna   90
il grappolo d'oro ³⁹
che già fu sonoro d'api,
e nel verziere ⁴⁰ il fico
che dall'ombelico stilla
il suo miele,⁴¹   95
e su la soglia del tugurio
biancheggiar la conocchia ⁴²

---

³² *le conche / vacue*: le valve delle conchiglie vuote.
³³ *argentine*: luccicanti d'argento, sotto la tenue luce, in quanto ormai secche.
³⁴ *le guaine*: le silique, simili a guaine. Alla voce "siliqua" del Tommaseo-Bellini il poeta leggeva: "È anche sorta d'arbore, detto altrimenti carrubo, o guainella...".
³⁵ *e vedi... canine*: e vedi nella siepe le bocche delle roselline di macchia rosseggiare sole ("nude") sul cespo che non ha più fiori. Per l'origine regneriana di questo passo (vv. 82-84) vedi la nota introduttiva a p. 712.
³⁶ *la... d'oro*: la pannocchia del granoturco, con i pistilli disseccati che anche i contadini chiamano "barba del granoturco".
³⁷ *lucere*: risplendere. Latinismo della tradizione letteraria.
³⁸ *il coro... canti*: i contadini scartocceranno cantando in coro. Per tutta l'immagine, cfr. *L'Innocente*, loc. cit., p. 555: "Un canto umano ora giungeva nella notte, coprendo i suoni del flauto silvestre: forse un coro di trebbiatori da qualche aia remota, sotto la luna".
³⁹ *il grappolo d'oro*: il grappolo d'uva ormai maturo.
⁴⁰ *verziere*: giardino. Arcaismo (cfr. *L'Intelligenza*, VIII, v. 1: "in un verziere...") caro a D'Annunzio fin dal primo *Canto novo*.
⁴¹ *dall'ombelico... miele*: dal foro che si apre al centro della parte inferiore del fico maturo stilla il dolce succo del frutto. Cfr. *Canto novo, Offerta votiva*, vv. 3 s.: "...un /.../ ombelicato fico" (da *Anth. Pal.*, VI, 20: "un fico ombelicato").
⁴² *biancheggiar la conocchia*: la conocchia biancheggia perché è tutta avvolta dalla candida lana che la vecchia sta filando.

dell'antica madre[43] che fila,
che fila sempre.

Novilunio di settembre, 100
dolce come il viso
della creatura
terrestre che ha nome
Ermione,[44] tiepido come
le sue chiome, 105
umido come il sorriso
della sua bocca
umida ancóra
della prima uva matura,
breve come la sua cintura[45] 110
nel cielo verde
come la sua veste!
Ha tremato
nella sua veste
verde[46] che odora 115
ad ogni passo
come un cespo[47] ad ogni fiato,[48]
ha tremato
al primo gelo notturno
ella che a mezzo il giorno 120
dormì con la guancia

---

[43] *antica madre*: la vecchietta dai molti anni, simile ad una Parca ("che fila, / che fila sempre").
[44] *creatura... Ermione*: vedi versi 3-5 e nota 3. Anche la triplice rima "...che ha nome / Ermione, tiepido come / le sue chiome" sarà ripresa in *La pioggia nel pineto*, vv. 59 ss.: "e le tue chiome / auliscono come / le chiare ginestre, / o creatura terrestre / che hai nome / Ermione".
[45] *breve... cintura*: esiguo è il giro dell'arco lunare, come esiguo è il giro della cintura di Ermione.
[46] *veste / verde*: il colore verde della veste è un colore dantesco, stilnovistico e preraffaellita: di una "tunica verde" è vestita Viviana May de Penuele, "la gelida virgo prerafaelita" de *La Chimera*, *Due Beatrici*, II, vv. 42-43: "Splendimi ne la chiara ode, vestita / de la tunica verde /.../"; "un *preraffaellistico* abito /.../ di velo verdemare" indossa Miss Multon in una *Cronaca mondana* pubblicata su «La Tribuna» del 27 gennaio 1886 (cfr. A. Castelli, *op. cit.*, p. 150); e, infine, "una delicata veste verde" indossa Isabella nel *Sogno d'un mattino di primavera*: cfr. *Tragedie*, I, pp. 19 ss.
[47] *cespo*: cespuglio di fiori.
[48] *ad ogni fiato*: ad ogni soffio di vento. "Fiato" per "alito, soffio" è sintagma dantesco e petrarchesco.

sul braccio curvo
e si svegliò con le tempie
madide,⁴⁹ con imperlato
il labbro, nella calura, 125
vermiglia come un'aurora
aspersa di calda rugiada
e sorridente.
E io le dico: « O Ermione,
tu hai tremato. 130
Anche agosto, anche agosto
andato è per sempre!

Guarda il cielo di settembre.
Nell'aria lontana
il viso della creatura 135
celeste che ha nome
Luna, con una collana
sotto il mento sì chiara
che l'oscura,
pallido s'inclina e muore... » 140
Ma dice Ermione,
non lieta non triste:
« T'inganni. Quella ch'è sì chiara
è la falce
dell'Estate, è la falce 145
che l'Estate abbandona
morendo, è la falce
che falciò le ariste⁵⁰
e il papavero e il cìano⁵¹

---

⁴⁹ *ella che... madide*: per tutta l'immagine, cfr. H. de Régnier *Les jeux rustiques et divins*, Ode IV, vv. 20-21: "Eté tu dors. En l'ombre douce è qui est las / repose, car ta joue est moite sur ton bras" (M. Praz, *La carne* cit., p. 518).
⁵⁰ *è la falce dell'Estate... ariste*: per tutta la metafora *luna / falce dell'Estate che falciò le ariste*, cfr. H. de Régnier, *Les jeux rustiques et divins*, Ode IV, vv. 24-26: "Ta [= dell'*Eté*] faucille d'acier finira la moisson, / pas a pas, jour par jour, avant qu'à l'horizon / ce croissant incurvé soit une lune pleine"; *Médaillon pastoral*, vv. 3-9: "...et l'Eté las sous en hêtre s'endort; / sa faucille d'argent avec les épis d'or / atteste la moisson qui n'est pas achevée, / et la lune silencieuse s'est levée" (V. De Maldé-G. Pinotti). Cfr però già *Canto novo, Canto del sole*, V, vv. 25 s.: "Una gran falce ferrea / par la siderea messe recidere".
⁵¹ *cìano*: fiordaliso. Vedi *La spica*, vv. 8 s.: "col ciano cilestro / col papavero

quando fiorìano 150
per la mia corona ⁵²
vincendo in lume il cielo e il sangue; ⁵³
ed è la faccia dell'Estate
quella che langue
nell'aria lontana, che muore 155
nella sua chiaritate
sopra le acque,
tra il giorno senza fiamme
e la notte senza ombre,
dopo che tanto l'amammo,⁵⁴ 160
dopo che tanto ci piacque;
e la sua canzone
di foglie di ali di aure di ombre
di aromi di silenzii e di acque
si tace ⁵⁵ per sempre; 165

e la melodìa di settembre,
che fanno i flauti campestri ⁵⁶
ed accompagna il mare
col suo lento ploro,⁵⁷
non s'ode lassù nell'aria 170
lontana ov'ella spira
solitaria
il suo spirto odorato
di alga di résina e di alloro; ⁵⁸
e l'uomo che ⁵⁹ s'attarda ⁶⁰ 175

ardente".
⁵² *quando... corona*: quando sembravano fiorire appositamente per fornire fiori da intrecciare nella mia ghirlanda.
⁵³ *vincendo... il sangue*: vincendo in intensità, il cìano, il colore del cielo e, il papavero, il colore del sangue.
⁵⁴ *dopo che tanto l'amammo*: vedi *Ditirambo III*, vv. 48 ss.: "O Estate, Estate ardente / quanto t'amammo noi per t'assomigliare, / per gioir teco nel cielo nella terra e nel mare..." [20 luglio 1900].
⁵⁵ *si tace*: tace. Per l'uso del medio-riflessivo, vedi *La sera fiesolana*, v. 16 e nota relativa.
⁵⁶ *i flauti campestri*: i grilli (vedi v. 48).
⁵⁷ *ploro*: lamento.
⁵⁸ *odorato... di alloro*: vedi *Ditirambo III*, v. 5 e v. 102: "odorate [le 'aeree membra' dell'Estate] di aliga, di resina e di alloro".
⁵⁹ *l'uomo che...*: per l'origine regneriana di questa immagine (vv. 175-180) vedi la nota introduttiva alle pp. 713 s.
⁶⁰ *s'attarda*: indugia. Vedi *La sera fiesolana*, v. 4: "...ancor s'attarda all'opra lenta".

> in tessere vermene
> già fece del grano mannelle [61]
> ed or [62] fa canestri
> per l'uva, con un canto eguale, [63]
> e tutto è obliato;   180
> obliato anche agosto
> sarà nell'odor del mosto, [64]
> nel murmure delle api d'oro; [65]
> per tutto sarà l'oblìo,
> per tutto sarà l'oblìo;   185
> e niuno più saprà
> quanto sien dolci
> l'ombre dei voli
> su le sabbie saline, [66]
> l'orme degli uccelli   190
> nell'argilla dei fiumi, [67]
> se non io, se non io,
> se non quella che andrà
> di là dai fiumi sereni,
> di là dalle verdi colline,   195
> di là dai monti cilestri, [68]

---

[61] *mannelle*: fastelli, covoni. È sintagma molto frequente in G. Pascoli: cfr. ad esempio, *Myricae, Galline*, v. 9: "fa il villano mannelle...".
[62] *ed or*: e ora che l'estate è finita e che si avvicina l'autunno.
[63] *eguale*: monotono. Vedi vv. 64 ss.
[64] *obliato... mosto*: l'autunno, con i suoi nuovi colori e con i suoi nuovi odori, ad esempio l'odore del mosto, farà dimenticare l'estate. Per l'"odor del mosto" come simbolo della fine dell'estate, vedi poi anche *Undulna*, vv. 93 s.: "Già sento l'odore del mosto / fumar dalla vigna arenosa".
[65] *nel... d'oro*: anche i nuovi rumori dell'autunno, come il ronzio delle api intorno all'alveare mentre l'agricoltore procede alla smelatura, faranno dimenticare l'estate e i suoi rumori. Per il "murmure delle api" come simbolo dell'autunno, vedi poi anche *Undulna*, vv. 91 s.: "...Equinozio / d'autunno, già sento il tuo miele". Per il sintagma "api d'oro", cfr. *La Chimera, Due Beatrici*, I, v. 15: "e ronzan api d'oro".
[66] *l'ombre... saline*: le ombre che gli uccelli in volo proiettano sulla sabbia impregnata di salsedine. *Ditirambo III*, v. 21: "l'ombre dei voli su le sabbie saline".
[67] *l'orme... dei fiumi*: le orme che le zampe degli uccelli lasciano sulla sabbia dei letti dei fiumi in secca per l'estate. Vedi *Ditirambo III*, vv. 20-21: "l'orme degli uccelli nell'argilla / dei fiumi" e cfr. anche *Taccuino* n. 10, II, p. 108: "Su l'arena umida le vestigia delicate degli uccelli, orme quasi impercettibili" [luglio 1899].
[68] *di là... cilestri*: vedi *Le Ore marine*, vv. 28-30 e 69-71 e note relative.

se non quella che andrà
che andrà lungi per sempre,

e non con le tue rondini,⁶⁹ o Settembre! »

---

⁶⁹ *non con le... rondini*: non assieme con le rondini, le quali, diversamente da Ermione, partono per poi ritornare.

Il commiato

La data di composizione è ignota. Il termine *ante quem* è costituito dal 15 novembre 1903, giorno in cui l'ode apparve su «Il Marzocco» di Firenze (a. VIII, n. 46) con il titolo "Dal Libro terzo delle Laudi. Il commiato". Il termine *post quem*, invece, è segnato dal 18 settembre 1903, data di una lettera in cui D'Annunzio conferma a Giovanni Pascoli la sua intenzione di dedicargli, con un apposito carme, *La figlia di Iorio* (vedi p. 731). Il titolo dell'ode, comunque, appare per la prima e unica volta nel ms. 410 che contiene i titoli dell'ultima sezione di *Alcyone*, da *Tristezza* alla fine, e che è databile tra il settembre e l'ottobre. All'epoca della stesura dell'elenco del ms. 410, per altro, l'ode non doveva essere ancora composta. Lo dimostrerebbe il fatto che (come osserva P. Gibellini, *Per la cronologia* cit., p. 418) il titolo non è marcato a lato dalla crocetta a matita che contraddistingue i titoli dei testi già composti. Appunti preparatori del componimento – alcuni dei quali poi non utilizzati – sono registrati nel ms. 17134 (num. 1174 K dell'*Inventario* cit.): "*Pànnia*, erba paludosa – // La pània che impiastra le vergelle // Infracida la dolce carne erbale – // il Capo Corvo ricco di viburni // Su le terre del Serchio lo gnafàlio (lanoso-giallo) // il papavero paràlio. // Il Gabberi folto di viburni – / gli acanti". Vedi anche la nota 50. Il manoscritto dell'ode – un manoscritto della stesura definitiva – fu inviato dal poeta a Maria Pascoli, "in vece" del giglio marino promesso nell'ultima strofa del componimento, il 20 novembre 1903.

"Morta è dunque l'Estate: e come Ermione, come le

rondini, anche il Poeta s'appresta ad emigrare: *alio hiemandum!* Lascerà dunque la Versilia dove ha vissuto il poema d'*Alcyone*, foggiando in mille guise il mito dell'Estate. Si congeda dalle Apuane... Nell'ora del distacco possa egli assimilare tutta intera all'arte sua la terra di Luni! Possa la sua mano sostenerla come un vaso etrusco! Struggente desio. Ma tempo è d'andare e vano ogni sogno. Cade il vespro. Sul Tirreno già brilla il faro... Prima di partire come per un esilio vuol ben salutare l'altro poeta che vive in solitudine oltre la Pania e il Monteforato nella sua rustica casa di Castelvecchio / ... / 'Di Boccadarno – [scriverà D'Annunzio nel 1911 nella *Contemplazione della Morte*] – io gli mandai un di quei coltelli ingegnosi che hanno nel manico tutti gli arnesi del giardiniere, dalle cesoie al potaiolo'; era il dono georgico. 'Di Versilia – [scriverà ancora D'Annunzio] – gli mandai un'ode curvata in ghirlanda con l'arte mia più leggera' [cfr. *Contemplazione della Morte*, in *Prose di ricerca*, III, p. 216]: ed ecco il dono del Poeta pànico al Poeta dei campi. Così alla dilaniante dolcezza che è nel congedo dalla Versilia, segue il fratellevole saluto all'eguale dei sogni e della gloria" (E. Palmieri).

Il commiato conclude, sul tema classico della partenza e dell'addio, l'avventura estiva di *Alcyone* e corrispondendo alla *Tregua*, che D'Annunzio in un primo tempo significativamente intitolò *Preludio*, sigilla il Libro terzo delle *Laudi* nel giro di una perfetta cornice, proprio come altre raccolte dannunziane.

L'ode – così il poeta definisce ripetutamente (vv. 112; 113, 189) il componimento – è costituita da due parti che forse, nel loro coesistere nell'ambito della medesima struttura, rivelano l'esistenza, alla base del componimento, di una irrisolta doppiezza di ispirazione. Il contrasto tra le due parti, per altro, è minimo. A distinguerle anche graficamente provvedono tanto uno stacco segnato da una spaziatura più ampia di quella tra strofa e strofa quanto un nuovo *incipit* marcato dall'uso della maiuscola in neretto grande della lettera iniziale della seconda parte. A garantire l'unità, invece, a parte l'uniformità del metro e, fino a un certo punto, l'omogeneità del motivo della partenza e del saluto, concorrono la ripresa, come nelle *coblas capfinidas*, del sintagma "ode" nel verso finale e in quello iniziale delle due parti (vv. 112-113: "nell'ode pura. // Ode...") e, soprattutto, il fatto che, come in un antico *envoi*, l'ode quale viene sviluppandosi nella prima parte del componimento è l'oggetto del discorso e dell'offerta della seconda parte.

La prima parte del componimento (vv. 1-112), dunque, contiene il vero e proprio *commiato* del poeta dai luoghi dove ha vissuto l'ultima e determinante fase della stagione alcionia. L'estate è finita, Ermione è partita e anche il poeta si accinge a lasciare la Versilia. Si congeda, pertanto, nominandoli uno per uno, e cogliendoli tra il morire del giorno e il primo calare delle tenebre, dai monti, dai canneti, dai golfi, dai promontori e dai paesini che si estendono tra l'Alpe e il mare. Il tono di questa prima parte è quello di una lacerante nostalgia che provoca nel poeta punte di inebriante dolcezza al solo nominare quei luoghi cari al ricordo e punte di scorata tristezza al pensiero che tanta bellezza, nella sua realtà contingente e nel suo inevitabile divenire e mutare, gli sarà per sempre sottratta. Il modulo espressivo, di conseguenza, è incentrato su una costante alternanza di descrizioni oggettive della realtà del paesaggio e degli aspetti della natura e di improvvise accensioni esclamative cui il poeta affida l'espressione del suo dolore in vista del prossimo distacco o la sceneggiatura dei suoi irrealizzabili desideri. Il momento descrittivo è svolto da D'Annunzio con la consueta tecnica volta a esaurire tutti gli aspetti del paesaggio e della realtà, belli anzi bellissimi per definizione, che intende descrivere. Ne risulta "una sorta di compendio di tutte le forme di accumulazione e di appropriazione descrittiva dei luoghi deputati e sublimati in cui l'intera raccolta si trova collocata ed esaltata, la Versilia appunto, non senza il riferimento al modello greco [vedi vv. 2-3: "come un colle dell'isola di Same / o di Zacinto"; vv. 97-98: "... il Caprione / sacro agli Itali come ai Greci il Sunio"], tanto per avvalorare ulteriormente la Bellezza che viene salvata / ... /. La catalogazione dei luoghi è compiuta per dichiarazione d'esistenza, che fissano la bellezza in una forma apodittica, definitoria, non tanto lirica quanto celebrativa" (G. Bàrberi Squarotti, *Il sim bolo dell'"artifex"* cit., p. 184-186). Siffatto inventario del paesaggio versiliano, perché tale alla fin fine appare la lunga descrizione, trova un adeguato supporto nel materiale registrato nei *Taccuini*. Nel caso specifico a offrire utili suggerimenti è il *Taccuino XLIV* (ed. cit., I, pp. 448-453) con gli appunti presi il 21 settembre 1902 a Val di Castello, in occasione di una visita ai luoghi carducciani e destinati a entrare bensì in un componimento alcionio ma un componimento incentrato su G. Carducci e non su G. Pascoli. Invece, la descrizione che introduce nel contesto una notazione realistica di ascendente pascoliano, e che ritorna in due punti del componimento (vv. 43-44 e poi vv. 75-88), dei carri che vanno per le strade maestre carichi di falaschi, sembra riassorbire nel *Commiato* il progetto, poi abbandonato, di comporre una lirica dedicata proprio al falasco: Il titolo "Il falasco", infatti, si legge nell'elenco di titoli contenuto nel ms. 410, subito dopo i *Sogni di terre lontane* (cfr., in proposito, P. Gibellini, *Per la cronologia* cit., pp. 418-419). Anche il momento sentimentale e nostalgico, che si sviluppa parallelamente a quello descrittivo per la più derivando da esso, è svolto nel modo consueto, con il ricorso a improvvise aperture esclamative e con l'inserimento di divagazioni obliose in margine alle descrizioni. Opportuni nessi enunciativi collocati tra l'uno e l'altro momento hanno la funzione di segnare la fine dell'espansione nostalgico-sentimentale e di riequilibrare il discorso permettendone anche l'ulteriore e necessario sviluppo. Così, al v. 29, dopo che per cinque strofe si sono succeduti ben quattro esclamativi in cui l'anafora parallela di due coppie di congiuntivi ottativi (vv. 11-14: "Vedess'io / ... / vedess'io..."; vv. 17-25: "Potess'io / ... / Potesse l'arte mia...") sottolinea insieme l'intensa partecipazione emotiva del poeta e, con i tempi verbali, l'impossibilità di realizzare il proprio desiderio, l'enunciazione-constatazione "Troppo è grave al mio cor la dipartenza" riavvia la descrizione della realtà paesaggistica. Allo stesso modo, al v. 78, l'enunciazione "Ma cade il vespro, e tempo è d'esulare" pone fine, con il suo richiamo alla realtà del dato temporale e anche con la riaffermazione della consapevolezza della necessità ineluttabile della partenza, al lungo sogno fantastico cui il poeta si è abbandonato immaginando di navigare su un burchio lungo la Fossa Burlamacca così lentamente come se scivolasse verso l'Ade (vv. 53-72) e ripropone il modulo descrittivo. Ai vv. 92-93, l'enfasi nostalgica si riaccende ("Mai fosti bella, ahimè, come in quest'ora / ultima o Pania!") a dire lo strazio del cuore del poeta che si accinge a staccarsi per sempre dalle bellezze del paesaggio. Poi il tono si placa di nuovo nella descrizione del paesaggio quale sarà una volta scesa la sera (vv. 93-108) e di nuovo si infiamma nel disperato grido del poeta che sa che non potrà godere tanta bellezza e tanta pace (vv. 109-110: "O Mare, o Alpe, ed io sarò lontano / con nel mio cuor la torbida mia cura!"), fino alla conclusione, invero piuttosto prosaica, di questa altalena di movimenti e di moduli espressivi, nell'ultima battuta della prima parte dell'ode: "Splende la cima del mio cuore umano, / nell'ode pura" (vv. 111-112). Certo la ripresa del sintagma "cuore" tra il v. 110, dove si allude agli affanni e alle preoccupazioni che travagliano il poeta, e il v. 111, dove si allude alla parte migliore del poeta che splende nell'"ode pura" testé conclusa, non è senza motivo, come non è senza motivo il fatto che il sintagma "l'ode pura" sia ripreso in parte all'inizio della strofa successiva che apre la seconda parte del componimento.

La seconda parte del componimento (vv. 113-192), dopo il saluto ai luoghi dell'estate, contiene il saluto del poeta ad un altro poeta, Giovanni Pascoli. A lui, che vive in solitudine con la sorella Maria oltre la Pania, a Castelvecchio, D'Annunzio, prima di partire come per l'esilio, invia il suo saluto e, insieme, l'ode stessa che ha composto, quasi ghirlanda d'alloro atta a incoronargli la fronte, e l'augurio che un giorno essi possano incontrarsi sulla cima del monte i cui opposti versanti l'uno e l'altro salgono, "discosti e soli". Ora, il saluto a un poeta, come ultima battuta di una raccolta lirica, e tanto più un saluto che implicasse in qualche modo una dichiarazione di poetica o una presa di posizione polemica o, per lo meno, di difesa di un particolare punto di vista, non è certo una novità nella produzione dannunziana. *Ai poeti* già si rivolge, infatti, D'Annunzio concludendo l'*Intermezzo di rime* del 1884. Al poeta Giovanni Marradi si rivolge poi nell'*Epodo* dell'*Isottèo*. Tutt'insieme *A F. P. Mi-*

chetti, Al poeta Giuseppe Cellini, Al poeta Giulio Salvavadori e, anche, *Al poeta Andrea Sperelli* si indirizzano i componimenti dell'*Epilogo* della *Chimera*. Il *Poema paradisiaco* si chiude con una riflessione su *I poeti* e con il *Saluto al Maestro* si era recentemente chiusa la *Laus vitae* in *Maia*. Da questo punto di vista, insomma, la seconda parte del *Commiato* non fa altro che inserirsi in una tradizione ben collaudata. Se mai, nel *Commiato* di *Alcyone*, stupisce, oltre la giustapposizione del saluto al poeta con il saluto ai luoghi sacri al proprio ricordo di cui già si è detto, proprio la scelta di Giovanni Pascoli come destinatario del messaggio. Di fatto, la scelta dell'autore delle *Myricae*, apprezzate e tenute a battesimo da D'Annunzio fin dal lontano 1892, dei *Canti di Castelvecchio*, che venivano messi in circolazione in volume proprio nei giorni in cui D'Annunzio si accingeva a comporre *Il commiato* e dei *Poemi conviviali*, che avevano visto la luce sul dannunziano "Convito" e cui D'Annunzio non aveva mai risparmiato lodi, se certo non fu casuale e neppure determinata solo dal recente rappacificamento tra i due uomini, fu una scelta dell'ultimo momento. E non è facile dire da che cosa essa sia stata motivata. In un primo tempo, il terzo Libro delle *Laudi* avrebbe dovuto contenere un omaggio a Giosuè Carducci. Si legge, in proposito, in una intervista rilasciata da D'Annunzio e pubblicata su « La Tribuna » di Roma dell'11 dicembre 1902: "Nel terzo libro v'ha, fra le altre, una lunga poesia in terzine dedicata a Giosuè Carducci. Da alcuni anni il D'Annunzio aveva in animo di rivolgere un suo canto di saluto e di omaggio al Maestro glorioso, e già aveva cominciato un'ode: ma preferì compiere questa lirica in terzine, dopo una visita fatta a Val di Castello, il paese natale del Carducci. Glorifica egli quella casa solitaria e il paese dove si nudrì e crebbe la ferrea giovinezza del poeta delle *Odi barbare*, esalta quella solenne arte italica e chiede al Maestro che gl'indulga s'egli è stato costretto a essergli infedele, dovendo seguire il solco segnato dalla sua volontà e dal suo destino". Naturalmente la "lirica in terzine" non era affatto stata composta, né, in terzine, mai sarebbe stato composto il saluto al Maestro. Corrisponde invece a verità il fatto che D'Annunzio si sia recato a Val di Castello. Si è anzi visto come gli appunti presi in quell'occasione nel *Taccuino XLIV* siano stati sfruttati proprio nella prima parte del *Commiato*. Invece, quanto all'intenzione di offrire a G. Carducci un omaggio poetico su cui fa perno il brano dell'intervista, le carte alcionie dimostrano che essa risale molto addietro nel tempo. Nel ms. 418, "che si può considerare il più antico progetto conservato delle *Laudi*" (P. Gibellini, *Per la cronologia* cit., p. 410), in corrispondenza di quello che è previsto come terzo Libro del ciclo si legge, insieme al titolo del "Ditirambo di Glauco" e del "Ditirambo d'Icaro", l'indicazione "Valdicastello": evidente è l'allusione alla terra natale di G. Carducci nonché il rimando agli appunti registrati nel *Taccuino XLIV* nel corso della visita sul luogo di cui è cenno anche nell'intervista a « La Tribuna ». Poi, però, tra l'inverno e la primavera del 1903, l'omaggio a G. Carducci, trasformato in *La casa del Maestro* e quindi in *Saluto al Maestro*, fu sviluppato in versi liberi al di fuori di *Alcyone* e inserito nel penultimo Canto, il XX (vv. 8023-8274), di *Laus vitae*. Per quanto riguarda G. Pascoli, per altro, nel settembre 1903, verisimilmente poco più di un mese prima dell'inizio della stesura del *Commiato*, D'Annunzio pareva intenzionato a dedicare all'autore delle *Myricae* *La figlia di Iorio*. Il 3 settembre 1903, cinque giorni dopo aver terminato la tragedia, scriveva a Pascoli da Nettuno per chiedergli se gli permetteva di dedicargli l'opera "in testimonianza d'amore" e un appunto conservato al Vittoriale e risalente certo a quei giorni conferma che *La figlia di Iorio* avrebbe dovuto essere "preceduta da un carme al poeta Giovanni Pascoli e seguita da un commiato". Ancora il 18 settembre, dopo aver ricevuto da Pascoli una lettera in cui questi si dichiarava felice di tanto amore e avanzava l'ipotesi di dedicare a sua volta all'amico i suoi *Poemi conviviali*, D'Annunzio ribadisce, per lettera, la sua intenzione di *accompagnare* a Pascoli "il *suo* poema tragico con un carme". Poi, invece, nel novembre, Pascoli si trovò salutato e omaggiato nel *Commiato* di *Alcyone*, mentre nel marzo 1904 *La figlia di Iorio* sarebbe uscita con la dedica multipla "Alla terra d'Abruzzi, alla mia madre, alle mie sorelle etc.". Cosa sia intervenuto, tra settembre e novembre, a far decidere D'Annunzio in questo senso è difficile dire. Forse, il progetto di comporre qualcosa per Pascoli si incrociò, nell'autunno di quel 1903, con l'esigenza di licenziare *Alcyone* su un saluto a un amico e/o a un poeta. Forse influirono sulla decisione la rilettura delle *Myricae*, la cui presenza attiva si nota nei *Madrigali dell'Estate*, e la rilettura dei *Canti di Castelvecchio*, usciti in volume proprio in quei giorni. Forse la descrizione della Pania, citata ben due volte nella prima parte dell'ode, facilitò l'intrusione nell'ode del poeta che oltre la Pania viveva. Di fatto, in quell'autunno nasceva, dedicata a Giovanni Pascoli, la seconda parte del *Commiato*: non dedica, ma saluto, affettuoso atto di omaggio, approssimativa individuazione di una poetica pascoliana "malinconica e moderna, ellenistica, non classica" (P. Gibellini), autorevole incoronazione di un poeta da parte di un altro poeta, riconoscimento di una superiore identità ideale nella fondamentale diversità e, anche, esaltazione di sé nella celebrazione dell'altro.

Comunque sia, frutto di così tortuosa genesi e ricca di tante implicazioni, la seconda parte dell'ode si giustappone alla prima se non rimanendone estranea, almeno risultandone diversa nei motivi, nel tono e nelle soluzioni espressive. Infatti, nonostante gli espedienti adottati per segnare la continuità tra le due parti, la frattura resta evidente. Il *commiato* del poeta dall'altro poeta è, per forza di cose, diverso dal *commiato* del poeta dai luoghi della sua estate. L'apostrofe stessa dell'ode, personificata come in Orazio, come nel congedo delle canzoni trecentesche e così via, nel momento stesso in cui dilata al massimo un modulo letterario fatto per durare un breve giro di versi, impone al componimento un tono più enfatico che discorsivo. La descrizione di G. Pascoli quale l'ode lo troverà al suo arrivo a Castelvecchio è piatta e convenzionale: una ricostruzione di figure e di ambienti del più piatto convenzionalismo letterario. Semplici espedienti retorici sono anche le varie allegorie e i vari simbolismi distribuiti qua e là a piene mani, quasi per adeguare la pagina alle manie simbolistiche del destinatario. Stucchevole, in particolare, risulta il continuo scambio metaforico che caratterizza, come in un gioco di parole, l'identificazione tra l'ode e la ghirlanda cui l'ode è assimilata. Pretestuose e pesanti sono poi le polemiche prese di posizioni circa la solitudine del poeta e contro la degenerazione dell'arte dei vv. 153-160. Anche la delineazione del significato e del valore dell'opera pascoliana e la lode del suo attaccamento alla tradizione rimangono vaghe e banali, affidate come sono a affermazioni quali: "Ma tu custode sei delle più pure / forme, Ospite..."; oppure: "Con polso che non langue / il prisco vige nelle tue figure / gentil sangue"; oppure: "Gli uomini il tuo pensier nutre ed irradia". Né certo contribuisce a riscattare il tono fondamentalmente retorico dell'insieme la serie di citazioni più o meno dirette dai *Canti di Castelvecchio* e dai *Poemi conviviali* (*Alexandros* e *Solon*) che tramano gran parte del componimento. Il *pastiche* che ne risulta si giustifica come adozione di una preziosa e raffinata tecnica allusiva cara anche agli antichi, e accentua indubbiamente il valore di omaggio del *Commiato*, ma rimane qualcosa di esteriore. Anche l'immagine finale del componimento, quella dell'allegorica ascesa al "Monte invisibile" della Gloria che i due poeti compiono per opposte balze e che dovrà portarli un giorno a incontrarsi sulla cima è ben in linea con i simbolismi pascoliani e, anzi, ha le sue remote origini in un componimento come *La picozza*. A farla quale è, con la sua complicata simbologia allusiva alla convergenza nella diversità degli ideali dei due poeti, concorre, sulla base del motivo della *Picozza*, uno scambio di considerazioni dei due poeti riguardo al loro diverso modo di essere e riguardo a un loro possibile incontro a Castelvecchio. Scriveva, infatti, D'Annunzio a Pascoli, il 16 luglio 1903 da Nettuno: "Vorrei rivederti e parlarti. Forse nell'autunno verrò alla tua porta; e son certo che mi accoglierai come fratello. È vero: le nostre vite sono – o sembrano – diverse; ma siamo accomunati dallo stesso fervore nello sforzo ininterrotto. Riconosciamo in questo la nostra nobiltà, o Giovanni". E Pascoli, il 20 luglio, rispondeva a D'Annunzio mostrandosi felice dell'eventualità di un loro incontro e tra le altre cose diceva: "Oh! Che bel giorno sarà quello in cospetto della Pania sublime che per un pezzo abbiamo contemplato tutti e due, sebbene tu da una parte e io da un'altra, ma nel medesimo tempo, con lo stesso cuore!".

Quanto al tono generale e ai moduli espressivi, se la

prima parte del componimento era caratterizzata dall'alternanza tra momento descrittivo e momento nostalgico-sentimentale, la seconda parte ha un aspetto marcatamente discorsivo, anche se la discorsività dell'insieme tende spesso a risolversi in enfasi. Inoltre, strutturata come è su di un doppio discorso – il discorso del poeta all'ode e, all'interno di esso, il discorso dell'ode a G. Pascoli – la seconda parte del componimento appare quanto mai costruita dall'esterno. Questa impressione, del resto, è confermata anche dalla genesi del componimento che, qualunque essa sia, è di carattere più che altro volontaristico, nonché dal lavoro di inserimento nel contesto dei passi pascoliani e dall'eccesso di simbolismi di cui si è parlato. La stessa adozione, a livello metrico, di una forma chiusa come la saffica rimata, denuncia l'accademismo di fondo del componimento, accademismo che, per molti versi, è più evidente nella seconda che non nella prima parte.

Metro: ode saffica a rime alterne ABAb. Ogni strofa consta di tre endecasillabi piani e di un quinario pure piano. Il v. 154 è ipermetro: l'ultima sillaba di "solitudini" va elisa con la vocale iniziale della prima parola del verso seguente ("Il") e così "solitudi(-ni)" rima con "drudi" del v. 156.

L'Alpe di Mommio [1] un pallido velame
d'ulivi [2] effonde al cielo di giacinto, [3]
come un colle dell'isola di Same
o di Zacinto. [4]

---

[1] *L'Alpe di Mommio*: collina a sud di Camaiore, nelle Alpi Apuane, vicino al borgo omonimo. Vedi *L'asfodelo*, vv. 45 s.: "...all'Alpe / di Mommio..."
[2] *un... ulivi*: il colore pallido, tra il verde chiaro e l'argento, degli ulivi che avvolge l'Alpe di Mommio come un velo. Cfr. *Taccuino XLIV*, I, p. 448: "L'alpe di Mommio coperta d'olivi" [settembre 1902] e *Maia, Laus vitae*, vv. 8061 ss.: "...l'alpe di Mommio ha una vesta / di glauco pallore..." vv. 8152 s.: "...dai boschi / di Mommio argentei di pace".
[3] *cielo di giacinto*: cielo del colore del giacinto, cioè di colore azzurro pallido. Cfr. *Le vergini delle rocce*, in *Prose di romanzi*, II, p. 501: "La cupola del cielo s'era tinta d'una pallidità iacintina, e gli oliveti ne ricevevano la calma su le chiome"; *Poema paradisiaco, O rus!*, v. 1: "Sotto il ciel iacintino...".
[4] *Same... Zacinto*: rispettivamente l'odierna Cefalonia e l'odierna Zante, nel mare Ionio.

Il Monte Magno di più cupo argento
fascia la sua piramide;[5] il Matanna
è porpora e viola[6] come il lento
fior della canna.[7]

O canneti lungh'essi i fiumicelli
di Camaiore,[8] appreso ho il vostro carme.[9]
Vedess'io rosseggiare gli albatrelli[10]
sul Monte Darme![11]

Dal Capo Corvo[12] ricco di viburni[13]
i pini vedess'io della Palmaria[14]
che col lutto de' marmi suoi notturni[15]
sta solitaria!

Potess'io sostenerti nella mano,
terra di Luni,[16] come un vaso etrusco![17]
In te amo il divin marmo apuano,

---

[5] *Il Monte... piramide*: il Monte Magno, colle (m 224) a sud-est di Camaiore ha tutta la sua mole ("piramide") coperta di piante dalle fronde di colore più cupo di quelle dell'Alpe di Mommio. Cfr. *Taccuino XLIV*, cit., p. 448: "Dietro Mommio Monte Magno, punta piramidale violetta".
[6] *il... viola*: il Monte Matanna (m 1317), sempre nelle Alpi Apuane, a nord-est di Camaiore, per effetto dei raggi del sole al tramonto si fa di un colore tra il rosso e il violaceo.
[7] *il... canna*: l'infiorescenza cascante all'ingiù ("lento"), di colore bruno-viola, che la canna mette alla fine dell'estate. Vedi *Gli indizii*, v. 7: "Ahimè, già qualche canna ha la pannocchia".
[8] *i... Camaiore*: i corsi d'acqua, tra cui il torrente Camaiore, che circondano Camaiore, in Versilia.
[9] *il... carme*: la melodia che il vento suscita soffiando tra le canne. Vedi *Intra du' Arni*, vv. 26 ss.: "Ecco l'isola molle / intra du' Arni, / cuna di carmi, / ove cantano l'Estate / le canne virenti / ai venti / in varii modi...".
[10] *rosseggiare gli albatrelli*: i corbezzoli riempirsi di bacche rossastre, come succederà in autunno avanzato o in pieno inverno. Cfr. *Elettra, La notte di Caprera*, v. 161: "Gli àlbatri intorno soli rosseggeranno".
[11] *Monte Darme*: monte delle Apuane meridionali, nei pressi di Valdicastello.
[12] *Capo Corvo*: nel ms. 17134 (num. 1174 K dell'*Inventario* cit.) che contiene appunti preparatori per la lirica si legge, tra le altre cose: "il Capo Corvo ricco di viburni". Per il Capo Corvo vedi *Meriggio*, v. 15: "...il Capo Corvo" e nota relativa.
[13] *viburni*: vedi *Ditirambo IV*, v. 197 e nota relativa.
[14] *Palmaria*: la maggiore delle tre isole che si trovano di fronte a Porto Venere, all'entrata del golfo di La Spezia.
[15] *lutto... notturni*: la macchia scura, come un segno di lutto, delle cave di marmi neri ("notturni") con venature giallo-dorate, dell'isola.
[16] *terra di Luni*: la zona della Versilia intorno a Luni.
[17] *etrusco*: anticamente il territorio di Luni fu abitato dagli Etruschi.

l'umile [18] rusco; [19]   20

amo la tua materia prometèa,[20]
la sabbia delle tue selve aromali,[21]
l'aquila dei tuoi picchi, la ninfea
de' tuoi canali.

Potesse l'arte mia, da Val di Serchio   25
a Val di Magra [22] e per le Pànie [23] al Vara [24]
e al Golfo,[25] tutta stringerti in un cerchio
con l'alpe a gara!

Troppo è grave al mio cor la dipartenza.[26]
Come dal corpo, l'anima si esilia   30
dal marmo che biancheggia tra l'Avenza [27]
e la Versilia.

Tempo è di morte.[28] In qualche acqua torpente [29]
or perisce [30] la dolce carne erbale.[31]
Strider non s'ode falce ma si sente   35
odor letale.[32]

---

[18] *umile*: in senso etimologico: basso, come nel sintagma virgiliano "humiles... myricae".
[19] *rusco*: vedi *Meriggio*, v. 10 e nota relativa.
[20] *materia prometèa*: il marmo delle Apuane da cui gli artisti possono trarre statue come Prometeo dall'argilla trasse e fece vivere l'uomo. Vedi *L'Alpe sublime*, vv. 39 ss.: "Oh, Alpe di Luni, /.../ materia prometea" e nota relativa; cfr. anche *Maia*, *Laus vitae*, v. 8092: "Prometea materia è quest'alpe".
[21] *aromali*: che mandano aromi. Vedi *Il Gombo*, vv. 7 s.: "nella selva / che piange il suo pianto aromale" e nota relativa.
[22] *da... Magra*: il fiume Serchio e il fiume Magra delimitano, rispettivamente a sud e a nord, la Versilia.
[23] *le Pànie*: la Pania della Croce (m 1859) e la Pania Secca (m 1711), due cime delle Alpi Apuane.
[24] *Vara*: affluente della Magra.
[25] *Golfo*: il golfo di La Spezia.
[26] *dipartenza*: partenza, distacco.
[27] *Avenza*: fiume e contrada nei pressi di Carrara.
[28] *morte*: disfacimento, per gli aspetti vegetali della natura.
[29] *torpente*: stagnante. Latinismo già dantesco: cfr. *Paradiso*, XXIX, v. 19: "...quasi torpente si giacque".
[30] *perisce*: marcisce.
[31] *la... erbale*: vedi *Gli indizii*, v. 15 e nota 14.
[32] *letale*: di morte.

Dìruta[33] la Ceràgiola rosseggia,[34]
là dove Serravezza è co' due fiumi,[35]
quasi che fero sangue in ogni scheggia
grondi e s'aggrumi.[36]   40

Sta nella cruda nudità rupestre
il Gàbberi irto qual ferrato casco.[37]
Ecco, e su i carri per le vie maestre
passa il falasco.[38]

Metuto[39] fu dalla più grande falce   45
nella palude all'ombra del Quiesa,[40]
ove raggiato di vermène il salce
par chioma accesa[41]

---

[33] *Dìruta*: tutta rovinata per via degli squarci aperti nei suoi fianchi dalle cave di marmo. La forma sdrucciola è un latinismo espressamente legittimato dal Tommaseo-Bellini alla voce "diruta" (D. Martinelli-C. Montagnani) e sostituisce, nel testo, la stesura di primo getto "Cruenta", come in *Il peplo rupestre*, v. 10.

[34] *la Ceràgiola rosseggia*: vedi *Il peplo rupestre*, vv. 9 s.: "...sul mar di Luni arde la pompa / del vespro e la Ceragiola è ardente" e note relative. Cfr. anche *Taccuino XLIV*, cit., p. 452: "Il marmo di Ceràgiola – quasi come statuario – esposto a mezzogiorno splende ricco e polito – con archetti /.../ Verso Serravezza, le cave sanguigne – /.../ Le cave rosseggiano fulve – ruggine splendente. E, sotto, il fiume lapidoso – La montagna di Ceràgiola. Il fiume Versilia".

[35] *Serravezza... fiumi*: Serravezza, importante centro marmifero a sud di Massa, sorge nel punto in cui i due fiumi Serra e Vezza confluiscono a formare il fiume Versilia.

[36] *quasi... s'aggrumi*: la "Ceràgiola rosseggia" (v. 37) quasi che in ogni scheggia delle sue cave grondi un fiero sangue che subito si raggruma.

[37] *Sta... casco*: il monte Gabberi (m 1109), con le sue rupi nude e dirupate (per lo stilema "cruda nudità rupestre", vedi *Il peplo rupestre*, v. 5: "La cruda rupe..." e la nota relativa), si leva erto e minaccioso nella sua forma conica simile a un elmetto da guerra. Cfr. *Taccuino XLIV*, cit., pp. 448 s.: "Monte Gàbberi nudo [vedi v. 41: "...sulla cruda nudità rupestre"], con macchie cupe /.../ Gàbberi come un casco dal drago – [segue uno schizzo raffigurante il monte] /.../ Gàbberi – monte guerriero – fierissimo, uno elmetto". Cfr. anche *Maia, Laus vitae*, vv. 8041 ss.: "...il tuo Monte Gàbberi è duro /.../; è come un elmetto d'eroe. / Ha forma d'aulòpide, cara / a Pallade e a Pericle, il monte / con la visiera e il nasale".

[38] *falasco*: erba palustre. Vedi *Stabat nuda Aestas*, vv. 18 s.: "...nel falasco / entrò...".

[39] *Metuto*: mietuto.

[40] *nella... Quiesa*: nel lago di Massaciuccoli, che si estende impaludandosi alle pendici del monte di Quiesa (m 170).

[41] *raggiato... accesa*: la pianta del salice, per effetto dei nuovi e teneri ramoscelli rossastri che le son cresciuti a raggiera tutt'intorno, sembra una chioma fiammeggiante.

tra cannelle di stridulo oro secco,⁴²
tra pigro sparto ⁴³ di pallor bronzino.   50
Su l'acqua un lampo di smeraldo,⁴⁴ e il becco
tuffa il piombino.⁴⁵

Deh foss'io sopra un burchio ⁴⁶ per la cuora ⁴⁷
navigando, e di tifa e di sparganio ⁴⁸
carico ei fosse, e fóssevi alla prora   55
fitto un bucranio ⁴⁹

o un nibbio con aperte ali, e vi fosse
odore di garofalo nel mucchio
per qualche cunzia dalle barbe rosse ⁵⁰
onde il suo succhio ⁵¹   60

---

⁴² *cannelle... secco*: le piccole canne ormai secche e quindi giallicce che crepitano al vento. La medesima serie allitterante in *Poema paradisiaco*, *Climene*, v. 43: "Una foglia secca stride".
⁴³ *sparto*: vedi *Madrigali dell'Estate*, *L'orma*, v. 6 e nota relativa.
⁴⁴ *un... smeraldo*: il volo rapido come il lampo di un uccello dal piumaggio del colore verdeazzurro di uno smeraldo.
⁴⁵ *il piombino*: o martin pescatore: uccello dal lungo becco e dal piumaggio di vari colori metallici tra il verde, l'azzurro e il celeste.
⁴⁶ *burchio*: o burchiello: barca piatta e larga, per lo più da fiume. È ricordato da A. Guglielmotti, *Dizionario* cit., alla voce "bastimento" tra i "Bastimenti fluviali e lacustri" (D. Martinelli-C. Montagnani). Cfr. Dante, *Inferno*, XVII, v. 19: "Come talvolta stanno a riva i burchi". Cfr. anche *Il fuoco*, in *Prose di romanzi*, II, p. 831: "Voci di marinai venivano da un burchio carico d'ortaggi".
⁴⁷ *cuora*: i detriti vegetali galleggianti sulla superficie dell'acqua. Vedi *L'onda*, vv. 40 ss.: "L'onda /.../ travolge la cuora"; *Feria d'agosto*, vv. 9 s.: "...la ragia con la cuora / si mescola nel vento diforano".
⁴⁸ *tifa... sparganio*: piante palustri.
⁴⁹ *un bucranio*: un cranio di bue scarnificato, usato a scopo ornamentale. Vedi *La Gloria*, *Tragedie*, I, p. 434: "Un fregio ricorrente di festoni e di bucranii" [1899].
⁵⁰ *e... rosse*: e il mucchio di erbe palustri odorasse di garofano per la presenza di qualche cunzia, una specie di giunco dalle radici ("barbe") rosse. Il particolare dell'"odore di garofalo", quello delle "barbe rosse" e più sotto, al v. 61, dell' 'arte dell'aromatario' derivano dalla consultazione del Tommaseo-Bellini alla voce "cunzia": "*Le sue radici*, o per dir meglio i suoi fusti sotterranei, *d'un rosso scuro*, si estendono molto sotterra, e perché *sentono odore di garofano, servono per profumi* e *per la medicina*". E cfr., in proposito, l'annotazione registrata nel ms. 429 (num. 50 dell'*Inventario* cit.) che contiene appunti preparatòri per *Alcyone*: "Il cipero, giunco palustre, le sue radici sono rosso-scure e si estendono molto – hanno odore di garofano – *cipero lungo o odorato* – *Cunzia* – (fiorisce in settembre)".
⁵¹ *succhio*: succo.

sì caro all'arte dell'aromatario⁵²
stillasse fra l'erbame; ⁵³ e resupino ⁵⁴
vi giacessi io mirando il solitario
ciel iacintino; ⁵⁵

e scendessi così, tra l'acqua e il cielo   65
con l'alzaia ⁵⁶ la Fossa Burlamacca,⁵⁷
albicando ⁵⁸ qual prato d'asfodèlo ⁵⁹
la morta ⁶⁰ lacca; ⁶¹

e traesse il bardotto ⁶² la sua fune
senza canto per l'argine; ed io, corco ⁶³   70
sul mucchio, mi credessi andare immune
di morte all'Orco! ⁶⁴

Ma cade il vespro, e tempo è d'esulare; ⁶⁵
e di sogni obliosi in van mi pasco.⁶⁶
Su i gravi carri lungo le vie chiare ⁶⁷   75

---

⁵² *aromatario*: fabbricante o venditore di profumi.
⁵³ *l'erbame*: il carico di erbe palustri.
⁵⁴ *resupino*: supino. Latinismo.
⁵⁵ *ciel iacintino*: vedi v. 2: "...cielo di giacinto" e nota relativa.
⁵⁶ *alzaia*: la fune con cui dalla riva si tirano i battelli lungo i fiumi. Cfr. A. Guglielmotti, *Dizionario* cit., alla voce "burchio": "...va col vento, all'alzaia, o co' remi" (D. Martinelli-C. Montagnani).
⁵⁷ *Fossa Burlamacca*: canale che raccoglie le acque che si impaludano intorno al lago di Massaciuccòli e sfocia in mare presso Viareggio.
⁵⁸ *albicando*: biancheggiando. Vedi *Feria d'agosto*, v. 13: "Albica il mar...".
⁵⁹ *prato d'asfodèlo*: vedi *La tregua*, v. 74: "Scorse gli Eroi su i prati d'asfodelo" e nota relativa.
⁶⁰ *morta*: deserta e apparentemente priva di vita come la landa oltremondana che il "prato d'asfodèlo" rievoca.
⁶¹ *lacca*: nel senso di luogo basso e concavo e con in più l'idea di luogo infernale implicito nel termine dantesco: cfr. *Inferno*, VII, v. 16: "...scendemmo nella quarta lacca"; XII, v. 11: "e 'n su la punta della rotta lacca"; *Purgatorio*, VII, v. 71: "che ne condusse in fianco de la lacca".
⁶² *bardotto*: il battelliere che, stando sull'argine, trascina il battello mediante l'alzaia. Cfr. A. Guglielmotti, *Dizionario* cit., alla voce "alzaia": "quella fune che /.../ Si chiama /.../ colui che tira bardotto" (D. Martinelli-C. Montagnani).
⁶³ *corco*: coricato. Forma inusitata, non registrata dal Tommaseo-Bellini.
⁶⁴ *Orco*: l'oltretomba.
⁶⁵ *tempo... esulare*: vedi *Sogni di terre lontane*, *I pastori*, v. 1: "Settembre, andiamo. È tempo di migrare".
⁶⁶ *mi pasco*: mi nutro. Cfr. F. Petrarca, *Rime*, XCIII, v. 14: "ch'i' mi pasco di lacrime, et tu 'l sai".
⁶⁷ *vie chiare*: strade bianche di polvere.

passa il falasco.

Sono sì vasti i cumuli spioventi [68]
che il timone soperchiano dinnanzi
e il giogo cèlano e le corna e i lenti
corpi dei manzi;[69]   80

onde sembran di lungi per sé mossi [70]
e tra la polve aspetto hanno di strani
animali dai gran lanosi dossi,
dai ventri immani.

In fila vanno verso Pietrasanta,[71]   85
strame ai presepi,[72] ai campi aridi ingrasso.[73]
L'un carrettiere vócia e l'altro canta
a passo a passo.

E tutta la Versilia, ecco, s'indora
d'una soavità che il cor dilania.   90
Mai fosti bella, ahimè, come in quest'ora
ultima, o Pania! [74]

O Tirreno, Mare Infero,[75] s'accende
sul tuo specchio l'insonne occhio del Faro; [76]
ti veglia e guarda [77] con le sue tremende   95
navi d'acciaro

---

[68] *i cumuli spioventi*: i mucchi di falasco che sporgono dai lati del carro.
[69] *i... manzi*: i corpi dei buoi che procedono lentamente.
[70] *sembran... mossi*: da lontano sembra che avanzino da soli.
[71] *Pietrasanta*: città a nord di Viareggio.
[72] *strame ai presepi*: per rifornire di strame le stalle.
[73] *ai... ingrasso*: concime per i campi sterili ("aridi").
[74] *Pania*: vedi v. 26: "...le Pànie..." e nota 23; vedi anche *Feria d'agosto*, v. 20: "la cruda Pania"; *Undulna*, v. 87: "La Pania..." e nota 64.
[75] *Mare Infero*: vedi *Ditirambo II*, v. 149: "Ecco, tutta la luce è nel Mare Infero" e nota relativa.
[76] *s'accende... Faro*: vedi *Le Ore marine*. vv. 42-49: "Quella che guarda il faro / lontano /.../ l'insonne occhio ardente che già volge i suoi fochi / per il deserto specchio / infaticabilmente?". Il faro è quello dell'isola del Timo.
[77] *guarda*: protegge.

la Città Forte [78] dietro il Caprione [79]
sacro agli Itali come ai Greci il Sunio; [80]
t'è scheggia della spada d'Orione
il novilunio; [81]   100

come sia fatta l'ombra,[82] alla tua pace
verseranno lor lacrime le Atlàntidi,[83]
ti condurrà l'ignavo Artofilace [84]
l'Orse erimàntidi; [85]

s'udirà pe' curvi lidi [86] il tuo respiro   105
solo nell'ombra senza mutamento; [87]
solo rispecchierai l'immenso giro
del firmamento.

O Mare, o Alpe, ed io sarò lontano
con nel mio cuor la torbida mia cura! [88]   110

[78] *la Città Forte*: La Spezia, piazzaforte militare.
[79] *il Caprione*: il Capo Corvo.
[80] *il Sunio*: il Capo Sunio, all'estremità meridionale dell'Attica, "sacro" "ai Greci" perché recava in cima un tempio di Atena Pallade e perché, dominando il mare per lungo tratto, costituiva un baluardo difensivo: cfr., del resto, anche *Maia*, *Laus vitae*, vv. 4769 ss.: "Sunio /.../ Promontorio fra tutti / venerando...".
[81] *t'è... novilunio*: la sottile falce della luna nuova (vedi *Il novilunio*, nota 1) è come una scheggia della spada di Orione, il mitico cacciatore che inseguì per anni le Pleiadi minacciandole con la sua spada e che, ucciso da Artemide, fu messo tra le costellazioni del cielo. Vedi *Innanzi l'alba*, vv. 17-20 e nota relativa.
[82] *come... l'ombra*: non appena si sarà fatto buio.
[83] *alla... Atlàntidi*: sulla calma notturna del mare splenderanno le stelle delle costellazioni delle Pleiadi e delle Iadi, figlie di Atlante. Per l'immagine antropomorfica "verseranno le lor lacrime le Atlantidi", vedi *Innanzi l'alba*, vv. 7-10 e note relative.
[84] *l'ignavo Artofilace*: la costellazione di Boote, chiamata anche Artofilace che in greco significa "custode dell'Orsa". D'Annunzio lo definisce "ignavo", in linea con gli epiteti latini di *tardus*, *piger*, *iners*, in quanto è tardo a tramontare: cfr. già Omero, *Od.*, V, v. 273 e cfr. anche G. Pascoli, *Primi poemetti*, *Conte Ugolino*, v. 12: "...il tardo guidator dell'Orsa". Per l'immagine del vv. 103 s., cfr. *Canto novo*, *Canto dell'ospite*, VII, vv. 7 s.: "scintillan l'Orse /.../: da presso è Boote che in ciel le guidò".
[85] *l'Orse erimàntidi*: le costellazioni dell'Orsa Maggiore e dell'Orsa Minore, chiamate erimantidi dal monte Erimanto, in Arcadia, dove visse la ninfa Callisto che fu poi trasformata nella costellazione dell'Orsa Maggiore.
[86] *curvi lidi*: le insenature, le baie e i golfi.
[87] *senza mutamento*: diffusa in modo uniforme. Per la clausola dantesca, vedi *Sogni di terre lontane*. *I pastori*, v. 17 e nota 19.
[88] *la... cura*: le mie dolorose e conturbanti preoccupazioni. "Cura" è latinismo usuale.

Splende la cima [89] del mio cuore umano
nell'ode pura.

Ode, innanzi ch'io parta per l'esilio,
risali il Serchio, ascendi la collina [90]
ove l'ultimo figlio di Vergilio,[91]   115
prole divina,

quei che intende i linguaggi degli alati,
strida di falchi, pianti di colombe,[92]
ch'eguale [93] offre il cor candido [94] ai rinati
fiori [95] e alle tombe,[96]   120

quei che fiso guatare osò nel cèsio
occhio e nel nero l'aquila di Pella [97]

---

[89] *la cima*: la parte più alta e più nobile.
[90] *la collina*: il colle di Caprona su cui sorge Castelvecchio, in Garfagnana.
[91] *l'ultimo... Vergilio*: Giovanni Pascoli, definito "ultimo figlio di Vergilio" per il culto che egli ebbe per il poeta latino, per la profonda simpatia spirituale che lo unì a lui, per l'affinità della sua poesia specialmente con la produzione georgica virgiliana e anche per la grande padronanza che egli ebbe della lingua di Virgilio.
[92] *quei... colombe*: cfr. G. Pascoli, *Canti di Castelvecchio*, *Passeri a sera*, vv. 1-2: "L'uomo che intende gli uccelli, i gridi / dei falchi, i pianti delle colombe".
[93] *eguale*: in modo equo.
[94] *il cor candido*: il suo animo ingenuo, quasi di fanciullo. Cfr. Orazio, *Sat.*, I, 5, vv. 40 ss.: "Plotius /.../ Vergiliusque /.../ animale qualis neque candidiores / terra tulit...: "anima candida".
[95] *rinati / fiori*: allusione a uno dei temi tipici della produzione pascoliana specialmente di *Myricae*: cfr., ad esempio, i componimenti della sezione *Alberi e fiori*.
[96] *tombe*: allusione al motivo della morte, altro motivo tipicamente pascoliano.
[97] *quei... Pella*: il poeta che osò guardare fisso nel suo occhio azzurro ("cesio") e nel suo occhio nero, Alessandro il grande, che visse l'infanzia a Pella in Macedonia: allusione al componimento che G. Pascoli dedicò ad Alessandro il Macedone, simbolicamente interpretandone, tra l'altro, gli occhi che, secondo la leggenda, aveva di diverso colore: cfr. G. Pascoli, *Poemi conviviali*, *Alexandros*, vv. 41-46: "E così, piange, poi che giunse anelo: / piange dall'occhio nero come morte; / piange dall'occhio azzurro come cielo. / Ché si fa sempre (tale è la sua sorte) / nell'occhio nero lo sperar, più vano; / nell'occhio azzurro il desiar, più forte".

e udì [98] nova [99] cantar sul vento etèsio [100]
Saffo la bella,[101]

il figlio di Vergilio ad un cipresso   125
tacito siede,[102] e non t'aspetta. Vola!
Te non reca la femmina d'Eresso,[103]
ma va pur sola;

ché ben t'accoglierà nella man larga [104]
ei che forse era intento al suono alterno   130
dei licci [105] o all'ape [106] o all'alta [107] ora di Barga [108]
o al verso eterno.[109]

Forse il libro del suo divin parente [110]

[98] *udì...*: allusione al componimento *Solon* dei *Poemi conviviali*, in cui G. Pascoli racconta come Socrate ascoltò due nuovi canti di Saffo recati ad Atene da una donna di Eresso, nell'isola di Lesbo. Cfr. G. Pascoli *Poemi conviviali, Solon*, vv. 24-26: "E novelle al Pireo, con la bonaccia / prima e co' primi stormi, due canzoni / oltremarine giunsero...".
[99] *nova*: "Saffo è detta 'nova' perché il poeta moderno le prestò veramente, attribuendole quei canti, un'anima nuova" (P. Carli-A. Sainati).
[100] *vento etèsio*: vento periodico che spira, in estate, sul bacino orientale del Mediterraneo. Cfr. *Elettra, Per la morte di un distruttore*, vv. 396 ss.: "E il fresco vento etesio / gonfiò le sue vele nei meriggi / d'estate..."; *Maia, Laus vitae*, vv. 2141 s.: "Tintinnio di tetracordi / era il vento etesio nei pini"; vv. 3214 ss.: "O soffio etèsio, respiro / meridiano del grande / Mediterraneo...".
[101] *Saffo la bella*: cfr. G. Pascoli, *Poemi conviviali, Solon*, v. 83: "Saffo la bella" (adonio).
[102] *ad... siede*: cfr. il già citato G. Pascoli, *Canti di Castelvecchio, Passeri a sera*, vv. 1 ss.: "L'uomo che intende gli uccelli /.../ siede a un cipresso...".
[103] *Te... Eresso*: cfr. G. Pascoli, *Poemi conviviali, Solon*, vv. 25 s.: "...Le reca / una donna d'Eresso...". Eresso è una città dell'isola di Lesbo, patria di Saffo.
[104] *larga*: sia in senso fisico (ampia) sia in senso morale (cordiale).
[105] *licci*: gli arnesi di filo torto a guisa di spago che i tessitori adoperano per alzare e abbassare le fila dell'ordito. Vedi *L'otre*, v. 232: "le spole e i licci..." e nota 148. La tessitrice – altro personaggio tipicamente pascoliano – che il poeta ascolta lavorare, può ben essere la sorella Maria.
[106] *ape*: cfr. G. Pascoli, *Canti di Castelvecchio, L'ora di Barga*, vv. 9 s.: "Ma un poco ancora lascia che guardi / l'albero, il ragno, l'ape, lo stelo".
[107] *alta*: perché carica di significati, per il poeta, oppure perché una "voce che cade blanda dal cielo" (G. Pascoli, *Canti di Castelvecchio, L'ora di Barga*, v. 26).
[108] *ora di Barga*: i rintocchi delle ore che vengono da Barga, il paese in provincia di Lucca di cui Castelvecchio è una frazione. Cfr. G. Pascoli, *Canti di Castelvecchio, L'ora di Barga*, vv. 1-4: "Al mio cantuccio /.../ il suon dell'ore viene col vento / dal non veduto borgo montano".
[109] *al verso eterno*: intento a leggere, o a comporre, versi immortali.
[110] *divin parente*: Virgilio.

sarà con lui, su' suoi ginocchi (ei coglie
ora il trifoglio aruspice virente [111]   135
di quattro foglie

e ne fa segno del volume intonso,[112]
dove Tìtiro canta? [113] o dove Enea
pe' meati del monte ode il responso
della Cumea?).[114]   140

Forse la suora [115] dalle chiome lisce,
se i ferri [116] ella abbandoni ora ch'è tardi
e chiuda nel forziere il lin che aulisce
di spicanardi,[117]

sarà con lui, trista perché concilio   145
vide folto di rondini su gronda.[118]
E tu gli parla: « Figlio di Vergilio,
ecco la fronda.[119]

Ospite [120] immacolato,[121] a te mi manda

---

[111] *aruspice virente*: verde annunciatore di eventi, come gli antichi indovini, gli aruspici etruschi e latini, perché il quadrifoglio ("il trifoglio /.../ di quattro foglie"), secondo la credenza popolare, è di buon augurio a chi lo trova.
[112] *volume intonso*: volume le cui pagine hanno i margini non rifilati, cioè non tagliati a macchina.
[113] *dove... canta*: alle pagine relative alle *Ecloghe*, di cui, specialmente della I e della VI, è protagonista Tìtiro, allegorica incarnazione dello stesso Virgilio.
[114] *dove... Cumea*: alle pagine del libro VI dell'*Eneide*, dove (vv. 98 ss.) si canta di Enea che nell'antro ("pe' meati del monte") della Sibilla Cumana ("Cumea") ascolta le profezie che lo riguardano.
[115] *la suora*: la sorella, Maria.
[116] *i ferri*: i ferri con cui ricamava o lavorava a maglia.
[117] *spicanardi*: rametti di lavanda o di spigo. Cfr. *Maia, Laus vitae*, vv. 7863: "...lo spicanardo / che chiuso è in mazzi pei forzieri / colmi di nivei lenzuoli".
[118] *perché... gronda*: perché ha visto un folto gruppo di rondini radunate su una grondaia in procinto di migrare, segno evidente che l'estate è ormai finita.
[119] *la fronda*: l'ode stessa, quasi ghirlanda d'alloro fatta per coronare il poeta.
[120] *Ospite*: "rispetto all'ode, che egli avrà così festosamente ricevuta come messaggera dell'amico lontano" (P. Carli-A. Sainati).
[121] *immacolato*: puro, candido, dal cuore puro e candido: vedi v. 120: "...il cor candido...".

il fratel tuo diletto che si parte.¹²²   150
Pel tuo nobile capo una ghirlanda
curvò ¹²³ con arte.¹²⁴

E chi coronerà oggi l'aedo
se non l'aedo re di solitudini? ¹²⁵
Il crasso Scita ¹²⁶ ed il fucato Medo ¹²⁷   155
la Gloria ha drudi; ¹²⁸

e, se barbarie genera nel vento
nuovi mostri,¹²⁹ non più contra l'orrore ¹³⁰
discende Febo Apollo ¹³¹ arco-d'-argento ¹³²
castigatore.   160

Ma tu custode sei delle più pure
forme, Ospite. Con polso che non langue
il prisco vige nelle tue figure ¹³³
gentile ¹³⁴ sangue.

---

¹²² *si parte*: se ne va. Per la forma medio-riflessiva, cfr. Dante, *Inferno*, I, v. 34; III, v. 89; v. 90; etc.
¹²³ *curvò*: incurvò, intrecciò.
¹²⁴ *con arte*: vedi *I tributarii*, v. 6: "Lodata io l'ho con arte".
¹²⁵ *re di solitudini*: individuo d'eccezione che si eleva sugli altri e che dagli altri rimane isolato, re che, per disgusto dell'umanità vile e meschina, si è fatto della solitudine il suo regno. Per il concetto, cfr. G. Pascoli, *Odi e Inni*, *La picozza* [settembre 1900].
¹²⁶ *Il crasso Scita*: un individuo grossolano e ignorante, come l'antico Scita, che abitava nella terra del Ponto e che i Romani consideravano barbaro e rozzo.
¹²⁷ *il fucato Medo*: un individuo corrotto, ignavo e effeminato, come l'antico Medo, l'abitante della Media, che aveva l'abitudine di imbellettarsi ("fucato").
¹²⁸ *ha drudi*: ha come amanti, preferisce e privilegia.
¹²⁹ *se... mostri*: "se la rinnovata barbarie del secolo, accoppiandosi col vuoto del sentimento e del pensiero ('nel vento'), genera strane mostruosità sotto nome di produzioni artistiche e poetiche" (P. Carli-A. Sainati).
¹³⁰ *l'orrore*: le brutture delle nuove forme artistiche e poetiche.
¹³¹ *Febo Apollo*: in quanto dio della poesia.
¹³² *arco-d'-argento*: vedi *L'oleandro*, v. 296 e nota relativa.
¹³³ *figure*: creazioni fantastiche.
¹³⁴ *gentile*: nobile, generoso. Per il nesso "prisco... gentile sangue", cfr. *Elettra*, *Al re giovine*, vv. 99 s.: "vedemmo ancòra sul mondo / splendere il latin sangue gentile"; *Maia*, *Laus vitae*, vv. 5654 ss.: "radunai con lo squillo / dell'orgoglio tutte le forze / e le vendette del gentile / mio sangue...". Cfr. anche F. Petrarca, *Rime*, CXXVIII, v. 74: "Latin sangue gentile".

Gli uomini il tuo pensier nutre ed irradia,[135] 165
come l'ulivo placido produce
agli uomini la sua bacca palladia
ch'è cibo e luce.[136]

Per ciò dal fratel tuo questa fraterna
ghirlanda ch'io ti reco messaggera 170
prendi: non pesa: ell'è di fronda eterna [137]
ma sì leggera.

Fatta è d'un ramo tenue che crebbe
tra l'Alpe e il Mare,[138] ov'ebbe il Cuor de' cuori [139]
selvaggio rogo [140] e il Buonarroti v'ebbe 175
i suoi furori.[141]

L'artefice nel flettere lo stelo
vedea sul Sagro le ferite antiche
splendere [142] e su l'Altissimo l'anelo
peplo di Nike.[143] 180

---

[135] *irradia*: illumina.
[136] *l'ulivo... luce*: l'ulivo, simbolo di pace ("placido": vedi *L'otre*, v. 73: "Pacifera è l'oliva" e nota relativa), produce per gli uomini la sua bacca – l'oliva sacra a Pallade ("la sua bacca palladia": vedi *L'ulivo*, vv. 17 s. e note relative; *L'otre*, vv. 72 ss. e note relative) che "è cibo e luce", che nutre e illumina. Cfr. G. Pascoli, *Canti di Castelvecchio*, *La canzone dell'ulivo*, vv. 12 s.: "l'ulivo che agli uomini appresti / la bacca ch'è cibo e ch'è luce".
[137] *fronda eterna*: l'alloro che è sempreverde e, metaforicamente, la poesia immortale.
[138] *tra... Mare*: tra le Apuane e il Mar Tirreno.
[139] *il Cuor de' cuori*: P. B. Shelley. Vedi *L'asfodelo*, v. 66: "...al Cuor de' cuori" e nota relativa.
[140] *selvaggio rogo*: un rogo fatto di tronchi presi dalle selve vicine. Per la morte e la cremazione di P. B. Shelley sulle rive del mare della Versilia, vedi *Anniversario orfico*, vv. 29 ss. e note relative.
[141] *il... furori*: Michelangelo fu agitato, di fronte ai marmi delle Apuane, dall'estro della creazione. Cfr. *Maia*, *Laus vitae*, vv. 8088 ss.: "...tra l'Alpe di Luni / ove il Buonarroto ancor rugge / e il Tirreno Mar".
[142] *vedea... splendere*: vedeva risplendere nel Sangro le cave di marmo vecchie di secoli che sono come ferite nei fianchi del monte. Vedi *Il fanciullo*, vv. 221 s.: "Splendore della duplice ferita / nel fianco del Pentelico!..." e nota relativa.
[143] *su... Nike*: sull'Altissimo vedeva il palpitante peplo della Vittoria: vedi *Il peplo rupestre*, vv. 5 s.: "La cruda rupe /.../, o Nike, il tuo ventoso peplo effigia!" e nota 6.

Altro è il Monte invisibile [144] ch'ei sale
e che tu sali per l'opposta balza.[145]
Soli [146] e discosti,[147] entrambi una immortale
ansia v'incalza.

Or dove i cuori prodi hanno promesso   185
di rincontrarsi un dì, se non in cima?
Quel dì voi canterete un inno istesso
di su la cima. »

Ode, così gli parla. Ed alla suora,
che vedrai di dolcezza lacrimare,   190
dà l'ultimo ch'io colsi in su l'aurora [148]
giglio del mare.[149]

---

[144] *il Monte invisibile*: il monte ideale della gloria. Per l'ascesa, cfr. G. Pascoli, *Odi e Inni, La picozza*.
[145] *per l'opposta balza*: a dire la diversità delle tecniche e degli ideali. Ma vedi anche la nota introduttiva al componimento specialmente la p. 733.
[146] *Soli*: ciascuno da solo, in quanto il poeta è "re di solitudini" (v. 154).
[147] *discosti*: a dire la distanza spirituale e la differenza degli ideali.
[148] *in su l'aurora*: vedi *Versilia*, v. 50: "...in su l'aurora" e nota relativa.
[149] *giglio del mare*: il pancrazio, l'unico fiore degno dei poeti, già consacrato a P. B. Shelley: vedi *Anniversario orfico*, vv. 81 ss.

Bibliografia

Le edizioni di Alcyone

La prima edizione di *Alcyone* (o meglio *Alcione*, secondo la grafia allora adottata dal poeta), il Libro terzo delle *Laudi del Cielo del Mare della Terra e degli Eroi*, vide la luce sul finire del 1903 con la data editoriale 1904 presso i Fratelli Treves Editori di Milano, nel volume II delle *Laudi*, insieme al Libro secondo, *Elettra*. Nel 1908, il Libro, sempre con il titolo *Alcione*, fu ristampato per la prima volta da solo, sempre presso i Fratelli Treves Editori, nella medesima edizione economica delle *Laudi* in cui nel 1905 e nel 1906 erano apparsi *Maia* ed *Elettra*. Questa edizione, che riproduceva l'edizione del 1903, rimase a lungo in commercio. Nel 1925, D'Annunzio, ormai deciso a lasciare i Fratelli Treves ma non ancora editorialmente accasato in modo soddisfacente, stipulò un accordo con il tipografo-editore Raffaello Bertieri e avviò una nuova edizione di *Alcyone*. L'opera era ormai impaginata in bozze – sul frontespizio si leggeva: "*Alcione. Suis auspiciis vitam ducit. Sui ipsius sumptibus librum edit. Dal Vittoriale*" e, sul verso: "*Copyright by Gabriele d'Annunzio 1925*" – ma l'intervenuto accordo con Arnoldo Mondadori e la costituzione dell'Istituto Nazionale per l'edizione di tutte le opere di Gabriele d'Annunzio bloccarono la stampa. Così una nuova edizione del Libro terzo delle *Laudi* si ebbe solo nel maggio del 1927 quando *Alcyone*, sempre con il titolo *Alcione*, inaugurò i 49 volumi dell'Edizione Nazionale, *Opera Omnia*, stampati, a cura dell'Istituto Nazionale per l'edizione di tutte le opere di Gabriele d'Annunzio, nelle Officine veronesi di Arnoldo Mondadori. In questa edizione, il Libro reca l'indicazione cronologica 1903 che poi recherà sempre. Nel 1931, il Libro uscì nella serie delle Edizioni "Per L'Oleandro" stampate sempre negli Stabilimenti editoriali di Arnoldo Mondadori, e, per l'occasione, il poeta adottò nel titolo la grafia *Alcyone*: l'aveva già usata nel 1918 in un passo della *Beffa di Buccari* in cui citava l'opera (cfr. *La beffa di Buccari*, Milano, Treves, 1918, p. 16 e ora *Per la più grande Italia*, *La beffa di Buccari*, in *Prosa di ricerca*, I, p. 77) e l'avrebbe poi impiegata anche citando l'opera nel *Libro segreto*: essa, pertanto, deve essere considerata definitiva.

Morto il poeta, nel 1939 *Alcyone* uscì tra le *Opere di Gabriele d'Annunzio* stampate a Roma, nelle Officine dell'Istituto Poligrafico dello Stato, nell'ambito delle Pubblicazioni della Fondazione del Vittoriale degli Italiani. Nello stesso 1939, *Alcyone* apparve anche in un volumetto della collezione "Le Pleiadi" dell'editore Mondadori e, sempre nel 1939, l'editore Mondadori, promosse, sotto gli auspici della Fondazione del Vittoriale, una nuova stampa, a cura di Egidio Bianchetti, di *Tutte le opere* di Gabriele d'Annunzio: in questa edizione, che fa parte della collezione "I Classici Contemporanei Italiani" e che, conclusa nel 1950, nel 1968 è giunta alla V ristampa, *Alcyone* si trova nel secondo volume dei *Versi d'amore e di gloria*, alle pp. 553-841. Negli anni successivi, l'editore Mondadori ha poi a più riprese pubblicato *Alcyone* nelle sue collane: nella "Biblioteca Moderna Mondadori", prima serie; nella "Biblioteca Moderna Mondadori", seconda serie e negli "Oscar". Tutte le edizioni fino a qui citate sono prive di apparato di note e di commento. A parte, quindi, sono da citare le edizioni con commento: quella curata da E. Palmieri nell'ambito del suo commento a tutta l'opera poetica di D'Annunzio ed edita nel 1944 (Bologna, Zanichelli) e quella curata da M. Praz e F. Gerra nel volume Gabriele d'Annunzio, *Poesie, Teatro, Prose*, Milano-Napoli, Ricciardi, 1963.

Per la presente edizione abbiamo seguito il testo de "I Classici Contemporanei Italiani" di Mondadori che a sua volta riprendeva, emendato dalle poche pecche, il testo dell'edizione 1931 per il Sodalizio dell' "Oleandro". Dell'edizione mondadoriana abbiamo naturalmente corretto i refusi segnalati da E. De Michelis, *Lapsus e refusi in D'Annunzio*, in « Atti e Memorie dell'Arcadia », serie 3ª, vol. VII, fasc. 2º (1978), pp. 73-110, loc. cit. a p. 98: "sì ch" invece di "sì che", in *La tregua*, v. 30; "Il Tevere" invece di "il Tevere" in *Bocca di Serchio*, v. 178; "immensa apparve" invece di "Immensa apparve" in *Stabat nuda Aestas*, v. 24; "arco d'-argento" invece di "arco-d'-argento" in *L'otre*, v. 208. Pochi sono stati gli interventi che ci hanno portato ad allontanarci dal testo citato. Una prima volta siamo intervenuti al v. 96 de *Il fanciullo*, dove (vedi p. 124 nota 49) abbiamo adottato la correzione di "fiori" in "fiari", "l'unico rilevante emendamento che si impone al futuro editore di *Alcyone*" secondo P. Gibellini, *Fiori o favi per l'ape dell'Alcyone?*, in « Quaderni del Vittoriale » 15 (maggio-giugno 1979), pp. 44-48, loc. cit., p. 47. Una seconda volta siamo intervenuti al v. 53 de *L'opere e i giorni*, dove abbiamo restituito la lezione "gencive" invece della vulgata "gengive": la grafia anomala, infatti, non solo è registrata nel manoscritto autografo e nell'edizione Treves 1903, ma è usata altre volte da D'Annunzio (cfr. ad esempio, *Maia, Laus vitae*, v. 1314). Pochi altri interventi, infine, hanno riguardato l'accentuazione che, di contro alle tendenze uniformatrici dell'edizione mondadoriana, è stata ricostruita secondo le indicazioni delle edizioni originali o, quando possibile, secondo le indicazioni dei manoscritti, come anche, sempre sulla base della Edizione nazionale e dei manoscritti, abbiamo restituito la grafia esatta dell'aggettivo "leggiero" in *Pace*, v. 5; *Intra du' Arni*, v. 18; *La pioggia nel pineto*, vv. 25 e 121; *L'oleandro*, v. 362; *Bocca di Serchio*, v. 209; *L'ippocampo*, v. 23; *Versilia*, v. 19; *Le Ore marine*, v. 11; *Sogni di terre lontane*, *La muta*, v. 25.

Quanto ai manoscritti autografi consultati, essi, come appare dalle indicazioni fornite ogni volta che vengono citati, sono di diversa provenienza. Taluni – la maggior parte – sono conservati nell'Archivio Personale del Vittoriale, per lo più nella cassetta 1 del palchetto IX, e corrispondono ai nn. 50-81 dell'*Inventario dei manoscritti di D'Annunzio al Vittoriale*, in « Quaderni dannunziani » XXXVI-XXXVII (1967-1968). Altri sono conservati alla Biblioteca Nazionale "Vittorio Emanuele" di Roma nel fondo "Dannunziana": ARC I/A, 17; n. 105 8961 (cfr. P. Gibellini, *Il volo di Icaro: nuove carte di "Alcyone"*, in « Quaderni del Vittoriale », n. 1 [febbraio 1977], pp. 16-19). Altri infine, sono conservati in copia fotografica, nella Collezione dannunziana di Claudio Bellora che ce li ha messi a disposizione con la sua consueta generosità.

Studi su Alcyone

Prescindendo dalle opere di carattere complessivo, come biografie, bibliografie, repertori e cataloghi, per le quali rimandiamo alla "Bibliografia" premessa a Gabriele d'Annunzio, *Poesie*, a cura di F. Roncoroni, Milano, Garzanti, 1979, pp. CLXXVIII-CXCIV, e prescindendo anche dal riportare le indicazioni bibliografiche relative a tutto il materiale documentario – epistolari, diari, taccuini, memorie, biografie, articoli di giornali o di riviste – utile a ricostruire il quinquennio che vede nascere e prendere corpo le liriche di *Alcyone*, che è citato nelle note all'Introduzione cui, pertanto, rinviamo, ci limitiamo a registrare i testi più propriamente incentrati su *Alcyone*, esaminato da un punto di vista critico. Per un inquadramento generale di *Alcyone* nella storia della produzione dannunziana e per una interpretazione generale del Libro è d'obbligo far riferimento a G.A. Borgese, *Gabriele d'Annunzio*, Napoli, Ricciardi, 1909, poi Milano, Bompiani, 1932; A. Gargiulo, *Gabriele d'Annunzio*, Napoli, Perella e C., 1912, poi, con l'aggiunta di nuovi studi, Firenze, Sansoni, 1941; F. Flora, *Gabriele d'Annunzio*, Napoli, Ricciardi, 1926, poi Milano-Messina, Principato, 1935; W. Binni, *La poetica del decadentismo italiano*, Firenze, Sansoni, 1938; S. Solmi, *L' "Alcione" e noi*, già tra i contributi contenuti nell'*Omaggio a D'Annunzio* apparso in un fascicolo fuori serie di « Letteratura » (marzo 1939) e ora in *Scrittori negli anni*, Milano, Il Saggiatore, 1963; G. De Robertis, *Rilettura dell' "Alcione"* in *Altro Novecento*, Firenze, Le Monnier, 1962, pp. 28-32; A. Noferi, *L' "Alcyone" nella storia della poesia d'annunziana*, Firenze, Vallecchi, s.d., ma 1946; E. De Michelis, *Tutto D'Annunzio*, Milano, Feltrinelli, 1960; C. Salinari, *Miti e coscienza del decadentismo italiano*, Milano, Feltrinelli, 1960, 1975[11]; A. Momigliano, *Lo svolgimento della lirica dannunziana*, in « RLI », gennaio-giugno 1953, pp. 5-19; N. Sapegno, *D'Annunzio lirico* (1963), in *L'arte di Gabriele d'Annunzio*, Milano, Mondadori, 1968, pp. 157-167; D. Valeri, *L' "Alcyone" o le nuove metamorfosi* (1963), *ibidem*, pp. 173-179; E. Raimondi, *Gabriele d'Annunzio*, in *Storia della Letteratura Italiana*, IX, *Il Novecento*, Milano, Garzanti, 1969, pp. 3-100; E. Mariano, *Suoni e significati ermetici in "Alcione"*, in « Atti del convegno su D'Annunzio e il simbolismo europeo » (Gardone 1973), Milano, Il Saggiatore, 1976, pp. 313-323; A. Leone De Castris, *Ideologia e struttura di "Alcione"*, in AA.VV., *Letteratura e critica, Studi in onore di N. Sapegno*, Roma, Bulzoni, 1976, vol. III, pp. 617-677, ora con il titolo *Il "guardaroba dell'eloquenza"*, in *Il decadentismo italiano*, Bari, De Donato, 1974; E. Scarano Lugnani, *D'Annunzio*, in *Letteratura italiana, Studi e testi*, vol. IX, *Il Novecento*, paragr. 58, Bari, Laterza, 1976, impresso anche come volumetto autonomo; A. M. Mutterle, *Gabriele d'Annunzio*, Firenze, Le Monnier, 1980. Per la cronologia delle liriche di *Alcyone* e per la storia delle genesi, della formazione e delle caratteristiche della struttura della raccolta si vedano: G. Luti, *Struttura e simmetrie alcioniche*, in *La cenere dei sogni*, Pisa, Nistri-Lischi, 1973, pp. 85-111; P. Gibellini, *Per la cronologia di "Alcione"*, in «Studi di filologia italiana» XXXIII (1975), pp. 393-424; Idem, *Il volo di Icaro. Nuove carte di "Alcyone"*, in «Quaderni del Vittoriale» 1 (febbraio 1977), pp. 15-29; Idem, *La storia di "Alcyone"*, in «Quaderni del Vittoriale» n. 5-6 (ottobre-dicembre 1977), pp. 67-103; F. Gavazzeni, *Le sinopie di "Alcione"*, in *Le sinopie di "Alcione"*, Milano-Napoli, Ricciardi, 1980, pp. 54-143. Per l'esame dei manoscritti autografi e per il conseguente avvio di una edizione critica di *Alcyone*, bisogna tener presente, oltre che i contributi di P. Gibellini e F. Gavazzeni, sopra citati, anche P. Pancrazi, *Nell'officina dell' "Alcyone"*, in *Studi sul D'Annunzio*, Torino, Einaudi, 1939; P. Gibellini, *I pentimenti della "Sera". Saggio di un commento alle correzioni di "Alcyone"*, in «Atti del convegno su D'Annunzio e il simbolismo europeo», Milano, Il Saggiatore, pp. 343-368; Idem, *Fiori o favi per l'ape dell' "Alcyone"?* cit. Per lo studio delle fonti vocabolaristiche e libresche delle liriche di *Alcyone* si cominci con il vedere M. Praz, *D'Annunzio e "l'amor sensuale della parola"*, in *La carne, la morte e il diavolo nella letteratura romantica*, Firenze, Sansoni, 1948³, pp. 459-522; poi, per un ampio e preciso censimento delle fonti vocabolaristiche e manualistiche di *Alcyone* si veda D. Martinelli-C. Montagnani, *Vocabolari e lessici speciali nell'elaborazione di "Alcione"*, in «Quaderni del Vittoriale» 13 (gennaio-febbraio 1979), pp. 5-59 e per l'esame dei rapporti tra D'Annunzio e Henri de Régnier all'altezza di *Alcyone* si veda V. De Maldé-G. Pinotti, *D'Annunzio e i "Jeux" di Henri de Régnier*, *ibidem* 20 (marzo-aprile 1980). Cenni a rapporti di D'Annunzio con altri autori classici e romanzi sono contenuti in molti studi sopra citati. In particolare, per l'analisi dei rapporti tra D'Annunzio e Ovidio bisogna ricorrere ai contributi di E. Paratore, *Ovidio e d'Annunzio* e *Antecedenti ovidiani del linguaggio di "Alcyone"*, in *Studi dannunziani*, Napoli, Morano, 1966, pp. 19-44. Per i rapporti tra i *Taccuini* dannunziani e *Alcyone* e per lo sfruttamento dei *Taccuini* nella elaborazione delle varie liriche, si vedano le considerazioni e i rimandi contenuti nella nota 14 all'Introduzione. Sul linguaggio e sulla metrica di *Alcyone* si vedano, oltre a A. Noferi, *L' "Alcyone" nella storia della poesia dannunziana* cit.: B. Migliorini, *Gabriele d'Annunzio e la lingua italiana*, in *Saggi sulla lingua del Novecento*, Firenze, Le Monnier, 1941; A. Noferi, *Per una storia dello stile dannunziano (da "Canto novo" ad "Alcyone")*, in « Quaderni dannunziani » VIII-IX (1958), pp. 25-40; U. Dotti, *Studi sul linguaggio dannunziano, ibidem*, XVIII-XIX (1960), pp. 716-736; A. Pagliaro, *Il linguaggio poetico di Gabriele d'Annunzio*, in *Gabriele d'Annunzio nel primo centenario della nascita*, Roma, Centro di vita italiana, 1963; U. Dotti, *Osservazioni sulla "strofa alcyonica"* (1963), in *L'arte di Gabriele d'Annunzio* cit., pp. 185-194; G. Contini, *Innovazioni metriche fra Otto e Novecento* (1969), in *Varianti e altra linguistica*, Torino, Einaudi, 1970, pp. 587-599; P.V. Mengaldo, *Un parere sul linguaggio di "Alcione"*, in *La tradizione del Novecento*, Milano, Feltrinelli, 1975, pp. 181-189; A. Jacomuzzi, *L' "oratio perpetua" delle Laudi*, in « Studi novecenteschi » II, n. 4 (marzo 1973), ora in *Una poetica strumentale: Gabriele d'Annunzio*, Torino, Einaudi, 1974, pp. 37-55; M. Pazzaglia, *La strofa lunga di Alcyone*, in *Teoria e analisi metrica*, Bologna, Patron, 1974, pp. 157-220; F. Gavazzeni, *Implicazioni metriche nella genesi della struttura di "Alcione"*, in *Le sinopie di "Alcione"* cit., pp. 1-53. Per l'eredità linguistica e culturale del D'Annunzio poeta in ambito novecentesco, si vedano: L. Anceschi, *Ipotesi di lavoro sui rapporti tra D'Annunzio e la lirica del Novecento* (1958), in *Barocco e Novecento*, Milano, Rusconi e Paolazzi, 1960, pp. 125-136; E. Sanguineti, *Tra Liberty e crepuscolarismo*, Milano, Mursia, 1961; Idem, *G. Gozzano, Indagini e letture*, Torino, Einaudi, 1966; A. Frattini, *D'Annunzio e la lirica italiana del Novecento* (1965), in *Dai crepuscolari ai "novissimi"*, Milano, Marzorati, 1969, pp. 65-139; A. Rossi, *D'Annunzio e il Novecento*, in « Paragone » 222 (agosto 1963), pp. 23-54 e 226 (dicembre 1968), pp. 49-93; P.V. Mengaldo, *Da D'Annunzio a Montale* (1966) e *Gabriele d'Annunzio e la lirica del Novecento* (1972), in *La tradizione del Novecento* cit., pp. 13-106 e 190-215. Per ricerche linguistiche su *Alcyone*, in attesa delle promesse concordanze di *Alcyone*, è ancora utile, anche se incompleto, G.L. Passerini, *Il vocabolario dannunziano*, Firenze, Sansoni, 1928. Per il commento a singole liriche alcionie, oltre ai già citati lavori di E. Palmieri e di M. Praz-F. Gerra che riguardano tutto il Libro, segnaliamo i commenti ai brani di *Alcyone* contenuti in F. Bernini, *Commento alle Poesie liriche di Gabriele d'Annunzio*, Bologna, Zanichelli, 1928; F. Flora, *Il fiore delle Laudi di Gabriele d'Annunzio*, Milano, Mondadori, 1935; *D'Annunzio*, a cura di E. Mariano, Firenze, Nuova Accademia, 1959; F. Robecchi, *Letture critiche dell'Alcyone di Gabriele d'Annunzio*, Milano, Copli, 1975. Interessanti anche per quello che riguarda le scelte operate, risultano le brevi sezioni alcionie di E. Sanguineti, *Poesia del Novecento*, Torino, Einaudi, 1969 e G. Contini, *Letteratura dell'Italia Unita (1961-1968)*, Firenze, Sansoni, 1968. Buone osservazioni si trovano anche in alcune antologie scolastiche, tra le quali ricordiamo: P. Carli-A. Sainati, *Scrittori italiani*, vol. III, Firenze, Le Monnier, 1960²; D. Andreucci, *Tre poeti*, Bologna, Zanichelli, 1961; A. Gianni-M. Balestrieri-A. Pasquali, *Antologia della letteratura italiana*, vol. III, parte II, Messina-Firenze, D'Anna, 1967⁴; M. Pazzaglia, *Gli autori della letteratura italiana*, vol. III, parte II, Bologna, Zanichelli, 1972²; G. Bàrberi Squarotti-S. Jacomuzzi, *La poesia italiana contemporanea*, Messina-Firenze 1971². Segnaliamo, infine, i saggi critici dedicati a singole liriche, saggi di orientamento critico diverso ma per lo più di carattere specialistico: F. Robecchi, *L' "Oleandro" di Gabriele d'Annunzio*, in « Quaderni dannunziani » XXVI-XXVII (1963), pp. 1480-1490; A. Rossi, *Protocolli sperimentali per la critica*, II, in « Paragone » 210 (agosto 1967), pp. 45-74, su *La pioggia nel pineto*; S. Agosti, *Le strutture del senso*, in *Il testo poetico*, Milano, Rizzoli, 1972, pp. 42-105, spec. pp. 79-88 e 88-89; E. Mariano, *Lettura dell' "Oleandro"*, in « Atti del convegno su *D'Annunzio e il simbolismo europeo* » cit., pp. 324-368; E. Guidorizzi, *L'esito testuale in "Le stirpi canore"*, in « Quaderni del Vittoriale », n. 5-6 (ottobre-dicembre 1977), pp. 67-103; N. Merola, *Il caso e l'artificio. Lettura della "Sera fiesolana"*, in *Su Verga e D'Annunzio*, Roma, Edizioni dell'Ateneo e Bizzarri, 1978, pp. 181-208.

Appendice

La cronologia delle liriche di Alcyone

Nell'ambito di *Alcyone* le 88 liriche che costituiscono il Libro sono distribuite, come si è visto, secondo un ordine che ubbidisce alla complessa volontà organizzatrice del poeta. Diverso, naturalmente, è l'ordine cronologico di stesura dei vari componimenti. Così, per consentire una lettura che rispetti il più possibile i tempi reali di composizione delle liriche alcionie, diamo qui l'elenco delle varie liriche secondo la data di stesura. In taluni casi, tale data è sicura, perché è desunta dai manoscritti autografi. In altri casi, invece, è soltanto indicativa ed è ricostruita sulla base della prima apparizione a stampa del componimento o sulla base di considerazioni interne al *corpus* del Libro e condotte sugli elenchi di titoli cui il poeta affidò di volta in volta i vari progetti di sistemazione del materiale alcionio. In altri casi, infine, la data è del tutto sconosciuta e la dislocazione del componimento in un momento piuttosto che in un altro della cronologia è il frutto di deduzioni di carattere contenutistico. Il quadro cronologico generale, di conseguenza, resta, in definitiva, piuttosto incompleto. Tra l'altro, anche le date sicure, quelle che ci sono testimoniate dagli autografi, poco ci dicono sui tempi reali di composizione delle liriche cui fanno riferimento. Infatti, come ha giustamente osservato F. Gavazzeni, *Le sinopie di "Alcione"* cit., p. 34, nota 105, quelle date si riferiscono soltanto al momento in cui il testo, abbozzato o anche condotto in precedenza ad un grado avanzato di elaborazione, fu terminato. Niente, invece, ci dicono riguardo all'inizio della stesura o al tempo impiegato per la stesura, cioè sui tempi veri dell'attività compositiva che sono quelli che più interesserebbe conoscere. Di scarso aiuto, da questo punto di vista, è il poeta stesso che, quando ricorda a distanza di tempo, la genesi delle sue opere o anche i modi e i tempi di stesura, tende a ricostruire il processo ideativo e compositivo secondo criteri che non hanno nulla a che fare con la filologia, come è il caso della sua ricostruzione della genesi di *Undulna* (cfr. *Il secondo amante di Lucrezia Buti*, in *Prose di ricerca*, II, p. 392 e vedi p. 639) o della stesura de *La morte del cervo* (cfr. *Il secondo amante di Lucrezia Buti, ibidem*, pp. 162-172 e vedi p. 490): senza dire, tra l'altro, che non mancano casi in cui egli altera, per reale dimenticanza o per deliberata scelta, onde suggerire particolari sequele o accostamenti, anche dati cronologici che ci sono noti dai manoscritti (vedi p. 586). Perciò, in tanta incertezza, per addivenire a una più precisa intelligenza dei tempi operativi del poeta e, anche, per non cadere in troppo facili entusiasmi ammirativi riguardo a certi tempi brevissimi quali risultano dal fatto che le date di composizioni di più liriche anche molto ampie si susseguono nello spazio di pochi giorni, è utile tenere presente "come lavorava" D'Annunzio e cercare di penetrare nell' "Officina" del poeta. In proposito, infatti, l'esame dei manoscritti autografi con la ricostruzione delle successive fasi di elaborazione dei testi, il ritrovamento di manoscritti contenenti brevi appunti tematici o elenchi di titoli provvisori e l'individuazione della particolare tecnica compositiva dannunziana, fondata, tra le altre cose, anche sull'utilizzazione di appunti di taccuini e di spunti cavati da altri autori e sul saccheggio sistematico delle voci di dizionari e lessici, ci permettono di stabilire che tra la prima intuizione del tema, per lo più affidata a un breve appunto o condensata in un titolo provvisorio e la trascrizione in bella copia del testo definitivo della lirica, magari con integrazioni e correzioni dell'ultima ora, nel lavoro del poeta si inseriscono fasi e momenti non sempre costanti ma quasi sempre localizzabili che contribuiscono a dilatare non poco i tempi di stesura: il recupero di eventuali appunti affidati da tempo a uno o a più *Taccuini* e la cernita del materiale da essi offerta, con eliminazioni, giustapposizioni e integrazioni; lo spoglio di dizionari linguistici e di lessici tecnici, sia in via preliminare, per documentarsi su nomi, vicende e simili, sia in fase di scrittura per arricchire con divagazioni e citazioni il contesto, sia per impreziosire la pagina di vocaboli particolari, con una motilità nella consultazione che di rimando in rimando estende la ricerca molto al di là dell'ambito originario, anche qui con accostamenti impensati eppure per lo più ricostruibili e con ampiamenti a raggiera delle ricerche; il recupero diretto di fonti libresche di altri autori che gli offrono ora spunti isolati ora perfino la falsariga del componimento; la costruzione della struttura del componimento; la stesura, dobbiamo immaginare rapida, del primo getto; l'intervento, puntuale o esteso, volto a risolvere qualche difficoltà o qualche durezza in un intrico di correzioni che taluni manoscritti testimoniano ma non permettono di precisare; la cassatura di versi non soddisfacenti e l'aggiunta di versi nuovi; la riequilibratura della struttura generale del componimento, compromessa da simili interventi; la ripulitura linguistica, con la sostituzione di singoli sintagmi e di singoli stilemi, magari in conseguenza di nuove consultazioni di dizionari e di lessici e, spesso, il conseguente intervento in altri punti su altri sintagmi e stilemi, per motivi di differenziazioni o di omogeneizzazione e così via. Insomma, un lavoro enorme, in cui il poeta è certo stato aiutato dalla sua eccezionale facilità espressiva e dalla sua non meno eccezionale padronanza delle tecniche della versificazione. Ora, se si pensa a tutto questo, appare chiaro quali possono essere i tempi reali che le annotazioni con cui il poeta sigilla le sue liriche mascherano e celano sotto la loro concisa perentorietà. Oltre tutto, il diverso tempo che dobbiamo postulare esistente tra il momento del primo avvio dell'abbozzo di una lirica e il momento della conclusione ultima della lirica quale ci è dichiarato dalle indicazioni poste in calce alla lirica nel manoscritto permette al lettore attento anche di identificare le interferenze tematiche e stilistiche esistenti tra testi cronologicamente successivi, di comprendere apparenti sovrapposizioni o contraddizioni e di valutare adeguatamente sul piano diacronico certe soluzioni stilistiche e metriche.

Nel prospetto cronologico che segue, per maggior completezza riportiamo anche il luogo, quando è noto, in cui la lirica è stata composta e il titolo e la data del giornale o della rivista in cui è eventualmente apparsa per la prima volta. I numeri arabi che precedono i singoli titoli indicano il posto che i componimenti relativi occupano nel Libro. Per ulteriori chiarimenti e precisazioni in merito alla cronologia, si rimanda alle note introduttive ai vari componimenti.

Titolo	Data di composizione desunta dagli autografi	Data probabile di composizione
4 *La sera fiesolana*	"17 giugno '99 - pomeriggio"	
13 *La tenzone*	"ai dì 5 di luglio del '99"	
14 *Bocca d'Arno*	"ai dì 6 di luglio del '99"	
46 *Ditirambo III*	"ai dì 20 di luglio 1900 (Mattina)"	
31 *L'oleandro*	"2 agosto 1900"	
74 *Le Ore marine*		"ferragosto 1900"
87 *Il novilunio*	"la sera del 31 di agosto + 1900"	
49 *L'asfodelo*	"4 giugno 1902"	
78 *L'otre*		prima del 21 giugno 1902
47 *Versilia*	"21 giugno 1902 - San Luigi"	
3 *Lungo l'Affrico*		tra il 21 e il 30 giugno 1902
1 *La tregua*	"10 luglio 1902"	
2 *Il fanciullo*	"13 luglio 1902 /.../ 19 luglio 1902, a vespro"	
7 *L'opere e i giorni*		prima del 16 luglio 1902?
8 *L'aedo senza lira*	"16 luglio 1902 - pomeriggio"	
5 *L'ulivo*	"20 luglio 1902"	
6 *La spica*	"25 luglio 1902"	
9 *Beatitudine*	"28 luglio .902"	
11 *Ditirambo I*	"calen d'agosto MCMII, a vespro"	

760

Luogo di composizione	Prima edizione
"la Capponcina, Settignano di Desiderio"	« Nuova Antologia », 16 novembre 1899
"Marina di Pisa"	« Il Giorno », 1° luglio 1900
"Marina di Pisa"	« Nuova Antologia », 16 novembre 1899
"Nella Versilia, al Secco Motrone"	« Il Marzocco », 16 giugno 1901
Versilia, al Secco Motrone?	« Nuova Antologia », 16 novembre 1900
"Nella Versilia"	« Novissima », 1902
"al Secco Motrone"	« Flegrea », 5 ottobre 1900
"alla Capponcina"	« Nuova Antologia », 1° agosto 1902
	« Il Marzocco », 13 luglio 1902
Capponcina	
"Romena"	« Nuova Antologia », 1° novembre 1903
"Romena"	
Romena	
"Romena"	
"Romena"	« La Settimana », 17 agosto 1902
"Romena"	« La Settimana », 3 agosto 1902
"Romena"	
"Romena"	« La Rassegna Internazionale », 1° settembre 1902

Titolo	Data di composizione desunta dagli autografi	Data probabile di composizione
12 Pace		
16 La pioggia nel pineto		
15 Intra du' Arni		
30 Ditirambo II		
29 Terra, vale!		
17 Le stirpi canore		tra la metà di luglio e la metà di agosto 1902?
18 Il nome		
23 Meriggio		
24 Le madri		
26 L'Alpe sublime		
25 Albàsia		
10 Furit aestus		
27 Il Gombo	"13 agosto 1902 – ore 4 pom. –."	
28 Anniversario orfico	"ferragosto .902"	
21 I tributarii	"16 agosto 1902 - mezzanotte"	
22 I camelli	"18 agosto 1902"	
33 Il cervo	"20 agosto 1902"	
32 Bocca di Serchio		tra il 15 e il 20 agosto 1902?
34 L'ippocampo	"21 agosto 1902"	
35 L'onda	"22 agosto 1902"	
48 La morte del cervo	"24 agosto 1902 + mezzanotte (domenica)"	
61 Feria d'agosto		
79 Gli indizii		
19 Innanzi l'alba		
20 Vergilia anceps		
37 L'acerba		
45 Stabat nuda Aestas		prima del gennaio 1903?
62 Il policefalo		
63 Il Tritone		
68 Il peplo rupestre		
71 Altius egit iter		
69 Il vulture del Sole		

Luogo di composizione	Prima edizione
Romena?	
"Romena"	
"Romena"	« Leonardo », 14 gennaio 1903
"Romena"	
"Romena"	
"Romena"	
"Romena"	
"Romena"	
"Romena"	« Il Marzocco », 31 maggio 1903

Titolo	Data di composizione desunta dagli autografi	Data probabile di composizione
La corona di Glauco:		
36 Melitta		
38 Nico		
39 Nicarete		
40 A Nicarete		settembre 1903?
41 Gorgo		
42 A Gorgo		
43 L'auletride		
44 Baccha		
Sogni di terre lontane:		
80 I pastori		
81 Le terme		
82 Lo stormo e il gregge		settembre 1903?
83 Lacus Iuturnae		
84 La loggia		
85 La muta		
86 Le carrube		
73 Tristezza		
77 Il Tessalo		
Madrigali dell'Estate:		
50 Implorazione		
51 La sabbia del Tempo		
52 L'orma		
53 All'alba		
54 A mezzodì		settembre-ottobre 1903?
55 In sul vespero		
56 L'incanto circeo		
57 Il vento scrive		
58 Le lampade marine		
59 Nella belletta		
60 L'uva greca		
72 Ditirambo IV	"13 ottobre 1903, a mezzanotte"	
64 L'arca romana		
65 L'alloro oceanico		
66 Il prigioniero		ottobre 1903?
67 La Vittoria navale		
70 L'ala sul mare		
76 Undulna	"4 novembre 1903"	
75 Litorea dea		novembre 1903?
88 Il commiato		novembre 1903

Luogo di composizione	Prima edizione
"Nettuno del Lazio"	
"Capponcina"	
	«Il Marzocco», 15 novembre 1903

Indice

5 *Introduzione*

101 La tregua
113 Il fanciullo
138 Lungo l'Affrico nella sera di giugno dopo la pioggia
145 La sera fiesolana
158 L'ulivo
164 La spica
171 L'opere e i giorni
177 L'aedo senza lira
183 Beatitudine
189 Furit aestus
193 DITIRAMBO I
220 Pace
225 La tenzone
231 Bocca d'Arno
240 Intra du' Arni
245 La pioggia nel pineto
259 Le stirpi canore
266 Il nome
273 Innanzi l'alba
277 Vergilia anceps
282 I tributarii
291 I camelli
299 Meriggio
310 Le madri
317 Albàsia
322 L'Alpe sublime
327 Il Gombo
335 Anniversario orfico
346 Terra, vale!
351 DITIRAMBO II

366 L'oleandro
401 Bocca di Serchio
422 Il cervo
426 L'ippocampo
432 L'onda
    La corona di Glauco
443   Melitta
445   L'acerba
448   Nico
449   Nicarete
451   A Nicarete
453   Gorgo
455   A Gorgo
458   L'auletride
459   Baccha
461 Stabat nuda Aestas
466 DITIRAMBO III
476 Versilia
490 La morte del cervo
506 L'asfodelo
    Madrigali dell'Estate
521   Implorazione
522   La sabbia del Tempo
524   L'orma
526   All'alba
528   A mezzodì
529   In sul vespero
531   L'incanto circeo
532   Il vento scrive
534   Le lampade marine
535   Nella belletta
537   L'uva greca
540 Feria d'agosto
549 Il policefalo
554 Il Tritone
558 L'arca romana
562 L'alloro oceanico
566 Il prigioniero
570 La Vittoria navale
574 Il peplo rupestre
577 Il vulture del Sole

580 L'ala sul mare
582 Altius egit iter
586 DITIRAMBO IV
623 Tristezza
626 Le Ore marine
634 Litorea dea
637 Undulna
649 Il Tessalo
652 L'otre
673 Gli indizii
     Sogni di terre lontane
679   I pastori
683   Le terme
689   Lo stormo e il gregge
692   Lacus Iuturnae
697   La loggia
700   La muta
704   Le carrube
708 Il novilunio
725 Il commiato

749 *Bibliografia*
757 *Appendice*

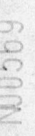

«Alcyone»
di Gabriele d'Annunzio
Oscar Opere di Gabriele d'Annunzio
Arnoldo Mondadori Editore

Questo volume è stato stampato
presso Mondadori Printing S.p.A.
Stabilimento NSM - Cles (TN)
Stampato in Italia - Printed in Italy